Ludwig Ganghofer
Die Martinsklause

Ludwig Ganghofer

Die Martinsklause

Roman
aus dem Anfang des 12. Jahrhunderts

Droemer Knaur

Satz: Compusatz GmbH, München
Druck: Hanseatische Druckanstalt, Hamburg
Einband: Großbuchbinderei Sigloch, Künzelsau/Stuttgart
Printed in Germany
ISBN 3-426-09971-3
ISBN 3-426-09938-1 (Kassette)

ERSTES BUCH

I

Eine stille Sommernacht war hingegangen über die Berge, und der Tag wollte kommen.

Um die regungslosen Wipfel der alten, schwer mit Moos behangenen Fichten fiel schon ein graues Licht und zitterte durch alle Lücken des steilen Waldes. Einzelne Vogelstimmen ließen sich schüchtern vernehmen. Sonst lautlose Stille. Nur manchmal ein helles Klirren, wenn die beiden Männer, die auf schmalem Wildpfad durch den Wald emporstiegen, mit den gestachelten Bergstöcken die Moosdecke durchbohrten und auf Stein gerieten.

Voran stieg ein Alter mit gebeugtem Rücken und schwerfälligem Schritt; die Beine waren mit Ziegenfell umschnürt, den Körper bedeckte ein Hemd aus grobem Hanftuch mit fransigen Ärmeln, und darüber hing ein rauhhaariger Kittel. Ein Gesicht war kaum zu erkennen, bis tief in die Wangen wucherte der graue struppige Bart, wie Dächlein hingen die weißen Brauen über die Augen herab, und unter der abgegriffenen Lederkappe quollen in dicken Büscheln die schneeigen Haare hervor. Gewand und Arme des Alten waren mit Ruß bestäubt; die Kohlhütte war sein Heim. Das verriet auch der Name, mit dem der hinter ihm Schreitende, ein Mönch im weißen Ordenskleid der Augustiner, ihn anrief: »Kohlmann!«

»Herr?«

»Wie lange dauert der Wald noch?«

»Nimmer lang. Dann kommen die Alben. Und eh die Sonn noch aufgeht, stehen wir droben auf dem Fels, von dem du das ganze Land überschauen kannst, das die Grafengadner[1] dir geschenkt haben.«

---

[1] Grafengaden, das heutige Gartenau bei Salzburg, einst Stammsitz der Grafen von Sulzbach.

»Nicht mir! Der Kirche!« sagte der Mönch; ein tiefer Atemzug schwellte seine Brust, und weiter holte er mit dem Bergstock aus, als triebe ihn heiße Ungeduld dem Ziel entgegen.
Scharf umrissen hob sich die hohe Gestalt im weißen Habit vom grauen Dämmerlicht des Waldes ab. Die Kutte war mit ledernem Gurt geschürzt und zeigte die nackten Füße mit den eisenbeschlagenen Sandalen; beim Führen des Bergstockes fielen die faltigen Ärmel zurück und entblößten die sonnverbrannten Arme. Das unbedeckte Haupt war nach strenger Regel geschoren, doch war wohl schon manche Woche vergangen, seit die Schere diesen Kopf berührt hatte, denn in dem Ring von Haaren, der vom Nacken aus die Stirn umzog, begannen sich schon wieder schüchterne Locken zu zeigen. Noch lichter als das blonde Haupthaar war der weiche Bart, der die Wangen umkräuselte und in zwei Spitzen auslief. In dem von der Wanderung leicht geröteten Antlitz, aus dem die blauen Augen wie helle Sterne strahlten, vermischte sich der Ernst des gereiften Mannes mit der träumerischen Weichheit eines Knabengesichtes. Auch in der ganzen Erscheinung des Mönches zeigte sich ein gleicher Gegensatz: abgeklärte Ruhe und dennoch jugendliche Kraft.
Bei gemächlichem Vorwärtsschreiten, denn der alte Kohlmann hatte bedächtige Füße, ließ der Mönch die Augen rastlos umherschweifen im Zwielicht, das ihm die grünen Zauberhallen des Urwaldes entschleierte, in dem noch der Hall keiner Axt erklungen, kein Baum noch gestürzt war unter Menschenhand. Die riesigen Stämme, die zwischen ihren lebenden Brüdern tot umherlagen, waren vor Alter gestürzt, oder der Sturm hatte sie gebrochen, der Schnee des Winters zu Boden gedrückt. Moos und Schlingwerk überwucherte diese Leichen des Waldes, und aus dem zerfallenen Holze sproßten schon wieder die jungen Stämmlein hervor.
Immer heller wurde der Wald, und über die zerflossenen Wolken, die am Himmel schwammen, fiel eine leuchtende Röte. Der Kohlmann deutete mit dem Bergstock nach einer nahen Lichtung. »Dort liegen die Alben, Herr!«
»Herr und immer Herr!« erwiderte der Mönch mit herzlichem Klang in der Stimme. »Ich bin nicht zu euch gekommen als neuer Herr. Ich will euch sein wie ein Bruder. Nenne mich bei meinem Namen: Eberwein!«
Der Kohlmann blickte sich um und lachte; dann schüttelte er den Kopf und stieg weiter.

»Und dein Name?« fragte der Mönch.
»Eigel heiß ich. Aber die Leut sagen wie du: Kohlmann!«
»Und wie nennen dich dein Weib und deine Kinder?«
»Gar nit!« Der Alte wandte das Gesicht. »Ich hab meiner Lebtag kein Weib und Kind gehabt.« Seine Stimme hatte rauhen Klang. »Muß denn eins Weib und Kind haben? Du hast doch auch kein Weib, Herr, und Kinder, mein' ich, hast du wohl auch nit?«
Eberwein lächelte. »Ich habe tausend Kinder: alle Menschen, die ich liebe.«
»Da hast du aber viel zu schaffen mit so viel Lieb!« meinte der Alte trocken.
Eine Weile stiegen sie wortlos weiter; dann blieben sie lauschend stehen. Sie hörten das helle Wiehern eines Pferdes und hörten Hufschlag, der wieder verklang. In der Stille des Urwaldes war das wie ein Laut aus einem Märchen. »Ein Pferd in solcher Höhe, in dieser Öde?« fragte Eberwein.
»Es muß von Wazemanns Söhnen einer sein, der ins Gejaid geritten ist.« Die Stimme des Alten dämpfte sich. »Oder es war von König Wutes Helden einer, der vor Tag wieder heimreitet in sein Berghaus.«
Auf Eberweins Stirn zeigte sich eine Furche. »Du redest Torheit, Eigel!«
»Torheit, Herr? Es ist der Untersberg, auf dem wir stehen! Und das weiß doch jedes Kind im Gaden, daß der ganze Berg ein einziges Gehöhl ist, eine Kemenat an der andern, die eine goldig, die ander silberig. Und da drinnen haust mit seinen tausend Helden der König Wute. Der hat nur ein einzig Aug und sitzt an einem steinernen Tisch und kann nit aufstehen, denn sein langer Bart ist zweimal um den Tisch gewachsen. Alle hundert Jahr schickt er von seinen Helden einen hinauf in die Welt, und wenn der heimkehrt, fragt ihn der König: ›Fliegen die Raben noch allweil um den Berg?‹ Und wenn der Bote sagt: ›Wohl, Herr König!‹ dann seufzet Wute, daß die Berg davon erzittern, und sagt: ›So muß ich noch schlafen hundert Jahr!‹ Dann macht er sein Aug wieder zu, und der lange Bart hebt wieder zu wachsen an.«
»Schweig!« unterbrach ihn Eberwein mit harter Stimme. »Ich will solche Heidenrede nicht hören.«
Der Alte streifte den Mönch mit scheuem Blick. »Es ist doch Wahrheit, was ich red! Und hab's von meiner Ähnl, und die hat's von

ihrem Vater. Und bist du nit selber auf dem Weg von der Salzburg über das Walser Feld gewandert? Hast du nit selber den dürren Birnbaum gesehen? Er schaut sich an wie ein toter Baum und hat kein Blattl nimmer und keinen Ast. Aber wie das Feuer im Stein, so steckt noch in ihm das Leben und die Wachskraft, und einmal, wenn's schier keiner nimmer hofft, wird der Baum ausschlagen und Laub treiben. Dann wird der alte Wute aus seinem Schlaf erwachen und wird heraufsteigen aus dem Berg mit seinen tausend Helden und wird auf dem Walser Feld seinen Schild an den Birnbaum hängen. Und dann wird die gute Zeit anheben für uns arme Leut, und keiner mehr wird ein Herr sein und keiner ein Knecht. Und alles, was Leid und Weh heißt, wird weggeblasen sein von der Welt, und jedem wird sein Blüml blühen und sein Glück wachsen.«

Mit hartem Griff umspannte Eberwein den Arm des Alten.

»Eigel! Du bist kein Christ!«

Der Kohlmann nickte. »Doch, Herr! Mein Vater ist auch schon einer gewesen. Und wie ich zwanzig Jahr geworden bin, hab ich hinein müssen auf die Salzburg, und da haben sie mir auch das Wasser über den Kopf geschütt.« Er löste seinen Arm und stieg bergan.

Eberwein stand auf seinen Stab gestützt, tiefe Kümmernis in dem Blick, der dem Kohlmann folgte. »Fester sitzen nicht die Wurzeln der Eiche in den Runsen des Gesteins als die alten Mären in dieser Menschen Herzen. Will einer sie roden mit Gewalt, er reißt auch die beste Erde mit und läßt nur kahlen Grund zurück, steinig und unfruchtbar. Und gute Erde muß doch bleiben, soll die Lilie gedeihen an Stelle der Distel!«

»Herr, warum kommst du nit?« rief der Kohlmann von einem Steinwall herab, den er mühsam erklettert hatte.

»Ich komme, guter Eigel!« Und Eberwein folgte rasch.

Eine kurze Strecke noch, dann ging der Wald zu Ende, und sanft geneigtes Almland dehnte sich vor den beiden. Der Morgen hatte seinen violetten Schimmer über allen Grund gegossen. Saftig wucherte das Gras, doch nirgends weidete ein Rind, die Stimme keines Hirten klang – und es war doch Almenzeit! Inmitten des Hanges lag ein wüster Haufe halbverkohlten Gebälks, und weit draußen im Almfeld stand ein Rudel Hochwild.

»Wir müssen eilen, Herr, die Sonn will steigen!« mahnte der Alte. »Und wir haben noch ein hartes Stückl Weg bis dort hinauf. Schaut

nur!« Er deutete mit dem Bergstock nach einer steilen Felszinne, die sich mit silberigem Grau in die rotschimmernden Lüfte hob.
Sie wanderten und stiegen.
Als Eberwein, seinem Führer voraneilend, den Fuß auf die Zinne der kahlen Felsen setzte, tauchte über den Kamm der östlichen Berge die Sonne empor, groß und strahlend, alle Spitzen der Berge überflutend wie mit glühendem Erz. Von Glanz umwoben, stand Eberwein auf seinen Stab gestützt, und im frisch ziehenden Morgenwind flatterten die Falten seines priesterlichen Kleides.
Vor seinen Füßen senkte sich der Fels in schwindelnde Tiefe und verlor sich in dunklen Fichtenwäldern, die alle Rippen und Rinnen der Berghänge umschlangen wie ein grünes Gewand. Je tiefer der Wald sich senkte, desto häufiger mischte sich zwischen die finstere Farbe der Nadelbäume das lichte Grün der Buchen, und wo es zu siegen begann, dehnte sich in Schönheit, überschleiert vom ziehenden Morgennebel, ein stundenweites kesselförmiges Tal, dessen schmälere Seitentäler nach allen Richtungen griffen wie die gespreizten Finger einer riesigen Hand. Weiß blinkten die schäumenden Bäche, und aus versteckten Bergwinkeln lugten stille Seespiegel empor wie große blaue Augen, die im Erwachen den Tag bestaunen. Und zwischen Wald und Matten, spärlich und weit zerstreut, winzig klein und im Morgenschatten nur schwer erkennbar, zeigten sich dunkle Gevierte: die braunen Moosdächer menschlicher Wohnungen. Das mußten armselige Hütten sein, und dennoch winkte jedes dieser Dächer herauf zur starren Bergeshöhe wie ein freundlicher Gruß des Lebens. Und rings umher, das weite Tal im Kreis umspannend, hoben sich die grauen Felsen steil und ragend, bald eine gezahnte Wand, bald eine plumpe Kuppe, bald eine scharfe Zinne, und hinter den Bergen wieder Berge, einer höher als der andere, ein steinernes Volk mit tausend Häuptern, die einen behangen mit grünem Schmuck, die anderen wie vor Alter weiß. Und mitten unter ihnen, alle anderen überragend, erhob sich ein gewaltiger Riese, steil aufgetürmt zur Pyramide, von der Spitze bis herunter zum grünen Wald von Eis und Schnee umgossen, wie blankes Silber leuchtend im Glanz der Morgensonne.
Aus Eberweins Händen sank der Stab, und seine Arme hoben sich zum Himmel. »Herr, wen du lieb hast, den lässest du fallen in dieses Land! Hier laß mich leben und schaffen in deinem Dienst! Und wenn mein Werk gelang, hier laß mich sterben!« Er ließ die Arme

sinken, atmete tief, drückte die zitternden Fäuste auf seine schwellende Brust, und wieder trank er mit leuchtendem Blick die Schönheit des ihm zu Füßen gebreiteten Landes – seines Landes, zu dessen Fürst und Hirten er berufen war.
Fürst dieses herrlichen Landes!
Das hätte der vierzehnjährige Knabe, der vor zwanzig Jahren auf den Almgehängen des Karwendel die Geißen hütete, auch im Traume nicht geahnt, daß ihn der versteckte Wildpfad, auf dem er einen verirrten Mönch zu Tal geleitete, bis zu solcher Stelle führen würde. Der Verirrte, das war Herr Gosbert gewesen, der Abt zu Scharnitz, ein freundlicher Greis; auf der Suche nach heilsamen Kräutern hatte er Weg und Richtung verloren und war in pfadloses Gestein geraten. Da hörte er die singende Stimme des Geißbuben, der in der brütenden Sonnenhitze auf einem Felsblock hockte, halbnackt, mit gebräunter Haut, das Gesicht umwuchert von einer Wirrnis blonder Locken, mit kurzem Messer an einer Zirbenwurzel schnitzend. Als der Bub den Mönch erblickte, erschrak er, daß ihm Holz und Messer aus den Händen fiel. Kaum aber hörte er, daß Herr Gosbert einen Führer nötig hätte, da lächelte er und nickte: »Komm nur, Herr, ich führ dich heim!«
»Weißt du denn auch den Weg zum Kloster?«
»Ich komm doch all Jahr zweimal dran vorbei, wann ich auftreib zur Alben und wann ich heimtreib!«
»Heim? Wohin?«
»Hinüber ins Partnachgau, zum Wertofels. Dort bin ich daheim.«
So plauderten sie weiter, während sie niederstiegen durch den dunklen Bergwald. Der Abend dämmerte schon, als sie das Kloster erreichten, und der Geißbub mußte nächten im heiligen Haus. Er durfte im Refektorium an der Tafel des Abtes sitzen, der an dem heiteren, aufgeweckten Buben seine Freude fand. Lachend füllte Herr Gosbert den hölzernen Teller des Knaben, und da aß der Bub und aß, bis ihm die Schweißtröpflein auf die Stirn traten – er getraute sich nicht aufzuhören, weil immer noch etwas auf dem Teller lag. Nach dem Mahle schwatzten die Mönche mit dem Buben. »Wie heißt du?« fragten sie.
»Eberwein.«
Da lachten sie. »›Freund des Ebers‹! Der muß gut stehen mit den wilden Sauen! Einen schönen Namen hat dein Vater für dich ausgesucht.«

Er schaute sie mit großen Augen an. »Ich hab keinen Vater.«
»Keinen Vater? Wem gehörst du dann? Deiner Mutter, gelt?«
Er schüttelte den Kopf. »Dem Wertofelser Burgherrn bin ich hörig. Mutter hab ich keine.«
Nun lachten sie wieder. »Schauet den Buben an! Der hat nit Vater und Mutter und ist doch zur Welt gekommen. Wie ist das zugegangen?«
»Ich weiß schon, die Diemud hat mir's gesagt.«
»Die Diemud? So? Und wer ist denn das?«
»Die Alberin.«
»Und was hat sie gesagt?«
»Sie hat gesagt, die Hulfrau hätt mich aufgefischt in ihrem Kindelteich und hätt mich auf der Straß verloren, bevor sie zu dem Haus gekommen ist, in das sie mich tragen hat wollen.«
Da machten die einen ernste Gesichter und schüttelten die Köpfe; die andern aber lachten, und während Herr Gosbert schweigend aufhorchte, fragten sie: »Wer hat dich gefunden?«
»Der alte Ostalar vom Eibensee, der Ferchenfischer. Auf der Romstraß hat er mich gefunden, die bei der Partenkirch vorbeigeht, mittendrin im Buchwald, als ein winzigs Kindl. Und eine Wildsau ist über mir gestanden, und derweil ich allweil geschrien hab, hat sie mich umgekugelt mit dem Rüssel. Aber wie sie den Ostalar gesehen hat, ist sie davongelaufen, und er hat mich aufgehoben und hinaufgetragen in den Wertofelser Burgstall. Dort hat er alles erzählt, wie's gewesen ist, und drum haben sie mich Eberwein getauft. Und so bin ich halt aufgewachsen.«
»Bei der Diemud?« fragte lachend einer der Brüder.
»Nein, Herr, bei den Geißen im Stall.«
»Ohne Vater, ohne Mutter!« flüsterte Pater Azzo, ein greiser Mönch, und streifte zärtlich mit der zitternden Hand über den Scheitel des Knaben. Der Bub wurde still und machte scheue Augen. Aber Herr Gosbert faßte ihn bei der Hand und zog ihn an sich. »Nicht ohne Vater! Nein, Eberwein, einen Vater hast auch du. Oder kennst du ihn nicht? Schau hinauf zu ihm!« Und Herr Gosbert deutete zur Höhe.
Eberwein hob die Augen, starrte das mit Schnitzereien verzierte Gebälk der Decke an und fragte: »Hockt er da drin im Holz, oder ist über der Decken noch eine Stub, wo er hauset?«
Ein Gelächter erhob sich, daß es einen Hall gab an den Wänden.

Sogar Herr Gosbert schmunzelte; und als es wieder stille geworden war, fragte er: »Sag, Eberwein, was meinst du wohl, daß aus dir noch werden soll?«
Da leuchtete das Gesicht des Buben. »Zwei Jahr noch muß ich die Geißen hüten, aber dann, Herr, wenn ich noch gewachsen bin um eine Spann und so starke Arm hab, daß ich den Näbiger[1] werfen und die Langwaad[2] ziehen kann, dann will mich der alte Ostalar in die Lehr nehmen, und ich soll ein Fischer werden.«
»Ja, Eberwein, ein Fischer sollst du werden!« Herr Gosbert erhob sich und legte die Hand auf des Knaben Schulter. »Aber nicht ein Fischer, der nach Hecht und Ferchen geht, sondern einer, der Seelen fischt. Sag, Eberwein, gefällt es dir im Kloster? Möchtest du nicht bleiben bei uns?«
Der Bub machte verdutzte Augen; dann aber streifte er mit flinkem Blick den Tisch, auf dem noch die Reste des Mahles standen. Jeden Tag essen wie die Klosterleut, warum hätt ihm das nicht gefallen sollen?
Lärmend umdrängten ihn die Mönche, und Herr Gosbert wiederholte seine Frage: »Möchtest du nicht bleiben bei uns?«
Da drückte der Bub das Kinn auf die Brust und stotterte: »Wohl, Herr, ich möcht schon, wenn ich dürft!«
»Dein Wille ist dein Recht! So bleib und trage das Kleid der Kirche, das dich löset von aller Knechtschaft.« Herr Gosbert wandte sich zu einem der Mönche: »Reich mir einen Denar!« Der Mönch nestelte einen ledernen Beutel von der Kuttenschnur und reichte dem Abt eine Münze. Schweigend standen die andern umher. »So viel ist deine Knechtschaft wert!« sagte Herr Gosbert und legte den Denar in Eberweins offene Hand. Dunkle Röte überfloß das Gesicht des Buben; doch als er die Finger schließen wollte, schlug ihm Herr Gosbert die Münze aus der Hand, daß sie bis an die Decke flog, klirrend niederfiel und über die Dielen in einen Winkel rollte. »Nimmer hörig bist du, von dir abgefallen ist die Knechtschaft, Eberwein Frymann sollst du heißen von Stund an und ein Sohn des Klosters sein!«
Der Knabe wußte nicht, wie ihm geschah. Herr Gosbert zog ihn an

---

[1] Fischspeer mit Widerhaken, dessen Schaft zugleich zum Vorwärtstreiben des Floßes diente
[2] großes, doppelwandiges Netz für den Hechtfang

sich und küßte ihn auf die Stirn. »Multis itineribus fata decurrunt, te in viam salutis dominus inducat!« Dann winkte er jenen greisen Mönch herbei. »Nimm den Knaben, Azzo, ich geb ihn in deine Hut, denn ich hab es wohl gesehen: Dein erster Blick für ihn war Liebe. Nimm ihn und schaff ihm ein Lager in deiner Zelle! Scher ihm die Locken und gib ihm ein Scholarenkleid!«
Pater Azzo schlang den Arm um den Knaben und zog ihn zur Türe. »Komm, Büebli, ich will dir ein Vater sein, ein guter. Sollst dir keinen besseren wünschen!«
Eberwein ließ sich führen; er schien von allem, was mit ihm geschah, nur das eine zu begreifen, daß er im Kloster bleiben sollte, und das schien ihm Freude zu machen, denn er lächelte. Doch als er die Tür erreichte, wandte er sich um und stammelte: »Herr! Wenn ich bleib, wer soll denn morgen meine Geißen betreuen?«
Herr Gosbert lächelte: »Sei ohne Sorge, vor Tag noch schick ich einen Hüter hinauf.«
Eberwein besann sich, dann sagte er: »Aber gelt, Herr, du mußt ihm einreden, daß er nit unmütig tut mit ihnen. Ich hab nie hüten mögen mit Stecken und Geißel, sie hören all auf gute Wort.«
Freundlich nickte Herr Gosbert. »Das will ich ihm sagen.«
»Und wenn er hinaufkommt, soll er das Messer suchen, das ich hab liegen lassen, und der Diemud soll er sagen, daß ich sie grüßen tu, und sie soll mich bald heimsuchen!«
Da lachten die Mönche wieder; auch Pater Azzo schmunzelte, während er den Knaben mit sich fortzog. An der Hand führte er ihn durch eine dunkle Halle. Sie betraten eine kleine kahle Zelle; von der Decke nieder hing eine irdene Ampel, deren winziges Licht eine matte Helle über die Wände zittern ließ.
Pater Azzo hieß den Knaben auf das Strohbett niedersitzen und holte die Schere. Als die erste Locke fiel und das kalte Eisen Eberweins Stirn berührte, überlief den Knaben ein Schauer. Zitternd rannte er zur Türe; von dort blickte er scheu zurück.
»Was hast du, Büebli? Komm doch!«
»Muß das sein, Herr?«
»Freilich, das muß sein.«
Da kehrte Eberwein zögernd zurück, setzte sich wieder und hielt geduldig still. Pater Azzo schor ihm das Haupt. Das war eine schwere Arbeit. Und während die Schere knirschte und die blonden Locken fielen, kollerten dicke Zähren über die Wangen des Knaben.

Zwanzig Jahre waren vergangen seit jenem Abend. Aus dem Geißbuben, der nicht Vater noch Mutter hatte, war ein Priester geworden, dessen frommer Eifer und hohes Wissen gerühmt wurden, dessen Name hellen Klang hatte zu Tegernsee und Buren, zu Ammergau und Altomünster, zu Seon und Raitenbuch, in allen Klöstern der bayerischen Lande, sogar am Hofe des Fürsten. Als Herzog Welf in schwerer Krankheit lag, wurde Eberwein zu ihm berufen als Beichtiger und Tröster; doch als der Herzog genas und den jungen Priester, dem er Freund geworden, mit Ehren und Würden überschütten wollte, bat Eberwein: »Lasset mich ziehen, Herr! Ich tauge nicht zu Hofe. Ich bin geboren zu Arbeit und Werk. Mich sehnt nach Kampf und Schaffen, ich will pflügen und säen auf Gottes weitem Feld.«

Wie rasch nun hatte dieser Wunsch sich erfüllt! Vom Hofe war Eberwein nach Raitenbuch gezogen und der eifrigste Förderer des jung entstandenen Klosters geworden. Da kam die Botschaft, daß Gräfin Adelheid von Sulzbach, auf dem Sterbebett ein Gelübde ihrer Mutter erfüllend, ein großes Land, das in stundenweiter Ferne von der Salzburg tief in den Bergen lag, dem Orden des heiligen Augustinus als ›Seelengerät‹ zur Gründung eines neuen Klosters gewidmet hätte: den Berchtesgaden. Die Brüder zu Raitenbuch hatten diesen Namen noch nie gehört, niemand wußte von diesem Lande. Als die Brüder Umfrage hielten, erfuhren sie, das sei eine wilde und rauhe Gegend, von finsteren, pfadlosen Wäldern bedeckt, umschlossen von riesigen Bergen; wohl bringe der Sommer schöne Zeiten über das Tal, doch unerträglich sei der Winter mit seinen Stürmen, seinem grimmigen Frost und seinem alles erstickenden Schnee. Die wilden Tiere, Wölfe, Bären, Sauen und Luchse seien hier so zahlreich wie im ebenen Land die Ziegen und Schafe; und bewohnt sei das unwirtliche Land nur von ein paar hundert Menschen, armseligen Hirten, Jägern und Fischern, die im zähen Kampfe mit der rauhen Natur ein kümmerliches Leben fristeten, halb noch versunken in der Nacht des Heidentums; über diese Menschen herrsche mit grausamer Strenge ein Ministeriale der Grafen von Sulzbach, Herr Waze von Falkenstein, der zu der Botschaft, daß die seinem freien Schalten überlassene Landmark an das Kloster gefallen wäre, hellauf gelacht hätte: »Sie sollen nur kommen, die Kutten, und sollen mir nehmen, was mein ist!«

Mit Kopfschütteln hörten die Brüder zu Raitenbuch diese Nachricht. Solch ein Land für die Kirche zu gewinnen, für Ordnung und Gesetz? Da galt es, ein schweres Werk zu bestehen. Und sie wußten zur Lösung solcher Aufgaben keinen Besseren zu wählen als Pater Eberwein, der sich, seit er die Weihen trug, als ein Hirte nach jenem Wort des Knaben erwiesen: ›Ich hab nie hüten mögen mit Stecken und Geißel, sie hören all auf gute Wort!‹ In stolzer Freude hatte er die schwierige Sendung übernommen, hatte mit treibendem Eifer alle Vorbereitungen für die Ausfahrt getroffen. Drei Männer wurden ihm als Geleit gegeben, Pater Waldram, ein blasser, stiller Mönch, den sie um seiner finsteren Strenge willen im Kloster gerne los wurden, und zwei Laienbrüder, Schweiker, der aus Buren stammte, und Wampo von Tegernsee.

Am Morgen nach Mariä Himmelfahrt brachen sie auf. Rasch ging die Reise vonstatten. Die letzte Nacht verbrachten sie in der Salzburg. Eine Stunde vor Mitternacht verließ Eberwein die Burg und wanderte in der Sternenhelle über das Walser Feld, um in Begleitung des alten Führers, den man aus dem Berchtesgaden für ihn herbeigerufen hatte, den Untersberg zu ersteigen und von hoher Felsenwarte das Land zu überblicken, dessen Schicksal in seine Hände gegeben war. Er hatte sein Ziel erreicht.

Da stand er nun, umflossen vom Schimmer der Morgensonne, im tiefsten Herzen ergriffen von aller Schönheit, die ihm zu Füßen lag. Und während er ausblickte, über Höhen und Tiefen, klang von irgendwo, weit aus dem Tal herauf, der vom Wind getragene Laut einer Menschenstimme, ganz leise nur, fast wie das Bimmeln eines von der Herde verirrten Glöckleins. In tiefer Erregung streckte Eberwein die Hände gegen das Tal, in das schon die volle Sonne fiel. »Ich will sie locken, ich will sie rufen! Ich will sie hüten in Treu und Liebe!«

Verwundert blickte der alte Kohlmann, der sich vorsichtig auf der schmalen Felszinne niedergekauert hatte, an der hohen Gestalt des Mönches empor. »Was sagst du? Ich hab dich nit verstanden.« Eberwein hörte nicht. »Oder hast du gar nit mit mir geredet?«

Da erwachte Eberwein und ließ sich an Eigels Seite nieder.

»Schau, Herr, alles, was da drunten liegt, Berg und Tal«, sagte der Kohlmann, »das alles gehört zum Berchtesgaden. Alles dein Land! Schau, da drüben, der erste hohe Berg auf der Linkseit, den heißen sie den Göhl. Drunten am Bergfuß – siehst du die vier Hütten? –, da hauset der Vorderecker mit Vieh und Weib und Kind. Der ist ein

Freier, kein Gescherter. Wohl, Herr, schier alle Bauern in Gaden sind freie Leut von alters her. Aber Herr Waze macht's ihnen sauer, das Freisein! Schau nur, da drüben, nit weit vom Vorderecker, da hauset der Greinwalder. Dem sein Vater hätt einmal fronen sollen, wie Herr Waze die Bärengruben hat schaufeln lassen; aber er hat nit fort können vom Haus vor lauter Arbeit, und da ist er trotzig worden und hat gesagt: ›Ich brauch nit fronen, ich bin ein Freier!‹ Da hat Herr Waze einen jungen Fichtenbaum von seinen Knechten herunterbiegen lassen mit aller Gewalt, die Äst haben sie abgehauen, haben den Greinwalder an den Gipfel gebunden und haben den Baum wieder aufschnellen lassen. Und wie der arme Teufel droben gehangen hat in der Luft, hat Herr Waze zu ihm hinaufgeschrien: ›So, jetzt laß dir wohl sein in der Freiheit!‹ Tag und Nacht hat er hängen müssen, und am andern Morgen, wie ihn Herr Waze ledig gemacht hat, da hat der Greinwalder gern geschaufelt, recht gern!«
»Eigel!« Eberwein faßte den Arm des Kohlmanns, und dunkle Zornröte flammte in seinem Gesicht.
»Wohl, Herr! Solche Sachen sind ihm all Tag eingefallen, und seit Herr Waze alt geworden ist, treiben es seine sieben Buben noch ärger. Aber, daß ich weiter zeig: Schau, gleich hinter dem Göhl, der ander hohe Berg, den heißen sie das Brett, weil er so eben ist in der Höh. Und der nächst, der mit dem spitzigen Grind, heißt der Jennar. Hinter dem werden die Berg eben, und da liegen die schönsten Alben bis weit hinaus. Von allen die beste, die heißet Regenalb. Und ganz dort hinten, schau, wo die Berg den weiten Bogen machen und so gäh herunterfallen in den tiefen Kessel, da liegt der Schönsee. Den mußt du bald heimsuchen. So was hast du deiner Lebtag nit gesehen. Wer den Schönsee zum erstenmal sieht, dem verschlagt's die Red vor lauter Schauen. Und dort, wo die Ache aus dem See herauslauft wie ein silberigs Bandl, dort hauset der junge Sigenot vom Schönsee, der Fischer, mit seiner alten Mutter Mathilt und seiner Schwester Edelrot. Der sitzt auf einem Freigut, das nit zinset noch steuert, und seit die Leut denken, gehört zu seinem Haus die Fischenz[1] über Bach und See. Sein Vater hat Gelfrat geheißen. Der ist im Schönsee versunken. Die Leut sagen, eine Elbißdirn[2] hätt ihn hinuntergezogen. Aber der Sigenot mag solche Red nit leiden, und

---

[1] Die Fischweid als Eigentum
[2] Schwanjungfrau

es sagt's ihm auch keiner ins Gesicht. Nit aus Furcht, Herr, sondern weil sie ihn liebhaben und weil ihn keiner bekümmern will. Er hat den Leuten schon viel Gutes getan und hat schon manchem geholfen, der bei Waze in Buß gefallen. Das ist der einzig im Gaden, an den sich die Wazemannsbuben nit antrauen. Er steht aber auch da wie ein Baum, der kein Ducken und Zucken kennt, wenn das Wetter kracht.«

»Sigenot heißt er?« fragte Eberwein, als wollte er diesen Namen seinem Gedächtnis einprägen.

»Wohl, Herr! Sigenot! Aber, daß ich zeig: Schau, nit weit vom Fischer, da hauset der Marderecker. Dann kommt ein Fichtenwald, da drin sitzt der Untersteiner. Und wo die Ache wieder herauslauft aus dem Wald, da steht ein Hüttl um das ander. Siehst du das größte unter ihnen, das mit dem weiten Hag? Da hauset der alte Schönauer. Der ist Richter im Gaden, und seine Nachbarsleut, der Kaganhart und der Köppelecker, das sind die Schöffen. Die rufen in Zeiten der Not das Thing ein auf dem Totenmann – da drüben auf dem niedrigen Waldberg, siehst du ihn? – und sprechen Recht und Urteil. Für die Katz!« Der Kohlmann lachte zornig. »Das einzige Recht im Gaden ist allweil nur, was dem Wazemann und seinen Buben taugt.«

»Das soll sich wenden!« sagte Eberwein mit ruhigem Wort. »Zeig mir Wazes Haus!«

»Schau: Aus dem Schönsee steigt ein endsmächtiger Berg auf, der größte von allen, der mit dem weißen Schneekittel! König Eismann heißen ihn die Leut oder Wazemanns Berg, weil dort Herr Waze am liebsten aufs Gejaid ausgeht und weil er bei Leib und Leben ein Verbot getan hat, daß kein Bauer einen Fuß auf den Berg setzen soll und das Wild stören. Wo der Berg aus dem See steigt, schiebt sich aus dem Buchwald eine Nas heraus, die heißt der Falkenstein. Da schaut ein spitziges Dach und ein Mauerturm über die Buchengipfel. Das ist Wazemanns Haus.«

Eberwein erhob sich und deckte, in die Ferne spähend, die Hand über die Augen. »Wenn meine Klause steht, soll der Weg zu diesem Haus der erste sein, den ich suche.« Er bückte sich und nahm den Bergstock auf. »Komm, Eigel, wir gehen zu Tal!«

Als sie, von der schroffen Zinne niedersteigend, um die Felswand bogen, öffnete sich vor ihnen ein weiter Ausblick gegen Westen.

»Alles noch dein Land!« sagte der Kohlmann, mit dem Bergstock deutend. »Schau, neben dem König Eismann, da liegt ein langes Tal

und in dem Tal ein See, der größte von allen. Den heißen die Leut den Windachersee, denn aus dem See fließt ein wildes Wasser und brauset durch eine tiefe Schlucht, und da drinnen wehet allweil ein Wind so kalt wie Eis. Und über dem Tal drüben – siehst du die zwei hohen Berg? Die heißen der Steinberg und der Schneekalter. Und hinter denen liegt wieder ein Tal und wieder ein See. Der hat keinen Namen, die Leut sagen nur, ›der hinter See‹. Die Ache, die aus ihm herauslauft, das ist ein böses Wasser! Wenn Wetter losbrechen und viel Regen fällt, treibt der Bach allen Rams[1] mit her, der von den Bergen herunterbröselt. Davon heißt das Tal die Ramsau. Wohl, Herr, und in dem Tal, da hausen die besten Christenleut. Freilich, die haben gut fromm sein, bei denen sitzt ein Pfarrherr. Hiltischalk heißt er.«
»Ein Leutpriester in der Ramsau?« rief Eberwein, freudig betroffen von dieser Nachricht.
»Jung ist er nimmer, aber ein guter, freundlicher Mann. Und alle Leut haben ihn gern.« Eigel verstummte und hob lauschend den Kopf. Auch Eberwein horchte auf. »Was war das?« fragte er. Es hatte geklungen wie der jauchzende Aufschrei einer weiblichen Stimme.
Sie spähten umher. »Dort, Herr, schau!« stammelte der Kohlmann und deutete nach den dichten Krummföhrenbüschen, die zwischen der kahlen Felswand und dem tiefer liegenden Almfeld den Berghang bedeckten. Ein mächtiger Bartgeier schwebte langsam über die Büsche hin; das zappelnde Gemskitz, das er in den Fängen hielt und hinwegschleifte über die schwankenden Äste, erschwerte seinen Flug. Doch mit jedem Schwingenschlag strebte er höher und gewann schon die freie Luft. Da tauchte unter den Büschen am Saum des Almfeldes eine Reiterin auf; rötliches Haar umflatterte den Nacken; das jagende Roß schien nur ihrem Ruf zu gehorchen, denn sie führte keinen Zügel, sondern hielt in erhobenen Armen den gespannten Bogen mit aufgelegtem Pfeil. Nun plötzlich stand das Roß, einen Augenblick erschien die Gestalt des jungen schönen Weibes regungslos, wie aus Erz gegossen. Dann schwirrte mit hellem Klang die Bogensehne.
Der Geier machte eine jähe Schwenkung im Flug und ließ die Beute fallen; laut klagend raffte das gestürzte Tierchen sich auf, taumelte

[1] Schutt

hin und her und verkroch sich zwischen die Büsche; der Geier schwankte in der Luft, er mußte tödlich getroffen sein; mit aller Kraft noch kämpfte er gegen den Sturz, doch immer matter wurden seine Schwingen, immer tiefer ging sein Flug. Nun verschwand er im schrägen Niedergleiten hinter einer Wölbung des Almfeldes. Hinter ihm her, mit jauchzendem Schrei und wehendem Haar, jagte die Reiterin mit so ungestümer Hast, daß es Sprung um Sprung den Anschein hatte, als müßte das Roß sich überstürzen auf dem steinigen Hang. Aus den Büschen kamen zwei gefleckte Bracken hervorgeschossen und suchten mit heiserem Gekläff den Weg, auf dem ihre Herrin verschwunden war.

Eberwein strich sich mit der Hand über die Augen. Wie ein toller Spuk war das wildschöne Bild dieser seltsamen Jagd an ihm vorübergeflogen. »Eigel! Wer war dieses Weib?«

»Die rote Recka war es, Wazemanns Tochter. Sieben Söhn hat er und diese einzige Dirn. Aber die Leut sagen, sie wär kein richtiges Menschenkind. Ihr Vater ist freilich ein Mensch. Und was für einer! Aber ihre Mutter wär eine Alfin gewesen! Ich glaub's auch. Denn die Dirn hat Feuer und Luft im Blut. Wie verwachsen ist sie mit ihrem Roß. Für die ist kein Wald zu schiech und kein Berg zu hoch, überall kommt sie hin, als hätt sie Flügel am Leib wie eine Walmaid.«

Eberwein schüttelte seufzend den Kopf. »Wute und Elbißdirn, Walmaid und Alfin. Fast hab ich noch kein ander Wort von dir gehört. Eigel, mit deinem Christentum ist es schlecht bestellt.«

»Wohl, Herr, da kannst du recht haben!« meinte der Kohlmann kleinlaut. »Aber wo soll ich ein besseres hernehmen? In die Ramsau ist mir der Weg zu weit, und was einer im Gaden von Wazemann und seinen Buben lernt, das ist alles eher, nur kein Christentum. Aber komm, Herr! Schau, wie hoch schon die Sonn steht! Wir müssen uns tummeln, daß wir rechterzeit wieder hinunterkommen ins Tal!«

Eigel bahnte den Weg durch die dichten Föhrenbüsche, und Eberwein folgte ihm. Als sie das offene Almfeld erreichten und den Überblick über den weiten Hang gewannen, blieb Eberwein stehen und spähte umher. »Ich sehe sie nicht mehr. Sie muß den Wald schon erreicht haben.«

»Wen meinst du? Ach so, die Rote!« Der Kohlmann lachte. »Herr, nimm dich in acht vor der! Und wenn sie dir wieder begegnet, dann schau dich nit um nach ihr!«

Eberwein furchte die Brauen, und fester schloß sich seine Hand um den Stab. »Ich wollte, sie träte mir noch heut in den Weg. Ich hätte Lust, ihr eine Botschaft aufzutragen an ihren Vater.«
Eine tiefe Mulde nahm die Wanderer auf. Als sie wieder den höheren Grund erreichten, lag jener Haufe verkohlten Gebälks vor ihnen.
»Eigel! Was ist hier geschehen?«
»Da hat der Gernreuter, der drunten beim Albenbach hauset, seine Albhütt stehen gehabt. Aber die Wazemannsbuben haben gemeint, daß dem Gernreuter sein Vieh den Hirschen zu viel Gras wegfrißt, und drum haben sie den roten Hahn auf das Hüttl gesetzt. Im letzten Sommer war's. Drei Stückl Vieh und dem Gernreuter sein Weib, die heroben gesennet hat, sind mitverbronnen.«
Eberwein stand mit erblaßtem Gesicht. »Und das habt ihr geschehen lassen, ihr im Gaden? Und da es geschehen war, habt ihr nicht Klage geführt?«
»Wohl, Herr! Der Gernreuter hat geklagt. Und auf dem Jahrthing zu Grafengaden hat der Sulzbacher Herr das Urteil gesprochen. Herr Waze hat Wergeld zahlen müssen für das Weib. Und alles ist gut gewesen.« Die Augen des Kohlmanns funkelten. »Und weißt du, Herr, was die Leut sagen? Sie sagen, es wär gar nit hergegangen um das Gras für die Hirschen und Gemsen. Es wär eine Rach gewesen an dem Weib. Bei der sind die Wazemannsbuben an die Unrechte gekommen. Den einen hat sie mit der Faust ins Gesicht geschlagen, und den andern hat sie über die Hausgräd hinuntergeworfen, daß er das blaue Mal im Gesicht drei Wochen lang herumgetragen hat. Wären nur alle, wie die gewesen ist! Dann hätt das schieche Treiben in Gaden bald ein End. Aber so! Kein Weib ist sicher. Jede Mutter, die ein Dirndl hat, das sich sauber anschaut, muß zittern vor jeder Stund. Und jeder Vater, dem ein Kindl im Wiegbett schreit, muß sich kratzen hinterm Ohr. Sieben Buben und eine einzige Dirn, mehr wirst du nit finden in Wazemanns Haus. Aber geh herum in Gaden: An Wazemannskindern kannst du hinlaufen auf jedem Steig und Steg!«
Eberwein faßte den Arm des Kohlmanns und schüttelte ihn. »Eigel! Kann es Wahrheit sein, was ich höre?«
»Wahrheit, Herr? Als ob ich's nit erfahren hätt an mir selber! Weit über die dreißig Jahr mag's her sein, da hab ich – hab ich eine Dirn gekannt.« Die Stimme des Kohlmanns schwankte. »Ein Gesichtl hat sie gehabt so warm und lichtscheinig wie Rötelstein, wenn die Sonn

drauf liegt. Und sauber gewachsen wie ein junges Bäuml und Haar wie der Hanf so goldig. Und hast du ihr in die Augen geschaut, so hast du gemeint, du schaust ins blaue Himmelreich. Und so gut ist das Dirndl gewesen, so brav und gradschlächtig! Und ihre Lieb zu mir ist ihr Um und Auf gewesen. Auf Sonnwend, Herr, da hab ich ihr zum Herdverspruch den beinernen Armreif angelegt, den meine Mutter getragen hat. Und die ander Woch drauf hätten wir heuern sollen. Ein paar Tag ehnder bin ich hinaufgestiegen auf den Göhl und hab ihr ein Kränzl heruntergeholt aus Edelweiß. Es ist schon auf den Abend zugegangen, wie ich heimgekommen bin und hab's ihr bringen wollen. Aber die Salmued – so hat sie geheißen, Herr – die Salmued ist nit daheim gewesen. Ihre Mutter und ich, wir haben gewartet und gewartet, es ist Nacht worden, und eine Stund um die ander haben wir hingepaßt. Am End ist mir die Angst gekommen, und ich bin umgelaufen und hab angefragt in jedem Nachbarhaus. Die ganze Nacht bin ich auf den Füßen gewesen, und schier die Seel aus dem Leib hab ich mir herausgelaufen. Von meiner Salmued aber hab ich nichts gesehen und gehört.«

»Doch als es Tag wurde, kam sie?« fragte Eberwein mit bebender Stimme.

Heiser lachte der Kohlmann. »Wie's Tag worden ist, bin ich gegen den Untersteiner Wald gelaufen, weil ich schon gefürchtet hab, die Salmued könnt in der Finsternis in eine von Wazemanns Bärengruben gefallen sein. Auf einmal, wie ich hinlauf zum Achensteg, kommt Herr Waze dahergeritten. Und wie er an mir vorbeireitet, da sieht er mich, und da zuckt ein Lachen über sein Gesicht. Mit der Faust hat er dem Roß eins auf den Hals gehauen, daß es einen Sprung getan hat und davongeschossen ist, als wär Feuer hinter ihm. Da hat's mir durch die Seel geschrien: Wenn du die Salmued finden willst, so mußt du suchen in Wazemanns Haus! In einem Sauser bin ich durch den Wald aus und hinauf zum Falkensteiner Weg. Das Brückl war aufgezogen und das Tor versperrt. Aber wie ein Zeck hab ich mich angehängt an die Mauer und bin hinaufgekommen. Und droben, was ich schreien hab können, hab ich geschrien: ›Salmued! Salmued!‹ Vier Knecht sind gegen mich hergelaufen, aber aus dem Haus hab ich einen Schrei gehört, und wie ich aufschau, seh ich im Dachfenster der Salmued ihr Gesicht. Die Arm hab ich noch in die Höhe gestreckt, und da hat mich einer von Wazes Knechten mit dem Speerholz vor die Brust gestoßen, daß ich rücklings hinuntergefallen bin über die Mauer. Der Gelfrat, Sigenots Vater, hat mich gefunden und hat mir das Blut abgewaschen. Und seit derselbigen Stund hab ich von der Salmued kein Wörtl nimmer ghört und hab sie meiner Lebtag mit keinem Blick mehr gesehen.« Der Kohlmann lachte. »Sie wird halt sein, wo dem Gernreuter sein Weib hat hin müssen!« Er blickte nach einer fernen Berghöhe, und sein heiteres Lachen verlor sich in Murmeln. »Frau Friderun, mein ich, kennt den Weg, den die Salmued gegangen ist!«

Eberwein hörte die letzten Worte nicht. Er stand hochaufgerichtet, und seine flammenden Augen spähten über das sonnige Tal und suchten in der von Schatten umsponnenen Ferne den Falkenstein und Wazemanns Haus. Er hob die Faust, und der zurückfallende Ärmel entblößte den nervigen Arm. »Herr Waze! Wir wollen rechten miteinander! Komm, Eigel, führ mich zu Tal!«

Dem Alten voran, eilte Eberwein den Hang hinunter. Der Kohlmann holte ihn ein und schüttelte den Kopf. »Nit so tummeln, Herr! Auf Bergweg gehören langsame Füß, und ›Zeit lassen!‹ grüßen bei uns die Leut, wenn's einer gar so nötig hat. Überlauf dich nit, sonst geht dir vor der Zeit der Schnaufer aus.«

Eberwein mäßigte die Hast seines Ganges. »Dank, Alter, für diesen Rat! Auf den Wegen, die meiner warten, ist mir eines vor allem nötig: Geduld und Ruhe! Komm!«

Sie schritten weiter.

2

Nur mit spärlichen Lichtern drang die Morgensonne in den dichten Urwald, durch welchen Eberwein und Eigel auf mühsamen Pfaden niederstiegen. Ein leichter Windhauch, feucht und kühl, wehte zwischen den Bäumen und erfrischte die heißen Stirnen der Wanderer. Kein Wort wurde gesprochen. Eigel mußte seine Aufmerksamkeit daran wenden, um unter den vielfach sich kreuzenden Wildsteigen, zwischen dem wirren Gerank und Unterwuchs den rechten Pfad zu halten. Und Eberwein war in Gedanken versunken. Was er gesehen und erfahren in diesen vergangenen Stunden, brauste ihm durch Herz und Seele wie ein Sturm. Ein schwerer Kampf stand ihm bevor, aber mit siegesfreudigem Mute sah er allem Kommenden entgegen.
Der Wald wurde lichter, und eine grüne Matte schimmerte durch die Bäume. »Da hauset der Gernreuter!« sagte der Kohlmann.
Eberwein erwachte aus seinem Sinnen: »Der Mannes jenes unglücklichen Weibes? Führe mich zu ihm!« Sie erreichten den Waldsaum. Eine weite, sonnige Wiese lag vor ihnen und in der Mitte ein großer Hag, dessen dichtes Flechtwerk fast von doppelter Mannshöhe war und von dem verwitterten Moosdach der eingeschlossenen Hütte nur einen schmalen Saum noch gewahren ließ. »Ein Zaun wie eine Schanze!« meinte Eberwein.
»So hoch muß der Hag sein, daß im Winter, wenn der Schnee steigt, die Wölf nit drüber springen.«
Sie näherten sich und hörten das Grunzen eines Schweines und die lachenden Stimmlein zweier Kinder. Als sie die Ecke des Hags umschritten, erblickten sie zwei Knaben von vier und fünf Jahren, die sich nackt und unter lustigem Balgen im Gras umherkugelten; die Sonne hatte ihnen ein dunkles Braun auf die Haut gebrannt; und daß das Wasser auch noch zu anderen Zwecken als nur zum Trinken

geschaffen wäre, dessen schienen sich die beiden Knirpse seit geraumer Zeit nicht mehr erinnert zu haben. Als sie die näherkommenden Schritte hörten, hoben sie erschrocken die Struwelköpfe und starrten mit aufgerissenen Augen den Mönch an, der ihnen lächelnd entgegentrat, die Hand zum Gruß gestreckt. »Gott grüß euch, Kinderlein!« Bevor jedoch Eberwein diesen Gruß noch ausgesprochen hatte, erhob das jüngere der beiden Bübchen ein zeterndes Geschrei und flüchtete gegen den Hag; da hielt auch die bleiche Tapferkeit des älteren nicht länger stand, schreiend lief es hinter dem anderen her, in der blinden Angst überrannten sie sich und stürzten. Einen Augenblick sah man vier nackte Beinchen in der Luft, die Kinder rafften sich wieder auf, heulend und zeternd verschwanden sie im Hag und drückten hinter sich das Tor zu. Nun verstummte ihr Geschrei, und man hörte den hölzernen Riegel knarren.
Eberwein stand verlegen, während Eigel lachte; dann ging der Kohlmann auf das Tor zu und rüttelte an den Bohlen. »Bauer! Heia, Bauer!« rief er mit lauter Stimme, aber es ließ sich aus dem Gehöft keine Antwort hören. »Er wird mit dem Vieh auf der Weid sein. Und die Kinder machen nimmer auf.«
»Was mag sie nur so erschreckt haben?«
»Schau deinen Kittel an! Die Gespenster und ein Pfaff, die haben all beid lange Kittel, und die Kinder machen keinen Unterscheid.«
Eberwein lächelte. »Er wird manchmal auch den Großen schwer.« Einen Blick noch warf er über Tor und Hag. »Zwiefaches werd ich erkämpfen müssen: Furcht bei den Wölfen und Vertrauen bei meinen Lämmern.«
Sie folgten dem ausgetretenen Pfad, der über die Wiese hinunterführte zum Waldsaum. Eigel hatte das Gehölz schon betreten; da blieb Eberwein stehen und griff nach der Ledertasche, die an seinem Gürtel hing; er hatte sie am verwichenen Abend in Bruder Wampos Händen gesehen – da war sie gewiß nicht leer. Er öffnete die Tasche. Zuerst kam ein kleines, in Schweinsleder gebundenes Buch zum Vorschein; dann folgte ein weißes Brot, ein Stück gebratenen Wildbrets und eine Handvoll roter Kirschen. Eberwein eilte zum Hag zurück, warf sich auf die Knie, und durch den schmalen Spalt zwischen Tor und Erde schob er Brot und Fleisch und Kirschen in das Gehöft. Der scheue Klang einer wispernden Kinderstimme ließ sich vernehmen: »Schau, Wasli, da schau hin!«
Lächelnd erhob sich Eberwein. »Für Kindersinn muß auch Gottes

Liebe eine verständliche Sprache wählen.« Eilenden Schrittes suchte er den Kohlmann einzuholen.

Der Wald, der die Wanderer aufnahm, wurde freundlich. Viehsteige liefen kreuz und quer, unter den Buchen gab es saftige Weide, und manchmal verrieten splitterige Baumstümpfe, daß hier schon die Axt gewaltet hatte. Aus der Tiefe des Waldes quoll ein dumpfes Rauschen herauf. Immer näher klang es, und als der Pfad, dem die beiden folgten, zur Höhe einer steil abwärts ziehenden Bergrippe führte, senkte sich vor Eberwein eine tiefe Schlucht, darin ein schäumendes Wasser floß. »Das ist der Albenbach!« sagte Eigel.

Der Pfad verließ den Rand der Schlucht nicht mehr; bald lenkte er vorüber an engem Geklüft, in dessen Tiefe ein Dunkel herrschte, daß man nur matt noch das weiße Wasser schimmern sah; bald wieder führte er um breite Kessel, in denen das Wasser über hohe Felsstufen niederbrauste oder große stille Tümpel bildete, darin sich ein Stücklein blauen Himmels und die sonnbeglänzten Buchenwipfel spiegelten. Bei einer Wendung des Pfades bleib der Kohlmann stehen. »Heut wimmelt der ganze Berg von Leut«, sagte er und deutete hinunter in die Schlucht, »da ist schon wieder einer! Und ich mein', es ist der Fischer.«

»Jener Sigenot?« fragte Eberwein und trat mit raschem Schritt an Eigels Seite. In der Tiefe der Schlucht, jenseits des Baches, der hier in breiterem Bett um die Felsklötze rauschte, stand mit der Angelrute ein junger Mann von hohem, kraftvollem Wuchs. In dichten Strähnen quoll das braune Haar unter der pelzverbrämten, mit einer langen Schwanenfeder gezierten Lederkappe hervor und schwankte um die Wangen; das dem Wasser zugeneigte Gesicht war nicht zu erkennen, denn bläulicher Schatten lag darüber, man sah nur, daß ein junger Bart, etwas lichter als das dunkle Haupthaar, die Lippen und das Kinn umsproßte. Ein ledernes Wams umschloß die breite Brust, und ein plumper Gurt, an dem ein kurzes Messer in hölzerner Scheide hing, umspannte die Hüfte. Die aus rauhhaarigem Loden geschnittene Hose ließ die Knie nackt, und zottige Fellstücke waren mit Riemen um die Waden geschnürt. Dem jungen Mann zu Füßen lag das hölzerne Fischlägel. Der aufdampfende Wasserstaub, farbig schimmernd in der Sonne, verhüllte zuweilen die ganze Gestalt des Fischers.

»Höi, Sigenot!« rief der Kohlmann; aber das Rauschen des Wassers verschlang den Ruf.

»Er kann dich nicht hören, steig zu ihm hinunter«, sagte Eberwein, »und führ ihn her zu mir, ich will ihn kennenlernen!«
Eigel griff nach den Ästen, um sich hinausgleiten zu lassen über den Hang der Schlucht. Da erhob der Fischer die Augen, aber nicht zu den beiden, sondern empor zur Höhe des Baches. Er schien dort oben etwas gewahrt zu haben, was ihn jäh um alle Ruhe brachte. Die Angel aufschnellend, sprang er mit flinkem Satz auf einen hohen Felsblock und deckte spähend die Hand über die Augen. Und dann, zurückspringend an das Ufer, haschte er den Riemen des Lägels, schwang das von Wasser triefende Fäßlein auf den Rücken und eilte über den steilen Hang der Schlucht hinauf, als wär es ebener Grund und müheloser Weg. Hinter schlagendem Gezweig, durch das er sich hindurchgeworfen hatte, verschwand er.
»Was sagst du, Herr? Weg ist er! Und den holen meine alten Füß nimmer ein!« brummte der Kohlmann. Da sah er, daß auch Eberwein emporblickte zur Höhe. »Was mag denn nur da droben sein?« fragte er und drückte die Zweige zur Seite, die ihm den Aufblick verwehrten. Hoch droben, am Rande einer Felsplatte, die sich über das tief abfallende Geklüft hinausstreckte, sah er ein Pferd erscheinen: den Rappen, der die rote Recka trug. Das Pferd scheute vor dem Absturz, aber ein Rutenhieb zwang es zum Sprung. Mit eingezogenen Hufen flog es über die Schlucht hinweg, auf ihm das Mädchen mit erhobenem Arm, das Haupt vom offenen Haar umflattert wie von einem roten Schleier. Noch im Sprung verschwanden Pferd und Reiterin hinter dichtem Gebüsch. Steine kamen in die Schlucht herabgerollt, und ihr Aufschlag übertönte das Rauschen des Wassers. Eigel stieg auf den Pfad zurück. »Jetzt, Herr, sag selber: Hat die da droben Flügel oder nit?«
»Flügel nicht, aber einen frevlen Sinn, welcher Gott versucht.«
»Sie muß da kommen, sie hat keinen andern Weg.«
»So laß uns warten!«
Schweigend standen sie. Nach einer Weile hörten sie seitwärts aus dem Wald eine helle, singende Stimme, die sich entfernte. »Herr, wir haben umsonst gewartet«, lachte der Kohlmann, »sie ist gradaus geritten durchs Holz. Ist das eine! Wo unsereins kaum durchschleift, findet die noch Bahn für ein ganzes Roß!«
Eberwein wandte sich schweigend ab, und so folgten sie wieder ihrem Wege. Eine halbe Stunde waren sie talwärts gestiegen, da wurde zwischen sonnig durchleuchteten Bäumen der Pfad so eben,

daß er ein gemächliches Wandern gestattete. Eberwein zog das kleine Buch aus der Tasche; die pergamentenen Blätter waren mit zierlicher Schrift und winzigen Malereien bedeckt. Dieses Buch war sein Trost in ernsten und schweren Stunden. Es hatte ihm schon oft den Sturm der Seele beschworen. Ob ihm sein Freund Horazius wohl auch jetzt die Erregung lösen würde, die sein Wesen erfüllte? Aufs Geratewohl schlug er das Büchlein auf und begann zu lesen:

»Justum et tenacem propositi virum
Non civium ardor prava jubentium
Non vultus instantis tyranni
Mente quatit solida . . .«

Still waren die beiden eine Weile dahingeschritten, als von einer Lichtung her, die aus dem nahen Waldtal heraufschimmerte, laute Stimmen klangen. »Herr, deine Leut sind da!« rief Eigel über die Schulter.

Sie beschleunigten ihren Gang und traten bald unter den Bäumen hervor. Am Ufer der Ache, die breit und ruhig in ihrem felsigen Bett das Tal durchfloß, lag eine kleine blumige Matte. Vier Saumtiere zogen weidend über das Gras, die Rücken schweißfleckig von der schweren Last, die man ihnen abgenommen hatte; im Schatten eines Gebüsches lagen die Ballen und Päcke übereinandergehäuft. Am Waldsaum brannten zwei lustige Feuer. Über dem einen hing an gekreuzten Stangen ein kupferner Kessel. Ein junger Mönch trug dürres Holz herbei. Es war eine stämmige, ungeschlachte Gestalt, Arme wie Balken, Fäuste wie Hämmer; das geschorene Haupthaar schimmerte wie Flachs, und der silberblonde Bart hing dick und zottig nieder, als hätte man dem Bruder Schweiker einen ganzen Spinnrocken vors Gesicht gebunden; dazu ein sonnverbranntes, gutmütiges Jünglingsgesicht und unter den weißen Brauen zwei wasserblaue Augen, die so harmlos blickten wie die Augen eines Kindes.

Über dem andern Feuer schmorte an hölzernem Spieß ein mächtiges Rippenstück, und Bruder Wampo, der neben dem Feuer kauerte, Gesicht und Hände dunkelrot von der Hitze, drehte achtsam den Spieß und goß mit hölzernem Löffel reichlich Fett über den rauchenden Braten. In seiner kauernden Stellung verdeckte die weiße Kutte seine Füße, die aufgezogenen Knie verschwanden unter dem

Bäuchlein, und so war er in seines Leibes rundlicher Fülle schier anzusehen wie eine große Kugel, der man ein kleines beinernes Köpfl aufgesetzt hatte. Denn von den Brauen an, über den ganzen Kopf hinweg, bis in den faltigen Nacken hinunter war keine Spur eines Härleins zu entdecken; und bartlos war auch das rote Gesicht mit dem breiten, immer lächelnden Mund, mit den rührsamen Hängebacken und den kleinen, tief versunkenen Äuglein, die so flink und glänzend blickten wie zwei Vogelaugen. Und wie hurtig die Hände gingen! Jeder Griff und jede Bewegung waren wie ein Haschen nach einer Mücke.
Um ihn her standen vier Knechte, die Führer der Saumtiere; und im Schatten des Waldes lagen zwei gewappnete Kriegsleute, deren langmähnige Pferde an einen Baum gekoppelt waren. Ein Knecht, der den Kohlmann mit Eberwein aus dem Walde treten sah, puffte den Bruder Wampo mit dem Knie in den Rücken. »Guck, du, dein Herr kommt!«
Der Bruder blickte auf. Er machte eine zuckende Bewegung, als wollte er vom Feuer wegspringen. Aber seine Hand war wie festgewachsen an der Kurbel des Bratspießes. Einen flinken, musternden Blick warf er über die Knechte; dann rief er zum anderen Feuer hinüber: »Komm her, Bruder, und dreh den Spieß! Die da können nichts als fressen. Schau nur, wie sie am Dampf schnuppern! Der Hunger schaut ihnen schon zu den Augen heraus, und das Wasser rinnt ihnen schon im Maul zusammen.«
Die Knechte lachten, und Schweiker kam herbeigestapft, schwer und langsam. »Da bin ich, was soll's?«
»Komm her und hock dich nieder! Mit der Linken dreh den Spieß!«
Wampo drehte, bis Schweiker die Hand an die Kurbel gelegt hatte.
»So, recht so! Und da hast du den Löffel, und da steht das Häfelein mit dem Schmalz. Gieß nur allweil schön langsam auf! Und beim Drehen und Aufgießen mußt du achthaben, daß nit zu viel Fett ins Feuer tropft, sonst schlagt die Flamm in die Höh und sengt mir den Braten an. Hast du verstanden?«
»Wohl!«
Wampo wischte die fetten Finger über die Hüften, fuhr mit dem Kuttenärmel vom Nacken herauf über die schweißbetropfte Glatze und sprang über die Matte hinweg auf Eberwein zu, flink und hopsend wie ein Ball, der im Spiel getrieben wird. Bruder Wampo hatte Schwung in den kurzen Beinen trotz seines Bäuchleins.

»Salve domine!« rief er mit strahlendem Gesicht.
»Gott zum Gruß, Bruder!« erwiderte Eberwein lächelnd. »Ich sehe, du bist schon fleißig bei der Arbeit.«
»Freilich, es schreien doch alle Mägen schon, am lautesten der meinige. Aber sagt, Herr, seid Ihr droben gewesen? Wie schaut es aus, unser Land? Wirklich so, wie uns Pater Meginhart aus der Salzburg geschrieben hat: ›vasta solitudo, quae saltus ferarum et cubile draconum est[1]‹?«
»Von einer vasta solitudo hab ich nichts entdeckt. Unser Land ist blühend in Schönheit und gesegnet von Gottes Hand. Aber«, fügte Eberwein scherzend bei, »mit den Drachen mag es wohl seine Richtigkeit haben. Einem bin ich begegnet!«
Wampos Äuglein wurden starr, und mit hurtiger Hand schlug er ein Kreuz über das erschrockene Gesicht. »Misericordia Domini! Er hat Euch doch nit angeblasen mit seinem Gifthauch? Aber nein, sonst stündet Ihr nimmer da vor mir, gesund und lebendigen Leibes!« Er schlug die Hände über dem Kopf zusammen. »Mirum spectaculumque! Saget, saget, wie hat er denn ausgeschaut? Halb wie der Teufel und halb wie Fisch und Vogel? Gelt?«
»Nein, Bruder, ein klein wenig anders. Unten wie ein Pferd und oben wie ein Weib! Zwei Köpfe hat er gehabt, sechs Füße und zwei Arme, vier Hufe und zehn Finger, eine schwarze Mähne und rotes Lockenhaar, zwei dampfende Nüstern im einen Gesicht und eine Nas im anderen –« Eberwein mußte lachen.
Da schien auch in Bruder Wampos Oberstübchen das Verständnis aufzudämmern. »Ach, Ihr!« brummte er schmollend. »Aber jetzt kommt, Herr, ich hab schon ein Plätzl für Euch ausgesucht im schönsten Moos und im besten Schatten.«
Eigel ließ sich nieder, wo er stand. Eberwein folgte dem Bruder und blickte suchend umher. »Wo ist Waldram?«
»Ins Holz ist er hineingegangen, wo's still und finster ist. Beim Feuer war's ihm zu lustig.«
»Und Herr Friedrich von Haunsperg?«
»Er ist auf dem Wege zurückgeritten bis zum anderen Bach, an dem

---

[1] Eine wüste Einöd, die der Tummelplatz reißender Tiere und die Wohnstätte der Drachen ist – (eine Stelle aus dem libellus vetustissimus, der ältesten Urkunde des Klosters Berchtesgaden, in der die Gefahren geschildert werden, mit denen die Erbauer der Martinszelle zu kämpfen hatten).

wir vorbeizogen. Wie wir dahergekommen sind und Ihr seid nit dagewesen, hat er gemeint, der Kohlmann hätt die Abred falsch verstanden und Ihr wärt auf dem gleichen Weg herunter, auf dem Ihr hinaufgestiegen seid.«

»Man muß ihm Botschaft schicken.«

»Wohl, das besorg ich schon. Setzt Euch nur!«

Bruder Wampo hatte den stillen Ruheplatz für Eberwein prächtig gewählt: zu Füßen einer Fichte, in schwellendem Moos und dicht am Ufer der Ache, deren kristallene Wellen mit sachtem Gemurmel um die grauen Steine spielten. »Hier ist gut sein!« lächelte Eberwein und streckte die Glieder.

Bruder Wampo hopste geschäftig hinweg, und gleich darauf schwang sich einer der beiden Kriegsknechte aufs Pferd und trabte durch den von zitternden Lichtern erfüllten Wald davon. Als der Bruder vom Feuer zurückkehrte, saß Schweiker breit auf der Erde und quirlte langsam den Bratspieß zwischen den Händen, während einer der Knechte das Aufgießen besorgte.

»Was ist denn? Was machst du da?«

Mit rotem Gesicht und verlegen blickte Schweiker zu Wampo auf. »Ich weiß nit, ich muß wohl ein bissel grob zugegriffen haben. Da ist mir die Kurbel in der Hand geblieben.«

»Natürlich! Wo so ein Pratzl hingreift, geht alles in Scherben.«

»Ich hätt's ja wieder gemacht«, stotterte Schweiker, »aber ich hab mich nit getraut, daß ich den Spieß rasten laß.«

»Du Unglücksmensch! Hast du mir am End den Braten verbrennen lassen?« Erschrocken beugte sich Wampo über das kreisende Rippenstück; doch er atmete erleichtert auf. »Gott sei Dank! Aber lang hätt's nimmer gedauert, so wär das Unglück fertig gewesen. Gib her!« Geschäftig schob er mit dem Ellbogen den Bruder beiseite und übernahm wieder die Sorge für den Braten. Schweiker erhob sich, ließ den Kopf hängen und ging davon.

Eberwein saß in seinen Horaz vertieft; manchmal ließ er das Buch sinken und blickte mit sinnenden Augen nieder in das Spiel der Wellen. Da klang vom höheren Bergwald her eine singende Mädchenstimme, hell und jauchzend. Eberwein hob lauschend den Kopf, sah gegen den Wald hinauf und dann hinüber zu Eigel. Der Kohlmann nickte und deutete über die Schultern, als wollte er sagen: Da kommt sie! Immer näher klang die Stimme, und die Worte des Liedes wurden verständlich:

»Ich hab ein trauten Liebgesell,
Heija!
Der ist als wie der Wind so schnell,
Heija!
Und wenn ich reit auf grüner Au,
In Wald und tiefen Klüften,
Zieht hoch er über mir im Blau
Und grüßt mich aus den Lüften.
Heia ho! Mein Edilo,
Mein weißgefleckter Falke!

Es lag sein Horst, weiß nit wie weit,
Heija!
Doch kennt er nit das Heimeleid,
Heija!
Und fliegt er noch so hoch und frei,
Mein Wink beruft ihn schnelle;
So minnet er mich fest und treu,
Recht wie ein Trautgeselle.
Heia ho! Mein Edilo,
Mein weißgefleckter Falke!«

Ein heller Jauchzer endete das Lied. Das Knacken brechender Äste ließ sich im Walde vernehmen, gedämpfter Hufschlag näherte sich, und zwischen den Bäumen erschien der Rappe, der Wazemanns Tochter trug. Von der Trense des Pferdes troff der Schaum, und in weißen Flocken hing der Schweiß an Hals und Flanken; eine braune Bärendecke mit niederbaumelnden Tatzen verhüllte den Sattel, auf dem die Reiterin ruhte; auf der einen Seite hing die Beute des Morgens, der Bartgeier, mit verwirrtem Gefieder und schwankenden Flügeln vom Sattelknopf herab, auf der anderen Seite stak in einem ledernen Köcher der kurze dickbesehnte Stahlbogen mit den gefiederten Pfeilen. In Falten floß das graue Wollkleid, das schmucklos die stolze schöne Gestalt umschmiegte, bis auf den Schuh hinab, an dem der silberne Stachel blitzte. Ein kleines grünes Käpplein mit einem Büschel weißer Reiherfedern bedeckte den Scheitel und verschwand fast unter dem üppigen Gelock des rotschimmernden Haars. Blätter und kleine Reiser hingen im Haar verstrickt, und das unhöfliche Gezweig des Waldes hatte dünne rote

Linien auf die halbentblößten Arme gezeichnet. Auch über die eine Wange ging ein roter Strich, wie mit einer Nadel gerissen; doch er störte nicht die Schönheit des Gesichtes, sondern erhöhte nur den kühnen Ausdruck dieser Züge und stimmte gut zu diesem trotzigen Mund und den dunkel blitzenden Augen.

Eberwein erhob sich und blickte halb verwirrt und halb in unmutiger Strenge auf das schöne Weib. Recka hatte, von dem Anblick der Mönche überrascht, die Zügel des Pferdes angezogen; ihre Augen glitten über die Gruppe der Männer, über die flackernden Feuer und über die Saumtiere, die auf der Matte weideten. Dann lachte sie. »Bei meiner Mutter Friderun! Sind die weißen Wildschwän auf dem Flug?« Ihr Blick haftete auf Eberwein. »Oder bist du von den Weißkutten eine, die meinem Vater sein Land nehmen wollen? Mir meinen Wald, meine Jagd und meine Freude?«

Dunkle Röte färbte Eberweins Stirn. »Jagen magst du, wo und wann es dir beliebt. Der Wald ist frei und hat Wege für jedermann. Deinem Vater aber kann nicht genommen werden, was nicht sein eigen ist.«

»Nit sein eigen?« lachte Recka. »Mein Vater und meine Brüder werden die Ohren spitzen, wenn sie solche Weisheit hören.«

»Nie war dein Vater dieses Landes Herr. Wer hat ihn belehnt mit diesen Bergen? Wo steht das Recht geschrieben, das er sich anmaßt?«

»In seiner Faust. Laß dich warnen, Mönch! Das ist eine Schrift, die noch keiner gern gelesen hat.«

Eberwein richtete sich auf. »Ich werde sie öffnen, diese Faust, und werde finden, daß alles in ihr geschrieben steht, nur nicht ein Wort des Rechtes. Dein Vater war nur ein Diener seiner gräflichen Herrin, die das Wohl dieses Landes in die Hand der Kirche legte, in meine Hand. Ich komme nicht, um deinen Vater zu verjagen; er mag, als mein erster Diener, auch fernerhin bleiben, was er gewesen, der Spisar[1] dieser Landmark. Doch er wird sich der Ordnung fügen, die ich aufrichte. Gerechte Buße wird er leisten für jedes Unrecht, das er begangen, und dem Greuel und Laster ein End machen, das seine Söhne hinaustragen aus ihres Vaters Haus.«

Recka erblaßte.

»Dein Vater soll erkennen, daß der Ärmste in der Hütte mir wert ist

---

[1] Verwalter

als Gottes Geschöpf und meines Landes Kind, das meinen Schutz genießt und meine Liebe. Sicherer Friede und freundliches Glück sollen gedeihen unter meinem Stab, und frohe Zeit soll Einkehr halten unter jedem Dach. Will dein Vater mir helfen bei diesem Werk, dann soll mir sein Dienst willkommen sein. Leistet er mir Widerstand, reißt er wider Recht nur einen Strohhalm von eines Bauern Dach, so lösche ich seinen Namen, und sein Wort und Wille sollen in meinem Land wie Rauch sein, den der Wind verweht. Bringe deinem Vater diese Botschaft! Das läßt ihm Eberwein Frymann sagen, der erste Propst zu Berchtesgaden.«
Eberwein schwieg; die Knechte hinter ihm sahen sich mit erstaunten Gesichtern an; Schweiker machte zwei Fäuste und hing mit leuchtenden Augen an dem Pater; sogar Bruder Wampo hatte seines Amtes am Feuer so weit vergessen, daß der Braten eine verdächtig braune Kruste bekam. Eberwein fühlte seine Hand ergriffen – der Kohlmann kniete neben ihm. »Eigel«, sagte der Mönch, »steh auf, wir Menschen sollen nur knien vor Gott!«
»Nein, Herr, auch vor der Lieb!« Eigel erhob sich. »Und laufen will ich, was mich meine Füße tragen, und ausschreien will ich's von Haus zu Haus!« Er packte seinen Stab und eilte durch den Wald davon.
Reckas Rappe trippelte mit unruhigen Hufen und warf, knirschend in die Trense beißend, den Kopf auf – er hatte den Stachel gefühlt. Mit dem Körper jeder zuckenden Bewegung des Pferdes folgend, saß Recka im Sattel; sie nagte an den Lippen, zornig blitzten ihre Augen, und in ihrer Hand zitterte die Gerte, die sie im Wald gebrochen hatte. Dann lachte sie, und während sie alle Kraft gebrauchte, um die Unruhe des Pferdes zu bändigen, rief sie Eberwein spottend zu: »Das war wohl die erste Predigt, die Ihr in Eurem neugebackenen Sprengel gehalten, Herr Propst? Aber sagt mir doch: Soviel ich weiß, gehört zu einem Propst ein Kloster wie zum Reiter ein Roß. Wo steht Euer Kloster? Ich seh es nirgends. Habt Ihr's vielleicht in der Kutte stecken wie die Katze im Sack? Heraus damit! Ihr seht doch, wie mich die Neugier plagt!«
»Spotte nur!« erwiderte Eberwein. »Du und die Deinen, ihr werdet mein heiliges Haus noch sehen, sicher gebaut auf einen Fels. Noch steht es in Gottes Hand. Doch über Jahr und Tag soll die Glocke rufen von meines Klosters Dach, und ihre Stimme soll freudig klingen allen Guten!«

»Ein Jahr?« unterbrach ihn Recka lachend. »Und bis dahin werdet Ihr beten? Und geduldig warten, bis Gott so gefällig ist und trägt Euch das Kloster aus den Wolken herunter und stellt es hin auf den Fleck, auf dem es Euch passen möchte, mitten in meines Vaters Land?«

Da klang hinter ihr eine zornige Stimme von schneidender Schärfe: »Weh über dich, denn du hast Gott gelästert!«

Reckas Lachen verstummte, betroffen wandte sie das Gesicht, am Zügel reißend, daß der Rappe sich bäumte.

Pater Waldram war unter den Bäumen hervorgetreten; eine hagere Mönchsgestalt, das Antlitz finster, die Wangen fahl; in tiefen bläulichen Höhlen lagen die brennenden Augen. Er faßte das Kreuz, das an einer Schnur von Holzperlen an seinem Gürtel hing, hob es mit gestrecktem Arm empor und kam auf Recka zugeschritten: »Sieh dieses Zeichen an! Es ist das Zeichen des Gottes, der dein frevelndes Wort gehört und auf dich sein Gericht herniederschicken wird mit flammenden Blitzen und stürzenden Bergen.«

Recka erhob die Gerte, doch mit beiden Händen mußte sie die Zügel fassen, um nicht die Herrschaft über das ungebärdige Pferd zu verlieren. Zornig rief sie: »Schafft mir diesen Narren weg, mein Pferd verträgt seinen Anblick nit!«

»Schmähe nur«, rief Waldram, »du sollst noch erkennen, welche Weisheit in diesem Zeichen wohnt! Sieh es an und zittere! Seiner wirst du gedenken an dem Tag, an dem die höllische Schönheit abfällt von deinem Leib wie faulende Rinde vom Baum. In Ekel wird sich verwandeln jeder Reiz, mit dem du mein Auge quälst! Nach dir greifen wird die rächende Hand und wird dich niederziehen –«

Mit zuckenden Fingern griff Waldram nach Reckas Gewand; doch Eberwein umklammerte den Arm des Eiferers. »Mäßige dich, Waldram! Du weiß nicht, was du redest –« Er konnte nicht weitersprechen und mußte den anderen mit sich fortreißen, damit er nicht von den schlagenden Hufen des scheuen Pferdes getroffen würde. Unter schmetterndem Gewieher stieg der Gaul in die Luft, drehte sich im Kreis und flog mit tollen Sätzen hinaus in die Wiese. Die Saumtiere flüchteten ins Gebüsch, schreiend rannten die Knechte auseinander, und Bruder Wampo warf im ersten Schreck den Spieß mitsamt dem Braten über die Schulter und sprang in den Wald hinein.

Bleich, die Lippen eingekniffen, die Augen blitzend unter den gefurchten Brauen, saß Recka im schwankenden Sattel, mit dem

Aufgebot aller Kräfte gegen die Wildheit des Pferdes kämpfend. Der Rappe schien Zügel und Stange nicht mehr zu fühlen und raste mit bäumenden Sprüngen auf der Wiese hin und her; jetzt kam er dem Ufer zu nah, unter seinen Hufen wich der Grund; um nicht zu stürzen, sprang er in den Bach, daß Roß und Reiterin fast verhüllt wurden vom aufspritzenden Wasser – dann wieder flog er mit jähem Sprung ans Ufer. Recka wankte im Sattel, ein leiser Schrei zitterte von ihren Lippen, und während sie schon zu sinken drohte, stürmte das Pferd dem Wald entgegen. Aber da stand es plötzlich, wie von einem Zauber gebannt.

Sigenot, der Fischer, den niemand kommen sah, hatte mit eisernem Griff die Zügel gefaßt. »Da bin ich zu rechter Zeit gekommen!« rief er lachend zu Recka hinauf. »Sonst hätte es dir gehen können wie König Davids Sohn, von dem mir der alte Hiltischalk erzählt hat, daß er mit dem Goldhaar hängen blieb an den Ästen.«

»Gib die Zügel frei!« stieß Recka im Zorn hervor. »Ich dank dir nit für diesen Griff!«

Ein Schatten fing über das sonnverbrannte, männlich schöne Gesicht des Fischers. Doch ruhig blickten die klaren, lichtbraunen Augen zu dem Mädchen auf. »Ich hab nit gefragt um Dank. Ich hab ein scheues Roß gesehen und hab's zur Ruh gebracht.« Er ließ den Zügel fahren und trat zurück.

Recka drückte den Stachel in die Flanke des Pferdes. Keuchend machte das Tier einen Sprung und schoß davon, dem schmalen Wege folgend, der zwischen den Bäumen verschwand. Vor dem Gezweig sich duckend, haschte Recka das flatternde Haar und wand es um den Hals.

Verstummt, doch immer noch mit erhobenem Kreuz, stand Waldram und starrte der Entschwindenden nach. Eberwein wandte sich zu ihm, eine Wolke des Unmuts auf der Stirn. »Ich wollte, dein Übereifer hätte uns diesen Auftritt erspart.«

Waldram ließ den Arm sinken, und ein trockenes Lächeln glitt über die welken Lippen. »Sieh zu, ob du Besseres wirkst mit deiner Lauheit! Wir beide verstehen uns nicht. In dir ist der Menschen Zweifel und Schwäche, in mir ist Gottes Zorn.«

»Darüber wollen wir nicht rechten«, erwiderte Eberwein ernst, »doch merke dir, Waldram: Ich will hier bauen, nicht zerstören!«

Wortlos kehrte Waldram sich ab und trat in den Schatten der Bäume.

3

Sigenot hatte die Angelrute und das hölzerne Lägel, das von Wasser troff und schwer war, von der Erde aufgenommen. Da stand Eberwein vor ihm. »Du bist Sigenot, der Fischer?«

Sigenot nickte nur, und forschend hing sein Blick an Eberweins Zügen. Bruder Schweiker kam herbei, neugierig, mit gutmütigem Lächeln; der Fischer schien ihm zu gefallen.

»Ich habe schon gehört von dir!« sagte Eberwein. »Und Gutes! Hier, meine Hand zum Gruß!«

Sigenot rührte keinen Finger. »Ich biet meine Hand nur einem, mit dem ich gut bin. Von dir weiß ich nit: Bist du mir Feind oder Freund?«

»Ich bin aller guten Menschen Freund, also auch der deine.«

Der Fischer schüttelte den Kopf. »Ich kenn dich nit, und bei mir macht eine linde Red noch keine Freundschaft.«

Schweiker bekam einen roten Kopf. »Laß dir raten, Fischer: Red ein lützel sanfter! Und nimm die Hand! Der sie bietet, ist dein neuer Herr.«

Sigenot trat einen Schritt zurück und maß den Bruder vom Kopf bis zu den Füßen. »Ich versteh deine Red nit.« Schweiker wollte erwidern, doch Eberwein legte die Hand auf seinen Arm und winkte ihm zu schweigen. »Wie kann da ein neuer Herr sein, wo kein alter gewesen?« sagte der Fischer. »Ich sitz auf meinem Haus, das nie gezinset und gesteuert hat, und die Fischenz ist mein freies Eigen. Ich hab keinen Herrn.«

Lächelnd blickte Eberwein in Sigenots Augen. »Das mag ich nicht glauben, Fischer.«

»Ich sag, ich hab keinen Herrn, und meine Red ist wie Stein.«

»So wär auch jener dein Herr nicht, der aller Menschen Herr ist? Jener Eine dort oben?«

»Der?« Sinnend hob Sigenot die Augen zum blauen sonnleuchtenden Himmel. »Wohl! Den laß ich mir gefallen als Herrn, wenn's derselbig ist, den der alte Hiltischalk in der Ramsau meint. Aber ich glaub, es müssen zwei da droben hausen, dem Hiltischalk der seinig und der andere, den der Magere mit dem Kreuz gemeint hat und der die Rösser scheu macht und die Weiber zornig. Den behaltet für euch. Muß ich da droben einen Herrn haben, so halt ich zu dem, den der Hiltischalk meint. Und jetzt laß mich in Fried, ich muß meiner Fischweid nach!« Er nickte einen Gruß, ließ die Angelschnur durch die Finger gleiten und schritt dem Ufer der Ache zu.
»Ist das ein Lümmel, ein unguter!« brummte Schweiker, der den Fischer ungern scheiden sah. »Soll ich ihn wieder holen?«
»Laß ihn! Um diesen zu gewinnen, bedarf es einer besseren Stunde.« Eberwein wandte sich ab und sah nach der Richtung, die Waldram genommen hatte. »Sein erstes Wort«, sprach er leise vor sich hin, »und schon liegt ein Schatten auf meinem hellen Weg!«
Schweiker stand noch immer inmitten der Wiese und spähte in die Büsche, hinter denen Sigenot verschwunden war. Da hörte er Bruder Wampos Stimme: »He, Schweiker, komm!« Er ging zum Feuer, bei dem sich Wampo nach dem überstandenen Schrecken schon wieder häuslich mit Spieß und Braten eingerichtet hatte.
»Komm, dreh noch ein Weil, er wird bald gar sein! Ich hab ein Wörtl mit dem Fischer zu reden.«
»Du? Mit dem Fischer?«
»Sein Lägel hat Wasser«, Wampo kniff die Augen zu und schnalzte mit der Zunge, »es muß auch Fisch haben!« Mit beiden Händen hob er die Kutte, sprang davon und erspähte hinter den Stauden den Fischer, der gerade das Lägel niedersetzen wollte, um die Angel zu werfen. Geschäftig die Hände reibend, lächelnd und nickend, ging der Bruder auf ihn zu. »Gottes Segen über dich, mein Sohn!«
Sigenot hob die Augen.
Wampo zwinkerte, fast bis zu den Ohren verzog sich sein lachender Mund, und während er mit dem Fingerknöchel an das Lägel pochte, fragte er: »Hast du heut schon was gefangen, mein Sohn?«
»Ich bin meiner Mutter Sohn, nicht der deinige. Aber gefangen hab ich, denn ich hab gefischt.«
»Gefangen? So? So? Schöne Fische?«
»Gering Zeug fang ich nit.«
»Freilich, ein rechter Fischer! Gefangen also? So? Laß einmal

sehen!« Wampo wollte nach dem Lägel greifen, aber Sigenot streckte die Angelrute vor. Seufzend legte der Bruder die Hände über das Bäuchlein und sah den Fischer an, mit Augen voll tiefer Kümmernis. Da mußte Sigenot lächeln. »So schau halt!« sagte er und öffnete den Deckel des Lägels. Hurtig fuhr der Bruder mit der Nase bis dicht an die Lücke. »Ei, da wimmelt ja ein Buckel neben dem andern!« Er richtete sich auf, und sein Gesicht strahlte. »Jetzt sag, mein Sohn –« Da erinnerte er sich der abweisenden Rede Sigenots. Zutraulich klopfte er ihm auf die Schulter. »Von mir kannst du dir das gefallen lassen. Ich könnt sagen: So redet die Kirche mit ihren Kindern. Aber zu dir sag ich: Schau, lieber Fischer, bin ich nit so alt, daß ich dein Vater sein könnt? Und bist du nit so jung, wie mein Bub wohl sein möchte, wenn ich einen hätt? Gelt, ja? Und drum sag, mein Sohn, wie wär denn das, wenn du mir für Gottes Lohn und freundlichen Dank von deinem Fang ein paar Schwänzlein ablassen tätest? Hm?«
»Fisch willst du haben? Das hättest du kürzer sagen können.«
»Kurz oder lang, was meinst du dazu?«
»Nichts mein' ich!« sagte der Fischer lächelnd; je länger er den Bruder betrachtete, desto fröhlicher wurde sein Gesicht. »Auf die Fisch da wartet Herr Waze, ich hab ihm die Ferchen zugesagt zum Mahl auf die Nacht.«
»Herr Waze?« Wampo spitzte die Lippen wie zum Pfeifen. »Von dem hab ich schon gehört! Der soll die schönen Fisch alle haben, zum Mahl auf die Nacht? Aber schau, wir haben ein Mahl zu Mittag. Und haben nichts dazu als einen großen Hunger und ein kleines Stückl Fleisch. Und Mittag kommt vor Abend, Mittag ist jetzt! Also, tu eine gescheite Red, sag ja!« Der Bruder legte die Hände auf den Gürtel und machte die freundlichsten Äuglein, die er zustande brachte. »Schau mich an, Fischer! Wenn ich dich gar schön bitt, kannst du da nein sagen?«
»So nimm halt!« lachte Sigenot. Er drehte das Lägel um. Mit einem dicken Wasserguß flossen an die zwanzig Forellen in das Moos und hüpften silberschimmerig durcheinander.
Bruder Wampo wußte nicht mehr, wohin er mit seinen Händen greifen sollte. »Ei, ei, ei!« Das war der ganze Ausdruck seiner Freude. Er sah nicht, daß Sigenot sich lachend entfernte, und dachte nicht an Gruß und Dank, sondern warf sich auf die Erde nieder, höhlte die Kutte zu einem Sack, und schlipp, schlupp, verschwan-

den die zappelnden Fischlein eines nach dem andern im Schoß der Kirche. »Ei, ei, ei!« Stolpernd sprang der Bruder auf, rannte dem Feuerplatz entgegen, und breit vor Eberwein sich aufpflanzend, mit strahlendem Gesicht, zog er eine pfündige Forelle aus der Kutte und rief lachend: »Schauet, Herr, das ist die erste Steuer, die unser Kloster gehoben hat in Berchtesgaden!«
Eberwein lächelte, und hinter ihm ließ sich eine rauhe Stimme vernehmen: »Ein guter Anfang! Nur lustig fortgehoben! Und wohl bekomm euch, was Herr Waze und seine Buben übriggelassen!«
Während Bruder Wampo zum Feuer rannte, ließ sich der Sprecher dieser Worte, ein stämmiger Kriegsmann, neben Eberwein auf einen Steinblock nieder. Es war Herr Friedrich von Haunsperg, der erzbischöfliche Kastellan der Salzburg. Ein grauer Spitzbart verlängerte das harte, knochige Gesicht, darin zwei graue, scharfblickende Augen funkelten; am Gürtel trug er ein breites Schwert, einen Dolch an dünner Eisenkette, und unter dem grüngefärbten Lederwams klirrte das Ringhemd. »Ich bin um Euretwillen schön in die Irre geritten!« sagte er lachend zu Eberwein. »Draußen beim Rotemannsbach wurde mir das Warten zu lang, ich wollt Euch ein Stück den Berg hinauf entgegenreiten, im dichten Gehölz hab ich den Pfad verloren, und wär der Knecht nicht gekommen und hätt nach mir geschrien wie ein Jochgeier, wer weiß, ob ich den Weg so bald wieder gefunden hätt!«
»Ich beklage die Übermüh, die ich Euch durch mein Zögern verursacht habe. Doch wüßtet Ihr, was ich erfahren und gesehen, Ihr würdet mich entschuldigt halten.«
»Entschuldigt seid Ihr für alle Fälle. Aber nun leget los, Herr Pater«, die Augen des Kastellans wurden kleiner, und über seine schmalen Lippen zuckte ein kaum merkliches Lächeln, »oder muß ich schon sagen: Herr Propst? Also, erzählet, wie hat Euch das Ländlein gefallen, das Ihr Euch angesehen habt von oben herab?«
Eberweins Augen leuchteten; er hatte kein Ohr für den versteckten Spott dieser Worte und begann zu erzählen.
Inzwischen schaffte Bruder Wampo drüben am Feuer; bald sprang er zum Bratspieß, bald wieder zum Kessel, in dem er die Forellen sott. Dabei wußte er für jeden der Knechte ein Geschäftl; sie mußten flink durcheinandersurren wie die Hummeln. »Schwitzet nur, heut hab ich noch gute Zeit!« kicherte Wampo. »Steht die Klaus einmal, dann muß ich alles selber schaffen!«

Nah im Walde klangen wuchtige Beilhiebe; Bruder Schweiker hantierte mit der Axt, und wo er hinschlug, sprangen die Splitter und sanken die jungen Bäume. Nach einer Weile kam er, ein Dutzend dicker Stangen auf dem Rücken schleppend; viere trieb er in den Grund und legte über die Stangen eine Steinplatte als Tisch; daneben richtete er zwei kleine Bänke. Als sein Werk zu Ende gediehen war, kam Bruder Wampo herbeigeschossen, deckte ein weißes Linnen über den Tisch, legte drei Holzteller auf die Platte, Löffel und Messer und neben jeden Teller eine kleine Handzwehle mit rotgesticktem Saum.
Schweiker riß die Augen auf. »Mensch? Wo hast du denn das herrische Zeug her?«
»Gestern auf die Nacht hab ich's dem Tafeldecker in der Salzburg abgehandelt.«
»Was hast du ihm gegeben dafür?«
»Eine Litanei.«
»Hast du sie schon gebetet?«
»Wann hätt ich denn Zeit gehabt? In der Nacht hab ich schlafen müssen, den ganzen Vormittag laufen, und jetzt hab ich alle Hände voll zu schaffen!« Er rannte zum Feuer.
Mit schiefem Kopf sah ihm Schweiker nach. »Wenn der nit vergißt an die Litanei, heiß ich Hänsel. Ich will's ihm lieber abladen.« Er schlug ein Kreuz, verschlang die Hände und wanderte murmelnd in den Wald hinein.
Bruder Wampo holte indessen die Forellen aus dem Kessel, legte sie säuberlich auf eine hölzerne Platte und umgab sie in Ermangelung eines würdigeren Schmuckes mit einem Kränzl kleiner Fichtenzweige. Er trug die Platte zum Tisch und lief, um die Herren zu rufen, die er in unmutigem Gespräch fand; auf Eberweins Zügen brannte die Erregung, und Herr Haunsperg schien übler Laune zu sein. Der Bruder machte eine Verbeugung, die einem Koch des herzoglichen Hofes zur Ehre gereicht hätte, und sagte: »Das Tischl ist gedeckt, wohl bekomm's den Herren!«
Herr Haunsperg sprang auf. »Das erste gescheite Wort, das ich höre!« Und zu Eberwein sich wendend, meinte er lachend: »Kommt, Pater, lassen wir jetzt die Zungen ruhen und dafür die Zähne arbeiten!« Er ging zum Tisch.
»Wo ist Waldram?« fragte Eberwein.
Bruder Wampo rannte davon, daß die Kutte flatterte. Nach kurzer

Weile kam er zurück und schüttelte den Kopf. »Ihn hungert nit, hat er gesagt, ihn speiset die Gnade Gottes.«
Schweigend wandte sich Eberwein zum Tisch, faltete die Hände und sprach das Gebet. Herr Haunsperg lächelte kühl, doch er entblößte das Haupt. Auch die Brüder und mit ihnen die Knechte standen betend abseits. Man hörte das Murmeln der Ache, das Knistern des erlöschenden Feuers und die sachte Plauderstimme, die der leichte Windhauch in den Wipfeln der Bäume weckte. Dann saßen sie alle und aßen, die Herren am Tisch, Schweiker und Wampo neben dem Feuer, die Knechte tiefer im Wald. »He, Bruder!« rief Herr Haunsperg. »Mich dürstet, gib zu trinken her!«
Wampo lief und kam mit einer schweren Bitsche. Herr Haunsperg öffnete den Deckel. »Wasser? Damit bleib mir vom Leib! Laß Wein anfahren. Ich hab doch bei der Ladung ein Fäßl gesehen! Zapf an!«
Bruder Wampo machte ein verlegenes Gesicht und schielte hustend nach dem Pater. »Der Wein ist für Gottes Tisch bestimmt!« sagte Eberwein.
Brummend hob Herr Haunsperg die größte Forelle von der Platte. Als Wampo zum Feuer zurückkehrte, fragte Schweiker: »Was hat's denn gegeben?«
»Der Haunsperg hat vom Meßwein haben wollen.«
»Da wird ihm die Zung trocken bleiben!«
Wampo schmunzelte; was er sich dachte bei diesem Schmunzeln, das verschwieg er; Bruder Wampo schien seine kleinen Geheimnisse zu haben, auch vor Schweiker. Oder meinte er nur, daß beim Forellenschmausen alles Reden vom Übel wäre? Mit stillem Eifer bewies er, daß er im Fischverspeisen ein Meister war. Während Schweiker mit seinen plumpen Händen den Fisch packte wie der Schmied die Goldnadel, faßte Wampo die Forelle zierlichen Griffes mit zwei Fingern am Kopf, mit zwei Fingern am Schwänzl. Ein flinker Zuck, und in zwei appetitlichen Spalten löste sich das weiße zarte Fleisch vom Rückgrat los – schlick, schluck, und von der Forelle war nur noch das leere Gerippe vorhanden, das ins Feuer flog.
Als die letzte Forelle und das letzte Restlein des Bratens verschwunden waren, leckte Bruder Wampo fein säuberlich die Finger ab, wischte die Hände über die Kutte und seufzte tief.
»Was hast du?« fragte Schweiker.
»Ach Bruder, mir schwant was!«

»So red doch! Was?«
»Mir schwant, als käm eine böse Zeit für uns. Mir schwant, als hätten wir heut auf lang hinaus zum letztenmal gegessen, wie's einem Menschen wohltut.«
Lachend zuckte Schweiker die Schultern. »Was liegt daran, wenn's ein lützel grob kommt!« Er blickte das waldige Tal entlang, und seine Augen nahmen einen sinnenden Ausdruck an. »Es kommt halt, wie Gott will! Schau, deswegen sind wir Gottesstreiter. Da mußt du denken: Unser lieber Herr Jesus Christ ist auch in die Wüstenei gegangen, und da hat er auch nit Fisch und Kälbernes gegessen alle Tag!«
»Freilich«, meinte Bruder Wampo kleinlaut, »aber ihm hat sein himmlischer Vater alle Tag einen Engel geschickt mit Himmelsbrot.«
Schweiker legte die Arme um die Knie und sagte langsam: »Wenn's uns einmal recht schiech geht in der Klaus, und wir bleiben nur gut und fromm – meinst du nit, Bruder, daß der liebe Herr uns in der größten Not auch einen Engel schicken tät mit Himmelsbrot?« Er lächelte. »Ich wär mit einem Bröserl schon zufrieden. Das tät bei mir reichen fürs ganze Leben! Einmal hab ich gehört, wie ein Pater gepredigt hat: Wer gespeiset aus Gottes Hand und wer gegessen des Himmels Brot, hat er gesagt, der fühlt sein Herz erhoben in Freud und reiner Süßigkeit, ihn quälet nimmer Sorg und Kummer, und seine Seel ist voll des Glückes, das ihr Gott gegeben!« Er strich mit dem Rücken der schwieligen Hand über die Stirne.
Als die Herren ihre Mahlzeit beendet hatten, räumte Bruder Wampo den Tisch; solange er zugegen war, schwieg das Gespräch. Dann sagte der Kastellan mit kühlem Lächeln: »Ich will Euch meinen Rat nicht aufdrängen, aber wenn Ihr ebenso klug seid als fromm, dann richtet Ihr Euch nach meinen Worten. Ich kenne Herrn Waze. Er ist nicht besser und nicht schlechter, als alle sind, die an solcher Stelle sitzen. Sein Graf war immer weit und hat sich um Land und Leute in Gaden den Teufel gekümmert.«
»Ihr redet derb, Herr Haunsperg!« mahnte Eberwein in mühsam bekämpfter Erregung.
»Ich wollte nur sagen: Herr Waze hat in seiner Einöd nie einen Druck von oben gespürt, und das hat ihn übermütig gemacht. Ich rate, findet Euch im guten mit ihm ab! Über die vierzig Jahre sitzt er als Spisar im Berchtesgaden.«

»Und das ist sein einziges Recht?«
»Ihr meinet, nach dem Landgesetz? Soll ich die Wahrheit sagen, ja! Aber muß denn ein Recht immer ein geschriebenes sein? Das Herkommen, Pater, wenn es graue Jahre auf dem Buckel hat, ist auch ein Recht, und das hält oft besser als Eure geschriebenen Gesetze.«
»Ich will das Recht des Herkommens, auf das sich Herr Waze stützen mag, nicht verneinen. Ich hab es heute schon gesagt, er soll in meinem Lande sein, was er bisher gewesen, soll seinen gerechten Teil haben an Zins und Steuer, und den Wildbann will ich ihm nicht beschränken. Doch soll er meinem Land ein guter Walter sein, nicht ein Wolf in der Herde.«
Herr Haunsperg verzog die Lippen. »Ach was, Wolf! Wen reißt er denn am Fell? Den Bauer! Mit Euch wird er zechen und jagen.«
Dunkle Röte flog über Eberweins Züge. »Mich lüstet nicht nach solcher Kurzweil. Mag Herr Waze Unbill über Unbill gegen mich begehen, ich will es dulden. Aber das Wohl meiner Bauern, die Unschuld und das Recht in meinem Land werd ich vor ihm und seinen Söhnen zu wahren wissen.«
»Man merkt Euch an, Herr Pater, daß Ihr noch niemals Land und Leute in der Hand gehabt. Sonst würdet Ihr anders reden und den Bauer billiger schätzen. Aber ich hab keine Sorg um Euch! Werdet nur erst warm auf dem Herrensessel! Den Rahm schöpfen, der am besten schmeckt, das lernt sich leicht. Ihr werdet bald hinter das Sprüchlein kommen: Bauernbutter ist Herrenfutter. Ich erleb's noch!«
»Das glaub ich kaum, Herr Haunsperg, und wenn Euch der Himmel auch Methusalems Alter schenkt.«
»Dafür wär ich dem Himmel dankbar. Aber genug jetzt! Ich hab Euch meinen Rat gegeben, Ihr schlagt ihn in den Wind. Über Jahr und Tag wollen wir uns wieder sprechen. Ihr werdet bald dahinterkommen, wie mit Herrn Waze am besten zu fahren ist. Mit Gewalt geht's nicht, ich sag's Euch noch einmal voraus! Das haben seine Herren im Grafengaden seit langen Jahren gemerkt und haben ihn hausen lassen, wie er wollte!« Herr Haunsperg lachte spöttisch. »Gerade Ihr hättet die geringste Ursach, seine Art zu schelten. Denn hätten die im Grafengaden nicht seit lang gespürt, wie schlecht sich mit Herrn Waze die Kirschen essen, so hätte Frau Adelheid von Sulzbach das fromme Gelübde ihrer Mutter kaum erfüllt. Die frommen Frauen werden wohl gewußt haben, weshalb sie dem Orden

nicht fruchtbares Land mit zinstragenden Bauernhöfen schenkten, sondern diesen verlorenen Fetzen Bergland, von dessen spärlicher Steuer Herr Waze das Schmalz in die eigenen Tiegel schöpfte und seinem Herrn nur die schimmeligen Sauerkäse schickte. Man muß klug schenken, Pater, auch wenn man dem Himmel schenkt.«

Auf Eberweins Lippen schien ein zorniges Wort zu liegen; doch es wurde nicht laut. Ruhig klang seine Stimme: »Ihr redet übel, Herr Kastellan, und Euer bischöflicher Herr möchte solche Rede mit Zürnen vernehmen.«

»Meint Ihr?«

»Ihr habt scharfblickende Augen. Aber wie unklar sieht Euer Blick in dieser Sache! Wollten die frommen Frauen dem Himmel eine Freude machen, welch ein besseres Geschenk hätten sie wählen können als gerade dieses unwirtbare Tal mit seinen armen, von Unrecht und Gewalt bedrückten Menschen, denen noch kein Schimmer des Heils geleuchtet, denen vom Brot des Himmels nur verstreute Brosamen zugefallen sind? Daß zwischen dieser Menschen Hütten ein Gotteshaus sich erheben möchte, von dessen kreuzgeschmücktem First das Licht hinausstrahlt in die Dunkelheit, einen neuen freundlichen Tag erweckend – das, Herr Haunsperg, war der fromme Sinn der Schenkung, die das Schicksal dieses Landes in meine Hand gelegt.«

»Gut, Pater! Reichet das Himmelsbrot mit vollen Händen! Ihr scheint Überfluß zu haben. Ich meine nur, es wird Euch die Erfahrung nicht erspart bleiben, daß Eure neuen Herzenskinder den gewohnten Sterz und Sauerkäs besser vertragen als Euer feines Klostergebäck.« Herr Haunsperg blickte nach der Sonne. »Die Zeit verrinnt, wir müssen an den Aufbruch denken.«

»Für diese Mahnung dank ich Euch! Wir haben mit Reden eine kostbare Stunde verloren. Ich könnte das offene Tal schon erreicht haben und Ihr auf dem Heimritt schon das Walser Feld.«

Betroffen blickte der Haunsperger auf. »Was soll das heißen? Ich reite mit Euch und wähle den Platz, auf dem die Klause stehen soll.«

»Ich danke für Euer Geleit. Reitet heim, Herr Kastellan. Ich wähle selbst.«

»Das geht nicht an, Pater! Ihr seid ein Fremder im Land. Und mein Bischof will –«

»Hier gilt mein Wille!« unterbrach Eberwein die grobe Rede. Stolz richtete er sich auf. »Es ist mein Land, auf dem wir stehen.»

Dem Kastellan blieb das Wort in der Kehle stecken; mit halbgeschlossenen Augen maß er die Gestalt des Mönches. Dann lachte er. Und wandte sich gegen den Wald. »He, Ruppert!« Einer der Kriegsknechte kam gelaufen. »Die Pferde her! Wir reiten heim!« Ohne Gruß und Abschied folgte Herr Haunsperg dem Knecht. Eberwein legte die Hände auf die Brust und atmete, als hätte er eine drückende Last von sich abgewälzt. »Bruder Schweiker!« rief er. »Laß die Saumtiere laden, wir brechen auf!«
Ein geschäftiges Treiben begann; Eberwein selbst überwachte die Ladung und griff mit kundigen Händen zu.
Herr Haunsperg war zu Pferd gestiegen; als er unter den Bäumen hervorritt auf den offenen Weg, trat ihm Waldram entgegen. Vom Pferd herunter reichte ihm der Kastellan die Hand. »Lebt wohl, Pater, wir reiten heim!«
Waldram furchte die Brauen. »Seid Ihr schon müde geworden im Dienste Gottes?«
»Ich und müde?« Herr Haunsperg lachte. »Wenn Ihr mich ungern scheiden seht, so müßt Ihr mit dem Propst von Berchtesgaden rechten. Ihm ist der ›Herr‹ zu Kopf gestiegen wir ein junger Wein; er hat mir bedeutet, wo die Grenzen seines Landes liegen.« Der Kastellan gewahrte den finsteren Blick, der aus Waldrams Augen zu Eberwein hinüberfunkelte; er neigte sich im Sattel und dämpfte die Stimme. »Er ist mit dem Herrenspielen flink bei der Hand, Euer Propst. Das werdet auch Ihr noch fühlen!«
»Ich werde tragen, was Gott mir auferlegt.«
»Eurer Frömmigkeit alle Ehre, Pater! Aber ich meine fast, die frommen Väter zu Raitenbuch hätten besser wählen können.«
»Sie wählten, wie es ihnen gut schien.«
»Freilich! Aber ich rede, wie mein Bischof redet. Er hat Euch lieb gewonnen, Pater! Gestern vor Schlafengehen sagte er zu mir: ›Wenn ich zu walten hätte in dieser Sache, und wer weiß, ob die Zeit nicht kommen wird, dieser Waldram hätte mein Vertrauen. Ist das ein Mann! Göttliche Glut jeder Gedanke, göttliche Kraft jedes Wort.‹ Ja, Pater, so sagte er.«
Waldram schwieg; dünne Röte färbte seine bleichen Wangen, und heißer brannten seine Augen.
Herr Haunsperg lächelte. »Ich weiß, Euer frommes Gemüt kennt die Eitelkeit nicht. Doch die Meinung meines hohen Herrn soll Euch Freude machen und Euren Mut heben. Ihr geht einem schwe-

ren Kampf entgegen. Und ist bei Eberwein die jähe Hitze verflogen und kommt bei ihm die Zeit der ratlosen Schwäche –«

Waldram hob den hageren Arm. »Dann will ich ihn stützen mit meiner Kraft.«

»Das ist ein Wort! Und nun lebt wohl, Pater! Ihr habt mich guten Mutes gemacht.«

»Gottes Geleit auf Euren Weg! Und bringet Eurem Herrn den Gruß seines frommen Knechtes!«

»Das will ich, Pater! Gott befohlen!« Herr Haunsperg gab dem Pferd die Sporen und folgte den beiden Knechten, die schon ein gut Stück Weges vorausgeritten waren. Bei einer Wendung des Pfades blickte er noch einmal zurück und lächelte. »Rodet und pflanzet, pflüget und säet! Wenn die Ähren stehen, komm ich wieder und lege meines Herren große Hand auf Euren Schweiß.«

4

Hochbeladen standen die vier Saumtiere inmitten der Wiese, jedes von einem Knecht am Leitzaum gehalten. Bruder Wampo, schon den Stab in der Hand, machte ein verdutztes Gesicht, als er den Kastellan davonreiten sah. Er trat zu Eberwein. »Der Haunsperger reitet heim? Wer soll uns führen jetzt?«
»Eigel, der Kohlmann. Wo ist er?«
Wampo und Schweiker riefen den Namen des Alten nach allen Richtungen, umsonst. »Er ist nimmer da, Herr«, jammerte Wampo, »jetzt hat uns der auch noch sitzenlassen, der weißhaarige Tropf!« Aus Eberweins Augen traf ihn ein mahnender Blick. »Verzeihet das schieche Wort. Aber wer soll uns führen jetzt?«
»Einer, ohne dessen Wissen kein Schritt geschieht. Es liegt der offene Weg vor uns, wir wollen ihm folgen.«
Die Fahrt begann, und Schweiker eröffnete den Zug, dem schmalen Waldpfad folgend, auf dem die Tochter Wazes davongeritten war. Eberwein stand noch, den Stab in der Hand, und wartete auf Waldram; als der Pater kam, hingen Eberweins Augen mit Sorge an dem bleichen Gesicht des Mönches. »Waldram? Erzählte dir der Haunsperger, daß wir in Unmut schieden?«
»Nein!« Waldram schritt vorüber.
Ein bitteres Lächeln glitt über Eberweins Lippen. Er wollte folgen, aber da stockte schon der Zug, und man hörte die laute Stimme Schweikers: »Herr, wir wissen nimmer weiter. Da scheidet sich der Weg. Welcher ist der richtige?«
Man fragte die Führer der Saumtiere; sie waren Salzburger Leute, doch keiner von ihnen hatte den Berchtesgaden je betreten. Eberwein lauschte nach der Richtung, aus der das Gemurmel der Ache kam, und spähte in das dichte, hohe Gestrüpp, das jeden Ausblick verwehrte.

Schweiker kraute sich hinter den Ohren und brummte: »Was tun jetzt?«
»Wart ein lützel«, kicherte Wampo, »ich werd's gleich wissen.« Mit flinken Händen brach er von einem Buchenstrauch zwei dürre Reiser, das eine kurz und gerade, das andere länger und krumm. Zwischen den hohlen Händen schüttelte er die Stäbchen und warf sie gegen die Wegscheide; das krumme fiel zur Linken, das gerade zur Rechten. »Schau«, rief der Bruder, »dort hinaus müssen wir, nach der Rechten!« Lachend sprang er auf das Hölzlein zu, um es von der Erde zu heben. Da traf ein derber Schlag seine Finger.
Pater Waldram hatte den Stab geschwungen. Mit zornrotem Gesicht stand er vor dem erschrockenen Bruder. »Heide, du! Willst du Runen werfen?« Wieder wollte er schlagen.
Eberwein fing den Stab. »Waldram!«
»Laß meinen strafenden Arm! Weißt du nicht, was dem gebührt, der Gottes Kleid trägt und wie ein Heide tut?«
»Und du, Waldram, weißt du nicht, was Christus von jenem sagt, der seinen Bruder schlägt?«
»Streitest du wider Gott mit Gottes eigenem Wort? So billige das Teufelsspiel und folge dem Weg, den euch die Hölle gewiesen! Ich folge dem Pfade Gottes.« Mit dem Stabe vortastend, folgte er dem linkshin führenden Wege.
Eberwein stand vor Wampo und schüttelte den Kopf. »Bruder! Bruder!«
»Ach, Herr«, Wampo fuhr mit der Zunge über die brennenden Knöchel, »ich hab nit an Wute und Run gedacht, hab nur gemeint, es kann der liebe Gott die Reiser doch auch so fallen lassen, wie er will.« Wieder fuhr die breite Zunge über den roten Striemen.
Eberwein mußte sich abwenden, um sein Lächeln zu verbergen. Da zupfte ihn Schweiker am Ärmel und flüsterte: »Herr, wir müssen nach rechts hinaus. Auf der Linksseit liegt das Wasser.«
»Wir müssen Waldram folgen, gleichviel wohin!«
Der Zug setzte sich nach der Linken in Bewegung. Den langen Stab unter dem Arme schleifend, brummend und die geschwollenen Finger netzend, trollte Bruder Wampo hinter Eberwein und Schweiker einher.
Sie erreichten die Ache und überschritten den Bach in seichter Furt. Zwischen hohem, dichtem Gestrüpp von Erlen und Weiden wand sich der schmale Pfad; der Boden war feucht, und zuweilen sperrten

trübe Pfützen den Weg. Eine Stunde währte die Wanderung; es wurde immer schwieriger, einen Pfad zu unterscheiden, und immer dichter traten die Büsche aneinander, so daß die Saumtiere mit ihrer Ladung sich nur mühselig hindurchzwängten. Und schließlich verschwand jede Spur eines Weges.

Waldram, der den Zug geführt, stand eingekeilt zwischen wirrem Gezweig und suchte sich vorwärts zu kämpfen. Bald versagten seinem erschöpften Körper die Kräfte. Wo er stand, ließ er sich niedersinken. Eberwein kam zu ihm. »Was ist dir? Hat eine Schwäche dich befallen?«

Bleich und zitternd richtete Waldram sich auf. »Geh! Ich hab dich nicht gerufen zu meiner Hilfe.« Er faßte das Kreuz an seinem Gürtel und warf sich in die Büsche.

Eberwein hielt ihn zurück. »Ich bitte dich, Waldram, bleib und raste! Wir wollen den verlorenen Pfad wieder suchen.« Er wandte sich und rief die beiden Brüder; der eine sollte nach rechts, der andere nach links durch das Buschwerk dringen; er selbst gedachte in gerader Richtung zu suchen.

Bruder Wampo blies die Backen auf und fuhr mit dem Kuttenärmel vom Nacken bis zur Stirn. »In Gottes Namen!« Er begann sich zwischen dichtem Gezweig hindurchzuwinden. Das war harte Arbeit. Bruder Wampo brauchte Raum, und nicht immer gaben die Äste gerne nach. Ranken umwickelten seine Füße, dürre Äste spreizten die Falten seiner Kutte auseinander, und stacheliges Gezweig verfing sich in seinem Gewand. Gelang es ihm, sich zu lösen und fand er etwas freiere Bahn, dann tauchte er wieder bis an die Knie in Sumpf und Schlamm. Seufzer und Stoßgebetlein wechselten auf seinen Lippen, und in glitzernden Perlen troff ihm der Schweiß über Nase und Ohren. Sehnsüchtig spähte er nach allen Seiten. Im Schlamm gewahrte er Spuren von Tritten. »Da müssen doch Leut gegangen sein! Oder Küh? Oder Geißen?« Seufzend schüttelte er das runde, von Tropfen überronnene Köpfl und arbeitete sich weiter. Wieder geriet er in Sumpf und rettete sich auf einen Stein, der wie eine kleine weiße Insel aus dem Schlamm hervorragte. Aber wie nun weiter? Aus einem Wuste dürrer Blätter lugte ein schwarzer Klotz. Wohl ein vermoderter Baumstrunk? Mit beiden Händen faßte Wampo zwei hängende Äste und gab sich einen kühnen Schwung. »Hopsa!« Glücklich erreichte er den Klotz – aber das schwarze Ding unter ihm wurde jählings lebendig, sprang auf

und rannte grunzend davon, während Bruder Wampo rücklings niederpurzelte in den Schlamm, Arme und Füße in die Höhe streckte und mit zeternder Stimme schrie: »Me salva domine! Unter mir tut die Hölle sich auf und will mich schlingen! Hilfe! Hilfe!«
Da ging ein Rascheln, Knacken, Surren und Grunzen los in allen Büschen, überall ward es lebendig unter den welken Blättern, und nach allen Richtungen stoben die aus ihrem Mittagsschläfchen aufgescheuchten Wildschweine durcheinander in wirrer Flucht, mit breiten borstigen Rücken und dicken Köpfen, alte und junge. Schreiend raffte Wampo sich auf und überkollerte sich wieder; zwei Frischlinge waren ihm zwischen die Beine gefahren. Quieksend rannte das eine Tierchen davon, während Wampo mühsam sich aufrichtete, triefend von Schlamm. Im fernen Gebüsch verstummte das Brechen und Rauschen, und der Bruder, zum Himmel aufblikkend, stand mit seitwärts gestreckten Armen und gespreizten Fingern: »Herr! Deine Straf hat flinke Füß gehabt! Schön hast du mich eingetaucht für mein sündiges Hölzlspiel!« Da rührte sich etwas vor seinen Füßen, ein ganz klein wenig nur, dann war's wieder ruhig. Starr blickte Wampo zu Boden und sah eine behaarte Ohrmuschel aus dem Schlamm hervorlugen. »Ei, ei, ei!« Mit beiden Händen griff er zu und hob einen Frischling auf, den er im Sturz erdrückt hatte mit seines Leibes Gewicht. Nur einen Augenblick besann er sich, dann schwang er das Tierchen über die Schulter. »Das gibt einen guten Braten auf die Nacht!« Freundlich zwinkerte er zum Himmel auf. »Gott schickt mit aller Not auch allweil einen Trost.«
Es rauschte in den Büschen. »Bruder, Bruder!« klang die Stimme Eberweins, der mit zwei Knechten kam, von Wampos jammervollem Geschrei herbeigerufen. Es hatte weithin durch Gebüsch und Wald geklungen.
Auch bis an Schweikers Ohr. Der hatte in lichterem Gebüsch einen Hügel erstiegen, als er das Geschrei vernahm. In Besorgnis lauschte er und wollte schon zurückkehren; da hörte er das laute Gelächter der Knechte, und beruhigt schritt er weiter. Immer lichter standen die Büsche auf dem steiler werdenden Gehänge, über das er emporstieg. Er hoffte eine Höhe zu erreichen, die ihm einen freien Ausblick über das dicht bewachsene Tal gewähren möchte.
Da klang ein Jodelruf, hell und rein wie ein Geigenstrich, und dann setzte eine singende Mädchenstimme ein. Der munteren Weise folgen, erreichte Schweicker einen freien, vom Geröll überschatteten

Hang. Nun stand er und riß die blauen Augen auf. Das heitere Lied und der frische Laut der Stimme hatten in Schweiker die Erwartung eines freundlichen Anblicks erweckt. Und was fand er? Im spärlichen Schatten eines Dornstrauches saß eine kleine, schmächtige Gestalt, mit einem grauen Kittel bekleidet. Der Kopf war von wirrem, dick verfilztem Haar umstarrt, das keine Farbe zu haben schien. War es blond, braun oder grau? Und das Gesicht? War es hübsch oder häßlich? Schweiker grübelte, aber eine Lösung dieser Frage wollte ihm nicht gelingen. Gesicht und Arme des Mädchens, alles an ihm, was der Kittel zu sehen gab, war so ausgiebig mit Schmutz bedeckt, als wäre es die Gewohnheit dieses sonderbaren Menschenkindes, an jedem Morgen ein saftiges Schlammbad aufzusuchen. Neben dem Mädchen lag ein zottiger Geißbock und hielt den bärtigen Kopf mit dem krummen Gehörn an die Hirtin angeschmiegt; weiter draußen auf dem Hang, zwischen sonnigem Geröll, weideten vier gefleckte Ziegen. Sie hoben, als Schweiker unter den Büschen hervortrat, die Köpfe und kamen neugierig näher. Der Bock sprang auf und meckerte, als wollte er fragen: Was ist das für einer? Kurz entschlossen ging er auf Schweiker zu, streckte den Hals und schnupperte an der Kutte. Der Geruch der Frömmigkeit schien ihm nicht zu behagen; er schüttelte den Kopf, daß der Bart wackelte, machte ein paar hopsende Sprünge, blieb wieder stehen und blickte schief an dem Mönch hinauf.
Langsam hatte sich die Hirtin erhoben; sie schien erschrocken, der Stecken in ihren Händen zitterte, und die Augen waren aufgerissen, daß man rings um die Sterne das Weiße sah.
»Grüß dich Gott, Kindl!« sagte Schweiker und streckte zum Gruß die Hand. Die Hirtin zitterte und schaute. »Grüß dich Gott, Kindl!« wiederholte Schweiker. Die Hirtin schwieg. »So gib mir den Gruß doch heim!« Keine Antwort. »Aber so red doch! Mußt ja doch reden können, ich hab dich ja singen hören.« Keine Antwort. Schweiker schüttelte den Kopf. »Aber Kindl, warum bist du so ungut zu mir? Red doch ein Wörtl!« Die Hirtin bewegte den Mund, aber es wollte kein Laut über ihre Zunge.
Schweiker kraute sich hinter den Ohren. »Da muß ich schon selber schauen, wo ein Weg geht.« Einen stummen Blick noch warf er auf den sprachlosen Schmutzfink, schüttelte den Kopf und stieg über den freien Hang hinauf. Die Hirtin stand wie angewurzelt; doch langsam drehte sie das Gesicht.

Nun stand der Mönch, auf seinen Stab gestützt, in heller Sonne; sein Bart und Blondhaar schimmerten wie Silber. Er spähte in das Tal hinunter; zwischen wirrem Buschwerk sah er zuweilen ein Stück der Ache blitzen. Auch hörte er die Stimmen Wampos und der Knechte, und am Schwanken der hohen Buschwipfel erkannte er die Stelle, an der sie sich befanden. Jetzt sah er auch, daß ein Ausweg aus dem Gestrüpp nicht schwer zu finden war. Schief gegen den ansteigenden Hügel mußte der Zug sich halten; so konnte man eine kleine Blöße erreichen, von der ein deutlich sichtbarer Weg hinausführte gegen einen lichteren Hochwald. Dem freien Hang, auf welchem Schweiker stand, lag dieser Wald noch näher; so dachte er, daß es am besten wäre, wenn er durch den Wald hinunterstiege und seinen Leuten auf dem Weg entgegenkäme, den sie nehmen mußten.
Kaum hatte er den Wald erreicht, da hörte er hinter sich ein Knacken und Brechen; als er sich umblickte, stand die Hirtin vor ihm, und die Ziegen kamen ihr nachgerannt.
Schweiker lachte, spreizte den Stab vor sich hin und legte das Kinn auf die Hände. »Kindl, warum laufst du mir nach?«
»Hast du was fragen wollen?« sagte die Hirtin mit hellem und weichem Stimmlein.
»Schau, jetzt kannst du auf einmal reden! Aber was ich fragen hab wollen, weiß ich schon. Vergelts Gott, Kindl! Wer bist du? Und wie heißt du?«
»Hinzula heiß ich.«
»Uuh! Das ist ein schöner Nam! Der gefallt mir besser als –« Schweiker hatte sagen wollen: besser als du! Doch er verschluckte das Wort. »Und wem gehörst du, Kindl?«
»Dem Greinwalder.«
»Und wo hauset der?«
»Da droben!« Die Hirtin deutete mit dem Stecken durch den Wald hinauf.
»Gelt, Kindl, du hast wohl keine Mutter nimmer?«
»Freilich hab ich eine. Warum fragst du so?«
»Ich hab halt gemeint – sag, Kindl, wie lang hast du dich nimmer gewaschen?«
»Vier Jahr.« Das sagte sie so kurzweg, als wär's eine selbstverständliche Antwort.
Bruder Schweiker brach in Gelächter aus. Die Hirtin schien verlegen zu werden und stotterte: »Weißt, ich darf halt nit!«

»Wer verbietet's denn?«
»Die Mutter.«
Schweiker hörte zu lachen auf und schüttelte den Kopf. »Kindl, Kindl, du bist ein kleines Saubartele, aber deine Mutter ist ein großes!«
»Warum tust du schelten drüber? Es muß doch so sein. Und warum sagst du allweil Kindl zu mir?« Die Hirtin hob zögernd das Gesicht. »Ich bin doch schon eine Dirn!« Sie streckte sich; unter dem mürben Kittel verrieten sich die schüchtern sprossenden Formen des jungen Körpers.
Bruder Schweiker wurde rot bis unter die Haare. »So? Eine Dirn? Das ist schwer zu merken gewesen. Bist ja schier noch so klein wie ein Kindl. Mußt halt noch ein lützel wachsen, gelt? Und jetzt behüt dich Gott!« Schweiker nickte zum Gruß und ging davon.
Hinzula sprang ihm nach. »Und du? Wer bist denn du?«
»Ich?« Bruder Schweiker machte ein ernstes Gesicht. »Ich bin ein Gottesmann. Und jetzt bauen wir im Berchtesgaden eine Klaus und ein Kirchl daneben. Paß nur auf, wirst das Glöckl schon läuten hören! Nachher komm und bet für deine junge Seel!« Er machte mit der Hand das Kreuzzeichen über Hinzulas Gesicht und schritt dem Tal entgegen.
Als er zwischen den Bäumen schon die Helle der Lichtung gewahrte, blickte er über die Schulter zurück. Dort oben, immer noch auf dem gleichen Fleck, stand unbeweglich die Hirtin. »Eine Dirn? Und hat sich vier Jahre lang nimmer gewaschen!« Er schüttelte den Kopf und begann zu grübeln. »Was hat sie nur sagen wollen mit dem Wort: Es muß doch sein?« Schweiker blickte auf. Er war irr gegangen. Richtig, dort drüben lag die Blöße. Nun schritt er eilig aus und hörte auch bald die Stimmen der Seinen. Durch das wirre Buschwerk kämpfte er sich zu ihnen. »Ich hab einen guten Weg gefunden.«
Bruder Wampo tat einen tiefen Seufzer. »Gott sei Dank!«
Da fielen Schweikers Blicke auf ihn. »Bruder, wie schaust du aus! Wie der Hinzula aus dem Gesicht geschnitten!«
»Wen du meinst mit der Hinzula, weiß ich nit. Aber wenn sie ausschaut wie ich, dann kann einem grausen vor ihr.«
Nun lachten sie alle.
»Aber red doch«, fragte Schweiker, »was ist denn geschehen?«
Wampo erzählte sein Abenteuer; den erbeuteten Frischling von der

Erde hebend, sagte er: »Einen Weg bin ich suchen gegangen und hab ein Ferkel gefunden.«
Schweiker schmunzelte. »Da haben wir es allbeide gleich getroffen!« Er suchte aus der Ladung die Axt hervor und begann im Gestrüpp einen Pfad für die Saumtiere auszuhauen. Die Arbeit ging ihm flink vonstatten, jeder Hieb gab aus; aber es währte doch eine Stunde, bis der Zug die Blöße erreichte und den Wald gewann. Eine Strecke zogen sie den Saum entlang und gerieten in eine kleine, freundliche Talmulde. Schweiker, der den Zug geführt, blieb stehen und spähte umher. »Was suchst du?« fragte Eberwein.
»Ich schau mir das Platzl an und mein', wir könnten ein besseres nit finden für die Nachtrast. Die Sonn geht hinter die Berg, und Wolken steigen auf, die mir nit gefallen. Eh ein paar Stund vergehen, haben wir ein Unwetter, und ich fürcht, ein grobes.«
»So laß uns bleiben!«
Der Platz war gut gewählt, nach allen Seiten gegen Wind und Sturm geschützt; im Rücken der ansteigende Wald mit riesigen Bäumen, hohes Gestrüpp zur Rechten und Linken und im Vordergrund die von blühendem Heidekraut überwucherte Mulde, an der die rauschende Ache vorüberfloß. Drüben stieg ein dichtbewachsener Hügel auf, der sich an die Waldgehänge des Untersberges mit einer welligen Hochfläche anlehnte, aus deren dunklen Fichtenwipfeln zwei mächtige Felsblöcke emporragten.
Nun gab es Arbeit. Man nahm den Saumtieren die Ladung ab, und während die Knechte sich anschickten, zwei Reisighütten aufzurichten, ging Schweiker mit der Axt in den Wald, um feste Stangen für die Zelte zu holen. Als er zurückkam, die langen Hölzer schleppend, zog Wampo aus einem der Ballen eine frische Kutte hervor.
»So, Bruder, jetzt reit ich mich in die Schwemm! Und dann wird fein aufgekocht. Wenn die Zelt stehen, sei so gut, mach ein Feuer und such mir ein Eisen heraus, mit dem ich das Ferkel brennen kann. Das soll ein Brätlein werden, daß dir das Wasser auf der Zung zusammenläuft.«
Er zwinkerte mit den Augen und sprang durch das blühende Heidekraut. Vor dem Ufer der Ache blieb er stehen und schnitt eine bedenkliche Miene; wohin er blickte, überall sah er im Bach nur Schaum und Wirbel. Einen ruhigen Tümpel suchend, folgte er dem Ufer und verschwand hinter dichten Büschen.

5

Die Sonne tauchte hinter die Berge, alle Lüfte mit gelbem Schimmer füllend und das ziehende Gewölk verbrämend mit grellem Glanz. Ein langer Schatten schlich von den Gehängen herunter und glitt über Hügel und Täler, bis er den Schönsee erreichte und zusammenschmolz mit dem Schatten des Falkensteins, über dem sich Wazemanns Haus erhob. Die kahle Felswand schob sich weit hinein in den See, sein Inneres verhüllend und von ihm einen kreisförmigen Weiher abschneidend gleich einem bescheidenen Vorgemach vor dem großen Prunksaal. Glatt und mit blaßgrünem Schimmer, die Felswand und über ihr das steile Dach von Wazemanns Haus und seine plumpe Ringmauer spiegelnd, lag die durchsichtige Flut über seichtem und sandigem Grunde. Von allen Seiten trat der Wald bis an das Ufer heran und ließ nur eine schmale Lände frei. Auf Steinwurfweite zog sich ein dichtes Schilf in den Weiher, und dunkles Röhricht umschloß auch die kleine Insel, die, der Falkenwand zu Füßen, den Eingang in den See verschloß. Träumende Schattenstille lag über dem Weiher. Eintönig rauschte die zwischen dünnerem Schilf dem See entströmende Ache, und zuweilen klang von Wazemanns Haus herunter ein gellender Pfauenschrei oder das heisere Gekläff der Hunde.

In der Ecke zwischen See und Ache erhob sich aus dem Waldgrund ein freier Hügel, der rings von einem hohen Hag umzogen war. Nur wenige Bäume standen auf dem Hügel, aller übrige Grund war blumige Wiese; hier schwang ein Knecht die Sense, und eine Magd raffte das gefallene Gras in ein Stück Netz und trug es auf dem Kopf in den niederen Stall. Zwischen Stall und Wohnhaus lag ein ebener Platz, auf dem die zum Hechtfang dienende ›Langwaad‹ und das große doppelwandige Netz für den Ferchenfang, die ›Hochsäg‹, unter einem langgestreckten Dächlein an Stangen hingen.

Das Wohnhaus war aus mächtigen, vor Alter schon grau gewordenen Balken gefügt, plump und schmucklos; es hatte ein weit vorspringendes Moosdach und darüber noch ein kleineres Oberdach, unter dem sich bläulicher Rauch hervorkräuselte; jede Seite des Hauses zeigte zwei kleine Fenster, deren Luken von innen durch vorgeschobene Läden verschlossen waren. Nach der Seeseite blickte die offene Tür; von ihr war ein breiter Gang mit groben Felsplatten gepflastert, und ihr zu beiden Seiten zogen sich schwer gezimmerte Bänke an der Wand entlang. Über der Tür, in einer Runse des Gebälks, staken dürre Kräuter und Stäudlein nebeneinander, die ›Heilbuschen‹: ein Haselzweig, der das Haus vor Blitz und Donnerkeilen schützte, ein Eschenzweig, der die giftigen Nattern von der Schwelle jagte, Bibernell wider alle Seuchen, Holunder gegen Feuersnot, Beifuß, der die bösen Geister verscheuchte, und Himmelbrand, der die guten rief.

Unter den Bänken lagen die aus Weidenruten geflochtenen Burden[1], neben der Türe lehnten Ruder von verschiedener Art und Größe an der Wand, und über den Holznägeln, die in die Blockwand eingetrieben waren, lagen die drei- bis siebenfach gezackten Näbiger mit langen Schäften, die Angelgerten und die hölzernen Haspel für die Legschnüre. Über diesem Gerät waren zwei Fischgeier mit ausgespannten Flügeln und eine lange Reihe eingeschrumpfter Otterköpfe an die Wand genagelt.

Nah vor der Türe war der Brunnen gegraben; ein Flechtwerk umzog den offenen Schacht, und unter einem Dächlein war die Winde angebracht, mit der die Eimer an dickem Hanfseil gesenkt und gehoben wurden. Neben dem Brunnen erhob sich der Immenstand mit seinen umschwärmten Körben, und nicht weit davon, wo der Hügel sich gegen die Lände senkte, stand eine Gruppe von sieben Eichen; die größte, zwischen deren knorrigen Wurzeln ein eckig behauener Stein hervorragte, mochte wohl zweihundert Jahre zählen, während die jüngste nur erst ein kleines Bäumchen war, kaum über die fünfzehn Jahre alt. Von den Eichen hinweg führte ein aus Balken und knorrigen Ästen gefügtes Gerüst über den Abfall des Hügels hinüber zur Höhe des Hags, ein luftiger Altan mit einem Tisch und zwei Bänken. Das war ein freundliches Plätzchen, gleich einer Laube vom niederhängenden Geäst der Eichen überwölbt und

[1] Fischreusen

hinausgebaut über die offene Seelände, bei der ein schwerer Einbaum und ein leichter Gransen[1] an das Ufer gezogen lagen, während der lange Waldschragen[2], durch ein Weidenseil gehalten, im Wasser schwamm.

Auf diesem Lugaus saß ein junges Mädchen, kaum dem Kindesalter entwachsen, ein schlankes, zartes Figürchen mit schüchtern knospenden Formen. Ein blau gefärbtes Röckl aus körnigem Hanftuch floß bis auf die Knöchel nieder und ließ die mit zierlichem Geschick aus Bast geflochtenen Schuhe frei. Um die junge Brust spannte sich ein Miederchen aus braunem Hirschleder, locker genestelt mit dünnen Riemschnüren, zwischen denen das weißgebleichte Hemd mit kleinen Puffen hervorlugte. Eine Schnur aus blinkenden Otterzähnen schmiegte sich als Schmuck um den schlanken Hals, und an den rosigen Ohrläppchen baumelten zwei bräunlich glänzende Beinringe, jeder gefügt aus den zwei krummen Nagezähnen eines Murmeltiers. Das war Edelrot, Sigenots Schwester; sie glich dem Bruder wie ein junger Trieb dem Baum, wie eine Quelle dem Bergbach. Ein Gesichtchen wie von Milch und Blut, mit träumerischen Kinderaugen und einem schwellenden Mund; in Locken fiel das lichtbraune Haar um die Schultern, und mit den schimmernden Strähnen spielte der laue Windhauch, den der nahende Abend vor sich herschickte.

Edelrot saß über ihre Arbeit gebeugt; aus feinen hanfenen Fäden flocht sie eine Angelschnur; in ihrem fleißigen Eifer gewahrte sie nicht, daß drüben am Waldsaum ein junger Bursch unter den Bäumen hervorkam; er war ein Freier, denn das schwarze glänzende Haar war ungeschnitten und reichte bis zur Schulter; und der Sohn eines Bauern mußte er sein, denn er trug den grauen Spenzer aus zottigem Loden, den Ledergurt mit Messer und Maserlöffel in hölzerner Scheide, die kurze Berghose und die schweren Schuhe, deren Holzsohlen klumpig benagelt waren. Ein Sträußl von Almrosen schmückte die mit weißem Lammfell umsäumte Kappe, und ein dicker Rosenstrauß war oben an den Schaft des langen Grießbeils[3] angebunden.

Hastig eilte der Bursch über die Lände hinweg, der weiche Sand dämpfte seine Schritte, und als er den Hag erreichte, duckte er sich

---

[1] Fischernachen

[2] Floß

[3] Bergstock mit eisernem Haken unter der Spitze

und löste flink die Almrosen vom Grießbeil. Rasch sich aufrichtend, warf er sie mit beiden Händen in die Höhe, daß die Blumen, auseinanderfallend, wie ein blühender Regen über Edelrots Köpfchen niedergingen. Erschrocken sprang sie auf und guckte verwundert über den Zaun.
»Ruedlieb! Du! Hab ich mir's aber doch gleich gedacht!«
Lachend gab sich der Bursch einen Schwung, haschte den Ranft des Hages, und hui, saß er auf dem Lugaus und ließ die Füße über den Zaun herunterbaumeln. Da lachte auch das Mädchen. »Bei dir geht's flink! Gut, daß du kein Wolf bist. Für dich wär der Hag noch allweil nit hoch genug.«
Seine Antwort war ein Lachen. Leuchtend hingen seine Augen an dem Gesicht des Mädchens und folgten jedem Griff der kleinen Hände, welche die zerstreuten Blumen zusammenlasen. Als sie alle auf dem Tisch lagen, eilte Edelrot zu den Eichen hinüber, pflückte ein paar lange Schmelen und begann die Rosen mit diesen Halmen aneinanderzuwinden.
»Gelt, die sind schön!« sagte Ruedlieb; und als Edelrot nickte, streckte er ihr die Hand hin. »Krieg ich kein Vergelts dafür?«
»Wohl!« Sie legte ihre Hand in die seinige. »Vergelts!« Er hielt fest und drückte; aber sie sagte: »Laß aus, ich muß flechten!« Sie befreite ihre Hand und griff nach einer Rose. »Wie so was Schönes nur wachsen kann aus der schwarzen Erd!«
»Meinst wegen der Farb? Weißt, die Albenros ist halt ein Blutblümel.«
Sie blickte fragend zu ihm auf. »Ein Blutblümel?«
»Ja. Weißt du nit, wo die Röserln herkommen?«
»Sie wachsen halt.«
»Jetzt, freilich, weil jedes wieder Samen tragt. Aber einmal, da hat's eine Zeit gegeben, wo noch kein Albenröserl geblüht hat. Und selbigsmal, da hat eine junge Dirn gelebt, eine arme Witib ist ihre Mutter gewesen, und das Dirndl war gut wie ein Täuberl und so lieb zum Anschauen, wie – ich weiß nit, wie!« Ruedlieb fand keinen Vergleich, obwohl seine Augen an Edelrots Zügen hingen.
»Wie hat's denn geheißen, das Dirndl?«
»Das weiß ich nit. Aber ich mein' halt, sie hat Rösli geheißen, weil die Blümerln da den Namen von ihr haben. Ja, und wie das Dirndl achtzehn Jahr geworden ist, da hätt sie einen Buben heuern sollen. Den hat sie liebgehabt, und der Bub das Dirndl auch, treu und fest.

Und kein Glück hat's noch auf der Welt gegeben, wie die zwei eins gehabt haben. Aber selbigsmal, da hat ein Jäger gelebt, ein Herrischer, der hat Unfürm geheißen und hat ein Aug auf das Dirndl geworfen.«

»Das muß aber einer gewesen sein! Recht ein schiecher!«

»Ja, Rötli, so einer, wie –« Ruedlieb verstummte und blickte langsam über die Schulter zu Wazemanns Haus empor. »Auf Schritt und Tritt ist er dem Dirndl nachgegangen, aber sie hat von ihm nichts wissen mögen. Da hat die Mutter gefürchtet, ihr Dirndl möcht nimmer sicher sein und hat es hinaufgeschickt auf die Alben. Aber der Unfürm hat zwei Hund gehabt, der eine hat Sucht geheißen und der ander Gier. Die haben das Dirndl aufgespürt, und der Unfürm ist hinaufgestiegen auf die Alben. Das Dirndl, wie's ihn kommen sieht, hat geschrien vor Angst, aber kein Mensch ist in der Näh gewesen, und so hat sie zu laufen angefangen und ist allweil zugelaufen. Und weil sie so arm gewesen ist, daß sie keine Schuh gehabt hat, so haben ihr die Stein und Stauden die Füß zerrissen. Das helle Blut ist davongetropft, und wo ein Tröpfl hingefallen ist, hat der Boden das unschuldig Blut getrunken, und ein Blümerl ist gewachsen, wie Blut so rot. Und seit der Zeit sind die Albenröserln in der Welt.«

»Aber das Dirndl?« stammelte Edelrot.

»Die Hund sind flink gewesen. Hinter ihr der Unfürm und vor ihr die berghohen Seewänd. Da hat das Dirndl nimmer gewußt, wo aus und ein. Die richtige Treu geht bis zum Tod. Und so ist das Dirndl hinuntergesprungen in den See. Kein Mensch mehr hat von dem Dirndl was gehört.«

Edelrots Augen waren mit Tränen gefüllt. »Und der Bub? Hat sich der denn gar nit gerührt, daß er dem armen Dirndl geholfen hätt?«

»Gelt, ja? Das hab ich mich auch gefragt, wie mir der alte Eigel die Geschicht erzählt hat.« Ruedliebs Augen blitzten, und seine Wangen wurden heiß. »Wär nur ich der Bub gewesen, der Unfürm hätt was zu spüren gekriegt zwischen Ripp und Fleisch!« Seine Hand zuckte nach dem Messer.

»Ruedlieb!« stammelte Edelrot erschrocken und haschte die Hand des Buben. Dann lächelte sie verlegen. »Geh! Du bist ja selber ein rechter Unfürm!« Sie griff nach den Blumen und begann an dem Kränzl weiterzuflechten. Eine Weile war Stille. Endlich fragte das Mädchen: »Hast du die Röserln weit hergebracht?«

»Von meiner Alben. Da droben ist harte Sorg. Der Bär hat uns schon wieder ein Kalb gerissen, und eins dem Kaganhart und deinem Nachbar Mardcrecker zwei Geißen. Ich hab dem Untier einen Riegel vorgeschoben und hab ihm in der Regenwand eine Grub gestellt.«

Edelrot blickte scheu zu ihm auf. »Ruedlieb! Wenn sie das merken, die in Wazemanns Haus!«

»Sie merken's nit. Der Bär wechselt durch eine schieche Wand auf die Alben ein. Ich hab die Grub in der Wand drin aufgerissen. Da steigt von Wazemanns Buben keiner hinein, das lassen sie bleiben!«

Edelrot schüttelte das Köpfchen und seufzte. »Ich hab's für die armen Leut getan!« sagte der Bub mit ruhigem Ernst. »Sie sollen nimmer Schaden leiden von dem Untier. Mein Vater ist der Richter im Gaden, und ich leid kein Unrecht. Warum hat Herr Waze den Bären nit gejagt! Die Leut haben ihn drum angegangen. Er hat sie angeschrien: ›Ich hetz den Bären, wenn's mir paßt, nit, wenn's euch taugt!‹ Jetzt soll er hetzen! Über eine Woch, dann suchen seine Hund umsonst!«

»Wenn's nur nit aufkommt, Ruedlieb!«

Er strich mit der Hand über ihre zitternden Finger. »Hab keine Sorg! Ich fürcht mich nit. Vor denen da droben so wenig wie vor Berg und Wasser.«

»Bered das Wasser nit!« flüsterte das Mädchen erschrocken. »Der Bid[1] könnt's hören!«

Mit unsicherem Blick streifte der Bub den See. »Meinst, er liegt heroben?«

»Freilich, schau nur hinüber zu seiner Insel! Siehst du im Röhricht die Gasserln? Da steigt er aus und ein, wenn er sich warmen will in der Sonn. Und wird er in seiner Ruh gestört, so springt er zornig in den See hinunter, daß alles Wasser weiß wird vor lauter Schaum.«

»Hast du ihn schon einmal gesehen?«

»Aber Ruedlieb!« Mit scheuen Augen blickte das Mädchen auf. »Wer den Bid gesehen hat, muß hinunter zu ihm, eh der Mond wieder voll wird.« Erschrocken streckte der Bub die Hände, als möchte er Edelrots Augen bedecken; sie verstand ihn und lächelte;

---

[1] eine Wassergottheit der baiwarischen Gebirgsstämme, zu deuten als eine Verkörperung der zerstörenden Naturgewalt. Der Stamm ›bid‹ hat sich im bayerischen Dialekt bis heute erhalten: bidmen (zittern) und Erdbidem (Erdbeben).

wortlos flocht sie an dem Kränzl weiter, und Ruedlieb schaute ihr schweigend zu. Als das Gewinde vollendet war, sagte das Mädchen: »Schau nur, wie lieb das Kränzl geworden ist!«

»Wie gewachsen für dein Köpfl!« Ruedlieb nahm die Blumen und wollte mit ihnen die Stirn des Mädchens schmücken. Edelrot wehrte: »Laß! Ich mag das Kränzl nimmer tragen, seit ich die Geschicht von dem armen Dirndl gehört hab. Das müßt ja sein, als hätt ich ihr unschuldigs Blut im Haar.«

»Rötli!« Alle Farbe wich aus dem Gesicht des Buben. »Das mögen die guten Stern verhüten!«

»Was meinst du?« fragte sie verwundert. »Was hast du auf einmal? Bist ja ganz weiß im Gesicht! Hab ich was Unsinnigs geredet?«

Er schüttelte wortlos den Kopf.

»Komm, gib das Kränzl her!« Sie nahm das Gewinde aus seinen Händen, eilte auf die kleinste der sieben Eichen zu und hob die Arme. Mit bebender Stimme rief der Bub: »Tu's nit, Rötli, tu's nit! Häng die Blumen nit an dein Bäuml!« Doch eh er ausgesprochen hatte, hing das Kränzl schon zwischen den Ästen der jungen Eiche.

»Was hast du?« fragte Edelrot. »Warum soll's da nit hängen? Schau nur, wie gut die Blumen meinem Bäuml stehen! Warum denn nit?«

»Weil –« Ruedlieb brachte die Antwort nicht heraus.

Da klang ein schrilles Gelächter aus dem Innern des Hauses.

»Hörst? Die Mutter hat gelacht!« flüsterte das Mädchen. »Sie will was, ich muß hinein.« Einen Augenblick zögerte sie noch, als wäre es ihr unlieb, jetzt zu gehen. »Ich muß, die Mutter braucht mich!« Sie eilte davon.

»Rötli! So laß dir doch sagen –« Ruedlieb streckte die Hände. Doch Edelrot war schon im Haus verschwunden. Der Bub fuhr mit der Hand über die Stirn; er blickte hinauf zu Wazemanns Haus und starrte wieder das Kränzl an; wie Blutschimmer hing es an Edelrots Bäumchen, dessen junger Stamm in handbreiten Zwischenräumen siebzehn Kerbschnitte zeigte; sie waren vernarbt und schon wieder von Rinde überwachsen, bis auf einen, der noch frisch und weiß war; vor wenigen Wochen erst, an dem Tag, an dem sich die Geburt der Schwester jährte, hatte Sigenot diese Kerbe in den Baum geschnitten. »Ich weiß nit, wie mir so was einfallen kann!« murmelte Ruedlieb. »Hätt ich die Blumen nur nie gebracht!« Da fühlte er einen leichten Gertenschlag an seinem Arm; als er aufblickte, stand Sigenot unter dem Hag, mit Angelrute und Lägel.

Der Bub wurde rot und ließ sich zu Boden gleiten.
»Zeit lassen!« grüßte der Fischer. »Was treibst du da?«
»Mit dem Rötli hab ich ein Weil geplauscht.«
»Was denn? Unsinniges Zeug?«
Ruedlieb schüttelte den Kopf und schielte nach der jungen Eiche.
Sigenots Brauen furchten sich. »Warum schaust du auf die Seit? Schau mir ins Gesicht!« Der Bub hob die Augen; je länger der Fischer in dieses offene Gesicht blickte, desto freundlicher wurden seine Züge. »Bist von der Alben gekommen?«
»Wohl, zwei Tag und zwei Nächt bin ich droben gewesen!«
»So geh heim jetzt! Ich hab eine Botschaft für deinen Vater. Sag ihm: Heut sind sie gekommen, und draußen beim Albenbach haben sie auf Mittag Rast gehalten.«
»Wer?«
»Dein Vater weiß schon, wen ich mein. Geh nur!«
Der Bub faßte sein Grießbeil. »Zeit lassen, Fischer!«
»Zeit lassen auch!«
Sigenot blickte dem Burschen nach, der rasch davonging. »Der Bub möcht mir taugen für das Rötli wie keiner! Aber das hat noch Weil!« Er trat in den Hag. »Höi, Wicho!« rief er.
Der Knecht kam aus dem Stall gelaufen. »Was schaffst?«
»Nimm das Lägel und trag die Ferchen hinauf in Wazemanns Haus!«
»Wohl!« Der Knecht nahm das triefende Lägel auf die Schulter.
»Aber halt dich nit auf und laß dich nit ein mit den Burgknechten! Sonst kommst du am End wieder heim mit blutigem Kopf wie das letztemal, und ich müßt dir wieder unrecht geben. Wer Streit sucht, muß Hieb leiden.«
»Streit suchen! Wer hat denn Streit gesucht?« brummte der Knecht. »Hätt ich ruhig stehen sollen, wie die Knecht gespöttelt haben, du wärst nur ein Freier, solang ihr Herr ein Aug zudrückt?«
»Laß die Knechte reden, was sie mögen! Tut einmal Herr Waze oder einer von seinen Buben eine solche Red, so will ich ihm schon die richtige Antwort geben.«
Murrend verließ der Knecht den Hag. Draußen nahm er das Lägel ab und öffnete den Deckel; Sigenot hatte seit Mittag fleißigen Fang gehalten, es wimmelte im Lägel von Forellen. Wicho warf einen mißmutigen Blick hinauf nach Wazemanns Haus. »Und die soll er alle wieder haben? Tät ihm nur eine Grät im Hals steckenbleiben!«

Sigenot hatte die Angelrute an das Brunnendach gelehnt. Da hörte er vom Waldhang des Jennar herüber das Läuten zweier Jagdhunde. Ein Schatten flog über sein Gesicht. »Mir scheint, sie ist schon wieder um den Weg!« Er lauschte gespannt. Die Hunde schienen ein wundes Tier zu jagen; bald gaben sie Standlaut, dann wieder näherte sich die Jagd unter hetzendem Gekläff, wandte sich bald zur Rechten, bald zur Linken, nun klang das Geläut der Hunde schon im Talwald, und immer näher kam es dem See. Unter den Bäumen stolperte ein Hirsch auf die freie Lände hervor, das Wasser suchend, taumelnd und keuchend, mit pumpenden Flanken und hängendem Lecker; aus seiner Schulter ragte ein Pfeilschaft, in Fetzen hing zerrissenes Schlingwerk an dem mächtigen Geweih, und vom Äser tropfte die helle ›Roten‹. Das Tier streckte das Haupt nach dem See und schwankte vorwärts, aber schon waren die Hunde hinter ihm her, sprangen ihm an die Kehle und suchten den Hirsch in den Sand zu reißen.

Sigenot stand mit finsterem Gesicht, und seine Hand zuckte nach dem Messer; ihn erbarmte das Tier, dem nur eine einzige Wohltat noch zu spenden war: der Gnadenstoß. Aber er hatte noch keinen Schritt getan, da hörte er Hufschlag im Wald. Auf ihrem schäumenden Rappen sprengte Recka auf die Lichtung hervor. Mit jauchzendem Laut sprang sie aus dem Sattel, und während das wohlgeschulte Pferd keinen Huf mehr von der Stelle rührte, riß sie den blinkenden Genicker aus der Scheide und durchschnitt mit raschem Streich dem Hirsch die Sprungsehnen der Hinterläufe; stöhnend setzte sich das Tier, und da fuhr ihm der wohlgezielte Stoß ins Herz. Lachend sprang Recka zurück, um dem schlagenden Geweih zu entrinnen. Noch ein kurzer Kampf des erlöschenden Lebens, dann stürzte der Hirsch lautlos in den rotgefleckten Sand. Die Hunde ließen von ihm ab, gaben Standlaut, und von Wazemanns Haus herunter antwortete die Meute im Zwinger.

Recka schnitt dem Hirsch die Granen aus dem Äser und verwahrte sie hinter dem Gürtel. Aufatmend warf sie das Haar zurück. Dann wieder trat sie auf ihre Beute zu, legte die Hand auf die klaffende Wunde des Hirsches und berührte mit den rotgefärbten Fingern die Lippe. »Heil zum Gejaid!« Es war alter Jägerbrauch, den sie übte: sie ›trank die Roten‹. Nun blickte sie am Waldsaum entlang, die Büsche musternd; sie schien nicht zu finden, was sie suchte; nach allen Seiten spähte sie und gewahrte die über den Hag des Fischerhauses niederhängenden Äste der Eichen. Einen Augenblick zögerte sie, dann ging sie rasch zum Hagtor zu und streckte die Hand aus. Aber da trat Sigenot hinter dem Hag hervor und faßte ihren Arm. »Rühr den Baum nit an!«

Dunkle Röte flog über Reckas Gesicht. »Laß meine Hand!« Mit zornigem Ruck befreite sie den Arm. »Dort liegt der Hirsch, den ich geworfen, ich will meinen Eichbruch haben nach Weidgesetz!«

»Brich ihn, wo du magst, aber nit von dem Baum da! Das ist meines Vaters Jahrbaum.«

Während der Fischer sprach, war Edelrot aus dem Hause getreten und herbeigekommen. Schüchtern legte sie die Hand auf ihres Bruders Arm. »Sigenot!«

»Sie will einen Zweig brechen von Vaters Baum«, sagte er, »und das leid ich nit.«

Recka zögerte mit der Antwort; Edelrots Anblick schien das heftige Wort zu beschwichtigen, das schon auf ihrer Zunge lag. »Du bist dem Baum ein guter Hüter, das muß ich sagen, aber das wird deinem Vater wohl nimmer viel helfen!«

»Laß die Toten in Ruh!« sagte der Fischer mit finsterem Ernst. »Keiner soll einen Zweig brechen von dem Baum oder nur ein einzigs Blatt davon abstreifen und meines Vaters Schlafruh stören. Wenn du deinen Bruch schon haben mußt und der Weg in den Wald ist dir zu weit – dort steht mein Baum, reiß dir einen Zweig von ihm, und wär's der letzt, ich will's nit wehren.«

Ein spottendes Lächeln zuckte um Reckas Mund. »Dein Baum hat Ruh vor mir! Bist ein Fischer und mußt all Morgen auf sein vor Tag. Es müßt dir schaden am Gesund, wenn ich dir die Schlafruh stören möcht!« Lachend wandte sie sich ab.

»Recka!« stammelte Edelrot, eilte auf ihr Bäumchen zu und brach einen Zweig; sie bemerkte nicht, daß das Almrosenkränzl aus dem Geäst herunterfiel und über den Hügel niederrollte zwischen die Balken, die den Lugaus trugen. Unter dem Hagtor holte sie Recka ein und reichte ihr den Zweig. »Nimm, da hast du einen Bruch!«

»Ich danke dir!« sagte Recka, und freundlich streifte sie mit der Hand über Rötlis Lockenkopf.

Schweigend kehrte Sigenot sich ab und schritt dem Hause zu.

»Mußt ihm nit harb sein!« flüsterte Rötli. »Viel Jahr sind schon vergangen, seit der Vater im See versunken ist, und noch allweil hängt der Bruder an ihm mit heißer Lieb wie du an deiner toten

Mutter. Mußt ihm nit harb sein! Schau, ich verrat dir was dafür.«
»Und was?« fragte Recka lächelnd.
»Ich weiß ein Völkl Enten, dort im Weiher!«
»Das hör ich gern. Die wollen wir heut noch jagen, Rötli!«
»Heut noch? Aber schau, es schattet schon, und Gewölk zieht auf!«
Recka blickte zum Himmel. »Grob Wetter wird kommen zur Nacht. Aber es hat noch Zeit, wir fahren vor Nacht den See ohne Müh noch auf und nieder. Wart auf mich, ich hol meine Falken!« Sie ging auf ihre Beute zu, streifte den Eichenbruch über die Wunde und steckte ihn hinter die Reiherfedern auf ihrer Kappe. Bellend sprangen die beiden Hunde um sie her. »An die Wach!« befahl ihnen Recka. Da verstummten die Bracken und legten sich vor dem Hirsch in den Sand. Mit einem leisen Laut rief Recka das Pferd herbei. Leicht schwang sie sich in den Sattel und trabte davon.
Wicho kam mit dem leeren Lägel von Wazemanns Haus zurück. Als er den Hirsch liegen sah, wollte er nähertreten; die Hunde fletschten die Zähne, erschrocken wich er zurück und brummte: »Hui, hui! Das sind die richtigen Wazemannshund!«
Unter der Türe kam Sigenot ihm entgegen. Wicho schob das Lägel unter die Hausbank. »Herr Waze laßt dir Vergelts für die Ferchen sagen, und du sollst heut noch hinaufkommen zu ihm.«
Betroffen blickte der Fischer auf. »Was will er?«
Der Knecht zuckte die Achseln. »Ich weiß nit. Was Guts, mein' ich, wird's schwerlich sein. Er hat so freundlich getan.› Sag ihm, er tät mir einen Gefallen,‹ hat er gesagt, ›sag ihm, es wär mir lieb, wenn er heut noch käm,‹ hat er gesagt.«
Sigenot lächelte: »Da bin ich neugierig, was er will.« Ruhig fragte er den Knecht: »Ist das Gras schon eingetan?«
»Wohl!«
»Dann Feierabend für heut.« Sigenot wollte gehen.
»Willst du dein Eisen nit umhängen?« fragte der Knecht.
»Das braucht's nit. Ich hab meine Fäust bei mir.«
Zwei wilde Schwäne kamen über das Fischerhaus einhergestrichen. Sigenot hörte ihren rauschenden Flügelschlag und blickte zur Höhe. »Die bringen Sturm!« Er folgte mit den Augen den weißschimmernden Vögeln, sah sie über dem Seeweiher kreisen und niederfallen ins Röhricht. Dann machte er sich raschen Ganges auf den Weg. Vor dem Hag begegneten ihm zwei Wazemannsknechte mit einem Karren, um den erlegten Hirsch zu holen.

Zwischen dem schilfigen Ufer und dem vom Hag umschlossenen Hügel zog sich ein schmaler Waldstreif hin. Sigenot durchschritt ihn und kam zum Ausfluß der Ache; eine aus vier breiten Balken gefügte Brücke überspannte das rauschende Wasser. Drüben nahm wieder der Wald ihn auf. Ein breit ausgehauener Reitweg führte in weitem Bogen zu Wazemanns Haus empor; aber diesem Wege folgte der Fischer nicht, sondern einem schmalen Fußpfad, der am Seeufer hinlief und unter dem Falkenstein auf einer Lichtung mündete; ein Steig lenkte über die Wand hinauf, mit schmalen, in die Felsen eingehauenen Stufen und einem dicken Seil als Halt und Stütze. Über der Felswand hob sich die plumpe Ringmauer aus wirrem Gestrüpp hervor, und ein niederes Türchen führte in den Burghof. Der Fischer wollte emporsteigen. Da öffnete sich droben die kleine Pforte, und Recka betrat die Felsentreppe; sie hatte das Reitgewand abgelegt und trug ein kurzes Unterkleid mit braunem Überwurf, dessen Säume mit dem gelblichen Rauchwerk von der Kehle des Edelmarders verbrämt waren; ein Netz umschloß das aufgeknotete Haar, so daß sich der schöne stolze Kopf frei aus den Schultern hob; auf ihrer rechten Hand saß ein Habicht mit der Falkenhaube und ein zweiter auf ihrer linken Schulter; rasch kam sie, ohne das Seil zu berühren, über den steilen Pfad herabgestiegen. Sigenot trat zur Seite. Kaum merklich neigte sie den Kopf, als sie an ihm vorüberschritt.

Der Fischer betrat den Felsensteig; schon auf der ersten Stufe wandte er sich. »Recka!« Sie drehte das Gesicht und sah ihn verwundert an. »Du willst auf die Beizjagd?« fragte er. »Heut noch?«

»Was kümmert's dich?«

»Grob Wetter steht am Himmel.«

Sie warf einen raschen Blick empor zu dem ziehenden Gewölk, dessen Säume blutrot schimmerten. »Ich fürcht es nit.«

»Es könnt schneller da sein, als du meinst!«

»Dann schau nur, daß du bald unter Dach kommst!« Lachend drehte Recka dem Fischer den Rücken und schritt davon. Raschen Ganges gelangte sie zur Lände am See. Edelrot hatte sie schon gewahrt und kam mit einem Ruder aus dem Hagtor hervorgeschlüpft. »Ich hab eine Stang mitgebracht!« flüsterte sie. »Aber ich mein', wir sollten nimmer fahren. Horch nur, wie's im Röhricht zischelt! Das ist kein gutes Zeichen!« Scheu blickte sie zum Himmel. »Der König Eismann hat schon die Haub.«

Recka lächelte. »Hast du Furcht?«
Edelrot schüttelte das Köpfchen. »Furcht nit, aber der Bruder wird schelten.«
»So laß ihn schelten! Komm!« Mit dem Knie schob Recka den leichten Gransen ins Wasser, um ihn zu besteigen. Bei der schwankenden Bewegung schlugen die Habichte mit den Schwingen, um den Halt auf Reckas Hand und Schulter nicht zu verlieren. Edelrot folgte, und während sie im Spiegel des Nachens das Ruder in den Weidenring schob, setzte Recka sich auf das Schnabelbrett, legte das Federspiel mit den weißen Taubenflügeln, das sie in lederner Tasche getragen hatte, vor sich hin, nahm die unruhig gewordenen Beizvögel auf ihren Schoß und streichelte ihnen mit einer langen Feder Hals und Rücken.
»Gelt«, fragte Rötli, »da ist dein Schätzel nit dabei?«
Recka lachte. »Schau doch, du kannst ja schon den Stockfalk unterscheiden vom Edelfalk! Gib acht, du wirst noch was lernen! Mein Schätzel sitzt daheim. Ich hab die groben Stößer mitgenommen, die taugen besser auf das Wasser und machen flinke Arbeit.«
Stehend führte Edelrot das Ruder, gleichmäßig und geschickt. Mit leisem Plätschern glitt das Schiff hinaus über die glatte, schattenstille Flut. Auf dem Wasser webte der violette Schimmer des entschlummernden Tages, und auf der Zinne des Jennar leuchtete noch ein letzter Anflug helleren Lichtes. Doch zwischen dem hochtreibenden Gewölk, dessen wallende Säume alle Farben spielten von brennendem Rot bis zu dunklem Purpur, lag es schon wie kommende Nacht. Eine finstere Wolkenhaube hatte sich über den Schneegipfel des Königs Eismann gestülpt. Dort oben quollen und wirbelten die Nebelmassen durcheinander wie Dampf über einem Kessel; im Tal und auf dem Wasser rührte sich noch kein Lufthauch. Nicht die leiseste Welle kräuselte den See; nur im Röhricht zitterten die Spitzen der schlanken Blätter, als stiege der schwüle Brodem, den die heiße Sonne des Tages unter dem Schilfdach ausgebrütet, nun langsam zwischen den Halmen empor in die Lüfte.
Es raschelte im Röhricht, und man hörte leises Geschnatter.
»Da drinnen sind sie!« flüsterte Rötli.
»Die Enten? Die lassen wir heut in Ruh. Ich weiß mir bessere Jagd! Ein Elbißpaar ist eingestrichen in den See, von meinem Fenster hab ich's erschaut. Fahre hinüber in die Ecke, wo aus der Tiefe der kalten Brunnen aufsteigt. Dort liegen sie im Schilf!«

»Recka!« stammelte Edelrot, den Gransen verhaltend. »Du wirst doch nit die Elbiß beizen?«
»Was soll mich hindern?«
»Die Leut sagen: Wo der Elbiß rauscht, da ist der Bid nit weit.«
»Ich fürcht ihn nit!« entgegnete die Wazemannstochter lächelnd.
»Fahr zu!« Rötli zögerte. »Fahr zu!« wiederholte Recka ungeduldig. Rötli tauchte das Ruder ein und schob den Gransen. Nahe bei der Insel kamen sie vorüber, und Edelrot lugte scheu in das Röhricht. »Dort schau hin! Siehst du die kleinen Weglein im Geröhr? Da steigt er aus und ein, der Bid.«
Recka lachte. »Närrlein, das sind Ottersteige. Fahr weiter!«
Rötli trieb den Nachen. Das Wasser wurde tief und schwarz. Da erwachte in Edelrot ein Gedanke, der sie erblassen machte. »Recka! Wenn es keine richtigen Elbiß wären, sondern –«
»Was?«
»Elbißdirnen!« Das Wort klang wie ein Hauch.
»Narretei!« lachte Recka. »Fahr weiter!«
Zögernd gehorchte Rötli. Der Nachen glitt über eine Stelle des Wassers, an der sich auf dem Spiegel kleine wallende Kreise zeigten; hier stiegen die kalten Quellen auf. Immer näher glitt das Schiff dem Röhricht. Recka hatte sich erhoben und setzte die Stößer auf den rechten Arm; durch die Schleifen der Falkenhauben hatte sie eine Schnur gezogen, um die Kappen lösen zu können mit einem Ruck.
»Mach Lärm mit dem Ruder!« flüsterte sie. Rötli war bleich und zitterte; aber sie folgte der Weisung. Es rauschte im Röhricht, klatschende Flügelschläge ließen sich hören, und die beiden Schwäne hoben sich schweren Fluges über das Schilf, mit offenen Schnäbeln fauchend, die Hälse lang gestreckt. Schneeweiß leuchtete ihr Gefieder in der dämmernden Luft. Rasch löste Recka die Falkenhauben und hob den Arm. Die Stößer streckten die Köpfe, und ihre gelben Augen funkelten – jetzt wurden sie starr, das Gefieder sträubte sich – sie hatten die Schwäne eräugt. In diesem Augenblick schwang Recka unter jauchzendem Ruf die Vögel. Pfeilschnell schossen die Stößer den Schwänen nach. Schon hatten sie ihnen die Höhe abgewonnen, da fiel ein dumpfer Windstoß aus den Lüften und rauschte an der Falkenwand entlang. Die Stößer gaukelten mit wehenden Schwingen, doch nur einen Augenblick, dann fanden sie wieder festen Flug und stießen nieder.
Mit klagendem Laut teilten die Schwäne ihren Weg, der eine suchte

das Land, den tieferen See der andere. Diesen hatten die Stößer zu ihrem Opfer gewählt, und schlagend fielen sie ihm an den Hals. Im Fluge trug sie der klagende Schwan und tauchte mit ihnen um die Ecke der Falkenwand.
»Er fällt in den Weitsee!« schrie Recka in Erregung. »Gib mir das Ruder, wir müssen nach, oder der Schwan ist verloren und meine Vögel dazu!« Sie hörte nicht auf Rötlis Bitten, griff nach dem Ruder und schlug das Wasser, daß vor dem Schnabel des Nachens eine weiße Welle aufrauschte. Wieder fiel ein Windstoß aus den Lüften, dumpf und brausend, und über das Wasser ging ein Zittern.
Hinter der Insel Bidlieger verschwand das Schiff mit den beiden Mädchen.
Im Röhricht erwachte ein Glucksen und Plätschern, aller Glanz war von der Flut gewichen, grau und finster lag das Wasser, überwirbelt von kleinen stoßenden Wellen. Und weit aus dem Tal herein, plötzlich, hörte man das Rauschen der Ache.
Es kam der Sturm.

6

An der kleinen Pforte über dem Felsensteig hatte Sigenot den Hammer gerührt. Ein Knecht öffnete: »Komm nur, der Herr wartet schon!«
Der Fischer zögerte. »Sind die Buben daheim?«
»Nein. Gestern vor Mittag sind sie nach dem Eismann hinauf ins Gemsgejaid. Ich weiß nit, ob sie heut noch heimkommen.«
Sie überschritten den wenig geräumigen Burghof; der Steinwall um das Haus war eng gezogen nach dem alten Sprichwort: Je kürzer die Mauer, so länger die Wehr. An der Mauer entlang, unter den Pfeilscharten und Luglöchern, lief eine hölzerne Brustwehr mit Wächterhäuschen und kleinen Treppen; aber das Holzwerk war morsch und zerfallen. Wazemanns Haus hatte nie einen Angriff erfahren und schien auch keinen mehr zu befürchten. In die Ecken der Mauer waren Schuppen und Scheunen eingebaut, und die Wächterhäuschen dienten als Trockenkammern für die Wilddecken. Ein paar alte Ulmen standen im Hof, von Holzbänken umzogen und an den Stämmen behängt mit verwitterten Hirschgeweihen und mit Steinbock- und Gemsgehörnen, die zumeist noch auf den weißgebleichten Schädeln saßen. Zwischen den Bäumen erhob sich ein aus dicken Fichtenstangen gefügter Käfig, in dem ein brauner Bär, ein Wolf und eine Luchskatze einträchtig hausten, träg und schläfrig, mit abgeschundenem Fell. Nicht weit davon, in einer Ausbuchtung der Ringmauer, befand sich der hochvergitterte Hundezwinger, darin die Bollbeißer und Saufinder bei Sigenots Eintritt einen tollen Lärm erhoben.
An die Mauer waren auch die Ställe angebaut, die Hühnersteigen und Entenhütten. Auf einem der Moosdächer saßen zwei Pfauen; Enten und Hühner stolzierten frei im Hof umher, und mit dem Kläffen und Heulen der Hunde vermischte sich das Muhen der

Kühe, das Blöken der Mastschafe, das Gackern der Hühner, das Geschnatter der Enten und das Geschrei der in den Ställen beschäftigten Knechte und Mägde.

Inmitten des Hofes stand wie ein plumper riesiger Block Herrn Wazes Wohnhaus. Der Unterbau war aus unbehauenen Felsbrokken gemauert und umschloß die Küche, die Pfisterei, die Falkenkammer, die Gesindestuben, den Keller und die Bußlöcher, von deren zweifelhafter Wohnlichkeit manches Bäuerlein im Gaden erzählen konnte. Der Oberbau, den ein steiles, vorspringendes Schindeldach bedeckte, war aus Balken gefügt. Eine hölzerne Freitreppe führte in eine Vorhalle; hier standen zwei lange Tische mit Holzbänken und dreibeinigen Stühlen; Jagdnetze, Schneereifen und eiserne Raubtierfallen hingen an der Wand; Saufedern und Grießbeile lehnten in den Ecken, und an den höheren Balken reihte sich eine Trophäe neben die andere: Eberköpfe, Bärenhäupter, Hirschgeweihe und Luchsköpfe. Von dieser Halle führten zwei niedere Türen in das Haus, und aus der einen klangen zwei Stimmen, rauh und zornig die eine, die andere scheu und stammelnd.

»Der Herr ist drin, geh nur hinein!« sagte der Knecht zu Sigenot.

Der Fischer trat über die Schwelle. Der Raum vor ihm, das war die Herrenstube in Wazemanns Haus; sie hatte vier Fenster, aber der Schliem[1], mit dem die Fensterrahmen überzogen waren, ließ vom späten Licht des Abends nur noch eine trübe Helle ein. Gebräunte Balken bildeten die Decke, von der an Ketten ein eiserner Reif mit aufgesteckten Hirschtalgkerzen herunterhing; darunter ein Tisch mit Stühlen. In einer Ecke der große Lehmofen; die von Geweihen starrenden Balkenwände waren rauh mit Mörtel beworfen und geweißt. Entlang der Mauer liefen Holzbänke, unterbrochen von Truhen und drei niederen Türen. Hier ein Sattelbock, dort ein Gestell mit Waffen und Jagdgerät und dazwischen in der Wand ein alkovenartiger Ausbau mit dem Spanbett, auf dem Herr Waze die einsame Nachtruh zu halten pflegte, seit Frau Friderun, sein Eheweib, das Zeitliche auf blutigem Wege gesegnet hatte.

Heute schien die Stunde, in der sich Herr Waze nach Schlaf und Ruhe sehnte, noch lange nicht gekommen. Seine Stimme klang wie Bärengebrüll; mit beiden Fäusten hielt er den Bauer, der stotternd vor ihm stand, am Bart gefaßt, rüttelte und schüttelte ihn und schrie

---

[1] dünn gegerbte Netzhaut

ihm ins Gesicht. »Dir will ich zeigen, wer dein Herr ist! Du sollst dir den Zinstag merken!« Mit der Faust holte er zum Schlag aus.
Da faßte Sigenot seinen Arm. »Herr! Lasset doch den Bauer aus! Ihr redet ein lützel grob. Wenn Ihr ihm das Hirn in die Ohren beutelt, wie soll er denn hören?«
Herr Waze ließ den Bauer fahren. Er hatte den Fischer erkannt und schien Ursache zu haben, seinen Zorn gewaltsam zu bezwingen. Die Säume seines langen Hausrockes über dem Leib zusammenschlagend, brummte er: »Du? So? Du bist da?«
Sigenot wandte sich an den Bauer, in dem er seinen Nachbar erkannte, den Marderecker. »Was hast du angestellt?«
»Der Lump und Gauchdieb!« schrie Herr Waze. »An Sonnwend hätt er zinsen sollen, und heut, im halben Augst[1], kommt er und heult, ich soll noch warten bis nach der Albenzeit.«
»Guter Herr, habet doch Einsicht!« stammelte der Bauer mit halberstickter Stimme. »Wie hätt ich käsen sollen? In sechs Wochen hat mir der Bär vier Geißen gerissen, meine besten Milchgeißen.«
»Freilich! Steiner frißt der Bär nit.«
»Aber ich kann doch aus Steiner auch kein Schmalz machen!«
»Schau den an!« schrie Herr Waze. »Spitzwörteln will er auch noch!« Und wieder wollte er mit beiden Fäusten zugreifen.
Sigenot trat dazwischen. »Lasset den Mann in Ruh, Herr! Der arme Hascher hat eh keinen Tropfen Blut mehr im Gesicht. Und daheim bei ihm schaut's grausig aus. Eine Kuh ist ihm umgestanden, und sein Weib kann nimmer schaffen, die geht mit dem Kind.«
»Natürlich, mit der Zwielichtarbeit wird der Kerl noch allweil fertig. Da ist ihm die kürzeste Sommernacht noch lang genug. Am Tag, da liegt er auf der Faulhaut, und ich kann warten auf Zins und Steuer.« Herr Waze spuckte aus und griff nach der Metbitsche auf dem Tisch. Als er sie leer fand, klapperte er mit dem Deckel und schrie: »Ulla! Ulla!« Eine greise Magd erschien, um den Krug zu holen.
Inzwischen fragte Sigenot den Bauer: »Wieviel macht dein Zins?«
»Auf Sonnwend zwanzig süße Geißkäs.«
»Komm morgen zu mir! Ich red mit meiner Mutter.«
Herr Waze lachte: »Mach, daß du weiterkommst!« Ein Tritt, und der Marderecker brauchte die Tür nicht mehr zu suchen.

---

[1] August

Die Magd brachte den Krug. »Steck die Kerzen an!« brummte Herr Waze und wandte sich wieder zum Fischer. »Deine Ferchen sind sauber gewesen. Was willst du haben dafür?«
»Stahlstiften könnt ich brauchen auf Angelhaken.«
»Die sollst du haben. Und meine Dirn hat einen Hirsch gehetzt. Von dem schick ich dir eine Keul.«
Sigenot schüttelte den Kopf. »Nit von dem! Ich hab ihn sterben sehen.«
Herr Waze stieß einen schmerzvollen Laut aus. »Die Leut sterben«, schrie er, »die Hund verrecken, aber der edle Hirsch verendet! Ein Fischer! Sollt ein halber Jäger sein und kann nit einmal reden! Und grausen tut ihm vor Wildbret! Meintwegen!« Um seine Fassung wieder zu finden, griff er nach der Bitsche.
Auf dem Eisenring brannten die Kerzen, und ihr rötlicher Schein beleuchtete den Trinker. Der lange, aus Hirschleder genähte Hausrock umhüllte eine klobige, vom Alter schon etwas gebeugte Gestalt; ein grauer, langsträhniger Bart umrahmte das von Zeit und wüstem Leben zerstörte Gesicht; alles an diesen Zügen war welk und schlaff, doch die grauen Augen hatten noch Glanz und festen Blick. Dünnes Haar hing an den Schläfen und im Nacken; das Oberhaupt war kahl, doch über der Stirn sträubte sich ein vereinsamter Haarbusch, als hätte die Zeit ihn eigens verschont, damit ihn ein zausendes Schicksal doch endlich noch zu fassen bekäme.
Herr Waze hatte einen tiefen Zug getan und stellte die Bitsche nieder; mit einem Augenwink wies er die Magd aus der Stube. »So, Fischer, jetzt laß uns reden! Komm her!« Sie setzten sich, und Herr Waze schob seinem Gast die Bitsche hin.
»Mich dürstet nit.« Sigenot steckte seine Kappe hinter den Gürtel.
Herr Waze schielte den Fischer von der Seite an. »Meintwegen!« Dann legte er die Arme über den Tisch und spähte schweigend eine Weile in Sigenots Gesicht. »Also, jetzt red! Was meinst du dazu?«
»Wozu? Ich versteh nit.«
»Hast sie doch auch schon gesehen heut!«
»Wen, Herr?«
»Die Kuttenlupfer! Bist du nit dazu gekommen, wie meine Dirn mit ihnen gehachelt hat?«
Langsam hob Sigenot die Augen. »Wohl!«
»Also! Jetzt red!«
»Was gehen mich die fremden Leut an?«

»Fremde Leut?« Herr Waze legte die unruhigen Hände um die Bitsche. »Wenn der Öberste von ihnen morgen kommt und sagt zu dir: ›Du, Fischer, jetzt bin ich der Herr im Gaden, und ihr seid Kirchenknecht, da gibt's keinen Unterschied, Fron und Zins und Steuer, alles gehört mir, mein ist der Wildbann und die Fischenz über Bach und See, her damit!‹ Was meinst du dann, Fischer?«
Sigenot lächelte. »Ich mein', ich find schon die richtige Red.«
»Hast recht! Und wenn dir die Wort ausgehen, red nur gleich mit der Faust! Bei dir gibt's aus. Wo du hinhaust, wachst sieben Jahr kein Gras nimmer. Und ich, Fischer, ich halt zu dir! Dich hab ich gern. Du bist der einzige im Gaden, den ich stehen hab lassen wie Herr neben Herr. Nie hab ich mit einem Finger an dein Recht gerührt.«
»Das hat einen guten Grund gehabt.«
Herr Waze zog die Brauen hoch. »Wie meinst du das?«
»Ich mein', es wär schiech ausgegangen. Kann sein, für mich, für Euch aber auch! Wenn ein Baum fallt, Herr, gibt's Trümmer.«
Herr Waze machte zu dieser Rede einen bösen Kopf. Doch er lachte, griff nach der Bitsche, tat einen tiefen Zug, klappte den Deckel zu und schlug mit der Faust auf den Tisch. »Schau, Fischer, das gefallt mir, daß du so redest. Wer was ist, den laß ich gelten. Und drum halt ich zu dir.«
»Ich brauch keinen Helfer.«
»So? Du bist noch nie hinausgekommen aus dem Gaden. Aber ich, Fischer, ich weiß, wie sie's machen!« Mit hohler Hand strich Herr Waze über die Tischplatte, als lägen goldene Schätze vor ihm, die er einstreichen möchte in seinen Schoß. »Beim Kleinen fangen sie an, schön langsam, und allweil schneller geht's, und beim Großen hören sie auf. Mit Gotteslieb und Himmelsgnad aißen[1] sie die Gruben an, und was hereinfallt, kommt in den Klostersack. Der hat kein Loch. Was da drin ist, das bleibt!«
Sigenot lächelte wieder.
»Warum lachst du?« brummte Herr Waze, während draußen der erste brausende Windstoß um das Haus fuhr.
»Der Ramsauer Pfarrherr ist mir eingefallen, der alte Hiltischalk. Der hat mich als Bub getauft und ist der einzig, den ich kenn. Wenn die vier, die heut gekommen sind, dem Ramsauer nachgeraten,

---

[1] ködern

könnt man allweil hausen mit ihnen. Vom Ramsauer hab ich noch nie gehört, daß er was eingestrichen hat in seinen Sack. Ich hör nur allweil, daß er gibt, das letzte Haftl und das letzte Hemd. Und Herz und Leib dazu!«

Herr Waze hatte regungslos dagesessen, mit funkelnden Augen. Jetzt sprang er auf und warf den Stuhl beiseite. »Hol ihn der Teufel, den er predigt! Grad der ist von den Ärgsten einer! Der weiß, wie man's machen muß, daß die Roß nach dem Reiter schlagen. Die ganzen Leut in der Ramsau hat er verdorben in Grund und Boden. Da steht jetzt einer neben dem andern wie Stein bei Stein in der Mauer.«

Sigenot erhob sich. »Herr Waze, das hat ein anderer fertiggebracht als der Ramsauer Pfarrherr.«

Der zweite Windstoß rauschte um das Haus, daß alles Gebälk erzitterte; an einem der Fenster riß der dünne Schliem, ein zischender Luftstrom fuhr in die Stube und machte die Kerzen flackern. Mit zorniger Faust stieß Herr Waze den Laden vor. »Und jetzt«, so schrie er, »jetzt will sich gleich ein ganzes Binkel festsetzen im Gaden. Und eine Klaus wollen sie bauen, und aus der hölzernen Klause soll ein steinernes Kloster wachsen mit Mauer und Türm. Und wie man der Sau das Blut ablaßt, so soll ich Stückl um Stückl herlassen, was ich hab in meiner Faust. Die sollen den Waze kennenlernen! Wenn ich nur wüßt, wer hinter ihnen steht! Ob der Salzburger? Oder gar noch ein Stärkerer, der mir ans Fleisch kann? Wenn ich nur das wüßt! Dann möcht ich ihnen morgen ein Wörtl sagen, daß ihnen die Zung in den Hals fallt! Aber so –« Herr Waze schluckte und griff mit den Fäusten an die Brust.

Sigenot schaute schweigend, mit ernstem Blick. Keuchend trat Herr Waze an den Tisch und hob den Krug. Und schnitt ein Gesicht, als wär' ihm die Zunge bitter geworden. »Was nur das wieder für ein Gesüff ist! Den Met hat der Schönauer gesteuert und hat mir mit Fleiß den Honig verdorben!«

»Nein, Herr!« sagte der Fischer. »So was tut der Schönauer nit. Aber wenn einer zu oft in den Immstock greifen muß und mehr vom Stock verlangt, als er geben kann, so sind die Immen bald nimmer heikel im Blumensuchen und heimsen auch auf Giftblumen. Das merkt man im Met. Obenauf schmeckt er süß, der Satz wird bitter.«

Herr Waze roch an der offenen Bitsche, stieß den Krug von sich und schrie: »Was mich am meisten ärgert, ich selber bin schuld, daß ich

die Schermäus jetzt im Land hab! Vor langer Zeit einmal, da sind der Sulzbacher und seine Gräfin auf den Einfall gekommen, sie möchten Nachschau halten im Gaden. Ohne Troß und Knecht sind sie draußen weggeritten von der Herrenburg. Unterm Lokistein, wo der Goldenbach in die Ache fließt, sind sie in die Irr geraten. Da haben sie aus dem Sattel steigen müssen und zu Fuß weiter suchen. Auf einmal bricht unter ihnen die Erd ein, und halb verschüttet sind sie in der brunnentiefen Grub gelegen, zwei Tag und eine Nacht. Und da muß mich mein Unstern dazuführen!« Herr Waze lachte zornig auf.
»Unstern?« Sigenot furchte die Brauen. »Es sind doch Menschen in der Not gewesen, und Eure Herrenleut dazu!«
»Paß nur auf, was weiter kommt!« schrie Herr Waze. »Auf der Sauhatz hab ich die ledigen Gäul gefunden, hab vom Sattelzeug richtig auf die Reiter geraten und hab mich mit meinen Leuten ans Suchen gemacht. Und finden hab ich sie müssen! Und hab noch eine Freud gehabt, weil ich gemeint hab: Jetzt, wo mir der Graf und die Gräfin ihr Leben danken, hätt ich einen rechten Stein im Brett. Und weißt, was geschehen ist?« Mit beiden Händen faßte Herr Waze den Fischer am Wams. »Wie der Graf und die Gräfin wieder daheim waren, hat der Burgpfaff angefangen, der Frau Adelheid ins Ohr zu reden: Ihr Unglück und die Rettung wär ein Vermerk von Gott gewesen, daß Frau Adelheid das alte Gelübd ihrer Mutter erfüllen müßte und den Berchtesgaden hingeben an die Kirch!« Herr Waze schlug die Fäuste auf den Tisch. »Und wie schon allweil die höchste Nummer fällt, wenn die Pfaffen ihre Knöchel werfen, so hat's nit lang gedauert, da kommt das Siechtum über Frau Adelheid, und auf dem Totenschragen hat sie den Eid getan, und zwölf Edelleut haben mitschwören müssen, daß der Berchtesgaden an das Kloster fällt!«
Sigenot zog die Kappe aus dem Gürtel. »So wär das richtig und wahr? Die Schenkung ist beschworen und getan?«
»Ja, ja, ja! Und das ist der Dank, den ich hab! Was sagst du, Fischer?«
»So muß ich sagen, daß die Leut ein Recht haben, wenn sie kommen, und daß sie die Herren im Gaden sind.«
»Was Herr? Wer Herr?« klang die kreischende Antwort. »Ich bin der Spisar im Gaden und bin nit gefragt worden, ich hab der Schenkung nit zugestimmt, und ich tu's auch nimmer!«
»Wer hätte Euch fragen müssen? Wenn ich mein Haus verschenken will, muß ich da mein Gesind erst fragen?«

Herrn Wazes Augen erweiterten sich, und ein Zittern befiel seine Knie. Er lachte heiser. Mit zuckenden Fäusten zog er die Rocksäume über die Brust zusammen und schritt in der Stube auf und nieder. Draußen kam der Sturm gezogen. Es pfiff und heulte durch das Haus, dumpf rauschten die Wipfel der Bäume, man hörte das Krachen brechender Äste, das Geklapper fallender Schindeln, und in weiter Ferne rollte der erste Donner. Unter diesem Dröhnen blieb Herr Waze vor Sigenot stehen, mit funkelnden Augen und fahlem Gesicht. »Fischer! Da steh ich vor dir. Draußen beim Lokistein liegen die Klosterleut. Zu wem willst du halten?«
»Warum eine solche Frag, Herr? Kommt's auf einen an?«
»Du gehst für hundert. An dir hängen die Leut im Gaden wie die Schaf am Salz. Zu wem willst du halten?«
»Fürs erste halt ich zu mir selber. Wenn mich noch ein anderer braucht, so muß das einer sein, bei dem ich das Recht seh.«
Langsam trat Herr Waze von Sigenot zurück und maß ihn mit stechendem Blick. »Fischer! Besinn dich! Da steh ich vor dir, und da draußen sind die andern. Schau fest hin. Auf welcher Seit –«
»Ich seh nur Euch, Herr!« unterbrach ihn Sigenot mit ruhigem Wort. »Daß ich mir die andern anschau, dazu brauch ich Zeit!«
Wazemanns Augen blitzten, und ein tückisches Lächeln verzerrte seinen Mund. »So haben wir ausgeredet miteinander. Wenigstens für heut!«
»Wohl, Herr! Und somit gute Nacht!« Sigenot schritt der Türe zu. Als er im Dunkel der Vorhalle verschwunden war, eilte Wazemann zu einer der beiden Türen, die in das Innere des Hauses führten, riß sie auf und tat einen leisen Pfiff. Ein Knecht kam gesprungen: »Herr?« Wazemann besann sich; dann schüttelte er den Kopf und drückte die Türe wieder auf. Er ging zum Tisch zurück; und da sah er betroffen auf. Sigenot stand auf der Schwelle. »Hast du dich besonnen, Fischer?«
»Herr«, sagte Sigenot, »draußen geht ein schieches Wetter los, und Eure Tochter ist außer Haus.«
Herr Waze machte ein verblüfftes Gesicht. »Was geht meine Dirn dich an? Die wird wissen, wo sie bleibt!« Damit drehte er dem Fischer den Rücken. Sigenot stand noch eine Weile; dann warf er einen Blick durch die Stube und ging.
Wazemann schielte ihm nach und lächelte. »Geh, Fischer! Du gehst deinem Vater nach.«

Graues Dunkel lag schon über dem Hof, als Sigenot aus der Vorhalle niederstieg. Jagendes Gewölk bedeckte den Himmel. An dem Pförtlein über dem Felsensteig wartete der Knecht, der den Fischer ins Haus geführt hatte. »Willst du heimzu nit lieber den Reitweg nehmen?« fragte er.
Sigenot schüttelte den Kopf. »Ich geh hinunter, wo ich herauf bin.«
»Der Sturm blast bös an die Wand hin.«
»Mich wirft er nit. Mach auf!«
Der Knecht öffnete die kleine Pforte, und Sigenot betrat den steilen und dunklen Weg.
Von der Bergseite der Mauer ließ sich wirrer Stimmenlärm vernehmen. Wazemanns Söhne kehrten von der Jagd zurück. Das Gesinde lief zusammen, und zwei Knechte kam mit Windfackeln, deren rußende, vom Sturm gepeitschte Flammen den Burghof mit rötlichem Schein erfüllten. Zwei Jägerknechte, die mit heimkehrten, trugen ein schweres Stück Fahlwild[1] an einer Stange. Henning, Sindel, Rimiger und Hartwig, die ältesten von Wazemanns Söhnen, warfen die Gemsböcke nieder, mit denen ihre Rücken beladen waren. Eilbert trug die Stahlbogen und Köcher der älteren Brüder, Gerold und Otloh, die beiden jüngsten, führten in ihrer Mitte einen Buben, dem die Hände auf den Rücken gebunden waren. Sie alle trugen, mit geringem Unterschied, das gleiche Gewand: die Marderkappe mit der Adlerfeder, das Lederwams, die kurze Berghose und am Gürtel den Wildfänger. Rauhe, verwegene Gestalten, denen das wilde, zügellose Leben, das sie führten, aus Gesicht und Augen blickte.
Geschrei und Hundegeheul erfüllte den Hof und übertäubte das Schluchzen des gefesselten Buben, der sich kaum mehr aufrecht zu halten vermochte. Herr Waze kam von der Vorhalle herabgestiegen, und während ihm der Sturm den Bart zauste und den Hausrock um den Körper peitschte, musterte er beim Schein der Fackeln das erlegte Wild. Der erste Gemsbock schien ihm zu gefallen. »Der hat den Schuß auf dem rechten Fleck. Wer hat den Schuß getan?«
»Ich!« sagte Rimiger. »In voller Flucht ist mir der Bock gekommen und ist hergesaust durch die Latschen. Grad noch hab ich ein Gässel durch die Stauden gefunden, hab die Sehn klingen lassen, und wie vom Blitz erschlagen hat's ihn hingehaut.«

[1] Steingeiße

»Bub, du hast was gelernt von mir!«
Beim zweiten und dritten Gemsbock nickte Herr Waze nur. Jetzt sah er das Fahlwild, und dunkle Zornröte schoß ihm ins Gesicht. »Höll und Pest! Wer hat mir das getan? Das ist eine Geiß!«
»Ich kann nichts dafür, Vater!« stotterte Eilbert. »Der Nebel ist eingefallen. Da hat mir das Stück stärker geschienen, und ich hab gemeint, es wär ein Bock.«
»Gemeint hast du, so, gemeint?« schrie Herr Waze. »Ein Jäger soll nit meinen, ein Jäger muß wissen! Wo sollen die Böck herkommen, wenn mir so ein Schinder wie du die Geißen wirft? Da hast du einen Merk.« Ein klatschender Schlag fiel auf Eilberts Wange. Alle anderen lachten; Eilbert erbleichte, schoß einen funkelnden Blick auf den Vater und ging wortlos ins Haus.
Da gewahrte Herr Waze den gefesselten Buben. »Was soll's mit dem?«
»Rühr dich, du!« schrie Otloh und versetzte dem Buben einen Stoß ins Genick, daß er vor Wazemanns Füße taumelte.
Wieder lachten alle, während der Bub sich stöhnend aufrichtete. Er mochte kaum fünfzehn Jahre zählen; sein ganzes Gewand war ein alter Sack, der mit einer Weidenrute um die Hüfte gebunden war und drei Löcher für den Kopf und die Arme hatte; das Gesicht war leichenfahl, die Lippen bluteten, und die vor Angst und Erschöpfung schlaffen Wangen waren von Zähren überronnen.
»Was hat der Bub getan?« fragte Herr Waze. Und Gerold sagte: »Unter der Eismannwand, mitten im besten Wildbogen, ist er uns in die Händ gelaufen.«
Wazemanns Brauen zogen sich zusammen. »Was hast du auf dem Eismann zu schaffen, du Rabenaas?«
»Ach«, schluchzte der Bub, an allen Gliedern zitternd, »ich hab nur meine Geißen gehütet, hinter dem Eismann drüben, bei der Ödhütt. Und da haben sich zwei verstiegen. Die hab ich gesucht.«
»Weißt du nit, daß der Eismann mein Bannberg ist, auf den mir keiner steigen soll, bei Leib und Leben?«
Der Bub rührte die Lippen, aber es wollte kein Wort mehr von seiner Zunge.
Herr Waze winkte einen Knecht herbei. »Pack ihn! Hinunter mit ihm ins Bußloch! Und daß ihm für ein andermal die Lust vergeht, auf meinem Bannberg herumzustreunen, stich ihm über den Fersen die Flachsen[1] ab!«

»Herre, Herre! Habet Barmherzigkeit, ich tu es nimmer, nimmer, nimmer!« schrie der Bub in herzzerreißendem Jammer. Der Knecht packte ihn, riß ihn mit sich fort, und hinter den dicken Mauern des Unterbaues erstickte das Geschrei des Knaben.
Herr Waze stieg zur Vorhalle hinauf; er mußte auf der Treppe das Geländer fassen, mit so ungestümer Macht fuhr der Sturmwind auf ihn ein. Aus der Halle rief er herunter: »Schauet, daß ihr bald hereinkommt in die Stub! Ich hab mit euch zu reden.«
Gerold und Otloh folgten ihm. »Was meinst du, daß er hat?« fragte Gerold den Bruder.
»Was er hat? Schiech Wetter unter dem Hirndach!«
Hinter den beiden stiegen Rimiger und Hartwig die Treppe hinauf. Sindel, der mit Henning noch bei den Gemsböcken stand, fragte den Bruder mit halblauter Stimme: »Meinst du nit, der Vater hat's mit dem Eilbert ein lützel zu grob gemacht? Was ein Vater darf, hat seine Grenz, und der Bub ist ein ausgewachsener Mensch.«
»Die Maulschell hat ihm gehört! Warum wirft er eine Geiß?«
»Er muß blind gewesen sein, oder er hat schon wieder eine Dirn im Kopf. Das macht ihn wirblig wie der Drehwurm die Gems. Ich mein', er hat's auf die Fischerdirn abgesehen.«
Henning hob langsam das Gesicht. »Auf das Rötli? Da wird ihm der Schnabel sauber bleiben.«
»Warum?«
»Das hat seinen Grund!«
Sindel lachte. »Deinen Grund kann ich mir denken.«
Sie gingen der Treppe zu. Da fragte einer der Knechte, die mit dem erlegten Wild beschäftigt waren, den an seiner Seite Schaffenden: »Wer ist der Bub, der da drin gebüßt wird? Kennst du ihn?«
»Huze heißt er und ist dem Schapbacher hörig, dem er die Geißen hütet. Seine Mutter ist die Heilka gewesen, die Sennin, die sich den Tod in der Windach geholt hat.«
Sindel blieb auf der Treppe stehen und stieß den Bruder mit dem Ellbogen an. »Hast du gehört? Die Heilka ist seine Mutter gewesen.«
»Laß mich in Ruh!« brummte Henning.
»Du solltest den Buben laufen lassen!«
»Was geht der Bub mich an?« Ein tobender Windstoß. Henning und

---

[1] Sehnen

Sindel traten in die Herrenstube, in der ihre Brüder schon um den Tisch saßen.
»Jetzt sind wir da, Vater!« sagte Hartwig. »Aber wo ist die Schwester?«
»Gut, daß sie fort ist. Sie braucht nit zu hören, was ich mit euch zu reden hab.« Herr Waze trat an den Tisch und stemmte die Fäuste auf. »Wißt ihr schon die neueste Botschaft?«
»Heraus damit!« lachte Rimiger.
»Gleich wirst du nimmer lachen. Wir haben Gäst im Gaden. Die weißen Schermäus sind gekommen. Draußen beim Goldenbach, unterm Lokistein, haben sie die Zelt aufgeschlagen.«
Um den Tisch war lautlose Stille, nur einen Augenblick, dann sprang Henning auf, und sein Faustschlag dröhnte auf der Tischplatte. »Mein Roß her! Das gibt noch eine lustige Hatz auf die Nacht! Die Kutten sollen mir laufen, daß der Wind, der draußen wettert, zurückbleibt hinter ihnen!«
Die Brüder sprangen auf, die Stühle kollerten, und wirres Geschrei erfüllte die Stube. Hennings Wort hatte die Meinung aller getroffen. Wie die Wespen aus einem Nest, in das der Fuchs gegriffen, so stoben sie auseinander.
»Ihr Narren! Bleibt!« überschrie Herr Waze den Lärm. Ringsum an den Türen blieben sie stehen und schauten den Vater an. »Her wieder an den Tisch!«
»Vater! Was soll das?« rief Rimiger. »Oder willst du uns die Händ binden, wo der Schlag am besten ausgibt, wenn er gleich fällt?«
»Her an den Tisch!« befahl Herr Waze, und seine Stirn wurde rot. Zögernd kamen sie und nahmen ihre Plätze wieder ein. »Und jetzt haltet die Mäuler! Keiner soll mir dazwischen reden!« Herr Waze atmete tief und warf sich auf einen Stuhl. »Gekommen sind sie. Und fort müssen sie auch wieder. Aber wie? Mit Gewalt geht's nit, das hab ich mir lang gesagt. Sie haben die Kutten an, und wer hinrührt an den geweihten Rock, der könnt sich bös die Händ verbrennen. Das Mittel, das euch taugen möcht, wär von allen das schlechteste. Schlagt die viere nieder, und zehne wachsen nach. Schlagt die zehne nieder, und zwanzig stehen auf. Nein, Buben, mit dem Schlagen und Jagen geht's nit. Von selber müssen sie wieder gehen.«
»Wenn sie nur mögen!« lachte Henning.
»Daß sie mögen, das laß du meine Sorg sein! Ich hab zwei gute Helfer: Hunger und Winter. Euch brauch ich dabei! Drum hat's von

morgen an ein End mit dem Gejaid einen Tag um den andern. Drei von euch mögen hetzen und jagen wie allweil. Viere bleiben all Tag daheim. Henning, Sindel, Rimiger und Hartwig, ihr macht für morgen den Anfang. Vor Tag wird gesattelt, und ihr reitet hinaus –« Zwei Mägde traten ein, um den Tisch für das Nachtmahl zu bestellen. Herr Waze verstummte und gab seinen Söhnen einen Wink zu schweigen. Er trat unter die offene Tür der Vorhalle und blickte hinaus in das Stürmen und Toben der sinkenden Nacht. »Henning!« rief er und schritt langsam in die Halle hinaus.

Der Älteste folgte ihm. »Vater?«

»Was meinst du, wer wird der erste sein, der's mit denen da draußen hält?«

»Ich leg meine Hand dafür ins Feuer: der Fischer!«

Herr Waze nickte schweigend.

»Vater! Hast du schon einen Beweis dafür?«

»Ich hab geredet mit ihm.«

Henning lachte. »Das ist der Dank dafür, daß du allweil die Hand über ihn gehalten hast.«

»Damit hat's ein End!« Herr Waze wollte die Vorhalle verlassen.

Der Sohn faßte ihn am Arm. »Wie soll das gemeint sein?«

»Wenn du's nit verstanden hast, so horch ein andermal besser auf!«

Herr Waze löste seinen Arm und trat in die Stube.

Henning blickte durch die rauschenden Bäume hinauf auf das vom Sturm umtobte Fischerhaus. Er lachte und hob die Faust.

Ein greller Blitz zuckte über die Wolken hin, ein dumpfer Donner füllte das weite Bergtal.

7

Sigenot überschritt auf dem Heimweg die Achenbrücke. Das Wasser rauschte im wogenden Schilf, und der Sturmwind trieb den weißen Schaum über das Ufer. Kein Regen fiel, aber ohne Unterlaß rollte der Donner, und in schneller Folge zuckten die Blitze über das Gewölk. Tal und Berge leuchteten auf, um jählings wieder in tiefes Dunkel zu versinken. Zwischen den Bäumen, welche ächzten unter der Wucht des Sturmes, lag, wenn die blendende Blitzhelle erlosch, so schwarze Finsternis, daß Sigenot den Weg nur tastend fand. Als er das Hagtor seines Hauses erreichte, hörte er aus der Nähe des Stalles die kreischende Stimme der Magd: »Wicho! Wicho!« Und aus dem Innern des Hauses klang Mutter Mathilts schrilles Gelächter.

Sigenot erschrak, denn er kannte die Sprache dieses Lachens, und eilte über den Hügel empor. Matter Feuerschein leuchtete aus der offenen Haustür. Der Fischer trat in eine weite Halle, welche Flur, Wohnstube und Küche in einem war. Die Balken der Decke waren berußt, und quer unter dem offenen Rauchfang hing das große Eisenblech, das durch einen Kettenzug geschlossen werden konnte, um die Wärme im Raume zurückzuhalten oder dem Eindringen des Windes zu wehren. Eine Türe führte in Sigenots Kammer, eine zweite in die Schlafstube seiner Mutter und Schwester. Die Balkenwände waren mit dünnen Stangen verschalt, an den Fensterluken die Läden vorgeschoben; an der Wand hingen Rahmen für Pfannen und Kochgeschirre, für die hölzernen Teller, Schüsseln und Becher. Hier ein mächtiger Schrank, dort eine plumpe Truhe; in einer Ecke standen drei Spinnrocken, in deren zottigen Hanfwuckeln die halbübersponnenen Spindeln staken; in einer zweiten Ecke war der Webstuhl angebracht; um die dritte Ecke zog sich eine Holzbank, und vor ihr stand ein Tisch, dessen runde Steinplatte von einem dicken Baumstrunk getragen wurde; dieser Stamm war in den mit Lehm beschlagenen Boden eingewachsen, und seine nach allen Seiten greifenden, knorrigen Wurzeln waren abgewetzt vom Eisenbeschlag der Schuhe. Über der Bank hingen an der Wand eine Eisenhaube, ein Ringhemd, ein gebuckelter Schild und das lange Schwert in lederner Scheide. Zwischen den beiden Türen war der niedere offene Herd an die Balkenwand angebaut; über ihm, auf schmalem, schwarz berußtem Gesims standen die den Herd beschützenden Alraunen und geschnitzten Feuermännlein. Auf der Herdstatt flakkerte, den dampfenden Dreifuß umzüngelnd, eine rauchlose Flamme. Ihr Schein beleuchtete Sigenots Mutter, die neben dem Herd in dem mit einem Wolfsfell überhängten Lehnstuhl saß. Das Kleid aus geblichenem Hanftuch und die regungslose Ruhe der gelähmten Füße gaben ihrem Körper den Anschein eines steinernen Bildes. Die Arme waren dem Sohn entgegengestreckt, Angst und Jammer sprachen aus dem Gesicht, über dessen Wangen vier straff geflochtene graue Zöpfe niederhingen auf die Brust; Tränen glitzerten in den weit offenen Augen, und die schwere Zunge lallte. In jener Unglücksnacht, in der das Wasser den Vater Sigenots verschlang, hatte Mutter Mathilt die Sprache verloren; nur Lachen und Weinen war ihr noch geblieben, das Weinen für die Freude, das Lachen für Wunsch und Angst.

»Mutter?« stammelte Sigenot. »Was ist geschehen?« Das Weib lachte und lallte. Er schien zu verstehen und blickte um sich. »Das Rötli? Wo ist das Rötli?«

Mutter Mathilt deutete mit den Armen, während ein Windstoß unter dröhnendem Donner das Haus umfuhr. Da erblaßte Sigenot. »Draußen? Auf dem See?« Er stürzte zur Türe. Auf der Schwelle blieb er stehen, kehrte zurück, faßte die Hände der Mutter und sagte: »Mußt keine Angst haben, ich bring dir das Kind!« Mutter Mathilt klammerte die Finger um seine Hände, blickte zu ihm auf und nickte; ihre Hände zitterten, und glänzende Zähren rollten über ihre Wangen.

Sigenot lächelte und ging zur Tür. Kaum aber war er hinausgetreten ins Freie, in den tobenden Sturm, da überfiel ihn die Unruhe. Mit raschen Händen griff er nach einem Ruder. »Wicho! Wicho!« schrie er.

Aber es kam nur die Magd gerannt. »Der Knecht muß im Heimgart sein, ich weiß nit, wo!«

Sigenot schwang das Ruder über die Schulter und rannte über den Hügel hinunter, dem Hagtor zu; hinter ihm her die Magd. Als sie die Lände erreichten, über die jede anrauschende Welle einen schäumenden Wasserguß herausspülte, zuckte ein greller Blitz. In der brennenden Helle sah Sigenot den Einbaum am Ufer liegen. »Ach du meine Not«, stammelte er, »sie hat nur den leichten Gransen!« Er warf das Ruder in den Einbaum und stemmte, auf die Knie gebückt, von Wasserschaum umflattert, die Schulter gegen das schwere Boot. Die Magd wollte ihm helfen, aber ehe sie noch die Hände streckte, schwankte der Nachen schon auf den Wellen, und Sigenot stand darin und zerrte das Ruder durch den Weidenring. Mit wuchtigen Schlägen trieb er den Einbaum, dessen Schnabel auf die ansteigenden Wellen klatschte. Blitz um Blitz erhellte die Finsternis, Sigenot spähte hinaus über den Seeweiher und sah nur das Gewirbel des weißen Wassers.

»Rötli! Rötli!« schrie er mit hallender Stimme; sein Ruf erstickte im Brausen des Sturmes, und keine Antwort klang; nur droben in Wazemanns Haus heulten und kläfften die Hunde.

»Rötli! Rötli!« schrie Sigenot und holte mit dem Ruder aus, daß die Stange knirschte. Jeder neue Wellenschlag erschütterte den Einbaum und machte ihn steigen und sinken; aber das Boot hielt feste Fahrt. Nun fuhr er knirschend durch Geröhr, rauschte vorüber an der Insel Bidlieger, und vor Sigenot öffnete sich der Weitsee. Brausen, Rauschen, Dunkel, Donner und Echo füllten den gewaltigen Felsenkessel. Es flammte ein Blitz. Sigenot sah nur die weißschäumenden Wellen und die grauen Nebelschwaden, die der Sturmwind herunterpeitschte über die steilen Berggehänge.

»Rötli! Rötli!«

Da klang von der Falkenwand herüber ein Schrei.

»Ich komm, Rötli!« jauchzte Sigenot und warf sich mit dem ganzen Körper auf die Ruderstange. Jeder Schlag trieb den Einbaum über sprühende Wellenkämme, und immer näher rückte die schwarze Wand. Ein Blitz fuhr nieder über die Berge, und in dem Feuerschein, der über das kochende Wasser floß, sah Sigenot den Gransen an der senkrecht aus dem Wasser steigenden Felswand hängen und anschlagen wider das Gestein. Und zwei Gestalten trug der Nachen. Vier Arme hingen angeklammert an das dürftige Gestrüpp, das in den Runsen der Felswand wurzelte. Ein heißer Schreck durchzuckte Sigenots Herz. Da lag schon wieder die Finsternis um ihn her. Der klatschende Einbaum schoß der Felswand zu, die Ruderstange ächzte, und der Schaum der Wellen, vom Sturm getrieben, übersprühte Schiff und Schiffer. Wieder flammte ein Blitz. Dicht neben dem weißumbrandeten Gransen glitt der Einbaum vorüber. Sigenot ließ das Ruder sinken, griff mit beiden Armen zu, faßte die Tochter Wazes um die Hüften und schwang sie herüber in das Boot. Recka taumelte, ihre Arme klammerten sich um den Hals des Fischers, und schwer hing sie an seiner Brust. Sigenot hielt die Gerettete umschlungen. Er fühlte ihren bebenden Körper, den Schlag ihres Herzens, den heißen Hauch ihres Mundes. Da klang durch das Rauschen und Stürmen in schreiender Angst die Stimme der Schwester: »Ich sink! Ich sink!«

Sigenot erwachte. »Rötli!« Seine Arme ließen von Recka, die wortlos niederstürzte auf den Boden des Einbaums. »Rötli! Ich komm!«

»Sigenot!« Hart neben dem Einbaum klang der gellende Ruf, nicht mehr an der Felswand, sondern zu Sigenots Füßen, zwischen den Wellen.

Mit heiserem Schrei warf sich der Fischer auf die Knie und griff in der Finsternis mit beiden Händen hinaus über den Einbaum; seine Finger stießen noch an den Rand des sinkenden Gransens. Da kreischte Recka: »Hilf mir, ich hab sie gehascht!«

»Rötli!« Sigenots Hände tauchten in eine steigende Welle, er fühlte einen schlagenden Arm und griff ihn. Ein keuchender Laut, dann stand er aufrecht im Boot, hob die Schwester mit zitternden Armen empor und ließ sie niedergleiten in Reckas Schoß. Er sprach kein Wort, nur ein Stöhnen rang sich aus seiner schwer kämpfenden Brust.

Krachend stieß der Spiegel des Schiffes an die Felswand. Sigenot wankte, aber seine Hände hatten schon das Ruder gefaßt; er stieß sich von der Felswand ab, und mit wuchtigen Schlägen trieb er das schwankende Boot durch Sturm und Wellen. Floß die Feuerhelle eines Blitzes über das Wasser, so sah er vor sich im Einbaum Wazemanns Tochter sitzen, mit blassem, steinernem Gesicht, das die vom Sturm gelösten Haare umringelten gleich roten Flammen; und vor ihr lag Edelrot auf dem Boden des Einbaums, Reckas Leib umklammernd, das Gesicht in ihren Schoß gedrückt, mit ersticktem Schluchzen, umschwankt von dem Wasser, das die Wellen in den Kahn geworfen.

Im Röhricht, das die Insel Bidlieger umzog, stockte der Einbaum;

ein Stoß der Ruderstange befreite ihn wieder; und nun wies in der Finsternis die rotleuchtende Tür des Fischerhauses den Weg zur Lände. Die Magd am Ufer, als sie den Nachen klatschen hörte, stieß einen hellen Schrei aus und rannte dem Hause zu.

Knirschend fuhr der Einbaum in den Sand, und eine Welle überschlug ihn. Sigenot sprang an das Ufer; stammelnd beugte er sich über Edelrot, umschlang sie und hob die Schwester, deren Gewand von Nässe troff, empor an seine Brust. Wazes Tochter sprang aus dem Kahn und starrte hinaus über den tobenden See. Grell leuchtete ein Blitz.

»Recka?« stammelte Sigenot. »Hast du Schmerzen? Ist dir was geschehen?«

»Mir? Nein!« klang ihre harte Stimme. »Meine Stößer hab ich verloren. Um die ist mir leider, als mir um mich gewesen wär!« Sie wandte sich ab, und unter rollendem Donner schritt sie den im Sturmwind rauschenden Bäumen zu.

»Recka!« rief ihr der Fischer nach. »Willst du nit warten, bis ich mit einer Fackel komm?«

»Ich find meinen Weg allein.«

Enger klammerten sich Sigenots Arme um die zitternde Schwester, und raschen Ganges trug er sie in das Haus. »Mutter!« lachte Edelrot, als der Bruder sie in der Stube niedergleiten ließ; sie sank vor der Mutter auf die Knie und schmiegte sich an ihre Brust, tief atmend, als fühle sie sich jetzt erst sicher und gerettet. Mathilt umschlang ihr Kind und weinte in Freude.

Sigenot sah stumm die beiden an; Blässe lag auf seinem Gesicht, und seine Augen brannten. Da faßte die Mutter seine Hand. Er zog die Hand zurück und schüttelte den Kopf. »Ich hab dir das Kind nur heimgetragen. Geholfen hat ihm Wazemanns Tochter.« Langsam griff er nach einer Kienfackel, die in einer Ecke lehnte, steckte sie am Herdfeuer in Brand und verließ die Stube. Er mußte die Fackel weit von sich halten, damit ihm der wirbelnde Sturm nicht die lodernde Pechflamme ins Gesicht wehte. Als er den finstern Wald betrat, sah er beim Schein der Fackel die Tochter Wazes zwischen den Bäumen schreiten, auf dem Pfad, der hinüberführte zum Felsensteig. Er holte sie ein. »Recka«, sagte er, »über die Wand hinauf, das ist kein Weg für solch eine Nacht!«

»Ich geh, wo ich will.«

»Ein andermal, heut nit!« Er faßte ihre Hand.

Da hob sie das Gesicht, und es zuckte um ihren Mund; sie machte einen Versuch, ihre Hand zu lösen; Sigenot hielt fest. Zwischen den Bäumen zog er sie mit sich fort, dem breiten Reitweg zu. Als er fühlte, daß Recka sich nicht länger sträubte, gab er ihre Hand frei. Mit erhobener Fackel schritt er an ihrer Seite. Sie sprachen kein Wort. Die rauchende Pechflamme loderte und ihr greller Schein gaukelte zwischen den finsteren Bäumen. Immer brausender wehte der Sturm, immer tiefer sank das treibende Gewölk, doch immer noch wollte der Regen nicht fallen, der die Wucht des Unwetters gebrochen hätte. Reckas Gewand flatterte, und die wehenden Haare züngelten ihr um Hals und Wangen. Häufig wankte sie im Gang, vom Sturm gestoßen und getrieben. Dann hob der Fischer die Hand, als wolle er sie stützen; doch Recka raffte ihr Gewand an sich und kämpfte sich weiter.

Auf der Höhe des Weges tauchte in der Blitzhelle schon die Mauer von Wazemanns Haus empor. Nun hörte Sigenot das Rasseln der fallenden Zugbrücke. Männer mit Fackeln kamen aus dem Tor, Reckas Brüder mit den Knechten; allen anderen voran eilte Henning den Weg einher.

»Ich komme!« rief ihm Recka entgegen.

Geschrei und Gelächter waren die Antwort; die Brüder kehrten in das Tor zurück, und Henning schrie: »Wo bleibst du so lang? Der Vater flucht schon eine Weil. Wo warst du?«

»Auf dem Weitsee.«

»Jetzt? Im Sturm?« Da erkannte Henning im Fackelträger seiner Schwester den Fischer. »Was will denn der bei dir?« Recka schwieg.

»Hat der dich herausgeholt?«

»Ja!« Recka schritt am Bruder vorüber.

Sigenot hatte schon den Rückweg angetreten; er hörte noch Hennings Lachen und seine höhnenden Worte: »Schäm dich, Schwester! Bist Blut von Wazes Blut und mußt dir helfen lassen von einem solchen!«

Sigenot Faust krampfte sich um den Schaft der Fackel. Immer rascher wurde sein Gang. Äste, die der Sturm von den Bäumen brach, fielen ihm vor die Füße. Als er die Achenbrücke erreichte, war die Fackel niedergebrannt; er warf den erlöschenden Stumpf in das Gewirbel des Baches, überschritt in der Finsternis die Brücke, erreichte seinen Hag und verschloß das Tor mit dem Balken.

Die Stube fand er leer. Mutter und Schwester lagen schon im

Schlummer. Ein Häuflein Kohlen glostete noch auf dem Herd, und auf dem Steintisch brannte die Butterlampe mit züngelndem Flämmchen. Neben die Lampe hatten sie ihm das Nachtmahl hingestellt. Sigenot sah es nicht; er ließ sich auf den Herdrand niedersinken und starrte in den roten Schein der Kohlen.

Durch die Spalten der geschlossenen Türe, durch die Ritzen der Fensterläden leuchtete der weiße Feuerschein der Blitze.

Draußen tobte das Unwetter.

Gleich einer Heerschar finsterer Gestalten jagten die Wetterwolken aus dem See hervor und über das weite Tal gegen den Untersberg. In den Lüften heulte der Sturm, in der Höhe des Waldes brausten die Bäume, doch in die tiefgesenkte, von dichtem Gestrüpp umhegte Mulde, in der die Mönche auf Schweikers Rat die Zelte für die Nachtrast aufgeschlagen, drang der Wind nur mit gebrochener Macht, und selten geschah es, daß ein stärkerer Stoß aus den Lüften niederfuhr und an den beiden Zelten rüttelte. In dem einen teilte sich Schweiker mit Bruder Wampo den schmalen Raum. Von der Gabelung der Zelthölzer hing eine schwankende Lampe herunter und warf ihre trübe Helle über das auf einer Stangenpritsche gebettete Mooslager. Lang ausgestreckt, den Arm als Kissen unter dem Kopf, lag Schweiker in gesundem Schlaf; ihn weckte kein Donner, kein Brausen des Sturmes. Bruder Wampo konnte kein Auge schließen. Er saß auf dem Moosbett, die Knie an den Leib gezogen, die Arme um die Beine geschlungen. Zuweilen tat er im beginnenden Halbschlaf einen kleinen Nicker mit dem Kopf, doch wenn der Donner krachte, riß er die Augen wieder auf und brummte vor sich hin: »So ein Wetter! Ist das ein Wetter!« In Neid betrachtete er den schlafenden Bruder. Als Schweiker im Traume halblaut zu lachen begann, versetzte ihm Wampo einen Stoß in die Hüfte.

»Holla! Ich komm schon. Geht's zur Mett?« stotterte Schweiker im Erwachen, setzte sich auf und rieb die Augen. Da merkte er, wo er sich befand. »Warum hast du mich geweckt?«

»Weil ich Langweil hab.«

»So schlaf halt auch!«

»Wie soll man schlafen können bei so einem Krachen und Rumpeln!«

»Das wirst du gleich sehen!« Schweiker streckte sich wieder.

Wampo zupfte ihn am Kuttenärmel. »Du! Was hast du geträumt? Das muß was Lustigs gewesen sein!«

Schweiker zog die Brauen in die Höhe. »Ja, du!« Er hob den Kopf und stützte ihn mit der Hand. »Mir ist gewesen im Traum, als hätt ich eine schwere Sünd begangen. Was es war, das weiß ich nimmer. Es muß was Schieches gewesen sein, denn vor lauter Schreck bin ich umgefallen und maustot gewesen auf der Stell. Und da hat's einen Knaller getan wie ein Donnerkeil, und die Brust ist mir aufgesprungen, als wär's ein Brotwecken im Backofen, und aus dem Loch heraus ist meine Seel in die Höhe gefludert. Wie eine weiße Taube hat sie ausgeschaut, aber einen grauslichen schwarzen Fleck hat sie gehabt. Weißt, von der Sünd! Und allweil höher ist sie geflogen, mitten durchs Wettergewölk, und auf einmal bin ich im Himmel gewesen.«

»Wie hat's da ausgeschaut?«

»Schön! Wie soll's denn im Himmel anders ausschauen?«

»Freilich! Freilich!« Bruder Wampo legte die Hände auf das Bäuchlein und trommelte mit den Fingern. Jetzt hatte er, was er wollte: einen gemütlichen Heimgart. »Weiter! Was weiter?«

»Schön war's, ja! Der liebe Gott aber hat mich angeschaut, daß meine arme Seel gezittert hat bis in alle Federspitzeln. Und wie der Donner ist seine Stimm gewesen! ›Du Erdenwurm‹, hat er gesagt, ›du sollst nit selig werden, und kein Bröserl sollst du haben von meinem Himmelsbrot, eh du nit Buß getan hast für deine schieche Sünd!‹ Bruder, da ist mir angst und bang geworden. Ich hab die Händ aufgehoben und hab geschrien: ›Ach, Herre Gott, was muß ich denn schaffen zur Buß?‹ Und da hat er gesagt –« Schweiker schüttelte den Kopf und lachte. »Wie man nur so was träumen kann!«

»So red doch, was hat er gesagt?«

»Er hat gesagt: ›Zur Buß für deine Sünd sollst du das Saubartele weißwaschen!‹«

Da lachte auch Wampo; er wußte schon, wer mit diesem grauen Ehrennamen gemeint war.

»Und da kommt der heilige Petrus auf mich zu und gibt mir einen Renner, daß ich in einem Sauser hinausflieg aus dem Himmelreich. Da bin ich aufgewacht.«

»Mit dem Renner, Bruder, das stimmt! Den hast du richtig gespürt.«

»So ein Traum muß was bedeuten!« Schweiker grübelte. »Weißwaschen? Der liebe Gott kann doch das Auswendige nit gemeint haben? Der meint doch allweil nur das Einwendige. Freilich, in dem

Bartele seinem Köpfl wird's grauslich ausschauen vor lauter Unglauben und Heidenzeug!« Seufzend drückte er den Kopf ins Moos.
»Was pappelst du allweil? Red laut!« sagte Wampo; ein dumpfer Donnerschlag erstickte seine Worte.
Es raschelte am Zelttuch. Schweiker hob den Kopf und lauschte.
»Was ist da?« rief er.
Einer der Knechte trat in das Zelt, mit einem Span in der Hand, den er über das Lampenlicht hielt, um ihn anzubrennen. »Wir müssen Feuer machen, die Saumtier schlagen und schnaufen, Raubzeug muß in der Näh sein. Brennt ein Feuer, so haben wir Ruh.« Mit dem flackernden Spanlicht ging der Knecht davon.
»So, schön!« stotterte Wampo. »Da laufen die wilden Tier umeinander wie die Hasen im Krautacker. Du mein lieber Herrgott, ist das eine Gegend!« Ein Donner krachte, und das polternde Echo rollte über die Berge. »Und hör nur das Wetter an! Das will kein End nimmer haben.«
»Weil's ein trockenes ist. Tät ein Regen fallen, so wär's bald aus.«
»So eine Gegend! Nit einmal regnen mag's da!« Wampo seufzte tief.
»Ganz ahnd wird mir im Gemüt, wenn ich heimdenk an den Tegernsee!« Sehnsüchtig blickten seine Augen ins Leere, und mit halblauter Stimme sang er vor sich hin:

»Valles florent undique
Montium in Tegrinsee
Roseis fulgoribus
Liliis fragrantibus
Tellus herbifera
Genera plurima
Produxit bladorum.[1]«

Nach dem letzten Worte nickte er trübselig mit dem Kahlkopf, auf dem ein Widerschein der Lampe schimmerte, und pfiff die Weise.

---

1) Herrlich blühen Tal und Höh
Rund her um den Tegernsee,
Rosen leuchten, rot und heiß,
Lilien duften silberweiß:
Gaben gar mannigfalt
Spendet in Flur und Wald
Die fruchtbare Erde.

»Ein schönes Lied! Wer hat's gesungen?« fragte Schweiker.
»Der Froumund, sagen sie.«
»Ein Fahrender, gelt?«
»Aber Schweiker!« Bruder Wampo machte große Augen. »Hast du vom Froumund noch nichts gehört? Freilich, er ist lang schon gestorben. Das war ein Gottesmann, berühmt landein und -aus. Ich hab ihn noch gekannt, wie ich Laufbub gewesen bin in der Klosterküch zu Tegernsee. Der hat alles können: predigen und disputieren, dichten und singen, schreiben und malen, Glocken hat er gegossen und die farbigen Fenster gemacht, das Beinschneiden hat er verstanden und hat die Chorstühl in der Kirch geschnitzt. Und so gut und freundlich ist er gewesen, blauäugig und flachsbartet –«
»Wie Pater Eberwein?«
»Hast recht! Wenn ich den anschau, fallt mir oft der Froumund ein. Unser Herr kann auch alles: schaffen und gut sein! Das wird einmal ein rechter und schlichter Kirchenherr, kein solcher wie der Salzburger, der die seidenen Schleppen und das kostbare Pelzwerk umfegt auf der Erd.«
»Horch, ich mein', er betet noch.«
Wampo lauschte und schüttelte den Kopf. »Das ist der ander. Der Herr wird schlafen. Der Tag muß ihn müd gemacht haben.«
Der Bruder hatte falsch geraten. Vor dem anderen Zelt, aus dessen Innerem der monotone Laut einer psalmierenden Stimme klang, saß Eberwein auf einer Fichtenwurzel, mit dem Rücken an den Stamm gelehnt, die Hände im Schoß gefaltet, regungslos, fast wie in Schlummer versunken. Überfloß ihn die Helle eines Blitzes, so erleuchtete sie ein ruhig lächelndes Gesicht und stille Augen, die traumverloren hinausblickten in das Stürmen und Toben.
Die Bilder des vergangenen Tages waren an seinem Geist vorübergezogen, und schwere Sorge hatte ihn bedrückt. Was er an diesem Tag erleben mußte mit Sigenot, mit Waldram und mit dem Haunsperger, das hatte nach der Freude, die er auf der steilen Felsenzinne dort oben empfunden, geendet mit Verstimmung und Mißklang. Und war nicht der erste Weg schon, den er mit den Brüdern gegangen, ein Weg in die Irre gewesen? Wie sollte nun alles weiterkommen? Würde er, ein Fremdling in diesem unwirtbaren Bergtal, den Fleck Erde zu finden und zu wählen wissen, der die junge Klause am besten trüge? Und wenn die Klause stünde? Würden in dem schweren Kampf, der unausbleiblich schien, die Kraft und der hoffende

Mut ihn nie verlassen, bis die Sendung sich erfüllte, die er übernommen? Aber stand er denn allein und ohne Hilfe? War mit ihm und seiner heiligen Sache nicht Einer, der mit einem Wimperzucken die Welten lenkt, mit einem Hauch den Sturm erregt und ihn wieder geschweigt mit einem Lächeln? »Ach über mich Furchtsamen und Kleinmütigen, der ich nur die Augen schließen darf und meines Führers harren!« Mit diesen Worten war die Ruhe über ihn gekommen, und je länger er hinausblickte in die sturmvolle Nacht, desto heller und stiller wurde es ihm in Herz und Seele.

Wieder dachte er an alles, was dieser Tag gebracht. Und alles gewann ein anderes Gesicht. War sein Weg denn wirklich in die Irre gegangen? Der Weg, der ihn und die Brüder hierhergeführt an diesen stillen, vor der Wut des Sturmes geschützten Ort? Und Friedrich von Haunsperg? Wie durfte er diesem Manne zürnen? Ein Kriegsmann, der die Worte nicht wog, von derber Art, aus hartem Holz geschnitten, ein treuer Diener, der seines Herren Vorteil zu wahren sucht! Und Waldram? Floß denn seine zornige Strenge nicht aus heißem Eifer für Gottes Sache? Wie sollte sich, was aus Gutem kam, nicht wieder zum Guten wenden lassen? Und Sigenot, der Fischer? War Eberwein ihm nicht entgegengetreten, unerwartet, ein Fremder dem Fremden? Wachsen Freundschaft und Vertrauen aus dem ersten Wort, aus dem ersten Blick? Eberwein lächelte. War nicht alles, was dieser Tag gebracht, natürlich und selbstverständlich? Wo lag ein Mißerfolg, der ihn verstimmen durfte, mit Sorgen bedrücken und kleinmütig machen?

In den Lüften heulte ein Windstoß, und im Innern des Gewölkes flammte ein Blitz; in einer Wolkenkluft, auf finsterem Grund, beleuchtete die aufzuckende Flammenhelle ein seltsam geformtes, vom Sturm gejagtes Nebelgebild. »Wie ein Roß und eine Reiterin mit wehendem Rothaar!« flüsterte Eberwein.

Da lag schon wieder tiefes Dunkel um ihn her, und über die Wolken rollte der Donner hin. Eberwein erhob sich. »Ich habe zu lange gewacht. Meine Augen sehen, was nicht ist.«

Er ging dem Zelte zu, aus dem noch immer Waldrams betende Stimme klang. Da blendete ein grelles Licht seine Augen. Über den waldigen Hügel, der jenseits der Ache lag, fuhr ein Blitzstrahl nieder und stand in der Luft gleich einem brennenden Riesenbaum, der in den Wolken gipfelte und mit flammenden Ästen nach allen Seiten griff. Himmel und Erde, Berge, Tal und Wälder, alles schien in

Feuer zu schwimmen. Und ein Donner rasselte, als wäre der Gipfel eines Berges eingestürzt und hätte seine springenden Trümmer niedergeschüttet über brechende Bäume.
»Da hat's eingeschlagen, nit weit von uns!« schrie Schweiker in seinem Zelt und kam hervorgestürzt. Bruder Wampo folgte ihm stotternd, und die beiden rannten nach dem andern Zelt.
In der Finsternis, die auf die blendende Helle folgte, trat ihnen Eberwein entgegen. »Wen sucht ihr?«
»Gott sei Dank! Weil ich nur deine Stimme hör!« rief Schweiker. »Ich hab schon gemeint, es müßt was geschehen sein!«
Aus dem Walde klang das Schreien der Knechte; eines der Saumtiere war scheu geworden und hatte sich losgerissen. Schweiker wollte zum Lager der Knechte eilen, aber schon nach wenigen Schritten stand er wieder. »Schau, Herr«, rief er und deutete über die Ache hinüber nach der Höhe des finsteren Waldhügels, »der Blitz muß in einen dürren Baum geschlagen und gezündet haben!«
Nah den beiden Felszacken, die schwarz aufstiegen aus dem Wald, breitete sich eine rötliche Helle über die Wipfel, und es währte nicht lange, so stieg eine schlanke Feuergarbe in die Nacht empor, schwankend und lodernd im wehenden Sturm.
»Ein Zeichen des Himmels!« stammelte Eberwein. »Gott rodet den Wald für sein heiliges Haus. Wo jene Flamme brennt, soll unsere Klause stehen!«
Da klang hinter ihm die Stimme Waldrams. »Ja! Ein Zeichen des Himmels, das ich erflehte in brünstigem Gebet. Gott erhörte meine Bitte. Was stehet ihr noch und staunet das Wunder an? Nieder auf die Knie und preiset den Herrn!« Mit ausgebreiteten Armen sank er zu Boden und begann mit hallender Stimme den Ambrosianischen Lobgesang. Die Brüder knieten nieder und fielen ein; nur Eberwein stand unbeweglich und blickte schweigsam empor in die Nacht der Wolken. Als der Gesang verstummte, sagte er: »Nun wollen wir ruhen und schlummern, bis der Morgen graut, denn der kommende Tag will uns bei Kräften finden.«
Sie traten in die Zelte. Schwere Tropfen begannen zu fallen, es dämpfte sich der Sturm, und in rauschendem Regen löste sich das Ungewitter.

8

Nach der finsteren Sturmnacht war ein heller Morgen aufgeblüht, schimmernd in sommerlicher Schönheit, der Himmel wolkenlos, die Lüfte frisch und ohne Hauch, alle Farben tief, jeder Zweig und jedes Gras behängt mit funkelnden Tropfen, die Berge von blauen Schatten überschleiert oder leuchtend im Frühschein, überragt vom König Eismann, dessen steile, von ewigem Schnee umgossene Zinne glänzte gleich einer riesigen Silberstufe. Schräge Lichter fielen zwischen die Wipfel des dichten Waldes, in dem der Zug der Saumtiere sich langsam fortbewegte. Waldram und Bruder Wampo hielten den gleichen Weg mit den Knechten. Eberwein und Schweiker waren nach verschiedenen Richtungen in den Wald gezogen, um die Feuerstätte der vergangenenen Nacht zu suchen.

Zwischen den Urwaldbäumen schritt Eberwein dahin, mit seinem Stab die Stauden teilend, die seinen Weg versperrten. Da klang in der Nähe das Wiehern eines Pferdes. Eberwein blickte auf, und eine Furche des Unmutes grub sich in seine Stirne. »Soll ihr Weg denn immer meine Straße kreuzen?« Er nahm eine andere Richtung. Hinter seinem Rücken ließ sich ein Lachen hören. Aber das war eine Männerstimme. Eberwein gewahrte einen Reiter, der zwischen den Bäumen flüchtig auftauchte und auf trabendem Pferd verschwand. »Wer war das? Einer von ihren Brüdern?« Eberwein fand nicht Zeit, dieser Frage nachzudenken, denn durch den Wald her tönte Schweikers langgezogener Ruf »Hoidoooh! Hoidoooh!« Er mußte die Feuerstatt gefunden haben.

Eberwein schritt einer Lichtung zu, die zwischen den Bäumen schimmerte. Da kam Schweiker ihm entgegen, mit lachendem Gesicht. »Komm, Herr, und schau, was ich gefunden hab! Der feurige Weiser hat uns gut eingewiesen!« Eberwein führend, eilte er voran, und bald erreichten sie den Waldsaum. Eine weite, von

hohen Bäumen umstandene Blöße lag vor ihnen, fast eben, mit Moos und Heidekraut überwachsen, eine stille, freundliche Insel inmitten des dunklen Wäldermeeres. Über der Lichtung drüben stieg gegen den Untersberg ein bewaldeter Hang empor, über den eine blitzende Quelle niederrieselte in einen kleinen schimmernden Teich; zu beiden Seiten des Hanges erhoben sich zwei graue Felszinnen. Inmitten der Lichtung stand der vom Feuer halb verzehrte Baum, einsam, gleich einer schwarzen Säule; nur die Stümpfe der beiden untersten Äste hafteten noch an dem verkohlten Stamm und ragten seitwärts wie die Arme eines Kreuzes. Asche und Kohlenreste bedeckten den Felsblock, der zwischen den Wurzeln des verbrannten Baumes sich erhob.
»Schau, Herr«, sagte Schweiker, »ein behauener Block! Ein Heidenstein!«
Raschen Ganges überschritten sie die Lichtung und standen vor dem Felsblock. Mit roher Arbeit war der vorderen Fläche des Steines das Zeichen einer Flamme eingemeißelt. »Ein Stein des Loki!« sagte Eberwein in tiefer Bewegung. »Hier loderte die Flamme, hier floß den falschen Göttern das Blut der Opfer. Hier wollen wir die lautere Flamme des wahren Glaubens entzünden und dem Himmel opfern, auf den wir hoffen. Rufe die Brüder, Schweiker, ich will die Messe lesen auf diesem Stein!«
Noch ehe Schweiker den Waldsaum erreichte, kamen ihm Waldram und Wampo mit den Knechten und Saumtieren entgegen. Nun standen sie alle vor dem Stein; dann wanderten sie auf der Lichtung umher; bei der Quelle kosteten sie das Wasser; es schmeckte frisch und erquickend; Eberwein wies den Trunk zurück und sagte: »Nach der Messe.«
Mit zwinkernden Augen stand Bruder Wampo vor dem kleinen, von Blumen umblühten Teich. »Lieb schaut sich das Wasser an«, meinte er, »es fehlen nur die Ferchen drin, die Karpfen und Hecht.«
»Geh!« brummte Schweiker. »Mußt du allweil an die Schüssel denken?«
Man nahm den Saumtieren die Ladung ab, und während Eberwein, Waldram und Wampo mit dem Öffnen der Ballen beschäftigt waren, säuberte Schweiker den Stein und räumte die Asche fort; zwei Knechte halfen ihm; neben dem Stein errichtete er aus Stangen ein Gerüst für die kleine Glocke, die eines der Saumtiere getragen hatte. Stunde um Stunde verging in reger Arbeit. Die Sonne stand schon

nahe der Mittagshöhe, als Eberwein, bekleidet mit Chorhemd und Stola, den Heidenstein zum Altar Gottes weihte. Dann las er die stille Messe, bei welcher Schweiker ministrierte. Waldram saß auf einer Wurzel des halbverkohlten Baumes; Bruder Wampo und die Knechte knieten an seiner Seite. Lautlose Stille lag über der sonnigen Lichtung, nur manchmal zwitscherte ein Vogel am Waldsaum, und gedämpft klang aus dem Tal herauf das Rauschen der Ache. Als Eberwein zur Wandlung den Kelch erhob, zog Schweiker die Glokke. Hell schwebten ihre Klänge durch die stille Luft und fanden ein Echo im Wald. Kleine Vögel kamen herbeigeflogen, als hätte der Klang sie neugierig gemacht, und mit erregtem Gezwitscher umflatterten sie den verkohlten Baum. Am Waldsaum erschien ein Reiter; einen kurzen Blick nur warf er über die Lichtung, dann riß er das Pferd herum und verschwand wieder.

Die Glocke läutete. Ihre Klänge schwammen über das Tal der Ache hinweg und klangen empor über die Gehänge des Göhl. Auf steiniger Halde saß Hinzula und hütete die Geißen; der Bock lag neben ihr im Gras und scheuerte das Gehörn am Stecken der Hirtin. Hell klang die Glocke. Hinzula sprang auf und lauschte. Alle Geißen hoben die Köpfe und äugten über das Tal hinweg. »Hörst du, Zottli?« stammelte das Bartele. »Er läutet schon!« Lachend sprang die Hirtin über die steile Halde hinunter, den rufenden Klängen entgegen; hinter ihr hopsten die Geißen; nur der Bock schüttelte den Kopf und ließ sich in seiner Ruhe nicht stören.

Als Hinzula die Ache erreichte, suchte sie nicht erst eine seichte Stelle. Sicheren Fußes sprang sie über die Steine weg, die aus dem schäumenden Wasser hervorragten. Die Geißen wagten ihr nicht zu folgen, blieben am Ufer stehen und streckten die Köpfe gegen das Wasser; eine begann zu weiden, und nun machten es ihr die andern nach. Hinzula schlüpfte durch die dichten Büsche, kletterte über einen Hang empor und gewann die Höhe des Waldes. Da tauchte zwischen den Bäumen ein Reiter auf, Henning, Wazemanns Ältester. Hinzula duckte sich hinter einen Baum, aber Henning hatte sie schon erspäht. Er kam auf sie zugeritten, hielt das Pferd an und fuchtelte mit der Gerte: »Was machst du da?«

Die Hirtin brachte kein Wort heraus; zitternd starrte sie an dem Reiter hinauf.

»Wirst du reden, du Mistfink! Oder soll ich dir die Zunge lösen? Wohin willst du?«

»Dorthin, Herr«, stotterte die Hirtin, »wo er geläutet hat.«
»Wer?«
Hinzula wußte keine Antwort.
»Was geht dich das Läuten an?« schrie Henning. »Mach, daß du heimkommst! Hier ist Bannwald von heut ab.« Die Hirtin rührte sich nicht. »Wart, du Schmieramper«, lachte Henning, »dir mach ich Füß!« Ein pfeifender Gertenschlag fiel über Hinzulas Schulter. Sie zuckte zusammen, aber kein Laut glitt über ihre Lippen. Mit einem Blick noch suchte sie die Tiefe des Waldes, dann wandte sie sich ab und schlich davon. Als sie das Tal erreicht und die Ache überschritten hatte, kamen ihr die Geißen zugelaufen. Vom Lokistein herüber klang die Glocke. Hinzula lauschte. Ein schluchzender Laut erschütterte ihre Brust, sie sank ins Gras, bewegte unter dem Kittel die schmerzende Schulter und brach in Weinen aus.
Die Glocke läutete. Ihr Klang schwoll hin über den Hang des Untersberges und widerhallte im Wald. Vor einer Rindenhütte, inmitten eines Ringes von dorrendem Astwerk gefällter Bäume standen drei rauchende Kohlmeiler. Zwischen ihnen ging Eigel hin und her, in der Hand eine hölzerne, von Ruß geschwärzte Schaufel. Stieg aus einem Meiler ein Rauchfaden an unrechter Stelle auf, so faßte Eigel von der mit Kohlenstaub gemischten Erde die Schaufel voll und sperrte der ausbrechenden Glut die Luft. Da hörte er die Glocke läuten, ließ die Schaufel sinken und lauschte; ein paar Schritte tat er, als zöge ihn der Hall; aber mit sorgendem Blick betrachtete er die Meiler, aus denen die Rauchstrahlen hervorbrachen. »Meinetwegen, mögen sie hin sein alle drei!« Der Alte warf die Schaufel fort. »Ich muß hinunter!« Er ging auf die Rindenhütte zu, faßte das Grießbeil und verließ die Kohlstätte.
Auf ausgetretenem Pfad durchschritt er den Wald. Als er einer Stelle nahe kam, an der zwei Fußwege sich kreuzten, blieb er betroffen stehen. An der Wegscheide saß Rimiger auf einem Steinblock, den Zügel seines Pferdes um den Arm geschlungen, und spähte über den seitwärts führenden Pfad hinaus.
»Dem geh ich lieber aus dem Weg!« meinte der Kohlmann und schlich, gedeckt durch die Büsche, zwischen den Bäumen davon. In weitem Bogen schritt er durch den Wald. »Ich mein', es müßt beim Lokistein gewesen sein!« Da hörte er hinter sich gedämpften Hufschlag, und als er sich umblickte, hielt Sindel vor ihm das Pferd an.
»Was hast du da zu schaffen im Wald?«

»Meiner Arbeit geh ich nach.«
»Welcher Arbeit?«
»Gestern auf den Abend hab ich Wurzen gegraben, beim Lokistein drüben. Alle hab ich nit schleppen können, und drum hol ich jetzt das Binkel, das ich gestern hab liegen lassen.«
Sindel maß den Alten mißtrauisch. »Hol dir Wurzen, wo du magst, aber nit beim Lokistein. Heut nit. Und nimmer!«
Ein kaum merkliches Lächeln zuckte um Eigels graubärtigen Mund. »Ihr habt wohl beim Lokistein einen Saufang gestellt oder eine Bärengrub ausgeworfen?«
»Was kümmert's dich? Mach, daß du weiterkommst!« Mit einem Schenkeldruck trieb Sindel das Pferd an und ritt auf den Kohlmann zu.
Eigel wich zur Seite. »Ich geh schon. Und gutes Gejaid, Herr!« Ohne sich noch einmal umzublicken, schritt er in der dem Lokistein entgegengesetzten Richtung durch den Wald davon. Der Weg, den er einschlug, war nicht der Weg nach seiner Kohlstatt.
Die Glocke läutete.
Ihr Hall schwamm über die stillen Baumwipfel hinaus in das weite Tal, gegen den Untersteiner Forst und gegen die Schönau hin.
Auf weiter Rodung, zwischen Wiesen und Feldern, umgeben von nachbarlichen Gehöften, erhob sich hier das Haus des Schönauers, von hohem Hag umzogen. Das war unter allen Huben der Au die stattlichste, nur ein niederes Blockhaus mit altersmürbem Strohdach, aber umringt von Ställen und Scheunen, von fruchtschweren Obstbäumen und volkreichen Immenständen. Zwei zottige Hunde lagen vor der offenen Haustür in der Sonne. Hühner und Enten belebten den Hof, und aus einer Scheune klang die singende Stimme einer Magd.
Vor der hölzernen Hausbank stand Ruedlieb; neben ihm sein Vater, eine breitschulterige Mannsgestalt; schwere Arbeit hatte den wuchtigen Rücken gekrümmt; lange graue Haarsträhnen hingen um ein furchiges Gesicht mit kurzgeschorenem Bart, mit schmalen Lippen und kleinen ruhigen Augen, die von buschigen Brauen überschattet waren. Vor den beiden stand auf der Bank eine hölzerne Kraxe; sie war beladen mit Brotwecken und Käslaiben, mit einem irdenen Honigtopf, mit Rauchfleisch und einem kleinen Metfaß. Ruedlieb schnürte ein Hanfseil um die Ladung, und der Schönauer prüfte jede Schlinge auf ihre Festigkeit. Da hörten sie die Glocke, gedämpft

durch die Ferne, hörten sie nur wie einen klingenden Hauch in den Lüften. Sie lauschten und sahen sich an.
»Von der Ramsau herüber hört man das Glöckl nit«, sagte Ruedlieb, »das müssen sie sein, Vater!«
Der Schönauer nickte. »Jetzt brauchst du nimmer lang nach ihnen suchen, Bub. Geh nur auf den Lokistein zu, und du bist nimmer weit von ihnen.«
Schweigend lauschten sie, bis der leise Hall in den sonnigen Lüften verzitterte. »Jetzt nimm die Krax, Bub! Und sag: Das schickt ihnen der Schönauer. Und sag's ihnen grad heraus: Wenn sie's gut meinen mit dem Gaden, sollen sie einen treuen Mann an mir haben.«
»Und an mir keinen schlechten!« lachte Ruedlieb. Er wollte die Kraxe fassen, um sie auf den Rücken zu schwingen. Da trat ein Bauer in den Hof, eine hagere Gestalt. Das war der Kaganhart. Er fuchtelte mit den Armen und schrie: »Hast du gehört, Schönauer, hast du das Glöckl gehört?«
Kaum hatte er ausgesprochen, da kam ein zweiter, ein dritter; einer nach dem andern kamen sie gelaufen, alle die Anrainer der Schönau, alte und junge Männer, grobgefügte, wetterharte Gestalten, äußerlich einander gleichend in den rauhen Hanftuchkitteln und im grauen Loden: der Kirngasser, der Köppelecker, die beiden Brüder vom Winkler Wesen, der Waldhauser, der Schwaiger und Grünsteiner, die Hanetzerbuben, der Kinill und der Urstaller, der Bärenlochner und zuletzt der alte Gobl. Sie hatten die Glocke gehört, sie wußten, was ihr klingender Ruf bedeutete. Ging doch die Rede von der Schenkung, die Frau Adelheid in ihrer Sterbestunde getan, schon seit dem Frühjahr im ganzen Tal von Hütte zu Hütte. Da hatte man keinen Heimgart gehalten, bei dem nicht von den Klosterleuten gesprochen wurde, bald in Zweifel und Sorge, bald in scheuer Hoffnung auf bessere Zeiten. Nun waren sie gekommen.
»Hast du gehört, Schönauer, hast du das Glöckl gehört?«
Das war die Rede eines jeden, der gelaufen kam. Sie standen um den Schönauer her; die einen machten bedenkliche Gesichter und krauten sich hinter den Ohren; die anderen schwatzten erregt durcheinander, bis der Schönauer die Hand erhob: »Leut! Leut! So lärmet doch nit so!«
Da verstummten die meisten; doch der Waldhauser rief: »Das Maul sollen wir uns auch noch verbieten lassen, wo's hergeht bei uns um Haut und Haar?«

»Wohl! Recht hat er!« fielen mehrere Stimmen ein. Und der ältere der Hanetzerbuben schrie: »Die droben in Wazemanns Haus müssen wir füttern. Jetzt kämen die auch noch und möchten schöpfen und abrahmen. Was bleibt denn für uns?« Diese Rede fiel in die erregten Gemüter wie Feuer ins Stroh.
»Aber Leut!« mahnte der Schönauer und drängte sich zwischen die Schreier. »Denket doch ein lützel weiter als in die Gurgel hinein. Es weiß doch ein jeder von euch, was die Ramsauer haben an ihrem Gottesmann.«
»Wohl!« fiel der Urstaller ein. »Und bei denen, die zu uns kommen, soll einer sein, der den Fried auf der Zung hat und die Güt im Aug. Gestern auf die Nacht noch ist der Eigel zu mir gekommen. Der ist dabei gewesen, wie der Gottesmann geredet hat mit der Wazemannstochter.«
Von allen Lippen schwirrten die Fragen, und der Urstaller erzählte, was der Kohlmann ihm berichtet hatte. »Die Händ haben dem Eigel gezittert vor lauter Freud, völlig lichtscheinig sind ihm die Augen gewesen, und keine andere Red schier hat er gehabt als allweil die einzig: Die bringen uns die gute Zeit! Die gute Zeit!«
Lautlose Stille folgte diesen Worten. Nur der alte Gobl, das weißbärtige Kinn auf den Stab gestützt, schüttelte den Kopf. »Die gute Zeit? Wo sollt denn die herkommen auf einmal? Da müßt sich erst was rühren im Berg.« Die halb erloschenen Augen des Greises glitten über das Tal hinweg und suchten den Untersberg.
Noch immer schwiegen die anderen. Ruedlieb, der die Kraxe wieder niedergestellt hatte, trat zu den Leuten; sein Gesicht brannte, und seine Stimme bebte. »Die Klosterleut sind gegen die Wazemannsbuben, hat der Eigel gesagt. Ich mein', wir müßten den Wald ausschlagen, daß sie freien Weg haben überall im Tal.«
Da nickten sie alle, und der Köppelecker rief: »Keiner von uns Mannerleut hat die richtige Red gefunden, ein Bub hat sie finden müssen.«
Ruedlieb wollte sprechen; der Vater schob ihn zurück. »Sei still, Liebli, du hast noch allweil nit die Jahr zum Mitreden.«
»Aber die Fäust hätt ich zum Dreinschlagen, und dazu wär's schon lang an der Zeit gewesen!« Ruedlieb wandte sich ab und ließ sich neben der Kraxe auf die Hausbank nieder. Die Leute erschraken über diese Rede, und der Kinill blickte mit scheuen Augen im Hof umher und gegen das Hagtor, ob nicht ein unberufenes Ohr in der

Nähe wäre. Der Waldhauser trat vor den Schönauer hin und sagte: »Du bist der Richtmann im Gaden. Sag uns, was wir tun sollen!«
»Was wir tun sollen, das wird ausgeredet in der Thingnacht. Ich für mein Teil schick den Buben hin mit Brot und Käs, mit Honig und Met und laß ihnen guten Einstand wünschen im Gaden.«
»Natürlich, nur gleich zinsen am ersten Tag!« schrie der ältere Hanetzer mit rotem Gesicht. »Daß sie nur gleich draufkommen, wie's schmeckt!« Die einen nickten zu dieser Rede, die anderen schüttelten die Köpfe.
»Wir können mehr von ihnen haben als sie von uns!« sagte der Schönauer. »Und wer Milch ziehen will von der Kuh, der muß ihr zuerst das Futter legen.«
»Wohl! Aber eine Kuh ist was anders! Bei der Kuh weiß ich, wie ich dran bin. Aber wer die Herrenleut melken möcht, der braucht keinen großen Milchamper.« Der Hanetzer schob die Hände unter den Kittel und ging davon. Die einen lachten, und die anderen schalten, das wär keine Sache, die man abtäte mit einem spöttischen Wort.
»Laß den Buben eine Weil noch warten, Schönauer«, sagte der Köppelecker, »ich spring heim und leg dazu, was ich geben kann!« Er eilte davon.
»Ich gäb auch gern, wenn ich nur was hätt!« sagte der Urstaller. »Aber eh mein Bub nit abtragt von der Alben, hab ich selber schier kein Bröserl mehr im Haus.«
»Brauchst du was?« fragte der Schönauer. »Ich hilf dir aus.«
Der Urstaller schüttelte den Kopf. »Morgen muß der Bub kommen.« Dann ging er; und mit ihm ging der Grünsteiner, der kein Wort zu reden wußte, und der jüngere Hanetzer, der ein bißchen verlegen war.
»Ich hab ein Stück Fleisch daheim«, sagte der Kirngasser, »und auf ein paar süße Käs kommt's mir auch nimmer an.«
»Ich geh heim und red mit meinem Weib«, stotterte der Bärenlochner, »sie wird schon ein lützel was hergeben.«
»Die deinig schon«, brummte Kaganhart und verdrehte die Augen, »aber die meinig wird ein schieches Gesicht machen.«
»Sag ihr halt, sie soll ihre Zähn scheren!« lachte einer der Winkler Buben. »Da fallen so viel Haar ab, daß die Klosterleut ein Gewand davon kriegen.« Er wandte sich zum Schönauer. »Ich bring von meiner Mutter ein Stückl Hanftuch.«

Nun gingen sie alle; der Schwaiger wollte ein Mäßlein Honig bringen, der Waldhauser Eier und Schmalz.
»Da krieg ich die Krax so voll, daß ich gut zu tragen hab«, meinte Ruedlieb, »aber es dürft so schwer wiegen wie ein Kalb, ich schlepp alles hin.« Er begann an der Kraxe den Strick zu lösen, um noch aufpacken zu können, was die andern bringen würden.
»Und du, Gobl?« wandte sich der Schönauer an den Greis, der, das Kinn auf den Stab gestützt, mit halbgeschlossenen Augen den Gehenden nachblickte. »Warum hast du nit geredt?«
Der Alte hob langsam das Gesicht. »Weil ich kein Wörtl gewußt hab, das der Mühe wert gewesen wär.«
»Willst du nit was dazu geben?«
Ein müdes Lächeln glitt über die dürren Lippen des Greises. »Geben? Warum denn geben?« Er schüttelte den Kopf. »Wer was will, der kommt und nimmt. Ich hab mein Weib nit geben brauchen, der Krank[1] hat sie genommen. Ich hab meine Buben nit geben brauchen. Den einen hat Herr Waze erschlagen, den andern hat die Lahn verschüttet, den letzten haben die Wölf zerrissen. Ich hab meine Heilka nit geben brauchen, meine liebe Dirn. Die Windach hat sie verschluckt. Warum noch geben? Und was denn? Gestern ist meine letzte Geiß verreckt. Mein Hüttl mag keiner, da wandern schon die Mäus und Ratzen aus. Ich bin noch übrig. Und der mich nimmt, der kommt schon, wenn ich auch lang auf ihn warten muß. Der tut einen Segesschlag[2], und ich lach dazu und sag: Jetzt hab ich Ruh!« Er schritt dem Hagtor zu.
Der Schönauer ging ihm nach und hielt ihn am Arm zurück. »Gobl! Wie du, so sollt doch ein Mensch nit reden!«
»Warum nit?« Der Alte hob die roten Lider und sah mit seinen müden Augen dem andern ins Gesicht.
»Schau, Gobl, dir selber blüht wohl nimmer auf, was faulen hat müssen. Aber denk an die anderen, Gobl! Verschlag ihnen den Mut nit mit deinen Reden! Ich erhoff uns viel vom gestrigen Tag, der die Klosterleut gebracht hat. Sie kommen als Herren ins Tal, und das wird denen in Wazemanns Haus droben in die Nas steigen. Gib acht, zwischen denen hebt ein Raufen und Raiten an. Frißt Herr Waze die Klosterleut auf, so kann's nit schlechter kommen, als wie's

[1] Der Dämon Krankheit
[2] Sensenschlag

gewesen ist. Ducken die Klosterleut den Waze, so kann's nur besser kommen, und die gute Zeit steht ein.«
»Gute Zeit? Da müßt sich erst was rühren im Berg.« Der alte Gobl schüttelte den Kopf. »Wir, Schönauer, wir erleben's nimmer. Die Zeit steht in der Halbscheid. Das Alte ist halb, und das Neue ist halb. Mein Stall ist abgebronnen, da hat kein Heilbuschen geholfen. Und vom Ramsauer Kirchl hat der Blitz das Kreuz geworfen. Die Heilbuschen sind dürr, und das Kirchenkraut hat steinigen Boden. Herr Wute schlaft im Gestein, und der ander im Gewölk. Bis einer aufwacht, müssen die Berg sich rühren.«
»Das ist müdes Gered, Gobl!«
»Hast recht! Drum laß mich heimgehen. Wie einer auch redet, so oder so, es hat kein Wörtl einen Sinn. Die nimmer reden können, die wissen das Beste. Das ist mir eingefallen unter dem Apfelbaum.« Mit tastendem Stabe schritt der Greis dem Hagtor zu.
Da erschien ein junger Bauer im Tor, erregt, das Gesicht vom raschen Lauf gerötet. Es war der Schapbacher, dessen Hube zwischen der Schönau und Ramsau tief im Walde lag. Der alte Gobl blickte auf die Seite, als der Bauer an ihm vorüberlief.
»Schapbacher! Was bringst du?« fragte der Richter.
»Ich such einen guten Rat. Meine Albendirn ist heimgekommen von der Ödhütt, ganz verweint. Der Geißbub geht ab seit gestern mittag.«
»Der Huze?«
Unter dem Tor blieb der alte Gobl stehen; er wandte das Gesicht nicht, doch er lauschte.
»Ein paar Geißen müssen sich verstiegen haben«, sagte der Schapbacher, »die ist er suchen gegangen und ist nimmer heimgekommen. Die Dirn hat nit den Mut gehabt, daß sie ihm nachsteigt.«
»Warum nit?«
»Der Bub ist hinaufgestiegen unter die Eismann-Wand.«
»In Wazemanns Bannberg!« fiel der Schönauer erschrocken ein. Der alte Gobl wollte den Hof verlassen; der Schönauer lief ihm nach und faßte den Greis am Arm. »Hörst du nit, Gobl? Es geht um deiner Heilka ihren Buben her!«
In dem starren Gesicht des Alten rührte sich kein Zug; seine Stimme klang heiser. »Was geht mich der Bankert an? Weswegen redest du mit mir von ihm? Geh hinauf in Wazemanns Haus! Red mit dem Henning!« Er riß sich los und verließ den Hag.

»Gobl! Gobl!« mahnte der Schönauer. Der Alte hörte nicht mehr; und der junge Schapbacher sagte: »Laß ihn, Richtmann! Da ist jedes Wort umsonst geredet. Sag lieber: Was kann geschehen für den Buben? Man muß ihn doch suchen. Auf dem Bannberg umsteigen, das ist eine schiechc Sach. Meinst du nit, ich soll hinauf in Wazemanns Haus und Anfrag halten?«
Der Schönauer schüttelte den Kopf. »Das wird nichts helfen. Geh heim und richt ein paar Kienlichter her! Und auf den Abend halt dich fertig, wir suchen die Nacht durch. Bei der Windach wart auf mich, wenn die Sonn weg ist.«
»Soll die Dirn auch mit?«
»Die laß daheim, die kann das Maul nit halten.«
»Geht dein Bub mit?«
»Mein Bub? Das könnt mir einfallen! Nein, Schapbacher, mein Liebli soll mir bei so was aus dem Spiel bleiben. Ich nehm den Knecht, und der Köppelecker geht wohl auch mit. Unser vier, das reicht schon. So geh halt heim derweil! Und Zeit lassen!«
»Zeit lassen!« Der Schapbacher verließ den Hof. Draußen vor dem Hag blieb er stehen, blickte über das Feld hinaus, und hastig sich duckend, als sollten die hohen Ähren ihn verbergen, schlich er davon. »Was hat er denn?« murmelte der Schönauer und trat unter das Hagtor. Quer durch die Felder sah er einen Reiter dahersprengen. Es war Herr Waze. Der Schönauer erbleichte. Dieser Besuch galt seinem Hof. Und der Richtmann wußte aus Erfahrung, was solche Besuche brachten.

9

»Vater, was ist denn?« fragte Ruedlieb, als der Schönauer zur Hausbank gesprungen kam.
»Schnell, Bub, schnell, nimm die Krax und hinein mit ihr ins Haus!«
»Warum? Was ist denn los?«
Der Schönauer konnte nicht mehr Antwort geben; Herr Waze kam schon in den Hof geritten. Die beiden Hunde sprangen auf und stürzten dem Reiter mit heiserem Gekläff entgegen. Das Pferd scheute, doch mit einem kräftigen Ruck des Zügels bändigte Herr Waze das Tier. »Die Hund weg!« rief er. »Oder ich schick ihnen einen Fraß, den sie schlecht verdauen.«
Mit einem finsteren Blick auf den Reiter kam Ruedlieb herbei, faßte die Hunde am zottigen Fell, schob sie in das Haus und schloß die Tür.
»Nichts für ungut, Herr«, sagte der Bauer, »sie hüten das Haus.«
»Vor mir?« Herr Waze lachte. »Das wirst du ihnen abgewöhnen. Sie sollen wissen, wer der Herr ist, und sollen wedeln, wenn ich komm!« Er stieg vom Pferd und winkte dem Buben. »Halt mir das Roß!« Ruedlieb zögerte; ein Blick seines Vaters hieß ihn der Weisung folgen. Herr Waze schüttelte die Beine, als wären sie ihm eingeschlafen beim Ritt, und zog das Wams herunter.
»Ich hab mit dir zu reden, Schönauer.«
»Wollen wir hinein in die Stub, Herr?«
»Nein, ich kann den Schmalzgeruch nit leiden.« Er deutete auf die alten Eichen, die in einer Ecke des Gartens standen. »Wir wollen uns dort in den Schatten setzen.« Herr Waze durchschritt den Hof; da sah er auf der Hausbank die Kraxe stehen; er kniff die Augen ein und zog die Finger durch den Bart. »Bauer! Wohin soll die Krax?«
»Der Bub hätt auftragen sollen.«
»Auf die Alben?« Herr Waze schaute den Schönauer an, dann

wieder die Kraxe. »Met und Honig, Fleisch und Wecken? Das stimmt. Seit wann aber tragen die Bauern den Käs auf die Alben hinauf statt herunter?«
Der Schönauer blickte an Herrn Waze vorbei, als er sagte: »Ein paar schlechte Laib, Herr. Ich schick sie wieder hinauf, für die Albleut sind sie noch gut genug. Zum Zinsen brauch ich bessere.«
»Hast recht, Bauer!« lächelte Herr Waze. »Mach's nur am Käs wieder gut, was du am Met verfehlt hast.«
»Ich, Herr? Am Met?«
»Ja. Schlechten Met hast du gesteuert an Sonnwend.«
»Herr, ich hab den besten gegeben.«
»Schon gut!« Herr Waze wandte sich ab und ging mit raschen Schritten auf Ruedlieb zu, der das ungeduldige Pferd im Hof hin und her führte. »Bub? Für wen gehört die Krax?«
»Für die Gottesleut, die gestern gekommen sind!« gab Ruedlieb zur Antwort; dann sah er erst, daß der Vater hinter Wazes Rücken hinaufdeutete gegen die Alben.
»So? Für die Gottesleut?« Herr Waze wandte sich zum Schönauer. »Also, Richtmann, komm, jetzt wollen wir reden miteinander!« Er ging auf die Eichen zu und setzte sich auf die Steinbank. »Wie ich gemerkt hab, weißt du schon, daß sie gekommen sind.« Dem Schönauer versagte die Stimme; er nickte nur. »Und wie mir scheint, meinst du, sie wären die Herren im Land, denen man zinsen und steuern muß?« Herrn Wazes Augen funkelten bei dieser Frage. Der Bauer rührte wortlos die Lippen. »Red!« Das Wort klang wie ein Hammerschlag auf Stein. »Red! Sind sie die Herren?«
»Ich weiß nit, Herr Waze.«
»So? Dann sag ich dir: Es kann schon sein, daß sie die Herren sind. Es könnt sogar sein, daß sie es beweisen können mit Pergamenten. Und wenn sie die Herren sind, so muß ihnen der Freibauer zinsen und steuern, und jeder Hörige muß fronen beim Klausenbau. Gelt?«
»Wohl, Herr Waze!« stammelte der Schönauer, seinen Gast mit scheuen Augen musternd.
»Gut! So wirst du auch wissen, was geschehen muß. Und vergiß nur nit, daß ich selber das gesagt hab!« Herr Waze schob die Hände hinter das Schwertgehäng und streckte die Beine. »Aber die Gottesmänner haben gute Herzen. Wenn ich ihnen sag: Die Hörigen haben harte Zeit und viel zu schaffen – ich mein', da drücken sie ein Aug zu und lassen es gut sein mit der Fron. Meinst du nit auch?«

»Wohl, Herr Waze.«
»Da müßt sich also von den Hörigen keiner anbieten zur Fron, eh ihn die Klosterleut nit rufen.«
Der Schönauer fragte zögernd: »Soll ich das den Leuten bekanntgeben?«
Herr Waze zog verwundert die Brauen in die Höhe. »Bin ich der Richtmann oder du? Wie weiß ich, was du als Richtmann tun sollst?« Der Bauer atmete schwer und strich mit langsamer Hand das Haar in die Stirn. Herr Waze sah ihn mit kleinen Augen an und lächelte. Ein raschelnder Windhauch strich durch die sonnigen Eichenwipfel, und flatternd fiel ein welkendes Blatt zur Erde. »Und was meinst du, Richtmann? Wie sollen es die Freibauern halten mit dem Zinsen und Steuern?«
Der Schönauer besann sich. »Ich mein' halt, so, wie's allweil gewesen ist. Wir tragen Zins und Steuer dem Spisar hin. Und der seid Ihr, Herr Waze!«
»Der bleib ich auch. An Sonnwend ist Zahltag gewesen für die erste Halbscheid der Steuer. Die ander Hälft ist fällig auf Neujahr. Sechs Mond lang braucht kein Freibauer ein Bröserl Steuer geben. Das ist Gesetz und Recht. Und die Klosterleut haben gute Herzen. Die verlangen nit mehr, als was Recht und Brauch ist. Meinst du nit auch?«
»Wohl, Herr Waze! Zwischen heut und Neujahr soll kein Bauer zinsen, kein Bröserl Käs, kein Körndl Traid und keinen Tropfen Met.«
Herr Waze schüttelte den Kopf. »Bauer! Bauer! Du hast ein hartes Herz.«
»Wieso, Herr?« fragte der Schönauer mit einer Stimme, als läge eine würgende Hand an seiner Kehle.
»Denk nur, was für gute Männer die Gottesleut sind! Die werden umgehen im Tal von Hag zu Hag und werden die traurigen Leut trösten, werden die Kinder hätscheln und werden sitzen bei den Siechen. Für solche Liebtat müßt man wohl ein übriges tun und müßt ihnen diemal, außerhalb der Steuerzeit, eine Krax voll Zeug schicken. So eine, wie da drüben steht. Das wär nur in der Ordnung! Meinst du nit auch?«
»Wohl, Herr Waze!«
»Das kann ich nur gutheißen! Liebtat muß vergolten werden mit Liebtat!« Herr Waze kreuzte die Arme über der Brust. »Aber denk

nur, Richtmann, was der Mensch diemal für Zeug träumen kann! Gestern nach Mittag hab ich mich schlafen gelegt, und da ist mir im Traum gewesen, als hätt ich den Köppelecker gesehen, wie er ein Körbl voll Zeug davontragt und hinausgeht nach dem Lokistein. Und wie ich so steh und schau ihm nach, im Traum, da schlagt auf einmal das Feuer aus seinem Haus. Und das ganze Anwesen hab ich niederbrennen sehen bis auf den Grund. Mir ist leid gewesen um den armen Teufel. Alles im Traum, Richtmann! Und denk dir, derweil das Haus noch brennt, geht der Kaganhart an mir vorbei, mit einem Pack auf dem Buckel. ›Wohin?‹ frag ich. ›Hinaus‹, sagt er, ›zum Lokistein!‹ Und ich sag zu ihm: ›Recht so, geh nur zu!‹ Ich seh noch, wie er hinübergeht über den Achensteg. Und da dreht sich auf einmal der Baum überm Wasser, und der Kaganhart ist weg. Ich hab um Hilf geschrien, aber kein Mensch hat mich hören wollen. Ich schrei und schrei, und auf einmal kommst du daher!«
»Ich, Herr?« stammelte der Bauer.
»Alles im Traum, Richtmann!« Herr Waze streckte sich behaglich. »Und schau, die Krax dort, dieselbig, die auf der Hausbank steht, die hast du auf dem Buckel getragen. Ich hab dich auf die Schulter geklopft und hab dein gutes Herz gelobt. So sind wir auseinandergegangen, im Traum, und wie ich heimzieh durch den Untersteiner Wald, lauf ich an eine Bärengrub hin. Ein Bär ist drin gestanden in der Grub, und unter ihm, denk, Bauer, unter ihm ist dein Bub gelegen, der Ruedlieb. Mich hat das Grausen gepackt. Der arme, schmucke Bub! Und im Erbarmen bin ich hineingesprungen in die Grub und hab zugestoßen mit dem Fänger. Der Bär ist gelegen, aber deinem Buben hat's nimmer geholfen. Ich hab dir noch zuschreien wollen, du solltest umkehren. Aber da bin ich aufgewacht. Was sagst du, Richtmann? Wie kann man nur so was träumen!« Herr Waze klatschte auf dem Schwertknauf die Hände übereinander und sah lachend den Bauer an.
Der Schönauer hatte keinen Tropfen Blut im Gesicht; schlaff hingen ihm die Arme am Leib.
»Was hast du, Bauer? Wirst doch nit erschrocken sein über meinen Traum?« Herr Waze erhob sich. Freundlich klopfte er dem Schönauer auf die Schulter. »Schau, es ist doch nur ein Traum gewesen. Dein Bub lebt und ist heil und frisch! Freilich, das haben meine Träum: Sie pflegen einzutreffen. Aber mach dir keine Sorg! Da müßtest du zuerst die Krax hinaustragen zum Lokistein. Und die

Krax dort, das hast du ja selber gesagt, die geht zur Alben hinauf. Und ein Richtmann lügt nit, gelt?« Herr Waze ging, um sein Roß zu besteigen. Als er im Sattel saß, blickte er auf Ruedlieb nieder. »Ein schmucker Bub, Richtmann!« rief er über die Schulter dem Bauer zu, der noch immer drüben bei den Eichen stand. »Ich wünsch ihm, daß er alt wird!« Lachend ritt Herr Waze zum Tor hinaus.
Ruedlieb eilte auf den Vater zu und erschrak bei seinem Anblick. »Vater? Hat er dich gebüßt?« Der Schönauer schüttelte den Kopf. »Aber so red doch, Vater! Hab ich was Schieches angerichtet, weil ich ihm gesagt hab, wohin die Krax gehört?«
Wieder schüttelte der Bauer den Kopf. »Hast nur die Wahrheit gesagt.«
»Aber was ist denn gewesen?« fragte der Bub in wachsender Sorge. »Er hat doch freundlich mit dir geredt!«
Der Schönauer lachte heiser. »Je schönere Farben die Natter spielt, so giftiger beißt sie.«
»Vater?«
»Frag nit weiter, Liebli! Geh hinein ins Haus und tu dich richten zur Albenfahrt!«
»Aber ich muß doch die Krax –«
»Laß die Krax in Ruh!« fiel der Bauer ein. »Die besorg ich selber. Geh, Bub!«
Ruedlieb wandte sich zögernd ab und ging ins Haus. Als er in der Flurstube auf dem niederen Herdrand saß und die Riemen der Bergschuhe knüpfte, konnte er durch die offene Tür sehen, daß der Köppelecker den Hof betrat, mit einem Pack auf der Schulter. Der Schönauer redete mit dem Nachbar; dann ging der Köppelecker mit seinem Pack wieder davon. Der Reihe nach kamen auch die andern: der Kirngasser und Bärenlochner, einer der Winklerbuben, der Schwaiger und Waldhauser. Der Schönauer redete mit ihnen, und da trug ein jeder wieder heim, was er gebracht hatte. Der Kaganhart blieb aus – er war wohl mit seinem Weib nicht auf gleiche Meinung gekommen. Einer aber erschien, den der Schönauer gar nicht erwartet hatte: Eigel, der Kohlmann.
»Hast du gehört, Richtmann, hast du das Glöckl gehört?« fragte der Alte erregt und deutete mit seinem Stecken gegen den Untersberg. Der Schönauer nickte. »Warum kommst du?«
Eigel faßte den Schönauer am Arm und dämpfte die Stimme. »Sie haben schon einen Ring gezogen um den Stein.«

»Wer?«

»Die Wazemannsbuben. Auf jedem Weg zum Lokistein ist einer dagestanden vor mir, auf der Untersberger Seit der Rimiger, hinter dem Kälberstein sein Bruder Sindel, und wie ich mich von der Talseit hab hinschleichen wollen, hab ich den Hartwig reiten sehen im Gehölz. Sie liegen um den Lokistein herum wie die Wölf um den Geißstall.«

»Hat dich einer gesehen?«

»Der Sindel.«

»Aber ich hoff, du hast leere Händ gehabt?«

»Warum?«

»Sonst hätt Herr Waze heut nacht geträumt von dir. Komm, Eigel! Ich erzähl dir was.« Sie gingen den Eichen zu und setzten sich auf die Steinbank.

Ruedlieb konnte sehen, daß sein Vater lange Zeit allein sprach; dann erwiderte der Kohlmann erregt; und der Schönauer schüttelte immer den Kopf. Als nun der Bub, für die Bergfahrt gerüstet, zu den Eichen kam, erhob sich der Schönauer und sagte zum Kohlmann: »Laß gut sein, Eigel, das reden wir zwei nit aus miteinander! Bring alles vor beim Thing, dann wirst du hören, was die andern sagen!« Er wandte sich zu Ruedlieb. »Wart bei der Haustür, Liebli, ich komm gleich.«

Ruedlieb nickte dem Kohlmann einen Gruß zu und ging zur Hausbank. Da zog der Schönauer sein Messer aus dem Gürtel und gab es in Eigels Hand; es hatte einen Griff aus Horn mit eingeritzten Zeichen. »Heut über drei Nächt, wenn Vollmond einsteht. Kommst du aus mit der Zeit?«

»Wohl!« Der Kohlmann verwahrte das Messer. »Heut lad ich über die Schönau hinaus in die Ramsau, über Schwarzeck und Winkel zurück ins Engedein. Morgen über Unterstein auf die Alben und über den Jennar und Göhl wieder heimzu bis zum Vorderecker. Und am dritten Tag vom Greinwalder hinaus zum Gernroder und über die Metzenleit und Aschau herunter in die Strub.«

»Lad nur wortfeste Leut, die unsichern laß aus! Und in der Ramsau geh vorbei am Hiltischalk!«

Eigel schaute betroffen auf. »Richtmann! Ich mein', der Hiltischalk müßt dabei sein zuallererst!«

»Tu, was ich sag!«

»Du bist der Richtmann, da wirst du wissen, warum. Heut über drei

Nächt, wenn Vollmond einsteht.« Sie reichten sich die Hände und gingen dem Haus zu. Da hörten sie plötzlich ein dumpfes Rollen; es klang wie ferner Donner. Sie blieben stehen und blickten zum Himmel auf. Kein Wölklein trübte das reine Blau, und alle Bergspitzen waren nebelfrei. Eine Magd kam aus der Stalltür gelaufen, schaute verwundert umher, schüttelte den Kopf und verschwand wieder.

»Vater«, rief der Bub, »was war das?«

»Ich weiß nit. Es hat gedonnert, und ich seh kein Wettergewölk.« Da sagte der Kohlmann langsam: »Ich mein', es wär nit in der Luft gewesen, sondern in der Erd!«

»Was dir einfallt!« Der Schönauer schüttelte den Kopf. Nun standen sie schweigend und lauschten; doch in den sonnigen Lüften störte kein Laut mehr die Stille. »Es muß wohl hinter dem Eismann ein Wetter liegen. Und die Tauern haben aus der Fern den Donnerhall hereingeworfen ins Tal.«

»Meinst?« sagte Eigel. »Dann müßt das Wetter kommen auf die Nacht. Wir haben Tauernwind. Der müßt die Wolken hertreiben über den Eismann. Da darf ich schauen, daß ich den Weg hinter die Füß krieg.«

»Zeit lassen!« grüßte der Schönauer.

»Zeit lassen auch!« nickte der Kohlmann und ging.

Zwischen Wiesen und Feldern, auf denen der reifende Sommerroggen dünn und mit mageren Ähren stand, wanderte Eigel dem nächsten Hag entgegen. Vor dem Tor, inmitten einer Wiese, schwang der Köppelecker die Sense. Eigel ging auf den Bauer zu, zog des Richtmanns Messer aus dem Kittel, drückte dem Köppelecker das Heft an die Brust und sagte: »Heut über drei Nächt, wenn Vollmond einsteht! Fehl nit! Tu nach deiner Mannspflicht! Laß dich nit halten von Wetter und Wind, von Weib und Kind, laß dich nur halten von Wassersnot, von Feuer und Tod!«

Der Köppelecker legte die Hand an das Messer. »Heut über drei Nächt, wenn Vollmond einsteht. Ich hab's gehört und schweig. Fahr weiter, Thingbot!« Eigel nickte und ging seiner Wege. Auf schmalem Pfad, zwischen dichten Hecken kam ihm der älteste der Hanetzerbuben entgegen und fragte: »Wohin so flink?«

»Meiner Arbeit nach!« sagte Eigel und ging vorüber.

»He, du!« rief der andere ihm nach. »Hast du vor einer Weil das Brummen nit gehört? Was war denn das?«

»Ein Wetter kommt.«
Der Hanetzer blickte zum blauen Himmel auf und lachte. »Möcht wissen, woher.«
Der Kohlmann wanderte weiter. Beim Kaganhart fand er das Hoftor verschlossen. Er lud den Kirngasser und Bärenlochner, die Winklerbuben, den Schwaiger und Waldhauser. Beim Kinill und Grünsteiner ging er vorüber. Als er den Urstaller geladen hatte, stieg er über den Hang eines waldigen Hügels empor und kam zu einem halb zerfallenen Hag. Schief hing das Tor in den Weidenringen, und dichtes Unkraut wucherte im Hof. Ein verschobenes, von Lücken klaffendes Strohdach deckte die morsche Hütte, deren faulendes Gebälk schon in allen Fugen gelockert war. Wo einst der Stall gestanden, lag ein wüster Haufe von Asche und halbverbrannten Balken. Neben dem verwahrlosten Garten ragten fünf Eichenstrünke aus der Erde; die jungen Stämme waren mit der Axt gefällt und lagen dürr, mit gebrochenen Ästen. Eine einzige Eiche, fast hundertjährig, stand noch zwischen den Strünken; ihr Wipfel war verdorrt, und die von schmarotzendem Moose fast erstickten Äste trugen nur noch einzelne Büschel braungrünen Laubes; der Baum krankte an den tiefen Kerben, die seinem Stamm eingehauen waren. Neben der Eiche, mit einem Hanfseil noch an den Stamm gebunden, lag eine tote, von einem Fliegenschwarm umsummte Ziege.
Inmitten des Hofes stand ein Baum in vollem Grün, ein Apfelbaum mit starkem Geäst; doch hingen nur wenige Früchte noch an seinen Zweigen, der Sturm der vergangenen Nacht hatte Ernte gehalten und die unreifen Äpfel heruntergeschüttelt in das Unkraut. Im Schatten des Baumes saß der alte Gobl, mit dem Rücken an den Stamm gelehnt, das weißbärtige Kinn auf der Brust, die welken Hände im Schoß. Eigel trat auf ihn zu und berührte ihn mit einem Messer. »Heut über drei Nächt, wenn Vollmond einsteht! Fehl nit! Tu nach deiner Mannespflicht! Laß dich nit halten von Wetter und Wind –« Weiter kam Eigel nicht mit seinem Spruch. Der Greis hatte den Arm des Kohlmanns zurückgeschoben und sagte: »Ich hab's gehört und schweig. Geh an mir vorbei, Thingbot! Ich komm nit. Heut hab ich den letzten Weg gemacht. Der reut mich schon. Ich mach keinen andern mehr. Wär schad um die Müh!«
»Gobl!« mahnte der Kohlmann mit einer Stimme, als schliefe der Greis und er müßte ihn wecken. »Hörst du nit? Das Thing ruft!«
»Laß rufen!«

»Du bringst Unehr über dich!«
»Unehr?« Ein Lächeln glitt über die dürren Lippen des Greises. »Die trag ich so!« Er pflückte mit seiner zitternden Hand einen Grashalm und legte ihn auf sein Haupt.
Unwillig wandte Eigel sich ab; aber schon nach wenigen Schritten kehrte er wieder zurück. »Gobl, es geht um unser aller Wohl und Weh!«
Langsam hob der Greis die Augen. »Was redest du vom Wohl? Sag: Weh! Das eine Wörtl geht für alles. Und das kommt, wie's will. Wozu denn raten, wo keiner wenden kann?« Er hob einen wurmstichigen Apfel aus dem Unkraut und hielt ihn dem Kohlmann hin. »Da nimm! Den kannst du dir braten am Thingfeuer! So hat's doch einen Zweck.«
Eigel hatte den Apfel genommen; er drehte ihn zwischen den Fingern, ließ ihn wieder fallen und wanderte schweigend davon. –
Um die gleiche Stunde stiegen Ruedlieb mit dem Grießbeil und der Schönauer, der die beladene Kraxe trug, durch den Wald hinunter zur Ache. Der Bub blieb stehen. »Geh, Vater, laß mich doch mit hinaus zum Lokistein!«
»Du gehst zur Alben hinauf!« Der Schönauer faßte die Hand seines Buben. »Und da bleibst du, bis ich dich wieder heimruf. Und versprich mir's: Tu nichts gegen Wazemanns Wort, laß keine schieche Red hören, steig in keinen Bannberg ein und rühr mit keiner Hand ans Gewild!« Dunkle Röte flog über Ruedliebs Gesicht; er dachte an die Bärengrube, die er in der Regenwand ausgeworfen. »Versprich mir's, Bub!« Ruedlieb nickte. »Halt dein Wort, und sie können dir nichts anhaben. Wenn's aber doch so kommen sollt, daß einer dich fassen möcht –« Die Augen des Richtmanns funkelten, und seine Stimme bebte. »Dann greif nach dem Messer und stoß zu! Dann ist schon alles eins!«
»Vater?« stammelte der Bub.
Der Schönauer schob ihn gegen den Steg. »Jetzt geh, Liebli! Und Zeit lassen!« Er blickte seinem Buben nach, und als er ihn am andern Ufer der Ache zwischen den Bäumen verschwinden sah, drückte er die Fäuste auf die Brust. Langsam folgte er dem Waldpfad und erreichte nach kurzer Weile den Weg, der hinaufführte zu Wazemanns Haus. Auf dem Falkenstein fand er die Zugbrücke niedergelassen und das Tor offen. Ein Knecht trat ihm entgegen, verwundert.

»Da bring ich eine Krax voll Zeug.« Der Schönauer stellte seine Last nieder. »Ist der Herr daheim?«
»Nein, Richtmann!«
Der Schönauer atmete auf. »Nimm die Krax und lad das Zeug ab! Und wenn Herr Waze heimkommt, sag ihm, ich hätt mich besser besonnen und der Herr sollt mit dem Zeug machen, was ihm lieb ist!«
Der Knecht trug die Kraxe ins Haus, und vor dem Tor setzte sich der Schönauer auf einen Stein am Wegrain, um auf die leere Kraxe zu warten. Im Zwinger schlugen die Hunde an, die einen Fremden witterten; mit vielstimmigem Echo warfen die nahen Felswände das Geheul zurück.
Über die auf steilem Hang sich senkenden Baumgipfel blickte der Schönauer hinunter nach der Seelände. Dort unten leuchtete ein langer, weißer Streif im Sand. Es war ein frisch gewebtes Stück Hanftuch, das zum Bleichen in der Sonne lag.
Edelrot stand am Ufer, schöpfte mit einer hölzernen Kanne Wasser aus dem See und besprengte das Tuch. Da hörte sie einen knirschenden Tritt im Sand, und als sie sich umblickte, stand Ruedlieb vor ihr. Sie wollte lächeln, aber sie erschrak vor seinem blassen Gesicht. »Ruedlieb? Was hast du?«
Er vermochte kaum zu sprechen. »Kann's wahr sein, was ich gehört hab?«
»Was?«
»Daß der See dich schier verschlungen hätt!«
Sie nickte wortlos und blickte über den sonnglänzenden See hinaus. »Wer hat's dir gesagt?«
Seine feuchten Augen hingen an ihr. »Jetzt, wie ich hergegangen bin unter dem Hag, hat's eure Magd, die Heilwig, mir zugerufen.« Er faßte ihre Hände. »Weil du nur lebst, Rötli!«
Sie blickte lächelnd zu ihm auf. »Gelt, wenn's anders hätt sein müssen, das wär zu früh gewesen für mich? Ich leb so gern! Aber viel hat nimmer gefehlt. Wär mein Bruder nit gekommen, grad noch zur rechten Zeit, so wär's hinuntergegangen.« Mit leisem Schmerzenslaut unterbrach sie ihre Worte. »Geh, druck mir doch die Händ nit so fest, tust mir ja weh!«
Erschrocken ließ Ruedlieb ihre Hände fallen. »Ich hab gemeint, ich müßt dich halten.« Eine Weile standen sie schweigend, dann fragte der Bub: »Wie hat denn nur so was geschehen können?«

»Komm! Ich erzähl dir's.« Sie ging zum Waldsaum und ließ sich im Schatten einer weitästigen Fichte nieder. Ruedlieb setzte sich an ihre Seite. Ein leises Rauschen webte in den Bäumen, über der Lände lag funkelnder Sonnenglanz, und wie Perlen schimmerten die Wassertropfen auf dem ausgebreiteten Hanftuch. Edelrot begann zu erzählen. Kaum hatte sie den Namen Reckas genannt, da ballte Ruedlieb die Fäuste. Seine Augen blitzten hinauf zum Falkenstein. »Allweil die da droben! Einmal der Alte und das andermal die Jungen! Wo ein Unheil wächst, wer hat's ausgesät? Die da droben!«
Beschwichtigend legte ihm Rötli die Hand auf den Arm. »Mußt die Recka nit schelten! Die hat mich lieb.« Sie erzählte wieder. Mit großen Augen hörte Ruedlieb zu und sah hinaus über das stille Wasser. Da glitt zwischen dem Schilf der Insel Bidlieger, aus dem Weitsee kommend, der Einbaum hervor. Wicho führte das Ruder, und vor dem Knecht saß Recka auf der Bank, in lichtem Gewand, das Gesicht und das um die Schultern rieselnde Gelock von einem grauen breitkrempigen Hut überschattet. Ruedlieb sprang auf. »Muß denn die schon wieder da sein!«
»Seit dem Morgen ist sie schon draußen auf dem Weitsee«, flüsterte das Mädchen, »sie hat ihre Stößer gesucht. Hat sie die Vögel?«
»Wenn sie nur hin wären!«
»Geh! Wie magst du so reden! Was können die Vögel dafür?«
Da klang über das Wasser her die Stimme der Wazemannstochter. »Rötli!«
»Recka!« rief Edelrot und eilte auf das Ufer zu.
Ruedlieb stand mit finsterem Gesicht. »Allweil muß eins dazwischen kommen, wenn ich mit dem Rötli zu reden hab!« Eine Weile noch blieb er wartend stehen; als er sah, wie Edelrot an den landenden Einbaum trat, um der Tochter Wazemanns beim Aussteigen behilflich zu sein, faßte er sein Grießbeil und verschwand im Wald. Recka stieg aus dem Nachen, von Rötli gestützt.
»Ich seh die Stößer nit. Suchen und Rufen war umsonst.« Recka nahm den Hut ab und schüttelte die Locken in den Nacken. »Sie haben sich nit in den Wald verflogen, sonst hätten sie mich hören müssen. Der Elbiß ist untergetaucht, hat die Stößer, die an seinem Hals verschlagen hingen, mit hinuntergezogen und hat sich festgebissen auf dem Seegrund.«
Rötli schüttelte das Köpfchen und flüsterte: »Der ist Luft worden! Das kannst du glauben!«

»Närrlein!« lächelte Recka und strich mit sanfter Hand über Rötlis Haar.

Edelrots Blicke suchten den Buben. Nirgends erblickte sie ihn; doch einen andern sah sie, ihren Bruder. Auch Recka hatte ihn schon gewahrt; hastig wandte sie sich, um das Federspiel, das sie zum Locken der Stößer mitgenommen hatte, aus dem Einbaum zu holen.

Sigenot kam von der Ache her, die Angelgerte über der Schulter, das Lägel auf dem Rücken. Sein Gesicht war bleich, und seine Augen hatten einen fremden Blick. Wicho, der vom Ufer kam, das lange Ruder schleifend, nickte ihm zu und kniff die Augen ein – aus ihm lachte die Schadenfreude über Reckas Verlust. Sigenot verstand diese stumme Sprache nicht und verhielt den Schritt. Da lief ihm die Schwester entgegen. »Denk dir, sie hat die Stößer nimmer gefunden!«

»Schad um die Vögel!« sagte der Fischer, ohne einen Blick auf Recka zu werfen. »Sie waren gut abgetragen.«

Vom herben Klang seiner Stimme befremdet, blickte Rötli auf. Da gewahrte sie auf ihres Bruders Kappe eine seltsame Zier: Neben der Schwanenfeder war ein dünnschäftiger Pfeil mit verbogener Spitze durch das Otterfell gestoßen, so, wie man eine langstielige Blume auf die Mütze steckt. »Was hast du auf deiner Kappe?«

Sigenot lehnte die Angelrute an die Schulter, nahm die Mütze ab und zog den Pfeil hervor.

Raschen Schrittes kam Recka herbeigegangen. »Was soll der Pfeil?«

Der Fischer hob langsam die ernsten Augen. »Warum fragst du?«

»Weil es ein Pfeil ist aus Hennings Köcher.«

»Aus Hennings Köcher!« wiederholte Sigenot mit halblauter Stimme.

»Ich kenn ihn am Gefieder. Wie kommst du zu dem Pfeil?«

Sigenot wollte sprechen; da streiften seine Augen über das Gesicht der Schwester, und er blickte gegen das Haus hinauf. »Hast du nit gehört, Rötli? Die Mutter hat gelacht.«

»Die Mutter? Ich hab nichts gehört.«

»Wohl! Geh nur!«

Edelrot eilte in den Hag und über den Hügel empor.

Fragend blickte Recka den Fischer an. »Warum schickst du die Schwester fort?«

»Weil sie nit zu hören braucht, wie ich zu deines Bruders Pfeil gekommen bin.«

»Ich versteh dich nit. Wo hast du den Pfeil gefunden?«
»Gefunden?« Ein Lächeln zuckte um Sigenots Mund. »Nimm den Pfeil und bring ihn deinem Bruder Henning wieder!« Die Augen auf Recka heftend, legte er das gefiederte Rohr in ihre Hand. »Unter dem Lokistein bin ich an der Ache gestanden und hab die Angel geworfen. Da ist mir der Pfeil von hint her am Hals vorbeigeflogen, daß mich die Feder noch gestreift hat, und ist vor mir ins Wasser gesurrt und auf einen Stein gefahren. So hab ich ihn gefunden.«
Aus Reckas Wangen war alle Farbe gewichen. »Ein böser Zufall«, sagte sie mit schwankender Stimme. »Henning muß nach einem Haselhuhn geschossen haben, und der Pfeil ging fehl und flog durch die Bäume weiter.«
»Kann schon sein!«
»Henning ist ein ungestümer Schütz, der Eifer macht ihn blind. Wär ein Unheil geschehen, es wäre das erste nit, das er angerichtet.«
»Da hast du recht!« Der Fischer nickte einen stummen Gruß, schulterte die Angelrute und wollte in das Hagtor treten.
Recka starrte auf den Pfeilschaft in ihrer Hand; dann hob sie die Augen und sah dem Fischer nach. Sie tat einen Schritt, und mit gepreßtem Laut, als geschäh es wider ihren Willen, klang Sigenots Name von ihren Lippen.
Er wandte das Gesicht. »Was willst du?«
Sie zögerte; dann hob sie den schönen, stolzen Kopf und trat auf den Fischer zu. »Ich werde meines Bruders Unverstand dem Vater klagen. Hätt der Zufall bös gespielt, es wär ein übler Vergelt für die Hilf gewesen, die du mir gestern gebracht hast in der Not. Ich bin dir Dank schuldig. Nimm ihn!« Sie streckte die Hand.
Sigenot sagte langsam, mit herbem Klang: »Was ich an dir getan, das hast du vergolten an meiner Schwester. Da braucht's keinen Dank. Wir sind auf gleich, und die Sach ist abgetan. Auch brauchst du deinen Bruder nit verklagen. Wenn er merkt, wie der Pfeil geflogen ist, kränkt er sich schon genug.« Sigenot lächelte wieder. »Zeit lassen!« Er wandte sich ab und trat ins Tor.
Ein zorniger Blick flammte aus Reckas Augen. »Das war der erste Dank, den du von mir gehört hast. Auch der letzte.« Während sie den Bäumen entgegenschritt, zerknitterten ihre Hände den dünnen Pfeilschaft.

10

Als Sigenot das Haus erreichte, kam Rötli aus der Tür. »Ich hab recht gehabt«, sagte sie, »die Mutter hat nichts wollen.«
»So hab ich mich verhört.« Er lehnte die Angelrute an die Balkenwand, pfiff dem Knecht und übergab ihm das Lägel, damit er die Ferchen verwahre. Während Rötli hinunterging zum Ufer, um das bleichende Hanftuch zu besprengen, trat Sigenot in das Haus. Mutter Mathilt nickte ihm zu; er ging zu ihrem Stuhl und strich mit der Hand über Mutters graues Haar. Die redete mit den bleichen Händen; er verstand die stumme Frage und sagte: »Heut hab ich schlechten Fang gehabt.«
Sie blickte zu ihm auf. »Warum?« fragte dieser Blick.
Er zuckte die Schultern. »Es geht nit einen Tag wie den andern.« Das sagte er mir ruhiger Stimme; doch er wich dem Blick der Mutter aus und trat in seine Kammer.
Mutter Mathilt faßte einen eisernen Zinken und schlug auf den Herdstein. Heilwig kam gelaufen, deckte für Sigenot den Steintisch und rief ihn zum verspäteten Mahl. Er kam und setzte sich an den Tisch, doch er genoß nur wenige Bissen. Lange saß er mit aufgestützten Armen und sah vor sich hin. Einmal blickte er zur Wand empor, an der seine Waffen hingen, dann hinüber zur Mutter. Wieder saß er in Gedanken versunken. Endlich erhob er sich und nahm mit raschem Griff das Ringhemd von der Wand. Mutter Mathilt hörte das Klirren und blickte verwundert auf.
»Ich muß die Wehr wieder einmal anschauen«, sagte Sigenot und ging zur Tür, »ich mein', sie rostet.«
Vor dem Haus setzte er sich auf die Bank, nahm das eiserne Hemd über die Knie und begann das dichte Gewirr der Ringe zu mustern. Er fand keine Lücke in dem Gewebe, in den Fugen der Ringe keinen Flecken Rost. Zufrieden nickte er, und während er sich erhob, ging

sein Blick hinauf zu Wazemanns Burg. Er umschritt das Haus und schob das Ringhemd durch das offene Fenster in seine Kammer. Als er zurückkehrte, kam Rötli über den Hag heraufgestiegen. Sie blieb vor dem Bruder stehen. »Hast du um die Mittagszeit das Rollen nit gehört? Es ist gewesen, wie wenn's ein Donner wär.«

»Wohl, und ich hab gemeint, ein Wetter käm. Es muß sich wieder verzogen haben.« Er blickte zum Himmel auf.

»Das ist kein Wetter gewesen. Ich weiß, was es war!« Rötlis Stimme dämpfte sich zum Flüstern. »Drunten in der Seetief muß sich der Bid geärgert haben und hat aufgehaut im Zorn. Wie's gerollt hat, bin ich an der Länd gestanden und hab gesehen, daß ein Zittern über den See gelaufen ist, grad so, wie übers Wasser in einem Schaff, wenn einer dran hinstoßt mit dem Fuß.«

Sinnend blickte Sigenot hinunter auf den stillen See, über den schon die ersten Schatten des Abends fielen.

»Ich hab gleich was getan dafür«, flüsterte Rötli, »ich hab meine Halskette genommen – sie war mir das Liebste, was ich an mir gehabt hab – und hab sie weit hinausgeworfen in das Wasser. Sie muß dem Bid gefallen haben. Gleich hat er Ruh gegeben.« Sie atmete tief und wollte ins Haus treten. Auf der Schwelle wandte sie sich wieder. »Hast du vergessen heut?«

»Was?«

»Daß du eine Kerb in deinen Jahrbaum schneiden mußt.« Lächelnd trat sie auf den Bruder zu und faßte seine Hand. »Heut ist der Tag, an dem dich Frau Hul der Mutter gebracht hat. Schau, ich wünsch dir an Glück und Freuden so viel, als ich Haar auf dem Scheitel hab.«

Sigenot betrachtete das holde Gesicht der Schwester. »Glück und Freuden? Vergelts, Rötli! Aber du hast zu viel gewunschen.« Er gewahrte die Axt, die neben der Tür an der Balkenmauer lehnte, und faßte sie. »Komm, ich schlag die Kerb in meinen Baum.«

»Was willst du mit der Axt?« fragte Rötli verwundert. »Nimm dein Messer!«

»Das hat nit Schneid genug für den heutigen Tag.« Er ging auf seinen Jahrbaum zu, und Rötli folgte ihm. Dreimal umschritt er den Baum, ihn jedesmal berührend mit der Hand. Dazu murmelte er: »Der Baum wachst, der Baum lebt, ist gewachsen und steht, gradschlächtig und stark, gesund im Mark, in der Wurzel fest, mit Laub und Äst. Heb dich und streck dich, hüt dich und deck dich, hast Sonn und Regen, nutz den Segen! Wie die Steiner im Bach laufen die Jahr

einander nach. Eins gewinnst du und eins verlierst. Halt aus, daß du die Kerb nit spürst!« Beim letzten Wort hatte Sigenot die Axt geschwungen, und das blitzende Eisen schlug in den dreißigjährigen Baum, daß der schlanke Stamm erzitterte. »Was tust du?« stammelte Rötli und wollte den Arm des Bruders fassen. Da fiel schon der zweite Hieb, die Rindensplitter und Späne sprühten, und weiß, fast bis ins Mark hinein, klaffte am Baum die Kerbe.
»Du hast dein Bäuml bis hinein ins Leben geschlagen!« jammerte Edelrot, und Tränen traten ihr in die Augen.
Sigenot ließ die Axt sinken, sah die klaffende Kerbe an und murmelte: »Wenn's der Baum verwindet, verwind ich's auch!«
Er wollte gehen; Rötli umklammerte seinen Arm. »Was hast du, Bruder? Man möchte meinen, du wärst seit gestern ein anderer worden! Ist dir was?«
Wortlos schüttelte Sigenot den Kopf, warf die Axt beiseite und umschlang die Schwester. Sie war so erregt, so erfüllt von Sorge, daß sie weinen mußte. »Tu nit weinen, Rötli!« Er streichelte ihr Haar. »Ein andermal vergeß ich nimmer, daß ich dein Bruder bin.«
Sie hob sich auf die Fußspitzen und faßte sein Gesicht mit beiden Händen. »Hast du mich nit heimgeholt aus Wetter und Wasser? Hätt ich nit versinken müssen ohne dich? Wir beide, ich und die Recka?« Sie wollte weitersprechen, doch er drückte sie an sich, daß ihr der Atem verging, und schloß ihre Lippen mit einem Kuß. Dann schritt er auf das Haus zu und nahm den langen fünfzackigen Näbiger von der Balkenwand.
»Willst du heut noch fort?« fragte Rötli. »Es geht schon auf den Abend zu.«
»Mich leidet's nit in der Ruh, ich muß schaffen!« Er stieg, den Näbiger auf der Schulter, zum See hinunter.
Mit verlorenem Blick sah ihm die Schwester nach. »Wenn ich nur wüßt, was er hat! Ich muß den Ruedlieb fragen.«
Sigenot erreichte das Ufer und löste den Waldschragen; mit dem einen Fuß das kleine aus Schilf und Stangen gefügte Floß betretend, stieß er mit dem andern das leichte Fahrzeug von der Lände ab. Fast lautlos glitt der Schragen über das Wasser hin; mit der Stange des Näbigers trieb ihn der Fischer am Saum des Röhrichts entlang, gegen den Ausfluß der Ache hin, immer langsamer und leiser. Mit scharfem Blick spähte er in die klare Flut, deren nicht allzu tiefer Grund von Moos und Algen wirr überwachsen war; die dürren

blaßroten Stengel der Seerosen durchspannen das Wasser gleich den Fäden eines Netzes. Jetzt verhielt Sigenot durch Druck der Stange das Fahrzeug. Langsam und lautlos, den straff gespannten Körper kaum bewegend, hob er den Näbiger und drehte die eisernen Widerhaken nach unten, daß ihre scharfen Spitzen fast den Seespiegel berührten. Er zielte und stieß. Das Wasser spritzte auf, und zischend fuhr der Näbiger in die Flut. Mit jähem Ruck riß Sigenot die Stange wieder in die Höhe. Der Stoß war geglückt, am Eisen zappelte ein schwerer Hecht. Mit einem Faustschlag tötete Sigenot den Raubfisch und löste ihn von den Haken. Dann trieb er den Schragen weiter.
Die Schatten wuchsen, und der rote Schimmer des Abends leuchtete über dem Tal. Edelrot hatte das zum Bleichen ausgelegte Hanftuch ins Haus getragen. Nun stand sie vor ihres Bruders Jahrbaum; sie füllte die tiefe Kerbe, die Sigenot geschlagen, mit harzvermischtem Wachs und überband die wunde Stelle mit Bast.
Wicho verließ den Hof, das Lägel auf dem Rücken; er trug die Ferchen davon, die Sigenot am Morgen gefangen; sie waren für den Schönauer bestimmt, als Zahlung für einen Packen Hanf. Noch vor der Dämmerung erreichte Wicho die Schönauer Felder. Da blieb er stehen und lauschte. Ein leiser, sanfter Klang kam aus der Ferne durch die stille Luft geschwommen. –
Beim Lokistein tönte die Glocke.
Bruder Schweiker zog den Strang und läutete den ersten Feierabend ein. Er trug nicht die Kutte, sondern das Arbeitskleid, den kurzen ärmellosen Leinenjanker. Des Feierabends und der Ruhe schien er bedürftig zu sein. Wie ein Stier, wuchtig und ausdauernd, hatte er geschafft den ganzen langen Tag und mit Hilfe der Knechte ein tüchtiges Stück Arbeit zuwege gebracht. An die dreißig mächtige Fichten lagen am Waldsaum schon gefällt, entästet und zu Balken von jener Länge zerschnitten, wie sie der Klausenbau erforderte. Auch Pater Waldram hatte mitgeholfen bei diesem Werk; seinen von Kasteiung und Fasten entkräfteten Körper hatte, lange schon vor dem Abend, die Erschöpfung befallen; beim Schleifen eines Balkens war er ohnmächtig niedergesunken. Man hatte ihn ins Zelt getragen, aufs Moos gelegt und mit Trank und Speise gelabt; dann hatte tiefer Schlummer ihn überkommen, aus dem der Klang der Abendglocke ihn nicht zu wecken vermochte.
Auch Bruder Wampo hatte nicht gefeiert und manch ein Tröpflein

frommen Schweißes vergossen; ihm war es zugefallen, die Zelte aufzurichten, die Mooslager zu rüsten, die Reisighütte für die Knechte und Saumtiere zu bauen, die Ballen auszupacken, deren Inhalt zu bergen und in trockenem Grund eine Grube auszuwerfen, um darin das Fäßl mit dem Meßwein und die Mundvorräte zu verwahren. Diese letzte Pflicht seines Amtes hatte er mit besonderem Eifer erfüllt. Nun stand er zwischen den Zelten beim flackernden Feuer und kochte den Imbiß für den Abend; ein mageres Mahl: Sterz mit Bohnenmus; doppelt mager, denn der Sterz war mit Wasser angerührt. Bruder Wampo hatte es sich und den Seinen wohl besser vermeint; doch als er mit der Kanne durch den Wald davonspringen wollte, hatte Eberwein ihn angerufen: »Wohin, Bruder?«
»Vom Hang dort oben hab ich eine Bauernhub gesehen, die nit gar weit liegt. Ich will hinüberspringen.«
»Weshalb?«
»Um für Gottes Dank ein Känndl Milch zu begehren. Wir haben Sterz auf den Abend.«
»Bleib nur! Wir alle sind müd und hungrig von der Arbeit. Da wird uns der Sterz auch mit Wasser schmecken.«
»Mit Milch ist er besser.«
»Mit Wasser gesünder. Ich will nicht, daß die Leute im Gaden sagen sollen: Heut sind sie gekommen, man merkt's, denn sie verlangen schon. Wir wollen geben, Bruder, nicht nehmen.«
Wampo blies die Backen auf und ging mit der Kanne zur Quelle, um Wasser zu schöpfen. »Geben?« brummte er. »Möcht wissen, von was?« Er warf einen Sorgenblick zur Grube hinüber, in der die Vorräte geborgen lagen. »Zwei kurze Wochen, und wir haben selber nichts mehr. Dann werden wir nehmen müssen, oder die heilige Zeit geht an!« Als er mit der gefüllten Kanne zu den Zelten zurückkehrte, schien plötzlich auch er, der kurz zuvor noch so hurtig gesprungen war, die Müdigkeit zu spüren; er ließ das runde Köpfl hängen und schlurfte mit den Füßen. Den Blick zur Seite gewandt, ging er an dem Pater vorüber, der die unterbrochene Arbeit wieder aufgenommen hatte.
Auch Eberwein hatte die Kutte mit dem kurzen Wams vertauscht. Die erste Arbeit, die er nach der Messe vorgenommen hatte, stand schon vollendet: Über dem zum Altar geweihten Heidenstein erhob sich das weiße Kreuz, in welches Eberwein den halb verbrannten Baum mit der Axt verwandelte. Dann hatte er, Richtscheit und

Meßschnur führend, den Grundriß der Klause und des Kirchleins abgesteckt und mit dem Spaten die Mauerfurchen ausgehoben; schwarz zogen sich die breiten Streifen durch den grünen Rasen und zeigten die Einteilung, die der Klausenbau erhalten sollte: einen größeren Mittelraum und ihm zur Rechten und Linken zwei kleinere Kammern; an die Rückwand der Klause sollte das Kirchlein sich anlehnen, mit seinen Balkenmauern den zum Altar geweihten Heidenstein und das Kreuz umschließend.

Als der letzte Spatenstich getan war, hatte Eberwein im Wald einen jungen Ahornstamm gefällt und aus ihm ein mannslanges Stück herausgeschlagen mit zwei kreuzförmig stehenden Aststümpfen. Auf der Schulter hatte er das schwere Holz zu den Zelten getragen und begonnen, es mit Hammer und Meißel zu behauen. Als jetzt der Abend dämmerte und Bruder Schweiker die Glocke zog, trat aus dem weißen Holze schon in rauhen Formen das entstehende Bildnis hervor, das Abbild des Gekreuzigten. Beim ersten Glockenton legte Eberwein Hammer und Meißel nieder und faltete die Hände im Schoß. Seine Augen streiften die schwarzen Furchen, die er gezogen, und das Gewirr der gefällten Bäume am Waldsaum, von dem die Knechte mit geschulterten Beilen einherkamen. Den Blick zu dem vom letzten Sonnenglanz umflossenen Himmel erhebend, betete er lächelnd: »Nisi Dominus aedificaverit domum, in vanum laboraverunt, qui aedificant eam[1].«

Die Glocke schwieg. Eberwein erhob sich und trug das begonnene Schnitzwerk unter das Zelt. Als er mit den Brüdern den Imbiß genommen hatte, ordnete er für den kommenden Morgen die Arbeit an und begab sich zur Ruhe. Die Knechte schlüpften unter die Reisighütten. Schweiker und Wampo standen noch beim erlöschenden Feuer und spülten die Geschirre.

Die graue Dämmerung kam; am Waldsaum verstummten die letzten Vogelstimmen, und ein zarter Nebel dampfte aus dem Weiher; nahe seinem Ufer trat ein Reh unter den Bäumen hervor. Es stutzte beim Anblick der weißleuchtenden Zelte und des roten Feuerscheines; laut schreckend verschwand es im dunkeln Wald.

»Was war das?« fragte Wampo.

»Ein Reh.«

---

[1] »Wo der Herr nicht das Haus bauet, so arbeiten umsonst, die daran bauen.«

»Das ist aber auch alles, was heute gekommen ist.«
»Gelt? Nit ein einziger hat sich schauen lassen. Wie man die Raitenbucher Klaus gezimmert hat, da war ich auch dabei, und da sind sie aufs erste Läuten haufenweis gekommen, Männer, Weiberleut und Kinder. Und heut keine Seel!«
»Eine schieche Gegend! Was man da noch erleben wird!« Unmutig packte Wampo eine hölzerne Schüssel und scheuerte mit dem nassen Grasbüschel, als hätte er die böse Gegend unter seinen Händen. »Sterz mit Wasser, gleich am ersten Tag!«
Schweiker überhörte die letzten Worte, sinnend sah er in die Kohlen. »Vielleicht hausen die Leut so weit auseinander, daß sie das Glöckl nit hören können.«
»Das Glöckl ruft eine Stund weit. Es hat halt keiner kommen mögen. Die Heidenschüppel, die unchristlichen!«
Schweiker schüttelte den Kopf. »Wie die andern sind, das weiß ich nit. Aber eine – wenn die das Glöckl gehört hätt, die wär gekommen.«
Da lauschten sie. Ferne Stimmen klangen im Wald; es waren Wazemanns Söhne, die sich anriefen zum Heimritt. »Es müssen doch Leut in der Näh sein!« murmelte Schweiker.
Während sie noch lauschten, tauchte hinter den schwarzen Bergen die fast volle Scheibe des Mondes empor und warf einen blassen Schimmer über die Lichtung. »Bruder!« stotterte Wampo und deutete mit dem Arm. »Dort rührt sich was. Und schleichen tut's wie ein Wolf!«
Schweiker packte rasch die Axt und rannte in den Mondschein. Am Waldsaum sah er einen Schatten gleiten. Er schwang die Axt zum Wurfe, doch mitten im Schwung hielt er inne, wie versteinert. Hinzula stand vor ihm. »So, schön! Wenn ich jetzt geworfen hätt! Wie kommst denn du daher?«
»Hast ja geläutet!« lispelte das feine Stimmlein.
»Warum bist du nit am Tag gekommen?«
»Da hab ich nit dürfen. Ich hab warten müssen, bis es nächtet.«
»Die Nacht ist keine Zeit, bei der ein Kindl, will sagen ein Mädel wie du, noch umlauft im wüsten Wald.« Er trat zur Seite, denn sein Schatten fiel schwarz über Hinzulas schmächtige Gestalt; doch auch im vollen Mondschein wurde ihr Gesicht nicht heller; wie ein dunkler Kohlklumpen war es anzusehen, nur die Augen glänzten. Eine Weile standen sie stumm voreinander; dann sagte er: »Geh heim,

Mädel! Es ziemet sich nit für mich, daß wir da beinander stehen in mondscheiniger Zeit – wenn auch die guten Heiligen vom Himmel herunterschauen dürften auf uns beide. Geh heim! Und komm bei Tag!«

»Tust du morgen wieder läuten?«

»Wohl!«

»Dann komm ich!« fuhr es mit flinkem Wort über ihre Lippen. »Ich fürcht mich nit, und ich find schon einen Weg.«

Diese Worte waren anders gemeint, als Schweiker sie deutete.

»Brav, Mädel! Gottes Weg darfst du allweil gehen ohne Furcht. Komm nur! Dann will ich einmal scharf nachschauen, wie's bestellt ist mit deinem Seelgerät.«

»Mit was?« stotterte Hinzula.

»Mit deinem Seelgerät!« wiederholte er ernst. »Daß du's nur weißt: Heut nacht hab ich geträumt von dir.«

»Ich von dir auch.«

»So? Aber mein Traum wird wohl der bessere gewesen sein! Gott, der liebe Herr, ist mir erschienen und hat mir aufgegeben als gutes Werk, daß ich dich weißwaschen soll.«

»Das hab ich heut schon selber wollen«, sagte sie, »aber die Mutter hat mich weggerissen vom Brunnen und hat gesagt, sie haut mir alle Knochen im Leib auseinander, wenn ich's tu.«

Schweiker schlug entsetzt die Hände zusammen. »Mädel! Wenn deine Mutter den Teufel fürchten möcht, wie sie den Dreck lieb hat, müßt sie eine gute Christin sein!« Er nahm die Axt und ging davon; nach einigen Schritten rief er über die Schulter: »Mach, daß du heimkommst, solang dir der Mond noch auf den Weg scheint!« Den Zelten entgegenschreitend, murmelte er vor sich hin: »So eine Mutter! Alle Knochen im Leib! Ist das auch noch eine Mutter?«

Hinzula stand regungslos und sah ihm nach.

Als Schweiker die Feuerstatt erreichte, auf der nur wenige Kohlen noch in der Asche glosteten, schlüpfte Bruder Wampo aus dem Zelt, in das er sich geflüchtet hatte. »Es muß doch kein Wolf gewesen sein? Ich hab dich reden hören. Wer war das?«

»Mein Saubartele.«

»Das Bartele?« rief Bruder Wampo, als hätte er eine freudige Botschaft vernommen. »Warum hast du mich da nit gleich gerufen?« Hurtig suchte er auf dem dunklen Rasen umher, und als er einen Span erwischte, stieß er ihn in die Kohlen und blies in die Glut.

»Was tust du?« fragte Schweiker.
Der Bruder gab keine Antwort; er blies, bis eine kleine Flamme aufzuckte und knisternd den Span ergriff. Mit der flackernden Leuchte rannte er davon und verschwand im Schatten des Waldsaumes. Wie in Irrlicht gaukelte das Spanfeuer zwischen den Bäumen, und des Bruders rufende Stimme klang: »He, Dirnlein!« Nach einer Weile kam er wieder, kichernd, vergnügt die Hände reibend.
»Was hast du wollen von dem Kind?« brummte Schweiker.
»Das wirst du morgen auf Mittag merken, wenn ich die Milchsupp auftrag und die Butternocken.«
»Geh, du Bettelsack! Weißt du denn, ob dem Kindl seine Leut was geben?«
»Um so lieber gibt das Dirnlein. Das muß ich sagen: Gut stehst du angeschrieben bei deinem Bartele. Wie ich gesagt hab, daß ich Hunger leiden muß, das ist bei ihr nit tief gegangen. Sie hat nur gefragt: ›Der ander nit?‹ Aber wie ich gesagt hab: ›Wohl, bei dem schreien auch schon die Frösch im Magen‹ –«
»Das ist eine Lug gewesen!« fuhr Schweiker auf.
»Aber eine fromme, Bruder! Und du hättest nur sehen sollen, wie sie gewirkt hat.«
Die Art dieser Wirkung schien in Schweiker keine Neugier zu erwecken. »Laß mich in Ruh!« brummte er, streifte den Bruder mit einem zürnenden Blick und verschwand im Zelt.

11

Herr Waze hatte mit Recka und seinen drei jüngsten Söhnen den Abendimbiß eingenommen. Als der Tisch geräumt wurde, ging Recka in ihre Kammer, ohne Wort und Gruß. Der Vater sah ihr nach. »Was hat sie?«

»Was wird sie haben?« lachte Otloh. »Sorgen, wo sie einen Mann hernimmt! Sie kommt in die Jahr.« Er spaltete einen frisch geschnitzten Pfeilschaft, um ihn mit einer Auerhahnschwinge zu fiedern.

»Sie könnt doch einen haben!« brummte Herr Waze. »Der Pfleger von Hall, den wir auf der letzten Sauhatz an der Grenze getroffen haben, hat Augen gemacht wie der Fuchs auf die Spielhenn. Der nähm sie vom Fleck.«

»Wird sich hüten!« rief Gerold, der hinter dem Lehmofen ausgestreckt auf der Bank lag. »Hast du nit gesehen, wie sie ihm mitgespielt hat? Wie er sie küssen hat wollen beim Umtrunk, hat sie ihm die Faust auf die Brust gestoßen, daß er vor ihr einen Fall getan hat, aber nit auf die Knie!«

»Ach was! Er hat doch gelacht dazu!« meinte Herr Waze. »Der Haller ist ein Freund von vollblütiger Zucht. Das sieht man seinen Rossen und Hunden an. Wenn er ein Weibsbild kriegen kann wie meine Dirn, so nimmt er auch einen Puff mit in den Kauf. Mitgeben kann ich ihr freilich nichts, dafür haben eure sieben Mäuler gesorgt. Und wenn wir die Kuttenlupfer nit wieder hinausbringen aus dem Gaden, können wir übers Jahr das Maul an den Bindfaden hängen. Wie soll ich da dem Mädel noch was mitgeben?«

»Sie hat's in der Faust«, sagte Otloh, »wozu braucht sie noch was im Sack zu haben?«

»Hast recht!« Herr Waze lachte. »Die Rass' an ihr, die schlag ich auf zwei feste Burgen an.«

Gerold kicherte hinter dem Ofen. »Ich mein', dem Haller möcht die Leiter ausrutschen, wenn er die Burgen nehmen wollt.«
Da lachten sie alle, sogar Eilbert, der an einem Fenster stand und über den vom Mondlicht umfluteten Falkenstein hinunterspähte nach dem Fischerhaus. Jetzt rief ihn der Vater an. »Was stehst du allweil? Bring das Brett!« Er putzte die rauchenden Räuber von den Kerzen, setzte sich an den Tisch und füllte die geleerte Bitsche aus einem mächtigen Zinnkrug.
Verdrossen brachte Eilbert das Spielbrett und die Steine. »Was soll das Spiel gelten?« fragte er, sich setzend.
»Ich will dir nichts abgewinnen.« Herr Waze begann die Steine zu stellen.
»Aber ich dir! Um gute Worte spiel ich nit. Da leg ich mich lieber schlafen.« Er stand wieder auf.
»Wirst du bleiben!« schrie der Alte und schmetterte die Faust auf den Tisch.
Eilberts Augen funkelten. »Wieder zuschlagen? Da mußt du schon warten, bis ich wieder eine Fahlgeiß heimbring.«
»So redest du mit deinem Vater?« Herr Waze stürzte auf seinen Buben zu. Gerold und Otloh sprangen auf und warfen sich zwischen die beiden.
Aus dem Hof herauf klangen Stimmenlärm und Pferdegetrappel. »Die Buben kommen!« rief Herr Waze, und allen Streit vergessend, eilte er in die Vorhalle.
Henning, Sindel, Rimiger und Hartwig stiegen von den Rossen. Sie kamen über die Freitreppe, auf der das helle Licht des Mondes lag, und nun standen sie in der Halle beisammen, Herr Waze und seine sieben Buben. Henning erzählte. Keinen Schritt und keinen Beilhieb hatten die Klosterleute getan, von dem die vier Späher nicht zu berichten wußten.
»Und wie haben sich die Leut dazu gestellt?«
»Vier hab ich heimgeschickt.« Rimiger lachte. »Das Wiederkommen wird ihnen verleidet sein.«
»Mir«, sagte Sindel, »ist der Eigel in die Händ gelaufen.«
»Mir auch!« fiel Hartwig ein. »Aus der Strub sind die Leut heraufgestiegen und von der Aschau sind sie herübergekommen. Ich hab ihnen Füß gemacht.«
»Und du, Henning?«
»Ich hab dem Greinwalder Schmierfink eins über das Fell gestri-

chen. Was ich sonst noch getan hab, wird sich weisen. Der Tag bringt's auf.« Lachend trat er in die Stube. Da stand seine Schwester Recka vor ihm und warf ihm die beiden Teile eines zerknickten Pfeilschaftes vor die Füße. »Schwester? Was soll das?«
Hinter Henning erschien Herr Waze in der Tür.
»Wenn dein Aug die Pfeilbahn nit messen kann«, sagte Recka, »so schieß ein andermal mit Hennenfedern. Die fliegen nit weiter, als du sehen kannst.«
Henning hob den entzweigebrochenen Schaft von der Erde; seine Augen erweiterten sich, er erkannte seinen Pfeil.
»Soll ich bald wissen, was das bedeutet?« schrie Herr Waze.
»Unter dem Lokistein, im Wald, hat er den Pfeil geworfen, ich weiß nit, auf was. Aber gefehlt hat er, und der Pfeil ist hinuntergeflogen gegen die Ache, dem Fischer am Hals vorbei. Der hat ihn aus dem Wasser geholt, und zum Gespött hat er ihn heimgetragen auf der Kappe.« Es zuckte um Reckas Mund, sie wandte sich ab und verließ die Stube.
»Wo der Unschick hingreift mit seinen zwei linken Händen, da kommt allweil eine Dummheit heraus!« Herr Waze trat auf Henning zu und dämpfte die Stimme. »Was hast du gemacht?«
»Er hat geangelt und hätt mir nit besser stehen können. Ich hab gemeint, der Schuß wirft ihn ins Wasser. Es war eine reißende Stell, das Wasser hätt ihn fortgetragen. Und mir ist nach dem Schuß noch gewesen, als hätt ich ihn fallen sehen.«
»Und da hast du Reißaus genommen, du feiner Held? Und derweil ist der Fischer ins Wasser gesprungen und hat den Pfeil gefischt. Schäm dich, Henning! Fehlen! Aber ich weiß schon: Auf den Fischer hast du gezielt, und seine Schwester hast du im Aug gehabt, an die du dich nit antraust, solang der Bruder lebt.«
»Gib mir vier Leut, Vater«, sagte Henning bleich, »und ich heb ihn aus in der Nacht.«
»Damit morgen ein Geschrei wär im ganzen Gaden und die Kuttenlupfer gleich eine Ursach hätten, die Herren herauszudrehen und sich ins Mittel zu legen? Es geht nimmer auf geradem Weg, wir müssen Umweg machen. Soll's geschehen, so muß es sein in der Still. Paß ihn ab, wenn er über die Seewänd hinsteigt und die Legangeln –«
Hennings Brüder traten in die Stube, und Herr Waze verstummte.
»Warum redest du nit weiter?« flüsterte Henning.

»Viele Hunde stellen das Wild, aber viele Treiber verschreien die Jagd. Die Hunde wider den da drunten mußt du da drin haben.« Herr Waze stieß mit der Faust an Hennings Stirn. »Du hast den Bären scheu gemacht, jetzt plag dich und spür ihm die neuen Wechsel ab, die er suchen wird. Und laß die Dirn auf ihrer Meinung, als wär's ein Zufall gewesen. Sie soll nit wissen, was vorgeht.« Ein hartes Lächeln. »Manchmal hat sie einen Blick, der mich an ihre Mutter mahnt. Es geht mir in die Gedärm, wenn sie mich anschaut mit solchen Augen.«

Die alte Ulla trat in die Stube und deckte für die Nachzügler den Tisch. Die Krüge wurden gefüllt und auf den Lichtreif neue Kerzen gesteckt. Lärm und Gelächter füllten die Stube, während draußen die stille Mondnacht ihren Schimmer und Zauber wob.

Ein zitterndes Leuchten lag über dem See, den der laue Windhauch der Sommernacht mit winzigen Wellen überkräuselte. Manchmal ließ sich das Quaken einer Wildente hören, und im Schilf um den Bidlieger raschelte es zuweilen und plätscherte das Wasser; eine fischende Otter stieg ein und aus. ›Der Bid geht um!‹ hätte Rötli gesagt.

Stille Stunden vergingen, und Mitternacht war nahe. Da knirschten Schritte im Sand der Lände, und ein Wanderer überschritt den freien Platz. Eigel war es, der als Thingbot zu den Almen stieg. Auf rauhen Pfaden wanderte er, dem Falkenstein und Wazemanns Haus gegenüber, den steilen Hang der Seeberge empor; mit spärlichen Lichtern fiel der Mondschein durch die Bäume auf seinen Weg.

Es wollte die Nacht sich schon zum Morgen neigen, als Eigel auf der abgeplatteten Höhe des Berges die erste der Almen erreichte. An drei Hütten schritt der Kohlmann vorüber. Aus dem schwarzen Schatten eines vorspringenden Daches sprang eine dunkle Gestalt hervor und verschwand im nahen Gebüsch – ein Bub, der am kleinen Hüttenfenster gestanden. Eigel lächelte: »Auf den Alben sind sie dem Tod feind, da sorgen sie fleißig fürs Leben.«

Über eine weite Halde führte der Weg zur nächsten Hütte, darin die beiden Sennen hausten, die dem Fischer hörig waren; Kühe lagen im Gras umher und drehten die Köpfe nach dem einsamen Wanderer. Mitten im Almfeld brannte ein loderndes Feuer, das vom Almwächter die ganze Nacht hindurch geschürt wurde, um die Raubtiere zu verscheuchen.

Die Sterne begannen zu erlöschen, und eine fahle Helle schlich über

die östlichen Bergzinnen empor, als Eigel sich der letzten von allen Hütten näherte. Ein rötlicher Feuerschein leuchtete aus der kleinen Fensterluke.
»Schau, das sind fleißige Leut!« murmelte der Kohlmann. »Die warten nicht, bis der Tag wecken kommt!« Er beschleunigte seinen Schritt, und bald hörte er aus der Hütte den lauten Klang zweier Stimmen. Aber das war nicht die ruhige Zwiesprach, wie man sie halten mag vor Beginn des Tagwerks. Es klang wie Zank und Streit. Je näher Eigel kam, desto deutlicher unterschied er eine kreischende Weiberstimme und die rauhe Kehle eines Mannes; er hörte Schimpfworte, hörte das Rasseln fallender Holzgeschirre und ein Klatschen, als gäb' es Hiebe. Eigel begann zu laufen; als er über den letzten Hang emporeilte zur Hütte, tat die Tür sich auf. »Schlagen willst du? Schlagen? Wart, das vertreib ich dir!« klang die kreischende Weiberstimme, und über die vom Herdfeuer rot erleuchtete Schwelle kam ein schwarzer Klumpen herausgeflogen in die graue Dämmerung des Morgens. Die Tür wurde zugeschlagen, und der Riegel knarrte, während Eigel den an die Luft Gesetzten mit beiden Armen auffing.
»Zeit lassen, Kaganhart!« rief der Kohlmann lachend. »Das ist lieb von dir, daß du mir entgegenkommst!«
Keuchend hob der Bauer die Fäuste und schrie gegen die Hütte: »Solch ein Schandweib! So eine Trud und Nachthex!«
Eigel drückte ihm die Hand auf den Mund und zog ihn mit sich fort, um aus dem Hörbereich der Hütte zu kommen. Es währte lange, bis Kaganhart sich so weit beruhigte, daß er auf Fragen hörte und Antwort gab. Während sie auf dem Rand eines ausgehöhlten Baumstammes saßen, in dem eine sickernde Quelle zum Trank für die Kühe gesammelt wurde, erzählte der Bauer: »Seit gestern mittag hat der Streit kein End mehr. Ich bin vom Schönauer heimgelaufen und hab gemeint, sie sollt was hergeben für die Gottesleut. Aber da bin ich schön angekommen. Geschrien hat sie und ist umgefahren im Haus wie eine Schwarzalfin im Feuerloch. Und wie wir heraufgestiegen sind auf die Alben, den ganzen Weg über hat ein Wörtl das ander gejagt.«
»Du hast halt gebockt und dawidergeschrien, gelt?«
»Da soll einer stillhalten können! Schrei einen Berg an, er schreit halt auch zurück. Auf die Nacht hab ich die Schüssel nit angerührt vor lauter Zorn. Völlig aufgeschnauft hab ich, wie ich endlich dringele-

gen bin im Heu. Sie hat noch eine Weil umgekrustet im Kaser, aber kaum ist sie neben meiner gelegen, da ist die Hatz von vorn wieder angegangen.«
»Und da wär die beste Zeit gewesen, daß du dich versöhnt hättest mit ihr!«
»Das hab ich doch wollen!« platzte Kaganhart heraus.
Der Kohlmann lachte: »Aber sie hat nit mögen?«
»So eine ungute Keifin! Die ganze Nacht war kein Fried nimmer, und kein Aug hab ich zugemacht. Wie ich's gar nimmer ausgehalten hab, bin ich aufgesprungen und hab Feuer geschürt. Und da fangt sie ein Schelten an, weil ich das Holz verbrenn, das man so weit hertragen muß über die Alben. Weil sie gar nimmer aufhört, fahrt mir der Zorn in die Fäust, und ich pack einen Besen.«
»Den Stiel hat sie erwischt und hat ihn umgedreht? Gut, Bauer, daß ich bei der Hand gewesen bin. Steinplatten liegen vor deiner Hüttentür. Da hättest du mit deiner Nas an einer harten Blum riechen müssen.«
»Vergelts, daß du mich bewahrt hast davor!« dankte der Bauer gutmütig. »Aber was führt dich auf die Alben, mitten in der Nacht?«
Eigel wurde ernst. »Schier mein' ich, ich sollt bei dir vorbeigehen. Wer nit aufkommt wider sein Weib, wird auch nimmer seinen Mann stellen bei Thing und Rat.«
Der Bauer erhob sich. »Als Thingbot kommst? Lad mich, Eigel! Tu mir keine Unehr an!«
Der Kohlmann zog das Messer aus dem Kittel, berührte mit dem Heft die Brust des Bauern und sagte seinen Spruch. Kaganhart legte die Schwurfinger an das Messer. »Heut über zwei Nächt, wenn Vollmond einsteht! Ich hab's gehört und schweig. Fahr weiter, Thingbot!«
Eigel wollte gehen; der Bauer hielt ihn zurück. »Kohlmann! Geh mit hinein in den Kaser! Wenn ein Dritter dabei ist, halt sich mein Weib ein lützel im Zaum.«
»Meinthalben.«
Sie gingen zur Hütte. Kaganhart pochte an die Tür. »Tu auf, Weib!«
Nur das Geprassel des Herdfeuers ließ sich aus der Hütte vernehmen. Ungeduldig rüttelte der Bauer an den Bohlen. »Weib! Wirst auftun oder nit?«
In der Hütte blieb es still. Nach einem zornigen Fluch schmetterte Kaganhart die Fäuste gegen die Tür, während Eigel flüsterte: »Wenn

sie dich so fluchen hört, tut sie nit auf. Geh weg, ich will ihr ein gutes Wörtl geben!« Mit dem Ellbogen schob er den andern beiseite; im gleichen Augenblick tat die Tür sich auf, und ein nasser Tuchfetzen flog dem Kohlmann um die Ohren, daß es klatschte. Eigel duckte sich, um dem zweiten Streich zu entgehen, und humpelte flink davon. Da konnte ihm nun der Bauer das Lachen und die Schadenfreude heimzahlen. Als die Bäuerin das schallende Gelächter ihres Mannes hörte, erschien sie mit verdutztem Gesicht auf der Schwelle; ein festes Weib, noch jung, von stämmigem Wuchs, die niedere Stirn umzogen von dicken Blondzöpfen. Weil sie merkte, daß ihre Rache niedergefahren war über ein unschuldig Haupt, begann auch sie zu lachen und zeigte zwischen den dicken Lippen zwei Reihen blinkender Zähne. »Hilmtrud«, lachte Kaganhart, »den hast du schön ausgezahlt!« Ruhig puffte er mit der Faust an den nackten Arm des Weibes.
»Wer war's denn?«
»Der Kohlmann.«
»Wie kommt denn der auf die Alben? Was hat er wollen?«
Der Bauer wurde verlegen. »Ich weiß nit!« Er drückte sich in die Hütte.
Hilmtrud stemmte die Fäuste auf die breiten Hüften. »Ich möcht wissen, was er wollen hat von dir!«
»Frag nit weiter, ich sag's nit.«
»Da muß ich dir halt die Zung lösen.« Sie warf die Tür zu, als wollte sie ihrem Opfer den Weg zur Flucht versperren.
Inzwischen wanderte der Kohlmann im grauen Dämmerlicht des Morgens über das ebene Almfeld; wo er ging, hoben sich die Kühe aus dem Gras. Ein wüster Urwald nahm den Wanderer auf. Es dunkelte noch zwischen den Stämmen, und die Feuchte der Nacht, die Modergerüche des faulenden Fallholzes erfüllten die schwül zwischen den Bäumen liegende Luft. Jenseits des Waldes, in einem hügeligen, von starrenden Felswänden umzingelten Hochtal, lag das fruchtbarste Weideland: die Regenalm.
Von den sieben Hütten war eine dem Marderecker eigen, eine gehörte zur Hufe der Hanetzerbuben, und in der größten von allen hausten die zwei hörigen Almerinnen des Richtmanns in der Schönau. Die beiden Dirnen waren schon munter und kochten die Morgensuppe. Vom Geprassel des Feuers wurde Ruedlieb geweckt, der im Dachraum der Hütte auf dem Heu geschlafen hatte. Er ließ sich

von den Sparren niedergleiten, schüttelte die Heufäden von seinem Gewand und trat ins Freie. Da hörte er schreiende Stimmen und blickte der Richtung zu, aus der sie klangen. Ihm zu Füßen senkten sich im Halbkreis die Almgründe in ein schmales, dem See entgegenlaufendes Tal, das auf der einen Seite von einem steilen Waldhang, auf der anderen von der schroffen, nur mit Gestrüpp bewachsenen und kaum wegsamen Regenwand geschlossen wurde.
Aus diesem Tal herauf klang das wilde Geschrei. Ruedlieb eilte über den Hang hinunter und mußte zur Seite weichen; eine Schar flüchtender Kühe sprengte ihm entgegen, brüllend, jedes Tier mit schäumendem Maul und aufgequollenen Augen, im Sprung mit den Hinterfüßen ausschlagend. Nach allen Seiten sah Ruedlieb die Ziegen und Schafe flüchten, und von allen Hütten sprangen die Senner und Almerinnen dem Tal entgegen, Steinbrocken von der Erde raffend, Prügel schwingend, unter gellendem Geschrei: »Der Bär! Der Bär! Er hat eine Geiß gerissen! Dort! Der Bär! Dort! Dort! Er nimmt die Wand an! Lauft! Lauft! Erschlagt ihn! Drauf! Erschlagt ihn!«
Ruedlieb riß das Messer aus dem Gürtel, und in langen Sätzen, daß unter seinen Füßen die Steine flogen, sprang er über die steile Halde hinunter. Da sah er schon die Leute am Fuß der Regenwand, Steine werfend und die Prügel schleudernd; unter ihnen stand der Marderecker, mit fahlem Gesicht, auf den bleichen Lippen immer das Wort: »Meine Geiß! Meine Geiß!« Ruedlieb sah den Bären, der, die Ziege schleifend, in die Felswand einstieg, unbekümmert um das zeternde Geschrei, der Steine und Prügel nicht achtend, die um ihn herprasselten. »Leut, laßt das Werfen sein!« rief Ruedlieb und sprang mit gezücktem Messer über den Schutt empor, der besudelt war mit dem Blut der Ziege. Das Raubtier gewahrte den Verfolger. Einen Augenblick zögerte der Bär, dann ließ er sein Opfer fallen, und während die verendete Ziege mit schlagenden Läufen niederrollte über den steilen Schutt, tat der Bär einen gewaltigen Sprung und gewann ein Felsenband, auf dem er hereintrabte in das schroffe Gewänd.
Ruedlieb stieß einen klingenden Jauchzer aus. Die Leute wußten diesen Ruf nicht zu deuten; sie wußten auch nicht, was sie denken sollten, als sie den Bären mitten im Gewänd auf einer schmalen Grashalde jähling verschwinden sahen, wie von der Felswand eingeschluckt. Ruedlieb schwang sich auf das Felsenband, und da fielen ihm plötzlich die Worte des Vaters ein: ›Laß dir nit in den Sinn kommen, daß du mit einer Hand an das Gewild rührst!‹ Lachend

trat er den Rückweg an; es wurde ihm nicht schwer, die Worte des Vaters zu befolgen; das Raubtier war gut aufgehoben; es bedurfte keiner Hand mehr, um ihm den Garaus zu machen. Als Ruedlieb die schreienden Leute erreichte, blieb er vor ihnen stehen, mit brennendem Gesicht, und sagte: »Geht heim, Leut! Der Braungesell hat heut die letzte Geiß gerissen.« Das Messer in die Scheide stoßend, schritt er davon.

Der Marderecker kniete vor seiner zerfleischten Ziege und jammerte; die anderen schrien, noch immer begriffen sie nicht. »Ich steig hinauf«, kreischte der ältere Hanetzer, »ich muß wissen, was da geschehen ist.« Es wurde ihm nicht leicht, das Felsenband zu gewinnen; als er die Stelle erreichte, wo der Bär verschwunden war, schrie er den Leuten mit gellender Stimme zu: »Da liegt er in der Grub! Seil her! Den müssen wir fangen!«

Die es hörten, begannen zu johlen wie in trunkenem Jubel; die einen rannten den Hütten zu, um Seile zu holen, drei Sennen kletterten in die Felswand ein, die anderen, Almerinnen und Geißbuben, umgingen die Wand und erstiegen den Grat von der Almseite. Als sie aus der Höhe niederblickten in die Grube, sahen sie das gefangene Raubtier aufrecht sitzen, mit den kleinen schwarzfunkelnden Augen zornig nach einem Ausweg spähend.

Schimpfworte und Spottreden kreischten von allen Seiten. »Erschlagt ihn! Erschlagt ihn!« schrie eine der Almerinnen, und eine andere: »Laßt die Felsen über ihn hinunter!«

»Nein! Nein!« rief der Hanetzer. »Lebendig müssen wir ihn haben!«

Seile wurden über die Felswand herabgelassen, an jedes knüpfte der Hanetzer eine Schlinge, und ihm und den drei Sennen gelang es, die Tatzen des Bären in die würgenden Schlingen einzufangen. Unter wildem Geschrei ein Ruck an den Seilen, und der Bär hob sich, rollte aus der Grube und pendelte, ein wehrloser Klumpen, an der Felswand, während der Hanetzer und die Sennen springend das Tal gewannen. Langsam schwebte der Bär über die Wand herab, gaukelnd in seiner ungestümen und dennoch nutzlosen Gegenwehr, im Kreis sich drehend und anprallend gegen die Steinschroffen. Mit den Haken der Grießbeile schleiften der Hanetzer und die Sennen das gefesselte Tier, als es den Boden berührte, in die Mitte des Tales, packten die Seile und rannten nach vier Seiten auseinander, so daß der Bär auf dem Rücken lag, mit seitwärts gezerrten Tatzen, wehrlos und entkräftet.

Alle kamen herbeigesprungen, schrien und kreischten, johlten und jauchzten, wie befallen von Raserei, von einem Rausch der Grausamkeit. Was hatten sie um dieses Tieres willen leiden müssen, ohne Schutz und Hilfe! Blutende Wunden hatte es ihrem Dasein gerissen, ihrem kärglichen Besitz; gedarbt und gehungert hatten sie, gezittert und geweint, Not und Jammer getragen um dieses Tier! Jetzt war es in ihre Hand gegeben und sollte büßen! In schreiender Wut bewarfen sie es mit Steinen und stießen ihm die eisenbeschlagenen Schuhe in die Weichen. Der Bär gab keinen Laut, als wäre er zu stolz, den Peinigern seine Qual zu verraten; nur manchmal suchte er den blutigen Kopf zu erheben und drehte die funkelnden Augen nach allen Seiten. Mit Prügeln schlugen sie nach ihm und rissen ihm Fäuste voll Haare aus dem Pelz. Wie ein Besessener packte der Marderecker die zerfleischte Ziege, stieß dem Bären die bluttriefenden Fleischfetzen in den Rachen und keuchte: »Friß! Friß! Friß!« Eine Dirn, die einer von Wazemanns Söhnen ehrlos gemacht, spie dem Bären in die Augen und schrie mit schäumenden Lippen: »So wie der, so sollt ein anderer daliegen vor uns! Ein anderer!« Wie Feuer schlug dieses Wort in die rasenden Gemüter. »Waze! Herr Waze!« schrien sie den Bären an, und ein Hagel von Steinen ging nieder auf das wehrlose Tier.
Ruedlieb, den das Geschrei gerufen hatte, kam herbeigelaufen. »Aber Leut! Seid ihr noch Menschen? Habt doch Erbarmen und laßt mich hin, ich will ihm den Gnadenstoß geben!« Sie drängten den Buben zurück. Und der Hanetzer schrie: »Was tun wir dem Bären an, daß er leiden muß, recht leiden, recht, recht!« Da sah er den Kohlmann des Weges kommen. »Eigel! Her da!« Mit der Stimme des Hanetzers vermischte sich das Geschrei der anderen: »Komm her! Sag, was wir ihm antun sollen! Sag, was das grausigste ist!«
Der Kohlmann stand vor dem Bären und sagte: »Das grausigste? Laß ihn heiraten wie den Kaganhart!«
Einen Augenblick herrschte das Schweigen der Verblüffung, dann brach ein schallendes Gelächter los. Der Bär schien zu fühlen, daß die straff gespannten Seile sich lockerten, jählings machte er eine gewaltsame Anstrengung, überschlug sich und stand auf den Füßen; drei Seile flogen, nur der Hanetzer hielt das seine noch fest umklammert. Ein gellendes Geschrei erscholl, und die Dirnen flüchteten. Die Männer, allen voran der Hanetzer, sprangen auf den Bären ein. Dumpf brüllend erhob sich das Tier und schlug mit der Tatze. Erbleichend wich der Hanetzer zurück, und während das Blut von

seinem Schenkel sprudelte, rannte der Bär in jagender Flucht talabwärts, die Seile schleifend, deren Enden ihn umringelten wie graue Schlangen. Zwischen den Bäumen verschwand er. Wohl stürzten ihm Ruedlieb und die Sennen nach, aber sie bekamen ihn nicht mehr zu Gesicht; nur die Seile fanden sie, deren gelockerte Schlingen von den Tatzen des flüchtenden Bären abgefallen waren. Als die Leute die Verfolgung aufgaben, sagte Ruedlieb: »Das gönn ich euch!« Er stieg in die Regenwand hinauf, um die Grube zu verschütten, die er ausgeworfen.

Die Sennen begannen miteinander zu hadern. »Du bist der erste gewesen, der das Seil hat fahren lassen!« schrie der eine. Und der andere: »Das ist in dein Maul gelogen, du selber bist's gewesen!« Ein Wort gab das andere, sie gerieten sich in die Haare und redeten weiter mit den Fäusten.

Den verwundeten Hanetzer verband der Kohlmann; dann suchte er noch den Marderecker und brachte ihm als Thingbot die Ladung. Unter der steigenden Sonne zog er weiter. Als er auf dem Rückweg an der Almhütte des Kaganhart vorüberkam, sah er den Fensterladen und die Tür geschlossen. Kaganhart und Hilmtrud holten den in der Nacht versäumten Schlummer nach. Einträchtig lagen sie nebeneinander im Heu, und der Bauer hielt im Schlaf den Arm um den Hals seines Weibes geschlungen. Sie hatten Versöhnung gefeiert, nicht früher freilich, bevor nicht Hilmtrud wußte, was Kaganhart lieber verschwiegen hätt: ›Heut über zwei Nächt, wenn Vollmond einsteht!‹

12

Fleißig hatte seit dem frühen Morgen im Walde beim Lokistein der Schlag der Beile geklungen. Neue Bäume lagen gefällt, und über dem Grundriß, den Eberwein gezogen, erhoben sich schon, vier Stämme hoch, mit doppelt gelegten Balken, die Mauern der Klause und des Kirchleins. Vor dem einen Zelte lag, mit dem weißen Holz in der Sonne schimmernd, das seiner Vollendung nähergerückte Kreuzbild; die grobe Arbeit des Meißels war getan, das sachtere Werk des Messers hatte begonnen.

Nun ruhten alle Hände, denn die Mittagsglocke hatte geläutet. Die Knechte hatten sich beim Feuer gelagert, und um den aus Stangen gefügten Tisch saßen Eberwein, Waldram und Schweiker; das Gebet war gesprochen, Wampo kam mit der dampfenden Schüssel. Eberwein furchte die Brauen, als er die Speise sah. »Bruder! Du bist meinem Wort entgegen nach Milch gegangen?«

»Nein, lieber Herr, die Milch ist zu mir gekommen!« Wampo schmunzelte. »Heut vor Tag, wie ich aufgestanden bin, um Feuer zu schüren, ist vor dem Zelt das Känndl gestanden, ein Roggenbrot daneben, süße Käslein und ein Butterwecken, säuberlich eingewickelt in grüne Blätter.«

»Weißt du, wer die Gabe gespendet hat?«

Wampo zwinkerte mit den Augen zu Schweiker hinüber, der rot wurde bis unter die Haarwurzeln. »Das war kein Menschenkind, sondern ein Engelein mit Himmelsbrot und mit köstlicher Milch aus dem gelobten Land, in dem auch Honig fließt. Der war aber nit dabei.«

»Widerlicher Schwätzer!« schalt Pater Waldram. »Halte deine Lippen geschlossen, wenn du sie nicht öffnen kannst, ohne Heiliges zu verletzen mit sündhafter Rede!«

Bruder Wampo wollte erwidern, doch Eberwein winkte ihm, zu schweigen.

Als das Mahl genommen und das Gebet gesprochen war, ging Schweiker mit der Axt zum Wald, und Wampo räumte den Tisch ab; auf dem Arm die hölzernen Geschirre tragend, schlich er verdrossen davon. Waldram wollte sich erheben; da sagte Eberwein: »Ich habe dir vor dem Ohr der Brüder nicht widersprochen. Jetzt, da wir allein sind, höre meine Mahnung: Sei duldsamer, Waldram!«
»Willst du mir wehren, daß ich schweigen mache, was mein Ohr beleidigt?«
»Du solltest die Rede der dienenden Brüder nicht messen an deinem eigenen Gefühl. Irdische Sorge füllt ihren Tag, sie haben schwer zu schaffen vom Morgen bis in die Nacht. Hüte dich, durch Überstrenge die Unlust in ihnen zu wecken! Du kannst ihren Mut zu Boden drücken, doch ihren verzagenden Herzen nicht die Schwingen des Geistes leihen, die dich, wenn dir die Knie brechen, emportragen über den Staub, in den du niedersinkst.«
»Die Schwingen meines Geistes!« Waldram richtete sich auf. »Gebrechlich ist mein Leib, doch Gottes Wort hat Gewalt auf meiner Zunge. Wie ein Adler hebt sich mein Geist über allen Staub der Erde und strebt dem Himmel zu, seine Heimat suchend vor Gottes Thron. Ganz erkennst du meine Art, nicht verborgen ist dir mein Eifer im Dienst der Kirche. Und ich sage dir: Übel dienest du unserer heiligen Sache, da du mich zwingst, das niedere Werk der Knechte zu teilen.«
Eberwein erhob sich ruhig: »Ich zwing dich nicht zur Arbeit am Bau der Klause. Bist du müde, so raste!«
»Ich will nicht rasten. Nur weiß ich mir besseres Werk als jenes, zu dem du dich berufen fühlst. Forme das tote Holz zu dem Bilde, dessen du bedarfst für deine Sinne! Baue, schichte die Mauer, prüfe ihren Halt, du scheinst die Stunde nicht erwarten zu können, die dir Ruhe bringt unter sicherem Dach. Ich will hinaus in die Wildnis dieser Täler, mit dem Kreuz in der Hand will ich schlagen an jede Tür, will in heiligem Zorn die Verstockten rufen, die nicht kommen wollen, um zu knien vor ihrem Gott. Ihre Herzen sollen zittern, und ich will sie lehren –«
»Zu fürchten, wo sie lieben sollen?« Tiefer Ernst lag auf Eberweins Zügen. »Nein, Waldram! Du sollst mir das Werk der Liebe nicht stören! Dort führt der Weg ins Tal. Vor diesen Weg strecke ich meine wehrende Hand, in die du bei der Ausfahrt aus dem Kloster die deine legtest zum Zeichen des Gehorsams.«

Waldram erbleichte und wandte sich wortlos ab. Eberwein faßte seine Hand. »Höre mich ruhig an! Ich hab es mit Kummer gewahrt, daß unsere Glocke verklang, ohne Widerhall zu finden. Aber ich will warten, um so geduldiger, da ich erfahren muß, daß Mißtrauen, Furcht und Widerstand uns begegnen. Das ist die Ursache der Hast, mit der ich den Bau unseres heiligen Hauses betreibe. Ich kenne das Volk der Berge. Bin ich doch selbst aus ihm hervorgewachsen! Ich rechne mit dem Fühlen und Denken dieser Menschen. Der Fremde erweckt ihre Scheu, unansehnlich ist ihnen der Obdachlose. Bevor ich ihre Herdstätten suche, will ich heimisch werden, will ihnen unser Kirchlein zeigen können und sagen: Sehet, ich hause in eurer Mitte, euch allen ein Bruder, und das Dach, unter dem ich herberge, ist Gottes Dach, ist euer Schutz! Nicht für meine Sinne forme ich jenes heilige Bild, ich sehe Gott, wohin ich blicke. Aber das Auge dieser armen Menschen hat irdischen Blick. Ihnen will ich das heilige Bildnis zeigen können und sagen: Schauet auf zu ihm, der aus Liebe zu den Menschen starb in Marter und Schmerz! Diese Menschen, die unter harter Faust geschmachtet, unter herzlosem Druck, in zähem Kampfe wider eine feindliche Natur – meinst du nicht, sie werden das Wort der Liebe williger hören als einen Ruf, der sie zittern macht?«
Ein kaltes Lächeln glitt über Waldrams blassen Mund. »Ich gehorche. Was willst du mehr?«
Eberweins Brauen furchten sich. Aber rasch, wie ein gleitender Wolkenschatten, schwand dieses Zeichen des Unmuts von seiner Stirne. Herzlich klang seine Stimme: »Blick um dich her, Waldram! Still und freundlich grünt der Wald, und sonnig schauen die Berge auf uns nieder. Mahnt nicht der Wille des Himmels aus diesem Bild? Zerstörende Wetter tobten über dem Tal bei unserem Eintritt. Nun, da wir bauen an Gottes Haus, ist Frieden eingekehrt, und die Ruhe lächelt.«
»Zur Unzeit gedenkst du der Nacht, in der uns Gottes Zorn mit fallendem Feuer den Weg gewiesen. Zeichen geschehen. Du bist blind und taub. Denke an gestern! Grünte nicht still der Wald? Blickten nicht sonnig die Berge? Und dennoch ging es wie Donner durch die Lüfte, wie eine Verheißung des Tages, an welchem Gottes Augenwink die Lawinen stürzt, damit sie jeden Feuerherd begraben, an dem sich der Aberglaube und die Sünde wärmen.«
»Waldram! Erschrickst du nicht selbst vor den Bildern, die du

beschwörst? Wie verträgt sich die Vernichtung, die du predigst, mit deinem Glauben an Gott? Ist Gott nicht der Schöpfer, der Unendliche in seiner Liebe? Auch ich hörte jene dunkle Stimme, die du ein Zeichen nennst. Ich deute sie anders. Nicht aus den Lüften kam sie. Aus der Erde. Und ich sollte zittern, weil Staub sich bewegt? Auf offener Straße treibt ihn jeder leichte Wind, tief unter der Erde bewegen ihn die finsteren Mächte, die dem Leben feindlich sind. Zerstörung ist ihr Wille. Doch ihr Schicksal ist es, Gott zu dienen, wenn sie Furcht in die Herzen schwacher Menschen jagen. Aus aller Furcht der Tiefe geht ein Schrei der Seelen zur Höhe, mit dürstender Sehnsucht müssen sie suchen nach Hilfe in aller Not, suchen nach einem ewig Festen über allem Stürzenden, nach einem ewig Bleibenden über allem Wandel.«

»Wie Honig fließt dir die Rede von den Lippen, und mit Blumen möchtest du den Weg bestreuen, den du gehst. Siehe zu, wohin er dich führen wird!«

»Zum Guten! Härter als draußen auf ebenem Lande, dessen linde Scholle der Bauer pflügt, trägt sich das Leben in den Bergen. Da führt jeder Schritt vorüber an Gefahr und Verderben. Noch tiefer als anderwärts gräbt sich die Angst vor dem Ungewissen in die Seelen der Bergbauern. Um so zäher hängt auch an ihren Herzen der suchende Aberglaube, der irrende Wahn, die Furcht, jene dunklen Mächte zu erzürnen, welche morden und vernichten, wenn ihr Atem weht. Und da willst du ihnen Furcht bieten wider Furcht? Nein, Waldram! Wandle ihre Furcht zu hoffender Liebe! Das wird dir nicht gelingen mit einem zornigen Schlag an ihre Türen. Wir wollen geduldig warten, bis sie kommen und nach Hilfe rufen in ihrer Not. Dann wollen wir die Hände rühren, rastlos, wollen ihre Mühsal lindern, indem wir sie teilen. Und wenn sie fragen: Wer hat euch das gelehrt? – dann, Waldram, ist die Zeit des Wortes gekommen, und wir wollen sagen: Das lehrte uns der Eine über den Wolken, der die Liebe ist.«

»Hättest du vor der Ausfahrt so geredet im Konvent der Brüder – niemals hätten sie das heilige Werk in deine Hand gelegt!«

»Waldram!«

»Sie hätten einen Streiter berufen, dessen flammender Eifer nicht gerechnet hätte, nicht gewogen und bedacht, nur gekämpft wider Gottes Feinde, mit Freude und in der Sehnsucht, daß ihm der Himmel das Los der Heiligen bescheiden möchte, die rote Palme der

Märtyrer!« Waldram hob die hageren Arme, und wie in Fieberröte brannten seine Wangen. »Laß kommen, o Herr, den seligen Tag, an dem ich meines Glaubens Treue besiegeln darf mit meinem Blut!« Eberweins Augen suchten den Himmel. »Und mich, o Herr, laß leben, daß ich deinem Werke diene!« Er wandte sich ab. Vor dem halb vollendeten Kreuzbild ließ er sich nieder und hob das Messer von der Erde. Kaum hatte er in das weiße Holz den ersten Schnitt getan, da fühlte er Waldrams Hand an seiner Schulter. Er blickte auf. »Du siehst, ich beginne die Arbeit!«
»Ich habe noch zu rechten mit dir. Den Mönch und Priester hast du gemahnt an seinen Gehorsam. Jetzt höre den Bruder deines Ordens, der gleiche Stimme mit dir hat im weltlichen Rat!«
Eberwein legte die Hand mit dem Messer in den Schoß. »Sprich!«
»Nicht als Knechte sind wir gekommen. Wir sind die Herren. Zwei Tage und zwei Nächte weilen wir in unserem Land. Wo bleibt der Richtmann, wo bleiben die Schöffen? Weshalb erscheinen sie nicht vor uns in Ehrfurcht und zu schuldigem Gruß? Als ein Knecht unseres Heiligen sitzt ein Spisar im Gaden. Weshalb säumet er, vor uns zu treten, um seines Amtes Bestallung zu empfangen?«
Fragend ruhte Eberweins Blick auf Waldram, als verstünde er die Erregung nicht, welche zitterte in diesen bleichen Zügen. »Richtmann und Schöffen? Nach ihnen verlang ich nicht. Es mag auch sein, daß sie noch nicht wissen um unsere Ankunft. Einer weiß, daß wir gekommen sind. Der Spisar des Gadens. Und hier will ich Herr sein – Herr gegenüber diesem einzigen Manne meines Landes. Vor der Schwelle unserer Klause soll Herr Waze erscheinen, er vor uns. Und kommen wird er. Ich ließ ihm Botschaft sagen durch seine Tochter.«
»Seine Tochter!« Wie heiseres Lachen klangen die beiden Worte. »Sie! Andere Rede weißt du nicht? Und keinen besseren Boten fandest du als sie? Und nun hoffst du wohl, sie möchte auch Botschaft bringen von ihrem Vater? Und kommen? Zu dir?«
Leichte Röte glitt über Eberweins Wangen. »Waldram? Ich fasse deine Worte nicht.«
»Ich aber sehe die verräterische Glut auf deiner Stirne. Und alles versteh ich jetzt. Standest du nicht vor ihr wie versteint, jeden Reiz ihrer teuflischen Schönheit verschlingend, bezaubert von der Höllenglut ihres Blicks, umstrickt von den roten Schlangen ihres Haars? Alles versteh ich: dein Zögern, deine Langmut und dieses eine Wort, das immer von deinen Lippen schreit: Liebe, Liebe, Liebe.«

Eberwein war aufgesprungen. Sein ernster Blick haftete an Waldrams verzerrtem Gesicht. Dann wandte er sich wortlos ab, um seine Arbeit wieder zu beginnen.
»Du sollst mir Rede stehen!« keuchte Waldram, faßte Eberweins Arm und rüttelte ihn, daß das Messer der Hand entflog. Im Bogen schwirrte es durch die Luft und fuhr mit der Spitze in das Bildnis, an der Stelle des Herzens. Über Waldram fiel ein lähmender Schreck. Zitternd, mit verstörten Augen starrte er die Klinge an. Dann brach ein dumpfes Schluchzen aus seiner Brust, er stürzte nieder, und mit beiden Armen das Bildnis umschlingend, schlug er die Stirne auf das Holz. Eberwein hob ihn empor. »Steh auf, Waldram! Noch ist dieses Holz kein heiliges Bild. Das fallende Messer konnte nicht verletzen, was erst entstehen soll. Mich nur hast du verwundet. Mag es dir Gott verzeihen. Ich kann es nicht in dieser Stunde, ich bin ein Mensch und fühle den Schmerz des Stiches.«
Ohne die Augen zu erheben, wankte Waldram in das Zelt.
Eberwein zog das Messer aus dem Holz und tilgte die Spur des Stiches mit raschem Schnitt. Er arbeitete. Nicht lange. Dann mußte er innehalten, weil seine Hand zitterte. Er legte den Arm aufs Knie und stützte das Haupt, als hätte tiefe Ermüdung ihn befallen. Aus dem Zelt klangen Waldrams betende Stimme und das Klatschen der Geißel. Eberwein hörte nicht. Seine Augen blickten ins Leere.
Bruder Wampo kam herbeigeschlichen. »Herr!« Er wartete auf Antwort. »Ich möchte was fragen, Herr!«
Eberwein hob das Gesicht; er sah den Bruder an, als wär's ein Fremder, und fragte: »Was willst du?« Da hörte er aus dem Zelt die Stimme Waldrams. Immer lauter klang sie und wandelte sich zu jauchzendem Gesang, während klatschend die Schläge der Geißel fielen. Erschrocken sprang Eberwein auf und eilte ins Zelt. Waldram lag auf den Knien, mit entblößtem Rücken, auf dem die Striemen bluteten. Sein Haupt war in den Nacken gesunken, wie im Fieber glühte sein Gesicht, seine starr zur Höhe gerichteten Augen brannten, und während er mit zuckendem Armschwung die Geißel über die Schulter schlug, jauchzten seine Lippen: »Den Himmel teilt er und fährt herab. Er fährt auf dem Cherub und fliegt und rauscht auf den Flügeln des Windes daher. Es zittert vor ihm die Erde, und die Gründe der Berge beben –«
»Waldram!« stammelte Eberwein und versuchte die Geißel zu fassen.

»Es strahlet die Helle seines Lichtes, und sichtbar werden die Tiefen des Meeres, enthüllt die Gründe der Welt vor seinem Glanz. Sieh, aus der Höhe reicht er den Arm und zieht mich aus tiefem Gewässer und rettet mich –« In röchelndem Laut erstickte Waldrams Stimme. Schaum trat ihm vor die Lippen. Seine Hände, denen Eberwein die Geißel entrissen hatte, griffen in die Luft, stöhnend sank er zu Boden, und die Sinne schwanden ihm.

Bleich stand Bruder Wampo unter dem Eingang des Zeltes. »Wasser! Hole Wasser!« rief Eberwein und hob, während der Bruder verschwand, den Bewußtlosen auf das Moosbett.

Wampo kam und brachte Wasser. Scheu und zitternd reichte er die Schüssel. Mit nassem Tuche kühlte Eberwein die Stirne Waldrams und träufelte ihm Balsam auf die Striemen der Geißel. Ein Seufzer rang sich aus der Brust des Ohnmächtigen, und seine Glieder streckten sich. In der Schwäche kam der Schlummer über ihn. Und draußen, vom Waldsaum, klangen die krachenden Hiebe der Axt, welche Schweiker führte, und die langgezogenen Rufe, unter denen die Knechte die schweren Balken hoben.

Als Schweiker einmal innehielt in der Arbeit, um sich den perlenden Schweiß von der Stirne zu wischen, sah er, daß Bruder Wampo auf ihn zugesprungen kam, mit geschürzter Kutte, flink hinweghüpfend über das wirr auf der Erde liegende Astwerk.

»Was hast du?« fragte Schweiker, als der Bruder schnaufend vor ihm stand. »Und wie schaust du mich an? Hast du was angestellt? Hast du am End das Milchkänndl umgeworfen?«

»Wie du nur reden kannst!« stotterte Wampo, noch atemlos. »Alles zittert an mir. Denk nur, was geschehen ist!«

»So red doch! Was denn?«

»Pater Waldram ist ein Heiliger worden.«

Schweiker riß die blauen Augen auf, und vor Staunen fiel ihm das Beil aus den Händen.

13

Um die Mittagsstunde des folgendes Tages stand Edelrot auf dem Lugaus und spähte, die Augen mit der Hand beschattend, über den See hinaus. Früh am Morgen war Sigenot mit dem Einbaum ausgefahren, um von den Legangeln im Weitsee die Beute der Nacht zu lösen. Er pflegte sonst von solcher Fahrt vor Mittag heimzukehren. Nun warteten sie im Fischerhause schon seit einer Stunde mit dem Mahl auf ihn. Er wollte nicht kommen, und Mutter Mathilt war unruhig.

In der Sehnsucht, mit welcher Edelrot auslugte über den See, hörte sie nicht, daß im Uferwald der Aufschlag eines Grießbeils klirrte. Sie blickte erst auf, als das Klirren schon nah am Waldsaum klang. Und da huschte warme Röte über ihre Wangen. ›Ruedlieb kommt von der Alben‹, dachte sie, ›er muß auf dem Heimweg hergestiegen sein über die Seewänd und muß den Einbaum gewahrt haben.‹

Sie sprang über den Hügel hinunter und eilte vor das Hagtor. Erschrocken verhielt sie den Fuß. Nicht Ruedlieb stand vor ihr, sondern Henning, Wazemanns Ältester, mit dem Grießbeil in der Hand, den Eibenbogen über der Schulter. An der Lippe nagend, stand er und musterte die Gestalt des Mädchens mit frechem Blick.

»Bist du über die Seewänd hergestiegen?« fragte Rötli stotternd.

Er hob das Gesicht, seine Augen wurden klein. »Warum fragst du?«

»Mein Bruder ist ausgefahren am Morgen und sollt schon lang daheim sein. Hast du nit auf dem Weitsee den Einbaum schwimmen sehen?«

Henning lächelte. »Ich mein' wohl, daß ich ihn gesehen hab. Er ist weit vom Land gewesen, es kann eine Weil noch dauern, bis er heimkehrt.« Ein heiseres Auflachen. »Sorgst du dich arg um ihn? Hast du ihn denn gar so lieb? Wenn du dem Bruder schon so gut bist, wie fest und warm erst müßt dein rundes Ärml drücken können am

Hals eines Liebgesellen!« Er streckte die Hand, um ihren Arm zu fassen.
Erschrocken wich Rötli zurück.
»Schau, wie das Vöglein sich duckt! Gib acht, wir werden noch gute Freund, wir beide!« Wieder streckte er die Hand. Da sah er Wicho unter dem Hagtor stehen, und zurücktretend sagte er freundlich: »Eine Botschaft meiner Schwester hab ich. Sie will, daß du heut noch zu ihr hinaufkommen sollst in unser Haus. Und bald. Meine Schwester wartet nit gern. Kommst du?«
Rötli zögerte mit der Antwort. »Wenn es deine Schwester begehrt. Ich bin ihr gut.«
Hennings Augen blitzten. »Das will ich ihr sagen!« Lachend ging er davon, dem Weg zur Ache folgend. Als er, über den Felsensteig emporklimmend, seines Vaters Haus erreichte, fragte er den Knecht, der ihm öffnete: »Ist meine Schwester schon daheim?«
»Nein, Herr.«
»Wann kommt sie heimgeritten?«
»Nit vor Abend.«
»Gut! Jetzt tu die Ohren auf –« Hennings Stimme wurde leise, weil er vor dem Bärenzwinger den Vater sitzen sah.
Herr Waze war allein zu Hause; Hartwig und Eilbert waren auf die Jagd gezogen. Sindel, Rimiger, Gerold und Otloh hielten die Wache im Lokiwald. Um die Langweile der Einsamkeit zu verscheuchen, hatte Herr Waze ein Spiel gewählt. Auf einem Steinblock saß er vor dem Raubtierkäfig, einen langen Stecken in der Hand, und reizte mit derben Stößen die eingesperrten Tiere. Brummend erhob sich der Bär auf die Hinterfüße, knurrend fuhr der Wolf von einem Winkel in den anderen, und fauchend sprang der Luchs an den hölzernen Stäben empor und klammerte sich an die Decke des Käfigs. Herr Waze bohrte mit dem Stecken, bis der scheue Zorn der Tiere sich zur Wut steigerte, so daß sie, um ihren Grimm zu entladen, übereinander herfielen und beißend im Knäuel sich balgten. Dann ließ Herr Waze den Stecken sinken, legte die Hände auf den Bauch und lachte. Der heulende Lärm im Käfig brachte alles Geflügel des Hofes in Bewegung. Die Hühner stoben gackernd auseinander, scheu umflatterten die Tauben das Dach, auf der Mauer schrie ein Pfau, und im Zwinger kläfften die Hunde. Langsam trat die Ruhe wieder ein, als die Kämpfer im Käfig voneinander gelassen hatten. In einer Ecke lag der Bär und leckte die Tatze, die der Wolf ihm blutig

gebissen, in der andern Ecke saß die rote Bergkatze an die Stäbe gedrückt und ächzte, während der Wolf, dem das Blut von der Schulter tropfte, mit glühenden Augen auf und nieder trabte und die Schnauze in jede Lücke der Stangen stieß, als möchte er den Ausweg erzwingen.
Herr Waze hob den Stecken und begann das rohe Spiel aufs neue. Brummend richtete der Bär sich auf und hielt die funkelnden Lichter auf seinen Peiniger gerichtet. »Rühr dich, Meister Waldhauser! Munter! Munter!« Herr Waze bohrte mit dem Stecken.
Da tat der Bär, laut aufbrüllend, einen mächtigen Sprung gegen die Wand seines Kerkers, daß die Stangen sich bogen und der Käfig erzitterte in allen Fugen. Herr Waze fuhr erschrocken zurück; als er gewahrte, daß die Stangen hielten und der Bär im Rückprall zu Boden kollerte, schlug er mit dem Stecken und lachte. »Gelt, Waldhauserlein? So wie du möcht mancher anspringen wider mich. Nur gut, daß der Käfig, den ich ihnen gebaut hab, feste Stangen hat.« Er blickte auf, denn er hatte Hennings Schritt gehört. »Du?« fragte er verwundert. »Warum kommst du allein?«
»Weil ich mich gesondert hab von den Brüdern.«
Herr Waze maß den Sohn mit forschendem Blick; er hatte aus Hennings Worten einen Ton herausgehört, der ihn stutzig machte. »Wo warst du?«
»Drüben auf dem Seewandlahner, über dem Moospalfen, der hinaushängt übers Wasser.«
»Hast du den guten Hirsch gespürt?«
»Nein, Vater!« Ein dünnes Lächeln. »Aber der Fischgeier ist mir zugestrichen, auf den ich warte seit lang.«
Herr Waze zog die gekrümmten Finger durch den Bart.
»Und?«
»Über dem Palfen bin ich gelegen und hab ein Trumm Stein gehalten. Da ist der Fischgreifer hergestrichen über den See, auf den Palfen zu, und wie er unter mir war und die Legangel hat heben wollen, da hab ich fallen lassen.«
Der Alte sprang auf. »Er liegt?«
»Schau hinaus über den See! Du kannst den leeren Einbaum treiben sehen!«
Herr Waze eilte zur Mauer und spähte funkelnden Blickes in die Tiefe. Sonnenduft umflimmerte den See, auf dessen schillerndem Spiegel in Pfeilschußweite vom jenseitigen Ufer der leere Nachen

schwamm wie ein braunes Scheit. »So hast du's haben wollen!« murmelte Herr Waze. »Ich hab gemeint, es wär genug an deinem Vater. Jetzt lieg, wo du liegst!« Er ging zur Freitreppe.
Da trat ihm Henning in den Weg. »Ich will meinen Dank, Vater!«
»Verlang! Nur nit mein Roß, meinen Stächlinbogen oder den Weißfalk! Die drei Ding behalt ich, solang ich leb.«
»Was ich will, kannst du leichter geben: Laß dir den Falben satteln und reit hinaus übers Tal. Der Ritt wird dir wohltun. Ich mein', du kannst den Kopf heben, jetzt, wo der eine weg ist, der denen da draußen beim Lokistein für hundert gewogen hätt.«
Herr Waze schlug die Hand auf Hennings Schulter. »Ja, Bub, ich will reiten und aufschnaufen! Der eine hat mir Sorg gemacht. Die anderen halt ich wie die Mäus im Sack!« Einem Knecht, der aus den Ställen trat, rief er zu: »Den Falben!« Dann ging er ins Haus, um sich für den Ritt zu kleiden.
Henning gab dem Knecht, der vor der Pforte geöffnet hatte, einen Wink; dann folgte er dem Vater. Der Knecht stieg auf die Mauer, und durch die Pfeilscharte einer Eckzinne spähte er hinunter nach dem Fischerhaus. Die Hofreut und den freien Platz vor dem Hagtor sah er leer; den Ufersaum der Lände verdeckten die Bäume.
Hier am Ufer stand Wicho und löste den Waldschragen; er wollte auf Mutter Mathilts Geheiß hinausfahren in den Weitsee und Umschau nach Sigenot halten. Schon setzte er den Fuß auf den Schragen; da klang aus dem Fichtenwald der Lockruf eines Sperbers. Betroffen lauschte Wicho. Noch zweimal klang der Ruf, und da lief der Knecht den Bäumen zu; er wußte, wer sich mit diesem Ruf zu melden pflegte, wenn es Ursache gab, den Laut der Stimme zu meiden. Als Wicho den Wald erreichte, blieb er stehen und spähte umher; leise ahmte er den Ruf des Sperbers nach, und aus dem tieferen Wald kam die Antwort. Wicho sprang über die moosigen Steinblöcke. Nun sah er im Schatten seinen Herrn an einen Baum gelehnt, wie erschöpft von raschem Lauf. »Herr? Was tust du im Wald? Du bist doch ausgefahren auf dem Einbaum?« Da stockte dem Knecht die Sprache. Naß hing das Haar über Sigenots Schläfe, seine Augen lagen tief, und Blässe bedeckte seine Wangen. Sein Gewand, von den Schuhen bis zum Hals, war schwer von Nässe. Auf der linken Schulter war das Wams zerfetzt, und dünnes Blut rann in Fäden über den nackten Arm, an dem die Haut zerschunden war. »Herr? Was ist denn geschehen?«

Sigenot streckte die Hand. »Wicho! Ich bin dein Herr! Mein ist dein Leib, dein Gebein und Haar, mein ist dein Aug und Ohr. Ich laß dir alles und will nur deine Treu. Leg den Schweigschwur in meine Hand!« Wicho legte die Hand in Sigenots Rechte. »Unsere Händ liegen ineinander, wie Stein in Stein. Steh du für mich, wie ich stehen will für dich.«

»Herr?« stammelte der Knecht. »Wenn ich dich anschau, wird mir kalt ums Herz. Was ist geschehen?«

Sigenot löste die Hand. »Das sollst du hören. Jetzt geh ins Haus! Heut in der Nacht hab ich das Schwert meines Vaters von der Wand genommen, und in meiner Kammer hab ich's geborgen unter der Wolfshaut auf dem Lager. Geh hinein, und daß es Mutter und Schwester nit merken, schieb das Eisen zum Fenster hinaus und bring es mir!«

Wicho wollte davoneilen und wandte sich wieder. »Was soll ich sagen im Haus? Sie haben sich gesorgt um dich.«

»Sag, ich wär gekommen und hätt einen Weg zum Richtmann in der Schönau.«

Während der Knecht dem Hagtor zusprang, ließ sich der Fischer auf einen Steinblock nieder, löste einen Ballen Moos vom Grund, faßte eine Handvoll der schwarzen kühlen Erde und drückte sie auf die brennenden Schürfwunden seines Armes. Er wußte kaum, daß er es tat; sein Blick ging ins Leere, und zwischen seinen Brauen lag eine Furche, scharf wie ein Messerschnitt.

Als Wicho über die Hofreut emporstieg, eilte ihm Edelrot entgegen. »Kommt er?«

Der Knecht meldete, was Sigenot ihm aufgetragen. Bei dem Jubel, mit welchem Edelrot diese Botschaft der Mutter zutrug, konnte Wicho unbemerkt in die Kammer schlüpfen. Er brachte das Schwert in den Wald.

Sigenot entblößte die breite Klinge, prüfte ihre Schärfe, stieß sie wieder zurück ins Leder und legte das Schwert über den Schoß. »Von Stund an geht mein Weg unter Eisen!« Er blickte auf. »Wicho! Sie wollen mir ans Leben. Vor zwei Tagen ist Hennings Pfeil vorbeigeflogen an meinem Hals. Und heut, auf dem Weitsee, bin ich mit dem Einbaum zugefahren auf den Moospalfen, um die Legangel zu heben. Wie ich die Hand streck, hör ich ein Rollen über mir und seh einen Steinblock auf mich niedersausen. Da ist einer zu mir gestanden, den ich gerufen hab in der Not. Nur den Arm und die Schulter hat mir der Stein gestreift, und derweil ich versink im Wasser, saust der Block auf den Spiegel des Einbaums, daß der Hohlbalken hingesurrt ist über den See wie ein Pfeil. Schier hätt mich das Ringhemd, das ich trug unter dem Wams, hinuntergezogen. Zur rechten Zeit noch hab ich die Angelschnur gefaßt, die unter der überhängenden Felswand eingeklemmt war in einen Steinriß. Der Faden hat ausgehalten. Eine feste Schnur, die mein Rötli geflochten! Nur das Gesicht und die Hand noch über dem Wasser, so bin ich gehangen im See und hab mich still gehalten, bis ich vom Henning, der hinausgestiegen ist über die Seewand, keinen Tritt und Laut mehr gehört hab. Dann hab ich zwischen dem steil ins Wasser fallenden Gewänd einen Fleck gesucht, wo ich aussteigen könnt. Es ist mir hart geworden. Gezogen hat's an meinen Füßen, als hätt mich der Bid gefaßt und möcht mich hinunterreißen zu meinem Vater.«

Wicho hob die Fäuste gegen den Himmel. »Hauset denn keiner mehr im Gewölk, der den Hammer wirft und die Donnerkeil? Fahrt nit ein Blitz herunter über Wazemanns Haus? Tut nit die Erd sich auf und verschlingt die Mordbrut?«

»Nit schelten, Wicho!«

»Soll man nit schreien in der Not? Wer hilft uns denn, wenn's die nit tun, die über uns sind und unter uns? Stehen wir nit gegen die Wazemannsleut wie die Geißen gegen die Wölf? Meinst, sie werden ablassen von dir? Wer soll dir helfen? Wie willst du dich wehren?«

Sigenots Faust umklammerte den Schwertgriff. »Wenn es herging um mich allein, ich wüßt schon, was ich tät. Aber Mutter und Schwester brauchen mich. Ein einzigmal hab ich vergessen, daß ich meiner Schwester Bruder bin. Zur Straf, das spür ich, soll ich keine frohe Stund mehr haben im Leben.«

»Herr?« stammelte Wicho.

Da faßte Sigenot die Hände seines Knechtes. »Wicho! Ich bin wie ein Ferch, der ans Land gesprungen nach einer roten Blum. Jetzt liegt er im Sand und muß verschmachten.«

»Ich versteh dich nit. Deine Red ist wie eine Nuß. Schlag sie auf und zeig mir den Kern!«

Sigenot schüttelte den Kopf. »Weißt du, warum sie mir ans Leben wollen?«

»Ich denk mir's.«

»Sie fürchten, ich steh zu den Klosterleuten, die gekommen sind und Herrenrecht haben an unser Tal.«

»Kann sein! Aber der Grund, an den ich gedacht hab, liegt noch ein lützel näher. Denk an deine Schwester! Und denk an die Wazemannsbuben! Sie wollen das Lamm reißen. Da ist ihnen der Hirt im Weg.«

»Wicho!« Mit zornigem Schrei war Sigenot aufgesprungen.

Der Knecht erzählte, was er gehört und gesehen, als Henning vor dem Hagtor stand.

Durch das dunkle Gewirr der Zweige spähte Sigenot hinauf zu Wazemanns Haus und griff mit zuckender Hand an seine Brust, als könnte er gewaltsam von sich abreißen, was ihm das Herz bedrückte. »Ein Wasser soll sein zwischen mir und ihnen, so breit, daß kein Baum gewachsen ist für einen Steg. Nichts anderes will ich, als meiner Schwester Bruder sein und meiner Mutter Sohn. Wicho, dein Wort hat Feuer in mich geworfen. Jetzt hat der Ferch wieder heimgefunden ins Wasser!« Er schlang das Gehäng des Schwertes um seine Hüfte. »Geh hinein ins Haus! Schick die Heilwig zur Alben! Sie soll das Vieh betreuen und meine Sennen heimschicken. Wir brauchen Männer im Hof. Eh die Dirn zur Alben steigt, soll sie auf dem Schragen in den Weitsee fahren und den Einbaum holen. Laß ihn nit liegen an der Länd, sondern schleif ihn hinter den Hag! Dann schließ das Tor und leg die Sperrbalken ein! Und meine Schwester laß keinen Schritt aus der Hofreut tun.«

»Keinen Schritt, oder sie müßt weggehen über mich.«

»Solang es sein kann, laß die Mutter nichts merken. Ich selber will reden mit ihr, wenn ich heimkomm zur Nacht. Jetzt geh!«

»Und du, Herr? Oder soll ich nit wissen, wohin du gehst?«

»Ich geh, wohin ich muß! Wohin das Recht mich ruft und die eigene Not mich treibt. Wahr mein Haus, Wicho, bis ich wiederkomm!«

»Verlaß dich auf mich!«

Ihre Hände faßten sich; dann eilte der Fischer waldeinwärts, dem Tal der Ache entgegen. Wicho sprang hinaus auf die offene Lände; hier spähte er nach allen Seiten; alles war ruhig; nur von Wazemanns Haus herunter tönte das Gekläff der Hunde. Als Wicho die Hofreute erreichte, kam Heilwig von den Ställen her. Kopfschüttelnd hörte sie den Auftrag, den der Knecht ihr überbrachte. Sie hätte gern die Neugier gestillt, die in ihr lebendig wurde, aber Wicho schob sie vor den Hag hinaus und schloß hinter ihr das Tor.

Da nahm es ihn wunder, daß Edelrot nicht zu sehen war. »Sie wird im Haus bei der Mutter sein!« Er trat unter die Tür der Halle. Neben

dem Herd saß Mutter Mathilt im Lehnstuhl und schlummerte; die Nachricht, daß Sigenot zurückgekommen, hatte ihre Sorge beschwichtigt, und nach der schlaflosen Nacht war in der ersten ruhigen Stunde der Schlummer auf ihre müden Lider gesunken.
»Rötli!« rief Wicho mit leiser Stimme. Nichts rührte sich in der Halle. Leise schlich der Knecht zur Frauenkammer und öffnete die Tür; die Kammer war leer. Erschrocken eilte er ins Freie und rief den Namen über die Hofreut. Keine Antwort ließ sich hören. Wicho verfärbte sich. »Ich muß sie finden! Ich muß!«
Er rannte über den Hügel hinunter und riß das Hagtor auf. Gegen das Ufer lief er, gegen den Wald zur Linken, gegen die Ache zur Rechten und schrie mit hallender Stimme: »Rötli! Rötli!« Keine Antwort klang. Nur die Falkenwand schickte den Ruf zurück mit hohlem Echo. –
Sigenot hörte den Klang dieser Stimme nicht mehr. Er hatte schon die Sümpfe im Untersteiner Wald erreicht und eilte, die gebahnten Wege vermeidend, über die Hügel empor. Nun gewann er den Hag des Richtmanns und schlug mit der Faust an das geschlossene Tor. Ein Knecht, der in der Nähe schaffte, lief, um zu öffnen; er machte verwunderte Augen, als er den Fischer bewaffnet sah mit langem Schwert, in dem nassen verwüsteten Gewand, mit dem bleichen Gesicht und dem blutbefleckten Arm.
»Wo ist dein Herr, der Richtmann?«
»Da drüben unter den Eichen liegt er und schlaft.«
»Schlaft?« wiederholte der Fischer, als hätte er falsch gehört.
»Er ist außer Haus gewesen die heutige Nacht und die gestrig auch.«
Sigenot schritt den Eichen zu. Der Schönauer lag im Schatten der Bäume und hielt das Gesicht auf die Arme gedrückt. Als er geweckt wurde, blickte er mit müden Augen auf. »Du, Fischer?«
»Heb dich auf, Schönauer, jetzt ist nimmer Schlafenszeit!«
Diese Worte waren anders gemeint, als der Schönauer sie verstand.
»Ich hab zwei Nächte nit geschlafen. Wir haben den Huze gesucht, den Buben, der dem Schapbacher die Geißen hütet. Er ist eingestiegen in Wazemanns Bannberg und nimmer heimgekommen. Erst haben wir gemeint, der Bub hätt sich verstiegen. Heut am Morgen, wie wir heimgekommen sind, haben wir hören müssen, was geschehen ist mit ihm. Einer von Wazemanns Knechten hat es ausgeredet. Der Bub ist gefangen und liegt unter Wazemanns Haus im Bußloch. Die Flachsen haben sie ihm abgestochen.«

Sigenot lachte zornig auf. »Ein guter Anfang für die Zwiesprach, zu der ich gekommen bin! Herr Waze hat fleißige Händ. Der Bub ist abgetan. Jetzt hat er mich in der Arbeit. Und warte noch einen Tag, Richtmann, so kommt die Reih an dich.«
Erschrocken sah der Schönauer den Fischer an. »Sigenot? Was soll deine Red? Und alle guten Mächt, wie siehst du aus? Sprich! Was hat's gegeben?«
»Komm ins Haus!« Sigenot schritt dem Schönauer voran.
In goldenem Glanz lag die Nachmittagssonne über Hof und Haus, die Wiesenblumen dufteten, und bunte Schmetterlinge gaukelten über den Hag. Eifrig flogen die Schwalben ab und zu, auf dem Dache gurrten die weißen Tauben, und manchmal setzte sich eine der Schwalben zu kurzer Rast und zwitscherte ein leises Lied. Blau und leuchtend spannte sich die Himmelsglocke über die schimmernden Zinnen der Berge, und der sachte Wind war wie ein Hauch des Friedens, den die Erde atmete. In diese Stille klang zuweilen aus dem Hause der Laut einer heftigen Stimme. Es schien erregte Zwiesprache zu sein, welche die beiden Männer hielten. Der Knecht im Hof ließ die Arbeit ruhen und lauschte. Nun schwiegen die Stimmen. Sigenot erschien unter der Tür mit hartem Gesicht. Der Schönauer kam ihm nachgeeilt und suchte ihn am Arm zurückzuhalten. »Bleib, Fischer, bleib! Und bei allem, was dir lieb und heilig ist, ich bitt dich, tu's nit! Geh nit hinaus zum Lokistein!«
»Ich tu, was ich muß!«
»Es wird nichts besser damit, alles schlechter!«
»Ob besser oder schlechter, das frag ich nit. Herr Waze will mir den Weg zum Lokistein verwehren. So muß es ein Weg sein, der zum Rechten führt.«
»Er wirft seinen Zorn auf dich und dein Haus, wie er's mir gedroht hat und meinem Buben. Wie willst du stehen gegen ihn und seine Knecht?«
»Ob ich steh oder fall, ich will keinen Umweg suchen wie du. Wie lang mein Weg im Licht noch dauert, das weiß ich nit. Aber grad soll er sein bis zum letzten Schritt. Dir geb ich keinen Rat. Tu nach deinem Willen und sorg nur, daß keine Reu dich ankommt! Mir laß meinen Weg, der geht zum Lokistein. Von ihnen selber muß ich hören, ob sie mit Recht die Herren im Gaden sind. Und sind sie's, dann steh ich zu ihnen mit Leib und Leben. Ob's mir hilft, das frag ich nit. Aber eins weiß ich: Den andern wird's zum Guten sein.

Merken sie, daß mein Weg der rechte ist, so gehen mir zwanzig nach, einer zieht den andern, hundert stehen zu den Klosterleuten. Und dann, Herr Waze«, Sigenots blitzende Augen suchten in der Ferne den Falkenstein, »dann wollen wir sehen, wer du bist mit deinen Buben!«

»Red nit so laut!« stammelte der Schönauer und blickte scheu nach dem Knecht, der in der Nähe arbeitete. »Die Lüft haben Ohren im Gaden und tragen jedes Wort hinauf in Wazemanns Haus.«

»Fürchtest du den eigenen Knecht? Richtmann, es ist weit gekommen! Der Mann mag recht haben, der den Spruch gefunden: ›Lützel Treu ist allenthalben, tief im Tal und hoch auf Alben.‹ Aber einen muß es geben, bei dem die Treu ist und eine starke Hand wider alle Not. Den muß ich suchen. Ob ich ihn find beim Lokistein, ich weiß nit. Aber suchen muß ich. Wär nit die Hoffnung in mir, daß ich ihn find, ich müßt mit eigener Faust die Mutter erschlagen und mein lieb Geschwister, daß ich ihnen die Schand und den Jammer spar, und müßt hinunterspringen in den See, damit alles ein End hat. Wären Not und Neid, Untreu und Unehr die einzigen, die über uns Macht haben, und gäb's über ihnen keinen Stärkeren nimmer, so gäb's auch für uns keinen Tag nimmer, der den Schnaufer wert ist.«

Der Schönauer sah den Fischer an und fand kein Wort.

»Warum schaust du mich an wie einen Fremden?« fragte Sigenot. »Weil du mich so noch nie hast reden hören? Ich will dir sagen, wie solche Red in mich gekommen ist. Wenn ich mit der Angel hinaufgestiegen bin zur Ramsauer Ache, hab ich diemal zugesprochen beim alten Hiltischalk. Er hat zu mir geredet von seinem guten Himmelsherrn, derweil wir auf der Hausbank in der Sonn gesessen. Und einmal hat er mir erzählt, wie sein Gottesherr ihn gehoben hätt aus arger Not. Droben über dem Windacher See hat der Hiltischalk eine kranke Alberin heimgesucht. Wie er niedergestiegen ist an der Windach, hat sich der Grund gelöst unter seinen Füßen. Hinunter in die tiefe Klamm ist sein Fall gegangen, das wilde Wasser hat ihn gefaßt, und da war für ihn kein Retten nimmer und keine Hilf. Das weißt du selber, Richtmann, die Nachtalfen der Windach haben feste Hände, wenn sie greifen.«

Der Schönauer nickte.

»Der Hiltischalk, wie ihn die Alfen haben schlingen wollen, hat aufgeschrien: ›Mein guter Herre, du mein Gott!‹ Da hat ihn das Wasser auf einen Stein geworfen, zu dem eine turmhohe Ficht heruntergefallen war aus der Höh. Wie mit Armen haben die Äst ihn aufgefangen, und über den Baum ist der Hiltischalk hinausgestiegen aus der Klamm wie auf einer Leiter! Und heut, wie ich gesehen hab: Jetzt ist kein Ausweg mehr, der Stein erschlagt mich und mit mir die Mutter und mein Geschwister, mein Haus und Heim und alles – schau, Richtmann, ich weiß nit, wie's gekommen ist, aber da hat meine Seel geschrien wie der Hiltischalk: ›Mein guter Herre, du mein Gott!‹ Und mich hat der Stein nit erschlagen, mich hat das Wasser nit verschlungen.«

Über den Mund des Schönauers ging ein müdes Lächeln. »Wider den Stein hat dein Sprung geholfen, wider das Wasser die feste Schnur und dein starker Arm.«

Sigenot schüttelte den Kopf. »Ich hab geschrien in der Not, und wohin meine Red geht, dahin gehen auch meine Füß. Ich muß zum Lokistein.«

»Da ist kein Halten nimmer. So geh!« Der Richtmann atmete schwer. »Zeit lassen, Fischer!«

»Jetzt hab ich Eil.« Sigenot schritt dem Hagtor zu, während der andere ihm nachblickte mit kummervollen Augen.

Der Glanz der Nachmittagssonne hatte schon rötlichen Schein, als Sigenot den Wald beim Lokistein erreichte. Die hallenden Axtschläge wiesen ihm den Weg. Während er dahinschritt zwischen den Bäumen, hörte er seinen Namen schreien, und durch brechendes Gezweig kam ein Reiter auf ihn zugesprengt. Otloh war es, Wazemanns Jüngster. Er verhielt das schnaubende Roß. »Wohin, Fischer?«

Sigenot sah finster zu dem Knaben auf. »Was kümmert's dich? Gib meinen Weg frei!«

»Kehr um, hier ist kein Weg.«

»Weg ist, wo ich mir einen such.«

»In meines Vaters Namen: Kehr um, hier ist Bannwald!«

»Davon weiß ich nichts. Dein Vater mag bannen für seine Knecht. Ich bin ein Freier und steh nit unter deines Vaters Faust.«

Zornröte färbte Otlohs Gesicht. »Hüt deine Zunge, Fischer! Oder meinst du, deine Keckheit an mir üben zu können, weil ich der Jüngste bin? Irr dich nit in mir!«

An Sigenots Schläfe schwollen die Adern. »Gib meinen Weg frei!«

»Noch einmal: Hier ist kein Weg für dich!« schrie Otloh. Weil er sah, daß sich die Hand des Fischers an den Schwertgriff legte, höhnte er mit kreischender Stimme: »Laß ein andermal die Wehr daheim! Das tut dem Bauer nit gut, wenn er geht wie ein Ritter. Die Wehr schlagt dir blaue Fleck an die Waden. Oder willst du Ferchen stechen damit? Oder die Würm graben für deine Angel? Sonst wüßt ich nit, wozu du das Eisen brauchst.«

»Frag deinen Bruder Henning, wenn dich die Neugier plagt!« Sigenot schritt voran und scheuchte mit erhobenem Arm das Pferd, daß es aufbäumte.

Unter zornigem Fluch stieß Otloh dem weichenden Roß den Stachel in die Flanke und riß den Wildfänger aus der Scheide. Doch er fand nicht Zeit, um zum Streiche auszuholen. Blitzschnell hatte Sigenot mit der einen Faust den Reiter an der Brust gefaßt und mit der anderen das Gelenk der bewaffneten Hand umklammert. Otloh stöhnte unter diesem Griff, und da hob ihn der Fischer aus dem Sattel. Während das ledige Pferd davonstob durch den Wald, setzte Sigenot den Knaben ins Moos, wand ihm den Fänger aus der Hand und trieb die Klinge mit wuchtigem Stoß in einen Baum.

»Jetzt lauf deinem Roß nach, Otloh, daß du wieder reiten kannst! Bis heim zu deines Vaters Haus, das wär ein langer Weg für deine kurzen Füß.« Sigenot wandte sich ab und schritt durch den Wald davon, dem Lokistein entgegen. In bebender Wut sprang Otloh auf und suchte den Fänger zu lösen; die Klinge haftete im Baum wie festgewachsen; fluchend riß er und zerrte, da brach der Stahl, und Otloh taumelte zurück, mit dem Stumpf der Waffe in der Hand.

»Fischer, das sollst du mir büßen!«

Sigenot hörte die drohenden Worte noch; ohne die Augen zu wenden, folgte er seinem Wege. Näher und näher klang ihm der Hall der Äxte, das dumpfe Gepolter der rollenden Bäume, das Krachen der brechenden Äste und der laute Ruf, mit dem die Knechte die Balken hoben. Unter den Bäumen trat er hervor auf die von rötlichem Sonnenglanz übergossene Lichtung. Er sah die Rastplätze der Saumtiere, die Reisighütten der Knechte und die Feuerstätte, von welcher Bruder Wampo mit einer Kanne hinwegeilte, um Wasser bei der Quelle zu holen. Er sah die beiden Zelte und das wachsende Balkenhaus; übermannshoch erhoben sich schon die Holzmauern der Klause und des Kirchleins, dessen Wände den Heidenstein umschlossen, so daß über den Saum der Mauer das aus der halbverbrannten Eiche gehauene Kreuz nur mit dem Querholz noch hervorragte.

Sigenot betrachtete erstaunt das freundliche Bild, und der Frieden dieser Stätte redete ihm warm ins Herz. Er atmete auf, als wäre ihm leichter um die Seele geworden. Raschen Schrittes ging er auf die Zelte zu. Den Eingang suchend, umschritt er das eine Zelt, und plötzlich verhielt er den Fuß, gebannt von einem unerwarteten Anblick. Aufrecht, in menschlicher Lebensgröße, stand das vollendete Kreuzbild vor ihm, mit dem Holzpflock in der Erde befestigt. Die Sonne schimmerte auf den trockenen Farben des mit schlichter Kunst geschaffenen Bildes; die strenge Nacktheit des bleichen Leibes mit seinen roten Malen redete die stumme Sprache der Schmerzen, doch sanft und freundlich blickte das zur Schulter geneigte Antlitz. Mit ausgebreiteten Armen stand das stille Bild vor Sigenot, als möcht es ihn grüßend umfangen und sprechen zu ihm: »Bei dir ist Not, bei mir ist Hilfe! Komm an meine Brust!« Langsam entblößte Sigenot mit der einen Hand das Haupt und bekreuzte mit der anderen die Stirne und den Mund, wie es Hiltischalk, der alte Pfarrherr in der Ramsau, den fünfzehnjährigen Täufling einst gelehrt hatte.

Da bewegte sich der Vorhang des Zeltes, und Eberwein trat ins Freie; als er den Fischer gewahrte, verwandelte sich der müde Ausdruck, der auf seinen Zügen lag, in glückliche Freude, und er streckte Sigenot die beiden Hände hin. »Oft in diesen Tagen dachte ich, wann und wo ich dich wiederfinden würde. Nun bist du gekommen aus freiem Willen. Ich grüße dich!«

Sigenot faßte die Hände des Mönches und nickte stumm; dann wandte er den Blick über die Schulter und suchte wieder das heilige Bild. »Wie gut er mich anschaut! Und er muß doch leiden?« sprach er leise vor sich hin. »Ich glaub schon selber, das muß ein Gott sein!«

Es leuchtete in Eberweins Augen. »Weshalb glaubst du das?«

»Leiden müssen und gut sein? Herr, das ist eine schwere Sach, das bringt nur ein Gott zuweg.«

»Meinst du nicht, Sigenot, daß du es lernen könntest von ihm, der auch für dich gestorben? Seine Peiniger drückten ihm den Dornenkranz auf die Stirne. Und dennoch bat er im letzten Atemzug seinen himmlischen Vater: ›Vergib ihnen, denn sie wissen nicht, was sie tun!‹ Solltest du diesem Beispiel nicht folgen können?«

»Das wird sich hart machen, Herr! Ich bin nur ein Mensch.«

Da gewahrte Eberwein das Blut und die Wunden am Arm des Fischers und fragte erschrocken: »Du bist verletzt? Was ist dir geschehen?« Ohne die Antwort abzuwarten, eilte er in das Zelt und kehrte mit Balsam und Linnen zurück. »Komm, setz dich auf diesen Block und reiche mir deinen Arm, daß ich ihn verbinde!«

»Aber Herr!« Sigenot wurde rot wie ein Mädchen. »Die paar Kratzer spür ich nit.«

»Ich bitte dich, dulde meine Hilfe!«

Da ließ sich der Fischer nieder, streckte den Arm und lächelte. Nach einer Weile sagte er: »Du hast eine linde Hand. Die müßt auch gut sein und nit drucken als Herrenhand.«

Eberwein blickte auf. »Wie meinst du diese Worte?«

»Grad herausgesagt, ich bin gekommen, weil ich dich hab fragen müssen, mit welchem Recht ihr bauet in unserem Tal? Seid ihr die Herren im Gaden oder nicht?«

»Zuerst deine Wunde, dann deine Frage!« Eberwein wand das Linnen um Sigenots Arm.

Bruder Wampo kam von der Quelle, die gefüllte Kanne schleppend. Als er den Fischer erkannte, schoß ihm die Freude heiß ins runde Gesicht. In der Vorahnung des Guten, das dieser Besuch ihm zu versprechen schien, schnalzte er mit der Zunge und spitzte die Lippen. Gerne wäre er auf den Fischer zugegangen, doch sah er, daß Pater Eberwein sich an Sigenots Seite niederließ und zu reden begann; da wagte er die Zwiesprach nicht zu stören. Er ging zur Feuerstätte, um sein Werk zu beginnen. Immer wieder schielte er hinüber zu den beiden und spähte nach allen Seiten, ob er die Angelrute nicht zu entdecken vermöchte; wo die Angel war, da konnte das Lägel nicht weit sein. Eine geraume Weile verstrich, und immer noch redeten die beiden. Über der Lichtung erlosch der Sonnenglanz, und die Schatten des Abends webten ihren dunklen Teppich; nur die Zinnen der Berge leuchteten noch in rotem Gold. Endlich erhob sich der Fischer; sein Gesicht brannte in Erregung, und seine Augen glänzten.

»Und das alles, Herr, darf ich den Leuten sagen im Thing, auf Trau und Glauben?«

»Ja, Sigenot! Und was ich versprach, das will ich halten. Ich gelob es mit Herrenwort in deine freie Hand.«

Ihre Hände faßten sich, und der Fischer sagte: »Dir glaub ich ohne Zeugen und Siegel. Wenn bei dir die Treu nit ist, dann ist sie bei keinem mehr. Ich bin der Deinige auf Biegen und Brechen. Wenn Thing gehalten ist, so komm ich.«

»Eins noch sage mir! Du hast für die Leute im Tal geredet wie ein rechter Mann. Ich habe gehört, was sie hoffen und wünschen. Warum verschweigst du, was sie leiden und fürchten? Man hat mir Übles berichtet von Wazemann und seinem Haus.«
Ein Schatten legte sich über Sigenots Gesicht. »Ich bin zu einer Frag gekommen, zu keinem Gericht, und will nit Kläger sein. Auch steht mir das Reden nit zu, eh nit das Thing gesprochen hat.«
»Ich sehe, du willst nicht Antwort geben, und ich frage nicht weiter. Doch ein Zweites noch! Für die andern hast du Worte gefunden, nur nicht für dich. Hast du allein nichts zu begehren für dein Haus und Recht?«
Der Fischer schüttelte den Kopf. »Davon ein andermal. Es muß nit alles auf einmal sein.«
Eberwein legte die Hand auf Sigenots Arm. »Sei nicht verschlossen! Als du kamst, sah ich Kummer in deinen Augen. Ich bin dir freund geworden in dieser Stunde. Willst du mir dein Herz nicht öffnen?«
Sigenot schwieg. Da klang am Waldsaum das Krachen eines stürzenden Baumes, dann die hallende Stimme Schweikers: »Feierabend, ihr guten Gottesknecht!«
Mit verlorenem Blick sah der Fischer auf.
»Sprich, Sigenot! Zeige mir deinen Kummer! Vielleicht kann ich dir helfen.«
»Mir hilft wohl der eigene Arm noch. Wenn der zu schwach ist, Herr, dann wirst auch du mir nimmer helfen. Oder es müßten schon morgen hundert zu dir stehen.«
»Zu mir steht nur Einer! Doch dieser Eine, Sigenot, ist stärker als tausend Männer in Wehr und Eisen. Blick auf zu ihm!« Den Arm um die Schultern des Fischers legend, deutete Eberwein auf das heilige Bild.
»Der?«
Mit hallenden Klängen tönte die Glocke, die Bruder Schweiker zog. Aus dem Wald und von den Bergen kam das Echo, als fände die rufende Stimme freudige Antwort auf allen Seiten. In sanften Klang verwandelt war alle Stille des Abends, die Lüfte tönten, jeder Fels, jeder Baum des Waldes schien zu klingen, und die Vögel, deren Lied schon geschwiegen, erhoben wieder ihren Schlag und ihr Gezwitscher. Eberwein beugte zum erstenmal das Knie vor dem Bilde, das seine eigenen Hände geschaffen, und betete mit lauter Stimme: »Wieder schwindet ein Tag, o Herr, den du gegeben. Laß mich

danken für alles Gute, das deine Lieb mir bietet in jeder fließenden Stunde. Ob auch die Nacht sich senket über mich, ich fürchte nichts Böses, denn du bist bei mir, und deine Hände decken den Bedrängten, der redlichen Herzens ist. Gegen den Guten bist du gut, gegen den Treuen bist du treu, er findet Hilfe bei dir in aller Not, und gleich einem Schilde umgibt ihn dein Wohlgefallen.«

An Eberweins Seite hatte Sigenot das Knie zu Boden gedrückt. Seine Augen hingen an dem stillen Bild, und die Fäuste auf die Brust gedrückt, stammelte er das einzige Gebet, das er kannte: »Mein guter Herre, du mein Gott!« Als die Glocke schwieg, erhob er sich und ging wie ein Träumender davon. Bruder Wampo, der neben dem Feuer kniend sein Gebet gesprochen, bekreuzte sich, sprang hurtig auf und winkte dem Fischer mit beiden Armen. Sigenot hatte kein Auge für ihn. »Fischer, he, Fischer! Guter Freund!« Sigenot hörte nicht. Bekümmert schüttelte Bruder Wampo das runde Köpfl, und während er den Fischer im dunkeln Walde verschwinden sah, murmelte er trübselig vor sich hin: »Eine schieche Gegend! Und schieche Leut! Auf den Fischer hätt ich noch ein Zutrauen gehabt. Jetzt will der auch nichts wissen von uns!«

Im Wald, durch dessen Gezweig nur noch ein spärlicher Schein des erlöschenden Tages schimmerte, folgte Sigenot dem gleichen Pfad, auf dem er gekommen war. Der weiche Moosgrund dämpfte seine Schritte. Da hörte er Eisen klirren, und hinter Büschen klang eine Stimme: »Wir harren umsonst, er kommt nit.«

»Hab ich's nit gleich gesagt?« erwiderte eine andere Stimme. »Er wird den Talweg genommen haben.«

»Den wollen wir ihm verlegen.«

Sigenot hörte das Brechen von Ästen und dumpfen Hufschlag. Dann war wieder Stille im Wald; in der Ferne klang der Schrei eines Nachtvogels.

»Es rufen die Unholden«, murmelte Sigenot, »und zählen meine Stunden.« Tief atmend blickte er zurück nach der Lichtung, die er verlassen hatte. Den blanken Stahl in der Faust, folgte er seinem dunklen Wege. Immer rascher wurde sein Schritt. Als er sich seinem Heimwesen näherte, sank schon die Nacht über See und Lände. Sorge befiel ihn, weil er das Hagtor offen sah. Doch friedlich blickte ihm das Haus entgegen, und Herdschein leuchtete aus Tür und Fenstern. Da schüttelte er die Sorgen von sich ab. Das Haupt entblößend, trat er in die Halle. »Mutter, ich bring die gute Zeit!«

Ein schrilles Lachen war Mutter Mathilts Antwort; aus dem Lehnstuhl streckte sie die Arme nach ihrem Sohn, und der Schein des Herdfeuers überflackerte die von Angst verzerrten Züge.
Sigenots erschrockene Augen gingen suchend durch die Halle. »Wo ist die Schwester?«
Mutter Mathilt deutete mit den Armen. Sigenot stand wie versteint. »Den ich suchen gegangen. Wo ist er?« Ein hartes Lachen. »Derweil ich gebetet hab, wo war da seine Treu?« Mit rascher Faust griff er nach seiner Waffe. »Tu dich nit sorgen, Mutter! In meinem Eisen ist Gottestreu!« Er sprang in die Nacht hinaus.

14

Als in der Schwüle des Nachmittags der Schlaf über Mutter Mathilts Lider gesunken war, hatte sich Edelrot der Botschaft erinnert, die ihr Henning von seiner Schwester Recka gebracht hatte. Wohl dachte sie der Mahnung, die Sigenot schon oft zu ihr gesprochen: ›Tu keinen Schritt in Wazemanns Haus!‹ Aber wie hätte sie das Wort der Herrentochter mißachten dürfen, die immer freundlich zu ihr gewesen? Und hatte sie der Tochter Wazes nicht noch mehr zu danken als gute Worte? War es nicht Reckas Hand gewesen, die in jener Sturmnacht der Sinkenden die Rettung brachte, als das Wasser schon ihren letzten Hilfeschrei erstickte?
»Ich muß!« Edelrot hauchte einen Kuß auf das Haar der schlummernden Mutter und schlüpfte aus der Halle. Der sonnige Wald umfing sie, und raschen Ganges erreichte sie den Reitweg, der in weitem Bogen über den Berghang emporführte zu Wazemanns Haus. Überall schimmerten aus dem grünen Rasen die Sterne und Glocken der Waldblumen. Edelrot pflückte eine Blüte um die andere und band sie für Recka zum Strauß. Schon war sie bis zur Wende des Pfades emporgestiegen, da klang aus dem Tal herauf der Hall einer rufenden Stimme. Edelrot meinte die Stimme Wichos zu erkennen, aber die gellenden Rufe verschwammen mit dem Echo, das sie weckten, und klangen wie Jauchzen. »Was hat er denn, daß er so lustig tut wie ein Hütebub?« Blüte um Blüte brechend, wanderte Rötli weiter. Nun tauchte zwischen den Bäumen die graue Burgmauer auf. Die Fallbrücke war niedergelassen, ein Knecht saß unter dem offenen Tor. Als er das Mädchen kommen sah, sprang er in den Hof zurück; hier stand, von Henning am Zügel gehalten, der gezäumte Falbe, und Herr Waze wollte sich in den Sattel schwingen. Henning sah das Zeichen, das der Knecht ihm machte, und fragte hastig: »Vater? Bist du schon in der Falkenkammer gewesen?«

»Warum?«
»Der Weißfalk, den du im Frühjahr dem Haunsperger abgehandelt hast, will mir seit gestern nimmer gefallen.«
»Was soll ihm fehlen?« fragte Herr Waze erschrocken; er hatte den kostbaren Beizvogel mit schwerem Gold bezahlt; drei Jahre hatten die Bauern zweifach steuern müssen, bis der rote Haufen beisammen war. »Meinst du, daß er gichtig wird?«
Henning zuckte die Schultern. »Schau ihn selber an!« Und während Herr Waze im Unterbau des Hauses verschwand, zischelte Henning dem Knecht zu: »Führ sie ins Haus und bleib bei ihr, bis der Alte draußen ist!« Er folgte dem Vater.
Als der Knecht das Tor erreichte, kam Edelrot: »Deine Herrin hat mich gerufen.«
»Ich weiß. Komm nur, ich führ dich!«
Schon setzte sie ihren Fuß auf die Brücke; da hörte sie hinter sich ihren Namen rufen und machte erstaunte Augen, als sie Recka auf ihrem Rappen den Reitweg einhertraben sah.
»Mach weiter, komm herein!« brummte der Knecht und faßte ihren Arm. Sie riß sich los. »Recka!« rief sie, ging der Wazemannstochter entgegen und reichte ihr die Blumen. »Da bin ich! Und schau, das hab ich dir gebracht!«
An den Blumen schien Recka keinen sonderlichen Wert zu finden; lässig steckte sie das Sträußl hinter den Ledergürtel, und unwillig ruhten ihre Augen auf Edelrot. »Was suchst du im Haus meiner Brüder?«
»Wie fragst du mich? Ich komm doch, weil du mich gerufen hast.«
»Ich?«
»Hast mir doch Botschaft geschickt!«
Reckas Brauen furchten sich. »Botschaft? Durch wen?«
»Durch deinen Bruder Henning.«
Recka glitt aus dem Sattel. »Ja, Rötli! Ich besinn mich. Und danke dir, daß du gekommen bist. Gib mir deine Hand, ich will dich führen.«
»Was ist dir? Deine Hand ist heiß und zittert.«
»Der Zügel hat sie müd gemacht. Wär ich minder scharf geritten, es wär dir leid gewesen.« Das Mädchen an der einen Hand, an der anderen den Rappen führend, schritt Recka über die Fallbrücke.
Verlegen drückte sich der Knecht an die Mauer. Als er hinter Recka und Edelrot das Tor schloß, trat Herr Waze mit Henning aus der

Falkenkammer. Beim Anblick der Schwester blitzten Hennings Augen zornig auf.
»Ich weiß nit, was du an dem Vogel findest«, brummte Herr Waze, »er hat einen frischen Blick und kröpft, als hätt er ein Jahr lang gehungert.« Weil er den Hufschlag vernahm, drehte er das Gesicht. »Du, Recka? Was führt dich heut schon heim? Und was soll die Dirn an deiner Hand?«
Recka warf dem Knecht die Zügel des Pferdes zu und blieb vor ihrem Bruder stehen. »Henning!« Drohend funkelten ihre schönen Augen. »Ich danke dir, daß du meine Botschaft so treulich ausgerichtet! Sieh her, das Kind ist gekommen. Ich halt es an meiner Hand, ich führ es in meine Kammer. Und dir sag ich: Was eingeht unter Dach, ist heilig.« Sie schlang den Arm um Edelrot und führte sie zur Halle hinauf.
Verblüfft sah Herr Waze den beiden Mädchen nach; dann wandte er die Augen auf Henning. »He, du! Jetzt weiß ich, weshalb ich hätt reiten sollen. Du bist mir ein Feiner!«
»Ich bin, wie du mich gezogen hast.«
Herr Waze trat mit geballter Faust vor seinen Buben hin. »Mir graust vor dir. Am Morgen den Bruder und am Abend die Schwester. Das ist ein lützel viel für einen Tag.«
»Ich will nit zu kurz kommen!« erwiderte Henning. »Das hat dir getaugt, daß ich dir den andern vom Hals geschafft hab. Der Bruder ist für dich gewesen. Jetzt laß mir die Schwester!«
»Außerhalb der Mauer tu, was du willst!« murrte Herr Waze. »Was eingeht unter Dach, ist heilig.«
»Die Fischerdirn soll mir so heilig sein, wie dir in deiner jungen Zeit die Salmued gewesen ist. Die ist bei dir auch eingegangen unter Dach.« Henning lachte. »Und ich bin ledig. Du hast Weib und Kind gehabt. Gegen dich bin ich ein Heiliger.«
Herr Waze war bleich geworden. »Du!« keuchte er und faßte den Sohn mit beiden Fäusten an der Brust. »Wer hat dir das gesagt?«
»Eine, die's weiß!« Henning schüttelte den Vater von sich ab und trat in die Falkenkammer.
Wie ein angeschossener Eber stürmte Herr Waze über die Freitreppe hinauf in die Stube und brüllte: »Ulla! Ulla!« Die greise Magd erschien, blaß und zitternd. »Her zu mir!« schrie Herr Waze, daß es an den Wänden dröhnte. »Zähn hast du keine mehr im Maul, aber beißen möchtest du noch allweil?« Er schüttelte den Arm der Magd.

»Wie kommt es, daß Henning von der Salmued weiß?«
Es währte lange, bis Ulla die Sprache fand. »Wann es war, das weiß ich nimmer. Da bin ich mit dem Zeugknecht hinter der Mauer gesessen, und wir haben geredet von den alten Zeiten. Und von Frau Friderun. Wie schön und gut sie gewesen. Und von der Schwermut, die sie getragen hat –«
»Und von der Ursach?« schrie Herr Waze in Zorn.
»Wie man halt redet, Herr!« stöhnte die Magd. »Und da ist Euer Junker Henning dazugekommen. Er muß ein paar Wörtlein aufgefangen haben und hat mich gezwungen, daß ich red, hat mich geschlagen und am Haar gerissen.«
»Du Schandmaul, du!« Herr Waze schlug der greisen Magd die Faust ins Gesicht. »Ein andermal schweig! Und hinaus mit dir!«
Ulla humpelte zur Tür; sie schien noch froh zu sein, daß sie so glimpflich davongekommen war.
Herr Waze ging eine Weile mit grimmigen Schritten in der Stube auf und nieder; dann warf er sich beim Fenster auf einen Stuhl. »Alles kommt über mich, das Alte und das Neue! Feind im Haus und Feind da draußen!« Er stützte mit der Faust das Kinn und starrte in die Ferne. –
Inzwischen saßen die beiden Mädchen in Reckas Kammer. Das war ein kleiner Raum, der durch die Fenster eines Erkers das Licht der Sonne empfing. Nur ein hoher Schrein, ein von zwei hölzernen Säulen getragener Zinnspiegel und umherliegende Gewandstücke verrieten, daß dieser Raum die Wohnstätte eines Mädchens war. Sonst sah es aus wie in einer Junkerstube. Bogen, Köcher, Wildfänger und kurze Speere, Falknertaschen, Federspiele und Falkenhauben, Zaumzeug und Vogelnetze hingen an den Holzmauern, die bis zur Decke von Geweihen starrten. Dem Lager eines Mannes glich das niedere plumpe Bett, über das eine schwarze Bärenhaut gebreitet war; zur Stütze des Hauptes diente eine mit Rehfell überzogene Rolle, zum Schutz wider die Kälte eine in grobes Hanftuch genähte Hirschdecke mit grauem Winterhaar.
Im Erker saßen Recka und Edelrot an schmalem Tisch einander gegenüber. Neugierig hatte Rötli das hölzerne, mit Eisen beschlagene Kästlein geöffnet, das vor ihr stand. Ein leiser Ruf des Staunens glitt von ihren Lippen, als sie es gefüllt sah mit Ringen, silbernen Ketten und Spangen, mit funkelnden Gürtelschließen und schimmernden Mantelhaken. Es war Geschmeide von roher Arbeit und

geringem Wert, aber die Sonne machte das Gold und Silber leuchten und weckte farbigen Glanz in den ungeschliffenen Steinen, so daß Rötli den Schatz einer Königin vor sich ausgebreitet wähnte. Freundlich lächelnd, wie eine Mutter auf ihr spielendes Kind, sah Recka auf das Mädchen, das sich vor Schauen nicht zu fassen wußte und ihr Staunen in sprudelndem Geplauder ergoß.
»Schau nur, wie das gleißt und glitzert! Das muß ja so viel wert sein wie der ganze Gaden mit Wald und Häusern! Sag nur, warum tragst du nie was von dem schönen Geschmeid? Warum tust du dich nie schmücken damit?«
»Schmücken? Für wen?« Recka lachte. »Für die Sauen und Hirschen in meinem Wald?«
»Aber geh!« schmollte Rötli. »Es gibt doch auch noch Leut, die dich gern beschauen. Und wenn du was umlegen möchtest von deinem Geschmeid, das müßt dich noch schöner machen!«
»Ich und schön? Wer sagt dir, daß ich schön bin?«
Rötli legte die Hand auf Reckas sonnverbrannten Arm und hing an ihr mit glänzendem Blick. »So schön wie du ist keine mehr! Du bist die Allerschönst im Gaden. Mein Bruder Sigenot hat's auch gesagt.«
Reckas Züge wurden finster. »Red mir von deinem Bruder nit!«
»Warum nit?« stammelte Rötli. »Einmal, da bist du vorbeigeritten bei unserem Hag, und ich und Sigenot, wir haben dir nachgeschaut. Und da hat er gesagt, mit einer so linden Stimm, wie er nur zur Mutter redet: ›Stolz wie ein Baum da droben auf der Wand, über die kein Fuß hinaufsteigt, und schön wie die rote Sonn in der Höh, zu der keine Hand hinauflangt.‹ So hat er gesagt und – Recka? Was hast du? Ich hab doch kein Wörtl gesagt, das dich erzürnen könnt.«
»Schweig!« Mit der Faust stieß Recka nach dem Kästlein, daß die Spangen und Ketten durcheinanderklirrten.
»Was hat dir mein Bruder getan?« fragte Rötli erschrocken. »Ich mein', es war keine ungute Hand, die er in der Sturmnacht auf dem Weitsee nach dir gestreckt hat, zuerst nach dir!«
»Mahn mich nit an jene Nacht!« Recka verließ den Erker; doch schon nach wenigen Schritten kehrte sie zurück und sagte: »Daß du nit glauben sollst, ich hätt deinem Bruder nit den Dank geboten, den er um mich verdient hat in jener Nacht! Diese Hand hab ich ihm hingereicht mit freundlichem Wort. Wie von einer Bauernmagd hat er sich gewendet von mir.«
»Das hätt mein Bruder getan?«

»Der Knecht an seines Herren Tochter!«
Edelrot erblaßte. »Dein Zorn redet hart. Ich bin dir gut von Herzen, aber meinen Bruder laß ich nit schmähen. Mein Bruder ist kein Knecht, er sitzt auf einem Freigut als ein freier Mann. Das weißt du so gut wie ich. Was redest du so bös und tust mir weh?«
Zornig wollte Recka erwidern; da sah sie eine Zähre über Rötlis Wangen rollen und wandte sich ab. Ihr Blick fiel auf einen Wildfänger an der Wand. Als möchte sie prüfen, ob das Eisen nicht roste, zog sie die Klinge halb aus der Scheide und stieß sie wieder zurück. Im Erker war der Sonnenschein erloschen, die dunklen Schatten des Abends schlichen in die Stube.
Rötli hatte sich erhoben, und während sie unbewußt mit der Hand im Geschmeide kramte, sprach sie leise vor sich hin: »Wenn mein Bruder so an dir getan hat, sei ihm nit harb darum! Er ist nimmer, wie er gewesen. Es muß was über ihn gekommen sein. Das hat ihn gewandelt wie der Winter den grünen Baum. Sein Aug hat nimmer Sonn, und sein Gesicht hat nimmer Farb. Ich muß mich sorgen um ihn. Und vor zwei Tagen hätt er seinen Jahrbaum kerben sollen. Da hat er nit das Messer genommen, sondern die Axt, hat hineingehauen in den Baum bis tief ins Mark und hat gesagt: ›Wenn's der Baum verwindet, verwind ich's auch.‹ Es muß ihm was ins Herz gegangen sein wie ein Beilhieb. Ich sinn und sinn und komm nit drauf. Er hat doch keinen Feind im Gaden, er ist so gut und treu, einen Besseren gibt es nimmer!« Während Träne um Träne über ihre Wangen fiel, sah sie verloren auf das absonderliche Geschmeide nieder, das ihr in die Hand geraten. Es war die Hälfte eines entzweigesprungenen Beinreifs, plump geschnitten und gelb vor Alter, mit halbverwischten Runenzeichen auf der Innenfläche.
Recka, als es still wurde in der Kammer, drückte den nackten Arm über die Augen. Und langsam, wie gezogen von einer Gewalt, der sie widerstrebte, ging sie auf Edelrot zu. Da öffnete sich eine Tür, und die alte Ulla stand auf der Schwelle. Man sah hinaus in einen mit Jagdnetzen und Federlappen angefüllten Raum, von dem eine schmale Treppe in den Unterstock des Hauses führte.
»Ulla, du? Was willst du?« Recka gewahrte, das Ullas Augen gerötet waren. »Warum hast du geweint?«
»Das Leben wird mir sauer in deines Vaters Haus! Der eine schlagt mich, daß ich red, der ander schlagt mich, daß ich schweig. Da ist schwer auskommen, Reckli, schwer!«

»Klag mir, wer dich gekränkt hat, und ich will dir Sühn schaffen.«
Ulla schüttelte den weißen Kopf. »Laß gut sein! Ich will's nit besser. Solang ich meinen Matz noch hab, ist mir alles recht!« Sie meinte einen gezähmten Star, die einzige Freude ihres armen Lebens.
Freundlich strich Recka mit der Hand über den weißen Scheitel der Magd. »Warum bist du gekommen?«
Ulla warf einen scheuen Blick auf Edelrot und flüsterte: »Draußen vor dem Tor steht Wicho, der Fischerknecht. Felsbrocken wirft er wider das Tor, tut wie ein Unsinniger und schreit nach seines Herren Schwester.«
»Geh hinunter!« erwiderte Recka leise. »Sag ihm, seines Herren Schwester weile bei mir und stehe in meinem Schutz!«
Ulla nickte und wollte gehen. Da gewahrte sie das seltsame Geschmeide in Rötlis Hand, stürzte auf das Mädchen zu und entriß ihm das beinerne Reifstück. »Dirn, wie kommt das unselig Bein in deine Hand?« Edelrot blickte erschrocken auf und wußte keine Antwort. Recka war näher getreten und sagte betroffen: »Ulla, was ist dir? Weshalb erschreckt dich dieser wertlose Tand?« Sie nahm das Bein aus Ullas Händen.
»Laß deine Hand davon!« stammelte die Greisin. »Der halbe Reif ist ein gesprungen Glück. Unheil haftet an dem Bein. Wirf's hinunter, wo der See am tiefsten ist!«
Recka schüttelte den Kopf. »Es kommt von meiner Mutter Friderun.«
»So verwahr es hinter Holz und Eisen! Wenn es deinem Vater vor die Augen kommt, ist Unwetter im Haus.«
Auf Reckas Lippen schien eine Frage zu liegen; aber sie blickte auf Rötli und schob die Magd zur Türe. »Geh zum Tor!« flüsterte sie. »Und tu, wie ich dir gesagt hab.«
Zögernd verließ Ulla die Stube. Und Recka kehrte zum Erker zurück; ihre ernsten Augen hafteten an dem seltsamen Geschmeid, das sie zwischen den Fingern drehte, als sollte es ihr Antwort geben auf die Frage, die sie vor Rötlis Ohren vermieden hatte.
»Recka! Leg das Unding aus der Hand!« mahnte Edelrot ängstlich. »Siehst du nit die Hel-Zeichen in dem Bein? Es ist ein Fluchzahn aus eines wütigen Wolfs Gebiß.«
»Ein Zahn? Nein, Rötli, es ist die Hälfte eines Armrings, wie ihn vor Zeiten die Frauen im Gaden trugen. Weh und Unheil mag wohl haften an diesem Bein. Als ich noch ein Kind war, sah ich es oft in

meiner Mutter Hand, und dann waren ihre schönen Augen naß von Zähren.« Reckas Stimme schwankte. Aus gestreckter Hand ließ sie den zersprungenen Reif auf das Geschmeide fallen, und wie ein Schrei der tiefsten Marter klang es von ihren zuckenden Lippen: »Mutter Friderun! Wo bist du, Mutter? Wo hast du mich gelassen?« Die Hände vor die Augen schlagend, sank sie nieder auf die Erkerstufe und brach in Schluchzen aus.

Erschrocken warf sich Edelrot vor Recka auf die Knie, zog ihr die Hände nieder und suchte sie zu trösten durch zärtliche Worte. Mit einem Laut, wie es aus der Brust eines Dürstenden quillt, schlang Recka die Arme um Edelrot und überströmte ihr Gesicht mit Küssen, als könnte das brennende Verlangen nach Liebe, einmal erwacht in ihrem Herzen, sich nimmer stillen. Mund an Mund, mit verschlungenen Armen, saßen die beiden, während draußen der Abend dämmerte.

Da klang im Unterbau des Hauses ein klagender Vogelschrei. Unter Reckas Stube lag die Falkenkammer, ein niederes Mauergelaß mit vergitterten Fenstern. An der Wand, mit einem Drahtgeflecht verwahrt, brannte eine Talglampe mit rußender Flamme. Rings an der Mauer hin zog sich ein hölzernes Gestell, auf dessen oberster Stange, in armslangen Zwischenräumen voneinander, fünf Sperber und vier Wanderfalken saßen, an den ›Händen‹ mit der aus Hirschleder geschnittenen Kurzfessel gebunden. Herrn Wazes Weißfalk saß getrennt von den übrigen Beizvögeln. Von der Decke hingen an Schnüren zwei große Reifen nieder; in jedem saß ein Habicht mit verhaubtem Kopf und gefesselten Schwingen. Ein Bub, der auf einem Schemel hockte, hielt die Reifen in schwingender Bewegung. Neben ihm stand Henning und ließ sich berichten, wie weit die Zähmung der beiden vor kurzer Zeit erst eingefangenen Vögel vorgeschritten wäre. Dann ging er an der Stange entlang und blieb vor einem Blaufalk stehen. Das war von allen Falken der schönste, ein stolzer Vogel von seidenem Gefieder und scharfem Blick: Edilo, der Liebling Reckas.

Henning wollte den Vogel greifen; der Falk sträubte das Gefieder und schlug mit der scharfen Hand. Über Hennings Lippen glitt ein hämisches Lächeln. »Bist du auch wider mich wie dieselbig, der du gehörst?« Seine Augen hoben sich zur Decke – dort oben lag Reckas Kammer. »Heut hast du mir eine Freud verdorben. Das zahl ich dir heim.« Er griff in den hölzernen Napf, der das Trinkwasser des

Falken enthielt, und schrie den Wärter zornig an: »Du Schuft! Die Vögel haben laues Wasser.«
Der Bub sprang erschrocken auf. »Nein, Herr! Grad erst hab ich frisches Wasser aufgegossen.«
»Das lügst du! Hinaus zum Brunnen, und frisches Wasser her! Oder ich mach dir Füß.«
Der Bub nahm den Krug und verließ die Kammer. Rasch trat Henning zum Tisch und faßte eine der langen dünnen Nadeln, die, wenn ein Falk auf der Beizjagd eine Schwungfeder gebrochen hatte, in den geknickten Kiel eingeschoben wurden, um der verletzten Feder wieder Halt zu geben. Langsam ging er auf Reckas Liebling zu, drückte flink, ehe der Falk sich wehren konnte, dem Vogel die eine Hand auf den Rücken und stieß ihm mit der anderen die Nadel in das Eingeweide. »Da hast du deinen Teil!« Er ließ den Falken ledig. »Eh du hin bist, will ich die Freud genossen haben, um die mich deine Herrin heut gebracht hat.« Der Falk schüttelte das Gefieder, zog den Kopf zwischen die Schultern und rückte unruhig auf der Stange hin und her. Henning warf die Nadel auf den Tisch, und weil er den Buben kommen hörte, trat er zu den Reifen und schaukelte die Habichte.
Als der Bub das frische Wasser in die Holznäpfe goß und zu Edilo kam, rückte der Vogel auf die Seite; die Bewegung schien ihn zu schmerzen, er zog den Rücken auf und stieß einen klagenden Schrei aus.
Der Schrei klang hinauf in Reckas Kammer, durch deren Fenster nur noch ein trüber Schein des entschlummernden Tages schimmerte.
»Hörst du ihn?« flüsterte Recka, die Arme von Rötlis Nacken lösend. »Das ist mein Liebgesell. Er sehnet sich nach mir und klagt, daß ich ihn seit Tagen nit geschwungen auf meiner Hand, daß er sitzen muß zwischen übler Mauer, derweil ihn hinaus verlangt in Luft und Sonne, zu hohem Flug.« Wieder umschlang sie das Mädchen. »Ach, Rötli! Wie meinem Edilo, so ist auch einem andern edlen Falk zumut. Er möcht hinaus in lichte Freiheit und den Flug hochauf nehmen ins Gewölk, der warmen Sonn entgegen. Und muß doch sitzen zwischen üblen Mauern, in einer Rabenkammer, darin die unholde Brut um Aas sich rauft!« Mit einem Laut des Ekels sprang sie auf, schüttelte das Haar in den Nacken und streckte die Arme.
»Recka?« stammelte Edelrot.
Die Wazemannstochter atmete tief und strich mit der Hand über die Augen. »Schau, wie dunkel es worden ist! Komm, Rötli, ich führ

dich heim.« Sie nahm von dem Geschmeide, das in der Dämmerung funkelte, einen Goldring und faßte Rötlis Hand. So traten sie hinaus in die Herrenstube, in der auf dem Lichtreif schon die Kerzen brannten. Herr Waze saß noch immer am Fenster, die alte Ulla deckte den Tisch, und Henning trat aus der Halle herein in die Stube.
»Rötli«, sagte Recka mit lauter Stimme und streifte dem überraschten Mädchen den Ring an den Goldfinger der linken Hand, »wir haben Kuß und Lieb getauscht, und ich will dich umschließen mit meiner Treu wie mein Reif deinen Finger.«
Edelrot wollte sprechen, doch Recka sagte lächelnd: »Red nit! Komm, ich führ dich heim. Es ist spät geworden.«
An Henning vorüber führte Recka das Mädchen in die Halle hinaus. Auf der Freitreppe kam Eilbert ihnen entgegen; er war mit seinem Bruder Hartwig, der im Hof mit den Knechten schrie, von erfolgloser Jagd zurückgekehrt. Als Eilbert das Mädchen an seiner Schwester Seite erkannte, flammten seine Augen; doch eh' er noch Sprache fand, war Recka mit Edelrot an ihm vorübergeschritten. Da hörte er aus der Stube die Stimme seines Vaters und Hennings zornige Gegenrede.
Nach einer Weile trat Henning auf die Schwelle. »Und ob sie eingegangen ist unter Dach, ob meine Schwester Ring und Treu mit ihr getauscht hat oder nit«, rief er in die Stube, »die Dirn ist mein! Das sollst du mir nit wehren. Du nit! Und die Schwester auch nit!«
»Aber ich!« klang Eilberts Stimme hinter ihm.
Henning wandte sich um, maß mit funkelnden Augen die von der Dämmerung umflossene Gestalt seines Bruders und stieg lachend die Treppe hinunter. Im Hofe rief er den Knecht, der ihm als Späher gedient hatte, und trat mit ihm in den finsteren Schatten der Mauer.
»Ich kann mich verlassen auf dich?« Der Knecht nickte. »Leg scharfe Wehr um, wenn meine Schwester wieder heimkehrt!«
»Wohin geht der Nachtweg?«
»Zu einem Nest, aus dem ich einen schmucken Vogel heben will.«
Der Knecht verstand. »Wir zwei nur? Das ist zu wenig! Der Fischer hat Fäust wie Hämmer.«
»Um den sorg dich nit!« Henning lachte. »Der hat heut nacht ein stilles Geschäft im Weitsee. Schlag du den Knecht nieder! Den Vogel hol ich mir selber aus dem Nest.«

15

An Wazemanns Ringmauer öffnete sich das Tor, und die Fallbrücke rasselte nieder. Recka trat mit Edelrot hinaus in die sinkende Nacht. Sie hatten die Brücke noch nicht verlassen, da kam ihnen Wicho entgegengestürzt und streckte die Arme.

»Wicho, du?« fragte Edelrot. »Wer hat dich geschickt?«

Recka schob den Stammelnden mit dem Arm beiseite. »War dir Wazes Tochter nit Schutz genug für deine Herrin?«

Schweigend trat Wicho zurück und folgte den beiden Mädchen, die Arm in Arm auf dem dunklen Reitweg talwärts wanderten. Als sie die rauschende Ache erreichten, drückte Recka einen Kuß auf Rötlis Mund.

»Nimm den Wicho mit auf den Heimweg«, sagte Edelrot, »es ist dunkle Nacht geworden.«

»Ich find meinen Weg. Geh heim, meine liebe Gesellin! Und eines merk dir: Betritt nie wieder meines Vaters Haus, es wäre denn, daß ich dich selbst hole!« Zwischen den schwarzen Bäumen verschwindend, schritt Recka dem steilen Felspfad der Falkenwand entgegen.

Edelrot sah ihr nach. »Wicho? Weshalb warnet sie mich?«

»Sie wird wohl wissen, warum?« murrte der Knecht. »Komm, laß uns heimgehen!«

Sie überschritten die Brücke und gingen den Hag entlang; als sie die Hofreute betraten, sperrte Wicho das Tor. Rötli eilte über den Hügel hinauf; auf halbem Wege hielt sie inne; sie hörte aus der Halle, deren offene Tür im roten Schein des Herdfeuers leuchtete, jene Worte Sigenots: »Derweil ich gebetet hab, wo war da seine Treu?« Dann hörte sie ihn schreien: »Tu dich nit sorgen, Mutter! In meinem Eisen ist Gottestreu!« Und schwarz erschien seine Gestalt in der roten Tür.

»Sigenot?« stammelte sie.

Beim Klang ihrer Stimme stand er unbeweglich; dann stürzte er auf die Schwester zu, faßte ihre Hände und zog sie in den hellen Schein der Türe. »Deine Augen haben reines Licht.« Er atmete auf, als fiele ein Stein von seiner Brust. »Rötli! Rötli!« Und sein Arm umklammerte sie.

Mit großen Augen sah sie zu ihm auf, in der Ahnung einer Gefahr, scheu erschreckend wie ein Kind, das über einen Abgrund niederblickt in tiefes, finsteres Wasser.

Sigenot gab die Schwester frei. »Geh zur Mutter, Rötli, sie sorgt sich um dich!«

Schweigend betrat Edelrot die Halle, und Sigenot hörte den schluchzenden Freudenlaut, mit welchem Mutter Mathilt ihr Kind empfing.

Wicho war über den Hügel emporgestiegen. »Weißt du, wo sie gewesen ist? In Wazemanns Haus. Und bei aller Treu, die ich dir in die Hand geschworen, hätt ich deiner Schwester nimmer geholfen, wenn nit –«

»Wenn nit einer geholfen hätt, dessen Arm noch stärker ist als tausend Männer in Wehr und Eisen.«

»Einer?« Wicho schüttelte den Kopf. »Nein, Herr, es war eine Weiberhand, die so stark gewesen. Besser als ich hat Wazemanns Tochter deine Schwester gehütet und hat sie heimgeleitet durch die Nacht bis herunter zum Achensteig.«

Mit jähem Griff hatte Sigenot den Arm des Knechtes gefaßt. Nun wandte er sich schweigend ab und ließ sich niedersinken auf die Hausbank. In der Halle klang Rötlis Stimme. Sie erzählte der Mutter von jener Botschaft, die ihr Henning gebracht, und von allem, was sie erlebt in Wazemanns Haus. Sigenot lauschte mit verhaltenem Atem. Sein Blick war hinausgerichtet in die Nacht und hing an der finsteren Höhe der Falkenwand. Da blitzte droben im schwarzen Mauerstreif ein Lichtlein auf. Über dem Felsensteig hatte sich die Pforte geöffnet, und ein Knecht hielt die lodernde Kienfackel über das Gewänd hinaus, um Reckas Weg zu erhellen.

Sigenot erhob sich und trat ins Haus. Der Tisch war gedeckt; doch niemand aß.

Eine Stunde später, als Mutter Mathilt und Edelrot zur Ruhe gegangen waren, blieb Sigenot einsam hinter dem Steintisch. Wicho kam und fragte: »Herr, schaffst du noch was?«

Sigenot erhob sich. »Lösch das Feuer auf dem Herd!« Während Wicho die Flammen erstickte und die letzten Funken mit Asche

überschüttete, nahm Sigenot die Eisenhaube und den Schild seines Vaters von der Wand und verließ die Halle. Nach einer Weile folgte der Knecht und sah seinen Herrn im Dunkel auf der Hausbank sitzen, den blanken mattschimmernden Stahl über den Schoß gelegt.
»Wicho! Ich muß dich um deine Nachtruh bringen.«
»Ich hab die letzte Nacht geschlafen bis in den sonnscheinigen Tag.«
»Sind Fisch im Kalter?«
Verwundert hörte Wicho diese Frage. »Wohl, Ferchen und Hecht.«
»So nimm das größte Lägel und tu hinein, was Platz hat.«
»Herr«, fuhr es dem Knecht heraus, »du wirst mich doch in der heutigen Nacht nicht ausschicken wollen zum Fischtragen? Was du fürchtest, merk ich an deiner Wehr. Ich mein', da wär mein Platz an deiner Seit.«
»Hier bin ich allein genug. Hilft mir nit derselbig, der meiner Schwester den Falk zu Hilf geschickt hat wider die Aasraben, so möchten mir deine zwei Arm wohl wenig helfen. Geh und tu den Weg, den ich dir ansag!«
Schweigend ging Wicho davon. Sigenot hörte vom Brunnen her das Lägel poltern und das Wasser plätschern. Nach einer Weile kam der Knecht zurück, das triefende Fäßl auf dem Rücken.
»Wohin?«
»Geh hinaus zum Lokiwald!«
»Wo die Klosterleut sitzen?« fragte Wicho rasch.
»Dort fließt zwischen Lokistein und Kälberstein ein Bächel über den Hang herunter und füllt einen Weiher. Dort leer das Lägel aus und geh wieder still davon! Zeit lassen!«
»Zeit lassen auch!« erwiderte der Knecht und schritt hinunter zum Hagtor. Als er den Sperrbalken zurückgeschoben hatte, rief er zum Haus hinauf. »Komm, Herr, und leg hinter mir den Balken ein!«
Sigenot rührte sich nicht. »Geh nur! Wenn's not tut, schieb ich mein Eisen vor. Das hat besseren Halt als Holz.«
Tiefe Nachtstille lag um das Fischerhaus; nur gedämpft klang durch die Bäume das Rauschen der Ache. Zuweilen ließ sich vom See herauf ein Plätschern hören, wenn aus dem Weitsee eine Wildente gestrichen kam und zur Äsung einfiel in das Schilf. Droben in Wazemanns Haus leuchteten noch die Fenster der Herrenstube; man sah in der Finsternis weder Dach noch Mauer, und so hing der Lichtschein eines jeden Fensters im Dunkel wie ein großer, strahlender Stern. Allmählich wurde der Himmel heller, über die Berge fiel

ein falber Schein, und langsam schlich das Mondlicht über die steilen Wälder nieder in das finstere Tal. In weiter Ferne bellte ein Wolf, und ein anderer gab ihm Antwort. ›Die Schneespringer melden sich‹, dachte Sigenot, ›es wird bald Winter werden.‹
Ein kühler Hauch kam aus dem See gezogen und milderte die Schwüle der Sommernacht; das Schilf begann zu rascheln, und sanfter Wellenschlag erwachte, leise anrauschend wider das Ufer. Hinter dem Grat des Jennar war der Mond emporgestiegen wie ein rundes, brennendes Gesicht. Silberne Helle floß über das Dach des Fischerhauses und über den stillen Wächter.
Lauschend hob Sigenot den Kopf; von der Ache war ein Geräusch an sein scharfes Ohr gedrungen. »Er kommt!« Sich aufrichtend, faßte Sigenot mit der Rechten das Schwert, hob mit der Linken den Schild vor die Brust und stieg über den Hügel hinauf zum Tor.
Draußen vor dem Hag trat Henning mit dem Knecht unter den schwarzen Bäumen hervor in den hellen Mondschein. Er trug einen Mantel über dem Arm, und die Faust ruhte am Griff des Wildfängers. »Es ist kein Lichtschein mehr im Haus!« flüsterte der Knecht, der mit Dolch und Saufeder bewaffnet war. Am Hag entlang schleichend, erreichten sie das Tor. »Herr, sie haben den Balken nit eingelegt, das Tor gibt nach.«
»Stoß auf!«
Die Torflügel öffneten sich, Henning zog den Fänger und wollte in die Hofreut stürzen; wie versteinert hielt er inne beim ersten Schritt. Vor ihm stand Sigenot, das blitzende Schwert erhoben, umschimmert vom Mondlicht, gleich einer gespenstigen Hünengestalt. Mit gläsernen Augen starrte Henning, befallen von abergläubischem Schreck, die unerwartete Erscheinung an. Der Knecht hatte die Saufeder im Anlauf gefällt, ein Schwertstreich Sigenots zersplitterte den Schaft.
»Die Toten stehen auf!« lallte Henning und faßte, zur Flucht sich wendend, den Arm des Knechtes.
»Herr, so steh doch!« keuchte der Knecht. Henning war nicht mehr zu halten; eine Strecke riß er den Knecht mit sich fort, und als er den Schutz der Bäume erreichte, ließ er den Arm des Gesellen fahren und sprang hinein in die Finsternis des Waldes, rannte wider die Stämme, stürzte, raffte sich wieder auf und stürmte bergwärts.
Sigenot trat vor das Tor und schleuderte mit dem Fuß die Speerstücke hinaus in den Sand der Lände. »So feig wie schlecht!«

Im Walde klang die schreiende Stimme des Knechtes: »Herr! Herr!« Henning hörte nicht mehr. Keuchend, ohne Atem und totenbleich, erreichte er den Burghof; kaum trugen ihn seine Knie noch hinauf über die Freitreppe, auf der ihm das Licht der Herrenstube entgegenstrahlte. Als er über die Schwelle taumelte, erhob sich Herr Waze vom Tisch, um welchen Sindel, Rimiger, Gerold und Otloh saßen, die vor kurzem erst heimgekehrt waren aus dem Lokiwald. Eilbert saß in der dunklen Ecke hinter dem Ofen, und Hartwig lag auf einer Bank.

Henning sah die Brüder nicht, er sah nur den Vater und keuchte: »Hinter mir ist die Höll! Der Fischer, den ich erschlagen am Morgen, ist ein Sträggel[1] geworden und waizet[2] in seinem Hag.«

Zornig stieß Herr Waze den Sohn mit der Faust zurück, und am Tisch erhob sich schallendes Gelächter. Rimiger sprang auf und schrie: »Ein Sträggel! Hörst du, Otloh, der Fischer, der dich heut in der hellen Sonn vom Roß geworfen, ist gar nit Fleisch und Blut gewesen, sondern ein Butzemännlein, das im Mondschein die Kinder schreckt, bis ihnen das Herz in die Hosen fallt!« Seine Stimme erstickte fast unter Lachen. »Armer Otloh, jetzt kommst du gar um die Sühn, die der Fischer dir schuldig ist! Heut am Abend hat er dich ins Moos gesetzt, aber heut am Morgen hat ihn der gute Henning schon erschlagen!« Alle lachten, nur Otloh wurde rot vor Zorn, und Henning starrte umher, als wäre er von Sinnen.

»Dummkopf! Verstehst du noch allweil nit?« schnauzte der Vater ihn an. »Wie dein Pfeil, so ist auch der Stein fehlgegangen, den du gelöst hast über seinem Kopf. Eins aber möcht ich wissen: Was hast du denn jetzt beim Fischerhag zu schaffen gehabt?«

Eilbert war aufgesprungen. »Die Dirn hat er sich holen wollen«, rief er höhnend, »aber wie der Fuchs hat er in den Immenstock gegriffen und flink die Pfot wieder eingezogen!«

Mit einem Fluch stürzte Henning zum Tisch, packte ein Messer und schwang es gegen den Bruder. Herr Waze und Rimiger faßten den Arm des Wütenden, entwanden ihm die Klinge und stießen ihn hinaus in die Kammer. Wirres Geschrei erhob sich um den Tisch, übertönt von der Stimme Otlohs. »Soll der freche Übermut da drunten noch lang den Streit und Hader unter uns Brüder werfen?

---

[1] Nachtgespenst

[2] geistern, umgehen

Hinunter zu ihm! Ich hab keine Ruh, eh nit die Schand gelöscht ist, die er mir angetan!«

»Halt dein Maul, du Grasaff!« rief Herr Waze. »Wärst du besser im Sattel gesessen, so hätt er dich nit gelupft!« Den Lärm überschreiend, der diesen Worten folgte, schlug er mit der Faust auf den Tisch. »Wird Ruh werden oder nit? Ich will doch sehen, wer in meinem Haus noch zu reden hat, ihr oder ich!« Mit funkelnden Augen maß er die Söhne, die widerwillig verstummten. »Von Stund an geschieht, was ich will, nur ich allein! Daß mir keiner wieder dreintappt mit einer Hand, wie sie der Unschick da draußen hat! Es müßt denn sein, daß ihr dastehen wollt ohne Haus und ohne Fraß, ein Gespött für jeden Bauernknecht im Gaden.« Herr Waze schritt durch die Stube und trat wieder zum Tisch. »Der Fischer soll euch gehören. Die Stund aber, die ihn wirft, sag ich selber an. Heut ist er beim Lokistein gewesen und hat gesponnen mit den Pfaffen. Tät er ihnen morgen fehlen, sie möchten wohl bedenken, daß er der erste gewesen, der zu ihnen gehalten hat, und möchten anrücken wider mich mit Fahn und Kreuz. Und das hab ich erfahren: Wider ihre Sipp und ihre Heiligen ist ein schieches Raufen. Ich will Fried haben mit ihnen, freilich auf meine Art. Eh ich einen Streich tu, muß ich wissen, für welche Nacht der Richtmann das Thing geladen hat, muß wissen, was sie beschließen im Thing. Und muß noch so manches andere wissen. Drum genug für heut! Rimiger!«

»Ja, Vater!«

»Du reitest morgen wieder hinaus zum Lokiwald. Nimm den Henning, Eilbert und Otloh mit, und will einer von ihnen Streit anheben, so hau ihm eins übers Dach in meinem Namen. Jetzt weiter und auf die Häut mit euch!«

Herr Waze trat in die vom Mond umglänzte Halle hinaus, um kühle Luft zu schöpfen, denn in dicken Perlen rann ihm der Schweiß von den Schläfen; er lehnte sich an die Treppensäule, spähte über das Tal hinweg in die Ferne der schimmernden Mondnacht und schüttelte die Fäuste. »Könnt ich nur einen Berg fassen im Gedärm und ihn umkehren, daß er hinfallt über sie und ihr hölzernes Nest!« Hinter ihm in der Stube war es still geworden; als Herr Waze nun zurückkehren wollte, blieb er betroffen auf der Schwelle stehen. Vor ihm, inmitten der Stube, stand seine Tochter Recka, in weißem Schlafgewand, das bleiche Gesicht umringelt vom gelösten Rothaar, den ernsten Blick auf den Vater geheftet.

»Mädel? Was willst du?«
»Was Henning wider den Fischer tat – ist das geschehen mit deinem Willen, auf dein Geheiß?«
»Du hast gelauscht!« fuhr Herr Waze auf.
»Muß man lauschen bei einem Geschrei, das durch jede Wand geht? Mich kümmert nit, was Henning tut. Zwischen ihm und mir liegen Berg und Tal. Du aber bist mein Vater. Gib mir Antwort: Hat Henning wie ein Meuchler den Pfeil geworfen und den Stein gelöst auf dein Geheiß?«
Reckas Blick schien ein unbehagliches Empfinden in Herrn Waze zu erwecken. »Ich könnte nein sagen. Was der Lapp getan hat, muß mir eher schaden als nützen. Wie könnt ich meinen eigenen Nachteil wollen?« Mit halb geschlossenen Augen spähte er in Reckas Gesicht und suchte zu lesen in ihren steinernen Zügen. »Bevor ich aber weiter antwort, hätt ich selber eine Frag. Was kümmert dich der Fischer?«
»Er? Nichts!« erwiderte Recka heftig. »Ich sorg mich um seine Schwester.«
»So?« Herr Waze fing mit der Zunge den Schnurrbart zwischen die Zähne und nagte an den grauen Haaren. »Warum hast du sie denn so lieb, die Schwester?«
»Weil sie treu und rein ist.«
»So? Die Schwester? Sonst hast du keinen Grund?«
»Einen Grund? Welchen?« Kalt und ruhig klang ihre Stimme, doch über ihre bleichen Wangen schlich eine dünne Röte.
Herr Waze lächelte. »Komm, mein schönes Rotfüchsl, tu nit so finster! Setz dich her zu mir und laß uns reden in Ruh! Ich wüßt einen Weg, auf dem der Fischer ein gutes Leben hätt. Da wär auch seiner Schwester geholfen, die du so lieb hast!«
Zögernd ließ Recka sich auf den Sessel nieder, zu dem der Vater sie gezogen hatte. Langsam, als wöge er jedes Wort, begann er von den Sorgen zu sprechen, die ihm die Klosterleute bereiteten. Er wählte die Worte glücklich; Recka lauschte gespannt, und zornig blitzten ihre Augen, als sie jener ersten Begegnung mit Waldram und Eberwein gedachte.
»Mein Haus und Land wollen sie mir nehmen und dir den Wildbann, dein Roß, die Falken und die freie Luft. Ich hätt ihnen wohl einen Hag geflochten wider solch Gelüst. Aber Sigenot –«
»Laß den Fischer aus deiner Rede!« fuhr Recka in Unmut auf.

»Ich brauch ihn aber! Wär der Fischer für mich, so hätt ich leichteren Stand. Er geht für hundert, ihm laufen die anderen nach. Ich muß ihn haben.«
»Und meinst du, wie Henning um ihn wirbt, das wär die beste Art, ihn zu gewinnen?«
»Ich hab zuvor auch im guten mit ihm geredet.«
»Zuvor?« Recka sah den Vater an; dieses Wort hatte ihr viel gesagt.
»Ja, ja, ja!« schrie Herr Waze in entfesselter Ungeduld. »Aber dieser Stock hat einen Sinn wie Eisen. Ich hab ihn nit halten können, und ich bin doch ein Mann mit Fäust! Und ich muß ihn haben, ich muß! Schau, Mädel, was ein Mann nit fertigbringt, das wird oft einem Weib ein leichtes Spiel. Runde Arm und langes Haar machen feste Schlingen.«
Recka war aufgesprungen, daß ihr Sessel zu Boden fiel. Mit flammenden Augen maß sie den Vater, und wortlos schritt sie zur Türe.
»Was rennst du davon?« rief der Alte in Verblüffung und Zorn; und als sie keine Antwort gab, sprang er auf und vertrat ihr den Weg. »Bleib, Dirn!«
»Gib mir die Tür frei! Wir haben ausgeredet. Du bist zu Scherzen aufgelegt, wie sie deinen Buben gefallen mögen, nit mir!«
»Scherz! Meinthalben mag aus der Sach auch Ernst werden. Ich muß den Fischer haben, so oder so! Faß ihn mir, Füchsl, faß ihn! Ich mein', es kostet dich nur einen Blick. Du selber machst keinen schlechten Tausch. Vergleich ihn mit dem Pfleger von Hall, mit dem einzigen, den ich weiß für dich. Steht der Fischer nit da wie ein Baum in seiner jungen Kraft? Ein freier Mann, ein Herr auf seinem Eigen! Hat Haus und Hof, Sennen und Vieh. Und seine Fischenz wiegt wie ein Herrengut. Was meinst du?«
»Ich meine«, erwiderte Recka mit erstickter Stimme, »wenn dir wieder einmal die Laun kommt, mit mir zu reden, so tu es vor dem Mahl, nit hinter dem Becher. Ich höre den Met aus dir.«
»Dirn!« schrie Herr Waze gereizt und hob den Arm. »Daß ich dir für solche Red die Faust ins Gesicht schlag, wer hindert mich?«
Das Mädchen richtete sich auf. »Mein Arm! Und eine, die zwischen dir und mir steht. Meine Mutter Friderun!« Am Vater vorüber schritt Recka in ihre Kammer und schlug hinter sich die Türe zu.
Das Gesicht von Wut verzerrt, starrte Herr Waze seiner Tochter nach. »Deine Hand hätt ihn noch halten können, für dich und mich. Jetzt muß er fallen.«

In der Kammer brannte eine Leuchte neben dem Zinnspiegel; als Recka an ihm vorüberschritt, zeigte ihr das blanke Metall das von Zorn und Scham gerötete Gesicht. Als könnte sie den eigenen Anblick nicht ertragen, so stieß sie mit der Faust die Leuchte um. Langsam erlosch das qualmende Flämmlein auf der Diele, während Recka sich im Erker niederwarf, durch dessen Fenster das Mondlicht in die Kammer fiel. Das Gesicht in den Armen vergraben, saß sie über den Tisch gebeugt. Das Mondlicht umwebte ihr Haupt mit Schimmer und machte das Geschmeide funkeln, das noch immer neben dem offenen Kästlein verstreut umherlag. Zwischen dem glitzernden Gold und den farbig glimmernden Edelsteinen leuchtete mit fahlem Weiß der zersprungene Beinreif wie ein aus dem Grab geworfener Totenknochen, wie der letzte Überrest eines vermoderten Lebens, eines versunkenen Glücks.
Draußen in der Mondnacht schrie ein Uhu, der von den Seewänden hinausstrich in das waldige Tal, um seinen Raub zu suchen. Über dem Fischerhause klang sein häßlicher Schrei und tönte an Sigenots Ohr, der unter seinem krankenden Jahrbaum saß, das Haus bewachend und der Heimkehr seines Knechtes harrend. »Es ruft der Totenvogel!« Er spähte durch das Gezweig empor in den bleichen Himmel und sah einen Schatten huschen.
Weiter und weiter ging des Nachtvogels Flug, über den Untersteiner Forst und gegen die Schönau hin. Da hörte ihn der Richtmann, der in schlummerloser Sorge lag und seines Buben dachte. Beklommen lauschte er. »Gilt's mir oder gilt's meinem Liebli?«
Immer weiter strich der Schreier in der Nacht, über Felder und Halden hinweg, vorbei an den Gehöften und nah vorüber bei einer Brandstätte und einem zerfallenen Haus. Der alte Gobl erwachte unter dem Apfelbaum; er hörte den Ruf und lächelte: »Schrei nur! Schrei nur! Wie öfter, so lieber hör ich dich. Vergelts der Botschaft, die du mir anschreist!«
Über die Ramsauer Ache ging der Flug des Vogels, über die Gehänge der Strub hinauf zum Lokiwald und dem Untersberg entgegen.

16

Hell lag der Mond auf den Zelten der Klosterleute und über dem wachsenden Klausenbau. Wicho, mit dem geleerten Lägel auf dem Rücken, stand vor dem Zelt der dienenden Brüder; die Neugier hatte ihn nähergezogen. Als er den Schrei des Nachtvogels hörte, schüttelte ihn ein Grauen, und hastig suchte er den Heimweg.
Im Zelt, durch dessen Ritzen ein matter Dämmerschein der Mondnacht quoll, richtete Bruder Wampo sich von seinem harten Mooslager auf. »Schweiker!« Der Schlummernde hörte nicht; von der Arbeit müde, schlief er den Schlaf des Gerechten. »Schweiker!« Da rührte sich der Bruder, und die Stangen seines Lagers ächzten. »Was ist denn schon wieder?« fragte er verschlafen.
»Es hat sich was gerührt draußen, ich hab schon gemeint, es kommt herein.«
Schweiker erhob sich und trat ins Freie; tiefe Stille herrschte ringsumher, und öde lag die mondhelle Lichtung. »Du hast geträumt!« sagte er, in das Zelt zurückkehrend. »Laß mich doch einmal in Fried mit deiner unsinnigen Angst! Wir stehen in Gottes Schutz.«
»Angst?« schmollte Wampo. »Gehört hab ich halt was. Und das hätt doch auch was Gutes sein können. Dein Bartele ist selbigsmal mit dem Himmelsbrot auch in der Nacht gekommen.«
Schweiker brummte ein unverständliches Wort und warf sich auf sein Lager.
»Lang bleibt der Segen aus!« seufzte Bruder Wampo, die beiden Arme um die Knie schlingend. »Die Milch ist gar und das Schmalz verkocht. Jetzt dürft dein Bartele schon bald wieder kommen.«
»Red doch nit allweil von dem Kind!« fuhr Schweiker auf.
»Warum kommt sie nimmer? Sie hört doch jeden Tag das Glöckl! Und der Fischer? In dem hab ich mich auch getäuscht!«
»So gib doch Fried, Bruder!« mahnte Schweiker. »Es ist Schlafens-

zeit. Und müd bin ich, daß mir die Knochen wie Stein im Fleisch liegen!«

Bruder Wampos Züngl, einmal munter geworden, kam nicht zur Ruhe. »Eine schieche Gegend!« jammerte er. »Wie können nur verstandsame Gottesleut auf eine solche Wildnis verfallen? Wie die Zeiten sich gewandelt haben! Früher einmal, da ist der Klosterdienst eine Freud und Lust gewesen. Ich hab die gute Zeit noch mitgemacht als Küchenbub zu Tegernsee. Da hat man den guten Himmelsherrn mit Lachen und Freuden geliebt. Jetzt dienet man ihm in Weh und Buß, mit Geißel und Fasten. Schau den Pater Waldram an! Und denk an meinen Froumund mit dem Liederherzen, der sich lustig hinaufgesungen hat in den Himmel! Früher einmal, da ist den Leuten wohl gewesen in Klosternäh. Jetzt ziehen die Christenmenschen und Rittersleut übers Meer ins heidnische Muselland und meinen, der liebe Herr Jesus Christ wär ihnen auf dem Boden, auf dem er hat sterben müssen, näher und gnadenreicher als daheim in den Gotteshäusern, in denen er aufersteht an jedem Ostertag und liebreich wohnet das ganze Jahr.«

»Bruder!« fiel Schweiker erschrocken ein. »Wie kannst du so was reden! Wer das Kreuz nimmt und einen Schwertstreich tut fürs Heilige Land, der baut sich ins Himmelstor ein Loch, so groß, daß er aufrecht eingehen kann in die Seligkeit, derweil sich unsereiner bucken und zwängen muß.«

»So? Meinst du? Jetzt sag mir aber: Glaubst du nit, daß der Himmelsherr die Heiden aus dem Heiligen Land verjagen könnt mit einem einzigen Blaser? Daß sie fliegen täten wie die Mucken?«

»Wohl.«

»Warum tut er's nit?«

Schweiker fand keine Antwort.

»Gelt? Jetzt geht dir die Red aus! Ich sag: Das ist ein Zeichen. Es wird seinen guten Grund haben, daß die Heiden sein müssen, wo sie sind. Ich denk mir, der liebe Herr Jesus Christ hat gesagt: Auf dem Grund und Boden, wo sie mich gemartert haben, soll meiner Lebtag kein Kirchl stehen und keine Glock läuten. Zur Straf!«

»Da kannst du recht haben!« sagte Schweiker zögernd. »Freilich, die das Kreuzfahren predigen, sagen –«

»Die das Kreuzfahren predigen, haben mir nie gefallen!« fiel Bruder Wampo hitzig ein. »Die sind's gewesen, die uns die guten Zeiten so schiech gewandelt haben. Die sind's gewesen, die den Menschen die lachende Gotteslieb genommen und die Angst dafür gegeben haben. Die sind dran schuld, daß wir da sitzen müssen in solcher Wildnis. Früher einmal, wenn man ein Kloster hat bauen wollen, hat man die schönste Gegend ausgesucht, mit lieblicher Umschau und fruchtbarem Grund, in blumigem Tal und an fischreichem Wasser, zwischen festen Burgen und großen Dörfern mit freundlichen Leuten. Jetzt ist keine Gegend mehr wild und öd genug. Mitten im wüsten Wald und unter reißendem Getier! Ach, Bruder, mir wird die Zunge lang und das Herz weit, wenn ich heimdenk an mein liebes Tegernsee! Das schöne Tal! Der grüne See mit so viel Fisch! Renanken, Salmen, Ferchen und Hecht! Die runden grünen Berglein und der Wald voll Reh und Hirsch! Die vielen Bauernhöf, aus denen Milch und Honig tropft! Das wunderschöne Gotteshaus, der Klostergarten und der Keller – o du meine Güte! Und jede Zell wie eine Herrenstub! Das Refektorium wie eines Fürsten Tafelzimmer! Und erst den Büchersaal hättest du sehen sollen! Da sind die schönsten Bücher gestanden, hundert um hundert, christlich und heidnisch.«

»Heidnische? Mit denen laß mich aus!« brummte Schweiker.

»Warum? Die sind gar nit so übel!« Bruder Wampo kicherte. »Eins ist drunter gewesen – das ist vom vielen Lesen völlig schwarz geworden an den Ecken. Du! Was da für Geschichten drin gestanden sind! Die muß ich dir einmal erzählen. Von allen die liebste war mir immer die von der holdseligen Daphne, der schönen nympha. Die hat anders ausgesehen wie dein Bartele.«

Auf Schweikers Lager krachten die Stangen.

»Wenn die das Kleidl hat fallen lassen, um ins Bad zu steigen, ist sie dagestanden – ich sag dir, Bruder: unus nitor in illa, alles an ihr ein einziger Glanz, schlohweiß und rosig, von den Füßlein bis –«

»Hör auf!« rief Schweiker zornig. »Solche Sachen mag ich nit leiden!« Ungestüm drehte er sich auf die Seite.

»Freilich, bei dir fehlt's an der richtigen Schul!« meinte Bruder Wampo mitleidig. »Der Ovidius will verstanden sein. Das geht nit ohne Gottesgelahrtheit. Mit der hapert's bei dir noch. Aber«, fügte er tröstend bei, »bist ja noch jung! Mit der Zeit, da wird man dir noch was eintrichtern.«

»Gib endlich Ruh und schlaf!«

Seufzend ließ Bruder Wampo sich auf das Lager zurücksinken, und um leichter einzuschlafen, begann er eine Litanei zu beten.

Draußen vor dem Zelt rauschte im Nachtwind leise der Wald. Der Mond war gesunken, Finsternis deckte die Lichtung, in tiefer Schwärze ragten die Berge, und am stahlblauen Himmel funkelten die Sterne in reinem Glanz.
Stille Stunden verrannen, und es wandelte sich die Nacht zum Morgen. Im ersten Grau kam ein Fuchs über den Berghang heruntergeschlichen; langsam schob er sich durch das Heidegras, vorsichtig nach allen Seiten windend. Plötzlich verhoffte er, hob spähend den Kopf und flüchtete mit langen Sprüngen den Felsen zu.
Hinzula war aus dem Wald getreten, mit einem Weidenkorb auf dem Rücken, mit dem Hirtenstecken in der Hand. Zögernd näherte sie sich dem Zelt der Brüder, stellte den Korb zur Erde und begann seinen Inhalt auszukramen: Milch und Honig, Butter und Eier, Käse und Roggenbrot. »Der wird schauen, wenn er aufwacht!« flüsterte sie lächelnd, während sie sich erhob und den Korb wieder über die Schulter schwang. Schon wollte sie gehen, da hörte sie ein Geräusch aus dem Zelt; es klang wie eine Säge bei der Arbeit – Bruder Schweiker schnarchte. Hinzula kicherte und versuchte die Schlummerstimme des Bruders nachzuahmen; was sie fertigbrachte, klang im Vergleich mit dem Urlaut wie das Zirpen einer Grille gegen eines Bären Gebrumm. Sie kicherte: »Schnarkel nur! Wer schnarkelt, schlaft gut, und der Schnarkler scheuchet die Truden und Maren.« Lachend sprang sie dem Waldsaum entgegen, während das wachsende Licht den Morgennebel steigen machte.
Bruder Schweiker erhob sich vom Lager. »Jetzt mein' ich aber selber, ich hätt was gehört!« Er lauschte. Da merkte er, daß es Tag wurde. »Freilich, die Arbeit hat nach mir geschrien!« Mit gleichen Füßen sprang er auf die Erde. »Auf mit Gott, beim Teufel ist kein Trost!« Sein Anzug war bald in Ordnung gebracht; er hatte in der Wollhose und im Arbeitskittel geschlafen und brauchte nur in die Schuhe zu schlüpfen. Den aus Holzperlen gereihten Rosenkranz, der zu Häupten seines Lagers gehangen, steckte er hinter den Gürtel, denn nach dem Morgenläuten sollte das gemeinsame Gebet gesprochen werden. Als er vor das Zelt trat, sah er die freundliche Bescherung auf der Erde. Mit breitem Lachen nickte er vor sich hin. »Schau, das Bartele!«
Ein feines Kichern klang vom Waldsaum herüber. Schweiker blickte auf. »Hinzula?« rief er und eilte den Bäumen zu. Flink wie ein Reh sprang die Hirtin aus ihrem Versteck und eilte talwärts durch den

Wald, der Ache entgegen. Noch war sie nicht weit gekommen, da rief ihr eine zornige Stimme zu: »Steh, Dirn!« Henning kam zwischen den Bäumen hervorgeritten. »Treff ich dich schon wieder auf meinem Weg? Hab ich dir nit gesagt, du Schmierfink, daß hier Bannwald ist?«
Hinzula ließ den Stecken sinken, und während sie mit beiden Händen die Tragbänder des Korbes faßte, blickte sie in Angst zu dem bleichen, übernächtigen Gesicht des Reiters auf, in dessen Augen alle Wut funkelte, die an ihm gezehrt hatte in schlafloser Nacht. Henning sah den leeren Korb auf der Schulter des Mädchens. »Wo kommst du her?« schrie er und riß die mit schwerem Hirschhorngriff versehene Reitpeitsche aus der Satteltasche. »Wo kommst du her?«
»Von dort, Herr«, stotterte das Mädchen, »wo die frommen Brüder bauen.«
»Was hast du zu schaffen dort?«
»Albengab hat ich hingetragen, Milch und Honig, Eier und Butter.«
»Das soll der Teufel dir gesegnen!« Henning schwang den schweren Knauf der Peitsche.
»Herr! Was tust du mir?« stammelte die Hirtin und wollte fliehen. Ehe sie sich zu wenden vermochte, fiel der Schlag und traf die Stirne des Mädchens. Ein Schmerzenslaut rang sich aus Hinzulas Kehle; während das rote Blut über ihre Augen rann, taumelte sie zwischen den Bäumen; von ihrem Rücken fiel der Korb und rollte über das Moos; dann wankte sie; mit zuckenden Händen griff sie in die Luft und stürzte zu Boden.
»Hinzula!« klang Schweikers Stimme im Wald. Er hatt den Wehschrei des Mädchens gehört und kam gesprungen mit wehendem Bart, einen Knüppel in der Faust, als gält es, die Hirtin zu retten vor einem reißenden Tier. »Hinzula!« Der Ruf erlosch ihm auf den Lippen; zwischen den Bäumen sah er die Hirtin liegen, regungslos, mit geschlossenen Augen, besudelt von Blut. Der Knüppel fiel aus seiner Hand, er hörte nicht das Brechen der Äste, hörte nicht den Hufschlag des Reiters. In Jammer warf er sich auf die Knie. »Kindl! O mein lieber Himmelsherr, was ist denn da geschehen?« Er hob das von Blut überströmte Köpfl der Hirtin auf seine Arme; ein mattes Stöhnen kam aus der Brust der Ohnmächtigen, und reichlicher blutete die klaffende Wunde an der Stirn. Mit verstörten Augen blickte Schweiker umher, als müßte die Hilfe aus den Bäumen

hervortreten, aus den Lüften kommen wie ein Wunder. »Ihr guten Heiligen! Was tu ich denn?« Er drückte die zitternde Hand auf die Wunde, um das Blut zu stillen; der rote Quell rann ihm heiß durch die Finger. Von namenloser Angst befallen, schrie er: »Mordio! Mordio!« Mit beiden Armen umschlang er das Mädchen und begann mit seiner Last zu laufen. Keuchend erreichte er die von bleicher Morgenhelle übergossene Lichtung, von welcher dünne Nebel aufdampften gegen den Berghang. Wie ein Schleier lag's über den Zelten und über dem Klausenbau.

»Mordio!« hallte Schweikers Stimme.

Da tauchte eine Gestalt im Nebel auf. Eberwein war es. »Schweiker! Wer ist in Not?« Er sah auf des Bruders Armen das blutende Mädchen liegen, mit hängendem Haupt und schlaffen Gliedern, einer Toten gleich.

»Schau, Herr!« Schweikers Stimme war halb erstickt von Tränen. »Jetzt haben sie uns das Kindl erschlagen! Unser einzigs, unser einzigs!«

»Trage das Mädchen zum Teich, kühle die Wunde mit Wasser! Ich hole, was ich brauche!« Eberwein sprang davon, im Nebel verschwindend.

Schweiker fühlte, wie ihm das Blut der Hirtin über die Arme rann, an der Brust durch den Kittel quoll und warm an seinen Körper rieselte. Ein Schwindel befiel ihn. »Sie verblutet, sie verblutet!« lallte er und rannte dem Teich entgegen. Am Ufer ließ er sich niedersinken, bettete den Kopf des Mädchens in seinen Schoß, schöpfte Wasser in der hohlen Hand und goß es über die wunde Stirn; mit dem über Hinzulas Haar und Schläfe strömenden Wasser vermischte sich das Blut und wurde dünner. Schweiker schöpfte und schöpfte. Zwischen den grau sich färbenden Wasserfäden und dem rinnenden Blut erschien mit weißer Haut ein Gesichtl von kindlichem Liebreiz. Immer weiter öffneten sich Schweikers Augen, immer flinker schöpfte seine zitternde Hand das Wasser und goß und wusch.

Da streckte sich Hinzula, ein stockender Atemzug erschütterte ihre Brust.

»Kindl, mein liebes Kindl!« stammelte Schweiker und hob mit beiden Armen das Köpfl der Hirtin.

Langsam schlug sie die Augen auf und hing mit starrem Blick an seinem Gesicht. Nun schien sie ihren Retter zu erkennen. Während

ein mattes Lächeln ihren Mund umspielte, hob sie müde die Hand und griff mit gespreizten Fingern in den Flachsbart des Mönches wie ein krankes Kind, wenn es, aus bösem Fieber erwachend, das kummervolle Gesicht des Vaters über sich gebeugt sieht.
Ein Nackenschauer rüttelte den bärtigen Kopf des jungen Mönches.
»Kindl, wie ist dir denn?«
»Gut!« lispelte Hinzula. In neu beginnender Schwäche verschwamm ihr schon wieder der Blick unter sinkenden Lidern.
Es wurde lebendig bei den Zelten, man hörte die Stimme Bruder Wampos, und Eberwein kam. »Sie lebt, Herr, sie lebt«, rief ihm Schweiker entgegen, »aber sie hat vor Schwäch schon wieder die Sinn verloren!«
Neben dem Bruder kniete Eberwein nieder; mit einem Tuche trocknete er die Stirne der Hirtin und begann mit dem Skalpell die Wunde zu untersuchen. Da mußte Schweiker auf die Seite blicken. Er konnte nicht sehen, wie das blinkende Eisen in die Wunde tauchte. Während auch Wampo und die Knechte gelaufen kamen, betätigte Eberwein schweigend seine hilfreiche Kunst. Als er mit dem Messer einen Knochensplitter aus der Wunde löste, streckte sich Hinzula stöhnend und schlug mit den Händen gegen den Arm des Arztes.
»Halte sie fester!« flüsterte Eberwein.
Schweiker fesselte mit raschem Griff die Hände des Mädchens, doch er wurde bleich, und nach einer Weile blickte er mit umflorten Augen zu Wampo auf: »Gib mir einen Trunk Wasser, Bruder, mir ist übel!«
Wampo riß einem der Knechte die lederne Kappe vom Kopf und schöpfte Wasser, das Schweiker in langen Zügen trank. Als Wampo, um die Kappe von neuem zu füllen, sich wieder zum Wasser bückte, wurden seine Augen starr; er ließ die Kappe fallen, warf die Arme in die Höhe und schrie: »Herr du Allmächtiger, ein Wunder! Der Teich, der gestern noch leer gewesen, hat Fisch! Hat Fisch!« Lachend sprang er in die seichte Flut und tappte mit beiden Händen nach den scheu durcheinanderschießenden Hechten und Ferchen.
Da richtete sich Eberwein auf. »Bruder!« rief er zornig. »Hier liegt ein armes Geschöpf in Not und Blut! Und du –« Sein zürnender Blick ergänzte, was sein Mund verschwieg. Bruder Wampo machte scheue Augen und stapfte aus dem Wasser. »Geh und bring einen Becher von unserem Meßwein!«
Wortlos schlich Wampo davon; auf halbem Weg schielte er über die

Schulter zurück. »Sie kommen mir nimmer aus!« Er wrang das Wasser aus dem triefenden Saum der Kutte und begann zu laufen. Pater Eberwein legte den Verband um Hinzulas Stirn; dabei erwachte die Hirtin aus ihrer Ohnmacht, und als sie den Pater und die fremden Gesichter der Knechte sah, wollte sie sich erheben. Schweiker hielt sie fest in den Armen. »Kindl, tu stillhalten! Es ist dir zum Guten, was geschieht.« Sie blickte zu ihm auf und rührte sich nicht mehr. Ein sanfter Wind erwachte, der Nebel kräuselte sich über den Berghang empor, die Sonne stieg, und ihre Strahlen fielen auf Schweiker und Hinzula. Bruder Wampo brachte den mit Wein gefüllten Becher. Eberwein setzte ihn an die Lippen der Hirtin und flößte ihr den stärkenden Trank bis auf den letzten Tropfen ein. Der Wein erquickte sie, ihre Augen bekamen Glanz, ihre Glieder Kraft, und von Schweiker gestützt, vermochte sie sich zu erheben. Zitternd stand sie, ihr Köpfl ruhte an Schweikers Brust. Die weiße, blutflekkige Binde umzog die Stirn und das Haar, das zur Hälfte noch starrte von Staub und Ruß, zur Hälfte in Nässe und blondem Schimmer glänzte. Wie eine Farbentafel, die der Maler aus der Hand gelegt, war das schmale Gesichtchen anzusehen, weiß und rot und grau – dazu der unter Schmerzen lächelnde Mund und die großen, scheublickenden Kinderaugen in ihrem reinen Blau.

»Wer bist du, Mädchen?« fragte Eberwein.

Sie starrte ihn an und wußte kein Wort zu finden.

»Hinzula heißt sie«, sagte Schweiker, »und ihr Vater ist der Greinwalder, der da drüben über der Ache hauset.«

»Sie ist die erste gewesen, die auf das Glöckl gehört hat«, fiel Bruder Wampo eifrig ein, »die erste, die zu uns gekommen ist mit frommer Gab. Aber sag nur, Bartele«, wandte er sich an das Mädchen, »wie ist dir denn das Unglück zugestoßen? Bist du auf einen Stein gefallen?«

Auch Eberwein fragte; doch Hinzula stand schweigend, als hätte sie die Sprache verloren; ihr scheuer Blick glitt über die fremden Gesichter und blieb mit stummer Bitte an Schweiker haften.

»So red doch, Kindl! Was willst du?«

»Heim!« lispelte sie.

»So komm, ich führ dich.«

»Weißt du den Hag ihres Vaters?« fragte Eberwein den Bruder. »Ich hoffe nur, er liegt nicht weit. Es ist schwach bestellt um ihre Kräfte.«

»Und läg das Haus einen Tag weit, ich bring das Kindl heim. Solang ich selber noch Füß hab, kann sie laufen. Komm, Hinzula, komm!« Fester legte Schweiker den Arm um die Hirtin und führte sie den Bäumen zu. Bis zum Waldsaum ging Eberwein mit ihnen, dem Bruder Auftrag gebend, welche Pflege Hinzula empfangen sollte. Zum Abschied drückte er die Hand der Hirtin und streichelte ihr Haar. »Gott mit dir, mein Kind! Ich komme morgen und sehe nach deiner Wunde.«

Während Schweiker mit dem Mädchen im Wald verschwand und Eberwein zu den Zelten ging, sprang Bruder Wampo, als hätte er mit Sehnsucht diesen Augenblick erwartet, flink zum Ufer des Teiches. Die Sonne lag über dem klaren Wasser, und regungslos standen die Hechte und Ferchen auf dem seichten Grund. Die Äuglein des Bruders glänzten, während er mit deutendem Finger die Fische zählte. Sorglich umschlich er den Teich und fand keine Stelle, die den Fischen einen Fluchtweg geboten hätte. »Ich brauch keine Angst zu haben, sie können nimmer aus!« Nun blinzelte er vergnügt den fettesten der Hechte an. »Du kommst morgen an die Reih, zur heiligen Sonntagsfeier!« Er blickte hinein in den leuchtenden Morgen und schmunzelte. »Heut gefallt mir die Gegend.« Eine Weile ließ er sich die Sonne auf das Bäuchlein scheinen; dann eilte er zur Feuerstätte, um die Morgensuppe zu kochen. Bei der Klause klangen schon die Beilschläge der Knechte, die über der hölzernen Mauer die Balken zum Dache schränkten.

Inzwischen hatte Schweiker mit Hinzula das Tal erreicht. Nun, da sie mit Schweiker allein war, fand sie die Sprache und erzählte, daß es Henning gewesen, Wazemanns Ältester, der sie blutig geschlagen.

»Warum?«

»Er hat gesagt, weil Bannwald ist, wo ich geh.«

Schweiker ballte die Faust. »Käm er mir in den Weg, ich wollt einen Bann legen um ihn her, daß er den Arm nimmer heben möcht zu einem Schlag.«

Scheu blickte Hinzula zu ihm auf. »Laß dich mit dem nit ein, das ist ein Arger.«

»Ich fürcht ihn nit. Und wenn er hundertmal stärker wär als der Teufel. Ich weiß einen, der mir hilft.«

»Wen meinst du?«

»Schau hinauf, Kindl! Den mein' ich, der da droben ist im Himmel und für alle Guten die Hilf ist, für die Argen ein Schrecken.«

Hinzula hob das scheckige Gesicht; dabei übersah sie einen Wurzelknollen, strauchelte und wäre gestürzt, hätte nicht Schweiker sie aufgefangen.
»Aber Kindl! So schau doch auf den Weg!«
»Hast ja gesagt, ich soll hinaufschauen zur Himmelsburg.«
»Freilich, aber man muß doch auch einen Blick auf die Erd hin haben.« Sie erreichten das Ufer der Ache. »Kindl, da hinüber tragen dich deine Füßlein nit.« Er hob die Hirtin auf seine Arme. Sie lächelte und umschlang seinen Hals. Schweiker stieg in das Wasser, und während die schießenden Wellen ihn umrauschten bis an die Hüften, blickte er lachend in die Augen des Mädchens. »Jetzt mein' ich schier, ich bin der Christophorus.«
»Wer ist das?«
Da wurde er rot bis über die Ohren, denn er meinte nun doch, daß es nicht anginge, das Bartele mit dem Christuskinde zu vergleichen, welches Christophorus über den Strom getragen; er selber war wohl auch noch weit davon entfernt, ein Heiliger zu sein. Als aber Hinzula ihre Frage wiederholte, mußte er Antwort geben. »Der Christophorus ist ein Heiliger. Wie er noch ein Heid gewesen ist, hat er einmal ein Kindl übers Wasser getragen und hat nit gewußt, wen er auf seinen Armen hält. Auf die Letzt aber hat er doch gemerkt, daß er sein Heil getragen und sein Himmelsbrot verdient hat.«
Sinnend blickte Hinzula auf Schweikers Mund; die knapp gefaßte und dunkle Geschichte schien ihr nicht völlig einzuleuchten.
Das Ufer war gewonnen, und triefend wanderte Schweiker über die grasige Mulde hinweg, in der die Brüder gelagert hatten in jener ersten Sturmnacht. Es war wohl die Erinnerung an jenes Abenteuer, die ihn vergessen machte, Hinzula wieder von seinen Armen zu lassen. Und die Hirtin vergaß, ihn an ihre eigenen Füße zu mahnen. So erreichten sie den Wald, und Schweiker stieg mit seiner Last über den Hang empor, als wöge sie auf seinen eisernen Armen wie eine Feder. Seitwärts schimmerte eine Lichtung, und da hörten sie Getrippel hinter sich. Hinzula blickte über Schweikers Schulter. »Da kommt mein Zottli!« Mit mattem Stimmlein lockte sie, und der Bock, dem die vier Geißen folgten, kam mit spielenden Sprüngen zwischen den Bäumen hervor. Meckernd lugten die Tiere zur Hirtin und trippelten hinter Schweiker her.
Der Wald wurde eben, dann kam eine weite Wiese, in deren Mitte ein hoher Hag sich erhob, das Haus verdeckend; gegen den Berg-

hang zog sich ein Roggenfeld hin, auf dem ein Mann und ein Weib mit der Sichel die mageren Ähren schnitten. »Schau«, flüsterte Hinzula, »der Vater und die Mutter! Mein Bruder ist nit daheim, der sennet auf der Alben.«

Schweiker schöpfte Atem; seine Stirne zog sich in Falten, denn es erwachte in ihm die gruselige Frage: Wie muß die Mutter aussehen, die ein Kind hat, das sich vier Jahr lang nicht gewaschen?

Der Greinwalder und sein Weib hatten den Fremden schon gewahrt. Was da zu sehen war, mußte ihr Staunen wecken: dieser Fremde in der seltsamen Tracht, ein Mensch wie ein Riese, mit dem wallenden Flachsbart und dem geschorenen Kopf, eine Dirn auf seinen nackten, braunen Armen und hinter ihm die meckernden Ziegen! Da erkannte die Greinwälderin ihr Kind, warf die Sichel weg und kam gelaufen, während der Mann ihr zögernd folgte.

Bruder Schweiker riß die blauen Augen auf, als er das freundlich anzusehende Weiblein erblickte, bei aller Ärmlichkeit sauber gewandet und an Gesicht und Händen tadellos gewaschen. Vor Verwunderung fand er, während er Hinzula zur Erde gleiten ließ, keine Antwort auf die erschrockenen Fragen der beiden Leute. Hinzula selbst mußte berichten, was ihr geschehen und wie sie Hilfe gefunden.

Als der Greinwalder hörte, daß Schweiker einer von den Gottesmännern wäre, die ins Tal gekommen, musterte er den Bruder vom Kopf bis zu den Füßen und sagte: »So einen Senn möcht ich haben. Da wär mein Vieh vor den Wölfen und Bären sicher und mein Haus vor den Wazemannsbuben.«

Schweiker hatte kein Ohr für dieses Lob. Er mußte der Greinwalderin, die ihr Kind in den Hag führte, die Aufträge hersagen, die ihm Pater Eberwein für Hinzulas Pflege erteilt hatte. Dabei wären, wie er eindringlich betonte, Wasser und Reinlichkeit nicht zu vergessen.

»Aber hör«, sagte das Weib, »das versteht sich doch von selber.«

Diese Antwort brachte den Flachsbärtigen um alle Fassung. Seit vier Jahren hatte die Greinwalderin nicht an Wasser und Seife gedacht, jetzt auf einmal waren ihr diese beiden Dinge eine selbstverständliche Sache. Kopfschüttelnd betrat Schweiker das sauber gehaltene Gehöft. Dem kleinen Balkenhaus sah man die Liebe an, mit der es erhalten wurde. In jeder Fensterluke stand ein hölzernes Tröglein mit blühenden Nelken, zwei weiße, kraushaarige Lämmer trippel-

ten im Hof umher, die Hühner scharrten in der Sonne, und zu Tausenden schwärmten die aus- und einziehenden Immen.
Als Hinzula, von der Mutter geführt, das Haus betreten wollte, wandte sie auf der Schwelle das Gesicht und fragte den Bruder mit beklommenem Stimmlein: »Gelt, du bleibst noch?«
»Freilich, Kindl!« Er nickte ihr lachend zu. Dann ließ er sich auf die Hausbank nieder und streckte die Beine. Der Greinwalder bot ihm die Hand. »Vergelts, Gottesmann, für alles, was du getan hast für mein Kindl!«
»Ist gern geschehen.«
»Lohnen will ich's auch. All Woch, wenn mein Bub abtragt von der Alben, schick ich euch ein Körbl voll Zeug hinunter. Jetzt weiß ich, wem's zukommt!«
»Das muß nit sein!« sagte Schweiker; aber weil er an Bruder Wampo dachte, fügte er zögernd bei: »Wenn du was übrig hast und du gibst es gern, meinthalben. Aber sein muß es nit.«
Die Greinwalderin kam gelaufen, füllte an der Quelle eine hölzerne Kanne und verschwand wieder. Schmunzelnd blickte Schweiker ihr nach. »Wo ich hinschau, alles gefallt mir. Bist ein rechtschaffener Bauer. Auch dein Weibel schaut sich gut an und tragt sich sauber. Aber wie kann denn die Mutter ihr Kindl so umlaufen lassen? Vier Jahr lang nimmer gewaschen!«
»Vier Jahr lang«, nickte der Greinwalder, »seit wir halt gemerkt haben, daß die Dirn sich sauber auswachst.«
Schweiker verstand diese seltsame Logik nicht. »Weil sie sauber ist, drum muß man sie schiech machen, daß einem hätt grausen können vor ihr?«
»Freilich! Wie mehr, so besser. Da haben die Wazemannsbuben geschrien: ›Der Schmierfink!‹ und sind davongelaufen.« Die Augen des Bauern funkelten. »Hätten sie gemerkt, was hinter der Schmier ist, so hätt ich meine Dirn schon lang einmal suchen dürfen mit Kummer und Fluch.«
Nun verstand der Bruder. Er ballte die Fäuste und blickte über den Bergwald hinunter. »Wahr ist's, eine schieche Gegend das, wo der Dreck die einzig Hilf ist, die der Unschuld bleibt.« Er legte die Hand auf den Arm des Bauern. »Laß gut sein, Greinwalder, das soll sich wenden, und müßt ich selber dreinschlagen mit allen zwei Fäusten! Den Wazemannsbuben soll ein Riegel gelegt werden.«
»Es wär an der Zeit!« Um dieses Wort zu bekräftigen, erzählte der

Greinwalder, was die Seinen von den Wazemannsbuben erduldet hatten seit langen Jahren. »Bei meinem Vater haben sie angefangen«, so schloß die böse Litanei, »und jetzt kommen sie über mein Kind. Schau, Gottesmann!« Er deutete nach einer einsam stehenden Fichte, die ohne Gipfel war. »Dort steht noch der Baum, an den die Wazemannsknechte meinen Vater gebunden haben, weil er sich als Freibauer gewehrt hat wider die Fron. Den Gipfel hat mein Vater abgeschnitten, und der dürre Stecken harret in meiner Kammer auf den Tag, an dem gezahlt wird.«

Die Greinwalderin guckte aus der Tür und sagte zu Schweiker: »Komm ein lützel herein, mein Mädel verlangt nach dir!«

Mit einem Sprung war Schweiker im Haus. Als der Greinwalder folgen wollte, hielt ihn das Weib am Kittel fest und fragte scheu: »Hast du gescholten wider die Wazemannsleut?«

»Gehörig auch noch!«

»Bauer, Bauer!« flüsterte die Greinwalderin erschrocken. »Wenn's der Fremde weitertragt?«

»Der? Da hab keine Sorg!«

Schweiker hatte die Herdstube betreten. Der niedere Raum zeigte nur armseligen Hausrat, aber ein Hauch von Wohnlichkeit strömte aus den gebräunten Holzmauern. An den Fenstern waren die Läden vorgeschoben; nur einzelne Sonnenstrahlen, die durch die Ritzen fielen, durchspannten leuchtend das in der Stube herrschende Zwielicht. Schweiker blickte suchend umher. Da klang das lispelnde Stimmlein der Hirtin: »Siehst du mich nit?«

Neben dem Herde war in der Holzmauer eine Vertiefung, die einem länglichen Kasten ohne Türe glich. In dieser Vertiefung lag Hinzula auf dem Heubett, unter einer Lammfelldecke, auf der die Hände ruhten.

Zögernd näherte sich Schweiker. Verwundert, fast erschrocken hingen seine blauen Augen an der Hirtin, die sauber gestrählt und gewaschen war. Sie trug ein ärmelloses Kittelchen aus gelblichem Hanftuch, unter dessen groben Falten der junge Busen atmete; weiß schimmerte das schmale Gesichtl zwischen dem Blondhaar und unter der blutfleckigen Stirnbinde; nicht minder weiß waren die nackten Arme, die der Sonnenbrand unter der grauen Hülle, die sie getragen, nicht hatte bräunen können. Mit schüchternem Lächeln blickte Hinzula zu Schweiker auf: »Gelt, jetzt bleibst du noch ein lützel? Du mußt doch rasten!«

Er stotterte: »Freilich, freilich, freilich!«
»So tu dich niederlassen!« sagte sie und rückte an die Mauer, damit er Platz hätte auf dem Rand des schmalen Lagers. Er streckte schon die Hand und wollte sich setzen. Da klang es leise in den Lüften und quoll durch Tür und Wände mit verschwommenem Hall, kaum hörbar, wie ein Ruf aus weiter Ferne.
Schweiker richtete sich auf. Seine Stimme zitterte: »Ich kann nimmer bleiben, Kind! Das Glöckl ruft.«
Erschrocken hob sich Hinzula aus dem Heu und griff mit der Hand nach ihm. Er schüttelte den Kopf, daß der lange Flachsbart wie eine Welle floß. Der Atem schien ihr zu versagen. Es währte eine Weile, bis sie fragen konnte: »Kommst du bald und suchst mich heim?«
Er sah zu Boden und murmelte: »Ich weiß nit!«
Hinzulas Augen füllten sich mit Tränen. Scheu blickte er auf, und als er an ihren Lidern diesen Schimmer sah, zog es ihm den Kopf gegen die Schultern, als hätte er einen Schmerz im Nacken. Langsam streckte er die Hand, machte das Kreuzzeichen über Hinzulas wunde Stirn und flüsterte: »Pax tibi domini!« Als wäre ihm der gewohnte Spruch zu kurz und nicht kräftig genug, so fügte er bei: »Der liebe Gott soll dich hüten und schützen, Kind!« Er wandte sich und schritt zur Türe.
Der Bauer und die Bäuerin traten ihm entgegen. »Was ist denn, Gottesmann«, fragte der Greinwalder, »willst du schon wieder fort?« Wortlos schritt der Bruder an ihm vorüber, mit beiden Händen den Rosenkranz umklammernd, den er aus seinem Gürtel gezogen. »Was hat er denn?« fragte das Weiblein verwundert und sah ihm nach.
Als Schweiker die Wiese erreichte, zog ein schwüler Windhauch über den sonnigen Wald herauf, und heller tönte die Glocke. Immer rascher wurde Schweikers Gang. Als er den Wald betrat, kam er auf dem steilen Hang ins Laufen. Am Ufer der Ache hielt er inne. Eine Weile hing sein Blick an den sonnblitzenden Wellen. Dann hob er die Hände und sah die Arme an, die gesprenkelt waren mit eingetrockneten Blutflecken. Er bückte sich, schöpfte Wasser mit der Hand und begann zu waschen, bis die letzte Spur des Blutes getilgt war. Als wäre er müde geworden von dieser harten Arbeit, ließ er sich am Ufer nieder auf einen Stein und drückte das Gesicht in die nassen Hände.
Vor seinen Füßen ließ sich im Wasser ein leises Plätschern hören.

Ohne daß Schweiker es merkte, war ihm der Rosenkranz entfallen und in den Bach gerollt.

Die hölzernen Perlen schwammen, ein Wirbel ergriff und drehte sie; hier stießen sie wider einen Stein, dort hafteten sie an einer niederhängenden Staude. Eine leuchtende Welle faßte die Perlen und trug sie gaukelnd davon.

17

In der Mittagssonne ritt Herr Waze über die Schönauer Felder. Auf einzelnen Äckern schnitten die Leute das Korn, auf anderen lagen schon die gebundenen Garben und harrten des Erntekarrens. Wo Herr Waze ritt, eilten die Knechte und Mägde auf ihn zu und küßten unter scheuem Gruß den Steigbügel.
Am Gehöft des Kaganhart führte sein Weg vorüber; das Tor war geschlossen. Lautlose Stille lag über dem Hag. Als Herr Waze durch einen Hohlweg gegen den Talwald ritt, begegnete ihm die Hausfrau des Kaganhart mit beladener Kraxe. Scheu blickte sie zu dem Reiter auf und trat seitwärts in die Dornbüsche. Herr Waze musterte das Weib. Ein dünnes Lächeln.
»Woher, Hilmtrud?«
»Von der Alben, Herr!«
»Wo ist dein Hauswirt?«
»Der kehrt morgen heim.«
»So? Nächtet er auf den Alben?« Wie zwei Dolche blitzten die Augen des Reiters. »Oder hat er einen Weg in der Nacht?«
»Einen Weg, Herr?« stotterte das Weib. »Ich weiß nit, was Ihr meinet.«
Eine Weile schwieg Herr Waze. »Da hast du eine schwere Krax voll Zeug. Wenn du abladest daheim, so vergiß nit, daß mir dein Hauswirt von Sonnwend her noch die halbe Steuer schuldet.« Hilmtrud erblaßte. »Schau doch«, lachte Herr Waze, »meine Mahnung treibt dir alles Blut aus dem Gesicht. Ihr braucht euer Sach wohl selber? Das ist ein schlechter Sommer heuer. Ich möcht deinem Hauswirt die Steuer gern erlassen. Aber ein Dienst wär des andern wert.«
»Was müßt er schaffen dafür?« fragte die Bäuerin hastig.
»Nit viel. Nur heimlich müßt er mich wissen lassen, für wann er zum Thing auf dem Totenmann geladen ist.«

»Herr«, stammelte sie, »wie kann er das? Der Thingbot ruft unter Schwur.«
»Da wirst du halt die Steuer zahlen müssen! Und heut noch. Oder ich müßt dich morgen mahnen lassen!« Freundlich grüßte Herr Waze und ritt davon. Er hatte den Wald noch nicht erreicht, da kam die Bäuerin ihm nachgelaufen ohne Kraxe. Mit beiden Händen faßte sie den Bügel, und Herr Waze verhielt das Roß. »Was willst du noch?«
»Euch sagen, was ich weiß, ich hab's erlauscht!« raunte das Weib mit bleichen Lippen. »Er ist geladen in der heutigen Nacht, wenn Vollmond einsteht.«
»Heut schon? Da hab ich Eil!« Herr Waze gab seinem Pferd die Haken.
»Herr, Herr!« keuchte Hilmtrud, klammerte sich an den Bügel und ließ sich vom Rosse schleifen. »Euer Wort, Herr, daß es heimlich bleibt und daß die Steuer –« Weiter kam sie nicht; um nicht unter die Hufe des Pferdes zu geraten, mußte sie den Bügel fahren lassen und taumelte rücklings in die Dornbüsche.
Jagend sprengte Herr Waze davon, vor dem niederhängenden Gezweig des Waldes auf den Hals des Pferdes gebückt. Bald erreichte er den Reitweg, der emporführte zu seinem Haus. Bei einer Wendung des Pfades konnte er über die Bäume niederblicken auf das Fischerhaus, in dessen Hofreut er vier Männer bei der Arbeit sah.
»Er hat seine Sennen gerufen und festet den Hag. Schlag nur die Pfähl und leg die Balken! Sie sollen mir den Weg nit sperren, wenn deine Stund gekommen ist.«
Als Herr Waze sich dem Burgtor näherte, kam seine Tochter ihm entgegengeritten; wie ein steinernes Bild saß sie auf ihrem Rappen, die beiden weißgefleckten Bracken sprangen ihr voraus, und während sie mit der Linken die Zügel hielt, trug sie auf der Rechten ihren Liebling Edilo, der sich unsicher, das Gefieder sträubend, an den Handschuh klammerte. Finster sah Herr Waze auf seine Tochter, die schweigend vorbeireiten wollte. Heiß fuhr es ihm in die Stirn, er riß das Pferd herum und sperrte den Weg. »Betrag dich wider mich, wie dir die Laun steht! Aber Narrheit im Weidwerk leid ich nit. Die heiße Tagsonn ist keine Zeit zum hohen Flug.«
»Ich reit nit zu meiner Lust«, erwiderte Recka, »ich reit um des Falken willen. Er krankt seit der heutigen Nacht, Flug und Freiheit werden ihm wohltun.«

»Was soll ihm fehlen? Er steht in Futter und Pfleg und war noch gestern frisch. Aber ich kenn den Vogel, stützig ist er wie du!« Schweigend sah Recka den Vater an und setzte das Pferd in Gang. Herr Waze murrte ihr nach: »Wie die Mutter war! Der gleiche Blick!« Zornig stieß er dem Roß den Stachel in die Flanken und sprengte dem offenen Tor entgegen.
Eine Weile später zogen zwei berittene Knechte aus Wazemanns Haus. Als hinter ihnen die Fallbrücke sich gehoben hatte, fragte der eine leise: »Wohin, Gesell?«
»Ich hol den Rimiger im Lokiwald. Wir reiten nach der Salzburg zum Haunsperger. Und du?«
»Zum Fuchsloch auf dem Totenmann. Ich hab stille Arbeit heut nacht.« Sie setzten die Pferde in Trab. Als sie zur Achenbrücke kamen, hörten sie vom Fischerhaus die Beilschläge herüberklingen. »Was die wohl schaffen mögen?« fragte der eine. Und der andere sagte: »So neugierig ist unser Herr auch! Ich muß vorbeireiten und Umschau halten.«
Sie trennten sich; während der eine dem Lauf der Ache folgte, ritt der andere über die Brücke und der Lände entgegen; als er unter den Bäumen hervorritt, sah er neben dem offenen Hagtor eine Grube ausgeworfen. Sigenot kam aus der Hofreut, auf seiner Schulter zwei schwere, zum Kreuz gefügte Balken schleifend; Wicho mit einer Schaufel und die beiden Sennen mit Beilen und kurzen Pfählen folgten ihm. Sigenot ließ den Kreuzstamm in die Grube gleiten und richtete ihn auf; Wicho schaufelte, und die beiden Sennen trieben rings um das Kreuz die Pfähle in den Grund. Verblüfft sah Wazemanns Knecht den Schaffenden zu. »He, Fischer! Bist du ein Ramsauer worden?« rief er. »Was machst du da?«
Sigenot blickte auf. »Ich stell vor meine Hofreut einen Wächter.«
»Hui, du«, lachte der Knecht, »vor dem werden die Wölf aber laufen im Schnee!«
Die Sennen blickten dem Knechte nach, der lachend davonritt; der eine, dem der Bart schon grau war, kratzte sich hinter dem Ohr, lugte an dem Kreuz hinauf und fragte: »Wicho, was meinst du?«
»Ich mein', was mein Herr meint!« erwiderte Wicho und stampfte mit den Füßen um das Kreuz her die Erde fest. »Wenn er sagt, das Holz hilft, so hilft es auch.«
Sigenot war über den Hügel emporgestiegen und hatte die Halle betreten. Mutter Mathilt saß im Lehnstuhl, Edelrot vor ihr auf dem

Herdrand, neben dem flackernden Feuer; ihre Gesichter waren bleich und ernst; seit dem Morgen kannten sie die Gefahr, die über dem Dach ihres Hauses hing. »Mutter, schau durchs Fenster«, sagte Sigenot, »es steht schon!«
Mutter Mathilt schüttelte den Kopf und wandte die Augen zur Herdflamme; sie griff nach den dürren Kräutern, die neben dem Herd in einer Ecke lagen, zog eine Himmelbrandstaude hervor und warf sie in das Feuer. Sigenot sagte ernst: »Was rufst du die guten Holden, Mutter? Von allen Guten der beste hat seinen Kreuzarm wehrend ausgestreckt vor meiner Hofreut. Der ist stärker als tausend Männer in Wehr und Eisen. Das hat mir einer gesagt, der die Treu ist und nit Lügen redet.«
Stumm saß Mutter Mathilt und legte eine neue Staude in die Flammen, während Sigenot zum Steintisch ging, die Eisenhaube über den Scheitel drückte und mit dem Schwertgurt die Hüften umschloß. Zum Herde zurückkehrend, streifte er mit der Hand über das graue Haar der Mutter. »Komm, Rötli!« Er faßte die Hand der Schwester und verließ mit ihr die Halle. Schweigend, Hand in Hand, stiegen sie über den Hügel hinunter und traten vor das Hagtor.
»Schau, da steht es!« sagte Sigenot, die Schwester zum Kreuze führend. »Jetzt leg deine Hand an das Heilholz!« Edelrot tat es, und über die Hand der Schwester drückte Sigenot die seine. »Jetzt schau hinauf und sag: Mein guter Herre, du mein Gott!«
Edelrot flüsterte: »Mein guter Herre, du mein Gott!«
Aufatmend legte Sigenot den Arm um Rötlis Schultern. »So, Schwesterlieb, jetzt hast du einen festen Hüter! Geh hinein zur Mutter und bleib bei ihr! Jetzt tu ich ohne Sorg den Weg, auf den der Schwur mich ruft.« Er führte die Schwester zum Hagtor und schritt der Ache zu.
»Wohin geht er?« fragte der jüngere der Sennen. Und der ältere murmelte: »Ich mein' wohl, daß ich es rat.« Aber Wicho fiel ihm ins Wort: »Wenn du's weißt, so schweig!« Der Alte nickte, und seine grauen Augen spähten hinaus in die Ferne, in der eine dunkle Waldkuppe aus dem Tal emporstieg, der Totenmann.
Sigenot folgte dem Pfad am Ufer der Ache und erreichte den Untersteiner Forst. Da hörte er das Geläut zweier Hunde.
Es waren Reckas Bracken, die in den Achensümpfen stöberten. Am Rande des Röhrichts hielt die Wazemannstochter auf ihrem Rappen und spähte über das Schilf, auf erhobener Hand den trauernden

Falken. Die Hunde jagten. Rotwild, das im Sumpfe Kühlung gesucht, flüchtete dem Walde zu, behängt mit Schlamm und triefend von Wasser. Eine Weile war Stille, dann wieder läuteten die Hunde. Es rauschte im Schilf, und eine Kette Rohrhühner stob auseinander. Recka enthaubte den Falken und schwang ihn unter lautem Ruf: »Holiiih!« Edilo schlug wohl mit den Schwingen, aber nur, um den Halt nicht zu verlieren, und seine Fänge klammerten sich am Handschuh fest. Erschrocken blickte Recka auf ihren Liebling. Er schüttelte das Gefieder, zog den Kopf zwischen die Schwingen, und während er lechzend den Schnabel öffnete, folgte sein unruhiger Blick den entschwindenden Hühnern.
»Edilo? Trautgesell? Was ist dir?« stammelte Recka. Sie ließ die Zügel sinken, drückte den Falken an ihre Brust und streichelte ihm Kopf und Schwingen; aber so sacht ihre Hand auch glitt, sie schien den Falken zu drücken, denn er sträubte sich wider die Zärtlichkeit seiner Herrin. Die Hunde jagten, und ängstlich kreischend hoben sich zwei Wildenten über das Röhricht. »Holiiih! Holiiih!« Mit kräftigem Schwung warf Recka den Falken in die Luft. Edilo taumelte, doch er breitete die Schwingen und begann zu schlagen, flatternd hielt er sich einen Augenblick auf der gleichen Stelle, dann klang sein gellender Schrei, und pfeilschnell flog er den kreischenden Enten nach, die sich über die Baumwipfel erhoben hatten und dem Schönsee entgegenstrebten. »Er gesundet!« jauchzte Recka, und auf jagendem Roß, durch aufspritzendes Wasser und brechendes Röhricht folgte sie der Jagd.
Im Schatten des Hochwaldes wanderte Sigenot. Da klang über ihm das klagende Geschrei einer Wildente; er blickte auf, es rauschte in den Wipfeln, und wenige Schritte vor ihm stürzten zwei zum Klumpen geballte Vögel mit dumpfem Fall auf den Moosgrund. Die Flügel gespreizt, den Hals mit offenem Schnabel auf die Erde streckend, lag die Ente im Verenden unter dem Falken, der die eine ›Hand‹ in ihren Rücken, die andere in ihren Hals geschlagen hatte; er hielt die Schwingen steil erhoben und hackte mit dem Schnabel nach dem Kopf der Ente. Festgebissen hing er an seiner toten Beute, sein Gefieder blähte sich auf, seine zitternden Schwingen fielen, und lautlos sank er in das Moos, mit den scharfen ›Händen‹ noch verkrampft im Fleische seines Opfers.
»Ihr Liebling!« Sigenot eilte auf den Falken zu. Da sprengte Recka zwischen den Bäumen her mit dem zornigen Ruf: »Laß deine Hand

von meinem Falken!« Sie glitt aus dem Sattel. Nun sah sie den Falken leblos liegen. »Edilo!« In Schreck sich niederwerfend, löste sie mit zitternden Händen die Fänge des Falken und rüttelte ihn, als könnte sie ihn gewaltsam wieder zum Leben erwecken. »Edilo!« Die Schwingen des Vogels hingen schlaff, sein Kopf baumelte, und über die erloschenen Augen waren halb die dünnen, gelben Lider gefallen. Recka ließ unter klagendem Laut den verendeten Falken zu Boden sinken. »Mein Einziges, mein Letztes und Liebstes!«

Der Fischer sagte mit schwankender Stimme: »Wenn ich den Falk wieder lebig machen könnt, ich weiß nit, was ich gäb!«

Recka hörte nicht, was er sagte; nur der Klang seiner Stimme schlug an ihr Ohr; sie hob die funkelnden Augen, und ihr Gesicht verzerrte sich. »Fischer, was hast du meinem Falken getan?«

»Ich hab ihn nit angerührt.«

»So hat ihn wohl die Ente zu Tod gestochen, mit ihrem stumpfen Schnabel? Oder hat sie ihn erwürgt, da sie schon verendet lag? Er flog und lebte. Deine Hände haben gegriffen nach ihm!« Sie trat vor den Fischer hin, bebend vor Zorn. »Was hast du meinem Falken getan?«

»Nichts, Recka! Und meine Red ist Treu und Wahrheit.«

»So treu und wahr, wie daß mein Falk noch lebt!« fiel Recka dem Fischer mit schriller Stimme ins Wort. »Wenn du ihn schon erschlagen hast, so hab auch den Mut und sag mir's ins Gesicht! Sag's frei heraus: Das ist die Vergeltung für Hennings Pfeil und Stein!«

Erbleichend war Sigenot zurückgetreten.

»So nimm sie, deine Buß!« Mit zuckender Hand hob sie den Falken von der Erde und schleuderte ihn vor die Füße des Fischers. »Hennings Pfeil hat dich gefehlt, mich hast du getroffen in meinem Liebsten. Und üble Buß hast du genommen. Henning hat geschlagen wider einen, der in Wehr und Eisen geht. Du hast geschlagen wider mein wehrloses Tier. Noch schlechter als er bist du!« Der Zorn erstickte ihre Stimme, sie wandte sich ab und ging zu ihrem Pferde, das mit schleifendem Zügel zwischen den Bäumen graste.

Da vertrat ihr Sigenot den Weg. Seine Augen brannten. »Du hast mir gesagt, was keiner, der Mannsnamen hat, mir sagen hätt dürfen, ohne daß ich ihn niedergeschlagen hätt mit meiner Faust.«

Heiser lachend richtete Recka sich auf und griff nach dem Messer am Gürtel.

»Laß die Hand von deiner Wehr! Ich brauch nit denken, daß du ein

Weib bist; ich denk nur, was du gestern getan hast für meine Schwester, und der Schimpf, den du mir angetan, ist wettgemacht. Noch einmal sag ich dir: Ich hab deinem Vogel an keine Feder gerührt. Ich hab gesehen, wie er fallt und wie ihm das Lachen ausgeht. Und mir ist leid gewesen um ihn, denn ich hab gewußt, daß der Vogel dir lieb ist. Hätt ich Buße gesucht für Hennings Pfeil und Stein, so hätt ich anderen Weg genommen als zu dir und deinem Vogel. Ich hab geschieden zwischen deinem Bruder und dir. Und hab ich ihn gehaßt wie der Tag die Nacht, dir bin ich gut gewesen wie der Baum dem Licht. Was schaust du mich an? Das Wort ist heraus. Und weil wir schon raiten miteinander, soll geraitet sein bis auf das Letzte! Dir bin ich gut gewesen, seit ich denk. Zu dir hab ich aufgeschaut wie die Morgenerd zur lieben Sonn. Das hättest du merken können auf dem Weitsee in der Sturmnacht, in der ich untreu mein eigen Blut hab sinken lassen, weil ich greifen hab müssen nach dir!«
Reckas Gesicht verfärbte sich. Sie tastete nach einem Baum, als bedürfte sie einer Stütze.
»Und seit ich dich in selbiger Nacht gehalten hab an meinem Herzen, derzeit hab ich hangen müssen an dir in Weh und Lieb. An dich hab ich denken müssen in Licht und Finsternis, öfter in jeder Stunde als der streifende Wolf in der Schneenacht die eigene Fährt überläuft!« Verstummend drückte Sigenot die Fäuste auf seine Brust, als müßte er gewaltsam den Sturm bezwingen, der in seinem Herzen entfesselt war.
»So sprich doch weiter!« stieß Recka mit verzagender Stimme hervor. »Red es zu End, was mein Vater begonnen hat in der heutigen Nacht! Es klingt deine Red zu der seinigen wie das Echo zum Hall.« Sie lachte zornig. »So sag es doch, daß du handelseins mit ihm geworden! Sag es doch, daß du geschachert hast und den Preis bestimmt, für den du mit ihm gehen willst und zu ihm halten wider die Klosterleut! Eins aber merk dir: Eh du mit deiner heißen Fischhand rühren sollst an mich, eh mögen die da draußen beim Lokistein meines Vaters Dach über mich und meine Brüder werfen!«
Sigenots Augen richteten sich mit hartem Blick auf Recka. »Ich weiß nit, was du meinst. Daß ich zu deinem Vater steh für einen Weg, auf dem ich Treu und Recht nit find, dafür gibt's keinen Preis in der Welt, und möcht er so schwer auch wiegen, wie du mir gewogen hast. Ich kann mein Herz nit umwerfen wie der Bauer den Acker mit seinem Pflug. Aber sterben kann ich an meiner Treu, die meinem

Haus und Blut gehört und dem, was recht und gut ist. Schau her!« Er raffte einen dürren Ast von der Erde. »Schau den Stecken an! In aller Not, die deine Brüder sinnen wider mein Haus, nach allem Schimpf, den du mir angetan, hängt meine Lieb an dir wie Holz an Holz! Aber so –« mit jähem Ruck zerbrach er den Ast und schleuderte das eine Stück zur Linken, das andere zur Rechten, »so gehen unsere Weg auseinander! Ich bin, was ich sein muß. Und du bist Blut von Wazes Blut. Zwischen dir und mir ist ein Wasser, das nimmer ausrinnt, zwischen dir und mir ein Berg, der nimmer fallt und eben wird.« Er wandte sich ab und schritt durch den Wald der Ache zu.
Recka stand zitternd und ballte die Faust. »Triff ihn, Henning!« keuchte sie. »Triff ihn! Und ich will den Streich nit schelten!« Stöhnend schlug sie die Hände vor das Gesicht, und so stand sie lang an einen Baum gelehnt. Endlich ließ sie die Arme sinken; wie versteinert waren ihre Züge. Sie ging auf den Falken zu, hob ihn von der Erde und bestieg das Roß; langsam ritt sie durch den Wald, keinen Zügel führend, dem Pferde die Sorge um den Weg überlassend. Im Schoße hielt sie ihren toten Liebling, und während sie starr auf ihn niederblickte, suchte ihre zitternde Hand das wirre Gefieder zu glätten.
Um die Wildente, die vergessen im Moose lag, begannen die Fliegen zu summen.
Der Abend kam, still und mit goldschönem Schimmer. Ein leiser Wind erwachte, und von den grünen Buchen flatterte zuweilen ein gelbes Blatt zur Erde; im Sommerleben der Natur erwachte die Ahnung des nahenden Winters. Über den Feldern der Schönau, hoch in den Lüften, kreiste eine Schwalbenschar, die sich sammelte zur Reise.
Im roten Schein der sinkenden Sonne wanderte Sigenot, einem Pfad am Ufer der Ramsauer Ache folgend, über die Halden der Strub, vorüber an kleinen, hagumschlossenen Hütten. Von der Höhe des Lokiwaldes klang der Hall der Glocke. Sigenot verhielt den Schritt, blickte hinauf über das schattige Waldgehänge, strich mit der Hand über die Stirn und wanderte weiter.
Die Glocke klang. Sie läutete den letzten Feierabend der Woche ein und grüßte mit ihrem Hall die vollendete Klause, auf deren mit Reisig, Moos und Rinden gedecktem Dach ein grünes Tannenbäumchen befestigt war.
Bruder Wampo kochte am flackernden Feuer das Abschiedsmahl

für die Knechte, die in der Mondnacht mit den Saumtieren heimziehen sollten nach der Salzburg. Waldram lag im Zelte, gepeinigt vom Schmerz der Geißelwunden, die nicht heilen wollten; Eberwein schaffte noch im Zwielicht des Kirchleins, an der hölzernen Platte schnitzend, die er für den steinernen Altar gefertigt hatte. Vom ragenden Kreuz blickte das farbige Bildnis des Erlösers auf ihn nieder; durch eine der schmalen Fensterluken fiel noch ein roter Strahl der sinkenden Sonne und umschimmerte die blutende Herzenswunde des stillen Bildes.

Vom Strang der Glocke hinweg war Bruder Schweiker wieder in die Klause getreten, um die kleinen Kammern zur Not für die erste Nacht noch wohnlich einzurichten. Seine Augen hatten einen suchenden Blick, und alle Arbeit tat er wie ein Träumender.

Die Knechte hatten ihr Mahl genommen und standen zur Heimfahrt bereit, jeder ein Saumtier führend, jeder ausgerüstet mit einer Kienfackel, deren Flamme in der Nacht die Raubtiere verscheuchen und den Weg erleuchten sollte, bis das Licht des Vollmondes niederfiele in das enge Tal. Mit herzlichen Worten gab Eberwein den Knechten Abschied. Schweiker drückte wortlos ihre schwieligen Hände und streichelte die Saumtiere zum Gesellendank für die Arbeit, die sie redlich mit ihm geteilt hatten in dieser fleißigen Woche. Seufzend blickte Bruder Wampo den abziehenden Knechten nach.

Als sie im Dämmerschein des Abends zwischen den Bäumen verschwanden, sagte Eberwein: »So stehen wir allein und wollen vertrauen auf den Schutz des Himmels. Bruder Schweiker, reiche mir die Stola und das heilige Wasser, daß ich unsere Klause weihe, ehe wir zur ersten Nacht unter ihrem Dach die Häupter bergen.«

Schweiker ging zu den Zelten; als er zurückkehrte, küßte er das weiße, goldgestickte Band, das er um Eberweins Schultern legte. In sinkender Nacht, umgeben von lautloser Stille, umschritten sie das Kirchlein und die Klause. Mit bewegter Stimme sprach Eberwein die Worte der Weihe und taufte die Klause auf den Namen des heiligen Martin. »So wie du, Martine, der du nun wohnest in Gottes Nähe«, sprach er, aufblickend zum Himmel, an dem die ersten Sterne blitzten, »so haben auch wir unser frommes Haus errichtet in Wald und Einöd, zwischen irrenden Menschen und schleichendem Getier. Sei diesem Haus, das deinen heiligen Namen trägt, ein Schirm und Schutz!« Die Brüder sprachen das Amen.

Im Kirchlein wurde das Ewige Licht entzündet und in der Herdstube

das erste flackernde Feuer. Waldram, der kaum eines sicheren Schrittes mächtig war, wurde von Eberwein in die Klause geführt. Schweiker brach die Zelte ab und verwahrte das heilige Gerät und die Werkzeuge; Bruder Wampo schleppte das kleine Gebinde mit dem Meßwein und die schmal gewordenen Vorräte in eine der Kammern. Dann saßen Eberwein, Wampo und Schweiker auf niederen Holzklötzen um das flackernde Feuer, dessen Flamme den ersten Ruß an die hölzerne Mauer hauchte. Rot leuchtete der Herdschein in die stille Nacht hinaus, denn Tür und Fenster waren noch unverwahrt. Man besprach den kommenden Tag.
»Ich will im Morgengrauen die Messe lesen«, sagte Eberwein, »dann will ich den Stab zur Hand nehmen und hinauswandern über den weiten, steinigen Acker, auf dem wir pflügen sollen und Gottes Samen streuen. Unseren Bruder Hiltischalk in der Ramsau will ich grüßen, und von meinen Wegen der erste soll der armen Hirtin gelten, damit ich nach ihrer Wunde sehe.«
Schweiker beugte den Kopf gegen das Feuer, während Bruder Wampo seufzte: »Jetzt wird das Bartele so bald wohl nimmer kommen! Das ist ein schiecher Mensch, der das getan hat!«
»Er soll es sühnen an dem Kinde, so wahr ich Herr dieses Landes bin!« Eberwein erhob sich. »Herr Waze will nicht kommen, so muß ich ihn rufen zum andernmal!«
»Schick mich, Herr!« fuhr Schweiker auf. »Ich will denselbigen, der Henning heißt, wohl finden in Wazemanns Haus.«
Eberwein schüttelte den Kopf. »Nein, Bruder! Du hast mir zu schnelle Fäuste für solche Botschaft. Ich brauche nur eine Zunge.«
»Da muß halt die meinige herhalten!« meinte Wampo. »Schicket nur mich, Herr! Ich will reden mit diesem Waze und seinen Buben, jedes Wörtl ein Pfeilschuß. Ich fürcht mich nit. Ich will mich schon rüsten mit Kreuz und Rosenkranz, dann sollen sie nur anrucken wider mich.«
Ein freundliches Lächeln ging über Eberweins ernstes Gesicht. »So ziehe morgen hinaus zum Schönsee! Und kommst du in Wazes Haus«, Eberweins Augen blitzten, »so lad ihn im Namen unseres Heiligen, seines Herrn, binnen drei Tagen mit seinem Sohne Henning zu erscheinen vor meinem Aug. Es ist Gericht, das ihn erwartet.«
»In unseres Heiligen Namen, ich lad ihn, Herr!«
»Nun wollen wir den Tag beschließen!« Sie löschten in der Stube das

Feuer und gingen zur Ruhe. Eberwein und Waldram schliefen in getrennten Zellen, Schweiker und Wampo gemeinsam in der Kammer, die an die Wand des Kirchleins stieß.
Um die stillgewordene Klause lag die Nacht. Sanft rauschte die Ache im Tal, der kühle Nachtwind machte die Wipfel der Bäume raunen, und zahllose Sterne funkelten am Himmel, den der nahende Vollmond über den östlichen Bergen schon zu lichten begann.
Aus dem schwarzen Schatten des Waldes trat ein Mann auf die Rodung. Der Anblick des Balkenhauses und der geheimnisvolle Lichtschein, der aus den Fensterluken des Kirchleins schimmerte, bannte seinen Fuß. Lange stand er, auf das vorgestreckte Grießbeil gelehnt. Dann wanderte er lautlos über die Lichtung hinweg, im Walde verschwindend. Unter den Bäumen rief ihn eine gedämpfte Stimme an: »Zeit lassen, Nachbar!«
»Zeit lassen auch!« klang die leise Antwort. »Wohin zur Nacht?«
»Ich mein', wir haben den gleichen Weg.«
»Wohl! Komm nur! Wir müssen gut ausschreiten, wollen wir droben sein, bis Vollmond einsteht.« Schweigend schritten sie weiter auf dem dunklen Pfad.
Dieser Pfad war nicht der einzige, der sich belebte in der stillen Nacht. Überall in weiter Runde, auf offener Flur und in dichtem Walde klangen Schritte, auf jedem Weg und Steg. Zuweilen tauchte der Schein einer Fackel auf und ging wieder unter in Finsternis. Dunkle Gestalten wanderten, bald einzeln, bald zu dreien und vieren gesellt, und sie alle suchten das gleiche Ziel.
Von der Höhe des Totenmannes reckte sich eine Feuerzunge über die schwarzen Gipfel empor. Zu der Stätte, an der sie brannte, war das Thing gerufen, das entscheiden sollte über Wazemanns Haus und das Geschick der Klause, über die kommende Zeit im Gaden. Jeder Schritt auf rauhem Stein, der klirrende Aufschlag eines jeden Grießbeils klang in der stillen Thingnacht wie das Rollen eines eisernen Würfels.

18

Auf der kahlen, von dichtem Urwald umschlossenen Kuppe des Totenmannes loderte in der stillen Nacht das Thingfeuer. Die Flammen beleuchteten eine alte, dürre Eiche, zwischen deren Wurzeln ein behauener, von Moos und verkümmertem Efeu umwucherter Stein sich erhob. Mit zuckender Helle fiel der Schein des Feuers über die grasige Lichtung, auf der in Gruppen die zum Thing erschienenen Männer standen oder lagerten, die einen schweigend, die anderen in halblautem Gespräch. Immer noch tauchten neue Gestalten aus dem finsteren Walde hervor und machten mit wortlosem Händedruck die Runde bei den andern.

Neben dem Feuer stand Eigel, der Thingbot, und von dem dürren Holze, das andere herbeitrugen, legte er Ast um Ast in die Flammen. Vor dem Stein, auf dem das Messer des Richtmanns und ein Wedel aus Wacholderzweigen lagen, saßen die beiden Thingschöffen, Kaganhart und der Köppelecker; zwischen ihnen lag ein Bündel dünner Buchenruten, die sie in kurze Stäbchen zerschnitten; immer eines ließen sie in der dunklen Rinde, und das andere schälten sie weiß. Nicht weit von ihnen lag ein an den Füßen gebundener schwarzzottiger Bock im Gras und daneben ein Hahn, an Füßen und Flügeln gefesselt.

Während sich mit dem Schein des Thingfeuers schon das Licht des steigenden Vollmonds mischte, kam einer der letzten, der Schönauer. Sein Gesicht war ernst, und schwer ging sein Atem. Eigel und die Schöffen traten ihm entgegen und reichten ihm die Hand; dann kamen auch die anderen, um den Richtmann zu grüßen. »Viel seh ich, aber einen miss' ich!« sagte er. »Wo ist Sigenot, der Fischer?«

»Er war der erst, der gekommen ist.« Eigel deutete gegen den Waldsaum. Dort saß der Fischer im Schatten einer Fichte, das Schwert über dem Schoß, das Gesicht in die Hände gedrückt. Der

Richtmann wollte auf ihn zutreten; Eigel hielt ihn am Arm zurück und flüsterte: »Die Ramsauer fehlen. Es hat mir gleich geschwant.« Er hatte kaum ausgesprochen, da kam aus dem Wald ein Zug stiller Männer hervor, wohl dreißig an der Zahl, geführt von einem weißhaarigen Greis; der alte Runot war's, der auf dem Lindtaler Zinsgut saß, der Gaumann der Ramsauer.
»Da sind sie!« sagte der Richtmann aufatmend und schritt den Kommenden entgegen. »Ihr säumet lang, Männer! Schon will der Vollmond einstehen zur Mitternacht. Luget hin; der Eichschatten schneidet den Blutstein!«
»Beim Hirscheneck haben wir uns gesammelt«, erwiderte der Greis, »und haben geharret auf einen, der nit hat kommen wollen. Er ist der Beste von uns.«
»Wen meinst du?«
»Unseren guten Bruder Hiltischalk.«
»Es kann nit kommen, wer nit geladen ist!« sagte der Richtmann.
Erschrocken legte Runot die Hand auf des Schönauers Arm, während aus der Schar der Ramsauer unmutige Worte sich hören ließen.
»Richtmann, das war übel getan!«
»Das war getan nach Recht und Brauch. Wenn das Thing gerufen wird wider einen im Gaden, so laden wir seinen Vater nit und nit seinen Bruder. Heut hab ich das Thing gerufen wider die Klosterleut, die ins Tal gekommen sind.« Eine murmelnde Unruh ging durch den Kreis der Männer; mancher von ihnen hörte mit diesem Wort die erste Botschaft von der Ankunft der Mönche. »Ich hab den Hiltischalk nit geladen, er ist ein Gottesmann und der Gottesmänner Bruder. So hab ich getan nach Recht und Brauch.« Der Widerspruch der Ramsauer wollte nicht verstummen. Unwillig hob der Schönauer den grauen Kopf. »Wenn ihr meinet, ich hätt gefehlt an meinem Amt, so wählt einen anderen Richtmann! Heut halt ich das heilige Messer noch, und wer murren will gegen mich, wider den ruf ich das Thinggericht.« Er schritt zum Stein und faßte das Messer. »Vollmond steht ein. Das Thing ist aufgetan. Gauleut, tut euch zueinander!«
Während Eigel das Feuer schürte, sammelten sich die Männer zu getrennten Gruppen. Um den Köppelecker standen die von der Schönau und von Unterstein, um Runot die von der Ramsau, vom Hintersee, vom Schwarzeck und von der Taubenlack, um den Schmied Ilsanker die Männer aus dem Engedein und der Strub, um

den Hochgarter die aus der Aschau und dem Loipl, um den Greinwalder die Hochbauern vom Göhl und Untersberg. Sigenot der Fischer stand allein.
»Thingbot!« schrie der Richtmann. »Zähl die Stimmen!« Von einer Gruppe schritt Eigel zur andern. Als er zum Richtmann zurückkehrte, sagte er: »Hundert und vier hab ich geladen. Hundert und drei hab ich gezählt. Einer fehlt!«
Der Richtmann spie auf die Erde. »Wie er auch Namen hat, und wäre er mein eigen Blut, keiner soll ihm Freund sein, jeder soll ihm Feind sein! Fallt er in Not, so löst ihn keiner, liegt er in Weh, so tröst ihn keiner! Unehr über ihn!«
»Unehr über ihn!« klangen hundert Stimmen im Ring.
»Thingbot, tu seinen Namen kund!«
Eigel zögerte. »Der alte Gobl.«
Ein Gemurmel ging durch die Gruppen der Männer. Im Gauring der Schönau sagte der Schapbacher: »Hätt ich gewußt, daß es der Gobl ist, ich hätt nit geflucht wider ihn. Über seinen Weißkopf ist so viel Leid gefallen, daß die Unehr daneben kein Platzl nimmer hat.«
Eigel hatte den Hahn von der Erde gehoben und ihm die Füße und Flügel entfesselt. Der Vogel flatterte und krähte, als ihn der Richtmann ergriff. »Was ein Gockel ist, muß gackern!« sagte der Schönauer. »Wer das Thingfeuer hat brennen sehen, muß schweigen können, wenn der Morgen kommt.« Er hob mit der Linken den flatternden und krächzenden Hahn. »Schau das Feuer an und tu keinen Laut mehr!« Mit jähem Messerhieb schlug er dem Vogel den Kopf vom Rumpf und warf ihn zu Boden. Ein Brünnlein spritzte aus dem Hals des Hahns, der kopflos, mit schlagenden Flügeln, noch einige Sprünge tat. Als er tot zur Erde fiel, hob ihn der Köppelecker auf, riß ihm eine Feder aus, reichte den Hahn weiter und steckte die Feder auf seine Kappe. So wie er tat jeder andere. Eigel, der den Hahn zuletzt empfing, warf den gerupften Vogel ins Feuer.
»Wer da redet in der Thingnacht, soll unter der Hahnenfeder schweigen am Tag«, rief der Richtmann, »oder eh der Mond wieder voll wird, soll er heißen, wie der Boden heißt, auf dem wir stehen. Mannerleut, hebet die Hand zum Schwur!«
Alle Schwurhände erhoben sich, nur eine nicht. Eigel war, als er den Hahn ins Feuer warf, der Flamme zu nah gekommen, und sie hatte den Zipfel seines grauen Kittels gefaßt; nun mußte er die Glut des Tuches mit den Händen ersticken.

»Thingschöffen«, fragte der Richtmann, »ist kein unberufen Ohr im Ring?«
Kaganhart und der Köppelecker traten vor und sprachen, einer mit dem andern wechselnd. »Die Nacht ist einödig, und unbegangen der Wald. Wir haben gelugt in jeden Gipfel und geschlagen auf jeden Busch. Der Ring ist gezogen auf dreimal hundert Gäng in der Weit, die Wächter stehen und lassen nit ein, was nit gerufen ist, sei's Mensch oder Tier, Haar oder Feder.«
»So wollen wir unter uns Mannerleut raiten um unser Wohl, mit Mannswort und Mannsverstand. Zwei Weg gehen aus, der eine ist recht, und der ander ist schlecht, wir wollen meiden den schlechten und suchen den rechten, daß wir hüten vor Schad und Nöten unser Haus, Weib und Kind, Stall, Vieh und Gesind. Mannerleut, her zur Heilstätt!« Während ein enger Ring um Feuer und Eiche sich bildete, hoben die Schöffen den Bock auf den Blutstein. Da gewahrte der Richtmann, daß die Ramsauer zur Seite stehen blieben in getrennter Gruppe. »Ramsauerleut, her zur Heilstätt!«
Der alte Runot streckte das Grießbeil vor seine Gauleute und schüttelte den Kopf. »Tu mit den Deinen, wie du meinst, daß es Brauch ist seit alter Zeit. Das soll euch keiner wehren. Es soll aber auch uns nit verwehrt sein, daß wir tun nach unserem Brauch, wenn's gilt, zu hüten vor Schad und Nöten unser Haus, Weib und Kind, Stall, Vieh und Gesind!«
Der Alte stieß das Grießbeil in die Erde, beugte sich nieder und faltete die Hände. Rings um ihn her knieten die Männer der Ramsau, und der Feuerschein glänzte in ihren Augen, die emporgerichtet waren zum mondlichten Himmel.
Bewegung und Murren ging durch die Reihen der anderen, und die Erregung steigerte sich noch, als Sigenot der Fischer auf die Ramsauer zuging und neben dem alten Runot das Knie beugte.
»Fischer!« stammelte der Richtmann, und es zitterte seine Hand, die das Messer schon an den Hals des Bockes gelegt hatte.
Der Greinwalder schien dem Fischer folgen zu wollen; auf halbem Wege blieb er stehen, kraute sich hinter dem Ohr und drehte die Augen wieder dem Blutstein zu. Eigel, dessen Hände den Bock gefesselt hielten, stieß den Köppelecker mit dem Ellbogen an und sagte: »Greif zu, Schöff, daß ich die Händ ledig krieg. Ich hab einen Weg da hinüber.«
»Thingbot«, rief ihn der Richtmann an, »halt fest!« Er führte durch

den Hals des Tieres rasch den tötenden Schnitt, während die Ramsauer mit halblauten Stimmen ihr Lied begannen:

»Mein guter Herre, du mein Gott,
Dein Schild ist wider alle Not,
Du hürdest fest und hagest gut,
Herr, nimm uns auf in deine Hut!«

Gleich einem sprudelnden Quell rann das Bocksblut über den Stein. Der Richtmann tauchte den Wacholderwedel in das dampfende Bächlein und sprengte die Tropfen gegen den Eichbaum. »Das Blut soll rinnen, daß uns die Holden Gutes sinnen!« Wieder netzte er den Wedel. »Das Blut soll rinnen, daß uns die Unholden kein Übel spinnen!«
Mit wachsenden Stimmen klang das Lied der Ramsauer:

»Mein guter Herre, du mein Gott,
Tu speisen uns mit Himmelsbrot,
Und heb uns aus dem Leidental
Hinauf in deinen Freudensaal!«

Das Lied verklang, und die Stimme des Richtmanns hallte: »Das Feuer scheinet, das Feuer reinet!« Er warf den bluttriefenden Wedel in die Glut; eine schwarze Rauchwolke trübte den Schein der Flammen, doch schnell verzehrte das Feuer die qualmenden Zweige und loderte wieder in reiner Helle.
»Jetzt, Mannerleut, lasset uns raiten um unser Wohl!« Vor dem Blutstein ließ sich der Richtmann auf eine Wurzel der Eiche nieder, und um ihn her im Halbkreis lagerten sich die hundert Männer, während die Schöffen dem verbluteten Bock das Fell abzogen und Eigel neben dem Feuer über einem Haufen glühender Kohlen den Bratspieß rüstete. Die Metkannen gingen um, und murmelnder Zuspruch und Dank ließen sich vernehmen.
Mit lauter Stimme begann der Richtmann zu sprechen, langsam, als wöge er jedes Wort. Er redete von der Stiftung, die Frau Adelheid auf ihrem Sterbebett getan, von der Ankunft der Klosterleute, von ihrem Klausenbau beim Lokistein. »Sie sind nach Brief und Siegel wohl die Herren im Gaden, Herr Waze aber sitzt auf seinem festen Haus und hat die Macht. Für ihn und seine Buben ist Zins und

Steuer, was für die Kuh das Futter ist, und so müssen sie stehen wider die Klosterleut wie der Senn wider die Wölf. Es wird ein schieches Raufen anheben zwischen denen beim Lokistein und denen in Wazemanns Haus. Und wir Gadener liegen dazwischen wie das Korn zwischen Mahlstein und Reiber. Zu wem sollen wir halten? Jetzt raitet, Mannerleut, wie wir uns hüten mögen vor Not und Schaden! Runot, du bist der Älteste, tu die erste Red!«

Der Greis erhob sich. »Ich weiß keine! Unser Bruder Hiltischalk hätt das richtige Wörtl gefunden und den guten Weg gewiesen. Du hast ihn nit geladen, Richtmann. So haben wir ausgeredet, wir Ramsauer, denn mit ihm ist unsere Stimm daheim geblieben.«

Wirr schrien im Kreis alle Stimmen durcheinander. Der Schönauer hob das Messer, doch eh er noch sprechen konnte, war Eigel mit geballten Fäusten in den Ring gesprungen. »Leut, Leut! Ich hätt gemeint, die Frag, zu wem wir halten sollen, wär ausgeraitet beim ersten Wort. Wenn ich die Wahl tun muß zwischen Trunk und Durst, zwischen Tag und Nacht, zwischen Lieb und Haß, muß ich mich da noch besinnen und raiten? Ist denn einer unter euch, der den Waze nit kennt und seine Buben? Einer, dem er nit gerissen von seinem Gut und Vieh? Einer, der seine Buß nit geschmeckt hat und nit weiß, wie seine Ruten brennen? Einer, der vor ihm und seinen Buben nit gebanget hat um Weib und Tochter? Und da raitet ihr noch?« Die Glut seiner Worte faßte die Männer und weckte zornigen Beifall. »Not und Unrecht hat er ausgeworfen über uns, Lieb hat er gerissen von Lieb und hat uns geschlagen mit Weh und Jammer. Jetzt kommt für ihn die zahlende Stund und für euch die gute Zeit!«

Der Schönauer war aufgesprungen. »Kohlmann? Du hast sie wohl schon in der Hand, die gute Zeit? Schau sie doch an beim Lichtschein! Ob's auch die gute ist? Es könnt auch die schlechtere sein! Du raitest nit für die anderen, nur für dich. Dein Gesicht ist rot. Aus dir redet der Zorn wider Waze, der dir die Salmued genommen.«

»Und dein Gesicht ist weiß. In dir zittert die Angst um deinen Buben. Besinn dich, Richtmann! Die Zeit, die uns die Klosterleut bringen, ist die beste, die uns blühen kann. Deinem Buben und dir! Ich hab von den Klosterleuten einen geführt. Das ist der Öberste von ihnen, dem der Gaden gelegt ist in die Herrenhand. Ich hab ihm ins Aug geschaut. Lichtscheinig hat's mich angeleuchtet wie der Vollmond in der Finsternis. Mit dem ist ein gutes Hausen, Leut!

Und eh ich mein Hölzl in die Bockshaut leg, mag jeder wissen, wie ich lose: weiß für die Gottesmänner!«
»Ich auch!« fiel Kaganhart ein. Während im Ring die Stimmen durcheinanderschwirrten, faßte Eigel den Kaganhart am Arm: »Mehr ist dir nimmer eingefallen? Um die zwei Bettelwort wär's nit der Müh wert gewesen, daß ich dich geladen hab. Dein Weib hätt das Maul wohl anders aufgetan!«
»Laß mir doch Zeit«, brummte der Bauer, »ich red schon noch und stell meinen Mann.«
Den wachsenden Lärm überklang die Stimme des Gernroders: »Ich bin den Klosterleuten gut. Einer von ihnen ist zu meinem Haus gekommen und hat meinen Kindern Liebs erwiesen.«
»Ohne die Klosterleut hätt mein armes Mädel verbluten müssen«, rief der Greinwalder, »ich steh zu ihnen.« Er ballte die Faust. »Der Fichtenwipfel in meiner Kammer wartet auf seinen guten Tag.« Und der Marderecker schrie: »Ob für oder wider die Klosterleut, das ist mir alles eins, wenn's gegen den Waze geht.«
Immer mächtiger wuchs das Gewirr der Stimmen. Der Schönauer hob das blitzende Messer, aber niemand achtete des Zeichens, mit dem er Schweigen forderte. Da sprang der Schmied von Ilsank auf einen Stein, und mit hallender Stimme, die sich Gehör erzwang, schrie er über die Köpfe hinweg: »Mannerleut! Was wir leiden müssen vom Waze und seinen Buben, das wissen wir all. Wer aber sagt uns, was wir hoffen sollen von denen beim Lokistein?« Tiefe Stille trat ein. »Das muß uns einer sagen, wenn wir raiten sollen!« rief der Ilsanker. »Wer weiß denn das?«
»Ich, Leut!« Sigenot war in den Ring getreten. Laute Rufe begrüßten den Fischer. Der Spannung, die aus allen Gesichtern sprach, war es anzumerken, wie schwer das Wort dieses einen wog. Enger zog sich der Ring um Sigenot, der, die Hände über den Knauf des Schwertes gelegt, hochaufgerichtet stand, das ernste Gesicht überstrahlt vom Schein des lodernden Feuers. »Mannerleut«, rief er mit klingender Stimme, »ich weiß vom Thingfeuer weg für mich und euch nur eine Straß. Die geht zum Lokistein und zu dem, der jetzt der Herr ist über den Gaden.« Eine stumme Bewegung rann über die hundert Köpfe hin. Nur der Schönauer stand regungslos und hing mit bangen Augen am Fischer. »Der Öberste der Klosterleut heißt Eberwein. Nach Brief und Recht, durch eidfeste Schenkung hat er im Gaden Herrenmacht über Land und Leut. Dawider kann nimmer

Streit sich heben, und auf der Seit, auf der das Recht ist, müssen wir stehen, Schulter bei Schulter und Faust bei Faust.«
Unruhiges Gemurmel erhob sich im Ring, und der Ilsanker schrie: »Hut ab vor dem Recht! Aber wissen möcht ich halt doch, was ich hab davon!«
»Du wirst haben, Ilsanker, was das Recht einem jeden gibt: die Ruh in der Brust. Aber höret mich an! Ich bin beim Lokistein gewesen und hab geredet mit dem Herrn, hab geraitet mit ihm um Leutwohl und Landrecht. Da hab ich gespürt, daß er eine Hand hat, lind und gut, und daß in seinem Herzen die Lieb ist wie das Feuer auf dem Winterherd. Wie er es halten will als Herr im Gaden, das laßt er euch sagen durch mich: Recht soll hausen bei jedem Hag, und Schirm soll haben jeder Blutstropfen an Mensch und Vieh, jeder Span an Tür und Tor, jeder Halm auf Acker und Wiesgrund. Wer unrecht tut, soll stehen nach altem Brauch unter dem Spruch der Gauleut. Nimmer in heimlicher Nacht soll das Thing gerufen sein, sondern frei am Tag, in heller Sonn. Ein jeder soll die Felder hagen dürfen wider Hirsch und Sauen, und die Jagd soll frei sein auf alles Raubzeug, das von Schaden ist für Mensch und Tier. Keiner soll rühren an den Bergwald, der gegen die Lahnen steht und gegen die Wildbäch. Im Tal soll jedes Haus seinen Heimwald haben, in dem der Bauer schlagen mag, was er braucht für Herd und Bau. Was überbleibt im Tal an Waldgrund, soll gerodet werden, und die Gauleut sollen das neue Feld aufteilen unter die Häuser nach gleichem Maß. Über dem Bergwald droben soll keiner das Feuer in die Latschen werfen und die steilen Häng kahl brennen zum Weidgrund für Geißen und Schaf. Denn wo in der Höh der Bergwald schwindet um einen Baum, wachst im Tal der Winter um eine Not. Aber es sollen auch dem Wild zulieb keine Alben mehr in der Öd liegen. Wo ein Kaser gestanden in alter Zeit, soll wieder einer stehen, und jeder Bauer soll an freier Albweid haben, was er braucht für doppelt Vieh. Wie die Felder sich mehren sollen, soll der Viehstand wachsen, daß bessere Zeiten einkehren für jeden Bauer im Gaden. Und weil der gute Herr gemeint hat, es läg an Zins und Steuer zu viel auf jedem Kopf, so laßt er euch sagen: Was Zins und Steuer heißt, soll gemindert sein um das halbe Maß.«
Sigenot konnte nicht weitersprechen. Ein jubelndes Geschrei erhob sich, alle drängten auf ihn zu, und die ihm zunächst standen, faßten sein Gewand, seine Hände, als wäre er nicht der Bote eines anderen,

sondern selbst der gute Herr, der die neue, bessere Zeit zu verkünden gekommen.
»Richtmann«, überschrie der Ilsanker allen Jubel der anderen, »laß die Stäb austeilen! Wir wollen losen. Weiß für die Klosterleut!«
Der Schönauer hob das Messer in der vom Opfer noch blutigen Hand. Die Schöffen warfen sich in den schreienden Haufen und drängten die Männer auseinander. »Haltet Ruh, Leut, haltet Ruh! Das Messer weiset auf Still!« Allmählich erweiterte sich der Ring, und Schweigen trat ein. Da sagte der Richtmann: »Thingbot, trag die Los um, ein schwarzes und ein weißes für jeden Mann! Schöffen, tut Met in die Kannen und reichet vom Bockfleisch jedem Mann sein Teil! Ihr aber, Leut, haltet Ruh eine Weil und höret, was ich zu reden hab mit dem Fischer!« Langsam trat er vor Sigenot hin. »Du hast mit denen beim Lokistein geraitet um unser Wohl und Landrecht wie ein rechtschaffener Mann und guter Nachbar, und deine Botschaft ist lichtscheinig wie der Sonnenglanz, der die Bergwänd anfallt vor gutem Tag. Ich will nit sagen: ›Viel versprechen und lützel halten ist neuer Herren Art und Walten.‹ Ich will alles glauben. Aber eine Frag noch hätt ich.«
»So frag!« erwiderte Sigenot, während im Ring die Männer auflauschten.
»Viel Gutes hast du verkündet. Verschwiegen hast du, was ich gehört hätt am liebsten. Werden die Klosterleut dem Gaden einen neuen Spisar setzen? Oder soll Herr Waze bleiben, was er ist?«
»Das weiß ich nit.«
»Warum hast du nit gefragt?«
Sigenots Brauen furchten sich. »Das hat seinen Grund, Richtmann, und der gehört nit vor das Thing.«
»So?« Der Schönauer nickte vor sich hin. »Meinetwegen verschweig den Grund! Ich weiß: Du hast beim Lokistein keine Frag tun wollen wider die Wazemannsleut. Und da weiß ich genug.« Die Augen des Richtmanns glitten im Kreis über die erschrockenen Gesichter hin. Dann fragte er wieder: »Fischer? Wenn die Klosterleut halten wollen, was sie versprochen haben, und Herr Waze stemmt sich dagegen und wütet gegen sie und uns mit seinen Buben und Knechten, mit Feuer und Eisen, wer hilft ihnen wider ihn? Wer, Fischer?«
»Einer, Richtmann«, sagte Sigenot und hob das Schwertkreuz gegen den Himmel. »Einer, der stärker ist als tausend Männer in Wehr und Eisen.«

Ein dumpfes Gemurmel ging durch die Reihen der Leute, und mancher von ihnen kraute sich hinter dem Ohr und blickte scheu zum mondlichten Himmel auf. Nur die Ramsauer winkten dem Fischer Beifall zu; und der alte Runot, als er das Lächeln sah, das dem Schönauer um die bleichen Lippen zuckte, hob das Grießbeil und rief: »Gib acht, Richtmann, daß dir das Lachen nit vergeht!«
Eigel war in den Ring gesprungen; er hatte das blutige Bocksfell um die Lenden gebunden und zum Sack geschürzt, in dem die noch unverteilten Lose lagen. »Wer ihnen helfen soll wider die Wazemannsleut? Wer sonst als wir? Wir alle miteinand, Schulter an Schulter und Faust bei Faust.«
»Recht hat der Kohlmann!« schrie Kaganhart und schwang den gespitzten Stecken, an dem er ein dampfendes Stück Bockfleisch umgetragen. »Wir sind hundert gegen die zwanzig in Wazemanns Haus. Auf, Mannerleut! Gleich vom Thingfeuer ziehen wir hinaus zum Falkenstein und werfen die Bränd über Haus und Ställ und brennen das Blutnest nieder mit dem alten Gauch und seiner Brut, mit seinen Schandbuben und seiner rothaarigen Wetterhex!« Lautes Geschrei erhob sich, während Kaganhart zum Kohlmann sagte: »Das wird wohl eine Red gewesen sein, eine richtige Mannesred!«
Da packte eine Faust ihn an der Brust. »Mordbrenner!« Der Bauer starrte den Fischer an, der vor ihm stand mit blitzenden Augen.
»Thingfrieden!« rief der Schönauer und streckte den Arm mit dem Messer zwischen die beiden. »Was einer auch reden mag, jedes Wort ist frei.« Und als der Fischer schweigend zurücktrat, sich mühsam zur Ruhe zwingend, rief der Richtmann mit hallender Stimme: »Ich mein', der Kaganhart hat heißer gekocht, als er essen möcht. Aber sag, Fischer! Wenn wir täten, was er geraten hat, und wir kämen morgen zum Lokistein mit der Botschaft: ›Herr Waze liegt erschlagen, sein Haus ist Feuer und Rauch geworden‹, was meinst du, daß er sagen möcht, dein Herr?«
»Was er sagen muß nach heiligem Recht. Wer Feuer wirft, soll die Händ verlieren, wer Blut vergießt, soll stehen unter Strick und Messer.«
Der Schönauer nickte, während der Schmied von Ilsank mit seiner Bärenstimme den wilden Lärm überschrie: »So höret doch, Männer! Wenn wir den Wazemannsleuten ein Härlein sengen, müssen wir noch Gericht beim Lokistein fürchten!«
Unter dem Geschrei, das diesen Worten folgte, sprang der Richt-

mann zum Blutstein und hob das Messer. »Höret, was ich noch sagen muß! Und du, Nachbar Kaganhart, sei froh, daß deine Stimm nit hinaushallt über den eidfesten Ring! Sonst möcht Herr Waze von dir noch träumen in der heutigen Nacht!« Das seltsame Wort, das der Schönauer gesprochen, machte die Schreier verstummen und lauschen. »Höret, Mannerleut! Der Fischer hat euch Botschaft getragen vom Lokistein. So muß ich euch Botschaft bringen von der andern Seit. Der Fischer hat es gut gemeint und ist zum Lokistein gegangen. Herr Waze aber ist zu mir gekommen und hat mir das Messer an den Hals gelegt und hat das Eisen gehoben über meines Buben Kopf. Mannerleut! Ich scheu mich nit, vor euch allen sag ich's grad heraus: In mir zittert die Angst um meinen Buben, der mein alles ist, meine einzige Freud!« Lautlose Stille herrschte im Ring, während der Schönauer von Wazes Besuch in seinem Hof erzählte. Und er brauchte den lauschenden Männern Wazemanns ›Träume‹ nicht zu deuten, jeder verstand, wie sie gemeint waren. Wie der trübe Schlamm, den die Wildbäche nach einem Unwetter hinauswälzen in den klaren See, von einer Welle in die andere quillt, so floß die dunkle Angst, die aus den Worten des Richtmanns redete, in die Herzen der Lauschenden über. Jeder dachte der eigenen Kinder und sah sie fallen unter dem ersten Schlag, den Herr Waze zu führen drohte. Die Hoffnung der besseren Zukunft, die Sigenots Botschaft geweckt hatte, ging unter in der Furcht der Gegenwart, in der Angst vor der Not des kommenden Tages.
»So hat Herr Waze geredet«, rief der Schönauer, »und was er mit mir und mit meinem Buben vermeint hat, das gilt euch allen. Ein jeder von euch hat Kinder, an denen er hängt mit Leib und Seel. Jedem ist sein Kind, was dem Baum sein Mark, das er haget mit Holz und Rinden, mit Äst und Blättern. Mannerleut! Wer von euch will morgen heimkehren in seinen Hag und will seinen Buben im Blut und im letzten Schnaufer finden? Und wenn sein Kindl, sein liebes, ihn anschaut und seufzet: ›Vater, was hast du gerufen über mich!‹ – wer will dann sagen von euch: ›Meintwegen sei hin, aber ich muß von Neujahr an nur halbe Steuer legen!‹«
Da kam es aus allen Kehlen wie ein einziger Schrei; sie streckten die Hände, als möchten sie den Mund verschließen, der solche Worte sprach; und der Marderecker sprang auf den Schönauer zu und rüttelte seinen Arm. »Drei Kinder hab ich, Richtmann! Drei! Eins lieber wie's ander! Sag doch, was tu ich, daß ich meine Kinder hüt?«

Der alte Eigel stand mit dem blutigen Bocksfell um die Lenden und schüttelte den Kopf, während Sigenot über die erregten, vom zukkenden Feuerschein erhellten Gesichter hinblickte, als könnte er nicht fassen, was hier geschah. Da hob sich die Stimme des Schönauers über den Lärm: »Mannerleut! Weil ihr mich fraget, was ich rat, so höret! Wir müssen den Weg gehen, den die Not uns weiset. Wir müssen stehen zu Wazemann, so lang er Spisar ist im Land. Ihm tragen wir Zins und Steuer hin, ihm bieten wir die Fron, und außer ihm geht uns kein anderer was an. Keiner von uns soll sich einlassen mit den Klosterleuten, keiner von uns soll Albengab tragen zu ihrem Haus –«

»Richtmann«, rief Sigenot erschrocken und faßte die Hand des Schönauers, »du hast üblen Rat!«

Im Ring schrien die Männer: »Red weiter, Richtmann! Weiter!«

»Mein Rat ist, wie die harte Stund ihn fordert. Noch allweil ist Wazemann unser Herr. Blüht einmal eine bessere Zeit und kommen die Klosterleut obenauf – du selber, Fischer, hast gesagt, wie gut ihr Herz ist und wie stark ihre Lieb –, da müssen sie auch einsehen, daß wir heut nit anders können. Und da dürfen sie uns in einer kommenden Zeit deswegen nit harb sein, weil heut der einzige Weg, auf dem wir unsere Kinder hüten, um den Lokistein herumgeht und dem Wazemann zu!«

»Richtmann!« mahnte Sigenot. »Dein Rat hat krummen Weg, du gehst dem Unrecht zu. Richtmann, tu die Augen auf, du hast die Wahl zwischen Tag und Nacht. Denk an deinen Buben und reiß ihn nit hinaus auf den Nachtweg! Laß ihn stehen bei Licht und Recht!«

Sigenots Worte erstickten unter dem Geschrei, mit dem der Rat des Richtmanns aufgenommen wurde. Und alle andern überschrie der Schmied von Ilsank. »Wir wissen genug. Das Raiten hat ein End. Richtmann, laß die Los werfen! Schwarz wider die Klosterleut!«

Der Thingbot brauchte nicht im Ring zu gehen, um die Stäbe zu sammeln; haufenweise drängten sich die Männer um ihn her und warfen die dunklen Lose in das Bocksfell. Da schrie der Marderekker mit kreischender Stimme: »Richtmann, die Ramsauer losen nit!«

Tumult erhob sich, und laute Rufe schwirrten durcheinander. »Das ist wider Brauch und Recht. Sie müssen losen!«

»Wer will uns zwingen?« fragte der alte Runot und streckte das Grießbeil vor sich und die Seinen hin. »Wir losen nit. Wir haben nur eine Stimm, und die ist daheim geblieben.«

»Das ist eine Ausred«, klang es aus dem Haufen, »sie wollen sich lösen aus dem Schwurbann und wollen ihrem Kuttenbruder zutragen, was wir geraitet haben in der Thingnacht.«
Die Ramsauer hoben die Fäuste gegen den Schmäher, während ihr greiser Gaumann sie ermahnte: »Gebet Ruh, Leut! Was die Lügenzung geredet hat, das fallt auf unser Ehr und Treu wie ein Stäubl ins Wasser. Nach einer solchen Red haben wir Ramsauer auf der Thingstätt nichts mehr zu schaffen. Kommet, Leut, wir gehen heim!« Ohne Gruß ging der Alte dem Walde zu, und die Ramsauer folgten ihm.
Mit zornigem Geschrei drängte der Haufe ihnen nach. Aber da stand der Fischer vor den Schreiern und hob die Fäuste. »Die Ramsauer haben freien Weg. Wollt ihr raufen im Thing wie die Buben in der Hofreut? Nur her auf mich! Ich mein', ich steh noch wider euch alle!« Vor seinen eisernen Armen und seinen blitzenden Augen wandelte sich die Streitlust in den erhitzten Köpfen zu raschem Frieden.
Eigel war auf den Schönauer zugetreten und hatte das Bocksfell mit den Stäben auf die Erde geworfen; zwei weiße Lose hielt er in der Hand. »Da brauchst du nimmer zählen, Richtmann!« sagte er mit zornigem Lachen. »Alle sind schwarz, bis auf die zwei in meiner Hand! Das erste hat der Fischer geworfen und das ander ich!« Da gewahrte er den Kaganhart. »Du? Wo ist denn das deinige?«
»Such nur, es muß schon dabei sein!« brummte der Bauer und drängte sich zwischen die andern.
Der Schönauer blickte auf die dunklen Lose nieder und atmete auf, als wäre ein drückender Stein von seiner Brust gefallen. Er faßte die Hand des Mardereckers, der an seiner Seite stand, und flüsterte: »Nachbar, wenn du zur Alben kommst, so sag meinem Liebli, ich wart auf ihn, er kann wieder heim.« Dann hob er das Messer und sprach: »Mannerleut! Das Thing hat den Spruch getan: Für Wazemann und wider die Klosterleut! Wir stehen unter Schwur, das ist ein Weiser für alle!«
»Nit für alle! Einen nimm aus!« Mit bleichem Gesicht trat Sigenot vor den Blutstein.
»Fischer?« stammelte der Schönauer, während die anderen lärmend herbeidrängten.
»Was ich sag, das muß in keinem die Angst erwecken. Den Schweigschwur halt ich und geh von der Thingstätt unter der Hahnenfeder.

Aber ich kann nit stehen, wo ich Unrecht seh und krumme Furcht. Und weil ich gehen müßt mit euch, solang ich zur Gemein gehör«, er riß ein brennendes Scheit aus dem Feuerstoß, löschte mit einem Schlag auf den Blutstein die rauchende Flamme und schleuderte das glimmende Holz hinaus über den Ring der Männer, »so reiß ich mich los von euch und eurer Gemein und will von Stund an nimmer teilen mit euch weder Rat noch Tat, weder Gut noch Blut, weder Leid noch Freud und will als Einschichtiger den Weg gehen, den ich für den rechten halt!«

Ehe der Schönauer ein Wort erwidern konnte, war Sigenot den Bäumen zugeschritten. Totenstille blieb hinter ihm, nur das versinkende Thingfeuer rauschte und knisterte. Doch als der Fischer den Wald betrat, erhob sich beim Blutstein ein wüster Lärm. Ohne das Gesicht zu wenden, folgte Sigenot dem schmalen Waldpfad, auf den die sinkende Mondhelle nur mit spärlichen Lichtern herunterblickte. Er war nicht weit gekommen, da hörte er klappernde Schritte hinter sich. »Fischer! Fischer!« Eigel war es, der Kohlmann.

»Was willst du? Keiner wird wenden, was ich getan hab. Auch du nit!«

»Wenden?« lachte der Alte. »Ich hab dir's nachgetan und bin Thingbot gewesen zum letztenmal. Die Narrensupp, die man da droben gekocht hat, schmeckt mir nit. Jetzt merk ich's: Der einzig Gescheite von uns allen ist der gewesen, der nit gekommen ist, der alte Gobl. Aber Verstand muß Unehr heißen. Hätt ich mir nur den Apfel mitgenommen!« Wieder lachte der Kohlmann. »Wie alles geworden ist, da steh ich lieber zu dir als zu den andern. Nimm mich mit in die Einschicht und laß mich hausen in deinem Hag!«

Sigenot zögerte mit der Antwort. »Ich könnt dich brauchen, Kohlmann, aber ich muß dir sagen: Meine Hofreut hat einen heißen Boden.«

»Warum?«

»Mein Weg geht unter Eisen, ich steh in Fehd wider Wazemanns Haus.«

»Wider Wazemann? Ich könnt ein besseres Wort nit hören! Da hast du meine Hand!«

»So komm!«

Sie stiegen talwärts durch die Nacht. Als sie auf vorspringender Bergrippe eine kleine Blöße erreichten, blieben sie lauschend stehen. Ein dumpfes Rollen, wie Donner in der Tiefe, ging unter ihren

Füßen hin, und noch eh es verstummte, lief ein Stoßen und Zittern über den festen Grund. Die Bäume ächzten im Wald, für einen Augenblick erlosch im Tal das Rauschen der Ache, und überall auf dem Berghang kollerte das lose Gestein.
»Fischer!« schrie der Kohlmann und faßte den Arm des Gefährten. »Es rührt sich im Berg! Ob die Narren beim Feuer wollen oder nit, die gute Zeit steht ein!« Er streckte die beiden Fäuste gegen den Untersberg, der fern in der Nacht sich schwarz emporhob aus dem Tal, die Zinnen umflimmert vom letzten Duft des erlöschenden Mondlichts. »Rühr dich, Herr Wute, rühr dich! Die hundert Jahr sind um, und der Birnbaum harret.«
Es rollte in der Erde, und wieder bebte der Grund. »Mein guter Herre, du mein Gott!« stammelte Sigenot. »Meine Mutter! Mein Haus!« In jagenden Sprüngen stürmte er über den steilen Berghang hinunter, daß ihm der Kohlmann nicht mehr zu folgen vermochte.
Droben auf der Thingstätte waren die Männer, die sich mit den Metkannen um das Feuer gelagert hatten, erschrocken aufgesprungen, als im Beben der Erde der glühende Holzstoß zusammenfiel. Bleich und lallend standen sie und starrten einander an, und als zum zweitenmal der Grund erzitterte, faßten sie schreiend, was jeder zu greifen fand in seiner Nähe, der eine ein Grießbeil, der andere eine rollende Metkanne, der dritte ein halbverkohltes Scheit, der vierte die Kappe, die seinem Nachbar entfallen, der fünfte einen hüpfenden Stein; keiner sah, wonach seine Hände griffen, jeder wollte in sinnloser Angst nur bergen und retten, jeder faßte, was ihm vor die Füße kollerte, und so stürzten sie vom Feuer weg und rannten schreiend davon nach allen Seiten.
Öd und schweigend lag die Thingstätte. Da raschelte es im Stamm eines vor Alter morschen Baumes, als wäre rührsames Leben in seinem hohlen Holz; dann knackten die Zweige, und eine Gestalt glitt an der Rinde nieder; sie huschte über die Thingstätte, rannte talwärts und verschwand im Wald. Nach einer Weile klangen auf dem tieferen Hag die Hufschläge eines Pferdes.
Überall im Tal ertönte Geschrei der Menschen. Wer geschlummert hatte unter Dach, war aufgesprungen und aus der Hütte gerannt. Die einen standen geschüttelt von Angst und starrten in die Nacht hinaus, die anderen liefen um die hölzernen Mauern, ob sie noch festhielten in ihren Fugen. Von den Almen tönte das Gebrüll der scheu gewordenen Kühe, und hoch in den Felsen knatterten die

Steinlawinen, welche niedergingen über die steilen Wände. Im Gaden zündeten sie auf dem bedrohten Herd die Feuer an und warfen die dürren Heilbuschen in die Flammen – in der Ramsau rannten sie zum Kirchlein, dessen Glocke sich gerührt hatte, ohne daß eine Hand den Strang gezogen. Und manchem, der die Heilbuschen in die Flammen legen wollte, zögerte die Hand, und seine Augen suchten mit zweifelndem Blick die Höhe.

In der Schönau war der alte Gobl unter dem Apfelbaum erwacht, im zerlegenen Gras zwischen Schutt und faulenden Äpfeln, umgeben vom Aasgeruch der verwesenden Ziege. Halb hob er sich auf und lachte müd: »Schau, jetzt rührt sich richtig der Berg? Gute Zeit? Komm oder nit, mir ist alles eins.« Er schloß die Augen wieder. Als der zweite Erdstoß den Grund durchzitterte, klatschten ein paar Äpfel durch die Zweige herunter ins Gras. Am brüchigen Hause ächzten die Balken, dann rührte sich das Dach, die morschen Mauern wichen auseinander, und langsam fiel die Hütte in sich zusammen. Das machte keinen großen Lärm; ein kurzes Gepolter, und alles war wieder still. Der Alte hob den Kopf. »Hätt ich drin geschlafen, nit einmal erschlagen hätt's mich!« Seufzend drehte er sich auf die Seite.

Von den Nachbarhöfen klangen die kreischenden Stimmen der Weiber; vor den Hagtoren standen sie in Furcht und schrien die Namen ihrer Männer, die noch immer nicht heimkehren wollten, in die Nacht hinaus. Von diesen Stimmen am lautesten klang die Stimme der Hilmtrud. Und immer spähten ihre Augen in Angst über den schwarzen Wald hinauf gegen den Falkenstein.

Dort oben zitterte ein trüber Lichtschein; er kam aus Reckas Kammer, in der die Leuchte neben dem Spiegel brannte; schlummerlos lag die Wazemannstochter auf ihrem Lager, die nackten Arme schimmerten, und in wirren Strähnen hing das gelöste Rothaar über das Bärenfell auf die Diele nieder. Als der Stoß durch das feste Haus gegangen, hatte sie die Arme zur Decke gehoben und gestöhnt: »Fall doch! Fall! Dann hab ich Ruh!« Und schluchzend war sie hingesunken über das Lager.

Ihren Vater und ihre Brüder hatten das Rollen in der Tiefe und der Erdstoß nicht geweckt; sie lagen im dumpfen Schlaf des Metrausches. Aber die Knechte und Mägde waren schreiend aus dem Steingeschoß des Hauses und aus den Ställen geflüchtet. Und die alte Ulla hatte, als sie vom Heubett gesprungen, mit gellender Stimme

geschrien: »Mein Star! Mein Star!« In der Finsternis hatte sie den kleinen Käfig, zwischen dessen Holzstäben der erschreckte Vogel umherflatterte, an sich gerissen, während unter ihren Füßen im Erdkeller das laute Gewimmer des gebüßten Knaben klang.
Lärm erfüllte den Burghof, und unter den Mauern schwankte der in seinen Tiefen erregte See mit rauschenden Wellen, die klatschend durch das Röhricht an die Lände schlugen und über den Sand hinausspülten bis an den Fuß des Kreuzes. Matt schimmerten die beiden frischbehauenen Balken in der Nacht, während am Fischerhause roter Feuerschein aus der offenen Tür und aus allen Fenstern leuchtete.
Mutter Mathilt und Edelrot hatten die Nacht beim flackernden Herdfeuer zugebracht, während Wicho und die Sennen auf der Hausbank die Wache hielten. Als die Erde dröhnte und die Felsen zitterten, waren die Männer erschrocken in die Halle gesprungen, um Mutter Mathilt mit dem Lehnstuhl unter freien Himmel zu tragen; sie hatte die Knechte von sich gewiesen, hatte Salz auf die glühenden Kohlen geworfen und die Heilbuschen in das Feuer gelegt. Mit Wicho war Rötli vor das Hagtor geeilt und ihre bebende Stimme klang in der Nacht: »Sigenot, Sigenot!«
Als das Echo des Rufes von der Falkenwand zurückfiel, rann zum andernmal das Beben durch die Erde. Hoch über dem See löste sich ein mächtiger Felsblock; mit Dröhnen und Gepolter ging sein Sturz über die steilen Wände nieder, und der schwere Fall ins Wasser klang in der Nacht aus dem Weitsee heraus bis an die Lände. »Der Bid! Der Bid!« stammelte Rötli und umschlang mit beiden Armen den Stamm des Kreuzes. Auch Wicho griff mit flinker Hand nach dem heiligen Holz.
Nun war wieder Stille; nur der See rauschte im Röhricht. »Ich hab mir gleich gedacht, daß was geschehen muß!« flüsterte der Knecht. »Der Bid hat das Heilholz gesehen, und das hat ihm nit getaugt. Vor Wut ist er heruntergesprungen in den See aus aller Höh.«
»Er wird doch nit auf der Alben gewesen sein!« stammelte Rötli in Angst. »Da ist der Ruedlieb droben!«
Noch schlummerte die Liebe in diesem jungen Herzen; doch ihre Sorge wurde wach in der Stunde der Gefahr und flog auf den Schwingen zärtlicher Angst empor durch die Nacht, den fernen Knaben suchend. In der gleichen Stunde geschah es, daß Ruedlieb auf der Regenalm aus der Hütte stürzte. Das Geschrei der Sennen

und Almerinnen umgab ihn, das Gebrüll der rasenden Kühe, das Dröhnen der fallenden Steinlawinen – und er starrte in die finstere Tiefe und lallte: »Ihr guten Mächt! Es wird doch dem Rötli nichts geschehen!«

In stundenweiter Ferne von der Regenalm, unter den Waldgehängen des Göhl, saß ein junges Mädchen, den blutfleckigen Bund um die Stirne, zitternd auf dem Heubett und lauschte mit verhaltenem Atem den halbverwehten Klängen, die vom Lokiwald emporschwebten durch die Nacht.

Wie in der Ramsau, so hatte auch in der Martinsklause die Glocke geläutet, ohne daß eine Hand ihren Strang gezogen. Eberwein und die Brüder waren vom Lager gesprungen, und während Schweiker das Feuer anzündete, lag Wampo auf den Knien und betete mit lallender Stimme. Eberwein wollte in Waldrams Zelle eilen; auf der Schwelle trat ihm Waldram entgegen, bleich, das kleine Holzkreuz in der erhobenen Hand: »Die Zeichen mehren sich. Gottes Stimme mahnet in der Nacht wie Donner. Will dein Auge noch immer nicht sehen, dein Ohr noch immer nicht hören?«

»Ich höre, wie die Mächte der Finsternis sich sammeln zum Streite gegen zitternde Menschen, und werde sehen, wie Gottes Macht die Geister der Vernichtung bändigt, wie Gottes Liebe sich erweist an seinen Kindern!« Eberwein legte die Stola um die Schultern und trat hinaus in die Nacht; Schweiker folgte ihm mit der Kienleuchte, und Bruder Wampo, dem die Zähne klapperten, trug die Kanne mit geweihtem Wasser. Sie umschritten die Klause. Eberwein besprengte die Erde und sprach mit lauter Stimme den Exorzismus wider die Dämonen der Tiefe. Da machte unter dumpfem Rollen der zweite Stoß den Grund erzittern, und die Glocke wimmerte. Auf dem Berghang, über dem Fischteich, löste sich eine Schuttlawine; die Finsternis deckte ihren Fall, doch ihr Rauschen und Gepolter hallten in der Nacht, und hüpfende Steine sprangen über die Rodung, kollerten um die Füße der Mönche und schlugen an die hölzerne Mauer der Klause. Bruder Schweiker hob die lodernde Fackel; seine Augen spähten in Sorge über die schwarzen Baumwipfel einer fernen Höhe zu, und leise stammelten seine Lippen einen Namen.

Eberwein hatte die Arme erhoben. Zu den Sternen aufblickend, deren Glanz in der schwindenden Mondhelle wuchs, sprach er die Worte des Psalmisten: »Gott ist unsere Zuflucht, unsere Stärke, als

Hilfe mächtig erfunden in allen Nöten. Darum wandelt keine Furcht uns an, ob auch die Erde wechselt und die Berge wanken. Denn du, o Herr, weilest in unserer Mitte und wankest nicht, und deine Hilfe wird sein wie Anbruch des Morgens!« Da fühlte er seinen Arm erfaßt mit heftigem Griff. Waldram stand vor ihm. »Was willst du?« »Folge mir und sieh mit eigenen Augen, was geschehen ist!« Er zog ihn hinter sich her in das Kirchlein. Die zinnerne Schale, in der das Ewige Licht brannte, schaukelte an ihren dünnen Ketten. »Blick auf zu ihm!« rief Waldram und deutete nach dem Kreuzbild. Aus den Händen des Bildes hatten sich die Nägel gelöst; und vorgeneigt, nur mit den Füßen noch haftend, hing es am Kreuz, als wollt es mit jedem Augenblick zur Erde stürzen. »Verstehst du die Sprache dieses Zeichens?«

»Ja, Waldram!« erwiderte Eberwein ruhig. »Sie sagt mir, daß ich schwaches Holz für die Nägel wählte.« Er löste seinen Arm und ging in die Klause, um den Hammer zu holen. Nach einer Weile hallten die Schläge. Weithin klangen sie in der Nacht.

Der Reiter, der auf keuchendem Pferd über die nahen Felder jagte, hob beim Hall dieser Hammerschläge lauschend den Kopf. »Die haben es nötig! In solch einer Nacht noch schaffen sie!« Er schlug seinem Roß die Gerte über den Schenkel. Durch die Schönau ging sein Weg, zum Falkenstein. Die Weiber, die den Hufschlag hörten, stammelten zitternd: »Die Untersberger reiten.«

Fackelschein leuchtete in Wazemanns Burghof; der Reiter fand das Tor geöffnet und die Brücke gesenkt. In Gruppen standen die Knechte und Mägde umher, während droben in der Halle Herr Waze saß, nur vom Hausrock umhüllt, mit nackten Beinen; seine Leute hatten ihn aus Bett und Stube herausgezerrt in die Halle; hier war er wieder eingeschlafen im Rausch und schnarchte mit offenem Mund. Der Knecht, der aus dem Sattel gesprungen war, stolperte über die Treppe hinauf und weckte den Schläfer. »Auf, Herr, auf, auf!«

Herr Waze hob den Kopf, glotzte in das Gesicht des Knechtes und erkannte ihn; er wollte sich aufrichten, doch seine Füße trugen ihn nicht; fluchend fiel er wieder zurück auf die Holzbank.

»Auf, Herr, auf! Wer kann denn schlafen in einer solchen Nacht? Es hat die Erd gerumpelt!«

»Laß rumpeln«, lallte der Berauschte, »und erzähl! Wie war's beim Thing?«

»Das Thing hat für Euch gesprochen, wider die Klosterleut!«
Mit grölendem Lachen schlug Herr Waze die Fäuste über den Tisch. »Der Käfig, den ich gebaut hab, hat gute Stangen! Jetzt sollen sie springen, die Kutten. Bub, erzähl! Wer hat wider mich geredet?«
»Der Fischer.«
»Den Tod an seinen Hals!«
»Und Eigel, der Kohlmann.«
»Wart, Rußiger! Ich weiß dir ein heißes Bett in deinem Meiler! Wer noch?«
»Der Kaganhart! Der hat geraten, den Pechbrand in Euer Haus zu werfen.«
Herr Waze sprang taumelnd auf. »Zacho! Heripot!« Zwei Knechte kamen gesprungen. »Hinunter zu der Hilmtrud Haus! Den roten Hahn aufs Dach! Ich will das Aug nit schließen, eh ich die Keuch nit brennen seh. Weiter! Soll ich euch Füß machen?« Herr Waze hob die Fäuste zum Schlag; er taumelte und fiel über den Tisch hin.
Die Knechte eilten davon, und der zuckende Schein der Fackeln, die sie trugen, glitt durch den Bergwald. Als sie zur Achenbrücke kamen, hörten sie den Schrei einer Mädchenstimme. Es war der Freudenschrei, den Edelrot ausgestoßen bei ihres Bruders Heimkehr. Am Waldsaum vor der Schönau mußten die Knechte hinter Gebüsch sich bergen. In allen Höfen war es lebendig; überall klangen in der Nacht die schrillen Stimmen der Weiber, die heiseren Rufe der heimkehrenden Männer.
Einer rannte über die Halden, keuchend und stolpernd; kaum trugen ihn seine Füße noch; sein Weib, das im Dunkel harrte, hatte ihn schon gewahrt und schrie:
»Bauer, Bauer!«
»Hilmtrud!«
Sie lief ihm entgegen, umfaßte mit ihren derben Armen den Wankenden und schleppte ihn zum Hagtor. »Dank allen Gutholden! Weil du nur wieder daheim bist!«
»Steht unser Haus noch?« keuchte er mit erlöschendem Atem. »Steht's noch?«
»Wohl! Schau hin! Noch allweil steht's!«
Er taumelte in der Finsternis auf die hölzerne Mauer zu und griff nach ihr mit zitternden Händen, lachend und schluchzend. Da faßte das Weib seinen Arm, bebende Angst in der heiseren Stimme. »Gelt, du hast im Thing nit geredet wider Wazemann?«

Kaganhart stotterte: »Was dir einfallt! Kein Wörtl hab ich geredet, kein einzigs Wörtl!«
Hilmtrud atmete auf. »So ist alles gut!«
»Was ist gut?«
Das Weib schüttelte den Kopf und stieß mit dem Ellbogen die Haustür auf.
»So red doch!«
»Laß mich in Ruh! Wenn du schon merkst, daß ich nit reden will, was fragst du noch?«
»Muß da gleich wieder gescholten sein, weil ich einmal das Maul auftu zu einer Frag?«
»Wirst du Ruh geben?« klang die drohende Stimme des Weibes aus der Tür.
»Grad nit, jetzt grad nit! Das könnt mir taugen! Ich lauf in Ängsten heim, daß ich schier keinen Schnaufer nimmer hab –«
»Hättst dir Zeit gelassen! Meintwegen hättst noch ausbleiben können, bis der Kuhmist Butter wird!«
»So? So?« schrie der Bauer. »Ist denn keiner da? Hört denn keiner, was für ein Weib das ist? Die Erd bidmet, daß die Berg einfallen, und noch allweil gibt das Weib keine Ruh!«
»Wirst du bald still sein?« Hilmtrud griff aus der Tür und faßte den Bauer am Kragen.
»Wirst auslassen oder nit? Auslassen!« zeterte Kaganhart; da stand er, von der Faust seines Weibes geschwungen, schon in der Stube und stolperte gegen den Herd, daß die Geschirre durcheinanderklapperten. Die Tür wurde zugeschlagen, und mit kreischendem Schelten mischten sich im Haus die beiden Stimmen.
Beim Hagtor klang ein Lachen: »Wirf! Tust ihnen einen Gefallen damit. Die zwei haben gern heiß.«
In hohem Bogen wirbelte ein Feuerbrand über den Hag und klatschte auf das Moosdach. Flink, wie kleine leuchtende Wellen, liefen die gelben Flammenzungen über das dürre Moos und Stroh. Lachend rannten die beiden Knechte dem Wald entgegen; als sie die Ache erreichten und rückwärts blickten, sahen sie schon die funkensprühende Lohe in die Lüfte schlagen. Ein rötlicher Schein fiel über die Waldberge und an die Falkenwand.
Sigenot, der mit Wicho in flüsterndem Gespräch auf dem finsteren Lugaus saß, gewahrte den Schein, und als er aufblickte, sah er die Röte am Himmel, sah in der Ferne den Funkenflug. »Feuerjo! Das

muß in der Schönau sein! Die armen Leut!« Er sprang vom Lugaus über den Hag hinunter auf den Sand.
»Laß brennen, was brennt!« schrie Wicho. »Wahr dein eigen Haus!«
»Leut in Not, und ich sollt nit helfen?« Sigenot rannte. Als er die Halden der Schönau erreichte, meinte er zu träumen; wohl sah er die Flammen lodern, aber Stille war rings umher in der grell erleuchteten Nacht; keine Stimme klang, kein Schrei, kein Feuerruf. Nur die Hunde kläfften in den zerstreuten Höfen. Von den Nachbarn des brennenden Hauses war keiner zur Hilfe herbeigeeilt; die Furcht dieser Nacht, das zitternde Bangen vor dem Ungewissen hatte sie festgehalten im eigenen Hag, unter dem eigenen Dach.
Sigenot erreichte die Brandstätte. Er sah: Hier war nicht mehr zu helfen; bis auf den Grund schon brannten die Mauern des Hauses und der Scheune, und von den rauchenden Flammen und dem glostenden Gebälk ging eine schwelende Hitze aus, die das Nähertreten wehrte.
In der Hofreut, vom Feuer rot beleuchtet, stand Hilmtrud regungslos wie ein steinernes Bild; der Bauer hockte neben ihr auf der Erde, klagend und schluchzend, mit den Armen eine rußige Pfanne umklammernd; sie war von seinem Hab und Gut das einzige Stück, das er gerettet hatte in der wirren Angst. Wie der Mann, so hatte auch das Weib gejammert und in Verzweiflung die Hände gerungen. Doch als der Bauer in seinem Jammer geschrien: »Jetzt hab ich selber, was ich dem Wazemann beim Thing gewunschen! Sein Haus hab ich wegbrennen wollen, jetzt brennt das meinig!« – da hatte Hilmtrud den Bauer schweigend angestiert, und kein Laut mehr war über ihre Lippen gekommen.
Als Sigenot die Hand auf ihre Schulter legte, starrte sie ihn an wie einen Fremden und wandte die verstörten Augen wieder dem Feuer zu. Der Bauer ließ die Pfanne sinken und warf sich schluchzend vor Sigenots Füße hin. »Mein Häusl, Fischer, mein liebes Häusl, in dem ich gelacht hab als Büebli bei Mutter und Vater, in dem ich gehauset hab in Glück und Fried!« Alle Zwietracht und alle üblen Stunden waren vergessen in seinem Jammer; nur der guten Stunden noch dachte er, die er genossen unter dem in Glut und Asche sinkenden Dach.
Sigenot hob den Schluchzenden auf. »Ich weiß dir keinen Trost, Nachbar, als nur den einzigen: Da ist dein Haus gestanden, und schau, da wird's auch wieder stehen, neu und fest! Bist doch ein

Mann! Streck dich! Und wenn die Glut erkaltet ist, heb das Bauen an! Mich und meine Leut kannst du haben zur Hilf in jeder Stund. Und bis du dein eigen Dach wieder hast, sollst du mit deinem Weib ein gutes Hausen haben an meinem Herd.«

Krachend stürzten die brennenden Balken in einen rauchenden Gluthaufen zusammen. Ein Schrei löste sich aus Hilmtruds Kehle, und Kaganhart streckte die Arme wie ein hungerndes Kind, dem eine grausame Hand das Brot entrissen. Sigenot suchte die beiden mit sich fortzuziehen, weil er sah, daß jeder Blick in die Glut ihren Jammer erneuerte. Es dauerte lang, bis Hilmtrud auf die Worte des Fischers hörte. Endlich nickte sie und drückte wortlos Sigenots Hand; dann schlug sie den Arm um ihres Mannes Hals und sagte mit tonloser Stimme: »Tu nit weinen, Hartli! Ich hab dein Haus verbronnen, ich bau's wieder auf.«

Er achtete dieser Worte nicht, er schluchzte nur, raffte die Pfanne von der Erde und ließ sich willenlos zum Hagtor führen; hier blickte Hilmtrud ein letztes Mal zurück auf den glühenden Trümmerhaufen; ihr Gesicht verzerrte sich, mit geballter Faust erhob sie den nackten Arm und schrie in die erbleichende Nacht hinaus: »Wazemann! Wazemann!«

Der Bauer fand keine Frage.

So verließen sie die Stätte, die ihr Haus getragen. Bis weit hinunter ins Tal verfolgte sie der Brandgeruch. Als sie den See erreichten und Sigenot mit herzlichem Zuspruch seinen Hag vor ihnen öffnete, graute der Morgen, und über die Schneekuppe des König Eismann fiel die erste Röte des nahenden Tages.

ZWEITES BUCH

I

Das war ein seltsamer Morgen, still, ohne Lufthauch, ohne Vogelstimme. Grauer Duft bedeckte die Gräser und das Grün der Bäume. Dieser Schleier sah aus wie Tau, war aber Staub, dünner, fein zerteilter Staub. Woher war dieser Staub gekommen? Keine Wolke am Himmel, über den Wäldern kein Nebelstreif. Dennoch füllte ein trüber Dunst das Tal und hing um alle Höhen wie vor einem aufziehenden Ungewitter. Zuweilen sah man in der Luft ein Flimmern und Glitzern wie von feinem Sand, auf den die Sonne scheint. Und überall war ein Geruch zu spüren wie jener, der auftritt, wenn Mahlsteine sich ohne Korn aneinander reiben.

Ein seltsamer Morgen, ein Morgen wie ein Geheimnis, wie das Schweigen auf eine leidenschaftliche Frage.

Still lag die Martinsklause inmitten des stummen Waldes. Im Morgengrau war Eberwein ausgezogen, und Waldram, den nach der Erregung der vergangenen Nacht die körperliche Schwäche wieder befallen hatte, hütete das Lager. Schweiker ging auf der Lichtung umher und sammelte die Steine, die von der Schuttlawine über die Rodung und bis vor die Mauern der Klause gerollt waren. Und immer glitt sein Blick über das Tal der Ache und empor über den jenseitigen Berghang.

Vor dem grauen Lawinenwust, der die jungen Bäume erdrückt, den Lauf der Quelle verändert und den Teich verschüttet hatte, stand Bruder Wampo und betrachtete den wirren Schutt, unter dem die schönen Ferchen und Hechte begraben lagen. Trübselig schüttelte er den runden Kahlkopf und guckte scheu zum Himmel hinauf. »Herr! Das ist aber doch nit gut und recht, deinen armen Knechten die Fastenspeis zu verderben!«

Schweiker war zum Waldrand gegangen und hatte die Steine aus seiner Kutte geschüttet. Als er wieder hinüberspähte nach dem

Berghang, sah er Eberwein über die Halde heruntersteigen, auf welcher Hinzula ihre Ziegen zu hüten pflegte. Wachsende Unruhe befiel den Flachsbärtigen, der kein Auge mehr von der Stelle verwandte, an welcher Eberwein bei der Heimkehr aus dem Walde treten mußte. Doch er wartete umsonst.
Eberwein war im Tal dem Lauf der Ache gefolgt, hatte den Lokiwald umgangen und schlug den Pfad ein, der zur Ramsau führte. Schatten lagen um seine Augen. Die Ereignisse der Nacht hatten ihn mit Sorge erfüllt, und was er vor den Brüdern nicht hatte zeigen wollen, nagte in ihm mit doppelter Schärfe, jetzt, da er einsam war. Bei solcher Stimmung hatte auch die befremdende Erfahrung, die er soeben gemacht, tiefer auf ihn gewirkt, als es sonst wohl geschehen wäre: Beim Hag des Greinwalders, zu dem die Sorge um die mißhandelte Hirtin ihn geführt, hatte er stehen müssen vor geschlossenem Tor; er hatte gepocht und gerufen, aber niemand war gekommen, ihm zu öffnen, obwohl er Schritte in der Hofreut gehört hatte. Weshalb? Welche Ursache konnten sie haben in jenem Haus, das Tor vor der Hilfe zu sperren, vor dem Freund?
Der Pfad führte unter den Bäumen hervor auf eine weite Lichtung. Das waren die Halden der Strub. Gemähte Wiesen wechselten mit geräumten Feldern, und dazwischen, weit zerstreut, standen einzelne Gehöfte, niedere Hütten und Scheunen, von hohem Hag umzogen. Bei ihrem Anblick wich die Schwermut aus Eberweins Augen. Ihm schwoll das Herz bei dem Gedanken, wie viel es da für ihn zu schaffen gab, zu raten und zu nützen. Hier lebte und wirtschaftete das Volk noch, wie es draußen vor den Bergen die Leute getrieben hatten vor hundert Jahren. Das sollte anders werden! Er wollte sie lehren, den Lein zu bauen an Stelle des rauhen Hanfes, besseren Pflug zu führen, die Steine aus den Furchen zu sammeln und sie rings um den Acker aufzuschichten zur Schutzmauer, auf der sich die Dornenhecke wider das Hochwild flechten ließ. Und diese armseligen Hütten! Das sollte sich wandeln! Er wollte die Leute lehren, mit steinernem Sockel zu bauen, mit geschindeltem Dach. Und so übel wie von außen waren die Hütten wohl auch anzusehen in ihrem Innern? Da sollten geräumige Stuben entstehen und wohnsame Kammern. Und wenn der lange Winter käme, sollten die Männer und Buben das Hohleisen und das kurze Messer führen lernen, um handliches Holzgerät zu fertigen und freundliches Schnitzwerk.

Raschen Ganges folgte Eberwein dem Pfad, der einem Hag entgegenführte. Blauer Rauch wirbelte aus dem Hüttendach, Stimmen klangen in der Hofreut, und das Tor stand offen. Auf der Schwelle der Haustür saß ein Weib, den Hanfrocken unter dem Arm, in der Hand die tanzende Spindel; zwei nackte Kinder tummelten sich im Hof, und der junge Bauer hielt ein drittes auf dem Arm. Als Eberwein vor dem Tor erschien, fuhr ein zottiger Hund auf ihn los und kläffte. Der Bauer schien beim Anblick des Mönches zu erschrekken; hastig setzte er das Kind auf die Erde, sprang zum Hag, schleuderte mit dem Fuß den Hund zurück, schlug das Tor zu und legte den Balken ein.

Schweigend wandte Eberwein sich ab und folgte einem schmalen Felsweg. Nach einer Weile kam er zu einem zweiten Gehöft. Im offenen Hagtor stand ein alter Bauer. Nun verschwand er, und wieder fand Eberwein das Tor geschlossen. Ruhig rief er: »Mann, tu auf! Gottes Gruß deinem Haus!«

»Wer will ein zu mir?«

»Dein bester Freund!«

»Der bin ich selber und brauch keinen andern.«

In Zorn schlug Eberwein an das Tor. »So öffne deinem Herrn!«

»Was Herr? Wer Herr?« klang die rauhe Stimme. »Ich tu nit auf!« Und klappernde Schritte entfernten sich.

Eberwein stand ratlos. »Was ich erlebe, ist wie ein Rätsel! Wer soll es mir lösen?« Er wanderte über die Halden, ohne Wahl jedem Pfade folgend, den er fand. Bald hier, bald dort sah er Leute laufen und in den Gehöften verschwinden. »Bin ich ein reißendes Tier, daß die Menschen vor mir fliehen wie die Schafe vor dem Wolf?« Des Weges nicht mehr achtend, geriet er in dicht verwachsenen Wald. Über niedere Felswände mußte er klimmen, durch wirres Gebüsch sich kämpfen, über Schluchten sich schwingen, unter gestürzten Bäumen hindurchschlüpfen. Stunde um Stunde verging ihm bei mühsamer Wanderung, und noch immer wollte der Wald kein Ende nehmen. Schon war ihm in Erschöpfung zumut, als sollte er niemals wieder dieser Wildnis entrinnen. Da klang ihm der Schall einer Glocke entgegen. In Freude streckte er die Arme. »Klinge, du liebe Stimme, du führst den Irrenden auf guten Weg!« Mit erneuten Kräften kämpfte er sich durch die Wirrnis des Urwaldes der Richtung zu, aus der die Glocke tönte, und fand einen Pfad ins Freie.

Ihm zu Füßen, zwischen Halden und Bergwald, lag ein enges,

langgestrecktes Tal, in dessen Tiefe ein reißender Bach durch grauen Schutt seine Straße grub; an seinen Ufern sah man die Zeichen der Zerstörung, die er angerichtet in wilden Tagen. In der Ferne, wo die Berge sich schlossen, schimmerte ein kleiner grüner See. Friedliche Sonntagsstille lag über dem Tal; nur die Ache rauschte, und die Glocke tönte. Zwischen den Kronen alter Ulmen und Linden sah Eberwein ein plumpes, hölzernes Türmlein ragen, das die Spuren eines Brandes zeigte und ein neues, weißes Holzkreuz auf der Zinne trug. »Hier wohnet Gott, hier will ich frohe Einkehr finden!« Er stieg über die steilen Halden hinunter. Aus einem Gehöfte liefen ihm zwei Kinder entgegen, ein Bub und ein Mädel, in hanfene Kittelchen gekleidet, sauber gewaschen. Als sie näher kamen, blieben sie stehen und schauten zu Eberwein auf, der den Stab in die Erde stieß und die Hände streckte: »Gott grüß euch, ihr lieben Kinder!«
Zutraulich faßten sie seine Hände. »Gott grüß dich auch!«
Eberwein umschlang die Kinder und drückte ihre linden, warmen Körperchen an seine Brust. »Die ersten, die mir freundlich sind!«
Scheu beugte sich das Mädel zurück. »Mann? Tut dich hungern oder dürsten?«
Er mußte lächeln. »Ja, mein Dirnlein! Mich hungert und dürstet nach eurer Liebe! Wie heißt zu denn?«
»Moidi[1]«, erwiderte die Kleine stolz. »Wie die liebe Gottesmutter!«
»Und du, mein Bürschlein?«
»Ich heiß, wie Gott Vater heißt: Seppeli!«
Eberwein hörte bewegt die christlichen Namen und hatte seine Freude an dem kleinen Kirchengelehrten, der in seiner fünfjährigen Weisheit Gott Vater mit dem Zimmermann von Nazareth verwechselte. Da rief hinter dem Hag des Gehöftes eine Frauenstimme die Namen der Kinder, mit dem wirkungsvollen Zusatz: »Kommet zum Mus!« Nun konnte Eberwein das Pärchen nicht mehr halten. »Ich will den Trost vergelten, den ich von euch gewonnen!« sagte er und küßte die Kinder auf die roten Wangen.
Dann stieg er die Halde hinunter, wie neu belebt. Noch eh er das Tal erreichte, sperrte zwischen Bäumen und welkenden Büschen eine hohe Hecke seinen Weg. Die Glocke war verstummt, doch aus dem Kirchhof, von dem die Hecke ihn schied, hörte er Stimmen. Durch eine Lücke sah er die Holzmauer des Kirchleins, das von Grabhü-

[1] Marie

geln umgeben war, und sah ein niederes Balkenhaus, der Hütte eines Bauern gleichend; neben der Tür erhob sich eine alte Linde, die mit ihren Ästen das Moosdach überspannte. Ihren mächtigen Stamm umzog eine Steinbank, auf welcher Hiltischalk saß, der Ramsauer Leutpriester; er hatte wohl achtzig Winter schon gesehen, schneeweiß fielen ihm die dünnen Haarsträhnen auf die Schultern. Eine lange, schwarze Lodenkutte, an der Hüfte mit einem Strick gebunden, umhüllte den hageren Leib; der Bart war geschoren; freundliche Augen lugten unter den weißen Dächlein der Brauen hervor, und herzlich klang die sanfte, langsame Stimme. »Jetzt gehet heim zu Weib und Kind!« sagte der Greis zu einigen Männern, die mit sorgenvollen Gesichtern vor ihm standen. »Ich weiß auch besseren Trost nit als allweil den einen: Bauet auf den Himmel, vertrauet auf Gott! So kann euch kein Unheil ankommen, und keine Not kann fallen über euch!«
»Wohl!« sagte einer der Männer kleinlaut. »Aber der alte Runot ist doch auch ein guter Christ, und heut in der Nacht, derweil er fern gewesen ist, hat doch der Bidem[1] sein Haus geworfen.«
Der Pfarrer hob die zitternde Hand. »Das hast du gut gesagt: derweil er fern gewesen ist! Freilich, das Häusl ist gefallen. Aber es ist ein altes Häusl gewesen. Was alt ist, geht seinem letzten Stündl zu, Mensch oder Haus, Vieh oder Baum, Berg oder Tal. Das Häusl hat fallen müssen. Und jetzt schauet, was Gott getan hat, weil der Runot sich allzeit gehalten hat als guter Christ. Gott hat das alte Häusl fallen lassen, derweil der Runot fern gewesen ist. Das Häusl liegt, aber der Runot steht gesund und kann seine Buben rufen von der Alben und kann ein neues Häusl bauen. Und wir alle, gelt, wir wollen helfen dazu um Gottes Lieb?«
Da nickten die Männer.
»Ich sag's doch allweil: Nur auf den lieben Gott vertrauen! Haltet nur ihr fest! Der liebe Gott laßt nit aus. Schauet nur, wie er an mir getan hat! Da bin ich einmal hinaufgestiegen über den Windacher See, eine Alberin besuchen, weil sie krank gelegen ist –«
Hundertmal hatten die Männer schon gehört, wie ein Wunder Gottes den Hiltischalk in der Windachklamm gerettet hatte aus Not und Tod. Aber geduldig und gläubig lauschten sie der Erzählung des Greises bis zum frohen Ende.

---

[1] das Erdbeben

»Und schauet, seit derselbigen Zeit ist in mir der rechte Glaube gewesen. Ist eine Not über mich oder über euch gefallen, gleich hab ich zu meinem lieben Herrn gerufen aus tiefstem Herzen. Das hat noch allweil geholfen. Viel Unglück hab ich verhütet mit meinem Rufen. Und hat das eine oder das ander doch kommen müssen, so hab ich es mit meinem Rufen doch allweil linder gemacht und hab die ärgste Härt davon weggebetet. Drum sorget euch nimmer! Sie soll nur bidmen, die Erd! Ich weiß schon einen, der festhält.« Die Hände faltend, sah er zum Himmel auf. »Eine einzige Sorg noch hab ich gehabt in meinem Leben, und die hat mein guter Herr jetzt auch von mir genommen.«
Fragend blickten ihn die Männer an, und einer sagte: »Sorg? Was wär das für eine?«
»Bin ich nit alt, wie dem Runot sein Häusl gewesen ist? Wenn ich einmal nimmer bin, wer wird euch beim Guten und Rechten halten? Wer wird rufen für euch in der Not? Allweil ist das meine Sorg gewesen. Aber derzeit ich gehört hab gestern, daß die frommen Brüder gekommen sind, derzeit ist die letzte Sorg von mir gefallen.«
Eine Bewegung der Unruhe ging über die Männer hin.
»So eine Freud hat mein guter Herr mich noch genießen lassen auf meinen Abend! Über die vierzig Jahr lang hab ich keinen geweihten Bruder mehr gesehen. Vierzig Jahr! Aber heut noch muß ich hinaus zum Lokistein! Freilich, der Weg ist weit für meine müden Füß –«
»Ich will ihn dir sparen, mein Bruder!« klang die Stimme Eberweins; er hatte die Hecke geteilt und war über den brüchigen Erdwall in den Kirchhof niedergestiegen. Scheu traten die Männer auseinander, und der greise Pfarrherr schaute auf Eberwein wie auf ein frohes Wunder. Gleich einem Vater, der den ersehnten Sohn begrüßt, eilte er mit offenen Armen auf Eberwein zu und warf sich an seine Brust. »Sei gegrüßt viel tausendmal, mein Bruder in Jesu Christ!« Und als wäre für ihn die Freude zu groß, um sie allein zu tragen, so rief er: »Mannerleut, so kommet doch her!« Betroffen verstummte er. Die Männer waren verschwunden. »Schau, jetzt sind sie heimgegangen, jetzt, derweil sie doch hätten bleiben sollen! Freilich, ich hab doch gesagt zu ihnen: Gehet heim!« Wieder schlang er die Arme um Eberwein. »Gelt, mein Bruder, du tust dich setzen an meinen Tisch?« Er humpelte in geschäftiger Eile dem Hause zu. In der Tür verschwand er, und seine zitternde Stimme klang: »Hilti, Hilti! Jetzt tu dich tummeln, schaff nur, schaff, wir haben einen Gast!«

Mit glücklichem Lächeln hatte Eberwein dem Greise nachgeblickt und hob die Augen zum Himmel: »Ja, Herr, hier wohnest du!« Langsam ging er zur Steinbank unter der Linde. »Wie mir wohl ist!« Da hörte er ein Rascheln, und als er sich umblickte, gewahrte er einen kleinen Holzbau, der sich an die Mauer des Kirchleins lehnte: das Beinhaus. Fast zur Mannshöhe waren unter dem niederen Dächlein weiße Totenschädel und gebleichte menschliche Gebeine übereinandergeschichtet. Eine große Ratte kletterte schnuppernd an der Knochenwand hinauf. Von Grauen befallen, machte Eberwein eine scheuchende Bewegung; die Ratte verschwand hinter den klappernden Gebeinen, ein kahler Schädel kollerte auf die Erde, rollte unter dem Dach hervor und blieb im Grase liegen, zu Eberwein aufgrinsend mit zerstörtem Gebiß und schwarzen Augenhöhlen.
Ein Schauer rann durch Eberweins Glieder. Die Furcht vor dem Tode war ihm fremd. Doch mitten in der reinen Gottesfreude, die an dieser Stätte über ihn gekommen, war beim Anblick des widerlichen Tieres und beim Klappern des fallenden Gebeins in seiner Seele etwas erwacht, das jede Fiber seines Wesens zittern machte. Ein Gesicht stieg auf vor seinen Augen: Überall sah er offene Gräber, der Leichen harrend, die sie empfangen sollten; in den Tiefen der Erde hörte er ein Rollen gleich dem dumpfen Gebrüll eines hungernden Ungetüms; er sah die Berge wanken und stürzen, und über einem Chaos der Vernichtung schwebte in grauer Luft ein riesenhafter Geist, mit schwarz gebreiteten Flügeln, mit grinsendem Gebiß und leeren Höhlen an Stelle der Augen.
Eberwein schlug die Hände vor das Gesicht. »Gott der Liebe, wo bist du?«
»Da bin ich, mein lieber Bruder in Jesu Christ«, klang die Stimme Hiltischalks, »da bin ich wieder!«
Und Eberwein sah auf und sah den Glanz des herbstlichen Tages, sah den blauen, wolkenlosen Himmel, sah das glücklich strahlende Faltengesicht des frommen Greises. Er atmete tief und lächelte.
Sie gingen zur Steinbank unter der Linde. Hier saßen sie und plauderten.
Kopfschüttelnd hörte Hiltischalk, was ihm Eberwein von seinen Erlebnissen am Morgen erzählte.
»Die Gadener sind rauhe Leut«, sagte der Alte, »und der Unglaube hauset noch in ihren Herzen wie die Mäus in der leeren Stub. Sie haben ein hartes Leben. Der Winter ist lang und der Sommer kurz,

die Not ist allweil fett, das Brot ist mager. Und wie die Hand den Käs, so macht das Leben die Leut. Die Gadener haben ein rauhes Wesen, aber geschlossene Türen hab ich bei ihnen noch nie gefunden. Da muß was dahinterstecken.«
»Meinst du, es könnte die böse Nacht sie so sehr geängstigt haben, daß sie in blinder Furcht ihr Haus verschließen? Vor mir wie vor jedem anderen?«
Der Greis schüttelte den Kopf. »In der Not schreien die Leut, und jede Hand sucht einen Halt. Wär die Angst in ihnen gewesen, du hättest offene Häuser gefunden. Aber glaub mir, eh der Tag noch gekommen, haben die meisten ihren Nachtschrecken schon wieder vergessen gehabt. Wenn sie nit ein so kurzes Gemerk hätten, sie könnten nimmer leben. Schau die Berg an! Da steckt in jedem Steinl ein Tod, eine Not in jedem Wasserloch. Da muß man schnell vergessen können, oder der eine Schmerz fallt auf den andern hin wie Schnee auf Schnee im langen Winter. Nein, Bruder, aus Angst haben sie ihre Türen nit zugemacht vor dir. Das muß was anderes sein. Wir kommen schon dahinter, wir zwei! Nur Geduld mußt du haben! Und wenn du Honig begehrst von ihnen und sie bieten dir Salz, da mußt du schlucken! An die sechzig Jährlein sitz ich auf meinem Widum. Wie ich gekommen bin, o lieber Herr, wie hat's da ausgeschaut! Aber ich hab's in meinem Kirchlein gemacht wie drunten in meinem Gärtl. Da rinnet der Bach vorbei, und jedes Jahr hat er mir ein Trumm guten Boden weggerissen. Pfähl hab ich geschlagen, und eine Mauer hab ich gebaut, und die Mauer hat er geworfen und die Pfähl gerissen. Aber ich hab nit nachgelassen, hab gpfählt und gebaut und hab ihm seine Bosheiten abgelugt. Jetzt laßt er mein Gärtl in Ruh, der schieche Feind!« Hiltischalk erhob sich. »Aber gelt, jetzt tust mir das zulieb und schaust mein Kirchl an?«
Eberwein stand auf. »Führe mich!« Sie traten in die kühle Halle des Kirchleins. Plumpe Betstühle füllten den schmucklosen Raum, und armselige Geräte zierten den steinernen Altar; jedes Stücklein streichelte der Greis mit zärtlicher Hand, von jedem wußte er eine lange Geschichte zu erzählen. Die Betstühle hatte er selbst gezimmert, das steinerne Taufbecken mit eigener Hand gemeißelt. Kummervoll blickten seine Augen, als er aus einer Wandnische einen hölzernen Buchdeckel mit eisernen Schließen hervornahm – nur einige Fetzen beschriebenen Pergaments umschloß der Deckel noch.
»Schau, Bruder! Das ist einmal mein heilig Meßbuch gewesen. Aber

die Mäus sind mir drüber gekommen. Die Mäus! Wenn die nur nagen können! Die haben nit einmal Scheu vor dem Heiligsten. Über mein Evangelienbuch im Haus drüben sind sie mir auch gekommen, die bösen Mäus!«
»Wie kannst du ohne Buch die Messe lesen?« fragte Eberwein erschrocken.
»Hab sie doch vierzig Jahr lang mit dem Buch gelesen!« lächelte Hiltischalk. »Da ist schon was hängengeblieben in meinem Gemerk. Und wenn's einmal auslaßt, in Gottes Namen, so red ich halt mit meinem lieben Herrn, wie's das Herz mir eingibt.« Er blickte in Eberweins Augen und fragte zögernd: »Das wird doch wohl kein Unrecht sein?«
»Nein, Bruder Hiltischalk!« Tiefe Bewegung sprach aus Eberweins Worten. »Doch wenn der Winter kommt, will ich dir ein neues Meßbuch schreiben.«
Der Greis nahm dieses Versprechen auf wie die Verheißung reicher Schätze.
Dem ersten Schreck, den Eberwein überstanden, folgte rasch ein zweiter: Seit Jahren las Hiltischalk die Messe nicht nur ohne Buch, auch ohne Wein. In früheren Zeiten hatte wohl immer das gefüllte Fäßlein in der Kellergrube gelegen. Eines Tages waren Wazemanns Knechte im Pfarrhof eingekehrt, durstig von der Jagd; sie hatten den Wein gesucht und hatten ihn gefunden. Die Bauern steuerten dem Kirchlein Honig, Butter und Käse, trugen die frommen Gaben nach Hall und tauschten dafür ein neues Fäßlein ein, und bald ein drittes, ein viertes. Doch wo der Wein auch verborgen wurde – Wazemanns Knechte fanden ihn wie die Mäuse das Meßbuch. »Und schau, lieber Bruder, da hab ich mir sagen müssen: Wie darf ich allweil den Schweiß meiner armen Leut in die schiechen Gurgeln rinnen lassen? Die Mess' aber hab ich doch lesen müssen. So hab ich halt gemeint, es geht mit Wasser auch. Und schau, der zu Kana das Wasser in Wein verwandelt hat, der hat sich das Wasser gern gefallen lassen und hat's gewandelt. Wenn ich den Kelch gehoben hab und hab gebetet und getrunken, da hat's mir nie wie Wasser geschmeckt, allweil wie der rechte, heilige Himmelstrank!« Lächelnd blickte der Greis zum Altarkreuz auf und nickte dem Bilde zu wie einem guten Freund, der sich bewährt in aller Not.
»Selig, die festen Glaubens sind!« flüsterte Eberwein. Er legte die Hand auf die Schulter des Greises. »Aber du sollst nicht weiter

Gottes Allmacht auf die Probe stellen. Ich werde dir Meßwein senden und will dafür sorgen, daß böse Hände nicht wieder rühren an das Gut deiner Kirche.«

Da rief eine schwerfällige Stimme den Namen des Pfarrherrn. »Das ist unsere Mätzel«, sagte Hiltischalk, »sie rufet zum Tisch.« Im Tor erschien eine Magd von abschreckender Häßlichkeit, mit dem Ausdruck des Blödsinns in den rotgeränderten Augen. »Geh nur, meine gute Mätzel, wir kommen schon!« Als die Magd verschwunden war, sagte der Greis: »Tu dich an ihr nicht scheuen, lieber Bruder! Einwendig ist sie sauber und lieblich. Ist eine fromme, treue Magd. Ihre Mutter ist tot. Die hat gesennet. Wer ihr Vater ist, weiß niemand. Keiner im Tal hat sie nehmen mögen. So haben halt wir sie genommen und haben's nie bereut.« Sie waren aus der Kirche getreten und schritten am Beinhaus vorüber; Hiltischalk sah im Gras den Schädel liegen und hob ihn auf. »Schau, jetzt möcht mir der Loipli gar davonlaufen.«

Erstaunt wiederholte Eberwein den Namen. »An dem kahlen Gebein erkennst du noch das einstige Leben?«

Den Schädel in der einen Hand, streichelte der Greis mit der anderen den Knochenhaufen. »Die kenn ich alle. Die hab ich alle hinuntergelegt und hab sie wieder heraufgehoben, wenn ich Platz hab machen müssen für andere. Wenn unser guter Herr da droben am Jüngsten Tag sich ein lützel irren tät, da könnt ich ihm aushelfen, daß wir meine Ramsauer wieder schön zusammenklauben! Und der da, schau, mit dem Loch im Kopf«, er streckte die Hand mit dem Totenschädel, »das ist der Loipli gewesen, ein junger, schmucker Bub, rechtschaffen und fromm. Am heiligen Ostertag, wie er heim ist aus der Kirch, hat ihn unter der Felswand ein Stein erschlagen. Ein halbes Stündl früher hat er gebeichtet und das Himmelsbrot genommen. So ein Glück! Wie ein weißes Täubl ist seine Seel hinaufgeflogen zu ihrem guten Herrn.« Er legte den Schädel auf den Knochenhaufen. »So, Loipli, mein braves Büebli, jetzt bleib schön liegen da! Ordnung muß sein.«

Eberwein fuhr sich mit der Hand über die Stirne, als möchte er einen Gedanken verjagen, für den er nicht Worte fand.

Langsam gingen sie dem Hause zu; Eberwein hatte keinen Blick für den Weg und strauchelte auf der Schwelle. Mit beiden Armen stützte ihn der Greis und meinte lächelnd: »Ach, Bruder, du wirst mir doch kein Unheil in meine Stub tragen?«

Da schüttelte Eberwein den Kopf. »Welches Haus wäre sicher, wenn nicht das deine?«

Sie traten in die Herdstube; das war ein kleiner Raum, nicht besser als die Stube eines Bauern; aber die Armut, die hier wohnte, hatte ein lächelndes Gesicht. Der mit gebleichtem Hanftuch überdeckte Holztisch schien dem Gaste sagen zu wollen: ›Komm, ich gebe, was ich habe.‹ Das Feuer brannte noch auf dem Herd, dessen angerußte Wand mit roh geschnitzten Figürchen behangen war; man hätte sie für Alraunen halten können, wenn nicht die gelb bemalten Strahlen, die in ihren Köpfen staken, sie als Heilige bezeichnet hätten. Über dem Tisch im Winkel hing ein großes Holzkreuz, geschmückt mit den letzten Blumen des Sommers; auf einem Wandgesimse stand der zinnerne Kelch zwischen anderem Altargerät; ein frisch gewaschenes Chorhemd hing an hölzernem Nagel und rührte sich im leisen Windzug, der durch die unverwahrten Fensterluken in die Stube strich.

Mätzel kniete neben dem Herd und überwachte eine Pfanne, während eine greise Frau die dampfende Milchsuppe in hölzerner Schüssel zum Tisch trug. Sie war, wie Hiltischalk, in eine lange, schwarze Lodenkutte gekleidet, deren weite Ärmel die welken Arme zeigten; zwei dünne, weiße Zöpfe hingen über die Brust der Greisin, und tief in Stirn und Wangen des freundlichen Faltengesichtes reichte das aus Garn geklöppelte Häubchen, das den Scheitel bedeckte. »Schau, lieber Bruder«, sagte Hiltischalk zu Eberwein, »das ist meine gute, brave Hiltidiu.« Er humpelte auf die Greisin zu und faßte sie am Ärmel. »Komm, Hilti, tu unseren Gast begrüßen und dank ihm für die Freud, die er gebracht hat in unser Haus.«

Dünne Röte glitt über die Wangen der alten Frau, als sie dem Mönch die Hand zum Gruß bot. »Gesegnet sei dein Eingang, Herr!« Ihre Stimme klang wie das Plaudern einer Quelle.

Hiltischalks Antlitz leuchtete, als er sah, daß der Blick seines Gastes herzlich auf Hiltidiu ruhte. »Ich danke deinem Gruß!« sagte Eberwein zu der Greisin. Und zu Hiltischalk gewendet, fragte er: »Deine Schwester, Bruder? Ich sehe, sie gleichet dir.«

»Freilich gleichen wir uns. Sind wir doch ein Herz und eine Seele seit zweiundfünfzig Jährlein! Nimm zwei Felsen, Bruder, und laß sie hinunterrollen über den ganzen Berg, von der höchsten Höh bis ins tiefe Tal! Wenn sie drunten sind und das letzte Hupferlein machen, schaut einer wie der ander aus. Da hat ein jeder die Ecken abgesto-

ßen. Freilich gleichen wir uns, aber meine Schwester ist die Hilti nit.«
»Deine Magd?« fragte Eberwein erstaunt.
Lächelnd schüttelte die Greisin den weißen Kopf, während Hiltischalks heitere Laune wuchs. »Freilich, eine Magd, eine fromme Gottesmagd. Aber meine Magd? Der liebe Herr soll mich bewahren, daß ich sie je gehalten hätt wie eine Magd. Nein, lieber Bruder in Jesu Christ, die Hilti ist mein gutes Weib.«
Erschrocken trat Eberwein zurück. Der Greis gewahrte die Wirkung seiner Worte nicht. Er hatte Hiltidius Hand erfaßt und streichelte zärtlich ihre dürren Finger. »Zweiundfünfzig Jährlein! Und allweil harren wir noch auf den ersten Streit. Recht und treu haben wir zusammengehalten im Krieg des Lebens, grad so wie unsere Namen zueinanderklingen, Hiltischalk und Hiltidiu. Hätt ich nit auf tausend Wegen den lieben Gott gefunden, ich hätt ihn finden müssen auf dem einzigen, auf dem er mir meine Hilti gegeben hat.«
»Aber geh, was schwatzest du!« schmollte die errötende Greisin.
»Sag ich was Unwahres? Haben wir nit gehauset miteinander wie zwei rechte Christenleut in gottesfürchtiger Eh? Hat es uns der gute Herr im Himmel nit gelohnt? Hat er uns nit alle Lieb und Freud genießen lassen, bis auf eine? Die hat er uns versagt in seiner Weisheit! Wir haben doch hundert Kinder gehabt um unser Haus her.« Er wandte sich zu Eberwein. »Das kannst du mir glauben, Bruder: Die Hilti ist ihnen eine gute Mutter gewesen. So manches harte Köpfl, das ich nit hab ducken können in Güt oder Streng, das hat meine Hilti vor dem Kreuz gebeugt mit ihrer Mutterhand. Aber schau nur, das Süppl will nimmer dampfen. Komm, jetzt wollen wir uns niedersetzen! Aber beten müssen wir auch. Das muß allweil das erste sein.«
Er trat zum Tisch und faltete die Hände. In frommer Inbrunst hingen seine Augen am Kreuz, und mit seinen betenden Worten mischte sich die sanfte, leise Stimme der Greisin. »Amen!« sprach Hiltischalk. »Komm, lieber Bruder, setz dich auf den Ehrenplatz!«
Da gewahrte er die Verwandlung in Eberweins Gesicht und stammelte erschrocken: »Bruder, was ist dir?«
Eberwein trat auf ihn zu, mit bebender Stimme: »Hiltischalk, ich darf nicht zehren an deinem Tisch.«
Zitternd stand der Greis. »Warum denn nit?« Hiltidiu war an seine Seite getreten, als fühlte sie, daß eine Gefahr ihn bedrohte.

Eberwein atmete tief und richtete sich auf. »Hiltischalk! Weise die Frauen aus der Stube, ich habe mit dir zu sprechen.«
Der Priester starrte auf den Mönch, als hätte er nicht verstanden. Hiltidiu ging zum Herd, faßte Mätzel bei der Hand und zog sie zur Tür. »Ihr könnet laut reden«, sagte sie, »wir gehen weit vom Haus.«
Hiltischalk sah ihr nach, während sie die Stube verließ, sah wieder auf den Mönch, rührte die Lippen und fand kein Wort. Wie der Angstschrei eines Verzweifelten klang Eberweins Stimme: »Hiltischalk! Was hast du mir angetan!«
»Ich, Bruder? Was denn?« lallte der Greis.
»Ich bin getreten in dein Haus, als wär's in eine Kirche. Gottes Nähe meinte ich zu fühlen an deiner Seite. Nun wirfst du Feuer über mich und weckest Zwietracht zwischen meinem Herzen und heiliger Pflicht.«
Der Greis tastete mit den Händen ins Leere. »So was hätt ich getan?«
»Du kannst noch fragen? Hast du denn nicht ein Weib?«
»Wohl, Bruder!«
»Ein Weib! Du! Ein Priester!«
»Wohl! Aber laß das jetzt! Und sag mir, was ich getan hab!«
Eberweins Augen irrten, als wüßte er sich nimmer Rat noch Hilfe. »Mensch, wie redest du? Mitten in Flammen stehst du, deine Kleider und Haare lodern, und du fragst: Wo brennt es? Weißt du denn nicht, daß es dir als Priester verwehrt ist, ein Weib zu nehmen? Und daß du in schwerer Sünde lebst wider der Kirche heiliges Gebot?«
Hiltischalk sank auf die Holzbank nieder. Dann schüttelte er den Kopf und stammelte: »Mein lieber Bruder, jetzt muß ich dir aber doch sagen: Du tust dich irren! Wenn ich kein Weib haben dürft, wie hätt es denn sein können, daß vor zweiundfünfzig Jährlein der hochwürdigste Herr Bischof in der Salzburg meine Hilti und mich zusammengegeben hat? Vierzig Denar hab ich gezahlt zur Sportel. Mit Müh hab ich sie aufgebracht und hab gezahlt für das heilige Sakrament. Wie schwer ich das Geld hab sparen müssen –«
Eberwein wollte sprechen, die Worte versagten ihm.
»Das hab ich nie vergessen, Bruder! In meinem Kirchl hat keiner zahlen müssen, keiner! Wenn sie gekommen sind, der gute Bräutigam und die liebe Braut, da hab ich ihre Händ ineinander gelegt und hab gesagt: Nur festhalten in Lieb und Treu, in Ehr und Gottesfurcht! Und wenn sie den anderen Tag mich heimgesucht haben und haben mir Käs gebracht und Schmalz und Honig und Eier, da bin ich

zornig worden und hab gescholten.« Mit zuckenden Händen fuhr sich der Greis in das weiße Haar und stotterte: »Was red ich denn? Das gehört doch nit daher! Von mir ist die Red, von mir und meiner Hilti –« Atem und Worte gingen ihm aus.
»Hier ist Gott!« stammelte Eberwein, während seine Augen in Erbarmen an dem Greise hingen. »Hier ist doch Gott. Das sagt mein Herz. Das Gesetz der Kirche aber ruft: Hier wohnt die Sünde! Und mein Herz darf keine Stimme haben.«
In ratlosem Jammer hatte Hiltischalk sich von der Bank erhoben. Sein Blick fiel auf das Kreuz, er streckte die Hände, und da schien es über ihn zu kommen wie Trost und Ruhe. »Nein, Bruder! Du mußt dich irren. Ich sollt meine Hilti nit haben dürfen? Warum denn nit? Ich bin kein Ordensbruder wie du. Dich bindet ein heilig Gelübd. Und auch ein Bischof soll sich enthalten, wenn er kann. Das steht in der Heiligen Schrift. Die kenn ich gut. Aber ich, Bruder, bin nur ein niedriger Leutpriester wie tausend andere. Wie ich noch ein junger Klerikus gewesen bin da draußen im tiefen Land, da hab ich überall den Pfarrherrn sitzen sehen mit seiner Pfarrin. Und wie sie mich dahergeschickt haben in die Einöd, hat mir alles fehlgeschlagen bei den harten Köpfen. Ich hab gemeint, ich muß verzweifeln. Da hat mich der liebe Himmelsherr die Hilti finden lassen, und sie ist mein Trost geworden und meine Hilf zu allem Guten. Wenn ich sie genommen hab, so hab ich nur getan, was draußen im Land viel tausend andere tun.«
»Was sie taten, war ein Greuel, sagt die Kirche!«
Der Greis schüttelte den Kopf. »Nein, Bruder! Wie könnt eine fromme Eh vor Gott ein Greuel sein? Das kann die Kirch nit sagen. Ich weiß schon – wie ich noch ein junger Klerikus gewesen bin, da hab ich oft gehört, daß über den Bergen drüben im welschen Land ein paar hitzige Köpf so reden, als wär die fromme Priestereh ein Unrecht –«
»Nein, Hiltischalk! So hat der Papst entschieden!« rief Eberwein in Qual und Marter. »Auf heiligem Konzil, umgeben von allen Bischöfen der christlichen Welt!«
Der Greis erbleichte. Schweigend standen die beiden voreinander. In die dumpfe Stille klang von einer nahen Halde her der fromme Gesang zweier Stimmen; dort oben wandelte ein Bursch mit seinem Mädel in der Sonne, und die beiden, die sich gefunden, jubelten ihr Glück dem Himmel zu.

»Bruder – davon hör ich heut das erste Wörtlein!« sagte Hiltischalk tonlos. »Wann wär das gewesen?«
»Vor vierzig Jahren.«
»Aber schau, wie hätt ich das wissen sollen? Über die vierzig Jahr lang bin ich nimmer hinausgekommen aus meinem einödigen Sitz, über die vierzig Jahr lang hab ich keinen mehr gesehen, der das heilige Kleid getragen hat. Wer hätt mir's denn sagen sollen? Und was wär denn anders geworden, wenn ich's gewußt hätt?« Ein Gedanke des Trostes fiel in sein Herz wie Sternenschein in die Nacht. »Ich und die Hilti sind schon über fünfzig Jahr lang Mann und Weib. So kann es für uns nit gelten.«
»Das Wort des Papstes hat gelöst, was gebunden war«, stammelte Eberwein, »wer Priester bleiben wollte, mußte lassen von seinem Weibe. Das ist gegangen durch alle Lande wie ein Sturm. Und nur an deinen Herd hat keine Welle geschlagen? Land auf und nieder sitzt kein beweibter Priester mehr. Nur du noch, du!«
»Ich, der einzig!« Wie ein Schwindel überkam es den Greis.
Eberwein umschlang ihn, ließ ihn auf die Holzbank niedersinken und setzte sich an seine Seite. »Wär ich doch nie gekommen, hätt ich dieses stille, reine Haus doch nie betreten! Glück will ich säen und muß Unheil streuen, wohin ich schreite!«
Hiltischalk löste sich aus Eberweins Armen. »Du mußt dich irren, Bruder! Es kann nit sein, ich kann's nit glauben. Oder ich müßt versterben. Wie meine Hilti und ich gehauset haben miteinander – vor einer Stund noch hab ich gemeint, es müßt der liebe Herr im Himmel seine Freud dran haben! Jetzt auf einmal soll –« Das Wort erstickte. »Nein, Bruder! Das Wort des Heiligen Vaters in Ehren. Aber wie könnt er sprechen wider das Heilige Buch? Steht nit im Heiligen Buch: Es haben die Apostel Weib und Kind gehabt? Heißt es nit bei Paulus an die Korinther: ›Haben wir nit, so wir essen und trinken, auch das Recht, von einer christlichen Frau uns begleiten zu lassen wie die Apostel, wie die Brüder des Herrn und Kephas?‹ Und eins noch, Bruder! Heißt es nit bei Paulus an Timotheus: ›Darum muß ein Priester unbescholten sein, eines Weibes Mann, der seinem Haus gut vorsteht, denn wie könnt er sonst in allem ein gutes Beispiel geben seiner Gemein?‹ Wart nur, Bruder, wart, die Stell, die muß ich dir zeigen –« Er humpelte davon und stolperte über die Schwelle einer Kammer.
Die schlaffen Hände im Schoß, starrte Eberwein ihm nach.

Unter den gleichen Worten, mit denen Hiltischalk die Stube verlassen, kehrte er wieder zurück, einen plumpen Pergamentband auf den Armen schleppend. »Wart nur, wart, die Stell muß ich dir zeigen!« Er legte das Buch auf den Tisch, die Schüssel zurückstoßend, daß die erkaltete Suppe hinausschwankte über den Rand; rote Flecken erschienen auf seinen bleichen Backen; bei dem zitternden Eifer, mit dem er im Buch den Brief an Timotheus suchte, fielen einzelne Blätter aus dem Bande, vergilbt und brüchig, mit halberloschener Schrift, an Kanten und Ecken übel zugerichtet von den Zähnen der Mäuse. »Wart nur, wart –«, er warf die Blätter um und suchte, »an die Philipper, an die Kolosser, gleich muß es kommen, an die Christen zu Thessalonich – jetzt hab ich es: an Timotheus! Drittes Kapitel, zweiter Vers. Da schau her, da muß es stehen –« Er wollte mit dem Finger deuten, doch jäh verstummte er, stand wie vergeistert und starrte auf das Pergament, das bis über die Mitte zu Fasern und Fetzen zerbissen war. »Jetzt haben mir die Mäus das heilige Wort gefressen!« Lallend sank er in die Knie, fiel mit Gesicht und Armen auf das Buch und brach in Schluchzen aus.
Eberwein, das Herz erfüllt vom Kampfe seines menschlichen Erbarmens mit der beschworenen Pflicht seines Amtes, legte die Hand auf die Schulter des Greises. Doch er fand kein Wort des Trostes, kein Wort des Rates, weder für Hiltischalks Jammer noch für die eigene Pein. »Ich kann ihn nicht weinen sehen, ich ertrag es nicht!« Den Arm vor die Augen pressend, taumelte er aus dem Haus.
Hiltischalk richtete sich auf, und sein verstörter Blick irrte in der leeren Stube umher. »Fort ist er! Hat mich geworfen in Not, und in der Not verlaßt er mich!« Er lief zur Türe. »Bruder, lieber Bruder in Jesu Christ!« Als er den Hof erreichte, sah er Eberwein am Ufer der reißenden Ache auf schmalem Karrenweg dahineilen, mit flatterndem Gewand und vorgebeugten Hauptes, wie einer, der im tobenden Sturme schreitet.
Hiltidiu kam mit Mätzel vom Kirchlein gelaufen. »Warum ist er fort? Was hat er?« Die Sprache versagte ihr, als sie das Gesicht ihres Mannes sah.
»Wo lauft er denn hin?« jammerte Hiltischalk, als wäre der Weg, den Eberwein genommen, seine einzige Sorge. »Er will zum Lokiwald und lauft der Windach zu. Er muß sich verirren! Es kann ihm doch was geschehen! Mätzel, komm doch, lauf und zeig ihm den rechten Weg!«

Mätzel rührte sich nicht; ihre Augen hingen an ihrem Herrn, und sie begann zu zittern, als fiele ihr jede Zähre, die sie über seine weißen Bartstoppeln heruntertropfen sah, wie ein heißer Schmerz in die treue Seele.
»So lauf doch, Mätzel! Oder ich selber muß ihn führen!« Hiltischalk wollte zum Hagtor; da hielt ihn Mätzel kreischend zurück, schoß zum Hof hinaus und folgte mit jagenden Sprüngen dem Weg, auf welchem Eberwein verschwunden war.
»Was sagst du, Hilti! Der wär jetzt hineingelaufen in die Windachklamm!« Mit diesen Worten wandte sich Hiltischalk zu seinem Weibe, das bleich und schweigend stand, von dunkler Angst bedrückt. »In die Windachklamm –« wiederholte er, dann ging ihm die Sprache aus, und mit erloschenem Wehlaut wankte er der Steinbank unter der Linde zu. Erschrocken eilte ihm Hiltidiu nach. »Herr im Himmel, was ist denn? Mann, so red doch!« Sie wollte ihn stützen, doch er wich zurück und stammelte: »Tu nit rühren an mich!« Im nächsten Augenblick streckte er selbst die Hände nach ihr, warf sich an die Brust der Greisin, umschlang sie, drückte sie an sich mit der müden Kraft seiner alten Arme und weinte wie ein Kind. Sie sprach kein Wort. Den Wankenden zärtlich stützend, ließ sie ihn auf die Steinbank sinken, hielt sein Haupt an ihrer Brust und streichelte mit linder Hand sein weißes Haar.
Wie ein Frierender schmiegte er sich in ihre Arme und flüsterte scheu: »Weißt du, was er gesagt hat, Hilti? Er hat gesagt: Wir zwei, wir wären nit Mann und Weib!«
Hiltidiu schüttelte den Kopf. Sie verstand nicht. »Wir zwei nit Mann und Weib? Was sonst?«
»Ich weiß nit!« Mit zuckenden Händen griff Hiltischalk an seine Brust und erhob sich. »Komm, Hilti, komm!« Er umklammerte ihre Hand. »Das reden wir zwei nit aus, wir zwei allein! Da muß noch ein anderer dabei sein, ein anderer!« Er zog die Sprachlose hinter sich her und verschwand mit ihr im Tor des Kirchleins.
Stille lag um die hölzernen Mauern und über den Gräbern; manchmal raschelte es leise im Beinhaus, und von der Linde fiel das welke Laub.

2

In der Morgenstille kam Recka durch den Untersteiner Forst geritten. Ihr Rappe suchte den Heimweg, wie er wollte. Die Reiterin blickte aus ihrem Sinnen erst auf, als das Pferd aus dem Walde hinaustrat auf die Seelände. Beim Anblick des Fischerhauses wollte sie wenden, ließ aber die Zügel wieder sinken. »Fürcht ich mich schon vor ihm?« Zornig auflachend, stieß sie dem Pferde den Stachel in die Flanke, daß es hinjagte über den Sand.

Edelrot, die mit Hilmtrud auf der Hausbank saß, gewahrte die Wazemannstochter. »Recka!« rief sie und eilte zum Hagtor. Als sie auf die Lände trat, war die Reiterin schon im Uferwald verschwunden. »Recka!« Edelrot lief der Ache zu; auf der Brücke holte sie die Wazemannstochter ein. »Recka? Kennst du deine Gesellin nimmer?«

Recka verhielt das Pferd und sah mit halbgeschlossenen Augen auf das Mädchen nieder. »Wer bist du?«

»Aber Recka! Ich bin's! Deine Treugesellin!«

»Du bist deines Bruders Schwester, mehr weiß ich nit von dir!«

Erblassend trat Edelrot zurück und streifte den Goldring, den sie von Recka empfangen, von ihrem Finger. »Wenn du um meines Bruders willen mich nimmer kennen magst, so nimm auch den Reif wieder, den du mir gegeben hast.« Sie legte den Ring in Reckas Hand. »Tu, wie du magst, lös deine Treu von mir, die meine soll dir bleiben, solang ich leb.«

Schritte klangen im Wald. Sigenot kam unter den Bäumen hervorgesprungen und faßte die Hand der Schwester. »Wie hast du vergessen können, was ich dich geheißen hab? Du sollst nit weilen außer Tor. Winter liegt her um unseren Hag, und die Wölf gehen um.«

»Aber so schau doch«, flüsterte Edelrot, »ich bin nit allein.«

»Ich seh nur dich.«

Da lachte Recka; sie senkte die Hand, der Ring kollerte über ihren Schoß, fiel nieder und verschwand im schießenden Wasser der Ache. Rötli hatte das Kleinod noch haschen wollen; aber Sigenot hielt die Schwester fest und führte sie mit sich fort.
Recka jagte über den Reitweg empor, daß ihr Rappe zu schäumen begann. Ihr Gesicht war wie versteinert. Als sie das Tor erreichte, hörte sie aus dem Burghof lautes Johlen und schallendes Gelächter. »Sie lachen, und ich möchte schreien vor Schmerz und Zorn!« Den Rappen wendend, nahm sie den Weg wieder talwärts. Hinter ihr schallte das heitere Geschrei, über das sich eine kreischende Stimme hinaushob.
Im Burghof, zwischen Wazemanns Knechten und Mägden stand Bruder Wampo, der gekommen war, um Eberweins Weisung zu erfüllen und Herrn Waze mit seinem Sohne Henning vor den Richtersitz im Lokiwald zu laden. Unter dem höhnenden Gelächter, das ihn umringte, wickelte er den Rosenkranz um die Linke und zog gleich einem Schwerte das hölzerne Kreuzlein aus dem Gürtel. »So, jetzt kommet nur an, jetzt bin ich gewappnet!« Er trat den Lachenden entgegen. Bei der Frage nach Herrn Waze schwankte seine Stimme ein bißchen. Kaum aber hörte er, daß Herr Waze mit seinen Söhnen ins Gejaid gezogen wäre, da richtete er das runde Köpfl auf, und es wuchs ihm der Mut. Mit hohen Worten verkündete er die Wichtigkeit seiner Sendung. »Und ich rat euch, erweiset mir alle Freundlichkeit, auf daß ihr eurem Herrn einen guten Fürsprech an mir gewinnet! Er kann ihn brauchen. Sonst möcht ihn das Grausen ankommen vor dem Gericht, das ihn erwartet.« Die Mägde nahmen diese Rede mit Verblüffung auf, die Knechte mit Geschrei. »Was sperret ihr die Mäuler auf?« rief Bruder Wampo würdevoll. »Führet mich in das Haus, daß ich euren Herrn in Ruh erwarte! Und führet mich in die beste Stub, darin das Tischl gedeckt ist und der Krug gefüllt, wie es einem fürnehmen Gaste zukommt.«
Unter dem Gelächter der anderen warf sich eine Magd auf die Knie. »So fürnehmen Herrn muß man grüßen mit Fingerkuß!«
Freundlich blickte der Bruder auf sie nieder und reichte ihr die Hand. »Deine Demut soll dir vergolten werden mit reichem Lohn!« Als aber die Magd nicht seine Hand, sondern die eigene küßte und lachend aufsprang, rief er zornig: »Wartet nur, es soll euch die Lust vergehen, Gespött zu treiben mit einem frommen Mann. Ich sag euch zum letztenmal: Führet mich ins Haus! Ich bin nur ein beschei-

dener Gottesknecht, und für mich selber möcht ich keinen Tropfen und kein Bröselein begehren. Aber ich bin gekommen an meines Herren Statt, um seinetwegen will ich kein Härlein von der Ehr vermissen, die ihm zukommt. Gebet Gott, was Gottes ist, oder es könnt geschehen, daß der Teufel an euch sein Recht begehrt.«
Die Mägde lachten, die Knechte wurden grob, und einer schrie: »So führet ihn doch zum Mahl, es ist schon aufgetragen.« Er faßte Wampos Arm, zerrte den Verblüfften gegen die Mauer und öffnete vor ihm die Tür des Schweinestalls. »So! Fang an! Und tummel dich, daß du nit zu kurz kommst.«
Es fehlte nicht viel, daß Bruder Wampo in seinem Zorn dem Knecht das Kreuz auf den Kopf geschlagen hätte; doch ehe sein Arm herunterfiel, besann er sich. Unter dem Gelächter, das ihn umgab, küßte er das Kreuz, verbarg es mit dem Rosenkranz unter der Kutte und hob die Augen zum Himmel. »Tu mir nit zürnen, Allgütiger, weil ich deine heiligen Zeichen an einen solchen Ort getragen hab!« Dann ballte er die Fäuste, und kreischend hob sich seine Stimme: »Nur her auf mich! Meint ihr, daß ich mich fürcht vor euch? Ihr Unfläter, ihr Stallbrüder von denen da drinnen! Ich will keinen Schrei wider euch zum Himmel tun. Gottes Hand ist mir zu heilig, als daß ich sie anrufen möcht zur Hilf gegen euch. Ihr Teufelsbraten! Euch wird eine Schüssel aufgetragen werden mit einer brenzligen Supp, von der ein übler Geruch ausgeht und ein heißer Dampf.«
Die Prophezeiung trug dem Bruder einen Puff ein, der ihn wanken machte, nicht schweigen. Wie ein mutiger Jagdhund biß er um sich mit den scharfen Worten seines Grimmes. Die Adern schwollen ihm an Hals und Schläfen, und der Schweiß rann ihm über den Kahlkopf. Jedes saftige Schmähwort, das sie ihm zuschrien, jeder Stoß, der ihm an die Rippen fuhr, mehrte noch seine Tapferkeit. »Schimpfet nur und schlaget mich, es kommt schon die zahlende Stund! Wie der Sturmwind über das Traidfeld wird der Teufel herfahren über eure Köpf. Es hat schon gerumpelt heut nacht. Da hat er sein Schürhakl aus dem Feuer gerissen. Aber wartet nur, wenn er ausfahrt aus dem Berg, mit glühenden Hörnern und feuriger Zung, da wird es heißen von euch wie beim Propheten Ezechiel: Nicht viele werden entkommen, in den Schlupfen der Berge werden sie sich verkriechen, Furcht wird sie umhüllen, Angst wird auf ihren Gesichtern sein und Glatze auf ihren Köpfen!«
Die Stelle war unvorsichtig gewählt, Bruder Wampo hatte der eige-

nen Glatze vergessen. Da gab es böse Scherze zur Antwort, und das kahle Köpfl des Mönches hatte viel Bitteres zu leiden. Seine Stimme, ob sie auch schmetterte wie eine Trompete, ging unter in dem Höllenlärm, der ihn umringte. Das Geschrei im Hofe hatte auch alle Stimmen in den Ställen geweckt. Die Hunde im Zwinger kläfften wie toll, im Käfig brummte der Bär, und der Wolf saß auf den Hinterbeinen und heulte geradauf in die Luft.

Man spielte dem Bruder so übel mit, daß in einer Magd das Erbarmen erwachte; sie riß ihn aus dem Knäuel und lachte: »Laßt ihn doch endlich in Ruh! Schauet ihn nur an, wie er schwitzt!«

»Jawohl, ich schwitze«, schrie Bruder Wampo atemlos, »und jedes Tröpfl, das ich vergieß, ist eine Ehr für mich. Mir geht's wie dem schwitzenden Philosophen, dem eines Tages ein Freund begegnet ist. ›Warum schwitzest du?‹ hat ihn der Freund gefragt. Und der Philosoph hat erwidert: ›Weil ich mich herumgeschlagen hab mit Unflätern und Dummköpfen!‹«

Viele Hände griffen nach ihm, und da der Bruder merkte, daß die Reise vor die Mauer begänne, rief er mit kreischender Stimme: »Nur zu, nur zu! Ich bitt euch, gebet mir nur einen festen Schwung. Mein Wohltäter ist jeder, der mich hinauswirft aus einem solchen Haus. Eurem schiechen Wirt aber saget, daß er geladen ist vor Gericht, zwischen heut und dem dritten Tag! Stehen soll er vor meinem Herrn wie das Wölflein vor dem Löwen! Merken soll er, daß von meinem Herrn das Wort des Jesaias gilt: Gott hat ihn gerufen zur Gerechtigkeit, er führt ihn an der Hand und setzet ihn zum Licht –«

Bruder Wampo fand nicht Zeit, die Worte des Propheten zu vollenden; seine Bitte, ihm einen festen Schwung zu geben, wurde flink erfüllt. Aber nicht das Falltor hatten sie für ihn geöffnet, sondern die schmale Pforte über dem Felsensteig. Da war es ein Glück, daß Bruder Wampos Bäuchlein in dem Türloch einen harten Durchlaß fand, dessen Reibung die Kraft des Schwunges linderte. Sonst wär' es ihm kaum gelungen, mit den Händen das Seil zu haschen, das an der steilen Felswand befestigt war. Ein Schwindel befiel ihn fast, als er von der knappen Stufe niederblickte in die Seetiefe. Und doch verließ ihn der Mut nicht. »Bin ich denen da drin entronnen, so komm ich wohl auch noch heil da hinunter.« Unter einem Stoßgebetlein begann er den Abstieg. Das war für ihn ein doppelt bedenklicher Weg, denn die Stufen waren schmäler als die Breite seines Leibes, und er mußte sich krampfhaft an die Felswand drücken, um

das Übergewicht seines irdischen Teils nach Möglichkeit zu mindern. Während er sich von Stufe zu Stufe tastete, klang über ihm das Geschrei der Wazemannsleute, deren Köpfe auf der Mauer erschienen waren. Es regnete üble Scherzworte auf ihn nieder und auch sonst noch mancherlei Dinge, für deren nähere Betrachtung dem Bruder auf seinem bösen Wege keine Zeit verblieb.
Als er glücklich den Waldgrund erreichte, schüttelte er den Unrat von sich ab, den sie von der Mauer auf ihn niedergeworfen. »So ein Teufelsnest!« schalt er und hob die geballten Fäuste gegen Wazemanns Haus. Dem Pfad folgend, gelangte er zum See, der ihn so kühl und verlockend anblickte, daß der nach Erfrischung Lechzende nicht zu widerstehen vermochte. »Kalt wird's sein, aber gut!« Ein Busch, in dem er sich entkleiden konnte, war bald gefunden. Als er mit Armen und Schultern aus der Kutte schlüpfte, machte er sorgenvolle Augen zu seinem eigenen Anblick. »Fein haben sie mich zugerichtet! Ausschauen tu ich wie ein Ferch: blau und grün, mit roten Tupfen!«
Er sprang ins Wasser, vor Kälte prustend und mit den Zähnen schnatternd. Wie ein Fisch, der an der Angel zappelt, schlug er um sich, und dabei wurde ihm warm, so daß ihm das Bad behagte. Nicht weit vom Ufer sah er die stille Insel. Auf dem Rücken liegend, schwamm er dem Röhricht entgegen, und wenn ihm Wasser in den Mund geriet, blies er die Backen auf und spritzte ein dünnes Brünnlein in die Höhe. Als er die Insel erreichte und zwischen dem Schilf umherwatete im weichen, warmen Schlamm, hörte er auf dem jenseitigen Waldhang die Stimme eines Burschen klingen.
Fröhlich hallte das Almenlied im Wald, und die Jodelrufe weckten das Echo an der Falkenwand.
Edelrot erschien in der Tür des Fischerhauses. »Der Ruedlieb!« Noch konnte sie den Heimkehrenden nicht gewahren, hörte nur sein klingendes Lied, das ihr sagen wollte: »Hab acht, ich komm!« Es zog sie zum Tor, aber sie dachte der Mahnung ihres Bruders. Der war mit den Knechten, mit Eigel und Kaganhart hinter dem Haus und zimmerte an den Pfählen, mit denen er den Hag zu höhen und das Tor zu festigen gedachte. Edelrot wollte ihn suchen und lief am Haus entlang. Da hörte sie, daß das Lied des Buben jäh verstummte, wie entzweigerissen von einem Schreck. In Sorge eilte sie zum Tor hinunter; kaum gelang es ihr, den schweren Sperrbalken aus der eisernen Öse zu heben. Als sie den Torflügel aufstieß, hörte sie den

Buben schon über die Lände herspringen, mit keuchendem Atem. Nun stand er vor ihr, verstört und blaß, ohne Hut, ohne Grießbeil, und umklammerte ihre Hände. »Rötli? Ist das wahr, daß einer sterben muß, der den Bid gesehen hat?«

»Ihr guten Mächt! Ruedlieb!« Sie wollte den Namen des Bruders schreien. Aber der Bub drückte die Hand auf ihren Mund: »Tu nit rufen! Wer's ausredet, der macht's noch ärger.«

Dann saßen sie auf dem Lugaus aneinandergelehnt, mit verschlungenen Händen. Sonnenlichter spielten um sie her, und im Laub der Eichen raunte der sachte Wind. Gesund und grün stand Edelrots Bäumchen; es war an ihm kein Blatt noch welk geworden, während an Sigenots krankendem Jahrbaum alle Blätter lechzend hingen wie nach langer Dürre.

Schwer atmend sah Edelrot hinaus über den stillen, schimmernden See, in dem die kleine Insel lag, umgeben von blaugrünem, unbewegtem Röhricht. Diese Ruhe berührte sie wie Trost. »Gelt, nein?« lispelte sie. »Gelt, du hast ihn nit gesehen?«

Scheu blickte Ruedlieb um sich und flüsterte: »Durch den Seewald bin ich hergestiegen und hab gesungen in meiner Freud. Denn weißt du, in der Nacht, wie die Erd gebidmet hat und die Steinlahnen sind niedergegangen über alle Wänd, da hab ich nur allweil an dich denken müssen. Drum ist mir leicht ums Herz worden, wie nach der schiechen Nacht ein so stiller Tag aufgestanden ist und der Vater mir hat sagen lassen, daß ich heim darf. Wie ich vom Seewald aus euer Dach gesehen hab, da hab ich singen müssen in meiner Freud. Aber wie ich herkomm ans Ufer und schau zum Bidlieger hinaus –« Die Worte versagten ihm. »Vor Schreck hab ich gemeint, ich müßt tot umfallen auf der Stell!«

»Gesehen hast du ihn? Gesehen?«

»Aus dem Schilf ist er aufgestiegen, ein grauslicher Unhold. Keinen Hals hat er und keinen Leib, nur einen endsgroßen runden Kopf, schier zehnmal größer als ein richtiger Mannskopf. Und gleich am Kopf hängen die schwarzen Füß. Und wo die Menschenleut die Ohren haben, hat er die Arm. Und keine Nas hat er im roten Gesicht. Haar hat er auch nit, er muß geschuppet sein wie ein Fisch. Rötli, ich hab den Bid gesehen! Jetzt muß ich sterben.«

Lautlos bewegte Rötli die Lippen.

Er sah sie an. »Ich tät mich vor dem Sterben nit fürchten. Aber schau, ich hab dich lieb.«

»Ich dich auch!« Sie umschlang ihn, schmiegte ihre Wange an die seine, und so saßen sie wortlos.
Als Ruedlieb scheu hinausspähte über den See, faßte ihn neuer Schreck. »Tu nit aufschauen!« stammelte er und wollte die Hände über ihre Augen drücken. »Ich seh ihn wieder.«
Edelrot sprang auf und riß die Hände des Buben von ihrem Gesicht. »Hast du ihn sehen müssen, so fürcht ich mich auch nimmer und schau ihn an!«
»Rötli!« jammerte Ruedlieb und suchte sie vom Lugaus wegzureißen. Aber Edelrots Blick war schon hinausgeglitten über den Seeweiher. Zwischen der Insel und dem waldigen Ufer unter der Falkenwand trieb eine große, runde, rotschillernde Kugel über die Flut, vergleichbar einem riesigen, halb in das Wasser versunkenen Kürbis – der ›Kopf des Bid‹. Weiße Wellen umschwankten ihn, manchmal tauchte etwas auf wie eine rote Flosse, und dann spritzte ein Wasserstrahl in die Höhe, der in glitzernde Tropfen zerfiel. Im Röhricht des Ufers verschwand der Unhold.
»Rötli, was hast du getan!« klagte der Bub. »Wär's nit an mir genug gewesen? Jetzt hab ich dich auch noch in den Tod gerissen.«
Da faßte Edelrot sein Gesicht mit beiden Händen und flüsterte lächelnd: »Ich hab's so wollen. Jetzt sterben wir miteinander.« Die beiden sanken auf die Bank, im ersten Kusse hingen ihre Lippen aneinander, und ihre Sinne gingen unter im süßen Vergessen junger Liebe.
Schimmernd lag der See, auf dem Dache gurrten die Tauben, und aus dem Walde herüber tönte das Rauschen der Ache. Rötli und Ruedlieb hörten nicht.
Hinter dem Hause kam Wicho hervor; er sah das Hagtor offen, schüttelte befremdet den Kopf und ging, das Tor zu schließen. Als er den Sperrbalken eingelegt hatte, gewahrte er das Pärchen auf dem Lugaus. »Schau nur, da ist ein Blüml aufgeblüht in aller Not!« Ein dumpfes Dröhnen, wie ferner Donner, machte ihn aufblicken. »Ist denn noch allweil keine Ruh?« Er spähte sorgenvoll zur Höhe. Unter den höchsten Felswänden des Jennar sah er eine Staubwolke aufsteigen, und wie ein Stöhnen der Natur lief der Widerhall der Schuttlawine über die Berge hin. War es ein verspäteter Nachklang der vergangenen Nacht? War es eine Mahnung an kommende Schrecken? Das Echo rollte – Ruedlieb und Rötli hörten nicht.
Sie hatten in der Not nicht gesucht nach Trost und Hilfe, und

dennoch hätten sie sagen können: Wir haben gefunden, was wider alles hilft und alles überdauert.
Freilich, der alte Gobl hätte gelächelt zu solcher Rede. »Meint ihr die Lieb? Ist die Lieb nit auch in meinem Herzen gewesen, in meinem Haus? Mein Herz ist leer geworden. Wo steht mein Haus? Aber ich hab gefunden, was hilft. Mich geht kein Schrecken mehr an und keine Furcht. Mein Lachen bleibt hinter allem.« – Und in stundenweiter Ferne, im Kirchlein der Ramsau, saßen Hiltischalk und Hiltidiu in einem Betstuhl. »Tu nimmer weinen, Hilti!« flüsterte der Greis. »Schau hinauf zu ihm, der die Hilf ist wider alle Not! Mich hat er gehoben aus der Windach. Er wird uns nit sinken lassen. Nur recht aus tiefstem Herzen müssen wir schreien: Mein guter Herre, du mein Gott! Und Vertrauen müssen wir haben. Da wird er schon alles schlichten, wie's gut und recht ist.« Hiltidiu trocknete die Tränen und nickte lächelnd. Mit verschlungenen Händen saßen die zwei greisen Menschen im Betstuhl – so still in sich und in ihren Trost versunken wie auf dem Lugaus des Fischerhauses das junge blühende Paar.
Rötli und Ruedlieb hörten nicht, daß am Hagtor gerüttelt wurde und daß eine fremde Stimme rief: »In Himmels Namen, gebet Einlaß einem fremden Gottesmann!« Sie blickten erst auf, als es lebendig wurde in der Hofreut. Sigenot kam mit den Sennen, mit Eigel und Kaganhart hinter dem Haus hervor, und Hilmtrud erschien in der offenen Tür.
Der Hag wurde geöffnet, und Bruder Wampo, der den Fischer erkannte, breitete in Freude die Arme. »Ich hab mir's gleich gedacht, daß mir das liebe Kreuz da draußen ein guter Weiser sein wird!«
Sigenot mußte die mit einiger Schwierigkeit sich vollziehende Umarmung des Bruders dulden. Dann setzte sich Wampos Zünglein in Bewegung. Das erste, was er zu berichten hatte, war das traurige Schicksal, das die Ferchen und Hechte im Lokiteich gefunden.
»Wäre das die einzige Not, die aus der heutigen Nacht gewachsen«, meinte Sigenot, »wider die wär bald geholfen.« Er führte den Bruder zum Haus und wollte schon hinter ihm in die Türe treten. Da sah er den Sohn des Richtmanns stehen, Hand in Hand mit Rötli. In Freude und zugleich mit Kummer betrachtete er das junge Paar. »Ruedlieb? Weiß dein Vater, daß du in meinem Hag weilst?« Der Bub schüttelte den Kopf. »So muß ich dich weisen aus meiner

Hofreut. Ich tu es ungern, denn ich hab dich lieb. Aber dein Vater könnt mit Unmut hören, wo du gewesen bist.«
Rötli und Ruedlieb standen wie entseelt. Sigenot legte den Arm um die Schwester und reichte dem Buben die Hand. »Ich mein', das spüret ihr alle beid, daß ich eurem Glück ein Haus bauen möcht, lieber heut als morgen. Aber zwiespältige Zeit ist eingefallen, die dem Glück feind ist wie der Winter den Blumen. Ich steh, wo ich stehen muß, und dein Vater, Bub, steht auf der anderen Seit. Ein Sohn muß stehen, wo der Vater steht. Von aller Treu und Lieb die erste muß die Treu für Haus und Blut sein.« Sigenots Augen glitten über den See hinüber zur Höhe der Falkenwand. »Geh heim, Liebli! Kommt wieder gute Zeit, so wird wohl der Weg, der deinem Herzen lieb ist, auch deinem Vater taugen. Eine weiß ich, die wartet auf dich. Gelt, Rötli?« Zärtlich strich er über das Haar der Schwester, die das Gesicht an seiner Brust verbarg.
Stammelnd streckte der Bub die Hände; doch als der Fischer den wehrenden Arm zwischen ihn und die Schwester legte, wandte sich Ruedlieb und taumelte schweigend über den Hügel hinunter. Beim Hagtor schrie er: »Ich komm wieder, Rötli! Ich komm!«
Da riß sich Edelrot aus ihres Bruders Armen und rief: »Kämst du auch nimmer und nimmer, wir zwei, wir müssen uns finden, sobald der Mond wieder voll wird!« Sie meinte die Nacht, in welcher Ruedliebs Leben und das ihre dem Bid verfallen waren.
Hilmtrud, die auf der Hausbank saß, verschlang die Hände im Schoß und murmelte: »Not über Not! Schau einer hin, wo er mag, überall brennt ein Haus, überall schreien die Leut.« Da setzte sich Kaganhart an ihre Seite. Unruhe sprach aus seinen Augen. »Was willst du?« fragte Hilmtrud.
»Laß dir im guten raten«, flüsterte der Bauer, »und bleib dem Pfaffen aus der Näh! Herr Waze ist wider die Klosterleut. Wenn wir bauen wollen, müssen wir hinauf zu ihm und um das Schlagrecht für das Bauholz betteln.«
Das Weib sprang auf, wilden Haß in den Augen. »Mann! Nit eher wird der erste Baum zu unserem Haus geschlagen, eh der da droben nit den letzten Schnaufer tut.« Sie trat ins Haus.
Der Bauer folgte ihr. »Ist das ein Weib! Will mit dem da droben auch noch zanken und raufen!«
Nach einer Weile saßen sie alle in der Herdstube um den gedeckten Tisch; nur Mutter Mathilt wollte das Mahl nicht teilen, und Rötli

blieb bei der Mutter am Herd. Bruder Wampo hatte den Ehrenplatz eingenommen. Jeden Bissen würzte er mit Späßen, so daß sich manchmal ein frohes Lachen um den Tisch erhob und zuweilen sogar über Sigenots Lippen ein Lächeln huschte. Es schien, als hätte sich der drohende Schatten, der über den Köpfen dieser Menschen hing, für ein Stündlein in freundliche Helle verwandelt. Am lautesten unter allen lachte Kaganhart, und um doppelten Trost zu haben, griff er so mutig in die Schüssel, daß Bruder Wampo, den Entsetzten spielend, die Arme wie zum Schutz vor die anderen streckte und mit dem alten Sprichwort rief: »Habet acht, ein Bayer frißt, da werden wir alle mitgefressen!«
Als das Mahl zu Ende war und die Männer die Herdstube verlassen wollten, stellte sich Bruder Wampo vor die Türe. »Holla! Jetzt wird noch geblieben eine Weil! Vor dem Mahl haben wir all im Hunger das Beten vergessen. Das wird fein säuberlich nachgeholt. Wartet, ihr Heidenschüppel, ich will euch Christentum predigen. Draußen vor dem Hag wird der Herr aufgestellt, und euer Haus soll er hüten. Gelt, das tät euch schmecken? Aber beten und danken will keiner. Her da zum Tisch und nachgebetet, was ich sag!«
Bruder Wampo faltete die Hände und betete vor. Sigenot fiel als der erste ein, und da wurden auch die Stimmen der anderen laut. Nur Mutter Mathilt blieb stumm. Sie legte ein dürres Kraut ins Feuer, und die verbrennende Staude füllte die Stube mit schwerem Duft.
Nach dem Gebet verließen die Männer das Haus. Bruder Wampo wollte auf der sonnigen Hausbank die Mittagsruhe halten, doch Edelrot faßte ihn beim Kuttenärmel und zog ihn unter die Eichen. »Ich muß dich was fragen, Gottesmann!« Er sah den Kummer in ihrem lieblichen Gesicht und ließ sich führen, wohin sie wollte. Im Schatten der Bäume hielt Rötli inne und sagte mit bebendem Stimmlein: »Es geht die Red, ihr wisset viel, ihr Gottesleut.«
»Ein guter Gottesmann weiß alles.«
»So sag mir: Ist das wahr mit dem Bid?«
Bruder Wampo machte ein verdutztes Gesicht. »Mit wem? Mit was?«
»Mit dem Bid?«
»Bid, Bid? Den kenn ich nit! Wer soll das sein?«
Scheu erklärte Rötli dem Bruder, wer der Bid wäre, wo er hause und welches Schicksal aus seinem Anblick erwachse. Da schüttelte Wampo lachend den Kopf. »Dirnlein, das ist Narretei und schiecher

Aberglaube. Außer Menschen und Getier und außer den leblosen Dingen der Welt gibt's nur zwei Sachen noch; das ist der liebe Gott mit seinen Engeln und Heiligen, die im Himmel wohnen, und der Teufel mit seinen schwefligen Heerscharen, die in der Höll hausen. Da bleibt fürs Wasser nichts übrig als nur die Gottesgab der Fisch und Krebsen. Bid? Nein, Dirnlein! Einen solchen Kerl gibt's nit. Sag nur: Ich hab's gesagt!«
»Wenn ihn aber doch einer schon gesehen hat?« fragte Rötli.
»Gesehen? Wie soll er denn ausschauen?«
»Grauslich! Einen weltsgroßen, roten Kopf hat er, mit glitzrigen Schuppen wie ein Ferch, keine Nas und keine Augen im Gesicht, und wo die Leut die Ohren haben, da hat er Flossen.«
»Pfui Teufel!« lachte Bruder Wampo. Dann stockte er und schien sich zu besinnen. »Freilich, er weiß gar mancherlei Künst, der schieche Feind, und diesmal schreckt er die Menschen in grauslicher Gestalt. Die lieben Heiligen können davon erzählen. Aber da muß man sich noch lang nit fürchten, Dirnlein. Sei nur gut und fromm, so hat er keine Macht über dich. Und wenn er dir einmal erscheinen sollt, so schlag das Kreuzzeichen, tu dein Stoßgebetlein, und du wirst sehen: Weg ist er! Wie fortgeblasen! Aber ein Geruch bleibt hinter ihm. Da gehört eine gute Nas dazu.«
Mit beiden Händen faßte Rötli den Arm des Mönches: »Ach, guter Gottesmann, ich tu dich bitten, zeig mir, wie ich es machen muß!«
»Ja, Dirnlein, komm nur und setz dich her zu mir!«
Sie saßen auf dem Lugaus in warmer Sonne, umgeben vom leisen Fall der welkenden Blätter! Als Wampo Abschied nahm vom Fischerhause, geleitet von Wicho, der das schwere Lägel trug, war aus Edelrot eine gute Christin geworden, freilich eine ›gute Christin‹ nach der Meinung Bruder Wampos. Sie hatte gezittert in Angst, und da war ihr der Glaube leicht geworden, der den lieben Gott im Himmel walten und daneben den Teufel bestehen ließ, bei starker Hilfe wider seine üblen Kräfte. Ein Stündlein hatte Bruder Wampo reden müssen, um die Furcht aus dem zitternden Kind zu lösen. Vielleicht wäre ihm das rascher gelungen, wenn es ihm in den Sinn gekommen wäre, zu erzählen: ›Ich habe gebadet im See.‹ Da hätte Rötli hellauf gelacht und hätte die Lehre gewonnen, daß es um manche Angst des Lebens bestellt ist wie um den Bid des Ruedlieb: Blick hin mit verwirrten Sinnen, und Grauen erfaßt dich – blick hin mit klarem, sehendem Aug, und die Posse macht dich lachen.

3

Auf beschwerlichem Pfade wanderte Eberwein, von Mätzel geführt, durch schattendunklen Fichtenwald. Er hörte das dumpfe Brausen nicht, das ihm entgegenscholl, und blickte erst auf, als er den aus einem mächtigen Baumstamm gebildeten Steg erreichte, der die Schlucht der Windach überspannte. Ein kalter Luftstrom fuhr ihm entgegen und peitschte sein Gewand. Unter seinen Füßen zitterte und schwankte der Steg wie ein Mühlbrett über den Mahlsteinen. Steil und wirrgeklüftet stürzten die Felsen niederwärts, Wasser rann und sickerte über das Gestein; in mächtigen Fetzen, noch von Wurzeln durchflochten, hing die zerrissene Erde über die Kanten der Felsen; auf allen Seiten bröckelte und kollerte das Erdreich. Gewaltige Felsblöcke hingen eingekeilt zwischen den Wänden der Schlucht, in deren grauem Zwielicht der weißschäumende Wildbach hauste wie ein gefesselter, in seinen Banden tobender Riese. Aus dem Rauschen klang noch das dumpfe Poltern des Gesteins, das der Bach auf seinem Grunde wälzte und zerrieb, und bis zur Höhe des Steges sprühte der kalte Wasserstaub, Eberweins Wangen anhauchend wie eisiger Atem der Vernichtung.

Mätzel deutete unter kreischenden Worten in die Schlucht. So laut die Magd auch schrie, Eberwein verstand sie nicht; das Brausen, das aus der Tiefe quoll, verschlang den Hall ihrer Stimme. Dennoch schien er zu wissen, was sie ihm sagen wollte. Seine Hand griff nach dem schwankenden Geländer, als befiele ein Grauen seine Sinne.

»Aus diesem Höllenrachen hat ihn Gott gehoben mit barmherziger Hand! Und ich soll ihn stürzen in Jammer, der noch tiefer ist? Was Eid und Pflicht mir gebieten? Ist es nicht wider Gott?« Als könnte er den Anblick der finsteren Tiefe nicht länger ertragen, eilte er mit so jagendem Schritt davon, daß die Magd ihm kaum zu folgen vermochte.

In seinem Gesichte spiegelte sich der Kampf, der seine Seele erfüllte. Zum erstenmal geriet sein Herz in schreienden Widerspruch zu den Gesetzen der Kirche, deren treuester Sohn er gewesen. Immer hatte er im Wort der Kirche das Wort des Himmels gehört, und freudigen Herzens hatte er stets gestritten für der Kirche Macht. Jeder Fußbreit Weges, den er erobern half, war ihm erschienen wie geheiligtes Land, auf welchem Gottes Größe sich erweisen, Gottes Liebe sich betätigen würde. Und nun war alles wankend geworden, was fest und unerschütterlich in seinem Herzen gewohnt hatte. Zwiespalt war jeder Gedanke, den er dachte; Pein war jede Regung, die er empfand. Wie sollte er sich lösen aus diesem Streit? Wie das Rechte finden? Was tun, um nicht untreu seinem Herzen zu werden, das heiß für diese beiden Menschen sprach, und auch nicht untreu seinem Eid und seiner Pflicht?
Es erwachte in ihm die Erinnerung an jene Zeit, da er als junggeweihter Priester noch das Ende jener Kämpfe mit angesehen, welche die Kirche siegreich wider die ›irdische Lust‹ der Laienpriester ausgefochten. Zu hundert Malen hatte auch er in frommer Begeisterung nachgesprochen, was Papst Gregor mit mächtigem Hall in die Welt gerufen: Non liberari potest ecclesia a servitute laicorum, nisi liberantur clerici ab uxoribus! Der lauteren Seele des jungen, in strenger Klosterzucht erzogenen Mönches war diese Begeisterung um so leichter geworden, als er auf der Seite der Gegner das Laster sah, Verworfenheit der Gemüter und Verderbnis aller Sitten. Hier aber waren zwei Menschen ihm entgegengetreten, Mann und Weib, zwei Körper und doch eine Seele nur, und diese Seele rein und fromm, gläubig, ein Wohlgefallen für Gottes Augen! Wie zwei treue Gärtner des Himmels waren sie Hand in Hand gewandert durch ein langes Leben. Kein Tag war ihnen vergangen, an dem sie nicht den Samen des Gutes ausgestreut, nicht einen Fleck des steinigen Grundes gewandelt hatten in fruchtbares Erdreich! Welche Ehe ward im Himmel geschlossen, wenn nicht diese? Mußte sie ihm nicht erscheinen wie reiner Gottesdienst? Bei diesem Gedanken wurde in ihm die Empfindung wieder lebendig, mit der er das Haus des frommen Greises betreten. Seine Seele war mutlos gewesen, und er hatte Trost und Vertrauen gefunden. Die Luft dieser stillen Mauern hatte ihn angeweht, warm und erquickend wie ein Hauch der ewigen Liebe. Und zum Dank sollte er in dieses Haus den Jammer tragen, das Weh und die Verzweiflung? Nein, nein, tausendmal nein!

Aber sein Eid? Seine Pflicht?
Er stürmte weiter, willenlos den Weisungen der Magd gehorchend, die, wenn er auf falschen Pfad geriet, bald wehrend den dürren Stecken vorstreckte, bald wieder den Irrenden am Kuttenärmel faßte und ihn zurückzog auf den rechten Weg.
Nur im Sturm seiner Seele sah er keinen Pfad. Streng und unerbittlich lautete das Gesetz der Kirche, das er beschworen bei seiner Weihe und zum andernmal bei seinem Auszug nach dem Lande, in dem er walten und richten sollte als Kirchenfürst. Daß diese Ehe rein war, fromm und heilig? Solche Ausnahme kannte das Gesetz nicht. Daß diese beiden Menschen nach einem fast vollendeten Leben nicht mehr zu zählen waren als Mann und Weib, nur noch als Greis und Greisin, als Bruder und Schwester im weißen Haar? Solche Ausnahme kannte das Gesetz nicht. Ehern lautete sein Gebot: Jeder beweibte Priester ist verlustig seines Amtes und seiner Pfründe; jeder beweibte Priester, der die Sakramente spendet, jeder Laie, der aus eines solchen Priesters Hand das Sakrament empfängt, verfällt dem Bann und ewiger Verdammnis!
»Das Gesetz ist wider mein Herz! Wie soll ich wählen? Wer weiset mich?«
Da ging der Wald zu Ende. Vor Eberweins verstörtem Blick lag ein hügeliges Weideland, eine Halde der Schönau. Von der Höhe eines Hügels tönte eine freundlich klingende Stimme, ein junger Hirte lockte seine Schafe, griff in die Ledertasche und bot den Tieren, die ihn umdrängten, mit vollen Händen das Mied[1]. Der Hirt verschwand mit seiner kleinen Herde. Doch vor Eberweins Augen blieb ein Bild. Die dunklen Wälder erschienen ihm wie ein weites Meer, der niedere Hügel wurde zu ragendem Berg; Tausende von Männern, Weibern und Kindern waren auf dem Hang gelagert, und auf der Höhe des Berges predigte der ›Mildeste der Menschen‹ im Kreise seiner Jünger, umflossen vom Schimmer der Verklärung: »Ich sage euch, wenn eure Gerechtigkeit nicht besser ist als die der Schriftgelehrten und Pharisäer, so werdet ihr nicht in das Himmelreich kommen.« Wie Erleuchtung drang die Mahnung dieser Worte in Eberweins Seele. Lächelnd, erlöst von allem Sturm seines Herzens, blickte er hinaus in das sonnige Tal. Rings um seine Füße standen die Heideblumen noch in spärlicher Blüte, und das silberige

[1] eine Mischung aus Salz und Kleie

Laub einer einsamen Birke flüsterte im leisen Wind. Vom Stamm des Baumes löste Eberwein ein Stück der Rinde und ritzte auf das weiße Blatt mit spitzem Stein die Worte: ›Was Gott zusammenfügte, soll der Mensch nicht scheiden!‹

Er pflückte von den Heideblüten, wickelte das Birkenblatt um die Stiele, band es fest mit langer Schmehle, reichte der Magd die Blumen und sagte: »Bringe sie deiner guten Herrin und sag ihr, daß ich mich nach der Stunde sehne, in der ich wieder weilen darf an ihrem freundlichen Herd. Ich komme, wenn die Woche vergangen ist – nein, gute Mätzel, morgen, schon morgen!«

Die Magd verstand nur halb; aber sie fühlte: Es war gute Botschaft, die sie tragen durfte. Wie ein Falk seine Beute greift, haschte sie den kleinen Strauß und rannte davon. Eberwein sah ihr nach, bis sie im Wald verschwunden war. Dann wanderte er über die Halden und erreichte auf bewaldetem Hügel einen halb zerfallenen Hag. Erschrocken verhielt er den Fuß, als er die traurige Verwüstung gewahrte, die der morsche Zaun umschloß: die Reste einer niedergebrannten Scheune, die Trümmer eines gestürzten Hauses und den von Unkraut überwucherten Garten. Im Schatten eines Apfelbaumes lag ein schlafender Greis auf der Erde, und ein Fliegenschwarm umsumste eine halbverweste Ziege, deren Aasgeruch die Luft verpestete. Unter dem Gerümpel, das im Unkraut umherlag, gewahrte Eberwein einen Spaten. Er hob ihn auf, und seinen Ekel überwindend, schaufelte er in der Hofreut eine Grube und versenkte den Leichnam des Tieres. Während er die Grube wieder mit Erde füllte, erschien ein Mädchen von neun Jahren im Tor; das Kind hatte verweinte Augen, und zögernd schlich es zum Apfelbaum. »Gobl-Ähni!« Das lispelnde Stimmchen weckte den Schläfer nicht. »Gobl-Ähni!« Schüchtern griff das Kind nach dem Schlummernden. Da erwachte der Greis: »Was willst du?«

»Ich such den Huzebuben!« stotterte das Mädchen. »Hast du ihn nit gesehen?«

»Was geht der Bub mich an!« murrte der Alte. »Lauf hinauf in Wazemanns Haus und frag! Mich laß schlafen!« Er streckte sich wieder hin.

Eine Weile noch stand das Kind, stumm und zitternd, dann verließ es die Hofreut. Seufzend drehte sich der Greis auf die Seite und sah den Mönch.

»Dein Haar ist weiß, und beim Alter sollte die Milde wohnen«, sagte

Eberwein, »aber dein Herz ist hart. Du hast übel geredet mit diesem Kind. Fürchtest du nicht, daß dich Einer straft, der die Tränen der Kinder zählt?«

»Fürchten?« lächelte Gobl. »Es gibt keinen, den ich fürcht, nur einen noch, auf den ich wart! Zu mir kommt er heut oder morgen, zu dir ein andermal. Zu allen kommt er und hat sie lieb wie der gute Hirt seine Geißen. Laß sie laufen, wohin sie mögen, einer jeden steigt er nach, einer jeden bringt er das Mied zum guten Heimweg in den kühlen Stall!«

Eberwein beugte sich nieder und faßte die Hand des Greises. »Du rufst den Tod? Ich will dich zu jenem führen, der das Leben ist.«

»Den kenn ich nit. Und wüßt ich, wo er hauset, ich tät keinen Schritt. Das Leben noch suchen? Ich wart auf das Stündl, das mich erlöst von ihm.«

»Mensch, wie redest du? Glimmt in deinem Herzen kein Funke der Liebe mehr? Denkst du nicht deiner Kinder?«

Die halb erloschenen Augen des Greises richteten sich auf Eberwein. »Schau mein Haus an, dort liegt's! Such meine Kinder – wo sie liegen, weiß ich nit. Drei Buben hab ich gehabt, gewachsen wie Bäum. Den einen hat die Lahn geschlungen, den anderen haben die Wölf gefressen, den letzten hat der Teufel geholt, der Wazemann heißt. Eine Dirn hab ich gehabt, lichtscheinig und gut.« Gobl ballte die Fäuste. »Frag beim Henning an, wo meine Heilka geblieben ist! Einen Bankert hat sie gebracht von ihm und ist zur Windach gelaufen. Heimgekommen ist sie nimmer.« Zitternd an allen Gliedern, hob der Greis sich auf die Füße. »Wo haust der Deinige, der das Leben ist? Sag mir's! Oder ich könnt den Weg verfehlen, der ihm ausweicht!«

In die Stille, die diesen Worten folgte, klang vom Hagtor her das Schluchzen des Kindes. Eberwein ging dem Greise nach bis zu den Trümmern des Hauses. »Schwere Not hast du erfahren, Unheil und Unrecht sind über dein Herz gefallen wie Wölfe über das Lamm. Und ich sage dir doch –«

Gobl unterbrach ihn: »Hörst du nit? Da draußen weint das Kind! Mein Herz wär hart? Hast recht! Aber das deinige ist härter noch. Mich laß in Ruh, mir hilft nur der einzige, auf den ich wart. Aber dem Kind da draußen kannst du einen Trost sagen. Tu's! Das wär gescheiter, als daß du mich um den Schlaf bringst, in dem ich ein leichteres Warten hab!« Der Greis wandte sich ab, zog aus dem

Wust der Trümmer ein zerschmettertes Stück des Hausrates hervor, betrachtete es aufmerksam und ließ es wieder fallen.
Eberwein stand in schwerem Kampfe. Erbarmen hielt ihn fest an der Seite des Greises, Mitleid trieb ihn zu dem Kinde. Wer war der Hilfe bedürftiger? Dieser sinkende Stamm oder jenes zitternde Stäudlein, dem der erste Schmerz an die Wurzel seines jungen Lebens rührte? Er sah dem Alten nach, der unter dem Apfelbaum sich niederstreckte in das Kraut und das Gesicht in den Arm barg. »Schlafe nur! Einer wird kommen und dich wecken. Noch lebst du. Und wie die Schmerzen des Lebens nimmer enden, so enden auch seine Freuden nicht. Ich sehe es kommen, daß du den Tod, den du heiß gerufen, mit Zähren bitten wirst: Warte noch ein Weilchen, laß mir nur dieses letzte Stündlein noch! Dann wirst du jenen suchen, der das Leben ist!«
Der alte Gobl lachte, ohne das Gesicht zu heben.
Eberwein hatte nicht weit zu gehen; nah vor dem Hagtor im Schatten eines Dornstrauches fand er das weinende Kind. Er setzte sich an die Seite des Mädchens und umschlang es.
»Sag mir, Kind, warum weinst du?«
»Um meinen Huzebuben tu ich weinen.«
»Wer ist das, dein Huzebub?«
»So ein lieber, guter Bub! Meinem Vater hat er die Geißen gehütet hinter dem Eismann droben. Allweil hab ich mich gefreut, bis er heimgekommen ist. Blümlein hat er mir gebracht. Und auf den Abend ist er bei mir gesessen, hat mir Lieder gesungen und hat gehäuselt mit mir.« Die Worte des Kindes erstickten in Schluchzen.
Eberwein hob das Mädchen auf seinen Schoß und stellte Frage um Frage. Als er hörte, welch einer grausamen Strafe der Bub verfallen war, stieg ihm der Zorn in die Stirn. Das Kind zur Erde stellend, sprang er auf, und seine blitzenden Augen suchten in der Ferne den Falkenstein. »Herr Waze! Das soll deiner Sünden Abend sein!« Er beugte sich nieder und streichelte dem Kind das Haar. »Mußt nimmer weinen, Dirnlein, ich bring dir deinen Huzebuben.«
»Bald?« Es ging wie Sonnenschein über das Gesicht des Kindes. »Und tust du ihn grüßen von mir?«
»Ja, mein Dirnlein, das will ich nicht vergessen.« Eberwein küßte das Kind und wanderte seewärts.
Als er die Achenbrücke erreichte, kam auf dem Reitweg einer von Wazemanns Knechten herabgestiegen; die Erinnerung an Bruder

Wampo machte ihn beim Anblick des Mönches lachen, aber das Lachen verging ihm vor Eberweins Augen. An der Kleidung erkannte Eberwein den Troßknecht. »Führt dieser Weg zu deines Herren Haus?«

»Wohl!« sagte der Knecht und griff nach der Kappe. Scheu blickte er dem Mönche nach und tat, als Eberwein zwischen den Bäumen verschwand, einen leisen Pfiff vor sich hin. Hastig rannte er quer durch den Wald, dem nahen Felsenpfad entgegen, und hetzte über die steilen Stufen empor. Mit der Faust schlug er an die kleine Pforte. »Wo ist der Herr?« Ohne die Antwort abzuwarten, rannte er über den Hof, an dem erlegten Wild vorüber, das Herr Waze und seine Buben von glücklicher Jagd nach Hause gebracht. »Herr, Herr!« schrie der Knecht noch auf der Freitreppe und stolperte über die Schwelle. Ulla und zwei Mägde deckten in der Stube den Tisch, und Herr Waze saß auf seinem Spanbett, halb nackt; die Gegenwart der Mägde hinderte ihn nicht, das Gewand zu wechseln. Draußen in der Kammer hörte man die Buben lärmen.

»Herr, Herr!«

»Was schreist du wie ein Jochgeier?«

»Einer kommt, einer von den Kuttenleuten«, keuchte der Knecht, »und es muß der Öberste von ihnen sein. Er hat mich angeschaut mit Herrenaugen. Der bringt nichts Gutes!«

Herr Waze wurde blaß und rot. »Hol ihn der Teufel!« Er fuhr in die Strumpfhosen. Dann sprang er zornig gegen den Knecht. »Das hab ich jetzt von dem heillosen Unsinn, den ihr getrieben habt am Morgen!« Er hob die Faust, doch er schlug nicht, sondern sprang auf das Spanbett zu und griff mit der einen Hand nach dem Gürtel, mit der anderen nach dem ledernen Wams. »Das Kreuz? Wo ist das Kreuz, das über Frau Frideruns Bett gehangen?«

»Keiner hat's haben mögen«, sagte die alte Magd, »so hab ich's in meine Kammer gehängt.«

»Her in die Stub damit!« kreischte Herr Waze und fuhr mit den Füßen in die Schuhe. »Neben dem Ofen soll es hängen. Da sieht er es gleich.« Die Mägde liefen aus der Stube. »Und du, hinaus in die Kammer! Die Buben sollen Ruh halten, und keiner soll sich blicken lassen.« Der Knecht rannte davon.

Mit beiden Händen griff Herr Waze an seinen Kopf. »Wär nur der Rimiger schon daheim von der Salzburg, so wüßt ich doch, wie ich dran bin!« Da hörte er das Knarren der Fallbrücke. Im Zwinger schlugen die Hunde an; nur kurz, dann verstummten sie wieder. Herr Waze stand wie befallen von abergläubischem Schreck. »Die Hunde schweigen? Als käm einer, der zum Haus gehört, oder einer, den sie fürchten?« lallte er vor sich hin. »Fürchten? Fürchten? Wen soll ich fürchten in meinem Haus, mitten unter meinen Knechten?« Er wollte lachen, doch das Lachen gelang ihm nicht. Seine Augen sahen ins Leere, und er drückte die Hände über die Ohren. Ihm war, als klänge von irgendwo eine gellende Weiberstimme: ›Hab acht, du! Einer wird kommen über dich. Der soll vergelten, was du an mir getan!‹

Herr Waze wehrte mit der Hand; aber das Bild, das aus vergangenen Zeiten vor ihm aufgestiegen, wollte nimmer weichen. Ihm war, als stünde er im Hof, lachend, im vollen Haar noch und schwarzgebartet, und vor ihm die Salmued, mit gefesselten Händen, Verzweiflung in den Augen und Schaum auf den verzerrten Lippen, welche schrien: ›Hab acht, du! Einer wird kommen über dich. Der soll vergelten, was du an mir getan!‹ – ›Wirf sie auf deinen Karren!‹ rief Herr Waze dem fahrenden Händler zu. ›Hundert Denar hast du genommen, einen für jede Wegstund, die du legen sollst zwischen mich und die Narrendirn! Fort mit ihr!‹ Der Händler und die Knechte griffen zu; mit der Kraft der Verzweiflung wehrte sich die Gefesselte, und ihr gellendes Geschrei erfüllte den Hof: ›Eigel, Eigel! Hilf, mein Bub! Hilf mir! Hilf!‹ – ›Gebt ihr den Knebel!‹ rief Herr Waze; da streiften seine Augen das offene Tor, und Blässe flog über sein Gesicht. Unter dem Tor stand Frau Friderun, mit ihren beiden Knaben, dem vierjährigen Henning und dem dreijährigen Sindel. Früher, als Herr Waze erwartet hatte, war sie heimgekehrt aus dem Fischerhaus, in dem sie mit der jungen Frau Mathilt, dem Weib des Gelfrat, zu plaudern liebte. Ihre Augen erweiterten sich, als sie das gefesselte Mädchen sah; ein paar wankende Schritte tat sie, dann blieb sie stehen wie ein steinernes Bild, die Gesichter der Knaben in ihren Schoß drückend, den Blick auf ihren Mann gerichtet, der an der Lippe nagte und mit der Ferse trommelte. Es klirrte vor ihren Füßen; unter der wilden Kraft, mit der die Gefesselte sich wehrte und im Ringen alle Muskeln spannte, war der beinerne Reif zersprungen, den sie am nackten Arm getragen; wie eine Klammer haftete die eine Hälfte noch an den geschwellten Muskeln, die andere Hälfte war klirrend über die Steine gehüpft bis vor die Füße des bleichen Weibes. Der kleine Henning hob das Bein von der

Erde; seine Mutter riß es ihm aus der Hand. Und die Stimme der Salmued gellte: ›Halt es fest oder nit, es soll nimmer lassen von dir! Hör meinen Fluch –‹ Der Knebel erstickte ihre Stimme. Frau Friderun ging auf ihren Gatten zu. Sie sprach kein Wort, sie hielt ihm nur das zersprungene Bein vor die Augen; dann barg sie das böse Erbe der Salmued an ihrer Brust, faßte die Hände der Knaben und schritt ins Haus. ›Macht ein Ende!‹ schrie Herr Waze den Knechten zu und stampfte mit dem Fuß. Als die Gefesselte auf den Karren gehoben wurde, schossen ihre Augen noch einen Blick, bei dessen stummer Sprache Herr Waze ein kaltes Grausen empfand. Er atmete auf, als der Händler mit der Peitsche auf seine Mähre losschlug und der Karren, den vier Knechte geleiteten, sich in Bewegung setzte. Knarrend hob sich die Fallbrücke und schloß das Tor. –
Das Bild der Vergangenheit zerrann vor Wazemanns Augen. »Narretei, Narretei!« lallte er. »Soll ein Weiberfluch mich schrecken?« Wieder sah er ein Bild: eine steile Felswand über dem See, und der Wand zu Füßen, auf blutigem Geröll, lag Frau Friderun mit zerschmettertem Haupt, die Augen noch offen im Tod. –
Als flösse ihm das eine Bild in das andere, so hörte er wieder das Knarren der Fallbrücke. Nein, er hörte ihr Ächzen wirklich und wahrhaftig. Es schloß sich die Brücke nicht hinter dem Karren, der die Salmued davonführte. Sie hob sich hinter Eberwein, der den Hof betreten hatte. Herr Waze lauschte. Aus dem stillen Hof klang eine hallende Stimme: »Führt mich zu eurem Herrn!«
Da faßte er mit beiden Fäusten die eigene Brust, als müßte er seine taumelnden Sinne aufrütteln zu wachem Leben. Er ging zum Tisch, auf dem schon die Metkrüge standen, und tat einen langen Trunk. »So, jetzt komm nur!« murmelte er, richtete sich lächelnd auf und schritt hinaus in die Halle. Noch eh er die Freitreppe erreichte, klangen Hammerschläge hinter ihm in der Stube. Das Kreuz, das die greise Magd gebracht hatte, wurde neben dem Ofen an die weiße Wand genagelt.
Im Burghof waren die Knechte und Mägde zusammengelaufen; sie lachten und schrien nicht wie am Morgen bei Bruder Wampos Ankunft; flüsternd standen sie, mit scheuen Augen aufblickend zu der hohen Gestalt des Mönches, der, von einem Knechte geführt, auf die Freitreppe zuschritt. Noch hatte er die Stufen nicht erreicht, als Herr Waze in der Halle erschien. Wie in freudigem Staunen breitete der Spisar die Arme: »Täuschen mich meine Augen, oder

seh ich recht? Ein Gottesmann!« Er humpelte über die Treppe herab. »Sei mir gegrüßt, frommer Vater, gegrüßt in meinem Haus! Es hat in der Nacht die Erd gebidmet, und Unheil hat mir geschwant. Aber schau: Da kommt eine Gottesfreud zu meinem Dach!« Aus Eberweins Augen traf ihn ein flammender Blick. Herr Waze stutzte. Wo hatte er diese Augen schon gesehen? Diesen Blick? Wo nur, wo? Diese Frage flog ihm durch die Sinne. Aber seine süßlichen Worte stockten nicht. »Es hat die Erd gebidmet, und der große Lärm hat große Freud verkündet! Kommt, frommer Vater, kommt! Zu guter Stunde seid Ihr eingekehrt, es steht die Tafel gedeckt, als hätt sie Euch erwartet.«
Eberweins Stimme klang wie Hammerschlag: »Ich komme nicht zum Mahl, ich suche nicht Trank und Speise in deinem Haus. Knecht Waze! Ich komme, mit dir zu rechten als dein Herr.«
Heiß schoß es über Wazes Gesicht. »Du? Mein Herr?« fuhr es ihm über die Lippen. Dann verstummte er wieder. Er hatte die Maske verloren und suchte mühsam seine Fassung zu gewinnen. Da sah er die Knechte und Mägde stehen. »Was gafft ihr?« Das Gesinde stob auseinander wie ein Hühnerschwarm, in den der Fuchs gefahren. Der Hof war leer und still. Nur im Zwinger winselten die Hunde, und im Stangenkäfig trabten die gefangenen Raubtiere hinter dem Gitter auf und nieder. Herr Waze wandte sich zu Eberwein mit gekränkter Miene: »Frommer Vater, Ihr bietet mir üblen Gruß!«
»Den Gruß, den du verdientest. Du hast gewaltet in meinem Lande als ein schlechter Knecht.«
Herr Waze nickte und lächelte. »Schlecht und niedrig, niedrig vor Euch! Ich hab es gleich aus Eurem Aug gelesen, daß Ihr es sein müßt, dem der Gaden in die Herrenhand gelegt ist. So müßt Ihr Eberwein heißen. Euer Nam ist hergegangen vor Euch wie Schein vor dem Feuer. Keinem Besseren, hat es geheißen, könnt das Ländlein übergeben sein, das Frau Adelheid zu frommer Stiftung an die Kirch gegeben. So grüß ich Euch, der Knecht den Herrn!« Das klang so ehrlich, daß Eberwein um sich blickte, als müßte er sich überzeugen, ob er wirklich in dem Hause sich befände, das er im Zorn gesucht. Herr Waze beugte das Knie und griff nach dem Ärmel der Kutte, um ihn zu küssen.
Eberwein trat mit gefurchter Stirne zurück: »Ich höre dich blöken wie ein Lamm und weiß doch: Du bist der Wolf. Rühre nicht an den Saum meines Kleides! Nach deinem Gruß verlangt mich nicht. Du

warst nicht eilig, ihn zu bieten. Eine Woche schon bin ich in meinem Land. Du hörtest die Botschaft, daß ich gekommen. Dein übles Gewissen hat mein Auge gemieden.«

»Frommer Vater! Was denket Ihr von mir!« Herr Waze schien von diesem Vorwurf tief gekränkt in seinem schuldlosen Herzen. Wie ein Bächlein sprudelte ihm die Rede. Mit Freude hätte er die Botschaft begrüßt, die Recka, sein gutes Kind, ihm gebracht: er hätte ein Mahl gerüstet, hätte gewartet auf die willkommenen Gäste. Und als sie zu seinem Staunen nicht erschienen wären, hätte er Tag um Tag mit Söhnen und Knechten das Tal durchsucht. »Umsonst! Ich hab Euch nicht gefunden und hab schon gefürchtet, Ihr hättet wieder das Land verlassen. Das wär mir leid gewesen, frommer Vater! Wir brauchen Euch im Tal wie das liebe Brot. Die Leut im Gaden sind dicke Heidenschädel. Es wird eine Weile dauern, bis Euer frommes Wort offene Ohren findet und Euer Fuß auch überall ein offenes Tor.«

Diese letzten Worte hatte Herr Waze gut gewählt; sie weckten in Eberwein die Erinnerung dessen, was er beim Auszug am Morgen hatte erleben müssen.

Scharf erspähte Herr Waze den verwandelten Ausdruck in Eberweins Zügen und benutzte diese Stimmung, um seinen Gast unter freundlichen Worten über die Freitreppe emporzuführen.

In der Halle erwachte Eberwein wie aus einem Traum. Seine Stimme bebte. »Ich will die Wahrheit nicht suchen in deinen Worten. Magst du ehrlich reden oder falsch, ich kam nicht, um deine Gesinnung wider mich zu erkunden. Sei mir Feind, es soll mich nicht betrüben. Immer ist es die Art des Wolfes, daß er wider den Hirten steht. Mich hat anderes zu dir geführt!« Seine Stimme wurde fest, seine Augen brannten. »Seit ich mein Land betreten, hab ich keinen Schritt getan, ohne Blut zu finden, das du vergossen, ohne auf die Asche eines Lebens zu stoßen, das du vernichtet, ohne Tränen fließen zu sehen, die du erpreßt! Waze! Wie hast du gewaltet in diesem Land!«

»Ich? Ich? Hör ich denn recht?« Herr Waze schlug erschrocken die Hände zusammen. »Und Ihr, frommer Vater, Ihr glaubet von mir –« Er faßte Eberweins Arm. »Aber tretet doch in die Stub, ich bitt Euch! Wie mögt Ihr so böse Worte wider mich rufen unter freiem Himmel, vor meinem lauschenden Gesind!«

Eberwein löste den Arm. »Mag das Gesinde lauschen! Es hört nichts Neues. Was du getan, ist ausgeschrien zwischen allen Bergen.«

»Nein, nein, man muß mich verlästert haben bei Euch! Hat es der Fischer getan, so glaubet ihm nit. Er ist mir widersässig –«

»Kein Wort der Klage kam über Sigenots Lippen. Wider dich schreien die Steine!«

»Was denn? Redet doch, frommer Vater! Bei Eurem mächtigen Heiligen, ich bin mir keiner Schuld bewußt. Sollt ich wider Wissen gefehlt haben, so will ich mein Unrecht einsehen und zum Guten wenden.«

»Kannst du Tote wieder lebendig machen, vergossenes Blut zurückgießen in die leeren Pulse? Verzweiflung in Freude wandeln und Schmach in Ehre? Mich faßt Erbarmen, wenn ich denke, wie du stehen wirst vor dem ewigen Richter! Noch lebst du. Und ich komme, dein Herr, und sage dir: Jeden Halm sollst du mir wieder aufrichten, den deine Faust nur gebeugt hat, noch nicht gebrochen! Gib mir den Knaben heraus, den du grausam straftest um geringe Schuld!«

Staunend fragte Herr Waze: »Welchen Knaben?« Er lachte. »Ihr meint doch nit den Huze, frommer Vater, den Geißhirt?«

»Gib mir den Knaben!«

»Wie soll ich ihn geben? Der Bub ist lang schon wieder über alle Berg. Gegen mein Gebot ist er eingestiegen in meinen Bannberg. So hab ich ihn, weil Ordnung sein muß, eine Nacht ins Loch gesteckt und hab ihn am andern Morgen wieder laufen lassen.«

»Der Knabe ist nicht heimgekehrt.«

»Nit heimgekehrt?« Herr Waze machte verblüffte Augen. »So wird er wohl auf dem Berg bei seinen Geißen sein. Wo sonst? Nein, die Leut, die Leut! Nur gleich über den Herrn schimpfen! Eine Schwalb laß ich fliegen, und da heißt es am anderen Tag im ganzen Tal, ich hätt einen Geier streichen lassen. Und bis der Geier hinausfliegt zum Untersberg, ist schon ein Drach aus ihm geworden. So reden die Leut, wenn es wider den Spisar geht, dem sie die Steuer legen müssen. Aber der Fischer, ja! Er ist mir widersässig. Aber ich muß sagen von ihm: Er hat eine redliche Zung. Hätt er eine Klage gefunden gegen mich, er hätt sie getan!« Herr Waze blickte zu Eberwein auf. »Und noch allweil seh ich Unglauben in Eurem Aug? So kommt in die Stub mit mir! Dort hängt das liebe Kreuz, vor dem ich bete jeden Morgen und Abend. Ich leg zum Eidschwur die Hand darauf. Und wollt Ihr noch allweil nit glauben, ich ruf meine Knecht als Zeugen und Eidhelfer!« Er wollte zur Treppe.

»Laß das, Waze! Du hast beim Kreuze geschworen. Da muß ich glauben. Nach dem Anblick deiner Knechte bin ich nicht lüstern, die das fromme Haus des Hiltischalk zur Schänke machten und sich vergriffen am Meßwein!«
»Wildes Volk, frommer Vater! Und Jagdselde! Der alte Brauch ist ihnen nit auszutreiben. Aber ich will sie lehren, Wasser saufen! Und jeden jag ich aus dem Haus –«
»Verjage die schlechten und wirb dir gute Knechte«, unterbrach ihn Eberwein, »das böse Beispiel deiner Söhne wird sie verderben. Rufe mir deinen Ältesten, welcher Henning heißt!«
Es zuckte über Wazemanns Gesicht. »Der weilt noch im Gejaid.« Jammernd hob er die Hände. »Hätt ich den Buben nur jetzt daheim, frommer Vater, daß Ihr ihm ins Gewissen reden möchtet! Ach, dieser Bub! Ist schier ein Mann an die vierzig Jahr, und ich muß mich noch sorgen mit ihm wie mit einem zahnenden Kind. Jeder Tag bringt einen neuen Streich. Und nit viel besser sind die anderen. Es wär ein Wunder! Vor fünfzehn Jahren, kaum daß der Jüngste geboren war, haben sie die gute Mutter verloren und sind aufgewachsen wie die Wildling im Wald. Schauet hinüber, frommer Vater«, Herr Waze deutete über den See und ließ die Stimme zittern, »dort auf der Rabenwand ist ihre Mutter Friderun über die Felsen gestürzt. Noch heut weiß keiner, wie das Unglück hat geschehen können. Jetzt denket: sieben Buben und keine Mutter!«
»Keine Mutter!« Leise klangen die beiden Worte. Eberwein richtete sich auf und strich mit der Hand über die Augen, als müßte er sich gewaltsam der weichen Regung erwehren. »Schweres Los ist deinen Söhnen gefallen, da sie die Mutter verloren. Es wär ihnen die üble Zucht und der wilde Mut zu verzeihen. Nicht das Laster und das schreiende Unrecht. Henning, dein ältester Sohn, soll stehen unter meinem Gericht. Blutschuld hat er auf sich geladen.«
Die Demut begann Herrn Waze schwer zu werden. Seine Augen schossen einen Blitz. Um die Wallung zu verbergen, neigte er das Gesicht. Als er wieder aufblickte, zeigte er eine betrübte Miene. »Blutschuld? Ja, frommer Vater, ich weiß, wen Ihr meint. Die Dirn des Greinwalders. Ich selber bin erschrocken. Wohl hat sie lästerlich geredet wider meinen Buben. Es war auch der Streich nit so grob gemessen, als er ausgefallen. Aber Blut ist Blut. Es soll geschehen nach Eurem Willen.«
»Nicht nach meinem Willen. Nach dem Recht. Dein Sohn wird

Buße leiden. Vor meinen Augen soll er bittend die Hand auf die Stirne legen, die er blutig schlug. Und dem Vater des Mädchens wirst du Wergeld zahlen nach dem Gesetz!«
Herr Waze zögerte mit der Antwort. »Ja, frommer Vater! Der Bauer soll verlangen. Es wär nicht das erste Pflaster, das ich auf Wunden leg, die der wilde Bub geschlagen.«
»Was legtest du auf die Wunden der Heilka, die den Weg zur Windach ging?«
Da verlor Herr Waze die Geduld. »Meine Söhne sind gewachsene Buben. Gebt ihnen Land und Haus, so können sie adelig heuern und brauchen nit in die Fenster der Dirnen zu steigen. Ich kann doch die Buben in der Nacht nit an die Bettlad binden. Da wär ein Sack voll Flöh noch leichter zu hüten als meine sieben –« Herr Waze verschluckte ein Wort. »Und geht so ein heimlicher Weg schief aus, natürlich, so muß der Vater leiden, und ein Geschrei geht an.«
»Waze!« klang Eberweins Stimme in Empörung. »Das erste, was ich an dir begreife, ist, daß du dem Laster deiner Söhne zuliebe redest, du, der dem Eigel die Salmued nahm. Was ist geworden aus ihr? Steigt nicht der Schatten dieses Mädchens vor dir auf? Sieht dich ihr Auge nicht an mit drohendem Blick?«
Herr Waze schien nicht zu hören, starrte nur in Eberweins Augen. Dieser Blick des Mönches! Wo hatte er diesen Blick nur schon gesehen? Wo nur? Wo?
»Zitterst du, weil einer kam, der Rechenschaft von dir begehrt? Ich will meine Herde erlösen von dem reißenden Wolf. Du bist der Spisar in diesem Land gewesen!«
Herr Waze streckte die Fäuste, als wollte er dem Mönch an die Kehle springen; doch jäh verwandelte sich der Ausdruck seiner fahlen Züge. Er fuhr sich mit den Händen in die dünnen Haare und schrie: »Ja, Herr, ich hab gesündigt, hundertmal in jedem Tag! Einschichtig bin ich gestanden in meiner Öd, ohne Freund und frommen Rat, ohne Mahnung und geistlichen Zuspruch. Da ist der Teufel stärker worden in mir als mein himmlisch Teil. Und jetzt, wo die Reu mich packt vor meinem nahen End, jetzt wollt Ihr mich niederstoßen ins höllische Feuer?« Er stürzte auf die Knie und umklammerte Eberweins Schoß. »Kann Euch meine Reu nit rühren? Wer soll mich lösen, wenn Ihr mich verdammt? Wer soll mir helfen zum ewigen Heil, wenn Ihr mich verlaßt?« Verstummend drückte er das Gesicht in die Kutte des Mönches und schluchzte.

Bleich stand Eberwein, erschüttert von diesem wilden Ausbruch. Tränen wogen ihm schwer. Er hörte das Schluchzen des Greises. Und das gläubige Kinderherz in diesem dreißigjährigen Mann schmolz wie Wachs. Er glaubte an die Reue, die er schreien hörte zu seinen Füßen. Reue war ihm heilig. Sein Zorn wich dem Erbarmen. Und da war auch sein Mitleid schon geschäftig, alles Schwarze in milderes Grau zu wandeln. Einsam hatte dieser Sünder gestanden, seinem wilden Blut überlassen, ohne Freund und Rat, ohne Mahnung und Zuspruch. Er hatte schwere Schuld auf sich geladen. Aber manche seiner Sünden wäre verhütet worden, wenn ein Warner sich gefunden hätt zu guter Stunde. Vielleicht hatte der Haunsperger die Wahrheit gesprochen, als er sagte: Herr Waze ist nicht schlechter, als die anderen sind. Und Eberwein hatte diese anderen kennengelernt, überall im Land, zumeist am Hofe des Herzogs: diese kleinen, dienenden Herren, hart gegen die Niedrigen, unterwürfig vor dem Größeren, ränkevoll und zügellos und doch mit einem Funken unter der Asche, mit einer weichen Faser im rauhen Wesen. Bei manchem von ihnen hatte er diesen Funken angeblasen, die Faser bewegt. Sollte ihm ein Gleiches nicht auch hier gelingen? Durfte er von dem Sinkenden sich wenden, den Reuigen verstoßen, der aus seiner Tiefe die Arme streckte nach der ewigen Güte?
Eberwein legte die Hand auf den Scheitel des Knienden. »Ihr sollt zu Gottes Licht nicht umsonst gerufen haben. Doch stehet auf, Herr Waze, hier ist der Ort nicht, daß ich den Mittler mache zwischen Euch und dem Himmel. Morgen, in meiner stillen Kirche –« Er verstummte.
Mit dumpfem Gerassel war am Tor die Fallbrücke niedergegangen, und Recka trabte auf ihrem Rappen in den Hof.

4

Herr Waze, als er den Hufschlag hörte, hob das Gesicht. Seine Zähren mußten rasch getrocknet sein, denn auf den hageren Wangen zeigte sich keine feuchte Spur; doch demütig klang seine Stimme: »Da kommt meine gute Tochter! Ich bitt Euch, frommer Vater, redet vor dem Kind nit übel wider den Vater!«
Eberwein errötete. »Es hätte solcher Mahnung nicht bedurft.« Und während Herr Waze über die Freitreppe hinuntereilte, ruhten die Augen des Mönches auf Recka, die aus dem Sattel glitt und den Gurt des Pferdes lockerte. »Eine wilde Taube unter Krähen!« flüsterte er.
Herr Waze war zu seiner Tochter getreten, die staunend den Gast in der Halle gewahrte. Mit eisernem Griff umklammerte er ihre Hand und zischelte, während ein Knecht das schweißbedeckte Roß zu den Ställen führte: »Wenn du mich und deine Brüder nit verderben willst, so gib dem Pfaffen ein freundlich Wort! Ich muß ihn im guten halten, bis Rimiger kommt. Es wird gespielt um unser Haus, mehr noch, um mein Leben.«
»Du bist mein Vater. Ich kann deinen Tod nit wollen.«
Lächelnd führte Herr Waze seine Tochter über die Freitreppe. Vor Eberwein blieb er stehen. »Seht, frommer Vater, das ist das beste Reis auf meinem Stamm, gesund und in der Blüt. Seid gut mit ihr, und sie soll Euch eine liebe Schwester werden.«
Ungestüm löste Recka ihre Hand und sagte: »Wir haben scharf widereinander geredet beim Albenbach. Nun find ich Euch wieder als Gast in meines Vaters Haus, und wir wollen Frieden halten. Hört nit auf meines Vaters Lob! Ich bin nit, wie er sagt. Ich bin, wie ich bin, nit gut, nit schlecht. So biet ich Euch meine Hand. Wollt Ihr sie nehmen?«
Wazemanns Augen funkelten vor Zorn. Mit Verblüffung aber sah er, wie Reckas Worte wirkten. »Ja, ich will!« sagte Eberwein und

faßte die Hand des Mädchens. Der Gruß, den Recka ihm bot, hatte rauhen Klang, doch dieser Klang war echt. Und ihm war, als fände er an dieser Hand eine Stütze, deren er bedurfte in diesem Haus. Hatte er doch im Gaden noch kein Wort gehört, das übel redete von Wazemanns Tochter – nur Eigel hatte gescholten wider ihren tollen Wagemut, der beim Weidwerk in den Bergen keine Höhe scheute und keine Tiefe. So faßte er die Hand des Mädchens wie ein Wanderer im pfadlosen Sumpf den grünen Zweig, der zu ihm niederwinkt. Mit dem Ellbogen stieß Herr Waze an Reckas Arm. »So führ doch deinen Gast ins Haus!«
»Laßt Euch geleiten, Herr!«
Eberwein zögerte. Da furchten sich Reckas Brauen. »Scheint Euch der Tisch, an dem ich sitze, zu schlecht für Eure Würde?«
Wortlos schüttelte Eberwein den Kopf. Als er auf die Schwelle trat und die weite Herrenstube mit der gedeckten Tafel sah, mußte er an das Stübchen in der Ramsau denken. Hatte er jenen frommen Tisch verlassen, um hier zu sitzen? Er war geflohen, wo er hätte weilen sollen, und sollte nun bleiben, wo er fliehen mußte? Wie eine Strafe erschien es ihm, was dieser Gedanke sagte. Schon zuckte seine Hand, als möchte sie sich lösen. Da trafen ihn Reckas Augen, und er mußte bleiben.
Herr Waze holte die Söhne. Schweigend hörte Eberwein ihre Namen. Rimiger fehlte. Auch Henning. Der saß in der Kammer hinter der Tür und lauschte jedem Wort, das in der Stube gesprochen wurde. Verblüfft sahen die Buben sich an, als Herr Waze vor das Kreuz trat und zum Tischgebet die Hände faltete; eine Weile zögerten sie, dann folgte einer nach dem anderen dem Beispiel des Vaters; nur Recka wandte sich ab. Eberwein rührte weder Hand noch Lippe; er konnte nicht beten.
Lärmend trat Herr Waze mit den Söhnen zum gedeckten Tisch und wies, seinem eigenen Stuhl gegenüber, dem Gaste den Platz an zwischen Recka und Otloh. Ein Bärenschinken wurde aufgetragen. Herr Waze faßte ein langes Messer und stieß es in die braune Schwarte; dann hob er die Metbitsche und sagte mit heiserem Lachen: »So biet ich meinem edlen Gast die Minne und trink ihm zu als meinem Herrn! Auf Eure Gesundheit, frommer Vater!« Er setzte die Kanne an; sie hob und hob sich – ein Trunk, der nimmer enden wollte. Es wäre wohl auch der letzte Tropfen aus der Bitsche geronnen, hätte Eberwein nicht über den Tisch gegriffen und Wazes Arm

mit der Kanne niedergezogen. »Meiner Gesundheit dienet Ihr auch mit minderem Trunk. Noch mehr der Eurigen.«
Herr Waze strich mit dem Ärmel über den tropfenden Bart. »Nein, frommer Vater! Meine sündige Seel mögt Ihr krampeln, so viel Ihr wollt. Aber die langen Züg, die müßt Ihr mir lassen. Bei mir muß alles tief sein, Reu und Durst, Lieb oder Haß. Mein Los ist so gefallen, weil meine Mutter mich geboren hat im Zeichen der Venus und des Wassermann. Mein Herz ist allzeit heiß gewesen, und meine Gurgel schreit nach Feuchtigkeit wie die Frösch um nasses Wetter.«
Herr Waze verstummte, und während die Söhne lachten, erweiterten sich seine Augen in starrem Lauschen. Hufschlag klang im Hof und die Stimme Rimigers: »Wo ist der Vater?«
Die Buben sprangen auf. Herr Waze, dessen Züge sich mit fahler Blässe überzogen hatten, schrie ihnen zu: »Bleibt sitzen!« Seine Augen richteten sich auf Eberwein, funkelnd, mit stechendem Blick; es schien, als läge ein Wort auf seiner Zunge. Doch er sprach nicht, lachte nur heiser vor sich hin, stieß den Sessel zurück und eilte zur Halle. Betroffen erhob sich Eberwein. Recka faßte, wie vor Scham errötend, seine Hand. »Verzeihet meinem Vater seine Art, er hat durch Jahre keinen Gast in seinem Haus gesehen.«
Auf der Freitreppe kam Rimiger dem Vater entgegen, und Herr Waze griff nach dem Arm des Sohnes, zitternd vor Erregung. »Was bringst du?«
»Zwielicht!« sagte Rimiger und zuckte die Achsel. »Ob es Tag bedeutet oder Nacht, ich weiß nit.«
»Red, daß ich versteh! Es muß auf meine Frag doch Antwort sein? Hast du den Haunsperger nit gesprochen?«
»Wohl, Vater! Er hat mich angehört und hat gelacht. Geredet hat er nit. Beim Frühmahl hab ich sitzen dürfen an der Tafel des Bischofs, und der große Herr ist freundlich zu mir gewesen. Bei jeder Anred hat er mich seinen guten Sohn geheißen. Für unsere Sach hat er kein einzig Wort gehabt.«
»Kein einzig Wort?« wiederholte Herr Waze. »Aber ich weiß doch, wie er selbigsmal vor Wut sich verfärbt hat bei der Botschaft, daß Frau Adelheid den Gaden an das Kloster und nit an seine Kirch gegeben hat. Sag's noch einmal: kein einzig Wort?«
»Kein Wort! Aber wie ich schon im Sattel gesessen bin, ist der Haunsperger auf mich zugetreten und hat mir einen Streifen Pergament gereicht.« Rimiger zog eine kleine Pergamentrolle aus dem

Wams hervor. »Dabei hat er gesagt: Unser Schalksnarr hat ein neues Lied gesungen, bring es deinem Vater mit meinem Gruß.« Herr Waze faßte mit raschem Griff das Pergament, während Rimiger brummte: »Eine solche Narretei! Um Schelmenlieder sollen wir uns kümmern, wo es hergeht um unsere Haut!«
»Der Narr ist des Bischofs liebster Gesell. Da muß er wissen um seines Herren Meinung. Ich schwör darauf: Es steht was in dem Lied!« Herr Waze starrte auf die Rolle und griff nach seinem kahlen Scheitel. »Wer liest mir's? Ich müßt zum Hiltischalk in die Ramsau reiten. Doch wenn er gelesen hat? Wie schließ ich ihm das Maul?«
»Der Haunsperger hat gemeint, du hättest vier gute Freund im Gaden, die sich aufs Lesen verstehen.«
Forschend sah Herr Waze seinen Buben an; dann schüttelte er den Kopf und entfaltete das Pergament. In zierlicher Schrift stand Zeile unter Zeile. Herr Waze konnte nicht lesen. Doch rasch verstand er den Sinn des kleinen, in bunten Farben ausgeführten Bildchens, das den ersten Buchstaben umschloß. Auf dem Wipfel einer Fichte war ein Nest zu sehen, das vier weiße Raben umflatterten; um den Fuß des Baumes drängte sich ein Häuflein seltsamer Tiere; sie waren rot gemalt, und man konnte sie als Füchse deuten; über dem Baum, in blauer Luft, stand ein Adler mit gebreiteten Schwingen.
Herr Waze lachte. »Komm! Jetzt mag der Würfel fallen, wie er will!« Er stieg zur Halle hinauf.
Lautes Gelächter tönte aus der Stube, und die Stimme Sindels klang: »Nimm dich in acht, Otloh! Der Pater sitzt neben dir. Wenn du noch einmal so übel scherzest, legt er gegen dich los mit einem Sprüchl, das dir schmecken wird wie eine Kratzbürst.«
»Was hat er denn Arges gesagt?« verteidigte Eilbert den jüngeren Bruder. »Es ist doch die Wahrheit, daß sich der Pater um die Bauern sorgt wie eine Bruthenn um ihre Küchlein. Das muß er tun, schon seinem Namen zulieb. Wer Eberwein heißt, muß Freund sein mit den Säuen.«
Gelächter erhob sich. Weil Recka zornig auffuhr, sagte Eberwein ruhig: »Laßt ihn! Wenn Eure Brüder der Gegenwart der Schwester nicht achten, wie soll ich erwarten, daß sie Ehrfurcht zeigen vor meinem Kleid und vor dem Gast ihres Vaters.« Er stand vom Sessel auf. Da trat Herr Waze in die Stube; der Ausdruck seines Gesichtes und der Anblick Rimigers machten die Lachenden verstummen; sie wußten, was dieser Augenblick für sie bedeutete; aus der Kammer

ließ sich ein Geräusch vernehmen, als wäre ein Stuhl gefallen, und die Tür öffnete sich um einen schmalen Spalt.
»Frommer Vater«, rief Herr Waze, »seht, was mein Rimiger gefunden hat. Das Pergament muß Euch gehören. Ihr müßt es verloren haben.«
»Nein. Das Blatt gehört mir nicht.« Eberwein nahm den Streif und rollte ihn auf. »Auch keinem meiner Brüder. Ein Fahrender mag das Blatt verloren haben. Es ist ein weltlich Lied.« Mit halblauter Stimme las er:

»Es schwebt der fürstliche Aar im Blau,
Den Blick gerichtet zur Ferne,
Ihn lockt Frau Sonne, ihn kümmern nicht
Die kleinen Knechte, die Sterne.
Sein Blick späht über die Berge hin,
Sucht nimmer Tal und Halde,
Ihn kümmert das Nest der Raben nicht,
Das sie bauten im finstern Walde.
Es mag bestehen, es mag vergehn
Und fallen den zausenden Winden,
Es mögen die Füchse schleichen und spähn
Und ihre Beute finden.
Der fürstliche Aar nimmt hohen Flug,
Die Blicke fernab gewendet,
Und nimmer frägt er, wie der Streit
Im tiefen Wald sich endet.«

»Ein Meisterlied!« schrie Herr Waze wie von Sinnen und faßte die Bitsche. »Dem unbekannten Sänger einen festen Trunk zur Minne! Er meint es gut mit den Füchsen.« Sein heiseres Lachen erstickte in der Kanne.
Eberwein legte das Pergament aus der Hand und blickte befremdet an der Tafel umher. Überall sah er funkelnde Augen und brennende Gesichter. Ihm war, als stünde er inmitten eines tollen Traumes. Wie konnte solche Wirkung aus diesem Spielmannsliede kommen, das ihm wertlos erschien und mit geringer Kunst gesungen? Herr Waze stieß die geleerte Kanne auf den Tisch, lachend, und kreischte: »Setzt Euch, mein lieber fürstlicher Herr! Euch zu Ehren will ich schmausen und zechen. Es hat mir im Leben noch kein Mahl

geschmeckt, wie es heut mir schmecken soll. Nur Euch zu Ehren! Ihr seid ja mein Herr! Mein Herr!«
Seine Worte gingen unter im Gelächter seiner Söhne.
Eberwein strich mit der Hand über die Stirne und ließ sich nieder. Er hörte nicht, daß die Tür der Kammer sich öffnete, aus welcher Henning heraustrat, einen hochstämmigen Rüden am Halsband führend. Und er schien nicht zu sehen, daß Recka bleich, mit blitzenden Augen den Vater streifend, von der Tafel ging und den Saal verließ, als wollte sie nicht teilhaben an dieser Stunde. Mit zitternden Händen griff er nach einem Brot, segnete es und brach es entzwei. »Nehmt, Herr Waze!« Er reichte die Hälfte des Brotes über den Tisch.
Da griff eine Hand über seine Schulter. »Mir die ander Hälft! Meinen Hirschmann hungert.«
Heiteres Geschrei erhob sich um den Tisch. Eberwein sprang auf und sah, wie Henning das gesegnete Brot dem Hunde zuwarf, der es mit klaffendem Rachen haschte. Zornröte fuhr über das Gesicht des Mönches. Mit beiden Händen faßte er die Tafel an der Kante und stürzte sie um, daß Herr Waze mit dem Sessel wankte und daß die hölzernen Teller, die zinnernen Schüsseln und die Metkannen klirrend über den Estrich rollten. »So ende ich dieses Mahl!« klang seine schrillende Stimme. »Und nichts mehr hab ich gemein mit euch!«
In Wut, mit geballten Fäusten, sprang Herr Waze auf; seine Söhne aber starrten in das Gesicht des Mönches – er war es doch gewesen, der diese Worte geschrien, und dennoch schien es ihnen, als hätten sie ihren Vater gehört. So klang seine Stimme im Zorn.
»Faßt ihn!« schrie Herr Waze. »Er hat mein Haus geschändet. Das soll er büßen.«
Henning war der erste, dessen Fäuste nach Eberwein griffen. Da sah auch der Hund in dem Mönche einen Feind seines Herrn und stürzte auf ihn los. Mit einem Faustschlag streckte Eberwein das Tier zu Boden. »Feinde über mir!« Eine Metkanne von der Erde raffend, schwang er sie zum Schlage wider Henning. Doch er schlug nicht. Aus erhobenem Arm ließ er die Kanne sinken. Und zwei der Wazemannssöhne beiseite schleudernd, gewann er mit raschem Sprung das an der Mauer hängende Kreuz, griff nach ihm mit beiden Händen und rief: »Vergib die Sünde meines heißen Blutes, o Herr! Bei Dir ist die Rache, bei Dir die Hilfe! Eripe me, domine, ab homine malo, a viro iniquo eripe me!«

Da faßten sie seine Arme, seine Brust, seinen Hals; er wehrte sich nicht, während sie an ihm hingen wie die Hunde am gestellten Hirsch. Die Fäuste vor Eberweins Augen streckend, leerte Herr Waze in unflätigen Worten die Schale seiner Wut über ihn aus. Ein bitteres Lächeln zuckte um Eberweins bleichen Mund. »Knecht Waze, nun kenn ich dich. Nun zeigst du mir dein wahres Gesicht. Wie steht doch der Redliche vor dem Schlechten – wehrlos, beschämt und aller Bosheit ein Spiel!«

»Ist gefangen! Und will noch den Herrn spielen! Fort mit ihm! Hinunter in meinen tiefsten Keller! Ich will ihm die weißen Rabenflügel stutzen.«

Über das Geschrei der Söhne, die den Gefangenen zur Türe stießen, hob sich Eberweins Stimme: »Waze, ich warne dich! Da du Gott nicht fürchtest, fürchte den Kaiser, vor dessen Gericht ich dich berufe, der Fürst seinen ungetreuen Knecht.«

»Der Kaiser!« höhnte Herr Waze. »Wo ist dein Kaiser? In vierzig Jahren hab ich ihn nicht gesehen, hab keinen Ruf von ihm gehört, hab keinen Mann zu seinem Heer geschickt. Er wird den Käfig nit auftun, in dem ich dich bergen will. Packt ihn, meine Füchslein! Hinunter mit ihm!«

Schreiend stießen sie ihn aus dem Saal und über eine steile Treppe hinunter; eine schwere Türe wurde vor ihm aufgerissen, er taumelte in Finsternis und kalte Moderluft, hinter ihm dröhnten die Bohlen, und der eiserne Riegel klirrte. Draußen Gelächter, das sich entfernte, Geschrei, das unterging wie in weiter Ferne. Dann dumpfe Stille.

Eberwein streckte im Dunkel die Arme. Seine Hände griffen den nassen Fels der Mauer und einen eisernen Ring. Um den Sturm seiner Seele zu bezwingen, sprach er aus heißem Herzen und mit lauter Stimme ein Gebet. Plötzlich verstummte er. Ein Geräusch war an sein Ohr gedrungen. Er lauschte. Wieder hörte er ein leises Rascheln. Und da schüttelte ihn der Ekel: Er mußte an das Beinhaus denken und sah die Ratte huschen.

Mattes Stöhnen klang aus einem Winkel des finsteren Raumes. Erschrocken fragte Eberwein: »Wer teilt meinen Kerker? Bist du ein Mensch, so rede!« Ein Wimmern, eine wortlose Sprache des Schmerzes. Eberweins Herz erzitterte. »Gott des Erbarmens!« Er warf sich zu Boden. Über die Fliesen kriechend, tastete er mit den Händen vor sich her. Er fühlte halbverfaultes Stroh und jetzt einen menschlichen Körper, fast nackt, mit schlaffen Armen und steifen Fingern, mit bartlosem Gesicht und kurzgeschorenem Haar. »Der Knabe, den ich suchen kam! – Wazemann, Wazemann!« Mit beiden Armen griff er zu und stützte das taumelnde Haupt des Knaben, dessen Zunge lallte: »Wer ist bei mir?«

»Einer, der es gut meint!«

»Gibt's noch einen, der gut ist?«

»Ja, ja, ja!« rief Eberwein, die Stimme halb erstickt. »Allgütiger! Wie blind war meine Seele! Ich wähnte, daß ich irre ging, von Dir verlassen. Nun seh ich: Es war der Weg Deiner Liebe, die mich leitete, um dieses Kind zu finden!« Er fühlte, wie die Hände des Knaben an ihm emportasteten und sein Gesicht berührten, das naß von Tränen war.

»Er weinet! Einer, der weinet um den Huzebuben! Bist du ein Geißhirt? Hat er dich auch gebüßt?« Wie der Sinkende den Balken, den eine mitleidige Welle ihm zugeworfen, umklammerte der Bub seinen Gesellen und schmiegte sich an ihn unter fiebrigem Zittern. Aus der Höhe des Hauses klang ein dumpfer Lärm: das Johlen der Wazemannssöhne, die den umgestürzten Tisch wieder aufgerichtet hatten und die Kannen leerten auf das Glück ihrer kommenden Zeit. Eberwein tastete in der Finsternis umher und fand an der Mauer einen vorspringenden Stein; er setzte sich und hob den Knaben auf seinen Schoß; der Bub wimmerte, weil die Bewegung seine Schmerzen mehrte. Unter zärtlichen Worten schmiegte Eberwein das Gesicht des Knaben an seine Brust, streichelte ihm das struppige Haar und flüsterte in der heimatlichen Sprache seiner Berge: »Mußt nimmer weinen, Büebli! Schau, bald hebt für dich die gute Zeit wieder an. Ich tu dich pflegen, daß du gesunden sollst, und will dich liebhaben mein Leben lang. Und meine Arme, die tragen dich, bis du wieder laufen kannst auf deinen Füßen. Hab nur acht, wenn die Tür sich auftut, wie ich dich hinauftrag in die liebe Sonn!«

Wenn die Tür sich auftut? Es war kein leerer Trost, den Eberwein dem Knaben spendete mit dieser Hoffnung auf die nahe Freiheit. In seinem Herzen wohnte dieser Trost als fester Glaube: Fände sich keine Menschenhand, den Riegel aufzustoßen und den Weg zu öffnen, so mußte Gott ein Wunder wirken um dieses Knaben willen. Langsam hatte der Bub den Kopf erhoben. »Du bist kein Geißhirt. Wer bist du denn?«

»Ein Gottesmann. Weißt du, was das ist?«

»Wohl! So einer wie der Hiltischalk? Den hab ich einmal gesehen. Der hat ein Kirchl, in dem das Glöckl läutet.«
»Und einen guten Vater im Himmel hat er! Hast du nie von dem gehört?«
»Wohl, ich mein' schon, ich hätt so was reden hören!« Stöhnend griff der Knabe nach seinen schmerzenden Füßen.
»Schau, Büebli«, Eberweins Arme schlangen sich fester um den Knaben, »schau, das ist ein treuer Vater, dem alle redlichen Menschen liebe Kinder sind. Wer leiden muß, den tröstet er, und wer in Not gefallen, dem bringt er Hilf!«
»Mir auch?« klang scheu und zitternd die Stimme des Knaben.
»Freilich, Büebli! Alles weiß er, und alles kann er. Er hat dich gesehen in deinen Schmerzen und hat zu mir gesagt: Geh hin und hilf dem Huzebuben! Und wie ich gegangen bin, dich suchen, hat er mir ein kleines Dirnlein geschickt, von dem ich dich grüßen soll und das dich lieb hat. Gelt, du weißt schon, wen ich mein'?«
»Ach, du guter Mann!« Der Knabe lachte in seinen Schmerzen. »Es wird doch nit das Trudli gewesen sein?«
»Das Dirnlein des Bauern, dem du die Geißen hütest.«
»Das Trudli, das Trudli!«
Eine stumme Weile verging. Dann begann Eberwein wieder zu sprechen, und leuchtend öffnete sich die Tiefe seines hoffenden Glaubens, wie ein Fels in geheimnisvoller Stunde die verschlossenen Schätze zeigt. Der Knabe tat keine Frage mehr; er lauschte und schien im Lauschen seine Schmerzen vergessen zu haben. –
Wüster Lärm klang aus der Höhe. Die Berauschten sangen und schlugen die Tafel mit den Fäusten. Die Mägde weigerten sich, den Saal zu betreten, es mußten die Knechte bedienen und die Metkrüge schleppen. Draußen dämmerte schon der Abend, und das Zechen wollte kein Ende nehmen. Den ganzen Bau des Hauses durchschütterte das Geschrei und das Poltern der stürzenden Krüge und Sessel. In Reckas Kammer, in der schon die Leuchte brannte, hallten vom Lärm die Wände. Das Haar gelöst, im weißen Schlafgewand, saß Recka im Erker, das Gesicht in die Arme vergraben. Sie hörte nicht, daß die Tür der Zeugkammer sich öffnete; der Bub, der die Falken pflegte, brachte das Federkleid, das er dem verendeten Liebling Reckas abgestreift hatte. Scheu trat er zum Erker. »Herrin!«
Recka fuhr auf; als sie den Balg des Vogels sah, griff sie nach ihm, breitete auf ihrem Schoß das Gefieder aus und strich mit zitternden

Händen über die Schwingen. Der Bub ging zur Türe; dort blieb er stehen. »Herrin! Ich weiß, wie dein Falk hat umkommen müssen. Willst du mich nit verraten, wenn ich red?«
Recka hatte sich erhoben. »Sprich!«
»Ich sag's, weil mir leid ist um den Vogel, den ich liebgehabt.« Der Bub faßte den Balg und deutete auf eine Stelle der Innenseite. »Schau, da hat die Haut einen Stich wie von einer Nadel.« Er griff in das Wams. »Und schau die Spulnadel an: Sie ist rostig von Blut. Durch das ganze Ingeweid ist der Stich gegangen. Den Tag, vor du ausgeritten bist, auf den Abend, da ist dein Falk noch frisch und gesund gewesen. Ich bin um Wasser gegangen. Und wie ich wiederkomm, hat der Vogel getrauert.«
Mit zornigem Griff umklammerte Recka das Handgelenk des Buben. »Wer war in der Kammer?«
Scheu blickte der Knabe gegen den Saal, aus dem das Geschrei der Zechenden hallte. Er wollte sprechen. Doch Recka schob ihn zurück. »Schweig! Ich könnte, wenn der Zorn mich faßt, den Namen nicht wahren.« Sie öffnete das auf dem Erkertisch stehende Kästlein und reichte dem Buben eine silberne Spange. »Nimm!«
Er schüttelte den Kopf und legte die Hände hinter den Rücken. »Ich hab nit um Lohn geredet.«
Als er gegangen war, hefteten sich ihre funkelnden Blicke auf die Saaltür. »Wann kommt die Reih an mich?« Zum Erker wankend, schlang sie stöhnend die Arme um ihr Haar. »Hol mich, Mutter! Bei dir wär Glück und Ruh!« Sie sank auf den Sessel und griff nach dem Federkleid des Falken; ihr Blick ging durch das offene Fenster und nieder über den abenddämmerigen See zum Fischerhause, dessen Türe vom Widerschein des Herdfeuers leuchtete. »Ich tat ihm unrecht!« Sie drückte das Gefieder des Falken über die brennenden Augen.
Raschelnd strich der Abendwind durch die welkenden Bäume, die sich vor dem Erker erhoben.
In der Tiefe murmelte der See, der in sachten Wellen ging, und leise Plätscherstimmen zischelten durch das schwankende Röhricht.
In der Hofreut des Fischerhauses stand Sigenot, durch die Dämmerung emporspähend nach Wazemanns Haus. Wicho trat zu ihm: »Hörst du sie lärmen?«
»Sie zechen. Die Nacht über werden sie liegen im Rausch, und mein Haus ist sicher bis zum Morgen. Trag die Langwaad in den Einbaum

und mach die Pechpfann fertig, wir ziehen auf die Fischweid. Der Kalter ist leer, und das Haus hat Leut.«
Hinter dem Haus eine Stimme. Eigel der Kohlmann sprach. Hilmtrud, Kaganhart und die beiden Sennen saßen um ihn her und lauschten seinen Worten. Er sprach vom Untersberg, von König Wute und seinen Helden, vom Birnbaum auf dem Walser Feld und von der guten Zeit. »Sie muß kommen! Es haben die Berg noch nie umsonst gebidmet. Die hundert Jahr sind um. Und steigt Herr Wute nit aus der Tief, so weiß ich einen: Der steigt hinauf zu Wazemanns Haus.«
Hilmtrud ballte die Fäuste. »Da tu ich mit!«
»Freilich«, brummte Kaganhart, »weil du überall dabei sein mußt, wo's schiech hergeht!«
Eine Stunde später, als der Himmel schon übersät war mit Sternen, fuhr Sigenot mit Wicho zum Fischfang aus. Der Einbaum glitt an der Falkenwand vorüber. In tiefer Schwärze lag der weite Seekessel, und der Wind trug das dumpfe Rauschen eines Wildbaches über das Wasser her. Gegen die Mündung dieses Baches steuerte Sigenot den Kahn. In der Nähe des Ufers hielt er, hob das Ruder, ließ sich im Spiegel des Schiffes nieder und spähte zum Falkenstein empor. Fast eine Stunde verging. Dann schwieg der letzte Laut in Wazemanns Haus, die Hunde schliefen, und alle Fenster waren dunkel.
»Zünd die Pfann!«
Wicho schlug Feuer und warf den glimmenden Schwefelfaden auf die mit Pech getränkten Späne. Lodernd wuchs die Flamme, ihr greller Schein fiel über den See und lockte die Fische aus der Tiefe. Der Knecht warf das Ende der Langwaad aus und ließ die Maschen gleiten, während Sigenot im Bogen fuhr. Als sie das Netz hoben, war es schwer; überall im Garne zappelten die Hechte, die Salmen und Ferchen.
»Solchen Zug haben wir nit oft getan!« rief Wicho lachend.
»Ich weiß, wer das Netz so schwer gemacht hat«, sagte der Fischer ernst, »denn ich hab den ersten Zug den Klosterleuten zugelobt.«
»Den ganzen Zug? Da wird der dicke Bruder lachen! Wenn er wüßt, was ihm zusteht, möcht er springen vor Freud!« –
Bruder Wampo hatte keine Ahnung, daß seiner gedacht wurde beim Fischfang in stiller Nacht. Dennoch sprang er um diese Stunde. Aber nicht vor Freude.
Sorge hatte die Brüder befallen, als die Nacht erschien, ohne daß

Eberwein heimkehrte zur Klause. Da sie meinten, er hätte sich auf dem Rückweg im Walde verirrt, zogen Schweiker und Wampo mit Spanlichtern aus, um Eberweins Namen durch die Finsternis zu rufen. Schweiker stieg zur Ache nieder. Bruder Wampo nahm die Richtung gegen die Ramsau. Er schrie und schrie. Plötzlich wich der Grund unter seinen Füßen. Nach einem Halt suchend, ließ er die Fackel fallen, und während sie erlosch, stürzte er in eine tiefe Grube. Es tat einen festen Klatsch, als Bruder Wampo den Boden erreichte. Ein Wust von Reisig fiel hinter ihm her und überschüttete ihn. Sich aufraffend, warf er die stacheligen Reiser von sich ab und fühlte nach seinen Gliedern; sie waren ganz und heil. »Ein Glück, daß ich gute Polster hab!« Er begann in der Finsternis umherzutappen. Überall griff er steile, glatte Erdwände, nirgends fand er einen Halt, an dem er sich hätte emporziehen können. Und den Rand der Grube konnte er mit den Händen nicht erreichen. Er tappte und tastete. Da geriet ihm etwas unter die Finger. Fest griff er zu, doch mit einem Schrei des Entsetzens wich er zurück. Seine Hände hatten struppiges Haar gegriffen. Und da fuhr auch schon ein unsichtbares Etwas im Kreis um ihn her wie der ledige Teufel. Bruder Wampo sah nichts, fühlte nur die Püffe, die er bekam, hörte ein Schnauben, ein Springen und Scharren – das währte eine Weile –, dann war wieder Stille um ihn her. Er taumelte, geriet in eine Ecke und kauerte sich auf die Erde, mit lallender Stimme betend. Seine Glieder waren wie gelähmt, er wagte keinen Finger mehr zu rühren und starrte mit aufgerissenen Augen auf die zwei runden, glimmenden Lichter, die er nahe vor sich in der Finsternis erblickte. Wenn ihm die betende Stimme erlosch, vernahm er den fliegenden Gang lechzender Atemzüge, wie ein Jagdhund atmet nach der Hetze. Das Grauen machte ihm die Sinne wirbeln, und seine schweißtreibende Angst malte ihm das Bild eines Ungeheuers vor die Augen, mit Drachenflügeln und aufgesperrtem Rachen, groß genug, um einen Berg zu schlingen, geschweige denn das winzige Bröcklein, das Bruder Wampo hieß. Fern, im Tal der Ache, klang die rufende Stimme Schweikers, und in Zwischenräumen tönte beim Lokistein die Glocke, die von Pater Waldram gezogen wurde, um den Verirrten heimzurufen. Weit drangen ihre Klänge in die stille Nacht hinaus, über die Gehänge des Göhl empor, über die Halden der Strub und das Tal entlang, bis zum Schönsee und zu Wazemanns Haus, an dem ein einsames Fenster in matter Helle schimmerte, das Erkerfenster in Reckas Kammer.

Neben dem Spiegel flackerte die Leuchte. Mitternacht war vorüber, und noch immer stand das Lager unberührt. Recka saß im Erker. Stille herrschte draußen im Saal, im ganzen Hause. Nur aus dem Hofe war Geräusch zu hören: Die gefangenen Raubtiere wachten in ihrem Käfig. Recka spähte nach dem Himmel. Ein bleicher Schein begann das Firmament zu erhellen und die Sterne zu löschen. Als hätte sie auf diese Helle gewartet, so nickte sie vor sich hin und erhob sich, streifte die Schuhe von den Füßen, nahm die Leuchte und schlich auf nackten Sohlen in die Herrenstube. Als sie zurückkehrte, schüttelte sie sich, wie um die Erinnerung des häßlichen Bildes, das sie gesehen, von sich abzuwerfen. Lautlos schritt sie hinaus in die Zeugkammer. Als sie den Unterstock des Hauses erreichte und an der Magdstube vorüberschlich, hörte sie das leise Gezwitscher eines Vogels: Ullas Liebling, der geblendete Star, sang in der Nacht.
»Der hat es gut. Er muß den Tag nimmer sehen.«
Über eine zweite Treppe ging es hinunter, und nun hielt sie vor der niederen Tür des Bußloches. Sie öffnete mit einem Schlüssel das Hängeschloß und schob den Riegel zurück. Als die Tür sich auftat und der Schein der Leuchte in den Kerker fiel, stand Recka ergriffen. Einen Verzweifelten wähnte sie zu finden und sah zwei Menschen, schlummernd in stillem Frieden. Eberwein saß auf dem Steinblock, an die Mauer gelehnt; von seinen Armen umschlungen, ruhte ihm der Knabe an der Brust; so schliefen sie, Wange an Wange.
Recka berührte die Schulter des Mönches. Als Eberwein erwachte und die vom Lichtschein umzitterte weiße Gestalt erblickte, die vor ihm stand wie herausgetreten aus seinen Wunderträumen, stammelte er: »Gott sandte seinen Engel.« Da erkannte er Recka und verstummte.
Huze schlug die Augen auf und zitterte beim Anblick der Wazemannstochter. »Schweige, Kind!« flüsterte Eberwein. Der Schein der Lampe fiel über das fahle Gesicht des Knaben mit den hohlliegenden Augen, über die abgezehrten, von Lumpen umhüllten Glieder und über die mit geronnenem Blut bedeckten Füße. Ein Grauen schüttelte Reckas Nacken. »Wer ist der Bub?«
»Ein Opfer deiner Brüder. Und kamst du, um mir die Freiheit zu bringen, so danke ich dir um dieses Knaben willen.«
Recka, zur Tür lauschend, sagte flüsternd: »Löset Eure Schuhe von den Füßen.« Eberwein ließ den Knaben auf den Steinblock nieder, löste die Sandalen und knüpfte sie an seinen Gürtel.

»Folgt mir!« Recka hob die Leuchte und schritt zur Tür.
Eberwein nahm den Knaben auf seine Arme. »Fürchte dich nicht!«
Da schüttelte der Bub den Kopf, und seine Augen glänzten. »Fürchten? Es ist doch der gute Vater mit uns.«
Fester umschlang ihn Eberwein, als er die Schwelle des Kerkers überschritt.
Recka schloß die Türe, schob den Riegel vor und drehte den Schlüssel um. Lautlos stiegen sie die Treppe hinauf. Noch immer sang der Star. Sie erreichten Reckas Stube. »Ich bitt Euch«, flüsterte Eberwein, »reichet mir Zeug, daß ich die Wunden des Knaben verbinde.«
Recka zog die Hirschdecke von ihrem Lager, riß von dem Hanftuch, das über die Haut geschlagen war, einen Streifen ab und schob ihn hinter den Gürtel des Mönches. Dann löschte sie die Leuchte und faßte Eberweins Arm. »Laßt Euch führen und seid ohne Sorge! Sie liegen im Rausch.«
Nun traten sie hinaus in die Herrenstube. Mondlicht fiel durch die offene Hallentür und durch die Fenster. Gestürzte Sessel lagen umher, auf dem verwüsteten Tisch und auf dem Estrich schimmerten die zinnernen Kannen; in ausgeronnenen Lachen spiegelte sich der Mondschein, und der verschüttete Met erfüllte den Raum mit widerlich süßem Geruch. Henning und Otloh lagen wie Klötze unter dem Tisch; vor der Tür, die zur Kammer der Buben führte, war Eilbert niedergesunken, und Herr Waze lag in den Kleidern auf seinem Spanbett, schnarchend, mit Kopf und Armen niederhängend über die Kante. Eberweins Schritte stockten. Recka zog ihn mit sich fort, in die Halle hinaus, hinunter in den Hof. Als sie dem Zwinger sich näherten, schlugen die Hunde an; mit leisem Lockruf machte Recka sie verstummen. An der Mauer öffnete sie eine Pforte, die gegen die Höhe des Berges führte. »Nach hundert Gängen teilt sich der Pfad, Ihr müßt zur Rechten schreiten und die Mauer umgehen. So gelangt Ihr auf den Reitweg, der Euch zur Ache führt«, ihre Worte klangen heiser, »und zum Haus des Fischers. Unter seinem Dache seid Ihr sicher. Er ist ein starker und redlicher Mann.«
Eberwein rückte den Knaben höher an die Brust. »Mag Gott Euch diese Stunde lohnen! Ihr habt getan an mir wie eine Schwester an ihrem Bruder.«
»Ihr mein Bruder?« klang Reckas rauhe Antwort. »Ihr mahnet mich zur Unzeit, daß ich Brüder habe und einen Vater.« Von Eberwein sich wendend, schloß sie hinter ihm die Pforte. Sie wollte

zum Hause schreiten; neben dem Zwinger sank sie nieder auf die Steine. Winselnd streckten die Hunde ihre Schnauzen durch die Lücken der Stangen und fuhren mit den heißen Zungen nach Reckas Gesicht und Händen.

5

Unter Bäumen, zwischen denen der von ziehenden Wolken häufig verschleierte Mond nur mit spärlichen Lichtern glänzte, folgte Eberwein dem Pfad. Im Wirbel seiner Gedanken und in dem mit Finsternis wechselnden Zwielicht übersah er die Zweigung des Pfades und schritt zur Linken weiter. Auf einer kleinen Lichtung mußte er rasten, seine Arme zitterten unter der Last des Knaben. In der Mondhelle sah Huze das Antlitz seines Retters; leuchtend traf ihn der Blick dieser stillen Augen, und den Mönch umschlingend, seufzte der Knabe wie einer, der nach üblen Wegen die sichere Ruhstatt fand.

Nach einer Weile erhob sich Eberwein; er hatte die Sandalen angelegt, und mit gestärkter Kraft seinen Schützling tragend, folgte er dem Pfad, der sich nach kurzer Strecke über steile Stufen hinuntersenkte. Aus der Tiefe klang sachtes Rauschen, und durch die Nacht her leuchtete ein rötlicher Schein wie der Glanz eines Herdfeuers bei offener Tür. Das mußte die Ache sein und der Herdschein des Fischerhauses, dessen Bewohner sich vor der Dämmerung schon zum Tagwerk erhoben hatten. So meinte Eberwein. Doch als er den Niedersteg über den steilen Pfad mühsam vollendet hatte, gewahrte er im Mondlicht, daß er auf engem, von Felswänden eingehegtem Raum stand, während vor ihm der See sich dehnte, in weitem Kreis umschlossen von den schwarzen Mauern der Berge. Sorge befiel ihn. Wie sollte es seinen erschöpften Kräften gelingen, den Knaben wieder emporzutragen über die Felsen? Da leuchtete draußen im See der Feuerschein, und ein hoffender Gedanke zuckte in Eberwein auf: Das ist der Fischer, der bei Fackelhelle die Netze wirft.

»Sigenot!« hallte der Ruf des Mönches. Keine Antwort. Doch Eberwein meinte zu gewahren, daß die Fackel näher käme. Auf einer Steinstufe saß er, den Knaben auf seinem Schoß, und harrte.

Der Himmel wurde bleich, es graute der Morgen, und der Feuerschein erlosch. In Eberwein verstummte jede Sorge vor der überwältigenden Schönheit des Bildes, das die schwindende Dämmerung vor seinen Augen entschleierte. In sachten Wellen schwankend, durchsichtig grün wie ein Smaragd, eine geheimnisvolle Flut, die mit jedem Wellenschlag das Lied der eigenen Schönheit sang, so dehnte der See sich in stundenweite Ferne. Die Ufer schienen keinen Pfad zu dulden; als hätte die Natur diese herrlichste ihrer Stätten geheiligt vor dem Fuß der Menschen, so stiegen die im Rund geschlossenen Berge steil aus der Flut und wuchsen zum Himmel. Dunkle Fichtenwälder und Laubgehölze, die im Welken alle Farben spielten, bekleideten die Gehänge, wie bunte Festgewänder die Fürsten schmücken, wenn sie den Thron umstehen. »Wahrlich, ein Thron der Schönheit«, rief Eberwein, »ein königlicher See! Er soll den Namen führen, der ihm gebührt.«
Immer herrlicher traten alle Formen und Farben aus dem Duft des Morgens hervor, neue Schönheit wuchs hinter jedem weichenden Schatten, und die Gießbäche schimmerten, als gössen geheimnisvolle Hände flüssiges Silber über die Wände. Ein hoher Felsgrat und der weiße Schnee der höchsten Kuppen begannen schon zu leuchten im ersten Glanz des nahenden Tages. Rot säumten sich die Wolken, die hoch durch die Lüfte schwebten wie geflügelte Boten. Träumend blickte Eberwein zu ihnen auf. Er sah die leuchtende Strahlengarbe, die von Osten über die Höhen loderte, und ihm war, als hätte der Himmel sich aufgetan und eine Stimme rief: ›Preise die Größe meiner Allmacht! Genieße, was ich schuf zur Freude der Menschen!‹
Aus seiner Versunkenheit riß ihn ein leiser Wehlaut des Knaben. »Hast du Schmerzen?« Der Bub schüttelte den Kopf und lächelte. Hastig trug ihn Eberwein zum Ufer und ließ ihn auf weichen Rasen nieder. Mit dem Tuche, das er am Gürtel fand, wusch er ihm die von Blut überronnenen Füße und verband die Wunden. Der Knabe lispelte: »Wie das kühlet, wie das wohltut!« Und nach einer Weile fragte er: »Gelt, das alles tust du an mir, weils der gute Vater so will?«
Eberwein konnte nicht sprechen; die Prüfung der Wunden hatte ihm gesagt, daß der Knabe an den Füßen gelähmt sein würde fürs ganze Leben. Huze, der nicht sah, was in den Zügen des Mönches redete, blickte zum leuchtenden Himmel auf: »So gut wie der ist keiner

nimmer!« Und als die Binden geschlossen waren, sagte er: »Ich mein', ich müßt schon laufen können?« Er zog sich an Eberwein in die Höhe. Der Glaube gab ihm Kraft. Er konnte stehen. Mit klunkernden Füßen tat er ein paar kleine Schritte; dann sank er auf einen Stein. »Es geht schon wieder. Ein lützel hinken werd ich halt müssen. Das tut nichts. Wer schnell hinket, kommt auch vom Fleck! Freilich, hinauf –« seine Augen suchten die Almen, »hinauf werd ich wohl nimmer können. Aber herunten ist auch ein gutes Weilen.«
Wortlos streifte Eberwein mit der Hand über das Haar des Knaben. Da deutete Huze: »Schau, dort schickt uns der gute Vater auch schon das Schiffl her!«
Eberwein sah den Einbaum schwimmen, noch ferne, doch nahe dem gleichen Ufer, und der Kahn schien sich zu nähern. Nun lenkte er jäh zur Seite, hinter einer Biegung der Felswand verschwindend. Eberwein wollte rufen; da hörte er von der Höhe die Stimme Rekkas: »Ulla! Hier! Nimm den Mantel und bring ihn mir hinunter ans Ufer.« Auf einer vorspringenden Felsplatte erschien sie, von einem weißen Mantel umhüllt. Durch die Lücken des Buschwerks blickte Eberwein empor und sah, wie Reckas entblößte Schultern sich aus der Hülle hoben. In Schreck umschlang er den Knaben. Und sah den Mantel niedergleiten, sah den schimmernden Körper von der Höhe stürzen, umflattert von Goldhaar, und sah ihn niedertauchen in die Flut. Als das Wasser rauschte, riß Eberwein den Knaben auf seine Arme und eilte durch die Büsche am Ufer hin, bis die Felswand seine fliehenden Schritte hemmte. Auf den Knien, mit hämmernden Pulsen, drückte er den Knaben an sich. Er mußte jedes Wort vernehmen, das Recka aus den Wellen rief, jedes Wort, das die alte Magd erwiderte. Und er hörte das Wasser plätschern, als die Badende an das Ufer stieg und nach der Hülle verlangte.
»Schau nur, wie du zitterst!« jammerte die Magd.
»Es war wie Eis. Aber diese Nacht ist weggespült!«
Die Stimmen entfernten sich und verklangen auf der Höhe des Felsenpfades; durch die Büsche schimmerte noch der weiße Mantel. Da rang es sich von Eberweins Lippen: »Hiltischalk! Vergib mir!«
Scheu blickte Huze in das brennende Gesicht des Mönches. »Was hast du, Gottesmann? Warum tust du dich fürchten vor ihr? Sie hat uns doch geholfen in der Not!«
Gedämpfte Stimmen klangen, und der Schlag eines Ruders ließ sich vernehmen. Eberwein sprang auf und trug den Knaben durch die

Büsche ans Ufer. Als seine Augen niederblickten in die klare Flut, gewahrte er ein wundersames Bild: In der Tiefe des Wassers, auf grünem Moosgrund, hing mit gebreiteten Schwingen ein verendeter Schwan im Kraut verbissen; sacht bewegte der Wellengang das schneeige Gefieder und rührte die Leichname zweier Falken, die im Tod noch ihre Fänge um den Hals des Schwans geschlagen hielten. »Wer sendet mir diesen Anblick?« stammelte Eberwein. »Wie die Falken an diesem Schwan, so hängen Zweifel und Sünde an meinem Herzen. Herr! Laß mich niedertauchen in die Tiefen deiner rettenden Liebe!«

An der Biegung der Felswand glitt der Einbaum hervor. Sigenot erkannte den Mönch und trieb den Kahn zum Ufer. Eberwein ließ sich mit dem Knaben in den Einbaum heben, wußte aber kaum, wohin die Füße stellen; der Boden des Kahnes war bedeckt mit den Fischen, die in der großen, an einem Weidenseil nachschwimmenden Kufe nicht mehr Platz gefunden hatten. Immer dem Fuß der Felswand folgend, trieb Sigenot mit wuchtigen Ruderschlägen das Boot. Den Knaben auf seinem Schoß, saß Eberwein mit gesenkten Augen; er schien nicht zu sehen, nicht zu hören. Doch Huze gab Antwort auf die Fragen des Fischers und erzählte von seinem Leiden, von dem Wunder seiner Rettung.

Hinter dem Nachen schloß sich der Weitsee. Vom Duft des Morgens umflossen, lagen die Lände und das Fischerhaus, aus dessen Moosdach sich der Herdrauch kräuselte. Dünne Nebel dampften aus dem Röhricht und hoben sich in die weißen Lüfte, als trügen sie den immer dichter ziehenden Wolken Kunde aus der Tiefe zu.

Der Einbaum fuhr in den Sand, es wurde lebendig im Hag. Eigel und die beiden Sennen kamen gelaufen. Als der Mönch aus dem Nachen stieg, fiel der Kohlmann vor ihm nieder und küßte den Saum seines Kleides. Eberwein sah ihn nicht; seine Augen hingen an dem ragenden Kreuz. Er eilte dem heiligen Zeichen entgegen, beugte das Knie, umklammerte den Stamm und preßte die Stirn an das Holz.

»Er redet mit seinem guten Helfer!« flüsterte Sigenot. »Laßt ihn allein! Tragt den Buben ins Haus!«

Huze wollte sich nicht tragen lassen. »Ich geh. Mir hilft Einer!« Seinen Schmerz verbeißend, richtete er sich auf und duldete kaum, daß Wicho und Eigel ihn stützten, als er Schrittlein um Schrittlein dem Hagtor entgegenhinkte.

Es währte lange, bis Eberwein sich erhob. Unter dem Tor trat

Sigenot vor ihn hin und sprach: »Eh du den ersten Schritt in meine Hofreut tust, laß raiten mit dir! Wie ich selbigsmal von dir gegangen bin, hab ich gemeint, ich könnt wiederkommen mit hundert hinter mir. Ich kann mein Wort nit lösen. Frag nit, warum! Aber mich nimm ganz, mich und meine Leut! Und wo der Mann ist, muß sein Haus sein.« Er zog das Messer, schlug vom Pfosten des Hagtors einen Span und legte ihn in Eberweins Hand. »So nimm mein Haus mit allem Recht und Eigen! Tu mit ihm nach deinem Willen, laß mir die Nießung oder gib sie einem anderen. Du bist der Herr.«
»Was du bietest, soll gelegt sein in Gottes Hand!« erwiderte Eberwein. »Du aber schalte in deinem Haus als freier Mann. Tage des Glückes und der Ruhe sollen blühen unter deinem Dach.«
»Glück, Herr?« Schwer hob sich die Brust des Fischers. »Hätt ich die Ruh allein, ich wär zufrieden.«
»Sigenot, was bedrückt dich?«
Da klang es wie ein Schrei aus tiefer Qual: »In mich ist Feuer gefallen. Bei lebendigem Leib verbrennt mein Herz. Wo ich hassen müßt –« Sigenot verstummte. Seine heißen Augen blickten über den See hinaus, zur Höhe der Falkenwand.
Eberwein sah diesen Blick. »Sigenot?« stammelte er. Und wortlos umschlang er den Fischer. –
In Wazemanns Haus kläfften die Hunde.
Es stieg der Morgen.
Im Tal der Ache hoben sich schwere Dünste aus allen Sümpfen und zogen wie schleichende Gespenster durch den Wald und über die Halden.
Die grauen Schleier senkten sich auch in die Wolfsgrube, in welcher Bruder Wampo gefangen saß. Noch immer kauerte er in der Ecke, die schlotternden Backen überronnen von kaltem Angstschweiß, ihm gegenüber in einen Winkel gedrückt hockte der Wolf wie ein Hund auf den Hinterbeinen. Die lechzende Zunge hing ihm zwischen den Zähnen hervor, und seine Augen waren unverwandt auf den Gesellen in der Grube gerichtet, der dem Wolf nicht minder schrecklich erschien als der Wolf dem Bruder. Wampo redete mit keuchender Stimme; seit das erste Grau des Tages in die Grube gefallen, hatte er die Zunge nicht ruhen lassen; verstummte er, so wurde das Tier unruhig – sprach er, so saß der Wolf mit schiefem Kopf und äugte nach den tönenden Lippen, halb in Scheu und halb in Neugier. Alle Gebete, die er wußte, alle Lieder und Litaneien,

deutsch und lateinisch, hatte Bruder Wampo schon hergesagt. Auf die Psalmen Davids waren Salomonis Sprüche gefolgt. Er hatte dem Wolf die schöne Geschichte der holden Ruth erzählt und war von der Königin Esther auf Hiob geraten, als fern im Wald die rufende Stimme Schweikers klang. Ein Zittern befiel den Bruder; er wagte weder zu schweigen noch zu schreien; nur langsam hob sich seine erschöpfte Stimme. Näher klangen die Rufe Schweikers. Der Wolf wurde unruhig, sein Haar sträubte sich, und mit funkelnden Augen streckte er den Hals. Schritte ließen sich hören. Schweiker kam durch den Wald gegangen.

»Nit wehren will ich meinem Munde«, scholl Hiobs Klage in der Grube, »will reden von der Bedrängnis meines Herzens und will heraussagen von der Betrübnis meiner Seele –«

Schweiker erkannte die Stimme. »Bruder?« schrie er und spähte in den leeren Wald.

»Bin ich denn ein Meer oder Walfisch, daß du mich so verwahrest!« klang es lallend aus der Erde. »Wenn ich gedacht –«

»Bruder, wo bist du?« In langen Sprüngen folgte Schweiker dem Hall dieses biblischen Jammers und fand die Grube. »Allmächtiger!« stammelte er und griff nach dem Beil, das er im Gürtel trug. Da erloschen die betenden Worte unter lautem Gezeter. Mit tollem Satz war der Wolf auf Wampo losgesprungen, und des Bruders Glatze als Schemel benutzend, schwang sich das Tier zum Rand der Grube. Schon wirbelte Schweiker das Beil. Einen Sprung noch tat der Wolf, dann stürzte er blutend ins Moos. Ein wuchtiger Hieb endete sein Leben. »So soll es jedem ergehen, der wider uns anspringt!«

Wampo hüpfte wie ein Frosch, um die Hände zu fassen, mit denen Schweiker in die Grube hinuntergriff. Das kostete ein festes Ziehen, obwohl das gewichtige Bäuchlein nach dieser Nacht um etliche Pfund erleichtert war.

»Bruder! Das soll dir Gott vergelten mit reichem Himmelsbrot!« stöhnte der Erlöste. Er fühlte nach seiner Glatze, ob sie nicht blutete, wischte den Angstschweiß vom Gesicht und taumelte ins Moos, alle viere streckend.

Schweiker warf sich zu ihm. »Dich hab ich! Aber wo ist der Herr?«

»Ich weiß nit. Laß mich nur erst mich selber finden!« Wampo war so erschöpft, daß ihm die Sinne zu schwinden drohten. Der Anblick des erlegten Raubtiers machte ihn wieder lebendig. »Schweiker, das Fell muß ich haben für mein Bett! Ich mein', ich hab's verdient.«

Lachend nickte Schweiker, hob den Wolf auf seine Schulter, und so traten sie den Heimweg an.
Eine Stunde später war Bruder Wampo an Leib und Seele gestärkt. Der Sterz mit Wasser hatte ihm noch nie so köstlich gemundet wie an diesem Morgen. Nun lag er auf seiner Stangenpritsche. Kein Laut störte seine Ruhe. Er war allein. Waldram und Schweiker waren ausgezogen, um nach Eberwein zu forschen.
»Er hat den Leutpriester in der Ramsau aufgesucht, dort will ich fragen nach ihm!« hatte Waldram gesagt und war hinausgewandert gegen die Strub.
»Er muß bei dem kranken Kindl gewesen sein, dort will ich suchen!« meinte Schweiker und stieg über die Gehänge des Göhl empor. Als er die Höhe erreichte und den Hag des Greinwalders erblickte, hämmerte sein Herz. Er meinte, es käme vom raschen Gang. Mit Faust und Grießbeil schlug er an das geschlossene Tor. »Tut auf in Gottes Namen!«
Hinter dem Hag blieb alles still. Er trommelte auf die Bohlen und schrie: »Tut auf! So tut doch auf!« Da war ihm, als klänge vom Haus ersticktes Weinen an sein Ohr. Der Schreck fuhr ihm in alle Glieder. »Da muß ein Unheil geschehen sein!« Waren Wazemanns Söhne in den Hag gefallen? Hatten sie den Bauer und die Bäuerin niedergeschlagen? Und war die Hirtin – Er dachte nicht weiter. »Hinzula!« schrie er, warf das Grießbeil fort und rannte mit der klobigen Schulter gegen das Tor. Die Bohlen krachten, der Riegel splitterte, und Bruder Schweiker hatte freien Weg. Er raffte einen Prügel von der Erde und stürzte dem Hause zu. Unter der Türe trat ihm die Bäuerin entgegen und knickte fast zu Boden vor Schreck, als Schweiker den Knüppel schwang und brüllte: »Wo sind die Buben? Wo sind sie?«
»Was für Buben? Ich hab nur einen. Der ist auf der Alben.«
Schweiker ließ den Prügel fallen und griff mit beiden Händen an seinen Kopf, in dem er einen Wirbel spürte, als wären seine Gedanken ein Häuflein Blätter, die der Wind gefaßt. Hinter dem Stall kam der Greinwalder hervorgeschlichen.
»Da hört sich doch alles auf! Gleich ein Loch in den Hag rennen! So ein Unfürm!«
Er ging zum Tor und besah den Schaden.
»Warum habt ihr das Tor nit aufgetan?« stammelte Schweiker.
Das Weib wurde rot bis hinter die Ohren. »Was willst du denn?«

Schweiker mußte sich besinnen; nach einer Weile fiel es ihm ein. »Meinen Herrn hab ich suchen wollen. Ist er nit dagewesen?«
Verlegen suchte die Bäuerin nach Worten. »Hab nichts gehört, hab nichts gesehen.«
Schweiker machte ein paar Schritte gegen das Tor, blieb stehen und fragte: »Wie geht's ihr denn?«
»Gut!« sagte die Bäuerin hastig. »Du brauchst keine Sorg nimmer haben. Sie wird bald wieder hüten können.«
Ein tiefer Seufzer, und Schweiker wollte gehen. Da klang es aus der Stube: »Gottesmann!«
Mit einem Schwung war Schweiker bei der Türe. Im Halbdunkel der Stube leuchteten ihm vom Bett das Gesichtl der Hirtin und die weiße Binde entgegen. »Kindl!« Mehr brachte er nicht heraus. Als er nähertrat, sah er ihre verweinten Augen. »Gelt, so hab ich doch recht gehört!« stammelte er. »Was ist denn geschehen, Kindl? Warum hast du geweint?«
»Weil –« Hinzula gewahrte die Zeichen, die ihr die Mutter hinter dem Rücken des Mönches machte. Sie senkte die Augen und lispelte: »Weil ich Schmerzen hab.« Erschrocken faßte er ihre Hände, setzte sich auf die Kante des Lagers und betrachtete kummervoll ihr blasses Gesicht. »Mir ist schon wieder ein lützel besser«, flüsterte sie lächelnd und ließ sich auf das Heupolster zurücksinken. »Tu nur meine Händ nit auslassen!« Bruder Schweiker hielt fest. Nach einer Weile wurde er unruhig und drehte immer wieder das Gesicht zur Türe. »Was schaust du denn allweil?« fragte sie.
Er zögerte mit der Antwort. »Ich werd wohl fort müssen.« Sie hob sich erschrocken auf, und ihre zitternden Finger umklammerten seine Hände. »Schau, Kindl, ich muß meinen Herrn suchen!«
»So gut ist mir, wenn deine Händ mich halten. Völlig gesunden hätt ich können. Jetzt gehst du, und da muß ich wieder liegen in Schmerzen.«
Bei dem Zwiespalt, in welchen Bruder Schweiker geriet, fiel es ihm gar nicht auf, daß dem Druck seiner Hände eine so wundersame Heilkraft innewohnte. Was sollte er tun? Konnte er gehen? Durfte er bleiben? Im Wirbel dieser Fragen fiel es ihm ein, daß Eberwein einst zu ihm gesagt hatte: »Findest du ein Menschenkind in Schmerzen, so denke nicht deiner selbst, nicht deiner Brüder und des Klosters! Not hat kein Gebot als nur das einzige des Erbarmens!« Und nun war sein Herz des Erbarmens so voll, daß es ihm fast

zerspringen wollte. »Kindl! Wenn du Schmerzen hast, da muß ich bleiben. Das hat er selber gesagt.«
Über die Züge der Hirtin ging es wie Sonnenschein. Draußen leuchtete kein Strahl. Grau hing das dichtgeschlossene Gewölk über dem Tal. Kein Windhauch regte sich, und trübes Zwielicht verschleierte die Farben. Über allem Leben der Erde lag's wie eine dumpfe, trostlose Stimmung.
Dunkler und dunkler sammelten sich die Wolken. Aus allen Bergscharten tauchten sie auf, glitten die Gehänge entlang und drängten sich über dem Tal zu Hauf, als wäre in den Lüften ein Thing berufen, das entscheiden sollte über die kommende Zeit.
In schwärzlichem Blau wälzte sich ein gesonderter Wolkenzug hinter dem Totenmann über das Ramsauer Tal einher.
Die ziehenden Schwaden streiften den steilen Bergwald, durch den der alte Runot von den Almen niederstieg. Er hatte seine Buben gerufen, um mit ihrer Hilfe sein in Trümmer gefallenes Haus wieder aufzurichten. Als er am Kirchlein vorüberschritt, sah er das greise Paar auf der Steinbank unter der Linde sitzen, bei der die Erde gelb war von gefallenen Blättern. Der Bauer deutete zu den Wolken hinauf: »Die tragen den weißen Winter im grauen Kittel.«
»Wohl«, nickte Hiltischalk, »tummel dich nur, daß du dein Häusl unter Dach bringst, eh der Schnee kommt.«
»Es wird sich machen. Bieten doch alle Nachbarsleut die Händ zum Schaffen.«
»Recht so! Nur fest zusammenhalten! Bei solchem Bund ist Gottes Segen.«
Der Bauer wanderte weiter.
»Ist ein guter Mann!« nickte der Greis. »Gott wird ihm das neue Haus behüten.«
»Ja, das wird er!« sagte Hiltidiu mit ihrer leisen Stimme und blickte auf das Sträußlein in ihren Händen. Es waren welkende Heideblumen. »Meinst du, heut kommt er noch?«
»Freilich! Hat's ja durch die Mätzel sagen lassen!« Hiltischalk tastete an seiner Kutte. »Hab ich das Birkenblättlein?« In einer Tasche fühlte er die Rinde. »Wohl! Ich hab's.« Dann schlang er den Arm um die Greisin. »Gelt, ich hab halt wieder einmal recht gehabt! Das wär das erstemal gewesen, daß ich umsonst gerufen hätt.« Sinnend lächelte er vor sich hin. »Unser Leben ein Greuel vor Gottes Aug? Ja, freilich, das wird wohl ein Greuel gewesen sein beim letzten

Sturmwetter, wie ich dem kranken Buben das heilige Himmelsbrot durch Hagel und Wind hinaufgetragen hab zum Schwarzeck! Und wie du an meiner Seit gegangen bist mit dem ewigen Lichtlein, mein Stab und Stecken auf dem frommen Weg!«
Eine Erinnerung knüpfte sich an die andere. Durch die vielen Jahre, die sie Hand in Hand durchwandert hatten, ging ihr Gedenken zurück bis an die längst entschwundene Jugend, bis zu jener Stunde, in der ihre Herzen sich gefunden hatten zwischen Tod und Leben.
»Sag, Hilti, denkst du noch an jene Nacht?«
»Wie ich keine Ruh mehr gehabt hab und kein Aug mehr schließen hab können? Und auf einmal ist mir gewesen, als hätt eine Stimm gerufen: Steh auf und laß ihn nit allein!«
»Es war eine harte Stund. Alle sind wider mich gestanden. Aber ich hab gewußt: Mit mir ist Einer, stärker als alle! Ihren sündhaften Feuerstoß hab ich niedergeworfen und hab die Axt gehoben und hab den Schlag getan auf ihren Heidenbaum.«
»Und wie der alte Schwarzecker den Stein gehoben hat, bin ich dazugekommen.«
»Und hast dich hingeworfen vor mich und hast gerufen: ›Mein guter Herre, du mein Gott!‹ Du, die erste, die mir's nachgeredet hat!«
Hiltischalk streifte mit zitternder Hand das weiße Tüchlein von der Stirn der Greisin. »Schau, noch allweil sieht man die Narb! Wie ein Schlänglein lauft sie hinein unters graue Haar. Aber gelt, ich hab dir das Blut gedankt? Gelt, ja?«
»Mit Lieb und Treu, mit tausend Freuden.«
Ihre welken Hände faßten sich. Die Blätter fielen, und hoch in den Lüften, fast im Gewölk, eilte eine Schwalbenschar der Ferne zu.
Die Greisin fuhr auf. »Er kommt! Zwischen den Bäumen seh ich den weißen Rock.«
»Wohl, das ist er!« lachte Hiltischalk. Und so schnell, als die alten Füße sie trugen, eilten sie zum Tor der Umfriedung. »Willkommen, willkommen!« rief der Greis. Und verstummte. Und sah erschrokken zu Pater Waldram auf, der wankend den Hof betrat. Keuchend ging der Atem des Mönches; seine bleiche Wange war blutig geschunden wie von einem Sturz, und übel hatten die Dornen des Weges, die Schlammpfade und Äste des Urwalds seine weiße Kutte zugerichtet. Und was er auf diesem Weg von Menschen erfahren hatte, redete aus dem gereizten Klang seiner ersten Worte: »Steht dieses Tor dem Diener Gottes offen oder nicht? Wo sind die Hunde,

um mich zu jagen? Wo die Steine, die mich treffen sollen?« Seine Hände griffen nach einer Stütze, und taumelnd sank er auf die Steinbank nieder.
In Sorge stammelte Hiltischalk: »Lauf, Hilti, lauf, bring Speis und Trank, daß wir den Müden laben! Der gute Bruder ist völlig von Kräften.«
Die Greisin eilte ins Haus. Bei Hiltischalks letzten Worten hatte Waldram sich aufgerichtet. »Ohne Kraft ist nur, wen Gott nicht stärkt!« Er hob die Arme. »Ich stehe auf geweihter Erde, und mir ist wohl!«
»Freilich, aber der schwache irdische Leib –«
»Rede nicht unnütz! Bist du Hiltischalk, der Leutpriester in der Ramsau?«
»Wohl, der bin ich. Und du bist von den Gadener Brüdern einer? Hat der gute Herr nicht kommen können? Hat er dich geschickt, um mir die Ruh zu bringen?«
»Mich hat die Sorge geführt. Eberwein, mein Propst, ist gestern mit dem Morgen ausgezogen und nicht heimgekehrt.«
Der Greis erschrak. »Allgütiger Himmel! Es wird ihm doch kein Unheil widerfahren sein?«
»Er war bei dir?«
»Freilich, und meine Magd hat ihn geführt und hat das Sträußlein von ihm gebracht und das Birkenblatt. Und hat mir ausgerichtet, heut will er kommen. Stund um Stund schon warten wir auf ihn mit Schmerzen. Wenn mir der liebe Bruder auch das Birkenblatt geschickt hat und das Sträußlein für mein gutes Weib –« Der Greis verstummte.
Wie vor einem Aussätzigen war der Mönch zurückgewichen. »Dein Weib? Du sagst: dein Weib, und es öffnet sich unter deinen Füßen nicht die Hölle?«
»Aber Bruder«, stammelte Hiltischalk, »laß reden mit dir in Ruh!« Seine Stimme dämpfte sich zu zitterndem Flehen. »Schau, da kommt meine gute Hilti –«
Die Greisin trat aus dem Haus, achtsam ein Kännlein Milch in den Händen tragend; Mätzel folgte ihr mit Brot und Käse. »Nehmet, lieber Gast, und genießet der Gottesgab!«
»Lästere nicht den Himmel mit diesem Wort!« klang Waldrams schrille Stimme. »Eh soll der Hunger mich töten, eh meine Lippe kostet, was du berührtest mit verfluchten Händen!« Er schlug die

Kanne aus der Hand der Greisin. Bleich stand Hiltischalk, zu Tode erschrocken sein Weib. Mätzel ließ die hölzerne Schüssel fallen, rannte kreischend aus dem Hof, und durch das Tal hin klang ihr Geschrei um Hilfe.

»Herr«, keuchte Hiltischalk, »übel tust du an meinem Weib!« Er trat vor Hiltidiu hin und breitete schützend die Arme. Da zog ihn die Greisin an sich und sagte zu Waldram: »Redet nit so bös! Blicket her auf unser weißes Haar und habet Ehrfurcht vor dem Alter!«

»Ich kenne nur eine Ehrfurcht: die Ehre, die ich dem Himmel gebe, die Furcht vor Gott. Wider den Himmel habt ihr gefrevelt, Gottes Wohnhaus habt ihr entweiht zur Stätte des Lasters! Wollt ihr der Hölle nicht ewig verfallen sein, so zerreißet ohne Zögern den verruchten Bund, den der Teufel segnete! Löset eure Hände! Tretet auseinander! Ihr sollt geschieden sein wie Tag und Nacht. Meer und Berge sollen liegen zwischen euren Leibern.«

Die flammende Kraft dieser Worte versagte auf das greise Paar die Wirkung nicht. Wohl lagen ihre Hände wie festgeschmiedet, doch in ratlosem Jammer sahen sie einander in die Augen.

»Hört ihr das Geheiß der Kirche nicht? Mit jedem Atemzug, den ihr Seite an Seite schöpfet, mehrt ihr eure Sünde. Verflucht ist jeder Blick, den ihr Auge in Auge taucht.«

»Bruder, Bruder!« bettelte Hiltischalk und wühlte aus seiner Tasche das Birkenblatt hervor. »Lies doch, welche Botschaft uns dein Propst gesendet!«

Waldram las. In Entsetzen schleuderte er das Blatt von sich. »Er sandte dir diese Worte? Er? Und wußte, daß du in Buhlschaft lebst?«

Hiltidiu schlug die Hände vor das Gesicht, der Greis aber richtete sich auf, als wären seinen Gliedern Kraft und Jugend wiedergekehrt.

»Sag das Wort nit wieder! Ich und meine Hilti leben in frommer, gottesfürchtiger Eh. Was Gott zusammengefügt hat, soll der Mensch nit scheiden! Das hat mir einer gesagt. Dem glaub ich mehr als dir.«

»Er wußte um deine Sünde und mißbrauchte das heilige Wort? Er hat gehandelt wider Eid und Pflicht, hat die Treue gebrochen, die er der Mutter Kirche zugeschworen! Und ich frage noch, weshalb er nicht heimkehrte? Geh doch, suche die Tiefe, in die ihn Gott gestürzt zur Strafe seines Treubruchs!«

Hiltischalk zog das tränenüberströmte Gesicht seines Weibes an seine Brust. »Laß ihn reden, Hilti! Wir zwei können nimmer von-

einander. Gewachsen sind wir, sind gestanden Seit an Seit, zwei gute, feste Bäum, die Äst verflochten, daß keiner mehr die Blätter scheidet, die Stämm aneinandergewachsen, daß zwischen ihnen nimmer Platz ist für den Beilhieb. Uns löset keiner mehr. Laß gut sein, Hilti! Es gibt kein Beil, das solche Schneid hat.« Er faßte das Haupt der Greisin und küßte ihr weißes Haar.
Waldram schwieg, als wäre ihm ein menschliches Rühren in das Herz geschlichen. Nun griffen seine Hände nach dem Kreuz am Gürtel, und seine Stimme schrillte: »Wagt sich die Hölle schon heran an mich? Weichet von mir, ihr Geister der Verführung! Mit mir ist Gott!« Er trat auf die beiden zu. »Ihr wollt das Wort der Kirche nicht hören. So leg ich zwischen euch das Kreuz!«
Da stürzte Mätzel schreiend in den Hof. Ihr folgte ein lärmender Haufe von Männern, Weibern und Kindern. Sie umringten das greise Paar, die Weiber griffen nach Steinen, die Männer hoben die Fäuste, und ihr Geschrei erfüllte den Kirchhof. Waldram trat zurück, seine Augen glühten. »Wollt ihr den Diener Gottes morden? Schwinget die Steine! Lasset die Fäuste fallen auf mein Haupt! Ihr seht, ich rühre keinen Arm zu meinem Schutz!« Da wurden sie still, ließen die Fäuste sinken, die Steine fallen; man hörte nur das Rauschen der Ache und das Schluchzen der Magd, die zu Hiltidius Füßen kauerte. Waldram hob das Kreuz. »Fühlt ihr, daß ich ohne Waffe stärker bin als ihr mit euren Steinen und Fäusten? Kommt die Furcht euch an vor jenem, der über den Wolken wohnt als meine Hilfe? Ein Hauch aus seinem Munde, und ihr seid wie dürre Blätter! Doch Gott der Herr will euer Elend nicht. Er hat mich ausgesandt, um euch zu retten. Höret mich, ihr Betrogenen! Wenn ihr nicht sinken wollt in ewiges Verderben, so löset euch von diesem Manne, der als falscher Hirte unter euch gestanden, ein Wolf in eurer Herde!«
Alle Augen wandten sich auf Hiltischalk, und einer der Männer rief: »So red doch, Bruder Hiltischalk! Wie darfst du so was sagen lassen wider dich? Du, der allweil zu uns gewesen ist wie ein Vater zu seinen Kindern!«
»Wie ein schlechter Vater«, klang Waldrams hallende Stimme, »der Not und Jammer über seine Kinder ruft! Tretet hinweg von ihm! Jede Stätte, die sein Fuß berührte, ist verflucht!« Eine der Frauen griff nach ihrem Knaben und riß ihn aus der Nähe des greisen Paares, ein paar Männer schüttelten die Köpfe und schlichen zur Linde, und

die anderen redeten mit wirren Worten zu Hiltischalk, während Waldrams Stimme tönte: »Löset euch von ihm, der in Sünden lebte, im Bunde mit der Hölle! Löset euch von ihm, der das priesterliche Kleid besudelte und dies heilige Haus entweihte!«
Einer der Männer, die bei Hiltischalk geblieben waren, rüttelte den Arm des Greises und schrie: »So red doch, Mensch! Wir müssen von dir selber hören, ob du so getan hast! Red doch! Red!«
Hiltischalk, ohne ein Wort zu sprechen, sah mit verstörten Augen um sich her.
»Seht, wie Gott mit Stummheit seine Zunge schlägt und die Lüge erstickt auf seinen Lippen!« Die Hand streckend, trat Waldram auf den alten Priester zu, mit steinernem Gesicht und flammenden Augen. »So lös ich von dir das heilige Zeichen, das du geschändet!« Er riß das hölzerne Kreuzlein von der Brust des Greises. »Du bist dem Bann verfallen, verlustig deines Amtes und deiner priesterlichen Würde! Die Weihe sei getilgt von deinem Haupt! Was du gebunden, sei gelöst, was du gesegnet, sei verflucht!« Er wandte sich zu einem Weibe. »Hat er dein Kind getauft? So hat er es der Hölle übergeben! Reiß es hinweg von ihm und trag es in Gottes Haus, ich will dir helfen, daß Gott deines Kindes sich erbarme!« Erschrocken hob das Weib seinen Knaben an die Brust und lief in die Kirche, während Waldram den Arm eines Mannes faßte. »Vergab er deine Sünden? Reichte er deinen Lippen das Sakrament? Unseliger! Dein Herz ist schwer von Schuld, das Brot der Hölle hast du genossen! Wirf dich auf die Knie und bete, daß Gott dir gnädig sei!«
Murrende Stimmen ließen sich hören, doch mit wilder Kraft übertönte sie der Zorn des Mönches. »Folget mir, alle, die dieser falsche Hirte der Hölle zugeführt! Schreiet zu Gott um Gnade! Oder es könnte geschehen, daß der Himmel sein Feuer wirft auf das entweihte Haus!«
»Beim letzten Unwetter hat der Blitz in die Kirch geschlagen«, kreischte eine Weiberstimme, »und hat das Kreuz geworfen und das Dach verbronnen!«
Da lichtete sich der Kreis, der die zwei alten Menschen noch immer in Treue umstanden hatte.
Hiltischalk und Hiltidiu hatten aus den Leuten der Ramsau allzu gläubige Christen gemacht, als daß der Himmel und die Hölle, die Waldram vor ihnen beschwor, ihre Gemüter nicht hätte erfüllen sollen mit drückendem Bangen. Das kleine Kirchlein füllte sich, und

es wurde einsam um das greise Paar, das in sprachlosem Jammer um sich herstarrte wie auf eine stürzende Welt.
Von allen, die um Hiltischalk und Hiltidiu gestanden, war nur die blöde Magd geblieben. Mit verzerrtem Gesicht und aufgerissenen Augen kauerte sie auf der Erde. »Willst du allein dem Himmel nicht folgen?« rief Waldram und faßte ihren Arm. »So will ich dich der Hölle mit Gewalt entreißen!« Keuchend wehrte sich Mätzel; doch Waldram zog sie zur Kirche und in das offene Tor.
Mit zitternden Händen griff Hiltischalk nach seinen Augen, als müßte er eine Binde niederreißen, die ihm das Sehen wehrte. »Hilti!« lallte er. »Komm! Jetzt müssen wir rufen zu ihm. Er muß uns hören. Er muß!« Sein Weib an der Hand, taumelte er auf die Kirche zu. Waldram stand vor dem Tor: »Weiche von dieser Schwelle, die dein Fuß entweiht! Hier wohnt der Himmel. Wo du bist, brennt die Hölle.« Das Kreuz erhebend, trat er zurück in die Dämmerung der Kirchenhalle. Dröhnend schloß sich das Tor, und der eiserne Riegel klirrte.
Hiltischalk griff ins Leere; er drohte niederzusinken. Hiltidiu stützte ihn, mühsam bezwang sie ihre Tränen und redete zu ihm mit ihrer sanften, leisen Stimme. Immer schüttelte er den Kopf und wehrte zornig mit den Händen. Wie hätte er auf Worte hören sollen? Er sah in Scherben liegen, was sein reiner Glaube und die Liebe erbaut hatten in seinem Herzen. Er sah das Haus zerstört, darin er gewohnet in Glück und Frieden. Durch sechzig Jahre hatte er gesät. Wie lag die Ernte jetzt vor ihm? Verwüstet in einer kurzen Stunde! Wovon nun sollte er zehren? Und wie noch leben?
Verstört sah er sein Kirchlein an, sein Haus, die welkende Linde und die Gräber. Dann hob sein Blick sich empor zum grauen, treibenden Gewölk. Keuchend rang es sich aus seiner Brust: »Rufen muß ich! Hat er mich nie gehört, heut muß er mich hören! Und darf ich auch nimmer hinein in das heilige Haus – komm, Hilti, komm, ich weiß ein Kirchl, wo ich rufen kann, ein Fleckl, wo er mich hören muß!« Er faßte den Arm der Greisin und riß sie hinter sich her, zum Kirchhof hinaus, hinunter auf den Karrenweg an der rauschenden Ache, dem stillen Wald entgegen und der Windach zu.

6

Es ging auf die Mittagsstunde. Tiefe Ruhe herrschte in Wazemanns Haus. Das Geflügel war in die Ställe gesperrt, und im Zwinger saß ein Rüdenknecht, um die Hunde bei Ruhe zu erhalten. Das Gesinde, das in Hof und Haus beschäftigt war, vermied jedes Geräusch; nach einer Nacht wie dieser vergangenen pflegten Wazemann und seine Söhne dem Lärm nicht hold zu sein.

Herr Waze lag in den Kleidern auf seinem Spanbett, einen nassen Bund um die Stirn, und kaute Schlehen, um den bitteren Pelz auf seiner Zunge zu lösen. Häufig drückte er die Fäuste an seine Schläfe, weil er an Haarweh litt; wohl hatte er nicht viel Haare mehr; die wenigen schmerzten ihn doppelt.

Es war harte Arbeit für die alte Ulla, als sie die Herrenstube in Ordnung bringen mußte, um für Mittag die Tafel decken zu können. Bei dem leisesten Geräusch, das sie verursachte, flog ihr eins von den Dingen, die in Herrn Wazes Armbereich lagen, an den Kopf oder um die Füße, begleitet von einem Fluch. Als sie die schwere Metbitsche brachte, kreischte er: »Hinaus mit dem Gesüff! Mir graust! Und Ruh will ich haben. Man soll warten mit dem Mahl. Solang mich selber nit hungert, soll auch kein anderer fressen. Wo sind die Buben?«

»Sie liegen noch!« flüsterte die Magd.

»So laß sie liegen. Und Recka?«

»Ist zu Berg geritten.«

»Was stehst du noch? Hinaus mit dir!«

Ulla fragte scheu: »Soll man Zehrung in das Bußloch tragen?«

»Hinaus!« Alle Geschosse hatte Herr Waze schon versandt; nur der hölzerne Schemel vor dem Spanbett war noch übrig; doch eh ihn Herr Waze zu fassen bekam, hatte sich Ulla aus der Stube geflüchtet.

»Zehrung in das Bußloch?« Herr Waze griff nach dem Schlüssel an seinem Gürtel und lachte. »Zehrung? Der Pfaff ist ans Fasten gewöhnt. Mürb soll er werden, eh ich raiten will mit ihm. Und gibt er mir den Gaden nit zu Lehen mit Brief und Siegel, so soll er –« Stöhnend drückte er seinen brummenden Schädel auf die Bärenhaut. Nach einer Weile fiel er in Schlaf und schnarchte. –

Um diese Stunde verließ Eberwein das Fischerhaus, von Sigenot geleitet; der alte Senn und Wicho trugen auf einer Stangenbahre den Huze. Als sie zur Ache kamen, faßte Eberwein die Hand des Fischers. »Weiter sollst du nicht gehen mit mir. Kehr um und wahre dein Haus!«

»Das muß einer wahren, der stärker ist als ich.«

»Ja, Sigenot, bei Gott ist Hilfe. Doch wir dürfen die Hände nicht in den Schoß legen und rufen: Jetzt zeige, Gott, wie stark du bist! Wir müssen auch der eigenen Kraft vertrauen und müssen sinnen auf Schutz vor unseren Feinden. Weißt du mir einen sicheren Boten?«

»Wohin soll er Botschaft tragen?«

»An den Hof des Bayernherzogs.«

»Mein Jungsenn ist ein treuer Bub. Ich schick ihn zum Lokistein, wenn die beiden heimkehren.«

Sie schieden.

Versunken in den Streit seiner Gedanken, schritt Eberwein hinter der Bahre her. Er blickte nicht auf, als er an den Halden der Schönau vorüberkam, auf denen die Leute in Hast die letzten Garben von den Feldern räumten.

Tätiges Leben herrschte um den Hag des Richtmanns; die Knechte und Mägde sprachen nicht, rührten nur die Arme. Der Schönauer, manchmal einen Sorgenblick hinaufwerfend zum treibenden Gewölk, überwachte die Ladung der Karren und zählte die Garben; jeden Karren geleitete er bis zum Tor; dort stand er immer eine Weile. Ruedlieb saß auf der Steinbank unter den Eichen. Einmal rief ihn der Vater an: »Willst du nit auch ein lützel mit zugreifen?« Der Bub schüttelte den Kopf. Da ging der Vater auf ihn zu und rüttelte ihn an der Schulter. »Wach auf, Liebli! Das ist kein Leben nimmer seit gestern. Das kann ich nimmer länger mit anschauen! In Gottes Namen, geh zum Rötli und sag der lieben Dirn, daß ich sie grüßen laß.« Ruedlieb sprang auf und umklammerte die Hand des Vaters. »Bist du gescheit«, sagte der Richtmann, »so tust du dich gedulden bis zum Abend. Der Tag ist unser Feind, die Nacht hat besseren Weg.«

Da nickte der Bub. »Gib mir Arbeit, Vater! Die Zeit vergeht mir flinker, wenn ich schaff.«
»Ja, komm!«
Als sie zum Hagtor gingen, fuhr ein kalter Windstoß vom Untersberg über die Halden der Schönau. Der Richtmann und Ruedlieb lauschten: Auf dem Winde kam vom Lokiwald ein verwehter Hall der Glocke über das Tal geflogen.
Bruder Wampo hatte den Strang gerührt. Als er aus dem Schlaf erwachte und sich einsam in der Klause fand, befiel ihn Sorge; erst wagte er die hölzernen Mauern nicht zu verlassen; unter der Tür schrie er den Namen Schweikers in die Stille hinaus; keine Antwort kam. Die Glocke, meinte er, würde besser rufen. Nun glaubte er Stimmen im Wald zu hören. »Schweiker!« rief er und eilte den Bäumen zu. Keine Antwort, nirgends ein Mensch zu sehen. Eine Strecke wagte er sich noch in den Wald hinein, dann schüttelte er bedenklich das runde Köpfl und kehrte um. Ein Summen machte ihn aufblicken.
Was er gewahrte, ließ ihn aller Sorge vergessen. Hoch an einem morschen Baume sah er ein Loch, das in die Höhlung des Stammes führte. »Guck, ein Immennest!« Zahlreich flogen die wilden Bienen aus und ein. »Schau, so kann man in dem schiechen Wald doch auch was Liebes finden!« lachte Bruder Wampo, dachte an den süßen Honig, musterte den Baum und meinte ohne allzu große Mühe das Nest ersteigen zu können, denn die Stümpfe dürrer Äste ragten wie Leitersprossen aus dem Stamm. Er griff nach Schwefelfaden und Feuerstein in seiner Kutte, schob zwei Moosbüschel hinter den Gürtel und begann emporzuklimmen. Der Baum erhob keine Schwierigkeiten, aber Wampos Bäuchlein ließ sich mit jedem Zweig und Rindensplitter in eine längere Auseinandersetzung ein. Manches Tröpflein Schweiß war vergossen, als der Bruder endlich neben dem Immenloch auf einem festen Aste saß. Während er die ihn umschwärmenden Immen durch heftiges Kopfschütteln abzuwehren suchte, schlug er hurtig Feuer, brachte einen Moosballen in glimmenden Brand, schob den rauchenden Wisch in die Höhlung des Stammes und verstopfte mit dem anderen das Loch. Flink ließ er sich auf die Erde gleiten und rannte davon, mit schlagenden Armen die Immen scheuchend.
In sicherer Ferne blieb er lachend stehen und schnalzte mit der Zunge. »Jetzt soll euch der Rauch einen Tag lang beißen! Dann

komm ich wieder und hebe den süßen Schatz!« Ein Wehlaut schloß sich an diese Worte, und mit beiden Händen griff Bruder Wampo nach seiner Glatze; er spürte zwischen den Fingern noch die Biene, die ihn gestochen hatte; kreischend schüttelte er sich, rannte der Lichtung zu, raffte einen Klumpen Erde auf und drückte ihn über die Wunde. »Schweiker! Schweiker!« schrie er. Seine Stimme drang nicht weit, sie war noch heiser von der langen Zwiesprach, die er in der Nacht mit seinem unheimlichen Gesellen in der Wolfsgrube gehalten hatte. Aber hätte Wampos Sehnsucht nach dem Bruder auch einen Schrei getan, so mächtig wie das Gebrüll eines Löwen – er wäre nicht bis zu Schweikers Ohr gedrungen.
Hoch oben auf dem Hang des Göhl saß Schweiker noch immer in der Stube des Greinwalders und hielt die Hände der Hirtin fest, damit ihre bösen Schmerzen nicht wiederkehren möchten. Er hatte sich seines Traumes in jener ersten Nacht erinnert und begann zu forschen, wie es um das ›Seelgerät‹ der Hirtin bestellt wäre. Erschrocken über das zweifelhafte Ergebnis seiner Fragen rief er: »Kindl! Sauber gewaschen liegst du vor mir, aber einwendig schaut's bei dir noch aus, daß einem grausen könnt!« Während draußen im Hof die Beilschläge des Greinwalders klangen, der das zertrümmerte Tor flickte, fing Schweiker zu sprechen an und predigte der lauschenden Hirtin den Himmel. Das war ein Himmel, den man greifen konnte mit Händen. Um zu beweisen, welche Wonne man von der ewigen Seligkeit zu erwarten hätte, schilderte er die Qualen, die mancher Heilige und Märtyrer auf Erden erduldet hatte, um dieser Freuden teilhaftig zu werden.
Hinzulas Augen wurden feucht. »Und das alles ist wahr?«
»Freilich, Kindl, so wahr, wie daß ich bei dir sitz!«
»Wie kann denn ein Mensch solche Leiden aushalten?«
»Das kann nur ein Heiliger, den der liebe Gott gekräftigt hat mit Himmelsbrot!«
»Himmelsbrot? Was ist das für eins?«
»Das backen die Engel im Himmel. Und wer ein Bröselein ißt davon, der fühlt in Leid und Schmerzen sein Herz erhoben zu Freud und Süßigkeit. Und seine Seel tut jauchzen im Glück, das ihr der liebe Gott gegeben. Gelt, für so ein Himmelsbrot, da möcht doch jeder leiden bis aufs Blut? Meinst du nit auch?«
Hinzula nickte. Unter träumendem Lächeln blickte sie zu Schweiker auf. Und nun schwiegen sie alle beide und hingen Aug in Auge.

»Wohl!« stotterte Schweiker, aus seiner Verlorenheit erwachend. »Und allweil in der höchsten Not, wenn die Heiligen schier haben verzagen wollen, hat ihnen der liebe Gott einen Engel geschickt mit Himmelsbrot. Schau nur, wie's dem heiligen Laurenzi gegangen ist –«

»Hat der auch so viel leiden müssen?«

»Paß nur auf, ich erzähl dir alles!«

Während Schweiker die Legende begann, trat draußen in der Hofreut die Bäuerin zu ihrem Mann. »Was soll ich tun? Jetzt hockt er noch allweil drin! Ich muß doch Feuer schüren und kochen.«

Der Greinwalder kratzte sich hinter den Ohren. »Ich weiß keinen Rat. Hinauswerfen? Das wird sich hart machen. Der Unfürm tät mir alle Knochen im Leib zerbrechen. Meintwegen, setz die Supp halt zu! Jetzt ist er da, soll er halt mitessen.«

In der Stube klang die Stimme Schweikers: »Und richtig, da haben ihn die Schergen gepackt und haben verlangt von ihm, daß er die heiligen Kirchenschätz den Heiden ausliefern soll. Und der heilige Laurenzi hat gesagt: ›Wohl, kommet nur morgen, und alle Schätze meiner Kirche will ich euch zeigen.‹«

»Das ist aber doch nicht recht von ihm gewesen?«

»Wart nur, wie's weiterkommt! Am andern Tag haben sich die Schergen wieder eingestellt, und da hat der heilige Laurenzi die Kirch vor ihnen aufgetan, und die ganze Kirch ist voll gewesen mit Kranken, mit armen, notbeladenen Leuten. ›Schauet‹, hat er gesagt, ›das sind die Schätze meiner Kirche.‹ Da haben die Heiden im Zorn einen eisernen Bratrost hergeschleift, haben einen Haufen heißer Kohlen drunter ausgebreitet, und wie der Rost geglüht hat, haben sie den heiligen Laurenzi lebendigen Leibes draufgelegt.«

»Ihr guten Mächt!« stammelte Hinzula. »Wie kann man denn einem redlichen Menschen so was tun?«

»Gezischt und geprasselt hat's, und Rauch und Feuer sind aufgestiegen von seinem schönen Lockenhaar. Der heilige Laurenzi aber ist standhaft geblieben und hat nach einer Weil gerufen: ›Schauet her, die eine Seite ist genug gebraten, jetzt wendet mich auf die andere!‹«

»Hör auf! Ich kann's nimmer hören!« Hinzula brach in Schluchzen aus. Erschrocken suchte Schweiker das Mädchen zu trösten. Doch Hinzula hörte nicht, sie schluchzte und schluchzte. »Kindl!« rief er in Verzweiflung. »Das Weinen muß dir ja schaden!«

»So viel leiden hat er müssen, so viel leiden!«

»Das ist doch viele hundert Jahr schon her! Und schau, wer weiß, ob's wahr ist!« Sorge und Erbarmen hatten ihm dies bedenkliche Trostwort auf die Zunge gelegt. Er selbst erschrak, als es gesprochen war, und griff an seinen Kopf, in dem alle Besinnung aus den Fugen ging.

Die Bäuerin trat in die Stube, dürres Holz auf den Armen. Als sie das Schluchzen ihres Kindes hörte, warf sie das Holz auf den Herd und eilte zum Bett. »Was tust du denn?« fuhr sie den Bruder an. »Jetzt macht er mir die sieche Dirn noch weinen!«

Schweiker brachte kein Wort heraus. Und Hinzula zürnte: »Aber Mutter! Er hat doch keine Schuld! Ich selber und – der heilige Laurenzi!« Brummend ging die Greinwalderin zum Herd, und während sie Feuer schlug, murrte sie über die Schulter: »Der Bauer hat gesagt, du kannst mitessen.«

»Mitessen?« fragte Schweiker. »Hat denn das Kindl noch kein Frühmahl gehabt?«

»Frühmahl? Bist du denn gescheit? Es geht schon bald auf den Abend zu.«

Dem Bruder fuhr der Schreck in alle Glieder. »Allmächtiger! Und mein Herr? Mein guter Herr!« Er stürzte zur Tür; als er die Stimme der Hirtin hörte, drückte er die Hände über die Ohren und taumelte aus dem Haus. Mit langen Sprüngen gewann er das Tor, rannte in seiner blinden Eile den Bauern nieder und war schon im Wald verschwunden, noch ehe der Greinwalder wieder auf die Füße kam.

Keuchend erreichte Schweiker die Klause. Auf der Türschwelle saß Bruder Wampo, der ein Stück Rasen über seinen Kahlkopf gebunden hatte, um den Schmerz des Bienenstiches zu lindern. Schweiker, nach Atem ringend, stieß die Frage hervor: »Ist der Herr daheim?«

»Nein.«

»Hat ihn der Pater nit gefunden?«

»Ich weiß nit.«

Schweiker rannte davon. Wohin er wollte, das wußte er nicht; kreuz und quer durchirrte er den Wald und schrie den Namen Eberweins hinaus in die dumpfe Stille. Durch wirre Gebüsche schlug er sich und geriet in das Tal der Ramsauer Ache. Auf schmalem Pfade kam die Tochter Wazes auf ihrem Rappen geritten. Sie wollte wenden. Schweiker sprang auf Recka zu, faßte den Zügel des Pferdes und keuchte: »Mein Herr – hast du meinen Herrn nit gesehen?« Das Pferd bäumte sich, aber Schweiker hielt fest und ließ sich schleifen.

In Zorn hatte Recka die Gerte gehoben; da traf sie ein Blick aus Schweikers Augen, angstvoll und verzweifelt; sie ließ die Gerte sinken. »Sorge dich nicht, dein Herr ist unter sicherem Dach, bei Sigenot dem Fischer.«

Schweiker gab den Zügel des Pferdes frei, und während Recka davonritt, drückte der Bruder seine zitternden Fäuste auf die atemlose Brust. »Unter sicherem Dach!« Dann warf er sich zu Boden und preßte das Gesicht ins Moos.

Dem Lauf der Ache aufwärts folgend, ritt Wazes Tochter unter den Halden der Strub vorüber und kam in das enge Waldtal, dessen Gehänge widerhallten vom Hammerschlag der Ilsanker Schmiede. Nach kurzem Ritt erreichte Recka die Stelle, an der die Windach in die Ramsauer Ache floß. Sie ritt durch den Bach und in den dunklen Hochwald, um nach einer Bärengrube zu sehen, die am Fuß einer den Wald durchschneidenden Felswand ausgeworfen war. Noch hatte sie das Ziel ihres Rittes nicht gewonnen, als sie das Pferd verhielt und gegen die Höhe lauschte. Ihr war, als hätte sie vom Gewänd der Windach herunter den angstvoll klingenden Schrei einer weiblichen Stimme vernommen. Lange lauschte sie, doch sie hörte nur das dumpfe Rauschen des Wassers. Eine quälende Erinnerung befiel sie, und kaltes Grauen schlich ihr in das zerrissene Gemüt. Der Schatten der Heilka war vor ihr aufgestiegen.

»Die Lebendigen und die Toten, alles klagt wider meines Vaters Haus! Könnt ich doch nimmer hören! Hätt nur alles schon ein End!« Mit pfeifendem Gertenschlag trieb sie das Roß und verschwand im Dunkel des Gehölzes.

Da klang der Schrei in der Höhe wieder. Hoch über dem Geklüft der Windach, wo zwischen Felsen und Gestrüpp ein Almensteig emporführte gegen den König Eismann, rangen zwei Menschen miteinander. Ihre Stimmen mischten sich, ihre schwarzen Gewänder und ihre weißen Haare flatterten in dem eisigen Luftstrom, der dem Sturz der Windach folgte.

Hiltidiu lag auf den Knien vor Hiltischalk und umklammerte ihn mit ihren dürren Armen; das sonst so sanfte Gesicht der Greisin war verwandelt zu einem Schreckbild, jeder Zug verzerrt von Entsetzen und Todesangst. Um Hilfe schreiend, umkrampfte sie den zitternden Körper des Alten, der sich loszureißen suchte. Hiltischalks Augen glühten wie im Wahnsinn: »Laß mich, Hilti, laß mich! Jetzt muß ich rufen zu ihm. Das ist das Fleckl, wo er mich hören muß!

Hat er mich selbigsmal nit auch gehört, wie ich da drunten geschrien hab: ›Mein guter Herre, du mein Gott‹? Hat er mich nit gehoben aus Not und Tod? Jetzt muß er mich wieder hören! Nach aller Treu von siebzig Jahren! Muß Recht sprechen nach ewiger Gerechtigkeit! Recht zwischen mir und dem, der mich reißen will von deiner Lieb! Der mich gestoßen aus meinem Gotteshaus! Mir meine hundert Kinder genommen hat! Ein Urtel muß ich haben zwischen mir und ihm!«
»Mann, Mann!« schrie die Greisin. »Bist du ein anderer geworden? Du, der Gute, der allzeit Fromme! Du willst Gott versuchen und dich versündigen an ihm!«
»Laß mich, Hilti! Ein Urtel muß ich haben! Wissen muß ich, ob ich fromm gelebt hab oder ein Verfluchter bin. Ob ich Gott gedient hab oder der Höll.«
»Denk schon nimmer an mich! Nur laß dich bitten: Versuch den Himmel nit!«
»Ich muß! Laß deine Hände von mir! Und hab keine Sorg! Er wird mich heben aus Not und Schmerzen! Und dem anderen wird er zeigen: Was Gott vereint hat, können Menschen nimmer scheiden! Laß deine Händ von mir! Ich muß!«
Er riß sich los und taumelte zum Rand der Felsen. Gellend hob sich sein Ruf zu den Wolken: »Mein guter Herre, du mein Gott!« Mit ausgebreiteten Armen, brennenden Blicks die grau verschleierte Höhe suchend, trat er hinaus ins Leere. Unter herzzerreißendem Schrei hatte Hiltidiu sich aufgerafft. Ihr Hände haschten noch sein flatterndes Gewand, sie wollte nicht lassen von ihm und stürzte, von seinem Fall gezogen, mit ihm hinunter in die dunkle Tiefe.
Dumpf rauschte die Windach. Ihre grauen Wasserdämpfe stiegen auf, und in der Tiefe rollten ihre Wellen den immer gleichen Weg, die fallenden Steine verschlingend, den weichenden Erdgrund fressend und alles Wachstum mordend, das ihr zu nahe kam. Sie gab nicht wieder, was sie genommen. Ein Urteil war gefallen, und es lautete, wie Hiltischalk gehofft. Nun war er ledig aller Not und Schmerzen und war vereint mit seinem Weib für ewige Zeiten.
Die Windach rauschte. Ihre tobenden Wellen erschütterten den Felsengrund und machten den Steg erzittern, der die finstere Kluft überspannte.
Der Balken schwankte unter dem Schritt eines Mannes.
Pater Waldram suchte den Heimweg. Ohne Grauen blickte er nieder

in die dunkle Tiefe, furchtlos überschritt er die Kluft. Er wußte sich in Gottes Hut. Hatte er nicht das heiligste Werk seines Lebens an diesem Tag vollführt? War ihm heute der Dank des Himmels nicht doppelt gewiß, da er Gottes Haus gesäubert von Laster und Aussatz, eine ganze Gemeinde mit hundert Seelen gerettet hatte vor ewigem Verderben?

Sicher trug ihn der Steg.

Als er die Blöße des Ufers überschritten hatte und in den von Dorngestrüpp umwachsenen Hochwald trat, vernahm er einen jauchzenden Ruf, der das Rauschen des Wassers übertönte.

Über ihm, in der Weite eines Bogenschusses, hielt Recka auf ihrem Pferd vor dem Absturz der Felsen. Sie hatte in die Tiefe geblickt, dann mit den Augen den Pfad im Tal gesucht. »Ist mein Leben noch einen Umweg wert?« Lachend hatte sie das Roß zum Sprung getrieben. »Heika, jetzt ruf die Alfen der Windach auf! Laß sie greifen nach Hennings Schwester!« Und nach dem jauchzenden Schrei, den Waldram gehört hatte, nahm sie den Anlauf zu diesem irrsinnigen Sprung. Vor dem Absturz der Felsen stockte das Pferd mit vorgeschobenen Hufen und scheute zurück. »Willst du nit?« lachte Rekka. »Du mußt!« Sie lenkte rückwärts und begann von neuem den Anlauf, die Flanke des Pferdes mit der Gerte peitschend. Nun sprang das Roß. Vorgestreckten Halses, mit wehender Mähne, flog es über die Kluft. Seine Hufe gewannen das Ufer. Der Rasen brach und kam ins Gleiten, doch der Gaul schnellte sich vorwärts und stand auf fester Erde, zitternd an allen Gliedern.

»Gott schütze dich!« hatte Waldram geschrien, hatte in Angst um dieses Weib die Arme gestreckt.

Recka sah ihn nicht, hörte keinen Laut seines Rufes. Das schöne Gesicht von Blässe überzogen, blickte sie lächelnd in die Tiefe. »Den Himmel find ich nimmer, die Höll begehrt mich nit. Wohin jetzt? Wieder heim in meiner Brüder Haus!« Sie streichelte den Hals des Pferdes und ließ es mit hängendem Zügel in den Hochwald treten.

Als sie verschwunden waren, schien Waldram wie aus einem Traum zu erwachen. Er preßte die Fäuste auf seine Augen. »Teufelin! Bist du zum anderenmal geschickt, mich zu versuchen?« Mit zuckenden Händen faßte er seine Brust. »Erbärmliches Gefäß einer gottgeweihten Seele! Du sündiges Fleisch! Ich will dich züchtigen!«

Er warf sich in einen Dornbusch und wälzte sich unter wahnwitzigem Gelächter in den stachligen Ranken.

7

Ein grauer, von Schleiern umwobener Abend.
In einem der hölzernen Wächtertürmchen, die über Wazemanns Mauer emporstiegen, stand Henning bei seinem vertrauten Knechte. Sie redeten mit gedämpften Stimmen.
»Weißt du das gewiß, daß er seit Tagen nit mehr ausgefahren ist zur Fischweid?«
»Herr, das schwör ich. Der See liegt offen unter mir. Ich hätt ihn sehen müssen, wenn er gefahren wär.«
»Er braucht aber Fisch!« Henning lachte. »Die Leut, die er gesammelt hat in seinem Hag, wollen zu beißen haben. Bei Taglicht hält er das Tor geschlossen, so muß er fahren in der Nacht und fischen bei der Fackel. Schleich dich hinunter, bevor es dunkel wird, und steig auf einen Baum! Merkst du, daß er die Netz zur Ausfahrt richtet, so komm gelaufen. Und eh du gehst, sprich mit deinen Kammergesellen Zacho und Heripot, versprich ihnen, was du willst!«
Ein Blick des Knechtes machte ihn verstummen; unter dem Wächterhäuschen ließ sich ein Schritt vernehmen; Henning lachte spöttisch. Mit lauter Stimme begann er von dem bösen Wetter zu reden, das die schweren Wolken erwarten ließen. Dann flüsterte er: »Tu, wie ich dir gesagt hab!« und verließ das Wächterhäuschen.
Sein Bruder Eilbert stand vor ihm. »So? Grob Wetter wird kommen? Meinst du?«
»Ich denk!«
»Dann bleib in deiner Kammer heut nacht. Sonst könnt dir das Wetter in die Knochen fahren!« Eilbert wandte sich und ging dem Hause zu.
Henning ballte die Fäuste. Sein Zorn verrauchte schnell. Und lächelnd eilte er dem Bruder nach. »Laß reden mit dir! Ich merk, du hast gelauscht. Gut also! Dir sticht die Dirn in die Augen, mir auch.

Müssen wir deshalb gegeneinander stehen? Laß uns zusammenhalten als Brüder! Wir wollen die Dirn ausspielen. Willst du?«
Eilbert besann sich. »Gut, ich stell das Brett auf. Komm!« Er stieg über die Freitreppe und hoffte zu gewinnen, weil er der bessere Spieler war. Doch Henning war der bessere Trinker; er ging in den Unterbau des Hauses und befahl der alten Ulla: »Bring einen Krug vom schwersten Met hinauf in meine Kammer!«
Während die beiden Brüder vor dem Brettspiel saßen und bei jedem Stein, der geschlagen wurde, der Schwester Sigenots die Minne tranken, stieg Hennings Knecht über den Felsenpfad hinunter zum Ufer. Als er sich in die Nähe des Fischerhages schlich, sah er Rötli auf dem Lugaus sitzen.
In Sehnsucht spähte sie gegen den Achensteg, denn sie wußte, daß Ruedlieb kommen würde. Wicho und der Altsenn waren vor kurzer Weile aus dem Lokiwald heimgekehrt; unter den Halden der Schönau war Ruedlieb auf den Knecht des Fischers zugesprungen; und bei der Heimkehr hatte Wicho dem Mädchen, das er mit Sigenot auf dem Lugaus gefunden, die Botschaft zugeflüstert: »Am Abend kommt dein Bub, sein Vater mit ihm.« Und Sigenot hatte die Schwester an sich gezogen, hatte zärtlich ihr Haar gestreichelt. »Freu dich nur! Hast ja gehört, er kommt mit seinem Vater. Der Richtmann und ich, wir wollen heut vergessen, daß ein jeder von uns auf anderen Wegen geht, und treulich wollen wir raiten um euer Glück.«
Nun harrte sie ihres Buben. Bei aller Sehnsucht war das Wiedersehen nicht ihre tiefste Freude; sie konnte kaum den Augenblick erwarten, daß sie dem Buben sagen durfte: »Du sollst nit sterben müssen! Leben sollst du! Es gibt keinen Bid. Das hat ein Gottesmann gesagt, der alles weiß. Und schreckt dich der böse Feind, ich weiß ein Mittel wider ihn, da muß er weichen.« Das Gesicht bekreuzend, stammelte sie das Stoßgebetlein, das Bruder Wampo ihr vorgesprochen. Da klang, weit über die Ache her, der frohe Jauchzer, mit dem ihr Ruedlieb sein Kommen meldete. Rötli, weil ihr der Weg zum Tor zu weit und das Tor geschlossen war – sprang vom hohen Hag auf den Weg hinunter. Bei der Ache kam sie an dem Busch vorüber, hinter welchem Hennings Knecht verborgen lag. Der machte große Augen: »Die Dirn allein? Bessere Stund kann nimmer kommen.« Im Schatten der Bäume glitt er am Weg entlang und schlich hinter Edelrot über den Achensteg. Wo die Wege sich teil-

ten, holte er sie ein und schlug die Hände um ihre Kehle. Unter gellendem Aufschrei stürzte Edelrot zu Boden. Der Knecht zerrte die lederne Kappe vom Kopf und schloß mit ihr den schreienden Mund. »Komm nur, ich trag dich, daß dir die Füßlen nit müd werden.« Da sanken ihm die Arme. Und während Rötli sich mit halb erloschenen Sinnen vom Boden aufraffte, taumelte der Knecht und rollte lautlos über den Weg. Ein dicker Blutstrom quoll ihm aus der Schulter.

Edelrot sah ihren Buben vor sich stehen; sein Gesicht war bleich; er hielt das Messer in der Hand und starrte nieder auf den entseelten Knecht.

»Ruedlieb!«

Ein Zittern befiel ihn beim Klang ihrer Stimme.

Der Schönauer kam. »Bub! Um aller guten Mächt willen! Was hast du getan?«

»Was ich tun hab müssen. Hast du nit selber gesagt: Wenn's zum Ärgsten kommt, so greif zum Messer und stoß zu! Was könnt ärger sein, als was dem Rötli geblüht hat?«

»Bub! Du hast den Tod über dich gerufen.«

»Tod oder Leben. Von denen da droben soll mir keiner an das Rötli rühren.« Das Messer fiel aus Ruedliebs Hand. Er faßte das Haupt des Mädchens, bog es zurück, um ihre Augen zu sehen, und sagte: »Liebe Dirn! Jetzt hab ich dir die Blutblumen ins Haar gelegt. Der Bid hat schnelle Füß.« Sie schüttelte den Kopf und rührte die Lippen, doch die Sprache versagte ihr.

»Fort! Schau, daß du mit ihr den Hag gewinnst!« keuchte der Richtmann und drängte die beiden der Ache zu.

Eines das andere umschlingend, überschritten sie im Zwielicht des Abends den rauschenden Bach; unter den Bäumen sahen sie nicht, daß ein junger Bauer ihnen entgegenkam, hörten nicht, daß er zu ihnen redete. Es war der Hanetzer, der mit halb geheilter Wunde von den Almen kam. Lachend sah er den beiden nach. »Die hat das Liebesglück blind und taub gemacht!« Er wanderte zur Ache; unter den letzten Bäumen stockte ihm der Schritt. Drüben am anderen Ufer schleifte der Richtmann einen stillen Mann zur Böschung und ließ ihn niederrollen in die schießenden Wellen. Das gelbe Wams des Knechtes leuchtete noch aus dem Wasserschaum; dann verschwand es. Der Schönauer sprang zum Seeufer, warf sich auf die Knie und stieß die blutigen Hände in den Wasserschwall. Mühsam erhob er sich und mußte, als er den Steg überschritt, das Geländer fassen. Beim ersten Schritt ans Ufer machte der Schreck ihn erstarren – der Hanetzer stand vor ihm.

»Du, Richtmann?«

»Wohl. Guten Weg zum Abend!« Der Schönauer wollte vorübergehen.

Der andere vertrat ihm den Weg. »Einer, der beim Thing gewesen, hat mich merken lassen, du wärst für die Wazemannsleut. Mir scheint, du hast dich anders besonnen. Oder hast du aus lauter Freundschaft einem von denen da droben zur letzten Ruh verholfen?«

Der Schönauer streckte die Hände nach dem Mund des Bauern. »Schweig!«

»So? Jetzt soll ich Maul und Wort halten? Aber ich bin keiner von den Wortfesten. Hast mich ja nit zum Thing gerufen!« Lachend schritt der Hanetzer über den Steg und war im Dunkel des Abends verschwunden.

Um die gleiche Zeit trat Sigenot mit dem Jungsenn aus dem Fischerhause und öffnete das Hagtor. »Jetzt geh und tu dich nit fürchten. Einer geht mit dir, bei dem die Hilf ist. Einen weiten Weg mußt du laufen, und tief wird der Schnee schon auf den Bergen liegen, bis du heimkehrst. Aber denk: An deinen Füßen hängt unser Wohl und Weh. Und zeig, daß du der Bub bist, für den ich dich gehalten hab.«

»Da wird nichts fehlen.«

Der Fischer faßte die Hand des Burschen und trat mit ihm vor das Kreuz. »Mein guter Herre, du mein Gott! Tu mir den Buben hüten!«

Scheu zog der junge Senn das Lederkäpplein von seinem Flachshaar und hob die Augen zum Kreuz; dann schied er von seinem Herrn mit wortlosem Händedruck.

Sigenot wollte in den Hag zurückkehren. Da sah er die Schwester mit Ruedlieb von der Ache kommen. »Schau, nit erwarten hat sie's können! Die Lieb geht durchs verschlossene Tor und springt über jeden Hag.« Er ging dem Paar entgegen und streckte die Hände. Bevor er reden konnte, kam der Schönauer keuchend unter den Bäumen hervorgesprungen, drängte sie alle in den Hag, warf das Tor zu und legte den Balken ein.

Nun hörte Sigenot, was geschehen war. Er schlang den Arm um die Schwester und sagte zum Richtmann: »Schilt nit wider deinen

Buben! Ich steh zu ihm. Wär ich an seiner Stell gewesen, mein Messer wär rot geworden wie das seinige. Laß das Klagen, Richtmann! Alle Klag lauft hinter dem Unheil her. Wir müssen den Vorsprung haben mit der Hilf.« Laut rief er: »Wicho!«
Der Knecht kam von der Scheune gelaufen. »Was gibt's?«
»Wachsende Not! Führ die Kinder in deine Kammer! Die Mutter soll nichts erfahren, eh wir nit wissen, was geschehen muß. Dann hol den Kohlmann aus der Stub und komm mit ihm zur Tenn!«
Eine Weile später saßen die vier Männer in der Scheune, bei geschlossenem Tor, durch dessen Fugen noch ein matter Dämmerschein des Abends flimmerte. Wicho hielt die Butterlampe auf dem Schoß und wahrte mit hohler Hand das kleine Flackerlicht, dessen Helle über die bleichen Gesichter zuckte. Der Richtmann erzählte, wie alles gekommen. Schweigend hörten sie ihn an. Als der Schönauer von der Begegnung mit dem Hanetzer sprach, fiel Wicho ein: »Das ist von allem das leidigste. Den kenn ich. Laßt ihm Herr Waze nur einen einzigen Käs von der Steuer nach, so wird er das Maul nit halten und verkauft uns alle.«
»Und den Kerl hab ich so gut verbinden müssen, daß er heut schon wieder lauft!« schalt der Kohlmann. »Aber jetzt? Was tun? Morgen wird Herr Waze den Knecht vermissen, und die Hatz geht an. Wo wird sie ein End haben?«
»Wo mein Elend anfangt!« sagte der Richtmann. »Man wird den Blutbann werfen auf mein Haus. Wie soll ihm mein Bub entrinnen?«
Sigenot legte ihm die Hand auf die Schulter. »Sei guten Muts! Ich führ ihn zu unserem Herrn hinaus in den Lokiwald.«
Der Richtmann schüttelte den Kopf. »Der Weg ist meinem Buben verlegt. Ich hab geschworen im Thing.«
Die Scheune widerhallte von Eigels zornigem Gelächter. »Merkst du's jetzt am eigenen Löffel, was du für eine Supp hast kochen helfen auf dem Totenmann?«
»Ich hab getan, was ich tun hab müssen. Jeder kennt nur die Stund, in der man schnauft, keiner mißt den Tag, den die Mutter Nacht im Schoß tragt. Tu das Gute, tu das Schlechte, geh zur Rechten, geh zur Linken – keiner weiß, wo der Weg ihn hinführt. Alles kommt, wie's mag.« Der Richtmann preßte das Gesicht in die Hände. »Gobl! Ich fürcht, ich muß noch sitzen unter deinem Apfelbaum!«
»So denk ich nit«, sagte der Fischer, »aber laß uns sinnen auf Hilf. Dein Bub muß fort und du mit ihm.«

»Fort? Mein Haus verlassen?«
»Laß dein Haus fahren, halt deinen Buben fest!«
Der Richtmann nickte. »Fort? Wohin? Überall wird er ihn finden.«
»So birg ihn, wo er ihn am letzten sucht: auf Wazemanns Bannberg! Droben wird Schnee fallen in der heutigen Nacht. Da hat's mit dem Gejaid ein End. In der verlassenen Albhütt hinter dem Eismann habt ihr ein gutes Weilen. Holz zum Feuer steht nit weit. Zehrung laß ich euch tragen in jeder vierten Nacht. Hätt ich die Mutter nit, ich selber ging mit euch.«
Die Männer fanden, daß es von allem Rat der beste wäre. »Jetzt harret«, sagte Sigenot, »bis ich mit der Mutter geredet hab. Ich mein', das Rötli wird den Buben allein nit ziehen lassen. Feste Lieb hat feste Ketten.« Er drückte die Fäuste auf seine Brust und verließ die Scheune.
Graue Nacht lag über dem Hag, und ein kalter Wind kam von den Bergen niedergezogen. Während Sigenot dem Haus entgegenschritt, blickte er der Richtung zu, die der junge Senn genommen. »Lauf, Bub, lauf!« –
Finster ragte in der Ferne der Untersberg, und wie ein schwarzer See lag ihm der Lokiwald zu Füßen. Aus der offenen Tür der Klause strahlte der Herdschein über die Lichtung. Bruder Wampo schaffte beim Feuer, neben dem die über Stangen gespreizte Wolfshaut zum Trocknen aufgestellt war. Schweiker saß in einem Winkel, die Hände im Schoß. Als er bei seiner Rückkehr Eberwein in der Klause gefunden, war er vor ihm niedergefallen und hatte den Saum seines Gewandes geküßt. »Herr! Ich hab dich schlecht gesucht!« Dann war kein Wort mehr über seine Lippen gekommen. Auch Waldrams Heimkehr riß ihn nicht aus seinem schweigsamen Brüten.
Der Pater sah übel aus, kaum trugen ihn die Füße noch, sein Gesicht und seine Hände bluteten, und in Fetzen hing die Kutte von ihm nieder. Als Eberwein, der den hinkenden Knaben auf das eigene Lager gebettet hatte, aus seiner Zelle trat, eilte er erschrocken auf Waldram zu. Der Mönch streckte den dürren Stecken vor und rief mit erloschener Stimme: »Du lebst noch? Meineidiger! Der du dem Himmel die Treue brachst!« Wortlos kehrte Eberwein in seine Zelle zurück. Dann rief ihn die schreiende Stimme Bruder Wampos; als er dem Rufe folgte, fand er Waldram in der Kirche bewußtlos zu Füßen des Kreuzes hingestreckt. Sie trugen ihn zu seinem Lager, und Eberwein wusch ihm das Blut vom Gesicht.

Die Nacht wurde finster. Aus Waldrams Zelle klangen manchmal die lallenden Worte, mit denen der unruhig Schlummernde in Traum und Fieber redete. Eine Kienfackel erleuchtete die Zelle Eberweins; Huze lag, die gefalteten Hände unter der Wange, und sah mit glänzenden Augen auf den Mönch, der bei der Fackel auf niederem Holzpflock saß, das Schreibrohr in der Hand, ein Pergamentblatt auf dem Schoß. Eberwein schrieb die Botschaft an den Bayernherzog, die der Jungsenn tragen sollte. Häufig stockte ihm die gleitende Feder. Drückende Schwere lag auf seinem Herzen, doppelt drückend, da ihm der Trost versagt war, seine Sorge auszusprechen. Wenn er die Brüder nicht entmutigen wollte, mußte er verschweigen, was ihm in Wazemanns Haus geschehen war. Ohne zu wissen, wie auf dem Totenmann das Thing gesprochen, ahnte er, daß nur die Furcht vor Waze alle Tore vor ihm schloß und alle Ohren taub machte für den Hall der Glocke. Böse Tage sah er kommen für seine junge Klause. Unter dem Druck dieser Sorge hatte er sich entschlossen, die Hilfe seines herzoglichen Freundes anzurufen. Er schrieb – und zögerte wieder. Und sah das stille Pfarrhaus in der Ramsau. Er hatte das Wort nicht einlösen können, das er gegeben, und er wußte: Waldram hatte, als die Brüder nach dem Vermißten suchten, die Richtung gegen die Ramsau genommen! Eine quälende Ahnung beschlich ihn. Hätte ihn nicht die Pflicht in der Klause festgehalten, er hätte in finsterer Nacht den Stab gefaßt und wäre ausgezogen, um die Wunde zu schließen, die er wider Willen einem frommen, gottesfreudigen Glück geschlagen. Hier hielt ihn eine Pflicht, dort zog ihn eine andere! Welche mußte ihm heiliger sein? Ein quälendes Bild stieg auf: Hiltischalk und Hiltidiu standen vor ihm, mit verschlungenen Händen, mit stummen Lippen und redenden Augen. Und ein anderes Bild erschien: in weißem Mantel und mit wehendem Rothaar. Ob er auch die Hände vor die Augen schlug, er konnte dieses Bild nicht scheuchen.
Erschrocken richtete sich Huze vom Lager auf. »Guter Herr, was ist dir?« Eberwein ging auf den Knaben zu und umschlang ihn.
Bruder Wampo trat in die Zelle. »Herr, ein Bursch ist draußen, den der Fischer geschickt hat.«
»Laß ihn warten beim Feuer!« Aufatmend strich Eberwein mit der Hand über das struppige Haar des Knaben. »Du sollst schlafen, Huze!«
»Ich hab dich angeschaut. Jetzt mach ich die Augen zu.« Der Bub

streckte sich und schloß die Lider. Und Eberwein begann zu schreiben.
In der Herdstube saß der Jungsenn neben dem Feuer; er hörte nicht, was Bruder Wampo leise schwatzte; seine Gedanken waren im Fischerhaus, an der Stätte, die er so bald nicht wiedersehen sollte. Dort saßen sie wohl beim Herdschein um den steinernen Tisch, mit ernsten Reden und freundlichem Zutrunk.
So meinte der junge Senn; die Wirklichkeit hatte ein anderes Gesicht.
Wohl erfüllte die flackernde Herdflamme die Halle mit ihrem zukkenden Licht, und ernste Worte wurden gesprochen; aber niemand dachte des abendlichen Umtrunks. Wicho, Hilmtrud und Kaganhart standen vor dem Steintisch und beluden zwei Kraxen mit Kleidungsstücken, mit Gerät und Zehrung. Eigel stand bei der offenen Tür und lauschte hinaus in die Nacht, während der Richtmann wortlos auf dem Herdrand saß. Mutter Mathilt ruhte wie versteinert in ihrem Lehnstuhl, die Hände im Schoß; mit Sorge hingen ihre Augen an Rötli, die schluchzend den Verlobten umfangen hielt. Sigenot legte die Hand auf ihre Schulter: »Hör mich an, Schwester! Mit Weinen ist nichts getan. Jetzt mußt du reden. Der Bub steht unter Blutschuld aus Lieb zu dir. Soll er allein ziehen? Oder willst du stehen bei ihm und aushalten an seiner Seit in Gefahr und Not?«
»Allweil! Und nimmer lassen von ihm!«
»So geh, Bub«, Sigenots Stimme schwankte, »bitt die Mutter um ihr Kind!«
Der Richtmann erhob sich, und während die andern herbeitraten, knieten Ruedlieb und Rötli vor Mutter Mathilt nieder. Lallend umschlang sie die Kinder und neigte das Gesicht auf ihre Häupter; nach einer stummen Weile richtete sie sich auf, streifte einen silbernen Reif von ihrem Finger und reichte ihn dem Buben. Der Richtmann zog das Messer und gab es in die Hand des Sohnes. Auf die blanke Klinge legte Ruedlieb den Reif und bot ihn seiner Braut: »So nimm von meiner Lieb und Treu den Reif als Pfand; den sollst du tragen an deiner lieben Hand. Fest und ohne End, wie der Reif gewunden, ist Treu an Treu in guter Eh gebunden. Fest muß sie halten in Glück und Freuden, hundertmal fester noch in Not und Leiden. Des müssen wir gedenken in aller Zeit: Treu haben wir gelobt über scharfer Schneid!«
Während Ruedlieb sprach, hob Mutter Mathilt eine Staude aus dem

Herdwinkel, streifte das dürre Laub ins Feuer, brach zwei Stäbe von der Gerte und warf sie auf die Steine; Seite an Seite kamen sie zu liegen, nach dem Herd gerichtet. Ein frohes Lächeln glitt über den Mund der stummen Mutter – freundlich hatten die Lose für ihres Kindes Glück gesprochen. Sigenot hob die Schwester von der Erde. »Deine Mutter hat nimmer Sprach, dein Vater weilet, ich weiß nit, wo. So muß dir der Bruder das letzte Heimwort sagen. Bist eine brave Tochter und Magd gewesen. Sei kein schlechtes Weib! Ich muß dir eine trübe Hochzeit rüsten, kann dir kein Veiglein ins Haar legen, Blutblumen müssen dein Kränzl sein. Ich kann dir die Kunkel nit wickeln mit rotem Band, und du hast keinen lustigen Brautlauf in lichter Sonn, über Halden und Blumenklee. Dein Brautlauf geht in der Nacht über Blut und Not, über Stein und Tiefen. Aber rechte Lieb hat einen Schein in aller Finsternis, und feste Treu macht Weg und Gruben eben. Komm, Bub, und nimm dein Bräutl! Viel nimmst du uns weg. Aber eins versprich mir! Kommt wieder sonnscheinige Zeit, daß ihr heimkehren dürft, so geh in der ersten Stund mit deinem Weib hinaus zum Lokistein, daß der gute Herr eure Hände ineinanderlegt.«

»Wohl!« Mehr brachte Ruedlieb nicht aus der Kehle.

»Jetzt geht miteinander! Einer, der von allen der Stärkste ist, wird schauen auf euch!«

Unter Tränen warf sich Rötli an der Mutter Hals. Der Richtmann legte die Hände auf die Schultern seines Buben, sah ihm in die Augen und rüttelte ihn; sprechen konnte er nicht. Dann kamen die anderen und drückten Ruedliebs Hand. Sigenot löste die Schwester aus den Armen der Mutter und führte sie zur Türe. »Wicho! Schwing der Haustochter den Herdbrand!«

Mit feierlichem Ernst zog der Knecht ein flackerndes Scheit aus dem Feuer und trug es vor der scheidenden Braut hinaus in die Nacht. Prasselnd loderte die Flamme im Wind. Dreimal umschritt der Knecht die Braut, den Brand über ihrem Haupte schwingend, dann warf er das brennende Scheit auf ihren Weg. Edelrot faßte Ruedliebs Hand und stieß den Brand mit dem Fuß beiseite: Sie war gelöst vom elterlichen Herd.

Sigenot brachte den beiden die Grießbeile, die sie nötig hatten auf ihrem Weg, und öffnete vor ihnen das Hagtor. Der Richtmann und Wicho folgten mit den beladenen Kraxen.

»Gib mir dein Messer und nimm das meine«, sagte der Richtmann

zum Fischer, »zeig es meinen Leuten, und sie hören auf dein Wort.«
Sie tauschten die Messer.

»Bruder!« stammelte Edelrot.

Er küßte ihre Wange. »Jetzt muß geschieden sein!« Ruhig trat er in die Hofreut zurück und schloß das Tor.

Schluchzend warf sich Edelrot gegen die Bohlen; Ruedlieb umschlang sie, und zitternd hing sie an ihm, der sie unter zärtlichem Stammeln hinauszog auf den finsteren Weg.

Der Richtmann stand noch und starrte über den schwarzen See zur Höhe der Falkenwand.

An Wazemanns Haus leuchteten alle Fenster. Die Hunde rumorten, und Stimmenlärm klang aus der Halle.

Herr Waze saß bei der Tafel, fünf seiner Söhne um ihn her; er trug noch die kalte Binde um den Kopf, hatte aber das Grausen vor dem Met schon überwunden. »Wo bleiben die beiden Buben?« schrie er in Ungeduld. »Ich hab zu reden mit euch. Wir müssen beschließen, was morgen geschehen soll. Sie sollen kommen. Wo sind sie?«

»Noch allweil sitzen sie über dem Spielbrett«, lachte Rimiger, »einer rauschiger als der andere.«

»Hol sie! Und wenn sie nit kommen wollen –«

Da klang Geschrei aus der Kammer, das Klappern des fallenden Spielbretts und das Poltern eines umgeworfenen Sessels. Henning taumelte in den Saal, und Eilbert stürzte hinter ihm her. Lärmend warfen sich die andern zwischen die beiden. »Laßt mich!« lallte Eilbert. »Ich muß ihm an den Hals! Er hat betrogen im Spiel, hat mir den Becher gereicht und hat mit dem Ellbogen einen Stein geschoben.«

»Das lügst du!« kreischte Henning. »Komm nur, ich will dir das Hirndach dreschen!«

Mit Mühe konnten die Brüder die Berauschten voneinander halten. Recka war auf der Schwelle ihrer Kammer erschienen, hatte sich wieder abgewandt und die Tür zugeworfen. In keifendem Zorne schalt Herr Waze auf die Betrunkenen los.

»Laß ihnen den Pfaffen heraufholen!« lachte Rimiger. »Der soll ihnen eine Predigt halten über Bruderlieb und Ehrlichkeit!«

Gelächter erhob sich, und Herr Waze nickte. »Recht hast du, Bub! So hat der Pfaff doch einen Zweck.« Er löste den Schlüssel von seinem Gürtel. »Hol ihn, und will er mucksen, so fahr ihm an die Rippen.«

Rimiger und Otloh eilten davon, während Herr Waze wieder sein Schelten begann. Die Stimme wurde ihm heiser, stöhnend griff er nach seinem Kopf, trat zur Tafel und hob die Bitsche. Da stürzte Otloh in den Saal: »Vater! Die Tür war gut verschlossen, aber das Loch ist leer.«
Herr Waze spuckte den Trunk wieder aus, den er genommen hatte, und starrte den Boten an. Dann schüttelte er den Kopf, riß eine flackernde Kerze vom Lichtreif und sprang zur Türe. Wie ein Rudel Wölfe rannten die Söhne hinter ihm her, auch Henning und Eilbert, als wären sie jählings nüchtern geworden. Sie erreichten den Kellerbau. In der offenen Tür des Bußloches stand Rimiger und stotterte: »Der Pfaff und der Bub, all beid sind fort, wie durch die Wänd geflogen!«
Herr Waze stieß ihn beiseite und leuchtete in den Raum; er sah nur die kahlen Wände und das faule Stroh. »Sein Heiliger«, lallte er, »sein Heiliger hat ihm geholfen!« Das Wunder machte ihn zittern. Ein dumpfes Rauschen ging um das Haus. War es ein Windstoß, oder war es der Regen, der zu fallen begann? Über Tal und See, über alle Berge fiel es nieder. Ein rauher Wind, bald stockend, bald wieder im Wirbel jagend, peitschte den Regen. –
Auf einem Karrenweg, der über die Halden der Schönau führte, wanderten die vier Menschen, die das Fischerhaus verlassen hatten. Wicho schritt voran; Ruedlieb hatte sein Lodenwams abgenommen und um Rötlis Schultern geschlungen; sie schien den Regen nicht zu fühlen; im Schreiten lag sie an Ruedlieb angeschmiegt, der sie stützte bei jeder rauhen Stelle des Weges. Der Schönauer war zurückgeblieben; durch die Finsternis spähte er über die schwarzen Halden hinunter nach seinem Hag. Der Regen schlug ihm ins Gesicht, und seufzend wandte er sich ab. »Mein liebes Haus, schier muß ich fürchten, ich seh dich nimmer.«
Als sie den Schapbacher Forst erreichten, zündete Wicho die Fackel an, die er mitgenommen. Nun hatten sie ein besseres Wandern; doch häufig mußten sie durch Bäche waten, die den Pfad überschwemmten. Der Weg begann zu steigen, und eine Stunde ging es bergan. Von den Almen hörten sie das Gebrüll der Rinder. »Droben muß der Schnee schon fallen«, meinte der Schönauer, »die Küh begehren auf.«
»Wohl«, nickte Wicho, »morgen wird mancher an den Heimtrieb denken.«

Schweigend stiegen sie weiter. Durch ein langes Waldtal ging der Weg, dann quer über einen steilen Berghang. Da hörten sie aus den Lüften einen seltsamen Klang, mächtig und doch wie klagend – als wäre eine baumdicke Saite gesprungen. Lauschend standen sie still; sie hörten nichts mehr; nur der Regen plätscherte, und rauschend fuhr der Wind durch die Wipfel der Bäume.

»Was muß das gewesen sein?« fragte Wicho. Und der Schönauer sagte: »Ich mein', es hat ein Berg geschrien. Das hab ich einmal gehört als Bub. Selbigsmal hat sich über dem Göhl eine Fragel aufgetan, und eine ganze Wand ist niedergegangen über die schönsten Alben.«

Sie stiegen weiter. Nach einer Weile senkte sich der Pfad und führte hinunter in das stundenlange Tal, zwischen dessen Felswänden der Windacher See gebettet lag. In murrendem Wellengange schwankte das dunkle Wasser. Mit schneidender Kälte blies der Wind, und die Nacht wurde grau, denn Flocken mischten sich in den fallenden Regen.

Zwei Stunden dauerte die Wanderung am See entlang. Als der Pfad über Steingelände emporführte, begann der Grund unter den Füßen der Wandernden sich licht zu färben, und bald umhüllte sie gleich einem Schleier das Gewirbel der weißen Flocken.

8

Spät erwachte über dem Lokiwald der Morgen. Kaum auf Steinwurfweite drang der Blick, alle Luft war grau vom strömenden Regen. Schattenhaft zog sich der Waldsaum um die Rodung her, und während der kalte Wind den Regen durch Tür und Fensterluken in die Klause peitschte, rauschten auf allen Berggehängen die angeschwollenen Bäche. Zuweilen klang durch das dichte Gewölk ein dumpfes Rollen von den Höhen nieder – dort oben lösten sich Massen des Gesteines, die das Erdbeben gelockert hatte. Schwieg der sausende Wind, so tönte aus dem Bergwald herunter das Gebrüll der Rinder und das ferne Geschrei der Hirten, die unter Gefahr vor dem auf den Almen fallenden Schnee mit ihren Herden in die Täler flüchteten.

Am Waldsaum der Rodung mischten sich Beilschläge und das Knirschen einer Säge in das Geplätscher des Regens. Eberwein und Schweiker, im Arbeitskleid und triefend vor Nässe, zimmerten die Läden für die Fensterluken des Kirchleins und der Klause. Schweiker führte jeden Hieb, als schlüge er nicht auf wehrlose Blöcke los, sondern in Zorn auf einen verhaßten Feind. Die von ihm gespaltenen Bohlen fügte Eberwein mit Querlatten und Holznägeln aneinander; von seinem blonden Haarkranz rann das Wasser, und naß klebte ihm der lichte Bart an der Brust. Die schwere Arbeit war ihm Erquickung. Gesunde Röte brannte auf seinen Wangen, und seine Augen blickten ruhig, obwohl er in der Nacht, am Lager des Knaben sitzend, kaum für eine Stunde die Lider geschlossen hatte.

Gegen Mittag standen die Türen gezimmert, die Läden gefügt. Eberwein legte den Hammer nieder. »Bedarfst du meiner noch?«

»Nein, Herr! Mit allem anderen komme ich allein so weit, daß Türen und Fenster gut verwahrt sind bis zur Nacht. Vergönn dir ein Stündlein Ruh!«

»Ruhe?« Eberwein schüttelte den Kopf. »Ich ende die Arbeit, weil ein Weg mich ruft.« Er schritt zur Klause, um das Gewand zu tauschen. Schweiker sah ihm nach und murmelte: »Wenn er sich nur wieder verirren tät, daß ich ihn suchen und finden könnt!« Mit kummervollen Augen träumte er vor sich hin. »So ein Teufelsbraten, wie ich einer bin! So ein schlechter Kerl!« Wie in Grausen vor sich selber spuckte er aus, warf das Beil zu Boden, hob vier der schweren Fensterläden auf seine Schulter und trug sie dem Kirchlein zu.

Vor der Klause trat ihm Bruder Wampo entgegen, hustend und die Augen reibend. »Bruder«, jammerte er, »die schieche Zeit hebt an! Heraußen gießt es, als käm die Sündflut, und drinnen raucht es, als hätt die Höll sich aufgetan. Da soll man kochen! Und was! Wassersterz mit Bohnenmus! Zwei Tag noch, so hat das auch ein End. Der Mehlsack schlottert, und das Bohnensäckl hat den Schwund. Allweil Fisch, da kriegt einer auf die Läng genug dran! Käm nur bald die gute Hinzula wieder mit ihrem Himmelsbrot!«

»Schweig mir von der Dirn!« fuhr Schweiker auf, daß der andere erschrocken vor ihm zurückwich.

Als der Flachsbärtige die Kirche betrat, blickte er zum Kreuzbild empor und stellte schwer atmend die Läden nieder. In Hast begann er zu arbeiten und befestigte an der Balkenmauer die hölzernen Schienen, zwischen denen die Läden laufen sollten. Da verdunkelte sich die Tür, und Schweiker sah auf der Schwelle einen jungen Bauern stehen, dem ein triefender Lodenmantel von den Schultern niederhing. Es war der Hanetzer.

»Was willst du?«

Neugierig trat der Bauer in die Kirche und lachte. »Ich muß mir die Leut ein lützel anschauen, für die der Richtmann rote Arbeit macht.«

Schweiker hörte nur das Gelächter, seine Stirn wurde heiß. »Hier ist kein Ort zum Lachen.« Da sah er, daß der Hanetzer die Lammfellkappe auf dem Kopf trug. Mit einem Sprunge stand er vor dem Bauer. »Trittst du so in Gottes Haus? Ich will dir Ehrfurcht weisen!« Auf des Hanetzers Backe klatschte eine Ohrfeige, so ausgiebig, daß der Bauer an die Mauer taumelte. »Das wirst du dir merken für ein andermal!« Schweiker atmete auf, als hätte sich die drükkende Gewitterschwüle, die sein Inneres erfüllte, mit diesem Schlag entladen.

Während der Hanetzer die Lammfellmütze von der Erde raffte und aus dem Kirchlein wich, klang hinter dem Bruder eine bebende Stimme: »Schweiker!« Eberwein stand vor ihm, in der einen Hand das Grießbeil, in der anderen den schwarzen, breitgeränderten Filzhut, wegfertig für die Wanderung nach der Ramsau. Vor dem Blick seines Herrn überkam den Bruder ein Gefühl, als wäre seine Tat doch nicht so gut und fromm gewesen, wie er meinte.

»Schweiker! Glaubst du, dieser eine wird wiederkommen, wenn du die Glocke ziehst?«

Der Bruder verfärbte sich. »Mit der Kapp ist er eingetreten in den heiligen Raum. Der Unchrist!«

»So? Den Splitter im Aug des anderen erkennst du, aber nicht den Balken in deinem eigenen Aug? Hast du nicht den heiligen Raum noch mehr entweiht? Hat Christus dich gelehrt, mit der Faust für sein Reich zu werben? Sagte er in seiner Liebe: Wenn dein Bruder gefehlt hat, so schlage nach seiner Wange?«

In Zerknirschung schüttelte Schweiker den dicken Kopf. »Ich mein', er hat gesagt: Haut dich einer hinters rechte Ohr, so –« Weiter kam er nicht mit diesem Bibelspruch, für den er seine eigene Fassung hatte. Ein Gedanke war ihm in die langsamen Sinne gefahren; er schoß zur Tür hinaus, und als er den Hanetzer erblickte, rannte er ihm nach. »He, du! Halt ein lützel!«

Der Hanetzer, der den rennenden Mönch gewahrte und eine neue Belehrung fürchten mochte, fing hurtig zu laufen an. Für Schweikers lange Beine war der Bauer, der den Tatzenschlag des Bären noch spürte, nicht flink genug. Unter den triefenden Bäumen haschte ihn der Bruder beim Lodenzipfel. Schreiend suchte der Hanetzer sich loszureißen. Schweiker hielt fest und keuchte: »Verzeih mir, guter Mann, um Christi willen, und tu mir aus Nächstenlieb den einzigen Gefallen und gib mir die Tachtel wieder heim! Hau zu, ich wehr mich nit!« Der Bauer riß Mund und Augen auf; Schweiker bat so flehentlich um die Heimzahlung, daß der Hanetzer auf die Dauer nicht widerstehen konnte; er trat einen Schritt zurück, strich mit den Fingern der rechten Hand über die Lippe und zog aus. Lachend empfing der Bruder den klatschenden Schlag, nickte dem Bauer dankbar zu und rannte zum Kirchlein; kopfschüttelnd blickte ihm der Hanetzer nach. »Einen solchen Narren hab ich meiner Lebtag nit gesehen. Könnt aus mir ein Mus machen mit seinen Fäusten. Und laßt sich hauen.«

Als Schweiker das Kirchlein erreichte, sah er Eberwein auf der Altarstufe sitzen. »Herr, jetzt hab ich sie wieder, er hat sie mir heimgezahlt.« Es hätte dieser Meldung nicht bedurft; deutlich sah man auf Schweikers Wange die fünf Finger des Hanetzer abgezeichnet. »Das ist eine gewesen aus einer gesunden Mutter Hand. Aber ich fürcht halt doch, die meinige hat fester gewogen!«

Eberwein mußte lächeln; es war ihm anzusehen, daß ihm der Anblick dieses ungeschlachten Menschen wohl tat wie warme Sonne bei trübem Wetter. »Das nenn ich flinke Sühne! Ein andermal denke der Güte, bevor du schlägst.«

»Wohl, Herr! Aber es gibt halt Menschen, da steigt einem die Gall auf, man weiß nit wie!«

»Gegen die Guten gut sein, ist kein Verdienst.«

»Freilich. Aber gegen die Schiechen freundlich sein, das muß einer können. Ich bin ein grauslicher Kerl. Du hast es gelernt, das Gutsein!«

»Gelernt? Meinst du?« Eberwein faßte Schweikers Hand und zog ihn an seine Seite. »Ich will dir sagen, in welcher Schule. Komm!«

Der Regen prasselte auf dem Dach des Kirchleins, und rings um die Balkenmauern plätscherte die Traufe; fuhr ein Windstoß gegen die Wände, so trieb er durch die Fensterluken den Wasserstaub herein und wehte ihn über die beiden, die dem Altar zu Füßen saßen.

»Das weißt du, daß ich nicht Vater noch Mutter habe?«

Schweiker nickte. »Meine Mutter ist eine Alberin gewesen. Vater hab ich auch keinen. Wird halt ein Senn gewesen sein oder ein Jägerknecht, ich weiß nit. Die mich ins Kloster genommen, haben mir nie geredet davon.«

»Nur wenige Tage war ich alt, als der Fischer vom Eibensee mich fand, weit von hier, auf der Romstraße bei der Partenkirche, mitten im Wald. In der Grafenburg auf dem Wertofels, unter Eigenleuten, bin ich aufgewachsen und ein Bub geworden, der auf dem Karwendel die Geißen gehütet hat.«

»Ein Geißhirt!« Schweiker seufzte. »Selbigsmal mußt du es gut gehabt haben, gelt?«

»Als ich in das Kloster kam, hab ich in meiner kleinen Zelle manche Zähre vergossen, wenn mein Blick die hohen Berge suchte. Aber mir wurde in dem frommen Haus mit jedem Tage froher ums Herz. Die Arbeit war mir Freude, und durfte ich bei meinem Buche sitzen, so war mir wohl. Nur eines störte das ruhige Gleichmaß meines

Lebens: Wenn die Väter und Brüder der jüngeren Mönche in das Kloster kamen oder wenn meine Schulgenossen zu hohen Feiertagen heimzogen in das elterliche Haus, das waren bittere Stunden für mich. Dann schwoll mein Herz in heißer Sehnsucht der Mutter zu, die ich nicht kannte, dem Vater, dessen Namen ich nicht nennen konnte. Hundert Gedanken, süß und schmerzlich, zogen in solcher Stunde durch meine Seele. Wo sollte meine Sehnsucht die Eltern suchen? Waren sie heimisch in jenem Tal, in dem ich gefunden wurde? Oder saßen sie in fernem Land? Hatte eine böse Hand mich ihnen geraubt? Hatten Mißgeschick oder Zufall mich von ihrem Herzen gerissen? Beweinten sie mich als tot? Oder hofften sie, ihr Kind noch einmal wiederzusehen? Trugen sie Schmerzen um mich, oder hatten sie Trost gefunden in der Liebe zu Kindern, die ihnen verblieben waren? Hatte ich Brüder? Oder eine Schwester?« Eberweins Stimme wurde leise. »Eine Schwester! Das hab ich oft gedacht und habe ihr Bild mir vorgemalt: jung und hold, gut und liebenswert.« Er streckte die Arme, als könnte er mit Händen greifen, was er sah in seinem Herzen.
Es währte eine Weile, bis Eberwein wieder zu sprechen begann: »Zwanzig Jahre zählte ich, als ich, ein jung geweihter Priester, aus dem Kloster zog. Eh ich hinauswanderte in das ferne Land, trieb es mich zum Eibensee, zum Fischer Ostalar, der mich gefunden. Es war eine helle Mondnacht, als ich den See erreichte, der zwischen schwarzem Wald und hohen Felsen gebettet liegt. In armer Hütte fand ich den alten Fischer. Nun saßen wir in der stillen Nacht, Mond und Sterne zu unseren Häupten, vor uns das schwarze regungslose Wasser. Zitternde Hoffnung im Herzen, stellte ich Frage um Frage. Er schüttelte den weißen Kopf: ›Laß das Fragen sein, ich kann dir nichts anderes sagen, als was du schon lange weißt.‹ Ich merkte an seinem Ton, daß er nicht die Wahrheit sprach. Und als ich mit Fragen nicht nachließ, ging er in die Hütte und brachte ein wertloses Stück Geschmeide: ›Nimm! Das hab ich nicht weit von dem Platz gefunden, an dem du gelegen bist. Ob es dir gehört oder einem anderen, das weiß ich nicht.‹ Ich starrte das stumme Rätsel an. Wenn es doch reden könnte! Ach, Schweiker, zu tausend Malen seit jener Stunde hat meine Sehnsucht jene Worte gesprochen: Wenn es doch reden könnte! Ist es mein eigen? Stammt es aus dem Hause der Meinen? Ich weiß es nicht. Seit jener Stunde trag ich das Kleinod an meinem Herzen. Mag es so wertlos sein, daß es kein Bettler von der

Straße nähme! Meinem Herzen macht es der Glaube teuer, daß es ein Glied der gesprungenen Kette ist, die mich an die Meinen knüpfte.« Eberwein legte die Hand auf seine Brust, an der er das ungelöste Rätsel seiner Herkunft unter der Kutte verwahrt trug, mit dem Zeichen seiner priesterlichen Weihe, dem Kreuz, zusammen an eine Schnur gebunden.

»Es dämmerte der Morgen, als ich den See verließ. Eine Strecke gab mir der alte Fischer das Geleit, und als ich von ihm scheiden wollte, legte er die Hand auf meine Schulter und sprach: ›Eines noch muß ich dir sagen! Was ich dem Knaben allzeit verschwiegen hab, das wird der Mann, der du geworden bist, wohl hören können!‹ Ach, Schweiker, erschütternde Kunde war es, die ich vernehmen mußte! Nicht weit von der Stelle, wo der alte Fischer das wimmernde Kind auf seine Arme gehoben, hatte er den zerfleischten Leichnam eines Weibes gefunden, das Opfer der hauenden Schweine, deren Zähnen auch das wehrlose Kind verfallen wäre, hätte nicht der Schrei des mutigen Mannes sie verscheucht. Wer war dieses Weib? Meine Mutter? Wie der Tag sich scheidet von der Nacht, so drängte ich diesen grauenvollen Gedanken aus meiner Seele. Wer war dieses Weib?«

»Vielleicht deine Hüterin, Herr? Oder ein fahrendes Weib, das dich gestohlen hat?«

»So dachte auch ich! Denn in meinem Herzen schrie eine Stimme: ›Deine Mutter lebt! Suche, suche!‹ Ziellos wanderte ich im grauen Morgen auf der Straße dahin, Feuer in meinem Herzen, einen Wirbel in meiner Seele. Es ging der Wald zu Ende, und Felder kamen. Am Rande des Gehölzes sah ich eine arme Frau, die sich schleppte mit einem schweren Reisigbündel. Was kümmerte mich das fremde Weib und seine Bürde? Trug ich nicht selbst auf meinem Herzen eine Last, noch drückender und schwerer? Ich eilte an der Armen vorüber. Doch das Bild ihrer Mühsal wollte mich nimmer verlassen. Quälend erwachte ein Gedanke. Du suchst deine Heimat, schrie es in mir, und willst in der Ferne suchen? Wer weiß, ob dir nicht nahe liegt, was du suchen gehst, näher als du ahnen magst! Wer weiß, ob nicht dieses Weib dir Kunde geben könnte! Und ist dir dieses Weib eine Fremde? Kannst du wissen, ob sie nicht zu deiner Sippe gehört, ob nicht Blut von ihrem Blut in deinen Adern rinnt? Und du zogst vorüber an ihr und ließest sie seufzen unter Mühsal und Bürde. Kehr um, kehr um! So rief es in mir, und ich eilte zurück, hob die Last der

Armen auf meine Schulter und trug ihr das schwere Bündel bis zum Hagtor. Sie hatte keine Antwort auf meine Fragen, wußte von keinem verlorenen Kind; ihr Dank aber hatte warmen Klang; freundlich sahen ihre Augen mich an, und ich zog meiner Wege, als hätt ich Trost empfangen, der die Bürde meines Herzens leichter machte um viele Pfunde. Und sieh, Schweiker, wie mit diesem armen Weibe, so ist es mir von Stund an mit jedem Menschen ergangen, den ich seufzen sah unter einer Bürde des Lebens. ›Hilf, hilf, du hilfst den Deinen!‹ rief immer wieder die Stimme in mir. Und ich mußte lieben, die ich leiden sah, und konnte jenen nicht zürnen, die mir Übles taten. Oft wallte mir das Blut in heißem Zorn. Denn mehr als einmal hab ich Undank erfahren, wo ich Wohltat übte, habe Spott empfangen, wo ich Liebe gab. Aber je heißer mein Zorn erwachte, so lauter rief die Stimme in mir: Vergib, es könnte dein Bruder sein, wider den du stehen willst in Streit!«

»Und nie, Herr, nie hast du was erfahren von den Deinen?«

»Ich weiß auch heute nicht mehr von ihnen als in jener Stunde, in der ich den alten Fischer verließ. Längst schon hab ich das Suchen aufgegeben. Meine Sehnsucht wurde stiller von Jahr zu Jahr. Ich meinte, Gottes Willen zu erkennen. Er hat mich berufen zu seinem Dienst und hat mir die Meinen genommen, um meiner Liebe tausend Brüder und Schwestern zu geben.«

»Alle Menschen? Und keiner soll ausgeschieden sein von deinem Herzen?«

Eberwein schüttelte den Kopf und wollte sprechen. Da kam Bruder Wampo in das Kirchlein und rief: »Ich bitt dich, guter Herr, der arme Bub verlangt nach dir. Er hat gemeint, er könnt schon wieder laufen, und jetzt rinnt ihm das Blut von den Füßen.«

Eberwein war aufgesprungen. »Wazemann!« klang es in Zorn. »Ja, Schweiker! Dieser einzige von allen, er und seine Söhne sollen geschieden sein von meiner Liebe. Ich will diesem Tal ein treuer Hirte sein. Wie dürft ich die Wölfe lieben, die meine Lämmer schlagen?«

»Recht, Herr!« fiel Schweiker ein. »Und derselbig, den sie Henning nennen, soll aufgehoben sein für meine Fäust!« Während Eberwein mit Wampo die Klause betrat, packte Schweiker den Hammer und hämmerte los, als fiele jeder Schlag, mit dem er die hölzernen Nägel in die Balken trieb, auf Hennings Schädel. Dazu redeten seine Gedanken: ›Wart nur! Ich will Nächstenlieb üben, rechte und feste

Nächstenlieb. Aber einer soll ausgenommen sein. Lauf mir nur über den Weg, du!‹ Der Hammer fiel, daß die Balken dröhnten. ›Spürst du den Hieb? Hat's ausgegeben? Du wirst mir das Dirndl in Ruh lassen, du!‹ Er blickte scheu um sich und ließ den Hammer sinken. ›Es ist doch Nächstenlieb! Nur Nächstenlieb! Kein Bröselein drüber!‹ Er nahm einen Laden und schob ihn zwischen die festgenagelten Leisten. ›Wie mein Herr seine Mutter, so muß ich meinen Vater suchen. Wer kann's denn wissen? Es könnt in ihr doch Blut sein von meines Vaters Blut? Weil ich ihr so gut sein muß, als wär sie meine Schwester!‹ Die Backen aufblasend, schüttelte er den Kopf. Der Gedanke, der ihm da gekommen war, schien ihm nicht zu gefallen. Seufzend begann er zu hämmern. ›Sie ist in Not gewesen, ich bin ihr beigesprungen. Aber jetzt muß alles aus sein!‹ Er klopfte, daß der Hall das Kirchlein füllte. Plötzlich hielt er erschrocken inne – durch das Rauschen des Regens hörte er eine schluchzende Mädchenstimme. Der Hammer flog aus seiner Hand, mit raschem Sprung gewann er die Tür, und im strömenden Regen sah er vor der Klause ein häßliches Geschöpf zu Eberweins Füßen liegen, ein Bild des Jammers, Worte stammelnd, die Schweiker nicht zu deuten wußte. Doch Eberwein schien zu verstehen, was dieser Schmerz ihm sagen wollte; und es mußte böse Kunde sein, die er hörte. Seine Augen blickten entsetzt, und Blässe bedeckte sein Gesicht. In Sorge eilte Schweiker auf ihn zu. »Herr, was ist dir?«

»Waldram!« stammelte Eberwein und stürzte in die Klause.

Während Schweiker die Schluchzende von der Erde hob, hörte er durch das offene Fenster die Stimme seines Herrn: »Waldram! Was tatest du in der Ramsau?«

»Was meines Amtes war.«

»Wo ist Hiltischalk? Steh mir Rede! Ich frage dich als dein Herr.«

»Ich gehorche der Kirche, der du die Treue brachst, nicht dir! Du bist mein Herr nicht mehr.«

»So frag ich dich als Mensch: Was ist aus Hiltischalk und seinem Weib geworden?«

»Bin ich bestellt, Verdammte zu hüten? Frage bei der Hölle an, der sie verfallen waren!«

»Und du? Du nennst dich Priester?«

Stille folgte diesen Worten. Verstört trat Eberwein aus der Klause, hinter ihm Bruder Wampo mit erschrockenem Gesicht. Eberwein faßte die Hand der weinenden Magd. »Folge mir, Mätzel! Komm!

Wir wollen suchen. Und weine nicht! Wir werden sie finden.« Durch den strömenden Regen zog er die Schluchzende dem Wald entgegen.

»Bruder?« stotterte Wampo. »Was ist da geschehen?«

»Ich weiß nur, daß ich meinen guten Herrn nimmer allein laß. Ich geh mit ihm, und wär's durch Feuer und Wasser.« Schweiker raffte einen Stecken auf und rannte den beiden nach, die schon im Wald verschwunden waren.

9

Immer tiefer senkte sich das gießende Gewölk und hing über dem Tal wie eine weißgraue Decke; Schneefall mischte sich in den vom kalten Wind gepeitschten Regen, doch die Flocken schmolzen, ehe sie zur Erde fielen. In das Rauschen des Regens tönte das Brausen der geschwellten Bäche und das dumpfe Poltern des Gesteins, das in den Fluten trieb.

Mittag war vorüber, als Wicho, heimkehrend von seinem nächtlichen Weg, den Schapbacher Forst verließ und die Halden der Schönau erreichte; in Fäden rann das Wasser von ihm nieder. Oft mußte er durch braune Bäche waten, die das Feld überschwemmten. Kam der Knecht an einem Hag vorüber, so hörte er das Geschrei der Leute, die das Wasser zu stauen und abzuleiten suchten. In einem einzigen Gehöft nur herrschte Stille. Kopfschüttelnd blickte Wicho auf den Greis, der über den Trümmern der gestürzten Hütte aus morschen Bohlenstücken ein Dächlein schichtete zu seinem Unterschlupf. Der alte Gobl hatte spüren müssen, daß er noch lebte; es hatte ihm der üble Tag das Sitzen unter dem Apfelbaum verleidet; rings um den Baum stand eine gelbe Lache. Aus den Trümmern seiner Hütte, deren wüster Haufe sich gleich einer Insel über das angesammelte Wasser erhob, hatte Gobl einen Heusack hervorgezogen, hatte ihn zuoberst über die Trümmer gelegt und baute nun über diesem Lager das schützende Dach.

»Gobl? Was ist mit deinem Haus geschehen?« rief der Knecht. »Hat es der Bidem geworfen?«

Der Alte blickte über die Schulter, riß von dem zerfallenen Hausdach ein Stück der faulen Moosdecke los und warf es über die kleine Hütte.

»So red doch! Kann ich dir helfen?«

»Geh heim und hilf dir selber!« brummte der Greis. »Der heutige

Tag bringt schieche Zeiten.« Er kroch in seinen Schlupf und streckte sich auf den Heusack. »Ich hätt gemeint, mich könnt der Tod nimmer jagen von meinem Fleckl. Jetzt hat mich ein lützel Näß vertrieben. Und schau, ich hab schon wieder ein Haus!«

Eine Weile noch stand der Knecht, dann ging er seiner Wege. »Der arme Schlucker!«

Als Wicho den Talwald erreichte, begann für ihn ein übles Wandern; die Ache war ausgetreten und hatte den Waldgrund in einen Sumpf verwandelt. Von den Gehöften im Untersteiner Forst scholl dem Knecht wirres Geschrei entgegen, und als er die Rodung betrat, sah er ein Häuflein Menschen, erregt durcheinanderkreischend, am überschwemmten Ufer der Ache stehen; er erkannte den Untersteiner mit Weib und Kindern, die Winklerbuben, den Kirngasser und Bärenlochner, den Grünsteiner und ein paar andere Bauern der Schönau. Einer der Winklerbuben kam auf ihn zugelaufen: »Da schau her! Die Wazemannsknecht sind weniger worden um einen. Der Bach hat ihn ausgespien wie ein Ferch den Brocken, der ihm nit geschmeckt hat.«

Schweigend betrachtete Wicho den angeschwemmten Leichnam, den das Wildwasser übel zugerichtet und halb der Kleider beraubt hatte. Die Leute dachten nicht anders, als daß der Knecht ertrunken wäre, und der Untersteiner schrie: »Am letzten Zinstag hat er mir die Faust ins Gesicht geschlagen. Jedes Jahr noch hat mir der Bach ein Trumm von meinem Feld gerissen, heut ist er mir liebgeworden, heut hat er mir die erste Guttat erwiesen!«

»So red doch nit so laut!« stotterte sein Weib und suchte den Bauer gegen den Hag zu ziehen.

Aus dem Lärm der anderen schrie der Grünsteiner: »Es müßt doch einer hinaufsteigen zu Wazemanns Haus und Botschaft tragen!«

»Da könnt sich einer schlechten Dank holen!« fiel Wicho hastig ein und verstummte, weil er hinter sich ein Lachen hörte.

Der Hanetzer, auf dem Heimweg von der Klause, war aus dem Wald getreten. »Wo ist der Richtmann? Da wär wieder ein Stück Arbeit für ihn.« Er stieß mit dem Schuh nach der Leiche.

Keiner erbarmte sich des Toten, und dennoch schalten sie über diese Roheit. Und was hätte der Richtmann mit dem Ertrunkenen zu schaffen?

»Ertrunken? So? Ich mein', der hat keinen Laut mehr getan, noch eh er Wasser hat schlucken müssen.«

Mit eisernem Griff umklammerte Wicho den Arm des Schwätzers. »Ich soll den Schnabel halten, gelt?« lachte der Hanetzer. »Wenn ich schweigen könnt, hätt er mich zum Thing gerufen, der gute Richtmann! Jetzt soll ich auf einmal wortfest sein? Meintwegen, so lang ich nit reden muß!« Er ging seiner Wege.

Die Leute sahen sich mit scheuen Augen an. Einer um den andern schlich davon, und Wicho stand einsam bei der Leiche; er wollte den Toten wieder zurückschleudern in das Wasser, das ihn ausgeworfen; aber ein Grauen faßte ihn, und den Arm vor die Augen drückend, wandte er sich ab.

Keuchenden Laufes erreichte er die Seelände und hörte die Beilschläge, die von der Hofreut des Fischers klangen. Der See war über die Ufer getreten und reichte bis zum Tor. Sigenot, Eigel, Kaganhart und der alte Senn schlugen neben dem Lugaus die Pfähle, um in doppelter Wand den Hag zu erhöhen; der Regen störte sie nicht bei der Arbeit. Unter dem vorspringenden Hausdach saß Hilmtrud und entblätterte die Buchenruten für das Flechtwerk.

Als Sigenot den Knecht erblickte, sprang er vom Lugaus nieder und riß das Hagtor auf. »Wie seid ihr hinaufgekommen?« fragte er leise.

»Nit gut, nit schlecht. Es war ein schiecher Weg durch Nacht und Schnee. Unter dem Eismann hat der Bidem eine Fragel aufgerissen, klafterbreit. Wir haben sie weit umgehen müssen. Deiner Schwester ist das Steigen hart geworden, aber der Ruedlieb hat sie gestützt, und allweil noch, in Not und Müh, hat sie ihm zugelacht.«

Sigenot atmete auf. »Wüßt ich nur auch die Mutter an sicherem Platz, so hätt ich keine Sorg mehr. Aber sie will ihren Herd nit verlassen«, sein Blick suchte das Kreuz, »will kein rechtes Vertrauen haben zu dem guten Helfer.« Er legte die Hand auf die Schulter des Knechtes. »Den heutigen Nachtweg will ich dir vergelten. Laß uns festhalten am guten Recht der Klosterleut! Und kehrt die Ruh wieder ein, so sollst du ein freier Mann sein, und ich selber bau dir das Haus, in dem du sitzen sollst am eigenen Herd.«

Die Augen des Knechtes leuchteten; doch er schüttelte den Kopf. »Ich bleib bei dir. Fortjagen wirst du mich nit.«

Sigenot lächelte. »Wir reden noch drüber. Jetzt geh in deine Kammer, und laß dir die Ruh schmecken!«

»Ruh, Herr? Heut nimmer. Blut lauft um, und das Wasser hat einen Schrei wider uns getan.« Flüsternd erzählte Wicho, was er im Untersteiner Forst gesehen und gehört hatte.

»Heut oder morgen, Blut will sein Recht haben. Die Red, die der Hanetzer getan, wird umgehen, bis ihr Hall hineinschreit in Wazemanns Fenster.« Ernst blickte Sigenot durch den grauen Regen empor zur Höhe der Falkenwand und faßte den Griff des Messers. »Schließ hinter mir das Tor, Wicho, ich hol die Richtmannsleut in meinen Hag!« Ohne Mantel, nur mit dem Messer bewaffnet, verließ er die Hofreut.

Als Wicho zum Lugaus kam, umdrängten ihn die Männer in Sorge. Er berichtete, was geschehen. Der alte Senn brummte ein paar Worte in seinen Bart, Kaganhart stand mit scheuen Augen, Eigel aber griff zur Arbeit und lachte wie ein junger Bursch, dem der Vater sagt: ›Schaff, Bub, und bist du fertig, so geh zum Tanz!‹ Wicho faßte Sigenots Beil. Dumpf klangen im Rauschen des Regens die wuchtigen Schläge, mit denen die Männer die schweren Pfähle in den Grund trieben.

Nach einer Weile verließ Kaganhart den Lugaus und tat so, als müßte er seinem Weib bei der Arbeit helfen. Hilmtrud sah ihn verwundert an. Er griff nach einem Ast, und während er die Blätter abstreifte, flüsterte er: »Trudli! Da wird uns der Boden heiß. Auf leerem Feld wär bald ein besseres Weilen als unter dem Dach da!« Sie gab keine Antwort; ihre funkelnden Augen glitten an ihm auf und nieder. Als er Wichos Botschaft wiederholte, sprang sie auf und ballte die Fäuste. »Recht so! Geht's endlich an ein Raiten! Lieber heut als morgen!«

»Aber Weib, Weib!« Er suchte sie niederzudrücken auf die Hausbank. »So nimm doch Verstand an!«

Sie schüttelte ihn von sich ab. »Bist du noch ein Mannsbild? Geh hinein zum Feuer, Büebli, und koch dir ein Mus! Ich such mir derweil einen Prügel für den da droben. Der soll ihm heißer machen, als mir gewesen, wie mein Haus in Glut gefallen ist!«

Seufzend kratzte sich Kaganhart hinter den Ohren und schlich zum Lugaus zurück. Unwillig griff er bei der Arbeit zu, und immer glitten seine furchtsamen Augen hinauf zum Falkenstein. –

Wie ein grauer Schleier hing der Regen um Wazemanns Haus. Im Burghof ließ sich kein Laut vernehmen; das Geflügel saß unter den Vorsprüngen der Stalldächer, die Hunde lagen in ihren Hütten, ein Pfau hatte sich in die Vorhalle geflüchtet und putzte die nassen Federn. Nur die Raubtiere trabten im Stangenkäfig auf und nieder, schüttelten die triefenden Felle und knurrten.

Rimiger, der mit Otloh aus der Falkenkammer trat, spähte nach den umnebelten Berghöhen. »Willst du mit? Ich steig zu Berg. Kann's nimmer mit ansehen, wie der Vater Fliegen fangt, statt daß er Fäust macht und dreinschlagt.«
»Wider einen Heiligen, der geschlossene Türen aufblast und durch Mauern geht, ist ein übles Streiten.«
Rimiger lachte. »Ich mein', ich kenn den Heiligen, der die Vögel hat fliegen lassen.«
Erschrocken sah Otloh den Bruder an. »Rimiger?«
»Schweig! Ich will unter unserem Dach keinen Streit wecken, von dem ich nit weiß, welch ein End er nimmt. Ich steig zu Berg. So hab ich den Ärger los und muß den Vater nit sehen, wie er im Teig sitzt. Willst du mit?«
»Kennst du des Vaters Spruch nit: Naß Gejaid hat lützel Freud?«
»Droben muß Schnee liegen. Der treibt die guten Böck aus dem Gewänd. Ich mein', wir werfen ein paar.«
»Meinthalben, so geh ich mit.«
Eine Weile später verließen sie, um gegen den König Eismann aufzusteigen, durch die hintere Mauerpforte den Burghof. Als der Knecht, der die Pforte geöffnet hatte, hinter ihnen die schwere Türe zuwarf, erschienen, wie von diesem Lärm gerufen, Henning und Eilbert in der Vorhalle.
»Ist er heimgekommen?« rief Henning über die Freitreppe hinunter.
Der Knecht schüttelte den Kopf und sagte, daß die Brüder zu Berg gestiegen wären. Henning nagte an seinem Schnurrbart und ballte die Fäuste. »Er hat zu viel gewagt und ist dem Fischer in die Händ gefallen.«
»Dann ist er Fischfutter worden!« lachte Eilbert.
»Da hilft kein Schweigen mehr, jetzt müssen wir es dem Vater sagen.«
Eilbert zuckte die Achseln. »Tu, was du willst! Ich verbrenn mir das Maul nit.« Gähnend trat er ins Haus.
Wie grauer Dunst füllte das Zwielicht des Regentages die Herrenstube. Überall lag Geräte umher, und auf dem Spanbett waren die Polster und Decken zerknüllt. Bei einem der Fenster saß Herr Waze mit aufgestütztem Arm, das blaurote Gesicht auf die Faust gedrückt. Neben dem Sessel stand eine zinnerne Kanne auf dem Boden, Mettropfen hingen an Wazes grauem Bart, und sein Gewand war übel anzusehen.

Henning trat auf ihn zu. »Vater!«
»Ruh will ich haben!« schrie Herr Waze und sprang auf; dabei stieß er die Kanne um, daß der Met über die Dielen rann. Zornig schleuderte er die leere Kanne von sich, durchmaß die Stube und warf sich auf das Spanbett. Eilbert, der hinter dem Ofen saß, lachte vor sich hin, und Henning stand unschlüssig. Nach einer Weile ging er zum Bett, packte den Vater am Arm und rief, als hätte er einen Tauben vor sich: »Hör oder nit! Aber sagen muß ich dir's: Der Fischer hat uns einen Knecht geworfen.«
Da fuhr Herr Waze in die Höhe, als wäre Feuer auf seinem Lager. In wilder Freude schrie er: »Bub, das ist gute Botschaft! Jetzt hab ich einen, an dem ich meine Gall auslassen kann. Wart, Fischer! Ich will mir Sühn holen! Da kann sich auch kein Pfaff und kein Heiliger dagegen stellen. Das ist Recht und Gesetz, daß ich Buß verlang für meinen Knecht. Den Blutbann über das Fischerhaus! Red, Bub! Wie war's mit dem Knecht?« Seine Freude erhielt einen Dämpfer, als er hörte, was Henning zu sagen wußte. Aber seine Lebensgeister waren aufgerüttelt; das bekam Henning zu fühlen, über den die Schimpfworte niedergingen wie draußen über das Dach der Regen. »Hätt ich's am Morgen gehört, so hätt ich jetzt schon den Beweis in meiner Hand!« schrie Herr Waze. »Aber ich muß ihn haben, noch eh der Tag vergeht! Rimiger! Wo ist Rimiger! Her mit ihm!« Als er hörte, daß Rimiger mit Otloh zur Jagd gezogen wäre, schlug er in Zorn die Fäuste auf den Tisch. »Der einzige, auf den ich mich verlassen kann! Und lauft davon! Jahraus und -ein liegt mir das ganze Rudel an der Schüssel. Und brauch ich einen, so geht der Gauch seinen eigenen Weg.«
Weder Henning noch Eilbert, noch einer der drei anderen Brüder, die das Geschrei aus der Kammer gerufen hatte, wagte ein Wort zu erwidern. Herr Waze, dem der Atem ausgegangen, warf sich auf einen Stuhl. Mit heiseren Lauten sprach er vor sich hin: »Der Knecht ist weg und abgetan. Sonst wär er heimgekehrt. Wer hat ihn geworfen? Wer sonst als der Fischer? Den will ich haben! Aber ich muß den Rechtweg gehen. Ich spür eine Faust im Genick, die keiner sieht.« Schwer atmend schielte er nach dem Kreuz, das an der Mauer hing. Lange schwieg er. Endlich erhob er sich und riß einen Wildfänger von der Wand. »Henning!«
»Ja, Vater.«
»Nimm zwei Knecht und zieh gegen den Untersteiner Forst! Eilbert

und Gerold gegen die Grünsteiner Halden! Sindel mit Hartwig und einem Knecht gegen die Schönau! Haltet Umfrag nach dem verlorenen Mann, und findet ihr einen, der wider den Fischer zu reden weiß, so schafft mir den Zeugen her in mein Haus! Beim Fischer halt ich selber Anfrag. Weiter!«
Die Brüder verließen die Stube. Sindel, der als letzter ging, hörte noch die Frage: »Wo ist Recka?«
»Ich weiß nit.«
Herr Waze ging auf Reckas Kammer zu und wollte eintreten; von innen war der Riegel vorgeschoben. »Mach auf!« schrie er und stieß mit dem Fuß an die Türe.
Recka öffnete. Mit einem Gesicht, fast so weiß wie das Gewand, das sie trug, stand sie auf der Schwelle und sah den Vater an.
»Was sperrst du dich ein vor mir?«
»Nit vor dir. Vor jedem. Ich will allein sein, wenn ich Heimgart halt mit meiner Mutter.«
Zornig lachte Herr Waze; sein Lachen erstickte, als er in Reckas Hand den zerbrochenen Beinreif sah, den er erkannte, obwohl er ihn nicht mehr gesehen hatte seit Frau Frideruns letzten Tagen. Er wich zurück, und Blässe rann über sein Gesicht. »Wie kommst du zu dem verwünschten Knochen?«
»Ich hab gekramt in meiner Mutter Geschmeid und hab wieder sinnen müssen, warum meine Mutter geweint hat, so oft ich das Bein in ihrer Hand gesehen.«
»Das ist kein Kram für dich, her damit!« keuchte Herr Waze.
Recka trat zurück. »Du bist mein Vater. Nimm, was ich hab von dir, und wär's das Leben! Doch was ich hab von meiner Mutter, das halt ich.« Sie legte die Hand mit dem Bein an ihre Brust.
Wazes Mund verzerrte sich, und funkelnden Blickes maß er die Tochter; doch er konnte ihre Augen nicht ertragen und wandte sich wortlos ab. Die Tür schloß sich, und er hörte den Riegel klirren, während er der Vorhalle zuschritt. Vor der Schwelle blieb er stehen und murmelte: »Ich sollt nit gehen heut. Ich hab das Fluchbein vor meinem Weg gesehen.« Da hörte er den Hufschlag seines Pferdes, das ein Knecht vor die Freitreppe führte. Er schüttelte sich und wischte mit der Hand über die Stirn. Der Wind peitschte ihm den Regen ins Gesicht, als er über die Stufen niederstieg.
Die Brüder hatten den Burghof schon verlassen. Als sie über den Reitweg hinunterschritten, hörten sie von der Seelände schreiende

Stimmen und Rindergebrüll. »Sein Vieh ist von den Alben heimgekehrt«, lachte Henning, »zu guter Zeit für uns! Er soll für den Knecht ein Wergeld zahlen, das ihn den letzten Kuhschweif kostet.«
Unweit der Achenbrücke trennten sich die Brüder. Henning folgte mit den beiden Knechten dem Lauf des Wassers. –
Um die gleiche Zeit stand Sigenot in der Stube des Richtmanns, um ihn her das Gesinde, die beiden Mägde bleich, die vier Knechte mit ernsten Gesichtern. Sigenots Ruhe gab ihnen Hoffnung und Zuversicht; willig legten sie die Hände zum Treugelöbnis in seine Rechte. Rasch vollzog sich alle nötige Arbeit. Von den Vorräten, die sich im Hause befanden, wurden zwei Kraxen beladen. Die paar Stücklein Vieh, die in Heimweide standen, um den Bedarf an Milch für das Haus zu decken, wurden im Gehöft des Köppeleckers untergebracht und sollten nach Einbruch der Dunkelheit zum Fischerhaus getrieben werden. Der heimkehrenden Almenherde des Richtmanns war Sigenot auf dem Weg begegnet und hatte sie nach seinem Hag gewiesen. An Haus und Ställen wurden alle Türen vernagelt. Dann nahmen die Mägde die Kraxen auf, die Knechte verteilten unter sich, was sie im Haus an Waffen und Äxten gefunden. So verließen sie die Hofreut. Sigenot schloß von innen das Tor, legte die Sperrbalken ein und schwang sich auf den Hag. Ehe er niedersprang, glitten seine Augen über das stille Gehöft. »Der starke Herr soll dich schützen, du verlassener Herd, und soll dich wahren für deine Leut und meine gute Schwester!«
Unter strömendem Regen wanderten sie über die sumpfigen Äcker. Als sie am Hag des Köppeleckers vorüberkamen, huschte der Bauer aus dem Tor und flüsterte dem Fischer zu: »Such anderen Weg! Die Wazemannsleut gehen um in der Schönau. Ich hab sie beim Hag der Hanetzerbuben gesehen.«
Sigenot nahm den Weg mit seinen Leuten talwärts gegen die Ache. So vermied er die Begegnung mit Sindel und Hartwig, die in der Schönau nach dem Vermißten forschten; doch im Tal der Ache traf er mit Henning zusammen, dessen Knechte die mit einem Mantel bedeckte Leiche auf den Sperrhölzern getragen brachten, bis über die Knöchel in dem gelben Wasser watend, das die Ache übers Ufer goß.
Als Sigenot die Kommenden gewahrte, hieß er die Mägde voranschreiten und flüsterte den Knechten zu: »Schweiget, wenn er uns anruft! Muß geredet sein, so red ich allein.«

Da klang schon die Stimme Hennings: »Zeit lassen, Fischer!«
Sigenot schritt weiter.
»Steh, Fischer! Oder hast du Angst in den Füßen?«
Sigenot verhielt den Schritt; auch die Knechte des Richtmanns blieben stehen, während die Mägde ihren Gang beschleunigten. Henning und die beiden Knechte mit ihrer stillen Last kamen näher.
»Was willst du von mir?« fragte Sigenot.
Henning riß den Mantel von der Leiche. »Kennst du den Mann?«
»Wohl, Henning! Es ist dein Knecht, den du auf einen Weg geschickt hast, für den dein eigener Mut nit gereicht hat.«
Henning lachte heiser. »Wie gut du weißt, welchen Weg der Knecht gegangen ist in seiner letzten Nacht! Vielleicht weiß du auch, wer meinen Knecht erschlagen hat.«
Sigenot schwieg.
»Bleibt dir die Red in der Gurgel stecken?«
Einen Schritt trat Sigenot näher. »Die Wahrheit will ich dir hehlen. Und lügen kann ich nit. Denk dir: Ich hab's getan. So brauchst du nicht weiterfragen.«
»Er hat gestanden«, schrie Henning seinen Knechten zu, »faßt ihn, mein Vater will es!«
Die Knechte ließen die Leiche in die Pfütze gleiten, um ihre Speere frei zu bekommen; als sie sahen, daß Sigenot einem seiner Leute die Axt entriß, blickten sie zögernd auf Henning.
»Es wird sich hart machen mit dem Fassen!« rief Sigenot, dessen Stimme das Rauschen der Ache hell übertönte. »Deine Helfer fürcht ich nit. Und du? Du zählst nit. Du hast nur Mut, wenn du den Pfeil werfen kannst aus dickem Busch oder den Stein lösen auf sicherem Gewänd.«
In Wut riß Henning das Messer vom Gürtel und schwang es zum Wurf; auf dem durchweichten Boden glitten ihm die Füße aus; er taumelte und fiel, kollerte über die Leiche, und ehe die erschrockenen Knechte ihn zu haschen vermochten, hatte er in dem über das Ufer getretenen Wasser den Grund verloren und verschwand mit gurgelndem Schrei in den Wirbeln der Ache. Während die Knechte kreischend und ratlos standen, hatte Sigenot schon die Axt von sich geschleudert, rannte durch das aufspritzende Wasser am Ufer hin, und als er in einem schäumenden Wirbel Hennings Arm auftauchen sah, sprang er in die Wellen. Den Treibenden am Genick fassend, schwang sich der Fischer, der auf dem Grund der Ache jeden Stein

und jede Untiefe kannte, auf einen von den Wellen überspülten Block. Und ehe die schreienden Knechte noch zur Stelle waren, hatte Sigenot mit dem Geretteten schon das jenseitige Ufer gewonnen. Halb von Sinnen taumelte Henning zu Boden. Sigenot schüttelte das Wasser von sich und schöpfte Atem. Ein Lächeln huschte um seinen Mund. »Henning! Denkst du noch an das Wort, das du in jener Sturmnacht deiner Schwester zugerufen, weil sie in meinem Geleit den Heimweg gefunden hat? Jetzt nimm das Wort zurück: Schäm dich, Henning, bist Blut von Wazes Blut und mußt dir helfen lassen von einem, wie ich bin!« Er wandte sich ab und schritt unter den Bäumen am Ufer entlang.

10

Lärm erfüllte die Hofreut des Fischerhauses. Mit heiseren Stimmen schrien die Almerinnen, und laut brüllten die Rinder, die scheu umherrannten. Die Männer mußten die Arbeit verlassen und den Dirnen zu Hilfe kommen. Nur schwer gelang es, die Rinder Sigenots von der Herde des Richtmanns zu scheiden und im Stall zu bergen. Die Scheune vermochte die fremde Herde nicht zu fassen. Man mußte an die Errichtung eines Schuppens denken, um den Tieren Schutz vor dem Regen zu bieten. Während die Männer Pfähle und Bohlen herbeischleppten, hörte Wicho laute Schläge am Hagtor. »Da kommt der Herr!«

»Schau erst über den Hag, eh du auftust!« mahnte Eigel.

Wicho stieg auf den Lugaus und fuhr erschrocken zurück – Herr Waze zu Roß und zwei Knechte mit Sauspeeren hielten vor dem Tor.

»Was ziehst du den Kopf zurück?« rief Herr Waze. »Kennst du mich nit?«

Eigel und der alte Senn faßten ihre Äxte und rannten zum Tor. Hilmtrud, über deren Gesicht ein jähes Erblassen ging, wollte ihnen folgen, aber Kaganhart packte sein Weib am Arm: »So bleib doch! Wir müssen nit überall dabei sein.«

Wicho hatte die Arme über das erhöhte Flechtwerk des Hags gelegt und auf Wazemanns Frage die Antwort gegeben: »Wohl, Herr, ich kenn dich.«

»Siehst du nit, daß ich Einlaß will?«

Wicho nickte.

Herrn Wazes Stirn wurde rot. »Du Schuft! Tu mir das Tor auf, oder du sollst für die Säumnis zahlen!«

»Schuft? He, du!« rief Wicho einem der Wazemannsleute zu. »Dein Herr hat dich gerufen! Tummel dich und zeig ihm den Heimweg. Es macht grob Wetter heut. Schau nur, das Wasser lauft ihm schon beim Stiefel heraus.«

Herr Waze ritt dicht an den Hag heran. »Ruf mir deinen Herrn!«

»Mein Herr ist –« Wicho verstummte, weil er den Fischer mit des Richtmanns Leuten auf der Lände erscheinen sah. Er stürzte zum Haus, riß den fünfzackigen Näbiger von der Wand, eilte über den Hügel hinunter und keuchte: »Das Tor auf!«

Als Herr Waze den Fischer erblickte, öffnete sich schon der Hag, und Wicho stellte sich mit Eigel und dem Altsenn an Sigenots Seite, während die zwei Mägde des Richtmanns mit ihren Kraxen in das Tor flüchteten.

Über Wazemanns Lippen huschte ein dünnes Lächeln; er hatte rasch die Fäuste gezählt, die wider ihn und seine beiden Knechte waren. »Fischer? Du mußt ein übles Gewissen haben. Ich seh, du rufst mehr Leut um dich her, als du füttern kannst an deinem Tisch.«

Sigenot wollte Antwort geben, doch Eigel kam ihm zuvor und schrie: »Wenn du meinst, ein gutes Gewissen müßt allein seinen Weg suchen, warum denn hat man dich im Gaden noch nie ohne Knecht gesehen? Aber steck dich hinter hundert Knecht, es wird doch eine nach dir greifen! Schau dich um! Sie steht schon hinter dir und hebt die Fäust.«

Herr Waze warf einen scheuen Blick über die Schulter; er sah nur seine Knechte. »Was will der Narr?«

»Kennst du die Salmued nimmer?«

Sigenot legte die Hand auf Eigels Arm, und ruhig fragte er: »Herr Waze, was wollt Ihr bei meinem Haus?«

Langsam wandte der Spisar die funkelnden Augen von dem Kohlmann und sah den Fischer an. »Ich möchte wissen, warum du deinen Hag erhöhen und festen mußt.«

»Es steht der Winter vor meinem Tor, der Schnee wird steigen, und die Wölfe haben hohen Sprung.«

»So? Da laß deinen Hag nur wachsen, eh sie springen. Und eine Frag noch. Mir fehlt ein Knecht. Weißt du von ihm?«

»Wohl, Herr! Euer Henning bringt ihn heimgetragen auf dem Speerholz.«

»Wer hat ihn erschlagen?« schrillte die Stimme Wazes. »Du?«

»Ob ich's getan hab, wird sich weisen im Gericht.«

»Du wirst dich stellen?« fuhr es über die Lippen des Spisars, und seine Augen schossen einen Blitz.

»Ja, Herr! Aber nit in Eurem Haus, sondern vor dem Sitz der Klosterleut, die nach Recht die Herren sind im Gaden. Ich hab mein Leben und Haus in ihre Hand gelegt. Schauet, Herr Waze«, Sigenot deutete nach dem Kreuz, »da steht ihr Herrenzeichen vor meinem Hag!« Er wandte sich zu den Seinen. »Geht ins Haus, ihr Leut, wir wollen das Tor schließen. Herr Waze und ich, wir haben zu End geredet.« Zögernd folgten die Leute dem Geheiß des Fischers, der die Hofreut als der letzte betrat.
Wie versteinert saß Herr Waze im Sattel. Als die Torflügel sich schlossen, streckte er die Faust und knirschte: »Auf morgen, Fischer!« Er warf das Pferd herum und ritt am Hag entlang. Da sah er Hilmtrud auf dem Lugaus stehen; sie hielt mit der Faust einen Prügel umfaßt und stieß ihren Mann zurück, der sie vom Hag wegreißen wollte.
»Du?« lachte Herr Waze. »Hast du dich auch zu ihm gesellt? Gib acht, dir soll in des Fischers Haus noch heißer werden als unter dem eigenen Dach!«
Erbleichend taumelte Hilmtrud, als hätte ein Faustschlag ihr Gesicht getroffen. »Mordbrenner!« kreischte sie wie von Sinnen und wollte den Prügel schleudern. Schreiend klammerte sich Kaganhart an ihren Arm; sie riß sich los und schwang sich über den Hag, stürzte in die Pfütze, raffte sich auf – »Mordbrenner!« keuchte sie, und während Kaganhart jammernd zum Hagtor eilte, rannte sie mit geschwungenem Prügel dem Spisar nach. Unter den Bäumen, nahe der Achenbrücke, erreichte sie ihn, faßte das Roß am Schweif und schlug. Herr Waze hatte den Jagdspeer vom Sattel gerissen und fing den Streich auf, der abgleitend auf den Rücken des Pferdes fiel. Das Tier schlug aus; stöhnend taumelte Hilmtrud, vom Huf am Arm getroffen, ließ den Prügel sinken, und gleich einer Wahnsinnigen sprang sie an dem Spisar hinauf, die eine Hand um seinen bewehrten Arm, die andere an seinen Gürtel klammernd. »Mein Haus – du Mordbrenner – gib mir mein Haus wieder!« Sie riß und zerrte, daß Herr Waze im Sattel wankte. Die Knechte sprangen ihm zu Hilfe, während vom Tor her die Rufe der nähereilenden Männer klangen.
»Macht mich ledig von der Katz!« befahl Herr Waze, der auf dem scheuenden Pferd nur mühsam noch den Halt bewahrte.
»Mein Haus!« keuchte Hilmtrud, und während sie, am Spisar hängend, vom Pferd geschleift wurde, riß sie den Wildfänger von Wazemanns Gürtel. »Mordbrenner! Jetzt sollst du mir zahlen –« Da

erloschen ihre Worte in röchelndem Laut; ein Knecht hatte ihr den Jagdspeer in den Rücken gestoßen; den blanken Stahl noch in der geschwungenen Faust, stürzte sie blutend auf den überschwemmten Grund, und über sie hinweg gingen die Hufe des Pferdes. Als Sigenot mit den Seinen zwischen den Bäumen herbeisprang, verschwand Herr Waze schon jenseits der Achenbrücke, und seine Knechte warfen sich in das bergende Gebüsch.
»Trudli, Trudli!« jammerte Kaganhart. Nun sah er auf dem Rücken des Weibes, das mit dem Gesicht auf der Erde lag, den sprudelnden Blutquell. »Wazemann!« Im Rauschen des Regens weckte sein gellender Schrei das Echo an der Falkenwand. Einen Augenblick stand er vom Entsetzen wie versteinert; dann riß er die Axt aus Eigels Hand und stürzte über die Achenbrücke. »Wazemann!« schrie er und spähte nach allen Seiten. Öde lag der triefende Wald um ihn her. Jähes Schluchzen erschütterte seine Brust, und seiner zitternden Hand entfiel die Axt. Zwei von des Richtmanns Knechten mußten ihn stützen, seine Knie schlotterten, bei jedem Schritt drohte er niederzusinken. Sein Schluchzen wurde zu lautem Weinen, als er sah, daß Sigenot das todwunde Weib auf die Arme hob und zum Hagtor trug. Heilwig und die Almerinnen kamen klagend gelaufen, während die Männer unter Verwünschungen die Fäuste gegen den Falkenstein erhoben. Nur Sigenot schwieg. Vor dem Hagtor zögerte sein Schritt, und langsam glitten seine Augen an dem Kreuz hinauf, von dessen weißen Balken das Wasser niedertroff; schwer atmend trat er mit seiner blutenden Last in die Hofreut und trug die Sterbende in Wichos Kammer; dort legte er sie auf das Heubett und löste den blanken Stahl aus den krampfhaft geschlossenen Fingern. Während die Männer und Dirnen sich in das enge Stübchen drängten, das schon im Zwielicht des sinkenden Abends lag, fiel Kaganhart schluchzend vor dem Lager nieder. Sigenot versuchte ihn aufzurichten. Mit den Fäusten stieß Kaganhart den Fischer von sich. »Du! Du bist schuld an allem! Hättest du uns nit hergezerrt in dein Bluthaus, so tät sie noch leben. Du! Du bist schuld an allem!«
»Bauer«, unterbrach ihn Wicho, »das ist übler Dank.«
Sigenot schob den Knecht beiseite. »Laß ihn schelten! Ich kann ihm nit Unrecht geben. Ich hab sein Weib unter mein Dach und in meinen Schutz gerufen. Schau her«, er deutete auf Hilmtrud, »so viel ist mein Schutz noch wert! Drum will ich keinen mehr halten bei mir. Jeder von euch kann gehen, wie er mag. Ich halt euch Treu. Mir

braucht sie keiner zu bieten.« Einen Blick noch warf er auf das sterbende Weib und verließ die Kammer.
Draußen stand er im strömenden Regen. Der kalte Wind wehte ihm die triefenden Haarsträhnen ins Gesicht. Seine Augen suchten den Falkenstein und Wazes Haus. »Recka«, schrie es in seiner Seele, »in der Stund, in der ich dich gehalten hab an meinem Herzen, hat meine Not begonnen! Ich hab's gewußt: Ich soll keine frohe Stund nimmer haben im Leben, seit ich untreu worden bin an meinem eigenen Blut!« Er strich mit dem Arm über die Stirn und trat ins Haus. In der Halle saß der Kohlmann auf dem Herdrand zu Mutter Mathilts Füßen. Steinern ruhte sie in ihrem Sessel und hob nur die Augen, als Sigenot in der Tür erschien. Er ging auf die Mutter zu und legte den Arm um ihre Schulter.
»Wie geht's ihr?« fragte Eigel.
»Schlecht.«
»Und nimmer Hilf?«
Sigenot schüttelte den Kopf. Da klang das schrille Lachen seiner Mutter, und zu ihm aufblickend, streckte sie die Hand und deutete durch das Fenster nach dem Kreuz. Sigenot wandte sich ab.
»Fischer!« Der Kohlmann sprang auf, ein Scheit in der Faust. »Du, der einzige Mann im Gaden, laß nur du den Mut nit sinken! Halt fest an dir selber! Und sag, was soll geschehen jetzt?«
»Frag die andern! Es geht nit um mich allein.«
Das zornige Lachen des Kohlmanns hallte zwischen den Wänden. »Ging's nach meinem Willen, ich wüßt schon, was ich tät! Ich möcht die Händ eintauchen in der Hilmtrud Blut und herumlaufen im Gaden. Einem jeden möcht ich die blutigen Finger hinstrecken vor die Nas und schreien: Jetzt riech, Bauer, Blutschmack hat die Supp, die ihr gekocht habt auf dem Totenmann!« Er warf das Scheit in das Herdfeuer und verließ die Stube. Als er Wichos Kammer erreichte, sah er die Leute um das Lager gedrängt und hörte Kaganharts schluchzende Stimme: »Sie tut die Augen auf!«
»So lupf ihr doch den Kopf«, stammelte Heilwig, »sie möcht in die Höh.«
»Ja, Trudli, komm, ich tu dich heben!«
Seufzend richtete Hilmtrud sich auf und fuhr mit den Fingern übers Gesicht, als hinge ihr das Haar in die Augen; nur langsam schien sie die Leute vor ihrem Lager zu erkennen, zuletzt ihren Mann. »Hartli? – Bin ich allein hin? – Oder hat er auch seinen Treff?«

»Freilich, freilich!« stammelte der Bauer, der mit dieser Lüge seinem Weib eine Wohltat zu erweisen meinte.
Tief atmete Hilmtrud, und lächelnd schloß sie die Augen, als wäre sie müd und möchte schlafen nach harter Arbeit. Schwer winkte sie mit der Hand. »Leut – geht hinaus!« Als sich die Kammer geleert hatte, rückte Hilmtrud an den Bauer heran und streichelte ihm das nasse Haar. »Hartli, ich hab dich liebgehabt.«
»Wohl, Trudli! Und ich dich auch.«
»Tust du mir verzeihen?«
»Freilich, Trudli! Alle unguten Reden –«
Sie schüttelte den Kopf. »Die mein' ich nit. Da sind wir allweil auf gleich gewesen. Ich mein' unser Haus – ich, Hartli, bin schuld –«
Schwäche befiel sie, und ein roter Tropfen sickerte aus ihrem Mundwinkel.
Kaganhart starrte wortlos in das Gesicht seines Weibes.
»Ich bin schuld – ich hab's ihm verraten, Hartli, von der Thingnacht –«
»Ihr guten Mächt! Wie hast du denn so was tun können!« Er fuhr sich in die Haare. »Und ich hab schiech geredet wider ihn im Thing!«
»Drum hat er Feuer geworfen in unser Haus. Der Mordbrenner!« Sie ballte die Fäuste.
»Weib!« jammerte der Bauer. »Unser Haus!«
»Er hat mich auf der Straß gestellt –«
»Muß man denn da gleich alles ausreden?«
Unwillig hob sich die Stimme des Weibes. »Hast ja du auch nit geschwiegen – und willst doch ein Mannsbild sein!«
»Hast du es nit aus mir herausgedruckt mit Schelten und Streiten?«
»Hättst mich streiten lassen, du Lapp!«
»Weil bei dir schon einer aufkommt, du ungute Dingin du!«
»Den schau an! Keifen will er auch noch! Schwören kann er. Aber den Schwur halten? Wie die Henn das Gackern!«
»So ein Weib! Im letzten Schnaufer noch muß sie raiten und raffeln!«
»Raffeln? Wer raffelt? Wart, die Raffel zahl ich dir heim!«
Draußen standen die Leute und hörten die kreischenden Stimmen.
»Es muß ihr doch nit so schlecht sein«, stotterte Heilwig, »sie zanket schon wieder.«
Wicho öffnete die Tür, und hinter ihm drängten sich die anderen in das Stübchen. Auf dem Heubett sahen sie Hilmtrud halb aufgerich-

tet; mit der einen Hand hielt sie ihren Mann am Haar gefaßt und hob die andere zum Schlag.
»Auslassen!« schrie der Bauer in Zorn und Schmerz. »Wirst auslassen oder nit?«
Hilmtruds Finger lösten sich, und stöhnend sank sie über das Heu. Erschrocken sprangen die Leute zum Lager. Noch einmal suchte Hilmtrud sich aufzurichten. »Hartli, mein guter Hartli –« Dann fiel sie zurück, und ihre Glieder streckten sich.
»Trudli! Was ist dir denn? So red doch!« klagte der Bauer. Da erkannte er den Tod im Gesicht seines Weibes.
Eigel verließ die Kammer. »Es ist der Müh wert, daß einer Mensch wird!« Im strömenden Regen sank er auf einen Steinblock und starrte hinaus in die grauen Lüfte.
Vom Bergwald herüber, durch alles Rauschen, klang das Geläut einer heimkehrenden Herde, und ein Hütebub jauchzte, als wären Sonnenschein und Frühling über ihm, nicht gießendes Gewölk und sinkender Winter.

11

Auf dem Herd der Klause saß Bruder Wampo in Sorgen. Er hatte ein Feuer angeschürt, um sich zu wärmen und die nassen Gewandstücke zu trocknen. Während er vor sich hingrübelte, knisterte die Flamme, und nebenan aus der Zelle klang die psalmierende Stimme Waldrams. Bruder Wampo hörte nicht; er war versunken in seinen Kummer. Vor einer Weile hatte er die Vorräte in der Kammer gemustert und hatte das Mehlsäcklein durchweicht gefunden vom Regenwasser, das der Wind durch die offene Fensterluke hereingetrieben. Auch die Hälfte der Bohnen war verdorben. Der karge Rest, den er gerettet hatte, reichte kaum für die Mahlzeit des kommenden Tages. Und war die letzte Bohne verzehrt, was dann? Die gute Hinzula war siech und kam so bald nicht wieder, und gegen Wampos Absicht, mit dem leeren Säcklein auszuziehen und an die Türen der Bauern zu klopfen, sprach Eberweins Verbot. Die Hilfe des Fischers freilich war den Brüdern sicher. Aber von Fischen allein kann der Mensch nicht leben. Seufzend blickte Bruder Wampo zu den Hechten und Ferchen auf, die er säuberlich ausgeweidet, auf kleine Stäbe gespießt und über dem Herd an der Balkenwand befestigt hatte, um sie zu räuchern. Wieder begann er zu grübeln. Waghalsige Pläne kreuzten sich in seinem runden Köpflein, und schließlich fiel ihm der wilde Immenstock ein. Honig? Kein Futter für den Hunger, aber doch ein süßer Trost für die Zunge! Hurtig eilte Bruder Wampo zur Tür und spähte hinaus. Es rieselte in Fäden, und Schnee fiel zwischen dem Regen. Die Nässe hätte den Bruder nicht abgeschreckt. Wäre nur der Abend nicht so nah gewesen! Seit dem letzten Abenteuer empfand er ein gelindes Grauen, sooft er an den dunklen Bergwald dachte. Doch die Sehnsucht nach dem Honig war stärker als seine Furcht. »Ich muß ihn holen! Ich muß!«
Er knüpfte einen hölzernen Napf an den Gürtel und barg ein Bündel

Kienspäne in der Kutte. Einen Blick noch warf er in Eberweins Zelle, nickte dem Knaben zu, der auf dem Lager ruhte, und eilte davon.

Huze hatte sich aufgerichtet, weil er glaubte, der Bruder käme, um mit ihm zu plaudern. Als er ihn verschwinden sah, streckte er sich wieder auf das Moos und schob die Hände unter die Wange. Draußen plätscherte die Traufe, und durch die Holzwand klang die Stimme Waldrams. Der Knabe schlief ein und flüsterte im Traum den Ruf, mit dem er die Geißen zu locken pflegte, und lispelte den Namen des kleinen Dirnleins im Schapbacher Wald.

Nach einer Weile fuhr er aus dem Schlummer auf und lauschte erschrocken. Er hörte eine gellende Stimme schreien: »Weiche von mir! Denn sieh, ich bin gewaffnet wider dich mit Gottes Schild! Reiße mir Wunden, brenne mein Fleisch, doch meine Seele will ich retten aus deinen Klauen! Unterliegen sollst du! Nieder mit dir! Nieder!« Und klatschende Schläge fielen.

»Zu Hilf! Sie morden den Herren! Zu Hilf!« schrie Huze in Angst. Seiner wunden Füße vergessend, sprang er vom Lager, brach in die Knie, raffte sich wieder auf; und Eberweins Beil ergreifend, schleppte er sich hinkend zur Zelle des Paters, den er von einem Mörder überfallen wähnte. Mit erhobenem Beil erreichte er die Türe. Da sah er Waldram auf der Erde knien, in der Hand die Geißel, mit halb entblößtem, vom Blut überronnenem Körper.

»Ihr Gutholden! Er ist närrisch worden!« kreischte der Knabe; das Beil entfiel seiner Hand, und schreiend flüchtete er aus der Klause. Jeden Schritt empfand er mit stechendem Schmerz, aber die zitternde Angst vor dem Wahnsinn, den er gesehen, trieb ihn weiter. Er hielt nicht inne, als er den Wald erreichte. Mit klunkernden Füßen, stöhnend, schleppte er sich zwischen den Bäumen dahin. Bald hörte er im nahen Tal die Ramsauer Ache rauschen; eh er sie erreichte, verließen ihn die Kräfte, und halb bewußtlos sank er zu Boden.

Läutende Schellen näherten sich dem Tal, Kühe zogen vorüber, und erregte Stimmen ließen sich vernehmen.

»Hör auf! Wie soll man denn so was glauben können?« klang eine Männerstimme. Und eine Dirn kreischte: »So frag den Hütebuben! Der hat's auch gesehen.«

»Wohl«, fiel die Stimme des Knaben ein, »wie ein Lämmlein ist das Untier vor ihm gestanden und hat ihm die Hand geleckt und ist ihm

nachgelaufen wie ein Hundl. Hätt ich's nit selber gesehen, meiner Lebtag hätte ich das Wunder nit glauben mögen.«
»Das muß man dem Richtmann sagen!« schrie die Männerstimme. »Gegen Gottesleut, die ein Wunder wirken, trau ich mich nimmer feind sein. Geschworen oder nit, ich tu von morgen an –« Im Rauschen der Ache und des Regens erlosch die sich entfernende Stimme.
»Leut! Leut!« So hatte Huze ein um das andere Mal gerufen. Niemand hörte ihn.
Das Geläut der Schellen klang ferner und verstummte, um nach einer Weile jenseits der Ache auf bewaldetem Hang wieder laut zu werden. Die kleine Herde zog dem Gehöft des Urstallers entgegen, nahe vorüber am zerfallenen Hag des alten Gobl. Der Greis, der unter seinem Dächlein auf dem Heusack kauerte, hörte den Schellenklang. »Ziehet heim ins Tal oder steiget zu Berg, es gehen doch alle Weg dem gleichen Fleckl zu!«
Je tiefer das Dunkel sank, desto leiser wurde das Rieseln um die Hütte her, bis es ganz verstummte. Gobl streckte die Hand hinaus; leicht und kalt fielen die Schneeflocken auf seine Finger.
Laute Stimmen näherten sich. Ein paar Männer, von einem Haufen Weiber umgeben, eilten am Hag vorüber. Der Greis hörte sie von einem Wunder schreien, das im Lokiwald geschehen wäre. Was er vernahm, störte seine Ruhe nicht. Er streckte sich und schloß die Augen. Da klang durch die Nacht ein schluchzender Ruf. Lauschend saß der Alte, schüttelte den Kopf und legte sich wieder auf den Heusack. Näher klang der matte Ruf, und nach einer Weile hörte der Greis ein Stöhnen. Er kroch vor die Hütte, sah beim Hagtor auf der Erde einen schwarzen Klumpen sich bewegen und rief: »Du Bröckl Elend dort? Was willst du von mir?« Ein klagender Wehlaut. Der Alte lachte. »Muß Elend zum Elend laufen wie Wasser zum Wasser?« Er watete durch die Pfützen zum Hagtor, sah einen Buben liegen, faßte ihn am Arm und rüttelte ihn. »Wer bist du?« Der Knabe blieb stumm, und sein Arm, den der Alte aus den Händen ließ, fiel schwer in die Pfütze. Gobl beugte sich über den Knaben; in der Finsternis vermochte er das Gesicht nicht zu erkennen. »So komm halt! Morgen werden deine Leut schon schreien nach dir.« Mit seinen müden Kräften hob er den Bewußtlosen auf und schleppte ihn unter das Dächlein. Als er merkte, daß der Knabe vor Kälte zitterte, riß er den Heusack auf und höhlte für den stillen

Kameraden ein warmes Nest. Dann saß er im Dunkel an seiner Seite, und immer wieder griff er mit der Hand ins Heu, um zu fühlen, ob der Frierende warm würde.
Einmal lachte er. »Schau nur, mein Haus hat wieder Leut! Und sorgen tu ich mich auch schon drum!«
Bald hörte er den stillen Schläfer in tiefen Zügen atmen, und ein feuchtwarmer Dunst begann aus dem Sack zu quellen.
Dem Greis wurden die Lider schwer; neben dem Knaben legte er den müden Kopf aufs Heu und fiel in Schlummer.
Still lag die Nacht um die Trümmer des zerfallenen Hauses her; der Wind hatte sich gelegt, lautlos fiel der Schnee.
Fern draußen auf den Halden der Schönau war es lebendig in allen Gehöften; Leute eilten von Hag zu Hag, schreiende Stimmen klangen, und Feuerschein leuchtete aus offenen Türen.
Auf dem Karrenweg, der von des Richtmanns Hag zur Ache führte, wanderte ein Einsamer, die lodernde Fackel in der Hand; es war einer von des Richtmanns Knechten, und sein Weg ging dem Fischerhaus entgegen. Als er die Achenbrücke erreichte, löschte er die Fackel und spähte durch die Nacht hinauf gegen den Falkenstein. In rötlicher Helle hob sich Wazemanns Haus aus dem Dunkel, als stünden brennende Pechpfannen im Burghof. »Was die da droben schaffen in der Nacht, das wird uns heiß machen am Tag!« Der Knecht begann zu laufen. Am Hag des Fischerhauses pochte er leise, worauf das Tor sich öffnete, um hinter ihm sich wieder zu schließen.
»Du kommst einschichtig?« klang die flüsternde Stimme des Kohlmanns.
»Beim Köppelecker hab ich sie eingeholt, alle drei. Die Dirnen sind noch flinker gelaufen. Von ihnen hab ich keine mehr gesehen.«
»Die dürfen laufen, wohin sie mögen! Aber die drei Knecht? Wir brauchen Fäust.«
»Sie kommen nimmer. Jeder hat gemeint, die eigene Gurgel stünd ihm näher als des Fischers Hals.«
Zornig lachte der Kohlmann. »Ich hab mir's gleich gedacht, daß sie ausreißen. Das Feuer auf ihre treulosen Köpf! Sag dem Fischer nichts, daß ich dich hinter ihnen hergeschickt hab. Er hat am Tisch die leeren Plätz gesehen und hat kein Wort geredet.«
Eigel wollte zum Haus hinaufsteigen; der Knecht hielt ihn zurück. »Ich hab noch andere Botschaft. Kann sein, wir kriegen Hilf mit dem Morgen.«

»Hilf? Woher?«
»In der Schönau sind alle Leut lebendig. Mit Laufen und Schreien tragen sie die Red um, einer von den Gottesleuten hätt ein Wunder getan im Lokiwald. Die Urstaller Dirn hat mit ihrem Hütebuben abgetrieben von der Alben, und wie die zwei nit weit von der Klaus durchs Holz gezogen sind, da haben die Rinder ein Brüllen angefangen und sind scheu davongesaust, als hätt man ihnen Feuer an die Schwänz gehängt. Und da sehen der Bub und die Dirn einen Gottesmann und sehen, wie ein Bär auf ihn zuspringt. Der Gottesmann hat einen baumstarken Segen gerufen. Und da sehen der Bub und die Dirn, daß der Bär vor dem Gottesmann gestanden ist, so zahm wie ein Lämmlein, und hat ihm die Händ geleckt und ist ihm wie ein Hundl nachgelaufen bis zur Klaus. Der Bub sagt noch, das Untier hätt dem Gottesmann im Maul ein Körbl nachgetragen. Aber das leugnet die Dirn, das will sie nit gesehen haben.«
»Und das glauben die Leut?«
»Es muß was dran sein! Der Bub und die Dirn schwören Stein und Bein. Bei der Ramsauer Ache, wo sie ihr Vieh gefunden haben, ist ihnen der Schmied von Ilsank in den Weg gelaufen. Dem haben sie alles erzählt, und der Schmied ist der erste gewesen, der geschrien hat, er traut sich nimmer feind sein wider die Gottesleut. Er ist umgelaufen von einem Hag zum andern, und die Leut sind lebendig worden. Das wär nit schlecht, wenn man den Bärensegen lernen könnt von den Gottesleuten. Da hätt das Vieh gute Zeit, und es wär ein leichtes Hausen auf der Alben. Und ich mein' halt auch wie die Schönauer Leut: Wer so stark ist wie ein Untier, der müßt auch aufkommen gegen die Wazemannsbuben. Die haben heut den Hanetzer krumm geschlagen, bis er ihnen genug geredet hat, und sind zu unserem Hag gezogen und haben Tor und Türen aufgebrochen.«
»Das muß der Fischer hören!« stammelte Eigel und zog den Knecht in das Haus. Als sie eingetreten waren, schloß man die Tür, und an den Fensterluken wurden die Läden vorgeschoben.
Nur aus Wichos Kammer strahlte noch rötliches Licht. Ein flakkerndes Spanfeuer erleuchtete den kleinen Raum. Neben Hilmtruds Totenlager saß Kaganhart auf der Erde und murmelte die Klage, während er von den Fingern der Leiche die Nägel schnitt. Bei jedem Nagelspänlein, das niederfiel, nannte er eine gute Eigenschaft seines Weibes. Der unsichtbare Geselle, der gekommen war, um die Hilm-

trud einzuführen in sein dunkles Reich, hörte so viel des Lobes, daß er glauben mußte, er hätte dem Leben niemals ein besseres Weib entrissen.

Das war nicht die einzige Totenklage, die gehalten wurde in dieser Nacht.

In stundenweiter Ferne vom Fischerhaus, im Kirchhof der Ramsau, klang eine schluchzende Stimme. Finster stand das Kirchlein, denn das Ewige Licht, dessen Lampe Hiltischalk an jedem Morgen mit Öl gefüllt hatte, war ausgebrannt, und finster lag auch das Haus mit seinem kalten Herd. Nur die Dächer, auf denen der Schnee zu haften anfing, schimmerten hell aus der Nacht.

In das dumpfe Rauschen der Ache mischte sich die Klage der Magd. Weinend irrte Mätzel durch Haus und Hof, um den Tod, der diesem Hause den Wirt und die Wirtin genommen, allem Leben des Gehöftes anzusagen. Im finsteren Stall umhalste sie die Ziegen, drückte das nasse Gesicht in das zottige Fell der Tiere und lallte in ihrer halben Sprache: »Der Wirti daud – die Wirti daud!« Sie suchte den Immenstand hinter dem Haus und schüttelte jeden Stock, daß die schlafenden Bienen zu summen begannen: Der Wirt ist tot, die Wirtin ist tot! Jeden Baum und jedes Bäumlein faßte sie mit beiden Händen und rüttelte an den Stämmen, daß die welken Blätter fielen und die an den Ästen haftende Nässe wie dicker Regen niederging: Der Wirt ist tot, die Wirtin ist tot! Zum Beinhaus wankte sie und warf die Knochen durcheinander, als wäre noch Leben in ihnen, das die Trauerkunde hören müßte. An der Balkenmauer tastete sie sich zur Kirchentür – im Kirchlein war doch einer, von dem ihr Hiltischalk gesagt hatte: »Er lebt, Mätzeli, ewiges Leben hat er!« Dem mußte sie auch die Botschaft bringen.

Ein kalter Lufthauch umwehte die Magd, als sie die schwere Tür vor sich öffnete. In der finsteren Halle fand sie tastend den Altar, umklammerte das Kreuz, rüttelte an dem Balken und schrie: »Der Wirti daud – die Wirti daud!« Es hallte an den Wänden, und ein hölzerner Leuchter, an den ihr Arm gestoßen, fiel vom Altar und kollerte über die Bohlen; das hörte sich an, als klänge Gelächter aus der Erde und aus den Mauern. Jähe Furcht befiel die Magd, und kreischend flüchtete sie aus der Kirche. Unter der Linde fiel sie auf die Steinbank nieder und schluchzte in die Hände. –

Im Tal der Ache, fern am Waldsaum, wo der Karrenweg zwischen die Bäume lenkte, gaukelte der Schein einer Fackel. Schweiker trug sie, der mit Eberwein den Heimweg suchte. Bei jeder schlechten Stelle des Pfades senkte er die Flamme, um den Weg vor den Füßen seines Herrn besser zu erleuchten; zuckend fiel die Fackelhelle über Eberwein, der um Jahre gealtert schien. Schweigend wanderten die beiden. Während der fallende Schnee auf der nassen Erde zerschmolz, blieb er an ihren Kleidern haften; ihre Arme und Schultern wurden weiß.

Als Schweiker wieder einmal aufblickte zu Eberweins Augen, stammelte er: »Wie magst du dich so viel kränken! Schau nur, wie alt sie gewesen sind! Mit jedem nächsten Stündl dem Tod verfallen! Und man kann noch allweil nit wissen, ob sie nit doch noch leben. Wenn's aber schon so wär, daß sie hinuntergefallen sind – schau, so sind sie bei den guten Heiligen im Himmel.«

Wortlos streckte Eberwein die Hände gegen Schweiker und winkte ihm, zu schweigen.

Sie wanderten weiter. Immer langsamer wurden Eberweins Schritte. Seine Kräfte waren erschöpft. Fast Übermenschliches hatte er geleistet, seit er mit Schweiker und Mätzel bei der Ache den alten Runot mit anderen Männern der Ramsau auf der Suche nach dem verschwundenen Paar getroffen. Als Eberwein hörte, was bei Waldrams Ankunft vor dem Kirchlein in der Ramsau geschehen, stand er bleich, wie vor einem Unheil, bei dem es nicht Rat noch Hilfe gibt. Schreiend riß die Magd an seinem Gewand, und schmähend hoben die Männer ihre Fäuste gegen ihn. Unter der finsteren Gewalt, mit welcher Waldram sie gefesselt, hatten sie den Greis verlassen; jetzt schrien sie nach ihm wie nach einem Vater, den sie verloren, und sahen in Eberwein und Schweiker die Gesellen jenes anderen, der sie zu Waisen gemacht. In Zorn wollte Schweiker die Schmäher zur Ruhe weisen. Eberwein wehrte es ihm: »Laß ihrem Groll und Jammer sein Recht! Waldram hat gesät, wir müssen ernten. Könnt ich, was geschehen, mit meinem Leben ändern, ich gäb es gerne dahin!«

Der tiefe Kummer, der aus seinen Augen redete, machte die Schreier verstummen. Wohl folgten sie zuerst nur zögernd den Anweisungen Eberweins, doch immer williger gehorchten sie, je mehr sie den schmerzvollen Eifer erkannten, mit welchem Eberwein nach dem Weg der Verschwundenen zu forschen begann.

Auf durchweichter Erde fanden sie die verwaschenen Spuren, die zur Höhe der Windach führten. Da meinten sie, daß Hiltischalk und

Hiltidiu sich zu den Almen am Windachersee geflüchtet hätten, denn die Almerin, die dort oben hauste, war eine Blutsverwandte der Greisin. Doch die Dirn, die ihre Herde zu Tal trieb, begegnete den Suchenden und wußte keine Antwort. Man forschte weiter und fand das weiße Häubchen der Greisin, fand am Absturz der Felsen den zerwühlten Rasen und sah in der Schlucht der Windach, an einer vorspringenden Steinschroffe einen Fetzen des schwarzen Gewandes flattern. Von der Stelle führte keine Spur gegen den höheren Weg, keine Spur zurück ins Tal. Schreck befiel die Männer, während das jammernde Geschrei der Magd von den Felsen hallte. Hier war nicht Hoffnung mehr, nicht Hilfe! Dennoch versuchte Eberwein das Unmögliche. Ob es ihm auch die anderen mit Gewalt zu wehren suchten, ob auch Schweiker mit beiden Armen ihn umklammerte – er riß sich los und wagte den Niederstieg, bis das schießende Wasser und die glatten Felsen ihm den Weg versperrten. Als er mit erschöpften Kräften wieder am Rande der Schlucht erschien und die Arme der anderen ihn emporrissen auf festen Grund, waren seine Züge verwandelt zu einem Bild des Entsetzens.
Scheu trat der alte Runot vor ihm zurück und flüsterte: »Schauet das Gesicht an, Leut! Das hab ich schon einmal gesehen. So hat Herr Waze geschaut am selbigen Tag, an dem man Frau Friderun gefunden hat unter der Rabenwand.«
Mühsam atmend, in sich versunken, ruhte Eberwein auf dem Stein, zu dem ihn Schweiker geführt. Er hörte nicht den Jammer der Magd, nicht die Reden der Männer, sah nicht die Sorge Schweikers, und sah nicht, was stumm aus den Augen der anderen redete, daß er sie alle, die vor kurzem noch die Fäuste wider ihn gehoben, in dieser Stunde für sich geworben hatte zu treuen Freunden.
Als Schweiker und Runot seine Arme faßten, um ihn aufzurichten, ließ er sich führen. Zuweilen, während des Niederstieges, blieb er stehen und schloß die Lider, denn immer wieder schwebte vor seinen Augen, was er in der Tiefe der Schlucht an den Felsen geschaut: die blutige Spur des Weges, den Hiltischalk und Hiltidiu genommen.
Auch jetzt, da er in finsterer Nacht mit Schweiker den Heimweg suchte unter fallendem Schnee, bedeckte er immer wieder die Augen mit der Hand. Wollte Schweiker ihn stützen, so wies er ihn stumm von sich.
Als sie das Tal der Strub erreichten, klang fernes Geschrei von der

Schönau her. Eberwein hörte nicht; Schweiker lauschte: »Was die Leut nur haben mögen?«
Mühsam wurde der Anstieg durch den Lokiwald. Eberwein vermochte sich kaum mehr aufrecht zu halten. Endlich gewannen sie den Waldsaum, und Schweiker hätte jauchzen mögen, als er in der Finsternis das weiße Dächlein liegen sah. Vor der Klause hob er verwundert die Fackel, er fand die Türe mit Balken und Pflöcken verrammelt. Rasch wußte er freien Weg zu schaffen, und seine rufende Stimme klang; es rührte sich nichts in der Klause, niemand trat den Heimkehrenden entgegen; die Stube fand er leer und steckte über dem erkalteten Herd die Fackel in den Ring. Als er sah, daß Eberwein zur Zelle des Paters wankte, sprang er ihm in den Weg: »Ich bitt dich, guter Herr, nur heut red nimmer mit ihm! Nur heut nimmer!«
In der finsteren Zelle knarrten die Stangen des Lagers, und Waldram erschien auf der Schwelle, die Augen brennend wie im Fieber. An Eberwein vorüber blickte er auf Schweiker. »Wehrest du ihn ab von mir, da du weißt, daß er meinen Blick zu fürchten hat?«
Da stürzte Eberwein auf ihn zu und faßte ihn an der Brust. »Waldram! Gib mir diese Menschen wieder! Meine besten, die ich hatte!« Seine Stimme erstickte.
Es kostete Waldram nur geringe Mühe, den Entkräfteten von sich abzuschütteln. »Weiche von mir! Du hast mit diesem Wort das Urteil über dich gesprochen. Zwischen dir und mir sollen Berge und Meere liegen.«
»Ja, Waldram! Hohe Berge, tiefe Meere!« Schwer stützte Eberwein sich auf Schweiker, der ihn in die Zelle führte, in die der Fackelschein einen matten Schimmer warf. Eberwein sah das leere Lager und blickte suchend umher; die Sprache versagte ihm.
Schweiker verstand den Blick. »Tu dich nit sorgen, Herr! Der Bruder wird den Buben in unsere Kammer genommen haben, damit du ruhen kannst in der heutigen Nacht.«
Stumm nickte Eberwein. Ohne Wehren duldete er, daß ihm Schweiker das triefende Gewand mit trockenem Kleid vertauschte, das Moos zu weichem Polster aufschüttelte und die zitternden Glieder bedeckte. Als ihm Schweiker einen Becher brachte, schlürfte er den Trunk in gierigen Zügen, ohne zu merken, was er trank. Der Bruder atmete erleichtert auf, als der Becher geleert war bis auf den letzten Tropfen des Meßweins. Er steckte eine frische Fackel in Brand, und

dann saß er neben dem Lager. Eberwein stöhnte im Halbschlaf; doch immer ruhiger wurde sein Atem, und nun lag er in bleiernem Schlummer.

Auf den Zehen schlich Schweiker aus der Zelle, steckte einen Span in Brand, löschte die Fackel und trat in seine Kammer. Zwischen den vier Wänden roch es nach Wachs und Honig, als wäre die Zelle ein Immenstand. Auf dem einen Bett lag Bruder Wampo wie ein Klotz, mit hängenden Armen. Seine Kutte, von der Brust bis nieder zum Saum, war fleckig und glitzerte. Kopfschüttelnd betrachtete Schweiker den Schnarchenden. Da sah er, daß das andere Lager leer war. Er rüttelte den Schläfer. »Bruder? Wo ist der Bub?«

»Der Bär – der Bär –«, lallte Wampo, riß die Augen auf und fuchtelte mit den Händen, zwischen deren Fingern der Honig klebrige Fäden spann.

»Ich frag, wo der Bub ist«, brummte Schweiker, der den Bären auf sich bezog.

»Der Bub? Pater Waldram – Waldram –« Dem Bruder fielen die Augen wieder zu, und lallend sank er auf die Wolfshaut zurück.

Schweiker gab sich zufrieden, weil er glaubte, daß Huze bei Pater Waldram in der Zelle wäre. Seufzend blies er das Spanlicht aus, warf die nasse Kutte ab und wühlte sich ins Moos. Er schien nicht gut zu liegen; von einer Seite wälzte er sich auf die andere, und murmelnd klang es im Dunkel: »Hätten wir die schieche Gegend nur nie gesehen! Dem guten Herrn wär wohler! Mir auch!« Eine Weile lag er still, dann wieder ächzten die Stangen. »Es muß ein End haben, es muß!« Mit raunender Stimme begann er zu beten. Bei der vierten Litanei wurde sein Murmeln immer leiser und versank in Schweigen.

Tiefe Stille war in der Klause. Um die Mauern her versiegte die Traufe, und lautlos fiel der Schnee in schweigender Nacht.

Der Morgen konnte nicht mehr ferne sein. Da rann ein leises Zittern durch die Mauern, es knirschte im Gebälk des Daches, der krächzende Schrei eines Vogels klang aus den Lüften, und unter der Klause ging ein dumpfes Murren vorüber, das wie in weiter Ferne verstummte. Die müden Schläfer erwachten nicht. Nur Waldram, auf dessen Augen kein Schlummer gefallen, erhob sich von seinem Lager.

»Ich höre die mahnende Stimme, Herr, und wache. Denn meine Stunde will kommen.«

Auf nackten Sohlen schritt er durch die Herdstube in das Kirchlein, das vom Schein der schwankenden Ampel trüb erleuchtet war. Mit ausgebreiteten Armen vor dem Kreuz auf der Erde kniend, begann er den Psalm: »Erhebe dich, mein Gott, steh auf, daß deine Feinde sich zerstreuen und deine Hasser fliehen vor dir! Wie Rauch verweht, so vertreibe sie! Wie Wachs zerschmilzt vor Feuer, so laß sie vergehen vor deinem Zorn!«

12

In Wazemanns Burghof, den die Pechpfannen erleuchteten, unterbrachen die Knechte ihre Arbeit und lauschten.
»Was ist das gewesen?« fragte einer. Der andere stotterte: »Es hat der Boden gebidmet.« Ein dritter schüttelte den Kopf. »Ich hab nichts gespürt, hab nur den Rumpler gehört. Es muß eine schwere Lahn gegangen sein. Droben hängt der Schnee schon mannstief.«
»Eine Lahn?« murmelte ein grauköpfiger Alter. »Leut, mir grauset! Wie ich ein kleiner Bub gewesen bin, ist vom Göhl eine Wand niedergebrochen und hat die schönsten Alben zugedeckt. Selbigsmal ist alles grad so gewesen wie die letzten Tag her. Leut, es ist was ledig worden im Gestein, es muß was kommen.«
»Laß kommen, was mag! Uns trifft's nit!« lachte einer der jüngeren Knechte. »Und schlagt's ein paar Bauernköpf zu Mus? Die wachsen wieder wie der Schimmel am Käs.«
»Tu nit so laut«, mahnte der Alte, »die Herrenleut schlafen, und ein Toter liegt im Haus.«
»Laß ihn liegen! Pech her! Dem Fischer soll heiß werden, daß er Blut schwitzt.« Der Knecht tauchte den fertiggewordenen Hanfkranz in das zerlassene Pech.
Der Alte schüttelte den Kopf. »Wenn der Fischer den Richtmann gutwillig herausgibt, hat die Sach ein End.« Diese Weisheit hatte er in der Herrenstube erlauscht.
Seit dem Abend wußte Herr Waze, daß er die Sühne für den erschlagenen Knecht nicht von Sigenot, sondern vom Richtmann zu fordern hatte. Die Aussage, die der Hanetzer getan, war deutlich. Und hatte nicht der Richtmann seinen Hag verlassen und alle Türen versperrt? Wohin er mit seinen Leuten flüchtete, diese Frage war nach Wazes Meinung leicht gelöst: in den Hag des Fischers. Mit dem Morgen wollte er den Schuldigen fordern; er hoffte, daß ihm Sigenot

diese Forderung verweigern möchte, und fürchtete, daß der Fischer sie erfüllen könnte. »Er muß sich denken, daß ich dem Richtmann nit zu hart ans Fleisch geh. Ich bin der Narr nit, daß ich die beste Milchkuh niederschlag, die ich hab im Land. Und gibt er ihn heraus, was tu ich dann? Den Fischer will ich. Und hab kein Recht mehr wider ihn.«

Recht! In seinem Leben hatte Herr Waze dieses Wort nicht so oft im Munde geführt als seit der Stunde, in der er das Bußloch leer gefunden. Seine Wut drängte nach einem Ausbruch, doch die abergläubische Furcht hielt ihn gefesselt wie ein eiserner Reif. Den Zwiespalt, der in ihm tobte, löste der Met. Schwer trunken sank er in später Nacht auf das Spanbett, während im erleuchteten Burghof die Knechte unter den vorspringenden Dächern saßen, die Pechkränze flochten und die Reisigbündel fertigten, die den Hag des Fischers in Asche legen sollten.

Noch ehe der Morgen graute, versiegte der Flockenfall. Weiß schimmerten alle Dächer um den Burghof her. Der Bergwald war mit Schnee behangen. In den Lüften teilte sich das Gewölk, und durch den Nebel schimmerten die erlöschenden Sterne.

Das Schneelicht warf einen matten Dämmerschein in die Herrenstube. Da wurde Herr Waze geweckt. »Auf!« klang die Stimme Hennings, der vor dem Lager des Vaters stand.

Mit stumpfem Blick hob Herr Waze die Augen. »Was willst du?«

»Fragen will ich, ob ein Heiliger, der in der Nacht durch Mauern geht, die Vögel weckt!« rief Henning mit heiserem Lachen, während seine Brüder lärmend aus ihren Stuben kamen. »Fragen will ich, ob ein Heiliger, der fliegen kann, über Treppen steigen muß und durch die Zeugkammer schleichen!«

»Treppen? Zeugkammer?« lallte Herr Waze. »Was soll der Unsinn?«

»Unsinn? So frag die Knechtleut! Ich mein', sie wissen, wer der Heilige gewesen ist, der dem Pfaff alle Türen aufgetan.«

Herr Waze tastete nach der Hüfte, als trüge er am Gürtel noch den Schlüssel verwahrt. Henning packte ihn an der Brust und rüttelte ihn. »Schlafst du noch allweil? Wach auf! Ich hab am Fenster den Laden aufgezogen und hab die alte Hex, die Ulla, im Hof gesehen. Sie hat den Knechten die Schüssel mit der Morgensupp zugetragen und hat geredet mit ihnen. Vom Wunder, von deinem Heiligen! Ihr Star hätt den Heiligen im Haus gemerkt, so hab ich sie sagen hören, und der Vogel hätt ein süßes Singen angehoben mitten in der Nacht. Da wär sie aus dem Schlaf gekommen und hätt gehört, als gingen Leut an der Tür vorbei, bloßfüßig über die Trepp hinauf, gegen die Zeugkammer.«

Weiter kam Henning nicht. Herr Waze war aufgesprungen und hatte ihn mit der Faust von sich gestoßen. Im Schlafhemd stürzte er gegen die Halle. Als ihm auf der Schwelle die Kälte an die nackten Beine fuhr, griff er mit zuckenden Händen in die Luft. »Das Weibsbild her!«

Henning und Sindel eilten in den Unterstock des Hauses; als sie an Ullas Kammer die Tür aufrissen, saß die alte Magd bei der Fensterluke, durch die ein trüber Schein des erwachenden Morgens fiel; auf ihrem Schoß hielt sie den kleinen Käfig des Staren, dem sie frisches Futter geben wollte. Henning und Sindel packten sie mit groben Fäusten.

»Mein Star! Mein Star!« jammerte Ulla, weil der Käfig von ihrem Schoß zu fallen drohte.

»Weiter! Hinauf zum Vater!« Henning zerrte die Widerstrebende zur Tür.

»So lasset mich nur den Vogel niederstellen!« schrie die Magd. Da stand sie schon im dunklen Flur und wurde die Treppe hinaufgestoßen; sie stolperte; weil sie im Fallen die Arme schützend um den kleinen Käfig drückte, schlug sie mit dem Gesicht auf die Kante einer Stufe. Henning zerrte sie in die Höhe und stieß sie vor sich her; sie merkte nicht, daß ihr das Blut von den Lippen rann; ihre einzige Sorge galt dem Vogel, der ängstlich zwischen den Stäben flatterte.

Unter der Tür der Herrenstube stürzte Herr Waze ihr entgegen, angekleidet, mit dem Fänger umgürtet. Er packte die Magd und zerrte sie über die Schwelle. »Geschwiegen hast du! Bis heut! Warum? Jetzt red! Oder ich lös dir die Zung, daß du singen sollst wie dein Starmatz. Red! Wie war's in jener Nacht?«

»Herr, Herr!« heulte die Magd, »lasset mich doch den Käfig niedertun! Schauet nur, wie der arme Vogel –«

»Red!« schrie Herr Waze und schlug ihr mit der Faust den Star aus den Händen. Der Vogel machte im zerschmetterten Käfig noch eine flatternde Bewegung. Dann lag er still.

Ulla stand wie versteinert; das Gelächter, das Henning und seine Brüder erhoben, weckte sie; mit Schluchzen und Lallen streckte sie die welken Hände und warf sich zu Boden.

Herr Waze wollte nach ihr greifen. Eine Hand faßte seinen Arm. Recka, von dem Lärm aus ihrer Kammer gerufen, stand vor ihm, die Haare gelöst, im weißen Schlafgewand. »Was hat die Magd dir getan, Vater? Du hast sie grausam gebüßt, der Vogel war die einzige Freude ihres armen Lebens.«
»Vogel! Vogel!« schrie Herr Waze. »Soll ich mich um einen Starmatz kümmern, wo es hergeht um alles, was ich hab und bin? Tag und Nacht bin ich gelegen wie gebunden an Händen und Füßen. Bei jedem Schnaufer hat mich das Grausen vor dem Wunder geschüttelt, an das ich glauben hab müssen. Und das Weibsbild hat gehört in der Nacht, wie der Pfaff mit seinem Helfer davon ist! Und hat geschwiegen!« Er streckte die Fäuste nach der Magd.
Recka trat ihm in den Weg. Sie schien zu wissen, daß sie eine böse Stunde über sich heraufbeschwor; aber sie sah den Jammer der alten Magd und konnte nicht schweigen. »Willst du wissen, wer den Priester aus deinem Hause führte, so frage mich!«
In Zorn, fast wie ein einziger Schrei, klang Reckas Name von den Lippen der Brüder; nur Henning lachte: »Das hätt ich mir denken müssen!«
Mit geballten Fäusten trat Herr Waze vor seine Tochter hin. »Dirn!« keuchte er, »Dirn!«
Stolz richtete Recka sich auf. »Ich habe den Gast an meiner Hand unter Dach geführt. Wenn er euch nit heilig war, er ist es mir gewesen.«
»Soll das heißen, daß du den Schlüssel von meinem Gurt gelöst, während ich im Rausch gelegen? Und daß du dem Pfaffen und dem Buben Schloß und Türen aufgetan?«
»Ja, Vater!«
Da traf ein Faustschlag ihre Wange. Als hätten die Brüder gewartet auf solch ein Zeichen, so stürzten sie unter Flüchen auf die Schwester zu, rissen ihr das Gewand von der Schulter und schlugen, wohin sie trafen. Stöhnend, wie eine Bärin, die Hunde von sich abschüttelt, machte Recka sich frei. Zum Spanbett springend, faßte sie den Jagdspeer des Vaters und schwang das Eisen gegen Henning, der ihr am nächsten stand. Schreiend wichen die Brüder zurück, jeder suchte nach einer Waffe. Herr Waze schrie: »Was lauft ihr nach Wehr und Eisen? Ich zwing sie noch mit der leeren Hand.« Er sprang auf Recka zu, um den Speer zu greifen; doch als er den Blick ihrer Augen sah, trat er scheu zurück. Hochaufgerichtet stand sie

vor ihm, auf der blassen Wange das rote Mal, das der Schlag seiner Faust entzündet hatte. »Stoß zu!« rief er mit heiserem Lachen. »Mich plagt die Neugier, wieviel ein Kind zuweg bringt wider den Vater. Stoß zu! Den Feind, den ich eingesponnen, hast du aus meinem Netz gerissen. Hast das Pfand, das ich gehalten, aus meiner Hand geschlagen. Stoß zu! Du bist mein Kind nit, du Wechselbalg! Stoß zu!«

Reckas Finger öffneten sich, und klirrend fiel die Waffe zu Boden. Wortlos raffte sie die Haarsträhnen und die Fetzen ihres Gewandes über die entblößte Brust. Mit erloschenem Blick den Vater und die Brüder streifend, schritt sie taumelnd zur Tür der Halle.

Henning sprang ihr in den Weg. »Wohin willst du?«

»Meine Heimat suchen!« erwiderte Recka. »Ich finde sie bei meiner Mutter.«

»Oder näher noch? Beim Fischer? Weg von der Tür! Du bleibst!«

»Gib ihr den Weg doch frei!« klang Eilberts Stimme aus dem Geschrei der Brüder. »Lieber sitzt sie mir am Tisch des Fischers als mit uns vor der gleichen Schüssel. Und lachen kann er, wenn sie kommt. Wir haben ihm eine Müh erspart, er braucht an ihrem Kleid die Haften nimmer aufzutun.«

»Sie bleibt!« schrie Henning und schleuderte die Schwester von der Tür zurück. »Sie bleibt, solang des Fischers Haus noch steht. Oder soll sie es halten mit ihm? Wider uns?«

Wankend unter dem Stoß, den Henning ihr versetzt, war Recka neben dem Tisch auf einen Sessel gefallen. Sie versuchte nicht, sich wieder aufzurichten. Zitternd saß sie und hielt das Gesicht mit den Händen bedeckt. Henning trat zu ihr. Doch Herr Waze, der einen Mantel umgeworfen hatte, schob ihn zurück. »Jetzt macht ein End mit dem Geschrei! Kehr ich heim zur Nacht, so will ich raiten mit ihr. Jetzt haben wir Besseres zu schaffen. Die Wehr an jeden Gurt, den Sattel auf jedes Roß! Wir reiten!«

»Wohin, Vater?« schrien die Brüder durcheinander.

»Das fragt ihr noch?« Herr Waze lachte. Sein ganzes Wesen war verwandelt, und die Faust, die er hob, schien wie aus Erz gegossen. »Den Vogel fang ich wieder ein, dem eure Schwester den Käfig aufgetan. Hätt ihm nit die Dirn geholfen, er hätte lange gewartet auf einen Heiligen! Da wird er laufen wollen und Klag tragen zum Herzog oder zum Reich. Ich will ihm den Weg verlegen. Jetzt weiß ich: Ich hab nur Menschen wider mich, bin auf meine gute Kraft gestellt, und solang ich eine Faust hab, schlag ich zu. Der Salzburger soll lachen zu meiner Arbeit! Was steht ihr noch allweil? Fort mit euch!«

Während die Brüder lärmend in ihre Stuben eilten, hob Herr Waze den Jagdspeer von der Erde, stieß die alte Magd, die schluchzend auf dem Boden saß, mit einem Fußtritt aus seinem Weg und blieb vor Recka stehen. »Dirn! Ich muß dir danken für das Wort, das du heut geredet hast. Es hat mir den Nebel aus dem Hirn geblasen und hat mir die Knochen zu Eisen gemacht.« Er puffte mit der Faust an Reckas Schulter. »Ein Heiliger hat ihm geholfen, ein Heiliger! Wer wird ihm helfen, wenn ich zur Klause geritten komm?« Er sah das Kreuz an der Mauer und stieß nach ihm mit dem Speerholz. Die Nägel lösten sich, das Kreuz stürzte zu Boden, und die beiden Hölzer fielen auseinander. »So stark bist du? So stark?« Lachend trat Herr Waze in die Halle hinaus.

Ulla erhob sich, den toten Star in der Hand. Ihr Gesicht war entstellt, Tränen hingen an den rotgeränderten Augen, und schrillend klang ihre Stimme, als sie vor Recka stehenblieb. »Schau her!« Sie streckte die Hand mit dem Vogel. »Das einzige, was mir lieb gewesen! Schau her: Mein Star ist hin!«

Recka ließ die Hände sinken; sie sah den Vogel nicht an, ihre Augen waren ins Leere gerichtet.

»Schau her! Allweil hast du gern geluset, wenn er gesungen hat. Jetzt ist er hin. Er hat gesungen in Wazes Haus. Drum hat er sterben müssen. Es soll kein Leben bleiben, wo dein Vater hauset. Spring auf, Herrin, und lauf! Oder die Salmued holt dich ein. Deine Mutter ist hin, mein Star ist hin, ich hüt mich, daß ich die nächste bin!« Unter heiserem Gelächter glitten Ullas funkelnde Augen über die Wände. Zur Tür humpelnd, spuckte sie über die Schulter.

Als sie die Halle betrat, lag schon der weiße Morgen über dem Burghof. Eintönig rauschten die Bäche, kein Lufthauch war zu spüren, und wolkenlos spannte sich der Himmel über die mit Schnee behangenen Berge, deren höchste Zinnen in rosigem Glanze schimmerten.

Ulla fand das Tor geschlossen. Unter dem Mauerbogen ließ sie sich in einem Winkel nieder, drückte den Vogel an die Wange und streichelte sein Gefieder.

Immer tiefer glitt auf den Bergspitzen der rote Glanz, und wachsende Helle goß sich über den Himmel aus. Zuweilen klangen dumpfe Geräusche von den fernen Höhen, und in dem weißen Schnee der steilen Gehänge erschienen dunkle Striche: die Furchen fallender Blöcke, die Gassen der Lawinen.

In Sorge blickte manches Auge an diesem Morgen zu den Bergen auf. In der Schönau, auf deren Halden der Schnee schon wieder schmolz, stand der Köppelecker mit seinem Weib vor dem Hagtor. Sein Vieh war von den Almen noch nicht heimgekehrt. »Schau nur die Berg an!« sagte er. »Der Schnee ist auf nassen Boden gefallen, und die Sonn wird heiß machen. Das richtige Lahnenwetter! Ich möcht nur wissen, was den Dirnen eingefallen ist, daß sie gestern nit heimgetrieben haben! Es wird doch kein Unglück geschehen sein! Schau nur hinauf, es laufen die Lahnen im Gewänd wie närrisch!«

Eine Weile redeten die beiden noch. Dann entschloß sich der Bauer, seinem Vieh entgegenzuziehen. Das Weib brachte ihm Grießbeil und Kappe, und in Sorge eilte er davon.

Hinter dem Hag des Richtmanns sah er viele Männer stehen und hörte aus ihrer Mitte die kreischende Stimme des Hanetzer. Er wußte, was sie dort verhandelten: das Wunder, das der Gottesmann im Lokiwald getan, die Bluttat des Richtmanns und den Tod der Hilmtrud. Aber sein Vieh war in Gefahr, was kümmerte ihn alles andere! Er lief und lief. Am zerfallenen Hag des alten Gobl führte sein Weg vorüber; er sah den Greis auf den Trümmern seines Hauses sitzen. »Schieche Zeit, Gobl!« rief der Bauer und eilte vorüber.

Schwer atmend strich der Alte mit der Hand über die Stirn, sah die kleine Hütte an und lachte. Im ersten Grau des Morgens hatte er den Gast erkannt, den die Nacht ihm zugeführt.

Unter dem Dächlein raschelte das Heu, und die Stimme des Knaben bettelte: »Gobl-Ähni!«

Der Greis drückte die Fäuste über die Ohren.

Wieder klang es aus der Hütte: »Gobl-Ähni!«

Der Alte sprang auf, als möchte er dieser Stimme entfliehen. In der Hofreut blieb er stehen, und seine Augen suchten die Hütte. »Es muß ihn der Hunger plagen!« Er spähte über die Halden der Schönau gegen Wazemanns Haus. »He, du! So bring doch Futter für dein Blut! Oder hast du ihm alles ausgeschröpft, was er von dir im Leib getragen? Wär das Tröpfl, das in ihm noch übrig ist, von meiner Dirn?«

»Gobl-Ähni!« klang die Stimme in der Hütte.

Ein Zittern befiel die Hände des Alten. Durch die Pfützen watete er

zum Apfelbaum und suchte im Schlamm nach den gefallenen Früchten; nur wenige fand er; sie waren faul. Er spähte in das halb entblätterte Gezweig. Drei Äpfel sah er noch hängen und schüttelte an dem Baum, bis auch der letzte fiel.
Zwei Äpfel warf er unter das Dächlein; den dritten behielt er und hob ihn an die Zähne, ließ ihn wieder sinken und warf ihn den anderen nach. »So nimm halt! Mehr hab ich nimmer.« Seufzend ließ er sich auf die Trümmer nieder und nahm den weißen Kopf zwischen die Fäuste.

13

Der rote Frühglanz fiel auf die Felsgehänge des Untersberges, als Bruder Schweiker im Arbeitskittel aus der Tür der Klause trat. Eberwein lag noch im Schlaf. Daß auch Bruder Wampo noch schlummerte, konnte man hören. Nur Waldram wachte; aus dem Kirchlein quoll der eintönige Klang seiner betenden Stimme. Schweiker sah mit großen Augen umher. Die Rodung war ein grauer Sumpf, und bis zum Fuß der Berghöhe reichte der Schnee herunter. »Schau nur einer! Vor zwei Tag noch Sommer, und heut springt uns der Winter in die Fenster!« Ein dumpfes Rollen. Auf dem Berghang stob eine silberweiße Wolke in die Lüfte. Ein breiter Schneestrom fuhr über das Gehäng und glitt am Fuße des Berges fächerartig auseinander. Nun wieder Stille. Wie feiner Regen fiel der weiße Staub, und Steine hüpften lautlos über den Schnee.

»Ihr guten Heiligen! So eine Gegend! Da lauft der Schnee, als hätt er Füß!« Schweiker wollte in die Klause treten. Vor der Türe zögerte er. »Ist der Herr nit selber aufgewacht, ich weck ihn nit. Er braucht den Schlaf wie der Hunger den Bissen Brot.« In Sorge betrachtete er den gestürzten Schnee. »Jetzt heißt's aber schaffen und die Pfähl schlagen zum Hag!« Er suchte die Axt und fand sie mit Rost bedeckt auf der Stelle liegen, an der er sie am verwichenen Mittag aus der Hand geworfen.

Da rief eine leise Stimme seinen Namen. Wie Schreck fuhr es ihm in alle Glieder. Ein paar Sprünge machte er, als wäre die Hölle hinter ihm; dann blieb er stehen und blickte über die Schulter. Bei der Klause stand die Hirtin, das weiße Tüchl um den Kopf, am Arm den schweren Weidenkorb. Lächelnd blickte sie zu Schweiker auf, der zögernd näher kam. Nicht die Stimme, die ihn gerufen, und nicht die fromme Gabe, sondern das Staunen zog ihn näher. Die graue Raupe Hinzula war verwandelt in einen bunten Schmetterling. Ein rotes Röckl floß um ihren schlanken Leib, und unter dem grüngefärbten Mieder aus Lammfell quoll das gebleichte Hanftuchkittelchen hervor, dessen Ärmel mit farbiger Wolle gesäumt waren. Sie stellte den Korb zu Boden und lüftete den Deckel. »Schau her, was ich gebracht hab!«

Er sah den Korb nicht. Seine Augen hingen an der Hirtin, die ihm zulispelte: »Was sagst du, wie die Berg ausschauen! Heut in der Nacht hat's Not über Not gegeben auf den Alben. Der Vater und die Mutter sind lang vor Tag schon aufgestiegen. Und wie ich so allein gelegen bin, ist mir die Zeit lang geworden. So hab ich halt ein lützel was ins Körbl getan und bin heruntergelaufen. Du! Droben bei uns, da liegt der Schnee aber schiech!« Sie hob ein wenig das Röckl und lugte auf ihre Schuhe, an denen der Schnee in Klumpen hing; der Saum ihres Kleides war schwer von Nässe.

»Kind! Wie hast du einen solchen Weg tun können!« stotterte Schweiker in Vorwurf und Sorge. »Bist du denn schon wieder völlig gesundet?«

Sie sah ihn mit glänzenden Augen an und lachte. »Ein lützel brummen tut mir das Köpfl noch. Aber das wird schon aufhören! Gelt?«

Er streckte die Hand und zog sie wieder zurück. Und immer größer wurden seine Augen.

Verwundert sah Hinzula zu ihm auf. »Was hast du denn?« Sie griff nach dem Korb. »So schau doch her und nimm!«

»Leg das Zeug nur vor die Tür! Da wird's der ander schon finden. Ich will nichts haben davon. Kein Bröckl rühr ich an. Überhaupt – es muß ein End haben! So oder so! Und schaffen muß ich auch.« Er nahm die Axt über die Schulter, drehte dem Mädchen den Rücken und schritt zum Waldsaum.

Erschrocken stand die Hirtin und sah ihm nach; ihr Mäulchen zuckte, und Tränen kugelten ihr über die Wangen. Als Schweiker die Arbeit begann, nahm sie den Korb, schüttete seinen Inhalt vor die Tür der Klause und schlich den Bäumen zu.

Am Waldsaum schwang der Bruder die Axt; bei jedem Hieb drehte er die Augen über die Schulter. »So was! Fliegt umeinander wie ein Stieglitz! Rot und grün und schecket! Da hört sich doch alles auf! Wenn ihr einer in den Weg läuft! Von den Wazemannsbuben –« Bei diesem Gedanken fiel ihm das Beil aus den Händen. In langen Sprüngen, daß unter jedem Tritt aus dem nassen Moos das Wasser spritzte, eilte er über die Rodung, holte die Hirtin ein, packte ihren

Arm, schüttelte sie und keuchte mit zornrotem Gesicht: »Du heillose Dirn du! Wie kannst du denn so umeinanderlaufen? Wie schaust du denn aus?«
»Wieso? Was hast du denn?« klagte Hinzula. »Ich hab mich doch sauber gemacht! Hast doch allweil gescholten –«
»Sauber? So? Wart, ich will dich sauber machen!« Mit der einen Hand hielt er sie fest, mit der andern fuhr er, sich niederbückend, tief in den Schlamm. Ein flinker Strich durch Hinzulas Gesicht. Wieder tauchten seine gespreizten Finger in die graue Farbe. Es währte nicht lang, und die Hirtin bot vom Scheitel bis zum Rocksaum einen Anblick, der auf ein Haar dem Bilde glich, das Bruder Wampo geboten, als er im Sumpf des Achentals den Frischling erbeutet und Schweiker ihm zugerufen hatte: »Bruder, mir graust vor dir!« Jetzt aber schien Schweiker sein Wohlgefallen an dem grauen Bild zu haben. Er nickte zufrieden vor sich hin und wischte die Hände über die Hüften. »So, mein Kindl, jetzt kannst du in aller Ruh den Heimweg suchen!« Mit einem Puffer brachte er die Hirtin in Gang. »Jetzt rührt dich keiner an!«
Während Hinzula, die Hände von sich abgestreckt, mit kurzen Schritten, schluchzend und lachend zugleich, den Wald betrat, eilte Schweiker so vergnügt, als hätte er ein gutes Werk getan, der Klause zu. Da hörte er Wampos jammernde Stimme. »Was ist denn schon wieder?« brummte er und sprang über den kleinen Berg von Butter, Brot und Käse, den Hinzula vor der Schwelle abgeladen. Wampos Klagetöne kamen aus der Vorratskammer; als Schweiker auf die Schwelle trat, sah er den Bruder in seiner von Honig glitzernden Kutte auf der Erde knien und verzweifelt die Hände ringen: »Schau nur das Unglück an! Das Ärgste, was noch geschehen hat können!«
»So red doch, was ist denn los?«
»Der ganze Meßwein ist ausgeronnen in der Nacht!«
Schweiker erschrak und wurde rot – er hatte in der Eile, als er den Trunk für Eberwein geholt, den Hahn zu schließen vergessen. Mit den Fingern klopfte er das Fäßl ab. Es hatte hohlen Klang. Und doch begriff er die Sache nicht; auf dem festgestampften Lehmgrund konnte der Wein nicht in die Erde sickern, die ganze Kammer hätte überschwemmt sein müssen, aber auf dem Boden stand nur eine kleine Lache. »Das ist doch nit der ganze Wein! Die paar Kännlein für die Mess' all Tag, sonst hat doch keiner davon genommen. Das Fäßl muß über die Hälft noch voll sein!«

Jetzt wurde Bruder Wampo rot bis über die Ohren. Aber statt seine heimlichen Sünden zu bekennen, jammerte er: »Was tun wir jetzt? Kein Tröpfl Wein mehr! Jetzt dürfen wir zusperren und Amen sagen. Jetzt hat alles ein End, und die Welt geht unter. So eine Gegend, wie das ist!« Unter Seufzen und Schelten begann er alles Unheil aufzuzählen, das den Brüdern von der ersten Stunde an im Gaden widerfahren. »Und gestern«, schloß er, »was mir gestern geschehen ist, das weißt du noch gar nit! Die Haar möchten einem zu Berg stehen!«
Schweiker schielte nach Wampos Glatze.
Seufzend strich der Bruder über einen der schimmernden Honigflecken auf seiner Brust und roch an den Fingern. »So ein Honig, wie das gewesen wär! Süß wie die Seligkeit und düftig wie ein Blümelgarten! Da, riech!« Er hob die Hand. Und erzählte von dem wilden Immenstock und von dem Weg, den er am verwichenen Abend getan, um den Honig auszuheben. »Ich hab den Baum gleich wiedergefunden. So was merk ich mir. Aber wie ich dasteh vor dem Baum, da bin ich erschrocken, weil die ganze Rind verkratzt gewesen ist, als wär einer mit Nägelschuh dran auf und nieder gestiegen. Um aller Heiligen willen, hat's geschrien in mir, es wird mir doch kein anderer über den Immenstock gekommen sein? Wie ich hinaufschau, seh ich die Immen klumpenweise am verstopften Einflug hängen. Gott sei Dank, hab ich denken müssen, da hat noch keiner hingerührt! Aber jetzt, Bruder, jetzt weiß ich, wer bei meinem Immenstock gewesen ist!«
»Wer denn?«
»Wart nur ein Weil!« Bruder Wampo schöpfte Atem. »Ich hab an einem langen Stecken den Kienspan angezunden und hab die Immen abgebrannt vom Loch. Nachher bin ich hinaufgestiegen. Es hat ein lützel Beißen gekostet! Wie ich droben gesessen bin auf dem Ast, hab ich mich schön ausgeschnauft und hab mir aus Reisern ein Dächl über dem Kopf gemacht, weil mir der Regen über den Buckel geronnen ist, als tät man aus einem Schaffl gießen. Und hab den Holztiegel vom Gurt genommen und hab angefangen.« Er fuhr mit der Zunge über die Finger. »Der ganze Baum ist hohl gewesen, kein Sumserlein hat sich mehr im Stock gerührt, und wie ich hineingreif, spür ich, daß eine Waben neben der andern hängt, dick und fett. Einen Schnalzer hab ich mit der Zung getan und hab geschafft, daß ich schwitzen hab müssen. Eine Wabe um die andere hab ich ge-

hoben und hab den Honig ausgedruckt, daß der Tiegel bald übergelaufen wär! Und wie ich in der besten Arbeit bin, da hör ich unter mir ein Tappen und Kraspeln. Ich schau hinunter – und hab gemeint, es fallt mir vor Schreck die Zung in den Hals!«
»Warum denn?«
»Weil unter mir ein Endstrumm Bär gestanden ist. Ein Kerl wie ein Ochs! Und schaut so schief herauf zu mir, als möcht er sagen: Gehst herunter oder nit?«
»Ich mein, du bist droben geblieben?« fiel Schweiker ein, halb in Sorge und halb erheitert; er sah ja den Bruder heil und gerettet vor sich auf der Erde sitzen.
»Droben geblieben? Wohl! Aber gar nit lang! Allweil hab ich heruntergeschaut auf das wüste Vieh wie die arme Seel auf den Teufel, der mit dem Hackl kommt. Hat's einen Schnaufer lang gedauert oder eine Ewigkeit? Nit weg ist er gegangen, und einen Brummer nach dem andern hat er getan. Ausgeschaut hat er, Bruder, ich kann's nit sagen! Das ganze Fell verzaust, als hätt man ihm schüppelweis die Haar aus dem Pelz gerissen. Den ganzen Schädel hat er voll blutiger Schrammen gehabt, und um die Tatzen herum ist er schäbig gewesen, als hätt er schon einmal merken müssen, was Schlingen sind! So steht er und brummt herauf zu mir – und auf einmal hebt er sich in die Höh und packt den Baum an!«
»Gütiger Himmel!« stotterte Schweiker. »Was hast du denn da getan?«
Bruder Wampo mußte schlucken; der Atem war ihm ausgegangen. »Was ich getan hab? Das weiß ich nimmer. Ich weiß nur: Es hat unter mir einen Krach getan, der Ast ist weggebrochen vom Baum, und mit mir ist's hinuntergegangen wie ein Sauser. Aufgefallen bin ich – Bruder, das hat einen Plumps gemacht, als hätt der Bidem ein Trumm Stein vom Berg geworfen. Aber hinfallen und aufspringen ist eins gewesen! Alle Heiligen hab ich angerufen, hab meinen Honigtiegel festgehalten, als wär meine Seel drin, und hab ein Laufen angefangen, daß meine Füß geflogen sind! Und wie ich lauf, da hör ich Küh brüllen im Wald und hör Leut schreien. Ich schau mich um. Und da lauft hinter mir der Bär, und wo ich ein Tröpfl Honig verschüttet hab, macht er mit der Zung einen Schlecker über den Boden. Ich renn und renn, meine Kräft haben ausgelassen, und auf die Letzt bin ich dagestanden wie angewachsen und hab geschnakkelt an Händ und Füß!«

»Warum hast du denn nit um Hilf geschrien, wenn doch Leut in der Näh gewesen sind?«
»Hilf schreien! So was!« schalt Bruder Wampo in Ärger. »Schrei du um Hilf, wenn dir kein Schnaufer mehr aus dem Hals will! Und eh ich mich recht besonnen hab, ist der Bär schon dagewesen –«
Erschrocken fragte Schweiker: »Und hat dich angepackt?«
»Angepackt? Ja, schön! Bei meinen Füßen hat er zu schlecken angefangen und hat an mir heraufgeschleckt, bis er zum Tiegel gekommen ist. Ein ganzes Loch hat er mir aus der Kutt gefressen. Da schau her!« Bruder Wampo hob den fransig ausgeknusperten Saum der Kutte. »Jetzt ist mir die Sach zu dick geworden! Ich hab ein Stoßgebetlein getan, hab den Honigtiegel gehoben und hab ihn dem wüsten Vieh auf den Schädel gehauen, daß es gescheppert hat! Und der Bär hat den Hafen gepackt und ist hineingefahren mit der Schnauz – und ich, Bruder, ich bin gesprungen im Regen wie der Frosch im Hagelwetter. Halbtot bin ich zur Klaus gekommen und hab in meiner Angst vor die Tür geworfen, was mir in die Händ geraten ist! Wie ein Stückl Holz bin ich hingefallen aufs Bett und hab keinen Rührer mehr getan.«
Schweiker lachte. Und plötzlich wurde er stumm. Eberwein stand auf der Schwelle. Bruder Wampos Stimme hatte ihn geweckt, und durch die offene Tür mußte er jedes Wort vernommen haben; aber das wundersame Abenteuer machte ihn nicht lächeln. Sein Gesicht war müd und bleich, dunkle Ringe lagen um seine brennenden Augen.
»Guter Herr!« stammelte Schweiker in Schreck und Sorge.
Eberwein fragte: »Wo ist der Knabe?«
»Ich weiß nit!« stotterte Wampo.
Schweiker faßte den Bruder am Arm. »Aber du hast mir doch in der Nacht gesagt, er wär beim Pater in der Zell!«
»Ich? In der Nacht? Sterben will ich, aber da weiß ich kein Wörtl davon! Seit dem Abend hab ich den Buben nimmer gesehen.«
Sie traten in Waldrams Zelle und fanden sie leer; auf der Erde lag die Geißel, blutfleckig an Griff und Strängen. Mit zerdrückter Stimme rief Eberwein den Namen des Knaben. Während sie nach dem Kirchlein eilten, fiel draußen vor der Klause eine schwere Masse mit dumpfem Klatsch zu Boden. Der nasse Schnee, der auf dem steilen Dach gelegen, war unter der Sonnenwärme ins Gleiten geraten und hatte im Niederfallen die Gabe der Hirtin verschüttet. –

Leuchtend, in jedem hängenden Tropfen ein Blitzen und Schimmern weckend, lag die Morgensonne über Rodung und Wald. Das welke Laub hatte flammende Farben, als wär' es in Brand geraten, und von den weißen Bergen ging ein Glanz aus, der die Augen blendete. Strahlend stand die Sonne am reinen Himmel, ihr Licht verstreuend in gleißender Fülle; sogar die Schatten, die sie warf, erschienen nicht wie Dunkel, sondern wie bläulicher Rauch, hinter welchem Feuer brennt.

Es reichte der Sonnenglanz schon weit hinaus ins Tal, alle Halden der Schönau funkelten schon im Lichte, und immer weiter seewärts rückte die Helle über den Untersteiner Forst.

Nur der Hag des Fischers und Wazemanns Haus lagen noch im Schatten der Seeberge.

Auf der Höhe des Falkensteins füllte wirrer Lärm den Burghof. Die gewaffneten Knechte beluden sich mit den Pechkränzen und Reisigbündeln, die Mägde trugen die Metkannen um, und Herr Waze stand mit fünf Söhnen am Fuß der Freitreppe, der Pferde harrend, die man aus den Ställen führte. Einer der Knechte ließ am Tor die Brücke nieder. Als sie gefallen war, erhob sich Ulla aus ihrem Winkel. Lautlos huschte sie zum Tor hinaus, und niemand achtete ihres Weges.

Schon wollte Herr Waze den Fuß in den Bügel setzen. Da dröhnten schwere Schläge an der Mauerpforte, die gegen die Bergseite führte. Man lief und öffnete. Bis über die Hüften mit Schnee behangen, trat Rimiger in den Burghof. Zornröte schlug über Wazes Stirn, als er den Sohn erblickte, und böser Willkomm schien ihm auf der Zunge zu liegen. Doch Rimiger schnitt ihm die Rede ab mit dem keuchenden Ruf: »Vater, dein Wort ist Wind geworden im Gaden! Auf deinem Bannberg hausen Leut!« Er lachte heiser. »Und kochen ihr Mus am Feuer!«

»Laß sie kochen!« schrie Henning. »Wir haben andere Sorg!«

Herr Waze hatte das Roß von sich geschoben und war auf Rimiger zugetreten. »Leut auf meinem Bannberg?«

»Hinter dem Eismann droben, in der öden Albhütt! Und weißt du, wer? Der Richtmann, sein Bub und Sigenots Schwester.«

»Das Rötli?« klang Eilberts Stimme aus dem Lärm der anderen.

Der schrille Hall dieses Namens flog in die Herrenstube und weckte die Tochter Wazes aus ihrem steinernen Brüten. Wie Ulla sie verlassen hatte, so saß sie noch immer, das Kinn auf der Brust, die Hände im Schoß. Jetzt hob sie das bleiche Gesicht und lauschte. Sie hörte das wirre Geschrei, zornige Worte ihres Vaters, dann die Stimme Rimigers: »Im Schnee ist kein Weg mehr über die Wänd gewesen. Otloh wär am liebsten heimgekehrt, aber ich hab mir gute Jagd versprochen vom Morgen. Das Fahlwild hinter dem Eismann ist mir im Sinn gelegen. So sind wir hinuntergestiegen gegen den Windacher See. Noch eh wir im Seetal ans End gekommen sind, ist der Abend eingefallen. Ich hab gemeint, wir sollten noch aufsteigen bis zur Ödhütt und droben nächten. Die Hütt liegt einen Pfeilschuß von dem Wechsel, über den das Fahlwild niederzieht, wenn Schnee gefallen. Gut! Wir steigen weiter und kommen in schneeheller Nacht zur Hütt. Schon von weitem ist mir's gewesen, als käm aus der Hütt ein Lichtschein. Und richtig! Rauch geht auf, und wir hören das Holz im Feuer krachen! Ein Wilddieb? Das ist das erste gewesen, was ich denken hab müssen! Und da hör ich aus der verschlossenen Hütte die Stimm einer Dirn! Und hör den Richtmann reden! Und seinen Buben! Und rat, was ich vernommen hab! Vater! Sie haben dir einen Knecht erschlagen, weil er die Fischerdirn hat fassen wollen.« Die Stimme Rimigers ging unter im Geschrei. Starr lauschte Recka. Abgerissene Worte drangen an ihr Ohr; sie hörte, wie Rimiger von seinem Heimweg sprach, und hörte ihn sagen, daß Otloh in sicherem Versteck zurückgeblieben wäre, um die Hütte im Auge zu behalten.

»Rühr dich, Vater!« schrie Henning. »Willst du zum Gespött werden im Gaden und stillsitzen, wenn dir das Bauernpack dein Fahlwild scheucht? Der Fischer hütet seinen Hag, die Kutten hüten ihre Klaus. Die bleiben dir allweil noch. Hinauf, Vater, hinauf!«

Aus dem Lärm, der diesen Worten folgte, hob sich schrill die Stimme Wazes: »Vier Knecht mit uns! Die Hetzhund an die Riemen! Und nehmt die Würfel mit, ihr Buben. Als Einsatz geb ich euch die Dirn!«

Tumult und Gelächter, Pferdegetrappel und das Gebell der Hunde füllten den Burghof. Im öden Herrensaal stand Recka, zitternd an allen Gliedern. Ein Lächeln huschte um ihren bleichen Mund, ihre Gestalt streckte sich, und die Finger schlossen sich zu Fäusten. »Rötli! Auf Tod und Leben, ich halt dir meine Treu!«

Sie sprang in ihre Kammer, und während sie sich rüstete wie zu Ritt und Jagd, ging ein Schreien und Rennen durch alle Räume des Hauses. Die Knechte liefen nach den Schneereifen und Grießbeilen.

Als Recka den Wildfänger um die Hüfte gürtete, wurde an ihrer Kammer die Tür aufgerissen. Henning erschien auf der Schwelle und maß die Schwester mit spöttischem Blick. Ohne ein Wort zu sagen, trat er wieder zurück, warf die Türe zu, und draußen klirrte der Riegel.

Recka war gefangen. Sie lachte – und koppelte den Köcher an ihren Gürtel. An jedem Pfeil, den sie im Köcher verwahrte, prüfte sie die Fiederung, den Schaft und die Spitze. Den Eibenbogen nahm sie auf den Rücken und faßte den Jagdspeer. Nun stand sie und lauschte. Im Burghof dämpfte sich der Lärm, und als der Hufschlag der Pferde und das Gekläff der Meute gegen die Bergseite hin verklangen, eilte Recka zum Fenster und schwang sich auf die Brüstung. Sie sah nicht, daß von dem wankenden Tisch der kleine Schrein mit dem Geschmeid ihrer Mutter zu Boden stürzte – sie sprang.

Auf den Dielen ging der Schrein in Scherben; die goldenen Schaumünzen, die silbernen Ketten, die Ringe und Spangen fielen klirrend durcheinander. Zwischen dem schimmernden Geschmeide hüpfte der halbe Beinreif der Salmued heraus und kollerte über den Estrich gegen die Türe.

14

Auf dem Lugaus des Fischerhauses stand Wicho mit dem Kohlmann, dem Gekläff der Meute lauschend, das hinter Wazemanns Haus im Bergwald verklang.

»Sie kommen!« flüsterte Eigel.

Wicho schüttelte den Kopf. »Die Hund läuten gegen den Berg hin. Wir haben heut noch Ruh, sie ziehen ins Gejaid.«

»Dahinter steckt ein Schlich! Sorglos will er uns machen, und eh wir uns umschauen, ist er da und brennt ein Loch in den Hag! Ich schaff, solang noch Zeit ist!« Eigel griff nach einem der Rutenbündel, die auf dem Lugaus aufgeschichtet lagen. Wicho trat zu ihm, und schweigend begannen sie die Arbeit. Rute um Rute flochten sie um die frischgeschlagenen Pfähle, und immer höher wuchs unter ihren Händen die hölzerne Mauer. Ein wunderliches Lachen machte sie aufblicken. Unter dem Hag stand Ulla. »Ihr Narren! Was schafft ihr und schwitzet? Fürchtet ihr den da droben?« Ihr Lachen wurde zu schrillem Klang. »Der hat zu tun. Herr Waze muß raufen mit seinem Fluch.«

»Das Weib ist besoffen!« meinte der Kohlmann.

»Sie ist aus Wazemanns Haus!« flüsterte Wicho.

Ullas Augen hingen am Kohlmann, und ihre welke Hand streckte sich gegen ihn. »Du! Weißbartiger! Bist du nit der Eigel, dem die Salmued lieb gewesen?«

Dem Kohlmann fielen die Ruten aus der Hand, und der Haß sprühte in seinen Augen. »Weib! Wahr deine Zung!«

Ulla lachte. »Hast du nie gesucht nach deinem Mädel? Freilich, einen weiten Weg hättst du laufen müssen! Wenn der windische Tandelmann mit seinem Karren wieder kommt, so frag ihn, wo dein Mädel geblieben ist. Zahl ihn gut oder greif ihm an die Gurgel! Vielleicht hörst du von ihm die gleiche Botschaft, die er dem da

droben gebracht hat: Die wilden Säu sind über die Salmued und ihr Kind gekommen! Gelacht hat der da droben und hat gemeint, jetzt hätt er Ruh vor ihr! Aber schau hinauf zu ihm, die Tote hat heimgefunden und hauset unter seinem Dach!«
»Eigel!« stammelte Wicho und hielt mit beiden Armen den Kohlmann fest, der über den Hag auf die Lände springen wollte. Vom Hall der Stimmen gerufen, kam Sigenot zum Lugaus.
»Du Narr! Was schlägst du umeinander mit Händ und Füßen?« kreischte die Magd. »Bleib hocken in aller Ruh! Die Salmued wird fertig mit ihm. Sie rührt die Fäust in seinem Haus und schlagt auf alles, was lebendig ist. Mein Star ist hin, Frau Friderun ist hin –«
»Frau Friderun?« keuchte der Kohlmann, von Wichos Arm umklammert. »Der Salmued Fluch hätt sie erschlagen? Meinst du? Lauf hinauf und sag ihm: Der Kohlmann ist's gewesen, der auf dem Steig in der Rabenwand die Mausfall aufgestellt hat! Und sag: Ihm selber war's vermeint! Sein Weib ist eingegangen in die Fall statt seiner. Ich hab gelacht dazu. Sein Weib für meine Salmued!«
»Eigel!« Mit eisernem Griff umspannte Sigenot den Arm des Kohlmanns. »Unschuldig Blut an deiner Hand! Und du? Du hast gesessen an meinem Tisch und hast geweilt in meinem Haus? Wicho, das Hagtor auf! Ich hab kein Dach für einen –«
Da klang es von der Ache her mit gellendem Schrei: »Sigenot! Sigenot!« Und jagende Hufschläge kamen näher. Unter heiserem Gelächter riß sich der Kohlmann von der Hand des Fischers. »Sigenot! Sigenot!« klang es unter den Bäumen.
Mit beiden Händen griff Eigel nach seiner Stirne. »Steht denn mein Kopf noch? Gibt's denn in der Welt noch einen, wie der ist? Die Untreu lauft ihm davon, das Wasser rinnt ihm ins Maul – und er stoßt auch die Treu noch aus seinem Hag!«
»Sigenot!« schrillte die Stimme Reckas. Auf schäumendem Pferde kam sie unter den Bäumen hervorgejagt. »Deine Schwester in Not! Meine Brüder steigen zu Berg und suchen die Ödhütt hinter dem Eismann!«
Sigenot griff ins Leere. »Wicho! Mein Eisen!« Da sah er auf dem Lugaus eine Axt vor seinen Füßen liegen; er faßte sie und schwang sich über den Hag auf die Lände. Der Altsenn und der Knecht des Richtmanns kamen gesprungen, mit Beilen bewaffnet. Schreiend rannte Heilwig in das Haus, aus welchem Mutter Mathilts schrillendes Gelächter tönte, und in der Tür, die zu Wichos Kammer führte,

erschien Kaganhart; sein Gesicht war verweint; er seufzte und schlich wieder zurück in die Kammer.
Auf der Lände hatte Sigenot die Zügel des Pferdes gehascht; mit brennendem Blick hingen seine Augen an der Tochter Wazes. »Recka! Deine Botschaft ist mein Leben wert. Eins noch sag mir: Wo geht deiner Brüder Weg?«
»Gegen den Windacher See! Sie reiten!« erwiderte Recka mit kämpfendem Atem. »Spring auf zu mir! Mein Roß hat Kraft. Wir holen sie ein!«
Sigenot wehrte mit der Hand. Er wußte besseren Weg, über den See und durch die Schluchten hinter dem Eismann empor. Ein gefährlicher Pfad an solchem Tag, unter hängendem Schnee und drohenden Lawinen, doch um die Hälfte näher als der sichere Weg, den Waze und seine Söhne genommen.
Wicho hatte das Hagtor aufgerissen, sprang auf den Fischer zu und stammelte: »Herr?«
Sigenot schob ihn von sich. »Jetzt hilft nur einer noch!« Seine Augen streiften das Kreuz. »Bleib und denk meiner Mutter!« Einen Blick noch warf er über Hag und Haus, dann eilte er zum Ufer und stieß den Einbaum in das Wasser.
»Sigenot!« rief Recka. Der Fischer hörte sie nicht, er tauchte schon das Ruder und legte sich auf die Stange. Da ließ sich Recka aus dem Sattel gleiten. Durch die Untiefe watend, erreichte sie den Einbaum und schwang sich in den Nachen. Dem Fischer stockte das Ruder. »Fahr zu! Deine Schwester in Not! Ich steh zu dir.«
Das Ruder rauschte, und von wuchtigen Schlägen getrieben, schoß der Einbaum über die stille Flut.
Die Männer am Ufer standen ratlos. Eigel war der erste, der die Sprache fand. »Wicho«, rief er, »schick den Altsenn und den Knecht in die Schönau und laß sie schreien vor jedem Hag: ›Not über Not!‹ Ich lauf zum Lokiwald und such den Herrn!« Er eilte davon.
Kichernd streckte Ulla die Hand gegen den See. »Schauet, was die Salmued schafft! Die Schwester wider die Brüder und für den Fischer, dem Herr Waze den Vater erschlagen! Blut wider Blut, so will's die Salmued haben!«
Wicho packte die Magd mit beiden Fäusten. »Den Vater erschlagen? Wer?«
Sie lachte. »Die Alfen, gelt, die Alfen haben Sigenots Vater, den Gelfrat, in den See gezogen? Freilich, die Alfen! Ich selber hab's

gesehen. Zehn auf einmal sind über ihn gekommen, grad so viel, als der da droben Finger an den Händen hat. Spring hinunter in den See und such den Gelfrat! Ich mein', es steckt ihm der Pfeil noch im Hals, den Herr Waze von der Mauer geworfen hat, wie er den Fischer im Sturm hat hängen sehen an der Falkenwand! Zu stark ist ihm der Gelfrat geworden. Da hat der ander zeigen müssen, daß er stärker ist. Aber laß nur gut sein! Noch stärker ist die Salmued. Sie rührt die Fäust und wirft das Fluchbein um.« Lachend stieß sie den Knecht von sich umd humpelte den Bäumen zu. Am Waldsaum wandte sie das verzerrte Gesicht und hob die Hand mit dem toten Vogel gegen Wazemanns Haus.

Verstört blickte Wicho dem Weibe nach, während das ledige Roß mit Gewieher am Ufer auf und nieder jagte. Nun tat es einen Sprung ins Wasser, stand mit vorgeschobenen Hufen, schnaubend, und streckte den Hals. Als es den Einbaum und seine Herrin im Schilf der Insel Bidlieger verschwinden sah, sprang es mit tollen Sätzen durch das aufspritzende Wasser, versank in der Flut, erschien wieder und schwamm. Nahe der Insel gewann es seichten Grund und sprengte durch das Schilf.

Der Einbaum lenkte schon um die Falkenwand. Schweigend führte Sigenot Schlag um Schlag mit dem Ruder. Recka saß vor ihm und spähte der Ferne zu, der das Schiff entgegensteuerte. Als sie die Augen wandte, erschrak sie; sprechen konnte sie nicht; sie streckte nur die Hand und blickte ratlos zu Sigenot auf.

Er warf einen Blick über die Schulter und sah den Kopf des Pferdes über das Wasser gleiten. Mit aller Kraft legte er sich auf die Stange, doch immer näher kam das Tier. Es erreichte den Einbaum, hob sich im Wasser, und seine schlagenden Hufe streiften den Kahn, daß er wankend zur Seite wich. Das Tier versank, tauchte wieder auf und schwamm, die Augen weit aufgerissen, Wasser aus den Nüstern blasend.

»Wehr das Roß ab«, stammelte Sigenot, »oder es wirft uns den Einbaum!«

Recka fuhr mit der Hand über die Augen; dann faßte sie den Bogen und legte einen Pfeil an die Sehne.

»Recka!« Sigenot ließ das Ruder fahren, um den Schuß zu hindern. Schon flog der Pfeil. Der Kopf des Pferdes überschlug sich, mit dem gefiederten Schaft in der Stirne; die gekrümmten Hufe tauchten aus dem Wasser, noch einmal erschien das Haupt des Tieres mit

schwimmender Mähne, dann versank es in einem kreisenden Trichter, und Schaum und Wellen schlugen über ihm zusammen.
»Recka! Was hast du getan! Das Roß ist dir lieb gewesen.«
»Deine Schwester in Not! Fahr zu!«
Schwer atmend faßte Sigenot das Ruder und trieb den Einbaum. Hinter den weißen Bergen tauchte die Sonne empor, und leuchtende Strahlen fielen über den See. Schimmer und Glanz lagen ausgegossen über den weiten Felsenkessel, über die spiegelglatte Flut und die steilen Gehänge. In der wachsenden Wärme tauchten die Farben des welken Bergwaldes unter dem weichen Schnee hervor, ein Flimmern überall, und wo die Sonne den nassen Waldgrund fand, kräuselten dünne Nebel sich empor, schwebten langsam in die Höhe und zerrannen spurlos in den blauen Lüften. Funkelnd wie Silber stürzten von allen Wänden die Gießbäche nieder, und ihr Rauschen füllte den gewaltigen Felsenkessel wie mit dem eintönigen Gesang einer machtvollen Stimme.
Schon war der Einbaum dem steilen Ufer nahe, dem er entgegensteuerte. Da rann ein Zittern über das Wasser, als wäre ein Windstoß über den See gefallen. Doch es rührte sich kein Hauch in den Lüften. Rings an den Ufern blitzte ein weißer Schaumstreif auf, und während die kleinen Wellen sich langsam wieder glätteten, lief über das hohe Gewänd des König Eismann eine weiß zerstiebende Wolke nieder, als hätte die Riesin des Berges ihren Schleier in die Tiefe flattern lassen.
Sigenot und Recka sahen nicht, was rings um sie geschah. Still hingen ihre Blicke aneinander.
Als der Einbaum an das Ufer stieß, atmeten sie auf wie Erwachende. Recka sprang zuerst ans Land. Sigenot stieß den Beilschaft hinter den Gurt und schleifte den Einbaum auf das Kiesbett, das der rauschend niederstürzende Wildbach aufgelagert hatte. Seitwärts vom Geklüft des Baches führte ein Jägersteig zur Höhe. Sigenot zögerte. »Recka! Es ist böser Weg, den ich beginn. Kehr um!«
»Er führt zu meiner Gesellin, der ich Treu geschworen. Steig an!«
»Der Weg führt wider deine Brüder.«
Reckas Augen blitzten. »Deine Schwester in Not! Steig an!«
Wortlos wandte Sigenot sich ab und begann den mühsamen Pfad emporzuklimmen. Rascher und rascher stieg er. Und immer blieb Recka dicht hinter ihm, als wäre eines Mannes Kraft in ihren Gliedern. Als der Schnee tief wurde, verließ Sigenot den Pfad und sagte:

»Steig voran! Es könnt dich der Schnee überwerfen, der sich löst unter meinem Fuß.« Recka nickte und stieg an ihm vorüber. Ehe Sigenot ihr folgte, warf er einen Blick ins ferne Tal. Vorgeschobene Berge verhüllten sein Haus. Nur mit der Seele sah er den Hag, das Dach und das hohe, in der Sonne schimmernde Kreuz. Er atmete auf, als hätte dieses Bild ihm Hoffnung und neue Kraft gegeben. Er fürchtete nicht mehr um die Schwester, sondern wußte, daß er sie retten würde. War doch Einer mit ihm, stärker als tausend Männer in Wehr und Eisen! Wer sonst als dieser Eine hatte ihm die treue Gesellin geschickt, die ihm feind gewesen bis zur Stunde? Die ihm freund geworden um der Schwester willen! Mit raschen Sprüngen holte er Recka ein, und bei ihrem Anblick brannten seine Wangen. – Um die gleiche Stunde hielt Wicho, mit dem Schwerte seines Herrn bewaffnet, vor dem Fischerhaus die Wache. Und hob den sorgenden Blick zum Kreuz und murmelte: »Jetzt muß er weisen, ob er so stark ist, wie die da draußen sagen!« Das Eisen im Arm, schritt er zum Lugaus und spähte über den Weg, der von der Ache kam. Er harrte des Sennen und des Knechtes, die er nach Eigels Rat in die Schönau gesandt.

Die beiden dachten nicht der Heimkehr. Beim Hag des Richtmanns standen sie in einem Haufen schreiender Männer und Weiber, die sich um Ulla drängten. Jedem hielt sie den entseelten Vogel vor die Augen. Mit kreischendem Hohn weckte sie in den Männern die Erinnerung an jede Unbill, die Herr Waze ihnen zugefügt, in den Weibern das Gedenken an jede Schmach, die sie erlitten von Wazemanns Söhnen. Lachend zog Ulla weiter, während hinter ihr der schreiende Haufe blieb. Über alles Geschrei erhob sich die Stimme des Hanetzer, der in seinem verschwollenen Gesicht die Male der Faustschläge trug, die er von Sindel und Hartwig beim Verhör empfangen. Fast mit den gleichen Worten wie damals auf der Regenalm vor dem in Schlingen liegenden Bären schrie er auch jetzt: »Raitet! Raitet! Was tun wir ihm an? Ihm und seinen Buben?«

»Soll geschehen, was mag!« schrillte eine Weiberstimme. »Ich lauf zum Lokiwald, ich geh zu den Gottesleuten!« Um die Schreiende drängten sich die anderen Weiber, und der kreischende Haufe wälzte sich über die Halden und wuchs bei jedem Hag.

Bruder Wampos ›Wunder‹, Ullas Star und der Fluch der Salmued übten stärkeren Zug auf diese Menschen als die Botschaft der ewigen Liebe. Seit der Thingnacht hatten sie vor dem Ruf der Glocke die

Ohren verschlossen. Jetzt, als sie durch die sonnige Morgenluft vom Lokiwald die eherne Stimme tönen hörten, fiel's in ihre Gemüter wie Raserei, und schreiend rannten sie dem Hall entgegen.
Die Glocke klang. Sanft schwoll ihre freundliche Stimme über die stillen Wälder hin und brach sich an den weißen Bergen. Auch ein Einsamer hörte sie, der in der Hast von der Ache zum Lokiwald emporeilte über den steilen Hang: der Kohlmann. Als er die Höhe des Waldes erreichte, vernahm er den Schritt eines Menschen. Der Köppelecker kreuzte seinen Weg, atemlos, mit verstörtem Gesicht.
»Eigel, Eigel«, jammerte der Bauer, »mein Vieh liegt unter der Lahn!«
Der Kohlmann hob die Faust. »Denk an den Totenmann! Die über die Bären Macht haben, hätten auch dein Vieh gehütet vor der Lahn. Jetzt lauf zum Waze und such dir Hilf! Ich geh zu den Gottesleuten.«
»Eigel! Dein Weg ist wider den Thingspruch!«
»Thing hin oder her, ich such mir Hilf, wo ich sie find!« Der Kohlmann eilte der Lichtung zu, die durch die Bäume schimmerte. Als er die Rodung erreichte, hörte er Beilschläge; Bruder Schweiker zimmerte am Waldsaum die Pfähle für den Hag. Der Kohlmann sprang zur Klause; auf der Türschwelle saß Bruder Wampo in der Sonne und schabte mit einem Holzspan die Honigflecken von seiner Kutte.
»He, du, wo ist dein Herr?«
Verdrießlich blickte Wampo auf. »Herr? Welcher?«
»Der mit den guten Augen!«
»Der ist fort.«
Eigel erschrak. »Wohin?«
»In die Ramsau.«
»Welchen Weg hat er genommen?«
»Dort hinunter!« Bruder Wampo deutete mit dem Arm.
Ohne Gruß eilte der Kohlmann davon. Im Wald, auf kotigem Pfade, fand er die frische Trittspur einer Sandale, die Spur des Weges, den Eberwein genommen. Als er das Tal der Ache erreichte, scholl ihm ein Gewirr von heiseren Stimmen entgegen. Zwischen den Bäumen tauchte eine Schar kreischender Weiber auf, über dreißig an der Zahl, nur wenige Männer unter ihnen: der Hanetzer, die Winklerbuben, der Waldhauser und der Urstaller, der Schmied von Ilsank und der Köppelecker, der dem zur Klause ziehenden eilenden Hau-

fen begegnet war und sich ihm angeschlossen hatte. Die Augen des Kohlmanns funkelten. »Ihr lauft mir gut in den Weg! Ich will euch Feuer in die Strohköpf werfen.« Das weißbärtige Kinn auf den Stecken gelegt, so rief er sie an: »Wohin, Leut?«
»Zum Lokiwald! Zu den Gottesmännern!«
Er lachte. »Da werdet ihr schieche Köpf machen zu dem Gruß, der bei der Klaus auf euch wartet!«
Wilder Lärm erhob sich, und der Köppelecker schrie: »Luset, Leut! Er ist bei der Klaus gewesen. Reden soll er! Mein Vieh liegt unter der Lahn, und keiner will mir graben helfen. Mein Vieh ist hin. Das wird genug sein! Oder muß ich noch mehr verlieren? Red, Eigel, red!«
Der Kohlmann reckte sich. »Dein Vieh ist hin? So? Und der Richtmann ist in Not mit seinem Buben. Und hinter ihm her sind die Wazemannsleut. Dem Kaganhart ist Feuer über sein Haus gefallen. Und die Hilmtrud liegt im Blut. So weit hat's kommen müssen! Wie in der Thingnacht der Bidem hingelaufen ist unter euren Füßen, hat keiner merken können, wie's an der Zeit steht! Keiner hat fragen mögen: Wer beutelt die Berg? Was für einer ist das, der so starke Fäust hat? Warum tut er's? Für wen will er Zeugnis ablegen, für den Spisar oder für die Gottesleut? Keiner hat fragen mögen! Jetzt auf einmal packt das Grausen euch an, weil jeder merkt: Not auf Not kommt über alle, die auf dem Totenmann geschworen haben!«
»Ich bin weggeblieben vom Thing«, schrie der Hanetzer wie besessen, »ich hab nit mitgeschworen!«
»Haben denn wir geschworen?« kreischte eine Weiberstimme. »Und wir armen Weiberleut sollen büßen, weil unsere Manner das Hirn im Buckel haben!«
Eine Bäuerin hob zwei Fäuste wie Hämmer. »Ich schlag dem meinigen alle Knochen auseinander.«
»Recht so!« übertönte der Schmied von Ilsank mit seiner Bärenstimme den Lärm. »Wär's mir nach gegangen, alles wär anders geworden im Thing. Jetzt weiß ich, was ich tu. Ich geh zur Klaus.«
»So geh doch!« höhnte der Kohlmann. »Der Hammel meint, er darf nur hinlaufen zur Klaus und schreien: Ihr guten Gottesleut, da bin ich, jetzt helfet mir in der Not, jetzt feiet mein Haus wider Glut und Brand, mein Vieh wider Lahnen und Bären! Und von den Gottesleuten soll keiner fragen: Warum erst heut? Hat unser Glöckl nit gerufen Tag um Tag? Wo hat ein Tor sich aufgetan für uns? Euch sollen wir helfen? Wer hat denn uns geholfen? – Laufet nur hin! So

reden sie. Mich soll keiner bei der Klaus mehr sehen, es müßt denn sein, daß ich kommen kann und rufen: Ihr guten Gottesmänner, schauet, was ich getan hab für euch! Ich hab nit mitgeschworen auf dem Totenmann. Aber dabeigewesen bin ich doch. Das mach ich wieder gut!« Er drängte sich aus dem schreienden Haufen.

Der Köppelecker hielt ihn am Kittel fest. »Red! Eigel! Was hast du im Sinn?«

Die Augen des Kohlmanns glitten hinauf gegen den König Eismann; dann warf er einen wägenden Blick über die kleine Zahl der waffenlosen Männer und schüttelte den Kopf, als müßte er einen Gedanken, der in ihm aufgetaucht, von sich abwehren. »Reden? Mit euch? Wozu? Ihr habt saure Milch im Leib. Kein Blut!« Seine Stimme hob sich. »In der Ramsau hausen noch Mannerleut. Zu denen geh ich. Zu denen sag ich: Herr Waze ist mit seinen Buben zu Berg gestiegen, sein Haus steht leer und wär so leicht zu werfen wie ein Strohdach. Haben die Füchs erst ihren Bau verloren, so bleibt für die Jagdhund leichte Hatz.« Die Augen des Alten sprühten. »Das will ich in der Ramsau sagen und weiß, was ich zur Antwort hör. Merket auf, ihr Milchblüter! Es gibt noch was zu schauen, vor der Tag ein End hat! Und morgen bei der Klaus, da könnet ihr zuschauen, wie die Ramsauer ihren Dank holen von den Gottesleuten!« Lachend schritt er davon.

Tobendes Geschrei erhob sich hinter ihm. Das Kreischen der Weiber übertönend, klang die Stimme des Schmiedes von Ilsank: »Zu Wazemanns Haus! Was die Ramsauer können, bringen wir auch noch fertig. Feuer in das Fuchsloch!«

Eigel blickte zu den weißen Schneefeldern des Königs Eismann hinauf und hob die Faust. »Kehr heim, du! Und du findest einen Gruß vom selbigen, dem du die Salmued genommen!« Jenseits der Ache verhallte der Stimmenlärm im dichten Gehölz. »Meinem Fluch sind Füß gewachsen. Gib acht, Herr Waze, er lauft dir in die Stub!« Jagenden Schrittes folgte Eigel dem Pfad. Bei einer Furt, die an seichter Stelle durch die Ache zog, fand er wieder die Trittspuren Eberweins. Sie führten zum Gehöft des Schapbachers. Vor dem Hagtor sah er ein kleines Mädel. »Ist nit ein Gottesmann vorbeigekommen? Ein Lichtbartiger?«

»Wohl! Nach dem Huzebuben hat er gefragt und ist weitergezogen gegen die Windach.«

Der Kohlmann eilte durch das dichte Gehölz. Von weitem hörte er

das dumpfe Rauschen des hochgeschwollenen Wildwassers. Als er die Lichtung gewann, sah er den Mönch über das Felsenufer der Windach aufwärts steigen. »Herr!« Das Rauschen der Gewässer verschlang den Ruf. Eigel klomm über den steilen Hang empor, und als er den Mönch erreichte, griff er nach seiner Kutte. Eberwein wandte das Gesicht. Wie vor dem Anblick eines Gespenstes fuhr der Kohlmann zurück. Was den Greis so tief erregte, das war nicht der Kummer allein, der aus Eberweins Augen sprach. Unter lallenden Worten streckte Eigel die Hände. Eberwein, beim Rauschen der Windach, verstand ihn nicht; er faßte den Arm des Kohlmanns und zog ihn vom Ufer gegen den Waldsaum. »Eigel! Es steht auf deinem Gesicht zu lesen, du bringst mir üble Botschaft!«
Der Kohlmann sprach von dem erschlagenen Knecht, von Ruedlieb und Rötli, von ihrer Flucht mit dem Richtmann, von aller Not im Fischerhaus, vom Auszug der Wazemannssöhne und von Sigenots Bergfahrt. Und immer hing sein Blick wie gebannt an den Zügen des Mönches, als möchte er von sich abweisen oder festhalten, was verworren in ihm aufstieg und wieder versank in die Dämmerung vergangener Zeiten.
Eberwein rüttelte den Arm des Kohlmanns. »Solche Botschaft bringst du und stehst vor mir wie auf steinernen Füßen! Auf! Und führe mich! Oder hast du Furcht? So weise mir den Weg zum Eismann und bleibe!«
»Furcht?« Eigel erwachte. »Soll geschehen mit mir, was mag! Bevor ich hin bin, bleibt mir noch allweil Zeit zu einem Streich. Der soll ausgeben.« Wieder hingen seine Augen am Gesicht des Mönches. Schwer atmend schüttelte er den Kopf, und an Eberwein vorüber eilte er quer durch den Wald einem Pfad entgegen.
Die beiden hatten bis zum Windacher See noch weiten Weg. Doch über alle Fernen klang ihnen ein dumpfes Brausen von jener Stelle entgegen, an der die wilde Ache dem See entströmte und in schäumendem Fall sich niederstürzte über die hohe Felsmauer, die das Seebecken gegen das Tal versperrte. Dieses Rauschen hatte anderen Klang als sonst. Seltsame Laute mischten sich in das grollende Getön, bald ein Zischen wie von springendem Gewässer, bald wieder ein Klirren wie von fallenden Ketten.
Als im Wald sich eine Gasse öffnete, griff der Kohlmann erschrokken nach dem Arm des Mönches. »Herr! Dort schau hinauf!«
Wie ein weißer Silberguß ging der Fall der Windach über die Felsen

nieder, so reich an Wasser wie sonst nach schwerem Regen. Dem Fall zur Seite hatte der See sich einen zweiten Ausfluß durch die Felsen gebrochen. In der Steinmauer klaffte eine Spalte, durch die ein mächtiger Wasserstrahl mit zischendem Brausen hinausschoß in die Luft, um die Tiefe unter ihm mit wirbelndem Wasser zu überschütten.

»Schau nur«, stammelte Eigel, »der Bidem hat eine Fragel in die Wand gerissen!«

Eberwein hörte nicht. »Was stehst du? Wir haben Eile!« Er schwang sich über einen Felsblock, der den Pfad versperrte, und stieg zwischen den Bäumen empor, während Eigel ihm mühsam zu folgen suchte.

Immer wieder blickte der Kohlmann scheu zu dem Gesicht des Mönches auf und schüttelte den Kopf unter leisem Gemurmel.

»Wenn ich nur wüßt, was mich anschaut aus seinen Augen!«

15

Die Sonne stand in Mittagshöhe, als Herr Waze mit seinem Geleit sich dem Ende des Windacher Seetals näherte. Vor der wachsenden Wärme war der Schnee über den Berghang zurückgewichen; nur die Streifen einzelner Lawinen reichten durch die Gräben nieder bis zum Seeufer, mit so festliegendem Schnee, daß die Hufe der Rosse über ihn wegschritten wie über harten Grund. Nur kümmerlicher Baumwuchs deckte das steinige, von Schluchten durchrissene Gehäng. Dennoch bot das öde Felstal einen freundlichen Anblick; die Sonne übergoß es mit ihrem Glanz, leuchtend spiegelte der regungslose See den Silberglanz der beschneiten Höhen und das Blau des Himmels.

Lautlose Ruhe. Hoch im Gewände war das Poltern der fallenden Steine verstummt, und nirgends verriet eine aufstäubende Schneewolke den Sturz einer Lawine. War der Aufruhr, der die Natur befallen hatte, zum Schweigen gebracht? Oder sammelten die dunklen Gewalten Kraft und Atem zu neuer Empörung?

Wie eine dumpfe Stimme, fern aus dem Tal herauf, klang in die Stille das seltsame Rauschen der Windach. Herr Waze und seine Söhne, die unter lachenden Reden auf schmalem Pfad am Seeufer dahinritten, achteten der Mahnung nicht, die hinter ihnen tönte. Nur die Knechte, die, dem Zug der Rosse folgend, die ungestümen Hunde an den Riemen führten, blieben zuweilen stehen, blickten lauschend nach rückwärts und schüttelten die Köpfe.

Als der See zu Ende ging, stiegen die Reiter aus dem Sattel. Zwei Knechte übernahmen die Hunde, denen die ledernen Zwingen um die Schnauze gelegt wurden; und während die beiden anderen Knechte zur Bewachung der Pferde zurückblieben, begann Herr Waze mit seinem Geleit den Anstieg über den waldigen Hang.

Ungewöhnliches Leben zeigte sich im Bergwald; Vögel huschten ruhelos umher, und häufig war flüchtendes Rotwild zu gewahren. Nicht die bergwärts Steigenden schreckten das Wild aus seiner Ruhe; es kam von der Höhe und suchte das Tal. Auch der Wald hatte ein so verändertes Gesicht, daß Herr Waze meinte: »Da hat der Regen bös gehaust!« Lärchen und Fichten, in ihrem Wurzelhalt gelockert, standen schief durcheinander; lange Risse gingen durch die Moosdecke; große Steine waren aus der Erde herausgedrückt wie Kerne aus der Frucht; ein leises Ächzen ließ sich manchmal vernehmen, als würden straff gespannte Wurzeln langsam abgedreht, und ein übler Geruch wie von faulem Wasser stieg aus allen Erdschrunden.

»Noch ein Regentag wie der gestrige, und der Fetzen Wald da bricht hinunter!« Mehr schloß Herr Waze nicht aus den Zeichen, die er gewahrte. Noch minder hatten seine Söhne ein Auge dafür. Wenn unter einem von ihnen die Moosdecke brach, dann lachten die anderen und sprangen zur Seite.

Als der Wald ein Ende nahm und die verschneiten Halden begannen, hörten die Steigenden leisen Steinfall aus der Höhe. Über weißem Grat erschien ein Rudel Gemsen. Schwarz hoben sich die zierlichen Gestalten der Tiere vom Schneegrund ab. Immer neue Köpfe tauchten über den Grat empor. Eine Weile standen die Gemsen regungslos und äugten gegen die höheren Wände des König Eismann. Dann plötzlich begannen sie talwärts zu flüchten in gedrängter Schar. Gleich einer schwarzbraunen, ins Gleiten geratenen Erdscholle kam das Rudel über den steilen Schneehang heruntergefahren. Die Hunde, die das Wild erspäht hatten, zerrten an den Riemen und winselten unter dem Leder, das ihre Schnauzen schloß. Mitten auf dem Hang hielten die Gemsen inne und äugten auf den Trupp der Leute nieder. Dann stoben sie, das Tal auf geradem Wege suchend, nah an Wazemann und seinen Leuten vorüber, als wäre in ihnen nicht die Angst vor Menschen und Hunden, sondern andere Furcht.

Herr Waze schüttelte den Kopf. »Das versteh ich nit.«

Henning lachte. »Hinter dem Eismann hausen Leut und schüren Feuer in der Ödhütt. Und du verstehst nit, was die Gemsen laufen macht?«

»Ich seh den Otloh!« fiel Rimiger ein. »Dort oben hockt er und späht über den Schneegrat nach der Ödhütt!«

»Hinauf!« Ansteigend stieß Herr Waze den Eisenstachel des Grießbeils auf eine Felsplatte; sie brach entzwei, und die Splitter stoben auseinander, als hätte ein Zauber den festen Stein in sprödes Glas verwandelt. Das gewahrten die Knechte, die hinter dem Spisar die winselnden Hunde führten. Einer von ihnen stieß mit dem Schuh an eine Scholle des zerborstenen Gesteins, und da flogen ihm die Splitter bis an die Brust empor und ins Gesicht. »He, du«, rief er seinen Gesellen an, »schau nur, was für ein närrischer Stein das ist!« Er wollte zu Boden greifen. Die Hunde rissen ihn vorwärts. Unter der Stelle, die der Knecht verlassen hatte, ließ sich ein mattes Knirschen vernehmen. Langsam hoben sich die Brocken des zertrümmerten Steines aus dem Grund hervor, es bildete sich im Boden ein Riß, der schleichend in die Breite wuchs, und ein schwarzer Erdwulst legte sich wie zäher Teig über den Schnee heraus.

Herr Waze und seine Söhne stiegen höher und höher. Sie wunderten sich, daß Otloh so regungslos dort oben saß. »Der Bub muß heißes Blut haben«, meinte Sindel, »sonst möcht er sich rühren im Schnee.«

Rimiger sagte: »Er wird die Hütte nit aus den Augen lassen!«

»Jetzt laufen sie uns nimmer davon!« lachte Henning. »Schauet nur, der Rauch steigt aus dem Albental über den Grat herauf! Sie kochen ihr Mahl.«

»Die Supp soll ihnen versalzen werden!« Zu kurzer Rast auf das Grießbeil sich stützend, spähte Herr Waze nach der kleinen bläulichen Wolke, die sich über den weißen Grat emporkräuselte in die sonnigen Lüfte. –

Hinter jenem Grat, auf dessen Höhe Otloh so regungslos die Wache hielt, senkte sich der überschneite Steingrund zu einer weiten Mulde. Ehe Herr Waze, um seinem Fahlwild Ruhe und Äsung zu sichern, die Gehänge des König Eismann mit seinem Bann umhegte, hatte dieses Bergtal als die beste Albe des Gadens und der Ramsau gegolten. Aus jener Zeit noch stammte die Hütte, die sich inmitten des kesselförmigen Tales erhob.

Der Schnee, der über das Dach gefallen, war geschmolzen, und durch die Balken quoll der Rauch des Feuers, das auf der Herdstatt brannte. Sein Schein beleuchtete ein stilles Glück. Rötlis geschickte Hände hatten dem unwirtlichen Raum ein freundliches Aussehen verliehen. Kein Span und keine Heuflocke lag verstreut, und jedem Stücklein Gerät und Gewand, das man aus dem Tal heraufgetragen, war an der Balkenmauer seine Stelle angewiesen.

Während Ruedlieb die zerhackten Latschenäste, die er unter dem Schnee hervorgezogen, neben dem Feuer übereinanderschichtete, damit sie trocknen und besser brennen möchten, stand Rötli vor dem Herd, das Gesicht vom Feuerschein überstrahlt, und behütete als junges Hausmütterchen die Pfanne. Ihre Achtsamkeit wurde oft gestört. Ehe sie schmollen konnte, schloß ihr ein warmer Mund die Lippen.

Einmal seufzte Rötli aus tiefem Herzen.

»Schätzl, was ist dir?« fragte Ruedlieb und strich mit der Hand über ihr Braunhaar.

Sie hob die feuchten Augen. »Was meinst du, wie es meiner Mutter geht und dem Bruder?«

»Gut! Wie denn anders? Dein Bruder steht wie ein Baum, an den sich die Maulwürf nit antrauen. Uns hat er in sichere Hut geschickt. Sich selber weiß er zu wahren.«

»Aber wenn die Wazemannsleut –« Rötli redete nicht weiter. Welche Sorge wäre im Herzen einer Liebenden so groß, daß der heiße Kuß des Geliebten sie nicht zu geschweigen vermöchte!

Der Trost, den Ruedlieb spendete, hatte so lange Dauer, daß der Brei in der Pfanne verdächtig zu duften begann. Erschrocken stammelte Rötli: »So, jetzt hätt ich schier unser Mahl verbrennen lassen! Geh, ruf den Vater, daß wir mahlzeiten!«

Ruedlieb sprang zur Tür.

Draußen vor der Schwelle saß der Richtmann auf einem Steinblock. Er hatte die Hütte verlassen, um das Glück seiner Kinder nicht durch den Anblick der Sorge zu bekümmern, die aus seinen vergrämten Zügen redete. Die ganze Nacht hatte er kein Auge geschlossen, nur immer dem Murren der Lawinen gelauscht und dem Gerassel der Steine, die von den Wänden niedergingen und ihren Weg an der Hütte vorbei nahmen. Auch sonst noch hatte er in der unheimlichen Nacht Geräusche und Stimmen vernommen, die er nicht zu deuten wußte und die ihn mit Angst erfüllten.

Nun saß er seit zwei Stunden einsam vor der Hütte und spähte empor zum steilen Gipfel des König Eismann. Tiefe Windstille war in der Mulde um die Hütte her. Dort oben aber mußte Sturmwind herrschen. Vom Gipfel des Berges hoben sich zwei silberweiße, langgezogene Schneewolken in die blauen Lüfte, schlängelten sich und griffen durcheinander, als wären dem Bergriesen die steinernen Arme lebendig geworden.

Da klang von der Hüttentür die Stimme Ruedliebs: »Komm, Vater! Das Rötli hat aufgekocht, wir wollen Mahlzeit halten!«

Der Schönauer winkte dem Sohn. Als Ruedlieb kam, faßte ihn der Vater bei der Hand. »Ich hab vor dem lieben Kind nit reden mögen. Jetzt hör mich an, Liebli: Wir müssen fort in der Nacht! Der Berg ist nimmer sicher.«
Ruedlieb erschrak: »Meinst du, Herr Waze hätte erfahren –?«
Der Richtmann schüttelte den Kopf. »Ich fürcht den Berg.«
»Die Stein und Lahnen?« Ruedlieb lächelte. »Schau doch auf! Es ist wieder sonnscheinige Zeit, und der Schnee liegt fest.«
»Ich kenn die Berg, Liebli, ich bin älter als du. Aber ich mein', es müßt was kommen, was ich selber noch nie gesehen hab. Alles ist lebig in der Rund. Und zur Nachtzeit hab ich die Steinalfen schreien hören. Mir grauset, Bub! Der Bidem steckt im Berg wie die Schermaus unter dem Traidfeld. Wir müssen fort. Die Nacht ist lang und reicht wohl aus, daß wir durch die Ramsau flüchten und das Haller Tal gewinnen.«
Aus der Hütte klang Rötlis Stimme: »So kommet doch!« Mit einem Sprung war Ruedlieb bei der Türe. Als der Richtmann ihm folgen wollte, hörte er von der Höhe des weißen Grates einen Laut. Betroffen lauschte er. War's eine menschliche Stimme gewesen? Oder der winselnde Laut eines Hundes? »Ich muß es wissen!« Mit der einen Hand fühlte er, ob er das Messer am Gürtel trüge, mit der anderen faßte er einen schweren Latschenast, der vor der Hütte lag, und eilte gegen den Hang.
»Vater! Komm doch!« mahnte die Stimme Ruedliebs.
»Esset nur derweil! Mir schmeckt der Brei so lieber, wenn er verkühlt hat.« Die Worte des Richtmanns klangen rauh. Durch den klebrigen Schnee begann er emporzuwaten. Als er nach schwerer Mühe den Grat erreichte, stand er wie versteinert. Auf blutgetränktem Schnee lag mit zerschmettertem Haupt eine Leiche, deren starre Totenhand noch den Eibenbogen umklammert hielt: Otloh, Wazemanns Jüngster. Ein stürzender Fels, der eine tiefe Furche durch den Schnee gerissen, war über ihn weggegangen. Der Richtmann begriff nicht, was er sah, und griff sich an die Stirne. Da hörte er über den Grat herüber die Stimmen der Wazemannsleute und das Gewinsel der Hunde; einen Schritt noch tat er; dann sah er sie kommen. Auf die Weite eines Pfeilwurfs waren sie unter ihm. Sie hatten ihn schon erblickt und auch erkannt. Das verrieten ihm ihr Geschrei und der Pfeilschaft, der vor seinen Füßen im Schnee versank. Einen Augenblick stand er ratlos mit verzerrtem Gesicht. Dann faßte er die

Leiche und gab ihr einen Stoß, daß sie über den steilen Hang hinunter und den Emporsteigenden entgegenrollte, von Schnee überwirbelt, umprasselt von nachstürzendem Geröll.
Er sprang zurück, und das Messer aus der Scheide reißend, schickte er einen gellenden Notschrei hinunter in das stille Bergtal. Der hallende Ruf weckte das Echo an allen Wänden. Es rieselte der Schnee, Steine rollten, und überall in den Felsen schrie es, als wären zwanzig Stimmen lebendig geworden in der Öde.
Ruedlieb und Edelrot kamen aus der Hütte gesprungen. Auf der weißen Höhe sahen sie den Vater stehen und wußten nicht, was sie denken sollten.
Da schrillte der Ruf des Richtmanns: »Laufet! Hinter mir die Wazemannsleut!«
Rötli erblaßte; auch aus Ruedliebs Wangen jagte der Schreck alles Blut; seine Hand griff nach dem Messer. Gestalten tauchten über den Grat empor: Herr Waze, Henning, Rimiger und Sindel und hinter ihnen die Knechte mit den Hunden. Zitternd klammerte sich Edelrot an Ruedliebs Brust. »Der Unfürm! Und seine Hund!«
»Laß ihn kommen!« Ruedlieb richtete sich auf. »Dir geschieht nit wie dem Rösli, aus deren Blut die Albenros gewachsen. Leben sollst du, oder ich sterb mit dir!« Ein paar Schritte riß er die Wankende durch den Schnee mit sich fort, dann stand er wieder und schrie: »Vater! Komm!«
Der Richtmann hörte den Ruf seines Buben, doch wie angewurzelt stand er, in der Linken den Latschenast, in der Rechten das blanke Messer zum Wurf bereit, die brennenden Augen nach der Höhe gerichtet. Den Söhnen und Knechten voran überklomm Herr Waze den verschneiten Grat. Sein Gewand und seine Hände waren rot vom Blute Otlohs, dessen rollende Leiche er aufgefangen. Er hatte den Hut verloren, und seine dünnen Haarsträhnen klebten an dem schweißtriefenden Gesicht. Seine Züge waren entstellt und glichen der Fratze eines verwundeten Raubtiers, das sich zum Sprunge duckt. Heiser kreischte seine Stimme: »Faßt ihn! Ich will ihn haben! Lebendig!«
Rimiger und Sindel sprangen über den Schneehang nieder und auf den Richtmann zu. Henning hob den Bogen und spannte die Sehne. Da flog das Messer des Richtmanns, und mit lautem Wehschrei ließ Henning die Waffe sinken. Das Messer hatte seinen Arm durchbohrt.

»Die Hund von den Riemen!« brüllte Herr Waze. »Die Hund über ihn!«
Die Knechte lösten die Fesseln. Gleich einem Bündel abgeschnellter Pfeile schossen die heulenden Rüden talwärts.
Da rann unter dumpfem Knirschen ein Zittern durch den Felsgrund. Das verschneite Steinfeld hob sich langsam wie die Brust eines atmenden Riesen. Rings auf dem weiten Berghang stäubten kleine Schneewolken auf, und durch die Lüfte ging ein Murren. Wie fernes Echo klang es und dennoch wie ein naher Laut, dicht vor den Ohren der Lauschenden.
Herr Waze auf dem Grat, Rimiger und Sindel, Henning mit dem blutenden Arm, die beiden Knechte, die verstummten Hunde und der Richtmann, der sich schon zur Flucht gewendet hatte – alle standen wie gelähmt auf der Scholle, die sie trug. Hinter dem Grat hatte Eilbert, der die Leiche Otlohs in den Armen gehalten, den blutigen Körper fallen lassen, und die beiden Brüder, die vor dem Erschlagenen auf den Knien im Schnee gelegen, waren aufgesprungen mit bleichen Gesichtern. Irrenden Blickes starrten sie umher. Alle fühlten die Nähe einer dunklen grauenhaften Gefahr. Von welcher Seite drohte sie? In den Lüften oder im Grund der Felsen? In der Höhe oder im Tal?
Von Hennings Lippen löste sich der erste Laut. Als hätte dieses kreischende Lallen der Todesfurcht die anderen aus ihrer Betäubung aufgeschreckt, so erhob sich plötzlich ein wirres Angstgeschrei in die von dumpfem Gesumm erfüllten Lüfte.
Von Wand zu Wand hin rollte das Echo dieser Stimmen.
Ein verworrener Laut des Widerhalles drang hinunter in die Bergschlucht, durch welche Sigenot und Recka den Weg zur Ödhütte suchten, erschöpft, bis über die Hüften mit Schnee behangen. Aufhorchend faßte Wazes Tochter den Arm des Fischers. »Ich höre Stimmen. Sie schreien um Hilf!«
Sigenot riß das Beil aus dem Gürtel und lauschte; er hörte nur ein leises Murren in ferner Höhe und schüttelte den Kopf. »Hinter dem Eismann geht eine Lahn!« Wieder begann er zu klimmen und schwang sich von Stein zu Stein. Nun machte die Bergschlucht eine Wendung, und zwischen halb verdorrten Zirben fand Sigenot leichteren Pfad. Doch plötzlich stockten seine Schritte. Er sah vor sich den Absturz einer Felskluft, die an den steilen Wänden finstere Höhlen bildete und die Bergschlucht quer durchriß, zu steil für den

Niederstieg, zu breit für jeden Sprung. Es war nicht das erstemal, daß Sigenot auf diesem Weg zum König Eismann emporstieg; doch diese Spalte kannte er nicht; ihre Wände waren gelb wie frisch gebrochenes Gestein. Als verließe ihn beim Anblick dieser Schranke die letzte Kraft, so stützte er sich an den Stamm einer Zirbe.
Recka holte ihn ein. »Was stehst du?«
»Unser Weg hat ein End. Der Bidem hat eine Fragel vor uns aufgerissen.«
»Schlag die Zirbe nieder, sie schafft uns einen Steg!«
Noch hatte Recka nicht ausgesprochen, da schwang der Fischer schon das Beil, und alle Kraft schien ihm wiedergekehrt. Recka watete zur Höhle, die sich neben der Zirbe in die Felswand senkte, und ließ sich auf einen Steinblock fallen. In nassen Strähnen hing ihr das gelöste Haar um die Wangen, ihre Brust wogte unter schweren Atemzügen, und zitternd lagen ihr die Hände im Schoß.
Sigenot führte Schlag auf Schlag. Jeder Hieb machte den Stamm der Zirbe erbeben und widerhallte an den Wänden. Dumpfe Geräusche quollen von der Höhe des König Eismann nieder, Steine fielen, und über alle Felsen rieselte und glitt der Schnee, als wären die steilen Gehänge belebt von tausend weißen, winzigen Tierchen.
Recka griff nach ihrem Bogen. Als sie gewahrte, daß die Sehne sich von der Feuchtigkeit des Schnees gelockert hatte, legte sie, um den Strang zu spannen, eine Schlinge über die Bogenkerbe; dann nahm sie den Köcher in ihren Schoß. Ein leises Ächzen ging unter Sigenots Schlägen durch den erzitternden Baum, und Recka hob die Augen.
»Der Wipfel neigt sich schon. Schlag zu!« Sie ließ die Pfeile halb aus dem Köcher gleiten. »Einen hab ich verloren im Schnee. Aber wenn es zum Ärgsten kommen soll – sieben Schäft noch hat mein Köder. Sie reichen.«
»Recka!« Der Schwung des Beiles stockte in Sigenots Händen.
»Schlag zu! Deine Schwester in Not! Der Baum muß fallen.« Wieder krachten die Schläge, und schon begann der Wipfel zu schwanken.
Reckas Augen flammten. »Zeit meines Lebens haben sie Schmach und Ekel um mich her gehäuft, daß mir zumut war in ihrem Haus wie dem kranken Falken im Geiernest. Und nach solchem Leben diese letzte Stund! Sie haben mich geschlagen und beschimpft wie der Bauer im Metrausch seine Magd.« Aufspringend schüttelte sie das Haar in den Nacken. »Ich bin gelöst von ihrem Haus. Mir sind nur noch zwei Dinge im Leben heilig, meine Mutter, die mir lieb

gewesen, und die Treu für deine Schwester, die mir hold geworden.« Da verstummte der Beilschlag, und ächzend neigte sich die Zirbe. Reckas Blick begegnete den Augen Sigenots. »Für deine Schwester will ich stehen und frag nit, wider wen! Ich tu, was ich muß! Und sollt ich drum im Leben auch nimmer Herd und Heimat haben!«
Unter dem stürzenden Baum hinweg war Sigenot auf Recka zugesprungen. »Nimmer Herd und Heimat?« Fast versagte ihm die Stimme. »So magst du reden, derweil ich leb?« Er streckte die Arme.
Zitternd stand die Tochter Wazes, und über ihr bleiches Antlitz fiel es wie Sonnenglanz. So haucht der junge Morgen nach langer Nacht die weißen Berge an mit leuchtender Glut. Aug in Auge standen sie, und mehr als Sprache hätte reden können, sagte der stumme Blick, der den Inhalt zweier Leben erschöpfte. Wie Feuer zu Feuer fliegt, so trieb es die beiden zueinander. Hatte Sigenot die Geliebte an sich gerissen? Hatte Recka sich an seine Brust geworfen? Sie hingen aneinander wie in jener Sturmnacht auf dem See, und in dürstendem Kusse fanden sich ihre Lippen.
Krachend fiel die Zirbe und warf ihren Stamm und ihr Gezweige über die gähnende Kluft.
War das dumpfe Brausen, das durch die Lüfte ging, ein Echo ihres Falles? Hatte ihr Sturz die schlafenden Riesen im Gestein geweckt und sie gelöst aus tausendjährigem Bann? Wie das Rauschen eines nahen Sturmes quoll es nieder aus unsichtbarer Höhe und wuchs zu mächtigem Gerassel.
Recka und Sigenot erwachten aus dem Taumel ihres Glücks. Es zitterte die Erde unter ihren Füßen, ein sausender Luftstrom peitschte ihnen Gewand und Haar, ächzend bogen sich die hundertjährigen Zirben, und brüllende Stimmen füllten die Bergschlucht. Reckas Augen glitten zur Höhe. Sie sah das Verderben über die Felsen niederstürmen: ein weißes Riesengewölk, von braunem Rauch umflattert. Aus ihrer Kehle löste sich ein Schrei, und die Angst des Todes sprach aus ihren Zügen; doch nicht das eigene Leben war es, um das sie bangte.
»Recka!« stammelte Sigenot und wollte die Geliebte decken mit dem eigenen Leib. Sie schlug ihm die Fäuste gegen die Brust. Den einzigen Schutz erkennend, auf den in dieser stürzenden Not noch eine Hoffnung zu setzen war, stieß sie den geliebten Mann mit wilder Kraft dem Berghang zu, daß er rücklings in die Höhle taumelte.

Unter frohem Aufschrei wollte sie ihm folgen. Da fiel die weiße Sturzflut auf sie nieder, und die Steine prasselten.
Sigenot hatte sich aufgerafft. Einen Schritt noch tat er. Wie durch weiße fließende Schleier sah er Reckas Haupt, ihr wehendes Rothaar, hörte aus allem Donner und Toben noch ihren jauchzenden Schrei: »Ich liebe dich!« Dann brach es vor ihm nieder mit schwarzer Nacht.
Die stürzenden Massen erfüllten die ganze Breite der Schlucht.
Von allen Wänden lösten sich neue Lawinen.
Und in der höchsten Höhe begann ein Grauenhaftes, der König Eismann, der Unbewegliche seit Jahrtausenden, fing zu laufen und zu springen an.
Hoch über dem Almental, dessen Hütte Waze und seine Söhne, der Richtmann und die Knechte in jagender Flucht zu erreichen suchten, geriet der ganze Berghang in rinnende Bewegung. Aus den aufdampfenden Schneewolken flogen braune Punkte hervor, erst wie springende Kiesel erscheinend, schon im nächsten Augenblick wie mächtige Felsblöcke; in weitem Bogen wurden sie über steile Wände hinausgeworfen oder liefen wie kreisende Scheiben mit Windesschnelle über die Gehänge, um in tausend Splitter auseinanderzufahren.
Die Kräfte der Fliehenden gingen zu Ende, und schon rollte die dunkel sich färbende Lawinenwolke gegen das Almental. Unter Heulen und Gewinsel suchten die vom Schreck betäubten Hunde Schutz bei den Menschen, fuhren den Fliehenden zwischen die Füße und brachten sie zu Fall. Knatternd fiel ein Regen von Steinen über den Grat, und lauter noch als das Kreischen der Angst erhob sich das Wehgeschrei der vom Steinschlag Getroffenen. Wen nicht eine springende Scholle zu Boden warf, der stürzte, weil ihm der beißende Rauch die Augen erblinden machte. Keiner hörte den Jammerlaut, der neben oder hinter ihm erscholl, halb erstickt von dem die Lüfte erfüllenden Toben. Keiner dachte des anderen, jeder nur an das eigene Leben. Der Bruder kannte nicht mehr den Bruder, der Sohn den Vater nicht, und für die Knechte gab es keinen Herrn.
Immer dichter fielen die Steine, und die Stimmen der brechenden Felsen verschmolzen sich zu schwebendem Gedröhn.
Allen Fliehenden voran war der Richtmann schon der Hütte nahe gekommen, als eine springende Scholle seinen Schenkel traf. Stöhnend brach er zu Boden. Er wußte, daß er verloren war. Und wie

nach einem bösen Sturmtag unter dem Gewölk noch eine letzte schöne Röte der sinkenden Sonne schimmert, so sah der Sterbende vor seinen Augen, was seinem Leben teuer gewesen. »Liebli, mein Bub! Mein Haus und Herd!«
Da tönte eine keuchende Stimme an des Richtmanns Ohr. »Der Heilige hinter mir! Und sie lassen mich allein! Die Söhn den Vater! Die verfluchte Brut!« Mit heiserem Schrei erlosch die Stimme, und durch den Schleier des wirbelnden Staubes, durch den Hagel der Steine sah der Richtmann einen Klumpen Leben sich nähern. Mühsam hob er sich auf das unverletzte Knie und faßte die schwere Scholle, die ihn getroffen. »Helfet, helfet!« klang es in winselnder Angst. »Du gütiger Himmelsherr, schau nieder auf meine Reu und hab Erbarmen! Du starker Heiliger, nimm den Gaden, mein Roß und meinem Weißfalk! Ich gelob's! Bei meiner Seligkeit! Ich laß dein Kloster bauen aus festem Stein –« Der Jammernde stürzte, rollte vor des Richtmanns Füße und versuchte sich wieder aufzurichten. »Hilf mir! Hilf! Ich zahl mit Gold und Spangen –«
»Ich tu's umsonst!« Die Faust des Richtmanns mit der schweren Scholle fiel. Ein gurgelnder Laut, ein starrer Blick noch in das Gesicht des Bauern, und Herr Waze überschlug sich auf dem steilen Hang.
Mit Getöse stürzten die dichten Massen des niederfahrenden Gesteins über den Grat einher, und eine mächtige Staubwolke, dem Sturz der Felsen vorangleitend, verhüllte den Todeskampf der wenigen, die noch lebten. Schon sausten die ersten Blöcke gegen die Hütte im Tal und brachen die Balken. Springende Steine sangen an dem flüchtenden Paar vorüber, das mit letzter Kraft durch den Schnee sich weiterkämpfte. Von Grauen befallen, hatte Ruedlieb die Geliebte mit sich fortgerissen, des Weges nicht achtend, den er nahm. Nun stand er am Rande der steilen Felswand, die sich niedersenkte zum Windachersee. Vor ihm der Abgrund, hinter ihm der stürzende Tod. »Jetzt holt der Bid, was ihm verfallen ist!« Er drückte das Gesicht auf Rötlis Haar und schloß die Augen, den Tod erwartend, der unter Donner und Tosen geritten kam.
Wie ein grauenvolles Ungeheuer schoß die schwarze Wolke über den Hang herunter. Aus ihrem Dunkel wurden mächtige Blöcke hervorgewirbelt wie Asche aus einem Schlot. Und ihr voran, gleich dem Brausen eines gewaltigen Sturmes, jagte die vom Sturz der Felsen angestaute Luft. Der sausende Windstrom faßte das Dach der

halb zertrümmerten Hütte und fegte die Balken davon wie leichte Schindeln; die im Schnee versunkenen Latschenbüsche blies er von der Erde weg, und als er die beiden Menschen erreichte, die sich stumm umschlungen hielten, wehte er sie wie kleine Blumen über den Abgrund in die Luft hinaus, daß ihnen Atem und Bewußtsein schwanden.

Unter dem donnernden Widerhall, der über alle Wände rollte, stürzten die Massen der zu Geröll zerschmetterten Felsen in den Windachersee, dessen aufgewühlte Fluten haushoch über die Ufer schwankten. Mit dröhnendem Klang zerbarst die Felswand über den Schluchten der Windach, und der aus seiner tausendjährigen Haft befreite See ergoß sich mit tosendem Rauschen über das Tal.

Eberwein und Eigel, die schon dem Ausfluß der Windach nahe waren, sahen die Felswand auseinanderfallen und das Wasser kommen. Der donnernde Lärm, der aus der fernen Höhe an ihr Ohr geklungen, hatte sie mit Entsetzen erfüllt und ihre Sinne fast betäubt. Sie dachten erst der eigenen Rettung, als die niederbrausenden Fluten schon die Schlucht der Windach füllten und brüllend näherschossen: »Wahr dich, Herr!« stammelte Eigel, faßte den Arm des Mönches und riß ihn gegen den Berghang. Keuchend klommen sie zwischen den Bäumen empor, um dem Weg der fallenden Gewässer zu entrinnen. Da wich unter einem Tritt des Kohlmanns die Moosdecke. Er stürzte und kam auf dem vom Regen durchweichten Hang ins Gleiten.

»Barmherziger Gott!« schrie Eberwein und sprang, der eigenen Gefahr nicht achtend, auf den Stürzenden zu. Schon brauste die Flut heran. Eine Welle faßte den Greis und schleuderte ihn an einen Baum. Lautlos kollerte Eigel über das Netz der Wurzeln. Ehe das schießende Wasser ihn verschlingen konnte, hielt ihn Eberwein umklammert. Von einer springenden Welle übergossen, gewann er mit seiner Last den sicheren Grund. Da sah er, daß er einen Sterbenden gerettet hatte. Von Eigels Schläfe sickerte das Blut in dicken Tropfen durch die grauen Haare. Das Gesicht des Greises war aschfarben, doch ein Lächeln glitt über den weißbärtigen Mund. So sah er zu Eberwein auf, als wollte er sagen: »Was liegt an mir! Du lebst, und ich bin zufrieden.«

Keines Wortes mächtig, zerrte Eberwein aus seiner Kutte eine Schnur hervor, an der ein Kreuzlein hing. Das wollte er dem Sterbenden zum Kusse bieten. Da lief ein Zittern über die Glieder des

Greises. Er kämpfte, als möchte er sprechen, und faßte gierig – nicht das Kreuz, sondern die seltsame Reliquie, die mit dem heiligen Zeichen an die gleiche Schnur gebunden war: die Hälfte eines entzweigesprungenen Beinreifs, braun vor Alter, mit halbverwischten Runenzeichen. »Salmued!« Das Brausen der talwärts stürzenden Gewässer verschlang den Laut. Eigels knöcherne Finger, die den Reif umklammert hielten, zuckten wie im Krampf. Seine Glieder streckten sich. Ein umflorter Blick noch suchte die Augen des Mönches, und flüsternd hauchte der erbleichende Mund: »Die gute Zeit –«
Eberwein verstand den letzten Seufzer dieses erlöschenden Lebens nicht. Er sah die Augen des Greises brechen und küßte die kalte Stirn. Als er beten wollte, versagten ihm die Worte. Tosend rauschten zu seinen Füßen in wachsendem Schwall die entfesselten Fluten vorüber, den Wald und die Felsen brechend, die Zerstörung niederwälzend auf bewohnte Stätten. Vor Eberweins irrendem Blick erschien das Tal der Ramsau. Er sah die einsame Kirche, das verödete Pfarrhaus, die stillen Hütten und ihre Menschen. Er sah die Dächer stürzen und hörte das Angstgeschrei der bedrohten Geschöpfe. Grauen befiel ihn, und aus der Tiefe seines gemarterten Herzens rang sich der bange Aufschrei: »Gott der Liebe! Wo bist du?«
Nur der Donner über den Bergen, nur das Rauschen und Toben der stürzenden Fluten gab ihm Antwort. – –
Und wie von den bleichen Lippen des Mönches, so flog in dieser Stunde der Vernichtung auch aus der Seele eines anderen ein Schrei zum Himmel.
Hinter dem König Eismann, in der schwarzen Finsternis der verschütteten Höhle, taumelte Sigenot zwischen den zitternden Felsen umher und schrie: »Du Starker du! Ich hab gehalten zu dir! Jetzt mußt du dich erweisen! Tu mir den Weg auf! Laß mich zu ihr!« Seine schreiende Stimme erlosch im dumpfen Donner, der ihn umrollte. Verzweifelt riß er mit den Händen am Gestein und zerrte an dem wirren, von Schnee und Geröll zerdrückten Astwerk, das den Ausgang der Höhle verschloß. Der Steingrund unter seinen Füßen begann sich zu bewegen gleich einer Wiege. Aus der Tiefe des Berges kam ein Klang, der mit Messerschärfe in Sigenots Ohren schnitt. Jähe Helle fuhr ihm in die Augen, und langsam wichen vor ihm die Felsen auseinander wie die Flügel eines Tores. Aufschreiend tat er

einen Sprung ins Freie. Bevor er wußte, wo er stand und wohin er sich wenden sollte, verging ihm Hören und Sehen. Unter betäubendem Lärm umhüllte ihn eine braune Wolke, brennender Staubsand quoll ihm in Mund und Nase, und wie Feuer war es ihm vor den Augen. Eine kalte Welle hob ihn empor, spülte ihn aufwärts gegen die höhere Schlucht, und während er zwischen Gestein und Schnee bewußtlos lag, fuhr ein Riß, bei dem die Schlucht durchquerenden Spalt beginnend, über die kahlen Felsen hinauf, und die vom Stock des Berges losgetrennte Steinwand neigte sich vornüber.
Donnernd stürzten die gewaltigen Massen über den Schönsee.
Ihr Fall zerteilte die Flut. Zwei weiße Wassermauern hoben sich turmhoch auseinander, und während die eine in den Kessel der Berge rollte, wälzte sich die andere gegen das Tal der Ache. Mit Brausen wuchs die laufende Mauer um so höher, je mehr das Seetal sich verengte. Auf ihrem Wege spülte die riesige Welle den Wald vom Berghang weg wie einen Haufen Späne.
Im Fischerhause hatten sie den Donner des fallenden Gesteins vernommen. Sie sahen über dem Kessel des Weitsees eine Wolke dampfen und hörten das Rauschen des kommenden Wassers. Ein sausender Wind, weißen Schaum in die Lüfte peitschend, flog über den See einher, und die rollende Wassermauer tauchte um die Falkenwand, auf der einen Seite den Bergwald mit Fluten überschüttend, auf der anderen ihre Springwellen emporschleudernd bis zu der um Wazemanns Haus gezogenen Ringmauer.
Das Geschrei der Mägde und die heulenden Stimmen der gefangenen Raubtiere tönten vom Falkenstein herunter, während Heilwig und Kaganhart über die Lände gegen den Berghang flüchteten. Wicho stürzte ins Haus. »Mutter Mathilt!« Er wollte sie umschlingen. Sie wehrte sich und lachte, mit beiden Händen sich anklammernd an die Lehnen ihres Sessels. Gewaltsam riß er sie empor, und während er keuchend mit seiner Last die Tür suchte, streckte Mutter Mathilt unter gellendem Gelächter die Hände nach dem Herd. Wicho erreichte die Hofreut. Da wälzte sich über die Lände, doppelt so hoch als der Hügel mit dem Haus des Fischers, der brausende Wasserberg heran, mächtige Felsblöcke wie leichte Kiesel vor sich herschwemmend und einen Wust von gebrochenen Bäumen ausschleudernd nach allen Seiten.
Wichos Kraft versagte. Zitternd klammerte er die Arme um die Mutter seines Herrn, während in das Brausen der stürzenden Flut

das Gebrüll der Rinder sich mischte. Kalkige Blässe deckte das Gesicht des Knechtes, doch über Mutter Mathilts Züge ging es wie ein Leuchten. Sie hob die Arme und schrie mit heller Stimme: »Gelfrat!« Die Nähe des Todes hatte ihre stumme Zunge gelöst. Noch einmal rief sie den Namen des geliebten Mannes, den ihr der See genommen, und streckte die Hände den anrauschenden Wellen entgegen. Brausend stürzte sich die Wassermauer über den Hügel hin. Ein Krachen und Dröhnen von brechendem Gebälk. Und die tobende Flut verschlang, was Sigenots Hag umschlossen hatte.
Immer weiter wälzte sich die zerstörende Riesenwelle. Ihr Rauschen quoll über das Tal hinaus und fand das Ohr der Menschen, die in Schreck aus ihren Hütten rannten. Tal auf und nieder flog das Gespenst der Furcht und faßte alle Gemüter. An den Wänden des Untersberges erwachte ein summendes Echo, während vom König Eismann ein dumpfes Brummen, bald stockend, bald wieder anschwellend, bis zum Lokiwald durch die Lüfte quoll.
Bruder Wampo sprang aus der Klause, und Schweiker, das Beil in der Hand, kam aus dem Wald gelaufen. »Mensch!« fragte Wampo. »Hörst du das?« Er verstummte, weil Pater Waldram aus der Kirche trat, gegürtet und mit dem Stab in der Hand. Sein Gesicht war wie das Antlitz eines Toten, doch seine Augen brannten; was aus ihnen leuchtete, war wie das lodernde Feuer im Blick des Kriegers, der den Ruf zur Schlacht vernommen. Erschrocken fragte der Bruder: »Herr, wohin?«
»Wohin die Stimme Gottes ruft! Leget ihr anderen die Hände in den Schoß und sehet zu, wie des Herren Zorn die Berge stürzt! Ich folge seinem Ruf, denn meine Stunde kam.« Ausholend mit dem Stabe, schritt er dahin, vom Sonnenglanz des sinkenden Tages umwoben.
Die Brüder standen schweigend, einer suchte den Blick des andern. Als Waldram unter den Bäumen verschwunden war, stammelte Bruder Wampo: »Er könnt einem Angst machen!« Ein Schauer rüttelte ihn. Wieder lauschte er dem fernen Murren, spähte gegen den Schönsee und kreischte: »Gottes Wunder! Zu Wazemanns Bannberg schau hinauf! Der Heidenkönig Eismann ist christlich worden und schlagt ein Kreuz!«
Auf den silberweißen, in Sonne glänzenden Schneegehängen der steilen Bergspitze erschienen zwei dunkle, schräg sich kreuzende Striche. Noch ein Augenblick der Ruhe. Und vor den entsetzten Sinnen der beiden Brüder vollzog sich ein Zerstörungswerk, gewal-

tig und furchtbar. Immer dunkler und breiter wurden auf dem Schnee des König Eismann die quer durcheinanderlaufenden Rinnen. Während über ihnen der Gipfel des Berges noch sein unverändertes Bild bewahrte, überwälzte sich unterhalb dieser gleitenden Risse der Schnee auf weite Flächen, und aus dem zerfetzten weißen Kleide tauchte die nackte graue Brust des steinernen Riesen hervor. Ganze Gehänge drehten sich und wurden verschoben, es begann ein Sinken der Flächen mit allem, was sie trugen, immer tiefer und weiter griff die gleitende Bewegung und erfaßte unter den kahlen Schneegefilden schon den Saum des Waldes. Viele Tausende von Bäumen, winzig anzusehen in der Ferne, begannen von der Stelle zu rücken. Schneller und schneller, gleich einer Herde hüpfender Schafe, bewegte sich der Wald; einzelne Bäume wurden, als gaukelnde Federn erscheinend, in die Lüfte geblasen. Dann sanken alle Stämme in einen grauen Wust zusammen wie Ähren unter einem Windstoß. Zwischen den gleitenden Flächen hatte sich in steiler Höhe noch ein mächtiger Fetzen Wald erhalten; plötzlich erhob er sich, wie von der Erde emporgeschnellt, und flog mit aufrechtstehenden Bäumen im Bogen durch die Luft, so daß man unter ihm hinweg einen sonnigen Hang gewahren konnte. Niederstürzend fuhr die riesige Scholle in braune Trümmer auseinander, die Bäume verschwanden, blitzende Wassergüsse erschienen zwischen den gleitenden Massen und tauchten wieder unter. Pfeilschnell schossen die schwärzlich sich färbenden Schuttströme über den tieferen Wald und griffen nach allen Seiten auseinander wie die gespreizten Finger einer Hand.

Noch stand der schlanke, weißblinkende Zinnenstock des Berges. Der Losbruch der tieferen Gehänge hatte seine Wände unterhöhlt. Jetzt neigte sich der erschütterte Riese. Zugleich auf allen Seiten begann ein Spalten und Auseinanderklaffen, ein Brechen und Stürzen des gewaltigen Felsenhauptes. Die finsteren Mächte, die jahrtausendelang in diesem Gestein geschlummert hatten, waren zum Leben erwacht und verbündeten sich zu einer unerhörten Tat. Mit rasender Schnelle stürmten sie dem Tal entgegen. Das stürzende Gewänd mit seinen brechenden Eisfeldern entschleierte das geheimnisvolle Herz des Berges, und an Stelle der verschwundenen Zinne erschienen neue, kleinere Felsgestalten – als hätte der greise Ahn den Platz geräumt für seine aus dem Schoß der Riesin Vernichtung gezeugten Kinder.

Nur wenige Augenblicke, und auf dem weiten Unterstock des fallenden Berges waren lange Täler zugeschüttet und über ihnen neue Felsenhügel aufgeworfen, über deren Rücken die stürmende Todesjagd hinunterging in die Täler. Die ganze Höhe war verwandelt in ein wirbelndes Chaos, und immer trüber verhüllte sich der rasende Wechsel der schaudervollen Bilder. Wie auf einer Brandstatt der aus Tür und Fensterhöhlen strömende Rauch zu dickem Schwaden über dem Dach sich sammelt, so flossen die von den auseinanderfahrenden Trümmerströmen aufdampfenden Staubwirbel zu einer ungeheuren Wolke ineinander, deren züngelnde Ränder im Schein der Sonne mit Flammenröte sich färbten, während den finsteren Kern des rollenden Ungetüms ein fahles Leuchten durchlief wie von zuckenden Blitzen.

Nun kam es über den weiten Gaden zum Lokiwald gezogen, erst wie ein dumpfes Tönen nur, darauf ein Ächzen und Knirschen, ein Knattern und Gerassel, das zu rauschendem Krachen wuchs, zu dröhnendem Donner. Unter dem Sturmwind, der einherflog über den Gaden, beugten sich die Wälder, und der jagende Wind trug aus dem Tal das Angstgeschrei der Menschen bis zur Klause. Schweiker und Wampo, die betend auf den Knien lagen, mit erhobenen Händen, vernahmen aus dem Tal eine Männerstimme wie das Gebrüll eines Stieres: »Es kommt der Berg! Laufet! Laufet! Es kommt der Berg!« Die Brüder sprangen auf, betäubt und wie von Sinnen. Brausend fiel die Sturmwelle über den Lokiwald, und seine Stämme wogten durcheinander. Kreischende Vögel gaukelten in der Luft, der Sturm zersprengte ihre Schar und peitschte sie in das wogende Gezweig; ein Habicht wurde gegen die Wand der Klause geschleudert und fiel mit gebrochenen Schwingen zu Boden. Brüllend wuchsen die Macht des Sturmes und das Dröhnen in den Lüften. Ein flüchtendes Rudel Hochwild raste über die Lichtung, und einzelne Tiere überschlugen sich. Mit Heulen und Sausen prallte der Luftstrom gegen die Wände des Untersberges, wurde zurückgeworfen, überfiel den Wald und mähte unter krachendem Geschmetter die mächtigen Stämme wie ein Sensenschlag den Klee. Die Brüder wurden zu Boden geschleudert und rollten über das Moos und durch die Pfützen. Das Dach des Kirchleins hob sich in die Lüfte, und im berstenden Türmlein wimmerte die Glocke während des Fluges. Ein jäher Stoß durchzuckte die Erde, ein Zittern und Schüttern befiel den Grund, und von überall, von den Wänden des Untersberges wie

von den Höhen ringsumher, ertönte das Gerassel stürzender Felsen.
»Das Jüngste Gericht! Das End der Welt! Guter Herr, sei gnädig dem armen Sünder!« lallte Bruder Wampo und drückte das Gesicht ins schlammige Moos.

Schweiker hatte sich erhoben. Seine verstörten Augen suchten die Gehänge des Göhl. Eine Staubwolke sah er niedergleiten über die Wände, und ihre Straße ging den Halden zu. »Hinzula!« Wie ein Hirsch, der schon den Pfeil des Jägers im Herzen fühlt, sprang Schweiker über die Lichtung hin, dem gebrochenen Wald entgegen.
»Bruder, Bruder, verlaß mich nit! Wir wollen selbander zum Himmel fahren!« kreischte Wampo. Er raffte sich auf und begann mit schlotternden Knien die Flucht, Gebete lallend und strauchelnd bei jedem Sprung.

16

Durch das schöne Tal hin schritt der Tod, Hand in Hand mit seiner Schwester, der Zerstörung. Sie waren allgegenwärtig an allen Ecken. In der Ramsau schritten sie den brausenden Fluten voran, welche die Häuser brachen und die wehrlosen Menschen verschlangen; im Gaden folgten ihrem Fuß das stürzende Gestein und der alles erstikkende Schutt des gebrochenen Berges. Hoch über dem Falkenstein, an einer scharfkantigen Bergrippe, teilte sich der sausende Wust der mit zersplitterten Bäumen durchmischten Trümmer, und während der eine Strom zum Schönsee niederfuhr, jagte der andere gegen die Schönau. Wazemanns Haus blieb unversehrt; nur verirrte Steinschläge prasselten über das Dach, und die gleitende Staubwolke hüllte Haus und Hof in schwärzliches Dunkel. Der Hag des Grünsteiners, mit Menschen und Vieh, und das Gehöft der Hanetzerbuben fielen als die ersten Opfer; Hütte um Hütte verschwand in der rollenden Wolke, und ihrem Wege voran ging ein Gewirbel von Dachteilen, Balken, Heu und Getreidegarben. Wie fliegende Boten des Verderbens sausten einzelne Felsen voraus, alles zermalmend, was sie trafen auf ihrem Pfad.

Auf freier Halde rannte eine Schar betäubter Menschen umher, unter ihnen der Hanetzer, der Schmied von Ilsank und der Köppelecker. Der stürzende Berg hatte sie aufgehalten auf dem Wege zu Wazemanns Haus. Wie ein Rudel scheuer Tiere flohen sie bald zur Rechten und bald zur Linken. Wenn sie rückwärts blickten, sahen sie die sausende Wolke und sahen die Häuser sich bewegen, sahen sie wanken und auffahren in die Luft. Von allen Hütten kamen die Flüchtenden, mit armseliger Habe beladen, ihre Kinder schleifend. Ein Mann trug auf dem Rücken sein Weib, das in den Wehen gelegen. Eine Greisin rannte mit einer Pfanne, darin der Brei noch dampfte; der Wind erfaßte die Frau und warf sie über einen Hag; sie ließ die Pfanne nicht fahren. Mit dem Geschrei der Menschen mischte sich das Gebrüll der Rinder; Hunde, Katzen und gackernde Hühner sprangen umher wie von Sinnen, und um die sinkenden Dächer flatterten die Tauben. Ein flüchtendes Mädel, das zwei fremde Kinder auf den Armen trug, sah einen Greis ermattet zu Boden sinken; zwei Knechte rannten vorüber, und jammernd schrie das Mädel: »Nehmt doch den alten Mann auf den Buckel!« Da traf sie ein springender Block, daß sie der Barmherzigkeit für alle Zeiten vergaß.

Über die ganze Breite des Tales ergoß sich die wirbelnde Wolke, und in dünneren Rauch zerfahrend, entschleierte sie den Hagel, der hinter ihr einherging. Eis und Gestein, Stücke vom winzigen Kiesel bis zur Größe gewaltiger Trümmer schwirrten zu Tausenden durch die Luft, jedes in anderen Sprüngen, im Flug unzähligemal an andere schlagend und im Zusammenprall zersplitternd.

Die Flüchtenden sahen keine Rettung mehr. In blinder Betäubung stürzten sich die einen über steile Gehänge nieder, andere bargen sich im Geäst der gebrochenen Bäume oder sprangen in das Wasser, das die Ache brausend über die Ufer schleuderte. Die Ermatteten warfen sich mit dem Gesicht zu Boden, stumpf das Ende erwartend. Andere sanken auf die Knie und begannen mit erhobenen Armen zu beten. Die Stunde der tiefsten Angst erweckte in ihren zitternden Herzen den Glauben, es müsse doch Einer sein, der stark ist wider alle Not, auch stark noch wider stürzende Berge. Und während sie lallten in Todesbangen und nicht wußten, wo sie diesen Einen suchen sollten, hörten sie durch die Schleier des dampfenden Staubes eine klingende Stimme: »Heran zu mir! Ihr alle, nach denen der Tod die Hände streckt! Bei mir ist Gott! Bei mir der Himmel und die Hilfe! Heran zu mir!« Sie lauschten mit Zittern, sie sprangen auf und rannten, um den Gott zu finden, bei dem die Hilfe wäre.

Hinter Waldrams Schritten wuchs die Schar. Lallend begannen sie die Worte nachzureden, die er mit hallender Stimme betete. Und als sie sahen, daß dieser Mönch, durch keine Gefahr beirrt, leuchtenden Auges jedem Unheil entgegenschritt, befiel ein Rausch der Hoffnung ihre Seelen. Immer lauter wurden ihre Stimmen, und was sie beteten, klang wie trunkenes Geschrei. Häuser stürzten, und sie sahen es nicht. Menschen fielen, und über die zerschmetterten Körper schritten die Verzückten hinweg.

Der Hagel der Steine wurde dünner, und schwächer rollte über den

Bergen das donnernde Echo. Nur das Brausen, das aus dem Ramsauer Tal heraustönte, wuchs noch immer. Vereinzelte Blöcke kamen noch aus der Höhe und schwangen sich in weiten Sprüngen über den zermalmten Schutt. Ein Fels, wie ein Haus so groß, wälzte sich durch den Hag des Richtmanns, drückte die leeren Ställe nieder und rollte gegen die Trümmerstätte, die das Haus des alten Gobl getragen hatte.

Vor dem zerfallenen Dächlein saß der Alte. Mit den dürren Armen hielt er auf seinem Schoß den zitternden Knaben umschlungen, der das Gesicht in Gobls zerlumpten Kittel vergrub.

»Jetzt, Büebli, jetzt kommt er, auf den ich wart!«

Der Knabe hob die Augen, sah den rollenden Block und schrie: »Du guter Vater im Himmel! Tu meinem Ähni helfen, wie du mir geholfen hast!«

Da kam der Fels wie ein steinernes Ungetüm; doch die Kraft seines Laufes war schon gebrochen; kollernd wälzte er sich über die faulen Reste des Hags, zerquetschte den Apfelbaum und hob sich noch ein letztes Mal auf die Kante – fiel er, so lag die Trümmerstätte des Hauses mit den beiden Menschen unter ihm begraben. Gobl, der die Kraft nicht mehr besaß, den Knaben zu tragen, versetzte ihm einen Stoß, daß Huze seitwärts niederrollte über die Moosfladen des zerfallenen Daches. Unter der Wucht des Stoßes kam der Alte selbst zu Fall und kollerte dem Fels entgegen. Schon fiel der Block. Da wich unter seiner Last die durchweichte Erde, im Fallen drehte sich der Fels, und halb in den Grund versinkend, legte er sich seitwärts nieder. Dicht neben Gobl drückte sich eine Kante des Blockes in den Boden und zog den Kittel des Greises mit sich hinunter. Der Alte zerrte wie ein junger Hund, der zum erstenmal die Schlinge des Riemens an seinem Hals spürt; dabei keuchte er den regungslosen Felsblock an: »Hast du mich selber übriglassen, so laß auch meinen Kittel aus!« Der Stein hielt fest. Gobl mußte aus den Ärmeln schlüpfen und das Gewand im Stich lassen. Da hinkte ihm schon der Bub entgegen. »Gobl-Ähni!«

»Mein gutes Büebli!«

»Gelt, Ähni, er hat geholfen?«

»Wohl!« Die Augen des Greises suchten den von dampfendem Staub verdeckten Himmel. »Das muß ein Guter und Starker sein!«

Lächelnd schmiegte sich Huze an die Brust des Alten: »So gut wie der ist keiner!«

Durch den sich dämpfenden Lärm der Lüfte tönten Geschrei und Jammer über die Halden her. »So hör nur, Büebli! Die armen Leut! Es muß Not und Tod gegeben haben überall. Tätst du dich trauen, daß du ein lützel allein bleibst, so möcht ich hinauslaufen und schauen, wo ich helfen kann!«
»Wohl, Ähni, lauf!«
Der Alte streifte zärtlich mit der Hand über den Kopf des Knaben und watete durch den Schlamm davon. Als er zum Hagtor kam, blieb er stehen und blickte an seinem nackten Leib hinunter. Kopfschüttelnd kehrte er zurück und begann unter den Trümmern seines Hauses zu wühlen, ob er nicht einen Lumpen fände, mit dem er seine Blöße bedecken könnte.
Auf den Bergen war es still geworden; nur in Zwischenräumen ließ sich von den Höhen noch dumpfes Gepolter vernehmen, das die rauschenden Gewässer übertönte. Ein unruhig wechselnder Wind trieb die Staubwolken, und wo der braune Schleier auseinanderriß, enthüllte er die Bilder einer grauenvollen Zerstörung. Geschrei ertönte auf allen Seiten, herzzerreißendes Klagen, nur selten ein Ruf der Freude und des Wiedersehens.
Auf freier, von Geröll übergossener Halde lag Waldram auf den Knien, die Arme zum Himmel gestreckt, die Augen in Verzückung leuchtend, und betete mit hallender Stimme: »Es jauchze zu Gott die ganze Erde! Singet die Herrlichkeit seines Namens und preiset ihn mit Liedern! Sprechet zu Gott: Wie furchtbar sind deine Werke!«
Während er so betete, wurde die Schar, die ihn umdrängte, immer kleiner. Jeden trieb es, nach den Menschen zu suchen, die ihm teuer waren, jeden zog es zu seinem Haus und Herd. Ein Laufen und Rennen begann, und einer schrie den anderen an: »Hast du meinen Vater nit gesehen, mein Weib und meine Kinder? Steht mein Haus noch oder liegt's?« Und alle Stimmen der Menschen übertönte das markdurchdringende Gebrüll eines Rindes, das mit gespreizten Füßen und gestrecktem Schweife zwischen den wirr durcheinanderliegenden Blöcken stand, die Augen aufgequollen, das Maul überronnen von blutigem Schaum.
Mit kalkweißem Gesichte kletterte der Hanetzer über die Felstrümmer, die Stätte suchend, auf der sein Haus gestanden. Er fand sie nicht. Als seine Brüder kamen, hatte er kein Ohr für ihren Jammer. Er starrte durch den wehenden Staub empor zur Höhe der Falkenwand, von welcher Wazemanns Haus über gebrochene Gipfel nie-

derblickte. »Das meinige liegt, und das seinige steht noch allweil!« keuchte er, faßte die Brüder am Arm und schüttelte sie. »Mir nach! Sein Haus muß fallen!« Er riß einen Holzstrunk aus dem Schutt und stürzte dem nächsten Gehöft entgegen, das in Trümmern lag, mit rauchenden Balken; das Herdfeuer hatte das zerschmetterte Dach entzündet, und vor dem glostenden Haufen stand ein junges Weib in wortlosem Jammer. Der Hanetzer brüllte: »Liegt das deinige auch? So schau hinauf, das seinige steht noch! Aber nimmer leben will ich, oder sein Haus muß fallen vor der Nacht!« Das Weib, wie eine Erwachende, riß aus dem Trümmerhaufen einen glühenden Storren hervor und schwang ihn durch die Luft, daß die Flamme erwachte. »Brauchst du Feuer?« Heiser lachend faßte der Hanetzer den Brand. Von einer Trümmerstätte zur nächsten trug er die Flamme und den Schrei seiner Wut; Männer und Weiber gesellten sich zu ihm, und über die Schutthügel stürmte der schreiende Haufe gegen Wazemanns Haus empor. Die heiße Lust, ihren Haß zu kühlen, überfiel sie wie ein Labsal in ihrem Jammer, wie eine Betäubung ihres Schmerzes.

Die kreischenden Stimmen klangen weit hinaus über die Schönau. Mancher, der seine Heimstätte unversehrt gefunden, war schon wieder der Neugier fähig und rannte, um zu sehen, was es gäbe. Andere hatten mit sich selbst zu tun, mit ihrem Verlust und ihrem Jammer. Kinder liefen umher und schrien nach Vater und Mutter. Ein Weib mit fliegenden Haaren rannte von Hag zu Hag: »Wo sind meine Buben?« Die Söhne liefen ihr nach und schrien ihren Namen; doch das Weib erkannte sie im Wahnsinn nicht. Einzelne Menschen saßen betäubt noch an der Stelle, wo sie bei der Flucht ermattet niedergesunken. Auf ebenem Feld, über das kein einziger Stein gefallen war, lag ein Riese von einem Menschen bewußtlos hingestreckt. Es war der Schmied von Ilsank. Als ihm die Sinne wiederkehrten, sprang er auf und schrie mit brüllender Stimme: »Es kommt der Berg! Laufet! Laufet! Es kommt der Berg!« Er begann zu rennen, sprang über gestürzte Bäume weg, glitt, von Geröll umwirbelt, über steile Abhänge und suchte in keuchendem Lauf durch dichte Waldung den Weg zu seinem Haus. Plötzlich hielt er inne, nach Atem ringend. Er hatte gemeint, jetzt müßte er die Ramsauer Ache und die Rodung erreichen, auf der seine Schmiede stand – und sah zu seinen Füßen ein Tal, dessen ganze Breite erfüllt war von einem brausend dahinschießenden Wasser. Entwurzelte Bäume,

Hausgerät und behauene Balken trieben auf den schlammigen Wellen.
»Ihr Gutholden! Wo bin ich hingeraten?« lallte der Ilsanker. »Das ist fremde Gegend!«
Da rollte etwas vorüber, vom tobenden Wasser ausgeworfen und schon wieder verschlungen: ein Amboß auf großem Holzblock. Verstörten Blickes starrte der Mann um sich – jenseits des Wassers sah er die Halden der Strub, sah im Zwielicht des Abends die Menschen rennen und erkannte das Talgehänge von Ilsank.
Den gellenden Schrei, der sich aus seiner Kehle löste, verschlang das Brausen der Wellen.
Tosend nahmen die Gewässer durch das Tal hin ihren Weg. Sie fraßen die Erde und schwemmten die Hütten davon; doch wie sie nahmen, so gaben sie auch: Überall warfen sie Trümmer und Leichen an das Gelände.
Den weiten Lokiwald umkreiste die Flut und floß zusammen mit den reißenden Wellen der aus dem Schönsee kommenden Ache. Schon war die Stätte überschwemmt, auf der die Brüder in jener ersten Nacht gelagert hatten, und mit Toben strömten die Gewässer in das enge Tal, das hinausführte zur fernen Salzburg.
Weit draußen in der Waldschlucht tönte eine jammernde Stimme: »Bruder Schweiker! Bruder Schweiker!«
Erschöpft, von Todesangst in allen Knochen geschüttelt, suchte Wampo zwischen Gestein und Büschen einen Weg, der hinausführte aus diesem Jammertal, wohin auch immer, nur fort aus diesem gottverlassenen Erdenwinkel. »Schweiker! Schweiker!« Den schluchzenden Ruf übertäubte das näher und näher tönende Brausen. »Schweiker! Bruder! Verlaß mich nit in der Not! So komm doch und hilf!« Seine Stimme erlosch, und in Entsetzen starrte er rückwärts über das Tal. Er hörte dumpfes Rauschen und sah über das welke Buschwerk graue Buckel auf und nieder tauchen gleich springenden Mäusen. Bevor in seinem wirren Kopf ein Gedanke erwachen konnte, waren die kleinen Mäuse schon gewachsen und schossen durch das brechende Gebüsch einher mit klotzigen Rücken. Da kam dem Bruder in seiner schlotternden Angst jenes Abenteuer des ersten Tages in Erinnerung. »Allmächtiger Gott! Hinter mir die wilden Säu!« Er begann zu springen. Der neue Schreck verlieh ihm neue Kräfte. Mit schlagenden Armen warf er sich durch die Büsche, während hinter ihm ein Brechen und Rauschen sich näherte, als

hätten in dem engen Waldtal sich die Wildschweinherden aller Welt gesammelt. Etwas Kaltes fuhr ihm zwischen die Beine. Und das war kein wildes Ferkel. »Schweiker!« lallte der Bruder noch, dann fing eine hohe Welle ihn auf, und von der gebauschten Kutte wie von einem Luftsack über Wasser gehalten, segelte Bruder Wampo mit jagender Eile durch das Waldtal hin. Hätte er auch den schnellsten Renner aus des Kaisers Stall zwischen den Knien gehabt, er hätte der ›schiechen Gegend‹ nicht flinker entrinnen können.

Wohl vergingen ihm Hören und Sehen vor Todesangst. Dennoch behielt er so viel Bewußtsein, um zum erstenmal in seinem Leben dem Himmel ehrlich für das wohlgemessene Bröcklein Fett zu danken, das ihm eine gütige Vorsicht zwischen Haut und Knochen gelegt hatte. Er konnte nicht sinken! Und als die Luftblasen aus der Kutte wichen und das Wasser ihn umgurgelte bis zum Hals, da fischte ihn eine auf der Flut einhergaukelnde Fichte mit ihrem Gezweig aus den Wellen heraus, als wäre sein Erdengewicht nur ein Flöcklein Wolle. Triefend, mit unglaublicher Schnelligkeit, klomm er über die schwimmenden Äste empor; kaum aber hatte er sich in den Zweigen eingenistet und sich erquickt mit einem schüchternen Atemzug der Hoffnung, als ihm eiskalter Schreck durch Herz und Glieder rann. Er gewahrte, daß er auf seinem grünen Schiff einen stillen Kameraden hatte: Zwischen den Ästen hing die Leiche eines Jünglings, mit gespaltener Stirn, und der starre Blick der noch offenen Augen redete dem lebenden Gesellen ein erschütterndes Memento mori in die Seele.

Bruder Wampo schwamm und büßte im Angesicht des kalten Todes reichlich seine kleinen Sünden ab. Er hielt sich an die Zweige geklammert und regte sich nicht; nur manchmal versuchte er mit bleichen Lippen einen Ruf: »Schweiker! Schweiker!«

Der matte Laut ging unter im Gebraus der Wellen. Aber hätte Bruder Wampo auch eine Stimme gehabt wie der Schmied von Ilsank, den man von der Schönau schreien hörte bis zum Lokiwald – es hätte ihr Ruf nicht ausgereicht, um den verschwundenen Bruder einzuholen.

Hoch über dem Tal, das die tobenden Fluten füllten, keuchte Schweiker im halbzerstörten Bergwald über den steilen Hang empor. Sein Atem war wie ein Röcheln. Bei der Eile, mit der die Angst seines Herzens ihn bergwärts trieb, gingen auch die Kräfte des Hünen zu Ende. Taumelnd gewann er den Waldsaum. Auf der

freien Halde, wo sonst kein Stein gelegen, gewahrte er mächtige Felsblöcke, grauen Schnee und zerstreutes Geröll. Der Hag des Greinwalders klaffte von Lücken. Und hinter dem Hag kein Haus, kein Dach. Ein dumpfer Schrei, und Schweiker begann zu rennen. Als er das Tor erreichte, sah er den Balkenwust, zu dem das Haus zerfallen war. Rinder und Ziegen trabten im Hof herum, und die Bäuerin lag auf den Knien, während der Bauer einen Dachsparren vom Trümmerhaufen hinwegzuzerren suchte und immer den Namen seines Kindes schrie. Schweiker stand wie gelähmt. Dann ging ein Ruck durch seinen Körper, er spuckte in die Hände, stürzte auf die Trümmer des Hauses zu und faßte einen Balken. Mit übermenschlicher Kraft hob er das schwere Holz und warf es zur Seite. So löste er Sparren um Sparren vom Haufen des Gebälks. Als der Bauer und sein Weib den Bruder solche Riesenarbeit leisten sahen, verstummte ihr Jammer. Schon zeigte sich im Wust der Trümmer eine dunkle Höhlung. Schweiker beugte sich vor und keuchte: »Hinzula? Lebst du noch?«
»Wohl!« klang aus Gebälk und Schutt hervor die matte Stimme der Hirtin.
Unter Lachen griff Schweiker nach seinem Kopf, nach seinem Herzen. Die Bäuerin schrie vor Freude, und der Greinwalder zerrte an einem Balken. Schweiker stieß den Bauer zurück: »So hab doch acht, du Lümmel! Es kann ihr ja was geschehen, wenn du so grob tust!« Er faßte einen Sparren und hob ihn achtsam, damit kein Splitter und kein Bröselein des Schuttes sich bewegen möchte. Dabei sprach er immer in die dunkle Grube hinunter und mahnte die Verschüttete, tapfer auszuhalten und keinen Finger zu regen. »Ich hilf dir, tu dich nur nimmer bangen!«
»Mir banget nimmer. Ich seh dich schon!« klang es matt unter den Balken hervor.
Schweiker hob und hob, daß ihm an den Schläfen die Adern schwollen, und grub mit den Händen im Schutt, daß ihm die Nägel brachen. Schon konnte er das blasse Gesicht der Hirtin erkennen, die lächelnd zu ihm aufblickte. Aufrecht stehend, war sie bis an den Hals zwischen Schutt und Späne eingemauert. Je näher Schweiker der Verschütteten kam, desto hurtiger flogen seine Hände. Endlich hatte er sie so weit herausgeschält, daß er sie mit den Armen umschlingen und emporheben konnte aus dem fallenden Schutt. Er hielt sie an die Brust gedrückt und taumelte über die Balken nieder

auf ebenen Grund. Seine Knie trugen ihn nicht länger. Er sank zu Boden. Auf der Erde sitzend, umklammerte er auf seinem Schoß die Hirtin und bedeckte unter zärtlichem Stammeln ihr Haar, ihre Augen und ihren Mund mit Küssen. Hinzula regte sich kaum; erst nach einer Weile konnte sie die gequetschten Glieder rühren, und da schlug sie die Arme um Schweikers Hals, daß ihm die Stimme erlosch.

Als die wortlose Seligkeit der beiden kein Ende nehmen wollte, stieß die Bäuerin den Ellbogen an den Arm ihres Mannes und murrte: »Alles, was recht ist! Aber jetzt könnt er sie uns doch auch ein lützel hergeben. Ich möchte ihr auch in die Augen schauen. Geh, red mit ihm!«

Der Greinwalder kratzte sich hinter dem Ohr. »Wenn ich ein Wörtl sag, das ihm nit taugt, so haut er zu. Red selber mit ihm! Ich kann's erwarten. Und merken tu ich auch, daß ihr nichts geschehen ist, sie busselt, als hätt sie aller Lebtag nichts anderes getrieben!« Der Bauer wandte sich seufzend von den Trümmern seines Hauses, und seine Augen suchten das ferne Tal. »Weib! Schau hinunter!« stammelte er erschrocken. »Mir grauset.«

Ein letzter Glanz der sinkenden Sonne fiel noch über den Hag und die vier Menschen, die er umschloß. In den Tälern lag schon der Schatten des Abends. Ein murmelndes Rauschen tönte über die halb zerstörten Wälder empor wie eintöniger Grabgesang, und gleich einem finsteren Leichentuch verhüllte eine schwärzliche Dunstwolke alle Halden des Gadens vom Schönsee bis zum Lokiwald. Überall zwischen den Bergen dampfte das gleiche dunkle Staubgewölk, und durch die Ilsanker Waldschlucht zog der braune Rauch vom Gaden hinaus bis in die Ramsau, deren Tal verwandelt schien in einen langgestreckten See. Bis hoch über alle Grate waren die Lüfte von dünnem Staub erfüllt und glühten in blutrotem Schein, von dem die Gipfel der Berge mit trübem Grau sich abhoben. Sie waren anzusehen wie eine Herde kotiger Schafe – wie eine Herde, die den Hirten verlor. Denn der weiße Riese, Wazemanns Bannberg, der sich steil über alle anderen Gipfel erhoben hatte, war verschwunden. Wohl reckte sich aus dem verschütteten Unterstock des König Eismann gegen Westen hin noch eine gewaltig starrende Spitze, höher als alle anderen Berge, und gegen den Schönsee im Osten eine plumpe Kuppe; doch das Bild des Berges war verwandelt zum Anblick eines gebrochenen Riesenzahnes mit zwei mächtigen Stumpen, zwischen denen sich an Stelle der einstigen Schneezinne ein tief gesenkter Felsgrat hinzog, aus dessen wild zerrissenem Bogen sieben höhere Steinzacken in die Lüfte starrten. Und verwandelt war der ganze Stock des Berges: Wo ewiger Schnee gelegen, gähnte kahles Gestein. Täler waren verschwunden und neue Felsenhügel aufgetürmt, und statt der grünen Wälder dehnte sich ein grauer Wust von Schutt und Trümmern.

»Und dort schau hin, zum Schönsee!« stammelte die Bäuerin. »Zu allem steinigen Elend auch noch Feuersnot!«

Über dem Falkenstein loderte eine hohe Feuergarbe. »Wazemanns Haus!« schrie der Greinwalder. In seinen Augen funkelte die Freude des Hasses. »Da trag ich auch noch ein Scheit zur Glut!« Er zerrte einen zersplitterten Sparren aus dem Trümmerhaufen seines Hauses und rannte talwärts; kreischend lief ihm die Bäuerin nach, hielt ihn am Kittel zurück und zog ihn unter bettelnden Worten wieder zum Hag.

Schweiker erwachte aus seiner trunkenen Seligkeit. Gleich einem Träumenden blickte er umher und stotterte: »Wie ist mir denn? Sag, liebes Mädel, wie ist mir denn?«

»Gut halt! Wie mir!« lispelte Hinzula, ohne das Köpfl von Schweikers Brust zu erheben.

Er streichelte mit seiner klobigen Tatze ihr Haar. »Vor einem Stündl noch sind Todesangst und Not in mir gewesen. Jetzt ist mir Leib und Seel so voller Freud, als könnt über mich in aller Lebenszeit nimmer Sorg und Herzleid kommen. Schau, liebes Mädel, mir ist, als hätt ich Himmelsbrot gegessen.«

Als der Bauer mit seinem Weib zurückkehrte und den Sparren, den er davongetragen, wieder zum Haufen warf, ließ Schweiker die Hirtin aus seinen Armen und erhob sich. »Komm, Vater Greinwalder, jetzt müssen wir bauen! Das gute Kind braucht eine Ruhstatt für die Nacht.«

17

Im Rotschein des Abends irrte Eberwein am Ufer der die Ramsau überschwemmenden Seeflut auf und nieder, die Seele umklammert von einem dunklen Grauen. Überall gebrochene Bäume, überall die breit ergossene Flut, die ihm jeden Weg zu den bewohnten Stätten versperrte! Im Gebraus der Wellen konnte er von den Halden der Ramsau keinen Laut vernehmen. Dennoch hörte seine Seele einen Angstschrei aus hundert Kehlen und sah die Hütten stürzen im Schwall der Gewässer und sah den Todeskampf der sinkenden Menschen. Seine Herde fiel, und er, der Hirte, mußte tatlos stehen, und seiner Ohnmacht Teil war nur ein schreiendes Gebet, das keinen Gott und keinen Himmel fand, der es erhören wollte.

Zwischen dem Trümmergewirr und dem gaukelnden Hausgerät, das die schlammigen Wellen entführten, rollte ein menschlicher Körper vorüber. Aufschreiend stürzte sich Eberwein bis an die Brust ins Wasser, haschte den stillen Schwimmer und zog ihn ans Land. Es war die Leiche eines Greises: der alte Runot, dessen starre Hand noch das Beil umklammert hielt, mit dem er an den Balken für sein neues Haus gezimmert hatte. Eberwein erkannte den Entseelten, und eine Erinnerung zuckte in ihm auf. Er sah den Pfarrhof in der Ramsau, sah unter der Linde die Steinbank, sah ein Häuflein Männer mit entblößten Köpfen und hörte eine Stimme sagen: »Weil der alte Runot allzeit fromm gewesen, hat ihn der liebe Himmelsherr behütet, hat ihn nit sterben lassen unter dem fallenden Haus und wird ihm helfen ein neues bauen!«

Die Gestalt des Mönches erbebte. »Ja, Hiltischalk! Ein neues Haus! Und fest! Für alle Ewigkeit gebaut!«

Da kamen springende Kiesel über den steilen Hang herunter. Eberwein hob das Gesicht und sah einen Reiter vorübersprengen im gelben Wams der Wazemannsknechte. Ein hoffender Gedanke

erwachte in ihm; er streckte die Hände und schrie: »Dein Roß! Gib mir dein Roß! Es soll mich über das Wasser tragen. Menschen in Not!«
»In Not ich selber«, klang die Stimme des verschwindenden Reiters, »und das Grausen hinter mir! Herr Waze liegt unter seinem Berg, seine Buben sind erschlagen vom Gestein.«
Eberwein stand wie gelähmt. Zum Himmel aufblickend, den die sinkende Sonne blutrot färbte, stammelte er die Worte des Jesaias: »Mein Herz ist irre, Schrecken überfällt mich!« Taumelnd wandte er sich und sah, daß der fromme Runot nicht mehr allein war. Das Wasser hatte die Leichen zweier Kinder ausgeworfen, die sich im Tode noch umschlungen hielten. Eberwein erkannte sie. Zwei holde Kinderblüten! »Moidli heiß ich, wie die Gottesmutter!« »Und ich heiß Seppeli, wie Gott Vater!« Sie hatten ihm den ersten freundlichen Gruß in seinem Land geboten, und er hatte gelobt, den beiden Kindern diesen Gruß zu danken! Welchen Dank nun konnte er ihnen reichen?
Wie ein zu Tod Ermüdeter sank er neben den kleinen Leichen zu Boden, löste ihre starren Ärmchen und wusch den grauen Schlamm von ihren Gesichtern. Dann saß er neben ihnen und sah zum brennenden Himmel auf, den das ziehende Staubgewölk zu verdüstern begann. »Die Festen der Erde erschütterst du und wirfst die Keulen deiner Berge auf die Bösen! Wo ist dein Schild, mit dem du die Unschuld wahrst?« Über das Tal hin glitten seine verstörten Augen zu dem von braunem Rauch umschleierten Lokiwald. »Waldram! Ich sehe deinen Gott!« Mühsam erhob er sich und taumelte am Rand der Fluten entlang. Er sah nicht, wohin er ging, hörte das Gebraus der Wellen nicht mehr. Zitternd an allen Gliedern, schlug er die Hände vor das Gesicht. »Hiltischalk! Steig auf aus deiner Tiefe, du Christ der Christen! Reiche mir den Himmel, der in deinem Herzen wohnte, zeige mir den Gott, an den du glaubtest!«
Am Rande des Wassers irrte ihm ein Mensch entgegen. Es war der Schmied von Ilsank. Als er den Mönch gewahrte, befiel ihn Schreck. Es schien, als wollte er fliehen. Doch er stürzte auf Eberwein zu, fiel vor ihm auf die Knie und umklammerte den Mönch. »Verzeih! Verzeih! Ich hab geschworen wider euch auf dem Totenmann. Ich hab meinen Hag verschlossen vor dir. Mein Haus ist hin, mein Weib und Kind! Sieh meine Reu und laß mich leben!«
Eberwein verstand die Worte nicht – er sah nur den Zug des Leidens

in dem bleichen Gesicht und strich mit der Hand über das Haupt des Knienden. »So lebt noch einer?«
»Ich bin der einzige, der entronnen ist!« lallte der Mann, dem noch die Todesangst der vergangenen Stunde in allen Gliedern bebte. Er hatte keinen Menschen mehr gesehen, seit er aus seiner Betäubung erwacht und geflohen war, um sein Haus zu suchen. »Der ganze Gaden liegt verschüttet unter dem Eismann, den dein starker Himmelsherr im Zorn auf uns geworfen hat. Ich bin der einzige, der noch lebt!«
Eberwein erschrak nicht mehr. Er löste die Arme des Mannes von seinem Leib, und da sah er in der trüben Helle des Abends ein kleines Fahrzeug auf den grauen Wellen gleiten. Gleich einem winzigen Einbaum war es anzusehen.
»Eine Wieg, Herr«, stammelte der Schmied, »und in der Wieg ein lebendiges Kind!«
»Es soll nicht sterben!« schrie Eberwein.
Erschrocken streckte der Schmied die Arme, doch er konnte die verzweifelte Tat des Mönches nicht mehr hindern. Mit irrsinnigem Sprung hatte Eberwein sich auf ein im Wasser treibendes Dach geschwungen, mit dem zweiten Sprung gewann er eine schwimmende Fichte, lief auf ihrem Stamm entlang und stürzte sich in die Wellen. Seine letzte Kraft erschöpfend, erreichte er die Wiege und hörte die weinende Stimme des Kindes. Von den reißenden Wellen getrieben und gegen sie ankämpfend, stieß er die Wiege vor sich her und dem anderen Ufer zu. Je weiter ihn die Fluten talwärts trugen, desto mehr erlosch die Abendhelle, und ein trüber Rauch begann sich über Wasser und Ufer zu legen. Zwischen dunklem Buschwerk, das den Zug der Wellen milderte, fühlte Eberwein Grund unter seinen Füßen. Keuchend riß er das schreiende Kind an sich, das mit nackten Armen seinen Hals umklammerte. Vom Wasser bis an die Brust umspült, gewann er das Ufer. Schwankend stieg er noch eine Strecke über den waldigen Hang empor, dann sank er entkräftet zu Boden, und es schwand ihm das Bewußtsein.
Finster senkte sich die Nacht über den Besinnungslosen und über die weiten Stätten der Verheerung.
Nirgends leuchtete die Flamme eines Herdes. Schweigen lag um die Hütten, die der Zerstörung entgangen waren. Nur die flutenden Gewässer rauschten, und in Zwischenräumen tönte von den Bergen ein kurzes, dumpfes Gepolter.

Auf einer einzigen Stätte war es laut und lebendig in der Nacht, und rings um sie her verscheuchte eine lodernde Flammensäule das Dunkel. Der rote Schein, der ausging von Wazemanns brennendem Haus, leuchtete weit empor über den verschütteten Bergwald und nieder auf den rauschenden See und die verödete Lände. Zuckende Lichter fielen zwischen Hof und Brücke über den kreischenden Haufen der Männer und Weiber, die mit dem Hanetzer gekommen waren. Sie hatten das Haus verödet gefunden, verlassen von Knechten und Mägden. Beim Anblick der Pechkränze und Reisigbündel, die im Burghof lagen, hatte der Hanetzer geschrien: »Schauet, ihr Leut, Herr Waze selber hat uns Zeug geliefert zu flinkem Feuer!« Auf alle Dächer, in alle Türen und Fenster waren die brennenden Kränze geflogen, und mit johlendem Geschrei begrüßte der Schwarm die erwachenden Flammen. Aber bei aller Wut, die in ihnen gärte, fürchteten sie die Heimkehr des Spisars und seiner Söhne. Die Furcht eines ganzen Lebens wird auch in einer Stunde entfesselten Hasses nicht völlig abgeworfen. Zuerst begannen die Weiber zu laufen, die Männer folgten. Als der Trupp sich durch das Tor hinausdrängte, kam jener Knecht geritten, der im Schapbacher Wald dem Mönche das Roß verweigert und ihm zugerufen hatte: »In Not ich selber!« Den fliehenden Schwarm für das Hausgesinde haltend, keuchte er auch ihnen die Botschaft zu: »Not über uns! Der Herr liegt unter seinem Berg, all seine Buben sind erschlagen!«

Ein kurzes Schweigen. Solche Botschaft konnte von diesen Menschen nicht begriffen werden beim ersten Wort. Dann ein Geschrei, nicht wie von menschlichen Stimmen, sondern wie von gequälten Tieren, deren Käfig sich öffnet. Der Hanetzer raffte einen Buchenast von der Erde und brüllte: »Ich laß ihn grüßen, deinen Herrn!« Krachend fiel das schwere Holz auf die Stirne des Knechtes, und lautlos brach der Mann zusammen, während das scheue Roß über den Weg hinaus in die Tiefe sprang.

Befallen von einem Wahnsinn der Freude, unter jauchzendem Geschrei, wandten sich die Männer und Weiber in den schon taghell erleuchteten Burghof zurück, und ihr furchtlos gewordener Haß berauschte sich in einer Orgie der Zerstörung. Sie erschlugen die Raubtiere, die dem Spisar zu Spiel und Kurzweil gedient. In der Vorhalle fanden sie die Saufänger und Jagdspeere und erstachen im Zwinger die Hunde. In den Ställen erbrachen sie die Türen und metzelten die gemästeten Rinder nieder, köpften die Ziegen und

Schafe und erwürgten das Geflügel. Den Pfauen rissen sie die Federn aus und warfen die zuckenden Fleischklumpen in das Feuer. »Herrenbraten, Herr Waze, Herrenbraten!« In der Falkenkammer schleuderten sie die Beizvögel an die Mauer. In den Kellerhöhlen zerschlugen sie die Metfässer und vernichteten, was sie an Vorrat aufgespeichert fanden. Mit keinem Gedanken dachten sie, daß sie Gut zerstörten, das sie selbst von ihrem Schweiß gesteuert und gezinst hatten. Im Rausch ihres Hasses erschien ihnen alles zwischen diesen Mauern wie ein Teil des Mannes, der das Mark aus ihren Knochen sog und das Blut aus ihren Adern preßte. Die wachsenden Flammen nicht scheuend, drangen sie in alle Kammern des Hauses, brachen die Waffen entzwei, zerschmetterten alles Gerät und rissen in Fetzen, was an Gewand in ihre Hände fiel. Die Trümmer und Scherben und was der Vernichtung widerstand, warfen sie durch das Fenster in den Burghof und hielten in solcher Zerstörung nicht eher inne, ehe sie nicht durch die fallende Glut des Gebälkes aus dem brennenden Hause getrieben wurden.

Nur einer zögerte noch. In Reckas Kammer hatte der Hanetzer das über die Dielen zerstreute Geschmeid gefunden, das die Habsucht in ihm weckte. Halb erstickt vom Rauch und fast versengt von der schwelenden Hitze, kroch er umher und raffte die Spangen, Ketten und Ringe in seinen Kittel. Jetzt fand er noch ein letztes Stück, nicht schwer wie Gold und Silber, doch anzufühlen wie die Hälfte einer Spange. Er warf sie in den geschürzten Kittel, und aus der Kammer flüchtend, faßte er nach einem Jagdspeer. Was er gewonnen, wollte er auch bewahren. Während er sich durch die von Rauch und Flammen erfüllte Herrenstube kämpfte, umprasselt von fallender Glut, verstummte im Burghof das wirre Geschrei, und eine Stimme tönte in Zorn: »Die Berge erschütterte mein Gott und Herr, um seine Stärke zu weisen vor eurem bangenden Blick. Die Geschosse seiner Felsen warf er auf die Brust der Sünder und Verstockten. Unter ewigen Hügeln begrub er seine Feinde und löschte ihr Leben wie der Sturm die Kerze. Und ihr erkennet seine Größe nicht? Ihr schlaget nicht an die Brust und schreiet: Du Starker, sei uns gnädig!« Dumpfes Rollen klang aus ferner Höhe durch die Nacht. »Habt ihr nicht Ohren, um zu hören? Noch schwinget Gottes strafender Engel die Sense über euren Häuptern. Und ohne Furcht und schamlos wandelt ihr den Weg der Hölle, und eure Werke sind Mord und Brand!«

Taumelnd hatte der Hanetzer die Vorhalle erreicht, schüttelte die Funken von seinem Leib und rang nach Atem. Als er schwankend heraustrat auf die Freitreppe, tönte ihm mit schneidendem Klang jene Stimme entgegen: »Nieder den Raub aus deinen verfluchten Händen!« Vom zuckenden Schein der Flammen erleuchtet, stand vor ihm die hagere Gestalt eines Mönches, in erhobener Faust den Stab. »Nieder den Raub!«

»Was mein ist, behalt ich!« murrte der Bauer.

»Gott befiehlt es!« Der Stab des Mönches traf den Arm des Bauern, daß der geschürzte Kittel sich öffnete und das blinkende Geschmeid über die Stufen rollte.

Der Hanetzer zischte einen Fluch, es zuckte der Speer in seiner Faust, und Waldram taumelte mit durchbohrter Brust. Die Männer erblaßten, die Weiber schrien. Erschrocken streckten sich zwanzig Hände, um den Sinkenden zu stützen. Waldram richtete sich auf. Mit der einen Hand die blutende Wunde deckend, mit der anderen zum Himmel weisend, hob er die Augen mit einem Blick, vor dem der Mörder scheu zurückwich in die brennende Halle. Ohne Zorn, in feierlichem Ernste klangen die Worte des Mönches: »Du sendest mich zu meinem Gott, und ich möchte dir danken. Doch meine Wunde muß reden wider dich vor des Richters Thron. Geweihtes Blut hast du vergossen. Bete, Sünder! Bereue!«

Ein dumpfes Krachen, ein Aufschrei aus allen Kehlen, ein stürzendes Gewirbel von Flammen, von Rauch und Funken. Über der Stelle, die vor einem Atemzug den Hanetzer noch getragen hatte, lag der glühende Trümmerhaufe, zu welchem Wazemanns Haus zerfallen war.

»Zu spät deine Reue!« stammelte der Mönch wie in Erbarmen und sank zurück.

Sie fingen ihn auf, sie trugen ihn aus der Nähe der Glut und schleppten Felle herbei, um den Sterbenden zu betten. Waldram wälzte sich auf die kahle Erde. »Mein Erlöser ist nicht auf linden Fellen gestorben, auf hartem Holz! Leget ein Scheit unter meinen Nacken!« Sie taten ihm den Willen, und er lächelte wie ein Müder auf weichem Pfühl. Seine Hand suchte das Kreuz am Gürtel. Das heilige Zeichen an die Wange schmiegend, lag er ausgestreckt und sang mit erlöschender Stimme das Ambrosianische Lied. Stille war um ihn her, die bangen Blicke der Männer und Weiber hingen an seinen Augen, die in Verklärung leuchteten. Als könnte er den seligen Augenblick des Todes nicht erwarten, so hob er sich halb empor und hauchte lächelnd: »Was zauderst du, meine Seele? Fürchte dich nicht, der Weg zu deinem Heil steht offen!« Reichlicher strömte sein Blut. Mit brechenden Augen die verschleierten Sterne suchend, fiel er zurück und seufzte.

Rings um den Toten lagen sie auf den Knien, und in das Rauschen der versinkenden Flammen mischte sich das Schluchzen der Frauen; die Männer knieten bleich und wortlos. Die wilden Herzen, die der Lebende nie gewonnen hätte, erschütterte sein gottesfreudiger Tod bis ins Innerste. Eines der Weiber küßte die Sohlen des Entseelten und schluchzte: »Hebet ihn auf, ihr Mannerleut, traget ihn zu seinem heiligen Haus!« Doch der Köppelecker streckte wehrend den Arm über die Leiche. »Keiner soll ihn anrühren mit roter Faust. Waschet erst das Viehblut und den Brandgeschmack von euren Händen! Nachher wollen wir ihn tragen.«

Während im Ring der verödeten Mauern die letzten Flammen in Glut und Asche sanken, stieg durch die Nacht ein stiller Zug über die Trümmerfelder ins Tal, umgaukelt vom Lichtschein zweier Fakkeln.

Der Köppelecker eilte zum Lokiwald, um die Kunde von Waldrams Tod vorauszutragen. Als er das Tal der Ache überschreiten wollte, sperrte ihm das breit und finster flutende Wasser den Weg.

Durch das Rauschen, vom anderen Ufer herüber, vernahm er aus der Nacht eine rufende Stimme, die sich entfernte.

Es war die Stimme Eberweins.

Den Besinnungslosen hatte das Weinen des Kindes geweckt. Und da füllte kein anderer Gedanke sein erwachendes Leben als nur die Sorge für dieses zitternde Geschöpf, das unter Lallen und Tränen an seinen Hals geklammert hing. Ihm war, als trüge er mit diesem Kind die neue Zukunft seines zerstörten Landes auf den Armen und am Herzen.

Mühsam mußte er jeden Schritt erkämpfen und wußte nicht, wo er sich befand. Rings um ihn her zerstörter Wald, nirgends ein Lichtschein, kein Zeichen des Lebens. Er schrie und schrie. Alles blieb still in der Nacht. Endlich erreichte er freien Raum und erkannte mit Freude und zugleich mit Schreck die Rodung, auf der die Klause stand. Auch hier die Vernichtung? Er schrie die Namen der Brüder. Keine Stimme gab Antwort. Konnten sie schlafen in solcher Nacht? Oder waren sie dem grauenvollen Tag zum Opfer gefallen? Vor seinem spähenden Blick tauchte ein schwarzer Klumpen aus der Nacht: die ihres Daches beraubte Klause. Wankend erreichte er die Herdstube, in der die Kohlen noch unter der Asche glommen. Wieder schrie er die Namen der Brüder, eilte von Zelle zu Zelle und fürchtete bei jedem Schritt, auf eine Leiche zu stoßen. Er fand kein Leben, doch auch kein Zeichen des Todes. Wie Hoffnung erwachte in ihm der Gedanke, daß die Brüder dem Verderben entgangen und ausgezogen wären, um Hilfe zu bringen.

Zitternd trat er in die dachlose Kirche. Die Schale des Ewigen Lichtes lag auf der Erde, ein mattes Flämmlein zuckte noch in dem verschütteten Öl. Kaum erkenntlich hoben sich Altar und Kreuz aus dem trüben Dämmerschein; die Farben des heiligen Bildes waren erloschen, waren grau, bedeckt von dem dichten Staub, der aus den Lüften gefallen.

Eberwein stand vor dem Kreuz und hob das Kind in gestreckten Händen dem stillen Bild entgegen. »Blick nieder aus der Nacht! Du! Der du sagtest: Lasset die Kindlein zu mir kommen!«

Die Stimme erlosch ihm. Wie gestaute Flut ihre Dämme bricht, so lösten sich die Schmerzen, die gehäuft auf seiner Seele lagen, in einem Sturz von Tränen. Das Kind umschlingend, wankte er aus der öden Halle und sah nicht, daß über den dachlosen Balken ein Stern durch die sinkenden Schleier des Staubes niederleuchtete.

In seiner Zelle streifte er dem Kinde den nassen Kittel ab und hüllte das schauernde Körperchen in die Decken seines Lagers. Dann saß er im Dunkel neben dem Kinde, dessen winzige Hände einen seiner Finger umklammert hielten. Dabei vernahm er jene schluckenden Laute, wie sie nach überstandenem Schreck aus einer Kindesbrust sich ringen, wenn die Zähren schon gestillt sind. Die Hände des Kindes begannen sich zu erwärmen, immer ruhiger wurde sein Atem, und nach einer Weile entschlief es.

Eberwein saß in sich versunken, regungslos, erfüllt von wirrer Qual und kreisenden Gedanken, bis die kleinere Not des Lebens die größere seines Herzens übertäubte. Es fror ihn in der nassen Kutte, seine Glieder waren wie zerschlagen, und der Hunger mahnte. Seufzend erhob er sich, entzündete eine Fackel, tauschte das Gewand und suchte nach Speise. Nur ein Häuflein Bohnen fand er, trug eine Handvoll zum Lager des Kindes und zernagte die trockenen Kerne. Alles tat er wie im Schlaf.

Der Schein der Fackel fiel über den Schemel, auf dem das heilige

Buch lag. Eberwein schlug es auf und begann zu lesen, wie Hiob in Vorwurf rechtete mit seinem Gott.
»Und Gott erwiderte dem Hiob aus dem Sturm und sprach: Wer ist es, der von meiner Weisheit redet und sie verdunkelt mit Worten ohne Sinn und Kenntnis? Auf, gürte wie ein Mann deine Lenden; ich will dich fragen, und belehre du mich! Wo warst du, als ich gründete die Erde? Laß hören, was du weißt! Wer hat bestimmt ihre Weiten? Wer hat über sie die Meßschnur gezogen? Wer ihren Eckstein gelegt beim Jubel aller Morgensterne, da die Söhne Gottes jauchzten? Wer schloß das Meer mit Türen ein, als es, den Mutterschoß durchbrechend, hervorkam? Wo warst du, als ich Gewölk zu seinem Gewande gab und Wolkendunkel zu seiner Windel? Ringsum maß ich ihm seine Grenzen zu und sprach: Bis hierher komme und nicht weiter, hier soll brechen deiner Wogen Trotz! Und du? Wann jemals in deinen Tagen gebotest du dem Morgenrot, daß es leuchtend fasse die Säume der Erde und die Finsternis jage von ihr, damit den Bösen entzogen werde ihr Schutz und gebrochen der feindliche Arm?«
Eberweins Hände fielen von dem Buch, und sein Blick irrte ins Leere. Er sah sich am Rande der Flut, sah in der Höhe des Waldes den Reiter und hörte wieder jenen Ruf: ›Herr Waze liegt unter seinem Berg, seine Söhne sind erschlagen vom Gestein.‹
Zitternd bedeckte Eberwein die Augen, als möchte er den Gedanken, der ihn befallen hatte, gewaltsam von sich abwehren. Besser zweifeln an Gott als glauben, daß er ein Gott der Rache ist! Und zeigte ihm der gleiche Blick, der ihn den Reiter schauen ließ, nicht auch den frommen Runot, die schuldlosen Kinder und alle die andern in ungezählter Schar, die begraben lagen unter den Felsen, versunken in der Flut?
Mit leisem Hauche strich der Nachtwind in die Zelle und legte die Blätter des Buches um. Vor Eberwein lag ein Lied des Jesaias aufgeschlagen: »Es mögen die Berge wanken und die Felsen stürzen, doch meine Gnade soll nimmer weichen von dir und der Bund meiner Liebe nicht zerbrechen, spricht der Herr, dein Erbarmer.« Ein heißer Schauer rann ihm durch Leib und Seele. »Der Herr, dein Erbarmer?« Als möchte er sich gewaltsam aus dem Streit der Seele reißen, sprang er auf, drückte die Fäuste an seine Stirn und stammelte: »Denke nicht über Gott! Dein Hirn ist Staub. Fühl ihn, wenn es dein Herz vermag! Und hoffe!«
Der Hall seiner Stimme hatte den Schlaf des Kindes gestört. Es regte

sich, und sein tiefer Atem klang wie ein Seufzer. Eberwein trat zum Lager. Der Anblick des Kindes schlich ihm ins Herz wie warmer Trost. Es schlief schon wieder. Der Schein der Fackel leuchtete über das runde Gesicht und über das Geringel der weißblonden Härchen, die noch feucht waren und schimmerten. Wie spielend bewegten sich die Finger, und das kleine rosige Mäulchen rührte sich, als genösse das Kind im Traum die Mutterbrust.

»O Glück dieses Kindes! Wonne dieses Schlafs! Berge stürzen, es brechen die Seen, die Hütten fallen, und alles Leben sinkt. Und zwischen Schreck und Grauen dieser stille Schlummer ohne Wissen! Wo stand die Heimat dieses Kindes, wo schwimmen die Balken seines Hauses, wo liegen die Leichen der Seinen, was wird der kommende Tag ihm bringen? Jede Frage ein dunkles Rätsel! Und still und zufrieden schläft das Kind, beschwichtigt und genährt von einem Traum, zehrend am Nachgeschmack der einzigen Freude, die es erfuhr in seinem Leben. Und du, mit deinem spürenden Geiste, Mensch! Erforschtest du mit deinen wachenden Sinnen von dem großen Rätsel über den Wolken mehr als dieses schlummernde Kind von seinem dunklen Los? Spare dir die nutzlose Qual, schließe die Augen deiner Seele, schlafe wie dieses Kind und nähre dich von einem holden Traum, vom süßen Nachgeschmack eines Augenblicks der Liebe, den du empfangen aus deines Schöpfers Hand!«

Es zuckte müd um Eberweins blasse Lippen. »Wahrlich, wahrlich, wenn ihr nicht werdet wie die Kinder –«

Durch das Körperchen des schlummernden Kindes fuhr es wie Schreck. Es zappelte und schlug die Augen auf. Sie waren blau und glänzten. Das Mäulchen verzog sich, als wollte es weinen. In Sorge beugte sich Eberwein über das Lager, und da richteten sich die Augen des Kindes auf sein Antlitz, groß und scheu. Dann glitt ein Lächeln über das runde Gesichtl, und lallend griff das Kind – es hatte wohl einen flachsbärtigen Vater – mit beiden Händen in den Bart des Mönches. Die süße Zärtlichkeit und der reine Glanz der unschuldsvollen Kinderaugen weckten in Eberweins Seele ein Gefühl, so heiß und gläubig, wie es der Sinkende empfinden mag, den im Gebraus der Wellen die starken Arme des Retters umschlingen. »Herr! Nicht dem Greuel dieses Tages, ich glaube dem Wunder dieser Augen! Deine Liebe redet zu mir, ich fühle sie!« In Freude schloß er das kleine zappelnde Leben an seine Brust und küßte mit Inbrust die warmen Lippen des Kindes.

18

Der Morgen graute. Hoch über den Ruinen des König Eismann stand am erbleichenden Himmel noch der zur Sichel schrumpfende Mond. Sein Schimmer umwebte im Grau des erwachenden Tages die neu entstandenen Zinnen und die mit Eisblöcken und Felsklötzen besäten Trümmerstätten. Stille lag über dem steinernen Leichenfeld. Zuweilen klang das leise Kollern kleiner Steine – das vor dem Sturz entflohene Fahlwild und die verscheuchten Gemsen stiegen schon wieder zu Berg. Ruhelos klommen die Tiere im zertrümmerten Gestein umher, ihre gewohnten Äsungsplätze suchend. So fest wie in den Menschen des Hochlands wohnt auch in den Tieren der Berge das treue Hängen an der Scholle, auf der sie geboren wurden. Felsen stürzen und begraben die Stätte – kaum hat sich der Staub verzogen, so kehren die Entflohenen schon wieder zurück, um das neue Lager über den Trümmern zu wählen, die das alte bedecken. Und wie an der alten, so hängen sie an der neuen Wohnstatt mit ungebrochenem Vertrauen.

Neben dem sachten Geriesel des Schuttes, der sich unter den Tritten des ziehenden Wildes löste, unterbrach die Stille noch ein anderer Laut: ein Klirren wie vom Schritt eines eisenbeschlagenen Schuhes. Im Gewirr der Felsblöcke irrte ein Mensch umher. Schwer und langsam war sein Gang. Als er die Kuppe eines Trümmerhügels erreichte, stand er bewegungslos und starrte im Dämmerschein über das weite Schuttfeld, unter dem die Ödhütte mit dem ganzen Albental begraben lag. Keuchend klang sein Ruf und hallte in der Stille: »Rötli! Rötli!« Keine Antwort kam, nichts regte sich zwischen den Trümmern. Lange stand der Einsame an einen Fels gelehnt, als könnte er sich ohne Stütze nicht aufrecht halten. Immer wieder schrie er den Namen und strich mit den Händen über die Augen, um sie sehend zu machen für das Leben, das er suchte und nimmer fand.

Schwer atmend wandte er sich endlich, stieg der Tiefe zu und kehrte wieder zurück, als wären zwei Gewalten in ihm, von denen die eine ihn festhielt, während die andere ihn niederzog in die verschüttete Schlucht.

Schon begann das Grau über den Felsen sich zu lichten. Immer tiefer stieg der Einsame. Lange stand er vor einer Fläche grau bestäubten Schnees, in dem sich eine weiße Mulde zeigte, als hätte hier, während der Staub sich senkte, durch lange Stunden ein Mensch gelegen. Aus Geröll und Schnee ragte der Wipfel einer Zirbe hervor. Langsam glitten die Augen des Mannes über das grüne Gezweig, über eine weit geöffnete Höhle, über die kahle Bruchfläche des Berges und über die wirren Massen des zerschlagenen Gesteins, das die tiefere Schlucht erfüllte. Ein Stöhnen erschütterte seine Brust, und schwankend betrat er das Gewirr der Trümmer. Sein brennender Blick haftete an jeder Scholle; an jeden Felsblock rührten seine zitternden Hände, und zögernd setzte er den Fuß, als wäre ihm jeder Schritt eine Marter. Ein steiler Abbruch sperrte seinen Weg. In der Tiefe gewahrte er den See, von Schaum bedeckt, so weiß wie Milch. Der erstarrte Schuttstrom lag vom Fuß der Felsen wie ein graues Eiland weit in die Flut hinausgebaut – als hätten die Dämonen des Gesteins dem stolzen Mädchenherzen, das sie zerdrückten im ersten Jauchzen seines Glückes, einen ewig dauernden Leichenhügel errichten wollen, gewaltiger, als noch je ein Hügel über dem Grab eines gefallenen Helden sich erhob.

Zitternd, mit vorgebeugtem Gesichte, stand der Einsame am Rand der Felsen und starrte in die Tiefe. Röchelnd ging sein Atem, doch seine rotgeränderten, vom Staub entzündeten Augen hatten keine Träne. »Ich hab's berufen. Jetzt liegen zwischen ihr und mir die Berg!« Er streckte die Arme ins Leere, und des Todes nicht achtend, der ihm drohte, begann er den Niederstieg. Wohin er trat, lösten sich das Geröll und der graue Schnee. Als er den Grund schon fast erreicht hatte, kam eine Platte mit ihm ins Gleiten. Rasselnd trug ihn das steinerne Fahrzeug und landete ihn auf der Böschung des Schuttes. Mit heiserem Lachen richtete er sich auf und faßte das Gestein wie die Brust eines Feindes. »Mein alles hast du genommen! Nur mich nit! Warum denn? Bin ich für den Tod zu schlecht?« Das Gesicht mit den blutenden Händen bedeckend, sank er zu Boden.

Schon fiel das Frühlicht mit rosigem Schein über alle Höhen, als er sich mühsam erhob und hinausblickte über den weißen See. »Mutter! Wie kehr ich heim! Was sag ich, wenn dein Aug mich fragt –?« Am Saum des grauen Schuttfeldes wandte er noch einmal den Blick. Seine Gestalt erzitterte, und stumm umklammerte er einen Steinblock und drückte das Gesicht an den kalten Fels, als hielte er umschlungen, was unter dem Schutt begraben lag.

Wie ein Träumender taumelte er davon. Ohne zu wissen, was er tat, suchte er die Stelle, wo er den Einbaum verlassen hatte – sie war verändert, verschwunden mit dem Kahn. Doch über den See war eine Brücke gebaut: Eine Felswand hatte ihren Trümmerhaufen bis zum andern Ufer geworfen und einen kleineren See vom Weitsee losgetrennt, wie eine Stunde der Not das Kind von der Brust der Mutter reißt. Über diese Brücke, die noch keines Menschen Fuß betreten hatte, ging der Weg des Einsamen, dann am Ufer entlang und heimwärts über das Waldgehänge, das bis zur Höhe eines Pfeilwurfs kahlgeschwemmt war von den aufgebäumten Fluten. Die gebrochenen Stämme schwammen im See und streckten ihr wirres Gezweig aus dem weißen Schaum.

Schon fiel das helle Licht des Morgens in den Kessel, doch die bunten Farben der herbstlichen Bäume wollten nicht erwachen. Wie versteinert war der Bergwald anzusehen unter dem grauen Kleid, mit dem der Staub ihn überzogen hatte. Stumpf glitten die Blicke des Einsamen über die trüben Bilder seines Weges. Er sah in der Höhe das veränderte Gesicht des Berges und erkannte auf allem Felsgehäng die Straßen, welche die Schuttströme genommen hatten. Er sah den Falkenstein, doch über ihm kein Dach mehr, keinen Giebel und keine gefensterte Mauer, nur dünne Rauchsäulen, die langsam in die Höhe wirbelten und in der Luft zerflossen. Er sah in der Ferne die Halden der Schönau, ohne Wald, ohne Hütten, einer grauen Wüste gleich. Er sah, wie auf dem See das schwimmende Bild der Trümmer sich verwandelte: Zwischen die gebrochenen Fichten und Buchen mischten sich entwurzelte Fruchtbäume, Gebälk und Bohlen, die Reste eines Daches, eine Hundehütte und Immenkörbe, Gewandstücke und hölzernes Geschirr. Und manchmal tauchte aus dem schwankenden Schaum ein brauner Fleck hervor: die schwimmende Leiche eines Rindes.

Das alles sah er. Auch über seinen Weg, der zu Ende ging, lagen die Zeugen der Vernichtung ausgestreut: Gerätstücke und lange Fetzen eines Fischernetzes. Doch keine Frage erwachte in ihm. Seine betäubten Sinne schienen unempfänglich für neuen Schreck, sein gebrochenes Herz nicht fähig mehr eines neuen größeren Schmerzes. Als er die letzte Waldhöhe erreichte und die Lände mit dem verwüsteten Hügel zu seinen Füßen lag, griff er mit den Händen an die Schläfen und drehte langsam das entstellte Gesicht nach allen Seiten. Kein Hag und Lugaus mehr, kein Haus und Stall. Verschwunden der Immenstand, das Gärtlein und der Brunnenstock. Nur einzelne Balken und Fetzen des Haggeflechtes lagen zerstreut umher. Zerschmettertes Hausgerät und Rinderleichen füllten alle Pfützen der Lände. Die Eichen waren gebrochen und ihre Kronen davongeschwemmt. Nur ein einziges dünnes Bäumlein hatte dem Schwall der Fluten widerstanden. Und auf dem kahl gewaschenen Hügel war nur der Baumstrunk noch geblieben, der die steinerne Tischplatte getragen, und ein Rest des gemauerten Herdes. Doch auf der Stelle, an der das Hagtor gestanden, erhob sich noch das Kreuz, nur gelockert in seinem Halt, zerfetzt an allen Rändern und bis über das Querholz hinauf mit grauem Schlamm behangen. Zwischen den Stümpfen der gebrochenen Eichen kauerte Heilwig, die Magd des Fischers. Als sie den Kommenden gewahrte, sprang sie auf und eilte ihm entgegen. Sie wollte ihren schreienden Jammer beginnen, doch der Anblick des Mannes lähmte ihre Zunge. Das Gewand verwüstet und mit Staub bedeckt, an Händen, Armen und Knien zerschunden und blutig, das Gesicht entstellt, die Augen brennend und von dunklen Ringen umzogen, eisgrau an Bart und Haaren – so stand er vor dem entsetzten Blick der Magd. War es ihr Herr? War es Sigenot der Fischer? Oder ein gespenstiges Schreckbild, das sie zu ängstigen kam nach allem Greuel, den sie überstanden hatte? »Heilwig?« Auch seine Stimme war verwandelt und klang ihr wie fremder Laut. »Wo ist die Mutter?«

Sie konnte nicht sprechen, nur deuten. Zögernd schritt sie ihm voran, und immer nach einigen Schritten wartete sie, ob er käme. Bei den Stümpfen der Eichen blieb sie stehen; die hundertjährigen Stämme waren über den Wurzeln abgedreht und Sigenots Baum an der letzten Kerbe gebrochen; dem einzigen noch aufrechten Bäumlein zu Füßen lagen die beiden Leichen: Mutter Mathilt, umklammert von den Armen des entseelten Knechtes.

Sigenot wankte. Sein irrender Blick suchte das Kreuz. Dann streckte er die Hände nach dem Knecht: »Der ist treu gewesen! Und ich kann's ihm nimmer lohnen.«

Heilwig mußte ihm helfen, die starren Arme Wichos zu lösen, der

die Mutter seines Herrn nicht lassen wollte. Während die Magd zu reden begann, hielt Sigenot die Leiche der Mutter in den Armen und hing an den bleichen Zügen, die dem Antlitz einer Schlummernden glichen. Er hörte, wie die Magd von der baumhohen Welle sprach, vom Sturz des König Eismann, von allem Unheil im Gaden, von Wazemanns Tod, vom Untergang seiner Söhne und vom Brand seines Hauses. Doch ihre Worte schienen ihn nicht anders zu berühren als einen Sterbenden der leere Klatsch des Nachbarhauses. Nur einmal hob er die Augen, weil aus dem zerschlagenen Schilf des Ufers eine jammernde Stimme klang.
»Der Kaganhart!« stammelte die Magd. »Er muß die Hilmtrud suchen. Das Wasser hat sie davongetragen mit dem Haus!«
»Not über allem, was lebt!« Sigenot drückte das Haupt der Mutter an die Brust und streichelte ihr feuchtes Haar. »Mutter! Dir ist wohl. Komm! Ich will dich zum Vater bringen!«
Er ging zur Lände, schleppte die zerstreuten Balken ans Ufer und flocht sie mit Ruten zu einem Floß; alle Reste seiner Netze sammelte er und füllte sie mit schweren Steinen.
Nun holte er die Mutter. Wankend stieg er mit seiner Last über den Hügel hinunter, kehrte zurück und trug den getreuen Knecht zum Floß. Dem grauen Fährmann des Todes gleich, stand er auf dem schwankenden Fahrzeug und trieb es mit langer Stange durch den Trümmerwust, der den See bedeckte. Hinter der Insel sah ihn die Magd verschwinden. Sie stand am Ufer, erfüllt von Grauen und Sorge. Lange Zeit verging. Einmal hörte sie aus dem See heraus den verschwommenen Hall einer Stimme. War es ein Wehschrei? War es der letzte Gruß, den der Sohn seiner Mutter bot? Dann wieder Schweigen. Nur hinter dem Hügel das Rauschen der Ache.
Lange harrte die Magd. Endlich sah sie das entlastete Fahrzeug mit seinem Fährmann aus dem zerwühlten Schilf der Insel hervortauchen. Müde trieb Sigenot die Balken dem Ufer zu. Als sie an die Lände stießen, löste sich das Band der Ruten, und von dem zerfallenden Fahrzeug schwang Sigenot mit der Stange sich ans Ufer. Das kalkweiße Gesicht war wie versteinert; die Fäuste ballend, blickte er über die öde Stätte der Verwüstung. »Jetzt hab ich ausgesorgt um Mutter und Schwester. Jetzt banget mich nimmer um Glück und Lieb. Jetzt steh ich allein für mich. Jetzt will ich raiten mit allen, die mir gelogen haben und die Treu gebrochen!«
Erschrocken wich die Magd vor ihm zurück, weil sie des Augen-

blicks dachte, in dem sie vor dem rollenden Wasser geflohen war und in Todesfurcht das Haus und die Herrin verlassen hatte.
Durch die trüben Pfützen, über alle Trümmer weg, schritt Sigenot dem Kreuz entgegen, während die Magd entfloh. Mit geballten Fäusten stand er vor dem grauen Balken und sprach ihn an, als hätte er einen Feind vor sich, der ihn hören, mit dem er rechten könnte in Worten. »Ich hab gehangen an dir in Treu und Glauben. Derweil dir alle feind gewesen, hab ich meine Freiheit hingelegt vor deine Füße und hab gerufen: Mein guter Herre, du mein Gott! – Und du? – Ich will nit raiten um die Mutter, sie hat nit gefragt nach dir. Wer Treu nit gibt, kann Treu nit heischen. Ich darf nit raiten um mein Glück, ich hab's verrufen und hab das Wasser und die Berg geworfen zwischen meine Seligkeit und mich. Ich rait nit um dieselbig, die den Tod gefunden aus Lieb zu mir –« Seine Stimme riß. »Stark und mutig ist sie gewesen, rechtlich an Sinn und Herz, schön wie die Sonn und treu – so wie du untreu bist! Doch ihres Vaters Haus hat wider dich gestanden. Haß wider Haß. Das muß ich gelten lassen. Aber es heißt auch: Treu um Treu!« Mit beiden Fäusten faßte er den Stamm des Kreuzes und rüttelte an dem Holz. »So sag mir, wo die Schwester ist? Auf ihr hat keine Schuld gelegen. Ihr Herz und Leben ist wie die Blum gewesen, die den ersten Morgen sieht. Wie das Lamm vor dem Schäfer ist sie gestanden vor dir und hat vertraut auf deine Hut. Und du? Stark bist du, stärker als tausend Männer in Wehr und Eisen. Du kannst die Berg umwerfen und die tiefsten Wasser heben. Und meiner Schwester schuldloses Leben hast du nit lösen mögen aus der Not? Wo ist denn deine Treu, von der mir einer im Lokiwald gelogen hat? Jetzt red! Wir raiten miteinander! Und wenn du meinst, daß fallen muß, was treu und schuldlos ist, so soll auch nimmer stehen, was ich untreu find!« Mit der ganzen Wucht seines Körpers warf er sich gegen die Balken. In der Erde knirschten die Pflöcke, der Grund begann sich zu heben, und langsam neigte sich das Kreuz. Fast lautlos fiel es auf den mit Schlamm bedeckten Hang des Hügels.
Sigenot drückte die Fäuste auf seine Brust, als wäre ihm wohler geworden. »Du liegst. Und jetzt zu deinem Knecht im Lokiwald!« Er wandte sich gegen die Ache und stand wie gelähmt, an Leib und Seele befallen von einem Schreck, so furchtbar, wie er ihn auch in der Stunde nicht empfunden hatte, in der die Berge stürzten und den Tod durch die Lüfte warfen. Entgeistert sah er, was ihm erscheinen

mußte wie ein Wunder, das der starke Gott in diesem Augenblick wirkte, um vor dem Zweifler seine Treue zu erweisen. Von der Ache her, zwischen dem verwüsteten Hügel und dem Wirrsal der gestürzten Bäume, kam langsam ein junges Paar gegangen, zwei stille, blasse Menschenkinder, die zu wandeln schienen wie im Traum. Wange an Wange hielten sie sich umschlungen, als müßte eines das andere stützen.

Sigenot griff ins Leere. Er sah die Schwester und wandte die Augen von ihr – er sah das liegende Kreuz und streckte die Arme. Was er fühlte, erschütterte ihn an Herz und Gliedern wie ein Sturm den Baum. Stöhnend schlug er die Fäuste an seine Brust: »Ich – ich – ich selber bin der Untreu!« Mit schluchzendem Schrei, taumelnd an allen Sinnen, warf er sich über die Balken des Kreuzes. –

Hinter den Bergen stieg die Sonne hervor.

Weithin über das verwüstete Tal, in dem die sinkenden Bäche schon leiser rauschten, flutete der warme Glanz. Er wandelte das Grau des Staubes nicht in lachende Farben, scheuchte kein Bild der Vernichtung und verjagte nicht den atembeklemmenden Steingeruch, der die Lüfte füllte. Dennoch senkte sich der schimmernde Glanz aus den Höhen nieder wie ein goldgeflügelter Bote, um den Menschen in ihrem verzagenden Jammer zuzurufen: ›Die Berge stürzten, doch blicket auf, es steht noch der feste Himmel, und seine Sonne leuchtet!‹ In den mit Schlamm übergossenen Tälern weckte die Wärme den Nebel wie nach schwerem Regen. Überall kräuselten sich die weißen Wolken über den Wust der Trümmer empor, von der Sonne durchleuchtet – ein Bild der menschlichen Hoffnung, die nach aller Nacht und Kälte des Lebens immer wieder die Heimstatt des Lichtes und der Wärme sucht.

Aus dem Bett der Ramsauer Ache, in deren breiten Strom die Gewässer schon zu versiegen begannen, dampfte der zarte Nebel langsam über den Lokiwald.

Hier, zwischen gebrochenen Bäumen, suchte Eberwein einen Weg nach den Halden der Strub, das schlummernde Kind auf seinen Armen.

Jeden Schritt mußte er mühsam erkämpfen. Die Sorge, mit der er das Gesicht des Kindes vor dem schlagenden Gezweig zu behüten suchte, erfüllte ihn so ganz, daß er die Zerstörung nicht sah, die um seine Füße gebreitet lag. Tote Vögel hingen im Gezweige, und an Wildleichen führte sein Weg vorüber. Unter einem mächtigen

Baumstamm lag ein erschlagener Bär mit zerzaustem Fell, mit gebrochenen Zähnen im klaffenden Gebiß – der braune Honigfreund, der mitgeholfen hatte an Bruder Wampos ›Wunder‹.

Der Wald und seine Trümmer gingen zu Ende, und eine menschliche Stimme schlug an Eberweins Ohr. Er schrie, begann zu laufen und erreichte das Tal der Ramsauer Ache.

Am Rande des Wassers näherten sich zwei Menschen, die im Schlamm nach verlorenem Gut zu suchen schienen, ein Greis und ein Weib mit gelösten Haaren. Eberwein rief die beiden an. Und das Weib, mit gellendem Freudenschrei und gestreckten Händen, kam auf ihn zugerannt, riß ihm das Kind aus den Armen und eilte davon, in wahnsinniger Angst, als wäre Eberwein nicht der Retter, sondern der Räuber ihres Kindes.

Der Alte blieb stehen und sah dem fliehenden Weibe nach. Eberwein erkannte ihn; es war ein Ramsauer Bauer, der mit Runot zur Windach gekommen war, um nach Hiltischalk und Hiltidiu zu suchen.

»Herr?« fragte der Greis. »Hast du das Kind aus der Flut gehoben? So mußt du der Mutter verzeihen, daß sie den Dank vergessen hat. Zwei Kinder hat ihr das Wasser genommen. Die liegen im Schapbacher Wald.«

»Wo Runot liegt?« stammelte Eberwein.

»Wohl! Der ist hin, der gute Mann! Und das Moidi und der Seppeli liegen daneben.«

Eberwein vermochte nicht zu sprechen. In Bangen hatte er gehofft, das gerettete Kind in die Arme der Mutter legen zu können. Und daß es nun diese Mutter war!

Während er schweigend stand, sprach der Alte von der Verwüstung im Tal der Ramsau. »Zwanzig Häuser liegen. Das Pfarrhaus auch, und die Kirch dazu. Und viel Leut gehen ab. Mein ältester Bub ist auch dabei, sein Weib und alle fünf Kinder. Sieben Leut auf einmal!« Die Stimme des Alten zitterte. »Da käm ich nimmer drüber weg, wenn ich nit sagen müßt wie Bruder Hiltischalk: Gibt der liebe Gott, so wird er auch nehmen dürfen. Wohl! Ich hab getrauert um den frommen Bruder. Aber schau, Herr, dem hat's der liebe Himmel gut vermeint, daß er ihn die heutige Not nit hat erleben lassen! – Guck nur, wie die unsinnige Mutter noch allweil rennt! Die fallt noch mit dem Kinde in eine Grub!« Mit lauter Stimme rief er: »He, du!« Und eilte, so schnell ihn seine alten Knochen trugen, dem Weibe nach.

Eberwein bedeckte die Augen mit der Hand. »Bruder Hiltischalk! Wo dein verlorenes Grab auch liegen mag, unter Fluten oder Felsen, es verlangt nach keinem Kreuz und Ehrenzeichen! Im Herzen dieses Christen sah ich dein Denkmal stehen.«

Weit über das Tal her tönte ein Gewirr von Stimmen. Freudig erschrocken lauschte Eberwein. »Dort leben noch Menschen!« Er eilte nieder über das schlammige Gehäng und sah die Trümmer nicht, die das Wasser ausgeworfen, nicht das spitze Dächlein mit dem hölzernen Kreuz, nicht die gebleichten Knochen und Totenschädel, die der Strom aus dem Ramsauer Beinhaus bis zum Gaden herausgetragen. Über Felsblöcke und angestaute Bäume springend, gewann er das andere Ufer. Zwischen verwüsteten Büschen lagen die steinernen Schollen, die wie Hagel aus den Lüften gefallen waren. Den Schritt beflügelnd, erreichte Eberwein einen zerstörten Hag, in dessen Mitte ein Felsblock lag von der Größe eines Hauses; doch er hörte keinen Jammer, nur den Hall eines Beiles und eine freudige Knabenstimme: »Schau nur, Gobl-Ähni, da kommt der gute Herr!«

Die Beilschläge verstummten nicht. Durch eine Lücke des Hages sah Eberwein den Greis bei der Arbeit stehen: nackten Leibes, die Hüfte von einem Lumpen umwunden, schwang er das Beil mit der Kraft eines Jünglings. Nicht weit von dem Alten saß Huze in der warmen Sonne, die wunden Füße von grauen Fetzen klumpig umwickelt. Und an der Seite des Knaben kauerte das kleine Mädel aus dem Schapbacher Wald. Beim Anblick des Mönches richtete Huze sich auf und versuchte ein paar hinkende Schritte; Eberwein eilte dem Knaben entgegen und umschlang ihn, keines Wortes mächtig. »Gelt?« lächelte der Bub zu ihm auf. »Was der liebe Vater im Himmel alles an mir getan hat! Schau nur den Ähni an! Wie er schaffet an unserem neuen Haus! Und wie er mich mögen tut! Und alles hat der Vater da droben gemacht. So gut wie der ist, so gut ist keiner mehr.«

Eberwein beugte sich nieder. »Mein Kind! Ich danke dir für dieses Wort.«

Mit großen Augen sah der Bub ihn an. »Danken? Warum denn, Herr? Das ist doch dein eigen Wort. In Wazemanns Bußloch hast du mir gesagt: So gut wie der Vater im Himmel, so gut ist keiner mehr!«

Es zuckte um den Mund des Mönches, während sein Blick hinausirrte über die verwüsteten Halden. Tief atmend strich er mit der

Hand über das struppige Haar des Knaben und flüsterte: »Werdet wie die Kinder!«
Das Beil in der Faust, kam der alte Gobl. »Ich grüß dich, Herr! Und schau, du hast recht gehabt! Mein Apfelbaum ist hin, nacket steh ich da, aber allweil freut mich das Leben wieder!« Er zog den Knaben zärtlich an sich. »So viel gleicht er meinem lieben Mädel! Die Augen hat er von ihr, und das gute Herzl auch!« Lachend hob er das Kinn des Knaben. »Schau, Bub, wenn du nit hinken tätst, du müßtest von deiner Mutter auch den Schritt haben, so keck und fest!«
In stummer Bewegung blickte Eberwein auf die beiden Menschen: das Alter in nackter Not, die Jugend in Schmerz und Wunden, und dennoch in ihren Augen die lachende Freude des Lebens.
Dumpfe Stimmen, von einem Windhauch über die Halden hergetragen, unterbrachen die Stille.
»Lus, Herr!« sagte der Greis. »Es haben nit alle den schiechen Tag so gut überstanden wie mein Bub und ich. Die Leut sind gefallen wie die Fliegen im Frost. Da drüben schleppen sie die Toten auf ein Häufl.«
Eberwein hatte sich abgewandt und eilte dem verschwommenen Hall der Stimmen entgegen. Zerbrochene Zäune sah er, Hütten mit durchlöcherten Dächern, ein halb zertrümmertes Haus, in dessen Stube vom verwichenen Abend noch der Tisch bestellt war mit unberührten Schüsseln. Überall Schutt auf seinem Weg, blaue Eisblöcke, von denen in der warmen Sonne das Wasser niederschmolz, und graue Felsklötze, die keine Menschenkraft mehr von der Stelle rücken würde, auf der sie aufgerichtet standen als ewige Gedenkzeichen des schreckenvollen Tages. Kühe, Ziegen und Schafe zogen unruhig umher, Hunde trabten an Eberwein vorüber, doch bei keiner Hütte gewahrte er Menschen. Ein einziges Kind erblickte er. Das saß auf einem Schutthügel und spielte mit dem Geröll.
Immer näher klang das Gesumm der Stimmen, und endlich gewahrte er auf freiem Feld einen schwärzlichen Menschenhaufen. Langsam glitten die Gestalten durcheinander, die einen gingen, andere kamen paarweis und trugen auf Stangen eine regungslose Last herbei.
Die Leute erblickten den Mönch, und das Gesumm der Stimmen erlosch. In der dunklen Schar sah Eberwein plötzlich alle die weißen Gesichter. Einige Männer und Weiber wollten ihm entgegenlaufen; auf halbem Wege hielten sie inne. Bleich, mit kämpfendem Atem,

eilte er den Harrenden entgegen. Kein lautes Wort vernahm er, kaum einen schluchzenden Laut. Doch hundert Arme streckten sich, als wäre bei ihm die Hilfe, bei ihm der Trost. Hundert Augen, gerötet von Staub und Weinen, hingen an seinen Lippen, als könnte ein einziges Wort des Gottgeweihten alle Schmerzen lösen. Die Männer faßten nach seinen Händen, die Weiber griffen nach seinem Kleid oder hoben ihm ihre Kinder entgegen, damit der Blick seiner Augen sie feie wider alle Not und Gefahr.
Wortlos, erschüttert in jedem Nerv seines Lebens, stand Eberwein inmitten dieses namenlosen Jammers – zum erstenmal im Kreise seiner Gemeinde! Wie anders hatte er diese Stunde sich gedacht! Schön, an Hoffnungen reich, als verheißungsvolle Blüte einer guten Zeit! Nun war die ersehnte Stunde gekommen. Und er stand inmitten dieser tiefgebeugten, nach Trost und Hilfe bangenden Menschen wie ein Hausvater, der von weiter Reise heimkehrt und unter seinem Dache den Tod und alles Elend findet. Wie sollte er trösten, da er selbst des Trostes bedürftig war wie ein Dürstender des Trankes? Sprechen konnte er nicht. Er drückte nur hier eine zitternde Hand, blickte mit heißem Erbarmen in ein brennendes Auge, streichelte dort ein gebeugtes Haupt, schloß einen Wankenden in seine Arme, drückte ein Kind an seine Brust und gab es der Mutter zurück.
So gab er Trost, ohne daß er es wußte. Der Schmerz hat feine Sinne, und diese Menschen empfanden es wie einen warmen Lichtstrahl in ihrem dunklen Jammer, daß einer unter ihnen weilte, der es gut mit ihnen meinte. Sie fühlten, daß sein Erbarmen und alle Liebe seines Herzens ihr Eigen war. Ihre Stimmen lösten sich aus dem stummen Bann, ihr Schluchzen wurde laut, eine Greisin faßte den Arm des Mönches, und auf die Toten deutend, weinte sie: »Schau, guter Herr, da liegen sie auf der Erd, um deinen heiligen Bruder her!«
Im ersten Entsetzen deckte Eberwein den Arm über die Augen. Auf einer Bahre aus Buchenästen ruhte Waldram, die gebrochenen Augen noch offen, das weiße Priesterkleid übergossen von geronnenem Blut. Und um ihn her eine stille Gesellschaft, Männer, Weiber und Kinder, Leiche neben Leiche, alle geschmückt mit der roten Blume ihres erloschenen Lebens. Da waren bleiche Gesichter mit friedlichen Zügen, als hätte der Tod diese Menschen überfallen, bevor sie die Nähe des finsteren Gesellen ahnen konnten. Andere Leichen zeigten in ihren Gesichtern nur den Ausdruck höchsten Schreckens, als wären sie schmerzlos hingesunken in einem Augen-

blick besinnungsloser Verwirrung. Daneben Gesichter, grauenhaft entstellt, in jedem Zug die erstarrte Sprache der Todesangst und Verzweiflung; Körper, bis zur Unkenntlichkeit verstümmelt und zermalmt; ein zerschmettertes Weib, dessen Arm noch die Überreste zweier Kinder umschlungen hielt; ein Rumpf ohne Beine und Hände; einer mit halbem Kopf und entzweigeschnittener Brust; ein Haupt ohne Leib und ein Haufe zerhackter Gliedmaßen und formloser Fleischklumpen, von Sand umhüllt.
Zitternd stand Eberwein vor dieser wüsten Orgie des Todes. Seine verstörten Augen suchten den Himmel. »Wir müssen glauben! Oder verzweifeln!« Wankend schritt er zwischen den Leichen auf die Bahre Waldrams zu und schloß dem Toten die Lider. »Vergib mir, wenn ich dir unrecht tat im Leben!« Sein Blick irrte über die Gesichter der Lebenden, er suchte nach Worten und fühlte, hier gab es nur einen Trost: die helfende Tat! Sich aufrichtend, stand er inmitten der Leichen, als wäre er selbst noch eben auf der blutgetränkten Erde gelegen und hätte sich wie durch ein Wunder erhoben.
Scheu näherte sich der Köppelecker. »Herr, laß dir sagen, wie der heilige Mann gestorben ist!«
Eberwein wehrte mit der Hand. »Er ist ein Toter unter Toten. Wir wollen der Lebenden gedenken.« Aus dem Ring der Leichen hervorschreitend, sagte er zu der Greisin, die ihn geführt hatte: »Mutter, sammle die Kinder und führe sie zu einem sicheren Hag! Tod und Wunden sind kein Anblick für Kinderaugen.« Dem Köppelecker befahl er: »Wähle die Knaben aus, die bei Kräften sind und die Wege kennen. Sie sollen Botschaft tragen zu entlegenen Gehöften und die Bauern zur Hilfe rufen! Ihr Frauen und Mädchen! Brechet Äste und flechtet sie mit Stangen zu festen Bahren!« Er sandte sie zu einem nahen Gehölz, damit ihnen das gräßliche Bild der Leichen entzogen wäre. Zwölf bejahrte Männer wählte er; sie sollten die Toten zur Klause tragen und vor dem Kirchlein niederlegen. Dann hob er einen Spaten von der Erde: »Ihr anderen Männer alle! Zu mir!«
Jedem wies er einen Teil der Arbeit zu, keiner sollte müßig stehen, keinem die Zeit verbleiben, um stumpf zu versinken in Schmerz und Jammer. Es gab keinen Widerspruch, alle gehorchten. Keiner fragte: Gilt die Hilfe mir, gilt sie dem Nachbar? Die gemeinsame Not hatte sie mit eisernem Band aneinandergeschmiedet wie zu einem einzigen Wesen.
Eberwein fragte nach den Verwundeten. Verwundete gab es nicht.

Die stürzenden Felsen hatten den Tod gefordert oder das Leben gewährt. Er fragte, was schon geschehen wäre zur Rettung der Verschütteten, die noch leben könnten. Nur die Leichen hatten sie aufgelesen, die unter freiem Himmel lagen; an andere Hilfe hatten sie in ihrer Betäubung nicht gedacht. Eberwein teilte die Leute in Gruppen und sandte sie nach verschiedenen Richtungen aus, während er selbst mit wenigen Männern zu den Stätten eilte, auf denen die Zerstörung am übelsten gewütet hatte. Er kam zu einem Haus, das bis zum Giebel unter dünn gemahlenem Schutt begraben lag. Als Eberwein über die Böschung emporklomm, um durch die Lücken des Daches einen Weg ins Innere des Hauses zu suchen, sah er etwas im Schutt sich bewegen gleich einem Wurm. Er begann mit den Händen zu graben und zog ein Knäblein hervor; es lebte und war unversehrt; nur das Mäulchen und die Augen waren mit Schlamm verklebt. Als ihm das Gesichtchen mit Wasser überspült wurde, begann es zu niesen, schob mit dem roten Zünglein die Erde über die Lippen hinaus und lächelte.

Diese erste Rettung belebte die Männer und spornte sie zu heißem Eifer. Einer von ihnen eilte mit dem Kind dem Gehölze zu, in dem die Frauen bei der Arbeit waren. Die Mutter des Kindes fand sich nicht unter ihnen, eine Schwester nur. Weinend und lachend umklammerte sie das Bürschlein und gab es dem Mann zurück. »Trag's nur hin, wo die anderen sind! Ich muß schaffen, oder der gute Herr könnt zürnen.«

Als der Mann den Hag erreichte, in dem die Kinder versammelt waren, sah er die Kleinen dicht gedrängt um die Greisin sitzen, die mit leiser Stimme erzählte: »So hauset er zutiefst im Untersberg, und derweil er schlaft, wachst ihm der lange Bart um den steinernen Tisch herum. All hundert Jahr nur wacht er einmal auf, und wenn er im Wachen den ersten Schnaufer tut, so geht ein Rumpler durch alle Berg, und überall fallen die Steiner.«

»Gelt, wie gestern?« fragte ein blasses Mädel.

»Wohl! Wie gestern! Und da tun sich die Felsen vor ihm auf und lichtscheinig steigt er aus dem Berg heraus. Überall geht er um im Tal, und wo er einkehrt, bringt er die gute Zeit!«

19

Sagentrost und Wunderglaube! Zwei Blumen im steinigen Garten des Lebens! Sie sprossen auf dem Boden gewaltiger Ereignisse wie Blüten nach schwerem Gewitterregen und senken ihre Wurzeln in die Herzen des Volkes, wie das Immergrün sich einnistet in die Fugen des Gesteins.

In der gleichen Stunde, in der die Kinder atemlos den Worten der Greisin lauschten, saßen am Ufer des Schönsees drei bleiche Menschen dem neu errichteten Kreuz zu Füßen. Nicht auf der Lände erhob sich das heilige Zeichen, sondern auf der Höhe des leeren Hügels, zwischen den mit Schlamm bedeckten Resten des Herdes. Die Fäuste auf den Knien, vorgebeugten Hauptes, saß Sigenot zwischen Ruedlieb und Edelrot, auf deren blassen Wangen noch die Spuren der Tränen waren, die sie um die Mutter geweint hatte in wortlosem Schmerz, die Seele durchleuchtet vom traumhaften Nachempfinden ihrer wundersamen Rettung. Ruedlieb erzählte. Er sprach vom letzten Morgen, den sie in der Ödhütte verbrachten, von der Sorge des Vaters und vom Beginn des Furchtbaren bis zu dem Augenblick, in dem er Edelrot mit sich fortriß und den Vater unter grauem Rauch und hagelndem Gestein verschwinden sah. »Seine Lieb zu mir hat ihm den Tod gebracht!« Die Stimme versagte ihm, und schweigend legte Sigenot den Arm um die Schulter des Buben.

»Ich hab schon nimmer schnaufen können«, fiel Rötli mit leisen Worten ein, »doch wie ich den Liebli sagen hör: ›Jetzt kommt der Bid‹, da hab ich noch einmal aufgeschaut in Grausen. Berghoch ist eine schwarze Wand auf uns zugelaufen, und die Todesangst hat geschrien in mir: Mein guter Herre, du mein Gott!«

Sigenot nickte. »Und er ist gekommen, den du gerufen hast in Treu und Glauben!«

»Gekommen ist er!« Mit schimmernden Augen sah Edelrot ins

Leere. »Auf einmal ist er dagestanden vor uns, großmächtig, und einen Mantel hat er gehabt wie ein Wald so breit. Sein Schnaufer hat uns angeblasen wie Sturm. Und so hat er den Mantel um uns hergeschlagen und hat uns aufgehoben in die Lüft. Ich hab gemeint, ich schlaf und hätt einen feuerfarbigen Traum. Und gewesen ist mir, als wär ich so leicht wie ein winziges Federlein. Süß und wohl ist mir ums Herz geworden, ich kann's nit sagen – so, als tät ich in Armen halten, was mir lieb ist, und als wär mir zugefallen, was man im Leben sich wünschen kann: Glück und Freud und Frieden. Und denken hab ich müssen: Jetzt möcht ich sterben! Wie lang's gedauert hat, das weiß ich nimmer. Auf einmal hab ich gemerkt, daß ich leb und daß ich mich rühren kann. Ich hab die Augen aufgetan. Um mich her ist alles schwarz gewesen. Und überall ein Rauschen und Sausen. Schmerzen hab ich gespürt in allen Gliedern und hab doch gemerkt, daß ich auf linden Stauden lieg. Unter den Fingern spür ich ein Gesicht, das sich rührt. Da geht's mir wie Feuer durch Leib und Seel. ›Liebli? Bist du's?‹ frag ich und hör ihn sagen: ›Schätzl? Lebst du noch?‹ Gesehen hab ich ihn nit, aber seine Stimm ist's gewesen, und da hat er mich schon genommen und hat mich gehalset, ich weiß nit, wie lang! Allweil leichter ist mir geworden, und ich frag ihn: ›Weißt du, wo wir sind?‹ Der Liebli sagt: ›Beim Bid in aller Tief!‹ Aber ich hab den Kopf geschüttelt: ›Wir leben! Und der uns gehoben hat, ist nimmer der Bid gewesen! Ein anderer, Liebli, ein anderer!‹ Drauf sind wir still geworden und haben uns umgeschaut in der Nacht. Allweil haben wir niesen und husten müssen, und die Augen sind mir gewesen wie Nesselbrand. Wir haben die schwarzen Berg gesehen und haben weit aus der Tief herauf ein Brausen gehört. Auf einmal ruft der Liebli: ›Wir liegen im Windacher See!‹ Ich hab kein Wasser greifen können. Aber der Liebli sagt: ›Ich spür den nassen Grund, wir müssen auf einem Wasen liegen, der übers Wasser schaut! Wie sind wir von der Ödhütt in den See gekommen?‹ Da geht ihm die Red aus, erschrocken springt er auf und hat aus tiefster Seel ein Schreien angehoben: ›Vater! Vater!‹ Aber alles ist still gewesen. Nur drunten in der Tief, da hat's gerauschet!«
In das Schweigen, das die drei Menschen umfing, tönte das dumpfe Lied der Ache. »Wir haben uns sagen müssen: Da droben ist nimmer Leben und Hilf, die Berg sind gefallen, und haushoch müssen die Felsen liegen. Und wie der Tag gegraut hat, haben wir den Eismann nimmer gesehen. Droben über dem Albental und über der Ödhütt

ist's gelegen wie ein steiniges Feld. Und herunten im Tal, überall um uns her, ist alles ein Grieß und Schlamm gewesen. Keinen See mehr hast du gesehen, nur braune Lachen, und in dem trüben Wasser hat's gewimmelt von Hechten und Ferchen. Kräuter und Blumen sind gestanden, wie ich sie meiner Lebtag nie gesehen hab, und überall im grünen Wunder sind weiße Knochen gelegen, groß und klein, als wär das Beinermännli umeinandergegangen und hätt sie verloren aus seinem Schurzfell. Ein heiliges Grausen ist über uns gekommen. Wir haben uns eines ans ander angedrückt. Und derweil um unsere Füß her die Fisch gesprungen sind, haben wir den Heimweg gesucht auf blumigem Grund, über dem vor Tag und Nacht das Wasser noch gestanden ist, tiefer wie ein Brunnen.«

Sigenot erhob sich, aufblickend zum Kreuz. »Der euch hinausgetragen über fallende Berge, hat auch den Weg für euch gebrochen durch See und Wasser. Gegen die Guten ist er gut, gegen die Treuen ist er treu. Schauet auf zu ihm und danket seiner Lieb!«

Sie kannten nur das eine Gebet: Mein guter Herre, du mein Gott! Es war ihr Schrei um Hilfe in der Not gewesen und war der Dank für das Wunder ihrer Rettung. Ein Wunder Gottes! Was wußten sie von den rätselhaften Gewalten der Natur, welche Meisterin im Zerstören ist, aber auch alle Zauberkünste des Schaffens und Erhaltens übt. Sie hatten erfahren, was ihre Menschensinne nicht zu fassen vermochten, hatten das Unbegreifliche erlebt und nannten es stammelnd mit dem Namen Gottes. Der Schauer des Glaubens erfüllte sie und trug ihre Herzen hinweg über allen Schmerz der Stunde, wie der vor der Steinlawine einherbrausende Luftstrom die schon dem Tod Geweihten hinausgetragen hatte über die Stätte des Verderbens und über den gähnenden Abgrund.

»Und jetzt kommet, ihr guten Kinder, ich will euch heimführen zu eurem Herd!« Sigenot faßte Ruedliebs Hand und die Hand der Schwester. Während sie über den Hügel niederstiegen, sagte er: »Schau, Rötli, noch allweil steht dein junges Bäuml! Wenn der Winter die Erd gefrieren macht, so heb das Bäuml mit allen Wurzeln aus, und der Ruedlieb soll's hinübertragen in euren Hag! Dort hat's einen guten Boden.«

Ruedlieb nickte. Und Rötlis Augen nahmen Abschied von der verwüsteten Stätte. Jeden der ausgestreuten Balken, jedes Stück des zertrümmerten Hausgerätes streifte ihr Blick und irrte hinaus über den See, in dessen Tiefe Mutter Mathilt das Grab ihres Mannes teilte.

Sacht schwankten die von weißem Schaum bedeckten Wellen gegen das Ufer, und wie Flüstern ging es über das zerschlagene Schilf, in dem die Halme sich schon wieder aufzurichten begannen.
Langsam schritten die drei Menschen der Ache zu. Als sie die von Schuttströmen durchzogenen Halden der Schönau erreichten, sahen sie überall bei den Trümmerstätten die arbeitenden Männer. In einem Häuflein der Schaffenden erkannten sie die weiße Gestalt des Mönches, der rastlos die Picke schwang. Sigenot blieb stehen und murmelte: »Nur noch den einzigen Weg für mich! Und ich komm!«
Er folgte den beiden und drängte: »Eilet, Kinder, die Zeit ist teuer!«
Sie schritten rascher aus. Überall gewahrten sie die Bahrenträger mit den stillen Lasten. Nirgends ein hastiges Rennen, nirgends Geschrei und laute Rufe, überall ernste Ruhe. Frauen gingen an ihnen vorüber, tränenlos und still. Kein Gruß wurde getauscht, kein Wort gewechselt, ein stummer Blick war alle Zwiesprach.
Als sie den Hag des Richtmanns erreichten, brauchten sie das Tor nicht zu öffnen, es war zerschlagen; die Hofreut leer, kein Knecht und keine Magd, kein Rind und kein Geflügel; die Ställe lagen niedergedrückt, aber die Immen summten fleißig, um die von Wazemanns Knechten geleerten Körbe mit Vorrat für den Winter zu füllen. Das Haus stand unversehrt, nur einzelne Löcher klafften im Moosdach, und unruhig flatterten die Tauben um den Giebel.
Schweigend betraten Ruedlieb und Rötli den Flur, dessen Tür sie erbrochen fanden. Sigenot war ihnen vorangegangen in die Stube und hatte auf dem Herd ein Feuer angezündet, das in reiner Helle loderte. »Schauet, Kinder, wie schön die Herdflamm brennt! Wahret das heilige Feuer in Treu und Lieb, und der gütige Herr wird euer Leben hagen wider Gefahr und Not!« Lange hingen Sigenots Augen an dem jungen Paar, das sich wortlos umschlungen hielt. Als er sich stumm zur Tür wandte, eilten sie ihm erschrocken nach. Er löste seine Hände. »Lasset mich! Ich hab einen Weg, der nimmer Aufschub leidet.«
»Not liegt über allen Wegen!« stammelte Ruedlieb. »Wohin willst du?«
»Wohin ich muß!« Seine Gestalt erzitterte, und er neigte das ergraute Haupt. »Ich hab meinem guten Herrn die Treu gebrochen. Jetzt bin ich kein Freier mehr, ich muß mein Leben in Knechtschaft geben.«
Sie verstanden ihn nicht, aber sie fühlten, daß er ein Wort des

Abschieds zu ihnen gesprochen hatte, und klammerten sich an seine Arme. Schweigend umschlang er die Schwester, küßte ihren Mund, ihre Augen und schritt davon.
Über die verschütteten Felder ging sein Weg, der Stätte zu, wo Eberwein bei der Arbeit war. Die Männer, die an der Seite des Mönches schafften, erblickten den Fischer und riefen seinen Namen. In Freude ließ Eberwein die Picke fallen und eilte dem Kommenden entgegen. Doch bis ins Herz erschrak er bei Sigenots verwandeltem Anblick. »Allmächtiger Himmel! Sigenot?«
»Herr! Heut komm ich mit einer Bitt.«
»Rede!« stammelte Eberwein.
Sigenot stürzte vor dem Mönch auf die Knie und umklammerte ihn. »Herr! Gefallen ist von mir, was meinem Leben lieb gewesen. Nimm mich auf in deine Hut! Ein Gottesmann will ich werden. Und gut sein will ich, derweil ich leiden muß.«
Keines Wortes mächtig zog Eberwein den Knienden zu sich empor. Scheu traten die anderen zurück und sahen, wie Eberwein den Wankenden zu einer gestürzten Eiche führte. Dort saßen die beiden, und es währte lange, bis Sigenot zu sprechen vermochte. Mühsam lösten sich die Worte von seinen bleichen Lippen. Als er vom Tode der Wazemannstochter sprach, verhüllte Eberwein das Gesicht.
»Der Schnee hat sie gefaßt, die Felsen sind über sie hergefallen, und ihre letzte Red noch ist gewesen: Ich liebe dich!« Sigenots Stimme brach. Wie leblos saß er.
Eberwein ließ die Hände sinken. »Dieses stolze, schöne Leben! Erloschen und tot!« Mit feuchten Augen den See und die Berge suchend, flüsterte er: »Der Toten darf ich gedenken. Wie einer Schwester, die mir starb!« Er legte den Arm um Sigenot und zog ihn an sich, als wäre diese stumme Zärtlichkeit der einzige Trost, den er zu spenden wußte.
»Herr!« stammelte der Fischer. »Sei nit so gut zu mir, eh du nit alles gehört hast!« In heiseren Lauten erzählte er, was geschehen war nach seiner Heimkehr. »So hab ich geraitet mit ihm und hab das Kreuz gepackt und hab's geworfen!« Scheu blickte er auf. Eberweins Augen waren ins Weite gerichtet. Mit leiser Stimme sprach Sigenot weiter, und alle Kraft seines neu erwachten Glaubens redete aus den Worten, mit denen er die Rettung und Heimkehr seiner Schwester schilderte. »Jetzt hab ich mein Rötli zu ihrem Herd geführt und bin gelöst von allen Sorgen. Jetzt will ich büßen, was ich

getan hab. Gottes treuer Knecht will ich sein und will mein Leben lang helfen, sein Kreuz errichten, das ich geworfen hab.« Noch immer schwieg der Mönch. »Herr? Hab ich in meinem Leid so schwer gesündigt, daß du mir zürnen mußt?«
»Dir zürnen? Ich?« Eberwein sprang auf. »Komm, Sigenot, wir wollen Gott und den Himmel suchen als treue Brüder! Wir haben gesündigt, doch unsere ganze Schuld ist, daß wir Menschen sind. Wir leben in Drang und Not, wir suchen nach Gott, der Zweifel ist unser Los, doch in allem Zweifel ist unser einziger Trost nur wieder der Glaube!«
Von der Trümmerstätte kam ein Mann gelaufen. »Herr! Wir haben ein Weib unter den Balken stöhnen hören!«
»Komm, Sigenot, zu Gottes Dienst!«
Eberwein eilte dem zerschmetterten Haus entgegen. Ihm voran sprang Sigenot den Trümmern zu; mit der Schulter wälzte er die Felsen, mit den eisernen Armen hob er die Balken. Als die anderen aus der Gasse, die er gebrochen, das gerettete Weib emporhoben, stand er seitwärts und wischte den Schweiß von der Stirn. »Wohin jetzt, Herr?«
»Zum nächsten Haus!« erwiderte Eberwein.
Als sie die neue Arbeit begannen, kam Ruedlieb mit einem Spaten gelaufen. Sigenot blieb stumm. »Sie ist bei den Frauen da drüben im Wald und schafft!« sagte Ruedlieb, als hätte er eine Frage aus Sigenots Augen gelesen. »Ich steh zu den Mannerleuten.«
Seite an Seite waren sie bei der Arbeit, bis der Abend kam.
Bei Feuerschein wurde die Arbeit fortgesetzt, und erst gegen Mitternacht vergönnten sich die schwer Ermüdeten ein paar Stunden der Ruhe. Die Männer, deren Hütten noch standen, kehrten heim, während die Obdachlosen mit Eberwein und Sigenot unter freiem Himmel nächteten.
Als der Morgen graute, begann die Arbeit von neuem. Nur Leichen wurden noch unter den Trümmern hervorgezogen, und rastlos schritten die schweigsamen Bahrenträger vom Gaden zum Lokiwald, während die Weiber das ausgestreute Gerät und die umherirrenden Rinder zu sammeln begannen.
Gegen Mittag wanderte Eberwein mit Sigenot in die Ramsau, um neuen Jammer zu sehen. Alle Hütten, die im tieferen Tal gestanden, waren verschwunden, mit ihnen das Pfarrhaus und die Kirche. Fast noch reichere Ernte hatte hier der Tod gehalten als im Gaden; aber

der Anblick der blassen, unblutigen Opfer des Wassers wirkte nicht so grauenvoll. Wie Leiche neben Leiche lag, alle mit über der Brust gefalteten Händen, glichen sie einer friedlich im Gebet entschlafenen Gemeinde. Die Weiber und Kinder lagen gesondert von den Männern, und die erste der stillen Schläferinnen, die Eberwein erblickte, war die treue Mätzel.

Auch das Bild der Lebenden war ein anderes. Sie fühlten den Schmerz nicht weniger tief als ihre Unglücksbrüder im Gaden, doch sie trugen ihn gefaßter, mit frommer Ergebung in den Willen des Himmels. ›Gibt der liebe Gott, so wird er auch nehmen dürfen!‹ Die Saat, welche Hiltischalk und Hiltidiu ausgestreut, hatte feste Wurzeln geschlagen in den Herzen dieser Menschen.

Der Abend kam. Neue Leichen wurden nicht mehr gefunden. Dennoch verminderte sich die Zahl der Vermißten. Manche, die in besinnungsloser Angst geflohen waren, hatten sich, neues Unheil fürchtend, in entlegenen Schlupfwinkeln verborgen gehalten und kehrten erst jetzt zu ihren Heimstätten zurück. Die noch Fehlenden, und nicht gering war ihre Zahl, blieben verschollen. Unter ihnen Schweiker und Bruder Wampo. Eberwein fragte und fragte nach den Brüdern; niemand wußte von den Verschwundenen; mit trauerndem Herzen mußte er sie verloren geben.

Am folgenden Morgen wählte Eberwein aus den Männern, die von entlegenen Gehöften zur Hilfeleistung kamen, zwei Rotten; die eine sollte mit Sigenot zum Schönsee ziehen, um nach Reckas Leiche zu suchen. Sigenot wehrte mit der Hand, und dennoch ließ er die Führung keinem anderen. Als er davonschritt, sah ihm Eberwein nach: »Geh und suche! Ob es dir auch das Herz zerfleischt! Besser diese letzte Qual als in kommenden Jahren der unstillbare Vorwurf, daß du nicht das Äußerste versuchtest, und wär es auch nur, um ihres Todes gewiß zu sein!«

Mit den anderen Männern wollte Eberwein zur Stätte hinter dem König Eismann ziehen, auf der die Ödhütte gestanden. Da hörte er den ersten Widerspruch. Wohl ging der Haß dieser Männer wider den ungerechten Bedrücker nicht über den Tod hinaus. Fast war Herr Waze mit den Seinen schon vergessen: In solchen Tagen des Unheils lebt man die Augenblicke aus, da werden die Stunden zu Jahren, und das Alte erlischt unter dem Schwall des Neuen wie Lampenschein in der flutenden Helle eines Blitzes. Doch wie sie ein Wunder Gottes in jeder unbegreiflichen Rettung erkannten, so

sahen sie in diesem furchtbaren Untergang eines ganzen Hauses auch den Zorn des Himmels und sein Strafgericht. »Frommer Herr! Zieh nit aus wider deinen Gott! Schau hinauf! Versteinert steht Herr Waze mit seinen Buben in der Höh, versteinert für ewige Zeiten!«
Um die Männer seinem Willen gefügig zu machen, mußte Eberwein sie an den Richtmann erinnern. Nun gehorchten sie und stiegen mit ihm zu Berge. Sie fanden nur die gebrochenen Felsen, keine Spur des Lebens mehr, das unter ihnen begraben lag. Ein einziges Balkenstück der verschwundenen Ödhütte entdeckten sie: die abgetretene Türschwelle. Sie gab der öden Trümmerstätte für kommende Zeiten ihren Namen ›Trischübl‹[1].

Bei sinkendem Abend kam Sigenot mit seiner Schar durch die verschüttete Schlucht vom Schönsee emporgestiegen und traf mit der anderen Rotte zusammen. Fragend sah ihm Eberwein entgegen. Sigenot schüttelte den Kopf und wandte sich ab.

Ehe sie die Heimkehr begannen, standen sie lange und blickten nieder über den stundenweiten Grund des verschwundenen Windachersees und maßen staunend die Höhe der Felswand, über welche der ›Starke im grauen Mantel‹ den Ruedlieb und das Rötli gefahrlos niedergetragen hatte in die sichere Tiefe. Als die Männer anfingen, das Wunder in lauten Worten zu preisen, ging Eberwein in raschen Schritten dem Abstieg zu.

In später Nacht erreichte er mit Sigenot das Tal der Ramsau. Die anderen Männer waren auf dem Grund des ausgeronnenen Sees zurückgeblieben und sammelten auf Eberweins Geheiß bei Fackelschein die Fische, von denen es in allen Lachen wimmelte. Das gab für die Bedürftigen reiche Nahrung auf Tage und Wochen.

Am nächsten Morgen waren alle Pfade belebt, die aus der Ramsau, aus dem Gaden und von den Gehöften der Hochbauern zum Lokiwald führten. Kein Ruf wurde laut, kein Gespräch begonnen. Wortlos wanderte jeder dem Ziel entgegen.

Als der erste Sonnenschein über die Rodung fiel, herrschte noch tiefes Schweigen rings um die Klause. Müden Ganges schritten die Greise auf und nieder, welche die Leichenwache gehalten und in den Nächten lodernde Feuer geschürt hatten, um die Wölfe zu verscheuchen. Zuweilen blieben sie stehen und blickten in eine der drei mächtigen Gruben, in deren Tiefe auf einem Rost von Balken die

[1] Driscûvel, die Türschwelle

stillen Schläfer lagen, über hundert an der Zahl, fast der vierte Teil aller Lebenden, die den Morgen des Unglückstages gesehen hatten. Im größten der Gräber, das die Männer barg, ruhte Waldram inmitten der anderen – der Bekenner neben dem Zweifler, der Hörige neben dem Freien, die Bauern im blutbefleckten Kittel neben den Wazemannsknechten im gelben Wams – sie alle waren Brüder im Tod geworden und vertrugen sich gut miteinander. Im Grab der Weiber lag auch die alte Ulla. Ein Stein hatte den Nacken der Magd getroffen. Sie war nicht schnell genug gelaufen, um dem ›Fluch der Salmued‹ zu entrinnen.

Vom gebrochenen Wald her klangen Beilschläge. Und die ersten Leute kamen; ein Bauer, der auf dem Arm ein blondlockiges Kind trug, das den Vater in Angst umschlungen hielt, als könnt es auch ihn noch verlieren wie die Mutter; zwei Knaben führten eine zitternde Greisin; drei junge Frauen kamen Arm in Arm gegangen, langsam und mit nassen Augen; der Köppelecker mit seiner Bäuerin; Ruedlieb und Rötli, Hand in Hand, mit ihnen zwei Mägde, der einzige Knecht, der ihnen geblieben war, und Sigenots Altsenn. Der alte Gobl, dem der Urstaller einen Kittel geliehen, brachte auf einer Kraxe den lahmen Buben getragen. Weiber kamen, an der einen Hand das eigene Kind, an der anderen ein fremdes und verwaistes führend. Immer zahlreicher traten die Kommenden von allen Seiten aus dem zerstörten Wald hervor, und der Ring der Menschen, über dreihundert an der Zahl, drängte sich um die Gräber. Als alle schon versammelt schienen, kam noch ein letzter, der Greinwalder; er war allein und streifte mit scheuem Blick die Klause.

Unter der Tür des dachlosen Kirchleins erschienen zwei Mönche: Eberwein mit der Stola über der weißen Kutte und ein anderer, der auf seiner Schulter ein schweres Kreuz mit dem heiligen Bilde trug. Als die Leute den Kreuzträger erkannten, ging eine Bewegung durch die Schar der Menschen, und leise weinend bedeckte Edelrot das blasse Gesicht.

Inmitten der Gräber erhöhte Bruder Sigenot das Kreuz, so daß die blauen Augen des heiligen Bildes niederblickten auf die stillen Schläfer. Mit schwankender Stimme sprach Eberwein die kirchlichen Gebete. Keine Glocke tönte, kein Weihrauch dampfte bei dieser ernsten Feier. Das Grabgeläut besorgten die Berge, von deren Höhe das Knattern fallender Steine klang, und gleich dem Rauch eines Totenopfers qualmte der Nebel aus den versumpften Gründen. Der leuchtende Morgenhimmel begann sich zu bewölken, als möchte auch er sich in Trauer hüllen. Doch über die weite Rodung fiel noch helle Sonne und umwob mit warmem Schimmer die offenen Gräber und die in dumpfem Schweigen verharrende Schar der Lebenden. Eberwein ließ die erste Scholle in das Grab der Männer fallen, und die traurige Arbeit der Spaten begann. Sie währte lange, und hoch türmten sich über den geschlossenen Gräbern die Hügel der ersparten Erde.

Unter lautloser Stille, aus der sich nur zuweilen ein kurzes, krampfhaftes Schluchzen hören ließ, trat Eberwein neben das Kreuz und begann zu sprechen. Die ernste Weihe des Augenblicks erfüllte sein Herz, und was ihm heiß und strömend aus tiefster Seele kam, floß über in die Gemüter der gebeugten Menschen wie zärtlicher Trost, gereicht von den Händen eines treuen Freundes. Laut weinten sie, und in ihren Tränen löste sich der starre Schmerz. Von neuem erhob Eberwein die Stimme. Um sie ihren Klagen und Zähren zu entreißen, sandte er die Frauen und Kinder zum Wald. Sie sollten Zweige von den Tannen brechen und mit dem Grün die schwarzen Hügel schmücken. Und den Männern rief er zu: »Tretet her zu mir! Wir wollen raiten miteinander um das Landwohl!«

Vor der Klause saß er auf einem Holzblock, Sigenot an seiner Seite, und im Halbring standen die Männer umher, mit entblößten Häuptern. Die Zahl der ›Raitfähigen‹ füllte nicht mehr das ›Hundert‹ wie in der Thingnacht auf dem Totenmann. Kein Feuer loderte, es wurde kein Bock geschlachtet, kein Hahn geköpft, und die Stimmen schrien nicht wirr durcheinander. Eberwein erhob sich. »Gott ist mit uns. Nun redet, ihr Männer! Was meinet ihr, daß geschehen soll?«

Schweigen folgte. Da trat Köppelecker vor: »Schau, Herr, keiner weiß ein Wörtl, wir alle sind ratlos. Eins aber wissen wir: Du meinst es gut mit uns. Und du hast einen starken Helfer. Red du! Es soll geschehen, was du willst.«

Da nickten sie alle, und ein Murmeln des Beifalls ging durch die Reihen. Warme Röte stieg in Eberweins bleiche Wangen. Nach allem Weh und Jammer schimmerte die erste Freude in seinen Augen. Mit bewegter Stimme sprach er. Seine erste Sorge war es, den verwaisten Kindern ein Heim zu suchen. Und da waren der Väter mehr, welche Kinder haben wollten, als Kinder, die der Väter bedurften. Seine zweite Sorge war die Not der nächsten Tage. Sechs

Greise bestellte er, um die Fische zu verteilen, und zehn junge Männer, die in den Wäldern jagen sollten, um Fleisch zu schaffen. »Erleget, was ihr gewinnen könnt, doch schonet die Muttertiere und Kälber.«

Wie sollte bei jenen, denen alles genommen war, der Bedarf an Kleidung gedeckt und der neue Stall bevölkert werden? Wer konnte geben? Einer um den anderen trat aus der Reihe, und jeder nannte, was er über den Bedarf des eigenen Lebens noch besaß und missen konnte. Keiner empfand, daß er schenkte. Sie fühlten alle auf ihren Schultern die gemeinsame Not, und jeder sagte sich: Gib heute, so kannst du hoffen, daß dir andere geben, wenn an dich die Reihe kommt, zu nehmen.

Die beiden nächsten Tage bestimmte Eberwein zur Ordnung dessen, was sie bisher beschlossen hatten. Am dritten Tage sollten sie alle ruhen und Kräfte sammeln. Dann wollten sie mit dem Bau der Hütten beginnen. Ein jeder, dessen Haus verschont geblieben, sollte im Wechsel immer einen Tag für sich und die Seinen schaffen und am folgenden Tag beim Bau der neuen Hütten helfen, daß man die Mauern unter Dach brächte, bevor der Winter käme. Damit an Stelle der verschütteten Felder und Halden neues Fruchtland für das kommende Jahr gewonnen würde, sollten die gebrochenen Talwälder in Gevierte geteilt und die liegenden Stämme verbrannt werden, um durch die Asche den Gehalt der neuen Erde zu bessern.

So wurde Frage um Frage geregelt. Für alle Not fand Eberwein Rat und Hilfe. Als er nach langen Stunden die Männer entließ, drängten sich alle um ihn her, und jeder suchte einen Druck seiner Hand zu erhaschen. Nur der Greinwalder schlich davon, als wäre ihm in der Nähe des Mönches nicht geheuer.

Langsam, unter leisen Gesprächen, schritten die Männer heimwärts nach allen Seiten. Wie aus der Asche einer Brandstatt der erste grüne Halm, so war in ihren Herzen ein Trost ersprossen: der Mut zu neuem Leben, die Hoffnung auf bessere Zeit.

Als Ruedlieb und Edelrot die Gräberstätte verließen und scheu vor der Klause stehenblieben, trat ihnen Bruder Sigenot entgegen. Sein Mund blieb stumm, während er mit festem Druck ihre Hände faßte. Sie betraten das Kirchlein, und in der dachlosen Halle knieten sie auf nackter Erde. Eberwein legte die Hände der Liebenden ineinander und segnete ihren Bund.

Als das junge Paar sich erhob, hatte Bruder Sigenot die Kirche schon verlassen. In Schweikers Zelle saß er auf dem Stangenlager, das Kinn auf die Brust gesenkt, die Hände im Schoß.

Stille Stunden vergingen, immer dichter bewölkte sich der Himmel, und mit Einbruch des Abends begann ein schwerer Regen zu fallen. Der Morgen zeigte wieder blauen Himmel; nur einzelne weißgeballte Wolken schwammen noch über die Berge hin und suchten die Ferne. Aller üble Geruch war aus den Lüften geschwunden, und der strömende Regen hatte den grauen Staub von allem Geländ und von den Bäumen gewaschen.

Ein wundersamer Spätherbst folgte, wie nur die Berge ihn kennen, leuchtend in allen Farben, mit goldener Sonne und fliegendem Silber. Jeder Tag schien den vergangenen an Glanz und Schimmer überbieten zu wollen.

Den bedrückten Menschen kam diese Zeit wie ein neuer Trost. Es schien, als hätten sich die Berge mit ihrem herrlichsten Gewand bekleidet, um den Menschen, welche irr geworden an dem väterlichen Boden, neue Heimfreude in das Herz zu flößen, das gebrochene Vertrauen zu festen und die alte Treue wieder zu erwecken.

Es dauerte wohl lange Wochen, bis auf den bleichen Gesichtern die Spuren des nagenden Schmerzes sich zu mildern begannen. Auch war bei vielen eine ungewohnte Furchtsamkeit zurückgeblieben, so daß sie bei jedem leisen Geräusch zusammenschraken. Noch immer erfüllte sie das Bangen vor neuen Stürzen. Doch im Laufe der Tage gewöhnten sie sich an das dumpfe Gepolter, das in den Höhen nicht völlig schweigen wollte, und dachten nicht mehr an neue Gefahr. Die Arbeit, die sie in den ersten Tagen wie träumend geleistet hatten, begann ihnen wieder eine Lust zu werden, und mit Freude erfüllte sie jeder kleinste Erfolg, den sie mühsam gewannen. Doppelt genossen sie nach schwerem Tag die Ruhe am warmen Herd; und jeden kargen Lichtschein, der in ihre Herzen fiel, empfanden sie wie Sonne.

Die schönen Tage förderten die Arbeit. Rastlos klangen die Beilschläge im weiten Tal, und überall loderten die Feuer, die den gebrochenen Wald verzehrten. Vom frühen Morgen bis zum späten Abend tönte von den Bruchstätten das Lied, das Eberwein die Schaffenden gelehrt:

»Rodet! Rodet!
Rodet auf dem Grunde,

Der Unkraut nur gebiert!
Ihr lobet noch die Stunde,
Die euch zur Ernte führt!
Rodet! Rodet!

Es liegt ein Schatz versunken
Tief in der dunklen Erd,
Er streuet gelbe Funken,
Und golden ist sein Wert!
Rodet! Rodet!

Mit Eisen und mit Feuer
Umbrechet allen Grund!
Es harret schon die Scheuer,
Und lohnen wird der Fund!
Rodet! Rodet!«

Die gleichmäßigen Rufe, welche die Strophen dieses Liedes unterbrachen, klangen in der Stille des Tals wie die Pulsschläge eines neuen Lebens.

Tag um Tag, vom Frühlicht bis zur sinkenden Nacht, waren Eberwein und Bruder Sigenot rastlos auf allen Wegen und bei aller Arbeit. Sigenot leitete die Rodung der Wälder, und immer stellte ihn Eberwein an jenen Platz, wo es das Schwerste zu leisten gab; besseren Trost konnte er ihm nicht bieten als Arbeit, die kein Träumen und Grübeln gestattet, den Körper ermüdet und mit tiefem Schlummer lohnt. Eberwein selbst leitete den Bau der neuen Häuser, wählte die Plätze, steckte die Flächen aus und lehrte die Bauenden, feste Grundmauern zu legen, die Balkenwände mit Fachwerk zu durchsetzen, den Flur von der Stube zu scheiden und die Räume des Hauses wohnlicher zu gestalten.

Bei Anbruch der Nacht kehrten die beiden in die Klause zurück, die wieder ihr Dach mit der Glocke hatte. Während Sigenot ermüdet auf das Lager sank, saß Eberwein noch beim Schein der Fackel vor seinen Büchern oder blickte in stillen Gedanken zum sternhellen Himmel auf, um die verschollenen Brüder trauernd.

Als er in solcher Stunde wieder einmal an Schweiker dachte, sah er plötzlich das Flachsgesicht mit den wasserblauen Augen durch das offene Fenster in die Zelle blicken, bleich und angstvoll. »Schwei-

ker!« stammelte er, sprang auf und streckte die Arme. Da war das Gesicht verschwunden. Eberwein eilte ins Freie und rief den Namen des Bruders mit hallender Stimme in die Nacht hinaus. Alles blieb still in der finsteren Runde.
Bruder Sigenot, den der Ruf geweckt hatte, kam herbei. »Herr, was ist dir?«
»Nichts. Ich habe geträumt.« Zögernd kehrte Eberwein in seine Zelle zurück und fand in dieser Nacht keinen Schlummer mehr. Erst der folgende Morgen mit seinen Pflichten löschte den seltsamen Schauer, den das Gesicht in ihm geweckt hatte.
Wieder vergingen die Tage, und endlich war die Arbeit so weit gediehen, daß man ohne Sorge den Winter erwarten konnte. Die Berge waren schon bis auf die Wälder herab mit frischem Schnee bedeckt, und Eberwein rüstete sich zur Heimfahrt nach seinem Mutterkloster, um mit dem Frühjahr wiederzukehren, neue Mönche in das Tal zu führen und den Bau des Klosters zu beginnen.
Ein kalter Morgen graute, und in der Herdstube der Klause flackerte das Feuer. Eberwein hatte mit dem Bruder das Frühmahl eingenommen; nun gürtete er das Kleid und schnallte die Sandalen an die Füße. Sigenot stand an die Mauer gelehnt, die Arme schlaff, mit vergrämtem Gesicht.
Da klangen Schritte, und eine Gestalt erschien in der Tür. Sigenots Jungsenn war es, der von seinem weiten Weg heimkehrte.
»Guten Gruß, Herr! Ich bring die Botschaft.«
Eberwein lächelte. »Ich danke dir! Du bist ein treuer Bub. Doch der Hilfe, die du bringst, bedarf ich nimmer.« Während er das herzogliche Siegel brach und das Pergament eröffnete, fielen die Blicke des Jungsennen auf den grauköpfigen Bruder, der ihm langsam entgegenschritt. Er stand mit aufgerissenen Augen, zitternd an allen Gliedern; da faßte Bruder Sigenot den Knaben am Arm und zog ihn aus der Klause.
Ein gedämpfter Laut der beiden Stimmen klang in die Herdstube, während Eberwein beim Schein des Feuers die Botschaft seines herzoglichen Freundes las. Es war ein langer Brief – doch sein Inhalt nur ein einziges kurzes Wort. Eberweins Brauen furchten sich, und es zuckte bitter um seinen Mund. Schwer atmend ließ er das Blatt in die Flammen gleiten. »Was wäre geworden aus meinem Gotteshaus und meinem armen Volk, wenn die Berge nicht geholfen hätten!«
Er faßte seinen Stab und trat ins Freie. Im erwachenden Frühlicht

führte ihm Bruder Sigenot den jungen Senn entgegen, dem die Tränen in den Augen standen.
»Herr, ich komm mit einer Bitt zu dir. Schau den Buben an! Er ist verwaist und hat ausgesennet in meinem Dienst. Mach ihn zu deinem Fischer und laß ihn auf meiner Heimstatt sein Dächl bauen!«
Eberwein nickte und strich mit der Hand über den Scheitel des jungen Mannes.
»Nun komm, Bruder, und gib mir das Geleit! Der Bub mag harren, bis du wiederkehrst.«
Sie schritten in den klaren Morgen hinaus, erreichten das Tal der Ache und folgten dem Lauf des Wassers. Während des Wanderns hatten sie noch viel von Arbeit, von Land und Leuten und von den Sorgen des Winters zu reden. Mitten im Gespräche verhielt Eberwein plötzlich den Schritt und blickte umher. »Bruder Sigenot, erkennst du die Stelle?«
»Es ist der Fleck, auf dem wir uns zum erstenmal gesehen haben.«
»Hier wollen wir scheiden!« Eberwein faßte die Hand des Gefährten. »Und mein letztes Wort soll dir allein gehören. Unsere Tage waren Arbeit, unsere Nächte müder Schlaf. Ich konnte dir nur das Kleid der Kirche geben, für ihre Lehre blieb uns keine Zeit. Und ich rede auch zu dir in dieser letzten Stunde nicht als Priester, nur als Mensch zum Menschen. So höre die kurze Lehre, die mein Herz davongetragen aus allem Sturm und aller Not! Du lebst. Und zwei Pflichten sind dir auferlegt, die eine gegen deinen Nächsten, die andere gegen dich selbst. Sei gut, und du erfüllst die erste. Sei dir selbst getreu, und du genügst der zweiten. Alles andere laß über dich ergehen, wie es mag. Das Kommende liegt vor dir, ein Wirrwarr dunkler Pfade. Welchen du wandeln sollst? Frage nicht andere, nur immer dich selbst. Beschreite den Weg, den dein redliches Herz dich gehen heißt, und überlasse die Führung jenen Mächten, die du fühlen kannst, doch nicht erkennen. Glaube an Gott! Denn glauben mußt du, Glaube ist Hoffnung, und Hoffnung ist der Atem alles Lebens. Glaube an Gottes Kraft und Liebe, doch hüte dich, nach seinem Wesen und Antlitz zu forschen, nach seinem Rat und Willen. Du bist, wie du geschaffen wurdest: menschlich. Daß du mehr nicht sein und nicht hinauswachsen kannst über deine irdischen Sinne bis zur Wolkenhöhe, das wird dir die unergründliche Macht verzeihen, die dich werden ließ, so, wie du bist!«
Mit ernsten Augen hing Sigenot an Eberweins Lippen. Nach kur-

zem Schweigen sagte er langsam: »Ich fasse dein Wort. Und ich mein' auch, daß ich's im Leben halten kann nach deinem Rat. Weil ich mehr nit lernen hab können, deswegen mußt du dich nit sorgen. ›Mein guter Herre, du mein Gott!‹ Das ist genug für meine Zung. Was ich mehr brauch, redet mein Herz dazu. Aber eins noch –« Seine Stimme schwankte, und mit heißen Augen suchte er den Platz, an dem er einst das scheue Roß gebändigt hatte. »Sag, Herr! Gibt es ein Wiederfinden da droben in der helleren Zeit?«
Eberwein wollte sagen: ›Ich hoffe!‹ Doch als er in Sigenots Augen blickte und das Bangen in jedem Zug des vergrämten Gesichtes erkannte, sagte er mit fester Stimme: »Ja, Sigenot! Das weiß ich.«
»Gute Heimfahrt, Herr!« stammelte Sigenot. »Und kehr bald wieder! Dein Wort soll Eisen sein in mir.« Hastig löste er die Hand und eilte davon. Wollte er den Abschied kürzen? Oder wollte er nach diesem letzten Wort kein anderes mehr hören? Lächelnd sah Eberwein dem Verschwindenden nach. »Du ein Mönch? Laß dir genügen am Kleid der Kirche und an allem, was deine Seele erfüllt mit Weh und Sehnen!«
Er blickte um sich, für kurze Rast eine Stätte suchend. Am Ufer der Ache fand er einen Stein und ließ sich nieder. In einem kleinen Buch, das er aus der Ledertasche zog, begann er zu lesen.
»Integer vitae, scelerisque purus –«
Nicht lange währte seine Rast. Wieder folgte er dem Pfad, zu dessen Seiten noch überall die Spuren der Flut zu erkennen waren, die an jenem Unglücksabend den Weg bis in die Ebene hinaus gesucht und gefunden hatte. Auch das Erdbeben hatte in dem engen Waldtal seine Zeichen hinterlassen. Vom Untersberg war eine Felswand herabgebrochen und hatte mit ihrem Schutt den Lauf der Ache verändert. Auf dem gegenüberliegenden Gehänge klaffte ein tiefer Erdriß, aus dem ein schäumender Bach hervorsprudelte. Eberwein erinnerte sich nicht, bei seinem Einzug in das Tal diesen Bach gesehen zu haben; er mußte neu entstanden sein. Weil ihn dürstete, bückte er sich und schöpfte Wasser mit der hohlen Hand; es schmeckte so bitter, daß es nicht zu genießen war. Betroffen blickte Eberwein auf die rinnenden Wellen nieder und sah im Dunkel der Erdspalte die beiden Säume des Wasserlaufes mit weißen Krusten behangen. Von Erregung befallen, bahnte er sich einen Weg in die Schlucht. Von der schimmernden Masse, die sich ansah wie spröd gefrorener Schnee, brach er einen Splitter ab, zerrieb ihn zwischen

den Fingern und kostete. Es war reines Salz. Freudenröte schlug über Eberweins Gesicht. Ein reicher Schatz lag vor ihm aufgeschlossen. Was er gefunden, bedeutete Segen und Wohlstand für sein geliebtes Tal. Mit feuchten Augen blickte er zurück in die Ferne, in der die beschneite Doppelzinne des gestürzten Riesen in die Lüfte ragte.

»Ihr habt genommen, ihr Berge, und habt gegeben!«

In treibender Eile setzte er die Wanderung fort. Die Freude beflügelte seinen Schritt, und sprossende Pläne kürzten ihm den Weg. Um die Mittagsstunde erreichte er die Salzburg. Als er das Tor durchschritten hatte und der bischöflichen Pfalz sich näherte, sah er auf der steinernen Freitreppe einen Bruder seines Ordens sitzen, mit kahlem Haupt, das bleiche Furchengesicht umwuchert von den Stoppeln eines graugesprenkelten Bartes. Schlotterig hing die weiße Kutte um den abgemagerten Leib. Es schien ein Genesender zu sein, der eine lange schwere Krankheit überstanden hatte und sich an der Sonne wärmte. Müd und gebrochen saß er; doch plötzlich sprang er auf, schwenkte die Arme, eilte dem Kommenden entgegen und stürzte schluchzend vor ihm nieder.

»Bruder Wampo!« In Freude hob Eberwein den Wiedergefundenen auf.

»Herr! Ach guter Herr! Geh nit ins Gericht mit mir, weil ich die Klaus verlassen hab und gelaufen bin wie die Maus vor einer Katz. Das Grausen hat mich gepackt, das Grausen! Aber schau mich an! Ich bin gestraft dafür. Sechs Wochen hab ich auf den Tod gelegen vom Schreck und von der Angst. Sechs Wochen, Herr! Und allweil Krankenkost!« In Schluchzen erloschen ihm die Worte, und Eberwein mußte lächeln.

An einem der hohen Bogenfenster stand Herr Haunsperg. Als er den Gast erkannte, furchten sich seine Brauen, und hastig trat er in das Gemach zurück. Eine Weile später kam ein Schwarm bunt gekleideter Kämmerlinge gelaufen, die den Propst mit Ehrerbietung begrüßten und in die Burg geleiteten. Mit offenen Armen und überströmender Herzlichkeit empfing der Bischof seinen ›fürstlichen Bruder‹ und führte ihn zu der gedeckten Tafel, um die der ganze Hofstaat schon versammelt war: Lehensritter in goldgestickten Wappenröcken und schöne, mit blitzenden Steinen geschmückte Frauen zwischen den wohlgenährten Domherren in ihren seidenen Schlepptalaren. Eberwein in seiner schlichten, abgetragenen Kutte und mit den sonnverbrannten, schwieligen Händen stand wortlos und bedrückt inmitten dieses gleißenden Prunkes. Der schreiende Gegensatz des Jammers, den er gesehen, zu diesem Bild des üppigen Genusses drang ihm in die Seele wie quälender Schmerz und trieb ihm heiße Röte in die Stirn.

In sich versunken, kaum die Reden hörend, die an ihn gerichtet wurden, saß er beim Mahl. In fast endloser Folge erschienen die gefüllten Silberkrüge und die Schaugerichte auf der Tafel. Flötenbläser, Harfner und Psalterionspieler ließen ihre schmeichelnden Weisen hören, Gaukler zeigten ihre Künste, und mit seiner Schellenkappe und der Laute tänzelte der Narr des Bischofs um die Tafel, gab seine derben Späße zum besten und flüsterte den schönen Frauen Heimlichkeiten ins Ohr, die sie häufiger lachen als erröten machten. Hinter Eberwein setzte er sich auf die Brüstung des Fensters, betrachtete den stillen Mönch mit zwinkernden Augen und wiegte sinnend den Kopf zwischen den Schultern; dann lachte er und strich mit dem Plektrum über die Saiten, daß der klirrende Akkord das laute Geschwatz an der Tafel übertönte.

Der Bischof blickte auf und fragte gnädig: »Willst du singen?«

»Ja, Bruder Kirchenlicht, ich möchte wohl! Doch ich fürchte, die gespickte Pfauenbrust, die ich auf deinem Teller liegen sehe, könnte dir übel schmecken, wenn ich sie mit der Pfeffertunke meines Liedes übergieße.«

»Da sei ohne Sorge!« tröstete der Bischof lächelnd und faßte den saftigen Leckerbissen zierlich mit den Fingerspitzen. »Was sollen wir hören?«

Der Narr kicherte. »Ein Lied, so neu, wie das Kleid deines Gastes alt ist! Ein Lied vom fürstlichen Aar, der den Flug zu kurz genommen, von den Füchslein, denen die Lust am Mausen verging, und von den weißen Raben –« er schlug die Saiten an und fiel in singenden Ton, »die fern im Walde bauten ihr Nest – ich fürchte, Bruder, sie bauten fest!«

An der Tafel trat verlegenes Schweigen ein, während Eberwein die Augen hob und mit der Hand über die Stirn strich, als wäre eine verschwommene Erinnerung in ihm aufgestiegen. Der Bischof hatte dem Narren einen zornigen Blick zugeworfen, und Herr Haunsperg rief mit grober Stimme über die Tafel: »Pack ein, Narr! Wir haben Besseres zu hören als Schelmenlieder.« Er wandte sich an Eberwein: »Ihr habt wohl große Dinge zu erzählen, Herr Propst? Euer Bruder,

der in der Angst vom Fett gefallen, und ein paar Knechte des Spisars, die zu uns gelaufen kamen, haben Kunde gebracht wie vom Untergang der Welt. Und das große Wasser, das ihr uns geschickt habt aus dem Berchtesgaden, hat übel gehaust auf unseren Feldern und hat uns mehr Leichen zugeschwemmt als Fische.«
Eberwein fühlte sich verletzt durch die rohe Art dieser Rede; doch der Bischof legte sich mit freundlichen Worten ins Mittel, und unter schweigendem Lauschen der Tafelrunde begann Eberwein zu erzählen. Seine Stimme, die zu Anfang unsicher und zögernd klang, belebte sich, Glanz erwachte in seinen Augen, und seine Wangen röteten sich. Er schien von neuem zu erleben, was aus seinen Worten sprach: alle Not, die er gesehen und mitgetragen, allen Trost, den er geboten und gefunden. Manchmal schwieg er eine Weile, um in sich versunken nachzuempfinden, was nicht für fremde Ohren geschaffen war und ihm allein gehörte. Mir freudiger Wärme schilderte er die Tage der rastlosen Arbeit, das neu erwachende Leben nach allem Tod. Und der Wände und Menschen vergessend, die ihn umgaben, sprach er in träumender Zuversicht von der guten Zeit, die seinem Land erblühen sollte, von seinen Plänen für die Zukunft und von dem willkommenen Segen, der seinem Volke aus dem glücklichen Fund erwachsen mußte, den er am Morgen auf der Wanderung getan. Herr Haunsperg und der Bischof tauschten einen Blick und horchten auf. Schon wollte Eberwein, auf eine rasche, teilnahmsvolle Frage seines Wirtes, genauer die Stelle bezeichnen, an welcher der Salzbach aus der Erde sprudelte – da wurde es plötzlich schwarz vor seinen Augen, und helles Gelächter erhob sich an der Tafel.
Der Narr hatte dem Propst von Berchtesgaden die Schellenkappe über den Kopf gestülpt.
Eberwein riß das bunte Tuch von seinem Haupt und erhob sich mit brennender Stirn. Da sah er, während die anderen lachten, eine Träne in den Augen des Narren schimmern und sagte betroffen: »Du bist ein seltsamer Narr. So scheint mir.«
»Und du bist mein Gesell. Wir beide sind Brüder unter der gleichen Kappe. Und doch ist ein Unterschied. Ich bin der Narr meines trüben Gehirns. Und du bist der Narr deines reinen Herzens.« Mit schrillem Ton ließ der Narr eine Saite schwingen und wandte sich an den Bischof. »Hab ich recht, Bruder Kirchenlicht?«
Der Bischof hörte nicht. Er lag in den Sessel zurückgesunken und blickte sinnend vor sich hin.

20

Es war um die Sonnenwende des folgenden Jahres, an einem sengend heißen Tag, als ein langer Zug von Menschen, beladenen Saumtieren, Karren, Pferden und Rindern durch die Waldschlucht der Ache den Weg zum Berchtesgaden suchte.
Propst Eberwein kehrte in sein Land zurück, und der Bau des Klosters sollte beginnen.
Drei Väter kamen in seinem Geleit und vier Brüder, unter ihnen Bruder Wampo, dessen Falten sich schon wieder zu glätten und zu füllen begannen. Er war auf der weiten Reise in bester Laune gewesen, denn einer der Karren war schwer befrachtet mit bauchigen Fässern. Doch je näher man der ›schiechen Gegend‹ kam, desto unruhiger blickten Bruder Wampos hurtige Äuglein. Um so heller aber strahlte die Freude in Eberweins Antlitz. Immer wieder eilte er an dem langen Zuge auf und nieder und musterte die Menschen, die Tiere und alles Gerät. Gegen hundert Gewerksleute und Knechte kamen mit ihm; der Bau des Klosters und der steinernen Kirche sollte nicht ihre einzige Arbeit sein. Er streichelte die schweren Pferde und sah sie schon im Pfluge stehen und die rauhdurchschotterte Erde brechen. Und wie die Bauern staunen würden beim Anblick dieser Rinder! Es war ein fester stämmiger Schlag, der die verkümmerte Zucht des Gadens in wenigen Jahren verbessern würde. Ein Teil der Saumtiere war mit Säcken beladen, die den Bedarf für die erste Wintersaat und Flachssamen für das kommende Jahr enthielten. Zwei Karren trugen mancherlei Gerät, nach dessen Muster die Bauern lernen sollten, ihre Stuben und Kammern freundlicher zu bestellen; ein anderer Karren war bepackt mit Handwerkszeug, wie es im Partnachgau und im Wertofelser Land die Holzschnitzer führten; denn die Kunst, allerlei Bildwerk und zierlichen Hausrat zu schnitzen und zu drechseln, gedachte Eberwein die

heranwachsenden Knaben zu lehren, damit sie in den Tagen des langen Winters lohnende Arbeit hätten.
Je mehr der Zug in der Waldschlucht vordrang, desto ungeduldiger eilte ihm Eberwein voran; es brannte in seinem Herzen die Sehnsucht, das vielgeprüfte Tal, die stille Klause und ihren einsamen Hüter wiederzusehen. Er überholte die zehn Knechte, die mit Beilen einen Pfad für die Tiere und Karren bahnten, und wanderte aufwärts an der rauschenden Ache. Bei einer Wendung des Tales sah er einen Kreis von Balkenhäusern mit dampfenden Dächern vor sich. Es war die Sudstätte, die der Bischof errichtet hatte, um den von Eberwein entdeckten Salzquell auszubeuten. Ein bitteres Lächeln zuckte um den Mund des Propstes, obwohl er seit langer Zeit schon wußte, was er an dieser Stelle finden sollte. Der Bote, den er nach der Rückkehr in das Mutterkloster an den herzoglichen Hof gesandt, um für den Berchtesgaden das Hoheitsrecht des Bergbaues zu erwerben, hatte wohl die gewährende Urkunde heimgebracht, doch auch die Botschaft, daß der Herzog wenige Tage früher das Recht auf eine neugefundene Quelle dem Salzburger Bistum verliehen hätte.
Während Eberwein zu den weißen Dampfwolken aufblickte, die sich aus den Dächern der Sudstätte in die klaren Lüfte kräuselten, klang es ihm vor den Ohren wie die Schellen einer Narrenkappe. Wie hätte er damals denken mögen, daß der reiche Kirchenfürst, in dessen Land seit alten Zeiten ergiebige Sole floß, den bedürftigen Nachbar um diesen Quell betrügen könnte! In Unmut wandte Eberwein der Sudstätte den Rücken. Was ihn bekümmerte, war nur der Verlust, den sein armes Land zu tragen hatte, nicht die häßliche Erfahrung, die er selbst gemacht. Sein Blick glitt über den Weg zurück, den er durchwandert hatte, und seine Gedanken sprachen: ›Du bist der erste nicht, der mein redliches Vertrauen täuschte. Ich will auch von dir nicht lernen, den Menschen zu mißtrauen, und will dem nächsten wieder glauben, der mir begegnet auf meinem Weg.‹
Raschen Ganges folgte er dem Ufer der Ache, und während der Wanderung überdachte er die Vermutung, ob die Berge, die diesen einen Quell gespendet hatten, nicht auch noch andere in ihrem Schoß verschlossen hielten. Er nahm sich vor, keine Mühe zu scheuen, wollte bauen und bohren – vielleicht, daß es gelingen könnte, das Verlorene zu ersetzen. So hoffte er, ohne zu ahnen, wie reich sich diese Hoffnung in kommender Zeit erfüllen sollte.

Immer weiter traten die Gehänge der Waldschlucht auseinander. Als Eberwein nach stundenlanger Wanderung das offene Talgelände des Gadens erreichte, verhielt er freudig den Schritt: Vom Lokiwald tönte die Glocke. Er hätte sich lieberen Gruß zum neuen Einstand in seinem Land nicht wünschen mögen. Hastig suchte er den zur Klause emporziehenden Waldhang zu erreichen. Immer tönte die Glocke noch. Ein Bangen überfiel ihn. Was sollte dieses lange Geläut bedeuten? Und es war im Hall zu merken, daß der Strang mit Ungestüm gezogen wurde. War es Notgeläut?
Von zielloser Sorge erfüllt, hastete er durch den Wald empor und erreichte die mit dünner Saat bewachsenen Felder, in die man die gebrochenen Waldstrecken verwandelt hatte. Von der Klause her tönten zahlreiche Stimmen, und als er die Lichtung betrat, sah er rings um die Kirche über hundert Menschen versammelt, und andere kamen noch immer herbeigeströmt von allen Seiten. Als die Leute den Mönch gewahrten, erhoben sie ein helles Geschrei und eilten ihm jauchzend entgegen. Sie drückten seine Hände, küßten sein Gewand und begrüßten ihn, recht wie ein dankbares Volk seinen guten Fürsten. Seit Wochen hatten sie seiner Wiederkehr gewartet und auf den Höhen des Untersberges Späher aufgestellt, die durch Rauchsäulen die Ankunft des Zuges verkündeten. Wohin Eberwein blickte, sah er bekannte Gesichter.
Auch der alte Gobl fehlte nicht; er war säuberlich gekleidet, und auf Eberweins Frage, wie es dem Knaben ginge, sagte der Alte stolz: »Der hat sich herausgewachsen, Herr! Aus dem Buben ist was geworden. Den kann man brauchen jetzt. Der hütet im Gaden die Säu. Das sind gemütliche Tierlein. Denen kommt er nach, obwohl er ein lützel hinket!«
Den anderen währte die Rede des Greises zu lang, sie wollten auch zu Worte kommen und schoben ihn beiseite. Eberwein bekam die Hände nicht mehr frei. Jetzt hielt ihn der Jungsenn, der zum Fischer geworden, und jetzt die Heilwig, die sich aus des Fischers Magd in eine Bäuerin verwandelt hatte; Mitleid und Erbarmen hatten ihr einen Mann erworben, den Kaganhart. Seine Trauer um die Hilmtrud schien sich gelegt zu haben. Das rote Gesicht strahlte vor Vergnügen, und die Haare lagen glatt, als wäre ihm schon lang keine zausende Hand mehr dazwischen gefahren. Aber wo blieben Ruedlieb und Rötli? Und Bruder Sigenot?
»Da drüben sitzt er, beim Kirchl!« lautete die Antwort auf Eber-

weins Frage. »Er hat nimmer stehen können, die Freud ist ihm in die Knie gefahren.«
Eberwein brach sich Bahn durch das Gedräng der Leute. Bis ins Herz erschrak er, als er auf einem Holzblock neben der Kirchentür den gebrochenen Mann gewahrte, das graue Haupt an die Balkenwand gelehnt. »Sigenot! Mein Bruder!« Lange hielten sie sich stumm umschlungen. Als Eberwein seiner Bewegung Herr geworden, strich er mit den Händen über die abgehärmten Wangen des Freundes und stammelte: »In aller Freude ein Schmerz! Ich hoffte dich anders zu finden, mutig und stark, wie du immer warst!«
»Stark, Herr? Stark ist nur Einer!« Ein müdes Lächeln irrte um Sigenots Mund. »Ich will dir sagen, was schuld ist. Es steht für mich die Klaus auf einem unguten Fleck. Allweil seh ich den halben Berg da drüben. Und ich kann's nit wehren: Sooft ich hinaufschau, reißt er mir ein Stückl von meiner Seel. Viel ist nimmer übrig, Herr!«
Geschrei und Lärm erhoben sich; die Geleitschaft Eberweins war auf der Rodung erschienen. Erschrocken blickte Bruder Sigenot auf die Schar der Kommenden. »Herr? Unter all den Leuten soll ich weiterleben?«
»Nein, Sigenot!« Eberwein legte die Hand auf die Schulter des Bruders und sah ihm in die Augen. »Ich will dich mir erhalten, und deshalb lege ich eine heilige Pflicht auf deine Seele und gebe dir ernste Arbeit. Was ich meine, sollst du morgen hören. Für heute nimm deinen Stab, ziehe zur Ramsau und lade die Männer auf den zweiten Tag von heute zur Martinsklause. Sie sollen zugegen sein, wenn ich den Grundstein meines Klosters lege. Morgen zu Mittag kehre heim und erwarte mich im Hause deiner Schwester!«
Sigenot wehrte mit der Hand. »Herr, laß meinen Schatten nit fallen auf ihren hellen Weg!«
Einer der Mönche kam, um die Ankunft des Zuges zu melden und die Befehle des Propstes zu hören.
»Ich komme!« sagte Eberwein. Dann drückte er den eigenen Stab in Sigenots Hand. »Nimm den Stecken und wandere! Ich erwarte dich morgen.« Er wandte sich ab und folgte dem Mönche. Bruder Sigenot stand noch eine Weile, die Augen mit verlorenem Blick auf den Stab geheftet. Als er einen kleinen wohlbeleibten Bruder mit anderen Mönchen der Klause sich nähern sah, kehrte er sich hastig ab und begann die Wanderung.
Der Abend kam, und treibendes Leben herrschte auf der weiten

Rodung. Während Zelte und Hütten aufgeschlagen wurden und in der sinkenden Nacht die Feuer zu lodern begannen, saß Eberwein beim Licht einer Kerze in seiner Zelle und schrieb. Lange währte die stille Arbeit. Er siegelte die Rolle, verwahrte sie in hölzerner Kapsel und legte sie mit einem schweren Beutel in eine Ledertasche. Von den drei Vätern begleitet, machte er noch die Runde bei allen Feuern und Baustätten, dann begab er sich zur Ruhe.

Vor dem Grau des Morgens erhob er sich wieder. Während alles noch schlummerte, schwer ermüdet von der weiten Fahrt, und nur die stillen Wächter um die rotstrahlenden Gluthaufen standen, schritt er dem Tal der Ache zu, die Ledertasche an seinem Gürtel. Es drängte ihn, eine Höhe zu ersteigen und von freier Warte sein Land zu überblicken, wie an jenem ersten Morgen, an dem der Kohlmann ihn zur Zinne des Untersberges geführt hatte. Auf schmalem Steg überschritt er die Ache und überließ sich einem Almenpfad, der durch den Bergwald emporführte zu den Gehängen des Göhl. Zwei Stunden wanderte er aufwärts; endlich gingen die Bäume zu Ende, und mit schimmerndem Duft erwachte der schöne Morgen.

Auf steilem Gipfel ruhte Eberwein und harrte, bis im Tal die Schatten wichen. Noch ehe sein Blick die Hage und Häuser unterscheiden konnte, sah er schon die weißgrauen Schuttfelder, die mit langgestreckten Fingern über die Halden der Schönau griffen. Bald erkannte er auch den mattgrünen Schimmer, von dem die gerodeten Flächen wie von einem dünnen Schleier überzogen waren. In stillen Bildern zog das Vergangene an Eberweins Augen vorüber, sein eigenes Hoffen und Leiden, alles Glück und Weh der hundert Menschen, die dort unten mit dem Morgen jetzt erwachten oder ewig schlummerten unter Felsen und Erde. Und er fragte sich bang, wie der Streit zwischen Recht und Willkür, wie der Kampf um die bessere Zukunft dieses felsumgrenzten Landes wohl geendet hätte, wäre nicht die Natur mit einem Gewaltstreich dazwischengefahren und hätte geholfen – geholfen freilich wie der Hufschmied für das Zahnweh.

Wie viel an gutem und gesundem Leben lag unter den Trümmern des gebrochenen Berges begraben! Und dennoch erkannte Eberwein, daß keine Kraft und Menschenhilfe diesem Land und seinen kommenden Geschlechtern größere Wohltat hätte erweisen können als jene Stunde der stürzenden Felsen. Am verwichenen Abend hatten es ihm die Leute als ein Wunder berichtet, daß seit Menschengeden-

ken der Winter im Gaden nicht so kurz und mild gewesen, der Schnee in den Tälern nicht so früh geschmolzen und der grüne Frühling nicht so zeitig eingetreten wäre wie in diesem Jahr. Sinnend schweiften die Blicke Eberweins über das weite Tal hinüber zu den von der Morgensonne beglänzten Ruinen des gebrochenen Berges. Die beiden riesigen Stümpfe waren frei von Schnee, und nur in der breiten Scharte zwischen ihnen dehnte sich im Schatten ein weißes Feld. Auch andere Berge, die noch im letzten Sommer weiße Köpfe getragen, waren in der Sonne schneefrei geworden, nachdem der gewaltige Eisriese verschwunden war, der die ganze Runde in seinem kalten Bann gehalten. Ein neues ›Wunder‹! Eberwein seufzte, wenn er des absonderlichen Christentums gedachte, das in die Köpfe und Herzen seiner Gadener Leute eingezogen war und zu dem nicht die Lehre der Liebe sie bekehrt hatte, sondern die Not, welche beten lehrt, Waldrams blutiges Ende und Bruder Wampos Bär. Wunder und Wunder, Gottes starke Faust und der strafende Zorn des Himmels – das war der Inhalt ihres Glaubens. Daneben wandelte der Alte aus dem Untersberg durch ihre Herzen und um ihre Häuser. Und ihre Kinder schreckten sie mit dem steinernen Gespenst des Spisars. Nicht mehr König Eismann, sondern ›Wazemann‹ hieß der gebrochene Berg, und die starrenden Zacken des Grates hießen ›Wazemanns Kinder‹. Aber wie auf den gerodeten Flächen mit dem Unkraut die erste Saat, so war in den vom Schreck geackerten Herzen doch der erste Keim des Glaubens aufgegangen.
Die Arme gegen die Täler streckend, in deren Tiefe schon der helle Schein der Sonne fiel, erhob sich Eberwein. Sie waren ihm gewonnen, nun hatte er sie und wollte sie halten. Nun kam die Zeit, das Unkraut von der Saat zu scheiden, den jungen Stamm mit Sorge zu pflegen und dem beschnittenen Wildling junge Reiser aufzusetzen. Ob es ihm gelingen würde? Dieses eine wie alles andere, was er zum Wohl seines Landes und seiner Menschen sann und plante? Eine Antwort konnte nur die Zeit ihm geben. Er atmete tief. »Die wir berufen sind, das Leben der Menschen auf guten Pfad zu lenken, wir sind wie der Sämann auf kahlem Acker. Nur den Samen kann er streuen und geduldig auf die Ernte harren. Es wachsen die Halme, wie es der dunklen Erde gefällt, es reifen die Früchte, wenn die Wolken es dulden.«
Der Ton einer Almenschelle traf sein Ohr, und als er aufblickte, sah er über eine grasige Kuppe bläulichen Rauch zum Himmel steigen.

Dort mußte eine Hütte liegen, und er wollte unter ihrem Dach eine Stunde friedlicher Einkehr halten. Als er die Kuppe erreichte, öffnete sich ein flaches Almfeld, und wenige Schritte vor ihm erhob sich, von moosbehangenen Wetterfichten beschattet, das kleine, von Alter graue Blockhaus. Feuerschein leuchtete aus der offenen Tür, auf deren Schwelle ein junges Weib saß, einen Säugling auf den Armen wiegend. Die rote Herdflamme bestrahlte die nackte Schulter der kleinen zierlichen Gestalt, während das Sonnenlicht um ihre Füße spielte. Mit leiser Stimme summte sie ein Lied und hielt die Augen auf das runde Gesicht des Kindes gesenkt. Der stille Reiz des holden Bildes schlich sich mit Wärme in Eberweins Herz. »Gott grüße dich, junge Mutter!«

Die Sennin blickte auf, und als sie den Mönch gewahrte, wurde sie von lähmendem Schreck befallen; sie wollte sich erheben und sank wieder zurück auf die Schwelle, zitternd an allen Gliedern, mit erblaßtem Gesicht, auf dessen Stirn sich eine Narbe zeigte wie ein feiner blutroter Strich. Da erkannte sie der Propst. »Hinzula!« Er wollte sich nähern. »Weshalb erschrickst du vor mir?«

In Angst umklammerte die junge Mutter ihr Kind, und lautlos bewegten sich die blassen Lippen. Das hastige Gebimmel einer Schelle tönte, dumpfes Stampfen näherte sich, und hinter der Hütte klang eine Männerstimme: »Wirst du halten oder nit? Wart nur, du! Ich treib dir die Wildheit aus deinem dicken Schädel!« Ein schwarzer Stier erschien, die Nüstern von weißem Schaum bedeckt, mit gestrecktem Schweif und stampfenden Füßen; doch alle Wucht des Tieres zerbrach an der eisernen Kraft des hünenhaften Sennen, der mit nackten, sonnverbrannten Armen den Kopf des Stieres an den Hörnern gefaßt hielt und zu Boden drückte.

»Schweiker!«

Als wäre ein Blitzstrahl auf ihn niedergefahren, so stand der Senn beim Klang dieser Stimme, die Fäuste ins Leere gestreckt, während der befreite Stier in tollen Sprüngen das Weite suchte. Eberwein trat auf den Erstarrten zu und rüttelte ihn am Arm. »Schweiker! Schweiker!«

Der Hüne schlotterte an allen Gliedern, auf der keuchenden Brust zitterten die Wellen des silberblonden Bartes, und ein zuckender Krampf befiel seinen Nacken. Er wollte sprechen und würgte nur heisere Laute hervor. Jetzt hing er mit starren Augen an dem brennenden Zorngesicht des Propstes, dann wieder suchte der hilflos

irrende Blick die Hütte, sein Weib und Kind. Und als wäre das Bild, das die junge Mutter in ihrem Jammer bot, die einzige Verteidigung, die er dem schweigenden Vorwurf seines Herrn entgegenhalten könnte, so stöhnte er: »Schau sie an, Herr! Himmel oder Höll – ich hab nimmer anders können!« Er verhüllte mit den Händen das Gesicht und stürzte auf die Knie. Eberwein betrachtete das stumme, von Angst gelähmte Weib, dann wieder das ausgiebige Bröcklein Elend, das vor seinen Füßen auf der Erde lag. Allmählich beschwichtigte sich der Sturm in seinen Zügen, und er legte die Hand auf die Schulter des Knienden. »Steh auf und folge mir! Was ich mit dir zu sprechen habe, ist nicht für die Ohren deines –« die Stimme des Propstes stockte, »für die Ohren dieses armen Weibes.« Sich abwendend, schritt er einer Senkung des Almfeldes zu, aus welcher dunkle Fichtenwipfel hervorlugten.
Mühsam richtete Schweiker sich auf, als wären ihm alle Knochen zu Teig geworden. Er streckte die Hände nach seinem Weib, doch als sich Hinzula erheben wollte, winkte er, daß sie bleiben möchte, und rannte dem Mönche nach.
Immer höher stieg die Sonne, immer stiller wurde in der Hütte das Geprassel des Feuers. Mit zitternden Armen den Säugling wiegend, saß das verstörte Weib auf der Türschwelle. Eine Stunde verging, noch eine zweite. Langsam rann eine Träne um die andere über Hinzulas Wangen, während ihre Augen an der Stelle hingen, wo Eberwein und Schweiker verschwunden waren. Mit jedem Herzschlag wuchs ihre Angst, und als die Sonne schon in Mittagshöhe stand und Schweiker noch immer nicht wiederkehren wollte, sprang Hinzula auf. In Sorge seinen Namen schreiend, eilte sie den Bäumen zu.
In der Senkung sah sie den Propst auf einem Baumstamm sitzen, an seiner Seite ihren Mann mit hängendem Kopf und schlaffen Armen. Eberwein hatte die Hände im Schoß der Kutte liegen, und während aus der Tiefe herauf, vom Lokiwald, ein verschwommener Hall der Glocke tönte, blickten die Augen des Propstes in das ferne Tal der Ramsau. Durch die grüne Flut der Wälder sah er einen breiten, grauen Streif aus der Höhe niedergreifen in die Täler: das von der Seeflut verwüstete Gehäng der Windach. Seufzend erhob er sich, trat auf Hinzula zu und blickte in das rosige Gesicht des Kindes. »Ist es ein Knabe?«
Sie konnte nicht sprechen, nickte nur und zog in mütterlicher

Regung das hüllende Tüchl nieder, damit er das breite Brüstl und die runden Ärmchen des Knaben sähe. Da kehrte auch dem langen Gesellen das Leben wieder. »So sag ihm doch«, stammelte er, »wie unser Büebli heißt!«
Scheu blickte Hinzula auf, als hätte sie kaum den Mut, den Namen ihres Kindes auszusprechen. »Eberwinli!«
Mit furchtsamen Augen hing Schweiker an dem Gesicht des Propstes, um die Wirkung dieses Wortes zu erspähen. Doch Eberwein schüttelte den Kopf. »Der Name gefällt mir nicht. Den wirst du ändern müssen, Hinzula! Bringe mir den Knaben morgen zur Klause, damit ich ihn taufe. Er soll heißen wie jener, der für euch gesprochen: Hiltischalk!« Hastig wandte er sich ab, um seine Bewegung zu verbergen, und stieg der Tiefe zu. Er hatte schon den Wald erreicht, als er hinter sich ein Rennen und Keuchen hörte. Mit versagendem Atem holte Schweiker ihn ein und stammelte: »Herr, ich tu dich bitten aus Herzensgrund, sag mir doch ein Wörtl, daß du mir nimmer zürnen willst!«
Eberwein zeigte ein strenges Gesicht. »Ich kann dir ein solches Wort nicht sagen, denn ich zürne dir. Aber was bleibt mir übrig? Du hast flink dafür gesorgt, daß ich das Geschehene nicht mehr ändern kann. Willst du, daß ich vergessen soll – vergeben darf ich nicht –, so füge dich meiner Strafe. Ich will nicht, daß im Gaden die Leute sagen: Es muß ein hartes Weilen im Kloster sein, wenn die Mönche entlaufen und sich an Weiber hängen. So wirst du jedem, der dich fragt, die Antwort geben: Man hat mich aus dem Kloster gejagt, weil ich im Schreck jener Unglücksstunde meiner Pflicht vergaß!« Schweiker stand, ein Bild der tiefsten Zerknirschung. »Und ich muß helfen zu dieser Ausflucht!« Eberwein seufzte. »Wenn ich dich nicht verderben will, muß mein erstes Werk nach der Rückkehr in mein Land eine Lüge sein!«
Scheu hob Schweiker die Augen und stotterte: »Eine Lüg?« Er strich mit der plumpen, schwieligen Hand über sein Haar. »Aber schau, Herr, es ist doch eine gute Lüg!«
»So?« Mühsam unterdrückte der Propst ein Lächeln. »Du bist mit allem Troste flink bei der Hand. Nur dein Gewissen hat langsame Füße. Schweig! Ich will kein Wort mehr hören. Geh heim zu deinem Weib! Und damit du die schlaflosen Nächte los wirst, die dich plagen, will ich in anderer Stunde wiederkommen und will euch segnen in aller Stille.«

»Herr –«
»Schweigen sollst du! Und rühre nicht an mein Kleid! Willst du danken, so laß die Untreu, die du an deinem Gelübd und an mir begangen, die erste und letzte deines Lebens sein!« Eberwein folgte einem Pfad, der sich in dichtem Wald verlor. Hinter ihm war lautlose Stille. Nach einer Weile hörte er von der Almenhöhe einen gellenden Jauchzer, der an den Wänden des Göhl ein lautes Echo weckte. Lauschend blieb Eberwein stehen. »Er zehret von seinem Himmelsbrot!«
Zwei Stunden später erreichte der Propst die Schönau. Als er sich dem Hag des Richtmanns näherte, sah er den Bruder, der seiner schon wartete, am Wegrand auf einem Steinblock sitzen. Eine warme Erregung belebte die Augen Sigenots und seine bleichen Züge.
»Warum unter freiem Himmel? Weshalb nicht unter deiner Schwester Dach?«
»Herr! Da drinnen ist heut kein Platz für mich. Die Leut laufen umeinander in Freud und Sorg: Das Rötli will Mutter werden.«
Eberwein lächelte. »Das Leben rührt sich in meinem Land!« An Sigenots Seite ließ er sich nieder, nahm die Ledertasche vom Gürtel und reichte sie dem Bruder. Neben reichlichem Zehrgeld für eine weite Reise enthielt sie den Brief, den Eberwein in der Nacht geschrieben. »Es ist eine ernste Pflicht, die ich dir auferlege mit diesem Botengang, und ich habe dich gewählt für diesen Weg, weil ich bauen kann auf deine Treu!«
»Wohin die Botschaft?«
»In die Hand des Kaisers, dessen Schutz ich angerufen für mein Kloster und Land.«
Sigenot erschrak, daß ihm die Worte versagten. Schweigend hörte er die Ratschläge, die ihm der Propst für die Reise gab.
»Aber Herr!« stammelte er endlich, »wie soll ich Eingang finden in des Kaisers Haus? Ich? Ein bäurischer Mann!«
»Du trägst das Kleid der Kirche. Jedes Herren Tür steht offen vor deinem Fuß. Und ich sende gerade dich, damit der Kaiser sehen mag, daß mein Kloster nicht nur Mönche hat, auch Männer, deren Treue von Wert ist.«
Sigenot erhob sich; fester umschloß er den Stab, und langsam streckte sich seine gebrochene Gestalt, als wäre ein Funke der alten Kraft in ihr erwacht. »So laß mich ziehen in der jetzigen Stund!«

»Ja, Sigenot!« Eberwein faßte die Hand des Bruders und hielt sie mit langem Druck in der seinen, während sie Aug in Auge standen, zu schweigendem Abschied.
Aus dem offenen Hagtor kam Ruedlieb hervorgelaufen, mit brennrotem Gesicht. Lachend eilte er auf die beiden Mönche zu und vergaß in seiner Freude, den Propst zu grüßen. »Habt ihr die Hulfrau nit gesehen? Grad ist sie in meinem Haus gewesen, den ganzen Buckel voll Kinder!«
»Ein Bub, Liebli?« stammelte Sigenot.
»Wohl, ein Bub! Und ein Mädel dazu!« prahlte der junge Bauer in strahlender Freude. »Und das wird wohl gut sein! Der Gaden braucht wieder Leut. Aber komm, die Schwester verlangt nach dir. Ihr erstes Wort ist gewesen: Gelt, Liebli, Sigenot heißt mein Bub und Recka mein Mädel?« Er rannte dem Hagtor zu, und hastig folgte ihm Sigenot.
Lächelnd sah Eberwein dem Bruder nach. »Nimm diese Freude als Zehrung auf deinen Weg und wandere! Du wirst mir wiederkehren, im Herzen die unheilbare Wunde, denn deine Treue hat eisernen Halt, aber stark und genesen an Geist und Körper! Es soll aus dir noch ein Priester werden, an dem die Liebe Gottes ihre Freude hat.« Tief atmend drückte er die Hände auf seine Brust, als wäre ihm die letzte Sorge vom Herzen gefallen. Mit hellen Augen blickte er umher. Und da glitt schon wieder ein Schatten über sein Gesicht. Ferne, über dem zerstörten Bergwald, sah er den Falkenstein mit seinen verödeten Mauern. In den langen Arbeitswochen, die jenem Unglückstage gefolgt waren, hatte er alle Stätten der Verwüstung besucht, nur diese eine hatte er gemieden. Jetzt zog es ihn zu ihr.
Als er emporstieg zwischen den wirr liegenden Trümmern und gebrochenen Bäumen, führte ihn kein Pfad; der Reitweg war verschüttet, kein neuer Pfad gebahnt, die verrufene Stätte war gemieden von allen Leuten. Ein beklemmendes Gefühl erfaßte ihn beim Anblick des offenen Tores. Die Fallbrücke überspannte den Graben, doch ihre Bohlen waren brüchig und von Schwämmen bedeckt. Im öden Hofe waren an der Ringmauer noch Reste der Ställe zu erkennen, während der steinerne Unterstock des Hauses unter einem wüsten Haufen von Asche und verkohlten Balkenstücken begraben lag. Überall wucherte ein großblättriges Unkraut mit langstieligen Blüten, und an der Mauer rankte sich der die Steine durchbrechende Efeu empor. Einzelne Bäume des Hofes standen

noch, die Stämme behangen mit Wildschädeln und morschen Geweihen; die Äste waren kahl und dürr, versengt von der Hitze des Feuers. Aber an vielen Stellen des grauen Bodens, wo das Unkraut dünner stand, erblickte Eberwein kleine lichtgrüne Blättchen, die jungen Sprößlinge des Buchensamens, den die Herbststürme ausgeworfen hatten. Hundert Jahre – und auf der Stätte, die Wazemanns Haus getragen, grünte ein hochstämmiger Wald mit dichten Kronen!

Eberwein schritt um die Ränder des Aschenhügels, der das Haus gewesen. Unter seinen Tritten stäubte der Schutt, und als er zu der Stelle kam, an der sich unter der grauen Decke noch die Stufen der Freitreppe erraten ließen, schürfte sein Fuß aus der Asche einen kleinen Gegenstand hervor. War es der Beingriff eines Schildes oder der Henkel eines hölzernen Kruges? Eberwein bückte sich, streckte die Hand und erschrak. Auf das Rätsel starrend, das er aus dem Staub gehoben, griff er mit der andern Hand an seine Brust und tastete, ob die ihm heilige Reliquie seiner Kindheit noch an der Halsschnur hinge, ob er sie nicht verloren hätte, jetzt, bei diesem letzten Schritt? Und als er sie fühlte, zerrte er, bis das Bein sich löste. Nun hielt er das eine Stück in der rechten, das andere in der linken Hand, und seine verstörten Blicke glitten ratlos hin und her. Die beiden Stücke glichen einander wie die Hälften eines entzweigesprungenen Reifes. Und dennoch nicht! Die eine Hälfte, die er an der Brust getragen, war festes Bein, nur braun vor Alter, mit Runenzeichen auf der Innenseite. Die andere war morsch und grau, vom Moder so zerbissen, daß auf der Innenseite kaum die Spur eines Zeichens sich erkennen ließ. Mit bebenden Händen fügte er Stück an Stück. Sie paßten zueinander wie die Teile eines Ganzen. Und dennoch nicht! Die eine Hälfte zeigte am festen Bein den scharf gesplitterten Bruch. Die andere war an den Stellen des Bruches rundgefressen von der Fäulnis.

Schwer atmend schüttelte Eberwein den Kopf und wollte schon das graue Rätsel zurück in die Asche werfen. Doch wieder hing sein Blick an dem morschen Bein, wieder fügte er die beiden Stücke aneinander! Waren sie die Hälften eines Ganzen? Und wie wurden sie getrennt? Wie kam die eine auf die Romstraße im Partnachgau, die andere in hundertstündiger Ferne hierher unter die Asche von Wazemanns Haus? Und als sie noch ein Ganzes waren, wem gehörte der beinerne Reif? Wer trug ihn am warmen, lebenden Arm?

Ein heißer Schauer rann dem Fragenden durch Herz und Glieder. Sein Atem flog, und in jagenden Schlägen pochte sein Blut. Er deckte mit dem Arm die Augen, als wollte er den in das Dunkel dieses Rätsels spähenden Blick ersticken und allem entrinnen, was seine Seele bestürmte. »Soll der alte Kampf in mir von neuem beginnen, die alte Qual, die alte ziellose Sehnsucht, nur weil ein unbegreiflicher Zufall meine Sinne schreckt?« Er ließ den Arm wieder sinken und blickte hinaus über das weite Tal. »Bin ich in diesem Augenblick besser als jene, welche ›Wunder! Wunder!‹ schreien, wenn ein Bär den Honig leckt, der Sturm die Menschen von der Erde hebt und ein Stein seine unberechenbaren Sprünge macht?« Er lächelte, und eine Blutwelle stieg ihm warm aus dem Herzen, als er im leuchtenden Schein des Abends auf allen Pfaden der Schönau gleich winzigen Figürchen die Menschen wandern sah, die es nach vollbrachtem Tagewerk zur Klause trieb, zu ihrem ›guten Herrn‹. »Ich sehe sie – und suche Haus und Heimat, Brüder und Schwestern! Hab ich sie nicht längst gefunden, Hunderte an der Zahl? Hängt nicht an ihnen meine Liebe und ihre Liebe an mir? Und ich stehe noch –«

Er eilte der Mauer zu, und aus beiden Händen schleuderte er die Hälften des Ringes hinunter in die Tiefe. Er sah sie fallen, immer schneller und schneller. Jetzt erreichten sie den blanken Spiegel des Wassers. Zwei weiße Garben sprühten auf, zwei Wellenkreise schwammen ineinander zu einem einzigen sacht zerfließenden Ring – und wieder, glatt und schimmernd, dehnte sich der See und spiegelte in seiner grünen Flut die Berge und den leuchtenden Himmel.

Ludwig Ganghofer

Der Herrgottschnitzer von Ammergau

Ludwig Ganghofer

Der Herrgottschnitzer von Ammergau

und

andere Hochlandgeschichten

Droemer Knaur

Satz: Compusatz GmbH, München
Druck: Hanseatische Druckanstalt, Hamburg
Einband: Großbuchbinderei Sigloch, Künzelsau/Stuttgart
Printed in Germany
ISBN 3-426-09973-X
ISBN 3-426-09938-1 (Kassette)

DER HERRGOTTSCHNITZER VON AMMERGAU

I

Die Wiesen, die den Ammerfluß auf beiden Ufern geleiten, waren kurz geweidet, und ihre Farbe spielte schon ein wenig in jenes müde Gelbgrün, das für die ganze sprossende Natur der erste Vorbote des nahenden Absterbens ist.
Still und unbelebt lagen die Wiesen unter einem unfreundlichen Himmel. Nur vereinzelte Emmerlinge sah man von Zeit zu Zeit aus den Büschen aufflattern, die da und dort den Weg der Ammer bezeichnen oder den Lauf der Landstraße, die sich von Kohlgrub her in das Oberammertal hineinzieht.
An Stellen, wo sich die Ammer mit einer seichten Ausbuchtung bis an die Straße heranbiegt, sah man wohl auch eine Bachstelze über die braunen, nassen, kaum aus dem Wasser ragenden Steine hüpfen.
Folgte der Fluß in geräumigem Bett träge seinem Lauf, so ließ er ein recht schwermütiges Bild gewahren; hatte er doch nichts anderes zu spiegeln als den kurzgrasigen Uferrasen und darüber die schweren Wolken, die den Himmel verhüllten. Darunterhin zogen, von einem schwachen Windhauch getrieben, die leichten, grauen Nebel, die sich aus dem das Tal zur linken Seite begleitenden Höhenzug des Steckenberges mit tausendfältigen Formen emporhoben und in steter Verwandlung schräg über das Tal hinweghuschten, um sich in die schwarzen Tannenwipfel und zwischen die plumpen Kuppen des Aufackers zu verlieren, der mit seiner Zinne tief in Dunst und Wolken steckte. Das gleiche Schicksal teilten auch die anderen, das Tal umringenden Bergspitzen; nur die jäh emporsteigende Kobelwand hatte mit ihren groben, eckigen Konturen den Nebelschleier zerrissen und blickte finster auf das zu ihren Füßen liegende Ammergau herab, während sich das auf ihrer höchsten Spitze aus Baumstämmen errichtete Kreuz in zwei scharfen, schwarzen Strichen vom grauen Himmel abhob.

Mitten in diesem lichtarmen Bilde lag das freundliche Dorf mit seinen weißen, appetitlichen Häusern und seinem stolz aufragenden Kirchturm. Es lächelte dem Beschauer so herzlich entgegen, als wollte es durch seinen lieben Anblick den verstimmten Wanderer mit der grauen, düsteren Miene der Landschaft wieder versöhnen.
Gleich unter den ersten Häusern, an denen man vorüberwandelt, wenn man, von Kohlgrub herkommend, die Ammer auf der alten hölzernen Brücke überschreitet, stand auch das kleine Haus, in dem diese Geschichte beginnt. Es war ein einstöckiges Haus von halb städtischer Bauart, mit der sich die dem Stil der Gebirgshäuser entnommene Galerie vor dem Dachgeschoß einer jeden Giebelseite und der geschnitzte Zierat auf den Firsten zu einem angenehmen Ganzen vereinigten. Zwei alte Birnbäume streckten ihre knorrigen Äste schützend über das braune Dach, und ein kleiner, sorgsam gepflegter, von einem grüngestrichenen Staketenzaun eingehegter Blumen- und Gemüsegarten umzog die sauberen, weißen Wände.
Zwischen den Fenstern, zu beiden Seiten der Tür und über der Tür selbst zeigten sich farbenbunte Abbildungen aus der Leidensgeschichte Christi, deren Komposition und Kolorit vermuten ließ, daß ihr Meister sicher nicht außerhalb des Weichbildes von Ammergau herangebildet worden war.
Diese Fresken waren alt und hatten schon verschiedene Tünchungsperioden der Hauswand überlebt; aber wenn auch ein naiver Kunstsinn oder eine gewisse Pietät sie immer vor der gänzlichen Vernichtung geschützt hatte, der teilweisen Zerstörung waren sie doch nicht entgangen. Bei jedem neuen Anstrich war der Kalkpinsel des Maurers weiter vorgedrungen, so daß zur Zeit dieser Geschichte jene Bilder am Rande nur mehr Figurenbruchstücke zeigten. So schwang auf einem der Bilder ein in der Luft hängender Arm die Geißel über dem Leib Christi. Der zu dem Arm gehörige Körper eines Soldaten oder Henkersknechtes war längst der vorrückenden Kalkdecke zum Opfer gefallen.
Die Haustür war geöffnet und gewährte einen Blick in den Flur, dessen Wände dicht behängt waren mit unvollendeten Schnitzereien und verschiedenen Konturschablonen aus Blech oder Pappdeckel. Während rechts in der Tiefe eine schmale Treppe zum Bodenraum führte und links ein türartiger Durchbruch die Mauer nach der Küche öffnete, zeigte der vordere Raum zwei sich gerade gegenüberstehende Türen. Die Stube zur Linken sagte dem ersten Blick,

daß der Besitzer des Hauses Bildschnitzer war; die hier und dort umherliegenden oder in Ordnung aufgeschichteten Holzstücke, die sich durch ihre Form als vorbereitetes Material für Kruzifixe zu erkennen gaben, ließen noch im besonderen darauf schließen, daß Paulus Lohner, von seinen Bekannten kurzweg Pauli genannt, zu jenen Bildschnitzern gehörte, die dem Sprachgebrauch seiner Heimat zufolge den Namen »Hergottschnitzer« führen. Der Raum diente allem Anschein nach zugleich als Wohnstube und Werkstätte. Etwas Besonderes war an ihm nicht zu finden: ein Zimmer, das gerade seinem Zweck diente, wie jedes andere gleicher Art in den anderen Häusern des Dorfes. Weißgetünchte Wände, daran verblaßte Photographien, meist Soldatenporträts oder Kostümbilder der letzten Passionsspiele, Darstellungen aus dem Leben des zum Schutzpatron gewählten Heiligen, das mit dünnen Goldleisten umrahmte Aufnahmedekret irgendeines Bewohners dieses Hauses in irgendwelchen religiösen Verein, das Kruzifix im Herrgottswinkel mit den melancholisch überhängenden Palmzweigen, dann der übliche Kachelofen in der einen Ecke, in der anderen der massive eichene Tisch vor den in die Wand eingelassenen Bänken, ein Kasten mit schrankartigem Aufsatz und schließlich an der langen Fensterseite die Hobelbank mit den verschiedenen Werkzeugkästen darüber.

Die Stube mußte erst kurz aufgeräumt worden sein, denn neben der offenen Tür lagen noch die zusammengekehrten Holzspäne, und an der Wand lehnte der benützte Besen. Ein sichtlich in Eile abgeworfener blauleinener Arbeitsschurz lag auf der säuberlich in Ordnung gebrachten Hobelbank, neben ihm ein neues Kruzifix oder, um die Sprache des Landes zu reden, ein neuer Herrgott: das Kreuzholz schwarz bemalt, darauf der weiße, geschnitzte Christus und ihm zu Füßen die Statuette der klagenden Maria. Es war eine schöne, sorgfältig ausgeführte Arbeit, die dem Kenner um so mehr auffallen mußte, als die Maria nicht nach der gebräuchlichen Schablone mit gefalteten oder mit auf die Brust gepreßten Händen dargestellt war, sondern mit Armen, die sich wie zur lauten Klage gen Himmel hoben.

Eben fing die aus den Wolken blinzelnde Sonne an, die Wände leicht zu röten, als durch die Tür ein junger Bursche trat, der zwischen fünfundzwanzig und dreißig Jahren stehen mochte. Es war Pauli. Er trug weder Rock noch Weste und hatte die Ärmel seines Hemdes bis

über die Ellbogen aufgestülpt. Mit einer kurzstieligen Blechschaufel faßte er die Holzspäne vom Boden auf und verschwand durch die Tür, um wenige Sekunden später wieder zu erscheinen.
Er zog die Hemdärmel nieder, trat vor die Hobelbank und musterte sein jüngstes Werk noch einmal prüfenden Blickes, während er die beiden Hände langsam über die Hüften wischte. Er war eine wohlgeformte, sehnige Gestalt; doch zeigte der Rücken eine kleine Krümmung, die entweder die Folge des vielen Sitzens bei der Arbeit war oder vielleicht nur nachlässige Haltung; auch der Hals schien etwas nach vorn gestreckt, wie man das bei Leuten sieht, die über mancherlei nachdenken und dabei immer zur Erde blicken. Paulis Gesicht war nicht gerade gewöhnlich, jedenfalls hatte es aber auch nichts Außergewöhnliches an sich. Es war eines von jenen Gesichtern, von denen man sagen kann, sie sind hübsch – vorausgesetzt, daß man es mit dem Begriff dieses Wortes nicht allzu strenge nimmt. Das einzige, was man wirklich an ihm schön nennen mußte, war sein Blick. Wie ein leichter Flor von Schwermut lag es über diesen dunklen Augen, und dennoch ungetrübt sprach aus ihnen jede gewinnende Eigenschaft eines guten Menschen.
Pauli legte das Kruzifix, das er zur besseren Betrachtung aufgenommen hatte, beiseite, zog die Schublade aus einem der Werkzeugkästen und nahm zwei Figürchen hervor, die allem Anschein nach mißlungene oder wenigstens unvollendete Probestücke der auf dem Kreuz befestigten Marienstatuette waren. Dann griff er nach einem Schnitzmesser, änderte mit ein paar sicheren Schnitten den Gesichtsausdruck der beiden Figürchen, der mit dem der Maria auf dem Kreuze ein und derselbe war, und stellte sie dann auf die vorderen Gesimsecken des neben dem Ofen stehenden Schrankes. Dann wandte er sich hastig ab, nahm einen leichten, nicht mehr neuen Kittel vom Türnagel, zog ihn an und drückte einen kleinen, dunkelgrünen, mit einer Weihenfeder geschmückten Filzhut auf das krause, braune Haar. Vorsichtig wickelte er das Kruzifix in einen großen Bogen Packpapier, das allem Anschein nach schon öfters ähnlichen Zwecken hatte dienen müsse, nahm das Paket sachte auf den Arm und verließ das Haus.
Man kommt nicht so schnell von einem Ende des Dorfes zum anderen, wenn man bei allen Leuten beliebt ist. Und Pauli war beliebt. Bald wurde er von einem Freund auf dem Wege angehalten, bald klang ihm ein Gruß aus einem Fenster, da gab es zu fragen nach

seinem Befinden, nach dem Wohlsein der Mutter, nach dem Ziel seines Ausgangs, und weiß der Himmel, womit sonst noch freundliche Neugier seine Schritte hinderte. Als Pauli bei der Kirche um die Ecke bog und sich dem Forsthaus näherte, sah er den Förster auf der Freitreppe stehen, die zu der hochgelegenen Haustür führte. Er bot ihm einen freundlichen Gruß.
»Wohin denn, Pauli?« rief der Förster.
»Nach Graswang.«
»Was! Bei so eim Wetter?«
»No, wann's auch ein bißl tröpfelt, was liegt dran? Durch d' Haut eini hat's dengerst noch keim g'regnet!«
Der Förster lachte. »Ja, ja, 's Wirtslonerl is ein saubers Madl! Der zlieb leidt's schon eine verregnete Joppen!«
Ein dunkles Rot flog über Paulis Wangen.
»Na, na«, sagte er schüchtern, »ich geh grad in Gschäften nach Graswang. Der Wirt hat schon lang ein' neuen Herrgott bei mir bstellt ghabt, und jetzt hab ich ihn halt fertiggmacht und trag ihn nüber.«
»So, so?« Der Förster schmunzelte. »Was is, kommst morgen Sonntag zu mir ein bißl in Heimgarten? Hast dich in der letzten Zeit recht rar gemacht!«
»Müssen S' mirs's halt net verübeln, daß mich d'Arbeit net hat abkommen lassen, und ...« Pauli machte eine Pause und blickte etwas verlegen zum Förster hinauf ... »und wenn ich morgen net komm, dürfen S' halt auch net bös sein.« Hastig sprach er weiter, als wollte er irgendeinem Einwande des Försters zuvorkommen: »Wissen S', der Huberbauer von Graswang will Schnitzereien in die drübere Kirche stiften, und der Herr Maler Baumiller ... Ihr kennts ihn ja auch ... hat halt mich dazu rekomadiert, daß ich die Arbeit kriegt hab. Jetzt geh ich halt auf sechs oder acht Wochen nüber und mach die Gschicht.«
»Ja, was d' net sagst! Hast schon ein Loschi drüben?«
»Der Huberbauer hat mir sein Austraghäusl überlassen. Zwei ganz nette Stüberln sind drin. Heut fruh hab ich schon 's Notwendigste nüberbracht ... und d' Mutter, die z'morgens nach Ettal wallfahrten is, geht am Heimweg nüber und richt mir mein Sach ein bißl zamm.«
»Du sagst ja das alles mit eim Gsicht«, gab der Förster lachend zur Antwort, »als ob dir der Weg nach Graswang und das lange Bleiben

in der Nähe von der Loni schon so zwider wär wie eim faulen Knecht d'Arbeit!«

Pauli zog die Brauen zusammen. »Müssen S' net spotten, Herr Förster! Ihnen bringt's kein Nutzen, und mir tut's net wohl.«

»No, no, no«, begütigte der Förster, »so schiech war's net gmeint. Drum sei gut und mach kein so zwiders Gsicht. So was können d' Leut in Graswang auch net leiden. Und jetzt b'hüt dich Gott und geh, sonst kriegen wir am End gar noch Streit miteinand.«

»Jetzt, das glaub ich doch net!« meinte Pauli, zog mit freundlichem Gruß den Hut und schritt seines Weges weiter.

Auf dem einen Arm das Paket mit dem Kruzifix, den andern Arm mit dem Daumen in das Querband des Hosenträgers eingehakt und den Blick zur Erde gerichtet, so ging er die Straße dahin, ohne Sinn und Auge zu haben für die stille, trotz des trüben Abends immer noch mannigfaltige Schönheit der Landschaft, die ihm zu beiden Seiten langsam vorüberzog. Er glich einem Menschen, dem die Einsamkeit Bedürfnis und Wohltat ist, weil sie ihm gestattet, alle Gedankenarbeit, bei der das Herz dazwischen spricht, in Muße nachzuholen, nachdem die schwere, andauernde Arbeit des Tages sie für Stunden zurückdrängte. Und Pauli hatte so manches in Kopf und Herz, was die Zeit seiner Abende und vielleicht auch mancher Nacht in Anspruch nahm, ohne daß er damit zu Ende oder nur zur Ruhe kommen wollte.

2

Es war ein kleines Haus, das Austraghäusl des Huberbauern, darin der Pauli wohnen sollte; aber freundlich sah es aus, und die alte Traudl, Paulis Mutter, hatte seit Mittag alles Mögliche getan, um das eine der beiden Stübchen nach besten Kräften wohnlich zu machen, während die Umgestaltung des anderen zur provisorischen Werkstätte noch auf Pauli wartete.

Mit der Einrichtung sah es freilich ein wenig mager aus; ein Bett, ein Tisch und dahinter eine schon baufällige, mit abgesessenen Lederpolstern belegte Bank, zum Überfluß ein Stuhl, über dem Tisch in der Ecke der Herrgott und das Weihbrunnkesselchen neben der Türe. Und doch machte das Stübchen einen angenehmen Eindruck; es war zu eng und zu klein, um die Dürftigkeit der Einrichtung auffallen zu lassen. Unter den Armen des Herrgotts guckten zwei große Waldblumensträuße hervor, die Traudl auf dem Weg von Ettal her zusammengelesen hatte; in den kleinen Fensternischen standen ein paar blühende Nelkenstöcke, die der Huberbäuerin abgebettelt worden waren, und nun sollten gar noch weiße, säuberlich gefältelte Vorhänge den Schmuck des Stübchens vollenden. Das eine der beiden Fenster war bereits mit dieser Zier angetan, und das andere sollte sie eben aus der Hand der alten Traudl empfangen, die beim Fenster auf einem Sessel stand, um die Nägel für die dünne, eiserne Vorhangstange in die Wand einzuschlagen. Wie Traudl so da oben stand und sich schnaufend streckte, um die für den Nagel bestimmte Stelle zu erreichen, das war ein drolliges Bild. Der halbe Sonntagsstaat, den sie der Wallfahrt wegen trug, mit seiner hochgesetzten Taille, mit den dickwattierten Schultern des nur schüchtern über das seidene Umschlagtuch vorguckenden Leibchens und all das andere Drum und Dran kontrastierte seltsam mit der groben, blauen Leinenschürze, die sie der Werkzeugkiste Paulis entnommen und zum Schutz ihrer Kleider umgebunden hatte. Über dieser Figur saß das kleine bewegliche Köpfchen mit einem Gesicht, in dessen vielen Falten sich Ernst und Gutmütigkeit friedsam berührten und das umrahmt war von grauen Haaren, die glatt an die Schläfe angescheitelt lagen und am Hinterkopfe sich zu einem etwas konfusen Knoten zusammenwirbelten. Die hohe, braunhaarige Bibermütze, die diesen wirren, für die Augen der Welt nicht berechneten Teil der Frisur außer Hause zu verhüllen pflegte, lag auf dem Tisch, und um dieses kostbare Utensil vor Staub zu schützen, war es sorgsam mit einem weißen Taschentuche zugedeckt.

»Sakrafix!« klang plötzlich die Stimme der Alten mit einem halblauten Aufschrei, und ihr linker Daumen, der von einem unvorsichtigen Hammerschlag leicht getroffen war, fuhr hurtig nach dem Munde.

»Ja, was machst denn, Traudl?« rief es durch die geöffnete Tür. »Auf den Nagel mußt schlagen und net auf deine Finger!«

»Jetzt, wenn das net der Lehnl is, nachher will ich am Karfreitag Kirchweih feiern!« lachte Traudl, während sie mit ein paar Hammerschlägen den Nagel vollends befestigte. Dann ließ sie den Hammer sinken und drehte sich zur Tür. »No freilich!«

Auf der Schwelle stand ein alter Mann, dessen weißes Haar darauf schließen ließ, daß er wohl schon die Sechzig auf dem Rücken haben mochte. Mit der einen Hand in der Hosentasche und die andere an der Pfeife, die zwischen seinen Zähnen hing, so stand er da, und mit den Augen, um die ein leiser Zug von spottender Überlegenheit spielte, zwinkerte er der Alten zu, die ihn schon lange kannte und ihm ebenso gut und gewogen war wie das ganze Dorf.

Ungefähr vor zwanzig Jahren war er nach Graswang gekommen, aus Tirol her, wo er ›Pechler‹ gewesen, und hatte sich die Zeit über so leidlich fortgebracht, indem er sich bei den Bauern auf Taglohn verdingte. Nun aber, da die Arbeitskraft seiner alternden Glieder schon ziemlich nachgelassen hatte, erhielt er von der Gemeinde eine jährliche Unterstützung und war vom Wirte eigentlich mehr als Pfründner ins Haus denn in Dienst genommen worden. Da machte er sich durch kleine Verrichtungen nützlich, durch seinen Humor beliebt und erwies sich dankbar durch Anhänglichkeit an das Haus seines Wohltäters. Besonders an Loni, an der Adoptivtochter des Wirtes, hing Lehnl mit einer zärtlich treuen Zuneigung.

»No freilich!« hatte Traudl gesagt, als sie des Alten ansichtig gewor-

den. »Wie man ein Vögerl am Gsang kennt, so kennt man dich an der Red. Da gibt's allweil ein Gspaß oder ein Spott!«
Lehnl nahm das lächelnd hin, trat zu der Alten und war ihr behilflich, das Stübchen vollends in Ordnung zu bringen. Dabei wurde von allerlei gesprochen, die Dorfneuigkeiten der letzten vierzehn Tage wurden durchgehechelt, und als man auf den Maler Baumiller zu sprechen kam, floß Traudl über vom Lob dieses Mannes, der ihrem Pauli den Auftrag des Huberbauern mit dem schönen Verdienste verschafft hatte.
»Ja, ja, er is ein herzensguter Mann, der Herr Fritz«, stimmte Lehnl bei, »und fürs Dorf wie 's reinste Fruhjahrsschwalberl! Kaum daß die ersten Blattln rausschauen, fliegt er schon eini ... und so seit zwanzig Jahr!«
»Es kennt ihn aber auch alles, und jedes hat ihn gern.«
»Das macht, weil er mit die Bauern umgehn kann, als ob er selber einer wär. Und reden tut er grad wie unsereins.«
»Denk dir nur, Lehnl«, dabei stieg die Traudl vorsichtig vom Stuhl herab und säuberte die Hände an der Schürze, »was er neulich meim Pauli für ein Antrag gmacht hat. Der Bub hätt arg viel Talent, hat er gsagt, zu eim Bildhauer, und er nähmet den Pauli mit eini in d' Stadt und ließet ihn ausbilden auf der Akademie. Aber meinst, der Bub ging? Net um alles in der Welt. Und wirst dir wohl auch denken können, was ihn zruckhalt!«
»Ja, ja! 's Lonerl, gelt?« Lehnl schmunzelte.
»Es is ja zum Narrischwerden mit dem Buben!« seufzte Traudl. »Wann er nur wenigstens was davon hätt! Und der Herr Fritz meinet's so gut mit ihm. Der war fein heut auch in Ettal drüben. Ich hab ihn in der Kirchen drin gsehn.«
»Hätt eher denkt, im Wirtshaus.«
»Was tät denn ich im Wirtshaus?« fuhr Traudl ganz entrüstet auf. »Und bei einer Wallfahrt gar!«
»Mein Gott, was halt ander Leut auch drin tun: essen, trinken und recht gscheit reden.«
Eben schickte sich Traudl zu einer geharnischten Erwiderung an, als die Türe sich öffnete und Pauli eintrat, seinen wohlverpackten Herrgott auf dem Arm. Herzlich begrüßte er die Mutter und freundlich den Alten, der sich's inzwischen hinter dem Tisch bequem gemacht hatte.
»Aber grad schön hast mir das Stüberl hergricht!« sagte Pauli zu

Traudl, während er Hut und Paket ablegte. »Bist denn schon lang von Ettal zruck, daß alles hast so machen können?«
»Mein Gott, seit Mittag halt!«
»Wie is dir denn z'Ettal gangen? Hast nachher für mich auch betet, Mutterl?«
»Für was geh ich denn wallfahrten«, murrte die Alte mit halbem Ernst, »für was denn, als daß du einmal gscheit werden sollst.«
»Ja bin ich denn dumm?« fragte Pauli lächelnd.
»No ... mit deiner dalketen Lieb, das wird wohl net gscheit sein? So eine Narretei, die kein Heimat hat und kein Absehn. Wie oft net hat dir d' Loni schon zeigt, daß s' dir nix will, und doch gehst allweil wieder hin und schmachtest 's Madl an wie ein Lampl 's neue Stadttor.«
»Schau, Mutterl, da verstehst du nix davon!« lautete Paulis ruhige Antwort.
»Wär net aus!« fuhr Traudl auf und schlug in komischem Entsetzen die Hände zusammen. »Und wann ich auch wirklich jetzt nix mehr davon verstünd, so hab ich doch einmal was davon verstanden. Sonst wärst du net da! Und das wird jetzt noch grad so sein wie zu meiner Zeit. Da wird wohl der Teufel net auch sein Fortschritt einibracht haben!«
Traudl hatte sich in ernste Hitze hineingeredet, so daß Pauli es für geraten fand, ein wenig einzulenken. »Geh, Mutterl, mußt dich net ereifern!« sagte er und nahm schmeichelnd ihren Kopf zwischen beide Hände. »Ich weiß ja, daß du's richtig meinst mit mir. Und dein Beten wird wohl für was gut gwesen sein.«
»Das will ich hoffen!« Traudl war besänftigt, und um ihre Augen spielten wieder die Fältchen ihres gewohnten, freundlichen Lächelns. »Brauchst aber net z'glauben, daß ich grad für dich allein betet hab. Wann ich einmal nach Ettal geh, so hab ich gar viel am Herzen, ja! Da bet ich für die Armen und Unglücklichen ... «
»Vergelt dir's Gott!« brummte Lehnl.
»Was denn?« fragte Traudl erstaunt.
»Daß du auch an mich denkt hast.«
»An dich? Ja, ghörst denn du zu die Unglücklichen?«
»Ich werd wohl dazu ghören, wann ich die ganze Zeit dein dalkets Geschwätz anhören muß.« Lehnls Gesicht wurde ernst und sein Ton hart. »Wie kann man nur an den eigenen leiblichen Sohn so ungeschickt hinreden. Kannst es ihm denn verargen, wenn er ins

Madl verschossen is? Schau's nur grad an, wenn sie 's Köpferl so aufwirft und so lieb dreinschaut mit ihre Haselnußaugen, da meinst völlig, 's Hirn wird dir siedet. Dabei hat s' ein seelenguts Herz und is lieb und freundlich zu jedem Menschen ... mit einer einzigen Ausnahm vielleicht.«

Lehnl schwieg, und ungeduldig trippelte Traudl von einem Fenster zum andern, zupfte an den Vorhängen und verzog die Mundwinkel. »No ja!« brummte sie. »Aber sagen braucht man's net, am allerwenigsten vor meim Pauli! Da käm's am End so raus, als ob er mit seiner Dummheit im Recht wär. Und das geht ja doch net an.«

Während dieser Reden saß Pauli am Tisch mit einer Miene, als ob die Sache weiß Gott wen anginge, nur ihn nicht. Doch seine ruhelosen Finger, die an dem Umschlagpapier des neuen Herrgotts erregt umherknitterten, ließen vermuten, daß die gehörten Worte tiefer bei ihm gingen, als es, oberflächlich betrachtet, den Anschein hatte. Kaum war das letzte Wort aus Traudls Munde, so stand er auf, nahm sein Schnitzwerk unter den Arm, den Hut in die Hand und sagte: »Ich meinet, es wär an der Zeit, daß ich dem Wirt sein Herrgott nüber trag. Könnt sonst leicht noch was passieren dran. Und wenn ich dir gut raten kann, Mutterl, so gehst mit und trinkst eine Maß Bier mit mir. Der Weg von Ettal daher und die Plag mit meim Stüberl wird dich wohl durstig gmacht haben. Und ein bißl Stärkung für 'n Heimweg brauchst auch!«

Traudl brummte was vor sich hin, setzte ihre Pelzhaube auf und griff nach Gebetbuch und Regenschirm, ihren beiden Wallfahrtsinsignien. Auch Lehnl erhob sich langsam, stopfte mit dem Daumen in seiner Pfeife die Asche nieder und sagte zu Pauli: »No, der Weg von deim Häusl ins Wirtshaus macht dich auch net müd. Fünf Schritt über d' Straß nüber, und drin bist. Der Huberbauer hätt dir net kamoder herbauen können!«

»Meinst?« Das war Paulis ganze Antwort. Er trat unter die Tür, die seine Mutter offen gelassen hatte, hielt die Klinke in der Hand und rief dem langsamen Lehnl zu: »Mach, geh weiter!« Dann schloß er Stuben- und Haustüre und folgte den beiden anderen über die Straße ins Wirtshaus.

Es ging da ziemlich ruhig zu. Außer zwei Handwerksburschen, die am Tische neben der Türe schweigend ihren Bittern tranken, war Anton Höflmeier der einzige Gast seines eigenen Wirtshauses. Der grauköpfige Alte saß am Fenster, eine dicke Hornbrille auf der

Nase, und war eifrig bemüht, die Lektüre seiner Zeitung noch zu Ende zu bringen, bevor die allmählich anbrechende Dämmerung ihm das Lesen verbieten würde. Als er die Türe gehen hörte, hob er kaum den Kopf, knurrte nur ein halbverständliches »Gutten Abend!« und las eifrig weiter. Erst als ihm Pauli zurief: »Du Wirt, da bring ich dir dein Herrgott«, blickte er auf, schielte über seine Brille weg auf die Ankömmlinge, legte, als er sie erkannte, Glas und Zeitung beiseite und sagte: »Ah, das laß ich mir gfallen, daß du so bald Wort haltst. Ich sag's halt allweil, auf den Pauli kannst dich verlassen. Und d'Mutter bringst auch gleich mit!«
Die Alte ergriff die Hand des Wirtes. »Hast schon recht, daß mir so ein freundlichen Gruß bietest. Könnt leicht sein, daß ich mir ihn heut in Ettal verdient hab mit eim halben Rosenkranz, den ich für deine schwarze Wirtsseel betet hab.«
Der Wirt lachte, denn er wußte, wie das gemeint war, und wandte sich zu Pauli, der inzwischen seinen Herrgott ausgepackt hatte.
Schon beim ersten Blick auf das Schnitzwerk nickte der Wirt befriedigt vor sich hin. Er nahm den Herrgott in Empfang, wandte ihn betrachtend ein paarmal hin und her und sagte: »Schön hast dein Sach wieder gmacht! Bin recht zfrieden! Und was is nachher meine Schuldigkeit?«
»Das steht bei dir!« gab Pauli zur Antwort. »Zahl, was du magst! Und wenn gar nix hergibst, nachher is auch recht!«
»Jetzt, das gibt's net!« meinte der Wirt. »Da setz dich nieder! Das andere werden wir nachher schon kriegen. He! Resl! Wo steckt denn das Madl wieder?«
Die Tür, die nach der Küche führte, wurde heftig aufgerissen, und die Kellnerin fuhr in die Stube: »Wo brennt's denn? Da möcht man schon glauben, d' Stuben wär voller Leut.«
»Dem Pauli schenk ein!«
Das Mädchen ging zum Schänkkasten, nahm einen Krug heraus und brummte: »Das hätt doch net so pressiert. Es is noch niemand verdurst bei uns!«
»Sei net so gschnappig«, rief ihr der Wirt nach, als sie der Türe zuging, »und tu, was ich dir sag!«
»Halt, Resl! Bring mir auch gleich eine Halbe mit!« erklang vom Hausflur her eine tiefe Baßstimme, und der dem sie gehörte, erschien auch gleich darauf unter der Tür: eine gedrungene, fast ans Korpulente streifende Figur, angetan mit grauen Hosen und einer

dicken Lodenjoppe, deren einst grüner Besatz sich in der Farbe bereits einem zweifelhaften Gelb näherte. Vom Gesicht sah man nur die breite Stirn, eine knollige, rötlich angestrahlte Nase und zwei kleine freundliche, von buschigen Brauen überschattete Augen, während die ganze untere Hälfte des Gesichtes von einem dichten, bräunlichroten Bart verhüllt war, der fast bis zur Mitte der Brust herabreichte. Von etwas dunklerer Farbe als der Bart war das kurzgeschorene, struppig abstehende Kopfhaar. In der einen Hand hielt der Eintretende den breitkrempigen Filzhut und in der andern Hand einen Pack mit allen jenen Dingen, die zur Ausrüstung eines Malers in der Sommerfrische gehören. Dieser Mann war Fritz Baumiller, Landschaftsmaler aus München, dort geboren, gebildet und fünfzig Jahre alt geworden, seit mehr als zwanzig Jahren ständiger Sommergast des Ammertales, der Protektor von Paulis Talent.
Er begrüßte die Anwesenden, besonders herzlich seinen Liebling, den Herrgottschnitzer, legte seine Sachen ab und nahm am gleichen Tisch Platz, an dem Pauli mit seiner Mutter saß. Resl trat ein und brachte ihm sein Stammkrügl.
»Tu mir Bescheid, Resl!« sagte Baumiller, der sich eben eine Zigarre anzündete. Das Mädchen nippte und setzte den Krug mit einem gewohnheitsmäßigen »Gsegn's Gott!« wieder nieder. Dann schob es dem Herrgottschnitzer mit einem kräftigen Ruck den andern Krug über den Tisch zu: »Da ... du ... hast dein Bier!«
»Wie steht's nachher mit dem Essen, Madl?« fragte der Maler. »Ich hab ein kannibalischen Hunger.«
»Moosschnepfen sind da, d' Loni macht s' grad z'recht. Wann s' fertig sind, bring ich s', gelt!« Dabei klopfte das Mädchen dem Maler auf die breite Schulter, mit einer Gönnermiene, als hätte sie Königreiche zu vergeben.
Resl ging, und Baumiller wandte sich zu Pauli: »Du, Pauli, demnächst mußt du mich am Sonnenberg naufführen. Das is der einzige Punkt in der Gegend, von wo ich noch net runtergschaut hab.«
»Wissen S' was«, gab Pauli zur Antwort, »Sie haben doch allweil Zeit, gehen wir gleich übermorgen! Übermorgen is Sonntag, und da kann ich morgen mein Häusl vollends zammrichten und nachher am Montag mit dem Huberbauer seiner Arbeit anfangen. Mein Herrgott hab ich auch fertig, und so können S' mich jede Stund haben.«
»Is recht. Also übermorgen! Aber ... wo is denn der neue Herrgott?«

Geschäftig holte der Wirt das Kruzifix herbei. Je länger es der Maler betrachtete, um so mehr wuchsen auch seine Freude und sein Erstaunen. »Das hast du gmacht, Pauli?« rief er endlich aus. »Es is fast net zum glauben! Sag einmal, Bub, wo hast denn du das her?«
Als Baumiller das Kruzifix in die Hand genommen hatte, war Lehnl aus der Küche in die Stube getreten, mit einem halben Dutzend Fliegenruten in der Hand, die er in die Fensternischen verteilte.
»Er is doch ein Ammergauer«, warf er auf den Ausruf des Malers ein, »und in Ammergau kommen die Buben schon als Herrgottschnitzer auf d' Welt.«
»Sünd und schad is«, predigte Baumiller, »Sünd und schad, wenn du mir net folgst und mit mir net in d' Stadt gehst, um dich ausbilden z'lassen! Schau nur einer die Stellung von der Muttergottes an! Wie schön und sauber die Armerln gmacht sind ... ein völliges Rätsel, wie du das anstellst!«
»No, ein Rätsel is das grad net!« sagte Pauli, der eines von Baumillers Skizzenbüchern ergriffen hatte und darin blätterte. »Haben S' net allweil gsagt, ich soll mich fleißig üben? Ich hab lang gnug dran rumprobiert, bis ich's so zammbracht hab.«
»Aber du mußt doch ein Modell, ein Vorbild ghabt haben!« wandte der Maler ein.
»Ein Vorbild? Du mein, ich hab mir halt d' Loni vorgstellt, wie s' so dasteht und mit zwei Händ den Millikübel am Kopf hebt.«
»So, nach dem Modell arbeitest du?« lachte Baumiller. »Drum hast du auch das Gsichtl so fein rausgschnitten.«
Lehnl guckte dem Maler über die Schulter. »Meiner Seel!« Der Alte war seltsam erregt. »Das is ja d'Loni, wie s' leibt und lebt.«
»Weiß Gott, Lehnl, du hast recht!« Dabei rannte der Maler mit langen Schritten zur Küchentüre und rief hinaus: »Loni, Loni, komm eini gschwind!«
»Seids so gut, machts mir mein Madl auch noch rebellisch!« polterte der Wirt.
Man hörte von draußen ein Rasseln, wie wenn ein eisernes Geschirr über die Feuerringe eines Herdes gezogen wird; leichte, schnelle Tritte näherten sich über die Steinplatten – und unter die von Baumiller geöffnete Tür trat ein junges Mädchen von etwa dreiundzwanzig Jahren – die Loni.
Man sah ihr an, daß sie vom Herde kam, denn sie trug eine breite, blaue Küchenschürze umgebunden, deren rechter Zipfel an der Seite

aufgesteckt war, wodurch das kurze Röcklein sichtbar wurde; das war vom gleichen Stoff wie das weiß und rot karierte Leibchen, das sich, die volle Brust eng umspannend, über das kurze schwarze Miederchen hervorhob. An den Händen mochte das Mädchen wohl noch die Spuren der eben verlassenen Beschäftigung tragen, denn sie hielt die nackten runden Arme mit den fast kokett gespreizten Fingern seitab vom Leibe. Eine weiche, ebenmäßige, für ein Bauernmädchen überraschend zierliche Gestalt! Aus den Schultern hob sie ein Köpfchen, das leicht zur Seite geneigt war unter der Last der dicken, braunen Flechten, die es umwanden. Die Hitze des Herdes hatte eine dunkle Röte über das reizende Gesicht gehaucht, aus dem zwei glänzende, braune Augen lachten, von dichten Wimpern umrahmt und überspannt von feinen, fast schwarzen Brauen, zwischen denen auf der Stirn ein kleiner, senkrechter Faltenzug sichtbar wurde, der zu diesem frischen, lebensfrohen Antlitz wenig passen wollte.
»Was gibt's?« rief Loni dem Maler zu. »Die Schnepfen sind noch net fertig.«
»Die pressieren auch net! Aber da geh einmal her! Geh nur her!« Dabei faßte er Loni, die ganz verwundert dreinschaute und mit der Schürze die Hände trocknete, beim Arm und zog sie nach der Mitte der Stube.
»Was wollts denn?« fragte das Mädchen, indem es widerstrebend folgte.
»So geh nur grad her und paß auf!« Dabei postierte der Maler Loni vor einem Tisch und ließ sie die Arme erheben in gleicher Art wie die Maria unter dem Kreuze. Loni, die nicht wußte, wo das hinaus sollte, wollte eine Einwendung machen und die Arme sinken lassen.
»Ob du gleich stehenbleibst!« fuhr sie der Maler an, trat einige Schritte zurück und blickte mit lebhaftem Erstaunen vom Schnitzwerk auf das Mädchen und vom Mädchen wieder auf das Schnitzwerk.
Lehnl stand neben Baumiller, und mit leuchtenden Augen schaute er auf Loni. »Wie gsagt, die ganze Muttergottes, auf und nieder!«
»Aber ... wie kann man denn so ein Vergleich anstellen!« zürnte Loni und ließ die Arme sinken.
»Sakra, so bleib doch!« rief Baumiller.
»Ich mag net, das is mir z'dumm!«
»No, so schau einmal selber!« Der Maler hielt dem Mädchen das

Kruzifix entgegen. »Schau nur grad das Gsichtl von der Muttergottes an!«
Loni, die Hände hinter dem Rücken, betrachtete die Schnitzerei. Mit dem ersten Blick erkannte sie die Ähnlichkeit, und ein spöttisches Lächeln huschte um ihre Mundwinkel, während sie zu Pauli hinüberschielte. Dann warf sie die Lippen auf, schaute dem Maler ins Gesicht und fragte mit einem geringschätzenden Tone, der wie ein Messer in Paulis Herz schnitt: »Wer hat denn das gmacht?«
»Wie magst noch fragen?« lautete die etwas ärgerliche Antwort des Malers. »Is denn im ganzen Gebirg einer, der so was fertigbrächt, wenn net der Pauli?«
»Eigentlich hätt ich mir denken können, daß sonst keim so was Dummes einfallt!«
Pauli wurde blaß und rot. Wenn ihm aber auch die Erregung vom Gesichte abzulesen war, so merkte man doch nichts davon in seiner Stimme und in seinen Worten. »No, no ... das wird doch wohl kein Unglück sein! Ich hab mir halt denkt ... «
»Weißt, was ich mir denk?« unterbrach ihn das Mädchen heftig. »Es könnt dir was Gscheiteres in Sinn kommen, als daß du allweil mich drin hast ... ich brauch mich net von dir ausschnitzeln z'lassen!« Dabei drehte sie ihm den Rücken, schritt auf den Schänkkasten zu und kniete nieder, um aus einem der unteren Fächer ein paar Teller hervorzunehmen.
»Wann ich gwußt hätt, daß dir's net recht wär«, rief ihr Pauli nach, »oder wann ich mir hätt denken können, daß dich die Sach gar so viel verschmachen tät, nachher hätt ich's eh net angfangt. Geh zu, Wirt, schieb halt den Herrgott in Ofen eini ... ich mach dir ein andern!«
»Was dir net einfallt!« lautete die brummige Antwort des Wirtes. »Der Herrgott kommt da ins Eck nauf, und sonst kein anderer!«
»Das will ich auch hoffen«, warf Baumiller ein, »denn der Christus da, das ist ein Meisterstück von Schnitzerei!«
Loni erhob sich und stieß die Teller auf die Platte des Schänkkastens, daß es klirrte. »Ein Meisterstück! Daß ich net lach!«
Pauli hatte sich wieder zu seiner Mutter, die schweigend, aber mit unverhehltem Ärger diese ganze Szene angehört, an den Tisch gesetzt, der neben dem Schänkkasten stand. Nun neigte er sich über die Banklehne gegen das Mädchen und sagte: »Wenn schon dein Übermut auslassen willst an mir, so tu's in Gottes Namen! Aber könnt vielleicht doch einmal eine Zeit kommen, wo's dich reut!«

»Da müßtest du z'erst ein anders Mannsbild werden. Sonst erlebst es schwerlich!«
»Müßts ihr zwei jetzt allweil wie Hund und Katz sein?« fuhr der Wirt dazwischen.
»Jetzt, ich beiß doch gwiß net!« meinte Pauli mit bitterm Lächeln. Loni lachte hell auf. »Das muß wahr sein, denn zum Beißen ghört vor allem ein bißl Schneid ... und das Wörtl steht in deim Katechismus net!« Mit energischem Ruck zog sie die Teller vom Schänkkasten und wandte sich zu Baumiller. »Gehn S' zu, Herr Fritz, kommen S' zu mir naus in die Kuchl ... Ihnen Ihr Essen könnt leicht ein faden Beigschmack kriegen, wenn ich's da einitraget.« Sie ging zur Tür. Und kopfschüttelnd folgte ihr der Maler. Bevor er die Stube verließ, rief er Pauli noch zu: »Gelt, vergiß net, daß mich übermorgen früh abholst zu unserer Partie auf den Sonnenberg!«
Pauli hatte keine Antwort mehr; er nickte nur. Und Traudl griff nach Gebetbuch und Regenschirm. »Es is ein Glück, wann wieder einmal auf ein Berg auffikommst! Nachher kriegst doch wieder ein andern Gedanken. Der ewige Daunderlaun führt doch zu nix. Hint und vorn halt dich 's Madl für ein Narren und macht dich spöttisch vor alle Leut.« Die Alte stand auf und strich Rock und Schürze glatt.
»Sie meint's net so!« sagte Pauli begütigend.
»Jesses! Jesses!« Klatschend flog das Gebetbuch auf den Tisch, um sofort von Traudl mit heiliger Scheu wieder aufgenommen und zur Sühne für diese Unbill an die Lippen gedrückt zu werden. »Sie meint's net so! Da möcht ich mich doch gleich bucklert lachen! Is dir das noch net gnug?« Zu besserem Nachdruck stieß sie ihrem Sohn bei jedem betonten Wort den Knauf des Regenschirms gegen die Schulter. »Willst noch mehr Schand und Spott auf dich bringen? Wenn du gscheit bist, so gehst jetzt mit mir und laßt den Findling gehn, von dem man net einmal weiß, ob er ein Vater oder eine Mutter ghabt hat! Mach zu! Geh weiter!«
Ohne ein Wort der Erwiderung erhob sich Pauli, nahm seinen Hut, nickte dem Lehnl einen kurzen Gruß zu und folgte seiner Mutter. Als er aus dem Flur ins Freie treten wollte, fühlte er sich am Arm zurückgehalten. Es war der alte Lehnl, der ihm ins Ohr flüsterte: »Sie is halt ein Madl! Laß dich's net verdrießen, Pauli!«
»Das wär ein Kunststück, Lehnl!«
»Freilich wohl, aber du bringst es fertig!«
Es war ein fester Händedruck, mit dem die beiden schieden.

3

Spät in der Nacht war Pauli erst zurückgekehrt; bis Ammergau hatte er seiner Mutter das Geleit gegeben und war dann den Rückweg, den man bei gutem Marsch in zwei Stunden zurücklegt, so langsam Schritt für Schritt einhergewandert.

In seiner neuen Wohnung angelangt, hatte er sich müde gefühlt, und dennoch hatte er die ganze Nacht kein Auge schließen können. Vor dem Tag war er schon wieder auf den Beinen gewesen und hatte dann die Morgenstunden mit der Einrichtung seiner Werkstätte verbracht.

Nun war es elf Uhr mittags.

Drüben im Wirtshause stand Loni vor einem Tische, über den der alte Lehnl just ein blaues Tischtuch deckte. Auf dem Arm hielt Loni ein längliches Körbchen, und unmutig warf sie die Messer und Gabeln durcheinander, die es barg, weil sie immer nicht das richtige, das heißt das schlechteste, Paar finden konnte. Denn an dem Tische, der hier gedeckt wurde, und mit dem Bestecke, das Loni suchte, sollte Pauli sein Mittagessen einnehmen. Er hatte sich durch Lehnl, der am Morgen auf ein paar Minuten zu ihm hinübergekommen war, für die folgenden Wochen als Mittagsgast anmelden lassen. So war Loni jetzt beschäftigt, ihm das erste Gedeck zurechtzulegen: einen irdenen Teller, auf der einen Seite einen Blechlöffel und auf der andern Messer und Gabel, eine Mühe, die das Mädchen mit den Worten begleitete: »Das Gschäft freut mich schon recht, ich muß sagen!«

»Ja Lonerl, was machst denn?« rief Lehnl. »Schau nur grad die Gabel an! Die hat ja krumme Zinken.«

»Wann die Gabel dem gnädigen Herrn, der damit essen soll, net recht is, nachher soll er wohin gehen, wo er eine goldene kriegt. Verstanden?«

Lehnl bohrte die Zinken der Gabel in das Tischholz und bog sie gerade. »Ja, ja! Recht nett!« brummte er dazu. »Weil dir dem braven Burschen sein Gsicht net gfallt, jetzt muß am End gar sein armer Magen das entgelten.«

»Sein Gsicht? Der ganze Mensch gfallt mir net!«

»Wenn's schon so is, meinetwegen! Es is aber das noch lang kein Grund, daß man mit eim Menschen so umspringt, wie du mit dem Pauli. Ich sag dir's, Lonerl, du hättst es net tun sollen, daß du ihn gestern so abgschnalzt hast.«

»Ja, aber sag einmal selber . . . «, dabei setzte Loni das Körbchen auf den Tisch und schlug die Hände ineinander, »sag einmal selber! Is das net ein Mannsbild wie von lauter Semmelbrösel? Ein andrer hätt sich halt gwehrt und hätt gsagt: Ich kann meine Muttergottes schnitzen, wie ich mag, und dich geht's nix an. Was hat er aber aussi dalkt? ›Ich mach dir halt ein andern!‹« Es war ein häßlicher Mund, den das Mädchen zog, um diese Worte in möglichst langweiligem Tone vorzubringen. Nun fiel ihre flache Hand schwer auf die Tischplatte nieder. »Is das eine Antwort für ein Mannsbild? Und dann braucht's es halt doch net, daß er grad mich zu so was hernimmt.«

»No wart nur«, drohte Lehnl, »er tut dir schon noch einmal was an! Und schnitzelt dem Teufel seine Großmutter! Und nachher nimmt er auch dich zum Muster!«

Loni trug das Körbchen zum Schänkkasten. Auf halbem Wege blieb sie stehen, wandte den Kopf und sagte, während ein eigentümlich selbstbewußtes Lächeln ihren Mund umspielte: »Na, Lehnl, das tut der Pauli doch net!«

»Meinst leicht, er hat dich alles z'viel gern dazu, gelt?«

»Könnt schon sein!« Im gleichen Augenblick, in dem Loni das sagte, hörte sie Tritte vom Flur. Mit ein paar eiligen Schritten verschwand sie durch die Küchentür.

Pauli trat ein. Er grüßte den alten Lehnl, der ihm forschend ins Gesicht sah, mit einem freundlichen, aber kurzen Wort. Zu einem Gespräch war Pauli nicht sonderlich aufgelegt. Ruhig hörte er die Dinge an, die ihm Lehnl zu erzählen wußte, und beschäftigte sich dabei mit seiner Suppe, die ihm Resl gebracht hatte.

»Je, der Bachbauer!« unterbrach sich Lehnl, der einen Blick durch das Fenster geworfen hatte. »Was will denn der um die jetzige Zeit im Wirtshaus, und gar im Sonntagsstaat? Da muß ja was ganz Bsonders los sein!«

Der Gast trat ein. Vom grünen, mit goldenen Schnüren umwundenen Filzhut bis hinunter zu den Schnallenschuhen war er das Musterbild eines reichen Hofbauern. Unter der Türe blieb er stehen und stieß den Stock auf die Schwelle. »Kreuzsaxen, da herin is ja so stad, als ob eins rausgstorben wär!« Dann trat er in die Stube. »Grüß dich Gott, Pauli! Was hast denn? Machst ja ein Kopf, als ob dir der Bader ein paar gsunde Zähn grissen hätt!«
»Jetzt, so was ließ ich mir halt doch net gfallen!«
»Und du, Lehnl, was treibst denn du allweil?« wandte sich der Bauer an den Alten.
»Fliegen fangen, damit s' kein Bauern stechen!«
»Ein recht mildtätiges Gschäft, muß ich sagen! Aber wo is denn der Höflmeier, der Wirt? Ich hab mit ihm was ins reine z'bringen.«
»Geh nur dort eini ins Nebenstüberl, da is er drin«, gab Lehnl zur Antwort, und der Bachbauer folgte dieser Weisung.
Nachdenklich sah der Alte die Tür an, die sich hinter dem Bauern geschlossen hatte; nun wandte er sich langsam zu Pauli: »Du ... ich glaub, der Bachbauer is auf Bschau da ... wegen seim Muckl und wegen der Loni.«
Pauli erblaßte, und der Krug, den er eben vom Munde nahm, zitterte in seiner Hand, als er ihn auf den Tisch setzte.
Nicht lange währte es, so steckte der Wirt den Kopf zur Türe heraus und rief dem Lehnl zu: »Geh, sag der Loni, sie soll ein bißl da einikommen!«
Mit einem bedeutungsvollen Blick auf Pauli erhob sich der Alte und ging nach der Küche. Als er mit dem Mädchen in die Stube zurückkehrte, schritt Loni mit einem kurzen Gruß an Pauli vorüber.
Vor der Türe zum Nebenstübchen faßte Lehnl das Mädchen am Arm und flüsterte: »Lonerl, ich glaub, der Bachbauer hat um dich anghalten für sein Muckl. Aber ich bitt dich ... tu's net ... tu's net, wann du ihn net magst!«
Loni klopfte dem Alten lächelnd auf die Wange und trat in das Stübchen.
Rasch setzte Lehnl den Fuß an die Schwelle, so daß die Türe sich nicht schließen konnte.
»Was soll's, Vater?« klang Lonis Stimme.
»Bescheid sollst geben, der Rötelbachbauer will dich als Schwieger.«
»Mich?« Und hellauf hörte man das Mädchen lachen.
»Ja ... wenn's dich gar so freut«, fiel der Bachbauer ein, »dann

freut's ja mich auch! Nachher wird's auch weiter kein Anstand haben, und ich frag gleich: Wann is Hochzeit?«
»Ach so ... jetzt hab ich allweil noch gmeint, es is Gspaß. Scheint mir aber nimmer, und drum muß ich wohl auch ernsthaft werden. Also kurz und gut ... Euer Antrag is mir eine große Ehr, und der Muckl is auch ein richtiger Bursch, aber ... heiraten tu ich ihn net.«
Ein vergnügtes Lächeln huschte über Lehnls Gesicht, als er das hörte, und leise schnalzte er mit den Fingern.
Inzwischen saß Pauli regungslos am Tische, starrte, den Kopf in beide Hände gestützt, auf den Teller und ließ das Essen unberührt erkalten.
»Jetzt will ich dir aber was sagen, Madl!« klang die Stimme von Lonis Pflegevater aus der Nebenstube. »Es is net's erstemal, daß du gar so kurz anbunden bist. Das kann net allweil so fortgehn. Eim Antrag wie dem heutigen, dem schlagt man net so grad die Tür vor der Nasen zu. Denn weißt, wenn du die Sach beim Licht betrachtest, so hat die Geschichte halt doch ein Haken. Du bist ein Madl, das ein jedes gern hat, und du wirst weder von mir noch von meiner Alten selig jemals ein unguts Wörtl ghört haben wegen deiner Herkunft. Aber es gibt halt doch Leut, die's net verwinden können, daß du einmal in einer Nacht vor soundso viel Jahren vor unser Tür glegt worden bist. Drum sollst dir so was überlegen und dich net z'stark drauf steifen, daß du dem Wirt sein Herzkäferl bist ... es könnt sich leicht keiner mehr finden, der sich drüber wegsetzt über den Namen Findlloni!«
»Ja, überleg dir's wohl!« fiel der Bachbauer ein. »Ich kann meim Muckl so viel mitgeben, daß die Madln mit zwei Händ zugreifen täten in jedem Bauernhof, wo er anklopft.«
»Gut, Vater«, klang Lonis erregte Stimme, »gut, und wenn auch keiner mehr kommt, ledig gstorben is auch net verdorben! Zugreifen und ja sagen kann ich bloß, wenn sich einmal da unterm Brustfleck was rührt. Solang's da drin stad bleibt, is eine Heirat kein Glück, sondern ein Gschäft; und eine Heirat, die nach dem alten Brauch gmacht wird, wo der Bauer zum Bauer sagt: Gib mir dein Madl, ich gib dir noch fünfzig Gulden und eine Kuh drauf, eine solche Heirat kann machen, wer mag; ich net, und ich tu's net, vielleicht grad, weil ich ein Findling bin.«
Rasche Tritte näherten sich der Türe, und Loni trat heraus, so ruhig, als hätte der Vater sie gefragt, ob das am Morgen angezapfte Faß

schon zu Ende gelaufen wäre. Drinnen hörte man den Wirt noch sagen: »Ja mein, Bachbauer, wann's Madl net mag, zwingen kann ich's net!« Nun kamen auch die beiden Männer in die Stube. Im gleichen Augenblick wurde die Türe, die nach dem Flur führte, von außen aufgestoßen, und Muckl trat ein. Er war eine kraftvolle, stämmige Gestalt mit einem Gesicht, dem der kecke Übermut aus den Augen blitzte. »No, was is denn?« rief der Bursch, indem er den Hut aufs Ohr rückte. »Jetzt wär ich da beim Dasein! Braucht das so lang, bis man ja sagt? Derweil mach ich zehn Heiraten aus.«
»'s geht net so gschwind, als du meinst!« gab ihm sein Vater ein wenig kleinlaut zur Antwort.
»Wär net zwider, Loni! Na wenn gsagt hast, nachher beiß ich mir gleich den Kopf abi. Bin ich net ein Kerl, der den Teufel in der Luft beutelt? Was kannst denn aussetzen an mir?«
Loni stand am Schänkkasten und stellte die frischgeputzten Gläser in die Fächer. »Gar nix, aber heiraten tu ich dich net!« Sie hatte nicht einmal das Gesicht gedreht, als sie das sagte.
»Und warum net?« fragte Muckl.
»Ich mag net. Verstehst? Das wird wohl Grund gnug sein!«
»Is net z'wenig«, lachte der Bursche, »aber z'dumm is er mir doch! War also das wirklich 's letzte Wörtl in der Sach?«
»Wenn du's net glauben willst«, fiel Lonis Vater ein, »nachher mußt halt ins Wasser gehen, daß dich die Krebsen fressen!«
»Fallt mir ein! Für ein Krebsfutter bin ich mir doch z'gut. Ich denk mir halt:

Ein richtiger Bub
Bleibt niemals net hint,
Denn ein andere Mutter
Hat auch ein liebs Kind!«

Ein heller Jauchzer reihte sich an das Schnaderhüpfel; dann warf Muckl seinen Hut in die Fensternische und setzte sich zu seinem Vater, der an einem der Tische Platz genommen hatte.
»Hätt net glaubt, daß du's so leicht nimmst«, meinte dieser.
»Soll ich mich vielleicht abikränken und mager werden wie ein Zwiefelröhrl . . . fallet mir ein! Siehst, Loni, ich gib dir sogar den Rat, daß du jetzt erst recht wählerisch wirst. Brauchst net Sorg z'haben, daß du ledig bleibst und als alte Jungfer in der Ewigkeit Wolken schieben mußt. Der da«, und dabei deutete Muckl auf Pauli,

»der bleibt dir allweil gwiß. Den hast im Sack und brauchst ihn bloß aussizarren!«
Lehnl, der neben Pauli stand, griff hastig nach dem Arm des Burschen, als wollt' er ihn am Aufspringen hindern. Aber das war überflüssige Sorge; Pauli rührte sich nicht.
»Oder«, sprach Muckl weiter, »hast mich am End gar abgwiesen, weil mit'm Pauli verbandelt bist?«
Loni fuhr auf, wie von einer Tarantel gestochen: »Dein dummes Gschwatz hat keine Heimat. Daß zwischen uns nix is und nix wird, das weißt du so gut wie ich, sonst wärst net kommen und hättest um mich angehalten. Wenn ich einmal ein nimm, das muß einer sein, der Schneid hat, ein richtigs Mannsbild und net einer, der bloß so heißt, weil er Hosen anhat!« Zornig warf sie das Staubtuch, das sie in der Hand hielt, in eine Ecke des Schänkkastens.
»Je, Pauli«, spottete Muckl, »das wenn du dir gfallen laßt, nachher darfst gleich morgen Kegel aufsetzen!«
Pauli krampfte die Hand zur Faust und rief mit einem finsteren Blick dem Spötter zu: »Laß mich aus'm Spiel, ich sag dir's! Ich hab dir kein Anlaß geben! Gib mir kein!«
»Jetzt, so was ließ ich mir halt doch net sagen«, lenkte Muckl ein. »Ich tät ihr halt einmal das Wilde abikratzen, was sie sich so vom Pechlerlehnl angwöhnt hat!«
»Du nixnutziger Loder«, rief der Alte, »möchtest net mich auch noch einibringen!«
»Hätt ich vielleicht net recht? Von wem lernt s' denn all die Schlauderwörtln als von dir? Zeit und Glegenheit hat s' ja gnug. Zwischen euch dauert die Schul grad von der Früh bis auf d' Nacht, und es wär schon lang an der Zeit, daß d' Loni der Gmeind ein Dankschreiben schicket, weil s' ihr 's ganze Jahr so ein saubern Schullehrer verhalt.«
Dem Mädchen schoß das Blut dunkelrot ins Gesicht. Und Muckl hatte noch nicht ausgesprochen, da stand Loni schon vor ihm. Ihre Stimme klang hart und bitter: »Jetzt scham dich aber in d' Seel eini, daß du ihm das Stückl Brot vorwirfst, was ihm die Gmeind gibt. Tut dir der Pfennig jetzt schon weh, den du einmal dazu zahlen mußt als hausgsessener Bauer? Dank's unserm Herrgott, daß du von einer Mutter bist, die dich gleich mitten einigsetzt hat in ein reichen Hof. Verdient hättst es net nach eim solchen Spott auf ein Menschen, der sich sein ganz Leben lang für die Bauern zammg'arbeit und zammg'schunden hat. Verstehst mich!« Damit wandte sie ihm den Rücken

und ging nach der Küche, um eine neue Partie der frischgewaschenen Gläser in die Stube zu holen.
»Muckl«, sagte der Wirt lächelnd, »die Red kannst auswendig lernen.«
»Ich mag net, ich hab gar ein schweres Gmerk«, gab der Bursche zur Antwort. Die energischen Worte Lonis schienen nicht sonderlich tief bei ihm gegangen zu sein; aber er ärgerte sich doch und drehte unter heiserem Lachen an seinem Schnurrbart.
Der alte Pechlerlehnl war dem Mädchen in die Küche nachgegangen und drückte ihr draußen dankbar die Hand. »Ich sag dir halt Vergeltsgott, daß dich so einigredt hast wegen meiner. Weißt, ich hätt ihm schon nausgeben können, aber ich hör auf eim Ohr nimmer recht.«
»Da braucht's kein bsondern Dank. Aber dein guter Freund, der schöne Herr Pauli, der hätt sich grad schon auch ein bißl um dich annehmen können. Verdient hättst es um ihn! Denn du redst ihm 's Wort so oft bei mir, daß mir's leicht z'viel werden könnt.«
Während dies in der Küche vor sich ging, hatte sich die Gesellschaft in der Wirtsstube um eine neue Person vermehrt, um Loisl, den Geißbuben des Wirtes. Er war ein junger Mensch von etwa achtzehn Jahren. Der eckige Kopf mit der Stumpfnase und dem Schlappmaul hätte eigentlich einen widerlichen Eindruck machen müssen, wenn die Häßlichkeit des Gesichtes nicht durch ein Paar grundgutmütige Augen gemildert worden wäre. Dieser Kopf reckte sich auf einem langen, sehnigen Hals aus einer mageren, nachlässig in sich gekrümmten Gestalt. Der Oberkörper war nur mit einem groben Hemd bekleidet, das Loisl seit Sonntag auf dem Leibe trug – und jetzt zählte man den letzten Tag der Woche. Um die Beine des Geißbuben klunkerte eine abgewetzte Lederhose, welche die Knie nackt ließ. Einstens weiß gewesene, zerrissene Stutzen umschlossen die Waden oder, besser gesagt, den Platz der Waden, während die nackten Füße in schweren, dickbenagelten Schuhen staken. Ein in der Farbe sehr zweifelhafter Rucksack, eine Zipfelkappe und ein am Wege geschnittener Stock vollendeten Loisls Aufzug.
»Jetzt kommt der Rechte«, hatte Muckl gerufen, als Loisl eingetreten war, »der is uns noch abgangen.«
»Gelt, hast Zeitlang ghabt nach mir?« Loisl war auf ihn zugetreten, hatte die Zipfelkappe abgezogen und sie dem Burschen mit beiden Händen hingehalten. »Schenkst mir was?«

»Bettelst schon wieder?«
»Von dem, was du mir gschenkt hast«, lautete die maulende Antwort, »von dem kann ich mir noch net einmal ein Bröckl Schuhschmier kaufen!«
»Was tätst auch damit? Hast ja gar keine Schuh.«
»Drum stünd's dir gut an, wenn mir ein Paar schenken tätst.«
In diesem Augenblick trat Loni wieder ein, in jeder Hand fünf Biergläser. Als sie an Pauli vorüberkam, blieb sie stehen und sah dem Burschen mit einem halb mitleidigen, halb ärgerlichen Blick ins Gesicht. »Du bist schon der Allerschönst!« Dann schritt sie kopfschüttelnd zum Schänkkasten. »Es ist schon merkwürdig, was ein Mensch vertragt!«
»Ja grüß dich Gott, Loni«, rief Loisl und schlorpte auf das Mädchen zu. »Geh, schenk mir was zum Essen!«
»Geh halt aussi in die Kuchl! Auf der Anricht liegen Schmalznudeln ... da nimmst dir eine.«
»Eine bloß?« klang die enttäuschte Frage.
»Kannst auch zwei haben, du Bettelsack!«
»Nachher nimm ich mir halt drei recht fette.« Damit wollte Loisl der Küche zueilen.
»Halt ein bißl, du!« rief der Wirt. »Was willst denn eigentlich unterm halben Tag da herunt?«
»Jesses, Jesses!« Und Loisl kehrte zurück. »Da hätt ich jetzt bald drauf vergessen! Botschaft soll ich ausrichten von deiner Sennerin, weißt, von der Zwerger-Nandl. Die will morgen abends abi von der Alm, weil am Montag ihr Schwester Hochzeit macht. Die alte Kramerwaben hat der Nandl schon versprochen, daß s' ihr derweil aushilft. Jetzt kann aber die alte Kramerwaben erst am Montag in der Fruh kommen, und jetzt hätt dich halt d' Nandl recht schön bitten lassen, daß du übern Sonntagabend und über d' Nacht d' Loni auf d' Weglalm schicken tätst, damit d' Nandl abi kommen kann.«
»D' Nandl is wohl verruckt!« knurrte der Wirt.
»Da bist gstimmt, die is gscheiter wie du!«
»Ich kann doch d' Loni net weglassen, wo am Montag die Hochzeit bei uns is und 's ganze Haus voller Arbeit!«
Da trat Loni zu ihrem Vater, legte die Hand auf seinen Arm und sagte: »Das Madl kann aber doch net am Festmorgen von ihrer Schwester auf der Alm bleiben, und bei den Brautleuten wird's im Haus am End noch mehr Arbeit geben als wie bei uns. Wenn du

willst, Vater, können wir's doch machen. 's meiste ist schon hergricht, heut und morgen bis Mittag kann noch viel gschehen, und am Montag vormittags, bis Kirchenzeit is, bin ich wieder da. Tust ihr halt den Gfallen.«

»No ja«, sagte der Wirt nach kurzer Überlegung, »wenn du meinst, daß 's geht, hab ich nix dagegen.«

Pauli war aufgestanden und verließ nach kurzem Gruß die Stube, um wieder an seine Arbeit zu gehen.

Als der Wirt auf Lonis Bitte die Zustimmung gab, neigte sich Muckl zu seinem Vater hinüber und flüsterte: »Da kenn ich ein, der morgen in der Nacht auch auf der Weglalm is. Ein Wörtl unter vier Augen is das Madl ja doch noch wert. Und im Finstern redt man sich leichter.«

4

Von der Stelle aus, wo der an Graswang vorüberfließende Rötelbach in die Ammer einmündet, muß diese einen mächtigen, vielgekrümmten Bogen beschreiben, um ihren Weg nach Ammergau zu finden. Gezwungen wird sie dazu durch einen Bergzug, der von der Brunnenkopf- und Klammspitzgruppe ausläuft, dann, unterbrochen durch die Spitzen des Pürstlingkopfes, des Sonnenberges und des Brunnberges, an Linder und Graswang vorüberzieht und nach der Seite von Ammergau in die Kobelwand, nach der Seite des Zusammenflusses von Rötelbach und Ammer in den Rappenkopf endigt. Auf halber Höhe dieses Berges hebt sich aus der tiefgrünen Bewaldung eine kleine Hochebene, auf der die von saftigem Weideland umzogene, dem Wirte von Graswang gehörende Weglalm gelegen ist. Fast in der Mitte des mit leichter Steigung gegen den Berg sich hinziehenden Wiesengrundes liegt die Sennhütte, an die, den Aufstieg von Graswang verdeckend, das Gehölz mit einem schmalen Ausläufer herantritt, indem es die Hütte noch mit ein paar hochstämmigen Fichten überschattet und aus Wacholdergesträuch einen lauschigen Hintergrund bildet für einen Brunnenstock, der seinen dünnen Wasserstrahl leise plätschernd in einen ausgehöhlten Baumstamm ergießt. Die Sennhütte stand auf einer kleinen Bodenerhebung, die gegen den Brunnen in etwas starker Böschung ausläuft, während sie sich nach dem Berge zu in gerader Fläche verliert. Die eine Hälfte des Blockhauses bildete den Kaser, zu dem von außen die Türe führte, sowie den Wohnraum der Sennerin, der durch ein kleines Fenster sein Licht erhielt, die andere Hälfte den mit eigener Tür versehenen Stall und Schuppen; darüber lag das Schindeldach mit den beschwerenden Felsbrocken.

Dicht unter dem Fenster war in die Außenseite der hölzernen Wand eine Bank eingefügt, auf der die Sennerin saß, das große Butterfaß

zwischen den Knien. Es war eine dralle Erscheinung, dieses Mädchen, dessen kräftige Arme mit flinker Geschicklichkeit den Stößer des Butterfasses handhabten. Im Takte zu ihrer Arbeit sang sie ein Lied, und als sie den Jodler mit einem hellen Jauchzer schloß, klang nah aus dem Gehölz ein langgezogener Jubelschrei zur Antwort.
Nandl sprang auf und eilte der Ausmündung des Steiges zu, der von Graswang zur Alm heraufführt. »Je, da kommt ja gar d'Loni schon! Und der Lehnl is auch dabei! Das soll mich aber net wundern, denn ohne Loni kein Lehnl und ohne Lehnl kein Loni!«
»Grüß dich Gott, Nandl!« sagte Loni, die unter den Bäumen hervortrat, aufatmend stehenblieb und sich mit dem Ärmel über die erhitzte Stirn wischte. Sie nahm das schwarze Kopftuch ab und blickte nach Lehnl zurück, der ihr mit etwas müden Schritten folgte.
»Wir haben dir schon lang zughorcht auf dein Gsangl«, sprach der Alte die Sennerin an, wobei er ein paarmal absetzen mußte, um Atem zu holen. »Kannst es leicht so schön wie die Engeln im Himmel.«
»Probier's ja auch allweil, damit ich einmal dazustimm, wann ich auffikomm in Himmel.«
»Du darfst net eini!«
»So, wegen was nachher net?«
»Bist alles z'verliebt! Und die, wo so viel Gspusi treiben, laßt der Peterl net eini. So ebbes kann man im Himmel net brauchen!«
Nandl guckte mit verdutzten Augen drein. »Müßt ich fast lachen, wenn's wahr wär!«
»'s Lachen wird dir schon vergehen, bald er dich einmal kriegt, der mit dem Schürhakl.«
»Geh, schwatz net soviel!« mahnte Loni den Alten, nahm ihn beim Arm und zog ihn zum Brunnen. »Da setz dich nieder und schnauf ordentlich aus! Der Weg da rauf is kein Katzensprung für ein alts Leut.«
»Nandl ... Nandl!« plärrte es hinter der Hütte. »Mir is was gschehen!« Und stolpernd kam Loisl den Hügel herabgerannt, indem er sich die Seite rieb und ein ganz jämmerliches Gesicht dazu schnitt.
»Was is denn schon wieder?« fragte Nandl ungeduldig.
»Unser ... unser Geißbock hat mich gstößen ... das Vieh!«
Nandl mußte lachen. »Hast ihn wieder tratzt, gelt?«
»Na, bloß ein Renner hab ich ihm geben, nachher is er davon. Und ich hab schon gar nimmer dran denkt und steh so droben am

Hüttenbergl und schau zum Holzergirgl abi... da krieg ich von hint ein Puff und purzl übers Bergl abi. Wie ich in d' Höh schau, steht das schwarze Vieh droben wie der Teufel und schaut mir nach und sagt allweil mehehehe!«
Lehnl und die beiden Mädchen lachten hell hinaus, als Loisl so dastand, mit schlaff hängenden Armen, den Hals gestreckt und die Stimme des Geißbocks nachahmend.
»Der Geißbock is halt gscheiter als du!« sagte Lehnl und klopfte dem Buben beruhigend auf die Schulter.
»Das is schon eine Kunst auch«, lautete die entrüstete Antwort, »wenn man ein von hint erwischt. Aber wart nur, jetzt hol ich mein Geißelstecken, nachher kriegt er Wichs.« Eilig humpelte Loisl der Hütte zu und verschwand durch die Tür des Schuppens.
»Und ich richt mich halt jetzt schön langsam zamm, daß ich weiter komm«, sagte Nandl zu Loni, »weil doch schon so gut warst und auffikommen bist.«
»Ja, ja, geh nur, 's is Zeit, sonst kommst noch in d' Nacht eini. Da... wann du nunterschaust ins Tal, da wird's schon bald Abend.«
»Z'tun hast nimmer viel«, sagte Nandl, während sie der Hütte zuging, »brauchst grad den Butter auslupfen, er is schon bald beinander... und was denn noch gschwind? Ja, und ein Trank fürs Vieh mußt aufsetzen!«
»Ich will dir's schon recht machen.« Loni band sich die Schürze um, die Nandl abgelegt hatte, und ging auf die Bank zu, vor der das Butterfaß stand.
Lehnl hatte sich die ganze Zeit über damit beschäftigt, die während des Aufstiegs zur Alm erloschene Pfeife wieder in Brand zu bringen. Noch immer saß er auf der Bank am Brunnen. Und es schien ihm zu gefallen, daß Loni sich so rasch in ihre neue Arbeit schickte, denn es war ein herzlicher Blick, mit dem er dem Mädchen nachsah, als es zur Hütte hinaufstieg.
»Kommst aus der Arbeit jetzt gar nimmer raus! Und bald nunterkommst, geht's drunten auch wieder an. Die Hochzeit wird dir schön z'tun geben.«
»Mein, es wird mir doch d' Arbeit net z'viel werden. Und gar da heroben! Kann's denn ein schöners Platzerl geben als die Weglalm? Die Berg, die Luft, und schau, wann da an dem Fleckl stehst«, sie trat an das Stangengeländer, das die Hütte umzog, und hob die

Hand über die Augen, »da siehst grad nunter auf Graswang, und da liegt 's dir so friedlich und heilig da wie ein Kripperl.«
Lehnl nickte schmunzelnd. »Nur geht ihm's Christkinderl ab, wenn du net daheim bist.«
Das Mädel lachte. »Geh, du bist ein verliebter Gimpel! Man meinet, was ich dir schon tan hätt, daß du gar so an mir hängst.«
»Du lieber Gott! Warum hast ein Nagerl gern, ein Röserl oder d' Sonn? Tut dir auch nix bsonders z'lieb und magst es doch! Mußt dir mein guten Willen halt gfallen lassen.« Wie ein Schatten flog es über Lehnls Gesicht. »Wann einmal verheirat bist, wird's ohnedem anders.«
»Damit hat's noch gute Weg!« sagte Loni leicht vor sich hin und hob den Deckel des Butterfasses, um nach dem Inhalt zu sehen.
»Das mußt net sagen! So was kommt oft über Nacht!« Lehnl nahm die Pfeife aus dem Mund und guckte in die schwache Glut. »Hättst erst gestern dein Glück machen können.«
Energisch fuhr der Stößer mit Lonis Händen nieder, daß die Milch im Fasse klatschte. »Es is net dein Ernst, was du sagst! Obwohl ... « Stimme und Miene des Mädchens wurden diplomatisch, »obwohl der Muckl noch der einzige wär, von dem man bei so was reden könnt.«
»Wirklich? Der einzige?« fragte Lehnl seine Pfeife, in der sich, ermuntert durch einen glühenden Schwamm, der Tabak zu besserem Brennen entschloß.
»Ich wüßt sonst kein!« gab ihm nicht die Pfeife, sondern Loni zur Antwort.
»No ... und der Pauli?«
Abermals ein kräftiger Stoß in das Butterfaß. Dann sprang Loni auf und schüttelte die Schürze. »Mit dem wär ich fertig für heut!« rief sie.
Hastig hob Lehnl sein Gesicht. »Mit dem Pauli?«
»Na ... mit 'm Butter.« Und mit beiden Händen nahm Loni das Faß auf, um es zum Brunnen zu tragen.
»No mein«, Lehnl rückte ein bißchen, um Loni zum Ausheben der Butter Platz zu machen, »'s hätt grad so gut auf den Pauli auch passen können. Er is ja heut in aller Früh schon mit dem Maler fort auf den Sonnenberg. Und ich denk, der Herr Fritz wird dem Buben z'lieb beim Abstieg net zwei Stund weit ein Umweg bis auf d' Weglalm machen wollen.«

»Gott sei Dank!« Und klitsch und klatsch bearbeiteten Lonis Hände den Butterballen. »Gott sei Dank! So vergeht mir doch auch einmal ein Tag, wo mir der Mensch net auf die Füß umeinandertrappt!«
Da klang ein heller, kurzer Jauchzer von der Höhe, ein Jodler folgte, und schmunzelnd guckte Lehnl zu dem Mädl auf, das dastand wie vom Blitz gerührt. Mit knapper Not hatte Loni den Butterballen noch in den Händen behalten, der ihr beim ersten Schreck beinah in den Brunnentrog gefallen wäre. Und Lehnl lachte leise vor sich hin, wie Menschen lachen, die etwas eintreffen sehen, was sie längst erwartet haben.
»No ja«, stieß Loni hervor, und der Butterballen klatschte in die irdene Schüssel nieder, daß die Milch dem Alten ins Gesicht spritzte, »kennst ja wohl das Sprichwort vom selbigen Tier, von dem d' Leut sagen:

Wenn man's nennt,
Kommt's grennt!«

Sie nahm die Schüssel auf und schritt der Hütte zu.
Unter der Tür trat ihr Nandl entgegen, das Kopftuch umgebunden und ein kleines Bündel unter dem Arm. »So, jetzt hab ich's! Bhüt euch Gott, und halts mir gut Haus!«
»Halt, Nandl, ich geh mit!« schrie Loisl, der aus dem Schuppen trat und mit seiner Peitsche knallte. »Könntst leicht ausrutschen auf dem wurzigen Weg.« Er hatte noch nicht ausgesprochen, da stolperte er über eine der Hüttenstufen, fiel der Länge nach über den steilen Abhang und purzelte bis vor Nandls Füße. Mühsam erhob er sich, rieb sich unter schmerzlichen Grimassen die Hüfte und den Schenkel, und während er dem lachenden Mädel zum Steige folgte, brummte er leise vor sich hin: »Jetzt wär ich aber schier gar gfallen!«
Kaum waren die beiden im Gehölz verschwunden, als von der anderen Seite Baumiller und Pauli über die Höhe herabstiegen.
»Ja, Pauli!« rief der Maler und sah sich verwundert um. »Wo hast denn du mich hingeführt?
Da sind wir ja auf der Weglalm bei der lustigen Nandl.«
Eben trat Loni wieder aus der Hütte.
»Heut müssen S' aber schon mit mir vorliebnehmen.«
»Ja, Loni«, fragte der Maler verwundert, »seit wann bist denn du Sennerin?« Dann stieg er zur Hütte herauf und reichte dem Mäd-

chen die Hand zum Gruß, während sich's Pauli bereits an Lehnls Seite auf einem Felsblock bequem gemacht hatte.
»Aber jetzt werden S' müd sein!« sagte Loni zum Maler. »Setzen S' Ihnen da nieder auf's Bankl und rasten S' aus! Haben tu ich nix als Milli und frischen Butter.«
»Nur her damit!«
Loni verschwand in der Hütte.
»Ich hab gmeint, ihr seids am Sonnenberg gwesen«, sagte Lehnl zu Pauli.
»Waren wir auch!« gab Pauli zur Antwort, während er den Rucksack achtsam beiseite legte, als wollte er den Inhalt nicht durch Drücken beschädigen.
»Da habt's nachher grad den nächsten Heimweg gmacht, das muß ich sagen! Aber freilich ... wie der Herr Pfarrer sagt, alle Weg führen nach Rom, so führen bei dir alle Weg nach der Weglalm, wenn d'Loni da is, gelt?«
Loni hatte unterdessen dem Maler eine große Schüssel frischer Milch auf die Knie gestellt und Brot und Butter auf die Bank gelegt. Nun kam sie den Hügel herunter, stellte sich, die Arme in die Seite gestemmt, vor Pauli hin und fragte: »Is dem Herrn vielleicht auch was gfällig?«
»Wie magst fragen?« warf Lehnl lächelnd ein. »Den speist ja d'Lieb!«
»Mit dir hab ich net gredt!«
»Sonst war's wohl so der Brauch auf der Alm«, sagte Pauli, »daß eim d'Sennerin ein Lackerl Milch bracht hat, wenn man im Vorbeigehn einkehrt is.«
»No! Ich möcht mich halt rühren, wann's mich hungert! Ich kann dir net einischauen in Magen!« Damit kehrte sich Loni kurz von ihm ab und ging zur Hütte.
Es war ein recht bitteres, wehmütiges Lächeln, mit dem sich Pauli zu Lehnl wandte, als ihn dieser ansprach: »Was hast denn da in deim Rucksack drin?«
»Ein paar Boschen Edelweiß, die ich heut gfunden hab! Wird wohl 's letzte sein für heuer.«
»Für wen ghört's denn?« fragte Lehnl; doch es war keine Spur von Neugier im Ton seiner Stimme; für wen das Edelweiß bestimmt wäre – das schien Lehnl schon zu wissen, als er fragte: ›Für wen ghört's denn?‹

»Für d' Mutter halt!«
Lehnl mußte doch eine andere Antwort erwartet haben, denn es klang ein recht bedenklicher Zweifel aus seiner Stimme, während er vor sich hinbrummte: »So . . . so . . . für d' Mutter?«
Loni stand wieder vor den beiden und hielt dem Herrgottschnitzer eine Schüssel hin.
»Vergelt dir's halt Gott«, sagte Pauli, »daß du so gut bist und mich net schlechter haltst als ein andern.«
Es war ein hartes, trockenes Lachen, mit dem sich Loni zu dem Burschen niederbeugte: »Oh, du gnügsamer Mensch!« Dann ging sie schnell zum Brunnen, faßte mit lautem Geklapper die zum Trocknen aufgestellten Milchgeschirre zusammen und trug sie in die Hütte.
Mit langen, durstigen Zügen hatte Pauli die Schüssel geleert, als ihm der Maler zurief: »Pauli, jetzt brechen wir wieder auf, sonst bringen wir den Umweg gar nimmer ein. Bis wir nunterkommen, wird's sowieso ganz finster werden.« Schweigend stellte Pauli das Geschirr beiseite, erhob sich und griff nach Rucksack und Bergstock.
Lächelnd reichte Loni dem Maler die Hand: »Bhüt Ihnen Gott halt! Es hat mich schon recht gfreut, daß S' bei mir zugsprochen haben!«
»No, und mich selber am allermeisten! Aber wie is denn nachher, Loni, wirst morgen auf der Hochzeit auch mit mir tanzen?«
»Wär net aus!« erwiderte das Mädchen geschmeichelt. »Da kommt's doch z'erst drauf an, ob Sie mir die Ehre schenken!«
»Jetzt, da kannst sicher drauf rechnen!« lautete die fröhliche Antwort des Malers.
»Was is denn mit dir, Lehnl?« fragte Pauli inzwischen den Alten, während er den Rucksack über die Schulter zog. »Gehst du net mit?«
»Na!« gab Lehnl zur Antwort. Dann erhob er sich, trat an Paulis Seite und flüsterte ihm zu: »Ich muß erst dir noch ein bißl zum Guten reden! Und schlafen werd ich wohl auch da heroben. Ich laß die Loni net allein in der Nacht.«
Die letzten Abschiedsworte wurden gewechselt, und der Maler machte sich, von Lehnl einige Schritte begleitet, voraus auf den Weg. Pauli hatte sich schon dem Gehölz zugewandt, als er wieder umkehrte. Es war eine warme Herzlichkeit in dem Wort, mit dem er dem Mädchen die Hand bot. »Bhüt dich Gott, Loni!«
»Bhüt dich Gott auch!« Und während Loni Paulis Hand ergriff,

zuckte ein leises Lächeln um ihren Mund. »Gelt, vergeh dich halt sobald net wieder auf d' Weglalm!«
Lehnl kicherte vor sich hin und nahm die Pfeife aus den Zähnen: »Hab kein Sorg! Wann du net da bist, nachher findt er net her!«

5

Drunten im Tal lag schon die Dämmerung über den Wiesen. Nun schlich sie auch herauf über die tannenbewaldeten Höhen; langsam krochen die tiefen, riesigen Schlagschatten der Nachbarberge über die entschlummernden Wipfel und über die stillen Matten, während der letzte Scheidegruß der Sonne die waldlosen Kuppen und Spitzen mit dunklem Purpur überhauchte. Hinter den Bergen da draußen, fern am Himmel, sah man noch einzelne langgezogene Wolkenstreifen mit lichtem Gold gesäumt, aber je höher es hinging am Firmament, um so blasser wurden die Farben, um so unklarer schwammen die Konturen der gleichgetönten Wolkenmassen durcheinander. Fast schien es, als hätten diese leblosen Gebilde der Lüfte plötzlich Leben und Gefühl in sich geboren, fähig, die ganze herbstliche Schönheit des hinschwindenden Tages zu erfassen – so sehnsüchtig zogen sie der untergehenden Sonne nach. Und fern im Osten zeigte die dunkle Hülle des Himmels einen matten, sich in der Runde wieder verlierenden Lichtkreis. Der kam von den Strahlen des Mondes, die sich dort einen hellen Weg durch die Wolken brachen.
Auch auf der Alm war es still geworden; das Gebrüll der einziehenden Kühe war verstummt, das vielstimmige Geläut der Schellen war verklungen, und auch der Brunnen schien leiser und ruhiger zu fließen als am Tage. Still inmitten dieses Friedens stand die Hütte; nur die leichten Dampfwolken des mit Wasser gelöschten Herdfeuers kräuselten sich noch durch die Ritzen des Schindeldaches in die dunkelnde Luft.
Auf der Bank vor der Hütte saß Lehnl und schmauchte sein Pfeifchen. Nun trat auch Loni aus der Tür ins Freie; sie hatte die Arbeitsschürze abgelegt und zog, als sie sich an Lehnls Seite auf die Bank setzte, die Ärmel ihres Leibchens nieder.
Der Alte mußte wohl all die Zeit her über die wenig freundlichen

Worte nachgedacht haben, mit denen Loni seinen jungen Freund Pauli entlassen hatte; denn er sagte: »Heut hättst dir mit leichter Müh den schönsten Buschen Edelweiß verdienen können, wenn dem Pauli, wie er gangen is, ein gutmütigs Wörtl geben hättst. Er hat ihn schon im Rucksack ghabt. Aber freilich ... «

»Laß mir mein Ruh!« unterbrach ihn das Mädchen. »Und fang net wieder von dem Leimsieder an! Du kannst viel zu mir sagen ... wenn du aber sonst nix z'reden weißt, nachher kannst mich fuchsig machen.«

»Ich tu's doch net, um dich z'ärgern«, fiel Lehnl beschwichtigend ein, »ich tu's ja nur, weil ich dir's gut mein'!«

»Was du net sagst!« lautete die halb spöttische, halb verdrossene Antwort.

Lehnl tat ein paar tiefe Züge aus seiner Pfeife. »Schau ... «, abermals ein tiefer Zug, »gestern, wie dem Muckl sein Vater um dich anghalten hat, is mir völlig angst worden, du könntest ja sagen. Der Muckl is ein guter Kerl, das heißt, wenn er mag ... aber wenn du ihn auch gern ghabt hättst, ihr zwei hätts doch net zammpaßt! Er is ein Mensch, der's Leben nimmt wie d' Sennerin den Rahm: von oben weg. Bei dir is die Gschicht ganz anders. Und zwei Leut, die im Verstand verschieden sind, die passen niemals net zamm. Der einzige, nimm mir's net übel, daß ich halt wieder davon anfang, der einzige, der in solcher Art zu dir paßt, das is und bleibt der Pauli.«

Vertraulich rückte Lehnl näher und schmiegte sich an die Schulter des Mädchens. Seine Pfeife schien er ganz vergessen zu haben, als er fortfuhr: »Schau, Loni, du mußt bloß denken, wen du auf der Welt noch hast. Deine Pflegemutter liegt schon unterm Boden, und dein Pflegvater is auch schon ein alter Heiter, ich will gwiß nix berufen«, so unterbrach er sich, als er sah, daß die Lippen des Mädchens leise zu zittern begannen, »ich will gwiß nix berufen, aber schau, mein liebs Madl, man weiß halt doch net, was heut oder morgen gschehen kann.«

Loni hatte die Hände in ihrem Schoß liegen; nun fuhr sie rasch mit dem Arm über die Stirne, und ihre Stimme klang gepreßt: »Was gaukelst jetzt da so lang umeinand im Nebel? Sag doch kurz: Du hast kein Menschen auf der Welt, von dem du sagen könntest, er ghört zu dir und du zu ihm. Schau, Lehnl« – die Härte in ihrer Stimme milderte sich – »ich hab selber schon öfters über den Pauli nachdenkt. Und wenn's mir dann in Sinn kommt, wie verlassen ich auf der Welt bin, da tut's mir wohl, wenn ich mir sagen kann, es gibt ein Menschen, von dem ich weiß, ich bin sein ganz Denken, ich bin sein Alles. Aber wenn ich nachher den Pauli wieder anschau, wie er is und wie er tut, so muß ich mir wieder sagen, ich kann ihn net mögen, ich kann halt net.«

»Wann ihn nur ich heiraten könnt!« seufzte Lehnl in einem leisen Anlauf von Scherz, als begänne ihm das Gespräch zu ernst zu werden.

Loni aber hatte diesen Einwurf ganz überhört. »Mein Pflegvater hat gwiß viel für mich tan«, sprach sie weiter, »ich hab ihn auch ganz gern. Aber die rechte Lieb, wie man s' zu eim Vater haben soll, is das halt doch net. Wenn ich mir das alles sag« – tief atmend preßte Loni die Hände auf ihre Brust –, »dann spür ich's recht schwer, daß ich kein Menschen hab auf der Welt, den ich so recht von Herzen lieb haben kann und wo ich auch wüßt, warum. Schau, in eim solchen Augenblick, da steigt's mir heiß auf, und ich kann die Stund nur verfluchen, in der meine rechten Eltern mich der Gnad und Barmherzigkeit fremder Leut überlassen haben.«

Loni war aufgesprungen und drückte den Arm mit geballter Faust über die Augen.

Als Lehnl sie um die Hüfte faßte und sanft wieder auf die Bank niederzog, fühlte sie, wie die Hände des Alten zitterten. »Weißt denn auch gwiß«, so fragte er mit einer Stimme, die das Mädchen erstaunt aufblicken machte, »weißt denn auch gwiß, ob's keine Sünd is, wenn du so von deine Eltern redst?«

»Schau, Lehnl ... in meim Herzen, da is mir's grad, als wär ein Kammerl drin, das mir unser Herrgott ganz extra für d' Eltern gschaffen hat. Und wie weh mir's tut, daß die Kammer leer blieben is, das kann ich keim Menschen net sagen. Ich hab keine Eltern und hab doch ein Herz dafür, und mir will's net in Sinn, daß es Leut geben soll, die ein Kind haben und keine Liebe dazu, die's weggeben können in Gleichmut oder gar in Haß!«

Der Alte, vor dem das Mädchen so ihr Innerstes ausschüttete, mußte ein tiefes, mitfühlendes Herz besitzen; denn seine Stimme war ganz zerdrückt, als er leise fragte: »Wer sagt dir denn für gwiß, daß alles so is?«

»Wie könnt's denn anders sein?« fuhr Loni auf. Dann sank sie wieder in sich zusammen und nickte. »O ja ... eins könnt ich mir noch denken: daß ich eine Mutter ghabt hab, die mich wegglegt hat aus Angst vor der Schand, daß sie Mutter worden is. O hätt s' mich bhalten! Meine Lieb hätt ihr müssen alles vergessen lassen, die Treulosigkeit von ihrem Schatz und 's Achselzucken von die andern Menschen!«

Loni verstummte und vergrub ihr Gesicht an Lehnls Schulter, der plötzlich von einer sonderbaren Neugier erfaßt wurde, wie es um die Glut in seiner Pfeife stünde; denn er begann zu ziehen, zu blasen und mit dem Daumen in der Asche zu kratzen. Freilich, wäre es heller Tag gewesen, so hätte man mit dieser gleichgültigen Beschäftigung die schwere Träne wenig in Einklang bringen können, die ihm langsam über die braune, faltige Wange rollte.

»Sag einmal, Madl«, sprach er Loni an, und ein tiefer Ernst klang durch seine Worte, »sag einmal, wie's kommt, daß du, wenn du von deine Leut redst, bloß allweil die schlechten Seiten aufführst und nie eine gute?«

Ohne den Kopf von Lehnls Schulter zu erheben, fragte sie leise: »Wüßtest du da eine z'finden?«

»O ja!... Denk einmal, sie hätten Unglück ghabt und wären so recht im Elend gsteckt, daß s' gar net gwußt hätten, wie sie sich von einem Tag auf den andern durchbringen sollen. Kannst dir jetzt gar net denken, daß deine Leut dich grad deswegen, weil s' dich so gern ghabt, fortgeben haben unter Kummer und Herzleid, bloß damit's dir besser gehen sollt im Leben?«

»Jetzt, so eine Lieb, die will mir net recht in Kopf! Ich mein', d' Lieb müßt bsitzen, d' Lieb müßt haben ... man sagt doch net umsonst: liebhaben!«

In glühender heißer Leidenschaftlichkeit lösten sich diese Worte von den Lippen des Mädchens. Wie in unbewußtem Drang hatte sie den Arm um den Hals des Alten geschlungen, und als nun ein breiter Strahl des Mondes, der durch eine Lücke der hüllenden Wolken niedergeflossen war, die beiden mit seinem milden Lichte übergoß, da leuchteten Lonis Augen in hellem Feuer, und aus ihren Zügen sprach die dürstende Sehnsucht nach dem Besitz eines Wesens, das sie in treuer Liebe umschlingen könnte.

»O mein Deandl, Lieb und Lieb is zweierlei.« Ein tiefer, stockender Seufzer hob Lehnls Brust. »Schau, Loni, es gibt auf der Welt gar verschiedene Lieben. Aber die richtigste und die wahrste is halt doch bloß d' Elternlieb, weil sie die einzige is, die allweil gibt und niemals nimmt und nehmen will. Ein Bub, wenn er dich noch so gern hat,

wenn er sich dir ganz z'eigen gibt, warum tut er's? Narr ... weil er dich dafür will. Aber was kann ein Kind seim Vater oder seiner Mutter geben? Wenn's brav is, haben die alten Leut ihr Freud, es is schon wahr; wenn 's Kind die alten Leut recht liebhat, wenn's sie hegt und pflegt, wie's im vierten Gebot steht, es tut ihnen wohl, aber 's Rechte und 's Ganze is das noch allweil net. Die größte Freud, die man an Kindern erleben kann, das is, wenn s' glücklich werden. 's Glück von die Kinder is d' Seligkeit von die Eltern.«
Mit großen, verwunderten Augen blickte Loni auf den Alten. »Aber Lehnl?« sagte sie langsam, jedes Wort betonend. »Ich schau nur grad und frag mich, wo bei dir das alles herkommt? So kann ein Mensch net reden von der Lieb, wenn er s' net selber gspürt hat.«
»No mei, freilich hab ich's gspürt!«
»'s erste Wörtl, seit ich dich kenn!«
»Was hätt ich für ein Grund ghabt zum Reden?« Das klang ausweichend – und mit umflorten Augen blickte Lehnl in die graue Dämmerung hinaus.
»Wenn auch sonst kein«, drang Loni schmeichelnd in den Alten, »nachher doch wenigstens den Grund, den ich hab, wenn ich dir mein Herz ausschütt ... daß mir leichter wird.«
»Du mein Gott, was wär auch am End an der Gschicht zu erzählen? So ebbes gschieht alle Tag!« Ein paar Sekunden schwieg der Alte, dann begann er zu erzählen. Stoßweise kam es hervor, Wort für Wort; dem Klang der Stimme merkte man's an, wie tief das alles, was er sagte, jahrelang begraben war in einer verschlossenen, schmerzgewohnten Brust. »Gern haben wir uns ghabt, 's Madl und ich, aber ghabt haben wir nix, drum haben's dem Deandl seine Leut auch net zuglassen, daß wir Hochzeit gmacht haben. 's Madl war ein folgsams Kind, so haben wir halt gwart, bis die Alten gstorben sind. Es hat ein bißl lang dauert! Ich war schon in die Vierzig und 's Madl net weit vom Dreißiger. In der Früh sind wir kopuliert worden, und am Nachmittag bin ich holzen gangen und mein junges Weib auf d' Alm. Aber wir haben uns gern ghabt und waren z'frieden, wenn's gleich oft kommen is, daß wir bloß über den andern Tag warm gessen haben. Zur richtigen Zeit war auch 's Kind da. Jetzt hat 's Unglück angfangt. Mein Weib hat sich nimmer erholt, und net lang hat's dauert, da hat man's eingraben.«
Der Alte fuhr sich mit dem Rücken der Hand über die Augen; dann sprach er hastig weiter. »Mich hat's an dem Ort nimmer glitten

... von Arbeiten war kein Red mehr .... jeden Tag hat's mich ans Grab trieben ... und ich hab doch was verdienen müssen schau, schon wegen dem Kind. Vielleicht wird's besser, hab ich mir denkt, wann ich anderswo bin ... und so bin ich halt einmal fort, 's war ein eisig kalter Wintertag ... 's Kleine am Arm ... da bin ich in d' Nacht eini kommen ... 's Kind hat 's Wimmern angfangt, daß ich gmeint hab, es zerreißt mir's Herz ... meine eigenen Kräft haben mich verlassen ... und ... wie's wieder Morgen worden is, hab ich kein Kind mehr ghabt!« Lehnls Stimme verlor sich in einem schweren Schluchzen, und es sank ihm der Kopf in die Hände.
Regungslos hatte Loni der Erzählung gelauscht, und ihre Augen waren feucht, als sie mit leiser Stimme fragte: »Dein Kindl is gstorben in der Nacht?«
Ein Schauder überlief den Alten. »Gstorben ... ja ... gstorben!« murmelte er dumpf in die Hände, während ihm die Tränen durch die Finger rieselten.
»Arms Würmerl!« seufzte Loni und strich dem Alten mit linder Hand über das weiße Haar. Plötzlich sprang sie auf. »Lehnl! Aus jedem Wort, was du da gredt hast, hört man den Kummer und den Schmerz um deine verlorenen Lieben. Und wenn ich bedenk, wie lieb und gut du zu mir schon bist, wie gern mußt du erst dein eigenes Kindl ghabt haben! Lehnl ... sag mir: Hättest du dein Kind weggeben können, so wie's meine Eltern mit mir gmacht haben? Sag ja ... und ich kann vielleicht den Groll und den Haß gegen meine Eltern ersticken, der mir so schwer am Herzen liegt!«
»Madl ... das is eine schwere Frag!« klang Lehnls zögernde Antwort. »Ich kann net na sagen und will's auch net. Aber eins weiß ich gwiß: Wann ich in jener Nacht mein Kind unserm Herrgott anvertraut und braven Leuten vor die Tür glegt hätt ... und wenn ich's auch net haben könnt und dürft net zu ihm sagen: mein Kind ... es wär ein Trost für mich, wann ich wüßt, daß es jetzt besser dran is, als wie's es je bei mir hätt haben können!«
»Ich dank dir, Lehnl, für das Wort!« sagte Loni tief atmend und streckte dem Alten die beiden Hände hin.
Lehnl hatte sich erhoben, fest die Hände des Mädchens ergriffen, und als er nun sprach, blickte er ernst in Lonis tränenfeuchte Augen.
»Wenn's dich trösten kann, soll mir's wohltun. Jetzt sag ich dir halt gut Nacht ... und wenn du dich niederlegst und kannst net gleich

einschlafen, so denk halt ein bißl nach über das, was ich dir gsagt hab. Gut Nacht.«
Langsam wandte er sich ab, schritt auf die Tür des Schuppens zu und verschwand, um sich im Heu ein Lager zu suchen.
»Gut Nacht, Lehnl!« rief ihm Loni nach.
Aber das hörte er nimmer.

6

Mit dem Rücken an den Zaun gelehnt, der die Hütte umzog, und die beiden Arme auf die rauhe Stange gestützt, so stand Loni mit gesenktem Kopf und hing ihren Gedanken nach. Lehnl war ihr schon immer lieb gewesen. Seit sie aber jetzt wußte, daß er ebenso verlassen und allein in der Welt stand wie sie selbst, seitdem war es ihr, als hätte ein unsichtbares Band ihre Herzen noch näher aneinandergeschlossen. Wie kühlender Tau waren die Worte des Alten auf ihr heißes, unruhiges Herz gefallen, und sie fühlte sich jetzt so leicht und ruhig wie noch nie. Fast fremd standen ihr die bitteren Gedanken des Hasses und des Vorwurfs gegenüber, die sie in verschlossener Brust gegen ihr herbes, durch die eigenen Eltern verschuldetes Schicksal genährt hatte. Und sie fühlte sich fast überzeugt, daß all dies dunkel Vergangene genauso gewesen sein müßte, wie es ihr Lehnl als möglich dargestellt hatte; und statt mit ziellosen Vorwürfen das gequälte Herz zu betäuben, fing sie an, das Schicksal ihrer Eltern zu betrauern und zu beklagen. Freilich machte sich auch der Gedanke geltend, daß an den Tatsachen selbst wenig sich ändere, wenn nicht herzlose Gleichgültigkeit, sondern Unglück und Liebe sie in die Hände fremder Leute gelegt hätten.

Loni richtete sich auf. »In Gotts Namen«, seufzte sie, »unser Herrgott wird wissen, wie's gewesen is, und wird schon alles recht machen.« Dann trat sie in die Hütte.

Hinter dem kleinen Fenster der Almstube schimmerte ein matter Lichtschein auf.

Längst hatte der Mond sich wieder hinter den Wolken verborgen. Ein kühler Nachthauch zog vom Tal herauf und machte die Wipfel der schwarzen Tannen schwanken; doch so leise klang ihr Rauschen, daß es die knisternden Tritte nicht zu übertönen vermochte, die sich vom Waldsaum hören ließen. Vorsichtig trat neben dem

Brunnen eine dunkle Gestalt aus dem Gebüsch, lautlos schlich sie über den Hügel zur Hütte hinauf und näherte sich vorsichtig der Bank unter dem Fenster. Da bewegte sich das Licht, und ein voller Strahl fiel auf das Gesicht des späten Besuchers. Es war Muckl.
Nun saß er auf der Bank, die Wange an die Wand gedrückt, und blickte durch die erleuchteten Scheiben. Was er sah, machte einen eigentümlichen Eindruck auf ihn. Vor dem Tische, über dem ein kleines Kruzifix an der Wand befestigt war, kniete Loni mit gefalteten Händen und betete. Dann erhob sie sich, schritt ihrer Lagerstätte zu und begann das Mieder aufzuschnüren. Fast bis an die Scheiben rückte Muckl sein Gesicht, auf die Gefahr hin, von innen erblickt zu werden. Plötzlich fuhr er zurück – Loni war zum Tisch gegangen, und gleich darauf erlosch das Licht. »Du hast den Teufel!« zischte es ärgerlich durch die Zähne des Burschen. Unschlüssig saß er und überlegte, was er tun sollte. Minute um Minute verrann. Eben wollte Muckl die Hand erheben, um an das Fenster zu klopfen, als er die Tür des Schuppens knarren hörte.
»Loni?« klang gedämpft die Stimme Lehnls. »Sie wird schon schlafen!« murmelte der Alte vor sich hin, als er keine Antwort erhielt. Er hatte weder Ruhe noch Schlaf finden können. Dazu war ihm die Hitze, die auf dem Heuboden herrschte, unerträglich geworden, und so kam er nun heraus, um in der kühlen Nachtluft Erfrischung zu finden.
Muckl war beim ersten Geräusch, das er vernommen, von der Bank aufgesprungen. Eng an die Wand gedrückt, hatte er sich Schritt für Schritt gegen die Ecke der Hütte fortgeschlichen. Plötzlich stieß er mit dem Fuß gegen ein am Boden liegendes Brett.
»Halt!« fuhr Lehnl auf, der zur Bank gegangen war. »Was is denn? Was rührt sich da?«
Im gleichen Augenblick, als Muckl über den Hügel hinunterschleichen wollte, hatte Lehnl ihn trotz der Dunkelheit erblickt. Mit einem wilden Satze sprang der Alte auf den Burschen los und bekam ihn an der Joppe zu fassen. »Wart, ich will dir ...« Aber seine Stimme erlosch in einem dumpfen Röcheln, denn Muckl hatte beide Hände um die Kehle des Alten geschlungen, und Brust an Brust drängte er ihn über den Hügel hinunter gegen den Brunnen. »Auslassen ... oder ...« zischte er dem Alten zu, der den heißen Atem des Burschen auf seiner Wange fühlte.
»Die Stimm sollt ich ja kennen!« keuchte Lehnl, während er dic

Arme noch fester um Muckls Hüften klammerte. »Was willst du ... da heroben ... Muckl?«
Jähe Wut befiel den Burschen, als er sich erkannt wußte. »Jetzt will ich nur sehen, ob du net ... auslaßt!« Bei diesem Worte schleuderte er mit dem Aufgebot all seiner Kraft den Alten von sich. Ein paar Schritte taumelte Lehnl zurück, und niederstürzend schlug er in voller Wucht mit dem Kopf gegen den scharfkantigen Brunnentrog. Ein mattes Röcheln, und alles war still. Muckl stand atemlos, und die Angst stieg ihm bis in die Kehle, als er sah, was geschehen war – gegen seinen Willen. Er hatte ja nichts anderes wollen als sich freimachen von Lehnls Händen. »Herrgott, was hab ich angfangt!« stieß er hervor. Mit zögernden Schritten ging er auf den leblos Daliegenden zu und beugte sich zu ihm nieder. »Lehnl ... Lehnl!« rief er leise und rüttelte ihn am Arm. Plötzlich richtete er sich auf und lauschte – hastige Schritte klangen aus dem Gehölz. »Verflucht! Da führt der Teufel noch wen daher.« Mit ein paar Sätzen war Muckl im Gebüsch verschwunden. Kaum hatten sich die Zweige hinter ihm geschlossen, als die Wolken den Mond wieder freigaben.
Unter den Bäumen, dicht am Aufstieg zur Hütte, stand Pauli, in der einen Hand den Bergstock, in der andern einen dicken Strauß von Edelweiß.
Mit banger Sorge blickte er um sich. »Da hat's was geben!« murmelte er. »Es wird doch der Loni nix gschehen sein!« Noch ein paar Schritte, und er sah den Lehnl in seinem Blute liegen. »Jesus Maria!« Mit diesem Ausruf sprang er auf den Alten zu, Bergstock und Strauß entsanken seiner Hand, und im gleichen Augenblick lag er auch schon auf den Knien vor Lehnl. »Um Gottes willen, was is denn gschehen! Lehnl, du lieber Herrgott ... Lehnl, komm doch zu dir!« Zitternd schob Pauli den einen Arm unter Lehnls Kopf, riß sich mit der andern Hand das Halstuch herunter, tauchte es in den Brunnen und drückte es auf Lehnls blutende Stirne.
Ein tiefer Seufzer machte die Lippen des Alten zittern. Seine Hand erhob sich und griff nach der Brust. Langsam öffneten sich die Augen, und während er starr in das Gesicht des Burschen blickte, fragte er mit matter Stimme: »Was is denn ... wo ... bin ich denn?«
»Auf der Weglalm ... und ich bin bei dir ... der Pauli!«
»Der Pauli!« Die Hand auf die Erde stützend, richtete sich Lehnl auf und schlug den Arm um Paulis Hals. »Und du kommst heut noch da rauf? Da hat unser Herrgott ein Wunder gwirkt.«

»So ein Wunder bringt d' Lieb auch noch fertig! Da braucht man grad kein Herrgott. Aber red ... was is denn mit dir? Du bist ja voller Blut!« Pauli stützte den Alten und ließ ihn neben dem Brunnen auf die Holzbank nieder. »Um Gottes willen ... ganz voller Blut bist!«
»Macht nix ... macht nix«, flüsterte Lehnl mit matter Stimme, »wenn's gleich der letzte Tropfen wär! Ich sag nur dem Himmel Vergeltsgott, daß ich am Platz gwesen bin. Dem Madl war's schlecht vermeint!«
»Wieso?« fuhr Pauli auf, der das blutgetränkte Tuch in den Brunnen tauchte.
»Der Muckl war da; ich hab ihn recht wohl kennt! Und was er wollen hat, das wirst dir denken können. Aber was ich heut von dem Madl abgwendt hab, das kann ihr morgen zustoßen. Wer weiß, ob ich die Nacht noch überleb ... die Angst druckt mir fast 's Herz ab!« Zitternd klammerte sich Lehnl an Pauli, der ihm das feuchte Tuch um die Stirne gebunden hatte. »Pauli, ich kenn dich als den, der an der Loni hängt mit Leib und Seel! Wer weiß, was mit mir gschieht ... nachher steht das arme Madl allein auf der Welt. Bei allem, was dir heilig sein kann ... « – und in einem Fieber von Angst schlang Lehnl beide Arme um Paulis Hals –, »ich bitt dich ... sei du ein Schutz und eine Hilf für mein armes Kind!«
Starr blickte Pauli in Lehnls weitgeöffnete Augen. »Dein Kind?«
»Jesus Maria!« stöhnend sank der Alte auf die Bank zurück und barg das Gesicht in den Händen. »Meine Angst und Sorg hat verraten, was ich so lange schwere Jahre verschwiegen mit mir umtragen hab! Ja, Pauli ... d' Loni is mein Kind. Trag's ihr net nach, daß sie mich zum Vater hat, versprich mir's!«
»Alles, alles was du willst!« fiel Paul beschwichtigend ein. »Sei nur jetzt grad stad! Schau, 's Reden könnt dir leicht schaden. Setz dich da her aufs Bankl, ich weck derweil d' Loni.«
»Na, na!« fuhr Lehnl auf. »Tu's net! Sie könnt erschrecken, wann s' mich so sehen tät!«
»Wie d' meinst, daß 's besser is! Probieren wir's, vielleicht kommen wir nunter.«
»'s beste is, du laßt mich da sitzen!« bettelte der Alte. »Wenn ich fortging, ich könnt ja doch net sein vor lauter Angst um das Madl!«
»Na, Lehnl, das geht net!« erwiderte Pauli ernst. »Jetzt folgst mir und gehst mit mir nunter in d' Holzerhütten. Dort breit ich dich

recht gut eini, und wenn du dich erholt hast, geh ich wieder rauf ... daß dich net sorgen mußt ... und setz mich daher, bis Tag wird.« Pauli hob den Bergstock und die Blumen vom Boden auf. Als er im Mondlicht den Strauß betrachtete, sah er dunkle Flecken an den weißen Blütensternen. »Arms Sträußerl! Bist auch blutig worden? Und ich hab mich so viel plagt um dich! Nimm ich dich halt wieder mit! Und wenn je in mir der Mißmut aufsteigen sollt gegen 's Madl ... nachher sollen mich die Blümerln mahnen an die jetzige Stund.« Er wandte sich zu Lehnl. »Komm, häng dich ein in mich!« Sorgsam legte er den Arm um den Alten, und, mit dem Bergstock fest ausholend, führte er den Wankenden dem Gehölz zu.
Kaum waren die beiden unter dem Schatten der ersten Bäume verschwunden, da trat Muckl wieder aus dem Gebüsch und blickte ihnen nach. Als er vor Pauli geflohen war, hatte ihn die Angst und die Sorge um Lehnl nicht weit kommen lassen; er war zurückgeschlichen und hatte deutlich jedes Wort vernommen, das zwischen den beiden gesprochen wurde. Die Tochter des von der Gemeinde erhaltenen Pechlerlehnls hatte für den Sohn des reichen Rötelbachbauern wenig Interesse mehr. Mit langen Schritten eilte Muckl über die Lichtung vor der Hütte und stieg geraden Weges durch den Wald hinunter, dem Dorfe zu.
Für Lehnl und Pauli war inzwischen der Weg nach der fast eine Viertelstunde tiefer liegenden Holzerhütte eine schwere Mühe. Den Alten mehr tragend als stützend, mußte Pauli auf dem finsteren Pfad jede Wurzel, jeden Stein und jede Stufe mit dem Fuße vorausfühlen, um Lehnl darauf aufmerksam machen zu können. Endlich war's überstanden. Pauli weckte den Holzknecht, der in der Hütte übernachtete und bereitwillig seine Liegestatt an Lehnl abtrat. Frisches Moos wurde herbeigebracht, um das Lager weicher zu machen. Als Lehnl gebettet war, von einer dicken wollenen Decke umhüllt, nahm er Paulis Hand, zog ihn zu sich nieder und flüsterte ihm ein paar leise Worte ins Ohr.
»Soll ich net lieber warten, bis du eingschlafen bist?« fragte Pauli mit gedämpfter Stimme. Lehnl schüttelte den Kopf und blickte bittend zu dem Burschen auf. Sanft drückte ihm Pauli die Hand, dann nahm er den Holzknecht beiseite und verließ mit ihm die Hütte. »Er hat was verloren«, flüsterte er draußen dem Knecht zu, »und ich soll's ihm wieder suchen. Wann jetzt ein gutes Werk tun willst, so richt eine Tragbahren zamm, bis ich wieder komm. Magst?«

»Is recht!« war die Antwort. Und Pauli rannte in die mondhelle Nacht hinaus.

Als er Lonis Hütte erreicht hatte, blieb er lauschend stehen; dann schritt er auf den Brunnen zu und ließ sich auf die Bank nieder.

Der Tau der Nacht fiel auf Paulis Haar und Schultern – er schien es nicht zu merken; ohne sich zu regen, saß er da. Nur einmal tauchte er die Hand in den Brunnen und kühlte die Stirne.

Als der Morgen dämmerte und das erste leise Frührot über die Spitzen der Berge herabglitt, erhob sich Pauli und stieg zur Holzerhütte hinunter.

Bei Lehnl hatte sich mit Schüttelfrost das Wundfieber eingestellt. Mit Hilfe des Holzknechtes legte ihn Pauli auf die Reisigbahre, und so trugen sie ihn bis vor das kleine Haus, in dem der Herrgottschnitzer seine Werkstätte aufgeschlagen hatte.

7

Wieder war es Abend geworden. Wenn auch die Straßen und die weißen Häuser noch im roten Glanz der sinkenden Sonne lagen, so herrschte doch in Paulis Stübchen schon tiefes Dunkel; die kleinen, grünen Fensterläden, welche die Nacht über geschlossen waren, hatten sich auch während des ganzen Tages nicht geöffnet. Durch die Ritzen stahl sich noch ein letzter Schimmer des scheidenden Abends in das dunkle Stübchen. Wie goldfunkelnde Leuchtfäden lag es auf der finsteren Wand, und in dünnen, flimmernden Streifen zog das Licht von ihnen aus durch den kleinen, stillen Raum, zitterte um ein gebeugtes Haupt und legte sich mit rotem Schimmer auf die grob geblümte Bettdecke und auf ein bleiches Gesicht, das in den schweren, dem Druck widerstrebenden Kissen lag.

So still war es in dem Stübchen, daß man das leise Ticken einer Taschenuhr vernahm, die irgendwo auf dem Tisch oder auf einem Fensterbrettchen liegen mußte; dazwischen hörte man von Zeit zu Zeit einen tiefen Atemzug und manchmal auch ein mattes Rascheln, wie wenn eine Hand über steifes Leinen gleitet. Nur von außen wurde diese Stille in langen Zwischenräumen gestört, wenn von dem Tanzboden des Wirtshauses die gedämpften Weisen herüberklangen. Da drüben wurde ja heute Hochzeit gehalten.

Wieder einmal setzten die Töne eines Ländlers ein, als sich in dem Stübchen eine Gestalt von dem Stuhl zur Seite des Bettes erhob und mit leisen Tritten zum Fenster glitt. Es war Pauli, der die Taschenuhr, die er aufgenommen hatte, an jenen Spalt des Fensterladens hob, durch den das meiste Licht eindrang. Dann ging er wieder zurück, beugte sich über den Kranken und flüsterte: »Lehnl ... Lehnl!«

»Was is?« klang mit schwacher Stimme die Antwort.

»Die Stund is gar, einnehmen mußt.«

»So gib halt her!«
Man hörte das matte Schnalzen eines aufgehenden Korkes, das leise Klingen des mit dem Löffel berührten Glases – dann sank der Kranke schwer in die Kissen zurück, und alles war wieder still.
Die ungestörte Ruhe während des ganzen Tages und das besänftigende Medikament, das der in aller Frühe aus Ammergau herbeigeholte Doktor verordnet hatte, waren für Lehnls Befinden von der besten Wirkung gewesen. Seine gesunde, trotz der hohen Jahre noch kräftige Natur hatte auch das ihrige getan, und so war es gekommen, daß sich Lehnl gegen Abend wohler befand, als man des Morgens nach seiner schweren Kopfwunde hätte hoffen können. Außer dem Holzknechte, den Pauli in der Früh zum Doktor geschickt hatte, wußte im Dorf noch niemand etwas von dem Vorfall. Muckl hatte guten Grund, nicht davon zu reden, und wenn Pauli nicht gesprochen und niemand zur Hilfeleistung herbeigezogen hatte, so war es auf die Bitte Lehnls geschehen, den die Sorge quälte, die Leute möchten von dem einen aufs andere kommen und so sein sorgsam gehütetes Geheimnis in Gefahr bringen oder zum mindesten den guten Ruf seines Kindes. Daß Pauli dieser Bitte Folge geleistet, hatte viel zu Lehnls Beruhigung beigetragen. Nun lag er mit geschlossenen Augen und lauschte den vom Wirtshaus herüberklingenden Weisen.
Die spärlichen Lichter, die durch die Spalten der Fensterläden in das Stübchen fielen, wurden immer blasser und blasser, bis sie endlich ganz erloschen.
Lehnls Hand, die ruhig auf der Decke gelegen, hob sich und tastete nach Paulis Arm.
»Bub!« flüsterte der Kranke, ohne den verbundenen Kopf zu regen.
»Was magst?« fragte Pauli und beugte sich nieder.
»Hörst es?« Er meinte die herüberklingende Musik. »Möchtest leicht ein bißl ummi? Gelt?«
»Was fallt dir ein! Ich werd dich doch net allein lassen, in deim Zustand!«
»Die Loni möcht sich aber sorgen um mich ... könntest ihr schon ein Wörtl sagen: Mir wär net recht gut ... oder was sonst sagen magst. Aber mach's net arg!«
»Na, na! Ich kann doch net weggehen!«
»Wann ich aber schlafet?«
»Nachher vielleicht.«

»Net vielleicht ... versprich mir's ... gwiß!«
»Ja ... ja ... sei nur stad und streng dich net z'arg an!«
Es dauerte kaum ein paar Minuten, so fing Lehnl leise zu schnarchen an. Pauli wußte wohl, daß der Alte so rasch nicht eingeschlafen sein konnte, aber er hielt es für gut, auf den Wunsch des Kranken einzugehen. Sein eigenes Herz sprach ihm wohl auch ein wenig zu, und so erhob er sich denn, zog geräuschlos seine Feiertagsjoppe an und ging.
Als Pauli, von Bekannten und Freunden angesprochen und aufgehalten, endlich die schmale Treppe, die zu dem im ersten Stocke des Wirtshauses gelegenen Tanzboden führte, hinter sich hatte und auf die offene Türe zutrat, war gerade ein Tanz zu Ende. Plaudernd, lärmend und jauchzend umschritten die einzelnen Paare den niederen Saal, um sich an die gedeckten Tische zu verlieren, die in dem anstoßenden Zimmer durch einen breiten Wanddurchbruch sichtbar waren.
»So schick dich!« hörte Pauli Lonis helle Stimme von der Treppe her; und gleich darauf erschien sie auf der obersten Stufe. Das Mädchen sah reizend aus in dem Sonntagsstaat mit dem geblümten seidenen Röckchen und dem schwarzen Miederchen, an dem das silberne Schnürzeug prunkte und die alten Schaumünzen klirrten und klingelten. Wie eine dunkle Krone saß die glanzhaarige Bibermütze auf ihren braunen Flechten, und der großmütig stolze Gruß, mit dem sie jetzt an Pauli vorüber in den Tanzsaal schritt, hätte auch einer gekrönten Fürstin Ehre gemacht. Ihr auf dem Fuße folgte Loisl, einen mächtigen, mit Wasser gefüllten Blechtrichter in der Hand, dessen untere Öffnung er sorgfältig mit dem Finger zugedrückt hielt. Als die beiden eingetreten waren, hörte Pauli das Mädchen zu Loisl sagen: »So, jetzt spritz, aber ordentlich!« Er sah auch noch, wie der Geißbub anfing, mit dem aus dem Trichter fließenden dünnen Wasserstrahl die wunderlichsten Arabesken auf den staubigen Fußboden zu zeichnen; dann wandte er sich, schritt über den Gang zurück und trat durch die hintere Tür in die Gaststube, um die Brautleute zu begrüßen.
Loni sah ein paar Sekunden noch den Spritzkünsten des Geißbuben zu und wollte dann ebenfalls in die Gaststube eintreten, als Muckl ihr entgegenkam und sie aufhielt. Am frühen Morgen schon war der Bursche einigemal lauernd an Paulis Häuschen vorübergeschlichen, hatte wohl bemerkt, daß die Fensterläden geschlossen blieben, und

hatte auch den herbeigeholten Doktor eintreten sehen; so trieb ihn nun eine leise Angst, zu versuchen, ob er vielleicht von Loni etwas Näheres über Lehnls Befinden erfahren könnte.
»Hast du vielleicht was ghört, wie 's dem Lehnl geht?« sprach er das Mädchen an.
»Wie's ihm geht? Ja fehlt ihm denn was?« war Lonis verwunderte Frage. Hätte sie nur dem Burschen mit etwas weniger Unbefangenheit ins Gesicht geblickt, so würde ihr die Verlegenheit nicht entgangen sein, die ihm bei diesen Worten rot über die Stirne fuhr.
»Ja ... das heißt ... ich weiß net«, gab er stockend zur Antwort, »ich hab nur so was läuten hören, als ob er gfallen wär und hätt sich am Kopf oder am Arm aufgschlagn.«
»Du machst mir ja völlig angst!«
»Der Pauli soll ihn gfunden und heimbracht haben.«
»Siehst es, siehst es, hab ich mir doch heut früh gleich denkt, es müßt was gschehen sein! Weißt, der Lehnl is mit mir gestern auf d' Alm gangen und über Nacht droben blieben. Heut in der Früh schrei ich ihm ... schrei allweil, krieg aber kein Antwort ... und wie ich nach seiner Liegestatt schau, is er nimmer da.«
»Geh weiter!« gab Muckl mit gut gespielter Verwunderung zurück. »Aber wie gsagt, ich kann dir gar nix Bestimmts net sagen.«
»Da muß ich ja doch gleich nach dem Pauli schaun ... grad is er noch unter der Tür gstanden!« Loni ließ den Burschen stehen, der ihr lächelnd nachblickte, einen halblauten, kurzen Pfiff tat und sich auf dem Absatz gegen die Tür der Gaststube drehte. Doch als er die Schwelle überschreiten wollte, trat ihm Pauli in den Weg.
»Halt, Muckl, ich hab ein Wörtl z'reden mit dir!« Die Blicke, mit denen Pauli diese Worte begleitete, waren gerade nicht die gutmütigsten.
Muckl trat einige Schritte zurück und musterte Paulis Schuhe. »Schau ... kommst du gar auch zum Tanz?« fragte er spöttisch. »Ich hätt glaubt, deine Schuh wären noch net trocken ... 's is gar feucht gwesen heut nacht auf der Alm.«
Wie ein Blitz kam Pauli der Gedanke, Muckl könnte, verborgen im Gebüsch, alles mit angehört haben, was Lehnl gesprochen hatte. Einen hastigen Schritt machte er gegen den Burschen und faßte ihn mit eisernem Griff am Arm. Muckl mußte eingeschüchtert und zum Schweigen gezwungen werden, sei es auch um den Preis einer Unwahrheit. »Ein einzigs Wörtl, wenn du schnaufst über die heu-

tige Nacht, so bring ich dich aufs Gricht. Der Lehnl liegt bei mir daheim im Sterben, daß du's weißt!«

Muckl erblaßte. Doch sein Gesicht nahm einen trotzigen Ausdruck an. »Was geht denn das mich ... «

»Sei stad!« herrschte ihn Pauli an und ließ seinen Arm fahren, denn er sah, daß Loni aus der Tür trat und auf ihn zueilte.

»Pauli ... is wahr, was ich über den Lehnl ghört hab?« fragte das Mädchen in Sorge.

»Von wem hast du was ghört?« Und mit großen Augen sah Pauli in Lonis Gesicht.

»Grad vorhin ... vom Muckl!«

Pauli sah sich nach dem Burschen um, der es für geraten gefunden hatte, sich schweigend zu entfernen. »So ... von dem hast was ghört!« sagte er langsam. »Aber wie kommst denn nachher dazu, daß du mich um den Lehnl fragst?«

»Du hast ihn ja gfunden, hat der Muckl gsagt. Is denn net so?«

»Ja ... ja ... es is schon so ... «, gab Pauli zögernd zurück.

»Aber ich möcht nur wissen, wie der Lehnl dazu kommt, daß ihm so was passiert.«

»Ich denk mir halt, er wird in aller Früh aufgstanden sein, um dir ein Buschen z'brocken, damit er dir gleich eine Freud machen könnt, wenn du aufwachst ... «

»Der gute Mensch!«

»Und da wird's halt noch ein bißl finster gwesen sein ... und ja ... no ... und da wird er wohl gfallen sein.«

»Aber wie kommst denn nachher du ... «

»Ich war heut in der Früh schon im Wirtshaus da«, fiel Pauli dem Mädchen hastig ins Wort, »um dir ein Gruß ausz'richten vom Lehnl und dir z'sagen, du sollst kein Angst net haben, und es wär net so arg. Hast es aber so nötig ghabt, daß d' mir sagen hast lassen, du könntst dir net denken, was ich mit dir z'reden hätt. Jetzt weißt es ja, wie's mit dem Lehnl steht.« Damit wandte sich Pauli zum Gehen.

Loni war mit diesem Bescheid nicht zufrieden, sondern faßte den Burschen am Arm und fragte weiter: »Aber wo hast denn du ihn gfunden?«

»Wo ich ihn gfunden hab? ... Ja ... schau, das is doch wohl net so wichtig ... und ... « Pauli wußte nicht mehr, was er sagen sollte; erleichtert atmete er deshalb auf, als ihm ein Zufall zu Hilfe kam.

»Je ... da schau ... der Lostanzer!« rief er aus und deutete nach der

Türe, durch die der Hochzeitlader in den Tanzsaal trat, den reich mit Bändern geschmückten Stab schwingend und umdrängt von der schwatzenden Schar der Mädchen und Burschen. Pauli benützte den Augenblick, um in dem lärmenden Gedränge zu verschwinden. Was kümmerte ihn der Lostanz, der da nach alter Sitte abgehalten werden sollte? Auf das zweifelhafte Vergnügen, mit dem nächstbesten, durch das Los ihm bestimmten Mädchen tanzen zu müssen, verzichtete Pauli gern.

Inzwischen hatte der Hochzeitlader einen schweren Stand. Die Loszettel mußten mit den Namen der einzelnen Burschen beschrieben werden, von denen jeder zuerst die Gewißheit haben wollte, daß er ja nicht übersehen würde. Das Schreiben ging dem Alten auch nicht leicht von der Hand, und so war er froh, als Muckl sich zum Gehilfen anbot.

Die beschriebenen Zettel wurden gerollt und in den Hut des Hochzeitladers geworfen. Dabei drückte Muckl dem Alten heimlich ein gefaltetes Los in die Hand und flüsterte ihm zu: »Da steht dem Pauli sein Name drauf. Den gibst z'allerletzt der Loni. Es soll dein Schaden net sein.«

Beistimmend zwinkerte der Hochzeitlader mit den Augen, dann nahm er den Hut mit den Zetteln und rief: »Also, her da zum Gspiel! Buben und Deandln! A jeds kommt ans Ziel! Seids alle da?«

»Ja!« schallte es laut im Chorus.

»Franzerl, komm her«, rief der Hochzeitlader einem der Mädchen zu, »mach du den Anfang!«

Das Mädchen zog ein Los aus dem Hut und reichte es dem Alten.

»Also aufgepaßt! Erstes Paar: die ehr- und tugendsame Jungfrau Franziska Reindl mit dem hochlöblichen Jüngling Kaspar Hintermeier.«

»Da bin ich schon!« lachte der Bursche, drängte sich durch den Kreis und faßte mit hellem Juhschrei das Mädchen um die Hüften.

So ging es weiter; Paar um Paar wurde ausgelost, bis die Zettel zu Ende waren.

»Halt ... halt!« rief plötzlich der Hochzeitlader, als sich der Kreis der Umstehenden schon zerstreuen wollte. »Da hat sich ja gar so ein verfluchts Papierl unters Hutfutter einigschoben!« Geschickt praktizierte er das absichtlich zurückgehaltene Los in den Hut. »Welche von die Deandln hat noch net zogen?«

»Da ... d' Loni! Die hat gwiß noch kein Lostanzer!« fiel Muckl ein

und zeigte auf das Mädchen, das, mit einer alten Bäuerin plaudernd, eben den Tanzboden betrat.
Der Hochzeitlader schritt auf Loni zu, und der ganze Kreis drängte sich ihm nach. »Ja, was is denn, Loni«, rief der lustige Alte das Mädchen an, »du wirst doch beim Spiel kein Ausnahm net machen? Schau, da is grad noch ein Los da!«
»No, so geh her, daß Ruh is!« gab Loni lächelnd zur Antwort, nahm das Los aus dem Hut und reichte es dem Hochzeitlader.
»Jetzt bin ich aber neugierig . . . so neugierig war ich noch nie!« rief Muckl, trat an die Seite des Hochzeitladers und blickte ihm über die Schulter, als er das Los aufrollte: »Je, der Pauli!« lachte er auf.
»Letztes Paar: die ehrengeachtete Jungfrau Apollonia Höflmeier und der tugendsame Jüngling Paulus Lohner, Herrgottschnitzer von Ammergau!«
Jähe Röte hatte im ersten Augenblick Lonis Gesicht überflogen; dann riß sie dem Hochzeitlader, der die Entscheidung des Loses verkündete, den Zettel aus der Hand, um sich zu überzeugen, ob er wirklich den ihr so leidigen Namen trüge.
»Schau, schau, der Pauli!« kicherte Muckl. »Der muß dir rein von unserm Herrgott aufgsetzt sein, weil er ihn dir sogar beim Lostanz bis auf die Letzt aufhebt.«
»Das ist eine abkartete Gschicht!« fuhr Loni auf. »Da tu ich net mit!«
»Wär net zwider!« fiel der Hochzeitlader mit gutgespielter Entrüstung ein. »So wie's Los fallt, so muß tanzt werden! Das is Gotteswillen!«
Loni zuckte die Schultern und warf die roten Lippen auf. »Da hätt unser Herrgott viel z'tun, wenn er sich um all eure Dummheiten kümmern müßt!«
»Aber wo steckt denn der Pauli?« fragte der Hochzeitlader und blickte suchend im Kreis umher.
»Man wird's ihm wohl sagen lassen müssen«, meinte Muckl, »dem blinden Gockel, was ihm 's Glück für ein Gerstenkörndl ins Maul gsteckt hat. Geh weiter, Loisl, rühr dich!« schnauzte er den Geißbuben an, der sich neugierig herbeigedrängt hatte.
»Befehlen Euer Gnaden!« Dazu machte Loisl eine tiefe Verbeugung, wobei er komplimentierend den Blechtrichter abnahm, den er auf seinen Krauskopf gestülpt hatte, und sprang davon, um Pauli zu suchen.

»Mach dir kein Arbeit«, rief ihm Loni nach, »er wird's noch zeitlich gnug erfahren.«
»Du wirst doch net am End na sagen?« fragte Muckl, und lauernd blickte er dem Mädchen in die Augen.
»Was ich tu, is mein Sach!« war die bündige Antwort.
»Das schon«, gab Muckl lächelnd zurück, »aber der Lostanz is ein alter Brauch, und wie sich's trifft, so muß tanzt werden.« Die lebhaftesten Zeichen der Zustimmung von seiten der umstehenden Burschen begleiteten diese Worte. »Da täten wir uns ghörig auf die Füß stellen, wenn du ein Ausnahm machen wolltest!«
»Hab ich denn gsagt, daß ich's will?« fuhr Loni auf, und ihr Gesicht rötete sich vor Erregung. »Aber wann ich's wollt, nachher könnt's ihr alle mich net davon abhalten!«
»O ja! Das können wir!« rief ein Bursche aus dem Haufen; und schreiend und protestierend drängte alles auf Loni ein.
Muckl lachte laut hinaus. »Geh, plag dich net, du Feinspinnerin! Man weiß ja doch, daß bald Hochzeit machst mit dem Pauli.«
»Dummes Gschwatz, einfältigs!« gab Loni mit bebender Stimme zurück. »Hab ich vielleicht je ein Grund geben, daß du so daherreden kannst?«
»Am Tag und am Tanzboden vielleicht net«, lautete Muckls spöttische Antwort, »aber wer weiß . . . vielleicht bei der Nacht auf der Alm!«
»Muckl!« klang es mit zornigem Aufschrei von den Lippen des Mädchens, das bis in den Hals erblaßt war.
»Deswegen mußt net so auffahren«, erwiderte Muckl mit einer verletzenden Vertraulichkeit, »es is doch so, wie's is! In aller Fruh haben's ja schon die Spatzen am Dach pfiffen, daß der Pauli heut nacht auf der Weglalm bei dir am Kammerfenster war.«
Dem Mädchen stockte der Atem. »Der Pauli . . . an meim . . . «
»Da is der Pauli!« klang Loisls Stimme von der Türe her. Und Pauli, dem die Freude über den glücklichen Zufall aus den Augen leuchtete, drängte sich schon durch die Umstehenden. »Ja Loni! Is's denn wahr? Du und ich? Das is ja doch 's reinste Glücksspiel! Eine Freud hab ich, daß ich gleich narrisch werden könnt. Und schamen wirst dich gwiß net müssen mit mir! Denn wenn ich auch 's Tanzen schon lang nimmer trieben hab, verlernt, mein' ich, hab ich's noch allweil net!« Damit streckte er die Arme nach Loni aus, war aber bitter überrascht, als ihn das Mädchen mit harter Faust zurückstieß.

»Ich will dir aber sagen, was du verlernt hast«, brach es in heißen Worten von ihren Lippen, »die Rechtschaffenheit von einem braven Burschen ... du falscher, scheinheiliger Mensch, der sich net schämt, ein braves Weiberleut um ihren ehrlichen Namen z'bringen durch seine Schlechtigkeit und Hinterlist!« Ein tiefer, schluchzender Atemzug erschütterte Lonis Brust.
Pauli wußte nicht, wie ihm geschah. Mit weitgeöffneten Augen blickte er sprachlos auf das Mädchen.
»Und drum sag ich dir jetzt: Wo ich bin, hast du in Zukunft nix mehr z'suchen! Dein Tanz aber ... « mit zitternden Händen zerriß sie das Los und warf dem Burschen die Fetzen vor die Füße, »da hast ihn, den kannst halten, mit wem du willst. Die Loni is von heut an nimmer für dich auf der Welt ... das merkst dir! Und daß du's net vergißt und daß die Madln alle, wie s' da rumstehen, wissen, wie man mit so eim nixnutzigen Burschen umgeht, so will ich's ihnen zeigen ... « Einen hastigen Schritt machte sie auf den Burschen zu. »Du schlechter Mensch!« Und ein brennender Schlag fiel auf Paulis Wange.
Wie flüssiges Feuer stieg dem Burschen das Blut in Wangen und Stirne. Die Adern an Hals und Schläfen schwollen ihm zum Springen, und ein Schauer flog über seine Gestalt. Plötzlich hörte er, wie ihm einer ins Ohr zischelte: »So was wirst du dir doch net gfallen lassen! Vom Pechlerlehnl seiner Tochter!« Es war Muckl – und Pauli wußte nun, wem er diese Schmach zu danken hatte. In der ersten Wallung seines Zornes wollte er sich auf den scheu zurückweichenden Burschen stürzen. Aber wie mit einem Schlage standen alle Erlebnisse der letzten Nacht vor seinen Augen: Er hörte das leise Flehen des blutenden, um sein Geheimnis besorgten Alten, und kraftlos sanken ihm die erhobenen Arme nieder.
Da fiel sein Blick auf Loni, die, ohne sich umzublicken, zur Türe ging. Mit ein paar Schritten hatte er das Mädchen eingeholt und zog die Widerstrebende mit unerwehrbarer Gewalt in den Tanzsaal zurück. »Halt, Loni! Net von der Stell, bis ich dir gsagt hab, wozu du mich rausgfordert hast! Wie ich jederzeit zu dir gstanden bin, wie mein Herz an dir ghängt is, das brauch ich dir nimmer z'sagen ... wohl aber, daß kein mehr finden wirst auf der Welt, der's so ehrlich mit dir meint wie ich!«
»Ja, glaubst denn du ... « fuhr Loni auf.
»Red net!« schnitt ihr Pauli mit hartem Klang das Wort ab. »Was ich

dir jetzt zum sagen hab, is keine Frag und braucht auch keine Antwort. Ich will auch den Grund net wissen, warum du mich gschlagen hast. Denn was man dir auch von mir eingredt hat ... und ich weiß auch, wer dir's eingredt hat ... so weit hättst mich kennen sollen, wenn's was Schlechtes gwesen wär, daß es grad deswegen eine Lug hätt sein müssen. Übrigens brauch ich mich net vor dir zu verteidigen ... ich wüßt net wozu ... aber ich sag dir bloß das einzige: Sei froh, daß du ein Madl bist! Das erspart dir wenigstens die Vergeltung für den Schlag.« Paulis Fäuste ballten sich bei diesen Worten, und aus seinen Augen blitzte der heiße Zorn über die erlittene Schmach.

Mit großen Augen blickte Loni auf den Burschen, der vor ihr stand, ein Bild zürnender Männlichkeit. Es wurde ihr bange vor diesen flammenden Blicken, unwillkürlich trat sie einen Schritt zurück und umklammerte, wie Schutz suchend, mit zitternden Händen den Arm einer Freundin.

Da fielen Paulis Augen über die auf dem Boden zerstreuten Fetzen des zerrissenen Loses, und seine Lippen zuckten in erzwungenem Lächeln. »Die Fetzen vom Los hättst mir auch net vor die Füß hin z'werfen braucht ... denn daß ich noch mit dir tanzen wollt, das wirst ja doch net glauben? Zwar ... wann ich wollt ... mußt net meinen, daß mich was abhalten könnt ... « Er trat vor Loni hin und hob ihr langsam seine starken Arme bis an die Augen. »Da schau dir s' an, die zwei Arm! Mit denen lupfet ich dich in d' Höh ... « Dabei faßte er Loni mit beiden Händen um die Hüfte, schwang sie mit gestreckten Armen hoch über den Kopf empor, und indem er sich ein paarmal um sich selbst drehte, wirbelte er das Mädchen im Kreis herum, daß die Röcke flogen; mit so kräftigem Ruck stellte er sie dann zur Erde nieder, daß Loni, rückwärts taumelnd und mit beiden Händen nach einer Stütze haschend, in die Arme ihrer Freundin sank.

Ein Blick aus Paulis Augen flog noch über das zitternde Mädchen. »Da stehst! Und jetzt wenn du sagst: Zwischen uns is nix und zwischen uns wird nix, nachher kannst recht haben! Bhüt dich Gott!« So hart waren diese drei Worte nie noch über Paulis Lippen gekommen, und nie noch waren sie von einem so zornfunkelnden Blicke begleitet gewesen wie dem, mit dem sich der Herrgottschnitzer von Loni wandte.

Scheu wichen die umstehenden Mädchen vor ihm zurück, und auch die Burschen machten gutwillig Platz, so daß Pauli, während ihm all diese verdutzten Augen nachguckten, durch eine förmliche Gasse schreiten mußte, um die Türe zu erreichen. Noch ein Schritt, und er war verschwunden.

Auf Loni war es wie ein lähmender Bann gelegen. Halb auf den Knien, von den Armen ihrer Freundin gestützt und mit der zitternden Hand am Munde, war sie regungslos verblieben und hatte mit verstörten Augen Pauli nachgeblickt. Und als er durch die Türe verschwunden war, erschütterte ein krampfhaftes Schluchzen Lonis Brust. Sie sprang auf, riß sich mit zornigem Ruck von ihrer Freundin los und stürzte davon, mit beiden Händen das Gesicht bedeckend, um vor all den neugierigen Augen, die ihr mit unverhehlter Schadenfreude nachblickten, die hervorbrechenden Tränen zu verbergen.

8

Drei Wochen waren vergangen seit jener für Pauli und Loni so verhängnisvollen Hochzeitsfeier. So manches war inzwischen geschehen. Noch am Abend der Hochzeit hatten die mit Pauli befreundeten Burschen ein kleines Nachspiel aufgeführt im Verein mit Muckl, der allerdings dabei etwas wider seinen Willen beteiligt war. Die allgemeine Gemütlichkeit war gestört worden, und die Burschen, die sich in ihrer Lustbarkeit beeinträchtigt sahen, ergingen sich in Stichelreden gegen Muckl; ein Wort gab das andere; es setzte tüchtige Hiebe, und ehe der Wirt intervenieren konnte, hatte man den Muckl die Treppe hinunter und zur Türe hinausspediert.
Als man dann acht Tage später im Dorfe vernahm, Muckl hätte sich mit einer reichen Bauerntochter aus einem benachbarten Dorfe versprochen, die als eine böse Sieben bekannt war, erregte das recht wenig Aufsehen. Spitzige Worte für den neugebackenen Bräutigam gab es freilich in Hülle und Fülle.

Ebensosehr, wie Muckl seit jenem Hochzeitstage an Beliebtheit verloren hatte, ebensoviel hatte Pauli bei allen an Zuneigung gewonnen. Es schien auch, als wäre er längst mit sich zur Ruhe gekommen und hätte alles verschmerzt; Tag für Tag, von früh bis in die sinkende Nacht stand er an seiner Schnitzbank, und die Arbeit wuchs ihm unter den Händen hervor. Das Wirtshaus hatte er seit jenem Tage nie mehr betreten; des Mittags ließ er sich sein Essen durch die Kellnerin herüberbringen, ebenso des Abends seinen Krug Bier; und während er ihn leer trank, saß er am Bette Lehnls, der langsam seiner Genesung entgegenschritt.

Der Unfall, der den Alten betroffen hatte - in der Lesart, als wäre er gestürzt und hätte sich dabei verwundet –, war bald auch im Dorfe bekannt geworden. Täglich kam der eine oder der andere, der den Kranken besuchte, und mehr als genug sprachen diese Besucher dem

Alten von jenem Vorfall beim Hochzeitsfeste. Sooft aber Lehnl mit Pauli darüber reden wollte, schnitt ihm dieser kurz das Wort ab oder setzte allen Fragen ein hartnäckiges Stillschweigen entgegen.
Am häufigsten kam der Maler Baumiller, freilich mehr zu Pauli als zu Lehnl. Jetzt, nachdem er der Meinung war, daß die Liebe zu Loni für den Burschen kein Grund zum Bleiben mehr sein könnte, verfolgte er seinen alten Lieblingsplan, Pauli mit in die Stadt zu nehmen und ihn dort ausbilden zu lassen, mit um so größerer Hartnäckigkeit. Als Baumiller aber bei Pauli selbst nichts ausrichtete, der dem eindringlichsten Zuspruche des Malers nur immer ein kurzes ›Ich mag halt net!‹ entgegenhielt, steckte er sich hinter den Bürgermeister von Ammergau, der da ein Machtwort sprechen sollte. Denn es wäre doch für die ganze Gemeinde eine stolze Ehre, wenn aus ihrer Mitte ein großer Künstler herauswüchse und auf den goldenen Staffeln des Ruhmes emporstiege, zum Glanze für den Namen Ammergau. Aber auch dieser Umweg war ohne Erfolg geblieben, obwohl sich auch Paulis Mutter mit dem Maler verbündet hatte. Außer Lehnl war sie die einzige, die sich durch die äußere Ruhe Paulis nicht täuschen ließ, ihm ins Herz sah und von dem, was sie darin gewahrte, nicht sehr erfreut war. So trug auch sie sich mit dem Gedanken, daß es wohl für Pauli das beste wäre, wenn er fortginge. Aber wenn auch Pauli nicht schon aus eigenem Antrieb jeder Überredung widerstanden hätte, wenn er wirklich einmal schwach und nachgiebig geworden wäre – die Einflüsterungen Lehnls, der in jeder nur möglichen Weise dem Plan des Malers entgegenarbeitete, hätten in dem Burschen immer wieder den schwankenden Willen befestigen müssen. Lehnl mußte wohl gewichtige Gründe haben, daß er seinen jungen Freund immer wieder zum Bleiben mahnte; die Hoffnung, daß alles noch einmal gut werden könne, wollte den Alten nie verlassen.
Mit heißer Spannung erwartete Lehnl den Tag, an dem er zum erstenmal das Haus verlassen könnte; und als dieser Tag gekommen war, führte der erste Ausgang den ungeduldigen Alten ins Wirtshaus hinüber.
Es war am Nachmittag eines für die schon ziemlich vorgerückte Jahreszeit selten schönen Tages. Als Lehnl in die Wirtsstube trat, fand er nur ein paar Holzknechte vor, welche mit Karten, die bis zur Unkenntlichkeit beschmutzt waren, ihren Bittern ausspielten. Die Kellnerin saß neben dem Schänkkasten und strickte. Nachdem

Lehnl diesen Leuten zur Genüge versichert hatte, daß es ihm recht passabel ginge, schritt er auf die Türe des Nebenzimmers zu, in dem er Loni vermutete. Er hatte sich auch nicht getäuscht. Das Mädchen saß am Fenster und mühte sich damit ab, einen in die Brüche gegangenen Hausrock ihres Pflegevaters wieder zusammenzurichten. Als Loni die Türe gehen hörte, wandte sie langsam den Kopf, sprang aber dann in freudiger Überraschung auf. »Meiner Seel, der Lehnl!« Und mit ausgestreckten Händen eilte sie dem Alten entgegen.

Lehnl sah dem Mädchen erstaunt, fast erschrocken ins Gesicht. Das frische, blühende Rot, das sonst auf diesen Wangen gelegen, war von ihnen gewichen, und die runden Backen waren recht schmal geworden.

»Ja, wie geht's dir denn, du armer Kerl?« so plauderte Loni weiter. »Was macht denn dein Kopf?«

»So eim dicken Schädel schadet net leicht was. Wie geht's denn aber dir? ... Schaust net gar gut aus! ... Hab allweil Zeitlang ghabt nach dir und hab glaubt, du bsuchst mich einmal.«

Loni wandte sich ab und machte sich am Tische zu schaffen. »Ich wär schon kommen ... wenn ... aber ... «

»Wenn ... aber? Ja so! In das Haus, wo ich glegen bin, gehst halt net eini? Gelt?«

»Du hast wohl ghört ... ?« gab Loni mit gepreßter Stimme zur Antwort.

»Ghört und gsehen gnug!« Lehnl zog einen Stuhl an den Tisch und ließ sich nieder. »Lonerl, Lonerl ... das war net recht!«

»Sagst du auch so! Ich muß mir schon von die andern Leut gnug anhören.«

»Meinst vielleicht, ich sollt dich loben auch noch? Das wär doch z'viel verlangt. Wer den Pauli gsehen hat wie ich ... wie er heimkommen is, kein Wort gredt, sein Feiertagsgwandl weggworfen hat und wieder naus is bei der Tür ... Lonerl, der kann dir kein Fleißbillett geben. Erst am anderen Tag in der Fruh is er wieder heimkommen ... und wie ich ihn hab fragen wollen, was denn los is, hat's nur gheißen: Red nix, wenn du haben willst, daß ich dir gut bin!«

»Du bist halt auch wie die andern!« versetzte Loni mit ärgerlichem Ton. »Redest allweil bloß von ihm, aber net von mir. Hab mich schon so gfreut, daß ich mit dir über die dumme Gschicht dischkrieren könnt ... derweil is das auch nix!« Sie trat vom Tisch weg an das Fenster und nahm ihr Nähzeug wieder zur Hand. »Jetzt is halt aus!« seufzte sie tief auf und begann zu nähen.

»No ... « meinte Lehnl und blickte forschend nach dem Mädchen, »das möcht ich grad doch net so steif behaupten. Denn was einmal die richtige Lieb war, die bleibt's auch, mag da gschehen, was will.«

Loni warf den Kopf in den Nacken. »So?« rief sie erregt. »Du hast ihn halt net gsehen, wie er dagstanden is und gredt hat ... 's richtige Mannsbild, wie man sich's denkt ... und wie er gsagt hat: ›Jetzt wenn sagst, zwischen uns is nix und zwischen uns wird nix, nachher kannst recht haben!‹ ... Und das ›Bhüt Gott!‹ ... Ich dank!«

»Ja, ja«, meinte Lehnl, »das will ich schon glauben ... aber ... wenn auch bei ihm, wie ich mein', 's Eis noch zum Brechen wär ... du kannst ihn ja doch nimmer mögen!«

»Na ... nie!« fuhr Loni auf. »Lieber sterben!«

Im gleichen Augenblick öffnete sich die Tür, und der Maler Baumiller trat ein. Die üblichen Begrüßungen wurden gewechselt, und wieder einmal mußte Lehnl ein halbes Dutzend Fragen nach seinem Befinden beantworten. Dann verließ der Alte das Gemach, um auch dem Wirte ein Grüßgott zu sagen.

Über alles mögliche plauderte der Maler inzwischen mit Loni; plötzlich, mitten im Gespräche über das schöne Wetter, neigte er sich über die Lehne des Stuhles, auf dem sie saß, und sprach ihr ins Ohr:»Sag einmal, Lonerl, könnt man jetzt mit dir net auch einmal ein gescheits Wörtl reden?«

»Man müßt's halt probieren!«

»Wegen meiner und wegen dem Pauli.«

»Jesses! Wenn ich nur den Namen nimmer hören müßt!« gab Loni gallig zur Antwort. »Ihr wißt's ja , daß ich ihn net ausstehen kann.«

»Ich red ja nur grad deswegen von ihm, daß du einmal zur Ruh kommst!« tuschelte der Maler mit eindringlichem Eifer. »Und das gschieht net eher, vor der Pauli net geht!«

Hastig hob Loni die Augen und blickte dem Maler ins Gesicht. »Daß er aber net geht«, gab sie zögernd zur Antwort, »ich mein', das habts oft gnug schon ghört.«

»Die Sach is halt net recht anpackt worden! Du, Loni, du selber mußt die Gschicht in die Hand nehmen!«

Lonis Augen wurden immer größer. Und bedenklich schüttelte sie den Kopf. »Da geht mir der Verstand aus!«

»Wirst es gleich verstehen!« Baumiller zog einen Stuhl zu Loni ans Fenster, ließ sich ihr gegenüber nieder und faßte ihre beiden Hände. »Sag, Loni, kannst du's begreifen, daß ein Mensch mit ganzem Herzen und ganzer Seel was wünscht und hofft, so daß er gar kein andern Gedanken mehr hat? Begreifst du das?«
»O ja!« Ein tiefer Seufzer schwellte die Brust des Mädchens.
»Siehst, Loni, so ein Gfühl hab ich ghabt, wie ich ein junger Mensch war. Wie ich zum Malen angfangt hab und wie ich die Bilder gsehen hab von unsere großen Meister, da is in mir der Wunsch aufgstiegen, was Gleiches zu schaffen und auch Bilder zu malen, vor denen die ganze Welt staunen müßt. Der Wunsch war ein recht schöner! Und was an meim guten Willen und an meim Fleiß glegen war, das is auch redlich gschehen. Aber weiter hab ich's halt doch net bracht, als daß meine Bildln gern kauft worden sind und daß ich mir ein bißl was erworben hab. Schau, Lonerl, damit du's verstehst, möcht ich sagen: Mir is gangen wie eim Schneider, der ein Rock für ein großmächtigen Mann machen will ... und's Tuch reicht bloß für ein Buben. Das Tuch, das heißt man bei uns Talent. Die Stund, wo ich zur Einsicht kommen bin, daß bei mir's Tuch net reicht, das war die schwerste Stund in meim Leben! Und da find ich auf einmal ein Menschen, der das Talent, das mir gfehlt hat, im reichsten Maß besitzt und dem, um das zu werden, was mir bei allem Fleiß net glungen is, nix fehlt als die richtige Schul und der rechte Lehrer.«
In immer steigender Aufmerksamkeit hatte Loni dem Maler zugehört. Und mit schüchterner Stimme fragte sie nun: »Is das der Pauli?»
»Ja, Herzl, das ist der Pauli!« fiel der Maler ein. Und seine Augen leuchteten, als er weiter fortfuhr: »Immer besser und besser hab ich ihn kennenlernen ... und wie mein Glauben an sein Talent immer mehr und mehr bestärkt worden is, da hat in mir unter all der Aschen die alte Glut wieder aufgflammt! Da hab ich den Menschen wachsen und werden sehen zu dem, was er werden kann. Da hab ich im Geist voraus schon die Kunstwerke angstaunt, die unter seiner Hand einmal entstehen, und in Gedanken seh ich die Leut sich rumdrängen und hör, wie sie einander erzählen: ›Sehts, dort, der alte Maler is's, der den Menschen für die Kunst gewonnen hat!‹ Und von dem Dank, den die Welt ihm zu Füßen glegt hätt, wär auch für mich ein Bröserl abgfallen, wenn auch nur ein kleinwinzigs, und ich wär zfrieden gwesen!«

Loni konnte ihre Bewegung nicht mehr unterdrücken, sie sprang auf, und in unverhehlter Rührung streckte sie dem Maler die beiden Hände hin. »Was kann ich tun, damit's so kommt, sagen Sie's mir ... und ich tu's!«

»Du selber mußt mit dem Pauli reden!«

»Na! Net um alles in der Welt!« fuhr Loni auf, und dunkle Röte überfloß ihr Gesicht. »Alles tu ich ... alles, aber das ... das kann ich net!«

»Geh, red net so voreilig!« mahnte der Maler. »Denn schau, Lonerl, was ich von dir verlang, das ist das einzige, was noch helfen kann.«

»Und warum soll's grad helfen, wann ich mit ihm red?« fragte Loni zweifelnd. »Da glaub ich eher, daß mein Reden alles noch schlechter machet.«

»Und wenn's auch so wär, versuchen mußt du's, ob du ihn net bewegen kannst, daß er die Hand nach seim Glück ausstreckt.« Der Maler trat an Lonis Seite, und indem er den Arm vertraulich um ihre Schulter legte, fuhr er fort: »Schau, Kindl, du hast schon eine Schuld abzutragen an dem Menschen! Ich weiß auch, und lang schon hab ich dir's angmerkt, daß du's selber in dir spürst, als ob's so sein müßt.«

Schnaufend nickte Loni vor sich hin.

»Gelt? Gstehst es auch ein? Drum sei gscheit und laß dir auch was sagen! Schau, der Pauli hat dich so gern ghabt, daß mit demselbigen bösen Tag noch net alles verraucht sein kann. So viel Lieb zu dir is bei ihm noch allweil daheim, daß er dir's gwiß net abschlagt, wenn du zu ihm sagst: Pauli, ich bitt dich, geh fort, mich leidt's nimmer im Dorf, solang du da bist! Und wann er erst einmal bei mir in der Stadt is, wann er all das Neue sieht, was ihm da entgegentritt, und wann er's Arbeiten anfangt und 's Studieren, da müßt's doch mit dem Teufel zugehen, wenn er mit der Zeit net die unglückliche Lieb aus dem Kopf brächt, die ihm ein Elend is und dir ein Ungemach, und wenn er net ein Mensch werden tät, der sein Glück verdient und der sein Glück auch findet.«

Lautlos hatte Loni dem Maler zugehört, und als er schloß und sie fragend ansah, legte sie ihre Hand auf seinen Arm und spähte ihm mit forschendem Blick in die Augen. Und leichte Röte huschte über ihre Wangen, als sie fragte: »Glaubts Ihr auch gwiß, daß es dem Pauli sein Glück sein wird, wann er geht?«

»Es ist meine feste Überzeugung!« gab der Maler flink zur Antwort.

Hastig streckte ihm Loni die Hand hin. »In Gottes Namen, ich tu's!«
Das stieß sie mit zitternder Stimme hervor. »Weil Ihnen ein Gfallen damit gschieht ... und weil ... «, die Tränen schossen in Lonis Augen, und ein leises Schluchzen erschütterte ihre Lippen, »und weil ... ja, weil ich so froh bin, wann ich ... den Menschen nimmer sieh.«
»Geh, Lonerl«, tröstete der Maler, »geh, nimm's net so schwer!«
»Schwer?« fuhr Loni ganz entrüstet auf und wischte rasch mit der Faust über die Augen. »Fallt mir ja gar net ein!«
»So is recht!« rief Baumiller freudig aus und drückte das Mädel an seine Brust. »Jetzt kann ich ruhig wieder auf meine Berg nauf steigen. Weißt, es muß ja net gleich sein! Ich geh heut fort auf ein paar Tag, und wann ich nachher heimkomm, können wir noch mal drüber reden. Und nachher wird sich schon einmal die rechte Zeit dazu finden. Jetzt bhüt dich Gott ... und ich dank dir halt im voraus für dein guten Willen. Bhüt Gott!«
Lange, lange noch stand Loni regungslos und starrte vor sich hin auf das Fenstergesimse. Sie wußte gar nicht mehr, wie es gekommen war, daß sie dieses unselige Versprechen geben konnte – sie – und reden? Mit jenem Menschen, der ihr so bitterböse Worte gesagt hatte, vor all ihren Freundinnen, vor dem ganzen Dorf? Aber freilich, hatte sie denn nicht selbst ...
Loni schlug die Hände vor die Augen. Sie hatte nicht den Mut, einen Gedanken auszudenken, der sie selbst aller Schuld zeihen mußte. Seufzend ließ sie sich nieder und nahm ihre Näharbeit wieder zur Hand. Aber die Nadel zwischen ihren Fingern war recht träge, und nur langsam suchte sie ihren Weg durch das widerspenstige Tuch, bis sie auf einmal wieder stillestand.
»Es muß ja net gleich sein!« murmelte Loni vor sich hin, die Worte des Malers wiederholend. Dann sprang sie plötzlich auf. »Wohl muß es gleich sein, denn ein altes Sprichwort sagt: Man muß das Eisen schmieden, solang's heiß is.« Sie eilte zur Tür und rief hinaus: »Resl!«
Die Kellnerin kam und fragte »Was magst?«
»Geh ummi zum Pauli und sag ihm, er soll gleich auf der Stell da her kommen, der Herr Baumiller hätt was Wichtigs mit ihm z'reden!«
Resl hatte den Maler fortgehn sehen und blickte verdutzt auf Loni: »Ja ... aber ... «

»Schau net so dumm drein«, fuhr Loni sie zornig an, »sondern tu, was ich dir schaff.«
»Das is aber gspaßig!« knurrte Resl, als sie kopfschüttelnd ging, um Lonis Auftrag auszuführen.
Loni trat zum Tisch, der in der Mitte des Zimmers stand. Und weil ihr augenblicklich keine andere Beschäftigung einfiel, fing sie an, mit den Fingernägeln aus den Klunsen der Tischplatte den grauen Sand herauszubohren, der sich beim Reinfegen des Tisches fest in alle Ritzen gelegt hatte.
Ein paar Minuten mochten vergangen sein, da klang aus der Wirtsstube die Stimme der Kellnerin: »Geh nur da eini in d'Stuben!« Und schwere Tritte näherten sich der Tür.
»Heilige Muttergottes, steh mir bei«, flüsterte Loni, »da is er schon!«

9

Ein schüchternes Klopfen wurde hörbar. Gleich darauf öffnete sich die Tür, und Pauli trat ein.

»Jesses . . . d' Loni!« fuhr es erschrocken aus ihm heraus, als er das Mädchen erblickte. Und in brennender Verlegenheit drehte er seinen Filzhut zwischen den Fingern.

Mit der einen Hand auf den Tisch gestützt, stand Loni da und blickte scheu zu dem Gast hinüber. »Grüß Gott!« hauchte sie leise.

»Grüß Gott auch!« klang die trockene Antwort. »Ich weiß net, ob ich da recht bin? Ich soll zum Herrn Baumiller kommen.«

»Ja, ja, bist schon recht!« stieß Loni hervor. Und als fiele ihr eine schnell gesprochene Lüge weniger schwer, fügte sie mit flinkem Gesprudel bei: »Er hat gsagt, du sollst da warten, er wird gleich kommen, hat er gsagt.«

»Muß ich halt warten!« Pauli wandte sich zum Fenster, das neben der Türe war, stellte sich vor die Scheiben, kreuzte die Arme hinter dem Rücken, schwenkte zwischen zwei Fingern seinen Hut und blickte stumm ins Freie hinaus.

Loni näherte sich ihm mit kurzen Schritten, aber nur so weit, daß ihr ausgestreckter Arm mit den Fingerspitzen noch immer die Tischecke berührte. Vergebens mühte sie sich, ein Wort über die Lippen zu bringen; es war ihr, als umschlösse eine unsichtbare Hand wie mit eiserner Zange ihre Kehle. Bange Sekunden verrannen - bis endlich Pauli, dem sich diese Stille nicht minder drückend aufs Herz legte, sich kurz vom Fenster abwandte und der Tür zuschritt mit den Worten: »Ich will doch lieber draußen warten!«

»Jesses na!« fuhr Loni erschrocken auf. »So bleib nur, der Herr Baumiller kommt gleich! Das heißt . . . es könnt ja möglich sein, daß er auch net gleich käm . . . aber . . . wenn du's vielleicht mit der Arbeit recht notwendig hast . . . ich weiß auch, was er dir zum sagen

hat ... nachher ... wenn du meinst ... und wenn du's von mir anhören willst ... nachher könnt's ja ich dir auch sagen.«
Erwartungsvoll hingen Lonis Augen an dem Gesicht des Burschen, dem ein wehmütiges Lächeln um die Lippen huschte. »Schau, Loni, plag dich net!« erwiderte er nach kurzem Schweigen. »Du hast es schon in manchem recht weit bracht, aber's Lügen bringst doch net recht zamm. Druck's halt aussi, was mir sagen willst! Ich merk's ja eh, es ist ein abgmachte Sach, daß du mit mir reden sollst!«
Dunkle Röte übergoß Lonis Wangen. »Na ... gwiß net«, stotterte sie, »das heißt ... «
»Es is schon gut!« schnitt ihr Pauli kurz das Wort ab und stellte sich wieder vor das Fenster hin.
Durch diesen scharfen Schnitt war Loni weiter von ihrem Vorhaben abgebracht, als ihr lieb sein konnte. Aber sie mußte nun sprechen – um jeden Preis. So faßte sie den ersten Gedanken auf, der ihr in den Sinn kam.
Während sie sich langsam um ein zagendes Schrittlein näherte, fragte sie scheu: »Wie geht's denn deim Mutterl, hab's lang nimmer gsehn?«
»Ich dank, ganz gut!« klang es vom Fenster her.
»Ich hab ghört, sie tät dir allweil zureden, du sollst mit dem Herrn Baumiller in d' Stadt gehen?«
»Kann schon sein.«
»Und du wolltest net?«
»Is auch möglich!«
Paulis kurze Antworten konnten Loni nicht mehr einschüchtern. Sie hatte den Faden am richtigen Zipfel angesponnen, und mutig fragte sie weiter.
»Warum magst denn net, wenn man fragen darf?«
»Weil's mich net freut!«
»Das is freilich ein gwichtiger Grund. Aber wer weiß, ob dein Mutterl net am End recht hat und ob's net dein Glück wär, wenn ihr folgen tätest.«
Bis zur Unkenntlichkeit hatte Pauli während Lonis hartnäckigen Fragen seinen Filzhut zusammengedreht. Die letzten Worte des Mädchens ließen ihn plötzlich auf diese immerhin unterhaltende Beschäftigung verzichten, und mit jähem Ruck wandte er sich vom Fenster ab. »Na also ... schau ... da wären wir ja bei der Sach! Alles Mögliche hat der Herr Baumiller schon probiert. D' Mutter

und den Burgermeister hat er über mich ghetzt... und jetzt schickt er gar noch dich!«
»Ja, Pauli, ich will's auch net länger leugnen«, stammelte Loni. Und hastig, ohne recht zu bedenken, was sie sprach, redete sie weiter: »Der Herr Baumiller hat mir das Versprechen abgnommen, ich soll dir zureden, daß du mit ihm in d' Stadt gingst. Ein kleins bißl hat er gmeint, könntest du doch auf das hören, was ich dir sag... und hat gmeint, wenn ich dir saget: Pauli, mich leidt's nimmer im Dorf, solang du da bist... mein Rast und mein Ruh is weg... geh fort von da... so... so tätst du's auch... hat er gsagt.«
In guter Meinung, das Richtige gefunden zu haben, hatte Loni fast Wort für Wort die Rede des Malers wiederholt; doch sie erschrak nicht wenig, als Pauli sie mit rauher Stimme anfuhr: »Und du schamst dich net? Und kannst mir so was ins Gsicht eini sagen? D' Ruh hast mir gstohlen, um meiner Lieb willen hast mich bschandelt vor alle Leut, und jetzt kommst und willst meine Lieb als Fürspann nehmen, um mich von meiner Heimat z'treiben, von Mutter und Haus? Loni, das is grundschlecht!«
Flehend hob sie die zitternden Hände. »Pauli... ich bitt dich um Gottes willen, glaub so was net von mir! Wenn ich mich hab überreden lassen, daß ich dir zusprich, so war's, weil ich überzeugt bin, es wär besser für dich, wenn du gingst, weil du mich nachher vielleicht vergessen könntest... und alles, was gschehen is. Und wenn du nachher ein berühmter Bildhauer werden tätst und alle Leut dich gern hätten und in Ehren halten und wenn du nachher recht reich werden tätst... so hätt ich halt gmeint, könntest leicht auch das finden, was in deiner Heimat umsonst gsucht hast... die Lieb von eim braven Madl.«
Wären es nicht die Einflüsterungen schwer gekränkter Liebe gewesen, die Paulis Augen verdunkelten und seine Ohren schlossen, er hätte aus diesem bleichen Gesichte lesen müssen, was in der beklommenen Seele des Mädchens vorging, und hätte hören müssen, daß aus dem Klang dieser Worte die wahrhaftige Offenheit eines geängstigten Herzens sprach.
So aber schüttelte er nur unmutig den Kopf, und mit heiserem Lachen rief er: »Also grad wegen meim Glück? Du mitleidigs Madl! Ich sag dir, ich glaub dir's net! Ich glaub viel eher, daß du jetzt lügst und daß deine erste Red d' Wahrheit war: daß d' mich bloß fort haben willst, weil ich dir im Weg umgeh!«

»Na, Pauli, gwiß net!«
»Laß gut sein! ... Ich geh dir aus'm Weg! Du sollst d' Ruh finden ... ob ich mein Glück, das is ein andere Frag. Glaub aber ja net, daß ich mir aus dem Maler seim Gschwatz eine Hoffnung mach. Ich will net berühmt werden und brauch kein Reichtum ... was ich brauch, hab ich, Gott sei Dank, und wollt ich mir mehr wünschen, so müßt mich unser Herrgott strafen. Aber mag's jetzt sein, wie's will ... ich geh ... und wenn ich auch in mein Unglück renn.«
»Jesses ... wenn du so denkst ... Pauli ... wär's mir gleich lieber, du bliebest da!«
Pauli blickte verwundert auf; es klang ihm nun doch aus dieser Stimme etwas entgegen, was ihn stutzen machte; aber es kam ihm das so sonderbar vor, so ganz unglaublich, daß er dem Gedanken, der zu Lonis Gunsten sprach, nur einen einzigen Augenblick Gehör schenkte. »Plag dich net, Loni! Dein Ernst is ja doch net! Und meinetwegen brauchst kein Angst net z'haben ... weil schon einmal so mitleidig bist! Ich bin schon über gar viel wegkommen und schlag mich da auch noch durch! Freilich, wie schwer mir's wird, das kann dir gleich sein ... wenn's nur nach deim Kopf geht.«
Aus Paulis letzten Worten klang ein Ton so tiefen Schmerzes, daß die Tränen in Lonis Augen schossen. Beherzt trat sie näher und zerknitterte in fieberhafter Ungeduld ihre weiße Schürze, während sie sprach: »Na, Pauli ... wenn du mich auch für recht schlecht haltst, so schlecht bin ich doch net, und schau ... wenn du meinst, es wär net so, wie der Herr Baumiller sagt, sondern so, wie du sagst ... schau, da mein ich, wär's besser, du gingest net fort, sondern bliebest da und tätst auch gleich ... « Das Blut stieg ihr ins Gesicht bei dem Gedanken an das, was sie da hatte sagen wollen.
Im ersten Schreck hielt sie es für ein Glück, daß Pauli sie im Weitersprechen verhindert hatte, als er sie unterbrach: »Geh, sei stad!« Und doch wär's ihr lieber gewesen, er hätte sie nicht unterbrochen – denn es legte sich ihr wie Eis um das Herz, als sie ihn weiterreden hörte: »Muß halt alles aus sein! Aber grad dadurch, daß ich jetzt geh, will ich dir noch beweisen, wie gern ich dich ghabt hab! ... Und somit bhüt dich Gott!« Er nickte einen Gruß und ging zur Türe.
Loni glaubte, vor Entsetzen in die Erde sinken zu müssen, als sie ihn gehen sah. Gedanken und Worte versagten ihr; alle Qual ihres gefolterten Herzens machte sich nur in einem einzigen Aufschrei Luft.

»Pauli!«
Er hatte schon die Türklinke in der Hand – aber da drehte er sich mit jähem Ruck herum: »Was is?« Eine Weile standen sie schweigend voreinander. Und als er sah, wie Loni sich vergebens mühte, ein Wort herauszubringen, sagte er mit einer wunderlichen Mischung von Groll und Herzlichkeit in der Stimme: »Wenn noch ein Wunsch hast, schenier dich net, jetzt geht's in eim hin!«
»Wenn's wirklich ... b'schlossene Sach is ... daß gehst ... « kam es stockend über Lonis Lippen, »nachher ... nachher könntest mir ja doch zum Bhüt Gott noch die Hand geben.« Zwischen Weinen und Lachen klangen diese Worte halb wie eine Frage, halb wie eine Bitte. Und als sie langsam die Hand streckte, machte Pauli einen flinken Sprung in die Stube – »Loni!« – aber auf halbem Wege hielt er an, und der gestreckte Arm fiel ihm nieder.
»Na! ... Das geht ja doch net, daß ich die Hand druck, die mich gschlagen hat.«
»Wenn ich dir aber sag, wie weh mir's allweil gewesen is und wie ich schon oft mit nasse Augen die Stund verwünscht hab, wo ich dir so ein fürchtigs Unrecht hab antun können ... und wenn ich dich recht von Herzen um Verzeihung bitt ... « Wieder streckte ihm Loni die Hand entgegen. »Darfst mir nachher deine Hand auch net geben?«
Pauli tat einen tiefen Atemzug, so tief, als käme dieser befreiende Odem aus einem Brunnen herauf. »Ja, Loni!« Er schlug in die Hand des Mädchens ein. »Das Wort macht viel vergessen und wird mir mein Weg leichter machen!«
Scheu guckte sie an ihm hinauf. »Ja, willst denn jetzt auch wirklich fort?«
Der flehende Ton dieser Worte ließ in Pauli eine Ahnung auftauchen, die ihn mit der Fülle ihrer Glückseligkeit fast betäubte. Seine beiden Fäuste, mit denen er Lonis Hand umklammert hielt, fingen zu zittern an. »Loni ... Jesus Maria, du fragst mit einer Stimme, so gut und lieb, wie ich's noch nie von dir ghört hab ... und aus deine Augen schaut's mich an, daß ich's fast net für möglich halten kann! ... Loni? Meinst net, es könnt noch anders werden zwischen uns beiden?«
»Meinst du?« fragte sie leise.
»Ich schon!«
»Ja ... wenn du vergessen könntest, was ich dir für eine Schand antan hab ... nachher mein' ich auch!«

»Ah was, Schand ...«, kalkulierte Pauli mit brennendem Eifer, »es wär ja gar nie eine Schand gwesen, wenn net d' Leut dabeigstanden wären. Und du hast es ja bloß in der Hitz tan!«
»Freilich! Bloß in der Hitz!«
»Na also! Und alles ließ sich wieder gutmachen, wenn du nur den festen Willen hättest und wenn du dich ein bißl zammnähmst.«
»So sag nur grad wie?« fragte sie mit vor Freude zitternder Stimme.
»Wenn du mit mir Hand in Hand zur Kirche gingst und auf die Frag vom geistlichen Herrn, ob du mich haben willst fürs ganze Leben, vor alle den damischen Leut recht laut sagen tätst: Ja! ... Willst das, Loni?«
Erschrocken entzog sie ihm ihre Hände, das Gesicht übergossen von Blut. Aber dann griff sie gleich wieder mit beiden Armen zu, unter Weinen und Lachen: »Du! Paß auf! So laut will ich's sagen, daß deine geschnitzten Heiligen in der Kirch ihre Freud dran haben sollen! Pauli! Du Braver, du Treuer! Da hast mich! Mit Leib und Seel! Und ich laß nimmer aus!«
Die beiden hielten sich umschlungen und hingen Mund an Mund, zwei hungernde Herzen, die das köstliche Brot ihres Glückes gefunden und sich nicht sättigen konnten.
Die Tür ging auf, und Lonis Pflegevater trat ein. Die Augen, die er machte, als er die beiden so stumm und ausdauernd miteinander beschäftigt sah!
»Ja Loni!« Er schlug die Hände über dem Kopf zusammen. »Was machst denn?«
»Hochzeit, Vater!« Sie sah ihn lachend an. »Und das recht bald, wann nix dagegen hast!«
»Is denn so was möglich?«
»Was? Möglich?« Pauli drückte einen Kuß auf Lonis glühende Wange. »Gelt, jetzt glaubst es? Und weil schon da bist, halt ich gleich um d' Loni an bei dir. Wer ich bin, das weißt, was ich hab, kannst leicht erfragen ... brauchst bloß ja sagen!«
»So? Meinst? Du Sapperlot!« polterte der Wirt. »Die alten Leut sind wahrscheinlich zu nix anderem auf der Welt als zum Jasagen!«
»In dem Fall schon, Vater!« lachte Loni. »Und wenn mich gern hast, nachher bsinnst dich auch net lang und sagst ja!«
Da fing auch der Wirt zu lachen an. »Meinetwegen halt! Macht es miteinander aus, wann Hochzeit is ... und nachher kommts und sagts mir's!« Mit zufriedenem Schmunzeln musterte er noch einmal

das Paar, dann stürmte er zur Stube hinaus und hätte fast den alten Lehnl, der dicht vor der Tür stand, zu Boden geworfen.

»Was hast denn, Lehnl? Dir steht ja's Wasser in die Augen?«

»Ich weiß net ... es muß mir ebbes einigflogen sein!« gab der Alte zur Antwort, während er durch die halbgeöffnete Tür in das Stübchen blinzelte, aus dem der Wirt gekommen war.

10

Zwei Tage später wurde beim Wirte von Graswang das Stuhlfest des Herrgottschnitzers und der Loni gefeiert.
In der großen Wirtsstube standen die weißgedeckten Tische, und darum saßen die geladenen Gäste, zu oberst, am Ehrenplatz, die Mutter des Bräutigams. Die alte Traudl strahlte vor Vergnügen, und ihre Augen glänzten heller als die blanken Schaumünzen, die an dem silbernen Schnürwerk ihres Mieders baumelten. Neben ihr saßen der Wirt und Loni, deren Stuhl freilich die meiste Zeit leer stand, denn sie ließ es sich nicht nehmen, fleißig in der Küche nachzuschauen und dafür zu sorgen, daß kein Teller leer wurde und kein Krug ungefüllt blieb.
Auch der Rötelbachbauer war unter den geladenen Gästen; er saß zwischen Muckl und der zukünftigen Schwiegertochter. Wenn die Leute von ihr erzählten, sie hätte Haare auf den Zähnen, so konnte das jedenfalls nur bildlich gemeint sein; denn ihr Gebiß, das von der schmalen Oberlippe kaum zur Hälfte verdeckt wurde, war, wie der Augenschein lehrte, völlig unbehaart.
Pauli, der neben dem Wirt saß, war für die Unterhaltung der Gäste verloren. Er folgte nur immer mit leuchtenden Blicken dem geschäftigen Tun und Treiben seiner Braut. Wenn ihn an diesem Freudentage überhaupt etwas beunruhigen konnte, so war es die Abwesenheit Lehnls, den er schon ein paarmal vergebens im ganzen Hause gesucht hatte. Ganz zufällig blickte er einmal durch das Fenster und sah gerade noch, wie Lehnl drüben im Austraghäuschen des Huberbauern die Tür hinter sich zuzog. Er sprang vom Stuhl auf, sagte Loni, wohin er ginge, und eilte hinüber nach seiner Wohnung, um den Alten zu holen, der ihm die letzten zwei Tage in auffallender Weise ausgewichen war.
Loni hatte ihren Verlobten bis an die Haustür begleitet, und als sie

nun wieder in die Stube zurückkehren wollte, wurde sie von Muckl aufgehalten, der ihr aus dem Flur entgegentrat.
»No, Loni? Jetzt is halt doch so kommen, wie ich allweil gsagt hab. Drum, mein' ich, könntest mir jetzt auch wieder gut sein, schau, schon deswegen, weil meine Eifersucht dein Glück gmacht hat!«
Loni lachte »Wenn du sagst, daß dich alles reut ... nachher will ich dir wieder gut sein!«
»Freilich reut's mich! Wenn ich auch net leugnen kann, daß mir's die größte Gaudi gmacht hat, wie ihr zwei aufeinander losgfahren seids wie die gstupften Gockeln! ... Ja ... hätt ich nur von Anfang net so viel Angst ausstehen müssen wegen dem Lehnl! Das hätt weiters net dumm ausgschaut, wenn ich, der einzige Sohn vom Rötelbachbauern, ein paar Monate hätt sitzen müssen wegen so einer dalketen Gschicht.«
»Ja, hast denn du dem Lehnl was tan?« fragte Loni erstaunt.
»Weißt denn du da nix davon?«
»Aus dem Gschwatz werd ich net gscheit!«
»Kannst dich denn nimmer erinnern an den Tag, wo ich mit meim Vater kommen bin und wo du mir nachher so gschwind ein Korb geben hast? Da war gleich drauf die Red, daß du am andern Tag auf d' Alm gehst. Da hab ich mir denkt, den Katzensprung könnt ich noch riskieren ... vielleicht redt man sich leichter mit dir, wenn du allein bist!«
»Und du warst in derselben Nacht auf der Alm?«
»Freilich ... aber grad, wie ich an dein Kammerfenster hab klopfen wollen, da kommt der Lehnl dazu, packt mich ... und wie's diesmal geht ... ich hab ihn halt so weggschlenzt, und da is er halt unglücklich gfallen. In der ersten Angst, man könnt mich sehen, bin ich ausgrissen, weil ich wen kommen hab hören. Freilich hat mich die Sorg um den Lehnl net weit fortlassen. So bin ich wieder zurück, und da hab ich gsehen, daß der Pauli da is und dem Lehnl aufhilft. Der arme Kerl hat gmeint, er müßt schon sterben wegen dem bißl Loch im Kopf, und hat den Pauli heilig versprechen lassen, daß er Freund bleibt mit dir, ob du gut oder ungut mit ihm wärst. Alles hab ich mit anghört, auch wie er ihm verraten hat, daß du sein leibliches Kind wärst.«
Zutraulich neigte sich Muckl gegen Loni und sprach ihr ins Ohr: »Weißt, von mir hat's kein Mensch erfahren und erfahrt's auch niemand. Brauchst dich also net sorgen!«

Lonis Gesicht war weiß wie die Wand, und sie zitterte an allen Gliedern. Mühsam rang sie nach einem Wort. »Heilige Maria ... «
»Ja, weißt denn du da auch nix davon?« fragte Muckl mehr erstaunt als erschrocken.
Loni starrte ins Leere. »Pauli ... wo is der Pauli?« Und wie eine Irrsinnige eilte sie zur Türe hinaus auf die Straße hinüber zum Austraghäuschen des Huberbauern. –
Da drüben hatte unterdessen Pauli den Alten aufgefunden; aber vergebens suchte er Lehnl zu bewegen, mit ihm zu gehen. »Komm, Lehnl, komm, geh mit!« bat Pauli immer und immer wieder. »Du hast am allerersten ein Recht ... «
»Geh, laß mich!« unterbrach ihn Lehnl. »Wenn du wissen tätst, wie's in meim Herzen ausschaut, nachher sähest ein, daß ich in keine lustige Gsellschaft paß.«
»Ah was da! Du hast allen Grund zum Lustigsein, jetzt, wo dein Lieblingswunsch in Erfüllung geht, mit mir und der Loni!«
»Ja, früher, da hab ich mir's ausgmalen in Gedanken, wenn mein Kind einmal ein richtigen Burschen zum Mann krieget ... und wie ich nachher ganz glückselig wär, wenn ich mit ansehen könnt, wie das Madl so mitten drin sitzt im Wohlsein und in der Freud ... «
»Und so kommt's ja, schau! Wir haben uns gern, und was an mir liegt, das wird auch gschehen, um 's Madl glücklich z'machen.«
»Ja, Bub! Das weiß ich! Und drum wird mir der Abschied leichter, als eigentlich für ein Vater recht is!«
»Geh, red net so dalket!« zürnte Pauli. »Du wirst fortgehn! Wo willst denn du alter Zwickel noch hin? Eine überspannte Gschicht is das, weiter nix!«
»Ich will dich net von dem Glauben abbringen. Aber es wird doch so sein müssen, daß ich geh. Du weißt, daß der Muckl damals alles ghört hat, was auf der Alm zwischen uns gredt worden is. Und wenn der was weiß, so weiß es auch's ganze Dorf!«
»Und was is denn nachher?« fragte Pauli.
Die beiden waren allzusehr mit sich selbst beschäftigt, um auf die Tritte zu merken, die sich im Hausflur hören ließen und wieder verstummten.
»Schau, Lehnl«, sagte Pauli mit herzlicher Eindringlichkeit, »ich bin der erste, der vor der ganzen Gmeind dir die Händ hinstreckt und sagt, daß ich dich mein Vatern heißen und als solchen halten will. Und grad so wie ich wird auch d' Loni ... «

»Sei stad! Sei stad!« unterbrach ihn der Alte jammernd. »Du weißt net, wie das Madl über ihre Eltern denkt. Wenn d' Loni je erfahret, daß ich ihr Vater bin ... so gern s' mich bis jetzt ghabt hat ... mit dem Wort wär ich ihr zwider bis in d' Seel eini! Und erfahren muß sie's! Denn wenn der Muckl bis jetzt auch gschwiegen hat, so war das nur die Angst vorm Gricht!«

»Ich hab von der Loni ein besseren Glauben!« fiel Pauli ein. »Weißt was ... jetzt hol ich's Madl ummi, nachher redst offen mit ihr.«

»Na, Pauli, na! Um Gottes willen net! Sie könnt mir's net verzeihen, daß ich sie weggeben hab, wenn's auch nur gschehen is aus Lieb und in der Gfahr. Mir druckt's die Seel ab, daß ich mein Kind nimmer sehen soll, aber es geht net anders. Ich geh in meine Heimat zruck ... die paar Jahrln, wo ich noch z'leben hab, werden meiner Gmeind net z'viel sein. Eine Bitt hätt ich aber noch an dich. Ich hab mir ein bißl was erspart. Das will ich dir geben. Es könnt grad so viel sein, daß man von da bis in mein Dorf einmal dafür hin- und herfahrt. Wenn nachher einmal hörst, daß ich gstorben bin, so laß mich um das Geld mit eim Wagen holen und laß mich eingraben an eim Platzl, wo ich mir denken durft, 's Madl kommt einmal neben mir z'liegen! ... Und jetzt laß mich gehen!«

Dem Alten rannen die Tränen über die runzligen Backen. Seine Knie zitterten, und erschöpft griff er nach der Lehne eines Stuhles.

»Na, Lehnl! Na! Du darfst net gehen! Bleib bei uns!«

Lehnl schüttelte den Kopf. »Es geht net und kann net sein!« Da klang von der Tür eine weiche, bittende Stimme. »Auch net, wann ich dich bitt?«

Der Alte fuhr auf mit ersticktem Schrei und wankte auf Loni zu, die ihm mit offenen Armen entgegeneilte.

»Vaterl! ... Mein liebes Vaterl!«

Taumelnd wie ein Betrunkener umfaßte Lehnl sein Kind. »Loni ... du ... du sagst zu mir liebs Vaterl ... «

»No freilich!« Lachen und Weinen war das: »Ich weiß ja, daß du's bist! Es is noch keine Viertelstund her, daß sich der Muckl gegen mich verschnappt hat. Aber was hab ich von dir hören müssen? Du willst deine Kinder verlassen? Untersteh dich, du!« Und während sie mit der einen Hand die Tränen von ihren Wangen wischte, drohte sie mit der anderen. »Da müßt ich ja gleich in der ersten Stund, wo ich mein Vatern find, zum schelten anfangen!«

»Kannst mir verzeihen ... «

Loni ließ ihn nicht weitersprechen. »Geh! Was redst denn da! Im ersten Augenblick, wo ich ghört hab, daß du mein Vater bist, is mir mit eim Schlag alles Liebe eingfallen, was ich von dir erfahren hab seit dem Tag, wo du zum erstenmal mein Kinderhandl druckt hast. Vaterl! Vaterl!« Sie schlang die Arme um seinen Hals. »Was mußt du glitten haben, wo du mich so gern ghabt hast! Aber jetzt soll dir's auch von uns zwei vergolten werden!«

Lehnl wußte sich kaum mehr zu fassen vor Glück. »Jesus! Mein lieber Herrgott! Die Freud ... ich könnt jetzt gleich ein Juhschrei machen, daß alle Berg z' wackeln anfangen! Und wenn ich mir denk, daß wir alle miteinand im Frieden hausen ... und daß ich noch Enkerln ... Jesus ... Pauli, halt mich, sonst mach ich ein Kreuzsprung!« Aber da erlosch ihm plötzlich alle Freude zu bleichem Schreck. »Mar' und Josef! D' Leut! Kinder! Was werden d' Leut sagen!«

»Laß s' sagen, was s' wollen!« tröstete Pauli. »Was kümmern denn wir uns drum?«

»Jawohl«, fiel Loni ein, »und damit s' net lang Zeit zum Tratschen haben ... am nächsten Sonntag, wenn ich und der Pauli 's erstmal in der Kirchen aufboten werden, soll der Herr Pfarr mich gleich beim rechten Namen rufen. Mit meim Pflegvater und mit meiner Schwiegermutter reden wir heut noch, sobald die Gäst fort sind. Is dir's so recht, Pauli?« Er nickte zustimmend, und Loni drückte ihm zum Dank dafür einen herzhaften Kuß auf die Lippen. »Aber kommts miteinand! Jetzt müssen wir wieder ummi. Und du, Vaterl, mußt drüben an der Ehrentafel neben mir sitzen!«

Vereint für alle Zeit verließen diese drei glücklichen Menschen das kleine Haus und schritten über die Straße.

Als am andern Tag der Maler von seinem Ausflug zurückkehrte, machte er große Augen zu der Nachricht, die er zu hören bekam. Er wollte anfangs den Gekränkten spielen, doch hielt diese Regung nicht lange an, als ihm Pauli die Hand bot mit den Worten: »Sind S' net bös, Herr Baumiller, daß Ihr Plan net nausgangen is! Aber zwei Leut z'wissen, wo S' zu jeder Stund gern gsehen sind, und eine Heimat haben, ich mein', das wär auch was wert! Bleiben S' uns gut!«

Und er blieb ihnen gut. Jeder Sommer, den er später im schönen Ammertal verlebte, verfloß ihm fröhlicher als all die früheren, im traulichen Verkehr mit dem Herrgottschnitzer und seinem Weibe.

HOCHWÜRDEN HERR PFARRER

Auf seinem Grabe wuchert schon lange grünes Gras, wenn es nicht der Schnee deckt im Winter oder eine pietätvolle Hand am Allerseelentage den niederen Hügel mit schwarzer Erde bestreut.
Will ich von dem, der darunter liegt, erzählen, so habe ich keine Mahnung des alten Spruches zu befürchten: De mortuis nil nisi bene. Denn selbst seine Feinde – die Finger reichten aus, um sie zu zählen – konnten ihm nichts Schlimmes, nur Absonderliches nachsagen.
Daß er, wie es in Nekrologen so gerne heißt, ›durch dieses Leben geschwebt‹ wäre, läßt sich von ihm nicht gut behaupten, denn die Spur, die seinen Weg kennzeichnete, war tief und breit wie die eines sechsrädrigen Bierwagens. Ich weiß, dieser Vergleich ist nicht poetisch, aber er hat Wirklichkeit – und man opfert ja heutzutage dem Wirklichen die Poesie so gerne.
Weder er selbst noch sein Leben, noch sein Wirken waren bedeutend, und doch sind diese drei Dinge der Betrachtung wert.
Daß sein Vater ein reicher Bauer war, so einer vom richtigen Schlag der Berge – ich meine die Kerle mit den blauen Augen und den viereckigen Köpfen –, daran ist an und für sich nichts Besonderes. Merkwürdig in hohem Grade sind aber schon die seltsamen Umstände zu nennen, unter denen Franzerl das Licht der Welt erblickte. Franzerl – so hieß nämlich unser Held. Schon bei den Anzeichen seines Werdens hatte man sich im Familienrate – je nachdem – über den Namen Franziskus oder Franziska geeinigt. Und wenn da wirklich, wie erhofft, ein Franziskus käme, so wußte lang schon im voraus das ganze Dorf, daß er als zweiter Sohn eines reichen Hofbauern ›zur Studi auf'n Pfarr‹ bestimmt wäre.
War nun Franzerl schon vor seinem Eintritt in die Welt der Stoff so mancher Unterhaltung, so wurde er, da er diesen Eintritt ins Leben

endlich vollzog, für mehrere Wochen geradezu zum ausschließlichen Tagesgespräch.
Eigentlich hatte man den oder das Franzerl erst zwei Monate später erwartet – und ohne Ahnung dessen, was die nächste Stunde bringen sollte, ging seine Mutter eines Palmsonntags in das Hochamt. Freilich war es der guten Frau schon ein paar Tage ›net gut‹ gewesen, was sie aber nicht hindern konnte, ihrer Christenpflicht zu genügen.
Wohl erschien ihr die Predigt ein wenig zu lang, und als sie endlich doch überstanden war, hätte die Bäuerin ihrem körperlichen Unbehagen, das dringend zur Heimkehr mahnte, gerne nachgegeben. Da sie aber, ihrem dörflichen Range angemessen, in einer der vordersten Bänke ihren Platz hatte, so hätte sie, um zur Tür zu gelangen, an all den Leuten vorüber den ganzen langen Kirchengang dahinpilgern müssen – und in ihrem jetzigen Zustand wollte sie das um alle Welt nicht tun. So drückte sie tapfer die Augen zu und betete hurtig weiter, Vaterunser, Ave Maria, Glauben an Gott, die Heiligenlitanei – alles kunterbunt durcheinander, was ihr eben auf die Lippen kam.
Auf einmal aber, gerade als die Frau Lehrerin, begleitet von Orgelklängen, Geigen und Posaunen, droben auf dem Chor das schöne Solo zu singen anhub: Benedictus qui venti – da war der Bäuerin ›ganz anderst‹ geworden.
»Verblaßt und daglegen war eins!« erzählte nach der Katastrophe ihre Kirchenstuhlnachbarin.
Von der ›Mannerseiten‹ sprangen ein paar Burschen zu Hilfe, um die Ohnmächtige ins Freie zu tragen. Die gewisse ›Frau Gvatterin‹ aber, die geschäftig, mit beredten Händen die wispernden Leute beruhigend, herbeigeeilt war, erkannte gar bald, ›wo Matthäi im längsten‹, und ließ die Kranke schleunigst in das Glockenhaus tragen und sorgsam auf einen Haufen schwarzer Bahrtücher niederlegen.
Mit der Andacht der Kirchleute war es jetzt freilich vorbei. Wohl wandte sich der Hochwürdige öfter als vorgeschrieben mit einem unwilligen, von zornigen Blicken begleiteten Dominus vobiscum zu seinen Schäflein. Da er aber bemerkte, daß nicht der Altar, sondern die Tür der Glockenstube, aus der man ab und zu recht verdächtige Laute vernehmen konnte, die Aufmerksamkeit unwiderstehlich in Anspruch nahm, da betete auch er das Sanktus, Paternoster und Evangelium rascher denn sonst, verzichtete sogar beim Ite missa est auf den üblichen Koloraturenprunk und wäre zu allem Ende fast noch über eine Falte des Altarteppichs gestolpert.

Nach Schluß des Gottesdienstes holte man in Ermangelung eines anderen Transportmittels aus dem Schulhaus eine vollständige Bettlade herbei und schaffte damit die Bäuerin mitsamt dem dreißig Minuten alten Franzerl nach Hause.
Als tags darauf der geistliche Herr die Wehmutter besuchte, machte er unter Hinweis auf die unerforschlichen Fügungen des Herrn sehr nachdrücklich auf das seltsame Zusammentreffen des Geburtsortes und der Lebensbestimmung des Kindes aufmerksam und versuchte aus diesem Anlaß gegen den Namen ›Franzerl‹ zu opponieren. Donatus sollte der Junge getauft werden, meinte er, indem er ohne Furcht vor einer gegnerischen Meinung die Behauptung aufstellte, Donatus bedeute soviel als ›der von Gott Geschenkte und für Gott Geborene‹.
Dem aber trat der Bauer kurz und bündig entgegen: »Das geht über mein Verstand! Franz Josef soll der Bub heißen und net anders.«
Es war merkwürdig, wie alle Meinungen, die über den Jungen laut wurden, mehr oder weniger mit seinem künftigen Beruf in Verbindung standen. So hatte sich die ›Frau Gvatterin‹ noch im Glockenhause zu der Äußerung veranlaßt gesehen: »Am Kopf fehlt sich nix! Der is groß gnug für ein Bischof oder ein Kapuziner.«
Welchem Ideengange sie folgte, um zu diesem seltsamen Doppelschluß zu gelangen, ist allen, die ihn vernahmen, ein Rätsel geblieben. Gemeinverständlich war schon die Anmerkung, die sie zu den großen, weitabstehenden Ohren des Kindes machte: »Schimpfts mir net über die Wascheln! Die sind schon recht, da überhört er grad nix, wann er im Beichtstuhl sitzt.«
Und wenn der Junge unter ihren Händen schrie, tätschelte sie ihm lächelnd die dicken, runden Schenkelchen: »Schrei nur zu, kleiner Herr! Da kriegst grad das richtige Lüngerl zum Predigen!«
Sie war eine perfekte, weitsichtige Prophetin, die Frau Gevatterin.–
Die Jahre vergingen, Franzerl wuchs aus den Kinderröcklein in die Höschen, kam in die Schule und mit acht Jahren zum Herrn Pfarrer in die lateinische Stunde. Schon jetzt erwachte in ihm das Bewußtsein der einstigen Würde – er fühlte sich, wie man so sagt. Stolz warf er den Kopf zurück, drückte die Brust heraus und zog den Ellbogen auf, so daß er an jeder Seite den Arm trug wie der Krug seinen Henkel. Dabei fing er an, auf seine Altersgenossen von oben herabzusehen, ohne aber deshalb in einen dummen Knabenhochmut auszuarten; und als er erst mensa deklinieren und das Vaterunser latei-

nisch beten konnte, tyrannisierte er mit Blick und Wort die ganze Schule. Die Spiele wurden nach seinem Willen gespielt, er war Schiedsrichter in allen Zwistigkeiten, Feldherr in allen Kriegen und Hauptmann in allen Räuberkämpfen. Freilich waren unter seinen Schulkameraden auch manche, die seine Autorität nicht so geradeweg anerkennen wollten; mit denen machte Franzl jedoch kurzen Prozeß; er schlug ihnen, wenn sie nur ein Wort des Widerspruches fallen ließen, einfach die mit einem Riemen zusammengeschnürten Schulbücher um die Köpfe – und wer gegen diese letzte Instanz noch zu appellieren versuchte, lag im Straßengraben, eh er sich's versah. Hatte Franzl doch mit zehn Jahren schon das ganze Aussehen eines jungen Bräuknechts! Was er anrührte, spürte seinen Griff. Das konnte man allererstens schon an seinen Büchern ersehen – vierzehn Tage genügten, um vom neuesten Exemplar jegliche Spur eines Einbandes verschwinden zu machen, wobei freilich der oben angeführte Gebrauch ein wesentliches beitrug; hinter dem Titel aber sahen sie nicht besser aus, da bei seinem gewohnten, raschen ›Umblattln‹ alle Ecken und Kanten in Franzls dicken Fingern blieben.

Mit einem Worte – schon in jungen Tagen versprach unser Held, ein sieghaftes Mitglied der ecclesia militans zu werden.

So war Franzl zwölf Jahre alt geworden und hatte freilich mehr an Länge und Körperstärke denn an Weisheit zugenommen. Daß er trotz alledem zu Neuburg an der Donau gleich in die zweite Lateinklasse und mit einem halben Freiplatz in das Seminar aufgenommen wurde, durfte er weniger seinen Kenntnissen als der Fürsorge seines Pfarrers danken, der zu Anfang seiner Priesterlaufbahn im Neuburger Studienseminar Präfekt gewesen war.

Nun kam für Franzl eine harte Zeit. Erstlich fiel ihm schon das lange Sitzen schwer; und das viele Studieren, zu deutsch ochsen, war ihm weidlich sauer. Doch betrübte ihn das lange nicht so sehr wie der Umstand, daß er unter all diesen Söhnen von Regierungsräten, Landrichtern und Revierförstern sich weder Einfluß noch Ansehen zu erkämpfen vermochte; und als er es in einer bösen Stunde mit dem früher so wohl erprobten Gewaltmittel versuchte, da setzte es Tatzen und langstündigen Karzer. Seine Kameraden machten ihn aber von nun an erst recht zur Zielscheibe ihres Spottes – der aus Franzls grobkörniger Redeweise, aus dem dumpf gedehnten ›oa‹ und ›au‹ seiner unverfälschten Heimatsprache eine nie versiegende

Nahrung schöpfte –, und als diese jungen Herren von der Schulbank erst herausgebracht hatten, daß Franzls Mutter ihre Briefe stets adressierte an ›Wohlgeboren Herrn Franzerl ...‹, da hieß es ›Franzerl‹ hin und ›Franzerl‹ her im ganzen Seminar, so daß dem langen, kräftigen Burschen der mütterliche Schmeichelname bald ein Ekel und Abscheu wurde. Als er dann in die Ferien nach Hause kam, war es sein erstes, daß er diesen Namen abtat und kategorisch den Gebrauch der zweiten Hälfte seines Taufnamens begehrte. Wenn er sich nun auch im Dorfe zu einem ›Sepp‹ verwandelt hatte, im Seminar, wohin ihn der Herbst zurückführte, mußte er sich wohl das ›Franzerl‹ noch lange Zeit gefallen lassen. Auch der übrigen Stellung gegenüber seinen Kameraden wußte er erst von der Zeit an, da er in die Gymnasialklassen übertrat, eine lichte Seite abzugewinnen.
Und das kam so: In dem umfangreichen, von einer hohen Mauer umzogenen Garten des Seminars hatten Lateinschüler und Gymnasiasten getrennte Spielplätze. Da erlustigten sich die ersteren auf ihrem Gebiete während der ›Freizeit‹ an den mannigfachen Turngeräten, Springböcken, Schwungbäumen und Klettergerüsten; wenn sie aber dann nach stundenlangem Umhertollen müd und erhitzt im Grase lagen, lauschten die jungen Burschen neidisch dem Rumpeln der Kugel und dem Gepolter der fallenden Kegel, das vom Spielplatz der Gymnasiasten herüberklang. Und auf dieser Kegelbahn war Sepp von dem Augenblick an, da er sie zum erstenmal betreten hatte, unbesiegter Meister geblieben. Wie angeschraubt saß die Kugel in seiner breiten, dickfingerigen Hand, und wenn er sie warf – es war das immer ein Schuß wie aus der Büchse –, dann mähte sie die Kegel wie des Schnitters Sense die Weizenhalme. Und nicht nur, daß es für unseren Sepp eine Kleinigkeit war, einen Kranz oder alle neune zu ›scheiben‹ – er brachte es nach und nach zu einer solchen Kraftentwicklung und Geschicklichkeit, daß er mit einer kleinen Kugel jeden einzelnen Kegel aus dem vollen Spiel herauswarf. Diese unbestrittene und gerechterweise bewunderte Meisterschaft festigte wieder sein Selbstbewußtsein, das unter seiner früheren gedrückten Stellung bedenklich gelitten hatte.
Doch wie im Leben gemeinhin, so schreitet auch manchmal auf der Kegelbahn das Schicksal schnell. Es war im letzten Sommer seiner Studienzeit, just drei Monate vor dem Examen, da nahm Sepps kegelmörderische Meisterherrlichkeit mit einemmal ein jähes Ende. Er hatte da, wie früher so häufig schon, eines Nachmittags wieder

gewettet, dreimal nacheinander den hintersten Kegel aus dem Spiel zu werfen. Zweimal war ihm das Kunststück bereits gelungen – nun stand er wieder vor dem Brett und schwang, in den Knien sich wiegend, mit weitausholendem Bogen die kleine Lignum-sanctum-Kugel. Aber sei es, daß er diesmal die Kurve zu hoch nahm oder in der Erregung des Spiels und der Wette ein Übermaß von Kraft verschwendete – statt auf den bedrohten Kegel flog die Kugel krachend in die Latten des Daches, so daß an die zwanzig Ziegelplatten zerschmettert niederprasselten auf die Dielen der Kegelbahn.
Der Spektakel dieser Katastrophe hatte den aufsichtführenden Präfekten herbeigelockt – und die Folge war, daß dem überkräftigen Kegelkönig neben der Verurteilung zu den Kosten für den Rest des Semesters das Betreten der Kegelbahn untersagt wurde.
Das war nun freilich für Sepp ein schmerzlicher Schlag; doch machte er aus der Not eine Tugend, und so kam die ersparte Zeit den Vorbereitungen für das Examen zugut, das er schließlich, wenn auch nicht glänzend, so doch ehrenvoll bestand.
Über die Zeit seines Aufenthaltes im Priesterseminar sowie über das vorangehende Universitätsjahr zu München fließen meine Quellen spärlich. Nur das eine hab ich mir sagen lassen, daß er während seiner zwei philosophischen Semester gleich fleißig wie die Kollegien auch das Hofbräuhaus frequentierte. Ist doch schon in diese Zeit die erste Entwicklungsperiode jenes ausdauernden Purpurs zurückzuleiten, der späterhin durch seine Konsequenzen für Sepps Nase so verhängnisvoll werden sollte.
Daß ihm der Aufenthalt innerhalb der stillen Mauern des Alumnenhauses große Seelenkämpfe und innere Stürme brachte, ist wohl nicht anzunehmen. Sein Geist erfreute sich niemals einer besonderen Beweglichkeit. Gedankenskrupel waren ihm zuwider wie schales Bier. Er ließ andere denken und nahm Worte und Dinge, die man ihn lehrte, willig und kritiklos entgegen. Dann war ihm ja auch seine Berufsbestimmung von Kindheit an so in Fleisch und Blut übergegangen, daß ihm niemals der leiseste Gedanke kam, als hätte er auch zu etwas anderem geboren sein können. Kurz, er verließ als geweihter Priester die Schwelle des Seminars mit derselben gleichmütigen Ruhe, mit der er sie betreten hatte – und als er vier Wochen später in dem weiten Grasgarten seines Elternhauses unter blauem Himmel seine Primiz feierte, da hielt er den ungeheuren Zulauf der Landbevölkerung für etwas ganz Selbstverständliches und Natürliches. Der

Pfarrer und ein paar Betschwestern nahmen es ihm freilich übel, daß er beim Festmahle dem Bierkrug und der Weinflasche allzu wacker zusprach, um ungefähr seine Kammer finden zu können. Sepp aber soll auch das für natürlich und selbstverständlich gehalten haben.
Bald darauf verließ er seine Heimat, um die erlangte Kaplanstelle in einem weit entfernten Pfarrdorfe anzutreten. Da nahm er als Köchin die alte Hausmagd seiner Eltern mit sich, die ihn als Kind schon auf den Armen getragen hatte.
Über Sepps siebenjährige Kaplanzeit und über die fünf Jahre, die er als Pfarrer in einem hochgelegenen Gebirgsort verbrachte, breitet sich wieder ein Schleier, den keine Nachfrage zu lüften vermochte. Da segnete eines Tages der alte hochwürdige Herr in seinem Heimatdorfe das Zeitliche, und wenige Wochen später vernahmen die Bauern von – sagen wir Wackersdorf – mit sehr geteilten Empfindungen die Kunde, daß Sepp zum Nachfolger des Hingeschiedenen ernannt wäre. Seine Verwandten sahen dem Eintreffen des neuen Pfarrers mit Stolz und großen Erwartungen entgegen, da sie sich mit der gerechten Hoffnung trugen, daß ihr zu geistlichen Ehren und Würden gekommenes Blut ihrer Stellung im Dorfe einen erhöhten Nimbus verleihen würde. Andere jedoch, die mit Sepp auf der gleichen Schulbank gesessen, von ihm gedrillt und geknechtet worden waren und sich inzwischen zu hausgesessenen Bauern und wahlfähigen Handwerkern ausgewachsen hatten, ergingen sich in recht pessimistischen Befürchtungen, und das um so mehr, als sie, wenn auch etwas dunkel und unbestimmt, von der energischen, weder Einmischung noch Widerspruch duldenden Amtsführung vernommen hatten, die Sepp dort oben in jenem Gebirgsneste zu handhaben pflegte. Beide Parteien vereinigten sich jedoch in der Spannung und Neugierde nach dem Aussehen des neuen Pfarrers, den sie seit seiner Primiz nicht mehr zu Gesicht bekommen hatten. All die zwölf Jahre her war Sepp nicht mehr als Gast in seinem Elternhaus eingekehrt – hatte ihm doch sein Beruf nicht einmal gestattet, dem Begräbnis seines Vaters beizuwohnen.
Nun sollte er als wohlbestallter Seelsorger in seinem Heimatdorf Einzug halten – und am Tag seiner Ankunft waren Pfarrhof und Kirche von innen und außen mit Blumen, Tannenbäumchen und Laubgewinden geziert, während draußen vor dem ersten Hause des Ortes ein riesiger Triumphbogen sich über die Straße baute. Im grauenden Morgen schon war des Pfarrers Bruder, der Hofbauer,

begleitet von der bejahrten Mutter, in blumengeschmückter Kutsche nach der Bahnstation gefahren – und lange vor der Stunde, zu der sie zurück sein konnten, standen die Leute in dichten Gruppen vor dem Dorfe und spähten die weit sichtbare Straße entlang.
Endlich rollte, von Staub umwirbelt, der Wagen mit dem Erwarteten einher, die Rosse standen, die Böller krachten, die vom Lehrer angeführten Schulkinder intonierten einen Jubelchor – die Leute aber reckten die Hälse und stießen unter mühsam verbissenem Kichern die Ellbogen aneinander, denn aus der wankenden, ächzenden Kutsche stieg eine schwarze Gestalt, die den Größten im Dorf noch um Haupteslänge überragte, mit Armen, Schultern und einem Leibe, daß der verhüllende Talar an Stoff wohl ausgereicht hätte für die Flügelröcke zweier richtiger Männer – mit einem Kopf darüber, haarborstig, eckig und massiv, mit einem breiten Gesicht, daraus eine Nase sich ballte – eine Nase! Wo find' ich für die Schilderung dieser Nase Worte und Bilder? Diese Nase war gar keine Nase – sie war eine Volksversammlung von Nasen und Näschen, von deren Gipfel eine flammende Röte über Wangen, Stirn und Lippen floß, wie – wie – wie glühende Lava über die Felshänge und Schroffen eines feuerspeienden, bizarr gebuckelten Berges.
Und das war Sepp, der neue Pfarrer von Wackersdorf!
In der einen Hand den Hut, in der anderen das dicke silberbeschlagene Rohr, so stand er, regungslos zur Erde niederblickend, vor den singenden Schulkindern, die mit scheuen Augen zu jenem monströsen Gesichtsberg hinaufschielten. Als dann das Lied zu Ende war, trat ein weißgekleidetes Mädchen aus der Reihe, reichte dem Pfarrer einen Blumenstrauß, knickste und begann:

»Hochwürdiger Herr Pfarrer, hören Sie mich an!
Das ganze Dorf drängt jubelnd sich heran,
Um Ihnen zu begrüßen, wie's der Brauch,
Die Erwachsenen und die Schulkinder auch.
In diesem Ort sind Sie geboren
Und zum geistlichen Stand erkoren worden.
Nun kommen Sie durch Gottes Gnad und Gunst
Als hochwürdiger Herr Pfarrer zu uns.
Das muß für Ihnen eine große Freude sein,
Wie auch wir alle uns darüber freun.
Nun bitt ich Sie, nehmen Sie in Lieb und Güt

Uns alle auf in Ihr Herz und Gemüt
Und lassen Sie uns freundlich werden zuteil
Ihre Sorge für unser Seelenheil
Recht viele, viele Jahre noch.
Der hochwürdige Herr Pfarrer lebe hoch!«

»Hoch! Hoch! Hoch!« schrie es in hundertstimmigem Chorus – dann räusperte sich Sepp, was eine atemlose Stille hervorrief, legte die Hand auf das Haupt des kleinen, weißgekleideten Mädchens, und unter stolzem Lächeln streifte er die Gesichter der Leute mit einem langsamen, forschenden Blick aus den kleinen, von Wangen und Lidern schier erdrückten Augen. Wie angrollender Donner klang es, als er zu reden begann:
»Meine lieben Landsleute und nunmehrigen Pfarrkinder! Es freut mich außerordentlich, daß ihr euch so angestrengt habt wegen meiner, was allerdings bei jedem Pfarrer geschieht, ob man ihn jetzt gern kommen sieht oder ungern. Wie's in dem Punkt mit euch bestellt ist, das werden ja die nächsten Wochen zeigen. Aber mag's jetzt sein, wie's will, ich versprech euch, daß ich meiner Heimatgemeind ein redlicher Seelsorger sein und allweil euer Bestes im Aug haben will... und wann's selber gegen euren Verstand und Willen ging. Also nochmals meinen besten Dank für alle und für jeden! So! Und jetzt machen wir, daß wir heimkommen, denn ich hab seit gestern mittag nix Warms mehr gessen.«
Er nahm den Arm seiner Mutter, aus deren Auge Freude, Stolz und Sorge sprachen, zog den Bürgermeister an seine andere Seite und wanderte zwischen den beiden die Straße dahin nach dem Pfarrhause. Ihm nach marschierte die liebe Jugend und ein großer Teil der Leute. Viele jedoch blieben, die Hände in den Taschen, flüsternd, raunend, wispernd und plaudernd unter dem Triumphbogen stehen.
»Du! Hast du schon einmal so was gsehn?«
»Na! Ich no net!«
»Kreuzsakra, is das ein Köpfl!«
»Auf den kann sich der Schneider freun!«
»Jetzt, ich sag, er hätt schon droben bleiben können in seim Felsennest... der Pfarrer mit die sieben Tagwerk Nasen.«
Das Wort wurde belacht und machte in wenigen Stunden die Runde durch das Dorf.

Andern Tags wurde die Installation mit großer Feierlichkeit begangen, wobei der Herr Dekan eine Festpredigt hielt, die mehr lang als erbaulich war.
Der kommende Sonntag brachte noch eine kleine Erregung – Sepps erste Predigt. Der Lehrer, ein heimtückischer Achselträger, hatte dem Pfarrer jenes ominöse Wort von den sieben Tagwerken und der Nase hinterbracht. Wenn sich Sepp nun auch in anscheinender Gleichgültigkeit für die Zukunft alle derartigen Rapporte verbat, so hatte ihn die Rede doch geärgert.
Als er dann am Sonntag auf der Kanzel stand und das Evangelium gesprochen hatte, lehnte er sich mit beiden Armen weit über die Brüstung und begann:
»Andächtige Zuhörer in Christo! Da ist er nun, dieser neue Pfarrer von Wackersdorf, derselbige mit seine sieben Tagwerk Nasen, der euch gar so zuwider ist. Diesem Pfarrer gefallt es dahier an der Stätte seiner Wiege sehr wohl, und er hat im Sinne, immer bei euch zu bleiben. Was werdet ihr aber tun, wenn dieser Pfarrer einmal stirbt, mit seine sieben Tagwerk Nasen? Da müßt ihr entweder den Friedhof vergrößern oder die sieben Tagwerk in die Tiefe graben. Es wäre mir um meiner Ruhe willen angenehm, wenn sich der Gemeinderat jetzt schon mit dieser Frage befassen würde. Und nun zum Texte unseres heutigen Evangeliums ...« In tönendem Schwalle sprudelten ihm nun die Worte christlicher Ermahnung von den Lippen, und als er erst so recht in Zug kam, da funkelten seine Augen, da regnete es Pech, Schwefel und höllisches Feuer, da hallten die Wände vom Klang seiner mächtigen Stimme, die Fensterscheiben erzitterten, und unter seinen Faustschlägen dröhnte die Kanzel. Dabei kam er, je mehr er sich in seinen heiligen Eifer hineinsprach, immer mehr von dem hochdeutschen Tone ab, in dem er begonnen, bald platzte ihm ein derbes, aber bezeichnendes Wort über die Lippen, dann kam so ab und zu ein ganzer Satz in den Lauten seiner Heimatsprache, und zu guter Letzt klang seine Rede, wie der Bauer zum Bauer spricht.
»So! Für heut soll's gnug sein! Und wen's troffen hat, der kann sich hinter die Ohrwascheln kratzen. Amen!«
Als das Hochamt zu Ende war und die Bauern über den Kirchhof schritten, winkten sie einander zu, zogen die Augenbrauen in die Höhe und nickten mit den Köpfen zustimmend vor sich hin.
»Du! Der kann's!«
»Hätt's net denkt!«

»Gwiß wahr, so hab ich noch nie kein net predigen hören.«
»Der redt eim ja ins Gwissen, daß eim d' Haar aufstehn vor Schauder und Sündenreu.«
»Und weißt, was das schönste dran is?«
»No?«
»Daß man versteht, was er sagt und was er meint, und daß er kein so lateinisch Gsalbader macht wie der ander selig.«
»Ja, ja! Und einschlafen tut bei ihm gewiß keiner!«
»Da kannst recht haben!«
So und ähnlich schwirrte es hin und her in ernsten und scherzhaften Worten – und gar, als die Bauern eine Viertelstunde später auf dem Marktplatz im großen Bürgerrat beisammenstanden und der Ortsvorsteher verlas, daß Hochwürden Herr Pfarrer aus Anlaß seines Amtsantritts fünftausend Mark zur Erbauung eines neuen Armenhauses gestiftet habe, da waren die ›sieben Tagwerk Nasen‹ vergessen, und über Sepp herrschte nur noch eine Stimme der Anerkennung und Zufriedenheit.
Woche um Woche verging, und alles war zum besten in ein ruhiges Geleise gekommen. Die Leute gewöhnten sich an die rauhen, oft gröblichen Worte des Pfarrers, da sie sahen, wie gut er es trotz alledem mit ihnen meinte, wie er an keinem Krankenbett fehlte, wie er überall, wo Not an den Mann kam, mit bestem Rat und ebenso häufig mit materieller Hilfe beisprang und wie er das Wohl der Gemeinde und seiner Pfarrkinder zu seiner einzigen Sorge machte. Die Jungen freilich brummten ein wenig gegen die strenge Zucht, die er führte, und waren anfangs zu Possen und Ärgernis wider den Pfarrer gern bereit. Seit der Zeit jedoch, da Sepp einen Burschen, der schlecht an einem Mädel gehandelt und dieser Tat sich am Wirtstische gerühmt hatte mit dem Bemerken, daß es ihn den Teufel kümmere, was der Pfarrer dazu sagen würde – seit Sepp diesen Burschen, als er gerade am Pfarrhof vorüberging, beim Kragen gefaßt, in den Flur gezogen und dort windelweich geprügelt hatte, waren die anderen von einem heilsamen Respekt erfaßt worden.
Solche kleinen Intermezzi abgerechnet, lebte auch Sepp in der ersten Zeit ruhig und zufrieden seine Tage dahin. Sein Vormittag galt dem Kirchendienst, seinem Brevier und der Erledigung seiner Schreibereien. Nach Tisch unternahm er, mochte das Wetter gut oder schlecht sein, einen stundenlangen Spaziergang in Wald und Feld. Auf dem Rückwege sprach er dann bei seinen Kranken vor – und

überall, wo er ging, liefen ihm die Kinder zu, um seine großen, roten Hände zu küssen. Jeden Erwachsenen, dem er begegnete, hielt er mit lautem Gruß an und fragte ihn nach Leid und Freud in seiner Familie. Darauf kehrte er im Wirtshaus ein, um sein gleichmäßiges, freilich gutbemessenes Quantum Bier zu vertilgen und den Rest des Nachmittags mit einem Kegelspiel oder einem harmlosen Taröckchen zu vertreiben. Am Sonntag saß er hier mitten unter seinen Bauern und disputierte mit ihnen von all jenen Dingen, von denen ein Bauer eben zu reden weiß. Wenn bei einbrechender Dunkelheit die Aveglocke zum Gebet läutete, sprach er mit den Wirtsgästen gemeinsam noch den Abendsegen: »Der Engel des Herrn brachte Maria die Botschaft, und sie empfing vom Heiligen Geist. Gegrüßt seist du usw.« Dann nahm er Hut und Stock, dankte für die allseitig gewünschte Gutenacht und wanderte dem Pfarrhof zu. Da hatte er es dann gerne, wenn einer seiner Verwandten oder der eine und andere seiner intimen Bekannten nach dem Abendessen noch auf ein Plauderstündchen bei ihm vorsprach, um unter Scherz und Ernst eine Flasche echten Tiroler zu bechern.
Aber nicht allein im eigenen Dorfe mehrte sich des neuen Pfarrers Ruhm von Tag zu Tag – der Ruf seiner flammenden Predigten verbreitete sich ringsum im Lande, und an Sonn- und Feiertagen strömten die Bauern auf Stunden weit herbei, um den ›Plöderersepp‹ predigen zu hören. Diese Bezeichnung war zu gleichen Teilen Ehren- und Spitzname – doch mag es den Sprachgelehrten überlassen bleiben zu erkunden, inwieweit die erste Hälfte mit dem mittelhochdeutschen blödern verwandt ist, das soviel wie rauschen, brausen und wohl auch soviel wie überlaut sprechen bedeutet.
Sepp verstand es, diesen dickköpfigen Christen auf ihre eigene Weise in das Herz zu reden, wobei er vor allem die Aufmerksamkeit durch eingestreute Bilder, Geschehnisse und Histörchen zu fesseln wußte, die er mit dem gleichen Ernst behandelte wie das Heiligste des Heiligen. Gar mancher Satz und manch eine Geschichte, die er da mit seiner Donnerstimme von der Kanzel verkündete, lebt heute noch wortgetreu im Gedächtnisse jener, die sie unmittelbar aus seinem Munde vernahmen oder von Älteren überliefert erhielten.
So begann er an einem Marienfeste seine Predigt mit folgenden Worten: »Ihr meine lieben Kinder im Herrn! Es wird euch nicht unbekannt sein, daß es auf der Welt gar verschiedene Nüsse gibt, als da sind Haselnüß, Welschnüß, Bedürfnis, Hindernis, Betrübnis und

andere mehr. Doch unter alle Nüß die kostbarste, die edelste und erhabenste, das ist – Mariä Empfängnis.«
Ein andermal, man feierte Schutzengelfest, fuhr er, an das Wesen und die Bestimmung der Schutzengel anknüpfend, folgendermaßen fort: »Bei manchem hat's zwar nicht den Anschein, aber es ist deswegen doch lautere Wahrheit, daß jeder Mensch seinen Schutzengel hat: Der Bauer und die Bäuerin, der Sohn und die Tochter, der Knecht und die Dirn, jeder Mensch hat einen. Und daß ihr wißt, was ein heiliger Schutzengel für seinen Schützling leisten kann, wenn er ihn hochhält durch fleißiges Gebet und geziemende Verehrung ... deswegen will ich euch erzählen, was ich für einen Schutzengel hab. Es wird euch allen bekannt sein, daß mir vor vier Wochen auf meiner Rückfahrt von Altötting die Pferde durchgegangen sind. Die Roß sind gflogen, der Kutscher is auch gflogen ... aber anderst ... und ich und die Köchin sitzen allein im Wagen. Was glaubt ihr, daß ich mir da denkt hab? ›Du mein lieber, heiliger Schutzengel, erhalt dein alten Sepp!‹ Und kaum, daß ich's denkt hab, reißt's auch schon den Wagen um. Was glaubts aber, daß ich jetzt gsagt hab? ›Du mein lieber Schutzengel, 's Aufbetten verstehst!‹ Denn neben meiner Köchin bin ich dringsessen im dicken Gras wie im schönsten Flaumbett.«
Einer ausgedehnten Kolportage erfreute sich heute noch die Trauerrede, die Sepp am Grabe seines besten Freundes und täglichen Gesellschafters, am Grabe des Bräumeisters von Wackersdorf, gehalten hat. Als er, mit Mühe seine Bewegung meisternd, die rituelle Einsegnung gesprochen hatte, schloß er das Buch und blickte lange Sekunden stumm und mit nassen Augen auf den schwarzen Sarg, bis er endlich mit gedrückter Stimme zu reden begann: »Siehst es, Wölferl, siehst es! Wann so bei mir gsessen bist, hast allweil gmeint, du gehst einmal mit meiner Leich und schaust mir in die Gruben! Und jetzt geh ich mit deiner Leich und schau dir in die Gruben! Ja, ihr Freunde und Trauernden, blicket her auf diesen Sarg, der ein furchtbares Sinnbild der irdischen Vergänglichkeit ist! Vor wenigen Tagen habt ihr noch mit ihm gescherzt, und nun liegt er da, der gute Bräumeister, dieser vorzügliche Biermacher! Ja! Dieses feine, dieses milde Bier wird man selten finden. Dafür war Wolfgang Adler aber auch im Bayerischen Walde geboren, aus dem die glorreichen Bräuknechte hervorgehen, geboren im Jahre 1801, wo selbigsmal der große Wind gegangen ist.«

In diesem Tone sprach Sepp weiter, die Lebensgeschichte des Verblichenen verherrlichend, bis er endlich mit den Worten schloß: »Und wer meinen lieben Bräumeister bei Lebzeiten nicht nach Verdienst geschätzt hat, der wird es jetzt nach seinem Tode tun. Ihr werdet schon sehen! Wenn ihr da von der Arbeit kommt, müd, hungrig und durstig, oder ihr kehret vom Felde heim, wo euch die Sonn auf die Köpfe geschienen hat, daß euch die Zung am Gaumen pappt, und ihr müßt ein trübs und mattes Bier trinken ... gelt ja, da könnts nachher schreien: O du grundgütiger Herrgott, hättst uns doch unsern Bräumeister glassen! Da kommt euch nachher's Einsehen, was er für euch gwesen is. Aber statt daß nachher auf den neuen Panscher gschimpft sein muß, betet lieber ein heimliches Vaterunser und wünschet dem Toten, was ich ihm jetzt wünsch: Herr, gib ihm Fried und Ruh in Ewigkeit, Amen!« Dann wandte er sich schluchzend an die Leichenträger: »Und so laßts ihn halt abi in Gottes Namen!«

So wären Beispiele, wie dieser dörfliche Abraham a Santa Clara seinen Bauern zu predigen pflegte, noch zu Dutzenden anzuführen. Da mag es jetzt nach all dem Erzählten freilich scheinen, als hätte Sepp in ungetrübter Ruhe seines Lebens sich freuen können. Dem war aber doch nicht so. Denn abgesehen davon, daß das stete Wachstum und Vermehrungsgelüste seiner Nase ihm manche schwere Stunde bereitete, wurde der ruhige Gang seiner Tage von einem roten Faden des Haders gekreuzt, der für den guten Pfarrer wohl noch zur würgenden Schlinge geworden wäre, wenn nicht – aber das später.

Zwei Monate nach Sepps Amtsantritt in Wackersdorf hatte sein hochwürdigster Herr Bischof gelegentlich einer Inspektionsreise für die Dauer eines Mittagessens im Pfarrhof vorgesprochen.

Der Pfarrer war sich natürlich der Ehre vollauf bewußt, die ihm da widerfuhr, ließ, soweit er und seine alte Köchin es verstanden, auftragen, was gut und teuer war, und strahlte vor Vergnügen, da der hochwürdigste Herr jede Schüssel und jede Flasche gar freundlich zu loben beliebte. Übereifrig und unermüdlich war Sepp im Beantworten all der leutseligen Fragen, die an ihn gerichtet wurden. Und als dann der hohe Gast sich so nebenbei auch erkundigte, wie Sepp mit dem Einkommen seiner Pfarrei zufrieden wäre, da nickte der Hochwürdige schmunzelnd vor sich hin:

»Aaah, Wackersdorf ist wohl eine von den besten Pfarreien. Da

bleibt nichts zu wünschen übrig. Und dann ... so ein bißl was hab ich ja selber auch ... also ... «
»Also sind Sie«, unterbrach ihn der Bischof, »im Vergleich zu Ihrem Vorgänger noch weit besser daran, der doch von seiner Pfründe allein jährlich achthundert Mark zurücklegen konnte.«
Sepp lachte. »Ich selber wüßt auch nicht, wie ich alles allein brauchen sollt.«
»Ihr Herr Vorgänger hat in liebenswürdigster Weise diese jährliche Ersparnis der Vervollkommnung meines Priesterseminars zugewendet. Und ich würde gerne hören, daß Sie, sei es nun aus rein wohltätigem Drange für das Interesse unseres Standes oder aus Dankbarkeit, das gleiche beabsichtigen möchten.«
Betroffen schwieg Sepp eine Zeitlang. In seiner Hand zitterte die Gabel, mit deren Zinken er auf einem Kuchenteller Figuren in die Zuckerkrumen zeichnete. »Freilich ... an meinem Beutel zehren mehr als an dem des alten Herrn Pfarrer selig ... das heißt, was ein anderer in dem Pfarrhof erspart hat, kann ich auch ersparen ... und also gut ... ich will jedes Jahr die gleichen achthundert Mark zurücklegen. Aber was ich einnimm, ist ja Bauerngeld ... es wäre also doch wohl nicht mehr als billig, wenn ein entbehrlicher Überschuß wieder den Bauern zugute käm. Unser Kirchl ist klein, und jeden Sonntag muß ein Teil der Leute Predigt und Hochamt durch die offenen Türen und Fenster anhören ... es wäre also da ein Erweiterungsbau wohl auch ein gutes christliches Werk, mein ich. Wenn also der hochwürdigste Herr Bischof nichts dagegen hätten ... «
»Bitte, Herr Pfarrer, was ich sagte, war nur ein Vorschlag, den Sie ja immer noch des genaueren überlegen können!« lautete die lächelnde Antwort, während der hohe Gast sich vom Tisch erhob.
Eine Stunde später, als das Rollen der bischöflichen Equipage auf der staubigen Straße verklang, steuerte Sepp in langen Schritten dem Bräuhause zu.
»Wölferl! Wölferl!«rief er mit lauter Stimme durch das offene Tor in den weiten, von Wasserdämpfen erfüllten Sudraum. »Mach weiter, nimm dein Hut!« sprach er den damals noch in voller Gesundheit strotzenden Bräumeister an, als dieser mit fröhlichem Grüßgott herbeisprang. »Und geh ein Stündl mit mir spazieren. Ich hab was z'reden mit dir.«
Als nach Wochen vom bischöflichen Sekretariat eine Anfrage ein-

lief, ›wie Hochwürden in der bewußten Angelegenheit sich entschieden habe‹, antwortete Sepp bündiger, als gerade notwendig gewesen, daß die Stiftung der jährlichen achthundert Mark zur Erweiterung der Kirche vorläufig für fünf Jahre beim Ortsvorsteher verbrieft läge.

In das folgende Frühjahr fiel eine Landtagswahl, und Sepp, von jeher ein abgesagter Feind aller politischen Umtriebe, beteiligte sich dabei eben nur durch Abgabe seiner Stimme. Einem bischöflichen Erlaß, der einige Wochen später einlief, war ein ziemlich ungnädig gehaltener Vermerk über diese Lauheit im Dienste der kirchlichen Interessen beigefügt.

Und merkwürdig – Sepp konnte von nun an dem Ordinariate keinen Bericht, dem Bezirksamte kein Protokoll mehr korrekt und umfassend genug zustande bringen; da kam eine Reklamation, eine Berichtigung um die andere an den Pfarrer zurück.

Einmal – es ging schon in das zweite Jahr, seit Sepp in Wackersdorf weilte – erhielt er eine ernstliche Ermahnung wegen seiner Art zu predigen. Es wäre unschicklich und ärgernisgebend, so hieß es, daß er Dinge profanen Inhalts in einer Art und Weise auf der Kanzel zu verhandeln liebe, die sich kaum mit dem am Biertische zu wahrenden Anstand, um so viel weniger mit der Heiligkeit des Ortes vertrage, an dem man das lautere Wort Gottes zu hören gewohnt wäre.

Sepp war wütend. Er sandte eine geharnischte Erwiderung an das Ordinariat: Man solle den Pfarrern auf dem Lande nicht vorschreiben, wie sie zu predigen hätten. Die Herren Pröpste und Kapitularen verstünden wohl, auf welche Weise man den seidenrauschigen Stadtfräulein das Evangelium in das – Mündchen streichen müsse. Wie man aber den Bauern ins Gewissen zu reden habe, das verstünde nun er wieder besser, da er, eines Bauern Sohn und unter Bauern aufgewachsen, wisse, was Bauernart wäre.

Umgehend kam die Antwort: Daß er Bauernart zu üben wisse, beweise der Ton seines Schreibens. Unter dem Bemerken, daß man ihm eine derartige Kritik eines Ordinariatserlasses ein für allemal untersage, würde man es ihm für geraten bezeichnen, die ergangene, gelinde Ermahnung als einen Beweis des Wohlwollens zu betrachten. Man hätte es vorerst nur deshalb bei der zarten Warnung bewenden lassen, da man ihn bislang noch für so gutmütig kurzsichtig halte, in dem Zulauf der Landbevölkerung zu seinen Predigten eine bäurisch fromme Begeisterung zu erblicken, während das Motiv hierfür doch nichts anderes wäre als die Sucht der Leute, sich an des Herrn Pfarrers Kanzelspäßen zu erlustigen.

Das kam unserem Sepp nun wieder spaßhaft vor. Seine guten, frommen Bauern, die regungslos mit offenen Ohren und Mäulern saßen und standen, wenn er auch stundenlang predigte, sollten sich über ihn lustig machen! Diese Vermutung erschien ihm so komisch, daß sie ihn mit dem ganzen Handel versöhnte und seine Ruhe wieder ins Gleichgewicht brachte.

Er legte das Schreiben zu den übrigen, fuhr fort zu predigen, wie er es bisher gewohnt war, und als er Monate hindurch ›von oben‹ nichts weiter zu hören bekam, dachte er nichts anderes, als daß die hohen Herren in der Stadt eben zur Einsicht gekommen wären.

Da, an einem Sonntag – Sepp stand eben in der Sakristei und zog das Chorhemd mit den zierlich gekräuselten Spitzen über den Talar –, kam plötzlich seine alte Köchin herbeigelaufen und flüsterte ihm zu: »Herr Pfarr! Herr Pfarr! ... Der Landrichter!«

»Was is mit dem Landrichter?« fragte Sepp die Alte, die vor atemloser Erregung kaum weitersprechen konnte.

»In der Kirch is er ... drin im Glockenhaus versteckt, der Gmeindsdiener hat mir's gsagt ... der hat's gsehen, wie ihn der Lehrer nach'm Zammläuten einigführt hat.«

»Is gut! Geh nur zu!« stieß Sepp zornig hervor, drückte das Barett in die Stirn und trat mit langen Schritten aus der Sakristei in den Kirchenraum. Trippelnd folgte ihm der Ministrant mit Weihwasserkessel und Sprengwedel.

Auf den Stufen, die vom Altarraume zu den Betstühlen hinunterführten, blieb er stehen und sprach mit erhobener Stimme:

»Liebe Pfarrkinder! Bevor ich den heiligen Gottesdienst beginne, hab ich euch etwas zu sagen. Ich hab euch heut wieder einmal eine tüchtige Predigt halten wollen, und es hätt euch das auch sehr notgetan. Da hint im Glockenhaus steht aber einer, der mir net taugt, und drum könnt ihr's über acht Tag hören!« Damit faßte er den Sprengwedel, schritt den Kirchgang auf und nieder, das Weihwasser in dicken Tropfen über die sich bekreuzenden Leute sprühend, und verschwand dann erhobenen Hauptes in der Sakristei, um sich zum Hochamt anzukleiden.

Mit einem Schlage wandten sich nun alle Gesichter gegen die Türe des Glockenhauses, und ein zischelndes Flüstern durchlief die Betstühle. Da trat aus der letzten Bank einer der Knechte von Sepps Bruder hervor, ging auf den Turmbau zu und stieß mit der Faust die Türe auf. An ihm vorüber schritt aus dem dunklen Raum ein schwarzgekleideter Herr und steuerte eilfertig dem Portale zu, während er mit der einen Hand den Zylinderhut vor das Ohr hielt und mit der andern ein weißes Taschentuch über Mund und Nase deckte. Als Sepp nach dem Hochamt die Sakristei verließ, sah er auf dem Kirchhof die Männer in Gruppen beieinanderstehen. Und eine Viertelstunde später, während er in seiner Stube beim Frühstücke saß, kamen die sechs Ältesten der Gemeinde zu ihm. Man wisse schon, wer der Besuch gewesen sei und auch, was er zu bedeuten habe – so wandte sich ihr Sprecher an den Pfarrer. Und deshalb ließe ihm die Gemeinde jetzt sagen, daß weder der Herr Landrichter noch sonst jemand den Bauern von Wackersdorf etwas dreinzureden hätte. Ihr Pfarrer wäre ihnen recht, gerade so und nicht anders. Und was auch geschehen möge, sie würden zu ihm halten wie er in Not und Sorgen zu ihnen.

Sepp konnte vor Rührung kein Wort sprechen. Er drückte den Männern nur stumm die Hände und schob sie zur Türe hinaus – hätte er sich doch vor ihnen der zwei dicken Tränen schämen müssen, die er, wieder allein, mit seinen klobigen Fingern aus den Augen wischte – dieser Riese an Gliedern, der an Herz ein Kind war, wenn nur einmal die grobe Rinde sprang, die es umhüllte.

Die folgende Woche brachte noch eine andere Aufregung ins Dorf. Ein Bräuknecht, der um seines gesunden Humors willen bei jedermann beliebt gewesen, hatte durch einen Sturz in die mit kochendem Wasser gefüllte Sudpfanne den jähen Tod gefunden. Als Sepp auf die Schreckenskunde herbeieilte, fand er das Everl, die seit längerer Zeit schon halbverwaiste Tochter des Verunglückten, ein sechzehnjähriges, braves, blühendes Kind, neben der gräßlich verstümmelten Leiche aufgelöst in Jammer. Sepp überließ die Sorge für den Toten all den herbeigeeilten Leuten und führte das schluchzende Mädchen mit sich in den Pfarrhof – und da war es nun seltsam anzusehen, wie der großmächtige Mann neben dem Kinde saß und ihm Trost zusprach in den liebevollsten Worten.

Immer und immer wieder sprang Everl auf und begehrte schreiend zu ihrem Vater. Sepp aber, der verhindern wollte, daß sie sich an dem grauenhaften Anblick der Leiche von neuem entsetzte, drückte sie stets wieder mit sanfter Gewalt in die Sofaecke: »Schau, Everl, bleib bei mir! Dein Vater is ja jetzt im Himmel bei deiner Mutter, und da schauen s' jetzt miteinander runter zu dir. Drum mußt net so weinen und jammern, denn weißt, das spüren die Verstorbenen, und das tut ihnen grad so weh in der Seel als wie uns. Geh, komm, mußt dir net die Erinnerung verunstalten lassen durch das traurige Bild. Wie dein Vater im Leben war, so mußt ihn im Herzen behalten, mit dem guten Gsicht und mit die treuen Augen.«

Wenn solche und ähnliche Worte auch die Tränen des Mädchens nicht zu stillen vermochten, so brachten sie ihm doch soviel Trost und Ruhe, daß es einsah, wie gut der Pfarrer es meinte, und seinen Anordnungen williges Gehör schenkte.

Als Sepp später das Haus verließ, mußte die Köchin beim Everl in der Stube sitzen; und da er wohl einsah, welch ein trauriger Aufenthalt für die Verwaiste das eigene, totenstille Häuschen wäre, so gebot er der Alten, in ihrer Kammer für das Mädchen ein Lager zu richten; wenigstens bis nach dem Begräbnis sollte Everl im Pfarrhof bleiben.

Am andern Tage hielt er im ganzen Ort Umfrage nach einem Platz für die Waise; doch fand er keine Stelle, an die er sie gern und beruhigt gegeben hätte. Als er des Abends sich darüber bedauernd gegen seine Köchin äußerte, warf die Alte ein: »Wissen S' was, Herr Pfarrer, bhalten S' das Madl bei uns! Bei mir geht's sowieso nimmer recht mit Händ und Füß, ich könnt eine junge Beihilf gar net übel brauchen.«

Und so geschah es. Everl fand im Pfarrhof eine zweite Heimat, und es tat ihrem Herzen wohl, daß sie hier so gut und freundlich gehalten wurde. Mit schwärmerischer Dankbarkeit hing sie an ihrem Wohltäter, und rührend war es zu sehen, mit welchem Fleiß sie sich jeder Arbeit im Haus unterzog und mit welchem Eifer sie der alten Köchin jede Mühe zu erleichtern suchte. Ehe noch die zweite Woche verging, war sie mit allen Obliegenheiten so vertraut und in allen Dingen so geübt, daß ihre Unterweiserin anfangen konnte, die Beschließerin zu spielen und plaudernd am Herd zu sitzen, während Everl mit rührigen Händen alle Arbeit tat.

Sepp hatte in diesen zwei Wochen ungewöhnlich viel mit Schreibereien zu schaffen. Tagtäglich kamen und gingen Briefe. Eines Morgens kam auch ein fremder Herr mit einem langen, schwarzen Bart zu Besuch, der sich außerordentlich für die Dorfkirche zu interessieren schien. Ein andermal ließ Sepp gar die Kutsche seines Bruders kommen, fuhr gleich nach der Messe davon, ohne zu hinterlassen, wohin, und kehrte erst spät in der Nacht wieder zurück.

Am folgenden Sonntag lüftete Sepp den Schleier dieses geheimnisvollen Treibens. Er ließ nach dem Hochamt jene sechs Ältesten der Gemeinde, die damals nach der Landrichtergeschichte als Kundgeber des Vertrauens seiner Pfarrkinder zu ihm gekommen waren, in den Pfarrhof rufen und hielt, während er auf dem Tisch verschiedene Schriften und Pläne ausbreitete, eine Ansprache des Inhalts: Wie sie wüßten, hätte er sich für fünf Jahre verpflichtet, zugunsten einer Erweiterung der Pfarrkirche jährlich achthundert Mark zu hinterlegen. Da man aber nie wisse, was die Zukunft bringe, und da er sich für den Ausdruck des Vertrauens, den ihm die Gemeinde entgegengebracht, dankbar erweisen wolle, so hätte er Baupläne und Voranschläge fertigen lassen, die Baugenehmigung schon eingeholt, und hiermit übergebe er ihnen als Vertretern der Gemeinde die Urkunden und dazu die Summe, die mit den bereits bezahlten Jahresraten die Höhe der Kostenvoranschläge erreiche. Wenn sie also Lust hätten, könnten sie gleich morgen zu bauen anfangen.

Da war denn großer Jubel im Dorfe. Abends kam der gesamte Gemeinderat mit Blechmusik vor den Pfarrhof gezogen, und als das Ständchen mit seinen manchmal gewagten Harmonien verklungen und das dreifache Hoch, das der Bürgermeister auf Hochwürden Herrn Pfarrer ausbrachte, verhallt war, bedankte sich Sepp mit kurzen Worten und öffnete dann den rasch geladenen Gästen Flur und Stuben.

Auch noch ein anderes Geschäft war dem Pfarrer in diesen Tagen geglückt: Er hatte einen guten Käufer für das kleine Häuschen gefunden, welches Everls Erbteil bildete. Als er dem Mädchen die zwar nicht beträchtliche, aber doch einen annehmbaren Sparpfennig ausmachende Summe nannte, blickte Everl bittend zu ihm auf.

»Hochwürden Herr Pfarrer«, sagte sie, »ich hätt schon ein rechtes Anliegen am Herzen.«

»Raus damit, Everl!«

»Schauen S' halt ... seit mein liebs Vaterl im Grab liegt, geht's mir schon allweil nach, daß er bloß so ein armseligs Holzkreuzl über ihm stecken hat. Und weil ich jetzt doch ein Geld hätt, so meinet ich halt ...«

»Du könntest ihm ein richtigs, eisernes Kreuz setzen lassen, gelt?« fragte Sepp, als das Mädchen zögerte.

Everl nickte.
»Recht schön is das von dir, denn es beweist, wie dein Herz und dein ganzes Denken an deinem Vater hängt. No, no ... geh, sei stad ... mußt net wieder weinen! Aber schau, zu deiner Bitt darf ich halt doch net ja sagen. Du mußt das bißl Geld zammhalten ... jetzt freilich, solang du bei mir bist, hast es net nötig ... aber man muß auf alle Fäll denken. Glaub mir's, Everl, durch ein frommes Andenken ehrt man ein Grab mehr als durch ein eiserns Kreuz. Aber sei jetzt net betrübt deswegen, es wird sich schon noch ein Ausweg finden lassen.«
Traurig verließ Everl die Stube, und vergebens dachte sie nach, wie da ein Ausweg zu finden wäre. Als sie aber vierzehn Tage später den Kirchhof besuchte, benahm ihr die Überraschung fast den Atem, als sie das Grab ihres Vaters mit einem geschmiedeten Kreuze geschmückt sah, dessen Stangen, Schnecken und Rosetten zierlich bemalt und vergoldet waren. Ohne sich Zeit zu einem Vaterunser zu nehmen, rannte sie nach dem Pfarrhofe zurück. Mit glühenden Wangen trat sie in die Stube, und Stammeln und Tränen waren ihr Dank für die Erfüllung ihres Lieblingswunsches.
»Siehst, Everl«, sagte Sepp, während er den Kopf des Mädchens freundlich zwischen seine Hände nahm, »so wie dir das nausgangen is, so wird dir alles nausgehen im Leben, wenn du nur immer schön brav und rechtschaffen bist.« Er blickte auf, denn die Türe öffnete sich, und der Lehrer trat ein. »Was gibt's?«
»Net viel, Hochwürden, net viel, bloß ein paar Zeugnis zum Unterschreiben!« entgegnete der Schulmeister und breitete mit lächelnder Geschäftigkeit auf dem Tisch einige Schriften aus.
Während Sepp das Tintenzeug herbeiholte, verließ das Mädchen die Stube mit abgewandtem Gesicht, um vor dem Lehrer die nassen Wangen zu verbergen.
Am andern Tage, da schon die Dämmerung einbrach, kam wie gewöhnlich der Postbote, um Zeitungen und Briefe zu bringen.
»Herr Pfarrer ... ich möcht was fragen ... das heißt, wann Sie's net verübeln?« so begann der alte Mann, da er sich schon wieder zum Gehen gewandt hatte.
»Red nur! Was willst?«
»Grad vorhin hat mir der Lehrer ein Brief ans Ordinariat mitgeben wie früher schon öfters. Ich hab mir aber nie was denkt dabei ... erst heut, wie der Lehrer so rumdruckt hat, daß ich von dene

Brief im Pfarrhof herüben nix z'reden brauchet ... erst da is mir's aufgfallen, als ob was net recht sauber sein könnt ... nix für ungut drum, Herr Pfarrer.«
»Ah, woher doch! Und ich dank schön für den guten Willen! Aber habts kein Angst net, es is nix dran!« Damit verabschiedete er den Postboten.
Es war wohl etwas daran. Was Sepp schon längst vermutet hatte, daß der Lehrer über sein Tun und Treiben an das Ordinariat berichte oder berichten müsse, das war ihm durch diese Mitteilung zur Gewißheit geworden. Aber was mochte ihn das kümmern! Was er trieb und tat, durfte die ganze Welt wissen.
Fünf Tage später kam wirklich ein Schreiben vom Ordinariat, und Sepp erbrach es mit erwartungsvollem Lächeln. Kaum hatte er jedoch zu lesen begonnen, da verfärbte sich sein Gesicht – soweit das möglich war –, und mit zitternden Händen zerknitterte er das Papier. Die Türe riß er auf und schrie in den Flur hinaus: »Den Lehrer! Holts mir den Lehrer!« Und als Everl eilig aus der Küche herbeisprang, winkte er sie mit der Hand zurück. »Du net! Die ander soll gehn!«
Mit schweren, dumpfhallenden Schritten ging er in der Stube auf und nieder, bis der Lehrer eintrat.
»Da! Lesen S'!« schrie Sepp in Zorn und schleuderte dem ängstlich Dreinschauenden das zerknüllte Papier ins Gesicht. »Lesen S', sag ich, lesen S'!«
Der Lehrer bückte sich nach der Papierkugel, faltete sie auseinander, glättete das Blatt über dem gehobenen Knie und begann zu lesen.
»Ah! Ah! So was!« stotterte er und wollte sich kopfschüttelnd wieder in den Inhalt des Schreibens vertiefen, als ihm Sepp das Blatt aus den Händen riß.
»Ja! So was! Und wie kommen Sie dazu, so eine Gemeinheit ans Ordinariat zu berichten?«
»Ich?«
»Ja, Sie! Glauben Sie vielleicht, ich wüßt net ... «
»Nix wissen S'! Gar nix wissen S'!« kreischte der Lehrer. »Aber weil's schon so weit is, so sollen S' einmal wissen, wer Ihr verschwiegener Schutzengel die ganze Zeit über gwesen is, wer all die Anfragen, die von drin gekommen sind, allweil aufs beste und schönste beantwortet hat ... «
»O du nixnutziger Kerl du!« donnerte Sepp. »Ich brauch kein

andern Schutzengel, verstanden, als den mir mein Herrgott mit auf'n Weg geben hat!«
»Aber Hochwürden Herr Pfarrer ... «
»Ich will nix mehr hören! Marsch, naus zur Tür!«
Der Lehrer stand auf der Straße, er wußte nicht, wie. Sepp aber setzte sich in der Stube an den Tisch, um das Schreiben zu beantworten: Er könne nicht begreifen, woher man im Ordinariat den Mut nähme, an einen unbescholtenen Menschen eine Zumutung zu stellen, die, wenn auch unausgesprochen, die ungerechteste Beleidigung in sich schließe. Übrigens müsse man ihm erst die Beweise erbringen, daß irgendwer im Dorfe, der Lehrer vielleicht ausgenommen, über die an ihm gerügte Handlungsweise sich wirklich in so ›ehrabschneiderischen‹ Worten geäußert habe. Was aber nun den Wunsch des hohen Ordinariats anbelange, so verbiete ihm geradezu sein Gewissen, ihm Folge zu leisten. Er würde den gegen ihn erhobenen Verleumdungen nur Nahrung und Gewicht geben, wenn er das junge Mädchen so plötzlich aus seinem Hause entferne, was übrigens auch auf die arme Waise selbst einen ganz unverschuldeten Makel werfen müßte. Das letztere würde er um so weniger verantworten können, als die Umstände, die das Mädchen in sein Haus geführt, ihm unveräußerliche Pflichten auferlegt hätten, – wenigstens gemäß der Anschauungsweise eines christlich denkenden Menschen.
Briefe kamen, und Briefe gingen. Während man auf der einen Seite immer dringender und drohender bei der einmal aufgestellten Forderung beharrte, mäßigte Sepp in keiner Weise die Schroffheit seines Widerstandes – im Gegenteil, seine Erbitterung veranlaßte ihn bei der Beantwortung der empfangenen Zuschriften zu stilistischen Ausschreitungen, die seiner gerechten Sache nur von Schaden sein konnten.
Ein unbefangener Richter freilich hätte ihn auch dessentwegen entschuldigen dürfen, da das Schicksal gerade in diesen Tagen den Pfarrer in einer Weise heimsuchte, die ihm vollends den Rest seiner Ruhe rauben mußte. Innerhalb einer einzigen Woche begrub er seine alte Mutter und seinen geliebten Freund, ›den guten Bräumeister‹, dessen Andenken er durch jene bekannte Grabrede verewigte.
Der Streit, den Sepp mit seiner geistlichen Behörde führte, konnte für die Dorfbewohner auf die Dauer kein Geheimnis bleiben. Und wenn auch die Mehrzahl der Leute sich auf die Seite des Pfarrers

stellte, so hatte doch der Schullehrer auch gegen ihn Partei zu bilden gewußt. Es war das auch wieder ein Umstand, der Sepps Erbitterung steigerte.

Everl, die unschuldige Ursache des ganzen Konfliktes, hatte bei alldem auch nicht die leichtesten Stunden. Still und mit verweinten Augen ging sie im Hause umher, da es die alte Köchin hinter des Pfarrers Rücken nicht an dem Vorwurf fehlen ließ, daß des Mädchens Eintritt in den Pfarrhof den Frieden und die sorglose Ruhe zur Türe hinausgejagt hätte. Nur Sepps zufällige Dazwischenkunft hatte das Everl eines Tages von der Flucht zurückgehalten, mit der es dem hochwürdigen Wohltäter einen Dienst zu erweisen gedachte.

Sepp fühlte, wenn er in einer etwas ruhigeren Stunde mit sich zu Rate ging, wohl das Unhaltbare seines Widerstandes heraus. Da aber sein stolzer, der eigenen Redlichkeit bewußter Trotz immer wieder das Recht auf seine Seite stellte, so wurde es für ihn zur Unmöglichkeit, einen Modus der Nachgiebigkeit und der Einlenkung zu finden.

Als er sich in der Folge nun gar mit der Versetzung nach einer Strafpfarre, eventuell mit der Suspension bedroht sah, erwiderte er diese Mitteilung durch ein Schreiben, dessen Ton und Inhalt sein Verbleiben als Untergebener jener geistlichen Behörde freilich zur baren Unmöglichkeit machte.

Die Antwort, die darauf erfolgte, kündigte ihm in kurzen Worten für acht Tage später das Eintreffen des hochwürdigsten Herrn Bischofs an.

In diese Frist fiel ein Sonntag. Als Sepp die Predigt beendet und die sich daran knüpfenden Gebete und Verkündigungen gesprochen hatte, wandte er sich, da er schon die Kanzel verlassen wollte, mit folgenden Worten zu den Anwesenden:

»Noch was! Am Donnerstag kommt der Bischof. Da könnt ihr Kränze binden, Triumphbögen errichten und Vorreiter ausschicken ... und wohl auch mich verklagen. Denn diesmal gilt sein Kommen nicht eurem Seelenheil. Er kommt nur als Taubenstößel, als Schwalbenhabicht zu mir armen Pfarrer. Ich soll, wie ihr wißt, das Everl aus dem Hause geben. Aber eh ich mir eine solche Beleidigung antun laß, geh ich ans Metropolitikum ... und wenn das nicht hilft, so soll Rom entscheiden.«

Es war spät in der Nacht vom Mittwoch auf den Donnerstag. In der Stube des Pfarrhofes brannte noch die Lampe, und ruhelos wanderte

Sepp mit langen Schritten zwischen Tür und Fenstern hin und her. Plötzlich klang es auf der Straße mit kreischendem Rufe: »Feuerjo! Feuerjo!«
Sepp sprang in den Flur und riß die Haustür auf. »Wo brennt's?« rief er die vorübereilenden Leute an.
»Beim Kramer drunt!«
Da nahm er sich nicht mehr Zeit, seine Pantoffeln gegen Schuhe zu vertauschen; wie er stand, barhäuptig und in Hemdsärmeln, eilte er all den andern voraus der Brandstätte zu.
Das ganze Sparrenwerk des Daches stand schon in hellen Flammen. Während die Bewohner des Hauses in tatlosem Jammer inmitten der Straße standen, drängten Männer und Burschen durch die Türe aus und ein, um die Krämerwaren und die Einrichtung der ebenerdigen Zimmer zu bergen. Da Sepp gewahrte, wie langsam das vonstatten ging, schlug er an den Giebelfenstern die Scheiben ein und riß mit einer durch die Notlage gesteigerten Kraft die Kreuzstöcke aus den Mauerluken, um dem Hausgerät einen mehrfachen Ausweg zu schaffen.
»Herr Pfarrer! Jesus Maria!«
Sepp vernahm den Warnungsschrei – er hörte ein Prasseln über seinem Haupte, blickte auf – und mitten auf seine Stirne schlug ein brennender Balken, den das Feuer aus dem Giebel losgenagt hatte. Den hundertstimmigen Jammerruf der schreckensbleichen Leute hatte laut gellend ein einziger Schrei des Entsetzens übertönt – und schon lag Everl neben dem rauchenden Balken auf den Knien und rüttelte unter stöhnendem Wehklagen das blutüberströmte Haupt des Erschlagenen.

Als am andern Tag der hochwürdigste Herr Bischof einfuhr in das Dorf, fand er den renitenten, vorlauten Pfarrer als stillen Mann auf der Bahre.
Everl wurde von Sepps Bruder an Kindes Statt angenommen, und heute ist sie die glückliche Schwiegertochter des gealterten Bauern. Sollte der Zufall meinen Leser nach Wackersdorf führen, so bitt ich ihn, die schmucke Hofbäuerin von mir zu grüßen – gleich hinter dem Wirtshaus, an dem bergwärts führenden Sträßchen der erste große Bauernhof links, das ist ihr Haus und Eigen.

DAS KASER-MANDL

Zur Sommerzeit mag es wohl kaum ein schöneres Flecklein Erde geben als den Roßmooserhof. Wenn einer aus dem Tal, in welchem das Dorf gelegen ist, durch den steilen dunklen Bergwald drei gutgemessene Stunden emporsteigt, dann sieht er plötzlich die Bäume zu Ende gehen, sieht das Berggehänge sich spalten und in zwei ragenden Felswänden auseinanderlaufen, und vor seinen Augen öffnet sich ein weites, herrliches Hochtal.
Wie grüner Samt leuchten die Wiesen, auf den Feldern schwanken die gelben Ähren im sanften Wind, in den Gräben und Teichen blitzt das Wasser wie blankes Silber, und an den hundert Obstbäumen verschwindet beinahe das Grün vor all den reichlichen Früchten, welche sie tragen. Über die runden Kronen der Apfelbäume hebt sich das stolze, zweistöckige Bauernhaus empor mit schneeweißen Mauern, mit blinkenden Fenstern und grünen Läden, mit geschnitzten Giebelzieraten und einem schlanken Glockentürmlein auf dem steilen Dach. Hinter dem Hause liegt der umzäunte Garten mit Lauben und Blumenbeeten, welche bunt schimmern von blühenden Nelken, deren Duft sich vermischt mit dem süßen, alle Lüfte erfüllenden Heugeruch; rings um den weiten Hofraum reihen sich, fast wie ein kleines Dorf, die Gesindehäuschen, die Schuppen und Scheunen, die Wagenremisen und die langgestreckten Ställe, die im Sommer wohl nur die Pferde und wenige Milchkühe zu beherbergen haben, da die übrigen Kühe und die jungen Rinder, gegen achtzig an der Zahl, auf die Almen getrieben sind. In weitem Bogen spannen sich um das schöne Tal die steilen Wälder und hohen Felswände, als hätte der liebe Herrgott diese Riesenmauer eigens geschaffen, damit nur ja der Nordwind kein rauhes Lüftchen herbrächte, das den Wieswuchs verkümmern und den Blüten der Obstbäume schaden könnte. Hoch über den Wäldern liegen im Sonnenglanz die Almen,

von denen man bei stiller Luft das Geläut der Herdenglocken und die Jodelrufe der Sennerinnen und Hütebuben hört. Gegen Süden, durch die breite Bergscharte, sieht man über den niederziehenden Wald und über das von blauem Duft umsponnene Tal hinweg auf die fernen Berge: Kette ist hinter Kette gelagert, Kuppe reiht sich an Kuppe, bis in nebelhafter Ferne die weißen Gletscher mit ihren zarten Linien den Horizont abschließen.

Freilich, dem schönen Sommer folgt im Roßmoos ein gar harter Winter. Jede Verbindung mit dem Dorf ist abgeschnitten, und an manchem Morgen liegt der frischgefallene Schnee so hoch, daß man die Haustür kaum zu öffnen vermag. Und vom Haus zu den Scheunen, von Stall zu Stall müssen Gänge durch den Schnee gegraben werden, um den Verkehr zu ermöglichen. Aber im Winter ist ja das Vieh daheim; da gibt es so viel zu arbeiten, daß die schweren Tage rasch verfliegen. Auch bringt die Mitte des Winters zuweilen so helle, sonnige Wochen, daß der Schnee sich setzt und die Luft so lind wird wie im Frühjahr.

Solch ein schöner Dezember war eben jetzt vergangen. Die milden Tage hatten sogar den hochverschneiten Weg ins Dorf hinunter wieder gangbar gemacht. Das war dem Roßmooser lieb; nun stand für den Weihnachtstag der Weg in die Kirche offen, und – was das Wichtigere war – jetzt konnte er aus dem Dorf eine neue Köchin rufen lassen. Die Roßmooserin selig – vor drei Jahren war sie gestorben – hatte ihren Mann gar sehr verwöhnt in der Kost. Nach ihrem Tode war eine alte Hauserin in die Küche eingezogen; die führte ein scharfes Zünglein, und vom Morgen bis zum Abend hörte man in Haus und Hof ihre schrille Stimme. Nun war sie vom Zipperlein befallen und mußte seit einer Woche unter Pein und Schmerzen das Bett hüten. Eine nach der andern hatten die Stalldirnen ihre Kochkünste versucht, doch über dem ›Geschlader‹, das sie auf den Tisch brachten, kam dem verwöhnten Roßmooser das Grausen an; jeden Mittag und Abend stand er mit vollem Ärger und leerem Magen von der Mahlzeit auf. Da es mit einer Besserung bei der Hauserin kein Absehen hatte, schickte er endlich, zwei Tage vor Weihnacht, den Obersenn ins Dorf hinunter, um eine neue Hausdirn ausfindig zu machen. Gut kochen müsse sie können, ein stilles, sanftes Wesen sollte sie haben, brav und fleißig sein und dazu noch sauber anzuschauen, damit dem Roßmooser nicht schon der beste Appetit verginge, wenn die Dirn mit der Schüssel in die Stube träte.

Der Obersenn, als er diese Bedingungen hörte, kratzte sich hinter den Ohren. Da wär leichter eine Nadel im Heu gesucht, meinte er, als solch eine Dirn gefunden. Bei grauendem Morgen machte er sich auf den Weg; doch der Tag verging wieder, ohne daß er zurückkehrte.

Erst am folgenden Nachmittag, am Vorabend des Weihnachtsfestes, kam er durch den verschneiten Bergwald vom Dorf heraufgestiegen. An der Seite des alten, klug und freundlich blickenden Mannes schritt eine kaum zwanzigjährige Dirn. Mindestens eine von den Bedingungen des Roßmoosers, die vom schmucken Aussehen, war redlich erfüllt: eine schlanke, fast zarte Gestalt in einem braunen, schon etwas abgetragenen, aber saubergehaltenen Kleid, dessen Leibchen die jugendlichen Formen knapp umschloß. Über den vollen, aschblonden Zöpfchen saß ein schwarzer Filzhut mit breiter Krempe und niederem Deckel, von einem vergilbten Band umzogen, der Hut beschattete ein schmales Gesichtchen mit sanften, fast noch kindlichen Zügen. Aber die blauen Augen blickten gar traurig, und die geröteten Lider bewiesen, daß der Abschied vom Elternhaus reichliche Tränen gekostet hatte; waren doch jetzt die Augen noch feucht, und manchmal zuckten die Lippen wie unter mühsam verhaltenem Schluchzen. In der einen Hand führte die Dirne den Bergstock, in der andern trug sie ein weißes Bündel, und so stapfte sie neben dem Senn durch den Schnee empor, immer still vor sich niederblickend, immer wieder leise seufzend.

Der Alte gab sich alle Mühe, das Mädchen durch sein Geplauder zu erheitern, erzählte, wie schön es auf dem Roßmooserhof im Sommer wäre, versicherte, daß der Bauer das beste Herz auf der Welt, bei guter Kost auch allweil einen guten Humor hätte und daß man ihn bei richtiger Behandlung um den Finger wickeln könnte.

»Sind Kinderln auch da?« Das war nach langem Schweigen die erste, schüchterne Frage des Mädchens.

»Kinderln?« lachte der Senn. »Wohl wohl, ein Bub is da. Aber ich mein, mit dem wirst nit viel zu schaffen haben ... der hat schon seine fünfundzwanzig Jahrln. Kennst ihn denn nit, den Roßmooser-Toni?«

Das Mädchen schüttelte den Kopf.

Der Senn aber machte ungläubige Augen. »Geh! Schauen doch alle Madln nach ihm aus!« Er lachte. »Oder hast dich leicht noch gar nit umgschaut auf die Buben?«

»Ich hab auf mein krankes Mutterl schauen müssen«, erwiderte das Mädchen mit leiser Stimme.
Ein freundlicher Blick traf sie aus den Augen des Sennen. Eine Weile stiegen sie schweigend weiter. Dann sagte der Alte: »No, ich mein, du wirst mit dem Haussohn auch dein friedlich's Auskommen haben. Ist ein handsamer, waxer Bub, der Toni, und der Roßmooser könnt allweil seine Freud an ihm haben, wenn nur eins nit wär ... «
Der Alte blickte um sich, als fürchte er, es könne ein Lauscher in der Nähe sein; dann stieß er das Mädchen mit dem Ellbogen an und kicherte: »Weißt, der Bub hat halt die Gamserln so viel gern.«
Das Mädchen lächelte müd. »Mein, das ist doch allweil noch keine Todsünd!«
»Für einen armen Häuslerbuben freilich nit. Aber für den reichen Roßmoosersohn wär's halt doch eine schenierliche Sach, wenn man ihn umeinanderzarren tät beim Gricht und er müßt brummen ein paar Monat. Im letzten Herbst hat eh nimmer viel gefehlt, daß ihn der Jager packt hätt. Der Bauer hat Müh gehabt, bis die Sach vertuschelt war, und hat laufen und blechen müssen, daß ihm die Schwarten kracht haben. Und Standali [1] und Spiktakl hat's gegeben im Haus grad genug. Heut noch, wenn der Bauer dran denkt, wird er völlig blau vor Zorn und Gift. Der Bub freilich, der hat die Sach schon lang verschwitzt und tät sich auf Neujahr gern wieder ein Gamsbart holen, recht ein saubern Wachler [2]. Aber der Alte paßt auf wie ein Haftlmacher, ja, und weil er gemeint hat, der Bub könnt leicht über die Feiertag ein Streich machen, hat er geschaut, daß er ihn fortbringt aus'm Revier und hat ihn vor drei Täg schon in d' Stadt geschickt, Einkäuf zu machen. Der Toni hat ein Gesicht aufzogen, wie neun Tag Regenwetter, aber da hat ihm kein Herrgott geholfen ... fort hat er müssen!« Der Alte blinzelte nach seiner Begleiterin. »Du? Mir scheint ja gar, du mirkst gar nit auf, was ich red?«
Das Mädchen erwachte aus seinen Gedanken und stotterte errötend: »Wohl wohl, ich hör schon! Vom Roßmooser hast geredt? Oder nit?«
Da lachte der Senn. »Dir wär gut ein Gheimnis verzählen. Da brauchet eins nit fürchten, daß du's weitertragst.«
Das Mädchen sah ihn mit bittenden Augen an. »Schau, ich muß halt

[1] Skandal
[2] wacheln = im Wind wehen

viel sinnieren, es liegt halt gar so viel auf mir ... mußt nit harb sein!« Eine Zähre fiel ihr auf die Lippen.

»Geh, du Hascherl, du!« tröstete der Senn und legte den Arm um die Hüfte des Mädchens. »Harb sein! Was dir nit einfallt! Wie kann denn dir eins harb sein!« Ein paar Schritte noch taten sie, dann erreichten sie den Saum des Waldes. »Schau, da draußen steht der Hof!«

Still und öde lag das weite Roßmoos. Überall Schnee und Schnee, rötlich blinkend im Schein der schwindenden Sonne, die steilen Wälder stumm und tot, wie erdrückt von der Last des Winters, die hohen Felswände verschneit und vereist; das Haus mit seinem schneebedeckten Dach und seinen weißen Mauern war kaum zu unterscheiden, nur die verwitterten Balkenwände der Schuppen und Scheunen lugten gleich finsteren Schatten durch das kahle Gezweig der Apfelbäume.

Das Mädchen stand, mit zitternden Händen den Bergstock umklammernd, und blickte mit feuchten Augen nach dem dunkeln, fremden Ziel, dem sein Weg entgegenführte.

»Gelt, er schaut sich im Winter ein bißl einödig an, der Hof?« sagte der Senn. »Aber wart nur, bis der Auswärts [1] kommt, da wirst deine Freud erleben im Roßmoos, und 's Bleiben wird dir lieb werden, daß gar nimmer fort magst. Wenn nachher die Hauserin wieder auf die Füß kommt und du magst nimmer schaffen in der Kuchl, nachher ziehst mit hinauf zur Alm. Ja, und wenn du gscheit bist, haltst dich zu mir; ich hab die schönste Alm und den besten Kaser.«

»Wo treibst denn allweil auf?«

»Auf der Waiz-Alm [2].«

Erschrocken sah ihn das Mädchen an. »Auf der Alm, wo das Kaser-Mandl haust?«

»Wohl, wohl«, nickte der Senn.

Die Augen des Mädchens wurden immer größer. »Tust dich denn da nit fürchten?«

»Warum denn fürchten? Unser Kaser-Mandl ist ja von die ungfahrlichen Geister einer, der noch keim Menschen was Übels nit antan hat. Und wann ich auftreib, ist er nimmer beim Zeug und kommt erst wieder, wann ich abtreib! Da haust er nachher den ganzen

---

[1] Frühling

[2] Gespensteralm; ›waizen‹ bedeuted das Umgehen eines Geistes

Winter im Kaser, bis ihn der erste Föhn wieder auskehrt. Und wird doch all Jahr die Hütten frisch eingesegnet vom geistlichen Herrn! Warum denn nachher fürchten? Reizen muß ihn halt keiner und nit sein Possen treiben mit ihm. Nachher tut er eim nix.«

Das Mädchen atmete tief und lispelte: »Hast ihn schon einmal gsehen?«

»Gott bewahr! Noch nie nit! Sonst hätt ich ihn leicht schon erlöst, den armen Geist. Gsehen nit, aber ghört hab ich ihn schon! Wohl wohl!«

»Geh! Ja, wie war denn das?« stammelte das Mädchen.

»Zwölf Jahr mag's her sein. Da hat's im Spätsommer über Nacht ein schierlichen Schnee geworfen, und gahlings hab ich abtreiben müssen. Ja, und wie ich mit'm Vieh nunterkomm ins Holz und stehenbleib und 's letzte Mal zruckschau über die verlassene Alm, da hör ich auf einmal von droben her die Almglocken läuten, hör Geißelschnöller und ein Juchezer um den andern. Wohl wohl, Dirndl, das war 's Kaser-Mandl, das einzogen ist auf der leeren Alm. Ghört hab ich alles, aber gsehen hab ich nix.«

»Und hat ihn noch keiner nit gsehen, gar keiner?«

»Ein meiniges Ahnl hat ihn gsehen, vor die sechzig Jahr!«

»Geh! Und wie schaut er denn aus?«

»Wie ein Senn schaut er aus. Aber ein baumlanger Kerl mit kohlschwarzem Gsicht und fuirige Augen!«

Ein Schauer ging über den Nacken der Dirn; eine Weile schwieg sie, dann fragte sie flüsternd: »Weswegen, meinst denn, daß er waizen muß?«

»Almgut wird er halt verlottert haben. Denn weißt, Dirndl, auf der Alm ist alles heilige Sach, jedes Bröserl Schmalz und jedes Tröpferl Milch. Nit einmal so viel als schwarz unterm Nagel ist, darf eins vernachlässigen oder veruntreuen auf der Alm. Was herunten läßlich[1] Unrecht ist, wird droben zur schweren Sünd, weil der Senn sein eigener Wehrer und Aufpasser sein muß, bald ihn der Glust ankommt, daß er sich vergreifen möcht an fremdem Gut. Wann der Senn die heilige Gottesgab nit in Ehren halt, Milch verschütt, Salz und Mehl verbröselt, Schmalz verschladert und verschlampt, wann er gfraßig und gnaschig ist oder gar wann er vom Almnutzen heimlich verschleppen tut, so kann er's auf der Alm wohl treiben ohne

---

[1] verzeihlich

Furcht und Straf, denn der Bauer ist weit und kann nit merken, was er an Schaden hat. Aber einer merkt's halt doch ... der sell da droben. Und wann ein solchener Senn die ungute Seel aushaucht, nachher kriegt er woltern[1] was zu spüren! Waizen muß er in der gluhheißen Pein bis zum Jüngsten Tag, wann ihn ein frommes Leut nit ehnder erlöst, und auf der Alm muß er hausen, wo er gsündigt hat, muß Salz und Mehl stäuberlweis zammklauben, die alten Schmalzflecken aufputzen, die Milch, was er verschütt hat, muß er tröpferlweis wieder eintun in die Geschirr und muß Butter schlögeln und kasen, bis aller Schaden wieder gutgmacht ist. Wohl wohl, Dirndl, so einer ist nit zum neiden, ein solchener Geist.«
Sie hatten den Hofzaun erreicht. Der Senn öffnete das Gatter und ließ seine Begleiterin eintreten.
»Gelobt sei Jesus Christus!« sagte sie leise.
»In Ewigkeit, Am'!«
Mit gesenkten Augen und kurzen Schrittlein ging das Mädchen quer durch den Hofraum neben dem Senn einher. Unter den Stalltüren erschienen Knechte und Mägde, betrachteten die Fremde mit wägender Neugier und flüsterten untereinander. Aus der Wagenremise klang eine singende Stimme. Von den Ställen hörte man das Rasseln der Ketten und das dumpfe Muhen der Kühe. Glucksend trippelten die Hühner im Hof umher und scharrten im Schnee. Der große, schwarze Hofhund fuhr aus seiner Hütte, zerrte an der Kette und bellte, daß die Berge widerhallten.
Vor der Haustür sagte der Senn: »Jetzt wart nur en bißl, bis ich mit dem Bauer geredt hab.« Er trat in den breiten, tiefen Flur, in welchem es schon dunkelte, und dann in die Stube. Das war ein großmächtiges Eckzimmer mit drei Fenstern nach der einen und zwei Fenstern nach der andern Seite. Die weißen Mauern waren bis in Mannshöhe mit rötlichem Zirbenholz getäfelt, ein großer Geschirrkasten stand neben der Tür; fast um die ganze Stube, auch rings um den großen Kachelofen, zog sich eine feste Holzbank. In der Fensterecke, die mit einem kleinen Altar und einem von geweihten Palmzweigen überschatteten Kruzifix geschmückt war, stand der lange Gesindetisch. In der Ecke hinter dem Ofen stand ein kleiner Tisch vor einem Ledersofa. Neben diesem Tisch, in einem mit blanken Messingnägeln beschlagenen Lehnstuhl, saß der Bauer,

[1] stark, tüchtig, ordentlich

eine massive Gestalt in Hemdsärmeln, in kurzer Lederhose und blauen Kniestrümpfen. Das Haar war schon ergraut, aber das breite, glattrasierte Gesicht zeigte eine gesunde Röte, welche verriet, daß sich der Roßmooser nichts abgehen ließ. Er hielt die Beine gestreckt, schmauchte in behaglicher Ruhe sein Pfeiflein und drehte, als der Senn in die Stube trat, nur langsam die Augen nach der Tür.

»Grüß Gott, Bauer!«

»Grüß Gott auch! Hast eine gfunden?«

»Wohl wohl. Aber in drei Dörfern hab ich umlaufen müssen. Jetzt mein ich aber doch, ich hätt' eine richtige Dingin gfunden, wie man's gern hausen hat unter jedem christlichen Dach.«

»Kann's aber auch kochen?«

»Wohl wohl! Sie hat's von ihrer Mutter glernt, die in ihrer Dirnzeit Pfarrersköchin gwesen ist.«

Der Bauer schmunzelte und strich die Pfeifenspitze über die Lippen; das war eine gute Verheißung. »Ist's aber am End nit recht eine fahrige Hex? Was?«

Der Senn lächelte. »Da hörst ehnder eine Fliege kreisen[1] als ein Spitakl von dem Dirndl!«

»Und mit der Bravheit, wie steht's denn da?«

»Umgfragt hab ich überall. Aber es hat ihr kein Mensch was Übels nachreden können.«

»Das will viel sagen. Und so ein Dirndl ist gleich auf der Stell zum haben gwesen und ist gern gangen?«

»Gern freilich nit, und 's Zährenhaferl ist übergelaufen, schier nit zum stillen. Aber dem Dirndl seine Mutter ist eine arme Witib und ist marod, und da hat ihm halt 's Dirndl denkt, es könnt ihm was versparen fürs kranke Mutterl.«

»Schau, das gfallt mir«, nickte der Bauer. »Aber wo bleibt denn 's Dirndl?«

Der Senn verließ die Stube. Als er unter die Haustür trat, sah er das Mädchen auf der Steinbank sitzen und mit träumenden Augen emporblicken zur Waiz-Alm, deren welliges Gelände, von rosiger Abenddämmerung umflort, hoch über dem verschneiten Bergwald lag.

»Denkst noch allweil ans Kaser-Mandl?« lächelte der Senn. »Aber geh, komm jetzt, der Bauer wart!«

---

[1] kriechen

Das Mädchen erhob sich und folgte dem Alten in die Stube. Mit gesenktem Köpfchen, in der einen Hand das Bündel, mit der andern Hand an der Schürze nestelnd, stand es vor dem Bauer, der es stumm betrachtete und dem Senn mit blinzelnden Augen zuwinkte, als wollte er sagen:
›Eine saubere Dingin!‹ Er legte sich behaglich in den Lehnstuhl zurück, paffte ein Rauchwölkchen gegen die Decke und fragte: »Wie heißt denn eigentlich?«
»Hornegger Mali.«
»Mali? So? Also, jetzt red, was kannst kochen?«
»Was halt der Bauer schafft.«
»Alles?« staunte der Roßmooser. »Das glaub ich aber schier nit.« Und mit ernster Wichtigkeit stellte er ein scharfes Examen an, in welchem er der Reihe nach all seine Leibspeisen nannte. Es war eine lange, lange Reihe. Auf keine Frage blieb ihm Mali die Antwort schuldig, und als sie ihm gar noch eine schöne Zahl neuer Gerichte nannte, die auf der Tafel des Herrn Pfarrers, bei dem ihre Mutter vor zwanzig Jahren im Dienste stand, stets das Wohlgefallen aller zu Besuch kommenden geistlichen Amtsbrüder erweckt hatten, da schnalzte der Bauer mit der Zunge und streckte dem Mädchen vergnügt die Hand entgegen.
»Schlag ein, Dirndl, wir bleiben beinander! Hundert Mark Lohn im Jahr, an Ostern ein neus Gwand, an Weihnächten ein richtigs Präsent und in der Zwischenzeit diemal[1] ein bißl was nach meiner Zufriedenheit. Bist einverstanden?«
Eine dunkle Röte flog über Malis Gesicht. Was ihr der Bauer bot, war doppelt mehr, als sie hatte erwarten dürfen. Da konnte sie ihrer Mutter alljährlich ein schönes, klingendes Säcklein hinunterschikken. Wär nur das erste Vierteljahr vorbei und morgen schon der Zahltag! Die kranke Horneggerin hätt's brauchen können! Malis Augen wurden feucht, als sie ihre Hand in die Rechte des Bauern legte.
»So, jetzt bist die meinig«, sagte er. »Halt Fried unter meim Dach, wahr Feuer und Licht, und hab mein Sach in acht, als wär's dein eigens; nachher soll unser Herrgott dein Eingang segnen! Jetzt laß dir vom Senn dein Stüberl zeigen, und tummel dich nur, daß du bald in die Kuchl kommst. Völlig ausgehungert bin ich die ganzen Tag

[1] manchmal

her. Was kochen wir denn heut gleich? Was meinst? Wie wär's denn mit einer Omalattisuppen[1]?«
»Wohl wohl, Bauer«, lächelte Mali.
»Und nachher – wart, laß mich a bißl bsinnen – was meinst, wie wär denn ein eingemachtes Hendl mit Grießnockerln?«
»Wohl wohl, Bauer.«
»Und Weihnächten ist doch auch! Da wär eine richtige Mehlspeis auch nit zuviel. Auf was hättst denn Schneid? Jetzt red zur Abwechslung du einmal! Was meinst denn?«
Mali zeigte ein ernstes Gesicht und grübelte; langsam blickte sie zum Roßmooser auf: »'leicht ein Millirahmstrudl?«
Der Bauer machte zwei Fäuste und hob die Arme. »Millirahmstrudel! Kruzitürken! Den hab ich nimmer kriegt seit der Roßmooserin selig ihrer besten Zeit! Millirahmstrudel mit Zibeben! Tummel dich, Dirndl, und fang nur gleich an auf der Stell! Mach weiter! Weiter! Weiter!« Er schob das Mädchen und den Senn zur Tür hinaus, ging mit breiten Schritten in der Stube auf und nieder, guckte nach dem Geschirr im Kasten, zog die Schwarzwälderuhr auf, rieb vergnügt die Hände, schlug sie klatschend ineinander und stopfte sich schmunzelnd eine frische Pfeife.
Nach einer Weile war Mali in der Küche schon bei der Arbeit; sie hatte das Leibchen mit einem schwarzen Mieder vertauscht, eine weiße Schürze vorgebunden und war in dieser Haustracht gar freundlich anzusehen. Das Herdfeuer strahlte eine rosige Glut auf ihr Gesicht und ihre nackten Arme. Einmal kam der Bauer aus der Stube, blieb unter der Küchentür stehen und schaute dem Mädchen zu, wie es mit Geschick und stillem Eifer schaffte. »Brav, brav!« nickte er, und als er wieder in die Stube zurückging, rief er der Magd, die fürs Gesinde kochte, über die Schulter zu: »Gelt, du, daß mir keins die Mali stören und behindern tut! Die kocht für mich!«
In der Stube, in der es trotz der fünf Fenster nun auch schon dunkel geworden, zündete er die zwei Petroleumlampen an, die von der Decke niederhingen. Jetzt mußte er die Bescherung fürs Gesinde richten. Er deckte ein weißes Tafeltuch über den langen Tisch und stellte auf den Platz jedes Knechtes und jeder Magd einen Teller, der mit Äpfeln, Nüssen, Lebkuchen und gedörrten Zwetschgen angehäuft wurde; obenauf kam das Geldgeschenk, in ein weißes Papier-

---

[1] Omelettensuppe

chen gewickelt. Auch für Mali stellte der Roßmooser einen Weihnachtsteller auf den verlassenen Platz der Hauserin.
Schlag sieben traten die Sennen, Knechte und Mägde in die Stube, schweigend, ohne Gruß. Rings um die Stube knieten sie nieder, stützten die Ellenbogen auf die Holzbank und sprachen mit murmelnden Stimmen das Abendgebet: »Der Engel des Herrn brachte Maria die Botschaft ... « Nur der Bauer stand während des Gebetes inmitten der Stube. Nach dem Amen erhoben sich die Gesindleute und sagten alle miteinander: »Guten Abend, Bauer!«
»Guten Abend auch!« erwiderte der Roßmooser. »So, jetzt kommt her, Leut, und schaut euch auf eure Präsenter um. Ich hoff, es wird ein jedes zufrieden sein; ich bin mit euch auch zufrieden gewesen das ganze Jahr. Seid ihr alle beinander? Wo ist denn die Mali?«
Das Mädchen wurde aus der Küche geholt. »Ich bitt, Bauer«, stotterte sie in hellem Eifer, »ich hab Eil, der Strudl ist in der Hitz!«
Da lachte der Roßmooser: »Aber soviel Zeit wird er dir doch lassen, daß dein Weihnächten nimmst. Verdient hast es noch nit, bist ja heut erst eingestanden. Aber weißt, es ist zur Aufmunterung. Schau her, da steht's.«
Mali wurde rot bis unter die Haare, nahm verlegen ihren Teller auf den Arm, sagte ein leises »Vergelt's Gott« und eilte zur Tür, um wieder in die Küche zu kommen. Mit wohlgefälligem Lächeln blickte ihr der Bauer nach: »Das Dirndl hat halt den richtigen Geist zur Kocherei!«
Als Mali in der Küche das weiße Papierchen öffnete, blinkte ihr ein Zehnmarkstück entgegen. Vor Freude schossen ihr die Zähren in die Augen. Zehn Mark – zwei sorglose Wochen für ihre Mutter!
Die Magd kam in die Küche, um das Nachtmahl fürs Gesinde aufzutragen. Für den Bauer wurde der Extratisch gedeckt; die Hängelampen leuchteten ihm nicht hell genug, er verlangte noch eine brennende Kerze für seinen Tisch. »Heut muß ich mir genau anschauen, was ich krieg«, sagte er. Als Mali die Suppe brachte, hielt er schon den Löffel wie ein gezücktes Schwert in der Hand. »Gott gesegn es!« sagte sie leise und ging, um das Hendl mit Grießnockerln zu holen. Erst als sie den Millirahmstrudel aufgetragen hatte, setzte auch sie sich an den Gesindetisch. Schüchtern griff sie zu, aber bei jedem Bissen schielte sie hinüber nach dem Extratischlein; doch konnte sie kein böses Anzeichen gewahren. Die Tellerfuhren, die der Bauer in seine Scheune heimste, waren gut beladen, und immer

wieder nickte er schmunzelnd vor sich hin und murmelte: »Brav, brav!« Von der Suppe ließ er kein Tröpflein, vom Hendl nur die Beinchen und vom Strudl keine Zibebe übrig. Mit dem weißen Hemdsärmel wischte er sich die Lippen, erhob sich, klatschte die Hände auf das Bäuchlein und kam zum Gesindetisch.

»Dirndl, bei deiner Kocherei war heut gleich fürs erste Mal ein mordsmäßiger Fehler!«

Mali blickte erschrocken auf.

»Nach mehr hat's geschmeckt!« lachte der Bauer und klopfte das Mädchen freundlich auf die Schulter. Pflichtschuldig lachte das ganze Gesinde zu diesem Spaß. Eine Magd begann den Tisch zu räumen, und die Knechte wollten sich erheben. Aber der Bauer sagte: »Heut ist Weihnächten, Leut, heut bleiben wir noch ein bißl beinander auf ein guten Trunk! Jedem Knecht zwei Maßl Most und ein Stamperl Enzian! Weiter, Dirndl, die Spinnradeln her, und daß der Faden besser netzt, kriegt jede zum Lebzelten[1] ein Glasl Ligori[2].«

Der Obersenn rückte zur Seite, um dem Bauer am Gesindetisch Platz zu machen. In steinernen Krügen wurde der Äpfelmost aus dem Keller geholt, Enzian und süßer Likör in Gläschen ausgeteilt, und der Bauer faßte den Weihnachtszelten, der gebracht wurde, machte über den riesigen Laib mit der Messerspitze drei Kreuze und schnitt dann Stück um Stück herunter, rings um den ganzen Laib. Die Knechte steckten ihre Pfeifen in Brand, die Mägde holten die Spinnräder, eins auch für Mali, setzten sich rings um den Ofen und ließen die Räder schnurren; während sie den Faden zogen, brachen sie zuweilen ein Stücklein von dem auf der Bank liegenden Lebkuchen und netzten den Bissen mit einem Schluck Likör. Zum Schnurren der Spinnräder tickte die Schwarzwälderuhr, und in dünnen, bläulichen Streifen zog sich der Pfeifenrauch durch die ganze Stube, daß die Lampen wie unter einem Schleier brannten.

Vor den Bauer hatte man ein geschliffenes Glas und einen Krug mit rotem Tiroler gestellt. Als er den ersten Schluck getan, blickte er lächelnd in der Stube umher, legte die Arme breit auf den Tisch und sagte: »So, meine Leutln, so gfallts mir!«

»Schad, daß der Toni nit daheim ist!« meinte der Obersenn.

---

[1] Lebkuchen

[2] Likör

Der Bauer nickte. »Es hat halt sein müssen! Sonst hätt ich ihn eh nit fortgeschickt. Am Feiertag kann ich ihn doch nit zur Arbeit schaffen, und der Bub ist wie ein junges Roß: Wann's nit eingespannt ist, schlagt's allbot aus und macht ein Streich.«
Der Senn schmunzelte: »Meinst nit, er macht seine Streich auch in der Stadt?«
»Gewiß auch noch! Es müßt der Toni nit sein!« lachte der Bauer. »Aber meinetwegen. Da mögen sich ander Leut drüber giften ... ich nit. Was eins nit weiß, macht ihn nit heiß. Aber was ich fragen will: Was macht denn heut der marode Huiser[1]?«
Der Obersenn gab Antwort, und das Gespräch rollte weiter. Außer den beiden beteiligten sich nur noch die beiden Jungsennen am ›Dischkurs‹. Die Knechte und Mägde hörten schweigend zu, sie durften nur sprechen, wenn eine Frage an sie gerichtet wurde. Nicht nur der Hofsaal, auch die Bauernstube hat ihre strenge Etikette.
Immer lebhafter plauderte der Bauer, und je mehr er plauderte, desto häufiger trank er, und je fleißiger er das Glas füllte, desto lauter wurde seine Stimme; seine Augen glänzten, und in dunkler Röte brannten seine Backen. Allerlei Späße gab er zum besten, nahm der Reihe nach die Knechte und Mägde in die Zwickmühle seiner Spottlaune und rekapitulierte alle Narrenstreiche und ›Dalkereien‹, die das ganze Jahr über auf dem Roßmooserhof vom Gesinde geleistet worden waren. Helles Gelächter füllte die Stube; nur immer der Knecht oder das Mädchen, dem der Spaß gerade galt, machte einen schiefen Kopf und verdrehte die Augen.
»Was ist denn mit dir, Seppl?« rief der Bauer einen Hütebuben an. »Weswegen steckst denn dein Kopf gar so tief ins Mostkrügel? Meinst 'leicht, es ist der Geißbock drin, der dich selbigsmal auf der Waiz-Alm gstößen hat in der Nacht?«
Der Bub wurde rot bis über die Ohren. Alle andern aber lachten hell auf, denn sie erinnerten sich wohl noch jener drolligen Geschichte, in der ein boshafter Geißbock die Rolle eines Gespenstes gespielt hatte. Am lautesten lachte der Bauer. »Das vergeß ich meiner Lebtag nit! Nur dran denken brauch ich, so seh ich den Buben schon wieder dahergesaust kommen über Stempen und Steiner, wie er Zetermordio schreit, käsweiß im Gesicht und zittrig am ganzen Leib, als wär der Leidige hinter ihm oder 's Kaser-Mandl. Wie wär's denn, Seppl –

[1] Füllen

heut macht's grad wieder so eine lichte Nacht – tätst dich nit nauftraun auf d' Waiz-Alm? Vielleicht steht derselbige Geißbock noch allweil droben. Findst ihn aber nit, so könntst ja gleich nachschauen, was unser Kaser-Mandl macht.«
»Aber Bauer!« stotterte der Bub erschrocken. Auch den Dirnen verging die Lustigkeit; nur ein paar Knechte lachten noch.
Der Roßmooser leerte das Glas. »Also, Seppl, traust dich oder traust dich nit? Geh, tu's mir zlieb. Schau, völlig plagen tut mich die Neugier, was der Almgeist treibt in der heutigen Nacht.«
Jetzt zeigte auch der Obersenn ein ernstes Gesicht. »So was sollt eins nit reden, Bauer! Er hat gar ein weites Ghör, derselbige auf der Alm droben!«
»Tät er denn was Unrechtes hören?« lachte der Bauer. »Weißt, ich hab halt ein gutes Gmüt, ich sorg mich halt, obs Kaser-Mandl heut auch sein Weihnächten hat! Also? Will's keiner nit wagen?«
In der Stube war es mäuschenstill geworden; nur die Uhr hörte man ticken und die Spinnräder schnurren. Der Obersenn erhob sich und verließ die Stube; er wollte und konnte solche Reden nicht hören.
»Den schau an, der lauft jetzt gar davon!« lachte der Roßmooser und überflog wieder mit blinzelnden Augen sein Gesinde. »Also, wie steht's? Hat keiner die Schneid, daß er sich nauftraut? Nit umsonst! Eine Kuh aus meim Stall soll's gelten!«
Der Bauer hatte gut versprechen – in der Stube rührte sich kein Laut; die Dirnen duckten die Köpfe und machten scheue Augen, die Knechte guckten verlegen in die Pfeifenglut oder in die Mostkrüge.
»Es war nit im Spaß geredt!« beteuerte der Bauer, dem vor Lachen schon die Tränen kamen. »Noch einmal sag ich's: Der's wagt und naufgeht in Kaser und bringt mir den Muslöffel runter zum Zeugnis, daß er droben war ... die schönste Kuh soll er haben aus meim Stall! Also!« Er wartete, doch keine Antwort kam. Da schlug er die Faust auf den Tisch. »Gar keiner? Nit ein einziger hat's Kuraschi? Ihr seid mir schöne Hasenfüß übereinander!«
Aus Malis Fingern war der Faden gefallen, und ihr Spinnrad stockte. Mit zitternden Händen fuhr sie sich über Stirn und Schläfe. Eine Kuh aus des Roßmoosers Stall! Die hatte einen Buckel wie ein Wal. Solch eine Kuh galt ihre fünfhundert geschlagene Mark! Jesus Maria – fünfhundert Mark! Davon hätt ihr Mutterl zwei ganze Jahr zu leben. Und könnt sich was Guts antun und könnt sich pflegen, daß sie wieder gesunden müßt ...

Ein Schauer rann über Malis Glieder, es wurde ihr eiskalt ums Herz, aber sie erhob sich, ging hastig zum Tisch und sagte mit schwankender Stimme: »Bauer ... ich wag's.«
»Mar und Josef!« kreischte eine der Dirnen, und all die andern starrten Mali an, als wäre sie selbst ein leibhaftiges Gespenst. Auch dem Bauer war das Lachen vergangen; erschrocken blickte er zu dem Mädchen auf, dessen Gesicht so weiß war wie das Linnen auf dem Tisch, und stotterte: »Ja Dirndl, bist denn narrisch worden?«
»Ich tu's nit aus Spott oder Übermut«, lispelte Mali, »ich tu's, weil ich muß.«
Der Roßmooser fuchtelte mit den Händen und schüttelte den Kopf. »Nix da, Dirndl! Nix, nix! Das laß ich nit zu!«
Mali sah ihn mit großen Augen an. »Ich hab gemeint, der Bauer hätt im Ernst geredt! Und Bauernwort hat doch allweil noch sein richtiges Gewicht, mein ich.« Dem Roßmooser verschlug es die Rede; aber während er sich auf ein vernünftiges Wort besann, ging Mali schon zur Tür. »Ich richt mich zum Gang, Bauer!«
Als sie die Stube verlassen hatte, erhob sich hinter ihr ein wirrer Spektakel von schreienden Stimmen. Sie drückte die zitternden Hände über die Ohren, lief in die Küche, riß die weiße Schürze herunter, fuhr in die genagelten Schuhe, zog das warme Leibchen an und wickelte ein wollenes Tuch um Kopf und Schultern. So kehrte sie in die Stube zurück, in der es bei ihrem Eintritt plötzlich wieder still wurde. Die Spinnräder waren verlassen, die Mägde standen auf einem Knäuel beisammen, die Knechte hatten sich vom Tisch erhoben – nur der Bauer saß noch auf seinem Platz. Sein kleines Räuschlein schien jählings verflogen, denn seine Augen blickten ernst, aber die Röte auf seinem Gesicht war dunkler geworden.
»Ich bin geschickt[1], Bauer«, sagte Mali. »Um ein Laterndl tät ich halt bitten.«
Der Bauer erhob sich; es schien ihm schwer in den Knien zu liegen. »Schau, Mali, die ganzen Gesindleut reden mir zu, ich soll dich net gehn lassen.«
»Wohl wohl!« fiel der Chorus ein.
»Aber das Wort ist einmal geredt ... ich hätt's nit sagen sollen, denn es war ein Übermut ... aber gesagt ist gesagt, und jetzt muß ich's einlösen. Was tät denn noch gelten in der Welt, wenn nit Bauern-

[1]fertig, bereit

wort? Es müßt ja rein ausschauen, als ob's mich reuen tät wegen der Kuh ... grad recht geschieht mir, wann ich's hergeben muß. So wünsch ich halt nur noch das einzig, daß die schieche Sach gut ablauft ... für dich, Dirndl!« – seine Stimme schwankte –»und dir kein Fahrnis nit ankommt.«

»Ich tu mich nit fürchten, Bauer«, sagte Mali mit gezwungenem Lächeln. »Der liebe Herrgott geht mit mir und die heilige Mutter Marie.«

»Ja, Dirndl, ja, das ist eine gute Geleitschaft. Aber weißt denn auch den Weg? Freilich, er ist ja nit zum fehlen ... führt ja vom Roßmoos der breite Almweg nauf bis zum Kaser. 's Laterndl! Wo ist denn 's Laterndl?« Der Hütebub lief aus der Stube, um die Laterne zu holen. »Und hast denn auch ein gweihten Wachsstock? Nit? Hol eins den meinigen aus der Kammer ... der ist doppelt gweiht, der brennt lichter!«

Der Wachsstock wurde gebracht, in der Laterne befestigt und angezündet.

»So, Dirndl. Und jetzt pack's halt an in Gottes Namen!« Der Bauer faßte Mali bei der Hand, führte sie zur Tür und besprengte sie mit Weihwasser. »Schau, das wird dir auch guttun und wird sein Kraft nit verleugnen! Jetzt komm halt ... bist ein bravs Dirndl ... ich weiß schon, warum du's tust ... und ich bin ein grauslicher Kerl ... « Dem Roßmooser war schier das Weinen nahe. Als er in den dunklen Flur trat, fuhr er sich schnell mit dem Ärmel über die Nase und flüsterte in Malis Ohr: »Wirst sehen, es ist gar keiner nit droben, kein Geist nit.«

Mali atmete schwer auf und trat mit dem Bauer ins Freie. Wispernd und zischelnd drängten sich die Mägde und Knechte hinter den beiden her.

Still und dämmerig lag die Winternacht über den Bergen; kein Lufthauch rührte sich; in hellem Glanze funkelten die abertausend Sterne.

Mali bekreuzte sich mit zitternder Hand und faßte ihren Bergstock, der neben der Steinbank noch an der Mauer lehnte.

»Jetzt geh ich halt! Gelobt sei Jesus Christus.«

»In Ewigkeit, Am'!« sagte der Bauer, und die Knechte und Mägde sprachen es ihm nach.

Langsamen Ganges, in der einen Hand den Bergstock, in der andern die schwankende Laterne, schritt Mali in die Nacht hinaus. Schwei-

gend blickte ihr der Bauer nach, während hinter ihm die Gesindleute erregt durcheinanderflüsterten.
Der Hirtenbub zog vor Gruseln den Kopf zwischen die Schultern, daß die langen Ohren fast verschwanden. »Die kommt nimmer heim! 's Gnack dreht er ihr um . . . der selbige!«
»Ah na!« lispelte eine der Mägde. »Unser Herrgott wird das Dirndl nit verlassen.«
»Das ist eine!« murmelte eine andere Stimme. »Die hat Hosen an!«
»Und Haar auf die Zähn!«
Unwillig drehte sich der Bauer um. »Daß mir keins nit spotten tut über die Mali! Wenn eins von euch was reden will, soll's sagen, es laßt das Dirndl nit allein gehen auf dem gfahrlichen Weg. Das wär eine Red, die ich gern hören tät!« Lautlose Stille folgte diesen Worten. »Gelt? Jetzt könnts den Schnabel wieder halten?«
Da kam der Obersenn von den Ställen her über den Hof. Er machte große Augen, als er die Leute vor der Haustür stehen sah. »Ja, was gibt's denn?«
Als er hörte, was geschehen war, schlug er erschrocken die Hände über dem Kopf zusammen. »O du grundgütiger Heiland! Bauer, was hast denn da jetzt angestift!«
Der Roßmooser wußte keine Antwort und strich nur die zitternde Hand über das graue Haar. Ein paar Mägde wollten sich davonschleichen, aber der Senn vertrat ihnen den Weg.
»Nix da! Heut geht mir keins nit schlafen! Alles bleibt in der Stuben und hilft den Rosenkranz beten!«
»Wohl wohl, der Senn hat recht«, sagte der Bauer.
Und nun ging's in die Stube. Rings um die Bänke knieten sie alle nieder, und der murmelnde Klang ihrer betenden Stimmen füllte den Raum.
Die Stimme des Roßmoosers hörte man aus allen andern heraus. Wenn er das Gesicht ein wenig hob, konnte er aus dem Fenster blicken, dann sah er weit draußen im Schneefeld den zitternden Schein der Laterne . . .
Nun erlosch das Licht. Mali hatte den Wald betreten.
Auf dem breiten Almweg hatte sie ein gutes Gehen, denn der Schnee war niedergedrückt von den Kufen der Holzschlitten. Im Walde herrschte lautlose Stille; nur manchmal fiel ein Klumpen Schnee mit sachtem Klatschen durch das Gezweig. Die Laterne warf um Mali einen lichten Kreis, den ihr eigener gaukelnder Schatten schwarz

durchbrach. Eine spärliche Helle fiel noch in den Wald, so daß die nahen Baumstämme und Wurzelstöcke in mattem Licht aus dem Dunkel hervortraten, um gleich wieder unterzutauchen in der Finsternis.

Mali blickte nicht zur Rechten, nicht zur Linken; die Augen auf den Weg gesenkt, stieg sie gleichmäßigen Ganges empor über den steilen Waldhang. Jede furchtsame Regung, die in ihr aufsteigen wollte, unterdrückte sie durch den Gedanken an die Mutter, und dabei sprach sie mit flüsternder Stimme ein Vaterunser um das andere.

Einmal aber zuckte ihr doch ein kalter Schreck durch alle Glieder. Sie hörte ein Schleichen und Rascheln im Wald, sah einen finstern Schatten gleiten und auf dem Weg erscheinen. »Alle guten Geister!« stammelte sie und riß die Laterne in die Höhe. Wenige Schritte vor ihr stand mitten auf dem Weg ein Reh und starrte in den Lichtschein der Laterne. Als sich Mali nun bewegte, machte das Tier ein paar flüchtige Sätze, blieb wieder stehen, blickte sich um, schüttelte die Lauscher und trollte über den Weg, in der Finsternis lautlos verschwindend.

›Da hat sich jetzt eins vor dem andern gforchten!‹ dachte Mali und atmete tief auf. Neuer Mut erwuchs ihr aus dem glücklich überstandenen Schreck. Sie war ja nicht allein in Nacht und Wald! Und all die Rehe, Hirsche und Gemsen, wie könnten sie denn leben und hausen auf der Welt, wenn nicht jedes auf Schritt und Tritt seinen guten und starken Schützer hätte? Warum sollte der nicht auch ein Erbarmen haben mit ihrem unschuldigen Menschenleben? Und nun gar in dieser heiligen Nacht, in welcher Er den einzigen Sohn aus Liebe zu den Menschen auf die Welt geschickt!

Freilich, wenn sie an das Ziel ihres Weges dachte, kam ihr Mut wieder bedenklich ins Wanken. Aber hatte denn nicht der Senn gesagt: »Das Kaser-Mandl ist ein ungfahrlicher Geist, der noch keinem was Übels nit antan hat?« Weshalb sollte er gerade ihr ein Leid zufügen! Und überhaupt, wer weiß ... vielleicht ist die Geschichte mit dem Kaser-Mandl gar nur eine ›fromme Red‹, eine Vermahnung für die Almleute, rechtschaffen und brav zu sein? Vielleicht hatte der Roßmooser recht, als er sagte: ›Wirst sehen, es ist gar keiner nit droben, kein Geist nit!‹ Doch nein! Der Ahnl des Sennen hat das Kaser-Mandl ja gesehen! Aber vor sechzig Jahr! Was kann in sechzig Jahren nicht alles geschehen! Wär's denn nicht möglich, daß in dieser langen, langen Zeit ein frommes Menschen-

kind den armen, schwer gestraften Geist schon längst erlöst hätte? Dann müßte sie den Kaser leer und dunkel finden, dürfte nur den Muslöffel von der Wand nehmen und hätte die schöne Kuh verdient, so leicht ›wie im Gspiel‹.
Dieser neue Gedanke nahm ihr einen schweren Stein vom Herzen und weckte eine ermutigende Hoffnung in ihrer Brust. Rascher stieg sie empor, aber mit dem Beten setzte sie nicht aus. Das wäre für alle Fälle, meinte sie.
Der Bergwald ging zu Ende, das offene Almenland begann, und nun kam für Mali ein hartes Stück Arbeit. Sie mußte sich empormühen durch tiefen, ungebahnten Schnee. Eine halbe Stunde plagte sie sich, daß ihr die Kräfte fast versagen wollten, und dabei gewann sie nur eine kleine Strecke, kaum von der Weite eines Steinwurfs. Erschöpft und keuchend hielt sie endlich inne und hob die Laterne, um zu sehen, ob in der Nähe aus dem Schnee nicht ein Felsblock hervorstünde, auf dem sie rasten könnte. Da gewahrte sie auf dem Schneegrund einen dunklen Streif. Hastig watete sie darauf zu und fand einen ausgetretenen Pfad. War es ein vielbegangener Gemswechsel oder der Schneesteig eines Jägers? Das fragte sie sich nicht lange – sie war nur froh, den Pfad gefunden zu haben. Er führte über einen steilen, kahlen Hang empor; dort oben mußte sie ebenen Grund finden.
Sie stieg und stieg; kaum aber tauchte sie mit den Augen über die Höhe des Hügels empor, da stockte ihr der Herzschlag, und sie stand wie erstarrt vor eisigem Schreck. Der Bergstock entfiel ihrer Hand und kollerte lautlos über den Schnee.
Kaum hundert Schritte vor ihr, im ebenen Almfeld, stand der Kaser mit hellerleuchteten Fenstern und mit offener Tür, durch welche ein roter Feuerschein einen grellen Lichtstreif hinauswarf über den verschneiten Grund.
Jetzt war es richtig ... oder vielmehr: Es war nicht richtig! Der Senn hatte recht behalten. Das Kaser-Mandl hauste auf der Waiz-Alm!
Unter einem zitternden Atemzug begann in Malis Brust das Herz wieder zu schlagen, immer hastiger und stärker, daß ihr das jagende Blut die Pulse fast zersprengen wollte. In einem Augenblick war ihr, als stünde sie in Glut versunken, im andern brach ihr wieder der kalte Angstschweiß aus allen Poren. Sie wollte sich bekreuzigen und konnte den Arm nicht rühren; sie wollte beten und konnte nur noch lallen.

Als sie fühlte, daß die Erstarrung ihrer Glieder sich löste, wandte sie sich zur Flucht und stürzte hinunter über den steilen Schneehang. Hinter ihr versank der Kaser mit seinen roten Fenstern und seiner leuchtenden Tür. Als sie einen scheuen Blick über die Schulter zurückwarf, sah sie nur noch den nachtgrauen Schnee und den Himmel mit all den funkelnden Sternen. Doch nein ... noch etwas anderes sah sie: ein kleines, armseliges Stübchen, an dessen Fenstern alle Scheiben gefroren waren, denn der Ofen hatte das bißchen Wärme längst verloren. Im gebrechlichen Lehnstuhl saß eine alternde Frau mit kränklichem Gesicht und geduldigen Augen; sie war in Tücher und dicke Kotzen gehüllt, und dennoch zitterte sie vor Kälte und Schwäche. Ihr zu Füßen, auf einem Schemel, saß ein zwölfjähriger Bub und rieb mit seinen Fingern die kalten Hände der Mutter, damit sie sich erwärmen möchten; als er müde wurde, drückte er das Gesicht in den Schoß der alten Frau und begann zu weinen. Zärtlich streichelte ihm die Mutter das Kraushaar und lispelte: »Wart nur, Hansi, wart nur ein bißl noch ... es dauert nimmer lang ... die Mali, weißt, auf die kann man sich verlassen.«
Das Bild zerrann in den Tränen, mit denen sich Malis Augen füllten. Ein Schluchzen rang sich aus ihrer Brust. »Mein Gott, Mutterl, mein Gott, wär's nur nit gar so ein schiecher Gang!«
Aber sie floh nicht weiter. Sie stand und blickte in ratloser Angst über den Bergwald hinunter in das graue Tal. Wie ein schwarzes Flecklein lag der Hof im Roßmoos, und aus dem Schatten blinkten wenige Sternlein, die erleuchteten Fenster.
›'leicht beten s' für mich?‹ dachte Mali. Sie atmete tief auf und wandte das Gesicht. Langsam, Schrittlein um Schrittlein, stieg sie über den Schneehang empor ... und wieder lag der Kaser vor ihr mit hellen Fenstern und roter Tür.
»Alle guten Geister loben Gott den Herrn!« stammelte sie, begann mit bebender Stimme das Vaterunser zu beten und ging dem Kaser zu.
Schon hörte sie das Prasseln des Herdfeuers, das Klappern schwerer Tritte und das Geräusch einer Hantierung. Als sie sich der offenen Tür bis auf wenige Schritte genähert hatte, konnte sie in das Innere der Hütte blicken. Neben dem loderenden Feuer stand ein baumlanger Kerl, gekleidet wie ein Senn, mit schwarzem Haar und noch schwärzerem Gesicht.
»'s Kaser-Mandl!«

Mali stand wie versteinert, mit gläsernem Blick. Nur langsam kam ihr die Besinnung. Es mußte doch wohl ein guter Geist sein, der im Kaser hauste, sonst hätte sie ja den Geruch von brennendem Pech und Schwefel verspüren müssen, denn ohne einen solchen geht's niemals ab bei höllischen Gespenstern. Auch hatte das Kaser-Mandl schon weiße Hände – es hatte also wohl schon einen großen Teil seiner Sünden abgebüßt. Denn je länger die Geister büßen, desto weißer werden sie ... von unt auf.

In Mali erwachte ein Gefühl, fast wie Mitleid und Erbarmen. Noch einmal murmelte sie den bewährten Spruch: »Alle guten Geister ... « Dann nahm sie den Wachsstock aus der Laterne, machte über Stirn, Mund und Brust das Zeichen des Kreuzes, hielt das brennende Lichtlein zwischen den gefalteten Händen und trat in die Hütte. Mit ihrem starren Blick und dem totenblassen Gesicht, das vom lauteren Glanz des Wachslichtes überschimmert war, hätte man sie selbst für ein unirdisches Wesen halten mögen, das in menschlicher Gestalt erschien.

Das Kaser-Mandl mußte wohl gleich den Duft des geweihten Wachses verspürt haben – Geister besitzen ja für solche Dinge eine gar feine Nase –, denn es fuhr erschrocken zusammen und stand, an allen Gliedern zitternd, in der einen Hand einen hölzernen Napf, in der andern den Muslöffel. Die weit offenen Augen, in denen sich der rote Glanz des Herdfeuers spiegelte, funkelten wie glühende Kohlen und hingen wie gebannt an Mali, die sich mit regungslosem Körper und kaum merklichen Schritten langsam an der Wand entlang zur Bank schob, auf welche sie sich lautlos niederließ.

Da wandte sich das Kaser-Mandl wieder zum Feuer, und seltsam: Dabei machte der Geist mit der Hand, die den Muslöffel hielt, eine Bewegung nach dem Geist, als ob er sich bekreuzigen wollte. Der Duft des geweihten Wachses war ihm wohl scharf in die Nase gegangen.

Eine Weile hantierte er am Herd, als wäre er allein in der Hütte und Mali nur Luft für ihn. Krampfhaft rührte er mit dem Muslöffel den Teig durcheinander, der den hölzernen Napf bis fast zum Rand füllte; manchmal räusperte er sich, als wäre ihm die Kehle trocken, und ein Scheit um das andere legte er ins Feuer, daß die Flamme immer höher loderte. Nun stellte er den Napf auf den Herdrand und nahm eine eiserne Pfanne von der Wand; dabei schielte er mit hastigem Blick nach dem Mädchen, welches, das brennende Wachslicht zwischen den gefalteten Händen, noch immer regungslos auf der Bank saß, die starren Augen auf den Muslöffel gerichtet, den das Kaser-Mandl nicht aus der Hand legte. Aus einer Holzschachtel stach der Geist mit dem Löffel ein faustgroßes Stück Schmalz heraus und gab es in die Pfanne; dabei fiel ein Bröcklein, wie eine Bohne, auf die Erde. Mali erhob sich und ging lautlos zum Herd. Scheu wich das Kaser-Mandl vor ihr zurück; aber sie sah es nicht, sie bückte sich mit gesenkten Augen, hob das Bröcklein Schmalz von der Erde, blies den Staub davon und legte es in die Schachtel.

»Es ist Gottesgab ... und Almgut!« sagte sie mit leiser Stimme und setzte sich wieder auf ihren Platz.

Das Kaser-Mandl stand wie eine steinerne Säule und starrte aus seinem schwarzen Gesicht heraus mit glühenden Augen nach dem Mädchen, das den brennenden Wachsstock neben sich auf die Bank gestellt hatte und die gefalteten Hände im Schoße hielt. Endlich wandte sich der Geist unter einem schweren Atemzug wieder zum Herd, setzte die Pfanne über das Feuer, und als das zerrinnende Schmalz zu zischen begann, ließ er den Teig in die Pfanne laufen. Er legte noch ein paar lange Scheite nach und setzte sich still auf den Herdrand; während er den Muslöffel zwischen den Knien baumeln ließ, blickte er bald in die Pfanne, bald ins Feuer, bald wieder zur Tür.

Mali saß regungslos und bewegte nur in stillem Gebet kaum merklich die Lippen.

Sacht brodelte die kochende Speise, das Feuer knisterte, und manchmal strich ein kalter Lufthauch zur offenen Tür herein und machte die Herdflamme rauschen.

Endlich schien dem Geist das lange Schweigen nicht mehr zu behagen; er streifte Mali mit einem schielenden Blick und fragte: »Kommst von weit her?«

»Von drunt herauf«, sagte das Mädchen mit tonloser Stimme.

Das Kaser-Mandl fragte nicht weiter; es schien genug zu wissen.

Eine Dampfwolke stieg aus der Pfanne; der Geist sprang auf und stocherte hastig mit dem Muslöffel die qualmende Speise durcheinander. Nun plötzlich wandte er sich mit jähem Ruck vom Feuer ab und trat mit zwei langen Schritten dicht vor Mali hin, die sich vor Schreck zusammenduckte wie ein Vogel vor dem Geier.

»Jetzt muß ich einmal wissen, wie ich dran bin mit dir!« sagte das

Kaser-Mandl mit rauh und heiser klingender Stimme. »Bist ein Menschenkind oder bist eine Salige[1]?«
»Ich bin die Hornegger-Mali«, lispelte das Mädchen.
Das schwarze Gesicht des Geistes wurde lang und länger. »Wer bist?«
»Die neue Hausdirn im Roßmooserhof.«
»Im Roßmoos?« rief das Kaser-Mandl staunend und riß Mund und Augen auf. »Ja seit wann denn?«
»Seit heut am Abend.«
Verwundert schüttelte der Geist den schwarzen Kopf. »Aber so sag mir nur grad, was schaffst denn da heroben in Nacht und Schnee?«
Dem Mädchen versagte die Stimme.
»So red doch!«
Mali schöpfte tief Atem, und mit angstvollen Augen zu dem Unheimlichen aufblickend, stotterte sie:
»Der Bauer hat ... hat eine Red getan ... er tät eine Kuh dafür geben, wenn eins sich herauftrauen tät auf die Waiz-Alm und ... und ... und nachschauen ... «
»Was das Kaser-Mandl macht?« schrie der Geist mit klingender Stimme und brach in helles Gelächter aus. Mali zitterte an allen Gliedern; das Kaser-Mandl aber lachte und lachte, fuchtelte wie närrisch mit dem Muslöffel in der Luft herum und schlug die Fäuste auf die Schenkel, daß es klatschte. Und immer wieder, unter Lachen und Lachen schrie der Geist: »So was! So was! Ah, da hört sich aber doch alles auf!«
Wer weiß, wie lange er noch fortgelacht hätte! Aber aus der Pfanne ließ sich ein verdächtiges Zischen hören. Das Kaser-Mandl sprang zum Herd, rüttelte die Pfanne, warf mit dem Löffel emsig die Speise durcheinander und blickte schmunzelnd immer wieder über die Schulter zurück nach dem Mädchen. Nun kam es und setzte sich neben Mali auf die Bank; erschrocken rückte sie zur Seite; das Gespenst aber lachte: »Mußt dich nit fürchten vor mir! Was ein richtiger Geist ist, weißt, der tut einem braven Dirndl nix Übels nit an!«
Mali blickte mit scheuen Augen auf und atmete ein klein wenig leichter. Gespenster lügen nicht – das wußte sie ganz genau.

[1] Ein saliges (seliges) Fräulein. Die ›Saligen‹ gelten als gute Geister der Almen und als Hüterinnen der Bergschätze.

»Also«, lächelte das Kaser-Mandl, »die Kuh hast du dir verdienen wollen?«
»Nit aus Geiz«, stammelte Mali hastig. »Ich hab ein krank's Mutterl daheim.« Alle Angst und Liebe ihres Herzens zitterte in diesen Worten.
Das Kaser-Mandl rückte näher; es lachte nicht mehr. Schweigend saß es, die Ellenbogen auf die Knie gestützt, mit vorgeneigtem Gesicht, und hing mit stillen, freundlich blickenden Augen an Malis Zügen.
Das Feuer hörte zu knistern auf und brannte mit ruhiger Flamme, in der Pfanne verstummte das Brodeln, und fast lautlose Stille war in der Hütte. Ganz leise, kaum noch vernehmbar, kamen windverwehte Klänge aus dem fernen Tal heraufgeschwommen durch die Lüfte. Man läutete im Dorf mit allen Glocken zur Weihnachtsmette.
Plötzlich erhob sich das Kaser-Mandl; tief aufatmend, wie aus einem Traum erwachend, strich es den Rücken der Hand über die Stirn und trat zum Herd. Es hob die Pfanne vom Feuer, stellte sie auf den Herdrand und legte ein paar frische Scheite auf die Kohlen; prasselnd wuchs die versinkende Flamme wieder.
»So«, sagte das Kaser-Mandl, holte zwei zinnerne Löffel aus der Lade und setzte sich neben die Pfanne. »Jetzt komm her und halt mit, du brave Dingin, du schneidige!«
Mali schien über diese Einladung durchaus nicht erfreut. Aber da gab es kein Weigern. Zitternd erhob sie sich und kam zum Herd geschlichen, um das höllische Nachtmahl des Gespenstes zu teilen. In der Pfanne sah sie etwas grauslich Schwarzes liegen, denn der hohe Rand des Bleches warf seinen Schatten über die Speise. Mali freilich schrieb diese Schwärze einer ganz andern Ursache zu; während sie sich auf dem Herdrand niederließ, machte sie schnell und heimlich das Kreuzzeichen gegen die Pfanne, und als sie nun mutig zugriff, lag auf dem Löffel der schönste goldgelbe Schmarren, welcher durchaus nicht nach der Apotheke des Teufels roch, sondern ganz angenehm nach irdischer Küche duftete.
Schweigend aßen die beiden; Mali hielt die Augen gesenkt, während das Kaser-Mandl keinen Blick von ihr wandte. Nach einer Weile fragte das Gespenst:
»Sag noch einmal, wie du heißt!«
»Mali.«
»Mali? Der gfallt mir, der Nam! Und bist daheim?«

Sie nannte ihr Heimatdorf. Das Kaser-Mandl stellte Frage um Frage. Mali gab Antwort, und so hatte sie bald die ganze kleine stille Geschichte ihres Lebens erzählt. Ihre Mutter war aus der Fremde in den Pfarrhof gekommen und hatte als Köchin bis nah an ihr vierzigstes Jahr gedient; dann hatte sie einen Schachtelmacher geheiratet und von ihren Ersparnissen ein kleines Häuschen im Dorf erworben; Mali wurde geboren, und ein paar freundliche Jahre hielten Einkehr unter dem bescheidenen Dach.

Da kamen die schweren Zeiten: Zwei Kinder starben; das jüngste, ein Bub, kränkelte mehrere Jahre lang, Malis Vater verunglückte bei einem Hochwasser, und die arme Witib mußte schaffen wie ein Roß, um mit ihren Kindern nur ein leidliches Auskommen zu finden; nun war es aber seit Jahr und Tag mit der Kraft der alten Frau zu Ende, und es kam an Mali die Reihe, die Sorge für Mutter und Bruder zu tragen.

Es war nicht viel zu hören an dieser Geschichte, und dennoch lauschte das Kaser-Mandl so aufmerksam, als würde ihm die merkwürdigste Sache von der Welt erzählt. Das reine, kindliche Gemüt des Mädchens überleuchtete diese stille, kleine Geschichte, so wie ein Sonnenstrahl auch das engste, armseligste Stübchen mit Licht und Glanz und Wärme füllt. Dazu die bange Scheu, das Zittern und Stammeln, mit welchem Mali jedes Wörtlein vorbrachte! Da hätten Rührung und freundliches Wohlgefallen auch ein schlimmeres Gespenst überkommen müssen, als das Kaser-Mandl eines war!

Die Pfanne stand geleert. »Vergelt's Gott!« flüsterte Mali, erhob sich und blieb mit gesenkten Augen unschlüssig vor dem Herde stehen.

»So, jetzt hast gessen, und jetzt willst wieder fort, gelt?« schmollte der Geist.

Mali blickte nur ein klein wenig auf, doch sie wagte keine Antwort. Das Bedauern aber, welches so unverhohlen aus den Worten des Gespenstes sprach, erschien ihr begreiflich. Wer Nacht um Nacht – vielleicht seit vielen hundert Jahren schon – in der menschenfernen Einöd einsam geistern muß, dem mag zuweilen eine kleine Ansprach gar nicht unwillkommen sein. Sie hatte völlig Erbarmen mit dem armen Gespenst. Aber bei allem Mitleid gingen ihre Gedanken doch immer nach der Tür. Und dennoch fand sie nicht den Mut, sich von der Stelle zu rühren.

Das Kaser-Mandl hatte die beiden Zinnlöffel in die Lade zurückge-

legt und die Pfanne an die Wand gehängt. Lächelnd blieb es vor Mali stehen und fragte: »Warum gehst denn nit?«
»Weil ... weil ... «, stotterte sie mit versagender Stimme, »weil ich den Muser mitbringen sollt ... als Zeichen.«
»No also, da hast ihn halt!« sagte der Geist und reichte ihr den eisernen Löffel.
Zögernd griff sie zu, denn sie meinte nicht anders, als daß sich der Löffel anfühlen müsse wie glühendes Eisen. Aber sie spürte kaum eine gelinde Wärme. Tief aufatmend schob sie den Löffel mit zitternden Händen hinter das Miederband und wandte sich zur Bank. Jäher Schreck befiel sie, als sie gewahren mußte, daß der geweihte Wachsstock niedergebrannt und erloschen war ... nur ein schwaches Stümplein Docht und ein Fleck zerschmolzenen Wachses waren noch übrig. Nun war sie ihrer besten Waffe wider alle Mächte der Dunkelheit beraubt!
Auch der Geist schien gemerkt zu haben, daß er jetzt der Stärkere war. Er trat dicht vor Mali hin. »Was tätst denn sagen, wann ich dich jetzt nit fortlassen möcht?« Doch als er ihr Zittern sah und ihr blasses Gesicht, lenkte er wieder ein. »Geh, tu dich nit fürchten ... ich kann dich nit halten, wann nit selber bleiben magst. Aber ... ich mein halt doch, daß wir zwei nit 's letzte Mal beinander waren. Ich muß dir halt einmal erscheinen.« Nun lächelte der Geist sogar. »Aber gelt, dem Bauern mach nur ein bißl heiß, und sag ihm, er sollt keine so übermütige Red nimmer tun! Ein anders Mal könnt's leicht nit so gut ausgehen wie heut!«
Gut ausgehen! Mali klammerte sich an dieses verheißungsvolle Wörtlein wie der Ertrinkende an den rettenden Balken, den eine erbarmungsvolle Welle ihm zugeworfen.
»Und wegen der Kuh ... ich mein, die hast dir redlich verdient ... wegen der Kuh kannst ihm sagen: er soll dir die braune Liesl geben und keine andere nit! Und wenn's ihm 'leicht nit recht wär, so sagst ihm einen schönen Gruß von mir, und er hätt's mit mir zu tun.«
Mali brachte keine Silbe über die Lippen; sie nickte und nickte nur immer, und alles schwamm ihr vor den Augen, während sie Schrittlein um Schrittlein zurückwich gegen die Tür.
Das Kaser-Mandl schwieg; aber es wandte keinen Blick von Mali. Nun tat es gar einen Seufzer, völlig wie ein Mensch, dem das Herz recht schwer geworden, und sagte: »In Gottes Nam', jetzt geh halt

und schau, daß gut heimkommst, gelt? Aber die Hand könntst mir doch geben zum Bhüt Gott ... oder nit?«
»Gelobt sei Jesus Christus!« wollte Mali stammeln; aber das fromme Sprüchlein blieb ihr in der Kehle stecken. Sie streckte die zitternde Hand, das Kaser-Mandl griff mit beiden Händen zu, und da spürte sie einen Druck, so heiß, als hätte sie die Hand in helles Feuer getaucht. Durch die Arme, durch den ganzen Körper rann ihr die seltsame Glut – bis hinein ins Herz. Erschrocken zog sie die Hand zurück und taumelte fast, als sie sich zur Tür wandte.
Da schien dem Gespenst ein Einfall zu kommen: Es sprang in einen Winkel der Hütte, dort hing neben andern, recht irdisch aussehenden Dingen eine Lodenjoppe an der Wand; das Kaser-Mandl griff in diese Joppe, eilte dem Mädchen nach, und just, als Mali hinauswankte zur Tür, ließ das Gespenst etwas Schweres in ihre Rocktasche gleiten und flüsterte: »Schau, da hast was für dein kranks Mutterl! Und bhüt dich Gott, Mali! Bhüt dich Gott!«
Mali wußte kaum, wie ihr geschah; alles wirbelte vor ihren Blicken. Sie taumelte hinaus ins Freie, und erst, als ihr die eisige Nachtluft ins Gesicht schlug, kam sie halb zur Besinnung. Fort, nur fort! Das war ihr erster und einziger Gedanke. Sie dachte nicht an die Laterne, die sie mitgebracht, nicht an den verlorenen Bergstock. Geraden Weges, in überstürztem Laufe, rannte sie talwärts durch den tiefen Schnee. So oft sie einen scheuen Blick zurückwarf über die Schulter, sah sie die rotleuchtenden Fenster der Almhütte und die schwarze Gestalt in der offenen Tür. Endlich, endlich tauchte der unheimliche Kaser unter in der finstern Nacht. Erschöpft hielt Mali inne und drückte die zitternden Fäuste auf ihre atemlose Brust. Dann plötzlich fuhr sie mit der rechten Hand vor die Augen – es war die Hand, die sie dem Gespenste gereicht hatte. Aber sie konnte an den Fingern keine Spur eines Brandmals gewahren. Freilich, es war stockfinstere Nacht; aber sie spürte auch keinen Schmerz, und die Hand war anzufühlen, als wäre sie unversehrt.
Aufatmend schlug Mali ein Kreuz und begann in stammelnden Lauten zu beten. Als sie nun wieder zu laufen anfing, fühlte sie an ihrem Röcklein etwas Schweres baumeln. Hastig fuhr sie mit der Hand in die Tasche und griff ein ledernes Beutelchen: Ein heißer, freudiger Schreck befiel sie: es fehlte ihr der Mut, das Beutelchen hervorzuziehen, aber mit zitternden Fingern fühlte sie, daß es kugelrund war, dickvoll von großen, schweren Münzen. Nun

plötzlich fielen ihr auch die letzten Worte ein, die das Gespenst zu ihr gesprochen: ›Schau, da hast was für dein kranks Mutterl!‹
Die Tränen schossen ihr in die Augen, und wie ein peinigender Schmerz zuckte es durch ihre Seele. Sie hatte genommen, was der gute Geist gegeben, und nicht einmal an ein Vergeltsgott hatte sie gedacht! Und noch ein anderer Gedanke blitzte in ihr auf. Wie gut und freundlich war das Kaser-Mandl zu ihr gewesen! Nicht das geringste hatte es ihr zuleid getan, hatte an ihre kranke Mutter gedacht und hatte sie reichlich beschenkt! Und weshalb das alles? Wohl nur deshalb, weil es gehofft hatte, daß jetzt die Stunde seiner Erlösung gekommen wäre. Ein Wörtlein, nur eine einzige Frage hätt es sie gekostet, und der gute Almgeist wäre ledig gewesen all seiner heißen Pein und Buße! Sie aber hatte in ihrer blinden, unfrommen Angst den günstigen Augenblick ungenutzt vorübergehen lassen, hatte ein gutes, christliches Werk versäumt, eine schwere Sünde auf ihr Herz geladen – und der arme, gute Geist mußte nun hundert lange Jahre warten und weiter büßen, bis wieder solch eine günstige Stunde käme! ... Aber war diese gute Stunde denn wirklich schon vorüber? ... Wär' es nicht jetzt noch Zeit? ...
Sie besann sich nicht länger. Wohl zitterten ihr alle Glieder, wohl lag über ihr die kalte Angst, daß ihr fast die Zähne klapperten, doch ohne Zögern, in keuchender Hast, begann sie wieder über den steilen Schneehang emporzusteigen. Da lag der Kaser vor ihr mit roten Fenstern, sie erreichte die Tür, einen Augenblick hielt sie inne, als befiele sie ein Schwindel, dann trat sie in die Hütte.
Das Kaser-Mandl saß neben dem erlöschenden Feuer auf dem Herd und hielt das schwarze Gesicht in die Hände vergraben, wie in Schmerz und Trauer.
»Alle guten Geister loben Gott den Herrn!«
Betroffen blickte der Geist beim Klang dieser Worte auf. »Mali, du?« rief er mit freudig klingender Stimme und sprang auf das Mädchen zu.
Mali stand regungslos, mit gefalteten Händen. »Im Namen Gottes

[1] Nach dem Volksglauben darf ein Geist, der erlöst werden soll, niemals in seiner Person fragend angesprochen werden; man muß alle Fragen an sich selbst richten und es dem Geist überlassen, ob und was er antworten will. Wird diese Vorschrift außer acht gelassen, so schweigt der Geist, und das fromme Werk der Erlösung ist vereitelt.

des Vaters«, stammelte sie, »Gott des Sohnes und Gott des heiligen Geistes ... was ist mein' Begehr? Wie kann ich mich erlösen?«
Verwundert starrte der Geist das Mädchen an. Dann plötzlich lachte er lustig auf, aber gleich wieder wurde er ernst; er schien zu begreifen, daß es sich um seine Erlösung handle, und das war für ihn doch gewiß eine höchst wichtige Sache. Lange, lange besann er sich.
Mit schwacher Stimme wiederholte Mali die Frage: »Was ist mein Begehr?«
Da blitzten die Augen des Geistes, und es zuckte ganz merkwürdig um seine schwarzen Lippen. »Ein Bussel von einem braven, saubern Dirndl, ich mein, das tät schon was ausrichten bei mir!«
Mali erschrak, daß ihr die gefalteten Hände auseinanderfielen.
Das Kaser-Mandl seufzte. »Hab ich ein bißl zu viel verlangt? Weißt, ein sündhaftigen Geist erlösen, das ist halt allweil eine schwere Sach. Aber schau, du wärst die Richtige, du könntst mir helfen ... ein Bussel von dir, und meine arme Seel ist im Himmel!«
Ein kalter Schauer rann über Malis Schultern; dann drückte sie die Augen zu. Im gleichen Augenblick fühlte sie sich von zwei starken Armen eng umschlungen, sie hörte einen hellen Jauchzer, so hell, daß die Wände der Hütte klangen, und nun plötzlich regnete es heiße, ungestüme Küsse über ihre Lippen und Wangen. Sie wollte um Hilfe schreien, aber ihre Worte erstickten, sie wollte sich wehren, doch die Arme des Kaser-Mandls hielten fest, und ihre Kraft erlahmte. Sie ließ die Arme sinken und lag mit taumelnden Sinnen an der Brust des Gespenstes, das im Küssen ganz unersättlich schien. Wenn jeder Kuß der Loskauf für eine Sünde war, wie viele Sünden mußte das Kaser-Mandl auf dem Gewissen haben!
Endlich schien es erlöst und reinen Herzens zu sein; denn es hielt inne im Küssen ... Und ganz deutlich zeigten sich weiße Flecken in seinem schwarzen Gesicht. Wie aber sahen Malis Lippen und Wangen aus! Als wäre ihr ein Schornsteinfeger ins Gesicht gefallen! »Mein Gott, Dirndl, mein Gott«, stotterte das Kaser-Mandl ganz erschrocken, »jetzt hab ich dich aber schön zugerichtet! Geh, komm her, laß dich ein bißl sauber machen!« Das Gespenst lief hinter den Herd und zog einen mit Wasser gefüllten Zuber hervor.
Mali aber sah und hörte nicht. Sie fühlte nur, daß sie frei war, und da streckte sie die beiden Hände nach der Tür und wankte ins Freie. Hinter ihr in der Hütte klang ein helles Lachen und ein Geplätscher von Wasser.

Mit erlöschenden Kräften watete Mali talwärts durch den Schnee. Aber sie kam nicht weit, da hörte sie hinter sich eine rufende Stimme, und der rötliche Schein einer Fackel glitt über den Schnee, die finstere Nacht erhellend. Mali fing zu laufen an; doch das Kaser-Mandl hatte flinkere Beine. Jetzt stand es an ihrer Seite, faßte ihre Hand und sagte mit zärtlichem Klang der Stimme: »Geh, weswegen wartest denn nit? Das kannst dir doch denken, daß ich dich jetzt nit allein gehen laß in der Nacht! Schau, wie leicht könnt dir was gschehen!«
Mali wußte nicht, war sie wach, oder war das alles nur ein Traum. Bald heiß und bald wieder kalt überlief es ihre zitternden Glieder. Und unter ihrem Mieder hämmerte das Herz, als wäre plötzlich dem kleinen, ungebärdigen Ding die junge Brust zu eng geworden! Und dieser seltsame Schreck, der sie durchfuhr, als sie mit scheuem Zögern aufblickte! In der Hand eine lodernde Kienfackel, so stand das Kaser-Mandl neben ihr und schaute sie lächelnd an. Und es hatte ein weißes Gesicht mit roten Lippen und hellen, lustigen Augen – und einen Schnurrbart! Wie doch das fromme Werk der Erlösung solch ein armes Gespenst zu seinem Vorteil verwandeln kann! So wie jetzt, so hatte das Kaser-Mandl wohl einstmals ausgesehen ... weiß Gott, es mußte zu seinen irdischen Lebzeiten ein schmukker Bursch gewesen sein!
»Komm, Schatzerl, komm!« sagte der erlöste Geist. »Hast ja noch ein weiten Weg bis heim!« Leuchtend hob er die Fackel und leitete das Mädchen an der Hand zu einem ausgetretenen Pfad. Wenn das Gehänge steiler und der Schnee tiefer wurde, legte er, um Mali besser stützen zu können, den Arm um ihre Hüfte, und sie wehrte sich nicht, sie hielt die Augen geschlossen und ließ sich führen.
Als sie den Saum des Bergwaldes erreichten, klang plötzlich aus dem Gehölz herauf eine schreiende Stimme: »Mali, Mali!«
»So schön, da kommen ja Leut!« brummte das Kaser-Mandl, halb erschrocken, halb ärgerlich. »Jetzt hat's aber Zeit, daß ich verschwind!« Die Fackel des Gespenstes fuhr in den Schnee, zischend erlosch die Flamme, und Mali stand in schwarzer Finsternis. Zwei ungestüme Arme umschlangen sie, ein heißer Kuß brannte auf ihren Lippen, sie hörte noch ein unterdrücktes Lachen, das sich entfernte, dann war sie allein. Mit wirbelnden Sinnen taumelte sie über den Schnee und schlug, in krampfhaftes Schluchzen ausbrechend, die Hände vor das Gesicht.

»Mali! Mali!« klang es drunten im Wald.
Sie richtete sich auf und lauschte.
»Mali! Mali!«
Nun erkannte sie die Stimme; es war der alte Senn. Die Leute im Roßmoos hatten wohl Angst um sie bekommen und hatten den Senn geschickt, um sie zu suchen. Als sie nun wieder seine rufende Stimme hörte, antwortete sie mit gellendem Schrei und rannte talwärts auf dem breiten Almweg, bis ihr der Atem verging. Mit brennendem Spanlicht kam ihr der Senn entgegen. Er mußte sie in den Armen auffangen, sonst wäre sie niedergestürzt vor seine Füße.
»Gott sei Dank, mein Dirndl, weil nur wieder da bist!« stammelte der Alte und stützte die Wankende, während er sie mit sich fortzog ...
Durch den Wald herauf schimmerten vom Roßmoos her schon die erleuchteten Fenster des Hofes.
Drunten, vor der Haustür, stand der Bauer und starrte über das weite Schneefeld gegen den finstern Bergwald, während aus der Stube die murmelnden Stimmen des betenden Gesindes klangen. Die Kälte schüttelte den Bauer, aber er wich nicht von seinem Posten. Unruhig stapfte er auf der Schwelle hin und her, schlug die Arme um die Hüften, hauchte in die Hände, stampfte mit den Füßen, spähte hinaus in die Nacht und seufzte immer wieder. Manchmal räusperte er sich und griff an die Kehle. ›Das Zäpflein war ihm hinuntergefallen‹, wie die Leute von einem zu sagen pflegen, den die Angst um alle Fassung brachte.
Endlich meinte er draußen im Schneefeld zwei näherkommende Gestalten zu erkennen.
»Mali!« schrie er mit heiserer Stimme.
»Hui huuup!« klang der langgezogene Ruf des Sennen durch die Nacht zurück.
»Gottlob! Gottlob!« stotterte der Bauer und rannte in die Stube. »Leut! Leut!« Die Knechte und Dirnen brachen mitten im Vaterunser ab und sprangen auf. »Er kommt schon! Und's Dirndl muß er gfunden haben, weil er gehupet hat.«
Nun lief der ganze Schwarm in den Hof hinaus und dem Zaun entgegen, der Bauer allen anderen voran. Draußen im Schneefeld tauchte der Senn mit Mali in der Helle auf, die aus den Fenstern fiel. Mit wirrem Geschrei wurde das Paar empfangen und umringt. Mali hing am Arm des Sennen, erschöpft und schluchzend, mit zerrauf-

tem Haar, das starre, schwarzfleckige Gesicht von Zähren überronnen.
»O mein Gott!« stammelte der Roßmooser und schlug vor Schreck die Hände ineinander.
»Sie hat den Muser!« schrie einer der Knechte. »Da, schau her, Bauer, am Miederbandl hängt er!« Ein Dutzend Hände griffen nach dem eisernen Löffel.
»Mar' und Joseph!« kreischte eine Dirn und deutete entsetzt in Malis Gesicht. »Wie das Dirndl ausschaut!«
»Gelt? Gelt? Hab ich's nit gsagt!« grölte der Hütebub. »Ins Gsicht ist er ihr gsprungen, der Höllische! Jessas! Jessas!« Immer wieder warf er die Arme über den Kopf. »Jessas! Jessas!«
»Aber Dirndl!« stotterte der Bauer. »So red doch! Red!«
Mali brachte kein Wort über die Lippen; mit bangen Augen blickte sie auf all die brennenden Gesichter, stockendes Schluchzen erschütterte ihre Brust, und große Tränen rollten ihr über die schwarzgefleckten Wangen und den zuckenden Mund.
»Ich bitt nur grad, laßt mir das Dirndl in Ruh!« mahnte der Senn und trieb die Neugierigen, die nicht weichen wollten, mit zornigen Worten zurück. Er führte Mali zur Haustür und rief eine Magd. »Komm her, Zenz, und schau nur, daß das Dirndl hinaufkommt in ihr Kammerl. Und laß mir keine Seel nit hinein zu ihr. Das arme Hascherl muß Ruh haben, wenn's nit gfahrlich verkranken soll!«
Geschäftig schlang die Magd ihren Arm um Mali und führte sie ins Haus. Das Gesicht der Dirn leuchtete vor Neugier und Freude: Nun war sie ja die erste, welche Näheres über Malis Abenteuer erfahren sollte; ihr gruselte schon im Vorgefühl all der schauerlichen Dinge, welche sie zu hören hoffte.
Die Knechte und Mägde wurden ins Gesindehaus geschickt, eine Anordnung, der sie sich nur widerwillig fügten. Der Senn trat mit dem Roßmooser in die Stube; hier legte er den eisernen Muslöffel mit Nachdruck auf den Tisch und sagte: »Das Dirndl hat die Kuh verdient, Bauer.«
»Wohl wohl!« meinte der Bauer und kratzte sich seufzend hinter den Ohren.
Der Senn machte ernste Augen. »Und die braune Liesl wirst ihr geben müssen!«
»Was? Die braune Liesl? Unser beste Kuh!« fuhr der Roßmooser auf. »Was dir nit einfallt!«

»Wird aber doch so sein müssen.« Der Senn trat auf den Bauer zu und flüsterte: »Der selbige da droben hat ihr graten, sie soll die braune Liesl verlangen ... und wenn dir's nit recht wär', so hättst es mit ihm z'tun, hat er gsagt!«
Der Roßmooser rührte unbehaglich die Schultern unter der Joppe. »No, no, no«, sagte er beschwichtigend, »man wird doch um sein Sach noch reden dürfen!« Mit langen Schritten ging er in der Stube auf und ab und blieb wieder stehen. »Der kennt sich aber aus in meinem Stall, das muß ich sagen.« Er versuchte ein gezwungenes Lachen. »Die braune Liesl! Mein ganzer Stolz und Staat! Die schönste Kuh ... und mit dem Kalb geht s' auch! Zwei fette Fliegen auf ein Schlag!«
»Der selbige da droben wird wohl wissen, warum er dir das antut! Und ein schönen Gruß laßt er dir sagen, du sollst keine so übermütige Red nimmer tun ... ein anders Mal könnt's schiecher ausfallen!«
»Jetzt laß mich aber aus, du!« brummte der Bauer, warf sich in den Lehnstuhl und machte wütende Augen. Plötzlich kam ihm ein rettender Gedanke. »Meinst am End nit, das Dirndl laßt uns blau anlaufen!«
Der Senn nahm den Muslöffel vom Tisch und hielt ihn dem Roßmooser unter die Nase. »Da hast den verlangten Zeugen! Im übrigen, was die Mali sagt, da kannst drauf wetten, wenn dir's Schwören zwenig ist!«
»So meinst, sie hat ihn richtig gsehen, den selbigen?«
Der Senn machte große Augen zu diesem Zweifel. »Wie soll ihn 's Dirndl denn nit gsehen haben? Sie ist doch nauf ... und er ist doch droben ... die zwei müssen zammentroffen sein!«
»Aber so red doch, erzähl, wie war denn nachher alles?«
Der Senn zuckte die Schultern. »Was ich weiß, das hab ich gsagt. Mehr hab ich vom Dirndl nit erfahren. Und fragen hab ich nit mögen. Denn weißt, bei so was ist 's Reden allweil eine heikle Sach. Ein Wörtl zviel, und es kann verspielt sein um Leib und Seel!«
Der Bauer atmete tief auf, aber er fragte nicht weiter.
Nach einer Weile sagte der Senn: »Wenn nur das arme Dirndl nit vom Schrecken was davontragt und dran leiden muß ihr ganz Leben lang!«
»Um Gottes willen!« stotterte der Bauer, sprang auf, durchmaß ein paarmal die Stube, warf sich wieder auf die Bank und schlug die

Faust auf den Tisch. »Wann ich mir nur gleich die Zung abbissen hätt, vor ich eine so dalkete Red hab tun müssen!«
»Wohl wohl«, nickte der Senn und strich sich die Hände über das weiße Haar. Es war still in der Stube; nur die Schwarzwälderuhr tickte leise und eintönig.
Um so lauter ging es drüben in der Gesindekammer zu; in einem Winkel hockten sie alle beisammen, keins dachte ans Schlafengehen, und je weniger sie wußten, desto mehr hatten sie zu reden. Es währte nicht lange, so war eine ganz schauderhafte Geschichte ausgekocht, in welcher haargenau berichtet wurde, wie Mali mit dem höllischen Almgeist um den Muslöffel gerauft hatte.
Diese Geschichte wurde von jenen, die vor Tage zur Frühmesse ins Dorf hinunterstiegen, von Haus zu Haus getragen.
Gegen sieben Uhr morgens machte sich auch der Roßmooser auf den Weg, um das Hochamt zu besuchen. Er ging allein, in Sinnen und Brüten versunken. Als er sich dem Dorf schon näherte, kamen ihm Schritte entgegen; er blickte auf und sah einen jungen Jäger bergan steigen.
»Ja, was is denn mit dir?« rief er ihn an. »Du wirst doch nit am heiligen Weihnachtstag auf die Gamspirsch ausgehn?«
Unwillig schüttelte der Jäger den Kopf. »Nit einmal am Feiertag hat unsereiner seine Ruh! In aller Gottesfruh hab ich ein Schuß droben fallen hören! Aber wann ich den erwisch, den Lumpen, dem soll unser Herrgott gnaden!« Der Jäger stieg weiter, aber schon nach wenigen Schritten wandte er sich wieder um. »Was ich fragen will: Warum bist denn allein? Wo ist denn der Toni?«
»Mein Bub? Der ist seit drei Tag schon in der Stadt drin.«
»So?« brummte der Jäger und stieg seines Weges weiter.
Lachend blickte ihm der Roßmooser nach. ›Jetzt bin ich aber auf den Tod froh‹, dachte er, ›daß ich den Bub fortspediert hab über die Feiertag! Sonst hätt ich keine ruhige Sekund nimmer‹. Kopfschüttelnd wanderte er dem Dorf entgegen. ›Na, na, der Bub wird aber lachen, wann er heimkommt! Ist der Jung nit daheim, so macht der Alte die Streich!‹
Noch knapp zur rechten Zeit erreichte der Bauer die Kirche. Als er auf seinen Betstuhl zuging, merkte er, daß ihn alle Leute mit scheuen Augen betrachteten. Die Geschichte vom Kaser-Mandl war wohl schon ins Laufen gekommen! Und nach dem Hochamt, zuerst in der Gemeindesitzung und dann im Wirtshaus, fielen die Fragen über ihn

her wie die Bienen über den Weisel. Er ließ das halbe Essen stehen und rannte fuchsteufelswild davon.
Gegen zwei Uhr nach Mittag erreichte er das Roßmoos. Beim Zaun begegnete er dem Hütebuben. »Wie steht's denn mit der Mali?« fragte er.
»Jessas, Jessas!« jammerte der Bub. »Das Dirndl liegt noch allweil und kann sich schier nit erholen vom Schrecken. Und kein Wörtlein bringt man nit raus aus ihr, sagt die Zenz! Und allweil tut's heinen[1], nix als heinen! Wirst sehen, Bauer, das Dirndl geht drauf!«
Eine schallende Ohrfeige war der Dank für diese freie Meinung. Mit brennrotem Gesicht schlich der Bub davon, und der Bauer trat ins Haus. Da kam gerade die Zenz über die Treppe heruntergestolpert; sie schien es gar eilig zu haben. Als sie den Bauer in der Stube verschwinden sah, rannte sie ihm kreischend nach: »Da schau, Bauer, da schau, was er ihr gschenkt hat!«
»Wer? Wem? Was?« knurrte der Roßmooser.
»'s Kaser-Mandl! Der Mali! Ein ganzes Sackl voll Kronentaler hat er ihr gschenkt ... fürs kranke Mutterl!« stotterte die Dirne in fast atemloser Erregung und hielt dem Bauer auf der flachen Hand ein rund strotzendes ledernes Beutelchen hin.
Der Roßmooser machte einen langen Hals und starrte mit großen Augen das Säcklein an.
»Grad jetzt hat die Mali das erste Wörtl geredt davon«, berichtete die Magd, »und sie tät halt bitten lassen, wenn einer nunter ging und tät das Geld ihrem Mutterl bringen! Was sagst, Bauer! So was! So was kann auch noch passieren! Heutigentags!«
Der Bauer schien auf die Worte der Dirne nicht zu hören. »Jetzt, das ist aber gspaßig!« murmelte er, griff zögernd nach dem ledernen Beutel und betrachtete ihn kopfschüttelnd von allen Seiten. Er wog ihn mit der Hand und setzte ihn auf den Tisch. Er nahm ihn wieder auf, kratzte mit dem Fingernagel an dem Leder und roch daran; er öffnete den Zug, stierte die blanken Silbermünzen an – und immer, immer wieder schüttelte er den Kopf. »So was! So was! Jetzt, das ist aber gspaßig!« Plötzlich warf er den Beutel auf den Tisch und fuhr auf die Magd los, daß sie erschrocken vor ihm zurückwich. »Marsch, sag ich! Und hinauf zum Dirndl! Und richt der Mali aus, sie soll aufstehn, sie soll runterkommen auf der Stell.

[1] weinen

Wortlos schlich die Zenz der Tür zu; aber ihren großen, kreisrunden Augen war es wohl abzulesen, daß ihr Verständnis für die Situation auf dem Gefrierpunkt angelangt war.
Als die Tür sich geschlossen hatte, stapfte der Bauer zum Tisch, stemmte die Fäuste in die Hüften und blinzelte wieder den ledernen Beutel an. »Jetzt weiß ich nit, bin ich von allen der Dümmste, oder bin ich der einzig Gescheite?« Er stand mit gerunzelter Stirn; schwere Gedanken schienen sich unter seinem borstigen Haarwald im Kreis zu wälzen. Aber er mochte ihnen wohl nicht glauben, denn heftig schüttelte er den Kopf wie ein störrischer Gaul, den das Kummet drückt. »Na, na, es ist ja nit möglich! Es kann ja nit sein! Er ist ja doch in der Stadt drin und ...«
Die Gedankenreihe des Roßmoosers riß jählings ab; ein neuer Einfall war ihm dazwischengefahren. Als gält es, einen Dieb zu fangen, so hastig eilte er in das anstoßende Zimmer – es war die Stube seines Buben –, riß an einem buntbemalten Kasten beide Türen auf und wühlte die hängenden Kleider auseinander. In einem Winkel dieses Kastens pflegte sonst eine doppelläufige Büchse in heimlichem Verwahr zu stehen.
Jetzt war der Winkel leer.
»Da hört sich aber doch alles auf!« stotterte der Roßmooser in Zorn und Verblüffung. Im gleichen Augenblick hörte er einen Schlag am Fenster und das Klirren fallender Glasscherben. Er drehte sich um und stand wie versteinert. Draußen vor dem Fenster sah er einen Kopf mit tief in die Stirn gedrücktem Hut – eine Hand griff durch die zerschmetterte Scheibe herein, drehte den Reiber, stieß das Fenster auf – und in die Stube schwang sich ein junger, schlanker Bursch, angetan wie ein Senn in Arbeitstracht.
»Toni! Ja Bub, ja was ist denn?« stammelte der Bauer und schlug die Hände über dem Kopf zusammen.
Keuchend, atemlos, keines Wortes mächtig, stand der Bursche vor seinem Vater. Bis an die Hüften war er mit Schnee behangen. Das Gesicht brennend rot wie vom angestrengten Lauf; auf Stirn und Wangen perlender Schweiß. Und seltsam – an den Ohren, unter dem kecken Schnurrbart und in den Augenwinkeln zeigten sich schwarze Rußflecke, als wäre er mit dem Gesicht in einen Kohlenmeiler gefallen und hätte sich in der Eile schlecht gewaschen. Aber im reinlichsten und reichsten Sonntagsstaat und in der heitersten Laune einer ruhigen Stunde hätte der Bursche keinen wohlgefälligeren

Anblick gewähren können als gerade jetzt, in diesem verwitterten und verwüsteten Gewand, in dieser atemlosen Erregung. Er sah sich an wie ein urwüchsiges Bild von Gesundheit, Kraft und jenem jugendlichen Leichtsinn, der einen blinden Sprung in die lockende Gefahr getan und jetzt das steigende Wasser an den Lippen spürt.
Der Roßmooser freilich hatte in diesem Augenblick gar wenig Sinn für das malerische Bild seines Buben. »Kreuz Teufel noch einmal!« schrie er ihn mit zornbebender Stimme an. »Jetzt red, sag ich!«
Toni drückte die Fäuste auf die nach Atem ringende Brust und keuchte: »Vater ... der Jager ... ist hinter mir!«
Kalkweiß wurde der Roßmooser im Gesicht und taumelte zurück, als hätte er einen Faustschlag vor die Stirn bekommen. Der jähe Schreck schien ihm die Zunge und alle Glieder gelähmt zu haben. Kaum aber hatte er einen scheuen Blick durch das Fenster hinausgeworfen, da kam ihm das Leben wieder. Er stürzte auf Toni zu, packte ihn mit beiden Händen an der Brust – und ehe sich's der Bub versah, lag er schon im Kasten zwischen den Kleidern. Der Bauer schlug die Türen zu, drehte den Schlüssel um, zog ihn ab und stieß ihn in die Tasche.
»Vater! Aber Vater! Ah, so was ... das laß ich mir nit gfallen!« klang Tonis halb erstickte Stimme aus dem Kasten.
»Haltst dich still oder nit! Du Malefizbub, du gottvergessener!« knirschte der Roßmooser. »Steht ja der Jager schon draußen!«
Im Kasten wurde es mäuschenstill.
Der Bauer atmete tief auf und blies die Backen auf; dann eilte er in die Stube, öffnete ein Fenster, legte sich breit in die Brüstung und guckte hinaus in den sonnscheinigen Wintertag, so harmlos, als wäre der Bestand des schönen Wetters seine einzige Sorge.
Über das Schneefeld kam der Jäger einhergerannt. Vor dem Zaun des Roßmooserhofes blieb er unschlüssig stehen und spähte nach allen Seiten. Jetzt sah er den Bauern im Fenster liegen.
»He! Du!« rief er ihn an. »Hast nit ein vorbeilaufen sehen beim Hof?«
»Vorbeilaufen?« Das Wort schien dem Roßmooser zu gefallen. »Was für einer soll's denn gewesen sein?« rief er zurück. »Vielleicht einer im braunen Janker, im zwilchenen Pfaid[1] und mit Kniehösln?«
»Wohl wohl, es ist schon der Richtige!«

---

[1] Hemd

»Ja, du, so einer is grad da drüben hinterm Stall vorbei und nunter gegen 's Dorfstraßl. Er muß schon im Wald sein! Da darfst du dich aber tummeln, wann den noch einholen willst!«
Der Roßmooser hatte noch nicht ausgesprochen, da war der Jäger schon hinter dem Stall verschwunden. Lang reckte der Bauer den Hals – nach einer Weile sah er den Jäger hinter dem Gesindehaus wieder zum Vorschein kommen, überstürzten Laufes dem ausgetretenen Schneepfad folgend und im Wald verschwinden.
Schwer atmend richtete sich der Roßmooser auf und schloß das Fenster. »Wart, Büberl, wart!« murmelte er und ballte die Fäuste. »Jetzt wachsen wir zwei aneinander!« Mit langen, schweren Schritten stapfte er in die Kammer hinaus, sperrte den Kasten auf und öffnete die Türen.
Mit aufgezogenen Beinen, die Arme um die Knie geschlungen, hockte Toni zwischen den Kleidern und blickte mit halb mißtrauischen, halb lustigen Augen zum Vater auf.
Der Roßmooser streckte die Hände, er schien nicht übel Lust zu haben, seinem Buben mit allen zehn Fingern ins krause Haar zu fahren. Doch er besann sich und trat einen Schritt zurück. Als aber Toni nicht die geringste Miene machte, sein Asyl zu verlassen, wurde der Roßmooser krebsrot im Gesicht und schrie: »Wirst bald schauen, daß du rauskommst oder nit?«
»Pressiert's denn?« meinte Toni. »Das hätt halt der Vater gleich sagen sollen!« Er griff in die hängenden Kleider, zog sich in die Höhe und stolperte aus dem Kasten.
»So? So? Spötteln willst auch noch?« kreischte der Bauer und machte eine höchst verdächtige Handbewegung. Als aber sein Blick den blitzenden Augen des Burschen begegnete, wandte er sich zornig ab, spuckte in einen Winkel und ging in die Stube hinaus.
Toni blickte ihm lächelnd nach, strich die Hände über das Haar und folgte dem Vater bis unter die Tür. Breitspurig blieb er auf der Schwelle stehen und legte die Arme hinter den Rücken, um die böse Suppe, die schon fertig gekocht am Feuer stand, geduldig über sich ausgießen zu lassen.
Der Roßmooser trabte in der Stube auf und nieder wie ein Löwe in seinem Käfig, dazu noch wie ein böhmischer, der zwei Schweife hat; denn die beiden langen Flügel des Feiertagsrockes flatterten und ringelten sich hinter dem Bauer her, als hätten sie Leben, als möchten sie warnen vor dem Sturm, der dem Ausbruch nahe war.

Einmal blieb der Roßmooser vor seinem Buben stehen, Toni duckte schon den Kopf, als sollte nun ein Platzregen von Scheltworten über ihn ergehen, aber der Vater sah ihn nur mit zornig funkelnden Augen an, kehrte ihm den Rücken und nahm seine Wanderung durch die Stube wieder auf.
Dabei schien sich im Roßmooser eine unerwartete Wandlung zu vollziehen, denn als er nach einer Weile wieder vor seinem Buben stehen blieb, erschrak dieser und blickte mit beklommener Sorge in das Gesicht des Vaters; dem Bauer zuckten die Lippen, seine dicken Backen zitterten, und helle Zähren standen ihm in den Augen.
»Aber Vater!« stotterte Toni.
Der Roßmooser holte tief Atem. »Vater, ja, Vater! Lügen muß er, der Vater! Lügen! Lügen muß er, damit nur der feine Herr Sohn seine Streich recht unscheniert treiben kann! Ich, der Roßmooser, ich muß lügen!« Bei jedem Wort schlug der Bauer die Faust an die Brust. »Ich, der Roßmooser, von dem's meiner Lebtag geheißen hat: Sein Wort ist Stahl und Stein und klar wie Wasser! Ich, der Roßmooser, ich muß mit Lügen den Jager vexieren, daß er nit reinkommt unter mein Dach und packt den Hallodri, den er sucht, und führt ihn hin ans Gricht und verschandelt mein ehrlichen Nam!« Dem Bauer brach die Stimme.
»Aber ... aber Vater ...« stammelte Toni.
»Vater, ja, Vater!« Der Roßmooser schluckte und würgte an den aufsteigenden Tränen; um ihrer Herr zu werden, schüttelte er die Arme und schrie: »Du Malefizbub, du elendiger!« Und wieder stampfte er durch die Stube. Als er von der Tür zum Tisch zurückkam, versetzte er mit beiden Fäusten der Eichenplatte einen krachenden Schlag. »Ja, sag mir nur, wie bist denn du aufs Gamsjagern verfallen? Ich hab dich ja doch zum Einkaufen in d' Stadt nein geschickt?«
»Wohl wohl, aber ich bin nit gangen«, lächelte Toni, auf den der polternde Zorn des Vaters viel weniger zu wirken schien als der stillere Vorwurf jener Zähren. »In Ort bin ich nunter ... und da ist der Kaser-Sepp, mein Kamerad, statt meiner fort in d' Stadt zum Einkaufen ... und ich hab sein Gwandl anzogen, hab mir 's Gsicht mit Ruß verstrichen, daß mich keiner nit kennt, und bin über alle Berg aus.«
»Da hört sich aber doch alles auf!« platzte der Bauer los in heller Wut. »Und ich sitz daheim und denk mir, der Bub ist in der

Stadt ... und denk mir, jetzt kann ich doch einmal ruhig schlafen über ein Feiertag und brauch mich nit sorgen um mein rechtschaffenen Nam. Und derweil wildert mir der Bub auf alle Berg umeinander, hußt[1] mir den Jager ins Haus, bringt Schand und Spott über mich! Ja Bub, ja hast es denn ganz vergessen, was mir versprochen hast bei der letzten Gschicht, wo nimmer viel gfehlt hat, daß man dich eingsperrt hätt? Dem Roßmooser sein Buben! Hast mir nit in d' Hand versprochen, daß du kein Stutzen nimmer anrühren willst? Aber wart nur, wart! Wann dich 's Vaterwort nit bessern kann ... «, drohend hob der Roßmooser die Fäuste und schrie, daß alle Fensterscheiben zitterten, »nachher soll dich was anderes zügeln. Heiraten mußt mir! Heiraten! Red nit ... da gibt's kein Widerred! Heiraten mußt mir! Und über vier Wochen muß Hochzeit sein, daß ich endlich einmal meine Ruh hab. Und wenn dir keine Braut nit weißt ... meinetwegen nimm dir die Mindest im Ort, meinetwegen laß dir eine ausbacken aus'm Schmalz ... aber her muß eine! Und über vier Wochen muß gheirat sein ... und wann nachher drinhockst im Grillenhäusl, paß nur auf, nachher wird dir s' Wildern schon vergehn! Du Hallodri, du gottvergessener!« Dem Roßmooser ging der Atem aus; blasend und schnaufend, zitternd vor Wut, fiel er neben dem Tisch auf die Holzbank nieder.

Mit langsamen Schritten kam Toni näher und sagte in lächelnder Ruhe: »Weswegen schreit denn der Vater so? Hab ich denn gsagt, daß ich mich wehr gegen 's Heiraten? Aber Gott bewahr! Ich heirat ja gern ... wann's der Vater positivi haben will!«

Der Roßmooser riß Mund und Augen auf. »Ja weißt dir denn eine?«

»Wohl, wohl.« Es zuckte um Tonis Lippen, als könnte er ein helles Lachen nur mit Mühe unterdrücken.

»Jetzt da schau her!« Und der Roßmooser schlug die Faust auf den Tisch. »Ja wie lang hast es denn schon mit ihr, du Duckmauser, du?«

»Noch gar nit lang. Und wenn ich das Dirndl krieg, Vater ... ich versprich's auf Ehr und Seligkeit ... nachher gibt's für mich im Leben kein Gamsl mehr und kein Stutzen nimmer!«

»Und was wär denn das für eine?«

»Ich mein, der Vater müßt das Dirndl ja kennen ... er hat mir's ja selber gschickt.«

»Was!« rief der Roßmooser staunend.

---

[1] hetzt

»Wohl wohl ... heut in der Nacht ... auf die Almhütten nauf!«
Da sprang der Bauer in die Höhe, als wäre Feuer auf der Bank entstanden. Mit steifen Augen starrte er seinen Buben an, langsam drehte er den Kopf, und als ihm der lederne Beutel, den er im Eifer des Gefechtes völlig vergessen hatte, wieder in die Augen fiel, da schien ihm in dieser dunklen Geschichte plötzlich ein Lichtlein aufzugehen, und er stieß – war's Überraschung, Zorn oder Freude? – einen langgezogenen, kreischenden Laut aus, der mit dem Schlachtgeheul eines Indianers eine nicht allzu entfernte Ähnlichkeit besaß. Er wollte auf seinen lachenden Buben zustürzen; aber auf halbem Wege hielt er inne, denn er sah, daß die Stubentür sich öffnete.
Mali trat ein; sie hielt die Augen gesenkt und ließ das blasse Köpfchen hängen, als wär' s eine geknickte Lilienblüte. Lautlos drückte sie hinter sich die Tür zu, nestelte an der Schürze und sagte mit leiser, zitternder Stimme: »Der Bauer, hat die Zenz gesagt, tät mit mir reden wollen?«
Das war nun freilich richtig; aber dem Roßmooser schien es die Rede verschlagen zu haben. Schweigend stand er, mit schief gehaltenem Kopf, und musterte das Dirndl mit wägendem Blick von den Fußspitzen bis zum Scheitel; dabei wurde sein Gesicht immer freundlicher, sein Mund immer breiter.
Toni lächelte. »Mir scheint, das Dirndl gfallt dem Vater?«
Beim Klang dieser Stimme rann ein Zittern über Malis Glieder. In Scheu und Bangen hob sie die Augen, und als sie an der Seite des Roßmoosers den jungen Burschen gewahrte, stockte ihr der Herzschlag, mit zuckenden Händen griff sie in die Luft, und ein erstickender Schrei löste sich von ihren bleichen Lippen.
Sie wankte, sie drohte umzusinken, aber Toni war schon auf sie zugesprungen und fing sie in seinen Armen auf. Er führte sie unter zärtlichem Stammeln zur Ofenbank, setzte sich an ihre Seite, zog die halb Ohnmächtige an seine Brust und küßte ihr die Stirn, die Augen, die Wangen und den Mund.
Mit gespreizten Beinen, die Fäuste in die Hüften gestemmt, stand der Roßmooser inmitten der Stube und guckte mit runden Augen das Pärchen an. Durch seinen Kopf ging es wie ein Wirbel, aus dem sich nur langsam die klaren Gedanken lösen wollten. Nun wußte er, welche Bewandtnis es mit dem Kaser-Mandl hatte, dem er in der Weihnacht mit seiner ›übermütigen Red‹ das Mädel in die Arme

geschickt hatte. Eine schöne Bescherung das! Ein blutarmes Dirndl – als Schwiegertochter im Roßmooserhof! Arm? Freilich. Aber der Geldsack des Roßmoosers war ja groß genug – er brauchte sich keinen Buckel mehr aufzuschnallen. Ein armes Dirndl – aber kreuzbrav und bildsauber dazu! Und an der richtigen ›Schneid‹ fehlte es auch nicht, das hatte die Mali in der vergangenen Nacht bewiesen. Und eine, die den Teufel nicht fürchtet, die wird wohl auch mit einem Mannsbild fertig werden, dem – wie der Roßmooser meinte – mehr ›dumme Streich‹ im Kopf stecken als gescheite Gedanken. Und blieb die Mali im Hof, so brauchte die braune Liesl den Stall des Roßmoosers nicht zu verlassen. Und ... der Millirahmstrudl mit Zibeben ... der gab den Ausschlag.
Schmunzelnd ging der Bauer auf das Pärchen zu und stieß dem Buben, der mit Küssen kein Ende finden wollte, die Faust hinters Ohr. »Hörst nit auf? Oder schenierst dich denn gar nit vor deinem Vater?«
»Schenieren soll ich mich auch noch?« lachte Toni. »Oder ist mir der Vater vielleicht neidisch drum?« Er wollte seine angenehme Beschäftigung mit Eifer wieder aufnehmen.
Aber Mali wand sich aus seinen Armen. Sie schien noch immer nicht zu fassen, was mit ihr vorging. Ihre Lippen zuckten, Tränen hingen an ihren Wimpern, Röte und Blässe wechselten auf ihren Zügen, und mit traumverlorenen Augen starrte sie bald den Bauern an, bald wieder den ›Unheimlichen‹ an ihrer Seite. Und da sie aus dem Wirrsal ihrer dämmernden Gedanken keinen besseren Ausweg fand, schlug sie die Hände vor das Gesicht und brach in krampfhaftes Schluchzen aus.
»Jesus Maria!« stotterte der Roßmooser erschrocken.
Aber Toni schob den Vater zurück, zog die Weinende an seine Brust und sagte: »Schau, Vater, sei doch gescheit, laß mich ein bißl allein mit dem Dirndl, laß mich reden mit ihm!«
»Meinetwegen, so red halt!« sagte der Bauer, stieß die Hände in die Hosentaschen und stapfte der Tür zu. Bevor er die Stube verließ, blickte er mit blinzelnden Augen noch einmal zurück. »Ein schönes Reden, das!« meinte er, als er merkte, daß die Zwiesprach seines Buben in nichts anderem bestand als in ungezählten Küssen.
Draußen, unter der offenen Haustür, blieb der Bauer stehen. Behaglich und zufrieden, als hätte er nicht nur ein gutes, sondern auch ein kluges Werk gestiftet, wiegte er sich in den Knien, schnalzte mit den

Lippen und ließ sich dabei die laue Wintersonne auf das Bäuchlein scheinen.
Da sah er den Altsenn aus der Stalltür kommen.
»He, du!« rief er ihm zu. »Du Weißkopfeter, du! Da komm her ein bißl!«
Mit bedächtigen Schritten kam der Alte durch den Schnee einhergewatet.
»Was meinst?« fragte der Bauer mit vergnügtem Kichern. »Was meinst, wer drin ist in der Stub?«
»Wer soll denn drin sein?«
»'s Kaser-Mandl ... mit seiner Saligen!«
Der Altsenn runzelte die Stirn. »Geh, Bauer, das weißt doch, daß ich kein Spaß nit vertrag über solchene Sachen.« Der Bauer schmunzelte. »Wenn du's nit glaubst, so schau halt durchs Fenster nein!«
Der Alte blinzelte den Roßmooser von der Seite an und schüttelte den Kopf. Aber seine Neugier war doch größer als sein Mißtrauen; zögernd näherte er sich dem Fenster und guckte durch die Scheibe. Betroffen fuhr er zurück; aber gleich wieder drückte er die Nase an das Glas – und dann brach er in helles, lustiges Gelächter aus. Er schien den Zusammenhang des Bildes, das er in der Stube gewahrte, mit dem Abenteuer der vergangenen Nacht zu ahnen. »Der Toni? Der Toni war's?«
»Ja, was sagst! Gamsjagen ist er gwesen, der Hallodri!«
»Und hat ein Täuberl gfangt! Aber ein liebs, das muß ich sagen!«
»Meinst nit auch: Aus der Mali wird eine richtige Bäuerin?«
»Wohl wohl! Die lauft ja um eine Kuh dem Teufel in' Rachen!«
Nun lachten sie alle beide.
Drin in der Stube saß Mali wortlos an der Seite des Burschen, der sich doch endlich Zeit zum Reden genommen hatte. Ihre Wangen glühten, und ihre Augen leuchteten vom Glanz des Glücks, das in ihrem jungen Herzen aufgegangen war.
»Also magst mich oder nit?« Mit dieser Frage schloß der Bursche sein sprudelndes Bekenntnis. »Aber haben mußt mich, wie ich halt bin, mit Haut und Haar, gut und schlecht. Bist einverstanden?«
Mit schüchternem Lächeln blickte ihm Mali in die Augen. »Einverstanden?« lispelte sie. »Ich glaub, ich hätt sterben müssen an der heutigen Nacht, wenn's nit so kommen wär.«
Sie wollte noch weitersprechen; aber Toni umschlang sie mit glückseligem Jauchzen und schob ihren Lippen einen festen Riegel vor.

Endlich löste sie sich aus seinen Armen und erhob sich. »Soviel Glück! Soviel! . . . Aber schau, Toni, jetzt hätt ich halt eine Bitt.«
»Was denn, Schatzl? Red doch!«
»Schau, ich trau mich nit freuen von Herzen, solang ich denken muß, daß meine Mutter eine Nacht in Sorg verschlaft. Tu mir den Gfallen, Toni, geh mit mir nunter zu meinem Mutterl! Magst?«
»Ja, Schatzl, aber ja! Auf der Stell!«
Ein letzter Kuß, dann gingen sie Hand in Hand zur Tür.

DER MICHEL
UND SEIN TODFEIND

Ihre Namen, wie sie im Taufbuch stehen, darf ich nicht nennen. Muß auch verschweigen, wo die Geschichte spielte. Denn der Michel – so soll der Jäger heißen – sagte mir damals: »Gelt, halten S' fein 's Mäu! Sonst kunnten mer nobel in d' Schlemastik kemma!« Und ich fühlte nicht das Verlangen, als Ankläger aufzustehen, wo kein Richter war.
Nach dem Strafrecht ist ja die Sache schon längst verjährt. Der Michel hätte also nichts Ernstliches mehr zu befürchten. Aber was ich da erzähle, könnte doch hinausklingen in das kleine Dorf, in dem der alte Weißkopf mit Behagen seine Pension verzehrt. Das würde dann ein böses Gerede absetzen.
Und ich möchte dem Michel in der gemütlichen Ruhe seiner sinkenden Lebenstage keine ›Schlemastik‹ verursachen. Denn ein Mörder war er nicht! Obwohl er mordete.
Schon der erste Abend, den ich mit dem Michel in der Jagdhütte verlebte, ist mir in schwüler Erinnerung geblieben. Noch heute, nach sechsundzwanzig Jahren, wenn ich an diesen Abend denke, läuft mir ein Schauer über den Rücken.
Ich hatte damals, nach meinem letzten Universitätsjahr, eine Jagderlaubnis in einem der wildreichsten Reviere unserer Berge. Ende Juli, an einem regnerischen Nachmittag, kam ich in dem Dorfe an, in dem der Forstmeister wohnte. Obwohl es in Strömen schüttete, ließ mir die Glut meines jungen Jagdeifers keine Ruhe, und ich wollte noch vor Abend hinauf ins Gemsrevier. Der Michel wurde mir als führender Jäger zugeteilt, ein langer, sehniger Bursch mit einem derben und gutmütigen Gesicht, dem nach Art der Mongolenbärte ein dicker, brauner Schnauzer über die Mundwinkel hing. Im Wirtshaus verproviantierte ich mich flink für ein paar Hüttentage, dann nahm der Michel den schweren Rucksack auf den Rücken, und unter

dem Schutz der Wettermäntel marschierten wir los. Ein nasses Vergnügen, dieser Aufstieg!

Ich hatte so viel mit meinem triefenden Mantel und mit dem glitschigen Weg zu schaffen, daß ich zum Plaudern nicht sonderlich aufgelegt war. Der Michel aber machte immer wieder einen Versuch, mir die Zeit zu vertreiben. Und als er gelegentlich stehenblieb und hinunterblickte in das grauvernebelte Waldtal, sagte er: »Gestern haben s' den Lindlmayer hoambracht, an meinigen Kameraden.«

»Heimgebracht? Wieso?«

»Schluß hat er halt gmacht! Wissen S', an der Lunglsucht hat 'r labariert. Und da hat 'r si gestern a Kügerl auffipelzt aufs richtige Fleckl. Jetzt hat 'r sein Fried. Is a braver Mensch gwesen, recht a handsamer, jaaa!«

Ich wollte mich umblicken nach dem Jäger, der mit einem kurzen Ja über allen Schmerz eines zerstörten Lebens hinübersprang. Aber da rann mir die grüne Lauge meiner neuen Hubertuskappe über das Gesicht, und ich hatte Arbeit, um Augen und Nase wieder trocken zu bekommen. Auch war das Thema, das der Michel da angeschlagen, nicht besonders erquicklich. Drum ließ ich es ruhen.

Bei den schlechten Wegen dauerte der Aufstieg länger, als ich gerechnet hatte, und wir kamen in die finstere Nacht hinein. In der Hütte fanden wir die kleine Hängelampe völlig ausgebrannt, kein Tropfen Petroleum war in der Kanne – und so mußten wir im Dunkeln sitzen und unser Nachtmahl bei dem Glutschein verzehren, der aus dem Schürloch des eisernen Kochherdes glostete. In der winzigen Stube war eine Hitze zum Ersticken; die auf den Herdstangen trocknenden Kleider und Mäntel verursachten einen abscheulichen Dunst; aber das Rasten im Trockenen tat mir wohl, die Hoffnung auf ein gutes Wetter und einen ergiebigen Pirschtag vergoldete meine Laune, und während der Michel sich auf die hölzerne Bank legte, streckte ich mich behaglich auf die Seegrasmatratze des Bettes.

»Gute Nacht, Herr!«

»Gute Nacht, Michel!« sagte ich gähnend und zog die wollene Decke über den Hals.

Wie süß mir die Ruhe in allen Gliedern prickelte! Doch als ich schon zu duseln anfing, spürte ich plötzlich unter meinem Rücken etwas Feuchtes. »Michel, da muß es hereingeregnet haben! Die Matratze ist ganz naß.«

»Ah na, da hat's net einigregnet! 's Dach ist guat! Dös weard halt Blüat sein!«
»Blut?« Erschrocken fuhr ich in die Höhe.
»No ja, auf Enkerer Liegerstatt da hat si gestern der Lindlmayer derschossen.«
Den Sprung, den ich aus dem Bett machte, hättet ihr sehen sollen! Und wie ein Narr hinaus zur Stube! Von Ekel geschüttelt, riß ich mir draußen das Hemd herunter und ließ mir vom heiligen Petrus den nackten Rücken waschen.
»Jesses, Jesses«, brummte der Michel verdrießlich, »wia ko ma denn so hoakli sein? Blüat is halt Blüat! Wenn a Gamsbock schwoaßt, da graust Eahna do aa net!«
Um keinen Preis der Welt hätt' ich die Nacht in dieser Stube zugebracht. Schaudernd, in den feuchten Mantel gewickelt, blieb ich unter dem vorspringenden Hüttendach im Freien sitzen. Der Michel redete mir immer zu, daß ich ›gscheit sein‹ sollte. Schließlich aber gab er die nutzlose Mühe seiner Überredungskünste auf, ging in die Stube zurück, breitete seinen Wettermantel über die Matratze und legte sich drauf. Ich konnte ihn schnarchen hören bis zum Morgen. Den hat das Blut nicht scheniert.
Als das Frühlicht dämmerte, übersiedelten wir in eine andere, zwei Stunden entfernte Hütte. Die Jagd aber wollte mich nicht mehr freuen. Doch der Michel lachte immer, als hätte er in seinen fünfunddreißig Jahren was Lustigeres nicht erlebt. Und das wurde für ihn zu einer Art von Sport, mich immer zu fragen: ›Herr Doktor, haben S' an trückenen Buckel?‹ Ich mußte dem Michel das verbieten, denn ich konnte mich an diese fidele Frage nicht gewöhnen.
Im Laufe jenes Sommers habe ich mit dem Michel noch manchen Pirschgang gemacht. Doch in der ›feuchten‹ Hütte habe ich niemals wieder geschlafen. Mit dem Michel aber bin ich gut Freund geworden. Er war ein vorzüglicher Jäger, mit einer ruhelosen Aufmerksamkeit in den huschenden Augen. Auch sonst ein Mensch, mit dem sich's auskommen ließ, einer, mit dem man lustig über alles schwatzen konnte. Nur von seinem Todfeind durfte man mit dem Michel nicht reden – vom Schmiedbartl, wie ich den anderen nennen will. Wenn dieser Name klang, wurde der Michel völlig ein anderer Mensch; seine Gestalt krümmte sich zusammen, wie die Katze den Buckel aufzieht, wenn der große Hund kommt; die eingekniffenen Augen bekamen einen starr funkelnden Blick, und ›fliegende Hit-

zen‹ gingen dem Michel über die aschfarbene Stirn. Dabei hatte er eine typische Redensart: ›Herrgott sakra! Den Kerl wann i amal . . .‹ Den Rest dieses Gedankens verschluckte er immer. Und mehr war aus dem Michel nicht herauszubringen. Aber vom Forstmeister erfuhr ich, daß der Schmiedbartl seit Jahren im Verdacht wäre, ein Wilddieb zu sein, und zwar von den gefährlichsten einer. Er trieb sein Handwerk nach § 11, der bekanntlich lautet: Nicht erwischen lassen! Die Jäger hatten um seinetwillen Verdruß und Ärger an allen Enden und Ecken des Reviers. Und noch etwas anderes hatten sie: Sorge um ihr Leben! Da konnte hinter jedem Baum, hinter jedem deckenden Fels eine unerwartete Kugel herausfliegen. Und jetzt verstand ich sie erst: diese blitzende, rastlose Aufmerksamkeit, die in Michels huschenden Augen war, wenn wir in der Dämmerung miteinander pirschten.

Eines Vormittags, ehe wir zu Berg steigen wollten, saß ich mit dem Michel im Extrastübchen des Wirtshauses, ich in der Aussicht auf gute Jagd und der Michel in fideler Laune; denn er hatte einen kapitalen Hirsch bestätigt und wußte, daß es an einem guten Trinkgeld nicht fehlen würde, wenn der ›Geweihte‹ sein Testament machte.

Da trat ein Bursch in die Stube, ein paar Jahre über die Dreißig und gut gekleidet, ein bißchen stutzerhaft, wie die Schlierseer Komödianten in der Stadt umherlaufen, wo sie gastieren. Auch gut genährt war er und brauchte schon einen weiten Hosenbund; aber an seinen lässigen Bewegungen merkte man gleich, daß sich eine eiserne Kraft hinter ihnen verbarg. Das glattrasierte, mit drei großen Blatternarben gezeichnete Gesicht hatte gerade nichts Unsympathisches. Diese ruhigen, wasserblauen Augen gefielen mir sogar. Wie scharf mußten sie sehen! Denn die Pupillen, die schwarz in diesem Blau saßen, waren so klein wie Stecknadelköpfe.

Ohne zu grüßen, setzte er sich an das andere Ende unseres Tisches, legte die Ellenbogen auseinander und musterte mit gemütlichem Schmunzeln bald den Michel, bald wieder mich. Mit diesem Schmunzeln verdarb er es bei mir, und fragend sah ich den Michel an. Der hatte plötzlich seine gute Laune verloren und redete kein Wort mehr. Als ich diesen aufgezogenen Buckel sah, diesen harten, lauernden Blick und diese ›fliegenden Hitzen‹ auf Michels kalkiger Stirne, da wußte ich gleich: Das muß der Schmiedbartl sein!

Der Michel in seinem Schweigen trank immer häufiger, doch immer

nur mit kleinem Schluck. Und wenn er das Bierglas auf den Tisch zurückstellte, zitterte ihm die Hand. Als es leer war, schlug er mit der Faust auf die Tippglocke, die vor ihm stand. »Mareidl!« rief er der Kellnerin zu. »An Schnaps bringst mer!«
Und der andere sagte mit seinem gemütlichen Schmunzeln: »Mir bringst an Schampani, gelt!«
Die Kellnerin zeigte ein wütendes Gesicht. »Bartl, da machst, daß d' aussi kommst.«
»Ah, so'?« fragte der andere in seiner lächelnden Ruhe. »Hab' i scho amal ebbes net zahlt? Geh! Mein Schampani bringst mer! Mir leidt's oan!«
»Wart du! Der Wirtin sag i's.« Und das Mädel surrte zur Tür hinaus.
Der Schmiedbartl begann einen Ländler leise vor sich hin zu pfeifen und betrachtete dabei der Reihe nach die Hirschgeweihe, die am braunen Getäfel hingen. Den Michel sah er gar nicht mehr an. Der sprang aber plötzlich auf wie ein Verrückter, und seine Stimme kreischte vor Zorn:
»Du? Willst mer ebbes?«
»Iiiii?« Verwundert sah der andere an dem Jäger hinauf, und die kleinen Pupillen seiner wasserblauen Augen wurden noch kleiner. »Was d'r einfallt!«
Der Michel schien den Verstand verloren zu haben und wollte losdreschen. Aber da hatte ich ihn schon an der Joppe erwischt und riß ihn zurück. Im gleichen Augenblick erschien auch die Wirtin, eine kleine magere Person, so schwächlich, daß der Schmiedbartl sie mit einem Schnaufer zur Tür hätte hinausblasen können. »Bartl!« sagte sie mit einem messerscharfen Stimmchen und deutete nach dem Loch, das der Zimmermann gemacht hatte. »Staub aus!«
Ohne ein Wort zu sagen, erhob sich der Bursch und verließ die Stube. – Die Macht des ewig Weiblichen!
Der Michel aber krampfte die Fäuste zusammen, daß er ganz weiße Knöchel bekam. »Haben S' es net gsehgn? 's Pech hat 'r no hinter die Ohrwascheln, wo er si beim Wildern d' Larven dermit anpickt! ... Herrgott sakra! Den Kerl wann i amal ...« Den Rest dieses Gedankens verschluckte er wieder.
Das wußte ich jetzt: Wenn die beiden sich da droben im Bergwald einmal begegnen, dann geht nur einer vom Fleck – der eine, der mit dem krummen Finger der flinkere ist.
Zwei Jahre später sollte mich ein böser Zufall zum Zeugen der

Abrechnung machen, die in der Sonne eines schönen Morgens diese beiden Todfeinde miteinander hielten.
Seit einer Woche hauste ich mit dem Michel hoch droben über dem See in einer Jagdhütte. Am Samstag abend mußte der Jäger ins Dorf hinunter, um seinen Wochenrapport zu erstatten. Weil er am folgenden Morgen nicht zurück sein konnte, bis es schußlicht wurde, machten wir aus, daß ich für mich allein einen Pirschgang unternehmen sollte, während der Michel seinen Rückweg zu einem ›Speggaliermarsch‹ durch die tiefer liegenden Wälder zu benützen gedachte, die an Sonn- und Feiertagen gern von ungeladenen Jagdgästen besucht wurden. Dann wollten wir uns auf der ›Seeplatte‹ treffen.
Es war ein herrlicher Morgen, so reich an geheimnisvollem Reiz und zärtlich flüsternden Farben, daß ich bei unersättlichem Schauen ganz der Jagd vergaß. Als die kommende Sonne ihre Rosenglut über die steinernen Zinnen hinhauchte, alle die schweigsamen Wipfel der Zirben umgoldete und in den weißen Tauperlen die feurig blitzenden Seelchen weckte, schwammen aus der Tiefe gerade die sanften Glockentöne herauf, die drunten im Dorf zur Frühmesse riefen. Wie köstlich fein das in der Stimmung war! Zu solcher Stunde, wenn die Natur im keuschen Glanz der Frühe all ihre Schönheit vor dir entschleiert wie ein Weib, das dich liebt, – zu solcher Stunde rinnen dir merkwürdige Dinge durch Blut und Sinn, durch Kopf und Herz! Da glaubst du allem ungelösten Rätsel des Lebens wie ein Wissender gegenüberzustehen – da lächelst du, und alles Denken ist in dir wie der silberne Lauf einer klaren Quelle.
Aber was mag sich wohl in dieser köstlich feinen Stimmung der Hirsch gedacht haben, der auf dreißig Gänge vor mir stand, ohne daß ich ihn sah, und der mich erst durch den Lärm seiner Flucht auf sich aufmerksam machte? Und als ich dann hinauskam in die Seewände und dem steil hinunterstürzenden Gefels zu Füßen den See da drunten liegen sah wie einen großen, dunklen Smaragd, im Filigran der steinernen Ufer – da vergrämte ich noch einen Gemsbock, der pfeifend über die Wand hinaufsauste.
Die gute Pirschzeit war noch nicht vorüber, aber mich lockte die Jagd nicht mehr. Und da war auch schon die Seeplatte, eine grün gepolsterte Felsnase, die sich wie ein kleiner Erker hinaushob in die Luft. Ich legte das Fernrohr und die Büchse ins Gras, breitete den Wettermantel in die Sonne und ließ mich nieder, um auf den Michel zu warten. Als ich meine Zigarette anbrannte, klang der Hall eines

fernen Schusses weit draußen in der Leitenwand, die mit schwindelnder Steile hinunterfiel nach dem See, in hohen Stockwerken von schmalen, grünen Bändern durchzogen und gesprenkelt mit kleinen Waldflecken, auf denen niedere Latschenstauden und kümmernde Fichten um ihr bißchen Leben rangen.

›Der Michel hat einen andern Weg genommen‹, dachte ich mir, ›und hat auf irgendein Raubwild geschossen.‹

Eine Weile spähte ich über die Leitenwand hinaus, ob nicht der Michel irgendwo daherkäme. Dann guckte ich wieder hinunter in die wundersame Tiefe und blies in Träumen den Rauch der Zigarette vor mich hin.

Die Sonnenstrahlen, die da drüben durch alle Scharten der Berge breit hervorbrachen, spannten sich wie goldene Stege über den Kessel, in dem der See gebettet lag. Bei mir herüben, auf der Sonnenseite, war alles ein Schimmer und Glast. Drüben aber waren die Wände und Wälder versunken unter dunstigem Schattenblau wie eine Welt, die noch nicht fertig ist.

Da weckte mich das Geklapper flinker Schritte. Der Michel kam, aber nicht von der Leitenwand, sondern von der entgegengesetzten Seite. »Hab scho ghört!« rief er mich an. »Liegt ebbes? Oder haben S' gfehlt?«

»Aber Michel? War denn der Schuß nicht von dir? Ich hab' ja doch gar nicht geschossen!«

»Herrgott sakra!« Von hinten schob er den Hut in die Stirn. »Da haben mer an Lumpen im Revier!« Und an wen er dachte, das merkte ich gleich; denn er machte den krummen Buckel und hatte keinen Tropfen Blut mehr im Gesicht. Wie der Blitz huschte sein spähender Blick über alles Sichtbare hin. Das war kein Mensch mehr – so muß der Blick eines Tieres sein, das den Wolf in der Nähe wittert.

Sich duckend, sprang er zu mir, warf sich auf die Knie, fragte flüsternd, in welcher Richtung ich den Schuß gehört hätte – und zischelte: »Schaugn S', daß S' hoamkommen! Jetzt kon i Eahna nimmer brauchen, jetzt muaß i Deanst machen!«

Ich wollte schon in Eile mein Zeug zusammenraffen, als drüben in der Leitenwand das Rollen und Sausen fallender Steine klang. Und bei einem der kleinen Waldflecke, die wie Vogelnester an den Felsen hingen, meinte ich, etwas Bewegliches zu entdecken. Während ich mit zitternden Händen das Fernrohr auseinanderzog, hörte ich hinter mir einen keuchenden Laut. Und was ich im Glase hatte, alles gaukelte, die mageren Bäumchen, das graue Gestein, die niederen Latschen und der näher steigende Mensch da drüben, über dessen Kopf die Läufe des Gemsbockes hinaufstarrten, den er im Rucksack schleppte. Mit der einen Hand klammerte er sich immer an die Latschen und Felsen an, in der anderen hielt er, wie schußfertig, die Büchse. Alle paar Schritte blieb er stehen und drehte den Kopf. Der Gestalt nach meinte ich, ihn zu erkennen. Aber das Gesicht war von einer schwarzen Maske aus Drahtgeflecht bedeckt und mit einem Wulst von Roßhaaren umhangen.

›Michel . . . ‹, wollte ich sagen. Aber da warf mich der Luftdruck eines Schusses, der dicht am Ohr vorbeigegangen, fast zu Boden. Und der Mensch in der Leitenwand, der machte einen meterhohen Sprung – und verschwand.

Mir wurde übel. Und wie in einem Nebel sah ich, daß der Michel, in der Faust die rauchende Büchse, an den Rand der Platte vorsprang und mit gestrecktem Hals auf das Rollen und Gepolter lauschte, das immer weiter hinunterrasselte gegen den See. Dann drehte er das Gesicht zu mir und sagte: »Da fallt oaner abi! Ob jetzt dös der Gamsbock sein weard? Oder der Bartl?«

Das Grauen schüttelte mir alle Glieder. »Michel! Um Gottes willen! Wie kann man denn einen Menschen so niederschießen?«

Der Michel gab keine Antwort, sondern guckte wieder und lauschte in die Tiefe, in der es still geworden. Dann sagte er: »Jetzt muaß i allweil umisteigen! Kunnt ja mögli sein, daß ’r no schnauft. Und da konst an Menschen do aa net liegen lassen.« Er sprang von der Platte auf einen steinernen Sockel hinunter, und während er in die Leitenwand einstieg, schob er eine frische Patrone in die Büchse.

Es würgte in mir, ich konnte mich kaum noch auf den Beinen halten – und dennoch trieb es mich hinter dem Michel her. Aber langsam ging es. Und den Michel sah ich schon nimmer. Nach einer Weile hörte ich ihn rufen: »An Schwoaß hab i scho!« Dann schrie er: »Bartl! He . . . Bartl! He! . . . Sei gscheit und gib an, bal no konnst!« Nun Stille. Nur manchmal das Rollen kleiner Steine. Und jetzt ein Laut des Erbarmens: »Jesses, da liegt ’r!«

Von dem Felsband, über das ich mich vorwärts krabbelte, konnte ich hinuntersehen auf den Fleck, der den Bartl im Sturze aufgefangen hatte. Was mit Gerassel in die Tiefe gefahren, das war nur der Rucksack mit dem Bock gewesen.

Ganz ruhig lag der Bartl auf dem Rücken, mit der linken Hand an eine Latschenstaude geklammert. Die Joppe war ihm halb über die Schulter gezogen, und die Drahtmaske war von dem bleichen Gesicht gerissen, in dessen wasserblauen Augen noch das Leben glänzte.

Und jetzt kommt das Merkwürdige, um dessentwillen ich diese Geschichte erzähle. Ob alle meine Leser das verstehen werden? Auch mir, der ich mein halbes Leben mit dem Volk der Berge teilte, ist das in dreiundzwanzig Jahren nicht völlig verständlich geworden. Da liegt ein Sterbender, und sein Mörder steht vor ihm – zwei Menschen, in denen der aus Lebenssorge entstandene Haß seit Jahren gebrannt hat, wie das Feuer in der Esse brennt, wenn der Blasbalg getreten wird. Und nun ratet, was diese beiden Menschen sich zu sagen hatten!

Ich sah, wie sich der Michel, die beiden Hände auf seine nackten Knie gestützt, über den andern hinbeugte, und hörte ihn fragen, in einem gutmütig freundlichen Ton: »Was moanst denn, Bartl? Fehlt's weit?«

Und der andere, mit der Stimme eines Gesunden, sagte: »Bis hoam, daucht mer, langt's ebba nimmer. Kunntst mer scho an Gfallen toan, wann mer den Pfarr auffiholen taatst.«

»Aber freili, gearn, i lauf, was i laufen kon!«

»Vergeltsgott! Und bis si der Pfarr firti macht, konst es em Vater aa glei sagn.«

»Freili, ja.« Der Michel wollte davon. Und besann sich. »Wart, i tua dir no ebbas!« Mit seinen eisernen Händen riß er einen großen Rasenbrocken von der Felswand und legte ihn dem Bartl mit der Grasseite auf die rote Brust. »Woast, dös hebt d'r 's Blüat auf!«

»Moanst?«

»Ja. Dös hat mer oaner gsagt amal. Aber schön stadhalten muaßt di, gelt! I tummel mi scho. Pfüe Gott derweil!« Und während der Michel durch die Felswand hinausstieg, so flink, als hätte er das Trottoir einer städtischen Promenade unter den Schuhen, rief er zu mir herauf: »Steigen S' abi, Herr, und bleiben S' hocken bei eahm! Sunst kunnt 'r Langweil haben. In vier Stund bin i da mit'm Pfarr!«

Alles Entsetzen, das in mir gezittert hatte, war für einen Augenblick überwunden von einem fassungslosen Staunen über diese beiden Menschen, für die alles Geschehene eine selbstverständliche und erledigte Sache war, über die es kein Wort mehr zu reden gab.

Doch als ich zu dem Grasband hinunterkam und den Sterbenden und sein rinnendes Blut in der Nähe sah, packte mich das Grauen wieder.

Er stöhnte ein wenig und wollte mit der rechten Hand nach seinem Nacken greifen.

Mühsam brachte ich's heraus: »Kann ich Ihnen was helfen?«

»A bißl a Mies kunntst mer einischiabn unters Gnack! So a Stoanl, dös druckt mi so!«

Mit der einen Hand raffte ich das Moos zusammen, mit der anderen klammerte ich mich an einen Felszacken – denn der Platz war bedenklich. Und so schmal war der Fleck, daß ich am Bartl nicht vorbei konnte, sondern über ihn hinübersteigen mußte, um zu seinem Kopf zu kommen. Als ich mich bückte, das Moosbüschl zwischen den Händen, wollte sich der Bartl aufrichten, um mir die Sache zu erleichtern. Das Rasenpflaster, das ihm der Michel auf den Einschuß gelegt hatte, kollerte ihm über die Brust herunter – und da schien es, als wäre dem Bartl plötzlich zwischen den Rippen etwas entzweigegangen. Die Augen quollen ihm starr aus den Höhlen, seine Fäuste machten noch einen Zuck nach dem Herzen, lautlos fiel er zurück, die Arme schlugen wie Blei auf die Steine, der Körper fing zu rollen an, leblos, nur vom Gewicht seiner Schwere – und bevor ich in meinem Schreck noch zugreifen konnte, glitt der Tote über den Rand des Felsens hinaus, umprasselt von Steinen, die seine Reise in die Tiefe mitmachten.

»Michel!« begann ich wie irrsinnig zu schreien. »Michel! Michel! Michel.«

Nach einer Weile kam der Jäger hastig durch die Wand hereingestiegen. Nicht mein Schrei, sondern das Gepolter der Steinlawine hatte ihn zurückgerufen. Als er mich sah, tat er einen Schnaufer der Erleichterung und guckte über die Wand hinunter. »Hat's den Bartl abigrissen?« Den Namen betonte er. »Da braucht er koan Pfarr nimmer!« Der Michel nahm den Hut ab und bekreuzigte sich. »Muaß 'r halt selm schaugn, wie er mit'm Herrgott füranand kommt!« Er warf die Joppe ab und streifte die Schuhe von den nackten Füßen. »Da habn mer jetzt a grobs Stückl Arbet! Himi Herrgott Sakrament!« Mit ruhiger Vorsicht kletterte er über die Felswand hinunter.

Um dieses Blut nicht mehr sehen zu müssen, stieg ich aus der Felswand hinaus. In einer engen Steinrinne setzte ich mich nieder.

Das dauerte lange, bis der Michel wiederkam – damals meinte ich, es wäre eine Ewigkeit – aber es waren nur drei Stunden. Plötzlich stand er vor mir, die Joppe über der Schulter, in der einen Hand die Büchse, in der anderen die klobigen Schuhe. Von den wundgerissenen Füßen tropfte ihm das Blut – sein eigenes.

»Jetzt liegen s' alle zwoa beinand», sagte er, »der Bock und der Bartl! Und dös macht 'r allweil so, ünser See. Daß 'r koan nimmer auffilaßt! Da weard eahna 's Suachn net viel bideuten! Sauberer hätt's net aufgehn kinna!« Mit einem Grasbüschel wischte er das Blut von den Füßen und schlüpfte in die Schuhe. »Schaugn mer hoamzua!« Tief atmend zog er die Joppe an, trocknete sich mit dem Ärmel den Schweiß vom Gesicht, nahm die Patronen aus der Büchse und sah mir fest in die Augen. »Gelt, halten S' fein 's Mäu! Sunst kunnte mer nobel in d' Schlemastik kemma! Die dalketen Leut san allwei die mehrern ... da woaßt nia, wie dran bist!«

Ich brachte kein Wort heraus. Und dieser Heimweg zur Hütte war eine böse Sache für mich. Die Nachwehen der Aufregung kochten in mir, daß ich alle paar hundert Schritte zu einem bitteren Heiligen beten mußte. Überall hatte der Michel eine Quelle zur Hand, und immer lief er und brachte mir Wasser in seinem Hut. Schließlich verging ihm bei dieser Krankenpflege aber doch die Geduld, und verdrossen murrte er vor sich hin: »Malefiz Stadtleut, verfluachte! Was ma da allweil für Schererei hat!« Doch er besänftigte sich wieder und rüttelte mich zutraulich am Arm: »Aber! So stellen S' Eahna do a bißl vernünfti an! Is do gscheiter, mier zwoa gengan hoam, und der ander liegt drunt! Bal uns der ander derspecht hätt ... moanen S', der hätt Springginkerln gmacht? Da hätt's halt ghoaßen: Sö oder i' Wen's halt troffen hätt! Na, na! Sammer zfrieden! Jetzt haben mer ünser Ruah!« Diese Logik, der ich nicht widersprechen konnte, beruhigte mich ein wenig. Ich sagte nichts mehr, und schweigend marschierte der Michel hinter mir her. Aber dann hatte er zu seiner Logik noch einen Nachtrag zu machen: »A nagelneue Doppelbüchs hat 'r ghabt! Da hätt 'r uns alle zwoa rasieren kinna! A feins Gwehrl! Dös hat mi fein greut, weil i's einischmeißen hab müassen in See!« Nun blieb er still.

Erst als wir in die Nähe der Hütte kamen, wachte er aus seiner nachdenklichen Stimmung auf und sagte:

»Jetzt is 'r um d' Leich aa no kemma! Dö weard'n fuxn, da drent. Wissen S', an der Schmidden, da hängt a mordsmäßige Freindschaft.

Dö waaren eahm alle mit der Leich ganga! Ja! A schöns Begräbnis hätt 'r haben kinna, wann 'r in der Ordnung gstorben waar.«
Drei unbehagliche Tage blieb ich noch in der Hütte – und tat es, weil der Michel das aus triftigen Gründen für nötig hielt. Aber als ich am Mittwochabend hinunterkam ins Dorf, mußte ich vor dem Forstmeister mein Gewissen erleichtern. Der erschrak zuerst, dann kratzte er sich hinter den Ohren und fing zu schimpfen an – aber nicht auf den Michel. Den ganzen Abend redete er in mich hinein. Und erzählte mir die Geschichte von einem Dutzend Jägern, die man kalt im Bergwald gefunden hatte, mit der Kugel im Rücken oder mit den Posten im Bauch. Aber von einem Wilddieb, der zu Gericht gegangen, um sich als Mörder zu bekennen, hätte man noch nie was gehört. Im Gesetz, da muß es freilich heißen: Der Jäger darf sich nur wehren! Aber wenn der Jäger, sobald es ans Wehren geht, schon ein toter Mann ist? Und Weib und Kind hat? Was dann?
Bis nach Mitternacht schwatzte der Forstmeister immerzu, bald heiß, bald wieder ruhig. Aber mit seiner fünfstündigen Rede sagte er mir auch nichts anderes, als was mir der Michel mit fünf kleinen Worten gesagt hatte: »Gelt, halten S' fei 's Mäu!«
Als die Woche zu Ende ging, begann man in der Schmiede einen zu vermissen. Wo hätte man ihn suchen sollen? Auf zehn Stunden in der Runde war jedes wildreiche Revier ein Lieblingsaufenthalt des Bartl gewesen. Von allen Jägern der Nachbarschaft stand jeder unter dem Verdacht, daß er den Bartl ›füranand bracht‹ hätte. Nur den Michel ließ das Geschwätz in Ruhe. Denn im Dorfe wußten sie: Der Michel hatte einen Jagdgast zu führen; und so ein bequemer Stadtfrack will nicht nur auf die Pirsche geführt sein, sondern will auch seine Schuhe geschmiert bekommen; da hat der führende Jäger keine Zeit für andere Dinge!
Erst nach vierzehn Jahren sah ich den Michel wieder. Ein lustiger Kerl, gesund und frisch wie das rechte Leben! Und jenen ruhelos huschenden Blick, den hatten seine Augen ganz verloren. Mit gemütlichem Behagen guckte er hinein in die Welt und in den Wald. Und niemals sprach er zu mir auch nur mit einer Silbe von jenem roten Sonntag.
Dann bin ich ihm nimmer begegnet. Vergangenes Jahr, an Ostern, las ich in der Zeitung, daß er in Pension gegangen – in den ›verdienten Ruhestand‹, wie sie das amtlich nennen.
Und da nun gedruckt ist, was ich hier erzählte – wer weiß, ob da

nicht ein Zufall dem Michel das Buch in die Hände spielt? Das Gesicht, das er dazu machen wird, kann ich mir ungefähr denken. Vor allem wird der Michel verwundert dreingucken, wenn er merkt, daß ich an dieser Geschichte nicht ganz verstanden habe, wie Todfeinde miteinander reden müssen, wenn dem einen die Kugel des andern zwischen den Rippen sitzt. Und dann wird er mit der Faust auf den Tisch hauen und wird schimpfen: »Herrgott sakra! Hat 'r halt doch sein Maul net halten kinna! Malefiz Stadtleut, verfluachte!«

INHALTSVERZEICHNIS

Der Herrgottschnitzer von Ammergau 5
Hochwürden Herr Pfarrer 85
Das Kaser-Mandl 113
Der Michel und sein Todfeind 159

Ludwig Ganghofer

Das Schweigen im Walde

Ludwig Ganghofer

Das Schweigen im Walde

Roman

Droemer Knaur

Satz: Compusatz GmbH, München
Druck: Hanseatische Druckanstalt, Hamburg
Einband: Großbuchbinderei Sigloch, Künzelsau/Stuttgart
Printed in Germany
ISBN 3-426-09974-8
ISBN 3-426-09938-1 (Kassette)

»Wer nur das Wirkliche gelten läßt, an der Sehnsucht nach dem Unmöglichen keine Freude findet und nie eine Minute übrig hat, um sie an einen schönen Traum zu verschwenden – wie arm ist ein solcher Mensch in seiner Seele!«

I

Man hörte noch den Lärm des Dorfes, den Hall verschwommener Stimmen und das Geläut einer Kirchenglocke, die zur sonntäglichen Vesper rief. Dann verschwanden die letzten Häuser hinter Büschen und Bäumen. Entlang dem zerrissenen Ufer eines Wildbaches ging's eine Weile an Bergwiesen und zerstreuten Feldgehölzen vorüber, und sacht begann das schmale Sträßlein zu steigen. Während die Kutsche mit langsamer Fahrt in den von Sonnenglanz umwobenen Hochwald einlenkte, klang vom Dorfe her noch ein letzter Glokkenton, als möchte das im Tal versinkende Treiben der Menschen Abschied von dem einsamen Manne nehmen, der sich aus dem Wirbel des Lebens in die abgeschiedene Stille der Berge flüchtete.
Die Straße stieg in immer dichteren Wald hinein. Der klomm zur Rechten gegen die Hochalmen empor, zur Linken senkte er sich in eine Schlucht, aus deren Tiefe sich die Stimme des Wildbaches nur wie leises Murmeln vernehmen ließ. Unter den Bäumen war Stille, als wollte der Wald nach der drückenden Hitze des Julitages schon lange vor Abend in Schlummer sinken. Man hörte nur den müden Hufschlag und das Räderknirschen im groben Kies der Straße.
Vor die schwerfällige Landkutsche waren zwei Maultiere gespannt. Sie machten dem alten, weißbärtigen Bauernknecht, der sie zu lenken hatte, nur geringe Mühe. Er konnte ab und zu ein kleines Nickerchen erledigen, aus dem ihn das Holpern des Wagens wieder aufrüttelte. Wurde er munter, so versuchte er mit seinem Nachbar auf dem Bocksitz ein Gespräch anzuknüpfen, verstummte aber bald wieder, eingeschüchtert durch das vornehm ablehnende ›Ach!‹ und ›So!‹, das er sich mit seiner gutmütigen Redseligkeit als einzige Antwort verdiente. Man sah diesem Nachbarn den ›hochherrschaftlichen Lakai‹ an der Nasenspitze an, die er trotz einer siebenstündigen Wagenfahrt noch immer in würdevoller Höhe zu halten wußte.

Er trug einen Reiseanzug aus dunklem Cheviot, dazu ein schwarzes Hütchen, unter dessen schmaler Krempe sich das peinlich frisierte Blondhaar gleich einer polierten Bernsteinschale um den Kopf legte. Ein noch junges Gesicht und hübsch, so daß es hätte gefallen können. Aber in seiner rasierten Glätte und bei dem Bestreben, eine geheimnisvolle Wichtigkeit in den Blick der graublauen Augen zu legen, glich es dem stilvollen Antlitz eines mittelmäßig begabten Schauspielers, der seine beste Rolle außerhalb der Bühne spielt. Es lag auch neben halber Ehrlichkeit ein bißchen Komödianterie in der Art, wie der Diener sich nach dem Fond der Kutsche umwandte, als wäre er in Sorge um das Befinden seines jungen Herrn.
»Fühlen sich Durchlaucht von der langen Fahrt nicht sehr ermüdet?«
Der Fürst schien nicht zu hören – wenigstens gab er keine Antwort. Regungslos, den Kopf mit dem grauen Jägerhütchen seitwärts geneigt, lag er in die Lederkissen der Kutsche geschmiegt und ließ die Hände auf der Reisedecke ruhen, die um seine Knie geschlungen war – zwei schlanke Hände, deren durchscheinende Blässe von schwerer, kaum überstandener Krankheit erzählte. So bleich wie die Hände war auch das schmale, strenggeschnittene Gesicht, von dessen Blässe sich das dünne Bärtchen über den herb geschlossenen Lippen und der linde Flaum, der sich um Kinn und Wangen kräuselte, als tiefe Schatten abhoben. Der seltsame Widerspruch dieser Züge hatte etwas Fesselndes. Jede Linie so rein gezeichnet wie das Erbteil einer schönen Mutter, das einer Tochter geschenkt sein wollte und sich zu einem Sohn verirrte; und dennoch der Ausdruck eines klar geprägten Willens, in jedem Zug das Merkmal einer fest gefügten männlichen Natur; dazu ein Körper, schlank und sehnig aufgeschossen, dessen jugendliche Kraft durch die überstandene Krankheit nicht gebrochen, nur gebändigt schien und sich auch in der müden Haltung noch verriet, mit welcher der Fürst im Wagen ruhte.
Er hielt die Augen geschlossen, doch er schlief nicht; das Leben, das in seinen Zügen spielte, verriet es. Hatte er die Lider geschlossen, weil ihn nach dem blendenden Sonnenglanz der langen Fahrt die Augen schmerzten? Oder wollte er das Bild der Landschaft vor seinem Blick erlöschen machen, um die Bilder seiner Gedanken ungestört vor seiner Seele zu schauen? Freundliche Bilder schienen das nicht zu sein. Das bittere Lächeln, das einen tiefen Zug um die

Lippen schnitt, erzählte von Leiden, die besiegt, doch nicht vergessen sind und in der Seele nachwirken wie das Brennen einer Wunde. Bei diesem Sinnen atmete der stille, freudlose Träumer in tiefen Zügen die Waldluft, ihre Frische wie Erquickung genießend.

Da unterbrach ein heller Laut die Stille der Landschaft. Von einer fernen Höhe tönte der schwebende Jodelruf einer Mädchenstimme, verschwamm in den sonnigen Lüften und weckte an den Felswänden, die der Wald verhüllte, noch ein leises Echo.

Der Fürst hörte nicht. Aber der Lakai auf dem Bocksitz lächelte erwartungsvoll und fragte den Kutscher: »Gibt es hier Sennerinnen?«

»No freilich. Und eine is dabei, ja, vor der muß man 's Hütl ziehen. Die Burgi von der Tillfußer Alm. Was wahr is, muß wahr sein. Dös is a bildsaubers Madl.«

»Die Tillfußer Alm? Wo liegt die?«

»Gleich dem Jagdhaus vor der Nasen.« Der Wagen rollte aus dem dicht geschlossenen Wald auf eine offene Höhe hinaus, und der Kutscher deutete mit der Peitsche. »Da schauen S' her! Jetzt kann man 's ganze Geißtal überschauen, drei Stund weit aussi bis gegen Ehrwald.«

Hastig wandte sich der Lakai: »Bitte, Durchlaucht, von dieser Stelle kann man das ganze Jagdgebiet übersehen.«

Der Fürst schlug die Augen auf – große, dunkle Augen von metallenem Glanz – und erhob sich im Wagen, den der Kutscher auf einen Wink des Lakaien angehalten hatte.

Beim Anblick der weitgedehnten, in ihrer wundervollen Größe doch ruhigen Landschaft stieg eine warme Röte in die bleichen Wangen des Fürsten. Es war aber auch ein Bild, das einem für Schönheit der Natur empfänglichen Menschen die Seele mit Staunen erfüllen mußte.

Zu Füßen der Straße zieht sich ein schmales Hochtal mit fast ebener Sohle bis in weite Ferne, kaum merklich gewunden, eine einzige große Linie, gezeichnet von der weitausholenden Hand des Schöpfers. Durch das lange Tal hin schlängelt sich die Geißtaler Ache, in enggedrängtem Bette aus- und einbiegend um vorspringende Felsen und Waldecken, bald grünlich schimmernd bei ruhigem Gefäll, bald wieder blitzend in der Sonne und zersprudelt zu weißem Schaum. Das ganze Tal entlang reiht sich zur Linken ein Felskoloß an den anderen; neben der ungestüm aufstrebenden Munde erhebt sich die wuchtige Hochwand, hinter dem klobigen Igelstein drängt sich der steile Tejakopf hervor, und den wirkungsvollen Abschluß bildet die Sonnenspitze mit ihrer schlanken, auf breitem Sockel ruhenden Pyramide. Von dunklem Blau umschleierte Kare schneiden in den Leib der steinernen Riesen ein, und über die steilen Felsrippen klettern die Fichtenwälder empor als schmale Zungen und verlieren sich mit einsam vorgeschobenen Bäumen zwischen den Latschenfeldern, die um die Brust der Berge hängen wie eine grüne Samtverbrämung. Verstaubter Schnee, den immerwährender Schatten auch gegen die Sonne des Juli schützte, füllt mit zerrissenen Formen alle tieferen Buchten im Gestein, und von ihm aus ziehen, den lebenden Wald zersprengend, die Lawinengassen nieder mit verwüstetem Gehäng. Der Stelle zu Füßen, wo der Wagen hielt, lagen Hunderte von gebrochenen Stämmen wirr über den Bach geschleudert. In der Tiefe sah dieser zerstörte Wald sich an wie Spielzeug, das Kinderhände im Übermut durcheinander geworfen. Aus diesem Wirrsal streckte sich eine seltsame Rute hervor: eine gewaltige, wohl hundertjährige Fichte, die eine Lawine aus dem Grund gerissen, durch die Luft gewirbelt und mit dem Gipfel wieder in die Erde gebohrt hatte, so daß der Stamm mit seinem Wurzelwerk zum Himmel ragte.

Gegenüber diesem ernsten Bild des Schattens lag, von flimmerndem Glanz umwoben, die Sonnenseite des Tales. Grüne Wälder wechselten mit goldig überglänzten Almgehängen. Sanft verschwommen klangen die Glocken der weidenden Rinder von den Höhen, und auf den lichten Weideflächen erkannte man die zerstreuten Tiere der Herde als helle, bewegliche Punkte. Über den Almen lagen wieder die Wälder, aus denen sacht gerundete, nur selten von einer kahlen Wand durchschnittene Kuppen aufwärts stiegen; und wie eine letzte steinerne Weltgrenze, stolz und steil, erhob sich über diese grünen Wellen der gezahnte, stundenlange Grat des Wettersteingebirges, im Glanz der Sonne wie ein goldenes Gebild erscheinend. Je weiter die Wand sich hinzog, desto blauer tönten sich die Felsen, so daß sie in der Ferne mit der golddurchwobenen Farbe des Himmels in eins zerflossen.

»Wie schön!«

Tief atmend hatte der Fürst diese Worte vor sich hingesprochen; und als die Kutsche über die fallende Straße niederrollte, lag er nicht mehr mit stillem Brüten in die Kissen des Wagens versunken, son-

dern schickte in lebhafter Achtsamkeit die Augen nach allen Seiten auf die Reise.
Eine Weile führte der Weg zwischen einem latschenbewachsenen Hang und dem Ufer der Ache dahin, nun wieder durch schütteres Gehölz und dann im Bogen über ein weites Almfeld gegen eine Waldfläche empor, in deren Mitte, durch aufsteigenden Rauch verkündet, das von mächtigen Fichten umschützte Jagdhaus stehen mußte. Der Fürst beugte sich aus dem Wagen, in Spannung nach dem Jägerheim ausspähend, das ihm die Fürsorge eines Freundes in dieser Bergeinsamkeit erworben und bereitet hatte. Als sich die Kutsche einem aus Steinen am Waldsaum erbauten Stalle näherte, hörte man unter den Bäumen eine erregte Männerstimme rufen: »Er kommt! Er kommt!«
Der Fürst lächelte. Da waren wohl Vorbereitungen für einen feierlichen Empfang getroffen?
Etwa hundert Schritte ging der Weg noch durch schattigen Hochwald, dann traten die Bäume auseinander, im Kreis das sanft geneigte, von heller Sonne überglänzte Weidefeld der Tillfußer Alm umschließend. Inmitten des Feldes lag eine steinerne Sennhütte mit rauchendem Schindeldach, und vor der Tür der Hütte stand mit gekreuzten Armen eine junge Sennerin, die dem anfahrenden Wagen neugierig entgegenguckte.
Der Kutscher stieß den Lakai mit dem Ellbogen an und blinzelte gegen die Hütte hinunter. Da wurde der Hoheitsvolle überraschend menschlich und reckte neugierig den Hals; doch eines der Jägerhäuschen, die neben dem Wege standen, verdeckte ihm die Aussicht.
Klcine Fähnchen mit den Tiroler Farben schmückten die Giebel der Jägerhütten, eine Flagge wehte auf dem Dach des größeren Fremdenhauses, und ein hoher, von grüner Fichtengirlande umschlungener Mast, auf dem zwischen der deutschen und österreichischen Fahne eine Flagge mit den Farben des fürstlichen Hauses flatterte, erhob sich vor dem Staketenzaun, der den Hofraum des großen, zweistöckigen Jagdhauses umschloß. Auf einem das Almfeld überblickenden Hügel ruhend und angelehnt an den bergwärts steigenden Fichtenwald, grüßte das schmucke, mit rötlichem Zirbenholz verschalte Gebäude freundlich seinem jungen Herrn entgegen, leuchtend in der Sonne, mit blinkenden Fenstern, halb versunken in einen gutgemeinten, aber nicht besonders zierlich geratenen Auf-

putz von Kränzen, Girlanden und Zweigen, an denen in dicken Büscheln die roten Tannenzapfen baumelten.
Neben der Haustür hatten in schmucker Feiertagstracht fünf Jäger Aufstellung genommen, und vor ihnen, wie ein Korporal vor seinen Rekruten, stand der Förster, eine klobig stramme Gestalt mit breiten Schultern, ein derbes Gesicht mit rötlich gekraustem Vollbart und mit braunen Augen, gutmütig wie Kinderaugen; doch ein paar verdächtig angeschwollene Äderchen an Stirn und Schläfen ließen vermuten, daß der Förster zeitweilig an ›gachen Hitzen‹ zu leiden hatte.
Als die Kutsche in den Hofraum einfuhr, warf der Förster noch einen musternden Blick über die Jäger, dann schwang er den Hut und rief mit einer Stimme, die heiser gegen seine Aufregung kämpfte: »Unser neuer, hochverehrter Jagdherr, Seine Duhrlaucht Fürst Heinrich Ettingen-Bernegg, er lebe hoch!«
Die Stimmen der Jäger fielen ein. Nur ein einziger von ihnen schwieg und blickte dem anfahrenden Wagen gleichgültig entgegen; als er den Fürsten sah, streckte sich seine Gestalt, und der Blick seiner Augen schärfte sich, als gäbe ihm der Anblick seines jungen Herrn zu denken.
»Hoch! Hoch!« klangen die Stimmen der anderen. Dann kam noch ein unerwarteter Nachklang, drunten bei der Sennhütte, hell wie der Ton eines Silberglöckleins: »Hooooch!« Und diesem Ruf folgte ein Jauchzer, der hinaufkletterte bis in die höchste Stimmlage einer kräftigen Mädchenkehle.
Die Jäger schmunzelten, während der Förster etwas aus der Fassung geriet, denn er schien nicht recht zu wissen, ob diese programmwidrige Zugabe zur Empfangsfeierlichkeit ernst oder spöttisch gemeint war. Aber der Fürst lächelte, und freundlich grüßend nickte er der Sennerin zu, die kichernd um die Ecke der Almhütte verschwand.
Der Lakai war vom Bock gesprungen und hatte den Wagenschlag geöffnet.
Fürst Ettingen stieg aus, und nun sah man erst, wie kräftig und schlank er gewachsen war. Der Jagdanzug aus schottischem Loden, mit hohen braunen Schnürschuhen, paßte kleidsam zu der jugendlichen Gestalt, aus der alle Schwäche und Ermüdung verflogen schienen.
Er bot dem Förster die Hand. »Ich danke Ihnen! Das ist ein lieber

Empfang, den Sie bereitet haben.« Freundlich bestaunte er den etwas plump geratenen Schmuck des Hauses.

»Und wie hübsch Ihnen das gelungen ist! Wirklich, Sie haben mir die Ankunft im Jagdhaus zu einer Freude gemacht.«

Der Förster bekam ein Gesicht so rot wie ein Krebs, der im besten Kochen ist. »Is's wahr? Gfallt's Ihnen? No, Gott sei Dank! Da is mir a ganzer Stein von der Seel! Denn daß ich's gradweg raussag, auf d' Letzt hab ich schon selber a bißl gforchten, es gfallt Ihnen net. Unsereiner versteht sich schlecht auf söllene Deggerazionsgschichten. Plagt haben wir uns gnug, aber angstellt haben wir uns alle mitanand wie der Holzknecht, wann er a Grillenhäusl macht. Aber Gott sei Dank, weil's Ihnen nur gfallt!« Er nahm die Hand des Fürsten in den Schraubstock seiner Fäuste. »Und da sag ich halt jetzt Grüßgott und Weidmanns Heil, Herr Fürst! Jetzt lassen Sie's Ihnen recht gutgehn bei uns da heraußen! Wir haben uns schon verzählen lassen, wie schwer krank als S' gwesen sind. Ja, meiner Seel, a bißl gring schauen S' noch allweil aus am Leib – wie a Hirscherl, dös mit knapper Not über an schiechen Winter ummigrutscht is!«

Der Lakai warf einen erschrockenen Blick auf seinen Herrn. Der aber betrachtete den Förster mit Wohlgefallen.

»Passen S' nur auf, Duhrlaucht, unser Lüftl da heraußen, dös richt Ihnen schon wieder zamm aufn Glanz!«

Der Fürst lächelte. »Ja, ich merke schon, ich werde mich wohl fühlen hier! Die Luft, in der Sie sich so kerngesund ausgewachsen haben, wird auch mir bekommen!« Er gab dem Lakai einen Wink, ins Haus zu treten. »Und nun will ich meine Jäger kennen lernen. Ich bitte, mein Lieber – wie heißen Sie, Herr Förster?«

»Kluibenschädl!«

Der Fürst schien nicht zu verstehen. »Wie bitte?«

Verlegen schwieg der Förster, und sein rotes Gesicht wurde noch röter. Dann platzte er heraus: »Wenn Duhrlaucht nix dagegen haben, heiß ich halt amal Kluibenschädl! Da is nix dran z'ändern!«

Der Fürst konnte nur schwer seinen höflichen Ernst bewahren. »Mein Ohr ist nicht gewöhnt an die hier üblichen Ausdrücke«, sagte er, »verzeihen Sie also, Herr Förster, wenn ich nicht gleich verstanden habe.«

»Klui-ben-schädl!« buchstabierte mit etwas gereizter Deutlichkeit der Förster, dem die Adern an Stirn und Schläfen schwollen.

»Jetzt hab ich verstanden!« Erheitert bot Ettingen dem Förster die

Hand. »Aber wollen Sie nun die Güte haben, mir die Jäger vorzustellen?«
Der Förster trat vor seine Leute hin. »Bitte, Duhrlaucht, die ersten zwei, dös sind der Kassian Birmoser und der Krispin Ruef, die zwei Jager von Leutasch draußen. Der dritte da, dös is der Silvester Beinößl, der Jager von Ehrwald drunt. Und die letzten, dös sind die zwei Tillfußer Jager, der Toni Mazegger und der Praxmaler-Pepperl.«
Der Fürst hatte jedem Jäger die Hand gereicht und jeden mit prüfendem Blick betrachtet. Mazegger und Praxmaler schienen sein besonderes Interesse zu erwecken. Die beiden standen nebeneinander wie unfreundlicher Schatten neben warmer, gesunder Helle. Mazegger, der jüngste von allen, mochte etwa dreiundzwanzig Jahre zählen. Auffällig unterschied sich seine Gestalt von dem derben, bäuerischen Typus der anderen. Fast glich er einem Städter, der sich mit gesuchter Echtheit in die malerische Tracht der Hochlandjäger gekleidet hat. Das hagere, von dunklem Saum umkräuselte Gesicht war sonnverbrannt wie die Gesichter der anderen, und trotzdem erschien es blaß und ohne Blut. Ein Zug von unwilliger Verschlossenheit lag um den scharfgezeichneten Mund, und unter dem Schatten, den die schwarzen, in dicken Büscheln vorfallenden Haare über die Stirn warfen, brannten die tiefliegenden Augen mit düsterem Feuer.
»Sind Sie hier in der Gegend geboren?« fragte der Fürst, dem der südländische Typus des jungen Jägers auffiel.
»Nein, Durchlaucht!« erwiderte Mazegger in einem Hochdeutsch von kaum merklicher Dialektfarbe. »Ich bin in der Nähe von Trient daheim.«
»Und Ihre Eltern? Was sind die?«
Dem Jäger schien die Frage seines Herrn nicht willkommen zu sein; er gab seine Antwort zögernd, während er den Hut zwischen den Händen zerknüllte. »Mein Vater war Lehrer. Als man bei uns im Dorf die deutsche Schule aufhob und die italienische einführte, wurde mein Vater abgesetzt. Das hat er nicht überlebt. Er ist ins Wasser gesprungen.«
Der Fürst trat, peinlich berührt, einen Schritt zurück. Aber sein Mitgefühl war stärker als das Befremden, das der gallige Ton des Jägers in ihm geweckt hatte. »Sie haben Trauriges erlebt. Das trägt sich schwer. Und deshalb verließen Sie Ihre Heimat?«

Eine Furche grub sich zwischen Mazeggers schwarze Brauen. »Nach dem Tod meines Vaters hab ich nicht weiterstudieren können und bin zu Verwandten gekommen, die draußen in der Leutasch wohnen. Ich hab verdienen müssen. Die zwei letzten Jahre, solang der Herr Herzog die Jagd noch hatte, hab ich Aushilfsdienste geleistet. Vor sechs Wochen, wie die Jagd an Durchlaucht übergegangen ist, bin ich von Graf Sternfeldt als Jäger angestellt worden.« Während er diese letzten Worte eintönig hersagte, musterten seine schwarzen Augen den Fürsten mit einem halb scheuen, halb feindseligen Blick, wie man einen Menschen betrachtet, von dem man in unbehaglicher Ahnung eine Gefahr befürchtet.
Ettingen schien dieses Widerstreben zu fühlen. Leichte Röte glitt ihm über die Stirn. Die Regung überwindend, sagte er freundlich: »Sie sollen es gut bei mir haben. Ich hoffe, Ihr Beruf macht Ihnen Freude und läßt Sie die Schule verschmerzen, die Sie aufgeben mußten.«
Mazegger schwieg. Und Förster Kluibenschädl sagte lachend: »Mir scheint eher, die Schul hat ihn aufgeben! 's Parieren is bei ihm net die stärkste Seiten. Aber er wird sich schon machen mit der Zeit.« Das war gewiß gut gemeint, aber aus Mazeggers Augen huschte ein zorniger Blick über das lachende Gesicht des Försters. »Ja, ja! Wenn er möcht, der Toni, könnt er sich zu eim tüchtigen Jager auswachsen. Wenigstens hätt er 's beste Beispiel an seim Tillfußer Kameraden. Unser Praxmaler-Pepperl is a Jager, allen Respekt!«
»Aber, aber, Herr Förster!« stotterte Praxmaler so stolz verlegen wie ein Kind, das der Lehrer vor der ganzen Schule lobt. Die Fußspitzen nach einwärts drehend, wand er die Schultern unter der Joppe und blinzelte verwirrt zu seinem Herrn auf.
Mit Wohlgefallen ruhten die Augen des Fürsten auf dem gesunden, anheimelnden Bild des Jägers, der ein paar Jahre älter als Mazegger sein mochte. Eine Gestalt wie aus Eisen gefügt, strotzend von Kraft und Jugend. Die nackten Knie waren durchrissen von Narben, die verrieten, daß Praxmaler beim Klettern über die Felsen um seine Haut nicht sehr besorgt war. Das runde, dunkelgebräunte Gesicht war an Kinn und Wangen rasiert, und auf der vollen Oberlippe, die bei stetem Lächeln die festen Zähne sehen ließ, saß ein zausiges Blondbärtchen. Das Hübscheste an diesem Gesicht waren die hellblauen Augen mit ihrem strahlenden Glanz. Das aschblonde, schimmerige Haar umhüllte den Kopf mit hundert winzigen Ringeln –

›Kreuzerschneckerln‹ nennt sie ein Volkswort –, und das war anzusehen, als hätte man dem Praxmaler-Pepperl ein gekraustes Lammfell über die Ohren gestülpt.
Immer verlegener wurde der Jäger, je länger ihn der Fürst mit schweigendem Lächeln betrachtete. Und schließlich, als könnte er die stumme Musterung nicht länger ertragen, stotterte er: »Herr Fürst! Wann S' morgen gleich an guten Gamsbock schießen möchten, ich weiß a paar sichere. Mögen S'? Ja?«
»Ich danke, lieber Praxmaler! Mit dem Jagen hat es noch Zeit. Vorerst muß ich ein paar Tage Ruhe haben. Aber wenn ich meinen ersten Pirschgang mache, sollen Sie mich führen! Ja? Bis dahin auf Wiedersehen! Und macht euch heut einen vergnügten Abend, laßt euch aus Küche und Keller geben, was euch schmeckt! Aber trinkt nicht mehr, als ihr vertragen könnt! Ein Jäger, der sich bekneipt, gefällt mir nicht.« Grüßend lüftete Ettingen den Hut und schritt, vom Förster begleitet, zur Tür des Jagdhauses. Während sie über die steinerne Treppe zum Flur hinaufstiegen, fragte er: »Haben Sie Familie, Herr Förster?«
Kluibenschädl machte ein erschrockenes Gesicht. »Familli? Ich? So an unguts Frauenzimmer im Haus? Na na! Da bleib ich lieber allein. Die Weiberleut! Auf die bin ich gar net gut zum Reden. Bloß hinschauen därf so a Frauenzimmer auf a gsunds Platzl, so schießt schon an Unkräutl in d' Höh, und a bravs Mannsbild stolpert drüber. Na na! Da mag ich nix wissen davon. Wann S' gscheit sind, Duhrlaucht, machen Sie's grad so! Hüten S' Ihr liebe, kostbare Jugend vor die Weiberleut! Man hat net viel mehr davon als Wehdam und Ärger. Is schon wahr!« Der Förster lachte mit breitem Behagen. Schweigend wandte der Fürst sich ab und blickte von der Schwelle hinaus über Wald und Berge.
»Hier, Duhrlaucht«, sagte Kluibenschädl, der im Flur des Jagdhauses die erste Tür öffnete, »da hat der Herr Kammerdiener sein Stüberl.«
Der Fürst nickte zerstreut und warf einen flüchtigen Blick in das kleine Zimmer.
»Und hier is die Gschirrkammer!« Der Förster öffnete die gegenüberliegende Tür; man sah in einen weißgetünchten Raum, der rings um die Wände bestellt war mit Schränken und Geschirrleisten. An der nächsten Tür ging Kluibenschädl vorüber, ohne die Klinke zu berühren. »Da schlaft die Jungfer Köchin. Und nebendran is die

Holzleg. Dahinter is der Hausmagd ihr Kammerl. Und die ander Tür da – man merkt's schon am feinen Grücherl –, die führt in die Kuchl. Die fürstlichen Zimmer – bitte Duhrlaucht, sich gefälligst hinaufbemühen zu wollen –, die liegen droben im ersten Stock.«
Sie stiegen über die Treppe hinauf, und der Förster öffnete die zunächstliegende Tür. Das wäre das Gastzimmer, in welchem Graf Sternfeldt drei Wochen gewohnt hätte, um den Betrieb der neuübernommenen Jagd zu ordnen und das Jagdhaus einzurichten. Es war eine freundliche Stube, in ihrer Ausstattung für den Geschmack eines Mannes berechnet, der keine Ansprüche macht.
Nun ging's zum Speisezimmer. Ein großer, dreifensteriger Raum von heller, blinkender Frische. Die weiße Kalkmauer war rings um das Zimmer bis über die halbe Wandhöhe mit rötlichem Zirbenholz getäfelt. Aus dem gleichen Holz waren die Möbel angefertigt. Um zwei Ecken zog sich – die Einrichtung einer Bauernstube nachahmend – eine massive Holzbank, vor der zwei Kreuztische standen, mit rotgestickten Leinwanddecken belegt. Eine runde Bank umzog den weißen Tiroler Ofen, und in einer Wandecke war ein ›Herrgottswinkelchen‹ geschaffen, dessen Kruzifix mit grünen Latschenzweigen und blühenden Alpenrosen geschmückt war. An der Wand, die über der Täfelung frei blieb, hingen zwischen Gemskrikkeln und Hirschgeweihen zwölf Aquarelle, die in kräftigen Farben die Jagd des ganzen Jahres von Monat zu Monat schilderten.
»Wie hübsch und gemütlich!« Die Hände in die Mufftaschen der Jagdbluse vergrabend, ließ sich der Fürst auf die Ofenbank nieder. »Hier muß ich mich behaglich fühlen.« Heiter begann er mit dem Förster zu plaudern, bis ihr Gespräch durch den Lakai unterbrochen wurde, welcher fragen kam, für welche Stunde Durchlaucht das Diner befehle. Der Fürst sah nach der Uhr. »In zwei Stunden, gegen halb acht. Ich will mich noch in der Umgebung des Jagdhauses umsehen. Für jetzt nur eine Tasse Tee!«
Eine Weile plauderte er noch mit dem Förster, dann ließ er sich hinüberführen in die ›Fürstenzimmer‹.
Da gab es für den Fürsten eine Überraschung, die ihm Freude machte. In seinem Stadtpalais befand sich ein kleines Jagdzimmer, in dem er sich mit Vorliebe aufzuhalten pflegte. Die Einrichtung dieses Zimmers fand er fast bis in das kleinste Detail hier nachgebildet, als sollte ihm der schmucke Raum zum Willkommen sagen: Fühle dich hier zu Hause von der ersten Stunde an!

Das war der gleiche Holzplafond, in hellem und dunklem Braun gehalten, die gleiche Ledertapete mit eingepreßten Tierbildern, der gleiche Waffenschrank – sogar die beiden Jagdstücke von Snyders, die im Stadtpalais den kostbaren Wandschmuck seines Lieblingszimmers bildeten, fand er hier durch zwei treffliche Kopien ersetzt. Auch der gleiche Diwan und die gleichen, mit Seehundfell bezogenen Lehnstühle. Nur zwei Möbelstücke des Stadtzimmers waren hier durch andere vertreten: statt des Spieltisches ein Schreibtisch, und statt eines Schrankes, der eine Sammlung Ridingerscher Holzschnitte und alter Stiche nach berühmten Jagdbildern enthielt, stand hier eine kleine Bibliothek mit ein paar hundert Bänden.
Und noch etwas war anders als in der Stadt: die Luft, die würzig hereinströmte durch die zwei offenen Fenster, und der Ausblick, den sie boten. In der Stadt lag vor den Fenstern die graue Häuserwand der von Kohlendunst überschleierten Straße, hier zeigte das eine Fenster das Almfeld mit der Sennhütte und darüber den von blauem Schattenduft umwobenen Felskoloß der ›Hochwand‹, das andere den grünen Wald und über seinen goldig umleuchteten Wipfeln die Spitzen und Wände sonnbeglänzter Berge.
An dieses Fenster war der Fürst getreten. Er sah hinaus über Wald und Berge und preßte die Fäuste auf seine Brust, die sich wölbte unter einem trinkenden Atemzug. Lange stand er so, in Sinnen versunken, als vergliche er das Bild, das in sonnigem Frieden vor seinen Augen glänzte, mit dem Wirbel des Lebens und allem Sturm der Leidenschaft, der hinter ihm lag. Er nickte vor sich hin, und ein müdes, bitteres Lächeln zuckte um seinen Mund.
Geduldig stand der Förster neben der Tür und wartete.
Lautlose Minuten vergingen, bis ein Geräusch den Fürsten aus seinen Gedanken weckte. Der Lakai hatte die Tür des anstoßenden Raumes geöffnet und sich wieder entfernt; man sah in das große, weiße Schlafzimmer und durch eine zweite Tür in ein kleines Badestübchen, in dem der Lakai bei der Wanne beschäftigt war. Der Fürst hatte sich vom Fenster abgewandt. »Verzeihen Sie, lieber Herr Förster –«
Kluibenschädl wurde dunkelrot über das ganze Gesicht. »Aber Duhrlaucht, Jessas na, ich hab eh schon gmerkt, daß ich überflüssig bin. Gern hätt ich mich stad aussidruckt zur Tür. Aber wie ich Duhrlaucht so sinnieren hab sehen, meiner Seel, da hab ich mich nimmer z'rühren traut.«

Dieses unbeholfen sich äußernde Zartgefühl schien den Fürsten warm zu berühren. Lächelnd reichte er dem Förster die Hand. »Sie sind ein lieber, guter Mensch! Und ich danke ihnen für alle Mühe, die ich ihnen heute schon verursacht habe. Morgen früh, um neun Uhr, bitt ich Sie, mit mir zu frühstücken. Dann machen wir zusammen einen Orientierungsmarsch durch das Geißtal. Ja?«
»Dank der Ehr, Duhrlaucht! Werde pünktlich zur Stelle sein!«
Das Gesicht des Fürsten noch mit einem prüfenden Blick überhuschend, schob sich Kluibenschädl zum Zimmer hinaus. Als er draußen stand und die Türe zugezogen hatte, spitzte er gedankenvoll die Lippen. »Pssss, mir scheint, mir scheint! Entweder ich kenn mich net aus, oder den hat a Frauenzimmer in die Klupperln ghabt!« Bedächtig griff er sich an die Nase: »Mannderl, Mannderl, dös laß dir wieder zur Warnung sein!« Auf den Fußspitzen schlich er die Treppe hinunter.
Draußen im Hof traf er mit dem Praxmaler-Pepperl zusammen, der um die Hausecke geschossen kam, die beiden Arme mit Weinflaschen vollgepackt. »Da schauen S', Herr Förster! Da hab ich ebbes Kühls für a hitzigs Züngerl. Den Wein trag ich nunter zur Burgi. Da sind die andern schon drunt. Und die Burgi muß mittrinken. Der hängen wir heut a Schwipserl an. Da müssen S' mithelfen!«
»Dank schön!« erwiderte Kluibenschädl mit Würde. »Machts eure Dummheiten allein! Und beim Weintrinken bin ich Filosoff. Dös heißt auf deutsch: a Freund der stillen Genüsse.« Sprach's, zog dem Praxmaler-Pepperl eine Weinflasche unter dem Arm hervor und ging einer Jägerhütte zu.
Praxmaler lachte und sprang zur Sennhütte hinunter.
Eine Weile später trat der Fürst aus der Tür des Jagdhauses. Er hatte sich umgekleidet und trug einen grünen Hausanzug mit verschnürtem Sakko und eine kleine Mütze aus braunem Hirschleder. Langsam schritt er den Fahrweg hinunter und durch den schmalen Waldstreif, der das Almfeld umschloß. Er kam zu einer weiten Blöße, die schon im Schatten lag; nur durch die Lücken, die sich zwischen den Wipfeln in den Waldkamm senkten, warf die Sonne noch lange, schimmernde Goldbänder über das Weideland. Weiße Kühe mit leise bimmelnden Glocken zogen durch das niedere Gesträuch, andere lagen im Gras und wandten träg die Köpfe, wenn der einsame Spaziergänger an ihnen vorüberschritt.
Ettingen wanderte über die Lichtung, bald mit stillen Augen die

klare Schönheit des Abends trinkend, bald wieder versunken in Gedanken, die ihn der Umgebung und des Weges nicht achten ließen. Auf lindem Rasen schreitend, merkte er nicht, daß er den schmalen, wenig ausgetretenen Pfad verlor und aus farbiger Dämmerhelle in tiefen Schatten trat. Als er, aus seinem Brüten erwachend, einmal aufblickte, sah er, daß er mitten im Hochwald stand, der eine Strecke sich eben hinzog und dann sacht zu steigen begann.
»Wie still dieser Wald! Wie schön in seinem Schweigen!«
Zwischen den Wurzeln einer mächtigen Fichte ließ sich der Einsame zur Ruhe nieder. So saß er, den Kopf an den Stamm gelehnt, die Hände um das Knie geschlungen. Lächelnd, als wären die Ruhe und das Nimmerdenken über ihn gekommen, staunte er träumend hinein in die wundersame Stille. Kein Halm zu seinen Füßen und kein Zweig zu seinen Häupten bewegte sich. Auch nicht der leiseste Lufthauch atmete durch den Wald. Stark und ruhig stiegen die hundertjährigen Bäume zum Himmel auf, jeder ein König in seiner sturmerprobten Kraft. Alle kleinen, niederen Gewächse waren verkümmert und gestorben im Schatten dieser Großen; sie allein bestanden, und bescheidenes Moos nur webte zwischen ihren weitgespannten Wurzeln seinen grünen Sammet über Grund und Steine. Sogar vom eigenen Leibe hatten die Riesen alle niedrigstehenden Äste abgestoßen und gesundes, saftiges Leben nur den strebenden Zweigen bewahrt, die sich aufwärts streckten bis zur Höhe des Lichtes. Das flutete goldleuchtend um die Wipfel her, ließ selten einen verlorenen Schimmer niedergleiten in den Schatten, der zwischen den braunen Stämmen lag; und dort nur, wo der Grund zu steigen anfing, brach es, einer Lichtung folgend, mit breiter, brennender Welle quer durch den Wald.
›Wer das so könnte wie der Wald: alles Schwächliche und Niedrige von sich abstoßen, nur bestehen lassen, was stark ist und gesund! So stolz und aufrecht hinaussteigen über den Schatten der Tiefe und die Helle suchen, die hohen, reinen Lüfte! Wer das so könnte!‹
Langsam glitt der Blick des einsamen Träumers über einen der Stämme empor zum grünen Wipfel, der sich in der Sonne badete. Da huschte pfeilschnell ein kleiner Schatten durch den Sonnenglanz, in der Höhe schwankte ein Zweig, wiegte sich eine Weile sacht und kam wieder in Ruhe. Ein paarmal ließ sich ein leises Schnalzen vernehmen, und dann schallte ein süßer Vogelruf durch das Schweigen des Waldes. Nach kurzer Stille wiederholte sich der Ruf, und

spielend kam der Vogel über die Zweige niedergeflattert, immer tiefer, bis zu den dürren Stümpfen der abgestorbenen Äste – ein grauer Vogel, mit weißem Streif um die Kehle. Es war eine Ringdrossel. Hurtig drehte sie das schlanke Körperchen, guckte mit den kleinen Augen nach allen Seiten und flötete immer wieder ihr schmachtendes Liedchen. Nun streckte sie aufmerksam den Hals. Fast im gleichen Augenblick huschte sie davon und schwang sich schräg hinauf in die sonnigen Wipfel.
Dort, wo der rote Schein den Schatten des Waldes durchschimmerte, hatte Geröll sich bewegt wie unter dem Tritt eines Tieres. Was kam da? Hochwild, das bei sinkendem Abend auf Äsung zog? Spähend neigte der Fürst das Gesicht, um zwischen den Stämmen einen Ausblick zu finden. Und da sah er kommen, was er in dieser verlorenen Waldeinsamkeit am wenigsten erwartet hätte – eine Reiterin.
Und welch eine seltsame! Ein junges Mädchen, nach ländlicher Art gekleidet, saß auf einem Esel, der mit roter Decke gesattelt war. Wohl führte die Reiterin einen Zügel in den Händen, doch sie hielt ihn lässig, versunken in die Betrachtung des Waldes. Und das Grautier ging, wie es wollte, hier ein paar Halme von der Erde zupfend, dort wieder von den Zweigspitzen der Stauden naschend, die mit wirrem Astwerk den Saum der Lichtung verschleierten. Nun trat das Tier unter den letzten Bäumen hervor in die Sonne, und durch eine Gasse zwischen den Stämmen konnte der Fürst die ganze Gestalt der jungen Reiterin gewahren, deren Haupt und Schultern er umschimmert sah vom Feuer des Abendlichtes. Er lächelte. »So könnte ein Märchendichter die Bergfee schildern, wie sie aus den Felsen tritt, umstrahlt von dem Goldglanz, der geheimnisvoll aus den Tiefen des geöffneten Berges hervorglüht.«
Doch das Gewand der ›Bergfee‹ war nicht aus Zindel gewoben, wie's bei den Elfen Mode ist. Ein braunes, schlichtes Röcklein schwankte faltig bis auf die Füße nieder, an deren kleinen, aber ländlich plumpen Schuhen die Nägel blitzten. Ein rot und weiß geblümtes Leibchen, einem Mieder ähnlich, umspannte die Brust; die bauschigen Ärmel des Hemdes, das mit loser Krause den Hals umschloß, verhüllten die Arme bis zu den zarten Handgelenken. Am braunen Ledergürtel hing ein kleiner Strohhut mit weißer Hahnenfeder und daneben – wie das Schulränzlein eines Bauernkindes – eine Tasche aus ungebleichter Leinwand mit roten Säumen.

Die Tochter eines Bauern? Nein! Dem widersprachen nicht nur der tadellose Schnitt und die saubere Frische des wohl ländlichen, aber doch von auffälligem Sinn für malerische Wirkung zeugenden Gewandes. Solch einen schlanken, bei jugendlicher Kraft doch zart geformten Körper hat keine Bauerndirne – noch weniger solch eine sichere, selbstbewußte Haltung, um die eine Dame von Welt dieses Mädchen hätte beneiden können. Dazu dieser stolze Kopf! Das Gesicht war von der Sonne gebräunt, doch es hatte feingeformte Züge, ein klar und schön geschnittenes Profil. Das braune Haar, das im roten Glanz der Sonne wie blankes Kupfer schimmerte, war in zwei Zöpfe gebändigt, die sich wie ein schwerer Kronreif um die Stirne schlangen.
Ohne sich um das Grautier zu kümmern, sah die Reiterin zu den leuchtenden Wipfeln auf, und für nichts anderes schien sie Augen zu haben als für das brennende Farbenspiel der abendlichen Lüfte. Aus diesem Schauen erwachte sie erst, als das Tier, talabwärtsschreitend, wieder in den Schatten des Waldes trat. Mit ruhiger Hand lenkte sie den Grauen zwischen den bemoosten Felsblöcken zu einer breiteren Waldgasse. Dann wieder begann sie das träumende Schauen, mit einem Lächeln, so innerlich und wissend, als vernähme sie aus dem Schweigen des Waldes eine Stimme, die kein anderer hörte und verstand, nur sie allein.
Das Grautier stutzte. Und da gewahrte die Reiterin den Einsamen. Nicht erschrocken, nur verwundert machte sie mit dem Zügel eine Bewegung, verhielt das Tier und betrachtete den Regungslosen mit einem Blick, der zu fragen schien: Wer bist du? Was hast du in meinem Wald zu schaffen?
Und was für Augen sie hatte! Groß und klar und seetief. Recht die Augen, wie das Märchen sie hat.
Der Blick dieser Augen verwirrte den schauenden Träumer. Halb sich aufrichtend griff er nach der Mütze.
Da nickte die Reiterin einen stummen Dank – unter einem Lächeln, als hätte seine Verwirrung auch ihr sich mitgeteilt –, und mit leisem Zuruf brachte sie das Grautier in Gang.
Er sah ihr nach. Wie der schlanke Leib beim Auf- und Niedersteigen des Tieres sich elastisch bewegte, wie sie sich neigte und den Kopf bald zur Rechten und bald zur Linken beugte, um den dürren Ästen auszuweichen – wieviel Schönheit lag in dieser Bewegung! Als sie talwärts ritt und zwischen den Stämmen schon zu verschwinden

drohte, erhob sich der Fürst, um sie noch einmal zu sehen. Jetzt verschwand sie im Dämmerschatten des tieferen Waldes. Manchmal war noch ein gedämpfter Tritt des Tieres zu hören, immer ferner, immer leiser. Dann wieder Schweigen im Wald.

Die Drossel schlug.

Der Fürst hörte sie nicht. Er stand an die Fichte gelehnt und blickte der Tiefe des Waldes zu, wo es grauer und immer grauer wurde zwischen den Stämmen.

»Wo hab ich nur diese Augen schon gesehen?«

Er sann und forschte. Dann plötzlich fiel es ihm ein: auf einem Bild!

»Seltsam! Wie der phantastische Traum eines Künstlers sich in Wirklichkeit erfüllen kann!«

Aufatmend hob er den Blick zu den Wipfeln, deren Glanz erloschen war.

»Es dunkelt?«

Das klang wie eine erstaunte Frage – als könnte er nicht begreifen, daß jetzt die Nacht beginnen sollte.

Ohne zu wissen, daß er es tat, stieg er durch den grauen Wald bergaufwärts der Richtung zu, aus der die Reiterin gekommen war. Kaum hundert Schritt hinter der Lichtung fand er einen breiten Pfad, der zur Höhe führte – man sah im Dunkel des Waldes die steigenden Serpentinen schimmern.

»Von dort oben kam sie?«

In der Höhe des Waldes meinte er einen Schritt zu hören. Er lauschte. Aber da war's wieder still.

»Ist jemand hier?«

Nur ein dumpfes Echo gab Antwort.

Einc Weile noch stand der Fürst und lauschte. Dann stieg er den Pfad hinunter, der nach kurzer Strecke in den am Ufer des Wildbaches laufenden Talweg einmündete. Hier stand ein Wegweiser, dessen Arm zur Höhe zeigte, von welcher der Fürst gekommen war. Mit einiger Mühe entzifferte er bei der sinkenden Dämmerung die Inschrift: ›Zum steinernen Hüttl.‹

Da hörte er eine rufende Stimme: »Durchlaucht!«

»Martin! Hier!«

Der Lakai kam atemlos gerannt. »Gott sei Dank! Ich war schon in Sorge, daß Durchlaucht sich verirrt hätten.«

»Ich danke, Martin. Aber deine Sorge war überflüssig. Mich verirren? Hier? Das ist unmöglich. Rechts und links die Berge. Man hat

nur dem Bach zu folgen. Du brauchst mir ein andermal nicht wieder nachzugehen. Ich finde schon meinen Weg.«
Martin verneigte sich stumm und blieb zehn Schritte hinter seinem Herrn zurück.

2

Der letzte Dämmerschein des Abends war erloschen, und über dem Jagdhaus lag eine sternschöne Nacht.
Im Wohnzimmer des Fürsten standen die Fenster offen, und die Lampenhelle warf rötliche Lichtbänder über das dunkle Almfeld hinaus. Das Gebimmel der Glocken war verstummt, doch in Burgis Sennhütte ging es noch lustig zu; Schwatzen und Lachen wechselten mit Gesang und Zitherspiel.
In einem Lehnstuhl saß der Fürst am offenen Fenster, und während er den Rauch der Zigarette vor sich hinblies, lauschte er bald dem unermüdlichen Frohsinn, der durch die Nacht zu ihm heraufklang, bald wieder blickte er sinnend über die schwarzen Wipfel hinüber zu den Felswänden, die sich grau emporhoben in das tiefe Stahlblau des Himmels. Wie stark und feurig in der reinen Höhenluft die Sterne funkelten! Als wären es andere, schönere Sterne als jene, die man dort unten sieht in der staubigen Ebene und im Ruß der Stadt!
Tief atmend erhob sich der Fürst. Ein paarmal wanderte er durch das Zimmer, dann setzte er sich an den Schreibtisch, um einen Brief zu beginnen:

»Mein lieber, treuer, väterlicher Freund!
Ich danke Dir von Herzen! Und ich kann nicht schlafen gehen, bevor ich Dir das nicht gesagt habe. Als meine Ärzte befahlen: ›Drei Monate nach dem Süden und dann ungestörte Ruhe in reiner Höhenluft!‹ – und als Du sagtest: ›Bis du wiederkommst, will ich für dich einen Fleck Erde aussuchen, der dir Ruhe gibt!‹ – da wußt' ich schon, wie gut Du für mich sorgen würdest. Aber heute hab ich mehr gefunden, als ich selbst bei einer ungebührlichen Rechnung auf Deine Freundschaft erwarten konnte. Welch ein schönes Waldheim hast Du mir da bereitet! Und Dank für die

behagliche Stube! In ihr sitz ich und schreibe. Ich habe mich hier daheim gefühlt von der ersten Stunde an. Und so viel Ruhe ist hier! Sie beginnt auch schon zu wirken. Kein Brennen meiner Wunde mehr. Und wenn mich eins noch quält, so ist es Bitterkeit gegen mich selbst. Von einem kalten Grauen durchrieselt, betrachte ich den Taumel, der mich ausgestoßen, und atme auf. Jetzt fühl ich mich erlöst von der letzten Kette dieser wahnsinnigen Leidenschaft. Jetzt bin ich frei.

Frei! Könntest Du dieses kleine Wort so lesen, wie ich es im Niederschreiben fühle. Frei! Das war ich gestern noch nicht. Noch weniger in den Tagen zuvor. Diese Irrfahrtwochen im Süden! Der Ekel schüttelte mich bis auf die Knochen. Doch mitten im bitteren Nachgeschmack immer wieder eine Erinnerung, die sich wie Sehnsucht fühlte! Dann fragte ich mich erschrocken: ›Lieb ich sie noch, kann ich sie denn noch lieben?‹ Dazu diese Menschen, diese Begegnungen! Als hätte sich unser ganzer Kreis von zu Hause systematisch über meine Reiseroute verteilt, um mich zu martern. In Capri, Amalfi, Rom, Bordighera, überall lief mir einer über den Weg, und die erste Frage war immer eine Frage nach ihr! Man wird in unserer guten Gesellschaft durch keine Großtat so berühmt, als wenn man sich vergißt und vom sauberen Bürgersteig des Lebens hinuntertappt in die Gosse.

Heute früh noch, bei der Abfahrt in Innsbruck, wer steht vor mir? Der Edle von Sensburg! Der ›kleine süße Mucki‹! Du weißt, wer ihn so zu rufen liebte. Und seine erste Frage: ›Vous seul, mon prince?‹ Ich hätte ihn mit der Faust ins Gesicht schlagen mögen. Und als er mir's abgequetscht hatte, wohin ich ging, schien er auf eine Einladung zur ›Gamsjagd‹ zu warten – er sagt natürlich nicht Gemse, sondern ›Gams‹, immer echt, der kleine süße Mucki! Während der ganzen Fahrt verfolgte mich sein Kattungesicht, und immer roch ich sein peau d'Espagne – er hatte, während er mit mir sprach, den Arm auf die Wagenlehne gestützt. Um das Parfüm loszuwerden, nahm ich mir in Leutasch eine Bauernkutsche. Es half nicht. Nun quälte mich die Erinnerung an die Tage und Nächte, die ich mit diesem Menschen verbringen mußte, weil sie es als lustigen Sport betrachtete, ihren scheckigen Narren aus ihm zu machen. Ach, zum Teufel mit dem ganzen Ekel! Ich bin ihn doch los, bin erlöst, bin frei! Seit heute, seit ich hier bin! Und ich fühl es wie ein Wunder, das an mir gewirkt wurde. Der Wald aus seinem schönen Schweigen hat zu mir gesprochen: Sieh, wie ruhig ich bin, sei Du es auch! Und ich hab's gehört, verstanden und befolgt.

Wie ganz genesen ich bin, mag Dir beweisen, daß ich fragen kann: ›Hast Du schon mit ihr gesprochen?‹ Ich bitte Dich, spare da nicht in meine Tasche! Ich will nicht, daß sie ›darben‹ muß, und sie ›darbt‹, wenn sie nicht mindestens die Revenue einer Million zur Verfügung hat. Dir hab ich es vor einem Jahr nicht glauben wollen. Jetzt weiß ich es: Mein Name, meine Stellung, mein Besitz – das war's, was ihre ›große Feuerseele‹ bezwang. Sie soll sich in ihren ›stolzen Hoffnungen‹ nicht ganz getäuscht haben. Du weißt, für die Enttäuschten im Leben hab ich immer ein schwaches Herz gehabt. Das ist gewiß Ironie, aber es gesellt sich zu ihr auch ein Hauch von Ernst und Heiterkeit. Feilsche nicht! Und dann ist's vorüber. Für immer!

Aber was soll ich nun mit mir beginnen? Ich habe noch ein Leben vor mir. Was soll ich ihm geben? Heut und für lange Wochen bin ich zufrieden mit der Ruhe, die ich hier gefunden habe. Doch wenn mich der Winter von hier verjagt? Was dann? Arbeit? Gewiß! Doch welche Arbeit? Da stock ich schon – und muß mir erst überlegen, was ich schreiben will.«

Er legte die Feder fort und trat ans Fenster. –

Aus der Stube, die unter dem Jagdzimmer des Fürsten lag, fiel ebenfalls die Helle einer Lampe über den Hof hinaus, doch nur als matter Schein, denn am Fenster waren die Gardinen vorsichtig zugezogen.

In dieser Stube saß Martin vor einer Briefmappe. Er hatte eine schon halb geleerte Flasche Bordeaux vor sich stehen, schmauchte eine Zigarette seines Herrn und hielt studierend den Federstiel in der Hand.

Der Klang der Schritte, die über seinem Kopfe hin und her wanderten, ließ ihn zur Decke blicken.

»Wenn ich wüßte, was er denkt da droben, dann wüßt ich auch, was ich schreiben soll!«

Bedächtig blies er eine Rauchwolke über den Briefbogen hin und begann mit zierlichem Schnörkel die Überschrift:

»Hochverehrte Frau Baronin!
Meine gnädigste Gönnerin!
Obwohl ich Bemerkenswertes nicht zu melden habe, erlaube ich mir, Frau Baronin doch heute noch eine Nachricht zu senden, um kurz zu berichten, daß unsere allverehrte Durchlaucht heute nachmittag etwas angegriffen von der langen Fahrt, aber doch bei wünschenswert gutem Gesundheitszustand im Jagdhaus eingetroffen sind. Selbes liegt in einer vollständig unkultivierten Berggegend, was vermuten läßt, daß es Durchlaucht nicht sehr lange hier aushalten werden. Für den Komfort Seiner Durchlaucht im Jagdhause haben Graf Sternfeldt leidlich gesorgt. Dagegen befinden sich die Zimmer im Fremdenhaus und auch das einzige Gastzimmer im Fürstenhaus in einem sehr primitiven Zustand. Letzteres Zimmer, welches von den Jägern das ›Grafenstüberl‹ genannt wird, wurde durch mehrere Wochen von Graf Sternfeldt bewohnt. Das Meublement genügt kaum den bescheidensten Ansprüchen, und da bei einem Besuche der gnädigen Frau Baronin nur dieses Zimmer in Betracht kommen kann – es liegt auf dem gleichen Flur mit den Zimmern Seiner Durchlaucht –, so werde ich einem verläßlichen Menschen in Innsbruck sofort den Auftrag geben, bis zum Eintreffen der gnädigen Frau Baronin alles Nötige zu beschaffen, damit das Zimmer würdig des zu erwartenden Gastes gestaltet werden kann. Da diese Änderung ohne Wissen Seiner Durchlaucht ausgeführt werden muß, bitte ich gnädige Frau Baronin untertänigst, meine Eigenmächtigkeit Seiner Durchlaucht gegenüber zu vertreten und die Sache so darzustellen, als hätte ich mich nur deshalb für diesen delikaten Auftrag gewinnen lassen, weil es sich um eine freudige Überraschung für Seine Durchlaucht gehandelt hätte.
Sonst habe ich nur zu melden, daß Durchlaucht heute früh in Innsbruck mit Herrn von Sensburg zusammentrafen und selben sehr ungnädig behandelten, wofür sich Herr von Sensburg in gewohntem Takt mit doppelter Liebenswürdigkeit revanchierten. Hier in dieser menschenverlassenen Wildnis sind Begegnungen, welche die gnädige Frau Baronin beunruhigen könnten, nicht zu befürchten. Doch hatten wir heute abend bei der Vorliebe Seiner Durchlaucht für einsame Spaziergänge bereits einen kleinen Schreck zu überstehen. Durchlaucht hatten gegen sechs Uhr das Jagdhaus verlassen, um etwas Motion zu machen. Für halb acht

war das Diner befohlen, aber es wurde acht Uhr, es wurde finster –«

Martin hielt im Schreiben inne und blickte zur Decke hinauf. Dort oben waren die hin- und herwandernden Schritte verstummt. Der Fürst hatte sich wieder zum Schreibtisch gesetzt, um seinen Brief zu vollenden:

»Mir will die Erleuchtung nicht kommen. Arbeit? Ja! Ich sehne mich nach ihr. Ich glaube doch wohl, daß sie fürs Leben eine Notwendigkeit ist wie Luft und Freude. Aber da seh ich Dich lächeln, Du liebenswürdigster aller Residenzbummler, und höre Dein paradoxes Lieblingswort: ›Arbeit ist ein Fluch, das hat schon die Bibel gesagt, und das ist ein kluges Buch!‹ Aber ich weiß auch, daß Du im Grunde Deiner Seele anders denkst. Das ist ja überhaupt Deine Art so, anders zu sprechen, als Du denkst – nein, so gesagt, wär's eine Unhöflichkeit, ich hätte schreiben sollen, anders zu denken, als Du sprichst! Und mir gegenüber hast Du immer eine Ausnahme gemacht. Tu es auch jetzt! Gib mir einen Rat! Was soll ich beginnen, um aus meinem in die Irre geratenen Leben einen Zweck zu machen? Und gibt es für mich keine Arbeit, welche Ziel und Zweck hat, gut, so will ich das Zwecklose schaffen. Nur etwas leisten! Und hätt' ich auch keinen besseren Dank davon als einen müden Abend und einen festen Schlaf. Aber was soll ich? Ins Regiment zurück? Noch heute, wenn Krieg in Ausssicht wäre! Für die Parade und den bewaffneten Frieden? Nein! Oder soll ich mich ins Parlament wählen lassen? Ich wüßte nicht, für welche Partei. Was ich politisch denke, verträgt sich mit keiner. In mir mischt sich der Absolutist mit dem extremen Republikaner. Ich müßte heute mit den Junkern stimmen, morgen mit den Sozialisten. Eine parlamentarische Unmöglichkeit. Und überhaupt, das Parlament! Soll ich arbeiten für eine Sache, von der ich überzeugt bin, daß sie sich überlebt hat? Und bei aller Freiheit meines Denkens – ich bin empfindlich gegen Ungezogenheiten. Wer sich heute ins Parlament wählen läßt, muß unter dem Schutze der mißbrauchten Immunität sich Verdächtigungen, Grobheiten und Ausdrücke gefallen lassen, die man im gewöhnlichen Leben mit einer Kugel oder besser noch mit einer Ohrfeige erwidert. Nein, ich danke! Aber holzhacken, wörtlich und bildlich genom-

men, kann ich doch nicht. Dazu sind meine Hände nicht robust genug. Es wird mir also nichts anderes übrig bleiben, als mich auf meine Scholle zu setzen. Seinen Acker bewirtschaften und seinen Besitz bei gesundem Leben erhalten, ist schließlich auch eine Arbeit. Auf meinen Gütern beschäftige ich ein paar hundert Menschen. Für die als Herr zu sorgen, ihr Dasein zu einem menschlich erträglichen, nach Möglichkeit zu einem behaglichen zu machen – ist das nicht auch ein Zweck? Dazu noch ein guter! Für die große Menschheit arbeiten zu wollen, ist Donquichotterie – aber meine paar hundert Leute daheim, das ist eine Menschheit im kleinen, und für die kann ich arbeiten.
Daheim? Hab ich denn noch ein Daheim? Mein Haus in der Stadt ist mir verleidet. Und unser schönes Bernegg? Seine Mauern sind mir tot geworden, seit das Leben erlosch, das in ihnen wirkte – seit meine Mutter starb. Ich kann mir nicht denken, wie ich dort leben soll, ich allein! Das wirst gerade Du mir nachfühlen können. Ich weiß, wie groß Du von meiner Mutter dachtest. Wenn ich mit Dir plaudre von ihr, wird Dein spottendes Auge ernst und Dein sarkastisches Lächeln ein anderes. Und vor Jahren, wenn Du mir von allem Lob das beste sagen wolltest, dann sagtest Du zu mir: ›Du Sohn deiner Mutter!‹ Das Lob war unverdient. Was sie aus ihrer Seele gab, das hab ich nur äußerlich angenommen. Die klare Harmonie des Lebens, die willensstarke Fähigkeit, eine Freude auch noch im bittersten Weh zu finden – das war dem Wesen meiner Mutter angeboren. Sie hatte das, wie man Augen hat, mit denen man sieht. Dieses Ruhige floß von ihr auf den verschüchterten Knaben über, aus jedem Blick, der mit Liebe auf mir ruhte. Aber es wurzelte nicht in meinem Herzen, es war bei mir nur ein Angelerntes und war vergessen bei der ersten verwirrenden Frage, mit der mich das Leben prüfte.
Ob es auch so gekommen wäre, wenn ich die Mutter nicht verloren hätte? Nein! Ihre lebende Nähe wäre mir ein Schutz gewesen. Denkst Du noch an unseren alten Suttner, der früher als Förster in der einsamen Hirschau diente? Im Jähzorn mißhandelte er seine Frau und seine Kinder und machte seinen Untergebenen den Dienst zu einer Marter. Da nahm ihn meine Mutter als Parkmeister ins Schloß – und ihr Blick verwandelte den Wildfang in einen ruhigen Menschen. Hätte meine Mutter noch gelebt, es wäre nie geschehen, was ich jetzt, da ich mit allem Katzenjammer einer

Menschenseele von diesem Rausche ernüchtert bin, mit Fäusten hinausstoßen möchte aus meinem besudelten Leben.
Aber als dieser Irrsinn meines Herzens begann, da ahnte ich nicht, wie er enden würde. Das war in mir, als hätt' ich das Heiligste und Herrlichste des Lebens gefunden. Und wenn ich zurückdenke an den Feuersturm jenes ersten Gefühls, dann wird es mir schwer, zu wünschen, ich hätte besonnen meine glatte Straße gehen und mir ein temperiertes ›Glück‹ mit ruhiger Überlegung schaffen können, um Sommer für Sommer als guter Mann meiner guten Frau kohlbauend auf meinem Gute zu sitzen und während des Winters in der Stadt keine Opernpremiere, keinen Rout und keinen Hofball zu versäumen. Der Gedanke, daß solch ein ›wohlgeordnetes‹ Glück mich hätte treffen können, weckt in mir ein gelindes Grauen. Dennoch steckt in mir ein schmerzliches Bedauern, daß es nicht so kam! Aber wenn ich es ›so gut‹ gefunden hätte, wäre dieses windstille Treibhausglück von Dauer gewesen? Bis zu einem sanften, in Gott ergebenen Lebensabend? Vielleicht hätte sich auch dann einmal in dunkler Stunde das Blut meines Vaters in mir geregt, um die gläserne Herrlichkeit in Scherben zu schlagen, irgendeinem Unwert oder einer Häßlichkeit zuliebe!
Mein Vater! – – Das Wort ist kalt für mich. Als mein Vater jenen tödlichen Sturz auf der Rennbahn tat, war ich noch ein halbes Kind. Sein Tod hatte keinen Schmerz für mich, nur einen Schreck, den ich halb verstand, als ich einen unserer Gäste sagen hörte: ›Der gute Ettingen hat sich den Hals recht à propos gebrochen, sonst hätte er noch seinen Namen und seinen Besitz, seine Frau und seinen Jungen in den Sumpf geritten!‹ Dieses böse Wort brachte das eine Gute, daß ich mich noch zärtlicher an die Mutter anschloß, wie in der Ahnung, daß meine Liebe sie vor einem Leid zu beschützen hätte. Weiß Gott, lieber Freund, es geht mir warm durchs Herz, wenn ich mir sage: Ich habe meiner Mutter, solange sie lebte, keine Enttäuschung bereitet. Sie konnte lächelnd die Augen schließen und sterbend glauben, daß sie in ihrem Sohn ein wohlgebautes Werk ihrer Liebe und ihres Lebens hinterließe.
Und nun? Wie steht es vor Dir, dieses Werk meiner Mutter? In meiner Seele sieht es aus wie in den löcherigen Taschen eines Bettlers. Ich hätte leben sollen als meiner Mutter Sohn und habs meinem Vater nachgetan. Übel hat mich bei diesem Rennen um das Glück das zügellose Tier meiner Leidenschaft in den Sand

geworfen! Sand? Wie höflich das Wort gewählt ist! Wohl hab ich mich leidlich wieder aufgerichtet. Aber ich spüre den Sturz an Leib und Seele. Und da konnt' ich vor einer halben Stunde noch schreiben: Ich bin genesen, ich fühle mich frei. Nein! Ich bin es nicht. Oder weiß ich nur die quälende Stimmung dieses Augenblickes nicht klar zu erkennen? Was mich mit so brennender Unruhe bedrückt? Eine letzte Kette, die mich noch fesselt an das Vergangene? Nein! Es kann auch das Grauen sein – vor der Leere und dem Unwert meines kommenden Lebens! Eine heiße Sehnsucht, die begehrt und dennoch weiß, daß sie unstillbar ist! Heiliges Glück – das ist Finden auf reinem Weg. Wer durch Sumpf gewatet ist, darf keinen Tempel mehr betreten.

Ein böser Gedanke! Der hätte mir nicht kommen sollen! Ich wills versuchen, ihn wieder aus mir hinauszustoßen, will zufrieden sein, nur weil ich einsam bin, stadtfern und mir selbst gegeben. Und wie häßlich auch das Leben ist, dem ich entfloh und das mich erwartet – schön ist doch die sommerduftende Stille, in der ich hier atme. Schön ist die Nacht, die da draußen mit großen Sternen leuchtet. Schön ist das tiefblaue Rätsel des schlafenden Himmels und das graue Wunder der nachtverschleierten Berge!

Hättest Du nur den Abend gesehen, der dieser Nacht voranging! Aber solche Schönheit läßt sich nur fühlen, nicht mit Worten sagen! Und wie sicher vor allen bösen Gedanken, wie ruhig war ich, als ich einsam da draußen unter den alten Bäumen saß!«

Da stockte dem Schreibenden die Feder. Er lehnte sich in den Stuhl zurück und blickte nach dem offenen Fenster, in dessen Rahmen sich der schwarzgezahnte Wipfelkamm des nahen Waldsaumes und darüber ein Stück des stahlblauen Himmels mit zwei funkelnden Sternen zeigten.

So saß er eine Weile. Dann schüttelte er unter leisem Lächeln den Kopf – und begann wieder zu schreiben:

»Die schöne Ruhe, die ich draußen gefunden habe, überkommt mich wieder! Ein Trost für die Nacht – ich glaube, daß ich schlafen werde.

Nun Gott befohlen, lieber Goni! Wüßt ich nicht, daß Du in der Stadt bleibst, um als Freund für mich zu handeln, so würd ich Dir schreiben: Komm, und laß uns die Schönheit teilen, die mich hier umgibt! Aber ich hoffe doch, daß dieser unbehagliche Freundschaftsdienst Dich nicht allzulange zurückhalten wird und daß ich Dich bald bei mir begrüßen kann. Mit diesem Herzenswunsch bin ich Dein

dankbar getreuer Heinz.«

Der Fürst schloß den Brief und schrieb die Adresse: »Graf Egon von Sternfeldt – Wien.« Er wollte dem Diener läuten, doch lächelnd nahm er den Brief noch einmal aus dem Kuvert.

»Als Nachschrift eine Bitte. Ein Zufall hat mich heut an Arnold Böcklins Bild ›Das Schweigen im Walde‹ erinnert. Du kennst das Bild: Auf dem Einhorn reitet die weiße Waldfee unter den Bäumen, mit großen Märchenaugen und lauschend, als hätte das Waldschweigen redende Stimmen, die kein Menschenohr vernimmt, nur sie allein. Schon vor drei Jahren, als ich das Bild in einer Ausstellung sah, hätt' ich es gern gekauft. Es hatte schon seinen glücklichen Besitzer. Wie schade! Nun sind Erinnerung und Wunsch in mir wieder wach geworden. Aber wer einen solchen Schatz besitzt, überläßt ihn keinem anderen. Ich werde mich mit einer Reproduktion begnügen müssen. Willst Du mir die besorgen? Einen Stich oder eine Radierung. Willst Du? Ja? Meinen Dank im voraus.

Heinz.«

Der Fürst siegelte den Brief und läutete dem Diener, dann trat er ans offene Fenster.

Drunten in der Sennhütte ging es lustig zu. Der Wein schien in den Köpfen der Jäger seine Wirkung zu üben, ihre fröhliche Stimmung hatte sich in wirres Kreischen und Lachen aufgelöst. Das schwieg zuweilen. Dann klang's wieder auf. Und der Übermut dieser konfusen Stimmen hörte sich seltsam an in der schwarzen, schweigenden Einsamkeit der Bergnacht.

Der Lakai trat in das Zimmer. »Durchlaucht befehlen?«

»Dort liegt ein Brief. Hast du dich schon erkundigt, wie die Post besorgt wird?«

»Die Leutascher Jäger sind noch hier. Einer von ihnen wird den Brief zur Besorgung übernehmen. Von morgen an wird ein regelmäßiger Postdienst eingerichtet.«

Der Fürst nickte und ging zur Türe des Schlafzimmers; als ihm der Lakai folgen wollte, sagte er: »Danke, Martin, geh nur, ich brauche dich nicht mehr.«
Von der Sennhütte klang eine Lachsalve herauf, so toll und lärmend, daß der Fürst aufblickte.
Martin runzelte die Stirn. »Ich werde die Leute sofort zur Ruhe verweisen.«
»Nein! Laß sie nur! Sie sollen sich amüsieren, solang es ihnen Freude macht. Ich werde deshalb nicht schlechter schlafen. Morgen früh sieben Uhr das Bad. Für neun Uhr hab ich den Förster zum Frühstück gebeten. Gute Nacht!« Der Fürst trat in das Schlafzimmer und zog hinter sich die Tür zu.
Martin schloß die beiden Fenster; dann glitt er lautlos auf den Schreibtisch zu. Er nahm den Brief, las die Adresse und lächelte. Vorsichtig, um das Siegel nicht zu verletzen, drückte er den Brief an den Kanten zusammen, so daß sich die Klappe des Kuverts ein wenig ausbauchte. Da konnte er ein paar Worte lesen: »– heut an Arnold Böcklins Bild ›Das Schweigen im Walde‹ erinnert. Du kennst das Bild: Auf dem Einhorn reitet –«
Beruhigt schob Martin den Brief in die Brusttasche und blies auf dem Schreibtisch die Lampe aus.

3

In der Sennhütte schien die weinfröhliche Stimmung in bedenkliche Wärme zu geraten. Man hörte zwei streitende Stimmen, neben einem rauhen Baß den kräftigen Tenor des Praxmaler-Pepperl. Aber die beiden Gegner schienen ihre Fehde nicht sonderlich ernst zu nehmen. Ihr Zankduett löste sich bald wieder in Gelächter auf, die Gläser klapperten, und ein übermütiger Jauchzer tönte in die stille Nacht hinaus.

Förster Kluibenschädl, der in einem der Jägerhäuschen noch lesend bei einer trüb brennenden Petroleumlampe saß, tat beim Hall dieses Jauchzers einen tiefen Zug aus der Pfeife, ohne zu merken, daß sie schon erloschen war, und las mit erregter Spannung weiter. Sein rundes Gesicht glühte, obwohl die Sommernacht nicht allzuschwül und der eiserne Sparherd, auf dem er sich zum Nachtmahl den gewohnten Schmarren bereitet hatte, schon längst erkaltet war. Förster Kluibenschädl war ein Freund literarischer Genüsse, hatte eine unglückselige Leidenschaft für ›schöne Bücheln‹, dazu eine leicht zu rührende Seele, und obwohl er in der Praxis des Lebens dem schönen Geschlechte nicht sonderlich freund war, bevorzugte er in der Kunst gerade jene ›Bücheln‹, die von treuer Liebe handelten. Die aufregende Geschichte, die er just verschlang, heizte seinem in Spannung zitternden Herzen so schrecklich ein, daß ihm die innerliche Glut den Schweiß auf die Stirne trieb.

Die Erregung des Lesers war aber auch begründet. Man denke nur: In dem dreibändigen, ›frei nach dem Englischen bearbeiteten‹ Roman ›Das Geheimnis von Woodcastle‹ hielt er soeben bei der wichtigen Szene, in welcher Lord Fitzgerald, der enterbte, von Unglück und Feinden verfolgte Held, die heimliche Botschaft seiner Geliebten empfängt und in mitternächtiger Stunde sich aufmacht zur heißersehnten Unterredung mit Lady Maud, der holdseligen,

von Haß und Eifersucht bewachten Herrin von Woodcastle. Die Nacht ist rabenschwarz, eine Eule wimmert um die zerfallenden Zinnen, unheimlich murmelt der Fluß, und geheimnisvoll flüstern die alten Rüstern des Parkes. Wohl ahnt der Lord die Gefahr, die ihn umlauert; doch keine Macht der Welt kann ihn zurückhalten, in die Arme der Geliebten zu eilen, und so schreitet er furchtlos durch die finstere Nacht, nur begleitet von seinem treuen Neufundländer, der gleich dem Schatten eines Löwen an seiner Seite wandelt. Rosige Träume von Glück und Liebe erfüllen die große, stolze Seele ›unseres Helden‹, und so ganz versunken ist er in die Gedanken an seine holde Maud, daß er die zischelnde Stimme überhört, die sich plötzlich im schwarzen Schatten der alten Mauer hören läßt: »Das ist er!« Doch Lion, der treue zottige Freund, hat blitzschnell die Gefahr erkannt, die seinen Herrn bedroht; seine Haare sträuben sich, er stößt ein drohendes Knurren aus, aber im gleichen Augenblick –
»Mar und Joseph!« stotterte Kluibenschädl, dessen Augen sich erweiterten. »Jetzt gschieht ihm ebbes!« Wütend schlug er die Faust auf den Tisch. »Aber gleich hab ich mir's denkt, und grad heut muß er sein' Revolver daheimlassen! So a verliebts Rindviech, so an unvorsichtigs!« Schnaubend legte er sich mit beiden Ellbogen über den Tisch und beugte die glühende Nase auf das Heft.
– Im gleichen Augenblick stürzen vier vermummte Gestalten aus der Mauernische hervor. Wohl springt der treue Hund dem ersten der Banditen heulend an die Kehle, doch ein wohlgezielter Dolchstoß streckt das mächtige Tier zu Boden.
»Ah, da hört sich aber doch alles auf!« Dem Förster traten vor Erbarmen um das schöne Tier die Tränen in die Augen. »Jetzt bringen s' mir den Hund um, der mir der liebste von alle gwesen is!« Nur mit Mühe konnte er durch den Schleier seiner tropfenden Zähren weiterlesen.
Schon ist Lord Fitzgerald an Händen und Füßen gefesselt, ein Knebel erstickt seine Stimme, und während die Schurken ihn zu dem ›in der Nähe bereitstehenden, dichtverschlossenen Wagen‹ schleppen, verblutet der arme Lion verlassen und hilflos im Staube. Noch einmal richtet er sich mit letzten Kräften auf, versucht der Spur seines geliebten Herrn zu folgen, doch die Füße tragen ihn nicht mehr; mit einem matten Winseln, welches ›fast dem Todeslaut einer schmerzgebrochenen Menschenseele‹ gleicht, bricht er zu Boden und haucht auf den Fußtapfen seines Herrn die treue Seele aus.

Zwei große Tirolertränen fielen auf das schauerliche Geheimnis von Woodcastle nieder. Sie zerflossen auf dem schlechten Papier, und die Flecken wurden so schwarz, als hätte der Förster nicht klares Wasser, sondern Tinte geweint. In atemloser Beklemmung überflog er die nächsten Seiten, aber da half nichts mehr, der Hund war kaputt, kein Wunder geschah, um ihn wieder lebendig zu machen. »Meiner Seel. Jetzt is er richtig hin!« Aus Kluibenschädls tiefer Ergriffenheit brach es mit heiligem Zorn heraus: »Die Raubersbuben, die gottverfluchten! Und dös will a Dichter sein? Der so a treus, unschuldigs Tierl z'grundgehn laßt? Ah na! Der kann mir gstohlen werden!« Er packte mit grober Faust das Heft. »So martern muß ich mich doch net lassen!« Wütend schleuderte er es in die Tischschublade, in deren schwarzem Schatten das Geheimnis von Woodcastle zwischen aufgedröseltem Rollknaster und alten Patronenhülsen verschwand.

Seufzend erhob er sich vom Tisch und ging auf die große zweischläfrige Bettstatt zu, um seine Ruhe zu suchen. Er war nun auch so weit schon Herr seiner Sinne, um den fidelen Spektakel nicht mehr zu überhören, der von der Sennhütte heraufklang. »Is denn da noch allweil net Feierabend?« Er sah nach der Uhr. »Halb zwölfe! Da muß ich Polizeistund machen!«

Aus der Almhütte quoll ein matt beleuchteter Qualm hervor, als wäre Feuer in der Sennstube ausgebrochen.

Der große, von einem flackernden Talglicht und dem schon erlöschenden Herdfeuer beleuchtete Stubenraum war so dick mit Pfeifenrauch erfüllt, daß Kluibenschädl, als er auf die Schwelle trat, die Gestalten der Sennerin und der vier Jäger, die um den mit Flaschen und Gläsern bestellten Tisch saßen, kaum zu unterscheiden vermochte. »A saubers Dampfl! Da könnt einer ersticken, da herin!«

Er wurde von der fidelen Kneipgesellschaft mit lautem Hallo begrüßt. Die junge Sennerin, die dem ›kleinen Schwipserl‹, das ihr der Praxmaler-Pepperl zugedacht hatte, schon bedenklich nahe schien, empfing den unerwarteten Gast mit einem trillernden Juhschrei, und Pepperl, das gefüllte Schoppenglas in der Hand, sprang auf, daß der dreibeinige Stuhl einen Purzelbaum machte. »Jeh, der Herr Förstner!« jubelte er und schwang das Glas, wobei er seine zerzausten Kreuzerschneckerln mit einem ausgiebigen Spritzer taufte. »Der Herr Förstner soll leben! Hoooch!«

Burgi und die drei anderen Jäger fielen lachend ein, so daß der

Förster den fröhlichen Spektakel kaum zu überbrüllen vermochte: »Stad, sag ich! Himmelkreuzteufel! Seids denn ganz verruckt? Droben im Fürstenhaus sind lang schon d' Lichter ausglöscht, und ös machts in der Nacht um halb zwölfe noch an Aufruhr wie a Träupl Rekruten! An unsern guten Herrn Fürsten denkt wohl gar keiner nimmer, was? Ös Lackeln überanand!« Bei diesem Schlußwort knöpfte der Förster energisch seine Joppe zu.

In der Sennstube war es mäuschenstill geworden. Burgi fuhr sich verlegen mit der Schürze über das glühende Gesicht, und Pepperl stand so erschrocken, als hätte man ihm unversehens einen Kübel eiskalten Wassers über den Kopf gegossen. Und weil man bei solchem Stimmungswechsel, wenn man sein Gewissen nicht völlig rein weiß, die erste Schuld immer gern auf einen andern schiebt, fuhr er mit heiserem Geflüster einen der Leutascher Jäger an: »No also, da hast es jetzt! Mit deiner Streiterei!«

»Ah, da schau!« brummte Birmoser in seinem tiefen Baß. »Du selber hast ja viel ärger gschrien als ich!«

Pepperl kam aus der Fassung. Er schien zu fühlen, daß seine Ausrede auf krummen Füßen ging; dazu begann der Wein unter seinen Kreuzerschneckerln zu rumoren. In Zerknirschung warf er einen Trauerblick auf die beiden noch ungeleerten Flaschen und stotterte: »Tuts mir die zwei Flaschen zustöpseln! Heut trink ich kein Tröpfl nimmer!«

Dieser ehrlichen Reue gegenüber hielt Kluibenschädls Ärger nicht stand. »No no no no! Übers Knie muß man auch net alles abbrechen! Bleibts halt in aller Ruh noch a halbs Stündl sitzen, bis der Wein austrunken is. Und damits gschwinder geht, hilf ich a bißl mit, in Gottsnamen!« Er füllte ein Schoppenglas und leerte es auf einen Zug. »Sooooo!« Als er das Glas niederstellte, gewahrte er, daß nur vier Jäger am Tische saßen. »Wo is denn der ander«, fragte er verwundert, »der Mazegger-Toni?«

»Fort is er«, antwortete Beinößl, der Jäger von Ehrwald, »schon gleich am Nachmittag, wie der Fürst kommen is.«

»Was? Fort? Da muß ich a bißl nachschauen.« Kluibenschädl ging zur Tür und brummte über die Schulter: »Also! Gscheit sein! Um zwölfe is Polizeistund!«

»Ja, ja! Gut Nacht, Herr Förstner!« erwiderten die Jäger. Nur Pepperl schwieg. Er hatte seinen Stuhl wieder aufgerichtet, saß mit gespreizten Beinen und machte ein Gesicht, als ginge ihm ein wider-

haariger Wirbel im Kopf herum. Die Sennerin brach, als sie die trübselig verwandelte Gesellschaft sah, in Kichern aus. »Ui jegerl! Der hat enk bei der Kittelfalten derwischt! Und du?« Sie puffte den Praxmaler-Pepperl in den Rücken. »Was is denn mit dir?«
»Gnug hab ich, scheint mir!« gestand Pepperl in ehrlicher Selbsterkenntnis. »Dir hätt ich 's Räuscherl gern anghängt, und ich selber habs kriegt!«
Das Mädel lachte, daß ihr die Jäger beschwichtigend zuwinkten. Da drückte sie die Hand auf den Mund, huschte zur Hüttentür und guckte in die schwarze Nacht hinaus.
Der Förster war in der Finsternis verschwunden. Nur seine stolpernden Schritte waren noch zu hören.
Aus dem kleinen Fenster des Hegerhäuschens, auf das er zutappte, schimmerte Licht. »No also, er muß ja daheim sein!« Kluibenschädl ging auf das offene Fenster zu, packte die Gitterstäbe und steckte den Kopf hinein.
Eine rußende Petroleumlampe brannte in dem Stübchen, das mit den zwei Betten, dem Tisch und dem eisernen Kochherd so reichlich angeräumt war, daß knapp noch schmaler Platz verblieb, um aus- und einzugehen. Das eine Bett war leer, auf dem anderen lag Toni Mazegger ausgestreckt, völlig angekleidet und die Hände hinter dem Kopf verschlungen, mit offenen Augen, die zur Decke starrten.
»He! Du!«
Mazegger fuhr auf. Als er den Förster am Fenster sah, nickte er wortlos.
»Was is denn mit dir? Wo warst denn am Abend?«
»Dienst hab ich gemacht.«
»So? Wo denn? Leicht draußen beim Sebensee?«
»Nein!« Glühende Röte flog über das bleiche Gesicht des Jägers. »Im Hämmermoos.«
»Gegen Leutasch naus?« Kluibenschädl zog die Augenbrauen hoch. »Die Gschicht kommt mir a bißl brenzlig vor. Die gnädig Duhrlaucht gibt enk an freien Abend, und derweil sich deine Kameraden amassieren, schießt dir jahlings der Pflichteifer ein? Und du machst Dienst bis in d' spate Nacht? Und dös soll ich glauben?«
Mazegger hob die Schultern und trat zum Tisch, um die rußende Flamme der Petroleumlampe herunterzuschrauben. Kluibenschädl musterte den Jäger mißtrauisch. »Leg dich nieder! 's Petroli für nix und wieder nix verbrennen? Dös leid ich net.«

Mazegger blies die Lampe aus, stieß in der finsteren Stube die Schuhe von den Füßen und warf sich aufs Bett.
Der Förster schüttelte seufzend den Kopf; mehr gutmütiges Bedauern als Ärger sprach aus seiner Stimme: »Paß auf, Toni, s' Leben wird dich noch zwiefeln! Und morgen in der Fruh machst Dienst gegen Leutasch zu, ins Hämmermoos! Verstanden!«
Während Kluibenschädl langsam davonging, kalkulierte er: ›So is er doch sonst net gwesen! Möcht nur wissen, was er hat die ganze Zeit her?‹ Ein paar Ländlertakte pfeifend, nickte er vor sich hin. Nun lachte er. »O du narrische Welt! Der Lapp, der dumme! Was der sich einbildt!«
Da sah er vom Fürstenhaus das Licht einer kleinen Blendlaterne durch die Finsternis einherschwanken. »He? Wer kommt denn da?«
Es war der Lakai des Fürsten. »Sie, Herr Kammerdiener? Was suchen S' denn so spat in der Nacht?«
»Zwei Briefe hab ich zu bestellen. Sind die Leutascher Jäger noch hier?«
»Ja, drunt bei der Sennerin.«
Vorsichtig leuchtete Martin auf die Erde, um nicht über die Steine und Krautbüschel des Almfeldes zu stolpern. Vor der Tür der Sennhütte nahm er das kleine Lodenmäntelchen ab, das er um die Schultern trug. Vermutete er in wärmere Luft zu kommen? Oder wollte er durch Enthüllung seiner kleidsamen Dienstgala den Eindruck seiner Persönlichkeit verstärken?
Sein lautloser Schritt störte die kleine Zechgesellschaft nicht in ihrer tuschelnden Heiterkeit.
Zum Gaudium der anderen Jäger hatte Pepperl, dem die weinselige Stimmung aus den Augen leuchtete, die Sennerin an beiden Armen gefaßt und suchte sie auf seinen Schoß zu ziehen. Unter Lachen und Schelten wehrte sich das Mädel. Aber Pepperl hielt fest, und seine derben Fäuste drückten, als hätte er nicht zwei warme, mollige Mädchenarme, sondern ein paar Holzscheiter unter den Händen.
»Au weh! Du Narr du! Brichst mir ja d' Arm ausanander!« Um sich frei zu machen, zerrte die Sennerin wie eine Forelle, die am Haken hängt. Dennoch schien sie dieses grobe Neckspiel nicht übelzunehmen. Jeder Wehlaut, den sie ausstieß, wurde durch neues Kichern abgelöst. »Auslassen! Oder –«
»Oder was?« Lachend griff Pepperl noch derber zu. »Her da! Deiner Lebtag bist noch nie auf eim schönern Bankl gsessen.«

»Au weeeh – ich weiß mir a bessers! Mein hölzerns Bankl hat feste Füß. Die deinigen wackeln schon!«
»So? Wackeln? Meinst?« Pepperl zog, daß der schwere Tisch, gegen den das Mädel sich stemmte, ins Rutschen kam. »Wann s' wackeln, kannst dich schön hutschen drauf!«
»Ich mag net, 's Hutschen vertrag ich net. Au! Du Narr, du! Jesses Maria, mein Arm!«
Ein paar leere Flaschen rollten über den Tisch, die Gläser klirrten, und das gab einen Lärm, daß Beinößl mahnte: »Der Förstner!« Um die Neckerei zu beenden, wollte er der Sennerin zu Hilfe kommen. Aber das war überflüssig. Pepperl, von einem blendenden Lichtstrahl ins Gesicht getroffen, hatte die Arme der Sennerin fahren lassen. Burgi taumelte und wäre über die hölzerne Bank hinübergepurzelt, wenn sie nicht flink noch die Tischkante hätte erhaschen können. Das lustige Lachen, mit dem sie sich aufrichtete, erstickte zu einem leisen Schrei, als sie plötzlich die schwarze Gestalt mit der Blendlaterne gewahrte. »Alle guten Geister –« Sie wollte schon mit dem Daumen zur Stirne fahren, um sich zu bekreuzen. Da erkannte sie den Gast, kicherte vor sich hin und bestaunte den Lakai vom glattfrisierten Kopf bis zu den blinkenden Schnallenschuhen. Für die vornehme Erscheinung, die er in dem rundgeschweiften Frack, in den Eskarpins aus schimmerndem Atlas und in den schwarzen Seidenstrümpfen machte, hatte sie augenscheinlich nicht das richtige Verständnis. Wohl sprach aus ihren verdutzten Augen etwas wie Respekt und Scheu. Dennoch mußte sie schmunzeln.
Schweigend saßen die drei Jäger hinter dem Tisch und kauten an den Pfeifen. Pepperl hatte die Fäuste in die Joppentaschen geschoben, saß zurückgelehnt auf dem Sessel, die Beine lang ausgestreckt, und machte mit aufgerissenen Augen ein höchst sonderbares Gesicht. Er wußte wohl, daß droben im Fürstenhaus ein Kammerdiener eingezogen war. Aber hier in der Hütte sah er zwei Kammerdiener, und die beiden hatten die wunderliche Eigenschaft, daß sie sich im Kreis um ihn herumdrehten. Dabei hatten sie ein verdächtiges Lächeln, das dem Praxmaler-Pepperl, je länger er es ansah, das Blut immer heißer in die Stirn trieb. Schwül atmend griff er nach seinem Kopf und wühlte in den Kreuzerschneckerln. Da sah er plötzlich nur einen Kammerdiener. Der lächelte noch immer so – und in prüfender Beschaulichkeit hob er die Blendlaterne, um das Gesicht der Sennerin besser zu beleuchten.

Wie hübsch dieses Mädel war! In dem strahlenden Lichtkreis, mit den Schmunzelgrübchen in den runden, brennenden Wangen, mit den dunklen Feueraugen und dem wirrgezausten Braunhaar über der glühenden Stirn! Und von der Nachwirkung des energischen Widerstandes, den Burgi im lustigen Ringkampf mit Pepperl geleistet hatte, atmete der feste Busen so ungestüm, als möchte er den groben Kittel sprengen.

Gleich einem wissenschaftlichen Forscher ließ Martin den Schein der Blendlaterne über die Sennerin gleiten. Er verstand sich in solchen Dingen genügend aufs Rätsellösen, um den jungen, strammgesunden Mädchenkörper zu erraten, der sich in dem derben Arbeitskleid versteckte. Der Kenner nickte zustimmend und lächelte.

Burgi verstand dieses Lächeln nicht. Aber das Schweigen währte ihr zu lang. Lustig sagte sie: »Der Herr Kammerdiener, gelt? Und ich hab schon gmeint, der Leibhaftige steht vor mir in der schwarzen Stiefelwichs!« Kichernd drückte sie das Kinn auf die Brust.

Martin wurde verdrießlich. »Na, hören Sie, mein schönes Kind, das ist gerade kein Kompliment. Ich glaube eher, daß ich Ihnen als rettender Engel erschien, um Sie aus den Fäusten dieses groben Lümmels zu befreien.«

»Oho!« Pepperls Gesicht war anzusehen, als hätte man ihm Zinnober auf die Stirn gestrichen.

»Sie wünschen?« Martin hob die Laterne. »Ist das einer von unseren Jägern?« fragte er die Sennerin und musterte wieder die Gesellschaft am Tisch.

»So viel Manier könntet ihr wohl haben, um zu wissen, daß man aufsteht, wenn jemand von der Herrschaft eintritt.«

Die Jäger hinter dem Tisch guckten einander mit großen Augen an und erhoben sich schwerfällig.

Pepperl blieb sitzen. Seine Augen funkelten. »Da muß schon wer andrer kommen, bis ich aufsteh. Wegen Ihnen reiß ich mir kein' Haxen aus.«

»Aber Pepperl, geh, was hast denn?« stotterte Burgi erschrocken. Und Beinößl griff über den Tisch hinüber und schüttelte den Erregten mit derber Faust an der Schulter: »Peppi! Bist denn verruckt?«

»Na! Ich net. Aber in Ruh lassen soll er mich! Der!« Die Mahnung zum Frieden schien Pepperls Zorn noch geschürt zu haben. »Wann er auch so piekfein dreinschaut wie an auszogener Tintenspritzer,

deswegen is er doch net mehr als wie a Stiefelputzer, der sei Bürsten daheim lassen hat!«
Martin legte vornehm den blonden Kopf zurück.
Der kalte Blick rührte in Pepperl den Zorn zum Sieden auf. »Sö! Bleankeln S' net so mit Ihrem ausgwaschnen Gschau! Mich verschlucken S' noch lang net! Und mit söllene Augen können S' enkere Frauenzimmer in der Stadt drin anschauen, aber kein Madl bei uns da heraußen!«
Ohne auf Pepperl zu hören, war Martin zum Tisch getreten. »Geht einer von den Leutascher Jägern noch heut nach Hause?«
»Jawoll!« erwiderten Birmoser und Ruef.
Dem letzteren, der von beiden der minder Bekneipte zu sein schien, reichte Martin ein großes Kuvert, das er aus der Brusttasche zog. »Übergeben Sie dieses Kuvert, das zwei Briefe enthält, morgen früh in Leutasch dem Postboten. Die Briefe sollen erst auf der Post in Seefeld aus dem Kuvert genommen werden. Das ist strenger Befehl Seiner Durchlaucht. Haben Sie verstanden?«
»Jawoll!«
Mit gnädigem Lächeln wandte sich Martin zur Sennerin, die wortlos dastand. »Gute Nacht, mein schönes Kind!« Freundlich klopfte er sie auf die Wange, dann hob er die Laterne, um seinen Weg zu beleuchten, und verließ die Hütte.
Mit keinem Blick sah Burgi dem Abziehenden nach, sondern hielt die zornblitzenden Augen auf Pepperl gerichtet. Die drei Jäger hinter dem Tisch begannen zu lachen. Da trat die Sennerin vor Pepperl hin. »Du! Jetzt will ich dir was sagen!« Ihre Stimme zitterte. »Wir sind zwei gute Freund gwesen in aller Lustbarkeit. Net mehr und net weniger. Aber von heut an hat's an End. Söllene Sachen leid ich net in meiner Hütten. Da kannst dir an anders Platzl suchen!«
»So! So?« kollerte Pepperl. »Is dir am End schon Angst um ihn, weil ich ihm seine schmalzigen Haar a bißl aufkampelt hab?« Höhnend deutete er mit beiden Armen nach der Tür. »So geh doch, geh – main scheenes Gindd – und führ ihn am Armerl, daß er net stolpert. Wann er sich's Nasenspitzl verstaucht, wer weiß, leicht gfallt er dir morgen nimmer.«
Den Ärger verbeißend, sagte das Mädel ruhig: »Sei stad, gelt! Du rauschiger Unfürm du! Und kümmer dich lieber, daß du an Helfer findst, der dich heut noch auf'n Strohsack lupft! Und der ander? Der soll mich anschaun, wie er mag! Dich frag ich noch lang net drum.

Net heut und net morgen. Und überhaupt, heut hab ich gnug – von enk alle mitanander!« Sie packte den hölzernen Wassereimer und goß seinen Inhalt über das müd flackernde Herdfeuer, so daß unter dem plätschernden Guß auch das letzte Flämmlein erlosch. Es wurde ein bißchen duster in der Hütte. Das tränende Kerzenlicht, das die große Stube nicht aufzuhellen vermochte, sah aus wie das hilflose Waisenkind einer verlorengegangenen Sternmutter.
»Aber Madl, geh!« fiel Beinößl beschwichtigend ein. »Der ander gibt eh schon Ruh. Jetzt sei net du die Narrische.«
Burgi warf den Eimer zu Boden, ging zum Tisch und pustete das in einer leeren Flasche steckende Talglicht aus. »So! Polizeistund!« grollte sie in der Finsternis. »Gut Nacht mitanand!«
Die Jäger lachten, nur Pepperl nicht. Als er in der Dunkelheit die Kammertüre gehen und drinnen den schweren Eisenriegel klirren hörte, sprang er auf. »He! Burgi! Du! Ich muß dir was sagen!« Als keine Antwort kam, begann er mit beiden Fäusten gegen die Kammertür zu trommeln.
Während Birmoser auf dem Tisch herumtappte, um die noch ungeleerte Flasche für sich zu retten, legten sich Ruef und Beinößl bei der Kammertür ins Mittel und lotsten den Praxmaler-Pepperl unter gütlichem Zureden hinaus in die stille, sternschöne Sommernacht.
Pepperl wehrte sich wie ein Wilder. »Laßts mich aus! Ich rats enk im guten! Ich muß ihr ebbes sagen! Laßts mich aus!«
Die beiden hielten fest und zogen, daß Pepperl auf den vorgestemmten Füßen eine Rutschpartie übers Almfeld machte.
»Na! Und na! Und ich geh net heim! Ich muß ihr was sagen!«
»Jetzt halt dein' Schnabel, du Giftgockel, du eifersüchtiger!« schnauzte ihn Beinößl an.
»Was? Eifersüchtig? Daß ich net lach!« Und richtig, Pepperl lachte laut in die Nacht hinaus. »Was geht denn mich die Burgi an! Die is mir net mehr als der Wind hinterm Ohrwaschel! Auf Ehr und Seligkeit! Und ich will und ich mag nix von ihr! Und net um d' Welt! Ös seids mir die richtigen Freund! Dös muß ich sagen! Saubere Freund! Und bringen eim söllene Sachen auf! Was? Helfts am End auch schon zum andern? Ja?«
»Geh, du Narr! Was hast denn davon? Der wird dich ghörig verklampern beim Fürsten!«
»Verklampern? So? Meintwegen! Soll er mich halt verklampern! Und meine Freunderln, meine guten? Die machen ihm leicht noch

an Zeugen? Ja? Ös seids mir die richtigen Freund! Laßts aus! Mit enk will ich nix mehr z'schaffen haben! Auslassen! Himmelherrgottsakkerment!«

Mit einem Athletenruck befreite Pepperl seine Arme und rückte trotzig das Hütl übers Ohr wie einer, der weiß: Jetzt hat mich alles verlassen, jetzt bin ich auf mich allein gestellt! Und während ihm die Jäger lachend nachsahen, stolperte er einsam durch die Finsternis seiner nahen Hütte zu.

In seinen Ohren war ein böses Wort zurückgeblieben. ›Verklampern! Der wird dich ghörig verklampern beim Fürsten!‹

Aus bedrückter Seele seufzend, erreichte Pepperl die Tür des Försterhäuschens. Ohne zu prüfen, ob sie offen oder geschlossen wäre, suchte er eine Viertelstunde lang in allen Taschen nach dem Schlüssel. Als er ihn nicht fand – weil der Schlüssel im Schlosse steckte –, ließ er sich in einem Anfall dumpfer Seelenzerknirschung auf die Schwelle nieder und nahm seinen sumsenden Kopf in die Hände. Verworren tauchten die Ereignisse, die sich in der Sennhütte abgespielt hatten, vor seinem wachgerüttelten Gewissen auf, an dem schon die Reue zu nagen begann wie die Maus an der Speckschwarte.

»Teufi, Teufi, Teufi! Was hab ich denn da für Sachen gmacht! Jetzt glaub ich schon selber, daß ich a bißl z'viel derwischt hab!«

Schwül atmend erhob er sich, tappte unter den Bäumen bis zum Röhrenbrunnen und steckte den heißen Kopf in den Wasserstrahl. Unter Schnauben und Prusten stand er über den Rand des Troges gebückt. Das eiskalte Wasser, das ihm die Ohren und das Gesicht umpritschelte und durch den Joppenkragen über den Rücken rann, machte ihn schauern und zittern. Geduldig hielt er den kalten Guß so lange aus, bis es in seinen vom Wein umdusterten fünf Sinnen wieder hell zu werden begann. Dann zog er die Joppe herunter und rüppelte mit ihr den Kopf, bis die Kreuzerschneckerln wieder leidlich trocken waren. Seufzend kehrte er zur Hütte zurück. Und da war es ihm fast leid, daß er die radikale Wasserkur unternommen hatte. Im Weindusel hätte er bald den Schlaf gefunden und wäre die verwünschten Gedanken losgeworden. Jetzt, da er zur klaren Erkenntnis der ›Dalkerei‹ gekommen war, die er in der Sennhütte angestiftet hatte, jetzt wußte er, daß es für diese Nacht vorbei war mit Schlaf und Ruhe.

Ob's nicht am besten wäre, gleich alles dem Förster ehrlich zu beichten?

Trotz dieser Einsicht zog Pepperl vor der Tür die Schuhe herunter, um durch kein Geräusch den Förster aus seinem Schlaf zu wecken. Als er in das finstere Stübchen trat, hörte er dumpfes Stöhnen und abgerissene Worte, wie sie ein Kranker im Fieber findet. Erschrokken machte er Licht und leuchtete mit der Kerze über das Bett. Kluibenschädl, der halb entkleidet mit der Lederhose auf der Matratze lag, hatte die wollene Decke über die Knie hinuntergestrampelt und arbeitete mit den Fäusten in der Luft herum. Sein Gesicht war dunkelrot, und röchelnd sprach er im Schlaf: »Raubersbuben! Abfahren! Laßts mir den treuen Hund in Ruh! Abfahren, sag ich! Oder es kracht!«

Pepperl griff zu und rüttelte, bis der Förster wach wurde und mit schlaftrunkenen Augen aufblickte. »Was – was is denn?«

»Ich hab Ihnen wecken müssen. An schiechen Traum haben S' ghabt. Von Raubersbuben haben S' gredt und von eim treuen Hundl!«

Kluibenschädl setzte sich auf und rieb die Augen. »Schau, da is mir jetzt richtig der arme Lion im Schlaf kommen! Weißt, heut aufn Abend hab ich noch a bißl im ›Geheimnis von Wohdekastel‹ glesen – ja, denk dir, Pepperl, jetzt haben's mir den guten Lion derstochen, die Haderlumpen!«

»Geh! Is's wahr?«

»Und den Lord Fitzgerald haben s' überfallen und knebelt und bunden und davongschleppt – der Teufel weiß, wohin.«

»No mein, trösten S' Ihnen, es wird ihm schon wieder einer helfen!« meinte Pepperl sanguinisch.

»Dös will ich hoffen! Wann so a bravs Mannsbild z'grund gehn muß, nacher wird's mir z'dumm! Nacher schreib ich dem Buchhändler in Innsbruck a Briefl! Der soll sich gfreun! Und 's Geld muß er mir wieder zruckgeben. Für so was zahl ich net. Derschlagen und derstechen und betrügen und belügen tun sich d' Leut sowieso schon im Leben gnug. Was brauch ich denn da noch a Büchl dazu? Wann ich a Büchl lies, möcht ich mei' Freud dran haben. Daß ich 's ganze Sauleben drüber vergessen kann! Und 's Herz muß mir sein, als hätt's a frischgwaschens Hemmed an und a Feiertagsgwandl! Sonst pfeif ich auf die ganze Dichterei!« Kluibenschädl zog die Decke bis zum Hals herauf, mummelte sich ein und drehte sich gegen die Wand. »Sei froh, Pepperl, daß du net der Dichter vom ›Geheimnis vom Wohdekastel‹ bist! Sonst tätst heut deine Prügel kriegen!«

Pepperl seufzte. »Wer weiß, ob ich's net so auch verdient hätt!«
»Na na! Ich bin dir schon wieder gut! Ös seids halt lustig gwesen! Schwamm drüber! Gut Nacht!«
Schweigend starrte Pepperl die Kerze an und stocherte mit dem kleinen Finger in die Flamme. Dann seufzte er wieder, blies das Licht aus, legte die Joppe über einen Stuhl, streifte die Hosenträger von den Schultern und kroch unter die Decke.
Schon nach kurzer Weile verriet ein sanftes Schnarchen, daß Förster Kluibenschädl seinen Schlummer wieder gefunden hatte. Pepperl lag mit offenen Augen und kaute an einem Seegrasstengel, den er aus der Matratze gezogen hatte.
»Teufi, Teufi, Teufi! Morgen in der Fruh, bis ich heimkomm von der Pirsch, da hat er mich schon verklampert!« – Und was der Herr Fürst wohl sagen würde? – »Nobel, Pepperl, nobel! Fein hast dich aufgführt!«
Er dachte sich diese Worte nicht, nein, er hörte sie, hörte so klar die ernste Stimme seines Herrn und sah so deutlich seine vorwurfsvollen Augen auf sich gerichtet, daß ihm vor Zerknirschung und Reue der Schweiß aus den Schläfen brach. Und wie sollte er sich verteidigen? Wie seinen Herrn wieder freundlich stimmen? »Teufi, Teufi, Teufi! Was tu ich denn nur?« Da fiel ihm der herrliche Vierzehnender ein, der in den Latschenfeldern über dem Sebensee seinen Standort hatte. Wenn es das Glück wollte, daß er den Fürsten auf diesen Staatshirsch zu Schuß bringen könnte, gleich bei der ersten Pirsch! Solche Weidmannsfreude würde den Groll seines Herrn gewiß besänftigen oder ihn doch in eine Stimmung bringen, in der sich Pepperl alle Reue über seine ›rauschige Lümmelei‹ vom Herzen schwatzen und sich halbwegs verteidigen konnte.
Aber wie verteidigen?
Daß ihm der Blick, mit dem der Kammerdiener die Sennerin gemustert hatte, wie Feuer ins Blut gefahren war? Das konnte er doch dem Fürsten unmöglich sagen. Was hat sich ein Jäger um die Augen zu kümmern, die der fürstliche Herr Kammerdiener macht? Und was ging den Praxmaler-Pepperl die Burgi an? Gott behüt! Das wär doch die reine Narretei! Wenn ein Jäger, der selber nicht viel mehr als seine Büchse hat, an so was denkt, muß er doch ein bißchen rechnen, muß schauen, daß er sich ein Bröserl einheiratet. Die Burgi? Ui jegerl! Wenn sich die nicht im Winter ein Paar Strümpfe strickt, dann kann sie im Sommer barfuß laufen! Das Mädel eine hungrige

Sennerin und der Vater ein alter Notnickel, der für fünfzig Kreuzer Monatszins in einem Stüberl haust, in dem die Mäuse am Strohsack nagen müssen, weil's was anderes nicht zu knuspern gibt! »Na! Da dank ich schön! So was fallt mir net ein!« Und was seine Mutter sagen würde, wenn er eines Tages mit der Nachricht käme: ›Du, Mutter, ich denk mir, ich nimm die Burgi!‹ Das alte Weibl würde vor Schreck und Jammer die Hände über dem Kopf zusammenschlagen: ›Ja Bub, ja Pepperl, bist denn narrisch? Hast selber nix zum Beißen, vierhundert Gulden liegen vom Vater her noch Schulden auf unserem Häusl, und da bringst mir so a Weibsbild, dös bloß an einzigen Rock für Kirch und Arbet hat!‹
Gott bewahre! Für solch einen Narrenstreich war der Praxmaler-Pepperl viel zu gescheit! Und überhaupt, wenn er an die Burgi hätte denken wollen – sie war doch auf der Tillfußer Alm schon Sennerin im zweiten Sommer –, da hätte er doch nicht warten müssen bis heut! Bis ihm der fürstliche Herr Kammerdiener die Nase auf das Butterlaibl stieß! Daß die Burgi ein nudelsauberes Mädel war, das brauchte sich Pepperl von keinem anderen sagen zu lassen, am allerwenigsten von so einem! Er hatte doch selber Augen im Kopf. Aber zum Heiraten gehört eben mehr als ein rotes Göscherl. Diese praktische Weisheit steckte dem Pepperl so tief im Blut, daß er an die Burgi gar nicht denken konnte!
Wo käme da die Eifersucht her? Zum Lachen! Eifersucht! Die Burgi und er, sie waren halt zwei junge, lustige Leut, und da sitzt man gern beisammen und kudert und lacht. Mehr will man nicht voneinander. Gott bewahr! Auf Ehr und Seligkeit! Und das Lachen ist noch lang keine Sünd. »'s Leben is eh nur lauter Plag, und hätt man dös bißl Lachen net, wär gar nix dran.« Und aufs Lachen verstand sich die Burgi! Mit ihren Grübchen und ihren Blitzäugerln! Wenn einer aufs Heiratsgut nicht anstehn müßt und könnt die Burgi nehmen, wie sie geht und steht – „Teufi, Teufi, Teufi! Der krieget a lustigs Leben! Der wär zum Neiden!«
Als Pepperl zu diesem Gedanken kam, verspürte er auf der linken Brustseite einen merkwürdig schmerzenden Druck. Er meinte, das käme von der unbequemen Lage auf der harten Matratze und wälzte sich auf die andere Schulter. Aber das Mittel half nicht – ganz natürlich, denn die Matratze wurde nicht linder, weil der Praxmaler-Pepperl sich umgedreht hatte.
Er atmete schwer, und unter der wollenen Decke begann ihm

schwül zu werden. So viel wie in dieser nächtlichen Stunde hatte er schon lange nicht gedacht. Die ungewohnte Kopfarbeit machte ihn völlig schwitzen. Aber nach aller Gedankenmühe war er doch wenigstens zu der beruhigenden Überzeugung gekommen, daß er ›von der Burgi nichts wollte‹ und daß es ›reine Narretei‹ war, wenn ihn seine Kameraden mit der Eifersucht aufzogen. Was ihn zu der ›rauschigen Wut‹ gegen den fürstlichen Herrn Kammerdiener verführt hatte, war etwas ganz, ganz anderes! Der Praxmaler-Pepperl war mit einem ›gschamigen Gmüt‹ behaftet, und da hatte jener Blick des Lakaien auf ihn gewirkt, als hätte man ihm eine Handvoll Schmutz ins Gesicht geworfen. Das wäre auch so gewesen, wenn es sich um ein Nannerl oder um eine Stasi gehandelt hätte. Wenn Menschen in der Einsamkeit nebeneinander hausen, müssen sie füreinander einstehen in Not und Gefahr, jedes ist verantwortlich für das Wohl und Wehe des anderen. Und da sitzt nun solch ein junges, bildsauberes, dummes Ding in der unbewachten Sennhütte, ist an nichts anderes gewöhnt als an den gefahrlosen Verkehr mit ›so unfürmigen Lümmeln‹, wie der Praxmaler-Pepperl einer war – und da kommt nun so ein Piekfeiner aus der Stadt, mit silbernen Schnallen auf den Schuhen, mit seidenen Strümpfen und mit süßen Redensarten wie ›Main scheenes Gindd!‹ – ja du lieber Herrgott, da ist doch ein Unglück geschehen, eh man sich umschaut! Und da sollte Pepperl nicht die heilige Pflicht haben, das zu verhindern? Der Burgi zulieb? Gott bewahr! Aber nun hatte das arme Mädel doch schon die Mutter verloren, und ihr alter Vater stand auch nur noch ein Katzensprüngl vom Grab entfernt! Freilich hatte Pepperl sich in den vergangenen Jahren sehr wenig um den alten Brenntlinger gekümmert. Jetzt aber war der gewissenhafte, unter Verantwortungsdruck und selbstlosem Pflichtgefühl heftig schwitzende Praxmaler-Pepperl in seinen Gedanken plötzlich ein Herz und eine Seele mit dem ›guten, braven Mannderl‹. Wohl hatte der alte Brenntlinger eine bedenkliche Vorliebe für den Doppeltgebrannten, aber er trug doch auch ein richtiges Vaterherz in seiner Brust! Und was wird er sagen, wenn er's einmal erfahren muß – das ganze schreckliche Unglück der Burgi!

Bei dieser Vorstellung krampfte sich Pepperls Herz in stechender Qual zusammen, wie sich ein Igel rollt, wenn der Hund ihn apportieren will. Er dachte mit keinem Gedanken an die Burgi, Gott behüt, nur an den armen, alten, braven Vater! Er sah ihn durch den

Wald einherkommen, wankend und gebeugt, wie zu Boden gedrückt durch die Last dieses Kummers. Und nun stand der Unglückselige vor dem Praxmaler-Pepperl, schaute ihn todestraurig mit den rotgeränderten Säuferaugen an, in denen das Wasser glitzerte, und sagte mit seiner Stotterstimme: »Aber, Pepepepepperl, hörst, das hätt ich mir doch net denkt von dir, daß d' mir gar net aufpassen tust aufs Madl! Und jetzt schschschau dir dös Unglück an!«

Dem Pepperl wurde fürchterlich weh um die selbstlose Menschenseele. »Himmelkreuzteufi noch amal!« Er streckte drohend die Arme in die Finsternis. »Zerreißen und schlitzen tu ich den Kerl in der Luft, wann er 's Madl net in Ruh laßt!« Schnaufend schob er die wollene Decke von der Brust. »Herrgott, so was von Hitz! Da steh ich schon lieber auf. Schlafen kann ich eh nimmer.«

Achtsam, um den schnarchenden Bettkameraden nicht zu wecken, erhob er sich, strich ein Zündholz an und sah nach der Uhr. Ein paar Minuten fehlten noch bis drei. »No also, is ja eh schon Pirschzeit!« Sinnend stand er in der finsteren Stube und starrte das Zündholz an, das sich im Erlöschen krümmte wie ein feuriger Wurm. Dann packte er mit der einen Hand seine Joppe und die Schuhe, mit der anderen den Hut, die Büchse und den Rucksack.

Lautlos zog er hinter sich die Tür zu und machte sich unter freiem Himmel zum Pirschgang fertig.

Schon begann im Osten ein mattes Dämmern, und die Sterne wollten erlöschen. Schwarzgrau dehnte sich das betaute Almfeld, der Brunnen plätscherte, und halblaut bimmelte die Glocke eines Rindes, das irgendwo im Grase lag. Ganz deutlich unterschied man schon im Zwielicht die grobe Mauer der Sennhütte und in dem trüben Morgengrauen das schwarze Fensterchen.

Dieses Fenster betrachtete Pepperl unter angestrengtem Nachdenken. Das heilige Pflichtgefühl, die Verantwortung, die er dem alten Brenntlinger gegenüber zu tragen hatte, war ihm mit solcher Heftigkeit ›eingeschossen‹, daß er ganz unmöglich zur Morgenpirsch ausziehen durfte, ohne dem ›dalketen Madl‹ eine ernste Warnung zu erteilen.

Mit langen Sprüngen rannte er über das Almfeld hinunter wie einer, der gestohlen hat. Da hörte er im nahen Hegerhäuschen den rasselnden Wecker gehen. Erschrocken hielt Pepperl inne. »Dös braucht ja keiner z'wissen, daß ich ihr a bißl predigen muß!« Und just, als

hinter den trüben Scheiben des Jägerstübchens der Lichtschein aufging und Mazeggers Silhouette im hellen Fenster erschien, drückte Pepperl sich um die Ecke der Almhütte. Die verriegelte Tür verursachte dem Tugendwächter mit den Kreuzerschneckerln nicht das geringste Kopfzerbrechen. Er kannte den primitiven Mechanismus dieses Schlosses. Mit dem Messer fuhr er durch eine Spalte der Bretter und hob innen ohne Mühe den Riegel auf. In der Sennstube herrschte rabenschwarze Finsternis. Da war der Weg zu Burgis Kammertür ohne einiges Stolpern und Gepolter nicht zu finden.
Hätte die junge Sennerin auch den Schlaf einer alten Bärin gehabt, sie hätte bei diesem Spektakel erwachen müssen. »Mar und Joseph! Was is denn?« klang die schlaftrunkene Stimme des Mädels aus der Kammer.
»Nix is 's! Gar nix! Na, na! Bloß ich bin's!« flüsterte Pepperl durch die Klusen der Kammertüre, sanft und freundlich, wie ein guter Hirte zu seinem Schäflein reden muß. »A bißl was sagen muß ich dir! Ganz ebbes Wichtigs! Geh, sei gscheit und komm a bißl aussi!«
»Fahr ab, du da draußen! Und laß mich schlafen!«
Diese widerspenstige Antwort brachte dem Praxmaler-Pepperl die bittere Erkenntnis bei, welch eine undankbare Aufgabe es ist, den Menschen das Gute zu predigen. Einige Sekunden blieb er lautlos vor der schwarzen Tür stehen. Dann pochte er schüchtern mit dem Knöchel an die Bretter und flüsterte: »Schau, Burgerl, tu net trutzen! Sei gscheit und mach a bißl auf! Ich mein' dir's gut. Soviel sorgen tu ich mich um deintwegen.«
»Schlafen laß mich!«
»Na, Burgerl! Heut därf ich dich net schlafen lassen! Ich muß dir a paar Wörtln sagen. Ich hab die Verpflichtigung.«
»Was? Verpflichtigung? Ja, freilich«, klang es gereizt aus der Kammer, »die Verpflichtigung hast, daß d' dich niederlegst auf deine Ohrwaschln und dein' Dampus verschlafst!«
»Auf Ehr und Seligkeit, Madl, ich bin so nüchtern wie der Pfarr vor der Fruhmeß!«
»Laß die heiligen Sachen aus'm Spiel! So was vertrag ich net. Z'mittelst in der Nacht schon gar net!«
»Madl, ich sag dir's im guten, tu mich net abweisen! Dein Glück is am Spiel. Mach auf, sag ich! Oder es reut dich noch amal, daß d' ein' abgwiesen hast, der's ehrlich mit dir gmeint hat.«
»Jetzt wird's mir aber z'dumm!« Heißer Unmut bebte in der

Stimme der Sennerin. »Bis um zwölfe hab ich enker rauschige Metten in der Hütten leiden müssen. In der Fruh muß ich wieder frisch bei der Arbeit sein. Und da soll ich net amal die paar Stündln schlafen können? Fahr ab! Mit dir bin ich fertig! Verstehst! Dös is 's letzte Wörtl gwesen. Gut Nacht!«
Pepperls Geduld war zu Ende. Er sah es ein: Bei dieser verstockten Seele war in Güte nichts auszurichten. Dem heiligen Zweck zuliebe mußte er ›sanfte Gewalt‹ gebrauchen. Also faßte er mit beiden Fäusten die Klinke und rüttelte an der Kammertür, daß die Bretter rasselten. »Mach auf! Ob d' willst oder net. Anhören mußt mich! In meiner Verpflichtigung steh ich da, als ob ich dein armer, alter Vater wär. Oder als ob d' an Bruder hättst an mir, der sich in Kümmernis um d' Schwester sorgen tut! Zum letztenmal sag ich dir's, mach auf!«
Das wirkte. Noch ehe Pepperl völlig ausgesprochen hatte, öffnete sich die Kammertür, freilich nur um einen schmalen Spalt. Aus diesem Spalt, in welchem undeutlich etwas Weißes schimmerte, kam etwas Schwarzes herausgeflogen, wie eine Nachteule aus ihrem finsteren Felsenschlupf. Dieser sonderbare, aber sehr gewichtige Vogel flog dem Praxmaler-Pepperl grob in die Kreuzerschneckerln, fuhr ihm wie mit scharfen Klauen übers Ohr und klatschte zu Boden. Im gleichen Augenblick schloß sich die Kammertür wieder, und der Riegel klirrte.
»Da hört sich aber die Gmütlichkeit auf!« brummte Pepperl, weniger beleidigt als verblüfft. In begreiflicher Neugier bückte er sich, tappte mit den Händen auf dem Boden herum – und als er den merkwürdigen Vogel haschte, zeigte es sich, daß er keine Flügel hatte, sondern sich anfühlte wie ein Pantoffel mit genagelter Sohle. Bei dieser Entdeckung schoß dem Praxmaler-Pepperl eine ›gache Hitz‹ bis unter die zerzausten Schneckerln hinauf, wie überschürtes Feuer in den Schornstein fährt. »So also? So dankst mir du?« Seine Stimme klang, als wäre ihm die Kehle zugeschnürt. »Meintwegen!« Dabei schleuderte er den Pantoffel gegen die Kammertür, daß es krachte wie ein Schuß. »So renn halt ins Verderben, wie 's Hehndl in' Fuchsenbau! Dir sag ich nix mehr!«
Er griff nach seiner Büchse und stürmte zur Hüttentür hinaus. Da vernahm er Schritte. Um nicht gesehen zu werden, duckte er sich hinter den Holzstoß, der an der Hüttenmauer aufgeschichtet war.
Im fahlen Grau des Morgens schritt Mazegger an der Hütte vorüber, die Büchse auf dem Rücken, das bleiche Gesicht tief vorgebeugt und

zu Boden starrend wie einer, der sucht, was sich nimmer finden läßt. Trotz allem Aufruhr, den Pepperl in seiner enttäuschten Hirtenseele toben fühlte, hatte er doch noch Augen für das Gedrückte, das aus Mazeggers Haltung sprach. »Mir scheint, der spinnt schon wieder! Der arme Narr!« Den fremden Kummer nicht minder schwer als die eigene Sorge fühlend, guckte er dem Jäger nach, bis Mazegger zwischen den Bäumen verschwunden war. Dann schlich er um den Holzstoß herum, warf einen spähenden Blick zum Fürstenhaus hinauf und rannte mit langen Sprüngen dem nahen Walde zu.

Sobald ihn die Bäume deckten, fiel er in ruhigen Schritt, als wäre jäh aller Sturm in seinem Innern still geworden.

Er konnte sich sagen, daß er seine ›Verpflichtigung‹ gewissenhaft erfüllt hatte. Wenn er nicht dazu gekommen war, seine Warnung auszusprechen, so war das nicht seine Schuld! Und sollte, Gott behüt, der alte Brenntlinger einmal kommen und ihn ansehen mit den traurigen Vateraugen, so konnte Pepperl mit reinem Gewissen erklären: ›Ich kann nix dafür!‹ Das war unleugbar ein Trost. Dennoch war dem Praxmaler-Pepperl so seltsam schwül zumute, daß er das Hütl lüften und mit dem Ärmel über die Stirne wischen mußte.

4

Förster Kluibenschädl machte am Morgen keine Pirsch, nur einen kleinen Waldmarsch gegen Leutasch hinaus, um sich für das Frühstück im Fürstenhaus den pflichtschuldigen Appetit zu holen.
Im Hochwald, der das Weidefeld der Hämmermoosalpe umschließt, traf er mit Mazegger zusammen, der in Gedanken versunken daherkam.
»He! Toni!«
Der Jäger fuhr auf wie ein Träumer, der unsanft geweckt wird.
Mißmutig schüttelte der Förster den Kopf. »Wie schaust denn aus? Bist denn du noch a Jager? Schamst dich denn gar net?«
Mazegger, über dessen bleiches Gesicht eine Spur von Röte huschte, schien nicht recht zu wissen, wie ihm geschah. Er betrachtete seine Büchse. Die war spiegelblank, ohne Rost. Er guckte suchend an seinen Kleidern hinunter. Die waren tadellos sauber. »Was ist denn?« murrte er, und seine schwarzen Augen schossen einen gereizten Blick auf den Förster. »Wo fehlts denn schon wieder?«
»Dein Hütl schau dir an!«
Toni nahm den Hut ab und sah, daß er von seiner Spielhahnfeder die Sichel verloren hatte.
»Die muß ich mir gestern am Abend abgestoßen haben! Aber wenn der Herr Förstner schon wegen so was brummt –«
»So? Meinst? Laß an Heiligen sein' Heiligenschein verlieren, und er is halt kein Heiliger nimmer!« Der Förster drehte dem Jäger den Rücken und wanderte durch den Wald hinunter ins Bachtal.
Auf dem Heimweg hörte er aus einem nahen Jungholz die Stimme der Sennerin, die ihre Kühe zum Melken eintrieb. Sonst pflegte Burgi bei diesem Geschäft vergnügt zu singen und zu jodeln; heute schalt sie mißlaunig auf das widerspenstige Vieh.
Das fiel dem Förster auf. »Was hat denn dös Madl heut?«

Als er gegen neun Uhr die Tillfußer Alm erreichte und ins Försterhäuschen trat, sah er den Praxmaler-Pepperl, mit einem nassen Handtuch um die Stirn, in schwerem Schlaf auf der Matratze liegen. »No also! Jetzt brummt ihm der Schädl! Ja ja, 's Leben hat allweil seine Zwidrigkeiten, und aller Zucker schmeckt eim sauer auf d' Letzt!«
Lautlos, um den Schläfer nicht zu wecken, machte er Toilette zum Frühstück, das heißt, er wischte mit einem Handtuch die Schuhe sauber und bürstete einen Scheitel ins Haar.
Als er hinaufkam ins Herrenhaus, hatte er seine Freude an dem frischen Aussehen des Fürsten, der fest und gut bis in den Morgen geschlafen hatte. Und da gab's gleich was zu lachen. Weil der Fürst versicherte, er hätte einen Schlaf getan wie ein Bauer, philosophierte der Förster lustig: »Duhrlaucht, dös is gspaßig! Sie sagen, wie a Bauer! Und unsereiner, wann er gut gschlafen hat, unsereiner sagt: ›Heut hab ich gschlafen wie a Fürst!‹ Bschaut man's gnau, so hats im Leben jedweder gleich. Und jeder meint, der ander hats besser.«
Während des Frühstücks behielt das Gespräch die heitere Stimmung, mit der es begonnen hatte, und Ettingen amüsierte sich über die drollig derben Lebensweisheiten, die ihm dieser rauhborstige Philosoph in der Jägerjoppe zu hören gab.
Nach dem Frühstück machte Ettingen sich fertig für den ›Orientierungsmarsch‹, der bis zum Abend dauern sollte. Martin war dem Fürsten beim Umkleiden behilflich, und als er ihm die Schuhe zuschnürte, sagte er mit dem süßesten seiner Töne: »Ich bitte um Vergebung, wenn ich Durchlaucht eine Unbehaglichkeit bereite, aber ich sehe mich leider gezwungen, gegen den Jäger Praxmaler Beschwerde zu führen. Der Mann hat sich gestern mehr als ungehörig gegen mich benommen. Die Art, in der er sich mit mir zu sprechen erlaubte –«
»War jedenfalls begründet!« unterbrach der Fürst. »Ich kenne dich, mein guter Martin! Deshalb sag ich dir ein für allemal: Verschone mich hier im Jagdhaus mit deinem Klatsch! Und laß die Jäger in Ruhe! So! Jetzt kannst du mir den Hut bringen.«
Als der Fürst aus dem Jagdhaus trat, stand Kluibenschädl schon wegbereit vor der Tür, mit der Büchse hinter dem Rücken.
Auf der Schwelle blieb der Fürst eine Weile stehen und blickte lächelnd hinaus in den reinen Glanz des Morgens. »Wie schön! Und diese Luft!«

»Ja, bei uns, da schnauft man sich leicht! Und a Tagerl is dös heut! Da müssen wir schon a bißl wo aufisteigen, damit S' die richtig Aussicht kriegen. Gleich hinterm Jagdhaus haben wir den schönsten Reitsteig bis zum Steinernen Hüttl!«

Der Fürst blickte auf, als wäre bei diesem Namen eine Erinnerung in ihm wach geworden. »Zum Steinernen Hüttl?« Er lächelte. »Gut! Steigen wir hinauf! Wohnen Leute da droben – beim Steinernen Hüttl?«

»Aber freilich! Der Senn und sein Bub.«

»Sonst niemand?«

»Na! Kein Mensch sonst. Es steht bloß die einzig Sennhütten droben.«

»Aber gestern am Abend, als ich den kleinen Spaziergang machte, kam jemand von dort oben herunter.« Wieder lächelte der Fürst. »Das war nicht der Senn. Auch nicht sein Bub.«

»Wird halt a Tourist gwesen sein. Da droben is an Übergangl von der Zugspitz rüber. Da kommen oft Touristen vom Bayrischen her. Der Weg is net grob und is gut zum Gehn.«

»Auch für Damen?«

»Ah ja! Ich bin schon öfters einer begegnet. Und dös muß ich sagen, die haben mir allweil gfallen. Ich bin net gut auf d' Weiberleut z'reden. Aber wann ich merk, daß eine ihr Freud an der lieben Natur und an die Berg hat, da lupf ich mein Hütl net ungern. A bißl Grechtigkeit muß der Mensch auch bei die Weiberleut gelten lassen.«

Sie waren zum Försterhäuschen gekommen, unter dessen Türe der Praxmaler-Pepperl stand, mit hängenden Armen und einwärts gedrehten Fußspitzen, das verkörperte schlechte Gewissen. Scheu blickte er seinem Herrn entgegen, und dieser Blick schien in banger Sorge zu fragen: ›Bin ich jetzt schon verklampert oder net?‹

Lächelnd nickte der Fürst ihm zu. »Ausgeschlafen, Pepperl?«

Die freundliche Ansprache verwandelte den Jäger in einen anderen Menschen. Seine Gestalt streckte sich, als wäre ihm alle Müdigkeit der durchwachten Nacht aus den Gliedern geblasen. »Grad hab ich noch a Stünderl nachgholt«, sagte er mit verlegenem Lachen, »denn dös is wahr, Herr Fürst, heut nacht hab ich a bißl z'viel derwischt.«

Kleinlaut, als bedürfte diese Tatsache einer Entschuldigung, fügte er bei: «Enker Wein is so viel stark. Allweil brummts mir noch a wengerl unter die Haar.«

Das kam so drollig heraus, daß Ettingen lachen mußte. Auch der Förster lachte und sagte gutmütig: »No also, leg dich halt wieder nieder auf d' Ohrwaschln! Die gnädig Duhrlaucht gibt dir dienstfrei übern Tag. Aber bis zur Abendpirsch mußt wieder a lichts Köpfl haben. Oder ich wasch dir deine Schneckerln!«

»Wirds net brauchen!« stotterte Pepperl. »Und schlafen? Dös gibts net! Jetzt pack ich zamm und marschier aussi zum Sebensee.« Er wandte sich an den Fürsten. »Wissen S', Duhrlaucht, beim Sebensee draußen, da steht unser bester Hirsch. A Vierzehnergeweih hat er droben, nix Schöners gibts nimmer auf der Welt. Heut am Abend schau ich mir sein Auszug an, und wann er am richtigen Fleckl steht, so müssen S' mit, Duhrlaucht, gleich morgen in der Fruh! Die Freud, Herr Fürst, daß S' Enkern ersten Hirsch mit'm Pepperl schießen – die Freud, die müssen S' mir machen! Recht schön tät ich bitten drum. Gelten S', ja?«

»Ja, Pepperl, den holen wir uns morgen.«

In seiner Glückseligkeit schrie Pepperl einen klingenden Jauchzer in die Sonne. Dabei fuhr er mit dem Kopf so derb gegen einen vorspringenden Balken der Hütte, daß der Förster rief: »Hö, hö, hö, laß mir wenigstens 's Häusl noch stehn!«

»Ja, schiergar hätt ichs mit umgrissen!« lachte Pepperl, rieb sich die Haare und verschwand mit brennendem Eifer in der Hütte.

Als er nach einer Weile, fertig für den Pirschgang, wieder aus der Tür trat, war der Förster mit dem Jagdherrn schon im Wald verschwunden. Lustig blinzelnd lugte Pepperl zum Fürstenhaus hinauf und gewahrte an einem offenen Fenster den Kammerdiener. »Ja, Mannderl! Morgen fallt der Vierzehner. Nacher kannst mich verklampern, wie d' magst!« Schon wollte er mit langen Schritten seinen Weg beginnen. Da blieb er erschrocken wieder stehen und blickte sorgenvoll zur Sennhütte hinunter. »So, schön! Jetzt bleibt dös dumme Madl den ganzen Tag ohne Aufsicht! Mar und Joseph, was tu ich denn da?« In dieser Sorge bekam der Praxmaler-Pepperl zu merken, daß es im Himmel einen gütigen Herrgott und draußen in der Leutasch einen gestrengen Bauern gab, der wöchentlich von der Tillfußer Alm seine zwanzig Pfund Butter sehen wollte.

Drunten an der Sennhütte wurde die Tür gesperrt; und Burgi, mit der hohen, gegen die Sonnenwärme dick vermummten Butterkraxe auf dem Rücken, schritt über das Almfeld hinunter.

Ein Aufglänzen selbstloser Schutzengelfreude leuchtete über das

Gesicht des Jägers. ›Gott sei Lob und Dank! 's Madl muß abtragen. Da kommts vor Abend nimmer zruck!‹ So rechnete Pepperl in Gedanken. ›Derweil is der Herr Fürst wieder daheim. Und da muß er bei der Arbeit sein, der Gschniegelte!‹ Mit einem seelenvergnügten Jauchzer quittierte er das Ergebnis dieser Rechnung und rief – unverkennbare Schadenfreude im Ton der Stimme – über das Almfeld: »He! Burgi! Tu dein' braven Vater schön grüßen, gelt!« Und mit langen Sprüngen hetzte er schräg durch den Wald hinunter.
Es dauerte nicht lang, da erschien unter der Türe des Fürstenhauses der Herr Kammerdiener in weiß und grün gestreifter Hausjacke, eine Zigarre zwischen den Zähnen und ein weißes Hütchen auf dem schön frisierten Kopf. Den Rauch in die Sonne blasend und dazwischen eine Arie aus Rigoletto pfeifend, spazierte er über das Almfeld hin und her. Wie zufällig geriet er vor die Sennhütte – und fand die Tür verschlossen.
»Fräulein Burgi!« rief er leise durch die Ritzen der Bretter. »Fräulein Burgi!«
Als er keine Antwort erhielt, wanderte er verstimmt davon. Beim Jägerhäuschen blieb er stehen und blickte durch das offene Fenster. Drinnen lag Mazegger angekleidet auf dem Bett, das Gesicht in die Arme vergraben.
»Heda! Sie!«
Der Jäger erhob sich. Seine Augen waren heiß gerötet.
»Halten Sie sich fertig bis in einer Stunde. Sie haben einen Brief nach Leutasch zu bringen, der noch heut mit der Post nach Innsbruck muß.«
Mazegger biß die Zähne übereinander.
Als gält' es, ein hochwichtiges und unaufschiebbares Geschäft zu erledigen, eilte Martin ins Fürstenhaus hinauf, holte aus seiner Kammer ein Notizbuch und ein Zentimeterband, begab sich in das ›Grafenstübchen‹ und verriegelte hinter sich die Tür. Hier saß er eine Weile und betrachtete nachdenklich den anspruchslos möblierten Raum und die weißgetünchten Wände. Dann maß er alle Mauern und Fenster ab – und begann in sein Notizbuch eine lange Liste zu schreiben:

1. Zartgeblumte Seidentapete auf mattblauem Fond, für 46 qm Wandfläche, Plafond 16 qm.
2. Für zwei Fenster seidene Gardinen von etwas tieferem Blau;

Spitzen als Unterlage; Leisten in Weiß und Silber; Stores in gedämpftem Rosa oder zartem Heliotrop, mit allem Zubehör.
3. Portieren für eine Türe, Stoff und Farbe der Gardinen; ohne Spitzen; mit allem Zubehör.
4. Englischer Teppich, 16 qm, 4:4, dem Blumenmuster der Tapete entsprechend.
So schrieb und schrieb er, bis die Liste über fünf Seiten seines Notizbuches ausgewachsen war. Dann verließ er das Stübchen, versperrte die Tür und steckte den Schlüssel zu sich.
Eine halbe Stunde später trug Mazegger einen Brief davon, der an einen Hotelier in Innsbruck adressiert war. –
Für fünf Uhr nachmittags war das Diner befohlen. Wenige Minuten früher kehrte der Fürst zurück.
Trotz der siebenstündigen Wanderung, die kreuz und quer durch Wälder und Latschenfelder und über steile Almen gegangen war, verriet seine Haltung keine Spur von Müdigkeit. Sein Gang war fester als am Morgen, seine Augen hatten Leben und Feuer, und die heiße Julisonne hatte ihm das Gesicht verbrannt – nur die Stirne, soweit sie im Schatten der Hutkrempe lag, war weiß geblieben.
»Martin!« rief er dem Diener zu, der in seiner schwarzen Gala schon wartend am Zauntor stand. »Nur flink die Suppe! Mich hungert.«
Mit einem Sprung nahm der Fürst die drei Stufen, die zur Haustür hinaufführten.
Eine minder gute Laune schien Förster Kluibenschädl von dem weiten Weg nach Hause zu bringen. Beim Steigen mußte ihm ein kleines Malheur passiert sein: Von der Lederhose, die auch sonst sehr übel zugerichtet war, hing ein handgroßer Rißlappen herunter. Ohne beim Försterhäuschen anzuhalten, ging er auf die Jägerhütte zu; es gewitterte in seinen kleinen Blitzaugen. Als er die Hütte leer fand, lachte er.
»So, so? Net daheim bist? Aber wart nur, Bürscherl, auf d' Nacht, da kommst mir schon!«
Nach einer Weile kräuselte sich vom Dach des Försterhäuschens der blaue Rauch mit spielenden Ringeln hinauf in die linde, reine, sonnige Abendluft.
Der einsame Koch – an Stelle der blessierten Lederhose trug er ein graues Beinkleid von wahrhaft vorsintflutlichem Schnitt, mit großen Buckeln an den Knien – hatte den Schmarrenteig angerührt und ließ ihn aus der Holzschüssel in das prasselnde Schmalz rinnen.

Nachdem er gespeist und das Geschirr wieder säuberlich gespült hatte, nahm er das Geheimnis von Woodcastle aus der Schublade und begann zu lesen. Recht zum Übel für seine ärgerliche Stimmung kam er da gerade an das Kapitel, in dem die Feinde Lord Fitzgeralds, über ihren gelungenen Schurkenstreich triumphierend, sich zu einem üppigen Mahl zusammenfanden, bei dem die Austern mit Chablis, der Lachs mit Burgunder und die gebratenen Fasanen mit Champagner begossen wurden. Den Leser empörte diese ungerechte Verteilung der irdischen Freuden: Während der gute, schuldlose Lord im tiefsten Kerker ›lechzete‹, inzwischen schwelgten und schlemmten die ›ruchlosen Buben‹ auf seine Kosten.
»Himmelkreuzteufel noch amal! Da sollt doch der liebe Herrgott dreinfahren mit'm Dreschflegel. Müssen denn die schlechten Kerln allweil obenauf sein und die Guten allweil unterliegen? Meiner Seel! Da könnt ein's Leben verdrießen!« Das Geheimnis von Woodcastle sauste wieder in einen finstern Winkel der Schublade.
Seufzend erhob sich der Förster, nahm die zerrissene Lederhose vom Zapfenbrett und betrachtete den Schaden. »Flicken wir s' halt wieder!« Aus einer Truhe, die unter dem Bett stand, holte er sein ›Nahtereischachterl‹ hervor, und da es im Stübchen schon dämmerig wurde, setzte er sich mit seiner Flickerei auf die Schwelle der Hüttentür.
Es wurde ihm schon heiß, noch eh die Arbeit recht begonnen hatte. Auch die gröbste Nadel, die er besaß, war zu ›gring‹ für seine dicken Finger; er konnte sie kaum fassen und halten; der grobe Zwirn wollte nicht durch die Öse gleiten und dröselte sich auf; und weil der Förster den doppelt genommenen Faden zu stark gewichst hatte, glitschte er ihm beim Schlingen des Knotens immer wieder aus. Endlich war es soweit, um den ersten Stich zu machen. Da stach er sich auch gleich in den Finger. Seufzend leckte er den kleinen Blutstropfen ab, hielt den Finger übers Knie und klopfte ihn mit der Faust. Dann nähte er weiter. Nach jedem Stich zog er so grimmig an, daß der Faden sich spannte wie eine Saite. Dabei wurde die Naht so pfriemig wie ein schlecht geheilter Studentenschmiß.
Als die harte Arbeit mit Not und Seufzen vollendet war, begann es schon zu dunkeln. Da sah er am Fenster der Jägerhütte den Lampenschein aufblinken. »So, Bürscherl, bist daheim? Jetzt kommst mir aber grad in Wurf!« Er trug die geflickte Hose und das Nähzeug in die Stube und ging hinüber zum Jägerhaus.

Mazegger kniete vor dem Herd, um Feuer anzuschüren.
»Du? Wo warst denn heut?«
Zögernd erhob sich der Jäger. Er schien es gleich zu merken, daß sich ein Gewitter über ihm entladen sollte. »Der Kammerdiener hat mir einen Brief übergeben. Den hab ich nach Leutasch getragen.«
»So? Da kannst freilich aufs Wild net aufgschaut haben. Aber was hast denn gestern gsehen? Auf der Abendpirsch?«
»Nichts.«
»So? Gar nix? Und gegen Leutasch naus bist gwesen? Im Hämmermoos?«
Mazegger wandte sich zum Herd und nickte.
Da brach das Gewitter los. »Du Lugenschüppel, du gottverlassener! Da schau her!« Der Förster griff in die Joppentasche und warf dem Jäger die Sichel einer Spielhahnfeder vor die Füße. »Da hast dein Federl wieder! Am Steig zum Steinernen Hüttl droben hab ichs gefunden. Warum lügst mich denn so an?«
Brennende Röte war über das bleiche Gesicht des Jägers geflogen. Seine Augen funkelten.
Der Förster betrachtete ihn vom Kopf bis zu den Füßen. Dabei verrauchte sein Zorn, und er sagte: »Toni! Jetzt will ich dir die letzte Verwarnung geben. 's Lugen vertrag ich net. Alles kann ich eim Jager verzeihen, a Jager is auch nur a schwacher Mensch. Aber's Maul wann er aufmacht im Dienst, muß ich a wahrs Wörtl hören. Und drum sag ich dir's jetzt als dein Fürgsetzter: Lügst noch an einzigsmal, so kannst deine sieben Zwetschgen packen.«
Schweigend starrte der Jäger in die Lampenflamme und nagte an der Lippe.
»So! Und jetzt reden wir noch von was anderm mitanander, weißt, Tonerl, als Mensch und Mensch.«
Mazegger drehte langsam das Gesicht über die Schulter, und seine Augen wurden klein.
»Ich bin dir gut gwesen, Toni, wie ich gut bin zu alle Leut. Oft, wann du deine gachzornigen Streich so gmacht hast, hab ich mir denkt, trags ihm net nach, er is verwildert, hat als Kind viel Unglück erfahren, hat d' Mutter hergeben müssen und hat den Vater verloren. Aber wer in verstandsame Jahr kommt, muß in ihm a bißl aufrichten, was bucklet graten is. In dir, Toni, wachst sich ebbes aus, was mir Sorgen macht. Und da fallt dir jetzt noch so an Unsinn ins Blut –«

Der Jäger fuhr auf: »Herr Förster!« Es blitzte in seinen Augen. »Sagen Sie mir meintwegen als Vorgesetzter, was Sie wollen. Das muß ich anhören. Was über den Dienst hinaus und mich allein angeht, bitt ich in Ruh zu lassen!«
»So?« Dem Förster schwollen an den Schläfen die Adern; seine Stimme blieb ruhig. »So sag ich dir's halt im Dienst: Mach du deine Pirschweg, und lauf net allweil deiner Narretei nach statt dem Jagdschutz! Meinst, ich weiß net, warum d' mich gestern wieder anglogen hast und heimlich beim Steinernen Hüttl droben warst? Ich müßt an Eselstritt von einer Hirschfährten net unterscheiden können. 's Fräuln wird auf der Alm droben gmalt haben, und da bist ihr wieder nachgstiegen. Toni! Denk a bißl, wer du bist und wer dös Fräulein is! Ja, schau mich nur an! Und laß mir dös Fräuln in Ruh! Sonst hast es mit mir z'tun. Brock dir a Blüml, dös für dich gwachsen is am Weg! Aber streck deine Hand net aus nach eim Sterndl, dös am Himmel glanzt.«
Mazegger lachte, und ein häßlicher Zug legte sich um seinen Mund. »Ein Sterndl? So? Da muß freilich ein anderer kommen! Vielleicht so einer wie unser gnädiger Herr Fürst? Bieten Sie's ihm doch an! Er hat ihr gestern eh schon nachspekuliert mit seine hochfürstlichen Augen.«
Weiter kam Mazegger nicht; eine schallende Ohrfeige schnitt ihm die höhnische Rede ab. Einen Augenblick stand er mit aschfahlem Gesicht. Dann sprang er wie ein wütendes Raubtier dem Förster an den Hals.
»Du! Ah, schau! So einer bist du!« Sie rangen miteinander, und es gehörte die zähe Kraft des schweren Mannes dazu, um die Fäuste von sich abzuwehren, die seinen Hals umschlossen. Ein Ruck, ein Schwung dieser stählernen Arme, und Mazegger taumelte gegen die Wand. »So, du!« Schwer atmend brachte Kluibenschädl den aufgerissenen Hemdkragen wieder in Ordnung. »Über vier Wochen such dir an anderen Dienst! Müßt ich mich net schenieren, daß ich dem Herrn Fürst den Grund sag, so tät ich dich heut auf d' Nacht noch davonjagen. Dem Herrn Fürsten z'lieb solls heißen, daß du selber kündigt hast! Verstehst? Und solang 's Fräuln am Sebensee draußen is, gehst mir nimmer aussi! Dös sag ich dir!« Er drehte dem Jäger den Rücken und schritt zur Türe.
Leichenblaß und zitternd an allen Gliedern starrte Mazegger ihm nach. Als der Förster schon in der Tür verschwinden wollte, riß der

Jäger das Messer von der Hüfte. Er machte auch einen Schritt. Dann sank ihm der Arm. Er schleuderte das Messer fort und preßte die Faust an seine Stirn.

Das hatte der Förster nicht mehr gesehen. Er stand schon draußen in der Nacht und spuckte aus, als hätte er damit einen symbolischen Punkt hinter die erledigte Geschichte der letzten Minuten gesetzt. Unschlüssig blickte er zum Fürstenhaus hinauf, dessen Fenster hell in den dunklen Abend leuchteten. Ob er nicht doch seinem Herrn den Vorfall melden sollte? Er schüttelte den Kopf zu diesem Gedanken, ging in seine Hütte und zündete in dem finsteren Stübchen die Lampe an. Als er auf dem Bette die geflickte Lederhose liegen sah, nahm er sie und betrachtete beim Lampenschein die wulstige Naht. »Sakra, Sakra«, brummte er seufzend vor sich hin, »die wird mich drucken!« Er hängte die Lederhose an den Kleiderrechen und sah sie mißtrauisch noch einmal an. Dann holte er das Geheimnis von Woodcastle aus der Tischlade.

Im gleichen Augenblick kam der Praxmaler-Pepperl zur Tür hereingestürmt, atemlos von einem zweistündigen Dauerlauf. »Herr Förstner! Der Hirsch is heut am richtigen Fleck! Wann der Herr Fürst morgen in der Fruh mit mir aussi marschiert zum Sebensee, kommt ihm der Hirsch auf hundert Schritt.«

»No also, geh nur gleich auffi und mach Rapport!«

Pepperl stellte die Büchse fort und rannte davon. Als er nach einer Viertelstunde zurückkam, berichtete er mit aller Freude, deren er in seiner Erschöpfung noch fähig war: »Morgen krachts. Der Herr Fürst geht mit. Um zwei in der Fruh wird abmarschiert.« Ans Kochen und Essen dachte er nimmer. So müde war er. Nur den Wecker stellte er. Dann stieß er die Schuhe von den Füßen und warf sich angekleidet auf die Matratze.

Eine Minute, und er schlief bereits. Wohl war ihm droben im Fürstenhaus der ›Schwarzlackierte‹ begegnet. Aber der Gedanke an das ›dumme unbetreute Madl‹ und an Burgis ›armen alten Vater‹ ging ihm unter in diesem Bärenschlaf seiner Müdigkeit. Und während Pepperl sägte, saß Kluibenschädl bei der Lampe und las im Geheimnis von Woodcastle das spannende Kapitel von Lord Fitzgeralds wunderbarer Rettung. Und die standhafte Liebe der jungen ›berückend schönen‹ Lady Maud wirkte so zaubermächtig auf das Herz des Lesers, daß er dem Dichter sogar den Tod des armen Lion verzieh.

Er las noch immer, als gegen halb zwei Uhr morgens mit Gerassel der Wecker ging.
»He! Pepperl! Auf!«
Der Erwachende machte große Augen. »Mar und Joseph! Herr Förstner! Halb zwei? Und Sie schlafen noch net?«
»Na!« Kluibenschädl wischte sich die Tränen seiner Rührung aus den Augen. »Aber jetzt haben s' anander, der Lord und die Laadi. Jetzt kann ich meine Augen zumachen!« Langsam begann er sich zu entkleiden. »Pepperl, dös Büchl mußt lesen! So was is schön: Wann zwei treue Liebsleut nach aller Gefahr anander kriegen. Da könnt man schier selber wieder ans Heiraten denken!« Er seufzte. »Wann alle Weibsbilder so wären wie die Laadi!« Trübselig schüttelte er den Kopf und tauchte, während Pepperl in die Schuhe fuhr, bis an die Nasenspitze unter die Decke.
Ein paar Minuten, und Praxmaler war wegfertig. Als er die brennende Kerze in die Laterne steckte, fragte er plötzlich: »Bleiben S' heut daheim, Herr Förstner?«
»Ja.«
»Da sollten S' Ihnen doch a bißl um den Herrn Kammerdiener kümmern.«
»Warum denn?« klang's mit Gähnen unter der Decke hervor.
»Weil er Langweil haben muß, wann der Herr Fürst net daheim is.«
»Soll er halt 's Gheimnis von Wohdekastl lesen!«
»Plauschen, mein' ich, tut er lieber.«
»Soll er mit der Köchin plauschen!«
»Oder mit der Burgi! Net?« Pepperls Hände zitterten, daß die Laterne klirrte.
»Meintwegen! Mir is alles recht.«
»Aber wissen S', der Burgi gfallt er net recht. Die kann die Stadtischen net leiden. Und wann er plauscht mit ihr, da kunnt s' ihm leicht an unbschaffens Wörtl sagen, dös ihn verdrießt. Ich mein', da sollten S' dabeisein. Daß sich 's Madl a bißl zruckhalt, wissen S'!«
»Ja, ja, is schon recht! Laß mich nur jetzt in Ruh! Und schau, daß der Herr Fürst den Hirsch kriegt! Und halt dich ordentlich auf der Pirsch, gelt! Daß d' mir kei' Schand net machst!«
»Na, na, da wird sich nix fehlen!« Pepperl holte noch einen schweren Seufzer aus dem tiefen Brunnen seiner Sorge herauf. Dann ging er. Vor dem Jagdhaus wartete er mit der Laterne, bis der Fürst aus der Tür trat.

»So, da bin ich, Praxmaler! Es scheint, wir werden gutes Pirschwetter haben.«
»A Morgen, Duhrlaucht, wie er net schöner sein kunnt!«
Martin war hinter dem Fürsten in der Tür erschienen und fragte:
»Bis um welche Stunde werden Durchlaucht wieder zurück sein?«
»Das weiß ich nicht. Pepperl, was meinen Sie?«
Pepperl zog diplomatisch die Achseln auf und schmunzelte, wie man bei einem glücklichen Einfall lächelt. »Da wird sich was Gnaus net sagen lassen. Jagd is Jagd. Da kann's gehn, wie's mag. Es kann lang dauern, aber wir können auch in aller Fruh schon daheim sein. Ja, Herr Kammerdiener, rühren S' Ihnen nur net weg von Ihrem Posten, damit S' net am End den Herrn Fürsten verpassen, wann er jahlings heimkommt. So! Und jetzt geben S' mir Ihr Büxl, Duhrlaucht! Da marschieren S' leichter. So! Hab die Ehre, Herr Kammerdiener!"
Auch Martin lächelte, während er geschmeidig den Rücken krümmte.
„Weidmanns Heil, Durchlaucht!"
„Weidmanns Dank!"

5

Sie wanderten hinaus in die Nacht, Pepperl mit der gesenkten Laterne voran und hinter ihm der Fürst, etwas unsicher auf dem holprigen Weg, über den die schwankende Laterne ihren trüben, gaukelnden Schimmer warf. Aber es währte nicht lang, und das Auge des Fürsten hatte sich an die Dunkelheit gewöhnt, sein Schritt an den rauhen Pfad.

„Sie können die Laterne löschen", sagte er, „das Licht stört mich nur. Ich hab es gerne, in der Nacht zu gehen."

Pepperl blies die Kerze aus, verbarg die Laterne in einem Busch und ließ seinen Herrn vorangehen auf dem Weg, der sich in dem schütteren Wald mit mattem Grau von dem schwarzen Rasen abhob.

Die Nacht war windstill; bald laut, bald wieder leiser werdend, plauderte der Wildbach wie im Halbschlaf; in tiefer Schwärze stieg der schweigende Wald bergan, und über den grauen Wänden funkelten am stahlblauen Himmel die zahllosen Sterne. Die Milchstraße, die draußen in der dunstigen Ebene auch in hellen Nächten nur matt erkennbar ist, schlängelte sich über den Sternenhimmel hin wie ein lichter Silberstrom, unterbrochen von schwarzen Inseln.

Zuweilen ging ein sanftes Hauchen durch die finsteren Bäume, als hätte die Natur im Schlummer wohlig aufgeatmet. Und wenn es kam, dieses kurze linde Hauchen, trug es von den Almen den Wohlgeruch der Brunellen ins Tal herunter, einen süßen Duft, der an köstliches Gewürz erinnerte.

Immer wieder blieb Ettingen stehen, auf den Bergstock gestützt, und träumte hinein in das nächtliche Schweigen des Waldes.

„Wie schön! Und so viel Ruhe!"

Als er leise diese Worte vor sich hinmurmelte, zuckte es über die langen Bergwände der Hohen Munde wie ein falbes Leuchten. Das währte nur einen Augenblick, doch alle Farben des Waldes, der

Felsen und Almen erwachten in dieser Sekunde, um mit der nächsten wieder in Schlaf und Finsternis zu versinken.
„Was war das? Der Himmel ist klar."
„Weit draußen im Flachland muß a Wetter stehn. Da draußen hats blitzt. Dös war der Widerschein."
Ettingen lauschte, als müßte er den fernen Donner hören. In den sternfunkelnden Lüften blieb's ruhig und still.
Er lächelte. „Sturm und Wetter da draußen. Hier die Ruhe! Das Schweigen im Wald!"
Sie schritten weiter.
Zwei Stunden waren sie fast gewandert, und über den östlichen Bergen begann sich schon der Himmel zu lichten, als ihnen durch den Wald, in dem der Weg immer steiler wurde, leichte Nebelschleier langsam entgegenschwebten.
„Das Wetter von da draußen schickt seine Vorreiter in die Berge herein", sagte Ettingen, „der Tag wird trüb werden."
„Gott bewahr, Duhrlaucht! An schönern Tag haben S' noch nie net gsehn! Der Nebel da, dös is bloß der Seedampf. Wissen S', zwischen die Felsen droben, da liegt der Firnschnee umanand. Da bleibt auch im heißen Sommer d' Nacht schön frisch. Und in der Fruh, da fangt der Sebensee zum rauchen an. Dös muß so sein, dös is 's allerfeinste Wetterzeichen."
Es währte nicht lang, und sie waren völlig eingehüllt von den ziehenden Dämpfen. Man konnte auf zwanzig Schritte kaum noch einen Baum unterscheiden. Daß in den Lüften der Tag erwachte, sah man nur an dem Grau des Nebels, der immer lichter und lichter wurde.
„Wie lang haben wir noch zu steigen?" fragte Ettingen.
„A Viertelstündl. Da is schon der See."
Aber vom See war keine Spur zu gewahren. Es hoben sich nur ein paar grobe Felsblöcke des Ufers von dem weißlichen Rauch mit verschwommenem Dunkel ab, man hörte das leise Geplätscher, mit dem das Wasser die Steine umspülte, und tief aus dem Ehrwalder Tal herauf summte das Brausen des Wasserfalles, der den Abstrom des Sees hinunterwarf über turmhohe Wände.
Der Pfad stieg immer mehr und verlor sich in ein steiles Latschenfeld. Als die Jäger einmal rasteten, hörten sie auf dem Weg die Steine klirren. Wie ein dunkler Schatten huschte ein großes Tier an ihnen vorüber und verschwand im Rauch.
„War das ein Stück Hochwild?"

„Ja, ja, wird schon so was gwesen sein!“ Pepperl schmunzelte. Er brachte es nicht übers Herz, seinem Jagdherrn ins Gesicht zu sagen, daß er im Nebel einen Maulesel für Hochwild angesehen hätte. „Gar weit haben wir nimmer hin bis zum Hirsch, jetzt müssen wir d' Füß a bißl in acht nehmen.“

Lautlos kletterten die beiden Jäger zwischen den Latschen hinauf. Je höher sie kamen, desto häufiger schüttelte Pepperl den Kopf. „Jetzt dürft sich der Nebel bald verziehen! Oder es spuckt in der Fechtschul!“

Minute um Minute verging, und es wurde nicht lichter. Wohl hauchte manchmal ein frischer Windzug von den unsichtbaren Wänden nieder, aber der Nebel lag fest und wollte nicht weichen.

Sie hatten im steilen Latschenfeld einen Rasenbuckel erreicht, als Pepperl flüsternd im Klettern innehielt: „Jetzt können wir nimmer weiter! Der Hirsch muß in der Näh sein, auf'n schönsten Schuß. Was machen wir jetzt? Teufi, Teufi, Teufi! Wanns schief geht, Duhrlaucht, kann ich nix dafür! So a Hundsnebel, so a miserabliger!“

Ettingen tröstete leise: „Machen Sie sich keine Sorgen, Pepperl! Wenn auch die Pirsch fehlschlägt, der Weg war wunderschön und hat mir Freude gemacht.“

„Der Weg? No ja, a schöner Weg is auch was Schöns. Aber lieber wär mir der Hirsch. Wann nur der Teufel den Nebel kreuzweis reiten möcht!“

Als wäre der fromme Wunsch des Jägers an die richtige Adresse geraten, so fuhr im gleichen Augenblick ein scharfer Windstoß über das Latschenfeld herunter und riß die wallenden Schleier entzwei.

„Mar und Joseph!“ lispelte Pepperl. „Duhrlaucht! Der Hirsch!“

Kaum hundert Schritte von den Jägern entfernt, kam der Hirsch gemächlich durch die Latschen gezogen und gabelte mit dem mächtigen Geweih wie spielend in die Büsche. Doch ehe Praxmaler die Büchse spannen und dem Fürsten reichen konnte, war der Nebel schon wieder zusammengeflossen, alles grau verhüllend.

Pepperl zitterte vor Aufregung an allen Gliedern und flüsterte: „Teufi, Teufi, Teufi, jetzt is gfehlt! Jetzt hat er uns gleich im Wind. Und nacher pfüet dich Gott, Hirscherl!“

Da hörten sie in nächster Nähe das Brechen von Zweigen und den Schritt des Wildes. Wie ein großer, grauer Schemen tauchte dicht vor ihnen der Hirsch im Nebel auf. Nun verhoffte er und wandte

sich zur Flucht – aber da krachte auch schon der Schuß. Im Nebel war der Hall der Büchse dumpf und kurz, man hörte kein Echo, nur ein mattes Gepolter im Geröll, über das der Hirsch gegen das Seetal hinunter flüchtete. Dann Stille. Dem Praxmaler-Pepperl klopfte das Herz. Die Hände um die Ohren höhlend, lauschte er talwärts.
Scharf blies der Wind von den Felsen. Der Nebel kräuselte sich um die Büchse und flatterte, wurde lichter und lichter, und in der Höhe begann es schon zu schimmern wie mattes Blau und wie ein Rätsel des Sonnenglanzes. Da rissen die Schleier entzwei, wie sich ein Vorhang teilt, der ein heiliges Wunder verhüllte. Leuchtende Matten sah man, ein steiles Latschenfeld in blauem Schatten, hier eine graue Wand und dort eine Reihe scharf geschnittener Spitzen, rosig angeflogen vom Schein der Morgensonne. Nur wenige Minuten, und die Höhe, auf der die Jäger ruhten, war völlig nebelfrei. Groß und schweigend dehnte sich rings um sie her die Felsenwildnis, in mächtigem Halbkreis umzogen von starrendem Gewänd. Ihnen zu Füßen lag der Nebel ausgegossen, flach und weiß wie Milch, und drüben stiegen aus dem Meer dieser silbernen Dünste die Steinkolosse der Wetterschroffen auf, über deren wild zerrissenen Grat die goldleuchtenden Schneegehänge der Zugspitze herüberblinkten.
Immer rascher zog und streckte sich der Nebel, und während seine tieferen Massen gegen Osten hinausströmten über das Geißtal, lösten seine höheren Ränder und Zungen sich auf in blaue Luft. Allmählich enthüllten sich im Westen die schön gewellten Waldberge von Lermoos und Reutte, das Ehrwalder Tal entschleierte sich mit seinem blitzenden Bach, mit seinen Wiesen und ausgestreuten Häusern. Schon sah man die Ehrwalder Alm, auf der sich mit dem fernen Gebrüll der Rinder die jauchzende Stimme eines Hirtenbuben mischte. Schon stachen die Wipfel des Sebenwaldes schlank und spitz aus dem Nebel heraus. Noch eine kurze Weile, und aus den in Luft und Sonne zerfließenden Dünsten leuchtete ein stilles grünes Wasserauge aus der Tiefe herauf: der Sebensee, ein kreisrundes Felsenbecken, erfüllt mit einer Flut von so kristallener Klarheit, daß man jeden Steinblock und jeden versunkenen Baum auf dem Grunde deutlich unterscheiden konnte. Steinhalden und flache Almfelder umsäumten auf der einen Seite den See, auf der anderen wurde sein Ufer gebildet durch mächtige Felsklötze, durch schroffe Wände und steile Latschenbeete, zwischen deren vereinzelten Zirbenbäumen und Fichten das Schindeldach einer kleinen Hütte leuchtete.

»Solch einen Morgen zu sehen! Ist das nicht schöner als alle Jagd?« Zum Glück für den weidmännischen Respekt, den ein Jäger vor seinem Jagdherrn haben soll, überhörte Pepperl diese stille, lächelnde Weisheit. Denn ehe der Fürst noch ausgesprochen hatte, war Praxmaler aufgesprungen, als hätte er plötzlich bemerkt, daß er auf glühenden Kohlen säße.
»Mar und Joseph! Duhrlaucht! Der Hirsch! Da drunten liegt der Hirsch!« Die Freude schien den Pepperl in einen Wahnsinnigen verwandelt zu haben. »Jesses Maria! Da liegt der Hirsch! Da liegt er ja! Da liegt er! Da liegt er!« Ein Jauchzer, daß alle Wände widerhallten von diesem jubelnden Schrei. Und in der einen Hand den Bergstock, in der anderen die Büchse, hetzte Pepperl über Büsche und Geröll hinunter, daß es anzusehen war, als müßte er sich bei jedem Sprung überstürzen, um Hals und Beine zu brechen. Jetzt verschwand er in den Latschen. Ein heller Jauchzer kündete, daß er mit gesunden Gliedern den Hirsch erreicht hatte.
Nun stieg auch Ettingen hinunter, und als er die Mulde erreichte, zwischen deren Büschen der Hirsch, mit der Kugel im Herzen, verendet niedergebrochen war, kam Pepperl ihm schon entgegen, mit einem Sträußl blühender Almrosen in der zitternden Hand. Die Augen des Jägers blitzten vor Freude, seine Wangen brannten vor Erregung. »Gratalier, Herr Fürst! Gratalier zum ersten Hirsch bei uns! Da kommen S' her! Schauen S' ihn an! Was dös für a Hirsch is! A Gweih hat er droben – Teufi, Teufi, Teufi, is dös a Gweih! Und den Schuß, den er hat! Im Nebel so an Schuß machen! Wie auffizirkelt aufs Blatt! Gelten S', Duhrlaucht? Gelten S', dös freut Ihnen? Gelten S', ja? Und schauen S', Duhrlaucht – weil S' jetzt die allerschönste Freud haben – jetzt muß ich gleich was raussagen! Gestern auf d' Nacht, meiner Seel, es is wahr, da hab ich mich schauderhaft aufgführt! An Rausch hab ich ghabt, daß ich mich selber schenier! Und im Rausch, da bin ich mit'm Herrn Kammerdiener zammgwachsen und hab ihm schieche Sachen gsagt. Schieche Sachen, Duhrlaucht, schieche Sachen!« Er schnaufte wie ein von schwerer Bürde Erlöster. »Jetzt is's heraußen! Gott sei Dank!« In Zerknirschung guckte er an seinem Herrn hinauf. »Ich bitt schön, Duhrlaucht, tun S' mir halt gnädig verzeihen! Gschehen soll's nimmer, da leg ich mei' Hand dafür ins Feuer! Tun S' mir halt verzeihen! Gelten S', ja?«
Lächelnd hatte Ettingen diese drollig wirkende Beichte angehört.

Nun klopfte er dem Jäger freundlich auf die Schulter. »Ja, Pepperl, die Sünde soll vergeben und vergessen sein! Aber nehmen Sie ein andermal Ihren Durst in festere Zügel! Und nun sagen Sie mir – hat Ihnen Martin Ursache gegeben, daß Sie grob gegen ihn wurden?«
Eine dunkle Blutwelle schoß dem Jäger ins Gesicht, aber er sagte entschieden: »Na, na, Duhrlaucht, gwiß net! Der angfangt hat, der bin schon ich gwesen!« Ein Glück, daß sich Ettingen zu dem erlegten Hirsch wandte, um das Geweih zu betrachten. Länger hätte Pepperl den forschenden Blick seines Herrn kaum ertragen, ohne in Verlegenheit zu geraten. Nun atmete er erleichtert auf, kreuzte die Fäuste über der Brust und tat einen dankbaren Blick zum Himmel wie einer, der sagen will: ›Gott sei Dank, jetzt bin ich wieder gesund!‹ Dann warf er die Joppe ab und zog das Messer, um an dem erlegten Hirsch das weidmännische Handwerk zu üben.
»Das seh ich nicht gerne«, sagte Ettingen, »bei dieser Arbeit laß ich Sie lieber allein. Ich steige zum See hinunter und warte dort, bis Sie nachkommen.«
Die Büchse zurücklassend, folgte er einem Almsteig, der in Windungen durch das Latschenfeld zum Seeufer hinunterführte. Als er zu den lichter stehenden Bäumen kam, vernahm er den süßen Schlag einer Ringdrossel. Er lächelte. Der zärtliche Vogelruf erweckte in ihm die Erinnerung an jenen ersten Abend, an jene seltsame Begegnung im schweigenden Wald.
In Gedanken versunken, folgte er dem Pfad und blickte erst wieder auf, als er den See erreichte. Still und schimmernd lag die grüne Flut zu seinen Füßen, durchsichtig wie Glas. Die glatte Oberfläche war durchzogen von langen Silberstrichen und spiegelte mit reinen Linien und grün behauchten Farben alle Felsblöcke des Ufers, die Bäume und einen sonnbeglänzten Berg. Hunderte von den kleinen Blütenkelchen der Alpenrose waren ausgestreut über den See und schwammen gleich winzigen Blutstropfen im stillen Grün.
Lange stand Ettingen in Schauen vertieft, bevor er dem linken Ufer folgte, auf dem sich zwischen Wasser und steilem Berggehäng ein halb verschütteter Pfad erkennen ließ.
Durch eine tiefgeschnittene Bergscharte glänzte schon die Sonne herein ins Seetal und durchleuchtete am Ufer einen breiten Streif des Wassers. Große Forellen standen so dicht am Spiegel, daß ihre sacht spielenden Rückenflossen halb aus dem Wasser ragten. Wenn sie den einsamen Wanderer gewahrten, machten sie eine jähe Wendung,

schwammen pfeilschnell der grünen Tiefe zu, und wo sie gestanden, blieb eine silberblitzende Linie zurück.
Ettingen hatte den Pfad verloren und konnte nicht mehr weiter. Ein hoher, überhängender Felsblock stieg vor ihm aus dem Wasser auf und sperrte den Weg. Aber die Nische, die der mächtige Steinwall bildete, bot ein freundliches Plätzchen zum Rasten – und das mußte auch schon ein anderer gefunden haben, denn unter dem Fels war eine Bank aus Steinen zusammengetragen und mit Fichtenzweigen und Moos belegt.
Er ließ sich nieder. Hatte der Weg ihm so warm gemacht? Er fühlte ein heißes Brennen auf den Wangen und schöpfte mit der Hand von dem kalten Wasser, um die Glut seines Gesichtes zu kühlen.
Dann saß er, die Arme übers Knie gelegt, und während er träumend in die stille, grüne Flut blickte, spann er lächelnd die Gedanken weiter, die ihn begleitet hatten, seit er den Schlag der Drossel vernommen.
Und seltsam! Wie kann nur eine Erinnerung sich so lebhaft vor den Augen gestalten? Als wäre sie aus seiner Seele herausgetreten in die Luft, vor seinen Füßen versunken im See! Zwischen dem Spiegelbild der Alpenrosen, die über den Saum des Felsens niederhingen, sah das schöne ›Schweigen im Walde‹ aus der Flut zu ihm herauf wie ein ernstes Nixengesichtchen mit großen Augen! Die lockig aufgelösten Haare, die das Gesicht umschwankten, schienen im grünen Wasser zu schwimmen und aus der Tiefe heraufzustreben. Jetzt kam eine Hand und strich die Locken zurück – im gleichen Augenblick verschwand das Gesicht, und, jäh erweckt aus seiner träumenden Märchenstimmung, fuhr Ettingen betroffen auf. Nicht seine eigenen Gedanken hatte er gesehen, sondern ein Spiegelbild der Wirklichkeit. Und als er hinaufspähte zum Rand des Felsens, hörte er das Rieseln kleiner Steine und einen leichten Schritt, der sich entfernte. Dann wieder Stille. Von den überhängenden Büschen flatterten ein paar Almrosenkelche wie rote Käferchen durch die Luft herunter und fielen in die Flut.
»Das schöne Wunder geht um! Auf jedem meiner Wege!« murmelte Ettingen lächelnd vor sich hin und wanderte am Ufer zurück, um den verlorenen Weg zu suchen.
Da fühlte er wieder jenes Brennen im Gesicht, und wieder schöpfte er Wasser mit der Hand, um die schmerzenden Wangen zu kühlen. Er fand den Pfad, der steil durch die Latschen hinaufkletterte und

zur Höhe des überhängenden Felsens führte. Und da versperrte ihm ein lebendiger Riegel den Weg – ein Esel, der von den dürren Ästen einer altersmüden Fichte die zarten Fäden der Bartflechte herunterschmauste.
»So? Bist du auch da? Guten Morgen!«
Ettingen streckte die Hand, um das Grautier zu locken. Aber der Esel machte scheue Augen, schüttelte trotzig die langen Ohren, schlug mit den Hinterfüßen aus und sauste durch die Latschen gegen den See hinunter.
Lachend sah ihm Ettingen nach: »Wenn deine märchenhafte Herrin nicht freundlicher ist –«
Über den Zweigen einer Erlenstaude sah er ein dunkelblaues, noch feuchtes Schwimmkleid und einen weißen Bademantel zum Trocknen ausgebreitet.
Besonders empfindlich und verzärtelt schien sie nicht zu sein, die schweigsame Waldfee! An solch einem frischen Bergmorgen in 1600 Meter Höhe ein Seebad mit zehn Grad Reaumur? Das war ein etwas gruseliges Vergnügen, gegen das sich unter Umständen auch eine gesunde Männerhaut energisch wehren konnte. Und solch ein knospenhaftes, zierlich schlankes Ding, das die zwanzig kaum überschritten haben konnte. Schon überschritten? Nein! Aus den großen, ruhigen Augen blickte wohl ein klarer Lebensverstand, wie ihn frühe Jugend nicht besitzt. Doch die schmalen Wangen hatten noch etwas Kindhaftes, und der schöne Mund erzählte von der unberührten Reinheit einer Mädchenseele, die nur Sonne erlebt haben konnte, keinen Sturm und Schmerz.
Wer sie sein mochte? Und was suchte und trieb sie hier? Daß sie die Natur liebte, sich selbst genug war und sich wohl fühlte in der Einsamkeit, das war ein gutes Zeugnis für ihr Wesen und ihre Geistesbildung. Wer die Welt nicht nötig hat, ist immer reicher als die Welt. Und die Einsamkeit verträgt nur jener, der sich selbst in jeder Stunde etwas zu sagen hat.
Wer war sie? Vielleicht die Tochter stadtmüder Leute, die dort unten im Ehrwalder Tal ihre Sommerfrische genossen? Nein! Wenn sie noch Eltern hätte, die würden ihrem Kinde solche Freizügigkeit nicht gestatten, auch nicht einem Kinde, das neben eigenen Gedanken auch Mut und eigenen Willen hat. Denn Mut gehört dazu, wenigstens für ein Mädchen, so einsam in menschenferner Bergwildnis zu hausen.

Aus dem dichten Latschenfeld war Ettingen auf eine von wenigen alten Wetterfichten überschattete Lichtung getreten, die einen freien, herrlichen Ausblick bot über den See und gegen das Geißtal hinaus, über den Sebenforst und das Ehrwalder Tal. Inmitten des Platzes erhob sich ein kleines Blockhaus, aus dessen eisernem Kaminrohr sich milchblaue Rauchwölklein emporkräuselten in die sonnige Morgenluft. Überall an den Balken der Hütte schlangen sich Efeuranken bis unter das vorspringende Dach, bildeten über der halb offenen Tür eine kleine Laube und ließen von den Holzwänden nicht viel mehr gewahren als zwei kleine, mit grünen Läden versehene Fenster, hinter deren blanken Scheiben rote Vorhänge schimmerten. Neben der Tür zog sich an der Wand eine Holzbank hin, auf der eine Messingpfanne zwischen hölzernen Tellern und weißem Teegeschirr zum Trocknen in der Sonne stand. Ein Stangenzaun, an dem eine Zeile junger Fichtenbäumchen angepflanzt war, zog sich im Geviert um die Hütte und umschloß einen sorgsam gepflegten Garten, der sich mit seinen leuchtenden Blumenbeeten und seinen weißen, kiesbestreuten Wegen gleich einer lieblichen Oase von der wilden Unkultur der Umgebung abhob. Auf diesen Beeten blühten keine Zierblumen, wie sie in den Gärten des Tales heimisch sind. Eine kundige Gärtnerhand hatte hier gesammelt und durch Pflege veredelt, was zwischen der Waldgrenze und den Schneefeldern der Berge an Blumen gedeiht. Neben feurigen Alpenrosen schimmerten die blauen Glocken des Enzian; Speik und Edelraute blühten neben dem Almrausch, dessen zarte, rosige Dolden schon zu verwelken begannen, Mardaun und Brunellen neben Arnika und zierlichen Orchisarten, und ein aus Felsen aufgebauter Hügel trug in seinen mit Erde ausgefüllten Spalten die kleinen blaßgrünen Stauden des Edelweiß, dessen Stöcke, nach den frischen saftigen Blättern zu schließen, hier gut zu gedeihen schienen, obwohl sie ohne Blüten waren. Die Farben dieser Bergblumen, die hier in reicher Fülle gesammelt waren, hatten etwas Ungewöhnliches und Seltsames, und zu dem überraschenden Anblick gesellte sich der fremdartige süße Duft, den die blühenden Beete in den reinen Morgen hauchten. Ein einziger Baum stand im Garten, in einer Ecke des Zaunes. Und der wunderliche Wuchs dieses Baumes stimmte zu allem übrigen, als hätte ihn die romantische Laune eines Künstlers unter Tausenden ausgewählt und hierher gestellt, um den ungewöhnlichen Eindruck dieses Gartenbildes noch zu erhöhen. Es war kein Baum – es waren

sieben Bäume in einem, eine uralte riesige Zirbe, auf deren harfenförmig ausgebogenem Hauptstamm sieben senkrecht nebeneinander aufsteigende Äste sich zu starken Stämmen ausgewachsen hatten.
Der Baum war anzusehen wie eine gewaltige grüne Leier. Und diese Leier klang auch! Wenn der sachte Wind die Äste bewegte, ging ein lindes Rauschen durch die zottigen Nadelbuschen, und mit diesem Grundton klangen feine Glockenstimmchen zu einem weichen, traumhaften Akkord zusammen.
Verwundert – recht wie einer, der im Märchen die Pforte einer bezauberten Stätte betritt –, zur Neugier gereizt und doch von einer seltsamen Scheu zurückgehalten, stand Ettingen vor der Umfriedung des Gartens. Bald glitt sein Blick über die Blumen hin, bald suchten seine Augen in den Wipfeln des Harfenbaumes die tönenden Glöckchen, bald wieder musterte er die Hütte und spähte nach Tür und Fenstern.
Er lächelte. »Hier muß es wohnen – mein Märchen!«
Da kam es auch schon gegangen, auf der anderen Seite des Gartens, vom See herauf, nicht schwebenden Schrittes, nicht mit dem Lilienstab, gar nicht märchenhaft, sondern festen Ganges, gut ausholend bei jedem Schritt. Und während sie den linken Arm, um das Gleichgewicht zu halten, seitwärts streckte, trug sie in der rechten Hand eine große, wassergefüllte Gießkanne, deren schwere Last jede Linie des geschmeidigen Mädchenkörpers straffer spannte – ein Bild gesunden, jungen Lebens, kraftvoll und schön zugleich.
Auch anders gekleidet war sie als an jenem Abend im schweigenden Wald. Sie trug eine helle Bluse aus leichtem Flanell und dazu einen braunen Lodenrock, unter dessen Saum noch ein Stücklein jener grauen Wollstutzen zu sehen war, wie die Sennerinnen sie zu tragen pflegen. Das reiche Haar, nach dem Bade noch nicht völlig getrocknet, fiel ihr mit wirrem Geringel über Nacken und Schultern bis auf die Hüften nieder, und die um Stirn und Schläfen sich kräuselnden Härchen leuchteten in der Sonne so goldig, daß der schöne Mädchenkopf wie von einem zitternden Schimmerkranz umgeben war.
Als sie mit dem Knie das Gartentürchen vor sich aufstieß, gewahrte sie drüben am Zaun den stillen, lächelnden Gast. Kaum merklich zuckte es um ihren Mund, als hätte sie in Gedanken zu sich gesagt: ›Das ist er wieder, der von neulich, aus dem Geißtaler Wald!‹

Ettingen lüftete das Hütchen. »Guten Morgen, mein Fräulein!«
Schweigend dankte sie, wohl freundlich, aber doch nicht anders, als man auf der Straße den höflichen Gruß eines Fremden erwidert.
»Wollen Sie einem müden Sterblichen erlauben, daß er Ihren blühenden Zaubergarten betritt, um eine Minute zu rasten? Dort, unter Ihrem singenden Baum?«
Eine Furche lag zwischen ihren Brauen. Hatte ihr seine Frage wie Spott geklungen? Oder wie die Redensart eines Zudringlichen? Doch als ihr Auge dem seinen begegnete, lächelte sie und sagte ruhig: »Treten Sie nur ein! Das Türchen hat keinen Riegel. Man sieht Ihnen an, daß Sie heute schon einen Weg hinter sich haben, der Ihnen warm gemacht hat. Dort bei der Zirbe finden Sie eine Bank. Die hat Schatten.«
Während sie das sagte, ging sie auf die Hütte zu. Nun stellte sie die Kanne nieder und verschwand in der Türe.
Welch einen linden Klang ihre Stimme hatte!
Ettingen umschritt die Fichtenhecke und betrat den Garten. Gerne hätte er einen Blick in das Innere der Hütte geworfen, aber die Türe war zugelehnt. Einem der weißen Kieswege folgend, ging er auf die Zirbe zu, in deren Schatten er einen schwer gezimmerten Holztisch fand und eine aus bizarr gewachsenen Latschenzweigen geformte Bank, deren Holz unter dem Schnee vieler Winter schon völlig schwarz geworden war.
An diesem Tische mußte schon manch ein müder Wanderer gerastet haben; zahlreiche Buchstaben, ganze und halbe Namen, Jahreszahlen und absonderliche Zeichen waren in die morsche Tischplatte eingeschnitten. Auch der Stamm des Harfenbaumes war bedeckt mit solchen Zeichen, alten und neuen, unter denen eine Reihe von Einschnitten, die in der Mitte des Baumes regelmäßig übereinander angebracht waren, eine Art von Hausherrenrecht auf dieser Rinde zu beanspruchen schienen. Da stand zuoberst in der Reihe: »Lolo, aetatis suae XIV – Papa, aetatis suae XLV« – dabei eine Jahreszahl, und diese Zeichen waren umzogen von einer tiefeingeschnittenen Herzlinie mit einer Flamme. Diese Inschrift war sieben Jahre alt, die Schnitte begannen schon in der Rinde zu vernarben. Darunter standen noch, ersichtlich von der gleichen Hand geschnitten, die Zahlen von fünf aufeinanderfolgenden Jahren, und die letzte dieser Zahlen – sie schimmerte noch weiß im Holz und hatte erst einen einzigen Winter überstanden – war umgeben von einem Kränzlein frischer

Alpenrosen. Das berührte, als hätte die Spenderin dieser Blumen sagen wollen: ›Du letztes Jahr! Wie warst du schön! Ich werde dich nie vergessen! Nie!‹

Von seltsamer Stimmung umfangen, betrachtete Ettingen die Zeichen und Blumen, während der Wind durch die buschigen Zweige der Zirbe strich und leise die melodischen Glockenstimmchen tönen machte.

»Lolo? Ob das ihr Name ist?« Dann hatte ihr Vater dieses kleine Paradies geschaffen, hier in der einsamen, friedlichen Wildnis der Berge. Und mit ihrem Vater lebte sie hier? Sieben Sommer? Sieben schöne Sommer, so schön und reich, daß ihre Freude sich in die Rinde dieses Baumes grub, um ein Zeichen der Dauer zu haben? Und weshalb war dieses jüngste Jahr noch nicht eingeschnitten? Zählte es nicht mehr? War die Hand erkaltet, welche die anderen Zeichen eingegraben? Hatte sie den Vater verloren im vergangenen Jahr? Deshalb diese Blumen um die letzte Zahl?

Da weckte ihn ein leises Klirren aus seinen Gedanken.

Drüben, beim Blockhaus ging das Mädchen langsam an der Holzwand entlang, um den Efeu zu begießen.

Ettingen hatte überhört, daß sie aus der Hütte getreten war. Nun trug sie die Haare aufgesteckt, nur lose über dem Scheitel zu einem Knoten geschlungen. Das stand ihr noch besser zu Gesicht als das offene ungezügelte Gelock.

Wie der Knoten die Fülle des Haares nicht bändigen wollte, wie die kleinen widerspenstigen Ringeln sich lösten und bei jedem Schritt um Stirn und Schläfen zitterten gleich zartem Goldgespinst!

Sie hatte die letzten Wassertropfen über den Efeu gesprengt und stellte die Kanne nieder, um einige der langen Grasschmelen zu brechen, die bei der Hecke wuchsen. Achtsam zog sie die zarten Halme durch die Finger, um sie geschmeidig zu machen, und begann, mit ihnen die herabhängenden Efeuranken an der Hüttenwand anzubinden.

»Wie gut Sie das verstehen!« sagte Ettingen. »Als ob Sie eine gelernte Gärtnerin wären!«

»Ach nein! Meine Gärtnerkünste sind recht bescheiden. Daheim in unserem Gemüsegärtchen ist mir die Mutter über. Aber hier, was der kleine Garten da verlangt, das hab ich gelernt in sieben Jahren. Das versteh ich.« So plauderte sie, ohne ihre Arbeit zu unterbrechen.

»Sehr viel Mühe verlangen diese Beete nicht. Das sind keine verzärtelten Gartenpflänzchen. Das sind kräftige, dauerhafte Bergblumen. Nur der Efeu – den haben wir aus dem tieferen Wald heraufgebracht, und drum hält er im Hochsommer die Hitze nicht gut aus und will immer Wasser haben. Anfangs glaubten wir nicht, daß er durchzubringen wäre. Erst seit drei Jahren ist er so kräftig in die Höhe gegangen und hat die großen vollen Blätter bekommen, deren saftiges Grün mit dem rötlichen Holzton der Balken so warm zusammenstimmt.«
Sie trat ein paar Schritte zurück, wie um die Harmonie dieser leuchtenden Farben besser genießen zu können.
»Sie sind Künstlerin, Fräulein?«
»Ich? Künstlerin?« sagte sie fast erschrocken. Sie schüttelte den Kopf. Und schweigend nahm sie die Arbeit wieder auf.
Ettingen saß zu entfernt, um sehen zu können, daß ihre Hände zitterten. »Verzeihen Sie meine Frage! Sie kam mir so, weil Ihre letzten Worte mich an die Sprache erinnerten, die ich manchmal von Malern habe reden hören. Und weil mir der erste Eindruck, den dieser entzückende Fleck Erde mit seiner blühenden Schönheit auf mich machte, den Gedanken eingab: Das kann nur ein Künstler geschaffen haben!«
Der Ernst ihrer Züge wandelte sich in ein stilles Lächeln. Und so leise, daß Ettingen es kaum noch hören konnte, fragte sie: »Weshalb glauben Sie das?«
»Der wunderbare Baum! Steht er nicht schon ein paar hundert Jahre hier? Und der schöne Bergsee da drunten hat wohl im Laufe der Zeiten schon viele Besucher aus dem Tal heraufgelockt. Mancher von ihnen mag diesen Baum gefunden haben. Und blieb eine Minute stehen, betrachtete den Baum und schüttelte den Kopf und dachte: ›Merkwürdig, was für sonderbare Bäume wachsen!‹ Aber dann kam einmal ein anderer, keiner mit Alltagsgedanken unter der Stirn, einer mit träumerischer Künstlerseele, die sich von der Natur um so inniger angezogen fühlt, je unbehaglicher ihr der Lärm des Marktes ist. Der sah den Baum. Und da muß er in seiner bilderschauenden Art doch gleich gedacht haben: ›Wie eine Harfe!‹ Und diesen Gedanken spann er fort: ›Eine Harfe soll tönen, ich will ihr Stimme geben!‹ Vielleicht war es zuerst nur eine heitere, naive Künstlerlaune, welche die sieben Glocken dort hinaufhängte in die Wipfel. Dann aber, als er hier im Schatten saß, an einem Tag wie heute, als

über ihm die Zweige der grünen Harfe rauschten und die Glocken klangen – wieviel schöne, reine Künstlerträume mögen da in seinem Herzen erwacht sein, schnell reifend in der Stille, die ihn umgab, ins Große wachsend beim Anblick der Steinriesen dort oben, beim Anblick dieser herrlichen Natur. Wie selbstverständlich, daß er denken mußte: ›Hier möchte ich bleiben, hier träumen und schaffen, hier wohnen, nur mir gehören und die Welt vergessen!‹ So baute er sich diese Hütte. Und da gefiel ihm der kahle Grund nicht mehr, auf dem er stand. Er hatte Augen, die nach Farbe dürsteten, und muß wohl ein Freund der wilden Bergblumen gewesen sein. So begann er den Schmuck dieser Beete zu sammeln ...«
»Nein, das kann man nicht so erraten!« unterbrach sie ihn plötzlich. Mit der einen Hand sich an die Hüttenwand stützend, stand sie in der leuchtenden Sonne und sah zu ihm hinüber mit einem Blick, dessen Glanz ihm verriet, daß seine Worte ihr Freude bereitet hatten. »Jemand muß Ihnen das erzählt haben! Draußen in der Leutasch? Oder einer von den Jägern? Die haben meinen Vater gekannt. Sagen Sie mir, wer hat Ihnen das erzählt?«
»Niemand, Fräulein! Das hab ich mir so gedacht, vorhin, als ich da draußen stand und über den Zaun hereinschaute in dieses blühende Idyll. Und wirklich? Ich habe erraten, wie es war?«
»Ja! So war es!« Langsam kam sie einige Schritte näher. Ihre Augen glitten über die Wände der Hütte, über die Blumen hin und hinauf zu den Wipfeln des klingenden Baumes. »So war es! So hat mein Vater den Baum gefunden. So hat er die Hütte gebaut. Aber das mit den Glocken, nein, das haben Sie nicht erraten. Das war keine Spielerei, keine Künstlerlaune. Das war eine Freude, die seine Liebe sich ausdachte – für mich. Ich war damals noch ein Kind. Aber der Baum ist mir heute noch lieber als damals. Wenn er so klingt wie jetzt – das erzählt mir.«
Sie verstummte. Wie schön sie war! Und wieviel rührend Kindliches redete aus der still versunkenen Art, mit der sie regungslos zwischen den blühenden Blumen stand und verträumt hinaufblickte zu den leise klingenden Wipfeln.
Langsam strich sie mit der Hand über die Stirn. Dann nickte sie. »Aber alles andere! Ja! Wie gut Sie das erraten haben! Daß dieser Platz ihm lieb war wie kein anderer auf der Welt – weil es hier so schön ist, so weit von den Menschen. Und wie gerne er hier immer saß und träumte! Das Beste, was er schuf, hat er hier gefunden. Und

er war ein Künstler. Wenn das auch nur wenige gewußt haben. Er war ein Künstler.«
Wie sie das sagte! Ein Frommer, in dessen Seele der Gottesglaube eingewachsen ist mit tausend Wurzeln, kann nicht anders sagen: ›Ich glaube an Gott, und daß er gut ist und groß!‹
Sie hatte sich gebückt und eine der süßduftenden Brunellen gebrochen, die sie wie küssend mit den Lippen streifte.
»Wie gut erst müßten Sie von ihm denken, wenn Sie sehen könnten, was er geschaffen hat. Ich glaube, Sie hätten ihn verstanden. Sein Bestes war seine Liebe zur Natur, und wie er sie kannte, wie er sie zu deuten wußte. Das hätten Sie ihm nachempfunden. Sie lieben die Natur und verstehen sie. Das hab ich Ihnen angesehen, schon neulich, als ich Sie da draußen traf, im Tillfußer Wald. Da hab ich mir gleich gedacht: ›Der weiß, was es da zu sehen und zu hören gibt.‹ Sie werden sich meiner nicht mehr erinnern, ich bin nur so an Ihnen vorbeigeritten. Aber ich –« Sie lächelte und schob die Blume in ihr Haar. »Ich habe Sie gleich wiedererkannt, als ich Sie heute dort unten sitzen sah, am See – auch wieder an einem Platz, der nicht jedem gefällt, nur einem, der das Schauen lieb hat und das stille Vorsichhindenken. Nicht wahr, es ist schön da drunten? Diese Farben im Wasser! Wenn es manchmal so glitzert auf dem Grund, man weiß nicht, war es ein Widerschein der Sonne oder ein weißes Steinchen, das sich bewegte, oder ein spielender Fisch – da denkt man so mancherlei, oft etwas Törichtes, ganz Unmögliches, aber es ist doch schön! Wer nur das Wirkliche gelten läßt, an der Sehnsucht nach dem Unmöglichen keine Freude findet und nie eine Minute übrig hat, um sie an einen schönen Traum zu verschwenden – wie arm ist ein solcher Mensch in seiner Seele!«
Ettingen nickte nur. Er schien sich anderes nicht zu wünschen, als sie immer anzusehen, wie sie so ruhig in der Sonne stand, und ihr immer zu lauschen, wie sie so still und lächelnd vor sich hinplauderte, als spräche sie gar nicht mit ihm, sondern nur mit sich selbst.
»Mir geht es immer so!« plauderte sie weiter. »Wenn ich in einer nachdenklichen Stunde vergessen kann, daß meine Füße auf Stein und Rasen stehen, wenn ich meine Träume lebendig werden sehe, als hätten sie Fleisch und Blut, und wenn ich beinahe körperlich empfinde, daß meine Gedanken mich emporheben über die Erde, dann bin ich immer am glücklichsten und fühle am tiefsten, daß ich lebe.«

Da klang vom Gehänge des nahen Latschenfeldes herauf der helle Jauchzer einer Knabenstimme.
Sie antwortete mit einem Jodelruf und wandte sich lächelnd zu Ettingen: »Da kommt mein kleiner Küchenbote, der für mich sorgt wie der biblische Rabe für den Elias.« Während sie auf das Gartentürchen zuschritt, blickte sie über die sonnigen Berge hin. »Ein Tag ist das heute! Ein Tag!«
Ettingen nickte. »Er könnte nicht schöner sein!«

6

Ein mager aufgeschossenes vierzehnjähriges Bürschlein kam in den Garten gesprungen – wohl ein Hüterbub von einer der naheliegenden Almen. Er trug ein mürbes, verwaschenes Kittelchen aus blauer Leinwand und ein abgewetztes Lederhöschen. Die hageren Beinchen waren von der Sonne so kupferbraun gebrannt, daß ihre lange Nacktheit gar nicht auffiel. Für einen Sennbuben, dessen Arbeit täglich sechzehn Stunden durch Schmutz und Unrat geht, war er auffällig sauber gewaschen. Und das glatte Blondhaar, das unter dem verwitterten Filzhütl hervorlugte, klebte ihm so naß an den Ohren, als hätte er vor wenigen Minuten erst den Kopf unter einer Brause herausgezogen. In der Hand trug er an einem Strick ein kleines Holzgeschirr, das mit Fichtenzweigen überbunden war.
So ehrfürchtig, als wäre er in eine Kapelle getreten, zog der Bub sein Hütl. »Recht schön guten Morgen, Fräuln Petri!«
Nun wußte Ettingen ihren ganzen Namen: Lolo Petri.
»Guten Morgen, Loisli! Bringst du mir was?«
»Ja, Fräuln! Aber den Vater muß ich verentschuldigen, daß er heut nix anders hat als bloß a Bröserl Butter und a Tröpferl Milli. Morgen bring ich schon wieder was. Gelten S', ich därf morgen wieder kommen?« Der Bub stellte diese Frage, als wär es für ihn ein Geschenk, wenn er kommen durfte.
»Morgen, Loisli? Büberl, morgen wird's schlecht ausschauen!« sagte sie, den Dialekt des Buben so geläufig plaudernd, als hätte sie von Kind auf keine andere Sprache geredet. »Weißt, morgen fahr ich heim zur Mutter.«
»Aber gelten S', Sie kommen bald wieder?«
»Ja, Loisli! Heut über drei Tag, da darfst du dich wieder einstellen bei mir.«
»Und gelten S', da erzählen S' mir wieder was?«

»Ja, Bürscherl, komm nur! Und schau, wie nett und sauber du dich heut gemacht hast! So! Brav! So laß ich mir's gefallen!«
Der Bub kicherte in verlegener Freude. »Ja, wissen S', seit S' mich neulich so ausgscholten haben, trau ich mich nimmer eini mit eim schmierigen Gsicht. Aber gelten S', heut bin ich sauber?«
»Sauber, ja. Aber da schau her!« Sie nahm das Bürschlein bei der Hand und drehte an seiner Joppe den Ärmel vor, der einen spannenlangen Riß über den Ellbogen hatte, »Was is denn das?«
Der Bub wurde rot. »Mir scheint, dös is a Loch!«
Da lachte sie, hell und herzlich. »Ja, du, das scheint mir auch. Nur runter gleich mit'm Jöpperl!«
»Tun S' mir's flicken, Fräuln?«
»Freilich! Und bis ich fertig bin, kannst du das Gießkanndl nehmen und kannst mir Wasser holen, gelt? Jede Guttat muß der Mensch verdienen.«
»Ja, Fräuln!« Hurtig zog der Bub das Jöpplein herunter. »Und tausendmal Vergeltsgott derweil!« Er schoß auf die Gießkanne zu, packte sie und rannte davon. Während er durch die Latschen hinuntertrollte, nahm er die Brause von der Kanne, um das Rohr als Trompete benutzen zu können. So mißtönig diese Laute klangen, sie schienen dem Buben eine Feiertagsfreude zu bereiten. Und als er sich müd geblasen hatte, begann er unter lustigem Jodeln auf der Kanne zu trommeln.
Lolo war in die Hütte getreten, um zu verwahren, was der Bub ihr gebracht hatte. Dann kam sie mit Nähzeug, setzte sich auf die Türschwelle und begann die Wunde des Jöppleins in die Kur zu nehmen. Die Sonnenlichter, die durch das Rankenwerk der Efeulaube drangen, spielten mit Leuchten und Gezitter um ihre Gestalt.
Ettingen sah ihr lächelnd zu. »Geben Sie acht, Fräulein«, sagte er nach einer Weile, »wenn der Bub das nächstemal wiederkommt, wird er sein Kittelchen übel zurichten, um Ihnen Arbeit zu machen und länger bleiben zu dürfen.«
Sie schüttelte den Kopf. »Bevor er das nächstemal wiederkommt, wird er sein Jöpperl genau untersuchen und die Alm nicht verlassen, bevor ihm nicht die Mutter jeden Schaden ausgebessert hat.«
»Wie gut Sie von dem Jungen denken!«
»Wie er es verdient! Er ist ein braver, lieber Bub und wird einmal ein tüchtiger, guter Mensch werden.«
»Denken Sie von allen Menschen so freundlich?«

»Von den guten, ja.«
»Aber von jenen, denen Sie neu begegnen? Von denen Sie nicht wissen können, ob sie gut oder schlecht sind?«
»Auch von denen. Wer mißtrauisch ist, begeht ein Unrecht gegen andere und schädigt sich selbst. Ich glaube, daß wir die Pflicht haben, jeden Menschen für gut zu halten, solang er uns nicht das Gegenteil beweist.«
»Das ist eine warme und schöne Lebensregel.«
»Nur eine selbstverständliche, eine, die keiner entbehren kann, der am Verkehr mit den Menschen Freude haben will.«
»Ja, Fräulein, Sie haben recht! Im Grunde genommen denke auch ich nicht anders, nein, trotz allem nicht!« Es ging wie ein trüber Gedanke über seine Stirn. Gleich lächelte er wieder. »Und ich hörte das gerne von Ihnen sagen. Nun weiß ich doch, daß Sie auch mich für gut halten. Oder nicht?«
Sie hob das Gesicht, als hätte ihr diese Frage nicht gefallen. »Ich wüßte nicht, womit Sie mir das Gegenteil bewiesen hätten.«
»Vielleicht durch die unbescheidene Hartnäckigkeit, mit der ich mich hier festgesetzt habe?«
»Das beweist nur, daß es Ihnen hier gefällt.«
Der letzte Bergschatten, der noch auf einzelnen Beeten gelegen, war über die Hecke zurückgewichen, und Hütte und Gärtchen lagen in voller Morgensonne. Der Wind war still geworden, und in den Wipfeln des Harfenbaumes schwiegen die Glocken. Man hörte nur noch den Wasserfall, der fern in der Tiefe rauschte, und das leise Gesumm der wilden Bienen, die von überall zu den blühenden Beeten geflogen kamen und gleich schwirrenden Funken die sonnige Luft durchschnitten.
Da brachte der Bub die zum Überlaufen gefüllte Wasserkanne. »So, Fräuln, da bin ich schon wieder!«
»Ich dank dir, Bürscherl! Und schau, dein Jöpperl hab ich auch schon fertig.«
Lolo hielt dem Buben das Kittelchen hin, und er fuhr mit beiden Fäusten in die Ärmel. »Vergeltsgott tausendmal!«
»Jetzt mach, daß du heimkommst! Drunten brauchen sie dich bei der Arbeit.«
Loisli drehte das mürbe Hütl zwischen den Händen, sah mit glänzenden Augen zu dem Mädchen auf und bettelte: »Krieg ich noch a Blümerl, Fräuln?«

»Ja, Bürscherl, was willst du für eins?«
»A Brunellerl tät ich gern haben. Die enkern schmecken viel feiner als die anderen von der Alm draußen.«
Lolo pflückte ein paar von den braunen Blütenköpfchen und reichte sie dem Buben. Sein Gesicht strahlte vor Freude, während er die Blumen achtsam hinter die Hutschnur schob. Und mit einem Jauchzer rannte er davon.
Das Mädchen nahm die Gießkanne und begann den Efeu zu besprengen.
»Der Bub hat recht, Fräulein«, sagte Ettingen, »die Blumen gedeihen in Ihrer Pflege, sie sind schöner als die anderen dort oben.«
»Gewiß nicht. Sie sehen in der Blüte nur reicher aus, weil sie dichter stehen. Ich tue nicht viel mehr, als daß ich sie wachsen lasse.«
»Da sind Sie aber wirklich zu bescheiden. Wie sehr diese Blumen Ihre Hand empfinden, kann ich Ihnen gleich beweisen.« Ettingen nahm das kleine Rosensträußlein von seinem Hut. »Ich habe ein paar Almrosen von dort oben mit heruntergebracht. Sehen Sie nur, wie klein diese Blüten sind und wie matt in ihrem Rot! Die sind mit den Almrosen, die Sie im Garten haben, nicht zu vergleichen. Wie groß und üppig die Kelche hier sind, wie feurig in der Farbe!«
»Das ist richtig, ja. Aber der Unterschied kommt nicht von der Pflege, er liegt in der Gattung. Was Sie haben, das sind die gewöhnlichen Steinrosen, aber die meinen hier, das sind Edelrosen.«
»Edelrosen? Gibt es eine Aristokratie auch unter den freien Bergblumen?«
»Sie scheinen kein allzu eifriger Hochtourist zu sein, weil Sie diesen Unterschied nicht kennen.« Lolo stellte die Kanne nieder, brach von den mit glühenden Blüten übersäten Rosenstauden einen der schönsten Zweige und kam zur Bank. »Der Unterschied ist am besten an den Blättern zu erkennen. Das Blatt der Steinrose hat mattes Grün und ist behaart, die Blätter der Edelrose sind glatt, von tiefem wachsglänzendem Grün und auf der Unterseite braun angeflogen.« Sie wollte ihm das Rosenzweiglein reichen und sah ihn an. Da erschrak sie und lächelte wieder. »Ach Gott! Nun seh ich es Ihnen auch am Gesicht an. Sie sind wohl erst kurz aus der Stadt gekommen? Und noch nicht lang in den Bergen?«
»Seit drei Tagen erst.«
»Und gestern haben Sie wohl einen langen Marsch in der heißen Sonne gemacht?«

»Ja, das war gesunde Hitze gestern! Ich bin wohl sehr abgebrannt?«
»Mehr, als Ihnen lieb sein wird! Haben Sie denn keine Schmerzen im Gesicht?«
»Schmerzen? Ich? Aber ja, es ist wahr, mein Gesicht brennt wie Feuer.«
»Sie haben sich einen tüchtigen Sonnenstich geholt. Auf der Nase und auf den Wangen geht Ihnen die Haut schon los. Wenn Sie noch einen weiten Heimweg in der Sonne haben, wird die Sache schlimm werden. Dagegen müssen Sie was tun. Warten Sie!«
Während Ettingen verblüfft zurückblieb, eilte sie in die Hütte und brachte eine kleine Schatulle und ein Spiegelchen in dünner Goldleiste. »Hier! Sehen Sie sich einmal an!«
Zögernd nahm Ettingen den Spiegel, und kaum hatte er einen Blick in das Glas geworfen, als er mit drolligem Entsetzen ausrief: »Ach, du lieber Himmel, was hab ich für ein Gesicht! Wie Zinnober, so lieblich!« Er lachte. Aber daß er nun so vor ihr sitzen mußte, das schien ihm nicht angenehm zu sein. »Ich bitte Sie, Fräulein – daß ich den Schaden habe, merk ich –, ersparen Sie mir wenigstens den Spott, und lachen Sie mich nicht aus!«
»Auslachen? Im Gegenteil, ich weiß doch selber, wie das tut.«
»Das Ausgelachtwerden?«
»Nein, der Sonnenstich! Ich bin an Hitze wie an Kälte gewöhnt. Aber wenn ich oft lange Stunden in der Mittagsglut sitze und arbeite, erwischt es mich auch noch manchmal. Aber ich weiß, was dafür hilft. Und dann ist's am anderen Tag wieder gut. Hier, nehmen Sie!«
Sie hatte aus der Schatulle ein kleines Holzbüchschen mit weißer Salbe und frischer Watte ausgekramt. »Das wird Ihnen gleich die Schmerzen lindern. Kommen Sie, ich will Ihnen den Spiegel halten.«
Er sah verlegen zu ihr auf. »Aber ich bitte, liebes Fräulein, ich kann doch unmöglich –«
»Was können Sie nicht?«
»Hier vor Ihnen die Toilette meiner Schmerzen machen und mich einsalben!«
»Warum denn nicht?«
»Nein! Das tu ich nicht!«
Nun schien sie den Grund seiner Weigerung zu verstehen. Leichte Röte zog über ihre Wangen. »Seien Sie doch nicht töricht! Wenn Sie so fortgehen, mit trockenem Gesicht und bei dieser Sonne, dann wird die Sache schlimmer, und Sie haben eine Woche damit zu tun.«

Es zuckte leise um ihre Mundwinkel. »Und dann werden Sie noch übler aussehen als jetzt!«
»Ja, Fräulein, Sie haben recht, meine Weigerung war kindisch. Also? Wollen Sie mir assistieren?«
»Natürlich.« Sie setzte sich an seiner Seite auf die Bank und hielt ihm das Spiegelchen.
Er sah ihr lachend in die Augen, dann tauchte er die Watte in die Salbe und begann zu reiben. Da er die Sache ein bißchen eilig nahm, mahnte sie: »Nein, nein, machen Sie es nur genauer! Namentlich auf der Nase!«
»Ja, die sieht auch am schlimmsten aus!«
Als die Kur erledigt war, sprang er auf, warf die benützte Watte über den Zaun und säuberte mit dem Taschentuch die Finger.
Nun lachte sie.
»Na also, sehen Sie, da hab ich nun doch den Spott davon!« sagte er heiter. »Mein Gesicht muß aber auch aussehen wie –« Er fand keinen Vergleich, der ihm drastisch genug erschien.
»Wie ein gebratener Apfel, so schön glänzend! Aber nicht wahr«, fragte sie wieder völlig ernst, »Sie fühlen, daß es besser ist?«
»Wirklich, ja, das Brennen beginnt schon nachzulassen. Ich danke Ihnen herzlich für den Dienst, den Sie mir geleistet haben. Und da ich bereits den Namen meines freundlichen Arztes kenne –«
»Sie kennen meinen Namen?«
»Zur Hälfte hab ich ihn hier auf dem Baum gelesen. Dann kam der Bub und grüßte sie: Fräulein Petri! Nun darf sich wohl auch der dankbare Patient Ihnen vorstellen? Ich heiße Ettingen.«
Sie nickte flüchtig, als wäre sein Name für sie etwas Nebensächliches. »Wenn Ihnen nur geholfen ist! Aber Dank? Nein! Wer in den Bergen lebt, ist das gewöhnt, daß man hurtig läuft, wenn der Nachbar ruft: ›Ich brauche dich!‹ Nun gar in solcher Einsamkeit wie hier. Da sind die Menschen, die sich begegnen, aufeinander angewiesen.« Sie begann in der Schatulle Ordnung zu machen. »Mein kleines Kästchen hat sich schon oft auftun müssen. Nicht nur für einen leidenden Touristen wie heute. Viel häufiger noch für die Sennleute.«
Ettingen hatte sich wieder auf die Bank gesetzt. »Und da leben Sie hier so allein den ganzen Sommer?«
»Den ganzen Sommer nicht, aber doch jede Woche ein paar Tage.«
»Aber in diesen paar Tagen sind Sie doch immer allein?«

»Heuer, ja, heuer bin ich allein.« Sie beugte sich tiefer über die Schatulle.
»Daß Ihnen die Tage nicht zu lang werden, das begreif ich. Es ist so schön hier. Jede Stunde muß Ihnen eine Fülle tiefer Eindrücke bringen. Aber so einsam hier auszuhalten, dazu gehört für ein junges Mädchen ein seltener Mut.«
Das schien sie nicht zu verstehen. »Mut? Ist man nicht am sichersten, wenn man allein ist? Und was sollte ich hier zu fürchten haben? Der Sommer in den Bergen hat keine Gefahr, wenigstens hier in dieser Höhe nicht. Und der Platz, auf dem mein Häuschen steht, ist sicher gegen Wildwasser. Lawinen und Schneestürme gibt es im Sommer nicht. Und eine Gewitternacht? Da sitz ich am liebsten dort auf der Türschwelle und schaue hinaus in das Toben und Leuchten.«
»Aber die Menschen, die der Zufall vor Ihre Türe führt! Und alle Menschen, mein liebes Fräulein, alle sind nicht gut!«
»Die Bauern in der Gegend kennen mich, und ich weiß mit ihnen umzugehen. Von ihnen hab ich nur Gefälligkeiten zu erwarten, keine Roheit zu fürchten. Und die fremden Touristen, die manchmal vor meine Tür kommen? Das sind nette, manierliche Leute, mit denen ich gerne plaudere. Wenn ich auch keine Sehnsucht habe nach der Stadt, so hör ich doch gerne von ihr erzählen. Wer Freude an der Natur hat, der hat auch immer ein gutes Herz. Und wenn manchmal einer kam, der ein bißchen übermütig und zudringlich wurde, weil er sah, daß ich allein war und jung bin und nicht häßlich –«
»Sehen Sie«, rief Ettingen, wie von einer bangen Sorge um das schöne, einsame Geschöpf befallen, »sehen Sie, das ist also doch schon geschehen!«
»Nicht oft.« Sie blickte freundlich zu ihm auf, als hätte sie gefühlt, was aus dem Klang seiner Stimme redete. »Ich habe dann immer das rechte Wort gefunden, auf das sie hörten.« Sie lächelte. »Nein! Ich habe nichts zu fürchten hier. Die einzige Sorge, die ich habe, geht nur meinen Garten an. Den haben sie mir manchmal bös geplündert, wenn ich ein paar Tage fort war. Wenn ihnen die Blumen nur Freude machten, in Gottes Namen! Ich habe mir wieder neue geholt von da draußen. Nur das Edelweiß – sehen Sie, dort auf dem Steinhügel hab ich ein paar Stöckchen eingepflanzt –, das Edelweiß ist im Wettersteingebirge selten, und ich bekomme nur manchmal von den Jägern einen Setzling – aber da kann ich mit aller Pflege kein Blümchen aufbringen. Kaum guckt ein Sternchen heraus, da ist es schon wieder

weg, mitgenommen von einem, der's gefunden hat. Da muß ich mir eben denken: ›Wer drunten im Tal das weiße Sternchen auf seinem Hut herumträgt, hat an ihm noch die größere Freude, als ich sie gehabt hätte.‹ Nein! Sonst hab ich nichts zu fürchten. Und es ist so schön hier! Ich bin auch nicht allein. Hier wohnt mein Erinnern mit mir, als wär es noch immer ein Wirkliches, und jeder neue Tag ist für mich eine neue Freude, die mein Leben reich macht.«

Ettingen betrachtete sie schweigend, gefesselt von dem Reiz dieses ruhigen Lächelns, von dem reinen Glanz der stillen, tiefen Mädchenaugen. Dann sagte er: »Wie glücklich sind Sie in Ihrem guten Glauben, in Ihrer furchtlosen Freude, in Ihrer reichen Einsamkeit!«

»Glücklich? Ja! Ich war es. Und ich bin es.«

Ein leichter Windhauch, wie sanftes Sonnenatmen, strich über den blühenden Garten hin, und durch die Zweige des Harfenbaumes ging ein leises Flüstern. Doch die Glocken schwiegen.

Ettingen sah zu den Wipfeln hinauf, als hätte er sich gefragt: ›Warum klingen sie nicht?‹ Und da gewahrte er, was er noch nicht gesehen hatte, daß an einem der Stämme ein kleines Bild mit hölzernem Dächlein angebracht war, nach Art jener Marterltäfelchen, die das Landvolk zu frommem Gedächtnis an Stellen errichtet, an denen ein Unglück geschah oder eine fromme Rettung sich vollzog.

Um das hochhängende Bildchen besser betrachten zu können, erhob sich Ettingen.

Das kleine Gemälde war von Schnee und Regen schon übel zugerichtet, doch in Zeichnung und Farbe noch deutlich zu erkennen. Man merkte gleich, daß die Hand eines geschulten Malers dieses Bildchen geschaffen hatte, obwohl es ganz den steifen, naiven Stil und die grellen Farben der ländlichen Marterlbildchen zeigte. Es sprach beabsichtigter Humor aus dieser Anlehnung an den bäuerlichen Kunstgeschmack. Die Landschaft war trotz aller Karikatur unverkennbar: Dieser blaue Kreis, das war der Sebensee, diese giftgrünen Zungen, das waren die Almgehänge und Latschenfelder, diese gelben Zuckerhüte stellten die beleuchtete Sonnenspitze und ihre Nachbarberge vor, und die sieben grüngefransten Spieße, die an die Bäumchen eines Nürnberger Spielzeugkastens erinnerten, das waren die sieben Wipfel des Harfenbaumes. In seinem Schatten kniete ein bärtiger Mann mit steifgefalteten Händen und einem schwebenden Kreuzlein über dem Scheitel. Vor ihm stand, mit segnend ausgestreckten Händen und von einem Heiligenschein

umgeben, die Gestalt eines Weibes, das an Genoveva denken ließ, denn die gelösten Haare umhüllten gleich einem Mantel den streng gezeichneten Leib, dessen einziger Schmuck ein grünes Kränzlein war. Die Erscheinung dieser heiligen Frau, die auf den betenden Mann erlösend und friedlich wirkte, schien zwei abenteuerliche Spukgestalten in entsetzte Flucht zu jagen: eine üppige Teufelin in bedenklich dekolletierter Balltoilette und einen schmerbäuchigen Faun, der ein Schwein am Stricklein führte und einen Kranz von Würsten um den Leib geschlungen trug. Die beiden Unholde schnitten in ihrem Schreck so drollige Gesichter und waren mit so heiterer Laune karikiert, daß Ettingen lachen mußte.
»Ein köstlicher Scherz!« sagte er. »Und der Humor dieses Bildchens wirkt auf mich, obwohl ich das Wunder, das hier verherrlicht ist, nicht recht verstehe. Darf ich wissen, was es bedeutet? Aber da steht ja auch eine Inschrift! Und gar eine lateinische!« Er übersetzte: »Ich bete dich an und singe mein Lob dir, göttliche Mutter Natur, deren schönes Wunder mich erlöste aus den Klauen der Teufel, die da heißen: Unverstand des Pöbels und eitle Torheit der Menschen! Mein Leben soll dir, o heilige Mutter, zum Danke geopfert sein wie ein Lämmlein mit schneeigem Fell, und meine Kunst, die vor die Säue geworfen war, soll einsam und sorglos blühen zu deinen Füßen, frei und schön wie eine Blume deiner Berge!«
Der Klang seiner Stimme war ernst geworden. Die seltsame Inschrift ließ ihn vermuten, daß hinter dem Scherz dieser Farben sich ein tiefes Weh verbarg. Und als er aufblickte, sah er, daß die Augen des Mädchens in Tränen schwammen.
»Fräulein?«
Sie wandte sich schweigend ab. Seine Frage schien in ihrer Seele ein Heiliges berührt zu haben, das sie dem Fremden nicht preisgeben wollte. Und als möchte sie auch ihre Bewegung vor ihm verbergen, nahm sie die Schatulle vom Tisch, um sie in die Hütte zu tragen.
Ettingen vertrat ihr den Weg. »Nein, Fräulein, so dürfen Sie nicht gehen! Mag ich für Sie auch ein Fremder sein, an den Sie schon morgen nicht mehr denken – aber ich habe hier eine so schöne Stunde verlebt, daß ich es mir nie verzeihen könnte, wenn ich Ihnen Ursache zu einer Verstimmung gegeben hätte. Ich fühl es, daß ich Sie durch meine Neugier und durch mein Lachen verletzt habe. Aber ich wußte nicht, daß ich es tat. Seien Sie mir nicht böse!«
Da reichte sie ihm die Hand. »Ich bin Ihnen nicht böse. Dazu hätt

ich kein Recht. Sie konnten nicht wissen, daß Ihr Lachen mir weh tat. Das Bildchen muß doch auch so heiter auf jeden wirken, der nicht weiß, was es bedeutet. Ehe mein Vater das lustige Ding da malen konnte, mußte er alle Enttäuschung seines Lebens überwinden. Als er das Bildchen an den Baum hängte, bedeutete das für ihn, daß er jede Hoffnung begrub, für sein Talent die Anerkennung der Welt zu gewinnen. Deshalb dürfen Sie nicht glauben, daß ihm der Mut oder die rechte Kraft gefehlt hätte.«

»Nein, liebes Fräulein! Was ich hier sehe und was ich von Ihnen hörte, läßt mich vom Wesen Ihres Vaters manchen Zug erraten. Er muß als Mensch und Künstler gesucht haben, was abseits von der Landstraße und ihren ausgefahrenen Geleisen liegt. Alles Ungewöhnliche begegnet leicht dem Mißverstand. Und ich kann mir denken, daß eine feinbesaitete, stolze Künstlernatur auf die Dauer des Kampfes müde wird und der Welt verbittert den Rücken wendet.«

Sie nickte. »Das war es! Sein Stolz war zu tief verwundet. Kunst, das war für ihn nur das Große, Reine und Schöne. Auch das Wahre. Aber er hatte Augen, denen die Dinge anders erschienen, als sie sonst den Menschen erscheinen. Da malte er nun alles, wie er es sah, nicht so, wie es die Leute sehen wollten. Das verstanden sie nicht –« es zuckte wie Schmerz um ihren Mund, »und lachten über ihn. Das konnte er nicht ertragen, dieses Lachen immer! Das hat seinen Mut gebrochen. Nur den Mut des Künstlers. Als Mensch ist er ein fester und ganzer Mann gewesen. Das hat er bewiesen, als er starb.«

»Sie haben Ihren Vater verloren?«

»Verloren?« Sie schüttelte den Kopf. »Nein! Was man tief in seinem Herzen besitzt, was mit uns verbunden ist in jedem Gedanken und Gefühl, das kann man nicht verlieren. Er starb. Das ist nur ein Wort, das den Überlebenden weh tut. Mehr ist es nicht.«

Vom nahen Latschenfeld ließ sich das Klirren eines Bergstockes und der Hall schwerer Tritte hören.

Sie blickte auf, wie erwachend. »Ich muß gehen. Dort unten wartet meine Arbeit.«

Er meinte ihr nachzufühlen, weshalb sie diesen raschen Abschied nahm. Sie sah den Jäger kommen und wollte jetzt nach allem, was sie gesprochen hatte, nicht von alltäglichen Dingen reden oder das lustige Geschwatz des Jägers hören. Deshalb machte er keinen Versuch, sie zurückzuhalten.

Da reichte sie ihm plötzlich die Hand, sah mit feuchten Augen zu ihm auf und sagte: »Ich danke Ihnen!«
Das kam so überraschend für ihn, daß er im ersten Augenblick nicht wußte, was er sagen sollte. Und da löste sie schon ihre Hand aus der seinen und ging, um die Schatulle in die Hütte zu tragen. Als sie ins Freie trat, hatte sie einen grob geflochtenen Basthut aufgesetzt, dessen breite Krempe ihr Gesicht überschattete. Sie versperrte die Hüttentür, und ehe sie den Garten verließ, nickte sie noch einen Gruß zu Ettingen hinüber. Während sie langsam zwischen den Büschen gegen den See hinunterstieg, kam Praxmaler von der anderen Seite auf den Garten zugegangen.
Ettingen war an den Zaun getreten und sah dem Mädchen nach. Er fühlte sich von dieser Begegnung tief ergriffen. Was hatte ihn nur so sehr bewegt? Der stille, schöne Reiz dieses Ortes? Oder die Erscheinung dieses Mädchens, ihre freie, ruhige Art, sich zu geben und zu sprechen? Oder der Einblick, den er in das wunderliche Schicksal ihres Vaters gewonnen hatte, dieses weltflüchtigen Künstlers, der alle Dinge anders sah, als die Menschen sie zu sehen pflegen? Und wie mußte diese Tochter ihn geliebt haben, wie mußte auch jetzt noch der Gedanke an ihn ihr ganzes Leben füllen, da sie es wie ein kostbares Geschenk betrachtete, daß sie eine Stunde von ihm hatte sprechen dürfen! »Ich danke Ihnen!« Wie gut ihm dieses Wort gefiel! Es war ein Wort, das so tief blicken ließ, wie der klare See dort unten. Was ihr Vater auch als Künstler aus seiner träumerischen Seele herausgebildet haben mochte – er hatte sicher der Welt kein edleres Werk seines Blutes und Geistes hinterlassen als dieses junge, schöne Menschenkind mit seiner freien und furchtlosen Lebensruhe, mit seinem tiefen, reinen Gefühl und seinem guten Denken.
Da weckte ihn die Stimme des Jägers. »Grüß Gott, Herr Fürst! A bißl lang hats dauert, gelt? Aber der Tag wird heiß, da hab ich den Hirsch net liegen lassen können. Drum bin ich gleich ummi gsprungen auf d' Sebenalm und hab a paar Leut auftrieben, die den Hirsch heut noch aussi liefern ins Jagdhaus.« Pepperl hatte den Garten erreicht und schwang sich über den Zaun. »Gleich hab ich mir denkt, daß ich Ihnen da im Gartl von der Fräuln Petri find.« Er guckte zur Hütte hinüber. »Schad! Sie muß net daheim sein, 's Hüttl is gsperrt. Aber gelten S', schön is daherin! So a Platzerl findt man net leicht in der Welt. Dös hat er verstanden, ihr Vater!«
»Sie haben ihn gekannt?«

»Den Maler-Emmerle? Freilich hab ich den kennt!«
»Wie, sagten Sie, daß er hieß?«
»Emmerich Petri hat er gheißen. Aber d' Leut haben allweil gsagt: der Maler-Emmerle. In der ersten Zeit, wie er von der Münchnerstadt kommen is und hat sich in der Leutasch dös Häusl kauft, da haben d' Leut a bißl glacht über seine gspaßigen Sachen. Aber spater haben s' ihn gern mögen. Er ist aber auch a lieber, guter Mann gwesen.«
»Er war ein Künstler?«
»A Künstler? Ah na! Gott bewahr! Der is schon was Bessers gwesen!« beteuerte Pepperl, der nach ländlicher Anschauung unter ›Kienschtler‹ nur die ›Seiltanzler‹ und ›Komödispieler‹ verstand. »Wissen S', a Taferlmaler is er gwesen. A Marterl hat keiner net schöner malen können als wie der Herr Petri. Und die Heiligen, die er an d' Häuser hingmalen hat, die schauen nobel aus. Für ihm selber hat er diemal auch so Bildln gmalen, kleine und endsgroße.«
»Sie haben solche Bilder von ihm gesehen?«
»Aber freilich! Hängen ja draußen in seim Häusl alle Stuben voll. Herr Fürst, dö Bildln müssen S' Ihnen amal anschauen!« Pepperl kicherte. »Was da für narrische Sachen dabei sind! Am liebsten hat er allweil die jungen Buben gmalen, und völlig nacket – aber bloß in der oberen Hälft. Statt die menschlichen Füß hat er ihnen Geißbockhaxln hingmalen. Und Rösser hat er gmalen mit Mannsbilderköpf. Und Tigerkatzen mit Frauenzimmergsichter. Und Weibsbilder mit Karpfenschwanzln statt die Füß. Und lauter so verruckte Gschichten!« Pepperl schüttelte sich vor Lachen. »Gleich hinwerden kunnt man vor lauter Gaudi, wann man so ebbes anschaut!»
Auch Ettingen lächelte. Kentauren, Faune, Tritonen und Sphinxe – und dazu der Kunstverstand des guten Praxmaler-Pepperl: In diesem Kontrast lag eine Komik, der auch die ernste Stimmung Ettingens nicht zu widerstehen vermochte. Aber es widerstrebte ihm, noch weitere Fragen zu stellen. Schweigend trat er zum Tisch, warf die schon welk gewordenen Steinrosen über den Zaun und schmückte seinen Hut mit der Edelrose, die ihm Lolo Petri gereicht hatte.
Praxmaler riß die blauen Augen auf, als hätte er etwas Unerhörtes erlebt. »Aber Duhrlaucht! Mar und Joseph! Dö Blümeln, dö S' da wegwerfen – dös is ja der Bruch für'n Hirsch!«
»Dieser Zweig gefällt mir besser.«

Pepperl schwieg; doch er schüttelte die Kreuzerschneckerln und sah seinen Herrn von der Seite an. Daß es einen blühenden Zweig auf Erden geben konnte, der einem Jäger besser gefiel als der grüne Bruch für einen Vierzehnender? Das war für den Praxmaler-Pepperl etwas Unverständliches.
Ettingen setzte den Hut auf und griff nach dem Bergstock.
Da sagte der Jäger, als hätten seine Gedanken eine jähe Wendung gemacht: »Ja, schauen wir, daß wir heimkommen. Der Herr Kammerdiener wird eh schon auf der Paß liegen!«
Sie gingen zum Zauntürchen. Lächelnd blickte Ettingen noch einmal über die blühenden Beete hin und empor zu den stillgewordenen Wipfeln des Harfenbaumes, die mit umleuchtetem Grün hinaufstiegen in das reine Blau des Himmels.
»Welch ein schöner Morgen! Wie diese Luft sich atmet! Wie leicht und froh man sich fühlt! Als ginge man einer großen Freude entgegen!«
Pepperl seufzte. In seinem verantwortungsvollen Herzen war der Gedanke an das ›unbetreute dumme Gansl‹ wach geworden – er ging einer schweren Sorge entgegen.
Während sie auf schmalem Pfad über das Latschenfeld hinunterstiegen, fuhr Praxmaler plötzlich aus seinen Gedanken auf: »Was is denn dös gwesen jetzt?« Er spähte über die Latschen hin.
»Was haben Sie?« fragte Ettingen.
»Gwesen is mir, als hätt ich was ghört in die Latschen drin. Ich muß mich aber täuscht haben. Es rührt sich nix mehr.«
Sie schritten weiter und verschwanden im Schatten des nahen Waldes.
Als ihre Schritte verhallt waren, tauchte aus den Latschen das bleiche Gesicht Mazeggers auf. Eine Weile stand der Jäger unbeweglich und spähte mit funkelnden Augen gegen den Wald hinunter. In hartem Lächeln preßte er die schmalen blutlosen Lippen zusammen. Dann wand er sich durch die dichten Büsche auf den Pfad heraus. Hier legte er Büchse und Bergstock ab, kniete auf den Boden nieder und holte mit zitternder Vorsicht aus seinem Rucksack ein blühendes Edelweißstöcklein hervor, dessen Erdballen mit einem Taschentuch umbunden war. Er entfernte das Tuch, kniff mit den Nägeln ein paar welk gewordene Blätter fort, schöpfte mit der Hand von dem Wasser, das neben dem Pfad in dünnem Faden sickerte, und besprengte den dürr gewordenen Wurzelballen und die erst halb entwickelten

weißgrünen Blütensterne. In Unruh und dennoch geduldig wartete er fast eine halbe Stunde, bis sich die schmachtenden Pflänzchen wieder erholt hatten und frisch erschienen. Dann erhob er sich und stieg zum See hinunter. Als er den Waldsaum erreichte, schlug ihm brennende Röte über das bleiche Gesicht. Hastig lehnte er Bergstock und Büchse an einen Baum.
Am Ufer einer seicht verlaufenden Seebucht saß Lolo Petri auf einem Stein. Vor ihr stand eine leichte Feldstaffelei mit kleiner Leinwand, deren frische Farben eine begonnene Studie zeigten, ein Stück des Ufers mit dem Spiegelbild der überhängenden Blumen und einem halb versunkenen Wurzelstock. Die Skizze war nur erst in den Grundtönen angelegt, und dennoch verriet sie schon, mit welcher Treue die klaren, ruhigen Mädchenaugen alle Farben der Natur zu erfassen wußten. Aber sie schien mit ihren Gedanken nicht bei der Arbeit zu sein. Der Arm mit der Palette hing lose nieder, und während sie lächelte wie in freundlichem Erinnern, glitt ihr Blick über den stillen See.
Dann weckte sie der Schritt des Jägers. Als sie Mazegger erkannte, glitt ein Schatten des Unbehagens über ihr Gesicht. Doch als er sie mit seiner rauhen, erregten Stimme grüßte, dankte sie ruhig. Dann nahm sie die Arbeit auf, als wäre sie allein.
Er stand hinter ihr und umklammerte mit der Hand so fest den Wurzelballen der kleinen Pflanze, daß die Erde zu Boden bröselte.
»Schauen Sie doch her, Fräulein, was ich Ihnen gebracht hab!«
Sie hob das Gesicht, und der Anblick der seltenen Pflanze schien ihr Freude zu machen. »Ein Edelweiß! Wo haben Sie das gefunden?«
Schon wollte sie die Blume nehmen. Da begegnete ihr Blick seinen heißen Augen. Sie zog die Hand zurück. »Ich danke für Ihren guten Willen, Mazegger, aber ich kann diese Blume nicht nehmen.«
Aus dem Gesicht des Jägers war alles Blut gewichen. »Nicht nehmen? So? Und warum nicht?«
»Weil – weil die Pflanze in der Blütezeit ausgegraben ist und verwelken muß. Sie gewöhnt sich nicht mehr an neuen Boden.«
»Das ist eine Ausred! Vorige Woche hat Ihnen der Förster ein Edelweiß gebracht. Das hat doch auch schon geblüht. Warum soll das meinige nicht fortkommen? Oder wollen Sie es nur nicht nehmen, weil es von mir ist?«
Sie schwieg und mischte auf der Palette eine Farbe.
»Fräulein?« Die Stimme des Jägers zitterte. »Ich bin um das Blüml

einen harten Weg gestiegen. Schauen S' hinauf zur Tejawand! Von dort droben hab ichs heruntergeholt. Weil ich gmeint hab, das Blüml macht Ihnen Freud. Jetzt frag ich in allem Ernst: Wollen Sie das Edelweiß nehmen?«
»Nein!« erwiderte sie ruhig.
Mit ersticktem Fluch zerquetschte er die Pflanze in der Faust und schleuderte sie weit in den See hinaus.
Da sah sie zu ihm auf. Dann rückte sie die Staffelei beiseite, um das Motiv, das sie begonnen hatte, breiter überschauen zu können.
Mit geballten Fäusten stand er hinter ihr und wartete, als müßte sie ihm noch ein Wort zu sagen haben. »Also wirklich?« unterbrach er die Stille mit heiseren Worten. »Das einzige kurze Wörtl ist alles gewesen? Alles für mich?«
Sie schwieg und setzte die gemischte Farbe mit sicheren Pinselstrichen auf die Leinwand.
»Und vor den anderen hat man sich hinstellen können eine geschlagene Stund, daß ein End schier nicht zu erleben war?«
Sie schien nicht zu hören, was er sagte.
»Aber der! Natürlich! Der is halt was Feineres als unsereiner! Ein Fürst! Da rentiert sichs freilich, daß man 's Göscherl aufmacht!«
Nun blickte sie doch verwundert auf. »Ein Fürst? Wer?«
Mazeggers Antwort war ein Lachen, das sein ganzes Gesicht verzerrte. »Gut verstellen können Sie sich auch, das muß ich sagen! Aber Sie wissen schon, wen ich mein'! Er hat sich ja so gnädig bei Ihnen verhalten, daß er schier aufs Fortgehen vergessen hat!«
Da huschte eine leichte Röte über ihre Wangen. »Das war der Fürst? Der die Jagd im Geißtal gepachtet hat?«
»Geh, Fräulein, tun S' nur nicht, als ob Sie das nicht gewußt hätten!«
»Nein, das hab ich nicht gewußt.« Sie wandte sich wieder zu ihrer Arbeit.
»Aber gefallen hat er Ihnen, gelt? Natürlich, wenn so einer kommt, mit seinem hochfeinen Spinnwebengesicht und seinen glanzigen Frauenzimmeraugen, aaah, da springen gleich alle verriegelten Türen auf!«
Ohne die Arbeit zu unterbrechen, sagte sie mit kaum merklicher Erregung in der Stimme: »Wenn es der Fürst ist, von dem Sie sprechen, dann ist es auch Ihr Herr, dem Sie Achtung schulden. Ich will mir denken, daß Sie nicht wissen, was Sie da geredet haben. Und jetzt gehen Sie, Mazegger! Sie sehen, ich arbeite.«

Sein rauhes Lachen unterbrach sie. Er würgte an Worten, die ihm nicht über die Zunge wollten, und plötzlich faßte er mit rohem Griff ihren Arm. Aus ihren Augen traf ihn ein so ruhig stolzer Blick, daß ihm die Hand hinunterfiel wie gelähmt. Schweigend legte sie den Farbenkasten zusammen und stellte ihn mit der Staffelei in den Schatten eines nahen Baumes. Prüfend betrachtete sie noch einmal ihre Arbeit, nahm den Basthut ab und strich die Haare von den Wangen zurück. Dann stieg sie gegen die Hütte hinauf.
Mazegger stand wie versteinert, solang er sie noch sehen konnte. Als sie verschwunden war, reckte er seine Gestalt, wie von einem Bann erlöst, und brach in ersticktes Lachen aus. Das Gesicht von Blässe überzogen, ging er zu dem Baum zurück, an den er seine Büchse gelehnt hatte. Zitternd klammerten sich seine Hände um die Waffe, während sein Blick die Höhe suchte, über deren Büsche das von Efeu umsponnene Dächlein herunterblickte. Eine wilde Drohung flammte aus den brennenden Augen des Jägers.
Er warf die Büchse auf den Rücken und schritt in den Wald hinein. Jeden Pfad vermeidend, kletterte er zwischen dem Gewirr der bemoosten Blöcke an der Lehne des Berges hin. Und plötzlich warf er sich ins Moos und grub das Gesicht in die Arme. Fast eine Stunde lag er so. Müd, als wären ihm alle Glieder wie gebrochen, richtete er sich endlich auf. Sein Gesicht brannte, und die Falten des Ärmels hatten ihm Striemen auf die Wangen gedrückt.
Er zog die Uhr. Es war Mittag geworden. Da konnte er ins Tal hinuntersteigen, ohne fürchten zu müssen, daß ihm der Förster oder einer der Jäger auf dem Weg begegnen könnte, der ihm verboten war.

7

Es ging auf ein Uhr mittags, als Praxmaler im Tempo eines Wettläufers bei den Jagdhäusern eintraf. Auf halbem Wege war er vorausgegangen unter dem Vorwand, die Heimkehr des Fürsten anzumelden, damit der ›Herr Kammerdiener‹ alle Bequemlichkeit für seinen Herrn in Bereitschaft halten könnte. Ettingen hatte dem etwas auffälligen Diensteifer des Jägers gerne zugestimmt, da es ihm lieb war, mit seinen Gedanken allein zu sein. Da hatte nun Pepperl, sobald er seinem Herrn aus dem Gesicht gekommen war, einen Dauerlauf angeschlagen, bei dem er schließlich das letzte ›Bröserl‹ seines Atems auspumpte.

Als er die Tillfußer Lichtung erreichte, schnappte er nach Luft wie ein aufs Trockene geratener Fisch nach Wasser. Die Faust auf die arbeitende Brust drückend, spähte er nach allen Seiten, ohne was Verdächtiges zu gewahren. Friedlich lagen die Jagdhäuser mitsamt der Sennhütte in der weißen Mittagssonne, kein Mensch war zu sehen, nur ein paar Kühe grasten mit bimmelnden Glocken über das Almfeld hin. Das Bild dieses sonnigen Friedens wirkte wie Öl auf die erregten Wogen in Pepperls Seele. Er atmete auf und stieg zum Jagdhaus hinauf. »He! Herr Kammerdiener!« Keine Antwort. ›Er wird wohl in der Kuchl sein!‹ dachte Pepperl und ging auf die Tür zu, aus der ihm so wundersame Düfte entgegenquollen, daß er schnuppernd die Nase hob. »Sakra! Sakra! Da gibts was Nobels!« Er stellte Büchse und Bergstock nieder, nahm das Hütl ab und trat in die Küche. Sein erster Blick suchte den Kammerdiener, und da er ihn nicht fand, vergaß er, die Jungfer Köchin zu grüßen und fragte nur:

»Wo is er denn?«

»Wer?«

»Der Herr Martin.«

»Wahrscheinlich sitzt er wieder drunten in der Almhütt und schnei-

det der Sennerin die Cour. Ein rundes, gesundes Mädl! Das ist der Werktagsgusto von unserem Kammermops!«
»So, schön!« stotterte Pepperl, dem der Schreck in alle Glieder fuhr. Er stolperte zur Tür hinaus und rannte über das Almfeld hinunter. Als er den Stall erreichte, blieb er stehen und faßte sich bei der Joppe. »Nimm dich zamm, Pepperl! Sei du der Gscheiter!«
Lautlos bog er um die Ecke der Sennhütte, hörte aus der Almstube die beiden Stimmen und guckte aufgeregt durch eines der kleinen Rauchlöcher, welche die Wand durchbrachen.
Da drinnen saß der Kammermops in seiner schwarzen Gala und mit glänzend frisiertem Scheitel am Tisch, hielt in vornehmer Nonchalance die Beine mit den Schnallenschuhen übereinander geschlagen und schmauchte eine Zigarette. Seinen hochgezogenen Brauen war es anzumerken, daß er mit dem Ergebnis der zärtlichen Stunde nicht ganz zufrieden war. Vor ihm stand die Sennerin am Herd und rührte mit langem Holzlöffel in dem großen Kupferkessel herum, der über dem flackernden Feuer hing. Das hübsche Gesicht des Mädels brannte. Das schien nicht nur von der Hitze des Feuers zu kommen, denn eine Furche des Unwillens lag zwischen ihren Brauen.
»Nun?« fragte Martin. »Warum so schweigsam, schönes Kind? Soll ich keine Antwort bekommen?«
Es schien kein freundliches Wort zu sein, das dem Mädel auf der Zunge lag. Schon wollte sie sprechen. Da hörte sie mit ihrem feinen Ohr ein leises Rascheln an der Mauer. Und es fiel ihr auf, daß an einem der Rauchlöcher die Sonnenhelle, die durch die Öffnung geleuchtet hatte, plötzlich verschwunden war. Ein feindseliges Lächeln zuckte um den kirschroten Schnabel der Sennerin. Dieses böse Lächeln verwandelte sich in schadenfrohes Schmunzeln. Und während sie mit blitzenden Augen über die Schulter zu Martin hinüberguckte, sagte sie zögernd, als müßte sie sich jedes Wort überlegen: »Ja, wissen S', mit Ihnen hat a Madl a harts Reden! Sö sind so a stadtischer Pfiffikus! Da muß man Obacht geben – wenn S' mir auch sonst net gar so übel gfallen täten, ja!« Diese letzten Worte sprach sie mit auffallend lauter Stimme.
Martin schien die jähe Schwenkung im Verhalten des Mädels mit Vergnügen zu bemerken und gab seiner Antwort einen Herzton schöner Ehrlichkeit: »Aber ich bitt' Sie, mein liebes Kind, einen aufrichtigeren Menschen, als ich bin, gibt es gar nicht mehr. Wenn ich was sage, können Sie sich drauf verlassen, daß es so ist!«

»Ja, freilich!« Burgi lachte. »Die Mannsbilder alle mitanander sind Lugenschüppel, schon gar, wann s' zu eim Madl von der Lieb reden. Da sind unsere Burschen auch net anders als die nobligen Herrn aus der Stadt. Und erst die Jager! Eh so einer 's Maul aufmacht, hat er schon dreimal glogen. Schauen S' den Pepperl an, der sich neulich auf d' Nacht so fein gegen Ihnen benommen hat! Dös is schon gar der Ärgste! Zwiderer, wie mir der is, kann mir net leicht einer sein!«
»Na, hören Sie, mein liebes Kind, Sie werden mich doch hoffentlich nicht mit solch einem ungebildeten Lümmel vergleichen wollen?«
»Ah, Gott bewahr! Soviel Augen hab ich schon, daß ich an Unterschied merk.«
»Das ist nett von Ihnen, daß Sie mir das so ehrlich sagen. Und eine Ehrlichkeit für die andere: So gut wie Sie, liebe Burgi, hat mir im Leben noch kein Mädel gefallen. Sie haben so was Heiteres, Gesundes, Frisches und Herziges.«
»Hören S' auf, Sö süßer Schmalger, Sö!« erwiderte die Sennerin lachend, wurde aber dabei doch rot bis über die Ohren, als hätte dieses schmeichelnde Bekenntnis nicht völlig wirkungslos an das verriegelte Türchen ihrer Mädchenseele gepocht.
»Das dürfen Sie mir glauben, daß ich noch nie einem Mädel so was gesagt habe!« sprach Martin mit Eifer weiter. »Wahrhaftiger Gott, ich habe mich nie besonders viel um die Frauenzimmer gekümmert. Mein Dienst und mein Herr, das war für mich immer das Höchste. In einer so wichtigen Stellung hat man keine Zeit für Dummheiten übrig.«
»Dummheiten?« Burgi guckte nachdenklich in den brodelnden Kessel. »No, gar so ebbes Dumms kann d' Lieb ja doch net sein!«
»Jaaa! Wenn es die richtige Liebe ist! Treu, aufrichtig und ehrenhaft! Aber wie sich das in der Stadt gewöhnlich macht, nein, dafür dank ich! Wenn ich da wollte, an jedem Finger könnt ich eine haben.«
Burgi musterte den feinen Herrn. »Ah ja! A nobligs Mannsbild! So nobel wie Sö geht net amal der Herr Fürst umanand. Dös tut doch net leicht a Mensch, daß er seim Dienstboten 's bessere Gwand zum Tragen gibt, und er selber tragt a gringers. Der Herr Fürst muß Ihnen gern haben!«
»Er weiß, was er an mir hat!« sagte Martin, über das naive Mißverständnis des Mädels mit heiterem Lächeln hinübergleitend. »Und wenn es an der Zeit ist, wird er mir auch für meine treuen Dienste entsprechend danken!« Er blies eine Rauchwolke vor sich hin und

lehnte sich behaglich zurück. »Ich bin ja mit meiner Stellung ganz zufrieden. Aber man will doch auch einmal selbständig werden und eine Familie gründen.«
»Familli gründen?« Dieses Bild schien für Burgi eine Nuß zu sein, die man erst knacken mußte, um auf den Kern zu kommen. »Ah so! Heiraten, meinen S'?« Sie hatte augenscheinlich einen großen Respekt vor dem Worte ›heiraten‹! Das verriet die ehrfürchtige Breite, mit der sie es aussprach.
»Heiraten! Ja!« Martin schmunzelte. »Es ist nicht gut, wenn der Mensch allein bleibt. Das steht in der Heiligen Schrift.«
»A fromms und gottgfälligs Wörtl, ja!«
»Und wenn ich einmal das Frauerl gefunden habe, das mir gefällt, dann brauch ich nur mit meinem Herrn zu sprechen. Da kann ich mir auf seinem Gut einen Posten als Inspektor aussuchen. Aaah, meine Frau, die wirds einmal gut haben! Denken Sie nur, liebe Burgi, Licht, Holz und Wohnung, alles frei! Dazu ein Gehalt von drei- bis viertausend Gulden im Jahr.«
»Was! Vier – tausend – Gulden! Mar und Joseph! Is dös a Geld!« Burgi machte Augen, als wäre Martin plötzlich für sie ein anderer Mensch geworden, einer, den man mit Achtung behandeln mußte. Dabei erlosch in ihr der Gedanke an jenes kleine Rauchloch, aus dem die Sonne verschwunden war. »Vier – tausend – Gulden! Mehr hat ja bei uns in Tirol kein Bischof! Sie, Herr Martin, da können S' Ihnen a nobels Stadtfräuln aussuchen!«
»Na, wissen Sie, mit denen aus der Stadt –« Martin schüttelte den Kopf und schnellte die Asche von der Zigarette. »Ich hab mir immer was anderes gedacht. So was Urwüchsiges und Unverdorbenes! Das wär mein Geschmack. Und dann – in einem unbewohnten Schloß die Zimmer lüften, das paßt mir auch nicht recht.«
»Um Gotts willen, Herr Martin, lassen S' dö viertausend Gulden net aus!«
»Wenn ich mir was Besseres wüßte?«
»Noch ebbes Besseres? Dös gibts ja gar net!«
»Wer weiß!« Martin lächelte geheimnisvoll. »Wenn Sie mir versprechen, daß Sie nichts weiterschwatzen, sag ich Ihnen was.«
»Ich? Und an Tratsch machen? Da tät ich mir lieber 's Züngl abbeißen. Zu mir können S' unscheniert reden.«
»Hand darauf?«
Burgi wischte die Hand an der Schürze ab, bevor sie einschlug.

»Hand drauf, ja!«
Vertraulich zog Martin das schmucke Mädel an seine Seite und streichelte zärtlich die sonnverbrannte Hand. »Das wissen Sie doch, daß unsere Durchlaucht die große Jagd da auf zehn Jahre gepachtet hat?«
»Freilich, ja! Und der Pacht und 's Winterfutter und die Jager alle! Mein Gott, mein Gott, dös muß a schauderhafts Stückl Geld kosten!«
»Das glaub ich! Und da können Sie sich denken, daß da ein verläßlicher Mensch hergehört, der alles leitet und überwacht, die Verrechnung führt –«
»Dös macht ja der Förstner! Sö, dös is an ehrenhafter Mensch. Auf den kann sich der Herr Fürst verlassen.«
»Ja, ja! Ich will ihm auch von seinen guten Eigenschaften nichts abstreiten. Aber auf einen solchen Posten gehört ein Mensch von Bildung, der alles so zu richten versteht, wie es unserer Durchlaucht angenehm ist.«
»Um Gotts willen! Der gute Herr Förstner wird doch net sein' Posten verlieren?«
»Gott bewahre! Der kann bleiben, was er ist. Aber über ihn wird noch ein Jagdverwalter gesetzt, verstehen Sie?«
Ganz verstand sie die Sache nicht; aber sie nickte: »Ah ja! Ah ja!«
»Das wird noch heuer im Herbst gemacht. Unsere Durchlaucht hat bereits mit mir über die Sache gesprochen. Und im Frühjahr wird draußen in Leutasch für den Verwalter ein neues Haus gebaut, natürlich zweistöckig, mit einem großen Garten, mit einem Stall für zwei Pferde und vier Milchkühe –«
»Da ghört a Heustadel und a Holzschupfen auch dazu!«
»Natürlich! Wird gebaut!« Martin warf die Zigarette über den Tisch und zog das Mädel fester an sich. »Na, und jetzt raten Sie mal, wer das sein wird? Der neue Jagdverwalter?« Lächelnd tätschelte er den runden, molligen Arm der Sennerin und zwinkerte vergnügt zu ihr hinauf.
Da begriff sie und platzte los: »Am End gar Sö, Herr Martin!«
Er nickte.
»Hören S', da därf man Ihnen gratalieren!«
»Nicht wahr? Aber – einen Haken hat die Sache noch.«
»Was denn für ein'?«
»Der Verwalter hier, das muß einer sein, der verheiratet ist.«

»No ja, so heiraten S' halt! Für so an Posten kann man's riskieren.«
»So? Meinst du?« Sie merkte gar nicht, daß er sie duzte. »Aber wo find ich so schnell eine, die mich nimmt?«
»Ui jegerl!« sagte sie ernst. »Bei so was greift doch jede zu mit alle zwei Händ.«
»Na ja! Aber ich kenn eben keine.« Martin legte den Arm um Burgis Hüfte. »Und jetzt sag mal, Burgerl, möchtest du mir nicht eine suchen helfen?«
»Ich?« Nun lachte sie, als hätte sie in ihrem Leben was Lustigeres nicht gehört. »O du mein lieber Herrgott! Mit so einer, wie s' mir bekannt sind, da wären S' sauber aufgricht! Sö! Und a Bauernmadl!«
»Na, weißt du, das wird doch wohl nicht anders gehen. Eine vom Land werd ich mir nehmen müssen. Eine, die sich auf den Stall versteht. Von Kühen und Pferden versteh ich nichts, rein gar nichts. Das muß eben dann meine Frau übernehmen.«
»Ah ja!« Das leuchtete ihr ein. »Dös is wahr, da brauchen S' eine, die ihr Sach versteht und ghörig schaffen kann.«
»Na also! Und da mußt du mir suchen helfen! Denk mal ein bißchen nach! Ich mein' immer, daß du gar nicht weit zu suchen brauchst, um so eine für mich zu finden, so recht eine Hübsche, Frische, Gesunde!«
Sie fühlte den zärtlichen Druck seines Armes, spürte seinen heißen Atem, sah seine dürstenden Augen – und da begriff sie. Das wirkte, als hätte der Blitz vor ihr eingeschlagen. Sie versuchte erschrocken, seinen Arm von sich abzuwehren. Bei diesem Befreiungsversuch schien ihr die rechte Kraft zu fehlen. Er gelang nicht.
Was in ihr vorging, war deutlich auf ihrem Gesicht zu lesen. Ihr erster Gedanke war Unglaube. Der Menschenverstand in ihrem hübschen Zauskopf war, so anspruchslos ihn die Natur auch geschaffen hatte, doch zu gesund, um sie nicht vor dem groben Köder zu warnen, den sie vor ihren Augen winken sah. Aber sie hätte nicht das praktisch rechnende Kind des Dorfes sein müssen, wenn ihr neben allem Zweifel nicht auch die Erwägung gekommen wäre: ›Vielleicht is doch was dran! Und wann ebbes dran is, därf ich mir's net verscherzen!‹ Und sie hätte nicht das arme, mit aller Not des Lebens kämpfende Mädel sein dürfen, um nicht auch die scheue Sehnsucht zu empfinden, die der Traum vom Großen Los erweckt. Ihr Herz war frei, sie dachte an keinen anderen – der Praxmaler-Pepperl war ihr ja ›so zwider wie net leicht einer‹. Und wenn der

gesunde Verstand ihr auch sagte: ›Glaub dem Schmalger nix, er lügt dich an!‹ – so hinderte das nicht, daß in ihrem sumsenden Köpfl ein winkendes Luftschloß zu glänzen begann. Sie sah das zweistöckige Haus, den Garten mit Sellerie und Kopfsalat, die große Wiese, den Stall mit Pferden und Kühen. Sie sah den Vater, den sie seit Jahren ernährte, unbesoffen und zufrieden in seinem Stübchen. Sie sah sich im seidenen Kleid zur Kirche gehen und im ersten Betstuhl knien. Sie sah sich am Sonntagnachmittag beim Kaffee sitzen, während die Tür sich auftat und die Jäger zum Rapport erschienen, voran der Praxmaler-Pepperl, der höflich das Hütl von den trauernden Kreuzerschneckerln herunterzog: ›Recht schön guten Abend, Frau Jagdverwalterin!‹ –

Bei diesem Traumbild stotterte sie zu Tod erschrocken: »Mar und Joseph!« Sie hatte plötzlich an das Rauchloch da drüben denken müssen, in dem die Sonne verschwunden war. »Lassen S' mich aus! Ich bitt Ihnen, lieber Herr Martin, lassen S' mich aus!«

»Aber Burgerl, Kind, so sag mir doch –« Martin versuchte, das Mädel auf seinen Schoß zu ziehen. Da verfinsterte sich die Tür, und eine Stimme, die kaum merklich bebte und dennoch ganz anders war als die gewohnte Stimme des Praxmaler-Pepperl, klang in die Dämmerung herein: »Recht schön guten Abend beinander!« Im gleichen Augenblick stand Burgi schon am Herd und begann im Kessel ein verzweifeltes Rühren.

Martin streckte die Beine, brannte sich eine frische Zigarette an und schielte über das flackernde Zündholz nach dem Jäger.

Pepperl stand wie ein Baum unter der Tür, die Daumen in die Hosenträger eingehakt. »Sö, Herr Kammerdiener! Tummeln S' Ihnen! Der Herr Fürst wird gleich heimkommen.«

»Also ist er noch nicht da? Na, dann wirds nicht so pressieren!« meinte Martin. Er stäubte eine Aschenflocke von seinem Frack, erhob sich, zog die Weste herunter und ging zur Tür. »Wollen Sie gefälligst den Weg freigeben?«

Pepperl rührte sich nicht. »Ja, gleich! Aber z'erst noch a Wörtl! Neulich auf d' Nacht hab ich an Rausch ghabt. Und da hab ich mich a bißl unghörig aufgführt. Dös reut mich, ja! Aber heut bin ich nüchtern.«

Martin runzelte die Brauen. »Was soll das heißen?«

»Es is nur, daß der Herr Kammerdiener weiß, wie er dran is mit mir.« Pepperl trat von der Tür weg. »So!«

»Sie scheinen zu glauben, daß ich an Ihr unqualifizierbares Benehmen von neulich eine Minute später noch gedacht habe? Da tun Sie sich zu viel Ehre an, junger Mann.«
»Is schon möglich! Unsereins halt eben a bißl was auf Ehr. Deswegen zwick ich Ihnen von der Ihrigen nix ab. Die tät mir net in d' Joppen passen.«
Martin zuckte hochmütig die Schultern, und während er zur Tür hinausschritt, grüßte er freundlich: »Adieu, Burgerl!«
»Bhüt Ihnen Gott, Herr Martin!« klang es so dünn wie ein Zwirnsfaden vom Herd herüber.
Draußen waren Martins Schritte schon verhallt, und Pepperl stand immer noch stumm und regungslos neben der Tür.
Burgi tat, als wäre der Jäger Luft für sie. Bald hantierte sie mit dem Geschirr, bald wieder legte sie ein frisches Scheit in das flackernde Feuer, und bei allem drehte sie der Tür immer den Rücken zu.
»Jiija!« sagte Pepperl endlich, ging auf den Tisch zu, setzte sich auf den leer gewordenen Stuhl und begann in aller Gemütsruhe sein Pfeiflein zu stopfen. Als diese umständliche Arbeit erledigt war, hob er das Bein und strich an der Schattenseite seiner Lederhose das Zündholz an. »Ja, ja, ja, ja!« nickte er vor sich hin, während er nachdenklich den brennenden Schwefel betrachtete. »So gehts auf der Welt!« Mit langen Zügen begann er zu paffen.
Burgi schoß einen wütenden Blick nach dem Jäger. »Mußt denn du allweil grad bei mir da sitzen?«
»Da gfallts mir halt, weißt!«
»Wär mir schon lieber, es tät dir woanders gfallen!«
»Die Zeit kann auch noch kommen.«
»Hoffentlich bleibts net gar z'lang aus!«
»Is schon möglich. Es gibt Sacherln auf der Welt, die haben gschwinde Füß.«
Unter trockenem Lachen faßte Burgi den langen Holzlöffel, um den Inhalt des Kessels aufzurühren. Eine Weile hörte man nur das Knistern des Feuers und das angestrengte Paffen des Praxmaler-Pepperl. Dieses Schweigen zog sich immer zäher in die Länge.
»Heut machts an staden Tag!« sagte Pepperl endlich. »Plauschen wir lieber a bißl was!« Ein kurzes Auflachen. »No also, wie gehts, wie stehts denn allweil, Frau Jagdverwalterin? Haben S' heut den herrschaftlichen Stall schon ausputzt? Ja?«
Burgi fuhr auf, wie von einer Natter gestochen. Im ersten Augen-

blick wußte sie nicht, was sie sagen sollte. Dann trat sie schneidig auf den Jäger zu, beugte den Kopf zu seiner Nase hinunter und zischelte ihm ins Gesicht: »Du! Jetzt will ich dir was sagen! Um alles andere frag ich net, aber beim Herrn Martin seiner Privatsach, die er mir anvertraut hat, da hab ich d'Hand drauf geben, daß nix weiterkommt. Und dös möcht ich mir verbitten, daß du jetzt an Tratsch machst und daß's hintnach heißen tät, ich habs gsagt! Verstehst mich?«
Pepperl blies ihr den Rauch ins Gesicht, daß sie husten mußte. »Dös kann ich halten, wie ich mag. Ich hab nix versprochen.«
»So? So?« Fuchtelnd wehrte sie mit beiden Händen den Rauch von sich ab. »Gleichschauen täts dir schon, dir, daß d'umanandrennst in der ganzen Gegend und alles ausschreist! Gelt?«
Das Blut stieg ihm ins Gesicht, doch er blieb ruhig. »So? Schauts mir gleich? No ja!« Und paff, hatte sie wieder eine Wolke unter der Nase.
»Jetzt hör amal auf!« fuhr sie ihn hustend an. »Blas mir net allweil dein Stinkadores ins Gsicht!«
»Freilich, du vertragst halt bloß so a feins Zigarettendampfl. Übrigens, wann dir sonst kei' Sorg net aufliegt, als daß ich an Tratsch mach, da kannst dich trösten. Lugen red ich net weiter. Denn daß ich den Schwindel mit der Jagdverwaltung glaub, für so strohkalbdumm möcht ich mich von die Leut net halten lassen.«
Burgi atmete erleichtert auf und kehrte zum Herd zurück. Einen ›Tratsch‹ brauchte sie nicht zu fürchten, das wußte sie jetzt. Und über das Loch, das Pepperl mit dem Wörtlein ›Schwindel‹ in ihre halbe Hoffung gerissen hatte, machten ihre Gedanken einen großen Sprung. »Bist ihm halt neidisch, gelt?«
»Dem? Na!«
»Und ärgern tust dich, daß er sich mit dir net abgibt.«
»Ich hab halt nix so ›Urrwixikäs‹ und ›Härzikäs‹, wie er's gern hat.«
»Natürlich, so a Lümmel wie du!«
»Freilich! Ich habs ja hören können, daß dir net leicht einer so zwider is wie ich.«
»So?« Die Schadenfreude blitzte in ihren Augen. »Hast es aufgschnappt? Ich habs eh nur gsagt, damit du's hörst.«
»Geh?«
»Ja! Meinst, ich hab dich net umraspeln hören hinter der Wand da draußen?« Als sie die verdutzten Augen sah, die er machte, versetzte

sie der Wahrheit einen gelinden Puff und sagte: »Hätts da herin was zum Verheimlichen geben, meinst, ich hätt' den Herrn Martin weiterreden lassen, wann ich weiß, wer draußen steht mit die gspitzten Luser? Übrigens, schenieren möcht ich mich! Mit die Ohrwascheln umanandrutschen hinter der Mauer! Aber: ›Der Lauscher an der Wand hört die eigene Schand!‹ Kennst es ja, dös Sprüchl, gelt?«

»Ja!« Pepperl biß in die Pfeifenspitze, daß es knirschte. »Schand hab ich gnug ghört. Aber net die meinig.«

»Du!«

Das Wort war wie ein Dolch. Und das brennende Scheit, das Burgi gerade tiefer ins Feuer schieben wollte, hatte sie in der Hand behalten und aus der Glut gerissen. Der Rauch quoll an ihr hinauf, und die Flamme züngelte nach ihrer Schürze.

Da war es um Pepperls Ruhe geschehen. Ein Sprung, und er stand an ihrer Seite, riß ihr das Scheit aus der Hand, um es ins Feuer zu werfen, und schrie ihr mit aller Überzeugung eines ehrlichen Menschen ins Gesicht: »Madl! Er schmiert dich an! Der!«

Sie wurde bleich. »So was laß ich mir net sagen! Von dir schon gar net. Und zum Anschmieren ghören zwei. Da müßt ich auch noch dabeisein. Aber weil du vom Herrn Martin bloß allweil 's Schlechte glaubst, deswegen mußt noch lang net recht haben!«

»Madl! Madl!« Pepperl fuhr ihr mit den fuchtelnden Händen fast ins Gesicht. »Wie kannst denn so was glauben? Der? Und Jagdverwalter? Da macht man ehnder an Pudel zum Pfarrer! Und wieviel hat er gsagt? Viertausend Gulden? Ja! Viertausend Pfifferling mit Schnekkensoß und den Buckel voll Prügel zum Eintunken! Dös verdient er! Der!« Der Brustton, mit welchem Pepperl predigte, schien den zornigen Trotz des Mädels schon ins Wanken zu bringen. Aber was der Jäger im heißen Eifer weiter noch vorbrachte, verdarb wieder alles. »Meinst, ich habs net gmerkt gleich am ersten Abend, wie er dich angschaut hat? Kümmern tuts mich freilich nix. Ich? Und von dir was mögen? Ah na! Fallt mir net ein! Aber als gute Seel, hab ich mir denkt, muß ich dös dumme Madl doch a bißl verwarnigen. Drum hab ich in der Nacht an deiner Kammer klopft. Ja! Sonst wegen nix. Aber hast dir ja nix sagen lassen. Natürlich, und jetzt is der Teufel los! Jetzt hat er dich anplauscht. Und glauben tust ihm auch schon und möchtest am liebsten gleich mit alle zwei Füß ins Unglück einihupfen, gelt? Aber da is noch was gut dafür! Da bin ich noch da! Verstehst mich? Du gehst mich net so viel an, weißt. Aber

die gute Repadazion von unserer Gegend liegt mir am Gwissen. Und daß 's bei die Leut umanand heißen soll: Auf der Tillfußer Alm, wo d' Jager hausen, gehts zu wie auf der ungraden Hochzeit, die der Pfarr verschlafen hat – dös laß ich net zu! Verstehst mich?«
»Du, mir scheint, dir hat d' Sonn a bißl z'heiß aufs Dachl brennt!« fiel Burgi mit zornbebender Stimme ein. »Komm her du, ich kühl dich ab!«
Und ehe Pepperl den Sinn dieser Worte zu deuten vermochte, hatte sie den Tränkzuber gepackt und schüttete dem Jäger einen Guß ins Gesicht, daß das Wasser in plätschernden Fäden an ihm hinuntertroff.
»So? No, wart nur, du!« Pepperl schüttelte sich, daß die Tropfen nach allen Seiten flogen. »Wir zwei sind fertig mitanander! Du und ich! Für ewige Zeiten! Jetzt soll dir an andrer ins Gwissen reden! Jetzt muß dein Vater her! Dein Vater solls wissen, wie's steht um dich! Ja, schau mich nur an, du! Heut noch laß ich ihm Botschaft sagen. Dein Vater muß her! Und jetzt bin ich fertig, so!« Er quetschte das Wasser aus den Ärmeln und schleuderte die Tropfen von den Händen. »Mich siehst nimmer in deiner Hütten!«
Wie er zur Tür hinauskam, das schien er selber nicht recht zu wissen. Er merkte nur plötzlich, daß er draußen in der Sonne stand, und da schob er das Hütl zurück und griff sich an die Stirn, als müßte er sich erst besinnen, was denn eigentlich geschehen wäre. Der Anblick seiner pritschelnassen Kleider schien ihm alles wieder in Erinnerung zu bringen. »An saubern Dank hat man von der moräulischen Gwissenhaftigkeit!« Er zog die Joppe herunter, trocknete mit dem Sacktuch das Gesicht und drückte das Wasser aus der Lederhose, die sich anfühlte wie ein vollgesogener Schwamm. Und da er in dem Zustand, in dem er sich befand, das Försterhäuschen nicht betreten wollte, sprang er gegen den Wald hinunter und legte sich auf einer kleinen, versteckten Lichtung in die Sonne, um trocken zu werden.
»Grad zerreißen kunnt ich dös Weiberleut!« murrte er mit geballten Fäusten vor sich hin, als er zwischen den Stauden hockte und sich von der Mittagshitze braten ließ.
Er hatte ›seine Schuldigkeit getan‹, hatte sein Gewissen entlastet. Aber der Ausdruck seiner Züge war nicht der friedliche des guten Hirten, der sein bedrohtes Schäflein gerettet weiß.
Es dauerte eine gute Stunde, bis Pepperl in der sommerlichen Backofenhitze trocken wurde – wenn auch nicht trocken bis auf die Haut.

›Unterschichtig‹ klebte ihm noch das Gewand am Körper, aber auswendig, meinte er, ›tuts es schon!‹
Um nur ja nicht an der Sennhütte vorüber zu müssen, machte er zum Försterhäuschen einen weiten Umweg durch den Wald, bis hinunter zum Bach. Da begegnete ihm der Bote, der für den Fürsten die Post aus Leutasch gebracht hatte und jetzt wieder heimwanderte. Pepperls Augen funkelten vor Freude. »So! Du kommst mir recht. Kannst mir Botschaft tragen?«
»Was denn?«
»Triffst den alten Brenntlinger heut noch?«
»Der Burgi ihren Vater?«
»Ja!«
»Heut nimmer, na! Aber morgen, wann ich am Wirtshaus vorbeikomm, da hockt er schon drin.«
»Richt ihm aus, daß ich ihm ganz ebbes Wichtigs sagen muß. Er soll mich aufsuchen. Je bälder, je lieber.«
»Sagen tu ichs ihm schon.« Der Mann lachte. »Ob ihm der Schnaps aber Urlaub gibt, dös weiß ich net.«
»Versprich ihm halt, daß er bei mir auch sein Stamperl kriegt.«
»No, da kann's sein, daß er kommt!«
Pepperl lüftete die Joppe, lachte spöttisch vor sich hin und spähte durch den Wald hinauf. »Gelt, sags ihm fei gwiß! Ich tu dir an andersmal auch wieder an Gfallen dafür. Und tummel dich, daß d' heimkommst und den Postwagen net versaumst. Hast viel mitkriegt vom Herrn Fürsten?«
»Schier gar nix, na! Bloß a Telegramm, dös er gschwind noch gschrieben hat, grad jetzt, wie er heimkommen is.«
»No also, da mußt doppelt flinke Füß machen! Pfüet dich Gott!«
Während Pepperl seine Lederhose auf ihre ›unterschichtige‹ Feuchtigkeit prüfte, wanderte der Bote davon.
Die Depesche, die er mit forttrug, war an den Grafen Sternfeldt adressiert und lautete: »Erkundige Dich, bitte, nach einem Maler Emmerich Petri, der vor zehn oder fünfzehn Jahren in München lebte. Jedes Wort, das Du über ihn erfahren kannst, hat Interesse für mich. Dank und herzlichen Gruß. Ich bin gesund und guter Dinge wie ein Fisch im klaren Wasser. – Heinz.«

8

Ein stiller Tag verging, an dem das Blau des Himmels gegen die Nebel kämpfte, die überall aus der Luft herauswuchsen und sich wie graue Kappen über alle Zinnen der Berge stülpten.
Gegen Abend begann es zu regnen.
Förster Kluibenschädl war im Fürstenhaus zu Tisch geladen. Als er sich nach heiter verplaudertem Mahl von seinem Jagdherrn verabschiedete, erbat er sich Urlaub für den nächsten Tag. Neue Jagdsteige wären zu bauen, und da müßte die Zustimmung der weideberechtigten Gemeinde eingeholt werden.
»Sie gehen nach Leutasch?« fragte der Fürst. »Wollen Sie mich mitnehmen?«
»Wollen? Ich bitt', Duhrlaucht, es wär mir ja die größte Ehr! Aber 's Wetter, mein' ich, wird Mannderln machen. Und viel is in der Leutasch draußen net zum Sehen.«
Ettingen lächelte.
»Es wär net der Müh wert, daß Duhrlaucht naß werden.«
»Ich hoffe, das Wetter bessert sich wieder bis morgen, und dann gehen wir.«
Der Wunsch des Fürsten erfüllte sich. Die halbe Nacht währte das Strömen und Gießen, aber der Morgen brachte wieder klares Wetter, sonnig und dennoch kühl.
Auf zehn Uhr morgens war der Abmarsch nach Leutasch festgesetzt – für Pepperl ein triftiger Grund, schon um neun Uhr von der Frühpirsch heimzukehren. Wenn der Fürst das Jagdhaus verließ, hatte der Kammerdiener einen freien Tag, und da mußte ein Riegel vor die Tür der Sennhütte geschoben werden. Freilich war Pepperl mit ›der da drunten‹ für alle Ewigkeit ›fertig‹. Aber er hatte nun einmal die ›Verantwortigung‹ auf sich genommen, und solch eine Gewissenspflicht wirft ein ehrlicher Christenmensch nicht von sich

ab, bevor er nicht sicher ist, daß ein anderer sie auf seine Schultern nimmt. Für diesen anderen war bereits gesorgt. »Leicht kommt er schon heut, der Brenntlinger. Da bin ichs endlich amal los, die verwünschte Sorg! Bei so was hat man Tag und Nacht kei' Ruh!«
Als Pepperl in die Hüttenstube trat, machte Kluibenschädl sich wegfertig. »Gelten S', Herr Förstner, heut därf ich mich ausschnaufen und daheim bleiben?«
»Ja, Bub! Hast a paar harte Täg hinteranander ghabt. Laß dir d' Ruh heut schmecken!«
»Ruh?« brummte Pepperl vor sich hin, während der Förster zum Fürstenhaus hinaufstieg. »Wann ich mein' Schmarren drunten hab, hock ich mit'm Gheimnis vom Wohdekastl vors Hüttentürl her. Den ganzen Tag! Da kommt mir nix aus.«
Eine Viertelstunde später wanderte Ettingen mit dem Förster über das Almfeld hinunter. Als sie an der Sennhütte vorübergingen, kam Burgi mit einem Schaff Wasser vom Brunnen und grüßte stumm, bevor sie in den Stall trat. »Ist das die Sennerin?« fragte Ettingen. »Ein hübsches Mädel!«
»Ja, gar net übel! Aber was in dös Madl einigfahren is, dös weiß der Kuckuck! Sonst hats den ganzen Tag allweil gsungen wie a Starl im Fruhjahr. Jetzt machts a Gsicht wie neun Tag Regenwetter. Die muß krank sein!«
»Oder verliebt. Das gäbe eine schmucke Jägersfrau.«
»Die?« Kluibenschädl machte große Augen. »Die hat ja nix!«
Ettingen lachte. »Was haben? Gehört das zum Glück? Auch hier im Dorf? Ich dachte, daß die Leute in den Bergen das Leben natürlicher nehmen als wir verbildeten Kulturkinder der Stadt.«
»Die Bauern? O du mein! Wann a Bauer heiret, wird um jeden Kuhschwanz ghandelt. Und d' Leut haben recht. Von der Lieb hat noch keiner zehrt. Steigen d' Sorgen zum Fenster eini, so fahrt d' Liebsfreud auf'm Besenstiel zur Haustür aussi! Und nacher wird grauft und gscholten.«
Ettingen sah den Förster von der Seite an. »Sie waren wohl nie verliebt?«
»Ich?« Kluibenschädl schlug ein Kreuz. »Gott soll mich bewahren!« Dem Ton dieser Worte war es anzumerken, daß der Förster über eine böse Erinnerung seines Lebens wegsprang. »Na na! Mein Dienst, meine Berg und mein Wald! Mehr verlang ich mir nimmer im Leben.«

Ettingen nickte.
»Schauen S' ihn nur an, unsern Wald! Kanns denn was Schöners geben? Oft, wann mich 's Leben völlig verdrossen hat, da hab ich mir gsagt: ›Marsch, Brüderl, naus in dein Wald, da verleidst es schon wieder!‹« Er lachte. »Und wahr is gwesen. Wieder lustig bin ich worden. Noch jedsmal!«
Sie waren aus dem Schatten des Waldes in die Sonne getreten und hatten die Straße erreicht, die am Ufer des rauschenden Wildbaches hinlief. Die beiden Wegstunden bis zum Dorfe vergingen dem Fürsten so rasch, daß er, als das weite Wiesental der Leutasch sich vor ihnen öffnete, verwundert fragte: »Wir sind schon da?«
Sie konnten das schöne Tal bis zu den Bergen, die es in der Ferne begrenzten, frei überblicken. Gleich blinkenden Silberwürfeln lagen die weißgetünchten Häuser zwischen dem Grün der Obstgärten, zwischen dem gelben Geröll des Bachlaufes und den Goldgevierten der reifenden Haferfelder. Auf den Wiesen waren die Leute mit dem Heu beschäftigt, und die kleinen Figürchen in Hemdsärmeln, die Wagen, die beladen wurden, die Zugtiere, alles flimmerte im Sonnenglanz. Eine Kette sanft gerundeter Waldberge schloß das Wiesental, und hinter ihren zierlichen Wipfelkämmen hoben sich die Felsenpaläste des Karwendelgebirges empor, die einsame Seefeldspitze und am Horizont die langgestreckten Inntaler Berge, deren fernste Zinnen nur noch wie bläulicher Hauch in die schimmernde Luft gezeichnet waren.
Bei den ersten Häusern sagte der Förster: »Duhrlaucht! Vor wir ins Dorf einimarschieren, müssen S' mir was versprechen!«
»Was?«
»Daß ich wegen die Steigbauten allein mit'm Bürgermeister reden därf. Zu dem laß ich Ihnen net in d' Stuben eini.«
»Halten Sie es nicht für gut, daß ich als Jagdherr selbst mit den Leuten spreche?«
»Gott bewahr! Wann die Bauern an Jagdherrn sehen, wissen s' gleich gar nimmer, was s' verlangen müssen. Schaut wo a Zehner aussi, so reißt der Bauer d' Augen gleich auf für an Tausender. Deswegen is er net schlechter und net besser wie andere Leut. Aber einbilden tut er sich: Er ist der Gscheite, und der Stadtherr is allweil der Dumme. Und hat er ihn übers Ohr ghaut, so lacht er ihn hintnach aus. Jetzt gar noch a Jagdpächter! Der is eh schon der Kiniglhaas! Von dem wird abigrissen, was runter geht an Woll. Na

na! Bleiben S' davon, Duhrlaucht! Sie mit Ihrer Güt möchten schön grupft ins Jagdhaus zruckkommen! Aber a Stündl wird's dauern, bis ich d' Erlaubnis für unsere Steigbauten ohne Blutgeld aussidruckt hab. Wie wollen S' Ihnen denn derweil unterhalten, Duhrlaucht?«

»Ich mache einen Spaziergang durch das Dorf. Oder – neulich am Sebensee hab ich eine junge Dame kennengelernt, ein Fräulein Petri –«

»Ah so! Die Fräuln Lo?« Der Förster blieb stehen, und es leuchtete warm in seinen Augen. »Net, Duhrlaucht, die muß Ihnen doch gfallen haben? Dös is a Frauenzimmerl, dös sogar ich gelten laß, und dös will viel sagen! Aber mit der Fräuln Lo, da wirds schlecht ausschaun heut. Die is an so eim Tag allweil im Wald oder z'höchst in die Berg droben. Die treffen S' heut net daheim, Duhrlaucht!«

»Die junge Dame hat mir manches von ihrem Vater erzählt, und das merkwürdige Schicksal dieses Mannes interessiert mich lebhaft. Es wäre mir eine Freude, die Bilder zu sehen, die von ihm noch vorhanden sind.«

»Nix leichter wie dös! D' Frau Petri hat die größte Freud, wann einer kommt und die Sachen anschaut.«

»Sind die Bilder verkäuflich?«

»Na, Duhrlaucht, da wird sich nix machen lassen. Es hätt' schon oft a Sommerfrischler so a Taferl gern mitgnommen. Aber was vom Herrn Petri noch da is, dös halten die zwei Frauenleutln fest wie mit eiserne Händ.«

»Also ist die Familie in guten Verhältnissen und hat ohne Sorge zu leben?«

»Aber gwiß. Erstens amal sind s' zfrieden mit allem und verstehen sich drauf, wie man 's Leben schön sparsam einrichten muß. Und nacher haben s' auch a bißl was. Der Herr Petri is a fleißigs Mannsbild gwesen. Der hat sich in die fufzehn Jahr bei uns da schön was verdient. So gut wie der hats net leicht einer verstanden, wie man die Marterln macht, die Votivtaferln und die Heiligen an die Häuser. Von der ganzen Gegend hat er die Kundschaft kriegt und is gut zahlt worden, acht Gulden für a Marterl, zwölfe für an ganzen Heiligen. Freilich, diemal hat er seine narrischen Zeiten ghabt und hat wochenlang bloß für ihm selber gmalen. Da hat er Sachen gmacht, auf die der Herr Pfarr net gut zum reden war. Und ich muß selber sagen – ich bin keiner von die Mucker, die meinen, es müßt alles zuknöpfelt sein bis zum Nasenspitzl –, aber da hat er vor drei,

vier Jahr so an Endstrumm Tafel gmalen: die Versuchung Christi – und da hat er a Frauenzimmer vor unsern Heiland hingstellt – Kreuzsakra, die hätt' a Gwandl brauchen können! Und so was hängt er mitten in d' Wohnstuben eini, daß 's jeder Mensch gleich sehen hat müssen. Was sagen S' jetzt zu so was, Duhrlaucht?«
Ettingen schwieg.
»Aber da is der Pfarr eingruckt über ihn! Da hats in dem stillen Häuserl a hitzigs Stündl geben. Z'erst is der Herr Petri grob worden. Und 's Grobsein, dös hat er doch sonst net in der Manier ghabt, is allweil a guter, freundschäftlicher Patron gwesen. Aber selbigsmal hätt' er den Pfarr bald zur Tür aussi gworfen. Der hat aber net auslassen und hat ihm androht, daß er ihn aussidruckt zum Dorf, wann dös Bild net wegkommt. Da müssen dem Herrn Petri doch die Grausbirn aufgstiegen sein. Jahlings hat er 's Gsicht in d' Händ einidruckt und hat zum Weinen angfangen.«
In Gedanken nickte Ettingen vor sich hin, als verstünde er diese Tränen und die zerbrochene Seele, aus der sie geflossen waren. »Und das Bild?«
»Dös is verschwunden. Was er angstellt hat damit, dös weiß ich net. Gsehen hab ichs nimmer derzeit. Und a Glück war's für'n Herrn Petri, daß er selbigsmal in der Feuerkapellen den schönen heiligen Laurenzi am Bratspieß gmalen hat, dem aus'm Göscherl raus a Bandl geht, wo draufgschrieben is, was der Heilige im Martyri gsagt hat zu die Schindersknecht: ›Schüret das Feuer noch heißer, es brennet mich nicht, denn mir ist kühl!‹ Ja, der schöne Laurenzi, der hat den Pfarr wieder ausgsöhnt. Aber wissen S', Duhrlaucht – der Pfarr hat mirs selber gsagt – dös unschenierte Frauenzimmer hätt' ihn noch gar net amal so arg verdrossen. Was den Pfarr am schiechsten g'ärgert hat, dös war der Teufel. Der is viel schöner gmalen gwesen als wie der Heiland. Und dös geht ja doch net, daß eim der höllische Versucher besser gfallt als wie der Herrgott. Na na! Der Herr Petri wär gscheiter bei seine Heiligen blieben. Auf die hat er sich verstanden. Schauen S', Duhrlaucht, da kommt grad so a Haus, dös er gmalen hat!«
Ein großer Bauernhof trat mit der fensterreichen Giebelfront an die Straße vor. Bis unter das Dach war die Wand mit Darstellungen aus dem Leben der heiligen Maria geschmückt.
Ettingen mußte etwas anderes erwartet haben, als es hier zu sehen gab; der erste Blick auf die bunte Bilderei enttäuschte ihn so sehr,

daß er schweigend den Kopf schüttelte. Diese Heiligen mit ihren blauen und grünen Mänteln, mit ihren roten Gesichtern und schwefelgelben Strahlenkronen, mit ihren eckigen Bewegungen und grellen Farben unterschieden sich wenig von den handwerksmäßigen Malereien, die in den Gebirgsdörfern zahlreich auf den Wänden der Häuser zu finden sind. Hatte der Künstler seine Sache nicht besser verstanden? War er von jenen Unglücklichen einer, die zum Schaffen allen Willen haben und denen nur eines fehlt, die Kraft? Hatte er sich in die Rolle des verkannten Genies hineingeredet, für dessen Geisteshöhe und Seelentiefe der ›Unverstand des Pöbels‹ zu kurze Augen hat – in eine Rolle, in der ihn alle verlachten, zwei Menschen ausgenommen: die Frau, die in ihm den Gatten liebte, und das Kind, das in ihm den Vater vergötterte?
Während Ettingen in Gedanken diese Fragen stellte, fiel seinem Blick ein nebensächliches Detail auf, das ihn fesselte: ein kleines, stilisiert geflecktes, drolliges Hündchen, das die flüchtende Maria am Mantel zurückhalten will – ein Hündchen von einer Rasse, die der Natur nicht eingefallen war, nur der spielenden Laune einer krausen Künstlerphantasie. Und wie dieses unmögliche Tierchen lebte! Wie es die Füße zornig in den Sand stemmte! Wie es an dem Mantel zerrte, als ob es sagen wollte: ›Du heilige Frau, wenn auch die Menschen dich verkannten, ich, das Tier, ich fühle, wer du bist, und möchte dich bitten, dich zwingen: Bleib!‹
Und dort das kosende Taubenpaar! Oder waren es weiße Raben? Wie natürlich ihre Schwingen sich bewegten! Mit wie zärtlichem Leben sie sich aneinanderschmiegten. Und jener Star? Oder war's ein Spatz, der in die Tinte gefallen? Wie er wütend eine Blumenknospe der Girlande zerzauste, die sich in sonderbaren Schlangenwindungen um alle figuralen Szenen ringelte! Das waren Blätter von seltsamer Form, Blumen von merkwürdiger Farbe und wunderlicher Gestalt. Blumen, die sich ansahen wie werdende Vögel und Schmetterlinge – und dennoch waren es Blumen, die auf gesunder Erde gewachsen und nicht nur zu blühen, auch zu duften schienen. Wer dieses naiv gedankenvolle, so unwirkliche und doch so lebendig berührende Beiwerk schaffen konnte, mußte auch die künstlerische Kraft besessen haben, um die Gestalten dieser Heiligen leben und sprechen zu machen. Und wenn er sich selbst verleugnet und diesen schreienden Unwert gepinselt hatte, weshalb tat er es? Weil er sich nach dem Geschmack der Besteller richten mußte, um zu verdienen?

Oder weil er in Selbstironie sich sagte: ›Jene anderen, die mich verstießen, mußten nehmen, was ich zu geben hatte. Euch aber, ihr Einfältigen des Geistes, will ich geben, was ihr verlangt von mir!‹ Ob nun das eine oder das andere der Fall war – die Arbeit, die der weltflüchtige Künstler auf der Wand dieses Bauernhauses geleistet hatte, mußte ein Martyrium gewesen sein.
Je länger Ettingen die grellen Schildereien und ihr schönes Beiwerk betrachtete, desto deutlicher erwachte in seiner Erinnerung jedes Wort, das er draußen am Sebensee gehört hatte. Und aus dem Anblick dieser Farben floß eine Stimmung auf ihn über, die er empfand wie einen Schmerz. Er wandte sich ab und folgte schweigend der Straße.
Der Förster musterte das nachdenkliche Gesicht seines Herrn. »Mir scheint, Duhrlaucht, die Heiligen haben Ihnen net gfallen?«
Da lächelte Ettingen wieder. »Sie gefallen doch dem Pfarrer und gewiß auch dem Bauer, der sie bezahlte. Da sind sie wohl so, wie sie sein müssen. Aber sagen Sie mir, lieber Förster – der Teufel auf jenem Bilde war so schön, daß er den Pfarrer ärgerte?«
»Ja! A bißl a verruckts Frauenzimmer hätt' sich in so an Satanas über Hals und Kopf verlieben können!«
»Sie sind doch ein guter Christ?«
»Ich?« Der Förster war über diese Frage ganz verblüfft. »No ja, es tuts! Der Mensch is a schwachs Röhrl. Aber gar so leicht laß ich mich net biegen von der Sünd, und mit Wissen tu ich nichts Unrechts.«
»Wenn nun der Teufel erschiene, um Sie zu versuchen?«
»Mar und Joseph! Duhrlaucht! Malen S' ihn net an d' Wand!«
»Und er käme, wie ihn der Pfarrer von der Kanzel herab den Bauern schildert: mit schwarzer Kaminfegerfratze und langer Zunge, mit Ziegenhörnern, Kuhschweif und Pferdefüßen? Würden Sie sich von dem verführen lassen?«
»Na, Duhrlaucht! Da möcht ich gschwind sagen: ›Pfui Teufel, fahr ab, du!‹«
»Nun also? Muß denn die Versuchung nicht schön sein, wenn sie uns gewinnen will? Zu unterlassen, was wir selbst für abscheulich halten, das ist doch kein Verdienst. Wenn wir uns einer Sünde in die Arme werfen, welche Entschuldigung hätten wir denn, wenn nicht die eine, daß die Sünde schön war?« Ettingens Stimme bebte, als hätten seine Worte noch einen anderen Sinn als nur jenen, den der Förster hören konnte.

Der runzelte die Stirn, ein Zeichen, daß ihm ein Gedanke zu schaffen machte. Dann rückte er verlegen den Hut. »Duhrlaucht! Jetzt haben S' mich auf ebbes bracht. Aber so is der Mensch! Zu meine Jagdghilfen kann ich allweil sagen: ›Z'erst denken und nacher reden!‹ Und ich selber hab jetzt grad so blind in Tag einigredt. Jetzt schaut sich die Sach mit dem Herrn Petri seiner Versuchungstafel anders an. Dös is ja grad, als ob er sagen hätt' wollen: ›Schauts amal her, so wunderschön is die Verführung zu unserm Heiland kommen, und dengerst hat er sich zruckghalten – da nehmts enk a Beispiel dran!‹ Ja, meiner Seel, da is eigentlich der Herr Petri viel christlicher gwesen als wie der Pfarr!«
Ettingen schien auf die Worte des Försters nicht mehr gehört zu haben; plötzlich verhielt er den Schritt und sagte erregt: »Das hier, das muß das Haus sein! Nicht wahr?«
Sie hatten einen grünen Staketenzaun erreicht; gleichlaufend mit einer gestutzten Holunderhecke umschloß er einen kleinen Besitz, der sich zwischen den anderen Häusern und Gehöften ausnahm wie ein schöngefaßter Schmuckstein neben den grauen Kieseln der Straße. Das Haus, das im Garten stand, war früher wohl ein bescheidener Bauernhof gewesen. Das verriet noch die an den Wohntrakt angebaute Tenne. Aber es hatte größere Fenster und ein grünliches Schieferdach bekommen, dessen Kanten und Firste geschmückt waren mit wunderlichen Tierzieraten. Das Unterdach und die vorspringenden Balken, das Tennentor, die Kreuzstöcke und Fensterläden waren blaugrün bemalt und mit weißen und blaßroten Linienornamenten ausgezeichnet. Vor allen Fenstern, durch deren spiegelnde Scheiben die schneeweißen Vorhänge herausleuchteten, waren zierlich gegitterte Blumenbretter mit blühenden Stöcken angebracht, und daneben verschwanden die weißen Mauern unter dem Grün der sorgsam gezogenen Obstspaliere, deren Zweige von der Erde bis zum Schatten des Daches mit reifenden Früchten behangen waren.
Heiter und farbig, schmuck und freundlich erhob sich das kleine Haus wie auf einem breiten Sockel blühender Blumen. Geranienbüsche zogen sich am Fuß der Mauern hin, und der Vorgarten war in vier große Beete geteilt mit Rosen und Nelken in allen Farben. Zwei lange Blumenbeete liefen zu beiden Seiten des Hauses gegen den weiten Hintergarten, zwischen dessen Obstbäumen und Gemüsebeeten eine große, schattige Laube stand und ein luftiges Sommer-

häuschen, das ganz aus wunderlich gewachsenen Ästen geschränkt und geflochten war. Silberweiße Kieswege schieden die Beete voneinander und umzogen in der Mitte des Vorgartens ein mit Tropfsteinen ausgelegtes Wasserbassin, in dem zwei murmelnde Brünnlein über eine moosige Felsgruppe niederrannen. Aus diesen Felsen erhob sich ein hoher, buntbemalter Balken und trug das Taubenhaus, das mit seinen Türmchen und Erkern aussah wie das Modell einer gotischen Burg. Überall in den Kronen der Bäume und auf schlanken Stangen waren Starenhäuschen und Meisenkästen angebracht, und mit dem Gezwitscher der hundert Vögel, die hier nisteten, mischte sich das Geflatter und Gurren der weißen Tauben.
Wie einen Gedanken schließend, der ihn auf dem Wege begleitet hatte, schüttelte Ettingen den Kopf und murmelte: »Nein! So wohnt kein Verzweifelter! So wohnen nur zufriedene Menschen, die ihr Glück gefunden und über die stille Schönheit ihres Lebens hinaus keinen Wunsch mehr haben.«
Der Förster wollte in den Garten treten, blieb stehen und sagte: »Ich bitt' schön, Duhrlaucht, wann d' Frau Petri daheim is – tun S' das Frauerl net viel um ihren Seligen fragen! Da wird ihr 's Reden a bißl hart.« Er ging auf das Haus zu und sprach eine Magd an, die mit eisernem Rechen die Wege ebnete. Dann kam er wieder. »Es is kein Mensch net daheim außer der Hausmagd.« Er öffnete vor seinem Herrn das grüne Gitter. »'s Fräuln is in der Fruh vom Sebensee heimkommen, aber sie is schon wieder fort, in d' Fischzucht ummi. Und d' Frau is heut auf Innsbruck abi, ihr Studenterl heimholen in d' Vakanz.«
»Fräulein Petri hat einen Bruder?«
»Ja! A vierzehnjährigs Bürscherl. Gustl heißt er. Der is den dritten Winter auf'm Gymnasi drunt. A liebs Mannderl! Und gsund. 's richtige Gebirgsblut, ja! Is a Leutascher! Gleich nach'm ersten Jahr is er kommen, wie s' heraußen waren. Und ganz seim Vatern schlagt er nach. Wie des Büberl den Wald schon gern hat! Allweil draußen mit der Schwester! Und kaum sieht er ein' von uns Jager, da hängt er eim schon am Kittel: ›Ich bitt schön, Herr Förster, darf ich mit?‹ Und anschauen tut er ein' mit seine Guckerl – da kannst net na sagen!« Sie hatten das Haus erreicht, und der Förster sprach die Magd an: »So, Nanni, jetzt tust mir den Herrn schön rumführen im ganzen Haus und zeigst ihm jedes Taferl!«
»Wohl!« sagte das Mädel und lehnte den Rechen an das Spalier. Es

war eine derbe Bauerndirn mit unschönem, grobknochigem Gesicht, aber mit hellblauen Augen, die gutmütig und zufrieden blickten; sie war einfach und doch mit auffallender Sauberkeit gekleidet und trug die Haare so fest geflochten, als wären die Zöpfe aus Eichenholz geschnitten.
Der Förster verabschiedete sich mit dem Versprechen, seinen Herrn in einer Stunde wieder abzuholen.
Neben der Schwelle streifte die Magd ihre Schuhe ab, klopfte den Sand von den blauen Strümpfen, schlüpfte in ein Paar Strohpantoffeln, und die Haustür öffnend, sagte sie: »So, Herr, kommen S'!«
Als ihr Ettingen in den Hausflur folgen wollte, gewahrte er über der Tür, schon halb von den Zweigen des Spaliers überwachsen, eine lateinische Inschrift – drei Worte: Hic rideo ego! – ›Hier lache ich!‹
Welch eine Stunde reiner und tröstender Freude mußte es für jenen Weltflüchtigen gewesen sein, als er auf der Schwelle dieser schönen Heimstatt sich sagen konnte: ›Das Lachen der anderen, das mich marterte, ist fern, und ich hör es nicht mehr. Hier lacht nur einer. Ein Glücklicher, der die Ruhe fand! Und der bin ich!‹
Ettingen nahm den Hut ab und trat ins Haus.
Schon im Flur hing bis an die Decke hinauf eine Leinwand neben der anderen, jede von einer schmalen, braungebeizten Holzleiste umzogen: Skizzen, unvollendete Studien und leicht untermalte Entwürfe, die oft kaum das Motiv des Bildes erkennen ließen, das hier hätte entstehen sollen. Blumenstudien wechselten mit Luftstimmungen, Felspartien mit Waldszenen, naturtreue Tierskizzen mit mythologischen Träumereien. Manche Leinwand zeigte deutlich, wie geduldig und liebevoll sich der Künstler in das kleinste Detail eines Modells vertieft hatte. Oft war die gleiche Blume ein dutzendmal nebeneinander gemalt, in verschiedenem Licht, frisch erblühend mit Knospen, mit entblättertem Kelch, im Beginn des Welkens, mit gebrochenem Stengel. Man sah, wie aufmerksam der Künstler die Natur beobachtet hatte, um sie seinen Phantasiegebilden dienstbar zu machen. So war auf einer Leinwand ein schwarz und rot gefleckter Bergsalamander abgebildet, wie er mühsam aus dem Gras auf eine Steinscholle klettert – und daneben, größer, doch ganz mit der gleichen Körperbewegung, suchte ein fetter Triton, der triefend dem Meer entstieg, ein Riff zu erklimmen. Eine andere Skizze zeigte eine graue Hauskatze, die mit gekreuzten Pfoten liegt und funkelnden Blickes eine grüne Mücke verfolgt, die ihr um die Nase sumst;

daneben der Entwurf einer Sphinx, die aus der Waldschlucht einen Wanderer kommen sieht, den es nach Rätseln gelüstet. Dieser tragische Vorwurf war in einer Ecke der Leinwand lustig parodiert: die Sphinx, und vor ihr, klein wie die Mücke, ein grüner Polizist mit der Pickelhaube, der auf eine Tanne kletterte, um dem lächelnden Ungeheuer einen Polizeibefehl vor die Nase zu halten.
Langsam ging Ettingen von einer Leinwand zur anderen, und inzwischen stand die Magd geduldig und still in einer Ecke und zog immer wieder den Saum der Schürze durch die Finger. Als Ettingen das letzte Bild betrachtet hatte, öffnete sie vor ihm die Tür eines Zimmers.
»Der Frau Petri ihr Stüberl.«
Ein bescheidener Raum mit schlichtem Gerät. Durch eine offene Tür sah man in das Nachbarstübchen, das den jungen Feriengast, das ›Studenterl‹, zu erwarten schien, denn auf weißgedecktem Tische prangte ein herrlicher Rosenstrauß und ein mandelgespickter Kuchen, von einem Kränzlein frischer Bergblumen umschlungen.
Auch hier, in beiden Räumen, waren alle Wände mit Bildern bedeckt: tanzende Nymphen, spielende Najaden; ein Faun, der die Zotten seiner Bocksfüße kämmt und dazu ein Liedchen pfeift; ein Tritonweibchen, das in eine Fischreuse geraten ist und den Ausweg nicht mehr findet; auf weißer Marmorsäule ein Hermeskopf, dem eine Natter auf die Schulter kriecht; der von Ekel geschüttelte Gott ist festgewachsen auf dem Stein und kann nicht fliehen, er hat keine Arme, um die giftige Häßlichkeit von sich abzuwehren.
Fast eine ganze Wand war von einem großen Gemälde bedeckt, von einem Triptychon, dessen drei Bildflächen die Hauptszenen einer phantastischen Geschichte zeigten, während die Zwischenszenen mit blassen Farben auf die breiten Leisten der Holzumrahmung gemalt waren. Eine städtische Gesellschaft junger Mädchen und modisch gekleideter Jünglinge hat sich auf einer Bergpartie im Walde verirrt; sie nehmen das Unglück von der heiteren Seite und trösten sich mit einem tollen Ringelreihen um die Bäume; eine übermütige Schöne mit koketten Augen ist ihrem Galan, der sie haschen wollte, davongeflattert – wollte sie ihm wirklich entfliehen, oder wollte sie ihn nur in das einsame Dunkel des Waldes locken? Plötzlich sieht sie sich allein, verirrt sich noch weiter und gerät vor eine tief in den Berg gesenkte Höhle, deren blaugrüne Dämmerung wie ein Geheimnis ihre Neugier weckt; scheu und dennoch lächelnd

tritt sie ein und findet im Zwielicht der Höhle einen schlafenden Kentaur, halb bedeckt vom Geröll der Felsen, halb überwachsen von Moos und Geschling; noch redet aus ihren Zügen der erste Schreck, den sie empfunden, aber schon regt sich in ihr die Spottlust der klugen Städterin und der prickelnde Reiz, dieses Niegesehene, dieses unglaublich und unmöglich Scheinende auf seine Wirklichkeit zu prüfen; sie zupft den Schlummernden am Bart; der Schläfer regt sich nicht; sie besteigt seinen Rücken und schlägt ihn mit dem Fächer auf den Scheitel; da erwacht der Kentaur und bäumt sich; in tollen Sprüngen trägt er die entsetzte Reiterin durch den Wald und über steile Felsen, bis sie den Halt verliert und stürzt; Groll in den gefurchten Brauen und doch einen Blick des Erbarmens unter den Wimperschleiern seiner Augen, betrachtet er die Zerschmetterte, während ihre schreckensbleichen Gefährten schon heraufklimmen durch den Bergwald; langsam, mit dem buschigen Schweif die Flanken peitschend, steigt der Kentaur zum Grat des Berges empor und schaut von einem schroffen Fels ins Tal hinunter, in dessen Tiefe man die blutige Leiche hinausträgt durch den stillen Wald.

Lange stand Ettingen vor diesem Bild, erfüllt von fragenden Gedanken. Erzählen zu wollen, und gleich eine ganze Tragödie, ob das nicht außerhalb der Grenzen lag, die der darstellenden Kunst gezogen sind? Aber er fühlte doch den Eindruck dieses Werkes, das klar und deutlich zu ihm redete. Und ist denn in aller Kunst die reine, tiefe Wirkung nicht ein Beweis? Hat sie denn einen anderen für ihren Wert?

Und wie dieses Bild wohl entstanden sein mochte? War es nur die Ausgeburt einer träumenden Künstlerphantasie oder vielmehr eine Tat des Zornes gegen jenen irrenden ›Unverstand‹, der nur das Greifbare glauben will und mit Spott und Gelächter beleidigt, was seinem banalen Urteil sich nicht erschließen will auf den ersten Blick?

»Ja, Herr«, sagte die Magd, und das kam fast wie eine Antwort auf Ettingens stumme Frage, »dö Gschicht da, dö is fei passiert! Dös hat mir der Herr Petri selm verzählt. Und söllene Roßmanner gibts fei, ja – im Griechenland drunt! Aber gelten S', da sind S' noch nie net hinkommen?«

»Doch.«

Die blauen Augen der Magd erweiterten sich. »Und haben S' söllene Roßmanner gsehen?«

»Nein, aber dein Herr hat sie gesehen. Und ihm glaub ich auch, daß sie leben.«
»Gelten S', ja? Der hat net lügen können!«
»Der? Und lügen? Nein! Hätt er lügen können, er wäre in der Stadt geblieben und hätte gute Geschäfte gemacht.«
»So? Meinen S'?« Die Magd studierte. Aber sie gab die Mühe, das Rätsel dieses Wortes zu lösen, gleich wieder auf. »Jetzt geben S' acht, jetzt kommt erst 's Allerschönste, ja!« Sie ging in den Flur und öffnete die Tür des Wohnzimmers. »Da herin, da haben wir die heiligen Sachen, wissen S', weil der Herr Pfarr diemal zuspricht in der Stuben.«
Ettingen trat in einen hellen, freundlichen Wohnraum, dessen behagliches Gerät dem Gaste zu sagen schien: Hier fühle dich wohl! In der Herrgottsecke hing statt des Kreuzes ein Bild: auf weißem Grund der Kopf des Erlösers, ohne Dornenkrone und Heiligenschein, ein schmales, bleiches, kummervolles Gesicht, die Wangen halb bedeckt von den schlicht fallenden Haarsträhnen, mit großen und tiefen Augen, die schmerzvoll in weite Ferne zu blicken schienen.
Ob dieser Kopf nicht eine Studie zur ›Versuchung‹ war?
Sonst hingen im Zimmer nur drei Bilder. Zwei kleinere, die nicht vollendet schienen: eine ›Flucht nach Ägypten‹, von stiller und rührender Stimmung – Maria sitzt erschöpft an einen Baum gelehnt, und während Joseph mit Anstrengung das harte Brot bricht, zieht das mit Schaum bedeckte Maultier grasend in den Wald; und eine ›Heilige Nacht‹ – Maria mit dem Kindlein im Stall bei Kuh und Esel, denen ein alter Hirte das Futter vorschüttet, während die Tiere nicht an Fraß denken, sondern die Köpfe vom Barren abkehren und ihre staunenden Glotzaugen auf das von Schimmer umflossene Kindlein richten.
Ein drittes, größeres Gemälde füllte die ganze Wand zwischen dem Ofen und der Tür einer Nebenstube. Beim Anblick dieses Bildes glitt ein leiser Ausruf der Bewunderung über Ettingens Lippen. So tief ergriff ihn der Gedanke, der aus dieser Leinwand redete und mit naiver Allegorie zu ihm sagte: ›Wahrhafte Liebe fühlt Erbarmen auch für die häßliche Mißform des Lebens, mildes Denken und reine Güte versöhnen sich auch mit aller Roheit der ungezügelten Natur.‹ Das Bild stellte eine von wüstem Dorngestrüpp umzogene Wiese dar, in der Blüte des Frühlings. Mitten in leuchtenden Blumen sitzt

ein Knabe, das nackte, zarte Körperchen wie Silber schimmernd; aus einer Wolkenlücke des Himmels fällt ein breiter Strahl der Sonne auf ihn nieder; zwei verflochtene Dornzweige des nächsten Busches ragen in diesen Glanz und schweben wie ein schimmerndes Kränzlein über dem Scheitel des Knaben; kein anderes Zeichen sonst – nur diese krönenden Dornen sagen: ›Das ist Jesus, welcher leiden wird um seiner Liebe willen.‹ Und diese Liebe redet schon aus dem Blick und Lächeln dieses Kindes, das seltsame Gesellschaft fand. Aus den Dornbüschen, aus Erdlöchern und Sumpftümpeln ist eine Schar von Faunkindern hervorgekrochen, kleine häßliche Bürschlein mit plumpen, unentwickelten Bocksfüßen und schmutzig wie Ferkel, die sich im Schlamm gewälzt. In Schreck oder Neugier starren die einen auf das holde Wunder des göttlichen Knaben, andere greifen nach Steinen und heben sie zum Wurf. Nur einer sitzt von den erregten Brüdern entfernt, sucht eine Dornranke von sich abzulösen, die ihm ihre Stacheln in die Hüfte bohrte; und der Schmerz, der aus seinem verzerrten Gesicht redet, macht ihn gleichgültig gegen alles andere. Diesem Leidenden gilt der gute Blick des Knaben, während er allen anderen, die ihn fürchten oder bedrohen, herzlich die Arme öffnet: ›Kommet zu mir, ich will euch lieben!‹

Keines von den anderen Bildern, die Ettingen gesehen, hatte so klar wie dieses in ihm die Frage geweckt: ›Wie war es möglich, diesen Künstler zu verkennen, über ihn zu lachen?‹

Mußte der Wert, der hier aus jeder Leinwand redete, nicht jeden überzeugen?

Oder hatte sich der Genius dieses Künstlers erst nach seiner Weltflucht so reich entwickelt, aus der Bitterkeit seines Schicksals heraus, in der stillen Ruhe, die er in diesem Winkel der Berge gefunden, im Schweigen des Waldes? Hatte er in früheren Jahren denen, die ihn verlachten, nichts anderes zu bieten vermocht als die Form ohne den Kern, ohne die Gedankenfülle, die alle Wunderlichkeiten seiner Technik übersehen ließ? Denn bei aller Wirkung, die Ettingen fühlte, mußte er zugestehen, daß diese Bilder für den ersten Blick etwas Befremdendes hatten, etwas kindlich Unbeholfenes, das mit dem dargestellten großen Gedanken sich oft in einem Widerspruch befand, über den man wohl den Kopf schütteln konnte. Es war an allen Bildern etwas Flaches und Unkörperliches, es fehlte die Tiefe in der Luft, jedes Detail war gleichwertig neben das andere gesetzt, als hätte es der Künstler nicht übers Herz gebracht, das Neben-

sächliche zum Vorteil des Wichtigeren zu verkleinern und abzutöten. Auch lag ein bläulich-grüner Hauch wie zarter Schleier über allen Farben, auch über dem hellsten Licht – wie über einem Spiegelbild in grünem Wasser –, und das gab den Bildern etwas Naives, Vergilbtes und Altertümliches. Wollte das der Künstler so? Oder konnte er nicht anders? Hatte er Augen, die anders organisiert waren, als es sonst die Augen der Menschen sind? Oder sah er richtig – er verstand und kannte doch die Natur wie keiner – und ging mit dem Geschauten, bevor es durch seine Seele den Weg auf die Leinwand fand, diese seltsame Wandlung vor sich, bei der alles Häßliche sich verschönte und alles Wirkliche die Form des Niegewesenen und des Erträumten gewann?
Aber wie man über diese äußerliche Seltsamkeit auch denken mochte – der gute, reine, tief empfindende Mensch, den man aus der wunderlichen Sprache dieser Linien und Farben reden hörte, war denn nicht der die Hauptsache? Die klare Schönheit seiner Gedanken, die Wärme seines Herzens, dieses Träumen und Lächeln, dieses Stille und Schlichte, dieses rührend Kindliche! Mußte das nicht jeden überzeugen, gewinnen und bezwingen? Oder gehörte die rechte, stille Stunde dazu, um solche Sprache zu hören, sie zu verstehen? –
Hätte Ettingen vor diesen Bildern das gleiche gedacht und empfunden, wenn er im Lärm und Trubel einer Ausstellung an ihnen vorübergegangen wäre, im Kopf den klappernden Alltag, beeinflußt vom Lachen und Achselzucken der Unverständigen? Wie mag da manch einem Künstler bitteres Unrecht geschehen, das bitterste gerade jenen, die das Beste zu sagen haben und deren Stimme immer anders klingt als die Stimme der großen Schreier auf dem Markt, die allen Ohren schnell geläufig ist.
Solch ein Unrecht hatte das Urteil der Welt an Emmerich Petri begangen. Sie hatte über den merkwürdigen Hut gelacht, den er trug, und dabei versäumt, ihm durch die Augen ins Herz zu sehen. – War der Magd die schweigende Zeit, die Ettingen vor diesem letzten Bilde stand, zu lang geworden? Oder hatte sie es ihm vom Gesicht abgelesen, was er von den ›Taferln‹ ihres Herrn dachte? »Gelten S'«, sagte sie plötzlich, »unser Herr hats können, ja? Und kommen S' – da därf ich sonst kein' net einiführen – aber Ihnen muß ich schon zeigen, wie er ausgschaut hat.« Sie öffnete die Tür der Nebenstube. »Da hängt er, schauen S', wie er sich selm verkonterfeit hat. Dös ist

der Fräuln Lolo ihr Stüberl. Vor zwei Jahr auf Weihnächten hat sie's kriegt von ihm, die Tafel da.«

Ettingen zögerte einzutreten, und lächelnd blickte er von der Schwelle in den Raum. Es war von allen Zimmern, die er gesehen hatte, das bescheidenste. Ein schmales Stübchen, mit einem einzigen Fenster nur. Weiße Wände, das eiserne Bett mit weißem Tuch überhangen, ein kleiner Tisch mit einfachem Holzstuhl vor dem Fenster, durch das die Blumen hereinleuchteten, der Tür gegenüber ein Pianino und ein Holzgestell mit Notenheften, neben der Tür ein bis zur Decke reichendes Bücherregal und an der Rückwand des Stübchens eine große schwere Kommode, über der, als einziger Schmuck des Raumes, das Selbstporträt des Künstlers hing, umgeben von einem Kranz frischer Edelrosen. Und dieses Bild war für Ettingen ein neues Rätsel. Er hatte ein schmales, feingeschnittenes Gesicht zu sehen erwartet, einen Kopf, der auf einen Musiker raten ließ, mit bleichen Wangen, tiefliegenden Augen und langem Haar. Und da sah er einen derben, grobknochigen Kopf mit dichtem, kurzgeschnittenem Braunhaar und starkem Bart, mit hoher, kräftig gewölbter Stirn und gesundem, sonnverbranntem Gesicht, dem das schöne Antlitz der Tochter in keinem Zuge glich. Nur die Augen, wenn sie auch von anderer Farbe waren, hatten den gleichen träumerischen und warmen Blick, und um die strenggeschnittenen Lippen spielte das gleiche sinnende und milde Lächeln.

Das Bild war nur wenige Jahre alt; aber nach Zeichnung und Farbe hätte man auf ein Werk aus der Zeit des jüngeren Holbein raten können. In einer Ecke des graugrünen Hintergrundes sah man ein verschnörkeltes, weißes Schildchen, das eine rote Inschrift in lateinischer Sprache trug: ›Emmericus Petri, in seinem fünfzigsten Lebensjahre. Eines Menschen Gesicht ist seine Seele nicht. Willst du das Weses seines Geistes erkennen, so betrachte seine Taten und seine Kinder.‹ Wie stolz mußte dieser Mann auf seine Tochter gewesen sein, um auf diese Leinwand schreiben zu dürfen: ›Betrachtest du, was ich schuf, so wirst du mich nur halb erkennen – ganz wirst du nur an meinem Kinde sehen, wer ich war!‹

Während Ettingen noch vor dem Bilde stand, kam der Förster zurück, und zwar in übelster Laune. Er hatte die Erlaubnis für die Steigbauten mit schwerem ›Blutgeld‹ vom Bürgermeister erkaufen müssen, der allen Überredungskünsten des Försters nur immer die eine Weisheit entgegengehalten hatte: »Der Herr Fürst kann zahlen!

Der hats!« Bei dem Ärger, den Kluibenschädl von diesem ›Scharfrichtergang‹ mitbrachte, hatte er weder Sinn für die ›Taferln‹ des ›Maler-Emmerle‹, noch für die Stimmung seines Herrn und schwatzte wortreich seinen Zorn heraus. Ettingen schwieg zu allem und warf, bevor er das Stübchen verließ, noch einen letzten Blick über die Wände und alles Gerät.
Draußen im Flur, als der Förster schon in den Garten getreten war, fragte Ettingen das Mädchen: »Haben Sie mir alles gezeigt? Ich habe ein Bild nicht gesehen, von dem mir erzählt wurde. Die Versuchung Christi?«
»Na, Herr, da weiß ich nix!« sagte die Magd. Aber sie wurde rot.
Also existierte das Bild noch!
Ettingen trat ins Freie, blickte wieder zu der Inschrift hinauf, die über der Haustür stand, und nickte vor sich hin, als wollte er sagen: ›Ich sah, was du schufst, und kenne dein Kind. Nun weiß ich, wer du warst, und weiß, du hattest ein Recht zur Freude!‹
Da bot ihm die Magd eine schöne dunkle Rose und sagte verlegen: »Da, Herr! Unser Fräuln, wann s' daheim is und einer kommt, schenkt s' allweil a Blüml her!«
Lächelnd nahm er die Rose. »Ich danke Ihnen.«
Er wollte der Magd eine Banknote reichen. Aber sie schüttelte den Kopf, nahm den Rechen von der Wand und begann auf dem Kiesweg die Trittspuren zu ebnen, die der Förster mit seinen schweren Schuhen zurückgelassen hatte.
Ettingen, dem das Blut ins Gesicht gestiegen war, zerknüllte den Schein in der Hand. Und als sich draußen auf der Straße ein alter, weißbärtiger Bauer, der im Schatten der Holunderhecke saß, etwas schwerfällig erhob und den mürben Deckel zog, warf ihm der Fürst die Banknote zu. Der Alte riß die rotgeränderten Augen auf. Dann versuchte er mit seiner heiseren, zitterigen Stimme einen Jauchzer. Das machte den Förster aufmerksam. »Ui jegerl, Duhrlaucht! Haben S' dem Brenntlinger was geben? No, ich dank schön! Der kauft sich wieder an saubern Dampus dafür.« Nach wenigen Schritten kamen sie zu einer Stelle, an der sich von der Straße ein Fußweg gegen die Felder abzweigte. »Gehen wir lieber über d' Wiesen naus!« meinte der Förster. »'s Dorf haben S' ja gsehen. Und drüben im Weiherwald, bei der Fischzucht kriegen wir den schönsten Schatten.« Sie wanderten über die vom frischen Heugeruch umdufteten Wiesen hin. Immer wieder blickte Ettingen nach den im Sonnen-

glanz verschwimmenden Baumkronen zurück, über deren leuchtendes Gezweig sich blinkend das grüne Schieferdach erhob. Dann plötzlich unterbrach er das Schweigen: »Sagen Sie mir, wie starb dieser Mann?«

»Der Herr Petri? Ja, Duhrlaucht, dös is a rechts Unglück gwesen! Der Mann is dagstanden wie a Baum im besten Saft. Und den hat d' Nächstenlieb am Gwissen. Im letzten Herbst war's – da is in der Leutasch und im Geißtal a Wolkenbruch niedergegangen, daß ich meiner Lebtag so was net mitgmacht hab. Wie S' da die Wiesen sehen, is alles an einziger Bach gwesen mit Gröll und Baumstämm, die's dahertrieben hat. Und droben, wo sich 's Tal a bißl zuspitzt, da war's am ärgsten! Zwei Häuser hats mitgnommen gleich am ersten Abend. Und am andern Tag, wie's Wasser von die Geißtaler Berg herkommen is, da hat ein' 's Grausen packt. Wie die Verruckten sind d' Leut umanandergrennt und haben völlig ihr bißl Verstand verloren. Bloß an einziger hat 's Köpfl in der Höh bhalten.«

»Herr Petri!«

»Ja! Gschafft hat er wie a Holzknecht, und Ratschläg hat er gfunden, wie man's dem traumhappeten Mannderl gar net zutraut hätt'! Sell droben, wo 's Geißtal anfangt und von links und rechts zwei Waldhügel einisteigen gegen 's Wasserbett – da, hat er gsagt, da müssen wir an Riegel legen und 's Wasser brechen, damits den Gwalt verliert. Mit die ersten Leut, die beinander waren, hat er d' Arbeit gleich angfangt, und derweil is d' Fräuln Lo im Galopp auf ihrem Muli von eim Haus zum andern gritten und hat aus'm ganzen Tal alle Mannsleut zammgrufen, daß in der ersten Nacht noch über zweihundert Menschen bei der Arbeit waren! Am linken Ufer vom Wildbach is der Herr Petri gstanden mit seine hundert Leut. Und mit eim Sprachrohr, dös er aus einer Baumrinden gmacht hat, hat er 's Kommando ummigschrien übers Wasser, wo die andern hundert gschafft haben. D' Weibsbilder haben 's Pech und 's Staudenwerk zammtragen müssen und 's Feuer unterhalten, daß man zur Arbeit gsehen hat in der Nacht. Und d' Manner und die Buben haben die Bäum gschlagen zum Wehr. In der Fruh um zehne, am zweiten Tag, da haben die ersten Bäum im Wasser schon ghalten, und wie's auf'n Abend gangen is, hat man schon hoffen können, 's Wehr verhebt den ärgsten Schub. Aber d' Leut sind fertig gwesen mit ihrer Kraft, und schier mit Gewalt hat der Herr Petri die letzten noch bei der Arbeit halten müssen. Wo's am schiechsten ausgschaut hat, da is er

allweil vorndran gwesen. ›Mut, Leut, nur Mut‹, hat er allweil gschrien und hat schon kaum nimmer reden können, ›nur diese letzte Nacht noch, dann ist geholfen!‹ Und recht hat er bhalten! Am dritten Tag in der Fruh hat sich 's Wasser gegen 's Geißtal auffi zum stauen angfangt und is mit aller Ruh über die Wehrbäum abglaufen, und die ganzen Häuser sind aus der Gfahr gwesen!«
Sie hatten den Wald erreicht und traten in den Schatten.
»Gwiß is's wahr: Wär der Herr Petri net gwesen, so hätt' unser Leutascher Dörfl heut um a Dutzend Häuser weniger. Aber teuer hat er's zahlen müssen, sein christlichs Werk. Ausghalten hat er am gleichen Fleck zwei Nächt und anderthalb Tag, tropfnaß bis auf d' Haut. Nach der zweiten Nacht in der Fruh, wie er noch d' Schildwachen aufgestellt hat am Wehr, hat er sich jahlings verfärbt, und seine Knie haben auslassen. Es wird gleich wieder besser, hat er gmeint und hat sich an Trunk Wein von dem Fräuln geben lassen, die so verschrocken war, daß ihr 's Gsichtl ganz weiß worden is. A halbs Stündl hat er noch ausghalten. Nacher hat ihn 's Fräuln heimgführt auf'm Muli. Und da hats kein Helfen nimmer geben. Lungenentzündung, hat der Doktor gsagt. Die ganz Nacht sind d' Leut ums Haus rum gstanden und haben gmeint, es müßt und müßt ihm wieder besser gehn. Auf Mittag um elfe hat er sein' letzten Schnaufer gmacht. Und der Doktor hat mir gsagt, so hätt' er noch nie kein' Menschen net sterben sehen! Im ärgsten Fieber hat er die Bsinnung net verloren, hat bloß allweil dös arme Frauerl tröstet, hat plauscht mit'm Büberl, als ob gar nix wär, und 's Fräuln hat er allweil bei der Hand ghalten und hats anglacht ein ums andermal. Z'letzt hat er noch von seim Gartl draußen am Sebensee gredt. Und dös sind seine letzten Wörtln gwesen: ›Meine Blumen!‹ Nacher hat er aufgschnauft und d' Augen zugmacht wie einer, der weiß, jetzt fahr ich grad auf in Himmel, jetzt geht's mir gut!«
Ettingen sagte leise vor sich hin: »Wer so zu leben wüßte, um sterben zu können wie dieser Mann!«
»Ja, Duhrlaucht, recht habn S'! So sollt sich der Mensch sein Leben einrichten, daß er d' Augen zumachen kunnt in jeder Stund und lachen dabei! Aber der Mensch is so viel dumm. Und leben heißt narrisch sein. Was den richtigen Wert hat, schlagt man um kein' Kreuzer net an, und für jeden nixigen Pfifferling legt man seim Leben a Zentnergwicht auf'n Buckel. Bagaschi überanand! Und ich ghör selber dazu!«

Der Pfad hatte im Wald auf eine Höhe geführt. Man sah in ein schmales Tal hinunter, aus dem drei große Weiher mit sonnglänzenden Spiegeln durch die Bäume heraufleuchteten. Ein sanftes Murmeln klang von den Teichen her wie das Geplätscher vieler Quellen. Der Förster blieb stehen und spähte durch den Wald hinunter. »Da, Duhrlaucht! Da schauen S' abi, bei die Ursprüng drunten malt d' Fräuln Petri an ihrem Taferl!«

Ettingens Augen leuchteten auf, und ohne ein Wort zu sagen, stieg er rasch durch den Wald hinunter gegen die Weiher.

9

Als der Wald ein wenig lichter wurde, konnte Ettingen zwischen den Weihern ein großes Blockhaus sehen, eine Schilfhütte, und am Ausgang des schmalen Tales ein villenartiges Gebäude.
Das wäre die Fischzuchtanstalt, erklärte der Förster und meinte: »Weil wir schon grad da sind, dös müssen S' Ihnen anschauen, Duhrlaucht! Wie die jungen Fischerln gfüttert und aufzogen werden, dös is lieb zum Betrachten. Wann S' Lust haben, lauf ich und schau, daß ich an Fischknecht find, der Ihnen rumführt.« Er wartete eine Antwort nicht ab und eilte schräg durch den Wald davon.
Ettingen blieb unter den letzten Bäumen stehen. Doch er schien kein Auge für das liebliche Bild des kleinen Tals zu haben. Und das hätte doch einen Blick verdient. Von stillem Fichtenwald begrenzt und von blumigen Grasborten umzogen, lagen drei Weiher mit glitzernden Spiegeln stufenförmig übereinander, so daß sich aus dem einen das Wasser mit blitzendem Gefäll in den anderen ergoß. Weiße Seerosen und grüne Blätter schwammen mit sachter Bewegung im Wasser, und bald hier, bald dort sprang eine silberne Forelle auf. Vom obersten Weiher zog sich gegen den Wald eine schräge Felswand hin, die in allen Farben schimmerte und gleich einem Sieb von hundert Löchern durchbrochen war, aus deren jedem ein weißes Brünnlein sprudelte. Dieses sonnige Waldidyll mit allem Gefunkel und Lichtgezitter des rauschenden Wassers gab ein Bild, das einen Künstler zur Nachgestaltung reizen konnte. Und Lolo Petri saß auch vor der Staffelei so ganz in ihre Arbeit vertieft, daß sie die Schritte nicht hörte, die sich ihr näherten.
Sie trug jenes ländliche Gewand, das sie damals an jenem ersten Abend getragen hatte, im Tillfußer Wald.
Ettingen war dicht zu ihr herangetreten und sah ihr über die Schulter auf die kleine Leinwand, die einen Teil der Felsplatte mit den

sprudelnden Quellen in fast vollendeter Arbeit zeigte; es war kein Bild, das hier entstehen sollte – nur ein Versuch, das Lichtgefunkel des über die rauhen Felsformen rinnenden Wassers festzuhalten. Und dieser Versuch war ihr gelungen. Wie diese Farben leuchteten! Wie sie zu zittern und zu rinnen schienen! Ettingen staunte über die Kraft des Lichtes und über die Wahrheit in dieser verblüffenden Wiedergabe der Natur. Wie hatte dieses Mädchen ihm sagen dürfen, daß sie keine Künstlerin wäre? Hatte sie das aus übertriebener Bescheidenheit getan? Das sah ihr nicht ähnlich. Also legte sie einen überstrengen Maßstab an sich selbst, während sie von anderen Menschen so nachsichtig dachte. Oder kannte sie ihr eigenes Talent nicht? Sollte ihr Vater dafür kein Auge gehabt, ihr das nie mit einem Wort gesagt haben? Denn sie war doch seine Schülerin? Bei diesem Gedanken fiel ihm auf, daß ihre Art zu malen auch nicht die leiseste Ähnlichkeit mit der Art des Vaters hatte. Da war nichts Absonderliches und Befremdendes, keine erträumte Farbe, keine fabulierte Linie. Was die kleine Leinwand zeigte, war nichts anderes als eine treue Wiederholung der Natur.
Plötzlich, als hätte sie seinen Atem gehört oder seine Nähe empfunden, blickte sie auf. Leichte Röte huschte ihr über die Wangen, und sie erhob sich. »Herr Fürst –«
Er grüßte und sah ihr in die Augen, noch ganz unter dem Eindruck, den er aus ihrem Hause mit fortgetragen hatte und der ihm von der Erzählung des Försters zurückgeblieben war. »Sehen Sie, Fräulein, damals am Sebensee, das war nicht umsonst gesagt: Auf Wiedersehn!«
Sie hatte nach der ersten leichten Verwirrung ihre ruhige Sicherheit wiedergefunden und reichte ihm die Hand. »Ja! Und heute weiß ich auch, wer Sie sind. Ich hab es noch an jenem Morgen erfahren, von einem Ihrer Jäger. Und dann war's mir leid, daß ich Ihren Namen überhörte. Hätt ich damals am Sebensee gewußt, wer Sie sind, dann hätt ich die gute Gelegenheit gleich benutzt und hätte eine Bitte ausgesprochen, mit der ich ohnehin zu Ihnen kommen mußte.«
»Zu mir? Mit einer Bitte? Die ist bewilligt, liebes Fräulein, bevor ich sie kenne.«
»Sie ist auch nicht unbescheiden. Es handelt sich um unser Häuschen draußen am See. Papa hätte, bevor er damals vor acht Jahren baute, den Grund gerne gekauft. Aber das ging nicht. Der Grund ist ärarischer Boden. Papa mußte zufrieden sein, daß er wenigstens die

Erlaubnis bekam, zu bauen, auf Widerruf und unter der Bedingung, daß der Jagdpächter seine Erlaubnis gäbe.«
»Und diese Erlaubnis meines Vorgängers soll ich wiederholen?«
»Ja, ich bitte darum.«
Ettingen hielt noch immer ihre Hand in der seinen. »Schade, daß ich mein Placet nicht mit irgendeiner besonderen Feierlichkeit erteilen kann! Solange ich Pächter der Jagd bin, und ich hoffe, daß noch lange zu bleiben, sollen Sie ungestört bei Ihren Blumen wohnen.« Seine Stimme und seine Augen wurden ernst. »Und bei Ihren Erinnerungen!«
»Ich danke Ihnen.«
»Aber eine Bedingung muß ich stellen.«
Ihre Hand befreiend, blickte sie zu ihm auf.
»Die Bedingung, daß Sie gute Nachbarschaft mit mir halten wollen. Und daß es mir vergönnt ist, ab und zu ein Stündchen bei Ihnen zu rasten und mich wohl zu fühlen – bei Ihren Blumen!«
»Daß ich Ihnen das verwehren könnte«, sagte sie lächelnd, »das haben Sie doch nicht im Ernst gemeint?«
»Nein! Aber Sie stehen, Fräulein, und ich bitte sehr, daß Sie sich durch mich nicht in Ihrer Arbeit stören lassen. Darf ich Ihnen ein wenig zusehen?«
»Gern. Ich fürchte nur, Sie werden dabei nicht viel zu sehen haben.«
Sie nahm die Palette und ließ sich vor der Staffelei auf den kleinen Feldstuhl nieder.
Als er sie eine Weile schweigend beobachtet hatte, wie sie aufmerksam die Felswand mit den Quellen betrachtete und dann die kleinen weißen Lichter in den Goldglanz des fließenden Wassers setzte, sagte er: »Wissen Sie auch, Fräulein, daß Sie sich neulich vor mir verleugnet haben?«
»Ich? Verleugnet?«
»Doch! Denn Sie sind eine Künstlerin!«
Sie schien sich nicht gleich an jenes Wort zu erinnern. Dann schüttelte sie wieder den Kopf, ganz so entschieden wie damals. »Nein! Nur weil ich ein bißchen malen gelernt habe? Das macht mich noch lange nicht zur Künstlerin. Dazu fehlt mir alles, Talent, Gedanke und Phantasie. Ich, eine Künstlerin? Nein. Und eine Handwerkerin will ich nicht sein. Ich zeichne und male nicht aus Beruf. Ich tu es nur, um besser sehen zu lernen, um mir das Schöne, das ich lieb habe, recht tief einzuprägen, damit es Dauer hat in mir. Mit dem

Betrachten allein kommt man der Natur gegenüber nicht aus. Da sieht man nur, was jeder sieht, das Oberflächliche, das zuerst in die Augen springt. Die stille Seele eines solchen Bildes und den innersten Reiz übersieht man immer, auch wenn man seine Wirkung fühlt, und deshalb will auch das Bild so schön, wie es war, nicht in unserem Erinnern haften. Man hat immer was Verschwommenes im Gedächtnis. Sie haben doch auch Verständnis für die Natur und Liebe zu ihr. Ist es Ihnen noch nie aufgefallen, daß Sie sich an ein schönes Landschaftsbild schon wenige Stunden später nicht mehr genau erinnern konnten? Man sieht noch irgendeine große Linie, irgendeine auffällige Farbe. Aber das will in der Erinnerung nicht mehr wirken.«

»Ja, Fräulein, das ist wahr. Ich hielt das immer für einen Mangel an Gedächtnis. Aber Sie mögen recht haben, es war Mangel an richtiger Beobachtung.«

»Früher war das auch bei mir nicht anders. Aber wenn ich ein paar Stunden geduldig vor solch einem Bild saß, wenn ich jede kleinste Linie nachzuzeichnen, jeden Reiz des Lichtes und jeden Ton des Schattens nachzuahmen versuchte – gleichviel, ob mir das gelingt oder nicht –, dann hab ich das Große und das Kleinste so genau gesehen, daß ich das Bild in mir habe, fest und für immer. Und das Schöne so zu besitzen, das ist eine große Freude, die das bißchen Mühe wert ist. Zeichnen Sie nicht auch?«

»Ich? Nein!«

»Warum versuchen Sie es nicht einmal?«

Ettingen lachte. »Da möchte was Hübsches herauskommen.«

»Gewiß nichts Schlimmeres als bei meinem ersten Versuch.«

»Zu dem hat wohl Ihr Vater Sie veranlaßt?«

»Ja! Und das werde ich nie vergessen. Ich war damals noch ein Kind, sieben Jahre, und Papa hatte eine Ulmer Dogge gekauft, die er zu einem Bilde brauchte. Das Tier war so entsetzlich groß, daß ich Angst vor ihm hatte. Ein paar Tage überwand ichs. Aber als der Hund einmal auf mich zukam, fing ich zu schreien an: ›Papa, Papa, ich fürchte mich vor dem Hund!‹ Da lachte er, gab mir ein Blatt Papier und einen Rotstift und sagte: ›Versuch es, Lo, und zeichne den Hund, aber recht, recht genau mußt du ihn ansehen!‹«

»Und das haben Sie getan?«

»Ja!« Lächelnd blickte sie zu ihm auf. «Als das Kunstwerk fertig war, meinte Mama, das wäre ein Lehnstuhl. Aber Papa sagte ganz

ernst: ›Nein, Mutter, das ist ein guter, braver Hund, der keinem Kinde was zuleide tut!‹ Und Papa hatte recht. Ich habe den Hund nicht mehr gefürchtet. Jetzt wußte ich, daß er schöne braune Augen hatte und daß er die Lippe verziehen konnte, als ob er lachen möchte. Wir haben den Hund viele Jahre gehabt, auch hier in Leutasch noch, und als er im Alter so leidend wurde, daß man ihn aus Erbarmen erschießen mußte, ist das für uns alle ein trauriger Tag gewesen. Besonders für Papa.«
Ettingen nickte. »Ihr Vater muß ein großer Tierfreund gewesen sein und muß für das Seelenleben der Tiere ein seltenes Verständnis besessen haben.« Er sah den fragenden Blick ihrer Augen und fügte bei: »Daß ich diese Beobachtung machen konnte, das ist nur der bescheidenste Teil des Gewinnes, den der heutige Tag mir brachte. Soll ich Ihnen sagen, woher ich komme? Wo ich zwei Stunden verbrachte, die ich nie vergessen werde? Im Haus Ihres Vaters!«
Sie atmete tief und sah mit schimmernden Augen über den Weiher hin. Und es zitterte ihr die Hand, mit der sie die Palette hielt.
»Sie schweigen? Und fragen nicht, welchen Eindruck ich von der Kunst Ihres Vaters empfing?«
»Nein!« erwiderte sie leise und beugte sich über die Leinwand, als wollte sie die Arbeit wieder beginnen.
»Nein?« Fast schien es, als hätte ihn dieses Wort verletzt. Doch er lächelte schon wieder. »Halten Sie mein Kunstverständnis für so zweifelhaft, daß es bei einem Urteil über die Bedeutung Ihres Vaters nicht in Frage kommt?«
Da blickte sie zu ihm auf, fast erschrocken. Dieser Blick gab ihr die Ruhe wieder, und es lag nur noch ein wenig Beklommenheit in ihrer Stimme, als sie sagte: »Daß Sie mich so sehr mißverstehen könnten, das glaub ich nicht. Wer die Natur liebt wie Sie, muß doch auch Verständnis und Liebe für die Kunst haben. Und daß ich ein hartes Wort über meinen Vater nicht hören würde, das wußte ich doch. Hätten Sie nicht Anteil an seinem Schicksal genommen, so hätten Sie unser Haus nicht besucht. Und würden Sie nicht anerkennend über seine Arbeit urteilen, so hätten Sie zu mir von diesem Besuche nicht gesprochen. Aber wie gut Sie auch von meinem Vater denken mögen, ich selbst denke doch wohl noch besser von ihm. Für Sie kann er immer nur der Künstler sein, von dem Sie das oder jenes halten. Für mich ist er auch der Vater, das Liebste, was ich auf der Welt besaß. Und hätten Sie über ihn – nicht einen Tadel, nur ein

Befremden geäußert – nicht über sein Denken und Fühlen, denn da müssen Sie ihn verstanden haben – vielleicht nur über seine Art zu sehen, über die Eigenart seines Schaffens –, ich hätt' es doch wie einen Tadel empfunden, und mir, seinem Kinde, hätte das weh getan, gerade von Ihnen! Weil ich das fürchtete, deshalb schwieg ich.« Sie legte die Palette fort und erhob sich. »Aber ich sehe ein, daß ich unrecht hatte. Verzeihen Sie mir!«

Ettingen nahm ihre beiden Hände und sah ihr so herzlich in die Augen, daß sie vor diesem Blick in Verwirrung geriet. »Soll jetzt in Ihrem Herzen nicht ein leiser Zweifel zurückbleiben, dann muß ich sprechen!« Er hörte Stimmen, und als er aufblickte, sah er am Ufer des großen Weihers den Förster mit dem Fischer um die Waldecke biegen. »Schade! Da kommen Leute, die mich holen. Aber ich hoffe noch die Stunde zu finden, die mich ungestört mit Ihnen plaudern läßt. Ich habe Ihnen viel mehr zu sagen, als ich jetzt in ein paar Worte fassen kann. Und habe manche Frage zu stellen, die Sie mir beantworten müssen, über das Leben Ihres Vaters, über den Entwicklungsgang seines Schaffens, über die Zeit, in der diese Bilder entstanden. Ich denke nicht sonderlich gut von der Urteilsfähigkeit der Welt, die mit dem Tage lebt und schreit. Aber sie hat trotz allem Augen und hat doch auch ein Herz. Und wäre Ihr Vater vor seiner Flucht in die Berge als Künstler schon der gleiche gewesen, der er war, als er den Hermeskopf mit der Viper und den Jesusknaben mit den Faunkindern schuf – die Welt hätte ihn anerkennen müssen, mehr noch, ihn bewundern und lieben!« Fester umspannte er ihre zitternden Hände. »Ihr Vater war ein großer Künstler. Ich schränke dieses Wort durchaus nicht ein, wenn ich sage, daß in ihm der Mensch und Dichter vielleicht noch größer war als der Maler. Ich kann Ihnen gar nicht schildern, welch einen tiefen Eindruck ich heut aus Ihrem Hause mit forttrug. Es war ein Eindruck, der den Wunsch in mir weckte: Hätte ich diesen seltenen Menschen doch gekannt, hätt' ich doch mit ihm leben dürfen! Aber ich glaube doch, daß ich ihn kenne. Ich habe schon so viel von seinem Leben erfahren durch Sie und durch andere. Seit heute weiß ich auch, wie er starb – wie nur ein großer und guter und starker Mensch zu sterben vermag, der seinem Leben keinen Vorwurf zu machen hat. Und ich habe in seinem Haus die Luft des reinen Glückes geatmet, das er sich und den Seinen erkämpfte, habe gesehen, was er schuf – und ich kenne sein Kind. Nun weiß ich, wer Ihr Vater war, und kann Ihnen nachfühlen, was Sie bei jedem Gedanken an ihn empfinden müssen. Sie sind ein glückliches Kind!« Er küßte ihre Hand, und rasch, als möchte er jede störende Begegnung von ihr fernhalten, ging er auf die beiden Männer zu, die schon über das Wehr des letzten Weihers kamen.

Unbeweglich, die großen schönen Augen feucht umschleiert, stand Lolo Petri am Ufer und blickte über das Wasser zum Wehr hinüber. Sie sah nur den einen, der von ihr gegangen war, sah nicht, daß der Förster ihr zuwinkte mit dem Hut, und hörte den Gruß nicht, den er laut, um das Wasser zu übertönen, zu ihr herüberschrie. So stand sie, bis die drei Männer im Tor eines Blockhauses verschwanden. Dann atmete sie auf, und wie in einem Sturm von Empfinden preßte sie die Hand, die er geküßt hatte, an ihre Lippen – als möchte sie ihm danken für seine Worte und wüßte keinen anderen Dank als diesen. Dann kam es über sie wie treibende Ungeduld. Sie klappte den Feldstuhl zusammen, brachte den Malkasten in Ordnung und schabte hastig mit einem Messer das ganze fertige, noch nasse Bildchen von der Leinwand fort, daß auf dem Tuche nur noch ein trüber Schimmer der entfernten Farben zurückblieb. Während sie die zerlegte Staffelei mit dem Sessel zusammenschnallte, blickte sie nach dem Stand der Sonne. »In einer Stunde müssen sie kommen!«

Das Malgerät an einem Riemen tragend, eilte sie zwischen Wald und Wasser das kleine Tal hinunter und folgte einem Fußpfad, bis sie die von Leutasch nach Seefeld führende Landstraße erreichte. Einen Fuhrmann, der ihr mit leerem Wagen entgegenkam, bat sie, ihr Malgerät mit ins Dorf zu nehmen – und sie brauchte den Mann nicht viel zu bitten, man sah es ihm an, daß es ihm Freude machte, ihr eine Gefälligkeit erweisen zu können.

In sachter Steigung klomm die Straße durch den Wald hinauf, und Lolo folgte ihr mit so erregter Hast, daß ihr die Wangen zu brennen begannen. Als sie die Höhe erreichte, öffnete sich vor ihr eine Waldwiese. An einem Quellbach, der sich an die Straße heranschlängelte, waren die Ufer reich mit Blumen bewachsen. Lolo begann zu pflücken, und während sie am Saum der Wiese hinging, sammelte sie zu ihrem Strauß noch immer neue Blumen. Sie erreichte wieder den Wald und ließ sich im Schatten der Bäume nieder, um die Blüten zu ordnen. Nur ihre Hände waren bei dieser Arbeit, nicht die Gedanken. Bald spielte ein träumendes Lächeln um ihren Mund, bald wieder blickte sie ernst in den blauen Schatten des

Waldes. Nun ließ sie den Strauß, den sie gebunden hatte, in den Schoß fallen. »Vater! Vater!« Sie bedeckte das Gesicht mit den Händen und brach in Schluchzen aus. Das war kein Weinen in Schmerz, es war ein Weinen in heißer Freude.
Jetzt fuhr sie lauschend auf, sprang zurück auf die Straße und jauchzte. Aus dem Tal, in das sich der Wald hinuntersenkte, antwortete eine Knabenstimme, hoch und schrill, wie der Ton einer Weidenpfeife.
»Ja! Ja! Sie sind es!« stammelte Lo und begann zu laufen. Eine kleine, mit einem Pferd bespannte Kutsche kam. Der Knecht ging neben dem Wagen her, um dem Rößlein die Last über den Berg hinauf zu erleichtern. In der Kutsche saßen eine Frau und ein Knabe, der mit beiden Armen winkte.
Mit klingender Stimme rief Lo den Namen des Bruders. Und da ließ sich der kleine Bursch nicht länger im Wagen halten, sprang auf die Straße, noch ehe der Knecht das Pferd zum Stehen brachte, warf das Hütl in die Kutsche zurück und begann den Berg hinauf zu rennen, daß ihm die Mutter in Sorge nachrief: »Gustl! Gustl! Nur langsam! Ich bitte dich! Sie wartet ja, bis du kommst!« Der Junge hörte nicht, rannte und rannte, und schon auf hundert Schritt vor der Schwester breitete er die Arme aus und jubelte: »Lo! Lo! Meine liebe, gute, gute Lo!« Mit so wilder Freude flog er an ihre Brust, daß sie wankte unter dem Ansturm dieses schmächtigen Knabenkörpers. Wortlos hielt sie ihn umschlungen. Als sie sich aufrichtete, hing er mit erloschenem Atem an ihrem Hals, hielt die Wange an ihre Brust gedrückt und brachte nur mühsam die Worte heraus: »Ach, Lo, ich kann dir's gar nicht sagen, wie ich mich freue! Weil ich dich wieder habe! Dich, Lo! Dich! Weißt du, es ist so nett vom lieben Gott, daß er die Ferien erschaffen hat!«
Lächelnd kühlte sie ihm mit ihrem Tuch die Wangen und hielt ihn umschlungen, bis er ruhiger wurde. Dann gab sie ihm die Blumen.
»Lo, für mich?«
»Für dich und für die Mutter.«
»Ich danke, danke dir, Lo!«
Da nahm sie sein Gesicht zwischen die Hände und sah ihm lang in die Augen. Wie zwei klare Sterne blickten die leuchtenden Knabenaugen zu ihr empor. Sie atmete auf und sagte leise: »Ja! Du bist es! Du kommst wieder heim, wie du gegangen bist!« Lächelnd schob sie ihn ein wenig von sich und betrachtete sein hager aufgeschossenes

Figürchen in dem sauber gehaltenen schwarzen Anzug und in den engen Höschen, die ihm zu kurz geworden. »Und wie du gewachsen bist!«
»Ja!« sagte er stolz und reckte sich. »Jetzt reich' ich dir schon fast an die Schulter.«
Die Kutsche kam, und jubelnd schwenkte der Junge seine Blumen. »Muttl! Sieh doch! Sieh! Die hat uns Lo gebracht!«
Das Mädchen eilte dem Wagen entgegen und faßte die Hand der Mutter.
Frau Petri hatte schon graue Haare, die glatt gescheitelt unter dem schwarzen, altmodischen Kapotthut hervorsahen. In weißem Oval, wie aus Wachs gebildet, hob sich aus den schwarzen Bändern das schmale Faltengesicht, das von Kummer und Schmerzen erzählte, die nur zur Ruhe kamen, doch nicht überwunden sind. Aber so welk und müde dieses Gesicht auch war, es zeigte noch Spuren einstiger Schönheit und glich mit seinen feinen, vornehmen Zügen dem Antlitz der Tochter. Nur andere Augen hatte die Mutter, von mattem Blau – Augen, die nicht anders blicken konnten als in Sorge. Und sie hatte ihrer Tochter kaum ins Gesicht gesehen, als sie schon beklommen fragte: »Kind? Was ist dir? Du bist anders als sonst! Ich bitte Dich, sag mir, ist etwas geschehen? Was hast du?«
»Mutter!« Lo umklammerte die Hand der alten Frau, während sie neben der Kutsche herging; sie war so erregt, daß sie nicht zu sprechen vermochte.
»Aber Hans!« schmollte Frau Petri mit dem Kutscher. »So halten Sie doch den Wagen an. Lo kann doch nicht immer so nebenherlaufen!«
Der Knecht hielt das Pferd an und suchte auf der kahlen Straße nach einem Stein, den er unter das Rad legen könnte.
»Was hast du, Kind? Aber so sprich doch!«
»Mutter! Denke nur, wer heute bei uns war! In unserem Hause! Er, Mutter! Er!«
»Er? Wie soll ich denn das wissen, wer das ist?«
»Aber Mutter! Ich habe dir doch heute früh erzählt von ihm. Daß ich ihn draußen am Sebensee kennenlernte. Und daß ich so viel vom Vater mit ihm gesprochen habe.«
»Der Fürst?« fragte Frau Petri betroffen.
»Heute kam er zu uns, um Vaters Bilder zu sehen.«
»Und du warst bei ihm?«
»Nein! Aber ich traf ihn. Bei den Weihern. Ach, Mutter! Wärst du

doch nur bei mir gewesen! Hättest du nur gehört, wie er vom Vater gesprochen hat! Das wäre für dich eine Freude gewesen. Eine Freude! Weißt du, was er sagte? Ein großer Künstler, den die Welt hätte bewundern und lieben müssen! Und vielleicht war der Mensch und Dichter in ihm noch größer als der Maler! Das sagte er. Wort für Wort. Wir, Mutter, wir wissen es ja! Aber daß es nun auch die anderen erkennen und sagen! Ach, Mutter, dieses Wort war ein Geschenk für mich, so schön, ich kann es dir gar nicht sagen!«
Frau Petri schwieg, und während sie zitternd die Hand ihres Kindes umklammert hielt, fielen ihre glitzernden Zähren auf das Hutband.
Da sagte der Kutscher: »Liebe Frau, jetzt muß ich aber weiterfahren, 's Rößl kann den Wagen auf der steilen Straßen nimmer derhalten!«
Frau Petri seufzte. »Ach, Lo! Warum kommt das so spät? Zu spät für ihn!« Sie trocknete die Augen und sagte begütigend zum Kutscher: »Ja, Hans, fahren Sie nur weiter! Aber du, Lo?«
»Fahre nur voraus, Mutter! Ich gehe mit Gustl.«
»Wo ist er denn?«
»Dort, im Wald. Einem Schmetterling läuft er nach oder einem Eichhörnchen.«
»Ach, wie sich der Bub wieder erhitzen wird!« Frau Petri reichte dem Mädchen den Hut des Jungen und ein seidenes Tuch. »Er soll den Hut gleich aufsetzen, wenn er auf die Straße kommt. Hier zieht es. Und bind ihm das Tuch um! Tust du es aber auch wirklich?«
Lolo lächelte. »Ja, Mutter!«
Als der Wagen davonfuhr, kam Gustl aus dem Wald gerannt, rief der Mutter einen jauchzenden Gruß nach und warf sich wieder mit stürmischer Zärtlichkeit in die Arme der Schwester. Sie drückte ihm das Hütl aufs Haar und band ihm das Tuch lose um den Rockkragen, daß es den Hals nicht berührte. Dann wanderten sie Arm in Arm neben der Straße hin, und während Gustl mit sprudelndem Eifer die lange Geschichte seiner kurzen Reise erzählte, schmiegte er sich eng an die Schwester an, als gäbe es für ihn keine süßere Freude, als so mit ihr zu wandern, ihre Hand zu streicheln und mit leuchtenden Augen immer wieder zu ihr aufzublicken. Doch plötzlich, mitten in seiner plaudernden Freude, verstummte er.
Sie beugte sich zu ihm nieder, sah ihm ins Gesicht und sagte leise: »Ich weiß, an was du denkst!«
»Ach, Lo!« Seine Augen füllten sich mit Tränen. »Die ersten Som-

merferien – ohne Vater!« In Schluchzen ausbrechend, umklammerte er die Schwester.
Während auch ihr die Tränen über die Wangen rollten, hielt sie den Knaben an sich gepreßt. Dann wanderten sie langsam und schweigend durch den Wald. Sie kamen zur Höhe, und aus dem Tal herauf grüßte das Dorf mit seinen Wiesen und Gärten.
»Lo! Unser Haus! Ich seh unser Haus!« Mit einem gellenden Jubelschrei, aus dem noch die Tränen zitterten, schwang der Junge sein Hütl.
Lolo legte den Arm um seine Schulter und sagte flüsternd: »Gelt, so schön wie daheim ists nirgends in der Welt!«
»Daheim! Ach, Lo, wo sollt es denn schöner sein?«
»Aber eins mußt du mir versprechen! Wenn wir heimkommen, wollen wir klug und stark sein. Und lieb und gut mit der Mutter. Wir dürfen ihr nicht wehtun mit unserem Schmerz. Sie soll nichts anderes sehen als deine Freude, daß du wieder daheim bist und wieder bei ihr!«
»Ja, Lo! Ich verstehe, was du meinst! Und das versprech ich dir: Lieber beiß ich mir die Zunge ab, ehe ich weine, wenn Muttl es sehen kann!«
Sie nickte ihm zu. »Und eines sag mir noch! Wenn der Vater dich jetzt erwarten könnte? Dürfte er Freude an dir haben?«
Ruhig hielt er den Blick der Schwester aus. »Ja, Lo, ich glaub schon. Mein Zeugnis hab ich ganz zuoberst im Köfferchen liegen, und gleich wenn wir heimkommen, zeig ich es dir! In allen Fächern hab ich Eins mit Auszeichnung bekommen. Nur im Betragen – ich bitt dich, sei nicht bös, aber im Betragen hab ich Zwei auf Drei. Neulich hat mir der Religionslehrer in die Liste geschrieben: ›Der Knabe August hat sich während der Stunde umgesehen.‹ Weißt du, ich passe in der Schule immer so viel auf, aber ich kann nicht still sitzen, ich wills immer, aber ich kann nicht!«
Lächelnd streichelte ihm die Schwester das Haar. »Deshalb brauchst du dir keinen Kummer zu machen. Das wirst du schon noch lernen! Und umsehen muß man sich in der Welt ein bißchen.« Sie nahm seinen Arm, und nun schritten sie rasch ins Tal hinunter. »Und weil du so gute Zeugnisse heimbrachtest, sollst du auch schöne Ferien haben. Muttl und ich, wir werden zusammen helfen, um dir recht viel Freude zu machen! Aber weißt du, Bubi, ganz darfst du in den Ferien das Lernen nicht aussetzen. Ich habe schon den Stundenplan

eingeteilt. In der Früh wird Muttl eine Stunde mit dir lernen, und nachmittags oder am Abend, da setzen wir beide uns ein paar Stündchen zusammen. Willst du?«

»Ja, Lo, ja! Aber gelt, jetzt gleich, da hab ich doch ein paar Tage ganz frei? Weißt du, ein bißl ausrennen möcht ich mich schon.«

»Aber natürlich! Bist du zufrieden mit vierzehn Tagen?«

»Vierzehn –« Das Wort ging unter in einem seligen Jauchzer. »Und darf ich auch wieder fischen? Schon morgen?«

»Wenn du willst noch heut am Abend. Der Fischer hat die neue Angelgerte für dich schon fertig.«

»Ach, Lo, das wird herrlich, herrlich!«

»Vier Tage bleiben wir jetzt zu Hause bei Muttl, und dann darfst du drei Tage mit mir – rate, wohin?«

»Lo? Zum Sebensee?«

»Erraten! Ja!«

Die erste Regung des Knaben war stürmischer Jubel. Dann wurde er still, und die Wange an den Arm der Schwester schmiegend, flüsterte er: »Ach, Lo! Da draußen sein und an den Vater denken, wenn ich seine Blumen sehe und seinen Baum singen höre – ich kann's nicht erwarten, gar nicht erwarten! Wie schön das sein wird!« Und hastig, als müßte er für solche Freude danken, sagte er: »Lo! Da nehm ich meine Bücher mit. Da draußen, weißt du, da muß ich lernen.«

Zärtlich drückte ihn die Schwester an sich, und wieder gingen sie schweigend am blumigen Saum der Straße hin. Als sie zu den ersten Häusern kamen, wurde ihr Gang immer rascher. Wenige Schritte noch, und sie hatten ihr Haus erreicht.

Das Gold des Nachmittags lag über dem Schieferdach, die weißen Tauben flogen, die Stare zwitscherten, und die sonnige Luft war erfüllt vom Wohlgeruch der Blumen.

10

Über den schattenschwarzen Bergwald sank schon die Sonne hinunter, als Ettingen mit dem Förster wieder im Jagdhaus eintraf. Pepperl, der auf der Schwelle des Försterhäuschens hockte, erhob sich, als er die beiden kommen sah, und schüttelte die Füße, als wären sie ihm eingeschlafen. Das Viertelstündchen ausgenommen, das er um die Mittagszeit in der fürstlichen Küche verbrachte, hatte er vom Morgen bis zum Abend auf seinem Lauerposten ausgehalten, mit dem Geheimnis von Woodcastle auf den Knien. In diesen sieben Stunden war er bei der Lektüre nur um ein einziges Kapitel vorwärts gekommen. Aber der Miene, mit der er die roten Hefte jetzt in die Schublade warf, konnte man es ansehen, daß er mit dem Ergebnis des Tages nicht unzufrieden war. Nicht das geringste war geschehen, was die ›Verantwortigung‹ seiner moralischen Seele belastet hätte. Wohl hatte Martin ein paar verdächtige Spaziergänge im Umkreis der Sennhütte unternommen, aber ein freundlicher Zuruf des Praxmaler-Pepperl hatte den Kammerdiener immer wieder zur Umkehr nach dem Fürstenhaus veranlaßt. Drum konnte Pepperl, als der Förster in die Hütte trat, seinen Vorgesetzten in bester Laune empfangen. »Grüß Gott, Herr Förstner! Schon wieder daheim? Dös is recht! Jetzt kann ich grad noch a bißl Dienst machen bis auf d' Nacht. Jetzt is ja der Fürst wieder da!«
Der Förster schien den Zusammenhang zwischen Pepperls Diensteifer und der Heimkehr des Fürsten nicht recht zu begreifen und guckte verwundert dem Jäger nach, der, einen Ländler pfeifend, seine Büchse nahm und flink hinauswanderte in den schattigen Wald. –
Zwei Tage vergingen. Ettingen hatte keine Lust, eine Pirsch zu unternehmen. Er wollte ruhen, wie er sagte. Das hinderte nicht, daß er an jedem Morgen zeitig munter war und einsam einen mehrstün-

digen Schlendergang durch den Bergwald machte. Am Nachmittag saß er mit einem Buch im Wald, und die Abendstunden verplauderte er mit den Jägern.
Auch der Almhütte stattete er mit dem Förster einen Besuch ab und saß eine Stunde lang bei der Sennerin, die ihm ihre Arbeit schildern mußte. Das gedrückte Wesen des Mädels fiel ihm auf. »Haben Sie eine Sorge, Burgi?«
»Ich? Und Sorgen? Gott bewahr! 's Vieh is gsund, was will ich denn mehr?«
»Sie sind nicht heiter. Wenn ich Ihnen helfen kann, tu ich es gern. Haben Sie etwas auf dem Herzen?«
Sie wurde rot bis unter die Haare, aber gleichmütig sagte sie: »Ich? Auf'm Herzen! Den Janker! Sonst nix! Aber der Mensch kann net allweil lustige Fasnacht halten. Diemal muß er auch sein' sinnierlichen Tag haben. So ein' hab ich halt heut grad, weiß selber net, warum!« –
Am dritten Morgen unternahm Ettingen mit dem Förster einen Pirschgang auf Gemsen.
Pepperl, der zwei Tage strengen Dienst gemacht hatte, blieb an diesem Morgen zu Hause. »Man kann net wissen, ob net d' Jungfer Köchin oder der Herr Martin wen braucht.« Und auf der Hüttenschwelle hielt er in brennender Sonne mit dem Geheimnis von Woodcastle bis Mittag aus. Da kam der Postbote. Den fragte er: »He! Du! Was is denn mit'm Brenntlinger? Hast ihm die Botschaft ausgricht'?«
»Ja.«
»Warum kommt er denn net?«
»Der Schnaps laßt ihn net aus. Heut in der Fruh hab ich ihn wieder troffen im Wirtshaus. Da hockt er schon den dritten Tag.«
Pepperl fuhr sich mit dem Ärmel über die Stirn. Die Sonne hatte ihm eingeheizt. Und in schwüler Sorge brummte er vor sich hin: »Mar und Joseph! Is dös a Mensch! A Vater! Und hat a Madl, dös in der ärgsten Gfahr is!« Dann sagte er laut: »Geh, ich bitt dich, red ihm zu, daß er kommt. Sag ihm, es pressiert!«
Während die beiden noch miteinander sprachen, kam der Fürst von der Pirsch zurück. Der Förster trug einen Gemsbock auf dem Rükken. »Und a zweiter liegt noch droben«, sagte er, »tummel dich, Pepperl, daß d' ihn runter bringst vor Abend!« Aber ehe Pepperl sich ›tummeln‹ konnte, gab's vor dem Försterhäuschen noch ein

langes, fröhliches Schwatzen über den Verlauf des glücklichen Pirschganges.
War es die seltene Jägerfreude, zwei gute Böcke erlegt zu haben, war es die ungetrübte Stimmung der vergangenen Tage oder die reine Bergluft, die an dem ernsten Flüchtling der Großstadt diese freundliche Wandlung bewirkt hatte – Ettingen war in so prächtiger, von Heiterkeit übersprudelnder Laune, daß die beiden Jäger ihre Freude an ihm hatten. Seine Augen blickten so froh, sein sonnverbranntes Gesicht hatte so gesunde Farbe, als hätte er nie die Luft der Krankenstube geatmet und als wäre auch die letzte Erinnerung an allen Sturm und Schmerz, vor dem er in die Einsamkeit der Berge geflohen, in ihm versunken und erloschen. Und wie kräftig sein Schritt war, wie frei seine Haltung! Als hätte ein neuer und heißer Trieb des Lebens jeden Tropfen seines Blutes befeuert. Er selbst schien der Wandlung, die sich in ihm vollzogen hatte, mit keiner Frage nachzuspüren. Er fühlte sie nur, wie man mit geschlossenen Augen die Sonne fühlt, war heiter und zufrieden, dachte mit keinem Gedanken an das Gewesene, hatte keinen Wunsch an die Zukunft und freute sich in dieser lächelnden Ruhe jeder Stunde, wie sie kam und ging.
Der folgende Tag aber brachte ihm den Lebensgewinn, den er im Frieden des Waldes gefunden hatte, doch zum Bewußtsein. Da kam mit der Post ein Brief. Als Ettingen an der Adresse die Schrift des Freundes erkannte, an den er in jener ersten Nacht die lange Epistel gerichtet hatte, zögerte er einen Augenblick, den Brief zu erbrechen. Dann schüttelte er lachend den Kopf. »Mein Wald hat mich gesund gemacht!« Was dieser Brief auch enthalten mochte – es konnte seine Ruhe nicht mehr stören, keine Bitterkeit in seiner Seele wecken. Er hatte überwunden und vergessen, war geheilt und frei. Wie auch die häßliche Katastrophe jener Tollheit ausklingen mochte, er konnte das ruhig und gleichgültig anhören wie das schale Ende einer Geschichte, die ein anderer erlebt hatte.
Er öffnete den Brief und las:

»Wien, den 30. Juli

Mein lieber Heinz!
Du weißt, wie stark ich unter Umständen für andere sein kann. Meinen eigenen Wünschen gegenüber bin ich ein Schwächling. Und mein Wunsch wär' es, Dir für Deinen lieben langen Brief recht ausführlich zu danken, mit Dir zu plaudern, Dich zu

warnen, Dir zu raten. Das muß ich mir für den Tag versparen, der mich zu Dir führt. Ich hoffe, das wird bald geschehen. Für heute geht's nicht, man tut mir Gewalt an. Vor kaum einer Minute habe ich mich zum Schreiben gesetzt, und da trommeln sie schon wieder an meine Tür und schreien: ›Onkel Goni, was machst du? Onkel Goni, wo bleibst du? Onkel Goni, so komm doch!‹ Seit drei Tagen hab ich ›Familie‹. Meine Schwester, deren Mann zu den Jagden nach Steiermark absauste, hat ihre vier Jungen aus den weißen Pfoten der Jesuiten in Empfang genommen. Da ist mir nun die liebe Seele mit ihrem tollen Viergespann unvermutet ins Haus gefahren, und die Jungen stellen mir meine friedliche Hütte auf den Kopf. Aber ich lasse mich geduldig martern. Jugend zu sehen, das ist für mich immer wie eine neue, große Entdeckung. Das nimmt meiner Borstigkeit jeden scharfen Stachel. Aber es macht mich auch schwermütig. Nicht, weil ich die eigene Jugend zurücksehne. Kein Kluger will ein zweitesmal leben. Nur, weil ich fühle, wie wenig mir von der Jugend geblieben ist. Graue Haare, die ›einstens‹ braun gewesen – sonst nichts. Warum ich nicht glücklich wurde? Das weiß ich. Aber warum ich nicht geheiratet habe? Das ist mir dunkel. Tu es, Heinz! Tu es? Und werde Vater! Mir scheint, als wäre in dieser Schmutztruhe, die man Leben nennt, die Freude am Kind der einzig wirkliche Wert, auch wenn seine Süßigkeit sich ›menget mit Bitternis‹! Oder glaub' ich das nur, weil das am Leben das einzige ist, was mir fremd geblieben? Alles andere kenn ich. Und weiß, daß es die Spesen der Erfahrung nicht aufwiegt. Aber nein! Dieser einzige Lebensglaube – der Glaube an einen Gott, zu dem ich niemals beten durfte – soll mir bleiben für den Rest meiner Tage. Ich habe Deiner Mutter Freude an Dir gesehen. Und ich begriff, daß sie um dieser einzigen Freude willen alles andere verschmerzen konnte. Im kleinen seh ich es auch an meiner Schwester. Wenn die vier Fohlen sie gepeinigt haben, daß sie vor Wut und Verzweiflung heult – fünf Minuten später spielt sie ›Mutter der Gracchen‹, und sagt mit Aplomb: ›Meine Söhne!‹ Da nasch' ich nun ein bißchen an ihrer Freude mit, bin ›Onkel Goni‹ und lasse mich schinden, daß ein ehrgeiziger Märtyrer von mir lernen könnte. Ich tu es, weil ich Zeit habe. Denn meiner Freundschaft für Dich sind die Hände gebunden. Ich bin in der Schlichtung Deiner Affäre zu einem far niente verurteilt, das mir durchaus nicht ›süß‹ erscheint.

Wohl hab ich das möglichste versucht, um eine Auseinandersetzung herbeizuführen. Aber sie macht sich unsichtbar. Ihre Villa in Hietzing hat scheinbar im Sommerschlaf die Augen geschlossen, und der Portier schwört falsche Eide, daß die gnädige Baronin ›unbekannten Aufenthaltes‹ wäre. Ihr Anwalt erklärte, daß er ›keinerlei Auftrag‹ hätte und ›vermutete‹, daß sie in Ostende wäre. Aber sie ist hier, in ihrer Villa. Gestern früh brachte mir mein Agent die Mitteilung, daß am 28. abends neun Uhr ein Kupee vor der Villa angefahren wäre und eine Stunde gewartet hätte. Und weißt Du, wem das Kupee gehörte – am 28. Juli ein geschlossenes Kupee? Dem ›süßen kleinen Mucki‹! Dem Sensburg! Er brachte ihr wohl die Neuigkeit, daß er Dich in Innsbruck traf. Hoffentlich hast Du ihm nicht klipp und klar gesagt, wohin Du fährst? Na also, gestern mittag fuhr ich zu ihm, mit den vier Jungen im Wagen. Ausrede: ob er nicht einen jungen Engländer wüßte, der meine Neveus im Tennis perfektionieren könnte. Den wußte er natürlich. Und dann fragte ich so nebenbei, ob er nicht bei der Pranckha gewesen wäre. Er wurde rot und leugnete. Das wunderte mich. Nicht, daß er log. Aber daß diese abgelaufene Gesellschaftswanze noch erröten kann. Und das ist alles, was ich Dir zu berichten habe. Aber ich warne Dich, lieber Heinz! Was sie mit diesem monatelangen Blindekuhspiel bezweckt, versteh ich nicht. Irgend etwas plant sie. Daß sie Dich ›friedlich ziehen‹ läßt, das bilde Dir ja nicht ein! Fürst Ettingen zu Bernegg ist ein liebes Hühnchen, das allzu schöne Federn besitzt. Sie wartet nur den günstigen Augenblick ab, um Dich wieder einzufangen. Daß sie dabei mit Deinem Herzen rechnen kann, das brauche ich wohl nicht mehr zu befürchten. Aber sie wird ihren Kalkul auf Dein Blut setzen. Ich warne Dich, Heinz! Wenn Dir die schöne Katze mit süßem Schnurren an den Hals springt – schüttle sie ab! Gleich! Nur in der ersten Sekunde wirst Du die Kraft dazu haben. Nicht mehr in der zweiten Minute. Da hat sie Dich.
Hörst Du, sie trommeln schon wieder! ›Onkel Goni, du bist unausstehlich!‹ Diesen Vorwurf muß ich entkräften. Also Schluß! Dein ›Schweigen‹ sollst Du in wenigen Tagen bekommen. Ich habe eine herrliche Radierung aufgetrieben und einen tüchtigen Künstler beauftragt, dem Blatt einen Hauch Farbe nach dem Original zu geben. Morgen oder übermorgen wird das Bild an Dich abgehen. Am liebsten wär's mir, ich könnt' es Dir selber

bringen. Aber sobald ich die vier Jungen wieder los bin und sehe, daß ich Deinem ›Frieden‹ hier in Wien nicht weiter nützen kann, dann komm' ich. Und dann wollen wir selbander schöne Klapphornverse erleben:

Zwei Knaben gingen durch den Wald,
Der eine jung, der andre alt –

Die heitere Pointe wird sich finden. Bis dahin mit Gruß, mit herzlicher Treu, aber auch in Sorge

Dein alter

Goni Sternfeldt.«

Als Ettingen gelesen hatte, trat er, den Brief noch in der Hand, zum offenen Fenster und blickte lächelnd über den Bergwald hinaus.
»Sorge? Nein!«
Eine Stelle des Briefes las er ein zweitesmal: »Dein ›Schweigen‹ sollst Du in wenigen Tagen bekommen –«
Nun bemerkte er erst, daß die letzte Seite des Briefes noch eine Nachschrift hatte:

»Soeben kommt Deine Depesche. Emmerich Petri? Wo hast Du nur diesen Namen so plötzlich aufgefischt? Auf der Gemspirsch? Ist das einer, von dem die Steine reden, da die Menschen von ihm schweigen? Ich habe in einem Lexikon der ›Kunstentwicklung des 19. Jahrhunderts‹ nachgeschlagen. Der Name fehlt. Doch glaub' ich mich dunkel zu erinnern, daß ich diesen Namen während des letzten Winters mehrmals in Künstlerkreisen nennen hörte. Aber dieser Winter! Da hatte ich doch meine liebe Sorge mit Dir und Deinem Wahnsinn! Wie wär' ich da kapabel für Kunstgespräche gewesen! Emmerich Petri? Der Name klingt mir im Ohr, doch meine Erinnerung ist leer. Aber ich fahre noch heut ins Künstlerhaus, um einen Augur in moderner Kunstgeschichte zu erfragen, und dann will ich sehen, was sich erfahren läßt.« –

Mit der gleichen Post, die diesen Brief gebracht hatte, war auch ein anderer gekommen – an Martin. Und sein Inhalt versetzte den sonst so gemessenen Herrn in solche Erregung, daß er in der gleichen Stunde noch den Förster aus seinem Mittagsschläfchen aufrüttelte.
»Herr Förster! Ich komme mit einer Bitte. Sie müssen mir helfen!«

»No also! Schießen S' los! Was is denn?«
Es handle sich um eine ›freudige Überraschung‹ für Seine Durchlaucht, erklärte Martin. Eine hohe Dame, natürlich eine nahe Anverwandte des Herrn Fürsten, käme nächster Tage zu Besuch ins Jagdhaus. Wann, das wäre noch nicht genau bestimmt – aber um Seiner Durchlaucht die ›ungeahnte Freude‹ nicht zu verderben, müsse die Sache so geheim wie möglich gehalten werden. Vor allem müsse für den hohen Besuch das Grafenstüberl entsprechend eingerichtet werden, und da hätte er nun soeben von Innsbruck die Mitteilung erhalten, daß der Wagen mit dem Mobiliar und der Dekorateur mit seinen Gehilfen schon am nächsten Abend eintreffen würden. Und da müsse nun um jeden Preis ein Mittel gefunden werden, um die Durchlaucht für zwei Tage vom Jagdhaus zu entfernen. Zwei Tage wären zur ›Adaptierung‹ des Zimmers unumgänglich notwendig.
Der Förster brauchte nicht lang zu überlegen. Die Sache wäre leicht zu machen: Man müsse dem Herrn Fürsten zureden, einen längeren Jagdausflug zu unternehmen, vielleicht zum Sebensee. »Denn wissen S', der Sebensee, der gfallt ihm. Dös hab ich schon gmerkt. Morgen um Mittag kann er mit'm Pepperl abmarschieren, in der Sebenwaldhütten bleibt er über Nacht – dös Hütterl is gut im Stand –, am ersten Tag macht er an Pirschgang über'n Sebensee nauf, und für den zweiten Tag verarranschier ich a netts Treibjagderl! Dös macht ihm Freud. Da geht er.«
Mit Eifer nahm der Förster auch gleich die ›Verarranschierung‹ in Angriff und schickte durch den Postboten die Nachricht an die Leutascher Jäger, binnen zwei Tagen mit sechs Treibern im Jagdhaus einzutreffen. Als er dabei hörte, daß Mazegger, den er die Tage her nicht gesehen hatte, am Abend zuvor in Leutasch gewesen wäre, gab's ein Gewitter mit Blitz und Hagelschlag. Und damit ihm Mazegger, wenn er spät am Abend in die Hütte zurückkehren würde, nicht wieder auskäme, legte er ihm einen Zettel auf den Tisch: »Morgen bleibst Du daheim. Ich muß was reden mit Dir! Förster Kluibenschädl!«
Beim Diner trug er dem Fürsten sein ›Planerl‹ vor und schilderte ihm die Weidmannsfreuden einer Gemspirsch beim Sebensee und einer Treibjagd auf Hirsche im Geißtal mit so verlockenden Farben, daß Ettingen sofort einverstanden war. Martin, der dieses Gespräch beim Servieren hören konnte, atmete erleichtert auf.

Pepperl aber, als er von diesem ›Planerl‹ hörte, schien nicht erbaut zu sein. Er machte ein langes, höchst bedenkliches Gesicht.

»Was hast denn?« fragte der Förster. »Zwei Tag mit'm Herrn Fürsten jagen? Dös muß dir doch Freud machen!«

»No ja, schon! Aber –«

»Was aber?«

»Die ganze Zeit her wart ich schon allweil auf den Brenntlinger. Morgen oder übermorgen hätt' ich gmeint, müßt er kommen.«

»Was willst denn von dem Schnapsbruder?«

»Was z'reden hätt' ich halt mit ihm – wegen meiner Mutter, ja, und – a bißl arbeiten sollt er halt!«

»Der? Und arbeiten? Laß dich net auslachen! Auf den kannst lang warten! Neulich, in Leutasch, is er an der Straß im Graben gsessen, und da hat ihm der Herr Fürst an Zehner gschenkt.«

»So is schön!« stotterte Pepperl erschrocken. Und im stillen kalkulierte er gleich: ›Einen Gulden bringt der Brenntlinger durch im Tag, da braucht er sich nicht zu plagen; fünf Tage sitzt er bereits; also hat er noch einen Fünfer, und bevor er mit dem nicht fertig ist, kommt er nicht.‹ »Da kann ich freilich noch lang warten. Derweil bin ich wieder daheim!« –

Am anderen Vormittag gab's in der Jägerhütte zwischen Mazegger und Kluibenschädl einen erregten Auftritt. Das heißt, erregt war nur der Förster, Mazegger lächelte und schwieg. Und je länger der Jäger mit diesem stummen Lächeln dastand, in desto heißeren Zorn geriet der Förster. »Jetzt sag ich dir im guten 's letzte Wörtl! Wenn du von morgen an den Dienst net in der Ordnung machst, so wachsen wir zsamm. Weil in drei Wochen den Kufer packen mußt, deswegen därfst net glauben, daß d' mit deiner Zeit jetzt machen kannst, was dir einfallt! Übrigens – was hast denn vorgestern in Leutasch draußen zum suchen ghabt?«

»Nichts.« Das war das erste Wort, das Mazegger sprach.

»So? Nix? Warum bist denn nacher naus?«

Der Jäger hob schweigend die Schultern und grub die Hände in die Taschen.

»Gelt, du, kegel dir nur dein Züngl net aus! Aber ich kann mir schon denken, was dich naustrieben hat. Ich weiß ja, wer draußen is. Du bist ja rein wie der hunrige Fuchs im Winter, wo er die Hasenfährt gleich gar nimmer auslaßt. Ja, schau mich nur an mit deine wällischen Guckerln!«

Mazeggers Gesicht wurde fahl wie Kalk; doch er schwieg.
»Morgen gehst nunter nach Ehrwald und bleibst beim Jager über Nacht. Und übermorgen in der Fruh um drei, da seids alle zwei beim Sebener Almzaun. Da haben wir's Randewuh zum Treibjagen. Und dös sag ich dir, Toni, wenn ich erfahren sollt, daß d' an andern Schritt machst, als den ich dir vorschreib, da brauchst deine drei Wochen nimmer warten. Da kannst marschieren auf der Stell und kannst–«
Erschrocken verstummte der Förster. Unter der Tür der Jagdhütte stand der Fürst. Bei einem Spaziergang über das Almfeld hatte er die laute Stimme gehört, und nun sagte er lächelnd: »Nicht ärgern, lieber Förster!«
»Ich bitt um Entschuldigung, Duhrlaucht«, stotterte Kluibenschädl, während Mazegger den Fürsten mit funkelnden Augen maß, »aber wenn ich meine Gallenbinkerl gleich zubinden möcht mit sieben ausglühte Dräht, es hilft ja nix. D' Leut reißen s' wieder auf.«
»Sie haben Verdruß gehabt?«
»Ja! Wieder amal! Und weil Duhrlaucht grad dazukommen – sagen hätt ichs doch amal müssen – der Mazegger-Toni hat die vorig Woch den Dienst aufgsagt.«
»Weshalb?« Ettingen wandte sich an den Jäger und sagte freundlich: »Fühlen Sie, daß Ihnen der harte Gebirgsdienst zu beschwerlich ist? Sie sind nicht in den Bergen geboren, und da kann ich begreifen, daß Ihnen der Dienst nicht so leicht fällt wie den anderen Jägern. Aber deshalb brauchen Sie die Stelle nicht aufzugeben. Der Herr Förster wird Ihnen jede Rücksicht gewähren und nicht mehr von Ihnen verlangen, als Sie ohne Überanstrenung leisten können. Oder haben Sie eine andere Klage? Was macht Sie unzufrieden? Sie können sich offen aussprechen. Wenn Ihre Wünsche nicht unbillig sind, wird sich über alles reden lassen. Deshalb brauchen Sie nicht gleich zu gehen! Nun? – Aber so sprechen Sie doch! – Kommen Sie vielleicht mit Ihrem Gehalt nicht aus?«
Ein paarmal hatte Mazegger die Lippen geöffnet, ohne daß ihm ein Laut von der Zunge kam. Es schien, als könnte er den freundlichen Blick des Fürsten nicht ertragen. Die brennenden Augen senkend, preßte er mühsam die Worte heraus:
»Ich habe keine Klage, Herr Fürst! Gehalt bekomm ich mehr, als ich verdien. Aber der Förster hat nicht die Wahrheit gesagt. Den Dienst hab ich nicht gekündigt. Der Herr Förster hat mir aufgesagt.«

Ettingen sah verwundert auf den Förster.
Dem schoß das Blut ins Gesicht. »Ja, Duhrlaucht, stimmt! Aber wenn ich d' Wahrheit a bißl übers Knie bogen hab – es is bloß gschehen, daß ichs dem Burschen leichter mach und daß ich ihm net schad.«
»Was hat er verschuldet?«
»Er hat sich – er hat –« Nein! Daß Mazegger ungebührlich über den Fürsten gesprochen hatte, das konnte Kluibenschädl seinem Herrn nicht ins Gesicht sagen. »Er hat sich unanständig geäußert. Über mich. Ja, über mich.«
Aber der Förster verstand sich so schlecht aufs Lügen, daß Ettingen die Wahrheit leicht erriet. Er betrachtete den Jäger, und da begegnete ihm ein so glühender Blick des Hasses, daß Ettingen befremdet zurücktrat. Was hatte er diesem Menschen getan? War das der Zorn des widerwillig Dienenden, des Unbemittelten gegen den Besitzenden? Oder war es etwas anderes?
Ettingen hatte sich aufgerichtet. Auch ihm war das Blut in die Stirn gestiegen. Doch ruhig sagte er: »Wenn der Jäger sich unziemlich gegen Sie benommen hat, so bitt ich Sie, Herr Förster, ihm das nachzusehen. Ich hätt' es auch getan, wenn er sich ungebührlich über mich geäußert hätte. Und würde mir gedacht haben, er weiß nicht, was er redet. Will er bleiben, so erweisen Sie mir den Gefallen, Herr Förster, und seien Sie gut zu ihm. Machen Sie ihm den Dienst so leicht wie möglich! Es sollte mich freuen, wenn er sein Unrecht einsähe und seine Stellung bei mir noch liebgewänne.« Ettingen nickte einen stummen Gruß und verließ die Hütte.
Der Förster vermochte vor Erregung kaum zu sprechen. »Da schau her, du!« sagte er, dicht vor Mazegger hintretend. »So is der Herr Fürst! Und wie bist du? Jetzt tu, was d' magst! Geh oder bleib! Ich wills halten, wie's der Herr Fürst von mir verlangt hat. Der jachzornige Katzensprung von neulich soll dir vergessen sein! Aber wann ich dir noch a letztesmal im guten raten därf – sei gscheit, Toni, und schlag dir um Gottes willen die unsinnige Narretei aus'm Kopf! Nimm Vernunft an, Bub, und verscherz dir wegen nix und wieder nix net an Posten, wo d' dir an ehrenhafte Stellung fürs ganze Leben machen kannst! Mehr hab ich nimmer z'sagen. Pfüet dich Gott!« Er ging.
Als er draußen am Fenster vorüberschritt, sah er, daß der Jäger noch immer mitten in der Stube stand, wie er ihn verlassen hatte.

Mazegger lächelte. Er durfte bleiben, wo es ihn festhielt mit allen Klammern seiner Leidenschaft. Alles andere war ihm gleichgültig. Als er den Schritt des Försters verklingen hörte, hob er das Gesicht. »Nach Ehrwald?« Wieder lächelte er. Nach Ehrwald gab es zwei Wege, von denen der eine nicht weit am Sebensee vorüberführte. Und am verwichenen Abend, als Mazegger neben der Geißtaler Almstraße im Walde gelegen, war Lolo Petri an ihm vorübergewandert, das Grautier führend, auf dem ihr Bruder ritt.–
Nachmittags gegen vier Uhr wanderte Ettingen mit Pepperl, der im schwer angepackten Rucksack den Proviant für zwei Tage trug, zur Jagdhütte im Sebenwald.
Ettingen war schweigsam. Der Auftritt mit dem Jäger ging ihm nach, und immer wieder mußte er sich fragen: ›Was hab ich diesem Menschen getan, warum haßt er mich?‹
Und Pepperl trug auf seinem Herzen einen Binkel Sorgen, nicht minder schwer als der Pack auf seinem Rücken. Ein Zufall hatte ihm wohl seine ›Verantwortigung‹ ein bißchen erleichtert; von Innsbruck war am Nachmittag eine Touristengesellschaft, die zur Zugspitze wollte, auf der Tillfußer Alm eingetroffen und hatte sich für die Nacht in der Sennhütte einquartiert. Bis zum nächsten Morgen also war das ›dumme Gansl‹ außer Gefahr! Aber dann? Zwei unbehütete Tage! Bei dem Gedanken, was in einer solchen ›Ewigkeit‹ alles geschehen konnte, lief es dem Praxmaler-Pepperl kalt durchs Herz, obwohl ihm von der Stirn die heißen Perlen über den Schnurrbart kollerten. Seufzend nahm er das Hütl ab, trocknete sich mit dem Taschentuch das Gesicht und erklärte innerlich dem alten Brenntlinger: ›Mein lieber Mensch! Wenn jetzt ebbes gschieht – ich kann nix dafür! Ich bin außer Verantwortigung!‹ –
Während des stillen Marsches dieser beiden ging es im Jagdhaus laut und lebendig zu. Schon um fünf Uhr war ein mit vier Pferden bespannter Planwagen eingetroffen, der hoch mit großen Ballen und Kisten beladen war. Und während der Dekorateur und seine Gehilfen im Grafenstüberl schon zu hämmern und zu kleistern begannen, überwachte der Förster im Hof das Auspacken der Kisten und Ballen, aus denen so zierliche und kostbare Geräte, so zarte Seidenstoffe und so merkwürdige › Sacherln‹ zum Vorschein kamen, daß Kluibenschädl und die Küchenmagd sich vor Staunen und Wundern kaum zu fassen wußten. Bis zum Einbruch der Dunkelheit ging es im Jagdhaus zu wie in einem Bienenkorb. An diesem Hasten,

Schleppen und Rennen beteiligte sich nur eine einzige nicht, die Jungfer Köchin.
Sie erschien nur manchmal unter der Küchentür, sah mit zornrotem Gesicht dem Lärm und Treiben eine Weile zu und nickte verdrossen vor sich hin. Als ihr Martin zumutete, ein wenig mitzuhelfen, murrte sie mit bösem Blick: »Ich dank schön! Mit der Arbeit hab ich nichts zu schaffen!« Sprach's und warf hinter sich die Küchentüre zu.
»Was hat denn die Jungfer?« fragte der Förster. »Vergunnt s' leicht unserem guten Herrn Fürsten die freudig Überraschung net?«
Martin zuckte die Schultern und schmunzelte.

11

Ein Morgen, sonnig und mit wolkenlosem Himmel. Aber der Wind zog unruhig durch das Bergtal empor. Die höchsten Spitzen der Wände waren von milchigem Dunst umwoben, und der Sebensee leuchtete nicht wie sonst. Sein matt gekräuselter Spiegel hatte dunkles, schwermütiges Grün. Trotz aller Sonne redete etwas aus dem Bilde der Natur wie leise Angst.

Von der Unruhe des Windes merkte man nicht viel beim kleinen Seehaus, dessen Blumengarten im Schutze des nahen Waldes lag. Nur selten tönten in den Wipfeln des Harfenbaumes die Glocken. Lolo kniete am Saum eines Beetes, um die verwelkten Almrauschdolden von den Stöcken abzulösen. Ihr Bruder, den die Joppe und das Lederhöschen besser kleideten als das schwarze Studentenröckl, saß im Schatten des Harfenbaumes am Tisch. Trotz der vierzehn ›ganz freien‹ Tage hatte er seine Schulbücher mit zum Sebensee genommen, und da saß er jetzt über einer schriftlichen Aufgabe aus der römischen Geschichte. An der Feder war ihm die Tinte trocken geworden. Mit der Hand den Kopf stützend, blickte er sinnend zum dunstigen Blau des Himmels auf.

»Bubi?« fragte die Schwester, »Wo bist du mit deinen Gedanken?«

Aufatmend schob er die Feder hinters Ohr und nahm die Wangen zwischen die beiden Fäuste. »Weißt du, die Geschichte dieser Gracchen gibt mir furchtbar zu denken! Die haben es doch wirklich gut mit dem armen römischen Volk gemeint. Und doch haben sie unrecht bekommen und sind zugrunde gegangen. Eine solche Ungerechtigkeit sollte der liebe Gott nicht zulassen. Freilich, die alten Römer haben noch an ihre heidnischen Götter geglaubt, die doch in Wirklichkeit gar nicht existierten. Wir Christen glauben doch jetzt an den rechten, wahren Gott. Aber es ist doch eigentlich heutzutage auch nicht viel anders als im Altertum.«

Die Schwester lächelte. »Hast du das in der Schule gelernt?«
»Gott bewahre! Von so was reden sie doch in der Klasse nicht. Aber man hört und sieht doch so viel Unglück und so viel Trauriges. Weißt du, da muß ich immer darüber nachdenken, und da fallen mir oft Dinge ein, die ich mir gar nicht erklären kann.«
»Sag mir so ein Ding!«
»Alles Gute und Schöne in der Welt, das kommt doch von Gott, nicht wahr?«
»Ja, Bubi.«
»Und dann, ich weiß schon, es gibt ja auch Unglücksfälle – zum Beispiel, wenn ein Haus einstürzt, wie neulich in Innsbruck, und sieben arme Menschen erschlägt – da kann natürlich der liebe Gott nichts dafür. Die Menschen hätten das Haus eben besser bauen sollen.«
»Da hast du recht!«
»Aber es gibt doch auch viel Unglück, an dem die Menschen nicht schuld sind. Ein Bergsturz oder eine große Überschwemmung. Oder der Blitz, der in ein Haus schlägt. Denk nur, er schlägt sogar am liebsten in die Kirchen! Wie darf denn der liebe Gott so was zulassen? Oder eine Lawine, die einen ganzen Wald verschüttet! Das kann ich mir nicht vorstellen, daß Gott eigens den Wald hat wachsen lassen, nur damit er zugrunde geht. Und dann die Raubtiere zum Beispiel! Wo kommen die denn her? Und das Ungeziefer? Und die giftigen Pflanzen? Und alle die anderen bösen Dinge? Sag mir, Lo, wer hat denn das alles gemacht?«
»Gott! Wer sonst?«
»Aber Lo! Wie kann Gott dann lieb und gut sein?«
»Doch! Er ist es.«
»Das versteh ich nicht. Ich bitte dich, Lo, das mußt du mir erklären!«
»Sieh dir einmal die Sonne an! Ist Gott, der sie erschaffen hat, nicht groß und gut? Und die Berge dort! Wie schön sie sind! Und hier, sieh nur, die Blumen!«
»Freilich, ja, das alles ist gut und schön, das kann nur Gott erschaffen haben. Aber das Böse, Lo?«
»Das Böse? Ich kenne nichts Böses.«
»Aber Lo!« Mit großen, erschrockenen Augen sah Gustl die Schwester an.
»Sag mir, Bubi, was nennst du denn eigentlich böse?«

In seiner Verwunderung wußte der kleine Bursch nicht gleich eine Antwort zu finden. »Ich – weißt du, ich meine, was den Menschen nicht gefällt – und was ihnen schadet, das alles ist doch böse.«
»Meinst du?« Lo erhob sich und schüttelte die welken Blüten von ihrem Schoß in ein Körbchen, das auf dem Kiesweg stand. »Also, die Henne ist gut, weil sie Eier legt, sagt der Bauer. Und der Fuchs, sagt er, ist böse, weil er die Henne frißt. Und gut ist das Pulver, und gut ist die Bleikugel, mit der man den bösen Fuchs erschießen kann. Aber ist denn der Fuchs nicht auch ein Geschöpf, das leben will? Wird der Fuchs nicht sagen: ›Ich bin gut, und bös und grausam ist der Jäger, der mich erschießt?‹ Wer hat nun recht von den beiden!«
Gustl begann diesen Widerspruch von der heiteren Seite zu nehmen und lachte.
»Nein, Bubi, da sollst du nicht lachen. Ich mein' es ernst. Wer von den beiden hat recht?«
»Freilich, wenn ich ein Fuchs wäre, würd ich auch sagen: ›Bös sind die Menschen, die mich erschießen.‹ Aber ich bin doch kein Fuchs. Ich bin ein Mensch.«
»Und deshalb willst du recht haben? Aber jetzt denk einmal: Neulich bin ich unserem Nachbar begegnet. Der war vor Zorn ganz rot im Gesicht. Und weißt du, warum?«
»Weil der Fuchs ihm eine Henne gestohlen hat?«
»Nein! Weil der böse Jäger den guten, nützlichen Fuchs erschoß, der auf dem Feld des Nachbars alle Maulwürfe und Engerlinge verspeiste.«
Gustl schwieg, und während er die Brauen furchte, blickte er sinnend zur Schwester auf, die zur Bank kam und sich an seine Seite setzte. Dann sagte er langsam: »Du, Lo! Ich glaube, jetzt versteh ich, wie du es meinst. Da hat doch eigentlich jeder recht. Und keiner. Und der Fuchs ist nicht gut und nicht bös. Er ist halt ein Fuchs. Und wie er ist, so muß man ihn nehmen – weil er einmal da ist.«
»Ja, Bubi! Siehst du, wenn du ruhig nachdenkst, dann kommst du schon selbst auf das Richtige. Wie mit dem Fuchs, so ist es mit allen anderen Dingen. Alles in der Welt ist so, wie es sein muß, wie es immer war und immer bleiben wird. Gut und bös? Das hat mit den Dingen der Welt nichts zu schaffen. Das sind nur Worte, die der Mensch in seinem Eigennutz erfunden hat. Und den Bau der großen unendlichen Welt, das ganze herrliche Wunderwerk der Schöpfung

nur nach den kleinen Dingen zu beurteilen, die uns Nutzen oder Schaden bringen, ist das nicht töricht? Und unschön?«
»Ja, Lo, da hast du wirklich recht!«
»Und sieh nur, Kind, es gibt doch so viel schöne Dinge auf der Welt, die uns lehren, die Schöpfung zu lieben und zu bewundern. An die müssen wir uns halten, wenn wir Freude am Leben haben wollen – nicht an die anderen, die uns böse, grausam und ungerecht erscheinen, nur weil wir sie nicht verstehen, nur weil wir sie gerne anders hätten, so, wie es uns paßt. Denke nur, Kind, die Welt ist so groß, und wir Menschen sind so klein. Da kann sich doch nicht alles um uns allein drehen. Was uns schadet, was uns weh tut, wer kann wissen, ob das nicht notwendig ist zum Wohl und Nutzen der ganzen Schöpfung. Wir müssen von dem, was wir als schön und gut erkennen, einen Schluß auf alles andere ziehen und sagen: In jedem Ding der Welt, ob es tot ist oder atmet, lebt der große weise Wille des Schöpfers. Uns kleinen Menschen fehlt nur der Verstand, um diesen Willen zu begreifen. Wie alles ist in der Welt, so muß es sein. Und wie es auch immer sein mag, immer ist es gut im Sinne des Schöpfers.«
»Aber dann müßte man doch immer mit allem zufrieden sein! Und eigentlich hätte dann auch kein Mensch ein Recht, daß er sich beklagt!«
»Dieses Recht, Kind, hat jeder Schwache, der nicht die Kraft besitzt, seinen Schaden zu verschmerzen und das Unabänderliche zu tragen.«
»Wenn man aber die Kraft nicht hat! Kann man das lernen, Lo?«
»Ja! Man kann es. Und wer das lernte: Stark sein im Schmerz; nicht wünschen, was unerreichbar oder wertlos ist; zufrieden sein mit dem Tag, wie er kommt; in allem das Gute suchen und Freude an der Natur und an den Menschen haben, so, wie sie nun einmal sind; für hundert bittere Stunden sich mit einer einzigen trösten, die schön ist; und aus Herz und Können immer sein Bestes geben, auch wenn es keinen Dank erfährt – wer das lernte, der ist ein Glücklicher! Frei und stolz! Sein Leben ist immer schön und reich. Und nichts kann ihm geschehen. Er kann nur sterben und lächeln dabei.« In tiefer Bewegung legte sie den Arm um den Hals des Bruders. »Und weißt du, wer solch ein Glücklicher war?«
Heiße Röte flammte über das Gesicht des Knaben. »Ja, Lo, ich weiß es! – Unser Vater!«

Die Schwester nickte nur. Dann saßen sie schweigend und blickten zu den leise tönenden Wipfeln des Harfenbaumes auf. Doch jäh verwandelte sich dieses sanfte Klingen. Ein starker Windstoß kam über den Wald gebraust und schüttelte die Zirbe, daß die Glocken wirr durcheinander klirrten. Mit ernsten Augen sah Lo zum Himmel und zu den Bergen auf. »Sieh nur, der Wind hat gewechselt!« sagte sie zögernd. »Ich fürchte, wir bekommen heute noch böses Wetter.«
»Aber Lo!« Gustl versuchte zu lachen. »Du? Und fürchten?«
»Du bist bei mir!« sagte sie und strich dem Bruder das Haar aus der Stirne.
Da klang ein gellender Jauchzer aus dem Wald.
»Das ist der Loisli!« rief Gustl und ließ zur Antwort seine Stimme schrillen.
Der Hütebub kam zum Gartenzaun gesprungen, so atemlos, daß er den Gruß kaum herausbrachte. Während er nach Luft schnappte, tauschte er schon mit Gustl einen wichtigen Blick und blinzelte zum See hinunter.
»Aber Bub«, sagte Lo, »weswegen hast du denn wieder so rennen müssen?«
»Daß ich – geschwinder da bin – und länger bleiben kann!«
»So? Na also, dann bleib halt!« Sie nahm den Proviant, den er gebracht hatte, und stellte das Geschirr in den Schatten der Hütte. Diesen Augenblick benützte der Bub, um Gustl zuzuflüstern: »Heut beißen s', d' Fisch! A Wetter kommt!«
Gustl rannte in heißem Eifer hinter die Hütte und brachte die Angelrute.
»Ach so! Ihr wollt fischen?«
»Ja, Lo! Gelt, ich darf? Weißt du, der Loisli kann's so gut.«
Wieder fuhr ein Windstoß über den Wald, und wieder blickte das Mädchen in Unruhe zum Himmel auf. »Kind! Ich glaube fast, es wäre klüger, wenn wir heimgingen.«
»Schon heute, Lo?« Dem Knaben schossen die Tränen in die Augen.
»Ein schweres Wetter wird kommen.«
»Aber Lo! Es ist doch der ganze Himmel blau.«
»Jetzt, ja! In ein paar Stunden wirds anders aussehen.«
»Ja, Fräuln«, fiel Loisli höchst undiplomatisch ein, während er an der sonnigen Hüttenwand eine Fliege nach der anderen fing, um Köder für die Angel zu sammeln, »heut wirds grob auf d' Nacht.«

»Hörst du! Und denk nur, wie Muttl sich wieder sorgen wird.«
»Aber schau, Lo, sie weiß doch, ich bin bei dir. Da bin ich gut aufgehoben. Auf dich kann Muttl sich doch verlassen. Ich bitte dich, Lo!«
Es wurde ihr schwer, dieser Stimme und diesen nassen Augen zu widerstehen.
»Und schau, Lo, ein Gewitter ist doch wirklich nichts Böses. Das ist halt auch, wie es sein muß. Und wir haben doch fünf Stunden bis hinaus. Da könnten wir doch erst recht ins Wetter kommen.«
Sie lächelte. »Du kleiner Schlaukopf du! Na, meinetwegen, geh fischen! Ich will ein paar Zeilen heimschreiben. Der Sebener Senn trägt heute ab, und dem geb ich sie mit. Dann hat Muttl den Brief vor Abend, und wenn es zu gießen anfängt, weiß sie, wir sind unter Dach.«
Ein stürmischer Kuß. Und mit lachender Freude tollten die beiden Jungen zum See hinunter.
Lolo setzte sich an den Tisch. Die Hände im Schoß und den Kopf an den Baum gelehnt, blickte sie in Gedanken zu den wehenden Zweigen auf. Sie schien das Schwanken und Neigen der vom Wind bewegten Äste nicht zu sehen, die tönenden Stimmen der Wipfel nicht zu hören. Plötzlich, wie aus einem Traum erwachend, strich sie mit der Hand über die Stirn und begann mit raschen, kräftigen Zügen zu schreiben.
Sie hatte den Brief noch nicht vollendet, als vom See herauf ein jubelnder Schrei tönte. »Lo! Lo! Wir haben eine riesige Forelle gefangen.« Und Gustl jauchzte, daß es weit hinaufhallte über die steilen Berge.
Als Lolo den Brief an die Mutter geschlossen hatte, ging sie zum See hinunter.
Gustl kam ihr entgegengesprungen, mit der Forelle in den erhobenen Händen. »Schau nur, Lo! Und drei andere haben gebissen. Aber die ist schön, gelt? Die ist schön!«
Gar so ›riesig‹ war die Forelle nun freilich nicht, aber ein Pfund mochte sie immerhin wiegen.
»Ja, die ist schön. Ich nehme sie dann gleich mit hinauf. Die koch ich dir heut zu Mittag.«
»Aber Lo! Ich habe die Forelle doch für dich gefangen.«
Lächelnd sah sie dem Knaben in das vor Freude glühende Gesicht. »Wie gut du bist! Aber wir teilen, gelt?« Sie wandte sich an den

Hütebuben. »Loisli! Du wirst heim müssen. Jetzt warst du schon über eine Stunde da, und der Vater wird dich bei der Arbeit brauchen. Magst du mir noch einen Gefallen erweisen?«
Der Bub legte die Angelrute nieder.
»So trag mir diesen Brief zum Sebener Senn hinunter. Er soll ihn mit hinausnehmen nach Leutasch für meine Mutter.«
Zwei Stunden später wurde im Schatten des Harfenbaumes Tafel gehalten. Nach der blauen Forelle gab's noch einen Pfannkuchen, von welchem Gustl meinte, daß er den Pfauenzungen des Lukullus unbedingt vorzuziehen wäre. Und in den Gläsern funkelte ›vinum sacrum Sebenianum‹, heiliger Sebenwein, wie Gustl das klare Quellwasser getauft hatte. Fast aber wäre die ganze schöne Bescherung dieses Mahls auf der Erde gelegen, denn ein Windstoß blähte das Tischtuch wie ein Segel auf. Das war für Gustl eine lustige Würze des Schmauses, und lachend trocknete er den vinum sacrum von seiner Lederhose, auf die das umgeschleuderte Glas gefallen war. Als er der Schwester beim Abdecken des Tisches half, rollte ein dumpfer Hall über die Berge hin.
»War das Donner, Lo?«
»Nein.«
Hoch droben in einem der Felsenkare, in stundenweiter Ferne, war ein Schuß gefallen. Schweigend spähte Lo zu dem Felsgewirr hinauf, dessen Konturen in weißlichem Dunst verschwammen.
Wenn Jäger dort oben waren, dann durften sie sich eilen mit der Heimkehr!
»Wenn nicht Donner, was war es dann?«
Lo überhörte die Frage des Bruders, und nach einer Weile sagte sie:
»Das Wetter kommt. Hinter der Sonnenspitze ziehen schon die ersten Wolken herauf. Eine Stunde, und der ganze Himmel wird grau sein.«
Wohl schob sich die stahlblaue Wolkenmasse mit ihren zerrissenen Rändern nur langsam über die Berge. Aber von allen Wänden begann es aufzudampfen, überall in den Lüften wuchsen die Nebel aus dem Blau und flossen mit dem heranziehenden Gewölk zu einer dichten, grauen Decke zusammen, die alle Höhen verhüllte. Dennoch schien es, als wollte die Spannung der Atmosphäre sich friedlich wieder lösen. Windstille trat ein, das Ziehen und Drängen der Wolken wurde ruhiger, und gegen fünf Uhr nachmittags begann ein leichter, gleichmäßiger Regen zu fallen.

Auf der Schwelle der Hüttentür saßen die Geschwister im Schutze des vorspringenden Daches. Gustl, der jeden Wechsel im Wolkenbilde des Himmels gespannt verfolgte, plauderte mit erregter Unermüdlichkeit. Die Schwester hörte nur halb. In Sorge blickte sie immer wieder zu den umschleierten Bergen auf und über den See hinüber zu den Latschenfeldern, zwischen deren Büschen man die im Nebel verschwindenden Serpentinen eines Steiges kaum noch gewahren konnte. Das beklommene Wesen der Schwester fiel dem Knaben auf, und er fragte: »Lo, was hast du denn?«
»Ich weiß nicht. Aber dieses Wetter heute –«
»Der Regen läßt ja schon nach. Wirst sehen, wir werden heute noch den schönsten Abend bekommen.«
»Meinst du?« Ein seltsames Lächeln.
Während der Knabe sein Geplauder wieder begann, wurde der Regen immer dünner. Aber es war etwas Schwüles und Unheimliches in dieser trüben Stille der Natur. Das Gewölk hing regungslos in der Luft und färbte sich immer dunkler. Zu einer Stunde, in der es bei klarem Himmel noch heller Tag hätte sein müssen, begann es schon zu dämmern. Und da hörte man fernen Donner. Der Sturm fiel ein und jagte mit brausenden Stößen den Nebel in dichten Schwaden über das Seetal herunter, so daß die kleine Hütte wie von wirbelnden Schleiern umhangen war. Immer näher tönte das Rollen des Donners, dieses Grollen und Dröhnen setzte nicht mehr aus; das Echo eines Schlages rollte so lange, bis mit Geschmetter ein neuer Schlag wieder einfiel.
Als der Sturm gekommen, hatte Lo in der Hütte die Lampe entzündet und an den zwei kleinen Fenstern die Läden geschlossen. Bei Einbruch der Dunkelheit öffnete sie plötzlich den Laden des Fensters wieder, das gegen die Berge blickte.
»Lo! Warum tust du das?«
»Damit die Lampe hinausleuchtet.«
»Meinst du, es könnten noch Menschen draußen sein? Jetzt?«
»Ja, ich fürchte.«
Schweigend begann sie den Tisch zum Tee zu decken und schürte im Herd ein kleines Feuer an.
Gustl, der unter die Tür getreten war, fuhr plötzlich erschrocken zurück. Der erste Blitz war in das finstere Seetal heruntergefahren. Man hatte keinen Strahl gesehen, aber der Nebel, den der Sturm an der Hütte vorüberjagte, war wie in lohendes Feuer verwandelt, und

dazu rasselte ein Donnerschlag, als wäre von den Bergen eine Felswand niedergebrochen.
Lo trat unter die Tür und faßte wortlos die Hand des Bruders. Wieder flammte ein Blitz, und schwer begann der Regen zu fallen. Plätschernd ging von allen Kanten des Daches die Traufe nieder, und mit dem Rauschen des Regens mischte sich das Brausen des wachsenden Sturmes. Da erwachte auch in Gustl eine Sorge. Er hatte an die Mutter gedacht und fragte: »Lo! Meinst du, daß es draußen bei uns in Leutasch auch so schlimm ist?«
»Nein.«
Der Sturmwind peitschte die Wasserfäden der Traufe bis auf die Schwelle der Hüttentür.
»Komm, Lo, wir müssen die Tür schließen. Dein Kleid wird naß.«
Sie schwieg und blieb aufder Schwelle stehen.
»Aber, Lo, was hast du denn nur? Ach du, wie deine Hand zittert! Lo?«
Ohne zu antworten, drückte sie den Knaben an sich. Plötzlich fuhr sie lauschend auf, sprang in den Regen hinaus und stammelte: »Sie kommen!«
Nun konnte auch Gustl das Klirren eines Bergstockes und eine vom Sturm verwehte Stimme hören.
Lo hatte einen klingenden Laut in die Nacht hinausgeschrien, und als zwei Stimmen Antwort gaben, rief sie: »Herr Fürst? Sind Sie es?«
»Ja, Fräulein!« Man hörte ein Lachen, das im Lärm des Regens unterging. »Ihre Hütte kommt uns gut in den Weg.«
Lo sprang in den Schutz des Daches zurück, schüttelte die Regentropfen aus dem Haar und lächelte, als wäre alle Sorge der letzten Stunde von ihr abgefallen.
Man hörte die Schritte der beiden Männer, die den Zaun umgingen, und die Stimme des Jägers: »Da bin ich, Duhrlaucht, da! Zehn Schritt gradaus! Jetzt wieder links! Soooo, jetzt haben wir's gleich.«
Gustl erkannte die Stimme. »Lo! Das ist ja Pepperl! Wer ist denn der andere?«
»Fürst Ettingen!« sagte sie und nahm den Knaben um den Hals.
»Der so lieb und gut vom Vater gesprochen hat?«
»Ja!«
»Gott sei Dank, daß er jetzt unterstehen kann bei uns!«
Ein Blitz durchleuchtete grell den Nebel, als die beiden Männer in den Garten traten. Die Helle blendete die Augen, und in der schwar-

zen Finsternis, die ihr folgte, verlor Ettingen den Weg und strauchelte über die Rabatte eines Beetes. Aber da hatte schon eine Hand die seine gefaßt und zog ihn unter das vorspringende Dach.
»Ihre Hand, Fräulein, führt gut. Ich danke Ihnen. Schlimm wär's ja nicht geworden, ich wäre nur in Blumen gefallen.«
»Aber in nasse«, meinte sie heiter, »und ich glaube, Sie könnten schon zufrieden sein mit dem Wasser, das von Ihnen herunterläuft!«
»Das ist nur der Mantel!« Lachend befühlte Ettingen unter dem triefenden Loden seine Kleider. »Wirklich, unter dem Mantel bin ich leidlich trocken. Aber lange hätt' es nicht mehr dauern dürfen. Dann wär's durchgegangen.«
»Ja, heut hätts uns schiech derwischen können!« sagte Pepperl, während er sich schüttelte, daß die Tropfen wie ein Sprühregen um ihn herflogen. Er war weit übler weggekommen als Ettingen, denn er trug um die Schulter nur ein dünnes Radmäntelchen, mit dem er mehr die Büchse seines Jagdherrn als sich selber vor dem gießenden Regen geschützt hatte. »Teufi, Teufi, Teufi! Dös is aber schon 's reine Glück heut –« Ein krachender Donnerschlag erstickte, was Pepperl noch weiter sagte. Er stellte die Büchse an die Hüttenwand, half seinen Herrn aus dem klatschenden Loden wickeln und hängte die beiden Mäntel an das Efeuspalier, damit von dem Zeug die ärgste Nässe abtropfen konnte.
Ein rauschender Windstoß fegte unter das Dach herein und machte in der Hütte die Lampe flackern.
»So kommen Sie doch, ich bitte!« mahnte Lo, während sie die Tür geöffnet hielt. »Im Mantel muß Ihnen warm geworden sein. Kommen Sie! Und eine Tasse Tee darf ich Ihnen doch anbieten?«
»Ja, Fräulein! Und wenn Sie noch was dazu haben, nehm ich es auch. Ich habe heut eine leise Ahnung von dem, was man einen Wolfshunger nennt.« Er reichte ihr die Hand, mit frohen, glänzenden Augen, und trat in die Stube.
Groß war sie nicht, diese Stube im Sebenhäuschen. Aber gemütlich! In der einen Ecke stand das mit einer weißen Decke verhangene Bett, in der anderen ein alter Schlafdiwan, der schon zum Nachtlager für Gustl gerichtet war; darüber ein kleiner Wandschrank und in der dritten Ecke der gemauerte Herd. Außer einer niederen Truhe und einem Rahmen für das Geschirr bestand die ganze übrige Einrichtung aus zwei Holzstühlen und einem Tisch, der in der Mitte des Stübchens, unter der brennenden Hängelampe, schon zum Tee

gedeckt war. Neben dem singenden Teekessel schmückte eine Borkenvase mit Edelrosen den weißen Tisch. Überall an den hübsch getäfelten Wänden waren große Waldschwämme und Rindentrichter mit Blumen- und Gräsersträuchern angebracht, und die Ecken waren geziert mit Latschenzweigen, deren kräftiger Harzduft den ganzen Raum erfüllte.

Ettingens Augen blieben an dem Knaben haften, der sich bescheiden in die Ecke neben dem Herd zurückgezogen hatte. »Das ist Ihr Brüderchen, Fräulein? Das Studenterl, das vorige Woche in Ihrem Haus erwartet wurde?«

»Ja, Herr Fürst.«

»Na, schön guten Abend, kleiner Mann! Und da du der Herr im Hause bist, bedank ich mich für die gastliche Aufnahme unter deinem Dach.«

Der Junge trat stramm auf den Fürsten zu, reichte ihm die Hand und machte ein tiefes Kompliment.

»Wie heißt du denn?«

»Gustl.«

»Augustus? Oh! Das ist ein Name, der verpflichtet. Wer Augustus divinus war, das weißt du doch sicher schon?«

»Natürlich! Wir sind zwar heuer in der römischen Geschichte erst bis zur Verschwörung des Catilina gekommen. Aber wer die Kaiser waren, das weiß man doch!«

Mit wachsendem Wohlgefallen betrachtete Ettingen den Jungen. »Das ist eine Antwort, aus der ich errate, daß du ein fleißiger Student bist. Hab ich recht?«

»Ja, das darf ich bestätigen«, sagte Lo, deren Blick mit zärtlichem Stolz auf dem Bruder ruhte. »Er hat ein Zeugnis heimgebracht, das sich sehen lassen darf.«

Die Genugtuung, mit welcher Gustl dieses Lob zu hören schien, vertrug sich nicht mit seiner Gewissenhaftigkeit. Seine Wangen färbten sich, während er sagte: »Aber Lo! Die Betragensnote hätte doch wirklich besser sein können.«

Ettingen lachte. »Warum? Ist die nicht so gut ausgefallen wie die Note für römische Geschichte? Na, da tröste dich mit mir, kleiner Mann! Mein Betragen war auch nicht immer das beste. Junges Blut muß das Recht haben, daß es flinker läuft als Professorenwürde.«

Ettingen zog den Knaben in den Schein der Lampe. »Es ist überraschend, Fräulein, wie sich in diesem schmalen Gesichtl schon die

kräftigen Züge Ihres Vaters erkennen lassen: die Form der Stirn, hier die Linie von der Wange gegen das Kinn, der Schnitt der Augen und der Nase. Nur in der sanften Zeichnung des Mundes – da gleicht er Ihnen! Und schlägt wohl der Mutter nach?« Er strich mit der Hand über Gustls Haar. »Ja, kleiner Mann, du gleichst deinem Vater. Da mußt du ihm auch in allem übrigen ähnlich werden. Aus dir muß sich im Leben was Tüchtiges auswachsen. Du trägst einen Namen, dem du Ehre machen mußt. Es ist der Name deines Vaters!«
Gustls Augen blitzten.
Dann war's eine Weile still in der kleinen Stube. Draußen trommelte der Regen, und unaufhörlich rollte der Donner. Weil der Sturm die Traufe gegen das Fenster peitschte, schloß Gustl auf einen Wink der Schwester die Läden. Sie selbst bestellte den Tisch mit einer Freude, die aus ihrem ganzen Wesen sprach.
Ettingen hatte sich behaglich auf einen Holzstuhl niedergelassen. »Wenn Sie wüßten, Fräulein, wie wohl mir ist! Ich habe den Wunsch, hier immer so zu sitzen und nicht mehr aufzustehen. Das macht nicht der trockene Unterstand, den ich nach unbehaglichem Marsch in der Finsternis und unter gießendem Regen hier gefunden habe. Das macht Ihre Nähe. Die zufriedene Lebensfreude, die ruhige Heiterkeit, die in Ihnen wohnt, geht auch auf andere über. Das fühlt man, wie man Licht und Wärme fühlt.«
In Verwirrung suchte Lo nach Worten. Da kam Pepperl über die Schwelle gestolpert. »Teufi, Teufi, Teufi«, lachte er und riegelte hurtig hinter sich die Türe zu, »jetzt bin ich froh, daß ich ins Trückene komm. Ich hab 's Büchsl gschwind noch a bißl sauber gmacht und hab die Mäntel ausgwunden.« Er streckte die Arme und guckte an sich hinunter. »Oben tuts es. Aber 's Untergstell! Saxen noch amal, meine Kurzlederne, die schaut gut aus! Aber no, die is ans Wasser gwöhnt.« Er dachte an die gründliche Taufe, die seine ›Kurzlederne‹ in der Sennhütte empfangen hatte. »Gelten S', Duhrlaucht, heut haben wir's nobel troffen!« Lachend stellte er sich an den Herd und ließ sich von der Wärme anstrahlen. »Jetzt kann ichs ehrlich sagen: Wie wir da droben im Nebel umanand krabbelt sind und wie d' Nacht und so a Wetter eingfallen is, da hat mir graust!«
»Haben Sie denn das Wetter nicht kommen sehen?« fragte Gustl.
»No, da wär ich a sauberer Jager! Aber wissen S'«, wandte Pepperl sich an Lo, welche die kochenden Eier überwachte, »gegen Mittag, wie's wetterig worden is, waren wir droben auf der Schneid, wo's

von die Sebenberg nuntergeht ins Prantlkar. Gleich hab ich gsagt: Duhrlaucht, jetzt müssen wir heim! Durchs Prantlkar wären wir leicht zur Schutzhütten nunterkommen bis auf'n Abend. Aber der Herr Fürst hat positiv übern Sebensee heim wollen. No ja, und wie der Nebel eingfallen is, sind wir dagstanden wie der Schuster, wann er an Kittel machen soll.«
Ettingen lachte.
»Ja, gelten S', jetzt können S' lachen? Aber da droben hats schiech ausgschaut! Ich sag Ihnen, Fräuln, aufgschnauft hab ich, wie ich dös gottsliebe Lichtl von Ihrem Hüttl gsehen hab!«
»Siehst du, Lo!« fuhr Gustl in Erregung auf. »Siehst du, es hat geholfen! Ja, Pepperl, Lo hatte die Läden schon geschlossen und hat sie wieder aufgemacht, damit das Licht hinausleuchtet.«
»Fräulein!« fragte Ettingen, »Sie haben vermutet, daß wir kommen?«
»Ich hatte Ihren Schuß gehört.«
»Da müssen wir Ihnen doppelt dankbar sein!« Er nahm ihre Hand und sah ihr in die Augen. »Wie wohlgeborgen müssen sich die Ihrigen fühlen, da Ihre Sorge schon so warm für fremde Menschen redet!«
Sie erwiderte lächelnd: »Fremde Menschen? Menschen, die man in Gefahr weiß, stehen uns immer nah. Und Sie, Herr Fürst, nach allem, was Sie mir von meinem Vater sagten, Sie sind kein Fremder für mich und die Meinen.« Aufatmend löste sie ihre Hand und ging zum Herd. »Haben Sie Erfolg auf der Jagd gehabt?«
Pepperl kicherte. »So, Duhrlaucht, jetzt können S' Ihnen sauber schenieren vor'm Fräuln! Auf fufzg Schritt is ihm der Gamsbock dagstanden. Und nobel hat er ihn gfehlt! So a Schütz wie der Herr Fürst! An was S' da denkt haben, Duhrlaucht, dös weiß der heilige Peterl droben. Und der net gwiß!«
»Ja, Pepperl«, versicherte Ettingen mit herzlichem Lachen, »an Ihren Gemsbock hab ich nicht gedacht. Das stimmt!»
Der Tee duftete aus der Kanne, Lo brachte die in eine Serviette gehüllten Eier zum gedeckten Tisch, und das Mahl konnte beginnen. Da ergab sich eine Schwierigkeit: vier Tischgäste und nur zwei Sessel! Pepperl zog für sich die Truhe zum Tisch, und auf ihr saß er so tief, daß er gerade noch mit dem Kinn über die Tischplatte reichte. Lolo wollte den Platz auf ihrem Sessel mit dem Bruder teilen, aber Gustl holte sich zwei Holzscheite vom Herd, stellte das

eine senkrecht, legte das andere quer darüber, und so hatte er den ›schönsten Schaukelstuhl‹, mit dem er freilich bei jeder leisen Bewegung umzukippen drohte. Die glückliche Lösung der Platznot leitete den Schmaus mit Heiterkeit ein, und während draußen der Regen prasselte, der Donner krachte und der Sturmwind rüttelnd um die Holzwände fuhr, wurde im Schutze des kleinen Daches mit Lachen geplaudert und gespeist.

12

Ein Glück war's, daß Loisli am Morgen frischen Vorrat an Butter und Ehrwalder Weizenbrot gebracht hatte. Sonst würde sich das kleine Seehaus als zu arm erwiesen haben für den gesunden Appetit der beiden Jäger, die seit dem Frühstück um drei Uhr morgens keinen Bissen mehr genossen hatten. So wurden, wie Ettingen versicherte, ›die Wölfe allmählich zahm‹. Je toller es draußen zuging, desto fröhlicher steigerte sich die Laune am Tisch. Die wohlige Stimmung inmitten des rumorenden Ungewitters leuchtete von allen Gesichtern, am hellsten aus den Augen des Fürsten. In jedem seiner Blicke war dankbares Wohlgefallen an der stillen, aufmerksamen Art, mit welcher Lo ihren Gast bediente und für ihn sorgte.
»Wer das immer so haben könnte«, sagte er, »nicht nur für eine Stunde, für immer, sich in allem Sturm, den das Leben bringt, so sicher und froh zu fühlen, wie wir da sitzen, während draußen alles drunter und drüber geht!«
»Das können S' haben, Duhrlaucht!« meinte Pepperl lachend, während er zum fünftenmal seine Tasse füllte. »Bleiben S' da bei uns und verangaschieren S' d' Fräuln Petri als Wirtschafterin ins Jagdhaus! Da kriegen wir's gut.«
Heiter ging Lo auf den Scherz des Jägers ein. Gustl schien die Sache ernst zu nehmen und betrachtete beklommen bald die Schwester, bald den Fürsten, der keinen Blick von Lo verwandte und jedes Wort von ihr wie eine neue Freude zu empfangen schien.
Auch Pepperl war nachdenklich geworden. Das ›Jagdhaus‹ mochte ihn an ein anderes Gebäude erinnert haben, das nicht weit davon lag. Mit seufzendem »Vergeltsgott!« zog er, als Ettingen die Serviette faltete und Lo den Tisch zu räumen begann, die Truhe an ihre Stelle zurück, setzte sich wieder und lehnte sich mit gekreuzten Armen an die Hüttenwand. Und Gustl, den das Turnen auf seinem Schaukel-

stuhl ermüdet hatte, trug die beiden Scheite zum Herd und schmiegte sich in die Ecke des Diwans.
So blieben Ettingen und Lo allein am Tisch, überschimmert vom Lichtkreis der Lampe, während alle Ecken und Wände der Hüttenstube in tiefem Schatten lagen. Und sie allein nur sprachen. Ettingen fragte und Lo gab Antwort.
Wie einer, der am Weg eine seltene Blume findet, an ihrer Schönheit sich nicht satt zu schauen vermag und die Sehnsucht empfindet, das liebliche Wunder dieser Farben ganz zu verstehen – so fühlte sich Ettingen diesem Mädchen gegenüber. Er fragte und fragte, als sollte für ihn auf dem Grund dieser klaren Menschenseele kein Licht und keine Regung verborgen bleiben. Wie mußte er staunen über die seltene Bildung dieses ›Dorfkindes‹! Und wie ruhig und einfach sie das Leben ansah! Alle schreienden Fragen der menschlichen Daseinsnot waren für sie gelöst durch ihre wunschlose Zufriedenheit, durch die Herzensgüte, mit der sie alles umschloß, durch ihren Glauben an die zweckvolle Notwendigkeit alles Bestehenden, auch des Schmerzes. »Leben und Leiden, das klingt zusammen und läßt sich nicht trennen. Und könnten wir uns denn eine Freude denken, wenn wir den Schmerz nicht kennen würden? Wir lieben doch die Sonne nur, weil sie wiederkommt, wenn sie gesunken ist.«
Wohl mußte Ettingen bei seiner größeren Lebenskenntnis den Kopf zu manchem Gedanken schütteln, den sie aussprach. Aber aus allem, was sie sagte, hauchte ihn eine Wärme an, die sein ganzes Wesen durchdrang. »Wie Sie von Welt und Menschen denken, liebes Fräulein, das ist so gut, so schön! Aber die Wirklichkeit des Lebens ist rauh und zwecklos häßlich, ist grundverschieden von dem abgeklärten Bild, mit dem Ihre Seele alles widerspiegelt. Doch ich bin der letzte, der Sie in Ihrem Glauben irremachen könnte! Und wer weiß, vielleicht haben Sie recht – und wir Allerweltsklugen sind die Toren, die alle Weisheit für sich haben, aber auch allen Schaden. Schließlich ist Wahrheit doch wohl etwas anderes als Wirklichkeit. Wahrheit, die sich greifen läßt und für alle gilt? Die gibt's nicht. Wenn Wahrheit nicht in uns ist, dann ist sie nirgends. Nicht die greifbare Form der Dinge macht ihr Bild, sondern der Blick, mit dem wir sie sehen, die Höhe oder Tiefe, aus der wir sie betrachten. Und wie wir sie sehen, so sind wir selbst. Das Leben ist gut für Sie, weil Sie gut sind. Sie stehen hoch, und Ihr Blick ist hell. Wer so sehen könnte wie Sie!«

»Liegt das nicht im Willen eines jeden?«
»Meinen Sie?« Er schwieg und lächelte, als hätte er zu sich gesagt: ›Ich will's versuchen‹.
Da hörten sie einen schweren Atemzug und blickten auf.
»Ach Gott! Der arme Junge.«
Gustl war eingeschlafen. In unbequemer Lage hing ihm der Kopf über die Lehne des Diwans.
Während Lo zum Bruder hinüberging, riß auch Pepperl die Augen auf, der ebenfalls ein Nickerchen gemacht hatte und nun erwachte, weil die Stimmen so plötzlich schwiegen.
Die Ermüdung der beiden mahnte Ettingen an die Zeit, an die er seit dem Eintritt in die Hütte mit keinem Gedanken gedacht hatte. Er sah nach der Uhr und sprang erschrocken auf. »Ach, du lieber Himmel! Zwölf Uhr! Fräulein! Ich habe Sie um die halbe Nacht gebracht. Wie soll ich meine Unbescheidenheit entschuldigen? Ich kann es nur, wenn ich Sie zur Mitschuldigen mache. Der Gast ist geblieben, weil ihn die Wirtin hielt. Jetzt aber fort! Auf, Pepperl! Wir gehen.«
Gehorsam erhob sich der Jäger. Aber Lo sagte: »Sie können und dürfen nicht gehen. Das Gewitter scheint ja vorüber zu sein, man hört keinen Donner mehr. Aber dieser Regen, wie das gießt! Und jetzt, in der Nacht? Dieser Weg! Nein. Ich erlaube nicht, daß Sie gehen.«
»Duhrlaucht, 's Fräulein hat recht!« fiel Pepperl ein und öffnete die Tür. Ein sausender Luftstrom fuhr in die Hütte und peitschte den Regen über die Schwelle. »Da schaun S' aussi, wie's tut! Und so was von Finsternis! Da könnten wir den Hals riskieren. Na na, die Verantwortigung übernimm ich net. Jetzt müssen wir bleiben. 's Fräulein wird net harb sein drum. Gelten S', na?«
Lo reichte dem Fürsten die Hand. »Wenn Sie gingen, würden Sie mir eine Sorge machen. Ich bitte Sie zu bleiben.«
Ihre Hand festhaltend, ließ Ettingen sich auf den Sessel nieder. »Gut! Ich weiche der Majorität. Aber Gewissensbisse mach ich mir doch! Und eine Bedingung stell ich: Der arme Junge ist müd, er soll sich niederlegen. Nicht wahr, Gustl, vor mir genierst du dich nicht?«
»Nein!« sagte der Junge mit seiner schlaftrunkenen Stimme. Er wartete nur, bis die Schwester ihm zunickte, dann zog er das Jöpplein aus und legte es sorgsam gefaltet über die Diwanlehne. In den

Strümpfen und mitsamt dem Lederhöschen schlüpfte er unter die Decke, in deren Schutz er sich vollends entkleidete. »Lo, jetzt lieg ich!« Das sollte heißen: Komm und sag mir gute Nacht! Als fünfjähriger Bub hatte er sich's angewöhnt, vor dem Einschlafen die Schwester so zu rufen. Daran änderte die Tatsache nichts, daß er im letzten Semester schon angefangen hatte, den Cäsar zu lesen.
Sie ging zu ihm, und als er sie mit beiden Armen um den Hals nahm, küßte sie ihn auf die Wange und sagte ihm leise ins Ohr: »Denk an den Vater!«
Ettingen betrachtete schweigend die Geschwister, und ein tiefer Atemzug hob seine Brust, als wäre ein Wunsch in ihm erwacht, den er fühlte, ohne ihn zu verstehen. Während Lo zum Tisch zurückkehrte und eine grüne Blende um den Lampenschirm hängte, blickte er lächelnd zu ihr auf: »Wie gut der kleine Mann da drüben jetzt schlafen wird!«
Nun saßen sie wieder am Tisch. Damit der Junge den Schlummer leichter finden möchte, plauderten sie mit gedämpften Stimmen. Das machte auch Pepperl sich zunutze und schloß die Augen wieder. Nur die beiden am Tisch empfanden keine Müdigkeit, kein Verlangen nach Schlaf. Das leise Sprechen beim eintönigen Rauschen des Regens gab jedem Wort, das sie sagten, einen heimlichen, tieferen Sinn und umwob die Plaudernden mit einer Stimmung, die sie genossen, ohne ihr nachzufragen. Manchmal, nach einem ernsten Wort, verstummte ihr Geplauder. Dann saßen sie sich eine Weile schweigend gegenüber, als hätten ihre nachklingenden Gedanken an diesem Worte noch zu raten. Nach solch einer Stille sagte Ettingen unvermittelt: »Die ganze Zeit schon, während ich mit Ihnen plaudere, bei jedem Wort, das Sie sprechen, hab ich immer eine seltsame Empfindung.«
»Welche?«
»Daß wir nicht allein wären hier am Tisch! Daß noch ein dritter bei uns wäre. Ihr Vater!«
Wie es aufleuchtete in ihren Augen! Das verriet ihm, mit welcher Sehnsucht sie darauf gewartet hatte, daß er von ihrem Vater sprechen würde.
»Bei vielem, was ich von Ihnen hörte, hab ich mir immer denken müssen: Er ist es, der zu mir redet. Oft überkam mich die Täuschung, als vernähme ich eine andere Stimme, nicht die Ihrige, seine Stimme. Ich stelle mir vor, daß er ein tiefes, klangvolles Organ

hatte – eine von jenen Stimmen, nach denen man sich umsieht, wenn man sie hört.«
»Nein!« Sie lächelte. »Papa hatte eine ganz unauffällige Stimme, nicht stark und beinahe herb, fast immer ein wenig erregt und etwas ungeduldig. Aber wie weich und zärtlich konnte diese Stimme klingen!« Träumend blickte Lo vor sich hin. Ein Schatten tiefer Wehmut glitt über ihre Züge. Dann atmete sie auf und sagte leise: »Das kommt nicht wieder. Da hilft kein Erinnern.«
Um die schmerzliche Stimmung zu verscheuchen, die sie befallen hatte, begann er von seinem Besuch in ihrem Haus zu sprechen und schilderte ihr den Eindruck, den er von jedem einzelnen Bild empfangen hatte. Lange hörte sie ihm schweigend zu, keinen Blick von seinen Lippen wendend. Dann sprach sie manchmal ein paar flüsternde Worte dazwischen, um seine nicht völlig zutreffende Auffassung eines Bildes richtigzustellen oder um zu sagen, aus welchem zufälligen, scheinbar unbedeutenden Erlebnis ein besonders wirksames Motiv hervorgewachsen wäre. So kam sie allmählich ins Erzählen und schilderte das Schicksal ihres Vaters, die Anfänge seiner Kunst, das zähe Streben des verwaisten Bauernsohnes, der zum Priester bestimmt war und aus dem Alumnenseminar hinübersprang auf die Akademie. Sie schilderte das stille Glück seiner Liebe, als er in der Erzieherin eines vornehmen Hauses, in dem er Zeichenstunden gab, seine Frau gefunden hatte, schilderte seinen häuslichen Sorgenkampf, seine Verzweiflung über das lachende Unverständnis, dem er mit seinem eigenartigen Schaffen begegnete, seine Verbitterung und die Flucht aus der Stadt. Noch ausführlicher erzählte sie, was sie selbst als heranwachsendes Kind mit dem Vater erlebt hatte: Sein Aufatmen im Verkehr mit der Natur, die schönen Traumwochen am Sebensee, die Liebe zu den Seinen und die Freude an seinem Haus, den Anfang jener handwerksmäßigen Schilderei, die er im Zorn der Verbitterung begann, um sie weiterzutreiben mit heiterer Ironie, fast mit einer Art von Freude an ihr, weil sie anderen Freude machte. Sie erzählte von seiner Rückkehr zu neuem, reiferem Schaffen, von der Ängstlichkeit, mit der er die entstandenen Werke in seinem Haus verschloß, damit sei keinem ›Kunstaugur‹ und ›Bildungstiger‹ vor Augen kämen, von seinem ganzen Leben bis zu jenem letzten Tag nach dem Wolkenbruch, bis zu seinem lächelnden Sterben und seinem letzten Wort: ›Meine Blumen!‹
Stunde um Stunde verging. Und die beiden merkten nicht, daß über

dem kleinen Dach das Rauschen des Regens immer leiser wurde und daß durch die Ritzen der Fensterläden schon ein mattes Grau des erwachenden Morgens hereinschimmerte.
»So starb er.«
Lange saßen sie schweigend, bis Ettingen ihre Hand nahm. »Ich kann es Ihnen nachfühlen. Wie müssen Sie ihn schwer verloren haben!«
»Ja.«
Sie sagte sonst kein anderes Wort. Erst nach einer Weile konnte sie wieder sprechen. »Das Lächeln, mit dem er starb, der leichte Seufzer, mit dem er die Augen schloß – das war mein Trost. Und das hat mir hinübergeholfen über das Schlimmste, so daß ich die Mutter und den Bruder stützen konnte. Er hat mich doch gelehrt, das Leben lieb zu haben, aber auch den Tod nicht zu fürchen, nichts anderes in ihm zu sehen als einen Wandel der Form und eine schöne Ruhe, in die kein Schrei und Weh des Lebens mehr hineinklingt. Und weil er starb, deshalb hat er uns nicht verlassen. Immer seh ich ihn, immer ist er bei mir. Als ob er noch lebte, so seh ich ihn vor mir stehen. Nur so still!« Ihre Stimme schwankte. »So schweigsam! Wie ich auch mein Erinnern sammle – seine Stimme hör ich nicht mehr, auch nicht im Traum. Und wenn ich sie zu hören meine, klingt sie anders. Nicht mehr so, wie sie war. Das ist eine Sehnsucht, die mich nie verläßt, seine Stimme noch einmal zu hören – nur jenes Wort, das er immer zu mir sagte, wenn ich ihm eine Freude machte – mit der gleichen Zärtlichkeit, mit dem gleichen Ton: ›Meine gute, liebe, kleine Lo!‹ Das möchte ich noch einmal hören, nur ein einziges Mal! Aber das kommt nicht wieder!« Zwei Tränen lösten sich schwer von ihren dunklen Wimpern und sickerten langsam über die Wangen.
»Fräulein!«
Das war ein Laut, wie aus quälendem Schmerz heraus.
Und da erwachte der Jäger. Der erste Blick seiner verschlafenen Augen galt dem Dach, über dem es stille war. Ein bißchen mühsam – alle Glieder schienen ihn zu schmerzen – erhob er sich und öffnete die Hüttentür. Weiße Helle und frische Morgenluft quollen in den Lampenschein der Stube. »Da schauen S' her, Herr Fürst! Der schönste Morgen!« Lachend rieb der Jäger sich die Augen und trat über die Schwelle hinaus.
Die beiden am Tisch erhoben sich.
»Wahrhaftig, der Tag ist da!« Ettingen faßte Lolos Hände. »Ich

danke Ihnen, Fräulein, für diese Nacht! Und wenn ich jetzt gehe, nehm ich um Ihretwillen einen Wunsch mit fort.«
»Einen Wunsch?«
»Daß Sie das noch einmal hören möchten in Ihrem Leben, mit der gleichen Zärtlichkeit und mit dem gleichen Ton: Meine gute, liebe, kleine Lo!« Zögernd ließ er ihre Hände, ging zum Diwan hinüber und küßte den schlummernden Jungen auf die Stirn.
Gustl erwachte, richtete sich in den Kissen auf, blinzelte mit den Augen und sagte: »Guten Morgen!«
Das wirkte so drollig, daß sie lachen mußten, alle beide.
Zärtlich streichelte Lo dem Bruder die Wange. »Guten Morgen, Bubi! Aber leg dich nur wieder hin und schlaf noch ein Weilchen! Es ist noch gar nicht Tag, erst vier Uhr früh!«
»So? Aber gelt, wenn die Sonne kommt, dann weckst du mich, Lo?«
»Ja, Bubi!«
Gustl drehte sich auf die Seite. Nach einer Minute schlief er schon wieder.
Lo und Ettingen traten vor die Hütte.
Im weißen Frühlicht lebten schon alle Farben der Landschaft auf, und diese Farben hatten etwas Neues, Ungewöhnliches und Kraftvolles. Doch nur in der Ferne erschienen sie klar. Über allen Farben der Nähe lag's wie ein grauer Seidenschleier. Und unter der Schwere zahlloser Wassertropfen waren die Kelche der Blumen gebeugt, ihre Blätter und Zweige zu Boden gedrückt. Während Tropfen um Tropfen von ihnen niederrollte, begannen sie schon langsam sich wieder aufzurichten, frischer und schöner, wie von neuem Leben erfüllt. Von den schweren Nadelzweigen des Harfenbaumes ging ein unaufhörliches Geriesel nieder, und das war in der Stille des Morgens wie eine leise, heitere Murmelstimme, in die sich mit tiefem Orgelton das ferne Rauschen der wasserreichen Wildbäche mischte.
Ruhig dampfte der See. Die Dünste, die von ihm aufstiegen, zerflossen wieder in den Lüften. Vereinzelte Nebelsäulen rauchten über die schwarzgrünen Kämme der Wälder empor und zogen sich an den Gehängen der Berge hin, die bei dieser lauteren Klarheit der Luft wie zum Greifen nah und von doppelter Größe erschienen. An den Wänden, die gegen Westen blickten, waren mit nassem Blau alle Formen verwaschen. In hartem Bleigrau und scharf gezeichnet starrten die Felsen, die gegen Osten sahen, von wo die Sonne kom-

men sollte. Sie kam noch nicht. In kalter Helle leuchtete das dünne Blau des Himmels, und mit erlöschendem Schimmer zitterte ein großer Stern noch zwischen dem letzten grauen Gewölk, das langsam davonzog über den Grat der südlichen Berge. Aber hoch am Himmel, hoch, eine kleine Herde winziger Lämmerwolken – die begann sich schon mit zartem Rot zu überhauchen. Und als sie leuchteten, diese Wölklein, wie in die Lüfte gestreute Rosen, schwamm fern im Osten über einen langen, dunklen Bergzug ein Glimmen und Glasten herauf, in dem alle Grate mit doppelter Linie gezeichnet waren, die eine Linie blauschwarz und die andere gleißend wie ein goldener Faden.
Von den Wänden zog ein frischer Windhauch über das stille Seetal herunter, bewegte sacht alle Zweige an Busch und Bäumen, machte die Tropfen in Menge fallen und strich über die Blumen und Gräser hin wie eine Flüsterstimme: ›Sie kommt, sie kommt!‹
Leise rauschten die Wälder im tieferen Tal. Und jählings war es, als hätte strömend der Duft aller Blumen sich gelöst, als stiege würzig und stark aus dem Schoß der Erde herauf, was ihre getränkte Scholle an Wohlgeruch besaß.
In solcher Luft, wie war das ein leichtes und frohes Wandern!
Bald klangen die Schritte der beiden Jäger auf kahlem Gestein wie Hammerschlag, bald wieder erloschen sie, wenn der Weg über feuchten Rasen ging.
Ettingen atmete, als wäre in seiner Brust ein unersättlicher Durst nach aller Frische dieses Morgens. Immer wieder blieb er stehen, winkte mit der Hand und grüßte mit dem Hut zurück nach dem kleinen Haus da droben, auf dessen Schwelle die regungslose, schlanke Mädchengestalt wie von nebelhaftem Feuerglanz umwoben war – vom rötlichen Lampenschein, der aus der Stube quoll.

13

Alle Gipfel der Berge strahlten im Widerschein der Sonne, als Ettingen und Praxmaler gegen fünf Uhr morgens die Jagdhütte im Sebenwald erreichten. Hier fanden sie einen aufgeregten Menschen, den Förster Kluibenschädl. Der war mit Anbruch des Tages gekommen, um die Treibjagd abzusagen, die erst am folgenden Tag gehalten werden sollte, weil – ja, weil der Wind nicht günstig wäre – in Wahrheit, weil man im Jagdhaus in zwei Tagen mit der Einrichtung des Grafenstüberls so weit nicht fertig wurde, daß es tadellos und bereit wäre, die ›freudige Überraschung‹ aufzunehmen. Als Kluibenschädl in der Schutzhütte die Betten unberührt und den Herd ohne Glut gefunden, war ihm die Sorge mit ›gacher Hitz‹ in den Kopf geschossen. Schon wollte er in seiner Angst zur nächsten Almhütte rennen, um mit den Sennleuten die Suche nach seinem Herrn zu beginnen. Da kamen die beiden, gesund und mit heiterem Geplauder. Es hätte nicht viel gefehlt, und Kluibenschädl wäre in der ersten Freude dem Fürsten um den Hals gefallen. Während Pepperl das ganze Abenteuer lustig erzählte, umklammerte der Förster die Hand seines Herrn. Dann sah er ihm lachend ins Gesicht und sagte: »Sakrawolt! Duhrlaucht! Die heutig Nacht auf'm hülzernen Sessel muß Ihnen gut angschlagen haben. Ausschauen tun S' wie 's Leben!«
Sie traten in die Hütte, und Pepperl schürte Feuer zum Frühstück an.
»No, Gott sei Lob und Dank, Duhrlaucht, weil S' nur wieder da sind! Und bei der Fräuln Petri, da is man nobel aufghoben. Da hat Ihnen freilich nix gschehen können!«
In froher Laune nahmen die drei das Frühstück ein. Dann machte der Förster sich auf den Heimweg zum Jagdhaus. Als er schon ein paar hundert Schritte davongewandert war, kam Pepperl ihm atem-

los nachgerannt mit einem jagdlichen Zweifel, dessen Lösung so klar auf der Hand lag, daß der Förster seiner Antwort kopfschüttelnd die Worte beifügte: »Na hörst, dös hättst doch selber wissen können! Da hättst doch net so rennen müssen.«
»Ja, ja, is schon wahr! Und jetzt marschieren S' heim, gelten S'?«
»Natürlich! Wohin denn sonst?«
»Ja, freilich! Und – wie gehts denn allweil daheim?«
»Wie solls denn gehn? Gut halt!«
»Was macht denn – sag ich zum Beispiel, der Herr Kammerdiener?«
»D' Nasen streckt er in d' Höh und faulenzen tut er, derweil die anderen schaffen. Und den halben Tag hockt er bei der Sennerin. Kunnt was Gscheiters tun, als dem dalketen Madl den Kopf verdrahn. Aber was gehts denn mich an? Pfüet dich Gott, Pepperl!«
Mit traurigen Augen guckte Pepperl dem Förster nach, strich mit schwerer Hand über die aufgedröselten Kreuzerschneckerln, zog das blaue Sacktuch aus der Joppe und wischte die Lederhose ab, als hätte er das Gefühl, daß er mit Wasser begossen wurde. Freilich, feucht war das Leder noch vom Abend her.
In der Hütte fand er den Fürsten auf seinem Lager schon eingeschlummert. Seufzend betrachtete Pepperl seinen Herrn. »Ah, der schlaft gut! Kunnt ich nur auch so schlafen heut!«
Nicht nur gut schlief Ettingen, auch lange.
Um drei Uhr nachmittags, als Toni Mazegger an der Hütte vorüberging, um den Ehrwalder Jäger für die Treibjagd zu bestellen, waren Tür und Läden des kleinen Balkenhauses noch geschlossen.
Mazegger schien Eile zu haben. Sein Gang war von treibender Hast. In brütender Unruhe starrte er vor sich hin, während er durch den Sebenwald hinauf eilte gegen das Seetal. Das Almfeld öffnete sich vor ihm, und wieder begann der Wald. Auf einer Lichtung wurde der Pfad gekreuzt vom Sebener Almzaun, der das Jungvieh verhindern sollte, vom höheren Seetal durch den Wald herunterzusteigen und die reichere Weide der vom Milchvieh bezogenen Niederalm aufzusuchen. Der Zaun war ein mannshoch aufgetürmter Wall von dürren Bäumen, von denen die untersten wohl schon hundert Jahre oder noch länger lagen. Wo das dürre Zeug vermoderte und im Winter unter dem Druck des Schnees zusammenbrach, wurden im Frühjahr neue Reisighaufen und dürre Bäume auf den Wall geworfen, der die ganze Breite des Seetals quer durchzog und zur Linken und Rechten hinaufreichte bis zu den kahlen Wänden.

Bei diesem Almzaun war für drei Uhr morgens das Stelldichein der Treiber und Jäger angesagt, die das Hochwild des Sebenwaldes hinunterdrücken sollten gegen den bei der Geißtaler Ache liegenden Fürstenstand.

Wo der Pfad ging, hatte der Wall eine Lücke, die durch ein hohes Stangengatter gesperrt war. Mazegger öffnete das Tor und schloß es wieder. Immer langsamer wurde sein Gang. Als er neben dem Pfad einen Baumstock sah, legte er Büchse und Bergstock nieder, trocknete die Stirn und rastete. Mit zitternden Fingern glättete er den feucht gewordenen Hemdkragen, band die Krawatte frisch, säuberte mit einem Büschel Moos die Schuhe und wusch in einem Regentümpel die Hände. Seine schmucke Jägerkleidung musternd, nahm er den Marsch wieder auf. Nur wenige Minuten hatte er durch den Wald noch aufwärts zu steigen, bis er zwischen den Bäumen den Seespiegel flimmern sah. Bevor er den Waldsaum erreichte, spähte er nach allen Seiten. Am Ufer sah er den Knaben mit der Angelrute stehen. Lautlos wich Mazegger in den Wald zurück und stieg auf einem Umweg über das Latschenfeld zu dem kleinen Haus hinauf. Unter dem Harfenbaum, an dem sich in der Goldstille des Nachmittags keine Nadel rührte, saß Lo am Tisch. Sie hatte den Basthut abgelegt. Umzittert von den Sonnenlichtern, die durch den Schatten des Baumes fielen, saß sie über ein Schulheft des Bruders gebeugt, der unter dem Eindruck des vergangenen Abends einen deutschen Aufsatz geschrieben hatte: ›Gewitter im Hochgebirge.‹ Der mit großen Worten spielende Schwung der kindlichen Schilderung wirkte erheiternd auf Lo; doch ihr eigenes Erinnern plauderte so viel in die harmlosen Zeilen hinein, daß ihr die Wangen glühten.

›Schon sinket bei diesem Aufruhr der gesamten Natur die schwarzgeflügelte Nacht auf die Berge herab.‹ So führte Gustl mit klassischen Reminiszenzen und mit allen Stimmungseffekten seiner jungen Schilderungskunst die kühne Prosadichtung zu einem erbaulichen Schlusse. ›Es heult der Sturm, alle Schleusen des Himmels sind geöffnet, unaufhörlich kracht der Donner, und flammend zuckt aus den finsteren Wolken der Wetterstrahl. Da, horch, eine Stimme! Sind Menschen in Not? Ja, so ist es! Zwei verirrte Wanderer sind zum Spielball des Sturmes und der Finsternis geworden. Ach, die armen, guten Menschen! Wie wird es ihnen ergehen? Aber schon ist die Hilfe näher, als sie denken. Ein Lichtlein blinket in der Nacht, und mit dankerfülltem Herzen betreten die mit dem Schrecken davongekommenen Verirrten das gastliche Haus, welches sie unerwartet in der Not gefunden haben. Der Herr des Hauses heißet die Gäste freundlich willkommen, und während auf dem Herde das wärmende Feuer flackert, bereitet die gute, emsige Schwester schon das Mahl. Trotz fühlbaren Mangels an Betten weilen sie in fröhlicher Eintracht beieinander, bis der Morgen nach allem Aufruhr der Natur wieder das herrlichste Wetter bringt. Da scheiden diese Menschen, die einander zum Teil ganz fremd gewesen, als treue Freunde für das Leben. Daraus möge sich jeder die Lehre ziehen, daß man eine Hilfe, wo man kann, auch immer leisten muß. Wer hartherzig ist, schadet nur sich selbst. Wie leicht kann es ihm geschehen, daß er selbst in Not kommt, und wie würde es ihm dann ergehen, wenn andere Menschen ebenso hartherzig wären wie er selbst! Ist es denn nicht die schönste Freude, einem Hilfsbedürftigen beizuspringen? »Regia, crede mihi«, so sagt schon der lateinische Dichter, »res est succurrere lapsis«, wahrlich eine königliche Sache ist es, die Gestürzten wieder aufzurichten!‹

Längst hatte Lo zu Ende gelesen, und noch immer blickte sie träumend auf die kleinen, mit steifer Sorgfalt gemalten Buchstaben. Da trat Mazegger in den Garten. »Guten Abend, Fräulein!« Die Erregung zerbrach ihm die Stimme. Er stellte Gewehr und Bergstock an die Hüttenwand, nahm den Hut ab und ging langsam auf den Tisch zu. Scheu, zwischen Hoffnung und Zweifel, hingen seine heißen Augen an dem Gesicht des Mädchens.

Betroffen hatte Lo das Heft geschlossen und erhob sich. »Mazegger? Was suchen Sie bei mir?«

»Ein gutes Wort. Und Hilfe.«

Sie schwieg.

Den Hut zwischen den Fäusten zerknüllend, stieß er mühsam hervor: »Sie sind die Heilige fürs ganze Dorf und Tal. Jeder kommt zu Ihnen und nie umsonst. Ihre Herzensgüte ist ein Brunnen für jeden armen und durstigen Menschen. Und ich? Bin ich nicht auch ein Mensch? Dazu noch einer von den ganz elenden! Mir ist zumut wie einem, der sich in einer schiechen Wand verstiegen hat. Jeder Weg hat ein End. Und tief gehts hinunter. Da steht er und schreit. Und wenn er schon merkt, jetzt muß ich fallen – da hofft er noch allweil auf die gute Hand, die ihm helfen könnt!« Er sprach nicht weiter.

»Kommen Sie, Mazegger«, sagte Lo mit tiefem Ernst. Sie rückte in die Bank und bot ihm den Platz an ihrer Seite an. »Sagen Sie, was Sie

mir sagen müssen. Hier sind wir allein. Mein Bruder ist drunten am See, sonst ist niemand in der Nähe.«
Wie eine Flamme schlug es über das Gesicht des Jägers. Eine Hoffnung war erwacht in ihm, und er stammelte: »Fräulein? Sie sind mir also nicht mehr bös?«
»Böse? Weshalb?«
»Wegen neulich?«
»Nein.«
»Ich habs auch bereut.« Mazegger hielt ihren Blick nicht aus und senkte die Augen. »Daß man von Ihnen ein gutes Wörtl nur in Güt erwartet, das hätt' ich wissen müssen. Wie ein jähzorniger Bub hab ich mich benommen. Verzeihen Sie mir's, Fräulein?«
»Ja, Mazegger!« sagte sie freundlich, als hätte dieses Wort sie selbst von einem Alp erlöst.
Zögernd schob er den Hut auf den Tisch und setzte sich auf die Ecke der Bank.
»Sprechen Sie, Mazegger! Was macht Ihr Leben elend?«
»Daß Sie das verstehen, dazu müßt ich Ihnen viel erzählen. Darf ich?«
»Ja!«
Jedes Wort mußte er sich abringen, während er von seiner Heimat sprach, von aller Bitterkeit seiner Jugend. Als er sah, mit welcher Teilnahme Lo auf ihn hörte, schien es, als wäre eine Fessel in seiner Brust gesprungen, und in heißer Erregung floß ihm die Sprache von den Lippen.
Es war eine trübe Kinderzeit, von der Mazegger zu erzählen hatte. Und als er in das Alter kam, in dem die Knaben schon mit einer Zukunft zu rechnen beginnen, war vor seinen Füßen die Brücke niedergebrochen, die ihn hätte hinübertragen können zu einem freundlichen Leben. Seine Mutter, Carmê Luzzotti, war die Tochter eines italienischen Bahnarbeiters in einem Dorfe bei Trient. Als junges Mädel verlor sie die Eltern und wurde von einer Schwelle zur anderen gestoßen, bis sie ein Winkelchen im Haus des deutschen Lehrers fand. Der erbarmte sich der Verwaisten – weil sie jung und hübsch war. Zuerst diente sie bei ihm als Magd; dann nahm er sie zur Frau. Es war kein Glück in dieser Ehe; die beiden Menschen waren so verschieden voneinander wie ihre Sprache – und die Sprache, die war es auch, die immer zwischen ihnen lag wie eine Mauer. Damals begann, wie überall, auch in dem Südtiroler Dorf der nationale

Hader. Von der Straße und aus der Gemeindestube schlich er sich in die Familien ein, auch in das Haus des Lehrers. Als Frau eines Deutschen blieb Carmê Mazegger die Italienerin mit ihrem ›Wälisch‹, das ihr eigener Sohn nicht reden sollte. Der sollte sprechen wie sein Vater, der ihm alles erlaubte, nur um ihn vom Herzen der Mutter wegzureißen. Dieser Hader ging immer über den Kopf des Knaben hin und her, und als er in die Jahre kam, um die häßlichen Worte zu verstehen, war es ihm selber lieb, daß man ihn fortschickte von daheim nach Innsbruck auf die Gewerbeschule, mit vierzehn Jahren. In Innsbruck gefiel es ihm, da konnte er was sehen vom Leben und lernte Menschen kennen, die es gut hatten in der Welt. Das weckte den Ehrgeiz in ihm. »Auch aus mir soll was werden, was Rechtes und Tüchtiges.« Aber vor lauter Wünschen kam er nicht recht zum Lernen. Am liebsten wäre er schon mit sechzehn Jahren gewesen, was andere, wenn sie Glück haben, mit dreißig werden. Und dann kam dieses Unglück zu Hause. Die italienische Schule wurde eröffnet und bald darauf die deutsche geschlossen. Das überlebte sein Vater nicht – er ging ins Wasser. Und die Mutter? Die wartete knapp ein halbes Jahr, und dann nahm sie einen anderen, einen, der ihre Sprache redete und mit dem sie sich verstand.
»Mit dem ist sie fortgegangen. Ob sie noch lebt oder ob sie schon gestorben ist, das weiß ich nicht. Mich hat eine Schwester meines Vaters ins Haus genommen, deren Mann in Leutasch draußen ein kleines Gütl hat. Die Schul hab ich aufgeben müssen. Und alles dazu! Leben und Glück!« Mazegger fuhr sich mit zitternder Hand über die Stirn. »Das Brot der Verwandten essen? Schlechteres kann über einen nicht kommen in der Welt. Da hab ich zuletzt noch froh sein müssen, daß ich den Posten als Jäger gefunden hab. Jetzt hab ich mein Auskommen, aber keine Ruh in mir! Allweil muß ich denken, was aus mir hätt' werden können. Aber ich mein', es wär noch allweil nicht zu spät für mich. Das hab ich nie so fest geglaubt wie jetzt.« Seine Augen brannten und seine Stimme wurde heiser. »Nur müßt ich wen haben, für den ichs tu. Das tät mich treiben, allweil höher hinauf, bis ich droben steh, wo ich sagen könnt: Jetzt verdien ich mein Glück und kanns vergelten! Daß ich das fertigbrächt? Ich glaubs von mir! Ich glaubs! Und Sie? Sagen Sie mir, daß Sie es auch glauben! Sagen Sie mir das, und alles bring ich fertig!«
Sie vermochte nicht gleich zu sprechen. Es schien ihr weh zu tun, daß sie ein Ja nicht sagen konnte, nicht sagen durfte. Sie sah in ihm

nicht den Menschen mit dem leeren Wort von der eigenen Kraft, die nur eines winkenden Lohnes bedarf, um ein Wunder zu vollbringen. Was sie sah in ihm, war sein in die Irre geratenes Leben und war das Kind, das nie an der Brust einer Mutter sein Haupt geborgen hatte. Das Erbarmen redete aus ihrem Blick, als sie endlich Worte fand. Doch während sie ihm Mut einredete, ihn mahnte, sein Leben ruhiger zu betrachten und dankbar auch den bescheidenen Gewinn zu genießen, statt sich die Freude an ihm durch den Vergleich mit dem glücklicheren Los der anderen zu vergällen – während dieser Worte schien Mazegger nur zu sehen, nicht zu hören. Seine Augen erweiterten sich mit fieberhaftem Glanz, aus dem der Durst seiner Leidenschaft und zugleich ein Staunen sprach, als hätte er das Mädchen, nach dem seine Sinne zitterten, noch nie so schön gesehen wie in dieser Stunde. Solch einem Blick begegneten ihre Augen. Sie erhob sich erschrocken, so bleich, als hätte sie einen Schimpf erlitten, gegen den sie wehrlos war – als Weib.
Verstört sah Mazegger zu ihr auf. »Viel haben Sie geredet, Fräulein! Schier weiß ich selber nimmer, was es war. Aber ich hab genug verstanden.« Sein Mund verzerrte sich. »Was einer nicht hat, das kann er nicht geben.« Mit heiserem Lachen erhob er sich. »Wenn der Brunnen Ihrer Güt auch laufen tät wie ein Wetterbach – aber Lieb hergeben, wo man Lieb nicht hat?« Langsam trat er auf sie zu. »Kann man das? Oder kanns so kommen, daß man muß?«
Sie wich nicht zurück vor ihm. Aber als sie seine Augen sah, die wie mit Fäusten nach ihr griffen, rann es ihr doch mit kalter Angst durch die Glieder. Sie schrie den Namen des Bruders.
Mazegger lachte.
Mit dem Laut, den die Furcht ihr ausgepreßt, hatte sie die verlorene Ruhe wiedergefunden. »Zu sagen hab ich Ihnen nichts mehr. Aber ich hab noch eine Bitte an Sie, eine letzte.« Ohne seine Antwort abzuwarten, ging sie zur Hütte, brachte einen Sessel und ein graues Buch.
Er sah ihr verblüfft zu, wie sie sich auf den Sessel niederließ, das Buch öffnete – ein Skizzenbuch – und den Bleistift nahm.
»Was heißt das?«
»Ich will Sie zeichnen«, sagte sie ernst, »dabei lernt man sehen. Und das hilft. Ich habe das schon als Kind erfahren.«
Ratlos an seinem Bart zausend, ließ er sich auf die Bank nieder – und dann hielt er sich ruhig. Seine Augen brannten.

»So, ja, sehen Sie mich nur immer an!«
Er ließ keinen Blick von ihr. Aber wenn sie ihn ansah, so ruhig prüfend, ging aus ihren Augen etwas über auf ihn, daß er aufatmete, wenn sie das Gesicht wieder senkte, um ein paar rasche, kräftige Striche in das Buch zu zeichnen. Ein paarmal zuckte es durch seine Glieder, als wollte er aufspringen. Doch er blieb ruhig. Ein andermal bewegte er die Lippen, wie um zu sprechen. Doch er schwieg.
Die Sonne war hinuntergegangen, das ganze Seetal lag vom Abendschatten überwoben, und die Dämmerung begann.
Mit der langen, schwankenden Angelgerte über der Schulter kam Gustl vom See herauf.
»Hast du was gefangen, Bubi?«
»Nein, Lo, heut bin ich Schneider geworden. Morgen scheint es wieder das wunderbarste Wetter zu geben, denn heute beißen sie gar nicht an.« Freundlich nickte Gustl dem Jäger, den er nicht kannte, einen guten Abend zu, stellte die Gerte an die Hüttenwand, kam zum Tisch und wollte neugierig über die Schulter der Schwester in das Buch blicken.
Sie schob ihn fort, als wäre das ein Bild, das er nicht sehen sollte.
»Räum deine Bücher zusammen und trag sie in die Hütte. Wir bekommen Tau. Dann kannst du auch in der Stube gleich die Lampe anzünden und Feuer machen zum Tee.«
Sie sah dem Knaben nach, bis er in der Hütte verschwunden war. Dann verglich sie mit einem letzten prüfenden Blick ihre Zeichnung und das Modell, nickte ruhig vor sich hin und erhob sich. »So, ich danke Ihnen!« Sie löste das Blatt aus dem Buch. Mazegger fragte unsicher: »Darf ich das Bildl sehen?«
»Gewiß!« Sie legte das Blatt auf den Tisch. »Ich schenk es Ihnen.«
Zögernd, als wäre ihm die Sache nicht ganz geheuer, griff Mazegger nach dem Blatt. Kaum hatte er einen Blick auf das Bild geworfen, da schoß ihm das Blut ins Gesicht. »Das bin ich? Und solche Augen hab ich?«
»Ja, Mazegger! Jetzt kenn ich Sie und fürchte mich nicht mehr!« Sie ging zur Hütte.
Er zerknüllte das Blatt in seiner Faust und schleuderte den Knäuel mit einem Fluch unter die Büsche des Gartenzaunes. Wie sie nach ihrer hilflosen Angst diese stolze, sichere Ruhe gefunden hatte, das verstand er nicht. Aber er fühlte, daß alles für ihn verloren war und daß sie ihn fortschickte wie einen geprügelten Hund. Mit dem

unsicheren Schritt eines Betrunkenen nahm er seine Büchse. Als er den Garten verlassen hatte und über das Latschenfeld hinunterstieg, erkannte er auf der feuchten Erde die Trittspuren zweier Männer. Die plumpe breite Sohle mit dem schweren Eisenbeschläg und dem Nagelkreuz in der Mitte – das war die Fährte Praxmalers. Aber die andere Spur? Dieser schlanke, schmale Fuß?

»Ach so!« Mit galligem Lachen nickte Mazegger vor sich hin. Und während der Zorn in seinen Augen funkelte, zerstörte er mit einem Fußtritt die Fährte.

Hastig schritt er über das Latschenfeld und trat in den Wald. Im Dunkel der Bäume blieb er stehen. Und als er das Mädchen aus der Hütte treten sah, lachte er, hob die Büchse, spannte den Hahn und legte das Gewehr an die Wange.

Man konnte hören, wie Lo mit dem Bruder plauderte, während sie an einem Fenster die Läden schloß.

Zielend, den Finger am Drücker, folgte Mazegger mit dem Lauf der Büchse jedem Schritt des Mädchens, in seiner Eifersucht mit grausamer Freude den Gedanken genießend: ›Ein leiser Druck nur, und auch der andere wird sie nicht haben! Keiner!‹

Gustl war in der Tür erschienen, hemdsärmelig, mit den Händen in den Taschen des Lederhöschens. »Und wann, Lo, wann gehen wir morgen?«

«Um sechs Uhr früh.«

»Ach Gott!«

»Ja, Bubi, wir müssen bis Mittag zu Hause sein.«

»Freilich, ja, und ich freu mich doch selber heim! Aber weißt du, in der Früh, da beißen sie gern. Vielleicht hätt' ich noch eine bekommen, eine recht schöne oder zwei. Die hätten wir dem Muttl bringen können.«

»Dann steh nur um vier Uhr auf! Da hast du zwei Stunden Zeit, bis ich gepackt und die Hütte geräumt habe.« Lo war zur Türe zurückgekommen. Den Arm um die Schulter des Bruders legend, wollte sie in die Hütte treten.

In dem bleichen Gesicht des Jägers spannte sich jeder Zug. Die Pein, die in ihm wühlte, redete aus seinem brennenden Blick: »Tu ich es? Nein? Oder ja?« Fester, als wäre der Entschluß zur Tat in ihm aufgestiegen, preßte er das Gewehr an die Wange.

Da hörte er hinter sich das Brechen eines dürren Reises und ein Geräusch wie von einem leichten Schritt. Erschrocken ließ er die

Büchse sinken und spähte scheu um sich her. Der Wald war öde – aber da fiel ein Tannenzapfen aus einem Wipfel herunter; und schnalzend, mit weitem Sprung, schwang sich ein Eichhörnchen von dem Baum hinüber zum nächsten.

Einen Fluch murmelnd, hob Mazegger die Büchse wieder.

An der Hütte droben hatte sich schon die Tür geschlossen. Der Garten war leer. Im Abendwinde tönten leise die Glocken des Harfenbaumes.

Gallig lachte Mazegger vor sich hin, warf die Büchse hinter die Schulter und schritt durch den Wald hinunter.

Es wurde finstere Nacht, bis er zu den ersten Häusern von Ehrwald kam. Lange mußte er am Haus des Jägers an die Türe trommeln, bis ihm geöffnet wurde. »Was is denn?« fragte Beinößl aus dem schwarzen Hausflur.

»Ich bin's!«

»Der Toni! Was willst?«

»Treibjagd ist morgen. Um drei müssen wir droben sein beim Sebener Almzaun.«

»So? Da können wir allweil noch schlafen a paar Stündln. Aber Bett hab ich keins für dich, mußt dich halt aufs Ofenbankl legen, wir schlafen eh schon z'viert in zwei Trücherln.« Er mit dem Buben in einem Bett, die Frau mit dem Mädel im anderen.

Als sie in die finstere, von schwülem Dunst erfüllte Stube traten, fragte das Weib, was es gäbe. »Nix! Drah dich nur wieder um, Alte! Der Mazegger is da.« Die Bettstelle krachte. Beinößl schob seinen Gast im Dunkel zur Ofenbank und nahm ihm die Büchse ab, um sie an den Rechen zu hängen. »Na hörst, Toni, du hast ja den Hahn gspannt! So was! Du mit deim Leichtsinn, du richtest heilig noch amal an Unglück an!«

Mazegger schwieg.

Drei Stunden vergingen. Der Hausherr schnarchte wie ein Bär, sein Weib sang die Oberstimme dazu, und ein paarmal seufzten die beiden Kinder, wenn sie die harte Bettkante spürten und sich umdrehten.

Um ein Uhr rasselte der Wecker. Mazegger hatte noch kein Auge geschlossen. Eine Viertelstunde später traten die beiden Jäger in die Nacht hinaus. »Gut wirds heut«, sagte Beinößl, »droben liegt der Seenebel.« Sie stiegen bergwärts in der Nacht, und Beinößl kürzte den mühsamen Weg mit heiterem Geschwatz – er war einer von

jenen ›Gscheiten‹, die den Zwirnsfaden des Lebens lustig um die Finger wickeln, so kurz und dünn er auch geraten ist.
Als sie die Ehrwalder Alm überstiegen hatten und die Höhe des Sebenwaldes erreichten, sahen sie im dünnen Morgennebel den Schein des Feuers, das die beim Almzaun wartenden Treiber auf der Lichtung angezündet hatten, um ›Glut für die Pfeifen‹ zu haben. In dem Augenblick, als die beiden Jäger zum Feuer kamen, gab's einen Schreck. Einer der Treiber hatte an einem brennenden Reis seinen Stummel angepafft, das Flämmchen ausgeblasen und das glühende Holz über die Schulter geworfen. In der Luft flammte das Reis wieder auf und fiel in einen Haufen dürren Zeuges. Das brannte wie Zunder. Nach allen Seiten lief und züngelte die Flamme und erreichte den Almzaun, aus dem eine knisternde Lohe aufschlug. Zu Tod erschrocken, arbeiteten die Leute aus Leibeskräften, um das Feuer zu ersticken. Ein Glück war es, daß die unteren Reisigschichten des Walles noch feucht waren vom Gewitterregen. Sonst hätte keine Arbeit mehr geholfen, auch nicht die flinkste, und der ganze Almzaun wäre in Flammen aufgegangen.
Als das Feuer gelöscht war, halfen sie alle zusammen, um den Zaun wieder herzustellen und das ausgebrannte Loch mit zusammengeschlepptem Reisig zu füllen. In jener wohligen Erregung, die jedem schadlos überstandenen Schreck zu folgen pflegt, wurde breit erörtert, welch ein ›schönes‹ Unglück da hätte entstehen können. Brennt der Zaun einmal von einer Felswand über das schmale Tal hinüber bis zur anderen, dann brennt auch der ganze Sebenwald bis über den See hinauf, und alles Jungvieh, das droben im Seetal auf der Weide steht, ist verloren. Wenn auch der Brand nicht höher gehen kann als bis zu den letzten Latschenfeldern und wenn auch das Vieh hinaufflüchtet in die Felsenkare – droben erstickt es im Rauch. »Kreuzsakra!« meinte Beinößl. »Da möcht ich net droben sein im Seetal! Oder ich müßt den letzten Juchzer machen und 's Leben so billig verkaufen wie an alten Strumpf!«
Draußen im Karwendelgebirg, erzählte ein anderer, wäre vor Jahren ein großer Waldbrand durch einen Almzaun entstanden, in den der Blitz geschlagen hätte. Ähnliche Fälle erzählten zwei andere, und man kam zu dem Schluß, daß es auch im Geißtal an der Zeit wäre, diese ›Zunderhecken‹ durch Legmauern aus Steinen zu ersetzen, wie es längst schon überall geschehen wäre, wo die Leute Verstand und kein Sägmehl im ›Hirnkastl‹ hätten. »Daß man an die alten Bräuch

hängt, dös is ja gut und schön, aber a bißl Furtschritt is net ohne!«
Plötzlich verstummte diese Weisheit – der Förster kam mit den zwei Leutascher Jägern. Wohl begann es schon Tag zu werden, aber der Nebel verschleierte den Aschenhaufen, und so merkte der Förster nicht, was geschehen war. Er ließ die Jäger und Treiber im Halbkreis Aufstellung nehmen: »Also, Leut! Daß wir unserer lieben Duhrlaucht heut a saubers Jagderl machen! Am Almzaun auffi wird die Treiberketten angstellt. Den Losschuß mach ich Punkt halb sechse. Da is Duhrlaucht auf'm Stand, und da wird sich auch der Nebel schon verzogen haben. Und wie der Losschuß fallt, fangen wir 's Drucken an. Und langsam, Leut, langsam, nur langsam, daß die Hirsch net aussifahren zum Loch wie die narrischen Mäus. Verstanden? Also, in Gotts Namen, packen wir's an!«
Neben dem Almzaun stiegen sie bergan, während das Frühlicht zu wachsen und der Nebel sich schon zu verziehen begann. Hinter den halblaut Schwatzenden blieb Mazegger unschlüssig zurück. Sein Gesicht war übernächtig, seine Augen lagen tief, von dunklen Ringen umzogen. Sein Flackerblick hing an dem kalt gewordenen Aschenhaufen, glitt hinüber zum Almzaun und folgte dem braunen Reisigwall bergauf und wieder bergab über das ganze schmale Tal, von einer Felswand bis zur anderen.
Dann nickte er vor sich hin, und langsam stieg er hinter den anderen her.

14

Zögernd schwammen die Schleier des Morgennebels durch das Geißtal hinaus und wurden immer dünner. Eine Waldzunge nach der anderen gaben sie frei, enthüllten hier eine sonnbeglänzte Bergzinne, dort ein Almfeld in blauem Schatten, und selbst schon angestrahlt und durchwärmt von der steigenden Sonne, verwandelte sich ihr trübes Grau in zarten Schimmerduft, der spurlos in den Lüften zerfloß.

Fast war das ganze Tal schon nebelfrei, und mit leuchtender Klarheit spannte sich der Morgenhimmel über Tal und Berge, als Ettingen und Praxmaler gegen sechs Uhr morgens in der Talsohle das breite Kiesbett der Ache überschritten, um durch einen steilen Waldstreif emporzusteigen zum Fürstenstand. Der lag am Waldsaum auf einem Latschenrücken und gewährte freien Ausblick über eine von Erlengestrüpp erfüllte Mulde und eine spärlich bewachsene Lawinengasse, die sich vom Fuß der steilen Felswand hinunterzog bis ins Tal. Drunten sah man das weiße Kiesfeld und eine lange Strecke des Pfades, der zum Sebensee führte. Über dunkle Fichtenhügel konnte man hinausblicken zum Sebenwald und zu der vom Seeufer aufsteigenden Sonnenspitze, die ihren goldumstrahlten Felskegel schlank in den blauen Himmel hob.

Den Stand, auf dem zwischen den Wurzeln einer Fichte ein bequemer Sitz gerichtet war, umzog eine kleine Legmauer als Deckung für die Jäger.

Während Pepperl den Wettermantel über den Sitz breitete und den Feldstecher aus dem Futteral nahm, blicke Ettingen immer dort hinaus, wo jener schlanke, sonnige Fels in die Lüfte stieg.

»So, Duhrlaucht, jetzt haben S' a nobels Platzl!«

Ettingen ließ sich nieder, und Pepperl, der sich seinem Herrn zu Füßen setzte, zeigte ihm die beiden Wildwechsel, von denen der eine

unter der Ferlswand hinlief, während der andere schräg über die Lawinengasse hinunterging ins Tal und gegen das Kiesbett des Baches. »Auf dem, mein' ich, auf dem sollt ebbes anlaufen!«
Ettingen nickte. Und Pepperl schwieg. Während aus den Augen seines Herrn ein frohes Träumen redete, ein freudiges Ausgenießen der schönen Morgenstunde, sprach grämliche Verdrossenheit aus dem Gesicht des Jägers. Für ihn lag der Fürstenstand auf einem unbequemen Platz. Wenn er den Hals streckte, konnte er draußen im Geißtal den Tillfußer Almwald sehen und zwischen den Wipfeln den Flaggenmast, dessen drei Fahnen sich wie eine Reihe winziger Farbenkleckse vom Grün des Hintergrundes abhoben. Immer wieder beugte Pepperl sich vor, von der unbequemen Stellung begann ihn das Genick zu schmerzen, und immer schwerer seufzte er. Scheu hatte er schon ein paarmal zu seinem Herrn aufgeguckt, als läge ihm was auf der Seele, was nicht heraus wollte.
Und plötzlich sagte er mit einem Ton, als ginge es um Wohl und Weh eines Menschen: »Ja, Duhrlaucht, passen S' auf, heut schießen S' an guten Hirsch!«
Ettingen hörte nicht.
Pepperl drückte die Hand in den Nacken. »Ja, ja! Heut kommt ebbes! Unser Jagdl is gut. Aber kosten tuts! Dös is a sauberer Haufen Geld, der da verwaltet werden muß! Verwaltet!« Immer weiter öffneten sich Pepperls Augen, während er in heißer Spannung zu seinem Herrn hinaufguckte. »So an Jagdbezirk verwalten! Teufi, Teufi Teufi! Dös macht Arbeit! Und verstehn muß man's. Dös is d' Hauptsach. Aber der Förstner, gelten S', der verstehts! Der macht alles allein. Der braucht kein' andern. Der verstehts halt, gelt?«
»Ein tüchtiger Jäger«, sagte Ettingen, »auf den man sich verlassen kann in allen Dingen!«
Aus Pepperls Augen blitzte die Freude, und in allen Tonarten begann er das Lob des Försters zu singen, um mit der diplomatischen Wendung zu schließen: »Aber no, freilich, vom Land einer is er halt doch, und da kennt er sich halt net so aus mit die fürnehmen Sacherln, wissen S'! Und da hab ich mir schon diemal denkt: Kunnt sein, daß der Herr Fürst amal ein' anstellt, so an Herrischen, an Jagdverwalter oder wie man's heißt – wie sag ich denn gleich – no ja, wie der Herr Martin einer is?«
»Martin? Und Jagdverwalter?« Das war eine Vorstellung, die den Fürsten lachen machte. »Nein! Wenn ein Jagdverwalter nötig wäre,

wüßte ich mir einen anderen zu finden. Aber der Förster macht seine Sache so gut, daß ich mir das besser gar nicht wünschen kann.«

Pepperl grinste im Triumph seiner Schadenfreude wie ein Indianer, der den Skalp des Todfeindes eroberte. ›Wart, Frau Verwalterin, heut auf'n Abend kriegst was zhören!‹ dachte er und streckte den Hals, daß ihm die Schultern fast aus der Joppe sprangen. »Aber jetzt, Duhrlaucht, jetzt müssen S' Ihnen stad halten! Die Zeit wird kritisch. Allbot kann ebbes daherspringen.«

Lautlos saßen sie eine halbe Stunde.

Da ließ sich aus dem Waldstreif hinter der Lawinengasse das leise Rollen von Steinen hören. Pepperl, jetzt ganz bei der Sache, spitzte die Ohren. Im gleichen Augenblick faßte Ettingen mit hastigem Griff den Feldstecher. Doch während der Jäger hinüberspähte zum Wald, hielt Ettingen das Glas nach dem Tal gerichtet.

Dort unten auf dem Pfad war Lolo Petri erschienen, den Basthut mit einem Kranz von Blumen geschmückt. Ihr folgte der Bruder, dessen Hütl unter Almrosen ganz verschwand; er führte an losem Zügel den Esel, der mit dem Gepäck und mit einem riesigen Busch von Rosen und anderen Blumen beladen war.

»Obacht!« flüsterte Pepperl, der drüben aus dem Waldsaum ein Alttier sichernd auf die Lichtung treten sah. Als aber Ettingen die Büchse nicht faßte, blickte der Jäger verwundert auf. Da sah er, wie seinem Herrn das Glas in den Händen zitterte. ›Mar und Joseph‹, dachte Pepperl, ›der kriegt 's Hirschfieber!‹ Er zischelte: »Net aufregen, Duhrlaucht! Bloß d' Ruh net verlieren bei so was! Heut haben S' Glück, passen S' auf! Lassen S' dös Frauenzimmer nur schön vorbei!« Er meinte das Alttier. »Und Obacht geben! Da kommt schon was nach!« Es wurde lebendig drüben im Wald, und dem Alttier folgte ein Rudel, bei dem ein paar schwache Hirsche waren. »Es is nix Gscheits dabei! Nur warten!« flüsterte Pepperl so leise wie ein Hauch.

Ettingen sah und hörte nicht, was um ihn vorging, sondern folgte mit dem Glas jedem Schritt des Mädchens dort unten.

Ruhig und sorglos trat das Rudel auf die Lichtung. Plötzlich wandten alle Tiere die Köpfe gegen den Wald zurück, wurden flüchtig, und zwischen den hohen Erlenbüschen der Mulde verschwindend, nahmen sie den Wechsel gegen das Tal. »Der Hirsch kommt! Richten S' Ihnen!« zischelte Pepperl. »Der Hirsch, Mar und Joseph, und was für einer!«

Deutlich konnte Ettingen durch das Glas das Gesicht des Mädchens sehen, ihr Lächeln, die Bewegung ihrer Lippen, wenn sie mit dem Bruder plauderte. Nun hatten die Geschwister den steilen Rain erreicht, über den sie niedersteigen mußten, um das Kiesbett zu überschreiten. Da plötzlich sah Ettingen im Glas ein flüchtendes Rudel Hochwild auftauchen. Links und rechts von den beiden Geschwistern jagten die Tiere vorüber, erschrocken wollte Lo nach dem Zügel des Esels greifen, aber da scheute der Graue schon und rannte mit bockenden Sprüngen über den Rain in das Kiesbett hinunter, den Knaben am Riemen mit sich schleifend. Erblassend sprang Ettingen auf, und den Feldstecher wegschleudernd, stammelte er: »Um Gottes willen! Das gibt ein Unglück! Praxmaler! Kommen Sie! Schnell! Ich fürchte –« Er hatte den Bergstock gefaßt, schwang sich über die Mauer – und während er hinuntereilte über den steilen Hang, stand drüben auf der Lichtung ein Hirsch mit herrlichem Geweih, äugte dem springenden Menschen dort unten nach, trollte ein paar Schritte, äugte wieder und verschwand in den Latschen. Jetzt ermunterte Pepperl sich aus seiner sprachlosen Verblüffung und schlug die Hände über dem Kopf zusammen. »Mar und Joseph! O du heilige Fasnacht! Rennt mir der Fürst davon und fürcht sich vor eim Hirschen! Teufi, Teufi, Teufi –«
Da klang aus dem Wald herauf die schreiende Stimme seines Herrn: »Praxmaler! Kommen Sie! Schnell!« Es war in dieser Stimme ein Ton, der den Jäger ahnen ließ, daß hier doch wohl etwas anderes geschehen wäre als nur ein drolliges Jägerstücklein. In Sorge begann er zu rennen und erreichte das Kiesbett in dem Augenblick, als Ettingen und Lolo Petri den Knaben fanden. Lo war blaß vor Schreck, als sie den Kopf des Knaben aufhob an ihre Brust. Die Sache schien übler auszusehen, als sie war. Gustl zitterte wohl, doch er lächelte, um die Schwester zu trösten, und sagte: »Sorg dich nicht! Mir ist nichts geschehen. Gewiß nicht! Und Schmerzen hab ich gar keine.« Im Gesicht und an den Händen hatte er ein paar leichte Schürfwunden, sonst schien er unverletzt. Doch als sie ihn aufrichteten, konnte er nicht stehen und wäre wieder zu Boden gesunken, hätte ihn Ettingen nicht aufgefangen. »Kind! Kind!« stammelte Lo. »Beruhigen Sie sich, Fräulein«, sagte Ettingen, obwohl ihm selbst vor Erregung die Stimme kaum gehorchte, »es kann nicht so schlimm sein! Der Fuß ist nicht gebrochen. Hier eine Untersuchung vorzunehmen und den armen Jungen zu quälen, das ist nutzlos.

Kommen Sie, wir tragen ihn zum Jagdhaus, da kann alles leichter und besser für ihn geschehen! Kommen Sie!« Bei diesen Worten hatte er Gustl schon auf seine Arme gehoben und eilte mit ihm über das Kiesbett hinüber gegen den Weg.

Pepperl erbot sich, den Knaben zu tragen. Auch bei raschem Gang war's eine halbe Stunde bis zum Jagdhaus, und ›so a Bub hat sein Gwicht‹. Aber Ettingen schüttelte den Kopf. »Der Junge trägt sich wie eine Feder so leicht!« Auch Lo mahnte mit scheuer Bitte, daß Ettingen den Dienst des Jägers annehmen und seine Kräfte schonen möchte. Er sah ihr in die Augen, schüttelte wieder den Kopf und flüsterte dem Knaben zu: »Leg nur die Arme um meinen Hals, Bubi! So! Nicht wahr, so ists bequemer?«

»Ja.«

Während sie auf ebenem Pfad durch den Wald hinauseilten, klang hinter ihnen auf dem Latschengehäng das Klopfen und halblaute Rufen der anmarschierenden Treiber: »Hup, hup, hup! Brrr! Hup, hup!« Pepperl guckte sich einmal um, und da wollte es ein böser Zufall, daß er zwei gute Hirsche gemütlich über die Lawinengasse spazieren sah. ›Teufi, Teufi, Teufi, drei Hirschen hätten wir haben können!‹ träumte seine Jägerseele mit Kummer.

Ettingen plauderte während des ganzen Weges mit dem Knaben. Gustl hielt sich wie ein kleiner Held, verbiß den Schmerz und schwatzte unverdrossen, um der Schwester alle Sorge auszureden. Viel mehr als sein verletzter Fuß beschäftigte ihn die Frage, was wohl aus Hansi, dem Grauen, geworden wäre.

»Der kommt schon wieder!« tröstete Lo.

»Ja, schon, aber die Forellen, Lo! Die Forellen! Wenn er mit dem Netz einen halben Tag in der Sonne herumläuft, hab ich sie umsonst für Muttl gefangen!« In Schmerz verzog sich der Mund des Knaben, und das Wasser schoß ihm in die Augen; doch er seufzte nur: »Ach Gott, ach Gott, die schönen Forellen!«

Sie hatten das Jagdhaus fast erreicht, als Hansi nachgetrottet kam, in höchst nervöser Stimmung. An den locker gewordenen Gurten war ihm die Packtasche mit dem Almrosenbusch unter den Bauch gerutscht, und weil ihn die Zweige kitzelten, schlug er fortwährend mit den Hinterfüßen aus, schüttelte die Ohren und machte drollige Sprünge.

Als Pepperl den Esel in den Stall führte, rief Ettingen dem Jäger nach: »Tragen Sie das Fischnetz gleich in die Küche hinauf! Man soll

die Forellen auf Eis legen, damit sie nicht verderben.« Seine Stimme klang gepreßt, so daß Lo ihm besorgt in das erhitzte Gesicht blickte. Er hatte doch wohl seiner Kraft zu viel zugemutet. Als er den Knaben über den letzten Hang zum Jagdhaus hinauftrug, ging sein Atem müde, und seine Arme zitterten.
Martin kam aus der Sennhütte gelaufen, mit dunkelrotem Gesicht, als hätte es dort unten mit dem ›unbehüteten Madl‹ eine Szene gegeben, die nicht ganz nach seinen Wünschen ausgefallen war. Verwundert musterte er seinen Herrn und das schöne Mädchen.
»Schnell, Martin! Hinauf! Und richte das Bett im Grafenzimmer!«
Erschrocken verfärbte sich der Lakai; doch wortlos eilte er ins Haus.
Im Flur kam Martin seinem Herrn über die halbe Treppe entgegen und stotterte: »Ich bitte um Vergebung, Durchlaucht, das Zimmer ist abgesperrt, und im Augenblick weiß ich nicht, wo die Leute den Schlüssel haben.«
»Aber Mensch! So mache doch mein Zimmer auf! Siehst du denn nicht –«
Martin rannte, und als sein Herr mit dem Knaben in das sonnige, weiße Zimmer trat, war das Bett schon abgedeckt. Während Lo dem Bruder half, sich zu entkleiden, brachte Ettingen das ganze Haus in Aufruhr. Der Lakai, die Köchin und die Küchenmagd, alles mußte laufen und bringen: Wasser, Eis, Verbandzeug, Kognak, den ganzen Inhalt der Hausapotheke.
Als Lo den verletzten Fuß des Knaben untersucht hatte, atmete sie auf. Die Sache war unbedenklich: eine Bänderzerrung, die, obwohl sie schmerzhaft war, in wenigen Tagen wieder gut sein konnte. Ein paar Stunden Ruhe, meinte Lo, und Hansi könnte den Knaben heimbringen, ohne daß sich das Übel verschlimmern würde.
»Jetzt muß ich dir ein wenig weh tun, Bubi! Aber du wirst sehen, das hilft!«
»Ja, Lo, mach nur, was du meinst!«
Sie begann, die Geschwulst zu massieren. So schmerzhaft das auch war, der Junge überwand es ohne einen Laut und ärgerte sich, weil ihm wider Willen die Tränen in die Augen kamen. Dann wurde der Knöchel bandagiert, und drüber kam der Eisumschlag. Die Schürfwunden im Gesicht und an den Händen wurden mit Karbollösung gereinigt und mit Pflästerchen verklebt.
Lächelnd sah Ettingen dem Mädchen zu. »Sie machen das alles wie ein gelernter Arzt!«

»Hier in den Bergen, wo man eine Tagreise bis zum Doktor hat, lernt sich das von selbst. Und ich hatte einen guten Lehrer. Der verstand sich auf alles, was Hilfe heißt.«
»Ihr Vater?«
»Ja.« Sie küßte den Knaben auf die Stirne. »Brav hast du dich gehalten!« Die seidene Steppdecke glättend, richtete sie sich auf. Als wäre erst jetzt alle Sorge von ihr gewichen, streifte sie mit ihren schlanken, schönen Händen die Zaushärchen von den Schläfen zurück. Sie blickte im Zimmer umher, und eine leise Verwirrung schien sie zu überkommen. In jäher Bewegung streckte sie Ettingen die Hände hin, blickte mit glänzenden Augen zu ihm auf und sagte leise: »Wie gut Sie mit ihm waren! Ich danke Ihnen.«
Er nahm ihre Hände. »Dank? Nein! Der Schuldige bin doch ich mit dieser dummen Jagd. Aber weil nur alles noch leidlich gut vorüberging! Wirklich, jetzt atme ich auf. Und freue mich, daß ich Sie hier habe unter meinem Dach. So hübsch ist es freilich nicht bei mir, wie ich es bei Ihnen fand da draußen, in der schönen Sturmnacht!« Noch immer hielt er ihre Hände fest, und lächelnd sahen sie sich in die Augen.
Gustl, der mit der Wange auf den Händen lag, lind in die Kissen geschmiegt, guckte staunend an den beiden hinauf, und das verpflasterte Gesichtchen des Knaben färbte sich dunkelrot.
Lautlos trat Martin in das Zimmer, um Ordnung zu machen. Er schien keine Augen zu haben, nur Hände, die geräuschlos hantierten. Als er mit dem Wasserbecken und mit den Tüchern über dem Arm das Zimmer verlassen hatte, sah er die geschlossene Tür an und wiegte den Kopf. Studierend stieg er über die Treppe hinunter. In der Küche legte die Jungfer Köchin gerade die drei Forellen, die Pepperl gebracht hatte, in den Eiskasten, als Martin eintrat. Beim Anblick des Kammerdieners gab es dem Jäger einen ›Riß‹, halb vor Wut und halb vor Schadenfreude; aber er mußte der Köchin Antwort geben, als sie fragte: »Hat denn unsere Durchlaucht das Fräuln schon gekannt?«
»Gut auch noch! Z'erst hat er s' droben am Sebensee troffen, neulich is er draußen gwesen bei ihr in der Luitasch, und gestern nacht, wie dös Wetter gwesen is, haben wir unterstehn müssen bei ihr, vom Abend bis auf d' Fruh. Ja, unser Duhrlaucht und d' Fräuln Petri, die zwei verstehn anander! Was die für austipfelte Sachen reden! Da reißt unsereiner d' Luser auf, sperrangelweit.«

Martin schien diesem Gespräch keine Aufmerksamkeit zu schenken. Kaum aber hatte er die Küche verlassen, als er in seine Stube eilte und hinter sich die Tür verschloß. Nachdem er an den Fenstern die Vorhänge zugezogen hatte, schrieb er eine Depesche in englischer Sprache, nur die Adresse deutsch: »Baronin Pranckha, Hietzing, Wien. – Soeben flog der edle Falk mit weißer Taube in den Waldhorst. Erkenne Gefahr und warne.«
›The faithful!‹ unterschrieb er – ›der Getreue!‹ – und schob die Depesche in die Tasche, um sie bei der Hand zu haben, wenn der Postbote käme. –
Draußen vor dem Fenster ging Pepperl vorüber. Er machte langsame Schritte, und immer wieder schielte er zur Sennhütte hinunter, aus deren Schindeldach der Herdrauch quoll. Am liebsten wäre Pepperl in seiner Schadenfreude schnurstracks hinuntergelaufen, um dem ›verloffenen Lampl‹ mit allem Hochgenuß menschlicher Bosheit ins Gesicht zu schreien: ›Jagdverwalterin? Ja! Schmarren!‹ Aber da lagen ihm zwei verwünschte Worte wie eiserne Riegel im Weg: ›Wir sind fertig mitanander!‹ und ›Mich siehst nimmer!‹ Daß er nach solchen Worten noch einmal die Schwelle dort unten überschreiten sollte – das war eine heikle Sache für einen, der in sich die Überzeugung trägt: ›A bißl ebbes muß der Mensch halten auf dös, was er sagt!‹ Und was ging ihn die ganze Geschichte weiter noch an? Nix! Rein gar nix! Für ihn hatte die Sache nur noch ein theoretisches Interesse, zu dem sich das angenehm prickelnde Bewußtsein gesellte: ›Ich hab recht gehabt!‹ Jetzt konnte die Sache da unten ausfallen, wie sie wollte – er stand groß da! Mit dem Gefühl der Befriedigung, das den Praxmaler-Pepperl bei diesem Gedanken überkommen hatte, wollte er schon ins Försterhäuschen treten. Da hörte er über das Almfeld herauf das Klirren eines Bergstockes. Und am Waldsaum drunten erschien ein alter, weißbärtiger Bauer, gebeugt und etwas unsicheren Ganges. »Jesses! Da kommt er!« stotterte Pepperl, als er Burgis Vater erkannte. Mit langen Sprüngen rannte er über das Almfeld hinunter und schrie: »Brenntlinger! He! Brenntlinger! Da komm her! Da bin ich! Da!«
Der Alte blieb stehen und guckte mit den stumpfen, rotgeränderten Augen. Sein gebrochener, von einem sechzigjährigen Leben in Armut mürbgeklopfter Körper steckte in einer übel zugerichteten Hülle. Es schien, als hätte der ›gute alte Brenntlinger‹ eine der letzten Nächte im Straßengraben zugebracht und die Zeit noch nicht

gefunden, die grauen Federn dieses harten Bettes von sich abzubürsten.
Im Heuschuppen auf der Alm geboren, hatte er den Anstieg seines Lebens als Hütebub begonnen, war Galtviehsenn geworden, und mit vierzig Jahren, als Milchviehsenn bei einem Jahreslohn von 137 Gulden 45 Kreuzern hatte er geheiratet. Das kleine Burgerl in der Wiege konnte die Hochzeit der Eltern mitfeiern. Fünfzehn Jährlein später, als Burgi aus der Feiertagsschule kam, starb die Brenntlingerin an einem Leiden, das kein Doktor kurieren konnte, weil man keinen holte. Und während sich das junge Mädel langsam hineinwuchs in die Almenarbeit, wurden dem Brenntlinger von Jahr zu Jahr die Knochen immer müder. Nun hatte er seinen Strohsack im Gemeindehaus liegen, und seinem Leben blühte nur noch jene einzige Blume, die nicht nach Honig, sondern nach Trebern duftet. Am liebsten hätte Burgi den Vater jeden Sommer zu sich in die Sennhütte genommen. Dagegen wehrten sich die Almbauern, die den unnützen Kostgänger nicht auf ihrer Milchschüssel haben wollten. Also gab sie ihn für fünf Gulden im Monat beim Flurträger in die Kost. Auf die Hand durfte sie dem Alten kein Geld geben, keinen Kreuzer. Sonst hätte er nie an seinen Hunger, nur immer an seinen Durst gedacht. Kein Wunder also, daß Brenntlinger mit einem Juchezer das Große Los begrüßte, das er neulich beim Haus des Maler-Emmerle gezogen hatte. Zehn Gulden! Das hatte einen achttägigen Rausch gegeben. Keinen zehntägigen, nein, da hatte Pepperl sich verrechnet. Denn der gute alte Brenntlinger liebte nicht nur seinen Namensvetter, den Gebrannten, er liebte als braver Vater auch sein Kind. Bevor er vom Haus des Maler-Emmerle den Weg zum Buschenwirt genommen hatte, war er beim Kramer eingetreten und hatte um zwei Gulden für sein Mädel ein seidenes ›Tüchl‹ gekauft. Das brachte er nun mit, an seiner Vaterbrust verwahrt und sorgfältig in das ›Sonntagsblatt für das katholische Volk‹ gewickelt. Aber auch noch etwas anderes brachte er mit auf die Alm: einen halb ausgeschlafenen Katzenjammer, einen dürmeligen Kopf und einen so unsicheren Schritt, daß man Zweifel hegen konnte, ob der ›gute alte Vater‹ sich für das Wohl und Wehe seines Kindes so energisch auf die Füße stellen würde, wie es der Praxmaler-Pepperl von ihm erwartete.
»Brenntlinger! He! Brenntlinger! Da komm her! Da bin ich! Da!« Die aufgeregte Stimme drang nicht nur in die halbtauben Ohren des

Alten, sie drang auch durch die Mauern der Sennhütte. Mit einem Sprung war Burgi bei der Türe. »Vater! Jesus Maria! Vater! Ja grüß dich Gott! Wo kommst denn her?« Da sah sie den Jäger wie einen Narren über das Almfeld herunterspringen. Sie erschrak. Nicht, weil sie ein schlechtes Gewissen hatte, nein! Wenn ihr der Herr Jagdverwalter in spe beim Herd und am Kammerfenster auch schon ein Dutzend Küsse und drüber abgeschwatzt und gestohlen hatte – ein Kuß in Ehren ist keine Sünd, am allerwenigsten ein Kuß von einem, der Jagdverwalter wird und ›positivi‹ heiraten will. Und wenn auch dem ›süßen Schmalger‹ nicht über den Schritt zu trauen war – einen, der ›solchene Aussichten‹ hat, den mußte man doch wohl ein bisserl warmhalten. Das riet nicht nur die Klugheit, dazu reizte auch ganz besonders der Gedanke, daß sich ein anderer grasgrün ärgern würde, wenn schließlich aus der ›Sach‹ doch etwas werden sollte. Ein schlechtes Gewissen also hatte Burgi nicht. Ganz im Gegenteil. Dennoch erschrak sie. Und als sie den Pepperl so rennen sah, hatte sie nur den einen Gedanken, die erste beim Vater zu sein! Sie machte einen Sprung wie ein Heuschreck, der die Sense blitzen sieht, und rannte, was sie rennen konnte. Auch Pepperl machte hurtige Beine. So liefen die beiden miteinander um die Wette wie zwei Jagdhunde um einen Hirsch. Gleichzeitig erreichten sie den Alten. Keuchend packte ihn Burgi am linken, Pepperl am rechten Arm.

»Vater! Zu mir kommst.«

»Na! Zu mir! Ich hab dich bstellt.«

»Zu mir kommst, Vater! Zu mir in d' Hütten!«

»Z'erst zu mir! Ich muß dir ebbes sagen, was pressant is!«

Der Alte stotterte immer: »Tuts mich net derreißen, Kinder! Net derreißen! Tuts mich net derreißen!«

Mit Zerren und Streiten hatten sie den Alten bis zur Sennhütte gebracht. Burgi blieb Siegerin. Sie schob den Vater über die Schwelle, schlug die Tür zu und stieß den hölzernen Riegel vor. Für diesen Riegel hatte Pepperl nur ein Lachen. Wie da zu helfen war, das wußte er. Erst verschnaufte er ein bißchen, dann zog er das Messer aus der Tasche, schob die Klinge in den Türspalt und begann zu schieben. Aber merkwürdig! Der Riegel wollte nicht weichen wie sonst. Verwundert guckte Pepperl näher zu und sah statt des alten, morschen Holzstückes, mit dem die Tür seit einem halben Jahrhundert zufrieden gewesen war, eine blinkende Latte durch die Spalte

schimmern. Wann war dieser neue Riegel an die Tür gekommen? Und warum? Diese beiden Fragen gaben dem Praxmaler-Pepperl heiß zu denken.
In der Sennstube hatte Burgi den Vater zum Herd geführt. Da sah sie den Zustand seiner Kleider. »Vater! Um Gotts willen! Wie schaust denn aus?«
»Ich? Warum?«
»Vater!« Wie ernst das klang! »Hast mir im Fruhjahr net versprochen, daß d' dich halten willst? Und heut kommst mir daher, daß ich mich schamen muß, wann dich an ordentlicher Mensch anschaut!« Burgi fuhr sich mit der Faust über die Augen. »Da mußt wieder an saubern ghabt haben!«
»Na na na na, net wahr is! Ich hab kein' ghabt. Gwiß net! Heut net. Na!« stotterte Vater Brenntlinger, während er an seinem Hut die ausgefranste Krempe untersuchte.
Sie glaubte ihm nicht. »Wann ich nur schon wieder draußen wär bei dir! Es taugt mir eh nimmer da heroben.«
Sie holte die Holzbürste, die zum Scheuern der Milchgeschirre diente. »Geh her, laß dich a bißl abputzen!« Seufzend zog sie den Vater in die Fensterhelle, kniete vor ihm nieder und begann von unten herauf die Arbeit. »Und so wie heut, so kommst mir nimmer!«
»Na na na na.«
»Tust mirs versprechen? Auf der Mutter ihr Andenken?«
»Ja, Burgele, ja! Und weil d' dein' Vater so viel gern hast, ja –« er wühlte an der Brust herum und brachte das Päcklein zum Vorschein, »ja, drum hab ich dir ebbes mitbracht, schau!« Langsam löste er mit seinen zitternden Händen den Papierumschlag und entfaltete das seidene Tüchl.
»Jesses! Vater!« Das Mädl wurde rot vor Freude. Aber erschrocken fragte sie gleich: »Um Gotts willen, Vater, was hast denn für dös Tüchl zahlen müssen?«
»Zwei, ja, zwei Gugulden, ja!«
»Zwei Gulden! Vater! Mar und Joseph! Wo hast denn so viel Geld herghabt? Du wirst doch um Gotts willen net bettelt haben?«
»Na na na na! Für'n Müller-Toni, ja, für'n Toni bin ich auf Seefeld, weißt, a Botengangl auf Seefeld ummi!«
»Und da hat dir der Toni zwei Gulden geben?« forschte sie mißtrauisch. »Zwei Gulden?«

»Ein' der Toni, weißt! Und der Posthalter den andern, ja, der Posthalter!«
Sie war nur halb beschwichtigt. Aber möglich schien ihr die Sache doch, und sie wollte glauben, um an dem schönen Tüchl ihre Freude haben zu können. »Geh! Is wahr? Und da hast die zwei sauer verdienten Gulden für mich verspart! Da muß ich dir schon a Vergeltsgott sagen!«
»Ja ja ja, und 's Tüchl, gelt, dös gfallt dir?« kicherte Vater Brenntlinger, froh, dem Verhör so glücklich entronnen zu sein.
Sie prüfte die Seide, hielt das Tuch ans Licht und versuchte, wie es sich falten ließe. »Aber geh, jetzt setz dich her, jetzt koch ich dir gleich was auf. Magst saure Nocken? Tut dich hungern? Gelt?«
»Ja, hungern, ja, und saure Nocken, ja, die kunnt ich brauchen. Und weißt, a bißl dürsten, ja, a bißl dürsten tut mich.«
»Da hol ich dir gleich a Schüsserl Milli.«
»Milli?« Der Alte bewegte den Mund, als hätte er eine bittere Zunge. »So so, Milli krieg ich? Milli?«
Burgi war in die Kammer getreten. Ehe sie die Milchschüssel holte, legte sie vor dem Spiegelscherben, der neben dem Fenster an die Wand gepickt war, das seidene Tuch zur Probe um den Hals.
»Milli krieg ich? So so, Milli?« Als hätte dieser Gedanke einen Zusammenhang mit dem Praxmaler-Pepperl, so guckte sich der Alte plötzlich um, wo denn der Jäger geblieben wäre. Und als er sah, daß an der Türe gewackelt wurde, ging er hin und schob den Riegel zurück. Ehe die Tür noch richtig offen war, drängte Pepperl sich schon mit beiden Ellbogen herein.
»Du, Jager, du, zu dir bin ich kommen, weißt, du hast mir ebbes versprechen lassen, ja!«
»Was ich versprochen hab, dös kriegst! Z'erst aber muß ich reden mit dir. Da setz dich her an' Tisch.«
Als die beiden sich auf die Holzbank niederließen, trat Burgi mit der Milchschüssel in die Stube. Den ersten Schreck über die Stimme, die sich in der Sennhütte hören ließ, schien sie in der Kammer übertaucht zu haben. Wohl brannte ihr das Gesicht wie Feuer, doch mit spöttischer Ruhe sagte sie: »Ah, da schau her! Der Pepperl!«
Sie stellte dem Vater die Schüssel hin und legte den Brotlaib mit Messer und Löffel daneben. Dann stemmte sie die Fäuste in die Hüften und lachte dem Jäger höhnisch ins Gesicht. »Hat mir net einer gsagt, du gingst mir nimmer eini in d' Hütten?«

Pepperl verfärbte sich und brüllte: »Bis ich zu dir komm, da kannst lang warten! Bloß zu deim Vater bin ich kommen. Weil ich z'reden hab mit ihm. Verstehst mich?«

»No also! Leg dir kein' Maulkorb an! Kannst alles sagen! Ob's wahr ist oder verlogen! Net amal auflusen tu ich! Na!« Mit spöttischem Lachen ging sie zum Herd und nahm eine Holzschüssel von der Wand, um den Nockenteig anzurühren.

Die Neugier schien keine von den schlechten Eigenschaften des Brenntlinger zu sein. Während die zwei jungen Leute so heiß miteinander hachelten, gähnte er ein um das andere Mal und schnitt das Schwarzbrot mit großen Brocken in die Milch. Eben wollte er den ersten Schub verladen, als ihn Pepperl so energisch am Arm packte, daß der Brocken vom Löffel wieder in die Schüssel fiel.

»Jetzt, Brenntlinger, jetzt paß auf!«

»Ja ja! Red nur zu!« Der Alte holte mit dem Löffel aus. »Aber essen mußt mich lassen! Essen, weißt!«

»Der Appetit wird dir vergehn! Dir! Wann d' söllene Sachen hörst! Du bist der Vater. Dich gehts am ärgsten an! Und dir z'lieb hab ich mich dreingmischt! Daß ich dir an Kummer verspar, du guter, alter Teufi, du!«

»A Teufi, was, a Teufi bin ich?« kicherte Vater Brenntlinger und wischte sich die verschüttete Milch von der Joppe. »Ich hab doch keine Hörndln!«

»Jetzt lach net! Mir is blutig ernst! Und dir gehts an d' Ehr! Da, schau dir's an, dein Töchterl! Die führt sich nobel auf!« Vom Herd herüber ließ sich ein höhnisches Lachen hören. »Lachen kann s' auch noch! Die! Und der arme Vater kann sich d' Augen ausweinen! Drum laß dich verwarnigen, du guter Mann, du braver! Und red a Wörtl, solangs noch Zeit is! Denn daß ich dir's ehrlich sag: In deiner Burgl ihrer Hütten gehts zu, als ob die Gomorringer ausgruckt wären!«

»Was? Wer?« Der gute brave Mann schluckte einen Brocken. »Wer is ausgruckt?«

»Die Gomorringer! Die von der selbigen Stadt, wo 's Pech und Schwefel hat regnen müssen. Und warum? Dös wirst schon wissen!« Der Kochlöffel in der Hand der Sennerin machte einen verdächtigen Zuck, tauchte aber wieder in den Nockenteig.

Studierend schüttelte der Alte den weißen Kopf. »Na, du, dös mußt mir schon besser verexplizieren, ja!«

Pepperl schnaufte in schwüler Hitze. »Teufi, Teufi, Teufi, hat man mit dir a Gfrett!« Mit beiden Händen fuchtelte er dem Alten vor der Nase herum. »Dös weißt doch, daß unser Herr Fürst jetzt da is?«
»Ja freilich, ja, der Herr Fürst! So so! Was für a Fürst is denn der?«
»Der unser Jagd in Pacht hat!«
»A Jager? So so. A Jagerfürst! Und, ja –« Der Alte legte den Löffel nieder, und seine Augen erweiterten sich. »Du, Pepperl, sag, is enker Fürst net mitn, ja, mitn Förstner in der Luitasch gwesen? Vor acht Täg?«
»Freilich is er draußen gwesen. Aber dös ghört net daher. Dös geht dich nix an.«
»Geht mich, ja, gegeht mich schon was an!« versicherte Brenntlinger mit solchem Eifer, daß er zu stottern begann. »Wann dös der Füfürst gwesen is – zu dem geh ich auffi. Dem muß ich, ja, muß ich ebbes verexpipilixieren.«
Pepperl verlor die Geduld. »Kreuz Teufi, jetzt hör amal auf und lus mir zu! Wann d' auffi gehst zum Fürsten, wirst aussigschmissen vom Herrn Kammerdiener. Verstehst mich?«
»Kammerdiener? So so. Und is der auch so, ja, so nobel, der?«
»Der wird wohl nobel sein!« Pepperl lachte mit zornrotem Gesicht. »Hat seidene Hösln an! Und Schnallenschuh! Wie der Mesner bei der Leich.«
»Schnallenschuh? Und seidene Hösln?« staunte der Alte. »Ah, der muß aber nobel sein!«
»Und gstriegelte Haar hat er! Und deiner Burgi steigt er nach. Verstehst mich? Deiner Burgi steigt er nach!«
Langsam drehte Brenntlinger sich auf der Bank herum und fragte mit aufgeregtem Stottern: »Bu – Buburgi? I dös wahr?«
»Ja, dös is wahr!« erklärte Burgi und warf eine Handvoll Salz in den Nockenteig.
»Hörst es jetzt?« schrie Pepperl wie ein Verrückter. »Wahr is, was ich gsagt hab! Und anschmalgen tut er s'! Anschmalgen, daß er s' heiraten tät!«
Die Aufregung des Alten wuchs. »Bu – Buburgi? Is dös wahr?«
»Wahr is's! Ja!« fuhr die Sennerin mit gereizter Stimme auf. »Den ganzen Tag hockt er da in der Hütten und pumpert die halben Nächt am Kammerfenster. So verliebt is er! Wahr is, wahr is, wahr is!«
Über den Tisch hinüber packte Pepperl den Arm des Alten. »Hast es ghört, Brenntlinger? Jetzt denk, daß du der Vater bist und daß d'

dich rühren mußt in deiner Verantwortigung. Verstehst mich? So! Jetzt red!«
Stolpernd schob Brenntlinger sich hinter dem Tisch hervor, und warnend hob er den Finger. »Bu – Buburgi! Dös muß ich dir sagen, hörst! Da sei fei gscheit! Den laß nur nimmer aus! Da kannst dein Glück machen, ja, dein Glück! Dös is a Nobliger! Wann d' gscheit bist, nacher machst dein Glück!«
In sprachloser Verblüffung starrte Pepperl den Alten an und fuhr sich mit beiden Händen durch die Kreuzerschneckerln. Dann sprang er auf und rüttelte den Brenntlinger, als müßte er mit Gewalt in ihm das schlummernde Gefühl der väterlichen Verantwortung aufwecken. »Mensch! Was redst denn da? Er lügt ja dein Madl an! Jagdverwalterin täts werden! Ja, Schmarren mit Lakritzensoß! Alles is verlogen! Und dös dumme Gansl glaubts ihm. Du? Verstehst mich bald? Und du bist der Vater! Du!« Pepperl rüttelte, daß dem Alten die Zähne klapperten. »Rühr dich, Vater! Rühr dich a bißl!«
»Da rühr ich mich, ja! Wann er mein Madl anlügt, rühr ich mich! Da nimm ich an Avakatn! Da muß er zahlen, der! Dös is a Nobliger! Der hat Geld! Und wann er net zahlt, so muß der Herr Fürst, jaaa, der Herr Fürst muß zahlen. Der hat Geld!«
Pepperl sah aus, als hätte man ihm Asche ins Gesicht geworfen. Mit zitternden Händen knöpfte er die Joppe zu. »Jetzt kenn ich mich aus!« Das Wasser schoß ihm vor Zorn in die Augen. »Ös seids mir zwei saubere Leut! Pfui Teufi mitanand!« Er spuckte aus. »Da wär ich in a schöne Verwandtschaft einikommen!« Er wußte wohl nicht, was er redete. Der Zusammenhang dieses empörten Wortes mit der selbstlosen ›Verantwortigung‹, die der Praxmaler-Pepperl auf seine moralischen Schultern genommen hatte, war dunkel, war völlig unbegreiflich.
Wütend packte er seinen Hut und verließ die Sennstube.
Mit großen Glotzaugen sah Vater Brenntlinger ihm nach. »Wawas, was hat er denn?«
Burgi war kreidebleich. Sie ging auf den Alten zu und faßte ihn am Arm. »Vater! Marschier ins Kammerl eini! Und tu dich schlafen legen! Auf der Stell! Denn daß d' mir nüchtern söllene Sachen sagen kunntst, dös glaub ich net. Und hast dein' Dampus ausgschlafen, so reden wir weiter! Vorher kein Wörtl nimmer! Tu dich schlafen legen!«
»Schlafen? Warum denn schlafen? Ganz munter bin ich, ja, und tu

mich soviel freuen mit, ja, mit deim Glück!« Er guckte an ihr hinauf. Als er ihr Gesicht und ihre Augen sah, erschrak er und murmelte begütigend: »Ja ja ja, sei nur zfrieden, Burgerl! Muß ich halt schlafen, ja! A Stünderl schlafen!« Seufzend stolperte er über die Kammerschwelle.

Burgi ging zum Herd. Auf die Steine niedersinkend, brach sie in Schluchzen aus.

Und droben im Försterhäuschen saß der Praxmaler-Pepperl hinter dem Ofen, bürstete mit den Fäusten die Augen und würgte nach Luft. Die Selbsterkenntnis war erschreckend in ihm aufgegangen. »So an Esel, wie ich einer bin! Auf so a Weibsleut reinfallen! Mar und Joseph!« Lärm und Stimmen weckten ihn aus diesem Jammer seiner Liebe – aus einem Katzenjammer, der das Merkwürdige hatte, daß ihm kein Rausch vorausgegangen war.

Mit den Jägern und Treibern war der Förster gekommen, aufgeregt, fassungslos über den sonderbaren Ausfall der Jagd, die doch ›wie am Schnürl‹ gegangen war. Drei Hirsche waren angesprungen, kein Schuß war gefallen, und auf dem Fürstenstand hatte man keinen Jäger gefunden, nur einen Wettermantel, den Feldstecher und die Büchse. »Mensch, um Christi willen, was is denn da passiert?«

Als Pepperl mit zerknirschter Miene berichtete, was sich ereignet hatte und daß die Geschwister droben im Jagdhaus beim Herrn Fürsten wären, klang in der Stille, mit der die Leute lauschten, ein schallendes Gelächter.

Der Förster drehte das Gesicht. »Aber Toni? Bist denn übergschnappt?«

Mazegger gab keine Antwort. Während er hinunterschritt zu seiner Hütte, sahen ihm die anderen verwundert nach.

15

Warm leuchtete die Mittagssonne in das weiße Zimmer. Mit glühendem Gesicht lag der kleine Patient in den Kissen, nachdenklich und verträumt. Soviel auch die beiden plauderten, die an seinem Bette saßen – Gustl sprach kein Wort. Und wenn ihn die Schwester fragte: »Warum bist du so still, Bubi? Hast du Schmerzen?« – dann schüttelte er den Kopf und sah sie mit glänzenden Augen an.

Nebenan im Wohnzimmer des Fürsten deckte Martin den Tisch. Das hatte Ettingen so angeordnet, damit Lo in der Nähe des Bruders bleiben könnte. Lautlos verrichtete der Lakai seine Arbeit und lauschte dabei mit seinen Fuchsohren auf jedes Wort, das im anstoßenden Zimmer gesprochen wurde. Doch er hörte nichts, was er für seine getreuen Zwecke in Vormerkung hätte nehmen können. Da wurde, bald mit ruhigem Ernst, bald wieder mit heiterem Geplauder von Natur und Kunst gesprochen, von Leben und Menschen, von Dorf und Stadt, vom Sebensee und vom Leutascher Tal, von einem sonnigen Morgen und einer stürmischen Nacht. Aber so unverfänglich auch für Martins Ohren diese Gespräche waren, er zog doch immer wieder die Brauen hoch. Nicht der Text, sondern der Ton machte für ihn die Musik. Diese beiden Stimmen hatten immer einen so seltsam innerlichen Klang, als läge in jedem gesprochenen Wort noch etwas heimlich Verborgenes.

Der Tisch war bereit. Martin wartete mit der Uhr in der Hand. Punkt ein Uhr trat er mit Würde über die Schwelle des anstoßenden Zimmers. »Monsieur le prince, est servi!«

Ohne das Geplauder zu unterbrechen, erhob sich Ettingen und reichte Lo den Arm. Bei der Tür nickte er dem Patienten lächelnd zu: »Ich sorge schon für dich!« Als sie in das Wohnzimmer traten, sah Ettingen den Tisch an und fragte erstaunt: »Aber Martin? Da sind ja nur zwei Gedecke? Wo ist der Förster?« Keine Miene zuckte

in dem ernsten Gesicht des Lakaien. »Ich dachte – wenn aber Durchlaucht befehlen –«
»Natürlich!« Ettingen ging mit Lo zum Tisch. Da sah er auf dem Gesims des Waffenschrankes ein Bild stehen, in olivgrünem, von matten Goldfäden durchzogenem Rahmen; die mit zarten Farben überhauchte Radierung nach dem Böcklinschen Gemälde. »Mein ›Schweigen‹! Wahrhaftig! Da hab ich es!« rief er in Freude. »Martin? Wann ist das Bild gekommen?«
»Gestern, Durchlaucht. Ich hab es ausgepackt. Da ich nicht wußte, welchen Platz Durchlaucht für das Bild befehlen, hab ich es einstweilen hierher gestellt.«
»Gut! Ich danke, Martin!«
Der Lakai verließ das Zimmer.
Ettingen rückte das Bild gegen das Fenster, damit es in besserem Lichte stünde. Dabei sah er nicht, daß über Lolos Züge ein Schatten von Wehmut ging, als hätte der Anblick des Bildes eine schmerzliche Erinnerung in ihr geweckt.
»Sehen Sie, Fräulein, ein Bild, das ich liebe! ›Das Schweigen im Walde‹, von Meister Böcklin.«
Lo nickte.
»Nicht wahr, ein herrliches Bild? Wie das redet in seiner Ruhe, in der Fülle seiner stummen Gedanken!«
»Ja! Das Kunstwerk eines Meisters, der nicht nur zeigen will, der auch viel zu sagen hat.«
»Und wie wenig er braucht, um viel zu sagen! Ein paar Baumstämme, fast ohne Äste. Und dennoch glaubt man den ganzen, tiefen, vielhundertjährigen Wald zu sehen. Und dieser Gegensatz der Beleuchtung: hier im Wald das Dunkel des Abends, fast schon die Nacht, und draußen in der Ferne noch der leuchtende Himmel. Und die kleinen und scheuen Lichter, die von draußen hereinschleichen durch die dichten Zweige. Sind sie nicht wie sehnsüchtige Träume? Wie die Wünsche eines Menschen, der das grelle Licht und den wirren, schmerzenden Lärm des Tages satt bekam und nach Frieden verlangt, nach Ruhe, nach stiller Schönheit? Und wie reichlich der Wald das alles gibt! Ich hab es erlebt an mir selbst! Dieses Schweigen im Walde, wenn draußen der Tag versinkt – wie das heilt! Wie das beruhigt! Wie schön das ist! Man hört keinen Laut. Dennoch fühlt man, als hätte dieses Schweigen hundert Stimmen. Jede redet zu uns und sagt uns ein neues Wort. Wie muß der Künstler

allen Zauber der Waldstille empfunden haben, um ihn so überzeugend zu verkörpern: in der ernsten Schönheit dieser Waldfee, die auf dem Einhorn reitet! Hat dieses Tier nicht etwas Urweltliches an sich? Gerade so wie der Wald, wie alles Werden und Wandern in der Natur! Und sehen Sie nur, wie dieses Horchen auf das Ewige, dieses träumende Märchenlauschen aus den schönen Augen der Waldfrau redet!«

»Das? Eine Waldfrau? Eine Verkörperung aller Schönheit des von Ruhe erfüllten Waldes? Meinen Sie?« fragte Lo beklommen. »Ich habe das Gefühl, daß Sie in dieses Bild etwas hineinlegen, was aus Ihnen kommt. Das ist milder und freundlicher als der Gedanke dieser Gestalt. Der ist viel strenger. Ich meine, daß sich der Künstler dachte: Das ist die Natur, die Natur selbst! Jetzt ruht sie, hat die Hände im Schoß und betrachtet, was sie in hundert Jahren, die bei ihr eine Minute heißen, geschaffen hat. In solcher Ruhe ist ihr Auge schön, träumerisch und sinnend. Aber –«

»Ein Aber?« fiel ihr Ettingen mit lächelndem Schreck ins Wort. »Fräulein Lo, ich warne Sie! Über diese Augen dürfen Sie mir nichts Böses sagen. Ich habe dieses Bild immer bewundert. Um dieser Augen willen hab ich es liebgewonnen. Den Blick solcher Augen hab ich gesehen, in Wirklichkeit! Den hab ich erlebt. Ich selbst! An diese Augen glaub ich! Aber sprechen Sie, ich bitte, was wollten Sie sagen?«

Sie war befangen und vermochte nicht gleich zu sprechen. »Diese Augen sind schön, jetzt in der Ruhe, in dem Wohlgefallen, das die Natur an ihrer eigenen Schöpfung empfinden muß! Aber sehen Sie den Körper dieses Weibes an! Dieses Übermenschliche an ihm! Die ruhende Kraft! Um den herrischen Mund liegt etwas Gewalttätiges und unerbittlich Grausames. Und das mußte der Künstler so zeigen, denn die Natur ist grausam, wenigstens im Sinne von uns Menschen, die wir den Schmerz so schwer ertragen. An der Natur ist die Unerbittlichkeit eine Eigenschaft wie die Schönheit, wie die Kraft, wie jede andere. Die Natur muß grausam sein, wenn sie das Verbrauchte beseitigen und das Neue schaffen, wenn sie bestehen und nicht altern will. So schön die Natur in der Ruhe sein kann, es redet doch immer etwas aus ihrem Gesicht wie eine unheimliche Drohung. So wirkt auch dieses Bild auf mich. Es weckt ein Gefühl in mir wie Angst, wie das Bangen vor einer Gefahr, die mir nah ist und an die ich doch nicht glauben kann, weil ich so viel Schönheit sehe.«

Sinnend betrachtete Ettingen das Bild. »Sie haben recht. Jetzt, da Sie es gesagt haben, fühl ich es auch. Dieser harte, herb geschlossene Mund scheint sagen zu wollen: Sieh, wieviel Schönheit dich umgibt in der Ruhe des Waldes, aber dieses stille Träumen wird nicht mehr lange dauern, der Wald hat seinen Zweck erfüllt und ließ den Samen fallen, aus dem das Neue wächst – komme morgen wieder, und was du heute noch siehst, wird alles verschwunden sein, gefallen im Sturm, versunken in Asche! Sehen Sie nur, dieser Baum! Der hat schon eine Wunde wie von einem schweren Steinschlag. Wie er blutet! Der Baum muß sterben. Und das Eichhörnchen, das über den Stamm hinaufklettert wie in Schreck und Angst? Ich habe nie recht begriffen, was der Künstler mit diesem Tierchen wollte. Jetzt versteh ich es. Das kleine Ding empfindet die Gefahr, die aus dem schweigenden Gesicht der Natur zu ihm redet, und weiß in seiner dunklen Sorge nicht, wohin es sein winziges Leben flüchten soll. Armes Geschöpf!«
Er schwieg eine Weile. Dann sagte er plötzlich: »Da Sie den Gedanken dieses Bildes so tief erfassen – wie müßte erst das Original auf Sie wirken, mit der Kraft seiner Farbe!«
»Das hab ich gesehen.«
»Wo? Und wann?«
»Vor vier Jahren, im Sommer, als Papa mich mit nach München nahm, um die Ausstellung im Glaspalast zu besuchen. Da war auch dieses Bild. Und noch drei andere Werke Böcklins, das ›Schloß am Meer‹, die ›Toteninsel‹ und das ›Spiel der Wellen‹.«
»Welchen Eindruck müssen diese Bilder auf Sie gemacht haben!«
»Ich habe das noch heute so in Erinnerung, als hätt' ich es gestern erlebt.« Lolos Stimme wurde leiser. »Ich denke nicht gern an jenen Tag. Es knüpft sich an ihn eine Erinnerung, die mir wehtut.«
»Fräulein?«
»Als Papa diese Bilder sah, wurde er seltsam still. Dann nahm er meine Hand, drückte sie, daß es mich schmerzte, und sagte: ›Sieh, Lo, was ich immer will, der da, der kann es! Das ist ein Großer! Das ist Kunst!‹ Dabei war sein Gesicht so vergrämt, so trostlos – er hat lang gebraucht, um das zu überwinden.« Mit feuchtem Blick sah Lo zu Ettingen auf. »Daß er so gering von seiner eigenen Kraft und so groß von dem Können des anderen denken konnte, das spricht doch für ihn selbst. Hochmütig ist nur der Stümper, nur der Unfähige kann Neid empfinden. Wer in sich selbst das rechte, heilige Feuer

brennen fühlt, kann mit neidloser Bewunderung zu der reicheren Kraft eines Größeren aufblicken.«
Ettingen fühlte ihre beklommene Erregung. Das schmerzte ihn, und er suchte nach einem Wort, das sie beruhigen könnte. »Ihr Vater hatte unrecht, sich so klein zu fühlen! Ein Bild wie das da hätte auch Ihr Vater schaffen können, der die Natur so sehr verstand – gerade Ihr Vater –, wenn auch in anderer Form, doch mit dem gleichen künstlerischen Wert, mit der gleichen Fülle der Gedanken!«
»Mit den gleichen Gedanken?« Sie schüttelte den Kopf. »Mein Vater? Nein! Er war in seinem Wesen ein völlig anderer. In allen Bildern Böcklins liegt etwas Herbes und Unerbittliches, bei aller Schönheit, die er schuf. In ihm ist ein Stück Natur, die das Schöne nur erschafft mit dem Gedanken an die Zerstörung, der es verfallen muß. Sie kennen doch gewiß das Selbstporträt Böcklins?«
»Auf dem er sich malte, wie ihm der Tod sein Geheimnis ins Ohr flüstert?«
»Ja! Dieser Todesgedanke redet bei ihm aus allen Bildern, verläßt ihn nie und macht, daß er gering vom Wert des Lebens und von der Schwäche alles Menschlichen denkt. Deshalb wählt er auch mit Vorliebe seine Stoffe aus einer Zeit, in der die Kraft noch alles war und das Leben sich abspielte wie ein wilder, leidenschaftlicher Kampf. Sehen Sie nur dieses Bild an! Scheint dieses Weib nicht sagen zu wollen: ›Sieh her, kleiner Mensch, wie groß und stark ich bin! Ich zwinge das wilde Tier, das mich tragen soll, wohin es mir beliebt. Willst du herrschen und König deines Lebens werden, dann mußt du sein, wie die Natur ist, stark und rücksichtslos!‹ – Das ist ein Gedanke, den mein Vater als Künstler nicht aussprechen konnte.«
»Auch nicht als Mensch!« fiel Ettingen ein, mit einer Wärme, die nicht nur aus seiner Stimme, auch aus seinen Augen redete. »Was ich vorhin sagte, war ein törichtes Wort. Vielleicht war es auch ein wenig unehrlich. Ich wollte Ihnen über eine schmerzliche Stimmung weghelfen und sehe, daß Sie so überflüssiger Hilfe nicht bedürfen. Ihr Vater, ja, war anders als der Große, der dieses Bild da schuf. Deshalb nicht der Kleinere und Schwächere. Es ist etwas Schönes um die Kraft, die den Sieg erzwingt. Aber Sieg ist auch Glück. Und Glück hat nicht jeder, der es verdient. Und solche Mißgunst der launischen Göttin mit einem stolzen Lächeln zu verwinden, wie das Ihr Vater konnte – alle Enttäuschung des Lebens zu erfahren und doch dem Leben so gut zu sein, als Künstler die Anerkennung der

Welt entbehren zu müssen und doch sich selbst getreu zu bleiben –, wer das vermochte, in dem war Kraft, die höher wiegt als der Ruhm eines Sieges!«

Wie dankbar sie zu ihm aufblickte! »Ja, getreu, sich und denen, die er liebte – das ist er geblieben. Aber der Eindruck, den Böcklin auf ihn ausübte, hat etwas in ihn hineingedrückt, das er mit Gewalt wieder von sich abstoßen mußte; die Versuchung, diesen schönen Lebensfrieden, den er gefunden hatte, zu opfern, um den Kampf wieder aufzunehmen und auch zu siegen. Wie der da gesiegt hat! Mama und ich, wir wollten ihn bestärken und haben ihm zugeredet: ›Versuch es noch einmal!‹ Aber da nahm er uns um den Hals und sagte: ›Nein!‹ Und alles, was in ihm wühlte, hat er sich mit einem Bild von der Seele gemalt. Das haben Sie nicht gesehen, als Sie bei uns waren. Es ist das Beste, was er schuf. Und er hatte nur Kummer davon, sogar hier im Dorf. Wenn Sie wieder nach Leutasch kommen – darf ich es Ihnen zeigen?«

»Ja, Fräulein, ich bitte!« Er nahm ihre Hände. »Und das ›Schweigen‹ dort wollen wir gegen die Wand drehen.«

»Weshalb?«

»Es hat in Ihnen die Erinnerung an einen Kummer Ihres Vaters geweckt. Ich weiß nicht, was ich dafür gäbe, wenn Sie dieses Bild nicht bei mir gesehen hätten! Aber wissen Sie, weshalb ich es kommen ließ? Weil meine erste Begegnung mit Ihnen mich an dieses Bild erinnerte. Da draußen im Tillfußer Forst! Wissen Sie noch? Jener stille, wundervolle Abend im Schweigen des Waldes? Wie Sie damals geritten kamen und Ihre Augen so tief und ruhig blickten – das war schön! Und weil ich das wiedersehen wollte, hab ich mir das Bild da kommen lassen, an das ich bei unserer Begegnung denken mußte. Aber das Bild? Nein! Das ist etwas anderes. Sie haben recht: Ich trug in die Auffassung dieses Bildes etwas hinein, was freundlicher und milder ist. Das ist so, wie Sie sind. Und diese Erinnerung, die ich in mir bewahre, vertausch ich nicht gegen alle künstlerische Größe dieses Bildes da!«

Wortlos stand sie vor ihm, von dunkler Glut übergossen.

Da tappte der Förster ins Zimmer, und als er sah, daß Ettingen die Hände des Mädchens in den seinen hielt, sagte er lachend: »No also, dann kann ich ja gleich mitgratalieren, daß die Gschicht im Griesfeld so glimpflich abgangen is!« Er pries den guten Schutzengel, den der ›kleine Herr Petri‹ haben müsse, und rief dem Patienten von der

Schwelle des Schlafzimmers ein paar lustige Worte zu. Aber bei aller Freude, die er über den glücklichen Ausfall der ›Gschicht‹ zum besten gab, fuhr ihm doch immer wieder der Gedanke an die ›ausgrutschte‹ Treibjagd durch den Kopf. Auch während der Mahlzeit sang er noch immer dieses Lied seines Jägerschmerzes: »Drei Hirsch! Sakra, sakra! Drei Hirsch hätten wir haben können! Drunt in der Hütten hockt der Pepperl und macht an Kopf – so hab ich ihn meiner Lebtag noch net gsehen! Wie der sich kränken muß um die drei Hirschen! Dös muß schon schauderhaft sein! Aber Ihnen, Duhrlaucht, merkt man gar nix an, Sie müssen die drei Hirschen leicht verschmerzt haben.« Er fuhr sich mit der Serviette über den Schnauzbart und lachte. »Gwiß wahr, Duhrlaucht, ausschauen tun S' wie 's Leben, und die gsunde Freud lacht Ihnen aus die Augen raus! Gelt, dös müssen S' eingstehn: Unser Lüftl daheraußen, dös schlagt Ihnen an!«
»Ja, lieber Förster! Hier im Bergwald bin ich gesund geworden an Leib und Seele! Glücklich und froh!«
»Hab ichs net gsagt! Unser Wald! Ui jögerl, unser Wald! Was der alles kann! Duhrlaucht, den müssen wir leben lassen! Unser Wald soll leben!« Lachend hob Kluibenschädl das Glas und stieß mit dem Fürsten an. »Was is denn, Fräulein Lo? Haben S' net ghört? Der Wald soll leben! Wär net ohne, wann Sie da net mittäten! Was is denn? Warum sind S' denn so mäuserlstad? Und heiß muß Ihnen sein! Sie brennen ja wie 's Kerzl vor der Mutter Gottes! Sooooo! Schön 's Glaserl nehmen! Schön anstößen! Derrr Wald soll leben!«
Die Gläser klangen zusammen, und das heitere Lachen wandelte sich zu einem froh belebten Geplauder, das die ganze Mahlzeit begleitete. Der Förster in seiner vergnügten Laune schmauste dazu mit so gesundem Hunger, daß die Platten leer wurden, obwohl ihn seine Tafelgenossen bei diesem ›Schönwettermachen‹ mangelhaft unterstützten. Sie tranken auch kaum einen Tropfen, diese beiden, und dennoch waren sie in einer Stimmung, als wäre ihnen das Feuer eines köstlichen Trankes ins Blut gedrungen.
Immer wieder erhob sich Ettingen, um nach dem kleinen Patienten zu sehen und jeden Teller zu begleiten, den Martin ins weiße Zimmer trug. Nach einem solchen Besuche gab er lachend das Bulletin aus: »Fortschreitende Besserung, der hohe Kranke erfreut sich eines gesegneten Appetits.«
Als das Dessert genommen war, verabschiedete sich der Förster mit

einem großen Kompliment und einem kleinen Schwips. Martin brachte die Post, aber Ettingen sagte: »Das hat Zeit, lege nur alles auf den Schreibtisch hinüber.«
»Es ist eine Depesche dabei, Durchlaucht!«
»So gib sie her!« Beim Anblick der sechs engbeschriebenen Blätter sagte Ettingen lachend: »Eine Depesche? Das ist ja ein Brief!« Kaum hatte er zu lesen begonnen, als er in freudiger Erregung aufblickte: »Und das muß heute kommen! Gerade heut!«
»Sie haben eine gute Nachricht erhalten?«
»Eine gute nur? Mehr als das! Eine Nachricht, die mir doppelte Freude macht, weil sie gerade heute kam, jetzt, während Sie bei mir sind! Denn diese Nachricht, Fräulein, ist auch eine Freude für Sie! Eine große Freude! Hören Sie!« In heißem Eifer schob er alles beiseite, was vor ihm auf dem Tische war, und faßte Lolos Hand. »Aber bevor ich lese, muß ich Ihnen sagen, wie ich zu dieser Nachricht komme. Damals, als ich Sie kennenlernte, draußen beim Sebensee, unter dem klingenden Baum, sprachen wir doch so viel von Ihrem Vater. Das weckte meine Teilnahme für sein Schicksal und seine Kunst. Und als ich heimkam, depeschierte ich an einen Freund in Wien, mir alles mitzuteilen, was er über Emmerich Petri erfahren könnte. Und das ist die Antwort!«
Zitternd saß sie vor ihm, mit den Augen in banger Spannung an seinen Lippen hängend. Ohne ihre Hand zu lassen, begann er zu lesen: »Mein lieber Heinz –«
»Das ist Ihr Name?«
»Ja! – ›Mein lieber Heinz! Der Kunstaugur, dem ich die Nachforschungen nach Deinem Emmerich Petri übertrug, war soeben bei mir. Da Deine Anfrage etwas merkwürdig Dringendes hatte, nehme ich in meiner Freundschaft einen Anlauf zur Verschwendung und depeschiere Dir ein ganzes Kapitel moderner Kunstgeschichte. Dein Petri stammt aus einer Allgäuer Bauernfamilie, verlor als Knabe die Eltern und bekam zum Vormund einen Pfarrer, der den Erlös des kleinen Bauerngutes auf den Acker der Kirche säen wollte und den begabten Jungen in eine geistliche Präparandenschule steckte. Mit neunzehn Jahren lief Petri der frommen Gesellschaft davon, ein Beweis, daß er zu denken und als Mensch zu empfinden verstand. Er wollte Künstler werden und besuchte zwei Jahre die Akademie. Seine Professoren sprachen ihm alles Talent ab und meinten, er hätte klüger getan, Kaplan zu werden. Mit zähem Ehrgeiz stellte er sich

auf freie Füße, ging seine eigenen Wege, arbeitete mit eisernem Fleiß und begann ein paar Jahre später im Münchener Kunstverein auszustellen, ganz wunderliche Bilder, seltsam in Technik und Farbe, befremdend durch ihre Gedanken, kindlich und kühn zugleich, mit einer Vorliebe für fabulöse und didaktische Stoffe, in denen sich Hellenismus und freidenkendes Christentum eigenartig verschmolzen. Man verstand ihn nicht, schüttelte den Kopf und lachte. Ein Jahrzehnt lang kämpfte der Mann erbittert um Anerkennung. Schließlich scheint ihn die Geduld verlassen zu haben. Vor etwa vierzehn Jahren wanderte er mit seiner Familie aus München davon, niemand weiß, wohin. An seiner Kunst verzweifelnd, scheint er sie aufgegeben zu haben. Man hat seit jener Zeit kein Bild mehr von ihm gesehen. Das ist schade, denn seine Zeit wäre jetzt gekommen.‹«
Ettingen unterbrach sich, drückte Lolos Hand und stammelte in Erregung: »Seine Zeit! Hören Sie, Lo?«
Ein Lächeln irrte um ihren Mund; sie konnte nicht sprechen und nickte nur.
Mit fliegender Stimme las er weiter: »›Das ganze Unglück dieses Mannes war, daß er um zwanzig Jahre zu früh geboren wurde und mit den Anfängen seiner eigenartigen Kunst in eine Zeit der ausgetretenen Geleise kam. Die Zeit hat sich geändert, gründlich, und heute verlangt man von der Kunst vor allem Persönlichkeit. Da kommt gerade jener zur stärksten Geltung, der seine eigenen Wege geht und sich vom Gesicht der Durchschnittsmacher unterscheidet. Der Meistertitel wird vor Namen gesetzt, zu denen vor einem Jahrzehnt noch alle Welt den Kopf schüttelte. Einer von diesen spät Erkannten ist Hans Thoma, der auch die Spießrutengasse des Münchener Kunstvereins kennenlernte und den sie heute mit Ehrfurcht den ›tiefen Träumer‹ nennen. Vor zwei Jahren, in einer kritischen Beleuchtung Thomas, erinnerte sich zum erstenmal ein Münchener Kritikus an einen ›Vorläufer des Meisters‹, an Emmerich Petri. Immer häufiger wurde in der letzten Zeit dieser Name genannt. Von Kunsthändlern wurde das eine und andere seiner Werke ausgegraben und wanderte von Stadt zu Stadt. Im vorigen Sommer erfuhr man, daß ein Frankfurter Kunstfreund, dessen Spezialität das Sammeln künstlerischer Originalitäten ist, im Besitz einer aus 27 Bildern bestehenden Kollektion des neuerkannten Meisters wäre; und im Herbst, Ende September, wurden diese Bilder zu einer ›Separatausstellung von Werken Emmerich Petris‹ nach Berlin gebracht, um die

Kunstwelt in Aufruhr und Begeisterung zu versetzen.‹« Ettingen vermochte nicht weiterzulesen.
Regungslos, wie versteinert saß das Mädchen. Nur in ihren Augen war Leben, und tonlos flüsterte sie vor sich hin: »Im Herbst – Ende September –«
Um diese gleiche Zeit war jener Wolkenbruch in der Leutasch niedergegangen, zwei Tage und Nächte hatte Emmerich Petri gearbeitet ›wie ein Holzknecht‹ und hatte die Rettung von ein paar armseligen Hütten mit seinem Leben bezahlt.
»Im Herbst! Ende September!«
Ettingen empfand die Tragik dieses Wortes, und die Kehle war ihm wie zugeschnürt, so daß er mit Gewalt seine Stimme zwingen mußte, um lesen zu können: »›Die Ausstellung war ein Erfolg, so einstimmig, wie er noch selten einem Künstler zuteil wurde. Dem Frankfurter Sammler, der die Bilder vor fünfzehn und zwanzig Jahren um eine Bagatelle erworben hatte, wurden hohe Summen geboten, aber der Mann war stolz auf seinen Besitz und verkaufte nicht ein einziges Bild. Alle Journale brachten ausführliche Besprechungen des Meisters, man bezeichnete ihn als eine an Gedankentiefe mit Böcklin verwandte Natur, als dessen milderen Bruder, Böcklin wäre die strenge Kraft, Petri die träumende Liebe. Und überall die Frage: Wo ist dieser Mann? Wer weiß von ihm? Wo lebt er?‹« Erschrocken legte Ettingen die Blätter nieder. »Fräulein!«
Blaß, an allen Gliedern zitternd, hatte Lo sich erhoben, als wäre es über ihre Kraft gegangen, dieses Wort zu hören. Ein Sturz von Tränen brach ihr aus den Augen, mit einem Schluchzen, das ihren Körper schüttelte wie Frost.
»Fräulein! Allmächtiger Gott! Ich bitte Sie, liebes Fräulein –« Ettingen legte den Arm um ihre Schultern wie ein Bruder, der die Schwester beruhigen will. Sie schien in diesem Sturm von Erregung nichts anderes zu denken als nur das eine: Er fühlt mit mir – und da überließ sie sich willenlos seinem Arm, und weinend barg sie das Gesicht an seiner Brust. Aus dem anstoßenden Zimmer klang mit erschrockenem Ton die Stimme des Knaben: »Lo! Ach Gott, Lo? Was hast du? Warum weinst du denn?«
»Sorg dich nicht, Bubi!« rief Ettingen. »Was deine Schwester weinen macht, ist Freude!« Er streichelte mit scheuer Hand ihr schimmerndes Haar, richtete sie auf und sagte leise: »Ich verstehe Ihr schönes, kindliches Gefühl. Ihre Freude mischt sich mit dem

schmerzvollen Gedanken, daß Ihr Vater sterben mußte, bevor ihm die Welt den verdienten Lorbeer reichte. Aber wie er starb! Das muß Ihrem Herzen sagen, daß er die Augen nicht geschlossen hat, ohne tief in seinem Innersten zu glauben: ›Ich habe nicht umsonst gewirkt, ich kann nicht sterben, ich werde weiterleben!‹ Sonst hätte er die Welt nicht so verlassen können, mit dieser Ruhe, mit diesem Lächeln, mit diesen letzten Worten: ›Meine Blumen!‹ Das galt nicht nur den Blumen da draußen am See. Dieses Wort hat allem gegolten, was aus der Tiefe seiner Seele heraufblühte und reines, köstliches Leben wurde. Das wird seinen Namen tragen, wird dauern als eine Freude für die Menschen! Ihr Vater ist nicht gestorben: Er lebt! – Nein, Lo, Sie dürfen nicht weinen! Sie müssen sich aufrichten und stolz sein auf Ihren Vater, stolz auf den Namen, den er Ihnen gab und dessen Sie würdig sind. Dieser Name ist Adel, wie ich besseren nicht kenne!«
Aus Tränen blickte sie zu ihm auf. Wie schön sie war bei diesem Lächeln, mit dem sie den Schmerz überwand und schon die Versöhnung fühlte, den Stolz und die Freude! Lange sah sie ihn schweigend an, bevor sie sprechen konnte. »Wie gut Sie mit mir sind! Und ich stehe so arm vor Ihnen, so schwach, in meinem Schmerz zuerst und jetzt in meiner Freude! Fast versteh ich das nicht. Diese Nachricht hätte mich ruhiger finden sollen. Was mein Vater war, hab ich immer schon gewußt. Das hat mir doch nicht die Welt erst sagen müssen. Und nun hat es mich doch so überwältigt – als wär ich eine andere geworden –, als wäre etwas in mir, über das ich keinen Willen und keine Macht mehr habe.« Sie hielt seinen Blick nicht aus, und verwirrte Unruhe stammelte in ihren Worten: »Sehen Sie nur, ich weiß kaum, was ich rede, weiß nicht einmal, wie ich dafür danken soll, daß gerade Sie es waren, von dem ich diese Nachricht hören durfte. Und wenn ich Ihnen sagen könnte –« Ihre Stimme erlosch.
»Mir sagen, was Sie fühlen? Die Freude, die Sie empfinden, könnten Sie mir mit hundert Worten nicht besser sagen als mit diesem Schweigen jetzt!«
»Freude! Ja! Das ist Freude, die sich nicht sagen läßt!« Tief atmend hob sie die Augen zu ihm. »Darf ich noch eine Bitte haben?«
»Ob Sie dürfen?« Er drückte ihre Hände.
»Schenken Sie mir diese Blätter!«
Nun kamen ihr die Worte immer hastiger, in glühender Erregung. »Ich möchte Sie meiner Mutter bringen. Möchte heim, zu meiner

Mutter! Jede Minute, um die ich ihr diese Nachricht später bringe, ist eine Sünde an ihr. Ich darf nicht bleiben. Schenken Sie mir diese Blätter, und lassen Sie mich gehen! Ich bitte!«

»Ja, Fräulein, ja! Nehmen Sie!« Er reichte ihr die Blätter. »Ich seh es ein, daß Sie nicht bleiben dürfen. Und Ihr Bruder – ich will selbst hinunter und werde dafür sorgen, daß Sie ihn gut und sicher nach Hause bringen und auf dem Heimweg alle Hilfe haben! Bleiben Sie bei ihm – ich komme dann und hol ihn!« Er eilte davon.

Sie stand und lauschte auf seinen Schritt – und lächelte und preßte die Blätter an ihre Brust.

»Lo? Soll ich aufstehen? Ich kann schon!« klang aus dem anderen Zimmer die erregte Stimme des Bruders. Da flog sie zu ihm, umschlang ihn, und wieder kamen ihr die Tränen. »Ach, Lo! Um Gottes willen! Ich bitt dich, was hast du denn?«

»Freude hab ich! Freude! Weil jetzt die Menschen wissen, was unser Vater war!«

Gustl sah die Schwester mit großen Augen an. »Haben denn das die Menschen nicht gewußt? Er hat doch die Bilder gemalt. Ein Bild sieht man doch. Da muß man doch wissen, daß ein Künstler das gemacht hat.«

»Ja, Kind, wer die rechten Augen hat, der sieht es! Aber es gibt auch Menschen, die sehen können und dennoch blind sind. Komm nur, komm, wir müssen heim! Zur Mutter heim!«

Als Gustl angekleidet war – am verbundenen Fuß nur den Strumpf, ohne Schuh –, versuchte er ein paar Schritte zu gehen. Das gelang nicht recht. Da kam auch Ettingen schon zurück, hob den Knaben auf und trug ihn hinunter.

Vor der Tür, im Hof, stand Hansi schon bereit, gesattelt und mit hochgeschnallten Bügeln. Die Treiber hatten das Gepäck der Geschwister in ihre Rucksäcke genommen und die Almrosen darüber gebunden. Einer trug das Fischnetz mit den in grünes Reis gehüllten Forellen. Auch die zwei Leutascher Jäger waren zum Abmarsch bereit, und seitwärts an der Mauer stand Pepperl, schweigsam, die Hände hinter dem Rücken, die gerunzelte Stirn umhangen von aufgedröselten Kreuzerschneckerln.

Nur Mazegger fehlte. Drunten in seiner Hütte stand er am Fenster, das aschfahle Gesicht an die Scheibe gedrückt. Als er Lolo Petri und seinen Herrn, der den Knaben trug, aus der Tür kommen sah, trat er mit geballten Fäusten tiefer in die Stube zurück.

Ettingen hob den Knaben in den Sattel und schob ihm die Bügel an die Füße. »Also, Bubi, jetzt mach uns keine Sorgen mehr und schau, daß du gut heimkommst!« Er reichte ihm die Hand.
»Ich dank schön, Herr Fürst! Sie waren so lieb zu mir! Ich dank schön!«
Lachend streichelte ihm Ettingen die Hand. »Dank? Was dir einfällt! Sieh nur, daß du bald wieder springen kannst! Das ist mir der liebste Dank. Und wenn es deine Mutter erlaubt, dann komm ein paar Tage zu mir auf Besuch ins Jagdhaus! Willst du?«
Gustl wurde rot übers ganze Gesicht. »Wenn Sie erlauben, bin ich schon so frei!«
»Also, auf Wiedersehen!«
Ettingen wandte sich zu Lo. Inmitten der vielen Leute, die um sie herstanden, schieden die beiden mit einem Händedruck, mit einem stummen Blick.
Ein Jäger sollte den Grauen führen. Aber Lo überließ diese Sorge keinem anderen, sie nahm die Zügel selbst.
Während Hansi den Knaben über das Almfeld hinuntertrug, umringt von den schwatzenden Treibern und Jägern, stand Ettingen mit den Armen über den Zaun gelehnt und blickte lächelnd dem kleinen Reiter und seiner Schwester nach.
Den beiden folgten noch zwei andere Augen – aus Mazeggers Hütte – mit einem Blick, in dem die Eifersucht mit drohendem Feuer brannte.
Wo der Pfad vom Almfeld einbog in den Wald, bat Lo die Männer, vorauszugehen, damit der Graue in ruhigen Schritt käme. Sie verhielt das Tier eine Weile und sah mit leuchtenden Augen zum Fürstenhaus hinauf. Da hörte sie den Bruder flüstern: »Du, Lo? Weißt du, warum er so lieb war zu mir?«
»Weil er gut ist.«
»Ja, schon – aber noch wegen was. Weil er dich lieb hat.«
Wie eine Flamme schlug es über ihre Wangen, doch heftig schüttelte sie den Kopf.
»Aber ja!« behauptete Gustl in heißem Eifer. »Hast du denn das nicht gemerkt?«
»Nein, nein, nein!« stammelte sie erschrocken und zog den Grauen in den Wald.
»Nicht? Das hast du nicht gemerkt? Hör, Lo, dann bist du aber auch eine von denen, die sehen können und doch blind sind!«

Längst schon waren die beiden im dunklen Schatten des Waldes verschwunden, und immer noch stand Ettingen über den Zaun gelehnt. Eine Weile hörte er noch die Stimmen der Männer aus dem Tal herauf. Dann verstummten auch die. Nur der Wildbach rauschte dort unten, sanft und heimlich, durch den Wald gedämpft. Stille Sonne über dem Almfeld, über den Hüttendächern und allen Bäumen. Ein paar silberne Fäden flogen, und schwärmende Insekten huschten gleich winzigen Funken durch die blaue Luft.
Plötzlich ging ein Dröhnen durch das Tal hin wie von einem mächtigen Donnerschlag mit rollendem Echo.
Erstaunt sah Ettingen zum wolkenlosen Himmel auf. Da gewahrte er, daß über dem Wildbach drüben, am Fuß der steilen Hochwand brauner Staub in dichten Wolken aufwirbelte. Ein Stück der Felswand hatte sich gelöst und hatte eine Zunge des sonnigen Waldes unter Schutt begraben.
»Wie das kommen kann? Die Zerstörung, mitten in der Stille, in friedlicher Sonne?« Ernst nickte Ettingen vor sich hin, während da drüben der Staub verdampfte. »Das Schweigen im Walde! – Ja! So redet dieses Bild. Sie hat recht gesehen.«
Die Küchenmagd, der Lakai und die Köchin kamen aus dem Haus gerannt, um zu sehen, was es gegeben hätte. Nur drunten bei der Sennhütte und bei dem Jägerhäuschen zeigte sich niemand. Da trieb die Neugier oder die Sorge keinen vor die Tür. Die waren es gewöhnt, daß das so kommt, so plötzlich. Drum hörten sie es kaum. Kluibenschädl, der sich auf die Matratze gestreckt hatte, um seinen Schwips zu verschlafen, fragte gähnend: »So? Hats wieder kracht?«
»'s wird halt a Trümml abigfallen sein!« meinte Pepperl in seinem Trauerwinkel und fügte mit philosophischem Seufzer bei: »Auf d' Letzt muß alles abi!«

16

Praxmaler machte sich, als der Abend kam, zu einem Pirschgang fertig. Dabei erwachte der Förster, dessen gut ausgeschlafene Laune recht auffällig abstach gegen die trübe Kummermiene des Jägers. »Machst noch allweil a Gsicht wie die Katz, wann's dunnert? Tu dich wegen die drei Hirschen doch net gar so abikränken! Es is ja schön, wann sich a Jager über 's Jagdpech von seim Herrn betrübt. Aber Maß und Ziel muß der Mensch in allem halten! Sei gscheit, Pepperl! Der Herr Fürst schießt schon wieder an guten Hirsch!«

»Ja, wollen wir's hoffen!« seufzte Pepperl und trollte zur Tür hinaus. Die Augen steif in das Blau des Himmels bohrend, ging er an der Sennhütte vorüber.

In der Almstube nahm Burgi gerade Abschied von ihrem nüchtern gewordenen Vater. Sie hatte die Kleider des Alten leidlich wieder instand gesetzt, in dem mürben Zeug alle Löcher geflickt und gab nun dem Vater ein Binkerl guter Lehren mit auf den Weg, wie die Mutter einem Kind, das zum erstenmal wallfahren geht. »Sei z'frieden, Vater! Dein Essen und alles hast ja! Und tu mir d' Fremdenleut net anbetteln auf der Straß. Da hat kein Mensch mehr an Rischpekt vor dir! Und schenkt dir wer an Kreuzer aus Gutigkeit, den muß man doch net stantipeh in d' Wirtsstuben einitragen! Spar dir die paar Nedscherln lieber zamm aufs Gwand! Ja? Tust mir's versprechen, Vater?«

»Ja, ja, ja! Alls versprich ich! Alls!« Der Alte schnaufte, als er die Predigt überstanden hatte und sich endlich drücken konnte. Während er über das Almfeld hinunterwackelte, schielte er zu den Fenstern des Jagdhauses hinauf und murmelte kauend: »Dem Herrn Fürsten – so a Nobliger, ja –, dem hätt ich gern ebbes verexpliziert.«

Burgi blieb auf der Schwelle stehen, bis sie den Vater im Wald verschwinden sah. Dann kehrte sie in die Stube zurück und machte

sich an die Arbeit, still und verdrossen. Als es Abend wurde und die Kühe gemolken waren, mußte sie von der frischen Milch eine Kanne voll hinauftragen in die Küche des Fürstenhauses. Während sie droben um die Ecke verschwand, kam Martin mit dem Förster, den er zum Abendtisch gerufen hatte. Kluibenschädl trat ins Haus, Martin blieb vor der Türe stehen und lauschte gegen den Hof. Schmunzelnd schlich er auf den Zehen an der Mauer hin.
Da kam die Sennerin mit der leeren Kanne zurück.
»Mein schönes Kind?« Und da hatte er sie schon um die Hüfte genommen und wollte küssen. Erschrocken gab sie ihm einen Stoß vor die Brust, und dann kam noch was anderes nach. Das klatschte, daß es an der Mauer ein Echo gab wie von einem Peitschenknall. »Sie lassen mich in Ruh! Gelten S'! Und wann S' Jagdverwalter werden, können S' Ihnere Küh selber melchen! Sie!« Ruhig wischte Burgi am Rock die Hand ab und ging ihrer Wege.
Martin kühlte in seiner Stube das Gesicht mit kaltem Wasser. Aber die Wange brannte ihm noch feuerrot, als er bei der Tafel die Bouillon servierte.
»Martin?« fragte der Fürst. »Was hast du im Gesicht?«
»Es scheint, Durchlaucht, daß ich mir eine Verkühlung zuzog. Ich habe Zahnweh.«
»Gegen Zähntweh weiß ich a Mittel!« fiel der Förster ein. »Da machen S' aus Baumwoll a Kügerl. Dös spießen S' an a Hölzl und nacher zünden S' es an. Wann's halb verbrennt is, löschen S' es aus, und den Rauchen, der aufgeht, den schnupfen S' ins rechte Nasenloch auffi – weil Ihnen der Zahn auf der linken Seite weh tut, wissen S'! Ja, dös hilft!«
Ettingen lachte. »Versuchen kannst du es ja! Aber ich meine, es wird besser sein, du gehst an die Hausapotheke und legst dir etwas Chloroform auf den Zahn.«
Ob Martin das eine oder das andere Mittel versuchte, geholfen hat keines. Bis spät in die Nacht ging er noch immer mit der geschwollenen Backe herum.
Funkelnd standen am tiefblauen Himmel schon die Sterne, als Pepperl nach Hause kam. Die Glieder waren ihm wie zerschlagen, und ohne ans Nachtmahl zu denken, streckte er sich auf die Matratze, auf welcher Kluibenschädl in seinem sorglosen Bärenschlummer schon fleißig die Säge zog. Rücken an Rücken lagen die beiden, und schlaflos seufzte der Jäger nach links in die finstere Stube, während

der Förster nach rechts herum gegen die Holzwand schnarchte. Die Bretter tönten wie ein Geigenboden, wenn die tiefste Saite gestrichen wird.

Am anderen Morgen brachen die beiden zusammen auf, um bei den Steigarbeiten Nachschau zu halten. Als sie gegen Mittag heimkehrten, hörte der Förster von Martin, daß die Durchlaucht ganz allein einen Ausflug zum Sebenwald unternommen hätte und vor Abend nicht heimkommen würde. Zu dieser Nachricht schüttelte der Förster verwundert den Kopf. »Wie kann er denn pirschen? Jetzt in der Sonn? Er wird doch net denken, daß ihm einer von die drei Hirschen ums Mittagsläuten übern Weg lauft?« Sein Staunen wuchs bei der Nachricht, daß der Fürst die Büchse gar nicht mitgenommen hätte.

»Was tut er denn nacher draußen?«

Martin lächelte. »Träumen!« Aber das Lächeln gelang ihm nicht – seine Wange war noch immer ein bißchen gespannt, vom Zahnweh.

Förster Kluibenschädl, um den schönen Hunger, den er heimgebracht hatte, für den guten Abendtisch im Fürstenhaus zu sparen, ging in die Sennhütte hinunter und ließ sich, nur für den Durst, eine Schüssel Milch reichen. Er tat ein paar lange Züge, wobei er an Burgi die Mahnung richtete: »Jetzt kunntst amal wieder an anders Gsicht hermachen! Oder hast so a mitleidigs Herz? Tut's dich kränken, daß der Herr Kammerdiener Zähntweh hat?«

Burgi runzelte die Stirn. »Was hat er?«

»Zähntweh.«

»Auf der linken Seit?«

»Ja, ich glaub!«

»So? Dös is ihm gsund. So a Zähntweh treibt die überflüssigen Hitzen aus.« Mit trockenem Lachen trat sie in die Kammer, während der Förster die Büchse nahm und davonwanderte.

Schwüle Mittagshitze lag über dem Almfeld. Kein Laut, nur das Brunnengemurmel; keine Bewegung, nur über den Dächern das blaue Gekräusel des Rauches.

Auch Pepperl hatte Feuer in seinem Herd gemacht, hatte aber dann das Kochen vergessen. Mit aufgezogenen Knien saß er neben dem Schürloch auf den Dielen. So ›sinnierte‹ er eine Stunde lang vor sich hin. Da hörte er Peitschenknall und das Rollen eines Wagens. Mißmutig erhob er sich und trat unter die Tür.

Eine vierspännige Kutsche fuhr an ihm vorüber, und im Wagen saß eine junge Dame. ›Herrgott, dös muß ebbes Fürnehms sein!‹ dachte

Pepperl, denn sie trug auf dem Hut einen Vogel, wie er seiner Lebtag noch keinen gesehen hatte. Neben der Dame saß ein Herr mit einem Jägerhütl, wie Pepperl auch noch keines gesehen hatte, mit handbreitem, grasgrünem Seidenband und mit einem wahren Ungetüm von Gemsbart. Aber dieser Gemsbart war echt, ohne Zweifel. Darauf verstand sich Pepperl. »Der is seine hundert Gulden wert, ehnder noch mehr!«

Jetzt kam ein Zweispänner. Drin saß ein Diener in Jägerlivree, deren reiche Verschnürung in Pepperl die Vermutung weckte: ›Dös muß der Oberlandesschützenmeister von Tirol sein!‹ An der Seite dieses hohen Würdenträgers saß ein zierliches, bildhübsches Persönchen mit verschmitztem Gesicht und koketten Feueraugen, der Mustertypus einer französischen Kammerjungfer. Beim Anblick des Jägers mit seiner offenen Brust und seinen nackten Knien geriet das kleine Dämchen in einen Aufruhr von Entzücken, kniff ihren Reisegefährten in den Arm und zwitscherte: »Ah, Jean! Voilà un chasseur du prince! Ah! Ah! Un superbe colosse! Ah! N'est-ce pas qu'il est le vrai tyrolien? Un type de la race, et assez joli, pour faire se retourner les femmes dans les rues[1]!«

Sie guckte nach allen Seiten, klatschte wie ein Kind in die Hände und blitzte mit ihren Schwarzaugen wieder den Jäger an.

»Ah! Ah! C'est charmant! C'est drôle, tout ça! Jean! Jean! Nous ferons un tas de bêtise à la campagne[2]!« Und während der Wagen an der Hütte vorüberfuhr, grüßte sie lachend mit dem Handschuh. »Bon jour, monsieur! Bon jour!«

Pepperl riß die Augen auf und wurde rot. Französisch hatte er wohl in der Leutascher Dorfschule nicht gelernt, nicht einmal ordentlich Deutsch. Aber so viel hatte er doch verstanden, um zu merken, was von dieser ›Auslandrischen‹ zu denken war. »Teufi, Teufi, Teufi! Die geht scharf ins Zeug!« Mit dieser Erkenntnis war die Sache für ihn erledigt. Er sah noch den dritten, mit großen Koffern beladenen Wagen vorüberfahren, dann kehrte er seufzend in die Stube zurück, um die Pfanne auf den Herd zu stellen. Dann war's mit seiner

[1]) Ach, Jean, sehen Sie doch, ein fürstlicher Jäger! Und solch ein prachtvoller Riese! Ein echter Tiroler, nicht wahr? Ein Typus der Rasse! Und so hübsch, daß sich die Weiber auf der Straße nach ihm umdrehen müssen.

[2]) Ach, wie reizend! Wie drollig das alles ist! Jean, Jean, wir wollen lustige Streiche nach dem Dutzend machen, hier in der Sommerfrische!

Kocherei wieder zu Ende. Die Wagen kamen vom Jagdhaus zurück, die Kutscher fragten nach der Stallung, und Pepperl mußte sie führen, mußte ihnen helfen. Während er wortkarg das Geschwatz der Kutscher anhörte, kam Mazegger über die Lichtung herauf, blieb vor der Remise stehen und musterte erregt die Wagen. Pepperl sah ihn an und fragte: »Toni! Was hast denn? Bist denn krank? Du schaust ja aus wie a Gspenst!« »So?« Mazegger atmete schwer. »Und die Wagen da? Sind die Damen, die ich gesehen hab, zum Fürsten gekommen?« »Natürlich, zu wem denn sonst?« »Und die schöne Frau, die im Vierspänner war? Wer ist denn die?« »Was weiß denn ich?« brummte Pepperl.
Mazegger stand noch eine Weile und lauschte auf das Gespräch, das die Kutscher im Stall miteinander führten. Sie sprachen von einer ›lustigen Französin‹, von einem ›Kasperl mit Haxen‹ und von einer ›Frau Baronin‹, über die der Postillon des Vierspänners das Urteil fällte: »A säuberers Frauenzimmer hab ich meiner Lebtag noch net gsehen. Was die für Augen hat! Kruzitürken! So eine hätt' der Teufi schicken müssen, wie er den heiligen Antoni hat versuchen lassen!« Mazegger lächelte und spähte gegen das Fürstenhaus hinauf. Als er in seine Hütte trat, warf er die Büchse auf das Bett, verriegelte die Tür und riß mit zitternden Händen das kleine Fenster auf. In der dunklen Stubenecke setzte er sich rittlings auf einen Sessel und legte neben sich das Fernrohr auf den Herd. Durch das offene Fenster konnte er das Fürstenhaus und den ganzen Weg überblicken, der von droben herunterführte zum Fremdenhaus. Er sah den Praxmaler-Pepperl mit einem Kutscher drei rotlederne Koffer ins Fremdenhaus hinuntertragen. Martin erschien mit jenem Herrn, dem der ›unsinnige Gamsbart‹ wie ein Generalsbusch auf dem Spitzhut schwankte. Um die Schultern hatte er einen leichten Staubmantel hängen, offen, so daß man den grün und rehbraun karierten Jagdanzug sehen konnte, dessen Kniehosen sich mit handbreiten Hirschlederborten um die moosgrünen Strümpfe schlossen. In der Hand trug er ein Lederetui, das sich ansah wie eine plattgedrückte Pfanne. Er war von mittelgroßer Gestalt, rund genährt und dennoch von unruhiger Beweglichkeit, mit eigentümlich wiegendem Gang.
Mazegger richtete das Fernrohr und sah durch das Glas ein nicht mehr junges, aber rosiges, vergnügt zufriedenes Gesicht mit großen wasserblauen Augen. Das aschblonde Haar war wellig in die

Schläfen gekämmt, eine dicke Locke stahl sich an der Stirne unter dem Hutrand hervor, und auf den roten Lippen saß ein kunstvoll dressiertes Schnurrbärtchen, das sich kräuselte wie eine zierliche Arabeske.

Martin schien die Gegend zu erklären, und bei allem, was er sagte, ließ der Fremde ein wunderliches Lachen hören, hoch und kichernd wie das Hämmern eines Spechtes.

Nun kamen die beiden über den Weg herunter.

»Ah ja, die Gegend ist wirklich großoatig! So was von Beag! Was? Und schaugn S' den Wald an, Moatin, so was von Grrrünitätt!« sagte der Fremde zwischen Lachen und Getänzel in einer Sprache, die an den Jargon der Wiener Fiaker anklang und manchmal an den Ton der Börse erinnerte. »Aber Aufenthalt und Verpflegungsqualitätt? Schlechte Zensur? Was? Ainigermaaasen prrrimitifff, scheint mir? Nuuuhr für Natuuuhr, fescher Walzer mit Variationen in Moll für Geißtaler Jagdhausgebrauch. Nna, die Jagd, hoff ich, rrreißt alles heraus! Prima? Was?«

»Ja, Herr von Sensburg, die Jagd soll vorzüglich sein. Durchlaucht haben zwar die Pirsch noch wenig frequentiert, aber es ist Durchlaucht doch gelungen, gleich auf dem ersten Pirschgang einen schönen Hirsch –«

»Guten Hirsch!«

»– einen guten Hirsch und bei der nächsten Pirsch zwei kapitale Gemsböcke zur Strecke zu bringen.«

»Aber! Moatin! Sie schröcklicher Keal! Gamsböck hoaßt's! Schenieren Sie sich! Ainigermaaasen mangelhafte Weidmannsbüldung? Was? Hehehehe!«

»Verzeihen Herr von Sensburg – und bitte, wollen Sie mir nicht das Racket zu tragen geben?«

»Ssss! Zucker! Nicht anrühren! So was will getragen sein! Hehehehe! Nna alsdann, zwaa Gamsböck? A la bonheur! Da sind ja die Aussichten großoatig! Sie, Moatin, da mach ich gleich muagen die easte Piasch! Aber an feschen Jager bitt ich mir aus. Bei mir wird schoaf gestiegen! Schoarrfff! Und wann ich am Abend den Gams hambring, bitt ich mir aus, daß a bißl aufgmischt wird in diesem sterilen k. k. Landeswinkel! Hehehehe! Wissen S', was ich haben möcht? So eine zwanglose fête champêtre! Stilvoll mit Erdgeruch! Jager, Holzknecht, Sennerinnen, stramm gwaxene Diandln, Ziederngspüll und Natuajodler, kuaz, was man sagt: eine Hetz! Aber

ächt, das bitt ich mir aus! Kan Salontiroler! Den Wein zahl ich! Crédit en blanc! Wenn's nur eine Hetz wiad! Die Baronin soll sich amüsieren! Hehehehe! Und ich hab eine volkstümlicheAder, ich mische mich gean unter die haiteren Öllemente derer, die dort unten wohnen! Aber sagen S', Moatin, ich hab schon immer da beim Herauffahren diese bucklige Gegend beaugenwinkelt – wo wird sich denn da für ein zivilisiertes Menschenkind ein nur ainigermaaasen brauchbarer Lawn fürs Tennis finden?«
»Ich glaube, dort unten auf der Lichtung, da ist eine ziemlich ebene Stelle.«
»Anschauen!«
Die beiden Stimmen verhallten hinter der Jägerhütte.
Mazegger legte das Fernrohr auf den Herd. Eine Weile saß er regungslos und starrte zum Jagdhaus hinauf. Dann lehnte er sich müde an die Wand zurück und preßte die Handballen in die Augenhöhlen wie einer, der seit Nächten keinen Schlaf gefunden und den die Augen schmerzen.
Eine Stunde verging. Martin, der grünverschnürte Leibjäger und Praxmaler liefen immer hin und her zwischen der Fürstenvilla und dem Fremdenhaus. Droben in der Haustür erschien ein paarmal die kleine Französin, guckte neugierig nach den Jägerhütten oder schwatzte eine Minute mit den beiden Dienern.
Eben standen die drei wieder beisammen, als der Förster über das Almfeld heraufgestiegen kam. Er gewahrte die fremden Leute, schlug ein flinkeres Tempo an und trat an das offene Fenster der Jägerhütte.
»He! Toni!«
Mazegger stand am Tisch und reinigte mit einem Lappen den Lauf seiner Büchse.
»Was sind dös für Leut da droben? Is wer kommen? A Bsuch zum Herrn Fürsten?«
»Ja, mir scheint.«
»Wer denn?«
»Ein Herr Sensburg. Und eine Baronin.« Mazegger wandte das Gesicht über die Schulter. »Die Kutscher sagen, die wär so schön wie der selbige Engel, der grad noch rechtzeitig vom Himmel gefallen wär, um dem heiligen Antoni aus der Versuchung zu helfen.« Die Fäuste des Jägers umklammerten die Büchse. »Sonst wär vielleicht der Teufel Herr über ihn worden!«

»Geh, du Narr, was redst denn da für a Zeug daher!« brummte der Förster. Dann sah er zum Jagdhaus hinauf und kraute sich hinter den Ohren. »So, schön! Jetzt is d' Überraschung da, und der Herr Fürst is net daheim!« Er ging zu seiner Hütte und traf mit Pepperl zusammen, der in gereizter Stimmung war.

»Grüß Gott, Herr Förstner! Und gut, daß S' da sind!« Pepperl trat in die Hütte und griff nach der Büchse. »Ich muß auf d' Abendpirsch!«

»No, no, no! Was hast denn?«

»Schwarze Mucken im Schädel. Die muß ich ausfliegen lassen.«

»Du tust ja grad wie a verliebter Kaplan, der net heiraten därf.«

»So?« Brennende Röte flog über das Gesicht des Jägers. »Kunnt schon sein, daß ich weiß, wie dem z'mut is!«

Kopfschüttelnd sah ihm der Förster nach. Dann ging er zum Stall hinunter. Noch hatte er den Platz nicht erreicht, wo die Wagen standen, als er auf dem Weg, der von der Ache über die Lichtung heraufführte, zwei Reiter auf abgehetzten Pferden kommen sah. Den einen erkannte Kluibenschädl auf den ersten Blick – das war Graf Goni Sternfeldt. Den Hut schwingend, in Freude lief der Förster ihm entgegen. »Herr Graf! Ja, grüß Ihnen Gott, Herr Graf! Wie kommen denn Sie daher?«

Sternfeldt winkte mit der Reitpeitsche und versetzte dem Pferd einen Hieb. Das Tier war ausgepumpt und konnte nicht mehr; es machte nur ein paar kurze Galoppsprünge und fiel wieder in müden Schritt. Der Reiter saß ohne Spur von Ermüdung im Sattel trotz des schweren vierstündigen Rittes und trotz seiner fünfzig Jahre. Er trug einen flachen Strohhut, einen lichtbraunen Sommeranzug von modischem Schnitt und Lackschuhe, alles grau verstaubt – ein Anzug, der eher für einen behaglichen Bummel auf dem Bürgersteig der Großstadt passen mochte.

Der lebhaften Gestalt nach hätte man den Grafen für einen Dreißiger nehmen können. Aber Haar und Bart – ein glattgeschnittener Spitzbart, der das schmale Gesicht verlängerte – waren schon völlig ergraut, beinahe weiß. Die klugen grauen Augen waren von wulstigen Brauen überschattet, das einzig Derbe in diesem vornehm gezeichneten Rassegesicht. Die Anstrengung des Rittes hatte das Gesicht gerötet, dessen ernste Erregung die sarkastischen Linien nicht verwischen konnte, die tief um den feingeschnittenen Spöttermund und um die Augenwinkel gezogen waren.

Ehe das Pferd noch anhielt, sprang er aus dem Sattel und warf die Zügel dem Reitknecht zu, der ihm folgte. »Grüß Sie Gott, lieber Förster!«

»Grüß Gott, Herr Graf!« Kluibenschädl quetschte die Hand, die ihm Sternfeldt gereicht hatte. »Weil S' nur wieder da sind, Herr Graf! Und die Freud, die der Herr Fürst haben wird! An Zwölfender hat er auch schon! Und zwei sakrische Gamsböck!«

Dieser weidmännische Erfolg schien den Grafen nicht sonderlich zu interessieren. Er fragte hastig und erregt: »Der Fürst hat heute Besuch bekommen? Natürlich, da stehen ja die Wagen. Aber sagen Sie mir –« Sternfeldt zog den Förster aus der Hörweite des Reitknechtes. »Wie hat der Fürst diesen Besuch empfangen?«

»Der Fürst weiß noch gar nix von der Überraschung, die heut eintroffen is. Er is net daheim!«

»Nicht daheim? Und daß sie heute kommt? Das wußte er nicht?«

»Net a Wörtl! Na!«

»Gott sei Dank! Und wo ist er?«

»Draußen im Sebenwald. Aber jeden Augenblick muß er heimkommen.«

»Ich muß ihn sprechen, bevor er nach Hause kommt. Welchen Weg müssen wir nehmen?«

»Da über d' Lichtung aussi, durch'n Tillfußer Wald.«

»Und er hat keinen anderen Heimweg? Wir müssen ihn treffen! Sicher?«

»Vom Sebenwald eini, da gibts kein' andern Weg.«

Der Graf wandte sich an den Reitknecht. »Führen Sie die Pferde in den Stall!« Er reichte ihm eine Banknote. »Das gehört Ihnen für die halbe Stunde, die wir gewonnen haben. Aber jetzt sorgen Sie für die Tiere so gut wie möglich! Sie sollen frottiert werden, bis sie völlig trocken sind, und sollen kein Futter und keinen Trunk bekommen, bevor sie nicht ruhige Lungen haben! – Kommen Sie, Herr Förster!«

Während Graf Sternfeldt über die Lichtung hinausschritt gegen den Wald, klopfte er mit der Reitpeitsche den Staub von den Beinkleidern. Und Förster Kluibenschädl murrte: »Sakra! Da muß was los sein! Mir scheint, die Gschicht mit der Überraschung stimmt net ganz!«

17

In lautloser Stille lag der Tillfußer Wald. Unter den Bäumen war tiefer Schatten, doch um die Wipfel glühte noch der Glanz der Sonne, die sinken wollte. Wie goldfunkelnde Riesenmauern, von purpurnen Schattenlinien durchzogen, standen die grellbeleuchteten Berge hinter den Lücken des Waldes.

Auf einem Baum, den der Sturm geworfen hatte, saßen Graf Sternfeldt und der Förster. Nicht weit von ihnen zweigte sich der Pfad – der eine Weg führte zur Jagdhütte im Sebenwald, der andere zur Sebenalpe und zum See. Diesen letzteren Pfad konnte man auf eine weite Strecke übersehen.

Je länger die beiden warten mußten, desto ungeduldiger wurde Sternfeldt.

»Endlich! Da kommt er.« Der Graf erhob sich. »Bleiben Sie, Herr Förster, ich geh ihm entgegen.«

In Gedanken versunken, behaglich schlendernden Ganges, kam Ettingen über den Pfad heruntergeschritten. Sein Hut war rings um die Krempe mit Blüten bedeckt, mit Edelrosen vom Sebensee.

»Heinz!«

Ettingen blickte auf, als könnte er dem Klang dieser Stimme nicht glauben. Da leuchtete ihm die Freude aus den Augen. »Goni! Du?« Er stieß den Bergstock in die Erde und streckte dem Freund die Hände entgegen. »Du? Wahrhaftig? Goni, die Freude, die ich habe! Sagen kann ich das nicht – aber sieh mich an und du mußt es fühlen!«

»Ja, Heinz!« Tiefe Bewegung klang aus der Stimme des Grafen. »So deutlich wie in diesem Augenblick hab ich es noch nie empfunden, daß du mir gut bist!«

»Goni? Hast du je daran gezweifelt?«

»Nein. Aber wer Geld besitzt, will auch wissen, wieviel es wert ist, und freut sich der Stunde, die ihn zählen läßt. Solch eine Zählstunde

war jetzt der Blick in deine Augen! Aber dich so sehen zu dürfen, das hat noch eine andere Freude für mich. Heinz! Was ist aus dir geworden?«
»Ein gesunder, froher Mensch. Das hab ich dem Wald zu danken. Und dir! Du warst es, der diesen herrlichen Fleck Erde für mich ausssuchte. Und du weißt nicht, was du da alles für mich gefunden hast! Ich danke dir, Goni! Aber was machst du denn für Augen?« Lachend beugte Ettingen das Gesicht bis dicht vor die Nase des Freundes. »Ich bin es schon! Wirklich! Ja, ja, ja!«
»Daß du so gesund vor mir stehst, so sonnverbrannt, so lachend? Das allein ist es nicht! An dir ist was Neues. Wär ich dir so in der Stadt begegnet, ohne zu ahnen, daß du da bist, ich glaube, ich hätte dich auf den ersten Blick gar nicht erkannt. Wie ein ganz anderer stehst du da! Und der neue Heinz gefällt mir! Aus deinen Augen redet Leben und Wille zur Freude – nein, jetzt habe ich keine Sorge mehr um dich. Jetzt kann ich dir sagen, warum ich kann. Ich bringe dir eine Nachricht, Heinz! Denke dir – sie ist da!«
»Wer?«
»Aber Heinz! Errätst du denn nicht?«
»Nein! Wer ist da?«
»Diese Frage begreif ich nicht. Aber du hättest mir kein Wort sagen können, das ich lieber gehört hätte als dieses ahnungslose ›Wer?‹ – Die Pranckha ist da. Draußen im Jagdhaus.«
Der Fürst erblaßte. So standen sie eine Weile schweigend voreinander. Dann stammelte Ettingen: »Das ist stark!«
Sternfeldt lachte. »Du weißt doch aus Erfahrung: In Dingen, die stark sind, ist sie groß!«
»Sie kam allein?«
»Gott bewahre! Sie muß den Schein wahren. Um so mehr, da sie ›ehrbare‹ Absichten zu haben scheint.«
»Sie ist mit dir gekommen?«
»Heinz! Das ist eine Frage, die mich verdrießen könnte!«
»Sei mir nicht böse! Ich weiß in meiner Empörung nicht mehr, was ich rede.«
»Empörung? Wirklich? Was dich blaß machte und dir das Blut wieder ins Gesicht treibt? Ist das nur Empörung?«
»Was sonst? Aber ja, Goni, ich will ehrlich sein, es ist noch etwas anderes!« sagte Ettingen mit bebender Stimme. »Was ich jetzt empfinde, ist wie Schmerz. Dieses Vergangene, dieses Häßliche – vor

einer Stunde noch war es so ganz vergessen, als wäre es nie gewesen. Nun steht es plötzlich da vor mir! Ich hatte das Gefühl wie nach einem Bad, als wär ich reingewaschen an Leib und Seele. Und jetzt? – Mir ekelt! – Aber wenn sie nicht allein kam, mit wem kam sie?«
»Mit dem kleinen süßen Mucki.«
»Den soll ich auch noch ertragen?« Ettingen lachte im Zorn. »Die Geschichte fängt an, mich zu erheitern. Aber du? Daß du mit ihnen kamst?«
»Mit ihnen? Nein! Nach ihnen! Gestern mittag brachte mir der biedere Mann, von dem ich in meiner ahnungsvollen Vorsicht ihre Villa überwachen ließ, die Nachricht: Mit dem Frühzug sind sie abgereist, Salonwagen nach Innsbruck. Am Abend saß ich im Coupé, kam heute mittag in Innsbruck an. Drei Stunden früher waren sie vom Hotel Europe abgefahren. Ich erinnerte mich an Shakespeare: Ein Königreich für ein Pferd! Und da bin ich! Und bin neugierig, was du tun wirst? – Nun?«
»Ich bin ratlos, Goni!«
»Ich wüßte dir einen Rat. Aber du befolgst ihn nicht.«
»Ja, Goni! Jeden, den du mir gibst!«
»Dort steht der Förster. Laß dich von ihm nach Ehrwald führen, jetzt gleich! Drunten nimm dir einen Wagen, fahre nach Garmisch, nach München! Oder bleibe in Ehrwald, bis ich dich wieder rufe. Was du brauchst, schick ich dir noch heute hinunter, durch einen Jäger, nicht durch Martin!« Sternfeldt lachte. »So schmerzlich es für dich sein wird, aber von diesem Ehrenmann wirst du dich trennen müssen. Er ist ihr Helfer gewesen.«
»Martin?«
»Ja! Er hat dich neulich auf die Jagd geschickt, und während du fort warst, wurde meine Stube in ein Boudoir für die Pranckha verwandelt! Also? Soll ich den Förster rufen? Und willst du noch ein übriges tun, so schreib mir auf eine Visitenkarte: ›Mache mein Haus rein, Goni, und ich werde Dir dankbar sein!‹ – Willst du?«
»Nein!«
»Siehst du, wie ich dich kenne?«
»Sie ist unter meinem Dach, sie ist mein Gast. Und ich habe diese Frau geliebt. Eine Roheit an ihr begehen, um sie abzuschütteln? Nein! Das kann ich nicht.«
»Roheit? Ich danke für das Kompliment. Aber ich bin nicht gekränkt. Ich vermute sogar, daß du schon morgen für meinen Rat

empfänglicher sein wirst. Du hast sie geliebt, ja! Und daß du von dieser Liebe geheilt bist, das glaub ich auch. Nur die Blindheit ist dir geblieben. Aber ich, Heinz, ich habe diese Person gehaßt. Um deinetwillen! Und der Haß hat Augen. Ich kenne sie. Besser als du. Ohne Gewaltstreich wirst du mit der nicht fertig. Sei vornehm, wohlerzogen, höflich, und in drei Tagen hat sie dich wieder eingefangen.«
»Da irrst du dich.«
»Beweis es mir, und ich leiste dir Abbitte. Aber nun weißt du, daß die beiden unter deinem Dach sind, und deiner vornehmen Seele muß es als Unhöflichkeit erscheinen, liebe Gäste so lange warten zu lassen. Komm!« Lachend ging Sternfeldt auf Kluibenschädl zu. »Na also, lieber Förster, fertig zum Heimweg! Unsere gute Durchlaucht hat über ernste Dinge nachzudenken. Aber wir beide plaudern. Ja? Was macht die Jagd? Und wo ist der Zwölfender gefallen?«
»Droben beim Sebensee, Herr Graf. Und wann S' dös Gweih sehen!«
Sie waren noch nicht weit gegangen, als sie laute Stimmen im Wald vernahmen. Über den Weg, der zur bayerischen Grenze, zur Knorrhütte und zur Zugspitze führte, kam mit Lachen, Schwatzen und Singen eine lustige Touristengesellschaft herunter, vier junge Leute mit dick angepackten Rucksäcken und zwei hübsche Mädchen, zu deren runden, vergnügten Grübchengesichtern die Maskerade des ländlichen Kostüms nicht übel paßte. Pfundweis trugen sie die Blumen auf Hüten und Bergstöcken.
Ob das der richtige Weg nach der Tillfuß-Alpe wäre, fragten sie den Förster.
Nur immer gradaus, und sie könnten nicht fehlen.
Und ob in der Sennhütte für sechs Leute Platz zum Übernachten wäre?
»Natürlich! Auf'm Heuboden halt! Da liegen S' gut!«
Das wirkte auf die heitere Gesellschaft, als hätte man ihr eine köstliche Sache in Aussicht gestellt. Lachend und singend wanderten die jungen Leute davon und begrüßten das Ziel ihres Marsches mit Jauchzern und Jodelrufen, von denen mancher etwas zweifelhaft ausfiel. Das gab Anlaß zu neuer Heiterkeit. Schwatzend musterten sie die Wagen, guckten in den Stall und grüßten einen Kutscher: »Guten Abend, Herr Vetter!« Als sie an Mazeggers Hütte vorüberkamen, blickte eines der Mädchen neugierig durch das offene Fen-

ster in die Stube. Kichernd fuhr die Kleine zurück, winkte ihrer Freundin und flüsterte: »Du, da mußt hineinschauen, da sitzt einer drin, der macht ein Gesicht wie der Hamlet nach dem Monolog: Sein oder Nichtsein!« Als die andere mit lachenden Augen in die Stube spähte, fuhr Mazegger auf: »Was wollen Sie? Machen Sie, daß Sie weiterkommen!« Die Folge war, daß von den jungen Touristen einer nach dem anderen ans Fenster trat und sich höflich verbeugte: »Habe die Ehre!« Und dann ging's mit Gelächter hinunter zur Sennhütte.
Mazegger hatte im ersten Zorn das Fenster zugeschlagen. Als die lustigen Stimmen verklangen, öffnete er die Scheiben wieder und kehrte zu seinem Lauerposten neben dem Herd zurück.
Rittlings saß er auf dem Holzstuhl. Seine Augen schienen nichts anderes zu sehen als Tür und Fenster des Fürstenhauses.
Da schoß ihm das Blut ins Gesicht, und hastig griff er nach dem Fernrohr.
In der Tür des Jagdhauses war Baronin Pranckha erschienen. Während sie über die Stufen herunterstieg in den Hof, stützte sie sich auf die Goldkrücke ihres Spitzenschirmes. Sie trug eine Sportmütze aus schottischer Seide und ein weißes Lodenkleid mit breitem Ledergürtel von schillerndem Kupferglanz. Faltenlos, wie angegossen, umschmiegte der linde Stoff den schönen Frauenkörper, der bei aller Grazie leicht zur Fülle neigte. Der langsame Gang war von weichlicher Geschmeidigkeit; bei jedem Schritt, bei jeder leisen Bewegung der Arme, bei jedem Wenden und Neigen des Kopfes schien der ganze Körper mitbewegt. Und wie dieses Haar in der Sonne schimmerte! Es war nicht blond, nicht rot, es hatte den dunklen Farbenglanz, den sterbende Blätter an einem schönen Herbsttag haben. In seiner kapriziösen Modefrisur, in dem lockeren Gewell, das sich über die Schläfe hinauslegte, umschloß dieses Haar gleich einer leuchtenden Goldhaube ein rundes Gesichtchen, wie von Watteau gemalt, weiß und rot, mit zarten Grübchen und bläulichen Schatten, mit den klar gezeichneten Sicheln der dunklen Brauen und mit heißen Lippen. Diese Farben wirkten wie Natur. Waren sie Kunst, dann verstand sich diese Frau wie eine Meisterin auf das corriger la beauté. Bei der rosigen Frische dieser Farben hatte das Gesichtchen etwas jugendlich Unreifes, fast Kindliches. Dem widersprachen aber die feinen, wie mit der Nadelspitze gezogenen Linien an den Mundwinkeln. Und die Augen! Ihre Farbe war ein erloschenes

Blau. Doch in der matten Iris brannten die großen Pupillen schwarz und feurig wie die Beeren der Tollkirsche.
Und wie diese Augen in nervöser Ungeduld flackerten, während sie beim Hoftor stand, mit der Schirmspitze im Sand wühlte und immer hinunterspähte über den Weg! Dann plötzlich lachte sie mit perlender Stimme, vergnügt wie ein Kind, das in gereizter Laune mit einem Spielzeug überrascht wird.
Sensburg kam über den Weg herauf, ›jagerisch‹ maskiert, mit Joppe, grüner Weste und kurzer Lederhose, mit genagelten Schuhen und mit Wadenstrümpfen, die mit dicker Wolle unternäht waren, um hinter den Knien den ›echten‹ Buckel zu machen. An der Joppe trug er Hirschhornknöpfe, die ein spannenlanges Knopfloch brauchten, und an der Uhrkette baumelten silbergefaßte Adlerklauen, Hirschgranen und Murmeltierzähne. Die Knie mußte er mit irgendeiner Tinktur gefärbt haben; sie waren wie Kastanien so braun. Er ging nach der Art eines Holzknechtes, breitspurig und die Arme schlenkernd.
Mazegger konnte das heitere Lachen der schönen Frau und ihre Stimme hören, als sie in einer fremden Sprache – es war Englisch – dem anderen etwas sagte. Das mußte ein Kompliment gewesen sein, denn der ›Jagerische‹ verbeugte sich geschmeichelt, und um seiner Rolle recht getreu zu werden, versuchte er das Wortkauen eines steirischen Kretins nachzuahmen. Dann fiel er nach ein paar englischen Floskeln wieder in den Wiener Fiakerton und lachte: »So ein Gstell? Was? Is ein Gstell! Eisssen! Und echter man kann nicht! Aber Sie, Baronin? Ausschauen tun S' heint wieder, ich sag Ihnen, Baroninderl, großoatig! Zucker!« Galant umtänzelte Sensburg die schöne Frau und begann mit gustiöser Ausführlichkeit ihre Reize zu preisen. »Und denken, daß diese heazige Schennheit für einen anderen blütt? Das ist schmeazhaft, Baronin, wiaklich schmeazhaft!« Er verdrehte die Augen und seufzte. Um die schöne Frau wieder lachen zu machen, spielte er eine drollige Pantomime als hoffnungslos schmachtender Seladon. Es schien in dieser Posse auch ein Funke von Ernst zu glimmen: die ohnmächtige Sehnsucht eines verliebten Narren, der begehrt, was unerreichbar ist.
Sah sie dieses Flämmchen brennen, und hatte sie Ursache, zu wünschen, daß es nicht erlosch? Lächelnd reichte sie ihm die Hand, an der in der Sonne die Ringe blitzten, und ließ sie küssen. Plaudernd und lachend wanderten sie im Hof des Jagdhauses auf und nieder,

und so oft sie kehrtmachten, tänzelte Sensburg auf die linke Seite der Baronin.
Da sah Mazegger durch das Fernrohr, daß die schöne Frau verstummte. Ihre Züge veränderten und spannten sich, ihre Augen wurden größer. Diese Erregung löste sich in ein bezauberndes Lächeln, als sie mit Sensburg zum Hoftor ging. Im gleichen Augenblick hörte Mazegger die Stimme des Fürsten, der mit Sternfeldt an der Hütte vorüberkam.
Mazegger huschte zum Fenster, kniete auf den Boden nieder und stützte das Fernrohr, damit es in seinen unruhigen Händen nicht zittern konnte. Schwer atmend richtete er das Glas auf das Gesicht der schönen Frau und belauerte jeden Blick ihrer Augen.
Den Grafen schien sie nicht gern zu sehen; als er sich lächelnd vor ihr verbeugte, nagte sie mit den kleinen blinkenden Zähnen an der Lippe. Ganz verwandelt schien sie, als sie auf den Fürsten zutrat, dem Sensburg schwatzend entgegengegangen war. Wie sie da lächelte, wie alles lebte und sprühte in ihrem Gesicht! Und dieser Blick! Wie eine Bitte, welche schenkt, demütig und sieghaft – ein Blick, der zu sagen schien: ›Ich will dich, darum bist du mein!‹
Da verfinsterte sich das Glas, Mazegger sah nichts mehr; und als er aufblickte, stand der Förster vor dem Fenster.
Kluibenschädl machte verblüffte Augen. »Was treibst du denn da? Unsere Herrenleut ausspionieren? So was laß bleiben, gelt! Und Uhr hast wohl keine? Sechse is's! Schau, daß d' in Dienst kommst!«
Wortlos erhob sich Mazegger, schob das Glas zusammen, richtete sich für den Pirschgang und schritt über das Almfeld hinunter. Als er den Wald erreichte, blieb er stehen und blickte nach dem Jagdhaus hinauf. Der Hof war leer, der Fürst und seine Gäste waren ins Haus getreten.
Mazegger nahm den Hut ab und fuhr sich mit der Hand über die Stirn. Es schien, als wäre er ein anderer geworden. Sein Gesicht brannte, und er atmete wie einer, dem eine Kette von den Gliedern fiel. »Die erlöst mich von ihm! Wenn die ihm ihre Augen hinmacht, muß er vergessen! Alles!« Hastig schritt er hinein in den Schatten des Waldes.
Der Förster war zu seiner Hütte gegangen und schürte im Herd ein Feuer an. Er schien zu denken, daß man ihn heute nicht zur Tafel rufen würde. »Schad um den gsparten Hunger!« Aber als er die Pfanne von der Wand herunternahm, erschien Martin in seiner

schwarzen Gala: »Durchlaucht lassen zur Tafel bitten!« Während die beiden hinaufgingen zum Jagdhaus, sagte der Förster: »Sie, Herr Kammerdiener! Ihnen hab ich an ernstlichen Vorhalt z' machen. Einige Andeutungen des Herrn Grafen Sternfeldt lassen mich vermuten, daß Sie mich, wie man zu sagen pflegt, über den Löffel balbiert haben – mit derselbigen ›Überraschung‹! Ich muß mir so was für die Zukunft entschieden verbitten! Söllene Sachen mag ich net.«

Martin erwiderte kein Wort. Er warf nur einen scheuen Blick zu den offenen Fenstern des Speisezimmers hinauf, wie in Sorge, daß irgend jemand die geharnischte Erklärung des Försters gehört haben könnte. Es war überhaupt in seinem Wesen etwas Ängstliches, als hätte er die Ahnung, daß ihm heute noch eine Unbehaglichkeit bevorstünde.

Sie traten ins Haus.

Von den Stimmen bei der Tafel drang nur ein undeutlicher Hall in den Hof herunter. Am besten unterschied man die Stimme des Edlen von Sensburg, der das große Wort zu führen schien. Häufig hörte man auch ein helles, perlendes Lachen. Die Fiakerspäße des ›kleinen süßen Mucki‹ schienen die schöne Frau in heitere Laune zu versetzen. –

Je ruhiger der schöne Abend um die Mauern des Jagdhauses dämmerte, desto lauter ging es drunten in der Sennhütte zu, in der sich die junge Touristengesellschaft gemütlich eingerichtet hatte. Vergnügtes Schwatzen wechselte mit Gesang, lustiges Kreischen mit lautem Gelächter, und dazu klimperte und klang eine Zither.

Als es dunkel wurde, kehrte Pepperl von der Pirsch zurück. Lange stand er vor der Tür des Försterhäuschens und lauschte zur Sennhütte hinunter, bis er wütend vor sich hin brummte: »So a Madl! Daß die doch allweil ihr Gaudi haben muß! Mit ander Leut!« Seufzend trat er in die Hütte, legte sein Jagdzeug ab und setzte sich vor die Tür.

Wenn in der Sennhütte die jungen Stimmen recht übermütig durcheinanderschrien, drückte Pepperl die Hände über die Ohren.

Es war finstere Nacht geworden, als Martin mit einer Laterne über den Weg herunterkam, um Herrn von Sensburg zum Fremdenhaus zu führen.

Ein paar Minuten später erschien der Förster und hörte von der Sennhütte her das Singen und Jodeln. Fast wäre er in der Finsternis

über Pepperls Beine gestolpert. »Geh, du Leimsieder! Was hockst denn da in der Nacht? Wo's so lustig zugeht bei der Burgi drunt! Mach weiter, geh a wengerl abi und tu dich unterhalten. Brauchen kannst es, du mit deiner maulhenkolischen Traurigkeit allweil!«
Pepperl war ein allzu gehorsamer Jäger, als daß er einem so klaren Befehl seines Vorgesetzten hätte widersprechen können. »No ja, wann S' meinen, es muß sein, in Gotts Namen, geh ich halt abi!«
»Aber bleib net z'lang! Morgen in der Fruh um fünfe mußt mit'm Herrn von Sensburg zur Gamspirsch auffi!«
»Mit dem? Da dank ich schön! Vor dem laufen die Gamsböck auf tausend Schritt davon! Wo soll ich denn hin mit ihm? Zum Sebensee?«
»Na, na! Grad hats der Herr Fürst gsagt: Überall kann er hingehn, bloß net zum Sebensee. Gehst halt hin, wo d' meinst, er verdirbt nix. Und schießen kannst ihn lassen, auf was er mag. Treffen tut er eh nix, der! Aber jetzt geh, Pepperl, und sei vergnügt!«
»No ja! Meintwegen!« Pepperl seufzte, als wäre für ihn der Weg zur lustigen Sennhütte eine ›viel härtere Sach‹ als die Gemspirsch, die ihm für den kommenden Morgen drohte. Stolpernd verschwand er in der Nacht.
Der Förster zündete in der Hütte die Lampe an. Da hörte er einen Wagen kommen. Es war ein Einspänner aus Innsbruck, der das Gepäck des Grafen brachte. Kluibenschädl lief zum Jagdhaus hinauf. Am Wohnzimmer des Fürsten mußte er ein paarmal pochen, bis man ihn hörte – so erregt, wenn auch mit gedämpften Stimmen, wurde da drin gesprochen.
Als der Förster den von einer großen Lampe erleuchteten Raum betrat, saß Graf Sternfeldt in einem Fauteuil, und Ettingen stand mitten im Zimmer. So hatte Kluibenschädl seinen Herrn noch nie gesehen, mit dieser Zornader auf der Stirn, mit diesen blitzenden Augen. »Ich bitt um Vergebung, Duhrlaucht, aber ich hab nur dem Herrn Grafen melden wollen, daß seine Sachen eintroffen sind.«
Ettingen nickte, als hätte er nicht recht gehört. Und zum Fenster tretend, preßte er die Hand an seine glühende Stirn.
»Ja, lieber Förster, ich danke Ihnen«, sagte Sternfeldt und erhob sich, »lassen Sie drunten im Fremdenhaus die Sachen einstweilen in mein Zimmer schaffen, ich komme gleich. Es ist Zeit für mich, daß ich mich aufs Ohr lege. Ich bin müd und merke, daß ich meinen alten Knochen mit diesem Ritt mehr zugemutet habe, als ihnen lieb ist.

Na, hoffentlich schlafe ich heut in meinem delogierten Bett so gut, als ob es noch an seinem alten Platz stünde.« Lachend trat er zum Schreibtisch und brannte eine Zigarre an. »Also, lieber Förster, ich komme gleich.«
Kluibenschädl streifte zum Abschied seinen Herrn mit einem scheu besorgten Blick.
Eine Weile war's still im Zimmer. Ettingen blickte durch das Fenster in die sternhelle Nacht hinaus. Obwohl die Scheiben geschlossen waren, konnte er den heiteren Spektakel hören, den die junge Gesellschaft drunten in der Sennhütte trieb.
Sternfeldt blies den Rauch seiner Zigarre vor sich hin und betrachtete das erlöschende Zündholz, als wäre er neugierig, wie lang der kleine Funke, der von der Flamme zurückgeblieben, noch glimmen würde.
Ettingen, an die Auseinandersetzung anknüpfend, in der sie durch den Eintritt des Försters unterbrochen wurden, sagte: »Von allem, was du mir vorgehalten, kann ich kein Wort widerlegen. Aber versetze dich in meine Lage, Goni! Sie sind meine Gäste. Das bindet mir die Hände. Auch wenn ich mir hundertmal sage: Ich habe sie nicht gerufen. Das Zusammenleben mit diesen beiden empfinde ich selbst wie etwas Unerträgliches. Und du hast recht, am leichtesten wäre da mit einem rücksichtslosen Wort ein Ende gemacht. Aber das bring ich nicht fertig. Ich kann meine Natur nicht auf den Kopf stellen. Damit mußt du rechnen.«
»Ja, ich habe in meiner Rechnung einen Fehler gemacht. Während ich da heraufritt, daß mir und dem Pferd der Atem ausging, hab ich mit jeder Eigenschaft in dir gerechnet, nur nicht mit deiner Höflichkeit. Die ist zu klassischer Vollendung ausgebildet. Wäre ich ein Dieb, ich würde bei dir einbrechen. Da wäre ich eines liebenswürdigen Empfanges sicher. Sollte dir der unhöfliche Gedanke kommen, mich aus dem Haus werfen zu lassen, dann dürfte ich nur sagen: Mein Herr, ich bin unter Ihrem Dach und fühle mich als Gast! Tableau! Und ich würde an deiner Tafel sitzen und bekäme von dir die Schüssel gereicht wie heut die Pranckha.«
»Du marterst mich! Laß diese Scherze!«
»Ich? Scherzen? Mir ist so ernst, wie einem Menschen nur sein kann, der einen Freund in Gefahr weiß.«
»Gefahr? Ach, geh doch!« erwiderte Ettingen fast unwillig. »Ich fühle mich an Leib und Seele so frei, als hätte mich nie ein Wunsch

meiner Sinne an diese Frau gefesselt. Sie ist mir so völlig fremd geworden, daß ich sie ansehen und mich erschrocken fragen kann: Wie war's nur möglich, daß ich sie geliebt habe? – Was fürchtest du also?«

»Ihre Schönheit! Denn schön ist sie. Das muß ich ihr lassen. Und noch etwas anderes macht mich unruhig, deine Erregung. Wenn du deiner so sicher bist, weshalb diese Erregung? Das versteh ich nicht.«

Ettingen antwortete nicht gleich. »Ja, du hast recht! Ich könnte doch wirklich die Posse, die mir diese beiden Menschen ins Haus brachten, mit kalter Ruhe an mir vorüberspielen lassen! Und doch ist ein Aufruhr in mir –«

»Ja, Heinz, in dir ist etwas, das sich meinem Blick verschließt. Und das beunruhigt mich. Es ist da noch etwas anderes als nur dein Widerwille, den du übrigens bei Tisch zur Genüge merken hast lassen trotz deiner Höflichkeit als Wirt. Der süße Mucki war blind dafür. Dem geht nicht so leicht was durch die dicke Haut. Aber sie hat gemerkt, wie sie dran ist. Der erste, lächelnde Empfang, den sie dir bereitete, ließ mich vermuten, daß sie dich in aller Liebenswürdigkeit ein Paar Wochen blockieren will, um dich im Anblick ihrer Reize knusprig zu rösten. Nun wird sie ihre Taktik ändern. Sie weiß, daß deine Höflichkeit mit dem Ekel kämpft, und da ist sie klug genug, um diese Stimmung in dir nicht wachsen zu lassen. Sie wird die gründliche Aussprache, die du bei deiner vornehmen Gastlichkeit gerne vermeiden möchtest, so rasch wie möglich herbeiführen.«

Ein sarkastisches Lächeln. »Vielleicht schneller, als du denkst! Mit einem Gewaltstreich, den ich ihr zutraue.«

»Was meinst du damit?«

»Das soll ich dir noch erzählen?« Sternfeldt lachte. »Nein, lieber Heinz!« Er zerdrückte die Zigarre in der Aschenschale und trat vor Ettingen hin. Jeder spottende Zug war ausgelöscht in seinem Gesicht. »Du bist erregt! Mach draußen in der kühlen Nacht noch einen Bummel! Oder – auf deinem Schreibtisch liegt der Quartalsbericht deines Verwalters – setz dich heute noch drüber, Heinz! Da hast du drei, vier Stunden nüchterne Arbeit. Das wird dich beruhigen.« Wieder lächelte er. »Dann gehts ja auch auf den Morgen zu. Ja, Heinz? Willst du das?«

Ettingen reichte dem Freunde die Hand, ohne ein Wort zu sagen.

»Na also, ruhige Nacht!«

Dunkle Röte war dem Fürsten ins Gesicht gestiegen, als hätte er jetzt verstanden, wie der Rat des Freundes gemeint war.
»Goni? Du denkst nicht gut von mir!«
»Von dir? Doch, Heinz!« Sternfeldt lächelte. »Aber von ihr nicht.«
Er wollte schon die Tür öffnen. Der Ausdruck seiner Züge verriet, daß er mit einem Entschluß kämpfte, der ihm nicht leicht wurde. Und dann erwachte in seinen ernsten Augen ein Blick von so mildem Feuer, daß Ettingen betroffen zu ihm aufsah.
Sternfeldt hob den linken Arm und streifte die Manschette zurück. »Sieh her, Heinz, was ich habe!« Er trug am Handgelenk eine Goldkette mit kleinem Medaillon. »Ein Talisman, den ich seit fünfzehn Jahren trage! Es hat eine Zeit gegeben, in der ich ein Spielzeug jeder Stunde war, die mir das Blut heiß machte. Dann kam eine Wandlung über mich, es ist rein in mir geworden, klar und still. Seit damals trag ich diese Kette. Der Talisman, den die Kapsel enthält, hat mich seit fünfzehn Jahren vor aller Häßlichkeit des Lebens bewahrt. Und dieser Talisman hätte auch Macht über dich. Ich möchte ihn dir geben. Aber ich kann die Kette nicht abnehmen, sie ist angeschmiedet an meinen Arm – weißt du, ich will sie mitnehmen auf meinen letzten Weg. Aber willst du nicht sehen, was die Kapsel enthält?« Er trat zum Schreibtisch und hielt den Arm in das Licht der Lampe. »Komm her, Heinz!«
Schweigend öffnete Ettingen die goldene Kapsel und sah in ihr das Miniaturbild einer Frau, noch schön, obwohl sich schon graue Fäden in das Braun der welligen Haare mischten, mit ernsten, ruhigen Augen und einem Leidenszug um den lächelnden Mund.
»Das Bild meiner Mutter?«
»Das sagst du wie in Schreck? Daß ich deine Mutter liebte, hast du das nie geahnt?«
»Und meine Mutter?« stammelte Heinz.
»Sie war mir gut. Ich glaube, sie wäre glücklich geworden an meiner Seite. Aber sie war glücklich, auch ohne mich. In ihrer Liebe zu dir. Und sie wies mich ab, weil sie ganz ihrem Sohn gehören wollte. Aus dir einen Mann zu machen, frei, glücklich und stolz – mehr wollte sie nicht von ihrem Leben. Dafür konnte sie jedes Opfer bringen, auch das Opfer ihres Frauenherzens. – Heinz, verpflichtet solche Liebe nicht? Und begreifst du nun meine Sorge um dich? Soll deine Mutter umsonst gelebt haben?«
»Goni –«

»Nein! Jetzt wollen wir nicht weiterreden. Nachdem ich dir das gesagt habe, gibt es kein Wort mehr!« Sternfeldt legte die Hände auf Ettingens Schultern. »Gute Nacht, Heinz!« Dann ging er.
Ettingen blieb in einer Erregung zurück, die ihn erschütterte bis ins Innerste. Da weckte ihn ein Geräusch im anstoßenden Raum. Eine Furche grub sich in seine brennende Stirn. Als er die Tür des Schlafzimmers aufstieß, gewahrte er den Lakai, der das Bett für die Nachtruhe seines Herrn bereit gemacht hatte und mit einem Sprühflakon durch das Zimmer ging, um ein schwül duftendes Parfüm in die Luft zu stäuben. »Was machen Sie da?« fragte Ettingen mit erzwungener Ruhe. »Ich habe Sie nicht gerufen.«
»Bitte, Durchlaucht«, stotterte Martin, »mein Dienst –«
»Dienst? Bei mir? Ich habe Grund zu vermuten, daß Sie im Dienst der Baronin Pranckha stehen. Fremde Dienerschaft will ich für meine Person nicht belästigen. Sie können gehen. Morgen wird Praxmaler den Dienst bei mir übernehmen.«
Mit aschfahlem Gesicht verbeugte sich Martin, und während er aus dem Zimmer ging, riß Ettingen das Fenster auf. Die frische Nachtluft hauchte in den schwülen Raum und trieb, als die Tür geöffnet wurde, den süßen Wohlgeruch in den Flur hinaus und hinter dem Lakaien her, dessen Frackschöße in der Zugluft wehten. Eine Weile stand Martin ratlos, mit geballten Fäusten. Da sah er die kleine Französin aus dem Zimmer der Baronin treten und hörte sie noch sagen: »Je vous souhaite la bonne nuit, madame[1]!«
Lautlos huschte er auf das Mädchen zu: »Mam'zell Fifi?«
»Hein?«
Ob die Baronin noch zu sprechen wäre?
Für den guten treuen Martin? Gewiß.
Er pochte an die Tür.
»Entrez!«
Martin trat ein. Als er einige Minuten später das Zimmer wieder verließ, schien seine Sorge beschwichtigt. Er trug die Nase hoch und lächelte. Während er über die Treppe hinunterstieg, hörte er das kichernde Gezwitscher der Französin.
Sie stand mit Sensburgs Leibjäger im Hof. Der heitere Lärm, der von der Sennhütte heraufklang, reizte ihre Neugier. »Je veux voir ça, moi[1]!«

---

[1]) Ich wünsche der gnädigen Frau gute Nacht.

Zu diesem Wunsche zuckte Martin hoheitsvoll die Schultern. Der ‚Stall' dort unten wäre kein Aufenthalt für ›feine Leute‹ – in ›solche‹ Gesellschaft könnte man unmöglich gehen, ganz unmöglich.
Fifi verzog das hübsche Mäulchen und lachte. »Moi, ça m'est bien egal, qu'on puisse y aller ou pas y aller. Vous m'y conduiserez, n'est-ce pas, Jean[2]?«
»A votre service, mam'zelle!« erwiderte der Leibjäger galant und bot ihr den Arm.
Während Martin seine Stube aufsuchte, wanderten die beiden kichernd über das Almfeld hinunter.
Droben am Himmel schneuzte sich ein Stern, und gleich einer dünnen Feuerrute fuhr's über die Berge hin.

---

[1]) Das will ich sehen.

[2]) Mir ist das ganz egal, ob man da hingehen kann oder nicht. Sie werden mich hinführen, Jean, nicht wahr?

18

Einige Stunden früher.
Es dämmerte über dem Tal der Leutasch, und vom Kirchturm tönte der Abendsegen über die stillen Häuser hin und hinaus über die von zartem Nebel behauchten Wiesen. Auf der Straße lag schon die Ruhe des schläfrig gewordenen Tages. Nur ein paar junge Burschen stapften mit ihren qualmenden Pfeifen an den Zäunen entlang, manchmal nach einem Fenster spähend, hinter dem ein Licht brannte.
Da kam ein Jäger hastigen Ganges durch das Dorf herunter. Mazegger. Keuchend ging sein Atem, und in Unruhe blickte er über die Straße aus. Sein Schritt verzögerte sich, je näher er dem Hause der Frau Petri kam. Um das Klappen seiner Schuhe verstummen zu machen, trat er in den mit Gras bewachsenen Straßengraben hinunter. Als er den Zaun des Hauses erreichte, das vom Duft seiner Blumen umflossen war, duckte er sich und schlich an der Holunderhecke hin, um eine Lücke zu finden, durch die er in den Garten blicken könnte.
Am Hause waren die Fenster der Wohnstube schon erleuchtet. Man sah durch die hellen Scheiben in den friedlichen Raum mit seinen Bildern und Geräten und sah, wie Frau Petri den Tisch deckte und die Tassen stellte.
Dunkler und dunkler sank die Dämmerung über Haus und Garten. Zwischen den Beeten klang die Stimme Los: »Zwei Kannen noch, dann wirds genug sein.«
Am Brunnen klapperte der Schwengel, das Wasser plätscherte, im Kies knirschten die Schritte der Magd, und nun ließ sich das leise Brausen des über die Blumen fallenden Sprühregens vernehmen.
Dann war's still im Garten.
Während die Magd das Gerät und die Kannen in der Tenne ver-

wahrte, machte Lo einen Rundgang um die Beete und durch den Obstgarten. In einem Sommerhäuschen, das dicht am Zaun auf einem kleinen Hügel stand, ließ sie sich nieder.
Da klang eine gepreßte Stimme über den Zaun: »Guten Abend, Fräulein!«
Lo sah über der gestutzten Holunderhecke das bleiche Gesicht mit den funkelnden Augen. Sie verließ das Sommerhäuschen. »Guten Abend!« sagte sie, wie man einen Fremden grüßt, und ging auf das Haus zu.
Der Pfad führte am Zaun entlang, und so konnte Mazegger über der Hecke draußen gleichen Schritt mit ihr halten.
»Aber eilig haben Sie's heut!« Der Jäger lachte. »Ich bin halt nicht der ander mit'm Krönl im Schnupftuch! Da tät sichs freilich rentieren, daß man stehen bleibt. Da hätt' man Zeit eine ganze Nacht lang. Wie draußen beim Sebensee. Gelt, ja?«
Schweigend folgte Lo ihrem Weg.
»Ich komm von Tillfuß. Da sollten Sie doch ein bißl neugierig sein, was los ist bei Ihrem hochgeborenen Courschneider! Könnt sein, daß ich was zu erzählen hätt'. Wirklich? Gar nicht neugierig?«
Er wartete auf Antwort. Vergebens.
Nun lachte er wieder, gallig und rauh.
»Jetzt kommt er so bald wohl nimmer zum Sebensee! Jetzt hat er keine Zeit mehr – für Sie! Heut hat er Besuch bekommen. Und was für einen! Eine Baronin. Billiger tut er's nicht, wenns ernst wird. Ich hab mir allweil gedacht, es gäb nichts Schöneres auf der Welt, als Sie sind. Aber die! Aaah! Was die für ein Lachen hat! Und wie sie ihn frißt mit ihren sündschönen Augen! Da müßt der ägyptische Joseph drüber stolpern. Und Joseph ist der doch keiner! Gelt? Die vornehmen Herren, die haltens gern mit der Abwechslung. Heut Butterbrot und Sebenseeblümln, morgen wieder Salami mit Pfeffer.«
Lo hatte den Pfad verlassen. Quer durch die Wiese schritt sie auf das Haus zu. Was der Jäger ihr nachrief, verstand sie nicht mehr. Nur sein Lachen hörte sie noch.
Als sie zur Haustür kam, mußte sie sich an die Mauer stützen. Diese Schwäche währte nicht lang. Ruhigen Schrittes trat sie ins Haus. Lichtschein fiel aus der Küche in den Flur und über die Bilder hin, welche die Mauer bedeckten.

Während Lo zur Stube ging, berührte sie eines der Bilder mit der Hand, als wäre das Trost und Kraft für sie: die Leinwand zu fühlen, auf der ein reiner und schöner Gedanke ihres Vaters Form und Farbe gewonnen.

Nun trat sie in das helle Zimmer, in dem Frau Petri noch mit dem Tisch beschäftigt war.

»Heut kommst du früher als sonst. Bist du draußen schon fertig?«

»Ja, Mutter. Mit allem.«

Beim Klang dieser Stimme blickte Frau Petri betroffen auf. Sie sah das weiße, vom Schmerz berührte Gesicht, die verstörten Augen, und fragte erschrocken: »Kind? Was hast du?«

»Nichts!«

»Das sagst du mir und kannst mich doch nicht ansehen dabei.« Vor Sorge zitterte die Stimme der alten Frau. »Kind?«

»Ich bin erschrocken. Draußen im Garten, dicht vor meinen Füßen kroch eine Natter über den Weg.«

»Nein! Das hätte mich erschrecken können. Nicht dich! Vor einem Tier zu erschrecken, das nur unschön ist, nicht gefährlich, das ist nicht deine Art. Sag mir, was du hast! Und sieh mich an!«

Ein Lächeln erzwingend, hob Lo die Augen.

»Kind! Ich fühle doch, daß es nur ein Gleichnis war, was du vorher von der Natter sagtest. Draußen im Garten ist etwas geschehen, was dich kränkte. Das war so abscheulich, daß du es deiner Mutter nicht sagen magst. Ich kann mir's denken! Ein dummer oder böser Mensch wird ein Wort gesprochen haben, das etwas in dir verletzte, was dir lieb und heilig ist.«

»Ja, Mutter! Etwas, an das ich glaubte, wie ich an den Vater glaube und an dich!«

»Gelt, ich habs erraten?« Frau Petri atmete, als läge ihr ein Stein auf der Brust. »Schon die ganze Zeit her – und was mir gestern der Bub erzählte, vom Jagdhaus – Kind, ich bitte dich, diese Sorge mußt du mir ausreden! Gelt, nein? Es ist nicht so, wie ich fürchte? Wenn ich recht hätte mit meiner Sorge, das wäre ein Unglück für dich und für uns alle! – Kind?«

Lo wollte sprechen und brachte kein Wort über die Lippen. Auf die Holzbank niedersinkend, brach sie in Schluchzen aus.

Schweigend setzte Frau Petri sich an die Seite ihres Kindes, nahm die Weinende in den Arm und streichelte ihr das Haar.

Noch ehe Frau Petri sprechen konnte, hatte Lo ihre Fassung wiedergefunden. Sie trocknete die Augen, und nur noch ein schmerzliches Lächeln irrte um ihren Mund, als sie ruhig sagte: »Mutter! Wir müssen fort von hier.«

»Fort?«

»Ja. Weil ich ihn liebe.«

»Ach, Gott!« stammelte die alte Frau. »Was ist über mich schon alles gekommen! Und jetzt auch das noch! Mein Kind muß ich leiden sehen und kann ihm nicht helfen. So ein Unglück!«

»Nein, Mutter!« Lolos Augen leuchteten in stillem Glanz. »Was ich fühle, ist das Herrlichste eines Menschenherzens. Es wird mein Leben erfüllen wie die Sonne einen klaren Tag. Ist Liebe weniger schön und reich, weil sie nicht hoffen darf? Kein Unglück, nein! Was ich fühle, ist Glück. Nur Zeit mußt du mir vergönnen, um mich wieder zu finden, um so stark und mutig zu werden, daß ich ihm ruhig begegnen und verbergen kann, was in mir brennt. Nur deshalb will ich fort. Ein paar Wochen. Ich bitte dich, Mutter, tu mir das zuliebe!«

»Ja, Kind! Alles, was du willst. Und wohin möchtest du?«

»Das war immer eine Sehnsucht in mir: Vaters Heimat kennenzulernen, das Haus zu sehen, in dem er geboren wurde.«

»Ja! Da reisen wir hin.«

»Und dann, Mutter, gehen wir nach München.«

»München?« Vor den Augen der alten Frau erwachte bei diesem Wort das Bild ihrer bittersten Lebensjahre. Wie scheue Abwehr klang es aus ihrer Stimme: »Kind?«

»Das müssen wir, Mutter! Was wir über Vater erfuhren, hat eine Pflicht auf uns gelegt. Die Welt soll die Schätze sehen, die unser Haus umschließt, und soll lieben lernen, was Vater unter diesem Dach geschaffen hat. Deshalb müssen wir nach München.«

»Ich seh es ein. Das sind wir seinem Namen schuldig. Aber – ach, Lo! Wieder hinein in den alten Kampf und in die neue Sorge! Und es war so friedlich hier. Bei unserem Erinnern und bei seinen Blumen!«

Lo legte den Arm um den Hals der Mutter. »So wird es auch bleiben, immer! Wenn wir heimkehren, werden wir nur reicher sein um eine Freude.«

»Gott solls geben!« Frau Petri seufzte; ihr Herz wurde nicht leichter. Sie hatte es verlernt, an die Hoffnung zu glauben. Als nach allem Kampf der früheren Jahre die Ruhe gekommen war, hatte sie diesen Frieden nicht recht genießen können, weil sie immer fürchten mußte, er wird nicht dauern. Hatte sie nicht recht gehabt mit dieser Furcht? Noch war die Trauer um ihren Mann nicht still geworden. Und da kam nun das wieder! Der hoffnungslose Schmerz ihres Kindes. Und was würde dann kommen? Was stand ihr noch alles bevor an Leid und Weh? »Ach, ja!« Die Hände fielen ihr schwer in den Schoß. »Wann willst du reisen?«

»Sobald der Bub wieder wohl ist. Und morgen will ich hinausreiten zum See, nur über die Nacht, um da draußen alles in Ordnung zu bringen für den Winter. Auch dürfen wir die Blumen in den heißen Sommerwochen nicht ohne Pflege lassen. Ich will den Sebener Senn ersuchen, daß er die Arbeit übernimmt.«

»Ja, das mußt du tun! Seine Blumen – das war sein letztes Wort – die dürfen nicht leiden.«

Nun schwiegen sie, als wäre alles zu Ende gesprochen.

»Noch eines, Mutter!« Lolos Wangen färbten sich. »Der Fürst –« Ihre Stimme schwankte bei diesem Wort. »Die Freude, die er uns brachte mit dieser Nachricht – das müssen wir ihm danken! Ich meine, wir sollten ihm eines von unseren Bildern schicken. Als Erinnerung an den Vater. Und an alles andere.« Ein mildes Lächeln verschönte ihren Mund. »Meinst du nicht auch?«

»Wenn du willst. Welches meinst du?«

Da rief die Magd in die Stube herein: »Ich bitt, der Gusterl gibt kei Ruh nimmer, 's Fräuln soll kommen!«

Lo erhob sich, zog die alte Frau zu sich empor und umschlang sie. »Sei ruhig, Mutter! Sorg dich nimmer! Der Vater hat mich erzogen zu seinem starken Kind. Und was ich dir sein kann, das sollst du haben an mir!« Sie verließ die Stube. Erst ordnete sie noch in der Küche die Teeplatte und sagte zu dem Mädchen: »Trag nur alles gleich hinein! Muttl hat schon so lange warten müssen.«

Als sie durch die Schlafstube der Mutter ging, fiel aus dem anstoßenden Zimmer der Lampenschein und erleuchtete eine Bilderwand. Lolos Blick begegnete jener Leinwand mit dem Hermeskopf, mit der weißen Marmorsäule des jugendlichen Gottes, dem eine Natter auf die Schulter kriecht. Ekel und Grauen sprechen aus seinem Gesicht, doch seine Brust ist angewachsen an den unbeweglichen Stein, und er hat keine Arme, um die giftige Häßlichkeit von sich abzuwehren. »Das soll er haben!« Zitternd, in einem Sturm von Empfinden nahm Lo das Bild von der Wand und küßte die Stirn des schönen Gottes.

Da klang die Stimme des Bruders: »Lo? Was machst du da draußen? Komm doch zu mir!«
Sie gab das Bild wieder an die Wand und trat in die kleine Stube. Das verpflasterte Gesichtchen vorgebeugt, saß Gustl in den Kissen. »Lo, jetzt eben hab ich probiert, ob ich marschieren kann. Es geht schon ganz famos. Morgen darfst du mich aufstehen lassen.«
Sie trat zum Bett. »Morgen? Nein, Bubi, morgen mußt du noch liegenbleiben.«
»Also übermorgen! Darf ich dann auch bald ins Jagdhaus? Er hat mich doch eingeladen. Übrigens, weißt du, ich hab so was wie eine Ahnung. Gib acht, Lo, morgen kommt er.«
Damit der Bruder ihre Erregung nicht sehen möchte, ging sie zum Fenster, das noch offen stand.
Verwundert sah Gustl zu ihr auf. »Aber Lo?«
»Ich will das Fenster schließen, die Nacht wird kühl.«
Ihre Stimme erlosch – draußen über der Hecke sah sie einen Menschen stehen, regungslos in dem trüben Dunkel. Ruhig schloß sie das Fenster und zog die Gardinen vor.
Der auf der Straße draußen lachte leise. Dann schritt er durch das finstere Dorf, dem Geißtal entgegen.
Es ging auf elf Uhr, als Mazegger die Tillfußer Alm erreichte. Zitherklang, Gesang und Lachen tönten aus der Sennhütte. Das Jagdhaus stand noch mit hellerleuchteten Fenstern, nur das Speisezimmer war dunkel. Und im Försterhäuschen wurde just die Lampe ausgeblasen.
Während Mazegger an der Sennhütte vorüberging, warf er einen gleichgültigen Blick in die offene Tür, durch die es herausquoll wie roter Feuerdampf.
Zigarrenrauch und Staub, den die tanzlustigen Paare aufgewirbelt hatten, erfüllten den großen Raum. Ein festes Feuer flackerte auf dem Herd, und über dem dichtbesetzten Tisch, in einem Mauerring, brannte eine Kienfackel. Einer der jungen Touristen spielte mit wenig Kunst aber mit vielem Eifer die Zither, die anderen sangen und tranken, schwatzten und lachten. Nur die Wirtin hielt sich abseits von dem fidelen Spektakel. Mit rotem Gesicht und gerunzelten Brauen stand Burgi neben dem Herd und warf ein Scheit ums andere ins Feuer, als gält es, eine Höllenlohe für eine dem Bratspieß verfallene Sünderseele anzuschüren. Sie trat nur zum Tisch, wenn sie ein leergewordenes Glas wieder zu füllen hatte. Und dann mußte

sie in den Keller hinunter, wo das Fäßlein mit dem roten Spezial schon bedenklich hohl erklang. Was ihre gallige Laune am meisten zu reizen schien, das war, daß sie den Weg in den Keller besonders häufig für den Praxmaler-Pepperl machen mußte. Der schien den Schwur der Nüchternheit, den er beim Sebensee seinem Jagdherrn geleistet hatte, völlig vergessen zu haben. Zwei Liter hatte er schon hinuntergegossen in seine aufgeregte Seele, und jetzt eben schrie er zum neuntenmal: »He, Sennerin! Noch a Viertele!«

Abgewandten Gesichtes stellte ihm Burgi den frischgefüllten Schoppen hin. Während sie zum Herd ging, warf sie einen Wutblick über die Schulter. Nicht auf den Praxmaler-Pepperl. Die Zornglut dieses Blickes galt der kleinen Französin, deren lustiges Lachgezwitscher die Stimmen der anderen übertönte.

Zwischen Pepperl und Mam'zelle Fifi hatte sich die unscheniertеste Freundschaft im Verlauf einer Stunde so heiß entwickelt wie Dampf aus kochendem Wasser. Als die kleine Französin am Arm des Leibjägers die Sennhütte betreten hatte, war Pepperl mit finster brütenden Augen in einem Winkel gesessen und hatte sich gegen Fifis ersten Annäherungsversuch so unzugänglich verhalten wie ein junges Fohlen, dem man zum erstenmal das Geschirr um den Hals legen will. Aber war es die Wirkung des Weines, den er als reichlichen Seelentrost in sich hineingoß, oder war's ein spöttisches Lächeln der Sennerin, ein bissiges Wort, das Burgi einem der Touristen über die Französin gerade so laut noch zuflüsterte, daß Pepperl es hören mußte – irgend etwas hatte unter seinen Kreuzerschneckerln plötzlich einen psychologischen Wettersturz hervorgerufen. Aus einem griesgrämigen Leimsieder hatte er sich in einen krakeelenden Don Juan verwandelt, dessen Schmeicheleien die kleine Französin in um so größere Begeisterung versetzten, je derber sie ausfielen. Dieser vrai tyrolien, dieser type de la race gefiel ihr immer besser mit jeder Minute. Sie ließ es, um ihn in Feuer zu bringen, an Aufmunterung nicht fehlen. Und Pepperl war nicht dumm. Wenn sie ihm einen kleinen Finger reichte, nahm er gleich die ganze Hand, zum Gaudium der Französin und der ganzen lustigen Gesellschaft, die Sennerin ausgenommen. An diesem ›Flirt‹ – wie Jean der Verschnürte die koketten Manöver Fifis mit Weltbildung bezeichnete – beteiligten sich alle Mitglieder der Tafelrunde und spielten mit wie die Zuschauer bei einer Hanswurstiade. Da Fifi kaum ein paar deutsche Worte und Pepperl kein Französisch verstand, mußte bald der Leib-

jäger, bald einer der jungen Touristen den Dolmetsch abgeben, wobei die drastischen Komplimente, die Pepperl der Französin machte, mit lautem Hallo bei der Übersetzung noch übertrieben wurden. Als Pepperl in seiner schwelenden Weinlaune beteuerte: »Die gfallt mir, die mag ich!« – begnügte sich Fifi nicht mit der Übersetzung.
»Moi, je veux, qu'il me dise cela en français!«
»Was hats gsagt?« fragte Pepperl.
Einer der Touristen übersetzte: »Sie will, du sollst ihr auf französisch sagen, daß sie dir gefällt.«
»So?« Pepperl studierte eine Weile. »Wie täts denn heißen auf franzeesisch, wann ich ebba sagen möcht: Du bist sauber, dich hab ich gern?«
Unter Gelächter sagte man's dem Praxmaler-Pepperl ein paarmal vor: »Vous êtes très belle! Je vous aime!«
Und Pepperl plapperte: »Wussed treppel, schö wussem!«
Fifi klatschte vor Wonne in die Hände und zwitscherte ihr höchstes Lachen. Die Bewunderung, die sie für diesen superbe colosse empfand, fing an, ins Bedenkliche zu wachsen. Alles an ihm gefiel ihr, aber ihr ganz besonderes Entzücken erregten seine Kreuzerschnekkerln. »Regardez, Jean, quels jolis cheveux il a! Ils ont l'air de s'amuser beaucoup[1]!« Als müßte sie dem Wohlgefallen, das sie an diesen ›vergnügten‹ Haaren fand, noch deutlicher Ausdruck geben, sprang sie auf, faßte den Praxmaler-Pepperl über den Tisch hinüber am Kopf und wühlte mit ihren winzigen Spinnenhänden in diesem Wust von blonden Ringeln wie ein Geiziger in seinem Gold.
Alles lachte. Nur drüben am Herd empörte sich die Sennerin. »So an ausgschamts Frauenzimmer!« Ein Scheit flog ins Feuer, daß die Funken aufstoben.
»Comme il me plaît! Ah! Ah! Qui'il me plaît bien!« zwitscherte Fifi. »Mais! Mais! Attention[2]!« Gestikulierend suchte sie das Gelächter der anderen zu beschwichtigen. »Je veux lui dire ça en allemand! Comment cela se dit-il en tyrolien: tu me plais, tu es un joli garçon, toi?«
»Ruhe! Jetzt will sie deutsch mit ihm reden!« verkündete der Dol-

[1]) Sehen Sie doch, Jean, was er für hübsche Haare hat! Die sehen aus, als wären sie riesig vergnügt.
[2]) Der gefällt mir! Ach der gefällt mir! Aber! Achtung jetzt!

metsch. »Sie will wissen, wie das auf tirolerisch heißt: Du bist ein hübscher Junge, ganz nach meinem Geschmack! – Das muß ihr echt gesagt werden, ganz echt!« Unter fideler Spannung der Tafelrunde sprach ihr einer der Touristen im breitesten Tirolerdialekt den Satz vor: »Du gfollscht ma, bischt a liaba Bua!« Fifi versuchte die bleischweren Laute nachzuschwatzen. Was auf ihrem leichten Zünglein daraus wurde, das hörte sich so drollig an, daß die ganze Gesellschaft in Gelächter ausbrach. Sogar die Sennerin lachte; aber das war ein Lachen, so grell wie der Klang einer springenden Saite.

Den Praxmaler-Pepperl schien diese Liebeserklärung der Französin – oder etwas anderes – um den letzten Rest seiner Zurückhaltung gebracht zu haben. Er stieß einen gellen Jauchzer aus, griff mit beiden Armen zu, und wie man einen Knödel aus der Suppe sticht, hob er das kleine Persönchen über den Tisch herüber an seine Seite. »So, jetzt spielen S' ein' auf, an rassigen!« schrie er dem Zitherspieler zu. »Jetzt wird einer tanzt mit meiner Franzeesin! A gsunder!« Wieder jauchzte er und schwang sein Hütl dazu.

Mit schwirrenden Klängen fiel die Zither ein. Zwei der jungen Touristen faßten die beiden als Dirndln kostümierten Mädchen um die Hüfte, und Jean, der nicht leer ausgehen wollte, machte den Versuch, die Sennerin zum Tanz zu holen. Wortlos drehte ihm Burgi den Rücken, während Pepperl dem Verschnürten mit höhnischer Freude zurief: »Sie! Die lassen S' in Ruh! Die is der Rühr-mi-net-an! Die hat an Heimlichen. Wann s' an andern anschaut, wird er wild, der Heimliche, und sie därf ihm die schecketen Jagdküh nimmer melchen. Juhuuu!« Das war ein Jauchzer, dessen scharfer Klang wie ein Dolch in alle Ohren fuhr. Mit einem Luftsprung, wie ein Tollgewordener trat Pepperl an der Hand seiner ›Franzeesin‹ zum Schuhplattler an.

Burgi stand bleich am Herd und starrte ins Feuer.

Auch Fifis Gezwitscher war verstummt, und einen Augenblick schien es, als bekäme sie Angst vor diesem superbe colosse, der ihre Hand umklammert hielt wie mit eisernem Schraubstock und das kleine Persönchen im Kreise wirbelte, daß die Röcke flogen wie ein sausendes Rad. Dann lachte sie wieder, blitzte ihn mit ihren schwarzen Augen an, und flink hatte sie es den beiden anderen Mädchen abgeguckt, wie sie sich, mit den Händen die Röcke niederhaltend, vor ihrem Tänzer drehen, wiegen und wenden mußte, um den Sinn dieses urwüchsigen Naturtanzes zum Ausdruck zu bringen: das

Entfliehen und Sich-haschen-Lassen, das Versagen und Gewähren einer Gunst, um die der Tänzer wirbt.
Mit einem Jauchzer, daß die Stubendecke dröhnte, umkreiste Pepperl die sich wirbelnde Tänzerin und begann ein Schlagen und Springen, ein Blasen und ›Schnackeln‹ wie ein liebes- und frühlingstrunkener Spielhahn. Er ›plattelte‹, als wollte er seine Schenkel und Schuhe zu Scherben klopfen, schlug Räder und Purzelbäume, schnellte im Aufsprung die Fußspitze bis zur Stubendecke und schwang, als die Zither schwieg, mit gellendem Juhschrei seine Tänzerin durch die Luft wie eine Feder.
Die beiden anderen Paare, auch Jean und der Zitherspieler, schrien bravo und applaudierten. Und Fifi, als sie mit den zappelnden Füßen wieder zu Boden kam, sah glühend und staunend an ihrem Tänzer hinauf und pisperte mit ihrem atemlosen Stimmchen: »Bigre, tu as de la race, toi[1]!« Mit beiden Händen haschte sie ihn am Schnurrbart, zog ihn zu sich nieder, hob sich auf die Fußspitzen und drückte ihm einen Kuß auf den Mund. Dann huschte sie kichernd zur Stube hinaus.
Die Touristen machten dazu einen fidelen Spektakel, während Jean der kleinen Französin mit der Bemerkung folgte: »Elle est folle, vraiment[2]!« Er fand sie draußen, wie sie vor Lachen kaum Atem und Worte hatte. Und als sie sich in seinen Arm einhängte, um sich zum Jagdhaus hinaufführen zu lassen, meinte sie: »C'était la vraie bêtise de campagne, ça[3]!«
Auch Pepperl lachte. Aber es schien, als wäre ihm dabei nicht besonders wohl zumute. Sein Gesicht brannte wie Feuer. Er mußte sich abkühlen und schrie der Wirtin zum ›Verirrten Lampl‹ mit heiserer Stimme zu: »He, Sennerin, noch a Viertele!«
Wortlos nahm Burgi das Glas vom Tisch und ging in den Keller. Schwer seufzend öffnete sie den Hahn am Faß, und während das dünne, rote Brünnlein niederplätscherte in das Glas, tröpfelten ihr die dicken Zähren über die Wangen – und eine dieser Tränen fiel in den Rotwein. Wie in Wut über sich selbst fuhr sie mit der Faust über die Augen und biß die Zähne übereinander.
Als sie hinaufkam in die Stube, packte der Zitherspieler sein Instru-

[1]) Teufel, Kerl, du hast Rasse, du!
[2]) Die ist verrückt, weiß Gott!
[3]) Das war so der richtige Rummel, wie er paßt für die Sommerfrische.

ment in den Rucksack, und die jungen Leute, denen der Wein in den Köpfen wirbelte, schickten sich an, ihr Nachtlager auf dem Heu zu suchen. Unter Späßen, die der späten Stunde entsprachen, sagten sie der schweigsamen Sennerin gute Nacht, stiegen mit Schwatzen und Gekicher über eine Leiter zum Heuboden hinauf und ließen an der Stubendecke die Klappe hinter sich zufallen.

Burgi und Pepperl waren allein.

Über ihren Köpfen pumperte die Decke, und man hörte gedämpft die lachenden Stimmen der Heugäste, die es mit Schlaf und Ruhe nicht eilig hatten.

Unter schwülem Schweigen räumte Burgi den Tisch ab, so daß nur das letzte ›Viertele‹ des Praxmaler-Pepperl noch stehenblieb. Der suchte mit zitternden Händen aus seinem schweinsledernen Ziehbeutel das Geld für die zehn Schoppen heraus und legte die Münzen schön geordnet in Reih und Glied auf den Tisch. »So! Da is mei' Schuldigkeit!« Er packte das Glas und stürzte den Wein hinunter – das ganze ›Viertele‹ mitsamt der bitteren Träne war nur ein einziger Schluck. Dann stülpte er den Hut über die Kreuzerschneckerln, blies die heißen Backen auf, und ohne die Sennerin eines Blickes zu würdigen, wollte er zur Tür.

Wie die strafende Gerechtigkeit den Verbrecher faßt, mit so jähem Sprung verlegte ihm Burgi den Weg.

Pepperl wurde bleich. Während die zwei so voreinander standen, sich messend mit finsterem Blick, schienen sie alle beide zu ahnen, daß es jetzt ein Unglück geben würde.

Vor Aufregung klang die Stimme des Mädels ganz verändert: »Wart a bißl, du Moralischer, du! Mit dir muß ich was reden!«

»Du? Mit mir?«

»Ja! Ich! Mit dir!«

»Haha!« Pepperl versuchte von oben herab einen Ton anzuschlagen, der ihm nicht gelang. »Wir zwei haben ausgredt mitanand! Und wann d' schon meinst, du mußt mir was sagen, so such dir an anders Stündl aus! Heut weiß ich mir ebbes Bessers.« Stolz machte er einen Schritt zur Tür.

Burgi war flinker und stieß den Riegel vor. »So! Jetzt probier, ob d' aussi kommst!«

Das ging dem Praxmaler-Pepperl über die geduldige Leber. Er bekam ein zornrotes Gesicht: »Du! Söllene Sachen verbitt ich mir!« Auch fand er gleich für diesen Gewaltstreich das richtige

Advokatenwort: »Die perseenliche Freiheit laß ich mir net beschränken!«
»Ghören täts dir, daß man dich einsperrt!« fiel Burgi mit heißer Erregung ein. »So einer, wie du bist, sollt net freilings umanandlaufen därfen! Dir ghöret a Halsbandl, dir!«
»Natürlich, mit eim Schnürl dran! Daß du mich führen kunntst! Aber gelt, mich laß in Ruh! Führ du dein' Schwarzlackierten spazieren. Den mit die seidenen Höserln.«
»Du! Du!« Sie ballte die Fäuste und brachte nur mühsam die Worte heraus. »Über den sagst mir nix mehr. Du.«
»Dir sag ich noch viel!«
»Meintwegen, ja! Aber gelt, mit deiner Tugendhäftigkeit kannst mich auslassen, du! Und mit die Gommorringer. Wann die ausrukken, bist du als Korporal dabei!«
»Leicht awanzier ich gar noch zum Leutnant!«
»Da hast recht! Du bringst es noch weit! Heut hab ich dich ausstudiert, du scheinheiligs Brüderl, du! Denn so wie du heut, hat sich net bald einer aufgführt!«
»Ich hab halt ebbes glernt von dir!« erklärte Pepperl höhnisch. »Schlechte Beispieler verderben gute Sitten!«
»Verderben? So? Verderben? An dir is viel zum verderben? Meinst? Du bist ja in der besten Schul, bei der. So eine, freilich, die wachst net bei uns. Die muß extra aus Frankreich kommen! Wie's die versteht! Ah! Pfui Teufi! Net amal Deutsch kann s', die!«
»Ihr Bussel hab ich ganz gut verstanden.«
»So? Hast es verstanden?« höhnte Burgi, während ihr die Tränen in die Augen sprangen. »Gut verstanden? So?«
»Ja! Und sie haben was Extrigs, die franzeesischen Busserln. Da muß ich schauen heut, daß ich noch eins derwisch. Drum geh von der Tür weg, sag ich!«
»So? Tätst aussi mögen?« Sie machte die Ellbogen breit, um den Riegel zu decken. »Fensterln? Bei der? Dös tät dir halt taugen, dir? Gelt?«
»Und wie! Es taugt ja dir auch net schlecht, wann der ander kommt: Main scheenes Gindd.«
»Und du: Schö wussem, schö wussem!«
»Schö wussem, ja«, schrie Pepperl, »schö wussem! Noch tausendmal sag ichs ihr heut!« Er machte einen drohenden Schritt. »Von der Tür weg!«

»Ich mag net! Na!« Und während ihre Augen immer größer wurden, stemmte sie sich mit dem Rücken gegen die Bretter.
»Gehst weg oder net?«
Sie starrte ihn an, regungslos, mit einem Gesicht, das wie versteinert schien.
Je bleicher sie wurde, desto dunkler stieg dem Praxmaler-Pepperl das Blut unter die Kreuzerschneckerln. »Gehst weg oder net? Ich frag zum letztenmal.«
Sie rührte sich nicht.
Da riß ihm die Geduld. Er machte einen Sprung zur Tür und versuchte, Burgi mit der Schulter beiseite zu schieben. Sie klammerte sich an den Riegel, als hinge ihre Seligkeit an diesem Stücklein Holz. Pepperl schob und drückte, bis er den Riegel zur Hälfte freibekam. Nun riß er ihn auf, und schon klaffte die Tür um einen handbreiten Spalt. Als gält es jetzt einen Kampf auf Leben und Tod, so warf sich Burgi dem Feind entgegen, packte ihn mit der einen Hand an der Brust, mit der anderen an der Kehle und versuchte ihn mit verzweifelter Kraft von der Tür wegzureißen. Und wirklich, Pepperl war von diesem jähen Überfall so völlig überrascht, daß er schon bis in die Mitte der Stube gestoßen war, bevor er noch recht an Widerstand denken konnte.
Jetzt erwachte die Wut in ihm. Mit Zucken und Zerren versuchte er sich freizumachen und wurde grob. Doch Burgi hielt ihn mit den Armen umklammert, ihre letzte Kraft erschöpfend, und ließ nicht los. Da begannen sie ein Ringen, wortlos und keuchend. Bei diesem Ringen krümmten und wanden sie sich, Leib an Leib gewachsen, als wären sie nur ein einziger Körper. Dann plötzlich, wie von einem Zauber gelähmt, standen sie regungslos, alle beide. Sie hielten einander mit den Armen noch umschlungen wie im Ringen. Aber sie sahen sich an, erschrocken und bleich, Aug in Auge. Was sie sagen wollten, wurde ein Lallen – und eines schloß dem anderen die Lippen mit dürstendem Kuß.
Die Stubendecke pumperte über ihren Köpfen, und eine Lachsalve nach der anderen prasselte dort oben im Heu.
Die beiden hörten es nicht. Sie waren auf die Herdbank niedergesunken, hielten sich umklammert und wurden nicht satt von ihren Küssen.
Ein schwüles Aufatmen. »Pepperl –«
»Was, Schatzl?«

»Neulich hat er mich busseln wollen. Da hab ich ihm eine runterliniert.«
»Geh? Is wahr?« Dieses Bekenntnis rührte ihn; sie hätte ihm ihre Liebe nicht besser beweisen können als durch das ›Zähntweh‹ des Kammerdieners. »So a guts Madl, wie du bist! So was gibts nimmer auf der Welt! Und dös einschichtige Busserl von der andern? Gelt, dös tust mir net verübeln?«
»Aber gwiß net! Wir müssen froh sein, daß 's bloß an einzigs war! Und sie hats ja dir geben. Da kannst ja du nix dafür!«
Dankbar zog er sie auf seinen Schoß, und nun waren sie wieder schweigsam.
Auf dem Heuboden schien der übermütigen Gesellschaft allmählich der Schlaf zu kommen. Nur ein paarmal hörte man noch ein leises Gekicher.
Die beiden auf der Herdbank rührten sich nicht – sie seufzten nur manchmal, heiß und tief.
Kleiner und kleiner wurde das Feuer auf dem Herd. Bevor es in Glut versank, belebte sich knisternd noch eine letzte Flamme und leuchtete rot.
Die Kienfackel an der Wand war schon erloschen; es glostete nur der Stumpf noch ein bißchen, und stille Funken, gleich winzigen Sternchen, fielen von ihm zu Boden.

19

Mitternacht war vorüber.
Dunkel und verschwiegen, mit flimmernden Himmelslichtern, um die sich dünne Nebelschleier zu ziehen begannen, lag die Nacht über dem Tillfußer Almfeld, über Haus und Hütten. Nur manchmal rasselte leise die Glocke eines Rindes. Und wie ein schwermütiges Lied in weiter Ferne, so sang der Wildbach im Tal.
Im Jagdhaus waren zwei Fenster noch erleuchtet, und eines von ihnen stand offen. Die Fenster am Wohnzimmer des Fürsten.
Zwei Augen spähten durch die Nacht zu diesen hellen Fenstern hinauf. Angedrückt an die schwarze Holzwand der Jägerhütte, saß Mazegger auf der Erde und hielt mit den Armen die Knie umschlungen.
Einmal hörte er Schritte dort oben, als ginge der Fürst im Zimmer auf und nieder. Dann war's wieder still.
Nun flackerte an einem dritten Fenster ein Schein auf, nur matt, als würde ein Licht vorübergetragen.
Mazegger stieß die Schuhe von den Füßen, huschte über den Weg hinauf und duckte sich hinter den Hofzaun, dicht unter dem offenen Fenster.
Droben war eine Tür gegangen.
Und jetzt die ruhige Stimme des Fürsten. »Baronin? Wollen Sie wieder zur Bühne gehen? Studieren Sie die Rolle der Lady Macbeth?«
Ein heiteres Lachen. »Sie noch auf? Das ist eine Überraschung. Hätt' ich das ahnen können, so hätt' ich meine schlaflose Langweile geduldig ertragen, ohne Sie zu stören. Aber der Band Maupassant, den Martin für mich aussuchte, war zu Ende gelesen, ich wollte einen neuen haben, und da der Bücherschrank in diesem Zimmer steht – was blieb mir übrig?«

»Bitte –«
»Nein!« Wieder jenes feine Lachen. »Jetzt kein Buch! Da Sie noch auf sind, sollen Sie mir Gesellschaft leisten, bis mir der Schlaf kommt. Sie sind ohnehin der Schuldige, dem ich diese schlaflose Nacht verdanke. Ja! Aber wollen Sie mir nicht eine Zigarette geben?«
Eine kleine Weile war Stille.
»Danke! – Sie sind müde, Fürst?«
»Ich? Nein!«
»Ich meinte nur, weil Ihre Hand zitterte, als Sie mir Feuer gaben?«
»Sie irren sich, Baronin.«
»Wirklich? Und ich beobachte doch sonst so gut. Aber wie können Sie nur in dieser kühlen Nacht bei offenem Fenster sitzen. Wie unvorsichtig!«
Baronin Pranckha erschien am Fenster. Ihre Gestalt war dunkel im Schatten, doch die halb entblößten Schultern und die von durchsichtigen Spitzen kaum verhüllten Arme waren im Lampenschein von roten Lichtlinien umzogen.
Leise klirrten die Scheiben, als sie das Fenster schloß. Dann verschwand sie wieder. Jetzt hörte man wohl die beiden Stimmen noch, aber es war kein Wort mehr verständlich.
Lautlos, geschmeidig wie eine Katze, kletterte Mazegger am Flaggenmast hinauf und kam so hoch, daß er einen Blick in das Fenster werfen konnte. Er sah ein ruhiges Bild, sah einen Teil des Zimmers mit dem Schreibtisch, auf dem die Lampe stand. Ettingen kehrte dem Fenster den Rücken, und ihm gegenüber ruhte die schöne Frau in einem Fauteuil, von weißen Spitzen umflossen; ihr Haar, das im Schein der Lampe flimmerte wie rotes Metall, umringelte die schneeigen Schultern und zitterte wie Goldgespinst bei jeder leisen Bewegung des Kopfes; die eine Hand lag mit nervösem Spiel auf der Kante des Schreibtisches, in der anderen hielt sie die brennende Zigarette; so plauderte sie bald ernst, bald wieder lächelnd. Und plötzlich legte sie die Zigarette fort. Halb sich aufrichtend, sah sie dem Fürsten ins Gesicht. Sie sagte nur ein Wort, ein einziges, kurzes Wort. Ob es sein Name war? Der Fürst erhob sich. Nun konnte Mazegger sein Gesicht sehen. Es war hart und ernst.
Hastig ließ Mazegger sich über die Stange hinuntergleiten, huschte zum Haus hinüber und legte das Ohr an die Mauer. Er hörte nur ein verworrenes Geräusch der Stimmen. Aber wie erregt diese beiden

Stimmen klangen! Wie Rede und Gegenrede kurz und heftig aufeinander folgten! Nun lautlose Stille. Dann sprach der Fürst allein, fast immer allein. Nur selten unterbrach ihn die andere Stimme. Jetzt wieder Schweigen, dem ein nervöses Lachen folgte. Der Fürst blieb stumm. Nur diese Frauenstimme klang. Wieviel sie zu erzählen und zu erklären hatte! Das währte eine Stunde und länger noch. Und immer wechselte diese Stimme im Ton. Bald klang sie wie in ersticktem Zorn, bald wieder flog sie in leidenschaftlicher Hast, dann stockte sie und verwirrte sich, wurde leise und schmeichelnd. Jetzt sprach der Fürst, ruhig, nur wenige Worte, die ein gepreßter Schrei übertönte. Ein Stuhl wurde gerückt, Schritte klangen, durch den Lichtschein des Fensters glitt ein Schatten. Nun ein Stammeln und Flehen, ein Ton, der dem lauschenden Jäger alle Sinne schauern machte. Dumpfe Stille. Dann ein jähes Auflachen, herb und mißtönig, das Geräusch einer Tür und wieder das Schweigen. Klirrend wurde droben das Fenster aufgerissen.
Mazegger drückte sich regungslos an die Mauer. Im Lichtschein, der übers Almfeld hinausfiel, sah er den Schatten des Fürsten. Und deutlich hörte er den tiefen Atemzug, mit dem der Einsame dort oben die frische Bergluft trank wie eine köstliche Erquickung.
Der Schatten im Fensterlicht verschwand. Man hörte den Schritt des Fürsten, der im Zimmer auf und nieder ging. Ein Stuhl wurde gerückt. Und dann war's still.
Noch lange stand Mazegger in der Nacht und spähte zu dem hellen Fenster hinauf. Kein Laut mehr. Aber auch die Lampe erlosch nicht. Wie zerbrochen an allen Gliedern taumelte der Jäger zu seiner Hütte hinunter, nahm die Schuhe vom Boden auf und trat in die Stube. Er machte Licht und sah nach der Uhr. Drei Uhr vorüber. In einer halben Stunde mußte der Tag beginnen.
Immer mit der Uhr in der Hand stand Mazegger am Tisch und starrte brütend vor sich hin. Sein Gesicht war grau wie Asche, die Augen brannten wie im Fieber.
Schwankend ging er zum Bett und warf sich auf die Matratze.
Draußen begann es zu dämmern.
Da huschte ein Schritt an der Hütte vorüber, vorsichtig und leise, als möchte er nicht gehört werden.
Dieser Schleicher im Morgengrauen schien ein belastetes Gewissen zu haben. Das erleuchtete Fenster der Jägerhütte war ihm nicht willkommen. Er duckte sich, um ungesehen vorüberzuschlüpfen.

Schon wollte er auf den Fußspitzen in das Försterhaus schleichen, als ihn eine Stimme anrief: »Praxmaler?«
»Mar und Joseph!« stotterte Pepperl. »Der Herr Fürst!« Scheu trat er seinem Herrn entgegen, der über den Weg herunterkam. »Duhrlaucht? Was wollen S' denn? In aller Fruh?«
Ettingen lachte. »Das begreifen Sie nicht? Ein Jäger? Sie sind doch auch schon munter!«
»Ja, ich, dös is was anders!«
»Wo waren Sie denn heute schon?«
»Ich? Nirgends! Gott bewahr!« stammelte Pepperl. »Bloß da drunt war ich, a bißl da drunt. Weil ich schauen hab wollen, wie sich der Tag heut anlaßt, ja – weil ich befohlen bin – mit'm Herrn von Sensburg zur Gamspirsch. Den muß ich wecken jetzt. Gleich!«
»Lassen Sie den nur schlafen! Gehen Sie lieber mit mir!«
»Mit Ihnen, Duhrlaucht? Gott sei Dank! Der ander Herr, mein' ich, tut sich eh viel leichter im Bett als auf der Gamspirsch! Aber wohin denn, Duhrlaucht?«
»Wohin Sie wollen. Nur hinauf! Hoch hinauf! Ich möchte heut die Sonne eine Stunde früher sehen.«
»Da steigen wir zum Steinernen Hüttl auffi. Gleich bin ich fertig!«
»Hier ist ein Brief. Der soll an Graf Sternfeldt übergeben werden, sobald er aufsteht. Ich bitte, besorgen Sie das! Und bis Sie sich fertigmachen, geh ich langsam voraus.«
Ettingen folgte dem Steig, der sich in der matten Dämmerung des Waldes verlor.
Als Praxmaler in seine Hütte treten wollte, wurde er von einer zischelnden Stimme angerufen: »Peppi!« Mazegger kam auf ihn zugesprungen.
»Was is?«
»Ich hab dich reden hören mit dem Herrn Fürsten. Kannst ja mir den Brief geben. Ich besorg ihn.«
Hätte Pepperl nicht Kopf und Herz mit anderen Dingen voll gehabt, so hätte ihm der fiebernde Klang dieser Stimme auffallen müssen. So sagte er: »Ja, is recht! Und is mir lieber, als daß ich den Förstner aus'm Schlaf aussireißen müßt! Aber gelt, ich kann mich verlassen auf dich?«
»Ja! Gib her!«
»No no no! Was hast denn? Zarrt er mir den Brief aus der Hand – ich weiß net wie!«

Ohne zu antworten, ging Mazegger zu seiner Hütte. Auf der Schwelle blieb er lauschend stehen, bis er die Schritte des Jägers hörte, der seinem Herrn folgte. Dann schloß er am Fenster die Läden, trat in die Stube und verriegelte die Tür. Schwer atmend untersuchte er den Brief und drehte ihn hin und her. Der Brief war nur leicht verklebt. Mazegger öffnete ihn. Und damit kein Lichtschein durch die Ritzen der Läden hinausfallen möchte, schraubte er an der Petroleumlampe die Flamme ganz klein herunter. Bei diesem trüben Zwielicht las er:

»Drei Uhr morgens.

Lieber Goni!

Du hast recht gehabt! Ich sollte nicht erlöst werden ohne ›Gewaltstreich‹. Sie versuchte ihn mit einer plumpen Reminiszenz an die französische Komödie, deren Heldinnen sie verkörperte, bevor sie den adeligen Hochstapler fand. Der gab ihr seinen Namen, um sich von ihr – ich will milde sagen: ernähren zu lassen – schließlich auch auf meine Kosten. Was mich in meinem Wahnsinn damals, als ich es erfuhr, vor Ekel krank machte, krank auf den Tod fast – daran kann ich heute denken, als wär es nie gewesen, als läge für mich eine ganze Welt zwischen damals und heute, ein Feuer, das mich reinigte, als ich seine Flammen durchschritt. Und denk nur, Goni, sie kam, um die Flitterwochen ihrer Freiheit mit mir zu verleben! Sie hat sich scheiden lassen. Das war der Grund ihrer langen, Dir so unbegreiflichen Reserve. Sie wollte frei sein, um mir sagen zu können: Ich habe mich erlöst für dich! Ein Glück, daß sie mir das nicht einen Monat früher sagen konnte! Ich glaube, ich wäre bei meiner falschen Vorstellung von dem, was ›Verpflichtung‹ heißt, noch vor wenigen Wochen fähig gewesen, mit Bewußtsein mein Leben zu vernichten. Aber daß sie zur Verkündigung ihres ›heiligen Opfers‹ gerade diese Stunde wählte und dazu ein ›leicht lösbares Spitzenrätsel‹ wie für die Rolle der ›Iza‹ im ›Fall Clemenceau‹ – das hat mir die Bilanz meiner Vergangenheit und Zukunft leichtgemacht. Nun ist alles vorüber und abgetan! Gründlich. Wie ich aufatme! Daß ich keine Stunde mehr mit ihr unter dem gleichen Dach verbringe, wirst Du begreiflich finden. Nur diese Zeilen schreib ich Dir. Dann weck ich den Jäger und steige mit ihm hinauf – hoch, hoch hinauf, wo ich Sonne und reine Luft finde.

Eigentlich muß ich ihr dankbar sein. Sie verhalf mir zur Erkenntnis meines Glückes, das gestern noch unbewußt in mir dämmerte wie ein Gefühl wunschloser Freude, ruhig, heiter und schön. Ach, Goni, wenn ich Dir nur schildern könnte, wie mir zumute war, als es so plötzlich Licht wurde in mir! Mich erwartet ein Glück, das ich gefunden habe auf heiligem Weg. Erinnerst Du Dich an dieses Wort meines ersten Briefes? Nun ist es zur Wahrheit an mir geworden. Mehr kann und will ich Dir jetzt nicht sagen. Wenn ich heimkomme, sollst Du alles wissen. Und morgen, Goni, hol ich mein Glück! Küsse mir das Bild meiner Mutter, Du Treuer, und freue Dich mit dem glücklichsten der Menschen. Das ist

Dein Heinz.«

Mazegger hatte längst zu Ende gelesen, und noch immer saß er über das Blatt gebeugt, das in seinen Händen zitterte. Sein Gesicht war verzerrt. Mit einem Lächeln, das alle Zähne sehen ließ, raunte er das Wort des Briefes: »Morgen hol ich mein Glück!« Er schob den Brief in den Umschlag und verschloß ihn, blies die Lampe aus und stieß am Fenster die Läden auf. Draußen war es Tag geworden.
»So? Morgen?«
Ein rauhes Lachen. Und eine Bewegung, als möchte er den Brief in Fetzen reißen.
Da trat der Förster in die Stube. »Guten Morgen, Toni! Gut, daß d' noch daheim bist. Heut mußt du mit mir – – Was hast denn da?« Er nahm dem Jäger den Brief aus der Hand. »An den Herrn Grafen? Und die Schrift von der Duhrlaucht? Von wem hast du den Brief?«
»Vom Peppi.« Mehr zu erklären, hielt Mazegger nicht für nötig.
»Der Brief muß bsorgt werden! Gleich auf der Stell!« Kluibenschädl hetzte davon. Finster sah Mazegger ihm nach. Daß er heute den Förster begleiten sollte, das schien ihm nicht zu passen. In Hast machte er sich fertig, warf die Büchse hinter den Rücken, steckte mit zitternder Hand ein paar Patronen zu sich und schritt über das Almfeld hinunter.
Bevor er den Wald erreichen konnte, klang hinter ihm die Stimme des Försters: »He! Toni! Warten!«
An der Lippe nagend, blieb Mazegger stehen, bis der Förster ihn eingeholt hatte.
»Wo rennst denn hin? Ich hab dir doch gsagt, daß ich dich brauch!

Und ausschauen tust? Hast wieder an Ausflug gmacht in der Nacht – Gott weiß wohin?«
Mazegger wandte sich wortlos ab.
»Heut bleibst bei mir! Wir müssen die neuen Steig vermessen. Da haben wir Arbeit den ganzen Tag.«
»So?« Mazegger lächelte. »Aber die Nacht? Die gehört doch mein?«
Der Förster sah ihn von der Seite an. »Was dös jetzt wieder für a Wörtl is! D' Nacht ghört freilich dein.«
»Mehr brauch ich nicht.«
»Zu was?«
»Zum Schlafen.«
»Geh, du!« Der Förster schüttelte den Kopf.
Sie verschwanden im Wald.
Eine stille Morgenstunde. Dann kam die Sonne. Heute flog sie die Berge nicht mit jenem reinen Schimmer an, der die Felsen wie in durchsichtige Flammengebilde verwandelt. Es war etwas Trübes in ihrem Feuer. Und die dünnen Nebel, die mit zerrissenen Formen hoch in den Lüften schwammen, glühten so rot, als wären Blutbäche über den mattblauen Himmel ausgegossen. Auch die Sonne selbst, als sie hinter den östlichen Bergen hervortauchte, hatte einen roten Schleier umgehangen. Man konnte sie ansehen, ohne geblendet zu werden.
Hoch droben über dem Bergwald, auf einem steilen Almrosenhang, den die Sonne mit ihrem roten Feuer schon überleuchtete, ruhten Ettingen und Praxmaler zu Füßen einer einsamen Zirbe.
Pepperl saß mit dem Rücken gegen den Stamm gelehnt, als hätte er eine Stütze nötig. Er machte kein lustiges Gesicht. Die zehn ›Viertelen‹ rumorten unter seinen Kreuzerschneckerln. Er sah übernächtigt aus und hatte Ringe um die Augen. In seinem Blick, der das Tal suchte, leuchtete es wohl manchmal auf wie Freude. Aber dieses Frohe erlosch immer wieder in trüber Kümmernis wie droben das Sonnenlicht in den Nebelschleiern. Dazu wurde er, je länger er saß, immer schläfriger; ein paarmal machte er einen kurzen Sumser, aus dem er mit erschrockenem Nicker wieder auffuhr.
Im Gesicht des Fürsten hatte die durchwachte Nacht keine Spur von Ermüdung zurückgelassen. Ettingen lag behaglich ausgestreckt in den Almrosenbüschen, über die der Wettermantel gebreitet war. Mit dem Blick des Glücklichen, für den alle Rätsel seines Lebens sich aus schwüler Nacht zu schönem Tage lösten, sah er lächelnd über

den Bergwald in ziellose Ferne hinaus und empor zum glühenden Himmel.

Wieder fuhr Pepperl aus kurzem Schlummer auf. »Heut machts a Lüfterl, da könnt man rein einschlafen dabei. Sollten wir net a bißl weiterpirschen?«

»Nein. Ich will nicht jagen heut. Nur ruhen. Und sehen, wie das leuchtet, der Wald, die Berge, der Himmel! Wie schön das ist!«

Pepperl seufzte. Um sich wach zu erhalten, mußte er wenigstens versuchen, einen ›Dischkurs‹ in Gang zu bringen. »So a Himmel wie heut? Der gfallt Ihnen? Mir net. Na!«

»Ich habe noch keinen gesehen, der mir besser gefiel.«

»Aber schauen S' doch die verzupften Wölkerln an! Dös is a grauslichs Wetterzeichen. Morgen kriegen wir schlechte Pirsch und an trüben Tag.«

»Meinen Sie? Nein! Wie morgen der Tag auch sein mag, er wird reine und schöne Sonne haben!«

»Da täuschen S' Ihnen, Herr Fürst!«

Als Ettingen nicht antwortete, machte Pepperl noch ein paar Versuche, den abgerissenen Gesprächsfaden wieder anzuknüpfen. Umsonst. Schließlich ergab er sich in Geduld, und dann fielen ihm die Augen zu.

Eine schweigsame Weile verging.

Da machte ein Rascheln den Fürsten aufblicken. Praxmaler war vom Baumstamm seitwärts in die Almrosenbüsche geglitten und fing zu schnarchen an.

»Gute Nacht, Pepperl!«

Nun streckte auch Ettingen sich bequemer aus und verschränkte die Hände unter dem Nacken. So blickte er zu den ziehenden Wolken auf, deren Rot immer blässer wurde, bis sie weißlichen Glanz bekamen.

Als hätte, was er fühlte und sann, nicht Raum in seinem Innern und als müßte es heraus an den Tag, so flüsterte er lächelnd vor sich hin: »Lo! – Meine Lo!«

Tief atmend, mit diesem Lächeln auf den Lippen, schloß er die Augen, weil ihn der silberne Glanz der Wolken blendete.

Stille. Träumende Sonnenstille.

Kaum hörbar fächelte der laue Wind um die Almrosenbüsche mit ihren halb verwelkten Blüten, machte die Blätter zittern und rollte die abgefallenen Blütenkelche spielend über das kurze Gras.

Langsam zogen die weißen Wolken im Blau, sammelten sich immer dichter und hüllten schon die höchsten Spitzen ein. Doch immer fand die Sonne zwischen Nebel und Gewölk noch eine Gasse für ihre Strahlen.
Es war schon Mittag vorüber, als die beiden aus ihrem wohligen Sonnenschlaf erwachten. Sie stiegen über den Berghang hin und hielten Einkehr im Steinernen Hüttl, in einer aus groben Felsblökken gefügten Sennhütte. Da gab es freilich nur Milch und grobes Brot mit frischer Butter, aber die beiden spürten einen Hunger, der mit allem zufrieden war.
Während sie neben der Sennhütte auf dem Rasen kauerten, jeder mit der Milchschüssel auf den Knien, fragte Ettingen: »Praxmaler! Sie sind heute nicht wie sonst. Was ist denn los mit Ihnen?«
»Nix! Na na! Gar nix!« Pepperl wurde rot bis über die Ohren.
»Doch, Pepperl! Irgendwas stimmt heute nicht bei Ihnen. Haben Sie Unannehmlichkeiten in Ihrer Familie?«
»Ah na! Gott bewahr!« Pepperl tat einen schnappenden Atemzug. »No ja, wissen S', Duhrlaucht, freilich, in der Familli gibts allweil a bißl ebbes. Ja ja, es wird schon so was sein – wo man ›Familli‹ sagen kunnt.«
Ettingen stellte die Schüssel beiseite. »Na also! Mir dürfen Sie alles sagen. Ich bin Ihnen doch ein guter Herr, nicht wahr? Sie können offen mit mir reden. Was drückt Sie?«
Pepperl schluckte. »Schauen S', Duhrlaucht – weil S' so freundschäftlich mit mir reden, da kann ich auch net zruckhälterisch sein und muß schon gleich alles aussikitzeln.«
Er seufzte schwer, guckte tiefsinnig in die Milch und drehte die Schüssel zwischen den Knien.
»A bißl ebbes Dumms hab ich halt angstellt.«
»Im Dienst?«
»Gott bewahr!« wehrte Pepperl erschrocken ab. »Auf der Jagd hab ich mein Köpfl allweil beinand!« Jetzt wurde er wieder kleinlaut. »Aber in der Lieb halt! Da hab ich an Dalken gmacht.«
Ettingen lachte.
Dem Praxmaler-Pepperl war bitter ernst zumut. »Wissen S', Duhrlaucht, da hab ich mich jetzt in so a Madl verschaut. Z'erst haben wir allweil gstritten und ghachelt mitanand. Und jahlings – no ja!« Pepperl seufzte. »So was kommt, wie 's Teuferl aus der Schachtel hupft. Und nacher steht man da wie der Ochs am Berg. Aber a guts

Madl, dös muß ich sagen. Recht a liebs und a fleißigs Madl! Die Burgi drunt, wissen S'!«
»Unsere Sennerin? Brav, Pepperl! Zu dieser Wahl gratulier ich Ihnen. Das ist wirklich ein nettes Mädel.«
Diese Zustimmung schien Pepperls Herz ein wenig zu erleichtern. »Gelten S', die gfallt Ihnen? Und so viel gern hats mich! No ja – jetzt muß halt gheiret werden, gehts wie's mag, jetzt hab ich die Verantwortigung!« Mit beiden Händen scheuerte Pepperl kummervoll in den Kreuzerschneckerln. »Ich hab schon 's Pech! Ich komm aus der Verantwortigung gleich gar nimmer aussi. So oder so! Aber d' Mutter. Mar und Joseph! Die wird an schönen Spittakel machen! Teufi, Teufi, Teufi! Da gfreu ich mich drauf.«
»Ihre Mutter?«
»No ja, wissen S', wie d' Mütter halt sind. Dös wär so ihr Gusto gwesen, daß ich amal gscheit heireten tät. Und jetzt bin ich angrumpelt! Und komm so daher. A liebs Madl, freilich, und gern hab ichs! Aber haben tuts halt nix, wissen S', nixer wie nix. Und d' Mutter und ich, wir haben vom Vater her noch Schulden auf'm Häusl. Und dös Madl hat an Vater, so an alten Krackler. Den muß ich ins Haus nehmen und muß ihn derhalten. Mei' Mutter wird ihn freilich ordentlich kuranzen. Da sieht er 's ganze Jahr kein Wirtshäusl nimmer, außer auf Ostern und Weihnächten. Aber 's Gwand und 's richtige Essen muß er allweil kriegen. Und so wirds halt Sorgen über Sorgen geben. In der sogenannten Familli! Sie wird net lang ausbleiben, d' Familli – denk ich mir, ja! Aber hab ich A gsagt, muß ich B sagen, in Gottsnamen! Und da wärs mir schon lieb, Herr Fürst, wann S' mir als Jagdherr d' Heiratsbewilligung geben täten. Kunnt sein, es pressiert a bißl. Ich tät schon recht schön bitten, ja!« Er hatte nasse Augen, als er das sagte.
»Die geb ich Ihnen von Herzen gerne.«
»Gott sei Dank!« Pepperl atmete auf. »Da is mir der ärgste Stein von der Seel!«
Ettingen lächelte und sah dem Jäger herzlich in die Augen. Was wäre ihm in der Stimmung dieses Tages willkommener gewesen, als die Freude und das Glück zweier Menschen schaffen zu dürfen. »Wieviel Schulden haben Sie denn auf Ihrem Haus?«
Das ging hart heraus: »Dreihundert Gulden!«
»Die wird Ihre Braut schon bezahlen können.«
»Aber!« Pepperl machte schiefe Augen zu diesem Witz. »Der muß

ich ja zur Hochzeit die Pomeranzen und 's Salzbüchsl kaufen! Soviel hat die!«
»Nein, Pepperl! Soviel ich weiß, hat Ihre Braut fünfhundert Gulden zur Aussteuer.«
»Ja, wär schon recht! Da müßts ihr rein einer schenken. Aber so an verruckten Narren gibts net auf der Welt!«
»Doch!« Ettingen lachte. »So ein Narr bin ich!«
»Was?« Pepperl verfärbte sich, und seine Hände zitterten, daß aus der Milchschüssel ein weißer Taufguß über die Kurzlederne niederging. »Was haben S' gsagt?«
»Daß ich der Burgi das zur Aussteuer gebe.«
»Mar und Joseph!«
»Und der Förster hat viel Arbeit mit der Jagdverwaltung. Er wird eine Hilfe brauchen. Das haben Sie mir doch neulich bei der Jagd im Geißtal drunten selbst gesagt. Da will ich vorschlagen, daß er Sie zum Oberjäger macht, mit entsprechendem Gehalt natürlich.«
»Was?«
»Haben Sie nicht verstanden?«
Die Milchschüssel kollerte über Pepperls Knie hinunter. Starr guckte er den Fürsten an, schlug die Hände ineinander und stotterte: »Ich bitt Ihnen, Duhrlaucht, tun S' mich a bißl am Ohrwaschl reißen! Sonst glaub ichs net!«
»Was ich sage, das gilt!«
In Zweifel studierte der Jäger noch eine Sekunde lang das Gesicht seines Herrn. Dann stiegen ihm der Glaube und die Freude zu Kopf wie ein elftes und zwölftes ›Viertele‹ vom roten Spezial. Gleich einem Verrückten sprang er auf und schrie einen Jauchzer zum Himmel, daß der Senn vor die Tür gelaufen kam. »Duhrlaucht! Duhrlaucht! Wenn ich heut net überschnapp, is mir der Verstand angnagelt im Hirnkastl drin! Mar und Joseph! So hat sich noch keiner ins Glück einigsuffen wie gestern ich.«
Ettingen machte die Erfahrung, daß es Menschen gibt, denen man eine Freude nicht minder vorsichtig mitteilen soll als eine Trauerbotschaft. Denn Pepperl drückte im ersten Sturm seinem Herrn die Hand, daß Ettingen noch eine Stunde später die Finger kaum bewegen konnte.
Mitten in diesem Jubel kam dem Jäger gleich wieder eine Sorge. »Um Gottswillen, Duhrlaucht, wann's mit der Aussteuer wahr is, sagen S' nur ja keim Menschen a Wörtl davon!«

»Nein, Pepperl, das bleibt unter uns.« Ettingen hatte die Bitte anders verstanden, als sie gemeint war.
»Wenn so was unter d' Leut käm, da hätten S' kei' Ruh nimmer, Tag und Nacht. Da tät die ganze Gegend heireten auf Ihnen nauf! Und jeder, der was brauchen kunnt, tät sich denken: Ah was, der gute Kerl, der gibt mir's schon! – Nimmer schlafen kunnten S' vor lauter Brautleut!«
Ettingen lachte. »Ja, Pepperl, da wollen wir lieber reinen Mund halten!«
Als sie den Heimweg antraten, hatte der Jäger solche Eile in den Beinen, daß er immer ein paar hundert Schritte voraus war und wieder stehen bleiben mußte, um auf seinen Herrn zu warten.
Ehe der Pfad sich in den Wald verlor, kletterte Pepperl auf eine vorspringende Bergrippe, von der man frei hinuntersehen konnte ins Tal.
Wie zierliches Spielzeug lag die Tillfußer Alm mit den Jagdhäusern und der Sennhütte da drunten.
Pepperl zog in seiner freudigen Ungeduld das Fernrohr auf. »Muß doch schauen, ob ich 's Madel net sieh!«
Das Mädel war unsichtbar. Dafür entdeckte Pepperl was anderes: Eine vierspännige Equipage und einen Zweispänner, die im Hof des Jagdhauses standen. »Duhrlaucht! Da fahren Ihre Gäste davon! Die Herrschaften sitzen schon im Wagen, und grad steigt der Herr Martin auf'n Bock. Und jetzt fahren s' aussi zum Türl!«
Ettingen antwortete nicht; er machte nur lächelnd mit der Hand eine Bewegung, die jedes Wort ersetzte.
Pepperl war sehr aufgeregt. »Ja kommt denn der Herr Martin fort? Für ganz?«
»Ja. Und Sie werden seinen Dienst bei mir übernehmen müssen –«
Da machte Pepperl ein Gesicht, als hätte sich in seinem Freudenkelch der letzte Tropfen Wermut in Zucker verwandelt.
»– und bei Tisch servieren.«
Nun erschrak er. »Teufi, Teufi, Teufi, dös wird sich hart machen!« Mißtrauisch sah er seine klobigen Tatzen an. Dann lachte er. »Duhrlaucht! Wann S' heut zu mir sagen, ich soll an Heuwagen auflupfen mit eim Zwirnsfaden, nacher probier ichs auch!«
Nun ging es talwärts ohne Aufenthalt. So flinke Beine Pepperl auch machte, Ettingen blieb nicht zurück hinter ihm. Bei diesem ungeduldigen Abstieg plauderten sie nur wenig. Der Fürst war in Gedan-

ken versunken, und auch Pepperl hatte zu ›sinnieren‹. Er studierte, wie er's der Burgi sagen wollte. Was die für Augen machen würde! »Teufi, Teufi, Teufi!« Selig lachte er vor sich hin.
Eine Stunde, und sie hatten die Tillfußer Alm erreicht. Als sie aus dem Walde traten, kam der Förster mit Mazegger von der anderen Seite übers Almfeld heraufgestiegen. Schon von weitem winkte Kluibenschädl dem Fürsten zu und rannte ihm atemlos entgegen: »O mein Gott, Duhrlaucht, wann S' nur heut bei mir gwesen wären. Da hätten S' an Hirsch gschossen, an Kapitalkerl!«
»So?« Ettingen schien über den Entgang dieser Weidmannsfreude nicht sonderlich betrübt.
»Ja, denken S', wie ich gegen zehne vormittags beim Steigvermessen abikomm aufs Straßl, schau ich so zufällig zum Bach ummi. Was steht drunt? A Kapitalhirsch! Gar net kümmert hat er sich um uns. Und wer weiß, wie lang er noch ghalten hätt, wann's Malerfräulein net daherkommen wär.«
»Fräulein Petri?«
»Ja. Die is auf ihrem Hansi aussigritten zum Sebensee. Natürlich, da hat sich der Hirsch davongmacht. Aber ganz gmütlich is er angstiegen. Zwei-, dreimal hätt' man ihn noch derwischen können mit der Kugel. Und d' Haar hätt' ich mir schier ausgrissen, weil ich mir allweil hab denken müssen: ›Ja, wann nur der Herr Fürst da wär, um Gottes willen, wann nur der Herr Fürst da wär!‹«
»Ja, Herr Förster«, Ettingen lächelte, »ich weiß nicht, was ich drum gäbe, wenn ich bei Ihnen gewesen wäre.«
»Gelten S', ja? Aber morgen müssen S' abi auf den Hirsch! Der kommt wieder.«
»Nein, lieber Förster! Für morgen hab ich andere Pläne. Praxmaler!«
Pepperl, der zur Sennhütte hinuntergeschielt hatte, fuhr auf: »Ja, Herr Fürst?«
»Morgen machen wir einen Pirschgang zum Sebensee. Früh um drei Uhr. Dann sind wir draußen, bis die Sonne kommt.« Ettingen nickte dem Jäger zu und ging zum Fürstenhaus hinauf, in dessen Tür Graf Sternfeldt erschienen war.
Pepperl, um seine Büchse loszuwerden, sprang ins Försterhäuschen. Kluibenschädl wollte ihm folgen. Da sah er Mazegger stehen und sagte freundlich zu ihm: »Jetzt leg dich schlafen, Toni! Du mußt ein' erbarmen, wenn man dich anschaut. Seit Mittag hast dich schier

nimmer auf die Füß halten können. Sei gscheit und schlaf dich ordentlich aus! Und wann dir morgen net besser is, so bleib halt liegen.«
»Morgen?« Mazegger nickte und ging seiner Hütte zu.
Droben im Hof des Fürstenhauses war Sternfeldt dem Freunde lachend entgegengekommen. »Schau hinauf, Heinz, wie wir gelüftet haben!« Am Jagdhaus standen alle Fenster offen. »Und damit du das Ende der Komödie entsprechend heiter nimmst, hab ich eine Überraschung für dich. Baronin Pranckha und Mucki, der Edle von Sensburg, empfehlen sich als Verlobte.«
»Nein?«
»Wahrhaftig!«
Da lachte Ettingen hell hinaus.
»Ich war sogar Zeuge dieses weltgeschichtlichen Aktes. Dem kleinen süßen Mucki schien's ›ainigermaasen‹ überraschend zu kommen, als sie ihm vor meinen Augen feierlich die Hand reichte – um jedes Mißverständnis auszuschließen, wie sie sagte. Du hättest sein Gesicht sehen sollen! Im ersten Moment war er so verblüfft, daß er Hochdeutsch sprach. Das will viel sagen. Dann wurde er wieder ganz ›Fiaker‹, stellte sich sehr empört über dich – was er sich dabei dachte, will ich nicht näher untersuchen –, ärgerte sich, daß er ›ohne Gams‹ fort sollte, und gab dem drolligen Lied seiner Wut und Verlegenheit den klassischen Refrain: ›So eine Benehmitätt, großoatig!‹« Sternfeldt lachte. »Er brauchte zehn Minuten, um sich in die Glücksstimmung hineinzuzappeln. Aber dann, aaah! Als er mit ihr abdampfte, benahm er sich in der Rolle des Glücklichen so musterhaft, daß ich ihn fast um seine Dummheit beneidete. Na also!« Heiter winkte er gegen den Wald hinunter. »Fort mit Schaden! Sie wird ihm ehrlich helfen, die dunklen Millionen seines Vaters ins Rollen zu bringen.« Nun wurde er ernst. »Aber du, Heinz? Dein Brief? Ich stand vor diesem Bekenntnis wie der Prophet vor dem Berg. Aus der einen Todesangst um dich errettest du mich und wirfst mich in die andere.«
Ettingen legte den Arm um die Schulter des Freundes. »Komm!« Sie traten ins Haus.
Drüben bei der Försterhütte rumpelte Pepperl aus der Tür und surrte über das Almfeld hinunter, mit langen Sprüngen, als könnte er den Augenblick nicht erwarten, den er sich auf dem Heimweg ausgemalt hatte wie der Hungrige die Mahlzeit. Auf der Schwelle

der Sennhütte stellte er sich breitspurig hin, mit den Daumen in den Hosenträgern und mit dem Hütl im Genick. »Grüß Gott, Frau Oberjagerin!«
Burgi erhob sich von der Herdbank, machte scheue Augen und fuhr sich mit dem Schürzenzipfel über die Wangen, als hätte sie einen feuchten Tag hinter sich. »Geh du!« Mehr sagte sie nicht.
Pepperl schraubte die Stimme. »Grüß Gott, Frau Oberjagerin!«
»Ich bitt dich, Pepperl, mach mir heut kei' Fasnacht her! Mir is net z' mut danach. Ich weiß schon, wie ich dran bin.« Das war ein Ton, als wären die Tränen nicht weit.
Der Jäger lachte und rief es zum drittenmal: »Grüß Gott, Frau Oberjagerin!« Dann sprang er auf das Mädel zu wie der Fuchs auf die Ente, packte sie mit beiden Armen, wirbelte sie im Kreis und küßte sie ab, daß ihr der Atem verging.
»Wann's einer sieht! Mar und Joseph!« stotterte sie wehrlos unter seinen Küssen.
»Solls sehen, wer mag! Meintwegen der Pfarr!« Dann kam's wie ein Wolkenbruch der Freude aus ihm heraus: »Fünfhundert Gulden und Oberjager!«
Als sie begriffen hatte, brachte sie keinen Laut aus der Kehle und drückte das Gesicht an seine Brust.
Er schmiegte die Wange an ihren Kopf, tätschelte sie auf den Rücken und tröstete: »Geh, Schatzerl, tu dich doch lieber freuen! Warum denn weinen? Geh, macht nix, macht nix! Is ja doch eh alles gut. In vier Wochen wird gheiret!«
»Pepperl! – Is dös wahr?«
»Meiner Seel!«
Da legte sie ihm die Arme um den Hals und atmete auf. »Nacher is mir alles recht! Alles!«
»Gelt, ja? Und unser Herr Fürst! Gleich hat er's in der Nasen ghabt, daß ebbes mit der Familli net in Ordnung is. Und alles verzähl ich dir auf'n Abend! Jetzt hab ich kei' Zeit, jetzt muß ich nauf. Oder weißt es noch gar net? Der Schwarzlackierte is abgschoben.«
»Ja! Gott sei Dank!«
»Jetzt hab ich d' Verantwortigung, weißt! Jetzt muß ich sehrwieren bei der Tafel.«
»Was mußt?«
»Sehrwieren muß ich, aufwarten beim Essen.«
»Du, Pepperl, da mußt dir d' Händ ordentlich waschen!«

»Freilich! Hast a warms Wasser?«
»Ja, geh her!« Aus dem Kupferkessel, der über dem Feuer hing, schöpfte sie eifrig eine Schüssel voll dampfenden Wassers heraus und probierte mit der Hand, ob es nicht zu heiß wäre. »Es tuts grad.« Dann holte sie einen Klumpen Seife und die Holzbürste.
Pepperl scheuerte aus Leibeskräften, zuerst mit der rechten Hand die linke, dann mit der linken die rechte. Als er die Hände an Burgis Schürze trocknen wollte, sagte sie:»Halt, laß mich schauen!« Nach kurzer Musterung meinte sie: »Na na, du, da muß schon ich noch a bißl drüber!« Es dauerte eine Weile, und viel Seife ging drauf, bis sie erklärte: »So, jetzt kannst jede fürstliche Schüssel anrühren mit Manier!«
»Du bist halt a Madl! Mit dir bin ich aufgricht! Ja!«
Ein Kuß, der sich zeitverschwenderisch in die Länge zog. Dann rannte Pepperl davon.
In der Jägerhütte stand Mazegger am Fenster, mit den Händen hinter dem Rücken, regungslos wie eine Steinsäule. Manchmal schloß er die Lider, als hätte er Schmerz in den Augen. Dann spähte er wieder und wartete. Nach einer Weile sah er den Förster zum Jagdhaus hinaufwandern und in der Tür verschwinden. Mazegger streckte sich wie einer, den die Arbeit ruft. Er zog die Läden zu und schloß das Fenster. Dann nahm er die Büchse auf den Rücken, verließ die Stube, sperrte die Hüttentür ab und schleuderte den Schlüssel weit hinaus in das Almfeld.
Mit starrem Lächeln sah er noch einmal hinauf zum Fürstenhaus und eilte davon, in der Richtung gegen den Sebenwald.

20

Der Abend wurde trüb.

Immer tiefer senkte sich das Gewölk über die Berge, noch angeflogen von einem letzten Schein der Sonne. Aus den Waldsümpfen in der Nähe des Baches begann es aufzudampfen. Wie graues Spinngewebe, das immer dichter wurde, zog der Nebel sich über die moorigen Almen hin. Unruhig hauchte der Abendwind und trieb die grauen Dünste bergan und gegen den Sebenwald.

Bei Anbruch der Dämmerung, als die Sennleute der Sebenalm unter Geschrei und Schelten das Milchvieh von allen Gehängen zusammentrieben gegen den Stall, war der Nebel schon so dicht geworden, daß man kaum mehr auf hundert Schritt sehen konnte.

Der Senn und sein Weib begannen im Stall die Kühe zu melken, während der alte Hüter, der nun Feierabend hatte, mit seinen Holzschuhen in die Sennstube schlorpte, um sich ans Feuer zu setzen, ein krummgebeugtes, weißhaariges Männchen mit stumpfen Augen in dem müden Runzelgesicht. Gähnend suchte der Alte seinen Platz am Herd und rückte die Beine nah an die Glut. Sein abgewerkeltes Leben hatte keinen anderen Wunsch mehr, als Abend für Abend die schläfrige Rast am Feuer genießen und die kalten Füße wärmen zu können. Langsam legte er einen dürren Ast nach dem anderen über die Glut.

Mazegger trat in die Hütte und stellte das Gewehr an die Mauer. »Guten Abend!«

Der Alte ließ sich beim Feuerschüren nicht stören.

Der Blick des Jägers huschte durch die Sennstube und blieb an den beiden Holznägeln haften, die über dem Herd in die Mauer geschlagen waren und ein Bündel langer Kienfackeln trugen.

Höher und höher, mit Knistern und Geprassel, flammte in der Herdgrube das Feuer.

Mazegger setzte sich und legte die Arme übers Knie. So saßen die beiden sich eine Weile schweigend gegenüber. Als der Alte die nackten Füße aus den Holzpantoffeln hob und in die heiße Asche hineinwühlte, sagte Mazegger: »Narr! Verbrennst dir ja die Füß!«
Der Hüter kicherte mit seiner dünnen hohen Stimme: »Narr sagt'r! Weil ich mir ebbes Guts vergunn!« Er legte ein paar neue Äste in die Flammen. »Wann ich net mit halbbratene Füß ins Heu komm, kann ich net schlafen. So viel kalt hab ich allweil.« Mit zittrigen Händen öffnete er an der Brust das Hemd, beugte sich näher gegen das Feuer, und wie ein Kater schnurrend, blinzelte er mit den roten Lidern. »Is was Schöns, so a Fuierl, gelt?«
Heiser lachte Mazegger.
»So so? Lachen tust über 's Fuierl? Hast halt noch Hitzen im Blut und brauchst kein Fuierl, gelt? Wart nur a bißl, 's kommt für an jeden, 's Frieren! Jung sein heißt dumm sein. Wann er gscheit wird, der Mensch, fangt 's kalte Frieren an. Da merkt er, daß 's Fuierl 's einzig is, was bleibt! Hihihihi! Weiberleut und Lieb und Haß, Gut und Geld und Burgermeister sein, alles is Wasser und gfriert in der Kält, 's Fuierl is 's einzige! Macht so schön warm! Da kann er schlafen, der Mensch. Gut schlafen!« Kichernd griff der Alte mit seinen dürren Händen nach den Flammen, während draußen im Stall der Senn über die Kühe fluchte, die beim Melken nicht ruhig hielten. »A bißl spat, Jager, a bißl spat bist auf'm Marsch? Wohin denn heut noch?«
»Nach Ehrwald. Und dürsten tut mich. Magst mir an Trunk vom Brunnen holen?«
»So? Frisch vom Brunnen? So viel gnäschig bist! Hihihihi! Aus'm Ganterl taugts dir net? Gleich vom Brunnen mußt es haben und tust mich forthetzen vom Fuierl?« Seufzend erhob sich der Alte, nahm eine Blechkanne und verließ die Hütte.
Mazegger sprang auf, riß zwei Kienfackeln von der Mauer herunter und schob sie zu einem Rauchloch hinaus. Sie fielen draußen mit dumpfem Klatsch in die Kräuter.
Der Alte brachte die gefüllte Kanne. »So, du Gnäschiger, da hast dein Trunk, dein kalten!« Gähnend setzte er sich wieder zum Feuer und wühlte die Füße in die Asche. »Jetzt laß mich aber in Ruh, gelt!«
»Ja. Jetzt hab ich, was ich brauch!« Mazegger tat einen Trunk aus der Kanne. »Gut Nacht!« Er nahm seine Büchse und ging.
Draußen raffte er die beiden Fackeln auf, barg sie unter dem Wetter-

mantel und eilte über das Almfeld hinaus. Als er den Waldsaum erreichte, blieb er stehen. Der Nebel war so dicht, daß die Sennhütte völlig im Grau verschwand und daß von dem Lichtschein, den das Herdfeuer durch die Tür warf, kaum noch ein Schimmer zu erkennen war. Deutlich hörte man noch die Stimme des Sennen, der mit seinem Weib und mit den Kühen schalt.
Mazegger wartete. Als es mit Anbruch der Nacht in der Sennhütte ruhig wurde, steckte er eine Fackel in Brand und stieg durch den Wald empor. Im Nebel erhellte die Fackelflamme nur einen Umkreis von wenigen Schritten. Verschwommen tauchte der hohe Reisigwall des Almzaunes auf wie eine dunkle Mauer, in die eine Bresche gebrochen ist. Diese Lücke war der Weg, den er gehen mußte; nur dünne Stangen versperrten ihn.
Mazegger streckte die Hand, um das Gitter zu öffnen. Er zögerte. Hatte ihn das Grauen vor der Tat befallen, die er verüben wollte? War der rechnende Gedanke in ihm erwacht: Wenn ich es tue, was hilft es mir? Und erkannte er, daß bei dem wahnwitzigen Spiel, das er im Fieberdurst seiner Leidenschaft als ein letztes, gewaltsames Mittel versuchen wollte, der Einsatz sein eigenes Leben war?
Er stand und sann. »Solls kommen, wie's mag! Der ander soll sie auch nicht haben!« Mit einem Fußtritt warf er das Gitter auf und durchschritt den Reisigwall. Knarrend fielen die Stangen hinter ihm zurück.
Er warf den Mantel zu Boden und die Büchse dazu. An der Flamme des schon halb verbrannten Kienholzes entzündete er das zweite Scheit und hob die beiden Fackeln über den Kopf empor, um den Wind zu prüfen. Der machte die Flammen lodern und trieb ihren Rauch waldaufwärts. Brannte der Reisigwall, so hatte das Feuer nur einen Weg: hinauf zum See!
Mazegger senkte die Fackeln und wollte werfen. Wieder zögerte er. Das währte nur einen Augenblick. Mit kreischender Stimme, als bedürfte er zu seiner Tat noch eines letzten Spornes, schrie er jene Worte aus dem Brief des Fürsten vor sich hin: »Morgen hol ich mein Glück!« Dann schwang er die Arme zum Wurf und schleuderte die eine Fackel zur Rechten, die andere zur Linken des Tores in den Reisigwall.
»So, du! Jetzt hol dein Glück!«
Sein gellendes Lachen hallte in der Waldnacht wie der Schrei eines Tieres.

Die Fäuste hinter dem Rücken, das Gesicht verzerrt, mit funkelnden Augen, so stand er und sah, daß aus dem dürren Reisig das Feuer aufflog wie aus verpuffendem Pulver und zu beiden Seiten des Tores über den Wald hinzüngelte, so flink, als hätt' es hundert flammende Füße.

»So! Jetzt komm!«

Den Mantel und die Büchse vergessend, schritt er in den Wald hinein. Hinter ihm erlosch die Feuerhelle im Nebel. Je tiefer er in den Wald kam, desto finsterer wurde es um ihn her. Schritt für Schritt mußte er den Weg suchen, sich forttasten von Baum zu Baum.

Im Dunkel verlor er den Pfad und wußte nicht mehr, wohin seine stolpernden Schritte ihn führten. Plötzlich wich der Grund unter seinen Füßen. Er kollerte über eine steile Lehne hinunter. Stöhnend richtete er sich auf und kletterte wieder über den Hang empor. Als er den Grat erreichte, wehte ihm dicker Rauch entgegen. Und jählings war es im Nebel, als käme die Sonne, rot, blutig rot, wie sie am letzten Morgen aufgegangen war. Dazu ein Knistern und Geprassel, ein Rauschen und Krachen, als wäre Sturmwind über den Wald gefallen. Wie brennende Bäche schlängelte sich das Feuer über den Waldboden, faßte das dürre Zeug, das in Haufen umherlag; und geschürt vom Winde, klomm es mit Geflacker an den hundertjährigen Stämmen hinauf und entzündete das Harz der blutenden Baumwunden. Die morschen Äste brannten mit weißer Flamme, die dürren Nadeln gingen glitzernd in Feuer auf und warfen im Winde den Brand mit Funkensprühen von Stamm zu Stamm.

Ein keuchender Laut rang sich aus Mazeggers Kehle. Aus allem hoffenden Wahn seiner Leidenschaft ernüchtert und von Entsetzen erfaßt, stand er wie gelähmt und starrte mit glasigen Augen in das Brennen und Glosten, in das Gewirbel von schwarzem Rauch und leuchtenden Dämpfen. Statt der Richtung gegen den See zu folgen, war er im Kreis gegangen, die äffende Finsternis hatte ihn zurückgeführt an den Ausgang seines Weges. Beim Anblick des grauenvollen Flammenbildes, zu dem die Tat seiner Eifersucht sich ausgewachsen, erlosch ihm alles Denken und Verlangen. Es war nur noch ein einziges in ihm: die Angst um das eigene Leben!

Mit erwürgtem Schrei begann er zu rennen, immer am Rande des Feuers hin, verfolgt von den züngelnden Flammen, überschüttet vom Regen der Funken. Er kam bis zur kahlen Felswand und sah das

Feuer hinaufschlagen über die Steinmauer, turmhoch, halb verschleiert von Rauch und Nebel. Keuchend rannte er zurück, quer durch das ganze Tal, bis wieder die Felsen vor ihm aufstiegen. Feuer, Feuer, überall Feuer. Nirgends ein Ausweg mehr, das ganze Tal verriegelt von Rauch und Flammen.

Schreiend rannte er zurück in den finsteren Wald, rannte wie sinnlos, strauchelte und fiel, schlug mit der Stirn gegen die Bäume und schrie vor Entsetzen, wenn flüchtendes Hochwild an ihm vorüberjagte. Schon sah er, daß der Wald sich lichtete. Seine Kräfte begannen zu schwinden, sein Atem erlosch. Taumelnd brach er in die Knie, mit keuchendem Schrei, der im Nebel zerschwamm und nur wie ein matter Ruf hinauftönte zum See.

Dort oben, am Ufer, klangen in Unruh die Glocken der Almtiere, als hätte das Vieh sich erhoben aus der Ruh und zu weiden begonnen mitten in der Nacht.

Dieses wirre Läuten tönte hinauf zum kleinen Seehaus, dessen Fenster noch erleuchtet waren. Die Tür stand offen, und trüb zerfloß die ins Freie fallende Lampenhelle in Nebel und Nacht.

In der Stube war Lo damit beschäftigt, alles Grün von den Wänden zu nehmen und das kleine Haus für die lange Zeit in Ordnung zu bringen, in der es unbewohnt und verschlossen stehen sollte. Ruhig tat sie diese Arbeit. Manchmal wurden ihr die Arme müde, und dann stand sie eine Weile unbeweglich und blickte unter schmerzvollem Lächeln ziellos vor sich hin. Wenn sie mit stockendem Atemzug aus solcher Versunkenheit erwachte, streifte ihr Blick alles Gerät der Stube, das ihr lieb und durch Erinnerung heilig war. Aus ihren Augen redete eine Wehmut, als wäre in ihr die Ahnung, daß sie die Waldstube, in der sie so viel schöne Stunden und Tage verlebt hatte, nie wiedersehen würde.

Da blickte sie lauschend auf. Was sie gehört hatte, draußen in Nacht und Nebel? War das ein Ruf?

Sie trat vor die Tür. Nur den Nebel sah sie, der in der Dunkelheit das Haus umlagerte. Horchend stand sie eine Weile und rief dann mit lauter Stimme in die Nacht hinaus: »Ist jemand hier?«

Keine Antwort kam. Mit fauchenden Stößen fuhr der immer stärker werdende Wind über das Dach der Hütte hin, es rauschte in den Zweigen des Harfenbaumes, und ruhelos tönten in seinen Wipfeln die kleinen Glocken.

Und was nur die Almtiere haben mochten? Jetzt in der Nacht?

Drunten am See, auf den höheren Latschenfeldern, überall klangen ihre Schellen. Ein Rind begann zu brüllen, ein anderes gab Antwort, kurz und dumpf – wie Jungvieh brüllt, wenn es sich in den Felsen verstiegen hat und hilflos auf den Sennen wartet. Und die Tiere befanden sich doch auf gefahrlosem Weidegrund! Oder hatten sie das Vorgefühl eines bösen Wettertages, den dieser Nebel bringen würde? Wohl schien der Wind, der über den See heraufblies, noch unbedenklich. Aber dort unten, im tieferen Tal, da schien er stärker zu wehen, fast wie ein Sturm. Ein Krachen und Rauschen tönte verworren mit dem Winde über den Wald herauf. Und dieser Nebel? Wie seltsam! Er hatte einen Geruch wie Rauch. Oder war's der Herdrauch, den der Wind herauftrieb von der Sebenalpe? Sollten sie dort unten so spät noch beim Feuer wachen? Oder waren Holzknechte im Sebenwald bei der Arbeit gewesen? Hatten sie das Gezweig und die Rinden der Windbrüche auf einer Blöße verbrannt? Und rauchten diese Feuerstätten so?
Schon wollte Lo in die Stube zurückkehren. Da hörte sie ein Gepolter, das Krachen von Ästen und den Sprung eines Tieres, das den Gartenzaun durchbrochen hatte.
»Hansi!«
Durch die Blumenbeete kam der Esel zur Tür gestürmt. Schnaubend und zitternd blieb er neben dem Mädchen stehen und windete mit vorgestrecktem Hals gegen den Wald hinunter.
Was hatte das Tier? War es durch Raubwild erschreckt worden? Durch einen Steinschlag unter den Wänden?
»Hansi? Was hast du denn?«
Beruhigend wollte sie ihm den Rücken streicheln und fühlte, daß seine Haare gesträubt waren wie Stacheln. Das Tier mußte eine ernste Gefahr überstanden haben. Oder sah es eine Gefahr, welche kam?
»Hansi?«
In grober Zärtlichkeit fuhr der Esel mit der Schnauze an ihr hinauf. Schnaubend schüttelte er das Fell und machte, den Hals immer länger streckend, ein paar zögernde Schritte. Plötzlich setzte er mit tollem Sprung über den Zaun, und ein schmetterndes Gewieher ausstoßend, verschwand er im Dunkel.
Im gleichen Augenblick jagte eine dicke Rauchwolke an der Hütte vorüber. Ein Schein durchglomm den wirbelnden Nebel. Überall im Tal begannen die Glocken der Almtiere zu läuten, überall dröhnte

und röhrte ihr Gebrüll, überall hörte man das Rollen der Steine, die der Schritt der Rinder auf den steilen Gehängen löste. Jäh war das ganze Tal erfüllt von unheimlichem Leben. Und da erkannte Lo, was die Herde flüchten machte. »Feuer im Wald! Die armen Tiere!« Daß auch ihr eigenes Leben bedroht sein könnte, daran schien sie nicht zu denken. Ohne Erregung, wenn auch mit fliegender Hast, eilte sie in die Stube und holte eine schon halbverbrauchte Pechfakkel. Damals, als diese Fackel gebrannt hatte, das war auch eine ernste Nacht gewesen. Eine Nebelnacht im Juni. Lo hatte die Rufe eines verstiegenen Touristen gehört und hatte den Verirrten aus der Tejawand heruntergeholt und zur Sebener Almhütte geführt.

Die brennende Fackel senkend, damit das Harz sich heller entzünden möchte, trat sie aus der Hütte. Was den Nebel so hell durchleuchtete? War es die Flamme der Fackel oder das wachsende Feuer dort unten, das man rauschen hörte wie heranziehenden Sturm?

Sie wollte zur Gartentür. Da taumelte ihr ein Mensch entgegen. Erst als er vor ihr stand, erkannte sie ihn.

»Mazegger!«

Lallend stürzte er vor ihr nieder und klammerte sich an ihr Kleid. Auch ihr Anblick konnte in ihm nicht mehr erwecken, was ihn zum Wahnsinn dieser Tat getrieben hatte. Seine Eifersucht und seine Liebe, alles, was er erwartet hatte von dem Gewaltstreich dieser Nacht, alles war erloschen in ihm. In ratloser Angst und in der Verstörtheit seiner Sinne umklammerte er das Mädchen und keuchte: »Im Sebenwald ist alles ein Feuer! Wir müssen verbrennen, du und ich, ersticken im Rauch!« Er drückte zitternd das Gesicht in die Falten ihres Kleides.

Lo war bleich geworden. Aber sie wich nicht zurück vor ihm. Was zwischen ihr und diesem Menschen lag, das war vergessen beim Anblick der lallenden Angst, die sich zu ihren Füßen krümmte. »Mazegger! Sind Sie denn ein Mann? Wie können Sie sich vom Schreck nur so verstören lassen?« Sie versuchte ihn aufzurichten.

Er war wie Blei und blieb auf den Knien liegen, immer nur mit dem einen Wort: »Verbrennen, verbrennen –«

»Seien Sie doch vernünftig! Man verbrennt nicht gleich, weil Feuer im Wald ist. Stehen Sie auf!«

Er wollte sich erheben und taumelte auf die Schwelle hin.

Da lief auch ihr ein Zittern über die Hände. Doch ihre Stimme klang ruhig: »Ich sehe, daß Sie sich übermüdet haben bei dieser sinnlosen

Flucht. Aber wenn Sie schon flohen vor dem Feuer, wie kommen Sie hierher! Zu mir? Wollten Sie mich warnen?« Er schwieg und bedeckte das Gesicht mit den Händen. »Mazegger! Geben Sie doch Antwort! In welcher Richtung des Waldes ist das Feuer?«
»Überall! Es gibt keinen Ausweg nimmer!«
»Das ist Torheit! Wenn es aus dem Feuer keinen Ausweg gäbe, wie wären Sie denn hereingekommen in den brennenden Wald?«
»Ich weiß nicht.«
»Wissen Sie, wie das Feuer aufgekommen ist?«
»Nein, nein, nichts weiß ich, nichts.«
»Wie kamen Sie in den Sebenwald? Jetzt? In der Nacht?«
»Ich –« es fiel ihm wohl die Lüge ein, die er dem alten Hüter gesagt hatte, »ich hab nach Ehrwald wollen und hab mich verirrt. Im Nebel. Und da war das Feuer da. Überall Feuer! Überall!« Das Grauen schüttelte ihn. »Wir müssen verbrennen, es gibt keinen Ausweg nimmer!«
»Ich will ihn suchen. Kommen Sie, Mazegger!« Sie nahm seine Hand und zog ihn von der Schwelle. »Ich kenne hier im Wald jeden Weg und Steg. Ich will Sie führen.«
»Führ mich, führ mich, ja, mit dir ist der Herrgott!« keuchte er und klammerte die Hände um ihren Arm. »Wenn's noch einen Weg gibt, mußt du ihn finden – über den Paß hinüber, ins Prantlkar!«
Den Felsenpaß, den Ettingen und Praxmaler an jenem Gewittertage überstiegen hatten – ja, den kannte sie. Aber dort hinauf, über die steilen Wände! Jetzt bei Nacht und Nebel? Das war unmöglich. Das wäre der sichere Tod. Es mußte einen anderen Ausweg geben, talwärts durch den Wald. Der Zufall dieses Brandes konnte so unselig nicht gespielt haben, daß schon das ganze Tal vom Feuer verschlossen war.
»Kommen Sie, Mazegger!«
Er ließ sich ziehen von ihrer Hand. Als die beiden über das Latschenfeld gegen den See hinunterkamen, mischte sich der Rauch immer dichter in den Nebel, immer lauter tönte auf allen Seiten das Brüllen der Rinder. Ein paarmal tauchte der Esel in ihrer Nähe auf mit Schnauben und Gewieher, begleitete sie eine Strecke und verschwand wieder. Schwüle Hitze wehte ihnen vom brennenden Wald entgegen, und rauschend zog der Wind, der die Rauchwolken über die Berge hinaufjagte. Als die beiden den See erreichten, kamen viele Rinder auf sie zugerannt und folgten ihnen Schritt um Schritt unter

angstvollem Gebrüll. Ein sausender Windstoß teilte den von Rauch durchflossenen Nebel, und nur noch matt verschleiert lag der brennende Wald vor ihnen, eine näherrückende Flammenmauer, welche die ganze Breite des Tales füllte, von Wand zu Wand.
»Wir laufen ins Feuer«, schrie Mazegger wie ein Wahnsinniger, »wir müssen hinauf! Über die Wänd hinauf«
»Das ist unmöglich.«
Mazegger bedeckte mit dem Arm die Augen, und die Zähne begannen ihm zu klappern.
Das bleiche Gesicht vom Ruß der Fackel angeflogen, stand Lo auf einem Felsblock und spähte über den brennenden Wald hinunter, aus dem die Flammen schon herauszüngelten gegen die Latschenfelder. Nur an einer einzigen Stelle des Waldes, dort, wo der Seebach gegen Ehrwald hinunterströmte, war es noch dunkel. Aber auch dort schon quoll es mit rötlichen Dämpfen hinter den Bäumen herauf. Es gab durch den brennenden Wald keinen Ausweg mehr. Wollten die beiden Menschen ihr Leben retten, so mußten sie das Unmögliche versuchen, den Weg über die Berge.
Das erkannte Lo. Schon wollte sie dem Jäger sagen: Wir müssen hinauf, wir haben keinen anderen Weg mehr! Da begannen plötzlich die Rinder, die brüllend um sie herstanden, ein tolles Rennen. Hatte eines der Tiere jene dunkle Stelle im Walde gewahrt? Ahnte es dort noch einen Weg der Rettung? Es fing zu rennen an, und alle Rinder jagten ihm nach im blinden Herdentrieb, schnaubend und mit gestreckten Schweifen. »Das Vieh! Das Vieh weiß einen Ausweg!« kreischte Mazegger. Nur an die Rettung des eigenen Lebens denkend, riß er dem Mädchen die Fackel aus der Hand und rannte mit verzweifelten Sprüngen den Tieren nach. Rauch und Nebel verschlangen ihn. Das Gerassel der Steine, die sich auf seinem Wege lösten, ging unter im Sausen des Windes, im Geprassel und Krachen des brennenden Waldes.
»Mazegger! Mazegger!« schrie Lo in der Todesangst, die sie empfand um diesen verlorenen Menschen. Sie schrie und schrie. Keine Stimme gab Antwort. Und das Brüllen der Rinder war verstummt dort unten. Nur über den See herüber klang noch das Röhren einzelner Tiere, die bergaufwärts flüchteten, den Felsen zu.
»Mazegger!«
Sie wollte folgen, hoffte, ihn noch hindern zu können, den Weg der tollgewordenen Tiere zu nehmen. Aber dichter Rauch umwirbelte

sie, der sie fast zu ersticken drohte. Wohin sie auch ihren Weg nahm, überall loderte ihr das wachsende Feuer entgegen, das den Waldsaum schon überprungen hatte und die Latschen ergriff.
»Mazegger! Mazegger!« schrie sie noch immer, bis ihr die Stimme versagte.
Rauch und Flammen trieben sie zurück. In Qualm und Nebel wußte sie nicht, wohin sie geriet – sie merkte nur plötzlich, daß ihre Füße in Wasser traten. Der See! Da ihre Kräfte zu erlöschen drohten, bückte sie sich, schöpfte Wasser mit den Händen und trank und kühlte das Gesicht. Im jagenden Winde flogen schon die glühenden Funken über sie her, als sie die seichte Bucht durchwatete und wieder das Ufer gewann. Während sie hineilte über den ebenen Rasen, kam's mit Keuchen und Schnauben hinter ihr nachgerannt.
»Hansi!«
Zitternd drängte sich das Grautier an seine Herrin, als wäre Hilfe bei ihr.
Noch einmal schrie sie den Namen des Jägers in den wallenden Rauch. Als sie keine Antwort hörte, klammerte sie sich an die Hoffnung, daß er den rettenden Weg gefunden hätte, den ihr das wachsende Feuer verschloß. Ihr blieb nur dieser einzige Weg noch, dieser unmögliche: über die Berge hinauf, um den Paß in das andere Tal zu gewinnen. Ein Weg, auf dem in der Finsternis der tödliche Sturz sie erwartete bei jedem Schritt. Sie mußte ihn versuchen, es gab keinen anderen. Wohl dachte sie einen Augenblick daran, im höheren Felsental eine geschützte Stelle zwischen kahlem Gestein zu finden. Aber der Rauch, der sich dichter und dichter herwälzte über den See, mußte, wenn die grünen Latschenfelder bis hoch hinauf ins Glühen kamen, das ganze Tal erfüllen und alles atmende Leben ersticken.
Sie faßte den Halsriemen des Esels, um das Tier mit sich fortzuführen. Es sträubte sich und wollte nicht von der Stelle. Immer wieder, unter Zittern und Schnauben, drehte es den Kopf nach dem brennenden Wald zurück. Lo zerrte am Riemen. Ein paar Schritte folgte das Tier mit Zögern. Dann plötzlich, als hätte es die Absicht seiner Herrin verstanden, hätte begriffen, welchen rettenden Weg es zu suchen galt, begann es zu traben, immer rascher, das Mädchen mit sich fortreißend, das an den Riemen geklammert hing. Den auch bei Tag nur schwer erkennbaren Steig, der über die steilen Latschengehänge emporführte zu den Felsenkaren, hätte Lo wohl nie gefunden

bei diesem unruhigen Wechsel zwischen trüber Feuerhelle und rauchschwarzer Finsternis. Die nachtsehenden Augen des Tieres fanden ihn. Schnaubend zerrte es seine Herrin mit sich hinauf, eine Latschenhöhe nach der anderen überwindend, bis sie das kahle Gestein erreichten. Da blieb es stehen, erschöpft und mit vorhängender Zunge. Es wollte nicht weiter, legte sich auf die Steine nieder und begann an seinen Knien zu lecken.

Auch Lo war atemlos zu Boden gesunken. Mit dem Rücken an das Tier gelehnt, halb erstickt vom Gewirbel des Rauches, hielt sie die Fäuste auf ihre kämpfende Brust gedrückt. Ein brausender Windstoß jagte den Rauch, und vor den Augen des Mädchens lag es dort unten wie eine lodernde Hölle. Der ganze Sebenwald eine einzige ungeheure Flamme! Rings um den See her brannten schon alle Latschenfelder, bald in rote Glut versinkend, bald wieder aufleuchtend mit weißem Feuerglanz, wenn derWind darüber hinfegte. Aus diesem Glutfeld ragte eine dunkel qualmende Säule hervor: der Harfenbaum, der den Flammen noch widerstand – und daneben loderte eine hohe Feuergarbe: das brennende Seehaus.

Als Lo diese Flamme sah, sprang sie auf mit schluchzendem Schrei: »Vater! Unser Haus! Deine Blumen!« Tränen stürzten aus ihren Augen, und in der ersten Marter dieses Anblicks machte sie ein paar Schritte gegen das Tal, als könnte sie noch retten, diesen Flammen noch wehren. Wehender Rauch quoll ihr entgegen, schwarz und schwer, das Bild des Brandes verhüllend.

Sie rang nach Atem, einer Ohnmacht nahe. Schon wollte sie mit taumelnden Sinnen zu Boden sinken. Da richtete sie sich wieder auf und streckte mit zitterndem Laut die Arme in das Dunkel. Ihr war, als stünde der Vater vor ihr, in heller Sonne, ruhig und lächelnd. Und sie hörte seine Stimme, mit jenem gleichen Klang der Liebe wie einst: ›Komm, Lo! Meine liebe, gute kleine Lo!‹ Er reichte ihr die Hand, als wollte er sie führen. Sie meinte diese Hand zu fassen, sie fühlte ihren Druck – und da war's nicht mehr ihr Vater, es war ein anderer, der vor ihr stand, ein Leuchten in den Augen, mit der gleichen Liebe im Ton der Stimme: ›Lo! So komm doch!‹

»Heinz!« In Schmerz und Freude schrie sie diesen Namen. Da war alles verschwunden, was ihr fieberndes Blut und ihre erregten Sinne gesehen hatten. Doch in ihren Gliedern war neue Kraft, neuer Wille zum Leben.

Bei dem matten Feuerschein, der das zerfahrene Gewölk durchschimmerte, erkannte sie im Felsenkar den Steig, den sie gehen mußte. Hastig jagte sie, solange der Feuerschein noch währte, durch das öde Kar. Dann umhüllten sie wieder die jagenden Rauchwolken und das Dunkel der Nacht. Tastend mußte sie den Weg suchen. Immer wieder verlor sie ihn und fand ihn immer wieder. Felsen sperrten den Pfad. Das mußte die Wand sein, die sie zu übersteigen hatte. Und dieses Felsband, auf das ihre Füße traten? Das war der Weg, der über die Wand hinaufklomm bis zur Höhe des Passes. Sie stieg und stieg. Immer schmäler wurde das Steinband unter ihren Füßen. Weit hinter sich vernahm sie das Schnauben des Tieres, das ihr folgen wollte, vernahm das Rollen der Steine, die seine Hufe lösten, und jetzt den Fall eines schweren Körpers, der tiefer und tiefer stürzte. Eine Weile noch rasselten die nachrollenden Steine. Dann war es still dort unten.

Sie wollte schreien. Die Stimme versagte ihr.

Jetzt hörte sie in schwarzer Tiefe das Ächzen des sterbenden Tieres. Da schlich auch ihr das kalte Todesgrauen in die Seele. Zitternd hing sie an die Felsen geklammert, während fern das dumpfe Brüllen der letzten, noch irrenden Rinder klang und stickender Rauch immer dichter die finsteren Lüfte füllte.

Kein Laut mehr in der Tiefe zu ihren Füßen, kein Ächzen und Stöhnen mehr. Das Tier war erlöst von seiner Qual.

Da atmete sie auf, den Todesschreck überwindend, der sie befallen hatte. Leise sprach sie ein Wort ihres Vaters vor sich hin: »Tod? Das ist nur ein Wort, nur das letzte Lächeln eines guten Menschen, der mit seinem Leben zufrieden war.«

Sollte ihr Leben auch erlöschen in dieser Nacht, dort unten in schwarzer Tiefe, ferne von Mutter und Bruder – es war doch reich gewesen und schön ohnegleichen, vom ersten, fröhlichen Lachen des Kindes bis zum letzten Gruß jenes einen, der ihre Seele und ihr Herz in seine Hand genommen hatte wie einen Besitz über Leben und Tod hinaus!

Sie flüsterte seinen Namen. Das war ihr wie ein Abschied, den sie nahm von dem geliebten Mann. Nicht für den Tod, fürs Leben nur! Denn sie fühlte, daß sie leben würde. Jetzt, da die Furcht von ihr abgefallen war, konnte sie an den Tod auch nicht mehr glauben. ›Mutter! Bruder!‹ Der Gedanke an diese beiden richtete sie auf. Um dieser beiden willen mußte sie ringen um ihr Leben, stark und mutig, bis zum Erlöschen ihrer Kräfte.

Sie rastete, an die Felsen gelehnt, um ihren Atem in Ruhe zu bringen, und preßte ihr Tuch vor die Lippen, um sich gegen den Rauch zu schützen, der über die Felsen emporquoll. Während sie hinausblickte in dic von dunklem Gewirbel erfüllten Lüfte, sah sie nicht das wogende Gewölk und nicht die schwarzen Felsen in der Runde. Sie sah das Kämmerchen des Bruders. Da war es still und dunkel. Dennoch erkannte sie jedes Bild an den Wänden, jedes Gerät, sah den schlummernden Knaben und die wachende Mutter, die in ihrer schlaflosen Immersorge auf die Atemzüge des Buben lauschte. Und Lo vernahm, wie die alte Frau vor sich hinflüsterte: ›Gott sei Dank, er schläft, da kann er doch keine Schmerzen haben! Morgen wird sein Fuß wieder gut sein. Und Lo wird kommen. Ach ja!‹

»Morgen!« Wie ein heißer Strom der Freude und Sehnsucht rann es ihr durch Blut und Seele. Morgen! Die beiden wiedersehen, morgen im Frühlicht!

Sie erhob sich. Ruhig begann sie sich mit Händen und Füßen an den Felsen hinzutasten, höher und höher klimmend.

»Mutter! Bruder!«

Sie stieg und stieg, bei jedem Schritt um ihr Leben kämpfend, an das sie glaubte.

21

Unter ziehenden Nebeln erwachte der Morgen über dem Geißtal, über den Tillfußer Wäldern und Almgehängen.
Lange vor dem ersten Grau, schon gegen drei Uhr morgens war im Försterhäuschen ein Licht lebendig geworden. Als Praxmaler, um seinen Herrn zu wecken, mit der Laterne zum Jagdhaus hinaufging, sah er, daß im Schlafzimmer des Fürsten schon die Lampe brannte, deren Flimmerschein in die vom Nebel durchwobene Dämmerung hinausleuchtete.
Droben pochte er. »Duhrlaucht?«
»Ich danke, ja, ich bin schon wach!«
»Schlecht schauts aus mit'm Wetter!« berichtete Pepperl durch die geschlossene Türe. »Nebel haben wir. Ich mein', Sie sollten heut daheim bleiben, Duhrlaucht.«
»Nein, ich gehe! Mag das Wetter sein, wie es will!«
»No ja, wenn S' meinen! Aber Gamsbock bringen wir heut kein' net heim. Heut marschieren S' umsunst.«
Ein frohes Lachen war die Antwort.
›Nebel hin oder her, den freut heut 's Leben!‹ dachte Pepperl, während er die Treppe hinunterging. ›Und mich freuts auch!‹ Es blieb ihm genügend Zeit, um ein ›Sprüngerl‹ in die Sennhütte hinunter zu machen. Da konnte er seinem Mädel den Schlaf aus den Augen küssen.
Lachend hob sich Burgi aus ihrem Heubett und schlang die Arme um Pepperls Hals. »So a Busserl beim Aufwachen is ebbes Guts!«
»Halt ja! Gib nur gschwind noch eins her! Auf'n Abend hast mich wieder!«
Es dauerte lang, dieses ›gschwinde Busserl‹.
Der graue Morgen begann, und durch die im Fluge sich klüftenden Nebel schimmerte ein armseliges Stück des blauen Himmels, als

Ettingen vom Jagdhaus herunterkam. Pepperl sah den Glanz in den Augen seines Herrn und dachte: ›Teufi, Teufi, der muß sich heut an guten Pirschgang derwarten, weil er gar so gottsfreudig dreinschaut!‹ Aber solch ein Wind und Nebel! Da hätte Pepperl schwören können: ›Wir kriegen nix!‹ Auf diese Enttäuschung mußte er seinen Herrn vorbereiten. »Schlecht schaut's aus, Duhrlaucht! Heut hab ich net die richtige Schneid auf d' Jagd.«
»Ich auch nicht!« erwiderte Ettingen lachend.
»Gott sei Dank, weil S' Ihnen nur net z'viel derwarten. Und gelten S', ich hab recht ghabt: Heut wird's a Hakerl haben mit der Sonn!«
»Mir wird sie scheinen! Kommen Sie nur.«
Sie schritten gegen den Wald hinunter.
Da wurde im Oberstock des Fremdenhauses ein Fenster geöffnet. »Guten Morgen, Heinz! Und Glück auf den Weg!«
Mit seinen ›gottsfreudigen‹ Augen grüßte Ettingen zu dem Freunde hinauf: »Das war lieb von dir!«
Pepperl schüttelte den Kopf und dachte: ›Glück hat er ihm auch noch gwunschen! Jetzt können wir einpacken!‹ Daß ein so fermer Jäger wie Graf Sternfeldt sich so schwer gegen den Weidmannsbrauch verfehlen konnte. Glück – was Schlimmeres kann einem Jäger nicht gewunschen werden!
Raschen Ganges wanderten die beiden durch das lange Tal. Sie waren schon eine Stunde unterwegs, und der Morgen wurde nicht heller. Wohl klüftete sich manchmal der ziehende Nebel und gab ein Stück der düsteren Wände frei, doch alle Höhen blieben von dunklem Gewölk umlagert. Aus den wehenden Dünsten ging ein dünnes Geriesel nieder, bei dem sich alles wie mit feinem Tau beschlug; und alle Geräusche waren gedämpft: das Rauschen des Baches, die schreienden Stimmen, die man irgendwo in der Ferne von den Almen hörte, und das Geläut und Brüllen der Rinder, die heut in solcher Unruh waren wie nach einem Schneefall, der alles Grün bedeckt.
Immer sorgenvoller wurde das Gesicht des Jägers. Seinen Herrn aber schien das unfreundliche Bild der Landschaft nicht zu verstimmen. Der wanderte immer zu, versunken in stille Gedanken, mit diesem träumenden Lächeln, mit diesem Leuchten in den Augen.
Schon ein paarmal hatte Praxmaler verwundert umhergeguckt. »A gspaßiger Nebel! Der riecht ja wie der Dampf, der von der Kohlstatt kommt!«

Und was war das für ein Rauschen, fern in der Höhe? Sie hatten noch eine Wegstunde bis zum See, da konnte man doch den Wasserfall des Seebaches noch nicht hören? Und waren denn die Leute auf der Sebenalm verrückt geworden? Sie schrien, daß man's auf eine halbe Stunde weit hören konnte! Nun kamen ein paar Kühe in wilder Flucht gerannt. Und im Wald ein Laut, der den Jäger ganz verblüfft machte: der Pfiff einer Gemse. Das begriff er nicht. Gemsen hier unten im Talwald? So tief steigen sie nicht einmal herunter im schwersten Winter!
»Herr Fürst! Ich weiß net, heut muß was passiert sein! Da saust a Rudel Gams durch'n Wald. Wie kommen denn die Gams da runter?«
Ettingen drängte mit Ungeduld: »So lassen Sie doch die Gemsen! Ich will nicht jagen heut!«
»Net jagen?« Das war für Pepperl von allen Wundern dieses Morgens das größte. »Ja sakra, warum steigen wir denn nacher auffi zum See?«
Er bekam keine Antwort. Und da machte sein Scharfsinn einen Gedankensprung. ›Ah, da schau!‹ Hatte nicht gestern der Förster erzählt, er hätte das Malerfräulein zum Sebensee hinaufreiten sehen? Und hatte der Fürst nicht gleich darauf gesagt: ›Pepperl, morgen machen wir eine Pirsch zum Sebensee?‹ Er dachte an jenen Morgen im Blumengarten des kleinen Seehauses, dachte an die drei Hirsche im Geißtal, die ihr Leben dem Malerfräulein zu danken hatten, dachte an jene Gewitternacht in der Waldstube dort oben – und dem Praxmaler-Pepperl ging ein Licht auf. ›Ah, da schau!‹ Schmunzelnd musterte er seinen Herrn. Jetzt verstand er auch das Wort von der Sonne, die heute scheinen würde. ›Dös glaubst! Die hat freilich Sonnenschein in die Äugerln! Da kann der Nebel so dick sein, wie er mag!‹
Ein sausender Windstoß riß die grauen Dünste entzwei, und man sah den steilen Tejakopf, von einer schwarzen Wolke umlagert.
»Duhrlaucht! Schauen S' da auffi! Was is denn dös für a Gwölk? So pechschwarz kann doch kein Wetter net aufziehen?«
Ehe der Blick des Fürsten die Höhe fand, nach welcher der Jäger deutete, hatte der jagende Nebel die Bergspitze mit ihrer finsteren Haube schon wieder verhüllt.
Sie schritten aufwärts durch den steigenden Wald. Da hörten sie wieder von der Sebenalm die schreienden Stimmen. Jetzt blieb auch

Ettingen stehen, wie von einer Sorge befallen. »Praxmaler! Was können die Leute nur haben?«
»Ich kann mir's net denken! Und da müssen mehr Leut beinand sein als wie d' Sennleut und der Hüter! Und wie's in der Luft liegt! Als ob's wo brennen tät! Es wird doch um Herrgotts willen in der Almhütten kein Feuer net ausbrochen sein!«
Da hörten sie das Keuchen eines Menschen und ein Gerappel von Steinen, als käme einer in wahnsinnigem Lauf über den Steig heruntergerannt.
»Um Christi willen«, stammelte der Jäger, »was is denn?«
Ein Mensch tauchte im Nebel auf. Es war der Sebener Senn. Jetzt stand er vor den beiden, nach Atem ringend, das fahle Gesicht wie mit Ruß bestrichen. Die Augen waren rot verquollen und die Ärmel seiner Joppe von kleinen Brandlöchern durchsiebt, als wäre er durch einen Regen glühender Funken gelaufen. Mit beiden Fäusten packte er den Jäger an der Brust: »Der Förstner? Wo is der Förstner? Ich muß den Förstner haben und d' Holzerleut!«
Ettingen rüttelte ihn am Arm. »Aber Mensch, so sagen Sie doch, was ist denn geschehen?«
»Der Sebenwald brennt. Der ganze Wald bis übern See auffi, alles an einzigs Fuier! 's ganze Jungvieh droben, alles muß hin sein, alles! D' Höll kann net ärger sein! Und 's Fräulein is droben seit gestern! Jesus! Jesus! Sag mir doch, Jäger, wo is denn der Förstner?«
»Mar und Joseph! Draußen im Tillfuß is er! Lauf, Senn, lauf ums Himmels willen, was d' laufen kannst!«
Der Senn wollte rennen, doch Ettingen hielt den Arm des Mannes umkrampft.
»So lassen S' doch aus, Herr!« keuchte der Senn. »Ich muß ja um d' Leut!«
Ettingen rang nach Worten. »Gibt es noch einen Weg –« die Stimme brach ihm, »einen Weg durch das Feuer, zum See hinauf?«
»Kein' nimmer! 's ganze Seetal is zu mit Fuier! So lassen S' doch aus!« Gewaltsam befreite der Senn seinen Arm und rannte, mit keuchender Stimme betend: »Vater, Vater unser, der du bist im Himmel –« Er verschwand im Nebel. Und Ettingen umklammerte den Ast einer Fichte, als müßte er eine Stütze haben, um sich aufrecht zu halten. Dem Jäger schossen die Tränen in die Augen, als er dieses verstörte Gesicht sah, diesen verzweifelten Blick.
»Jesus! Herr Fürst!«

Ettingen erwiderte keinen Laut. Seine Glieder streckten sich, als wären sie Stahl geworden. »Komm!«
Wortlos eilten sie durch den Wald hinauf und erreichten das Almfeld. Hier lag der Nebel nicht mehr so dicht wie im tieferen Tal. Man sah die Leute, die mit Geschrei umherrannten, um die scheugewordenen Kühe einzufangen – man sah den Wald und über seinen Wipfeln den schwarzen, von trübem Feuerschein durchflackerten Qualm, der von Wand zu Wand die ganze Breite des Seetals füllte. Mit brennenden Augen spähte Ettingen durch die Schleier des Nebels. »Nein! Da hinauf gibt es keinen Weg mehr! Nicht durch den Wald hinauf!« sagte er mit erloschener Stimme. »Aber einen anderen gibt es! Sie muß sich vor dem Feuer geflüchtet haben, in die Felsen hinauf. Dort müssen wir sie finden! Wir müssen!« Er eilte den steilen Latschengehängen zu, gegen den Tejakopf, dessen gewaltige Felsenmauer zwischen dem Prantlkar und dem brennenden Seetal aufstieg und in schwarzem Rauchgewölk verschwand.
Erschrocken lief der Jäger seinem Herrn nach. »Mar und Joseph! Duhrlaucht! Wo wollen S' denn hin?«
»Hinauf! Dort hinauf! Durch das Prantlkar und über den Paß – den Weg, den wir neulich gingen, als das Gewitter kam – und die schöne Nacht!«
»Da müssen wir links durch'n Wald und von drunt her auffi!«
»Nein! Ich sehe einen Weg ins Kar, der näher ist. Dort hinauf!« Ettingen deutete nach den Latschenbändern, die schräg über die Felswand emporkletterten gegen die Höhe des Kars. »Da sparen wir eine Stunde!«
Praxmaler wischte sich den Schweiß von der Stirn und stammelte: »Um Gotts willen, Duhrlaucht! Da steig ja ich kaum durch. Sie kommen net auffi!«
»Ich muß hinauf!« Ettingen hatte schon den Latschenhang erreicht und begann zu klimmen.
Ohne Widerrede legte der Jäger alles ab, was er trug, die Büchse, den Rucksack, die beiden Wettermäntel – jetzt brauchte er freie Arme, denn er wußte, daß es um das Leben seines Herrn ging.
Sie kamen zum Fuß der Felswand und begannen zu klettern, wortlos, Ettingen immer voran. Mit Sausen stürzten unter seinen Tritten die Steine in die Tiefe – er hatte keinen Blick für sie, seine Augen suchten immer die Höhe. Nie bedurfte er der Hilfe des Jägers, und wenn Praxmaler ratlos innehielt, fand Ettingen immer wieder eine

Schrunde im Gestein, einen Tritt, der ihn höher brachte, so rasch, daß der Jäger Mühe hatte, sich dicht hinter seinem Herrn zu halten! Als sie die Kuppe der Wand erreichten, sah Praxmaler in die schwindelnde Tiefe, die hinter ihnen lag, und bekreuzte sein Gesicht.
Nur eine kurze Strecke hatten sie noch zu steigen, weniger mühsam, und dann kam über Griesfelder und Latschenrücken ein ungefährlicher Weg in das Kar.
Der Nebel begann sich langsam zu heben. Von der Höhe, auf der die beiden waren, konnten sie den Eingang des brennenden Tales überblicken. Zwischen Qualm und Dämpfen sah man die flammenden Bäume. Auf weite Strecken war der Grund schon kahlgebrannt; bald erschienen diese Stellen grau, bald wieder, wenn der Wind die Asche verwehte, waren sie verwandelt in rote Glut. Und die Flammen der Bäume, Rauch und Qualm, die Aschenwolken, alles strebte im jagenden Winde hinauf, dem See entgegen.
Ettingen bedeckte mit den Händen das Gesicht, als könnte er den grauenvollen Anblick nicht ertragen und müßte mit Gewalt die martervollen Bilder ersticken, welche die Angst seines Herzens ihm vor Augen stellte. Noch atemlos, begann er den Weg ins Kar.
»Ich bitt Ihnen«, bettelte der Jäger, »tun S' doch a bißl rasten!«
Ettingen schüttelte den Kopf.
Sie stiegen eine Stunde. Je näher sie im Kar der letzten Grieszunge kamen, von deren Ende der Steig über brüchige Wände hinaufkletterte zum Paß, desto ungeduldiger wurden die Schritte des Fürsten, obwohl ihm Atem und Kräfte schon fast zu Ende gingen. Auch der Jäger war so erschöpft, daß er die letzte Kraft seiner Glieder geben mußte, um sich an der Seite seines Herrn zu halten.
Einer steilen Felswand nahe, ging der Weg zwischen mächtigen Felsblöcken, die ein Bergsturz über das Griesfeld geworfen hatte. Wohl war der Nebel gestiegen und hatte sich schon über Tal und Berg zu einer regungslosen Decke gesammelt, aber das ganze Kar lag verschleiert vom dünnen Geriesel der Asche, die aus den Lüften fiel, und vom Rauch, der drüben aus dem brennenden Seetal aufstieg und im Kar sich wieder niedersenkte über die Wände.
Nur einen Weg von wenigen Minuten hatten sie noch bis zu der Stelle, wo der Paßweg beginnen mußte, und Ettingen suchte ihn schon mit brennenden Blicken. Da rollten Steine aus der Wand herunter, an der sie vorüberschritten. Im gleichen Augenblick riß der Jäger seinen Herrn hinter einen Felsblock und stammelte: »Mar

und Joseph! Nur um Gotts willen kein' Laut nimmer! Da schauen S' auffi!«
Hoch über dem Griesfeld, in der steilen Felswand, die pfadlos schien, bewegte sich unter dem Schleier des Rauches langsam eine Gestalt.
»Lo!« glitt es mit ersticktem Klang über Ettingens Lippen. Sein erstes Gefühl war ein Sturm von Freude. Sie nur wiederzusehen! Lebend! Doch dieser Rausch der Freude ging ihm unter in einem Grauen, das ihn fast um die Sinne brachte. Jeder Schritt an dieser Wand war ein Schritt in den Tod. Ettingen streckte die Arme. Nur helfen, helfen, dieses stürzende Leben schützen! Kein anderer Gedanke war in ihm. Er wollte schreien: Ich komme, Lo! – doch seine Stimme war nur ein Lallen. Und da preßte ihm der Jäger die Hand auf den Mund und riß ihn zurück und flüsterte: »A Laut, Herr Fürst, und Sie bringen dös Fräuln um! Da gibts kein Helfen, wir stehn da mit leere Händ, ohne Seil und Eisen, ohne alles! Sie muß allein da runter. Da hilft ihr keiner, bloß die eigne Kraft. Und schauen S' auffi, wie's jeden Schritt probiert in aller Ruh! Sie derzwingts! Passen S' auf, sie derzwingts! Aber a Laut von Ihnen – a Merk von ihr, daß wer da herunten steht, und Sie grad, Sie, Herr Fürst –, und sie hat ihr Ruh verloren und –« Der Jäger sprach das Wort nicht aus, das ihm schon auf der Zunge lag. »In Rauch und Nebel hat s' den Steig verfehlt und hat sich in der Wand verstiegen. Jesus, Jesus, was muß dös Fräuln für an Weg gmacht haben in der Nacht!«
Nun standen sie regungslos hinter dem Felsblock und spähten durch den ziehenden Rauch in die Wand hinauf. Sie sprachen kein Wort mehr, aber es hämmerte unter ihren Rippen, daß einer den Herzschlag des anderen hören konnte. Mit beiden Händen klammerte Ettingen sich an den Fels und biß die Zähne übereinander, um auch den Ton seines Atems noch zu ersticken. Immer wieder schloß er die Augen, als ginge die Marter dieses Anblicks über seine Kräfte, und immer wieder spähte er hinauf mit einem Blick, in dem seine Seele war, seine Angst und sein Hoffen. Fielen Steine aus der Wand, dann zuckte er zusammen, als träfe ihn jeder Steinschlag ins Leben. Sie schwirrten und sausten, diese stürzenden Steine, und wenn sie das Griesfeld erreichten, machten sie weite Sprünge. Der Staub, den sie aufwirbelten, dampfte an der Felswand empor und mischte sich mit den Schleiern des braunen Qualmes. Der umhüllte bald die Verirrte

in der Wand, bald gab er sie wieder frei. Mit ausgebreiteten Armen, die Brust an die Felsen schmiegend, suchte sie Tritt um Tritt. Manchmal blickte sie über die Schulter in den Abgrund, wie um den Weg zu messen, den sie noch finden mußte. Tiefer und tiefer kam sie, und eine glattgeschwemmte Wasserfurche überspringend – Ettingen zitterte, als sie sprang –, erreichte sie ein Steinband, das ihr sicheren Grund für die Tritte gab. Sie ging, bis das Band zu Ende war. Dann rastete sie, lange, lange, um ihre Kraft für dieses letzte und schwerste Stück des Weges zu sammeln. Schräg nach abwärts hatte sie eine Felsplatte zu überqueren, die nur von wenigen Rissen durchzogen war und so kahl erschien, daß der Blick, der aus der Tiefe hinaufspähte, kaum einen Vorsprung fand, auf dem ein Fuß hätte ruhen können.

»Unmöglich! Das ist unmöglich!« hauchte Ettingen. Sein Gesicht war weiß.

»Nur Ruh, Herr Fürst, nur Ruh ums Himmels willen!« flüsterte der Jäger. »Von droben schauts besser aus als wie von unt auf! Und sie derzwingts, und alles is gut!«

War dieses Schwere überwunden, dann war's gewonnen. Unter der Felsplatte winkte ein Rasenfleck, auf dem sie sicher stehen konnte. Wohl war dann das letzte Stück des Weges bis auf den Sand hinunter noch immer gefährlich, aber die Felsen boten hier feste Kanten für den Fuß und Schrunden für die greifenden Hände.

Noch immer rastete Lo. Während sie die Arme um einen Felszacken geschlungen hielt, prüfte sie vorgebeugten Kopfes schon den Weg, den sie nehmen mußte. Nun wollte sie ihn beginnen. Man sah, wie ihre Gestalt sich streckte und ihr Arm sich zögernd von dem stützenden Schroffen löste.

Praxmaler umklammerte die Hand seines Herrn, als hätte er Sorge, daß die Seelenangst, die ihm aus Blick und Zügen redete, in diesen entscheidenden Minuten durch einen Ruf, durch eine unvorsichtige Bewegung sich verraten könnte. Doch Ettingen stand regungslos und stumm, wie zu Stein verwandelt. Auch sein Atem schien erloschen. Nur seine Augen lebten noch und griffen hinauf mit ihrem Blick, wie die Angst mit Armen und Händen greift.

Dicht angeschmiegt an den Fels, machte Lo mit ruhiger Vorsicht den ersten Schritt in die Platte, einen zweiten und dritten. Während sie mit der einen Hand immer angeklammert hing an eine Schrunde, fühlte sie mit der anderen gleitend am Gestein hin, um einen neuen

Halt zu finden. Zwei Schritte noch. Dann hielt sie rastend inne, mit ausgebreiteten Armen, wie an den Fels gekreuzigt. Wieder begann ihr Fuß zu tasten, ihre Hand zu suchen, denn sehen konnte sie nicht, da sie mit Körper und Wange sich an die steile Mauer pressen mußte, um das Gleichgewicht zu halten. So erkämpfte sie Schritt um Schritt, immer rastend und wieder klimmend. Oft tastete sie mit Hand und Fuß eine lange Weile am Felsen hin, bis sie einen Tritt und einen Griff zu finden vermochte. Schon hatte sie die Hälfte der Platte überquert, und immer näher kam sie dem Rasenfleck, der sich mit festem Sockel aus der Wand herausbaute. Doch immer kürzer wurden ihre Schritte, immer langsamer und müder suchte ihr Fuß, und immer länger währte ihre Rast, als gingen ihre Kräfte zu Ende.

»Sie zittert!« hauchte Ettingen und krampfte die Hände um die Kante des Felsblockes.

Beängstigend lange hing Lo in der Felswand, an eine aus der Tiefe kaum erkennbare Rinne geklammert. Dann machte sie ein paar hastige Schritte, und nun war sie nur noch durch einen schmalen Felspfeiler von dem Rasen getrennt.

»Nur Ruh, Herr Fürst! Sie gwinnt!« stammelte der Jäger. Die Hoffnung, die er seinem Herrn einredete, schien ihm selbst zu fehlen. Er betete flüsternd. »Lieber Herrgott, hilf ihr die paar Schritteln, nur die paar Schritteln noch!«

Unruhig tastete Lo mit dem Fuß. Immer schwerer schien ihr Körper an den Armen zu hängen. Nun fand ihr Fuß den gesuchten Tritt. Als sie sich vorschob und ausgriff mit der Hand, wich der Stein, auf den sie getreten war – ein leiser Schrei –, und während sie schon taumelte, wagte sie den rettenden Sprung.

Mit stöhnendem Laut stürzte Ettingen der Felswand zu. Da klang hinter ihm ein Jubelschrei des Jägers.

Sausend flog der gelöste Stein aus der Wand herunter, doch Lo hatte im Sprung den Rasen gewonnen. Sie sank in die Knie und wollte sich an den Fels lehnen. Hatte sie den Schrei dort unten gehört und den Menschen erkannt, der mit erhobenen Armen über das Schuttfeld emporstürmte? Oder löste sich, da sie an die Rettung glauben durfte, die gewaltsame Spannung ihrer erschöpften Kräfte zu einem Anfall jäher Schwäche? Ihr Kopf glitt am Felsen hin. Lautlos sank sie auf den Rasen nieder und regte sich nimmer.

»Sie ist ohnmächtig! Hinauf!« schrie Ettingen wie von Sinnen. »Praxmaler! Hinauf! Hinauf!«

Ehe der Jäger den Fuß der Wand erreichen konnte, war Ettingen über das zerklüftete Gestein schon halb bis zum Rasen emporgeklettert. Er hörte die erschrockenen Worte nicht, die Praxmaler ihm zuschrie – er stieg und stieg. Jetzt erreichte er die Bewußtlose. »Lo! Lo! Meine Lo!« Der Rausch von Freude, der ihn erfüllte, als er ihre Hand erfassen konnte, verwandelte sich in neue Sorge. Wie schmal dieser Rasen war! Eine Bewegung im Erwachen, und sie mußte stürzen. Aus Angst und Liebe wuchs ihm die Kraft, daß er das fast Unmögliche versuchte, die Ohnmächtige über die steilen Felsen hinunterzutragen. Den einen Arm um einen Schroffen klammernd, zog er mit dem anderen die Bewußtlose an sich. Sie fiel ihm schwer entgegen. Wie leblos lag ihm ihr Kopf auf der Schulter.
Da stand schon der Jäger dicht unter ihm und stemmte den Arm an eine Kante der Felsen. »Da können S' drauftreten, Duhrlaucht! Meine Knochen halten aus.«
So stiegen sie langsam hinunter. Für jeden Schritt des Fürsten suchte der Jäger eine feste Kante am Gestein, stützte ihn mit der Schulter oder hielt ihm bald den Arm, bald wieder die Fäuste oder das Knie als Staffel hin.
Als sie den sicheren Grund erreichten, taumelte Ettingen und ließ sich niederfallen auf den Sand. Aber er fühlte die eigene Schwäche nicht, nur den Jubel, die Geliebte gerettet zu wissen, sie so zu halten, in seinen Armen, an seiner Brust. »Meine Lo!« Ein anderes Wort fand er nicht, während er wie ein Irrsinniger ihre geschlossenen Augen küßte, ihr Haar und ihre Stirn.
Der Jäger stand vor den beiden, erschöpft, verlegen lächelnd. Dabei leckte er mit der Zunge von seiner Hand das Blut fort, das ihm über die Finger tropfte. Und dann sprang er zu den Felsblöcken hinunter, um mit dem Hut von dem Wasser zu schöpfen, das zwischen den Steinen rann. Vorsichtig brachte er den vollen Hut getragen. »Da haben S' Wasser, Herr Fürst! Sie müssen 's Fräuln a bißl derfrischen!«
Als Ettingen aufblickte, sah er das Blut an den Händen des Jägers. »Praxmaler! Ihre Hände!«
»No ja, natürlich, Sie haben halt a bißl scharfe Nägel an die Schuh. Macht nix! Ich hab eh a wengerl z'viel Blut im Leib. So a kleiner Schröpfer is mir gsund. Aber jetzt denken S' net an mich.«
»Wie soll ich Ihnen diese Stunde danken?«
»Was? Danken? Dös wär mir 's richtige: auf die fünfhundert und

auf'n Oberjager auffi! Aber da hab ich 's Wasser! Brauchen S' a Tüchl! Na, um Gotts willen, wie 's Fräuln ausschaut!«
Erst bei diesem Wort des Jägers bekam Ettingen Augen, um zu sehen. »Ach!« Das war ein Laut, als würde ihm das Herz zerdrückt. Mit zitternden Armen preßte er die Ohnmächtige an sich, schmiegte ihren Kopf an seine Brust und streichelte ihr das Haar und die Wange. Wie müd und erschöpft ihr schönes Antlitz war, wie entstellt von Rußflecken und vom Staub der Asche! »Und ihre lieben Hände!« Sie waren grau vom Steinsand, wund von Rissen, fast alle Nägel gebrochen und mit Blut unterlaufen.
Wie ein Schwindel überkam es ihn, als er sein Tuch in das Wasser tauchte, das ihm der Jäger hinbot. In scheuer Zärtlichkeit blies er die Asche aus Lolos Haar, wusch ihr den Ruß vom Gesicht und streifte ihr immer wieder das nasse Tuch über Stirn und Augen. Sie erwachte nicht, doch ihr Atem begann sich zu beleben. Er wusch ihr die Hände, küßte jede Wunde. Und während der Jäger fortlief, um frisches Wasser zu holen, nahm er sie wieder in seine Arme.
Ein stockender Atemzug erschütterte ihre Brust. Sie schlug die Lider auf.
»Lo!«
Sie sah das Gesicht, das sich in Glück und Sorge über das ihre beugte, fühlte schauernd den Druck der Arme, die sie umschlungen hielten, und trank den Blick der Liebe, der auf ihr ruhte. Dann lächelte sie müde und schloß die Augen wieder, als wüßte sie: Das ist ein Traum, der verschwinden muß, wenn ich wache!
»Lo! Kennst du mich nicht? So sieh mich doch an!«
Sie öffnete die Lider.
»Lo! Meine liebe, gute, kleine Lo!«
Da hörte sie es wieder: das Wort ihres Vaters! Mit dem gleichen Ton der Liebe! Nur süßer, zärtlicher noch, durchweht von einer Glut, die hinüberschlug in ihr Herz und ihr das Blut in die bleichen Wangen trieb. Als sähe sie ein Wunder, dessen Wahrheit sie fühlte und an das sie doch nicht glauben konnte, so hob sie zögernd die Arme und faßte scheu mit beiden Händen die Wangen des geliebten Mannes. Ein Zittern rann durch ihren Körper. »Du!« Und nun schlang sie die Arme um seinen Hals, stark und heiß, und hing an seinen Lippen, als tränke sie neues Leben aus seinem Kuß. Dann schloß sie mit leisem Lächeln die Augen und sank an seine Schulter hin, als wollte sie schlummern.

Er streichelte ihr Haar. »Du Starke, du Mutige du! Was hast du überkämpft in diesen grauenvollen Stunden! Was mußt du erlebt haben in dieser entsetzlichen Nacht!«
Ohne die Augen zu öffnen, flüsterte sie: »Ich weiß es nimmer – ich weiß nur, was jetzt ist – und das ist schön!«
»Und ich schlief in dieser Nacht und träumte von meinem Glück, während du –« Er konnte nicht weitersprechen. Der Gedanke an alle Gefahr, die in dieser Nacht auf jedem Schritt mit ihr gegangen, machte ihn zittern bis ins Herz. »Ich habe nur dieses Letzte gesehen. Und nicht einmal helfen hab ich dir können! Das sehen zu müssen, so hilflos! Jeder Blick war wie ein Tod für mich. Am Morgen, als ich mein Haus verließ, um dich zu suchen, da wußt ich, daß ich dich liebe. Aber erst in diesen Stunden der Angst und Verzweiflung hab ichs empfunden, wieviel du mir bist und daß ich nicht leben könnte ohne dich!«
Sie lauschte seinen Worten wie der Dürstende dem Quell, den er rauschen hört.
Daß sie so stumm war, das weckte seine Sorge wieder. »Lo! Wie fühlst du dich? Ist dir wohl?«
Sie lächelte und atmete tief.
»Warum siehst du mich nicht an?«
Da schlug sie die leuchtenden Augen zu ihm auf.
»Sag es mir, Lo! Bist du mir gut?«
»Ach, du!« Sie hob die Arme.
»Ich weiß es. Aber ich möcht' es hören mit deinen Worten. Sag es mir, Lo!«
»Du!« Ein anderes Wort fand sie nicht; doch sie schmiegte sich an seine Brust, daß er das Beben ihres Körpers und ihren Herzschlag fühlte.
So hielten sie sich schweigend umschlungen, bis ein Schritt sie weckte.
Der Jäger brachte frisches Wasser.
Ettingen richtete die Geliebte in seinen Armen auf. »Willst du nicht trinken, Lo?«
»Ja, Heinz, mich dürstet. Gib du mir einen Trunk!«
Er schöpfte Wasser, und das schlürfte sie ihm aus der hohlen Hand.
»Wie das erquickt! Ich danke dir, Heinz!«
Lächelnd strich er das feuchte Haar von ihrer Stirn zurück. Dann nahm er den Hut des Jägers, tat einen gierigen Trunk und hob sich

auf die Knie. »Komm, Lo! Ich muß dich heimbringen, damit du ruhen kannst. Und sieh nur, deine armen Hände! Wir müssen heim.«

»Heim!« Sie nickte ernst, und ein Schatten dämpfte den Glanz ihrer Augen. »Die Mutter! Kann es meine Mutter schon wissen?«

»Daß der Wald brennt? Nein, Lo!« Wohl mußte er fürchten, daß die Nachricht schon hinausgeflogen wäre bis ins Dorf; doch er wollte ihr diese Sorge von der Seele nehmen. »Sie kann es unmöglich wissen, sie wird es hören mit der Nachricht, daß dein Mut dich rettete.«

Lo atmete auf.

»Fühlst du dich stark genug, um gehen zu können?«

»Sage mir: Geh! Und ich kann es.«

»So komm!«

22

Sie begannen den Heimweg und wanderten langsam durch das von Rauch überschleierte Kar hinunter. Ettingen hielt die Hand der Geliebten in der seinen und schmiegte stützend den Arm um ihre Hüfte. Immer suchte er den besten Weg für sie. Lag ein Stein im Pfad, so schob er ihn mit dem Fuß beiseite. Sie sprachen nicht. Was ihre Herzen erfüllte, war zu übermächtig für Worte. Nur ihre Augen suchten sich immer wieder und redeten mit stillem Lächeln. Während sie so hinunterschritten ins Tal, war in ihren Seelen ein Aufwärtssteigen, empor zur Sonnenhöhe des Glückes.

Eine Stunde waren sie schon gewandert, als sie Stimmen hörten.

Lo verhielt den Schritt. »Menschen?« Das sagte sie, wie aus einem Traum erwachend, wie verwundert und erschrocken über die Wirklichkeit des Lebens, dessen Laute ihr entgegenschollen. Da tauchten auch wieder die Bilder der vergangenen Nacht vor ihren Augen auf. Und stammelnd fragte sie: »Mazegger? Ist er gerettet?«

Ettingen erschrak. »Mazegger?« Und betroffen sah Praxmaler den Fürsten an.

»Er wollte nach Ehrwald. Als das Feuer ausbrach, kam er, um mich zu warnen. Er nahm einen anderen Weg, durch den brennenden Wald –« Das Grauen der Erinnerung machte sie zittern. »Ist er gerettet?«

»Ja, Lo!« sagte Ettingen und tauschte einen Blick mit dem Jäger.

Da lächelte sie erleichtert, als wäre der letzte Schreck der überstandenen Nacht von ihrer Seele gelöst.

Schreiend kamen ihnen die Leute entgegen. Es waren Senner und Holzknechte, die den Paß übersteigen wollten, um droben in den Felsenkaren des Seetals nach dem Jungvieh zu suchen. Der Jäger flüsterte ihnen eine Frage zu. Sie schüttelten den Kopf, schrien durcheinander und eilten weiter.

Eine erregte Stimme rief durch das Tal herauf? »Heinz? Bist du's?« Dort unten im Latschenfeld erschien Graf Sternfeldt mit dem Förster.
»Ja, Goni!« gab Ettingen zur Antwort. »Wir kommen!«
Sternfeldt eilte den beiden entgegen, während der Förster seinem Herrn ein »Gott sei Dank!« zuschrie und wieder talwärts rannte. Er war nicht weit gekommen, als Praxmaler ihn einholte, keuchend: »Herr Förster! Der Toni geht ab.«
»Der Mazegger? War der im Sebenwald? Heut nacht?«
Der Jäger erzählte, was er von Lo gehört hatte.
»Der? Und 's Fräuln warnen?« Der Förster schüttelte den Kopf. »Komm, Bub! Ich fürcht, da hat einer d' Höll versucht, und der Himmel hat ihn gstraft! Sei's wie's mag, jetzt müssen wir tun, was gschehen kann! D' Holzknecht schaffen schon bei der Brandstatt. Jetzt müssen wir helfen. Komm!«
Sie eilten talwärts, und Praxmaler begann zu rennen, daß der Förster hinter ihm zurückblieb. Als Kluibenschädl das Waldtal erreichte, begegneten ihm Sennleute, die zur Brandstätte liefen. Und hinter ihnen kam ein Mädel gerannt, atemlos und bleich, die Tillfußer Sennerin. Sie haschte den Förster an der Joppe.
»Mein Pepperl? Is meim Pepperl nix geschehen?«
»Dein Pepperl? Ah, da schau her!«
»Is ihm nix gschehen? Jesus Maria! Lebt er noch?«
»Ja, ja, ja! Der Schnurrbart is ihm net wegbrennt. Den hat er noch.«
Burgi drückte die Fäuste auf ihre Brust. »Du heilige Mutter im Himmel, ich sag dir Vergeltsgott! Und a Kerzl sollst kriegen, so lang wie meim Pepperl sein Bergstock!« Dann fing sie wieder zu rennen an, und die grundlose Angst, die sie ausgestanden hatte, löste sich in ein Schluchzen verrückter Freude.
Die Stimmen und Schritte verhallten. Schweigen lag wieder im Wald. Kein Windhauch regte sich, kein Wipfel schwankte. Grau und unbewegt hing die glatte Nebeldecke über den Bäumen, die Felswände verhüllend. Gegen Westen lag es wie schwarzes Sturmgewölk über den Ehrwalder Bergen. Gegen Osten schimmerte es zuweilen mit weißlichem Glanz durch die trüben Dünste, als wäre dort irgendwo die Sonne, die den grauen Schleier durchbrechen wollte.
Manchmal tönten im Schweigen des Tillfußer Waldes verworrene Menschenrufe aus weiter Ferne. Dann war's wieder still.

Sichernd zog ein Rudel Hochwild über den Weg, scheu hinauswindend gegen den Sebenwald. Und lautlos trat es wieder in den stummen Forst.
Hoch in den Wipfeln schlug eine Ringdrossel. Schnalzend kam sie auf den Weg geflogen und begann ihre Käferjagd im feuchten Gras. Nun hob sie das Köpfchen und flatterte davon.
Langsam kamen Heinz und Lo durch den Wald einhergegangen. Wo die Drossel aufgeflogen, blieben sie stehen, als hätte der gleiche Gedanke ihren Fuß gebannt: die Erinnerung an jenen Abend, an dem sie einander zum erstenmal im schweigenden Walde begegnet waren.
»Sieh, Lo! Dort oben war's!«
Sie nickte und schmiegte sich enger an ihn. So standen sie lang und blickten hinein in die Dämmerung, die trotz der Mittagsstunde zwischen den stillen Bäumen lag.
Die Drossel schlug.
Sie lauschten ihr, bis sie fern im Wald verstummte. Dann schritten sie weiter.
Als sie, schon nahe der Tillfußer Alm, die Lichtung erreichten, auf der die von Leutasch kommende Fahrstraße zum Jagdhaus hinaufbog, rasselten zwei Leiterwagen mit galoppierenden Pferden aus dem Wald heraus. Auf jedem Wagen saßen an die dreißig Männer, dichtgedrängt, mit Äxten, Feuerhaken und schweren Seilrollen.
»Heinz!« stammelte Lo. »Sie wissen es schon im Dorf. Ach, die Mutter! Und der Bub!« Tränen schossen ihr in die Augen.
Er drückte ihren Arm an seine Brust. »Sei ruhig, Lo! Die Sorge, die sie haben, wird sich in Freude lösen!«
Die Leute waren abgesprungen, weil die Wagen auf dem schmalen Waldweg nicht weiterfahren konnten. Die jungen Burschen schleppten die schweren Seile, die älteren Männer kamen mit Äxten und Pickeln. So eilig sie es hatten, jeder zog vor Lo sein Hütl und bot ihr einen Gruß. Und ein graubärtiger Alter rief ihr zu: »Heut, Fräuln, sollten wir Enkern Herrn Vater wieder haben! Da täten wir bald Herr sein übers Fuier da draußt!«
Lächelnd, mit nassen Augen, dankte sie dem Alten für dieses Wort. »Siehst du, Lo, wie dein Vater noch lebt für diese Menschen, denen er Gutes tat?« sagte Ettingen bewegt. »Wie dieser Bauer an ihm die Kraft des Mannes schätzt, so wird ihn die Welt als Künstler ehren. Seine Blumen da draußen sind heute nacht in Asche gefallen. Was in

seiner Seele Wurzel hatte, wird blühen für die Menschen, schön und dauernd.«
»Ja!«
Sie blieben seitwärts vom Wege stehen, um zu warten, bis die Leute vorüber wären. Als letzter kam der Bauer, dessen Anwesen in Leutasch draußen an den Garten des Malerhauses grenzte.
»Nachbar!« Ihren Arm lösend, eilte Lo auf den Bauer zu. »Nachbar! Weiß die Mutter schon von dem Brand?«
»Ja, Fräuln! Und dös arme Weibl hat sich anders gsorgt! No, Gott sei Lob und Dank, weil S' nur da sind! D' Frau Mutter wird gleich kommen mit'm Wagerl, nimmer derlitten hat sie's daheim!« Eine schrillende Knabenstimme klang aus dem Wald. »Da! Hören S' Ihr Brüderl?«
Die kleine Kutsche erschien am Waldsaum und mußte halten, weil ihr die anderen Wagen den Weg verstellten.
»Lo! Lo!« gellte die Stimme Gustls. Und da kam er auch schon gerannt. Heute, mit seinem bandagierten Fuß, den er nur mit den Zehen aufsetzen konnte, ging's nicht so flink wie damals, als er von Innsbruck gekommen. Und Lo, als hätte sie sich in ihre Mutter verwandelt, rief in Sorge: »Bubi! Aber Bubi! Ich bitte dich, lauf nicht so!« Sie eilte auf ihn zu und fing ihn mit den Armen auf. Wortlos hielt sie ihn umschlungen; dann eilte sie der alten Frau entgegen. »Mutter! Mutter!«
Den kranken Fuß schonend, stand Gustl zwischen den niederen Fichten und zog mit einem Kompliment sein Hütl, als Ettingen auf ihn zutrat. »Guten Tag, Herr Fürst!«
»Grüß dich Gott, Bubi! Wie gehts mit dem Fuß?«
»Danke, Herr Fürst, ganz gut.«
Ettingen zog den Jungen an sich. »Hast du dich gesorgt um deine Lo?«
»Die Muttl, ach Gott! Aber ich? Nein! Ich kenn doch unsere Lo und habs auch der Muttl gleich gesagt: Unsere Lo, die weiß sich schon zu helfen! Und dann war ich doch auch überzeugt, daß Sie bei ihr sind!«
»Wirklich?« Ettingen küßte ihn auf die glühende Wange. »Davon warst du überzeugt?«
»Natürlich! Wenn ein Wald brennt und jemand ist drin, den man lieb hat, so geht man doch gleich hin und hilft ihm.«
»Daß ich deine Schwester lieb habe, das weißt du?«
»Freilich!« Mit strahlenden Augen sah Gustl an Ettingen hinauf.

»Ich habs doch neulich schon gemerkt, viel früher als Lo. Der habs doch ich erst sagen müssen!« Da sah er die Schwester mit der Mutter kommen und rief: »Gelt, Muttl, ich hab recht gehabt! Siehst du, daß auch ein Waldbrand nichts Böses ist? Gelt, jetzt glaubst du mir's!« Lo mußte der Mutter schon von ihrem Glück gesagt haben. In tiefer Bewegung, scheu und verlegen, mit Freude und doch auch mit Angst in den feuchten Augen kam Frau Petri dem Mann entgegen, dem sie ihr Kind fürs Leben anvertrauen sollte.

»Das ist meine Mutter, Heinz!«

»Herr Fürst –« Die alte Frau vermochte kaum zu sprechen und streckte die zitternden Hände. »Sie haben mir mein Kind gebracht –«

»Ja, Frau Petri.« Ettingen küßte ihr die Hände. »Aber ich will Ihnen die Lo wieder nehmen. Und ich weiß, ich nehme Ihnen viel.«

»Die Hälfte von allem, was ich noch habe.« Zwei Tränen fielen über die furchigen Wangen der alten Frau, und dennoch lächelte sie und atmete auf. »Das ist das Los der Mütter: Wenn ihre Schmerzen und Sorgen vorüber sind, werden sie einsam. Das kann für mich nicht anders sein, als es für alle ist. Wenn Lo das Glück findet, das ich ihr wünsche, bin ich mit allem zufrieden. Ach ja!« Sie hielt die Hände des Sohnes fest, den ihr diese Stunde gegeben, und während sie ihn ansah, sprachen aus ihrem forschenden Blick die stummen Fragen: ›Hast du sie lieb? Wirst du sie glücklich machen?‹

Und als hätte sie aus diesen klaren, leuchtenden Mannesaugen allen Trost für ihre Sorge gelesen, mit so tiefer Freude faßte sie die Hand ihres Kindes. »Lo! Ach Lo! Warum konnte dein Vater das nicht erleben? Das Glück seines Kindes hätte ihn entschädigt für alles andere.«

Wieder rasselten zwei Wagen mit dampfenden Gäulen aus dem Wald heraus. Die Männer sprangen ab unter wirrem Geschrei und eilten mit ihren Äxten und Seilen hinaus zum Sebensee. –

Da draußen beim Waldbrand standen schon am Nachmittag über zweihundert Leute bei der Arbeit. Nicht nur von Leutasch waren sie gekommen, auch von Ehrwald herauf, von Biberwier und Lermoos, von allen Almen her. Die Sennleute und Holzknechte, die den Weg über den Paß genommen, waren zurückgekehrt; der dichte Rauch, der die hohen Felsen umwogte, hatte ihnen den Zutritt in das brennende Sebenkar verwehrt. Da war auch nichts mehr zu helfen, dort oben – alles Jungvieh mußte schon längst erstickt sein.

Auch im Tal war andere Hilfe nicht möglich als nur der Versuch, das rückwärtsfressende Feuer einzudämmen. Graf Sternfeldt, der Förster und Praxmaler hatten die Führung der Arbeit übernommen. Man schlug eine breite Gasse durch den Wald, um die Flammen zu hindern, gegen die tieferen Wälder hinunterzugreifen. Was schon brannte, mußte seinem Schicksal überlassen bleiben.
Bevor es noch dämmerte, begannen schwere Tropfen zu fallen, und dann rauschte es aus den Wolken nieder mit grauen Strömen.
Die Leute suchten Schutz unter den Bäumen. Jetzt wußten sie, daß sie die Arbeit sparen konnten, die der Himmel übernommen hatte. Weiße Dampfwolken fluteten über den brennenden Wald. Es währte keine Stunde, und die Bäche des Regens hatten den Brand gelöscht. Während bei sinkender Nacht der weiße Dunst noch die weite Brandstatt überwirbelte, wagte sich schon ein erster hinein in diesen Wald von schwarzen Kohlensäulen, unter deren nasser Kruste der Kern der halbverbrannten Stämme noch glühte. Es war der alte Hüter von der Sebenalm. Als ihn die anderen hindern wollten, die Brandstatt zu betreten, sagte er mit seinem hohen Kichern: »So was is gut, so gleich nach'm Fuierl!« Er watete durch die Asche. »So schön warm hab ich schon lang net ghabt in die Füß! Hihihihi!«
Als jede weitere Arbeit nutzlos war und die Dunkelheit anbrach, trat Graf Sternfeldt mit Praxmaler den Heimweg an.
Es war gegen Mitternacht, und sie hatten das Jagdhaus noch nicht erreicht, als der Förster sie einholte und die Nachricht brachte: »Mazegger ist gefunden.«
»Lebend?«
Der Förster schüttelte den Kopf.
»Herr, gib ihm die ewig Ruh!« Praxmaler bekreuzte das Gesicht.
Eine Weile standen sie schweigend im Regen, und dann erzählte der Förster, es wäre der alte Hüter von der Sebenalm gewesen, der den Erstickten fand, im Seebach, bis an den Hals im Wasser sitzend und umringt von den Leichen halbverkohlter Rinder.
Sie durchschritten in der Finsternis den letzten Waldstreif und erreichten das Almfeld.
»Hören Sie, Herr Förster, und Sie, Praxmaler!« sagte Sternfeldt. »Der Fürst und Fräulein Petri sollen das nicht erfahren. Wir wollen die erste Freude ihres Glückes nicht stören durch die Nachricht, daß Mazegger die Warnung, die das Fräulein rettete, mit dem Leben bezahlen mußte. Der arme Bursch!«

Der Förster nickte. »So? Gwarnt hat er dös Fräuln? No ja, was man glaubt, is wahr!«
Sie stiegen zum Jagdhaus hinauf, an dem alle Fenster mit hellem Schein hinausleuchteten in die Nacht und in den strömenden Regen. Die Tropfen, die durch die Helle fielen, blitzten mit farbigem Licht. Die ganze Nacht und zwei Tage noch währte das Rauschen und Gießen, als hätte der Himmel seine Berge reinspülen wollen vom Ruß und von der Asche des Brandes. Dann fegte ein Sturmtag alles Gewölk von den Höhen und schüttelte die in der Sonne glitzernden Wasserperlen von allem Gezweig. Wie mit neuer Keimkraft erwachte es bei dieser linden Wärme im getränkten Erdreich. Das Heidekraut hatte eine üppige Herbstblüte; alle Waldlichtungen und Gehänge waren von rotem Schimmer überhaucht.
Ein stiller Sonnenmonat. Und ein Glück, das lächelnd im Schweigen des Waldes blühte, menschenfern und weltvergessen.

Ende September fiel der erste Schnee, und es wurde einsam auf der Tillfußer Alm. Am Jagdhaus waren schon seit drei Wochen die Läden geschlossen. Nun stand auch die Sennhütte verödet.
Nur das Försterhäuschen war bewohnt. Hier braute Pepperl täglich seinen Sehnsuchtsschmarren, und wenn die Pfanne leer war, ging er in die Sennhütte hinunter, zündete auf dem Herd ein Feuer an, ließ sich das Herz und den Buckel wärmen und schmauchte sein Pfeiflein dazu. Am Morgen und Abend der Pirschgang über die verschneiten Almen. Er hatte den Schutzdienst im Geißtal ganz allein zu versehen, denn der neue Jäger sollte erst mit dem 15. Oktober in Dienst treten. Aber dann – ja, dann bekam der Praxmaler-Pepperl acht Tage ›Hochzeits-Urlab‹. Und wenn er beim Feuer in der Sennhütte an diese kommende Zeit dachte, blies er in langem Faden den Rauch vor sich hin und schmunzelte: »Teufi, Teufi, Teufi! Die acht Täg will ich mir aber schmecken lassen!«
Trotz seiner sehnsüchtigen Ungeduld verging ihm die Zeit sehr flink. Im Bergwald und auf den Almen röhrten an jedem Morgen und Abend die Hirsche, daß der Orgelton ihrer Stimmen von den Wänden widerhallte. Wenn Pepperl am Waldsaum seiner Alpe saß und einen Kronenhirsch auf hundert Schritte vorüberziehen sah, machte er seiner Aufregung mit einem heißen Seufzer Luft: »Teufi, Teufi, Teufi! Wann nur der Herr Fürst jetzt da wär! Söllene Prügelhirschen haben! Und net jagen! Da hört sich doch alles auf!« Nach

solchem Ärger kam ihm aber gleich die Einsicht wieder: »Freilich, der weiß sich was Besseres jetzt!« Und schmunzelnd dachte er an seinen fernen Herrn und an das ›Maler-Fräuln‹, das jetzt Frau Fürstin wurde. –

Schon in den ersten Septembertagen war Ettingen mit Frau Petri und ihren Kindern nach dem Allgäu abgereist. Über München, wo sie eine Woche blieben, ging die Reise an die Donau und dann zu Schiff stromabwärts nach Bernegg, wo Graf Sternfeldt den Freund und seine Gäste erwartete.

Das waren wundersame Tage für Lo, dieses erste Einleben in die neue Heimat, das Wandern durch alle Räume des Schlosses, der Besuch der Felder und Arbeiterhäuser, die Begegnung mit den hundert neuen Menschen, deren Herrin sie wurde, die Fahrten durch die stundenweiten Buchenwälder und die Plauderstunden im Park, dessen welkendes Laub in der Herbstsonne leuchtete wie Gold. Jede schöne Stunde empfing sie dankbar als köstliches Geschenk aus der Hand des geliebten Mannes – und er bot ihr, glücklich und stolz, jede neue Freude wie eine Ehre, die ihr gebührte.

Zu Anfang Oktober mußte Gustl mit seinen Büchern nach Innsbruck einrücken. Schon einen Monat später bekam er wieder eine Woche ›Extraferien‹, um der Hochzeit seiner Schwester beizuwohnen.

In der Schloßkirche zu Bernegg wurde das Paar getraut. Außer Frau Petri und Gustl waren nur Graf Sternfeldt und die Beamten des Fürsten bei der stillen Feier zugegen.

Als die Nachricht von dieser Vermählung in alle Winde hinausflatterte und die Gesellschaft in Verblüffung und Aufruhr versetzte, waren die beiden Glücklichen schon auf dem Weg nach dem Süden.

Bis Gustls Ferienwoche vorüber war, blieb Frau Petri auf Bernegg. Dann brachte sie den Buben nach Innsbruck und kehrte zurück in ihr stillgewordenes Haus. Sie hatte es nicht anders gewollt.

»Lo, ach ja, die lebt sich ein in das Neue und wird getragen von ihrem Glück. Aber ich alte Frau? Nein! Ich will bleiben, wo ich mich festgewachsen habe durch so viel Jahre und wo noch alles mit mir lebt, was mein Glück gewesen ist! Und wenn ich einmal die Augen schließe, soll es dort sein, wo ich das letzte Lächeln meines Mannes sah.«

Allen Bitten ihrer Kinder gegenüber blieb sie fest in diesem Entschluß.

Und sie wäre doch nur im Winter allein! Die paar Monate!

»Im Mai, da kommt ihr! Und dann sind wir beisammen, bis der Schnee fällt.«

Trotz allem Troste, den sie mit heimbrachte, war ihr während der ersten Tage in dem leeren Haus das Herz zum Springen weh. Sie weinte so viel, daß ihr die Magd einmal sagte:

»Frauerl, Frauerl, a bißl was sollten S' noch übrig lassen von Ihrene Äugerln!«

Diese Mahnung fruchtete nicht. Etwas anderes half. Eines Mittags wurde die Tür aufgerissen, Gustl flog herein und der Mutter jubelnd an den Hals. Ihm folgte ein junger Mann, der eine goldene Brille trug, aber sonst ein ganz vergnügtes Gesicht machte. Er stellte sich vor als Kandidat der Philologie und ›Hofmeister des fidelen Jungen da‹. Zu seiner Beglaubigung überreichte er einen Brief:

»Capri, Hotel Quisisana, den 15. November.

Liebes Muttl! Damit Dir der erste Winter so allein nicht gar zu hart wird, haben wir beschlossen, daß Gustl ein Jahr lang zu Hause lernen soll. Haben wir's recht gemacht? Ja?

Deine glücklichen Kinder Heinz und Lo.«

Jetzt war geholfen gegen Tränen und Schwermut. Denn Frau Petri hatte wieder eine Sorge, jeden Tag eine neue. »Ach Gott, der Bub im Schnee! – Ach Gott, der Bub auf dem Baum! – Gustl! Dein Halstuch!«

Aber dieses Sorgenkind war ihr zugleich auch ein Tröster für die Sorge, die in die Ferne wanderte.

Wenn der Wintersturm die Mauern umbrauste und alle Fensterläden rasseln machte, dann hieß es: »Ach Gott! Bubi! Glaubst du, daß es in Capri auch so stürmt?«

»Gott bewahre, Muttl! In Capri ist doch ewige Sonne und immerblaues Meer. Und weißt du, wenn das Meer auch ein bißchen aufgeregt wird, dann liegt doch Capri so hoch, daß die Wellen gar nicht hinauf können. Weißt du, Capri, das ist eine riesig hohe Felseninsel! Ja, du, das war die Lieblingsinsel des römischen Kaisers Tiberius. Du, denk nur, den hat man bisher für den grausamsten unter den römischen Cäsaren gehalten. Aber nach den neuesten

Forschungen ist das gar nicht wahr. Er soll sogar ein sehr guter Fürst gewesen sein. Aber weißt du, so gut wie Heinz war er doch nicht! Davon bin ich überzeugt.«

»Ja! Gut ist er! Von Herzen gut! Lo hat ein rechtes Glück gemacht!« Und die Sorge war still – für einen Tag.

Als es März wurde, gab's eine Aufregung, die durch Wochen dauerte. Die Bilder mußten verpackt werden, um nach München zu wandern. Ehe sie mit Beginn des Mai zur Ausstellung kamen, sollten sie reproduziert werden für die ›Kollektion Emmerich Petri‹, deren Verlag eine Münchener Kunsthandlung erworben hatte.

Pepperl zimmerte die Kisten, der Förster half beim Packen, aber an jedem Bild, das in die Bretter gelegt wurde, mußte Frau Petri ihre beiden Hände haben. Und war das Tuch darübergebreitet und der Kistendeckel zugenagelt, dann fielen zwei schwere Tränen dazu. Mit jedem dieser Bilder schickte sie ein Stück Leben, unruhvolle Tage und schlummerlose Nächte ihres Mannes in die Welt hinaus.

»Ach ja! – Und die Menschen! Die Menschen! – Sehen Sie, lieber Herr Förster, ich muß es ja tun, dem Namen meines Mannes zulieb. Aber mir wärs lieber, die Bilder blieben hier! Gefallen sie nicht, dann kränk ich mich wieder und weiß, daß ihm unrecht geschieht. Und haben sie Erfolg, dann tuts mir weh, weil die Ehre zu spät kommt. Nein, nein, ich geh gar nicht hin zur Ausstellung! Nein, ich kanns nicht! – Ruhm? – Könnt er noch eine Stunde leben und sich an seinen Kindern freuen, das wär ihm lieber als aller Ruhm! Nein! Ich müßte nur weinen. Ich geh nicht hin.« –

Sie hielt dieses Wort, ließ den Knaben mit seinem Hofmeister nach München reisen und blieb zu Hause, obwohl ihr Lo am ersten Tage der Ausstellung depeschierte: »Komm, Mutter, wir bitten dich, komm, und freue Dich an Papas Erfolg. Das ist wie ein seliger Rausch für mich, vor seinen Bildern diese Menschen zu sehen in ihrem Staunen und ihrer Andacht. Den stärksten Eindruck unter allen Bildern macht die ›Versuchung‹. Wie sich die Menschen vor diesem Bilde drängen, das mußt Du sehen. Komm doch, Mutter, komm! Wir alle bitten Dich, Heinz und Gustl und Deine Lo.«

Als sie gelesen hatte, saß sie lange, lange, immer die Depesche vor sich, und ihre Zähren tropften nieder auf das Blatt.

»Nein, Kinder, nein! Ich kann nicht. Freut euch nur, ach ja, und laßt mich daheim! Ich kann jetzt diese Menschen nicht jubeln sehen. Ich habs doch miterlebt, wie sie gelacht haben über ihn. Und wie er die

Nächte lang in meinen Armen lag und weinte, als ob es ihm das Herz zerreißen möchte! Ach, ihr Menschen! Ihr Menschen! Euer Jubel macht ihn mir nicht mehr lebendig!... Nein! Ich geh nicht hin.«

Die Depesche in der zitternden Hand, stieg sie ins Dachgeschoß hinauf, setzte sich im öden Atelier in einen Winkel und schluchzte.

»Emmi, Emmi! Mein guter, guter Mann!«

Ganz erschöpft vom Weinen, lehnte sie den müden Kopf an die Mauer und blickte auf eine leere Wand, die ein großes Bild getragen hatte – das Viereck, über dem die Leinwand gehangen, war weiß, wie frisch getüncht, während ringsherum der Kalk vom Lichte schon vergilbt war. Ein großer Haken ragte aus der Mauer.

Zu so viel hundert Malen hatte sie dieses Bild betrachtet, daß sie es auch jetzt noch sah, mit jeder Linie und Farbe, als ob es wirklich vor ihren Augen hinge:

Nicht die biblische Wüste, sondern ein ödes, unwirtbares Seetal zwischen hohen Bergen. Dunkle, starrende Felswände mit kärglichem Wuchs in ihren Schrunden. Das Steinland um den See her wirr mit krüppelhaften Föhren überwuchert, aus deren kriechendem Gezweig verdorrte Stämme sich erheben. Ein einziger Baum nur grünt. Der ist seltsam gewachsen, wie in Form einer Harfe. Über allem ein grauer Abendhimmel, doch die Luft durchsichtig rein, wie nach einem Gewitterregen. Und da scheint alles Ferne nah, jede Farbe leuchtet, auch noch der Schatten und das Grau.

Inmitten der Wildnis eine blühende Insel, wilde Blumen in Beete gesammelt. Hier hat die Hand eines Gärtners gerodet, gepflanzt und gepflegt: der Heiland, der begonnen, die Wüste urbar zu machen. Von der Arbeit des Tages müde geworden, ruht er auf einem Stein. Das blaue Zwilchgewand umhüllt mit harten Falten einen von Entbehrung hager gewordenen Körper. Alles ist menschlich an diesem Leib, menschlich jeder Zug an diesem schmalen Gramgesicht, dessen bleiche Wangen vom vorfallenden Braunhaar halb bedeckt sind. Göttlich sind nur die stillen Augen mit ihrem reinen Licht und das milde Lächeln der Liebe.

Ein Knabe, gekleidet wie ein armer Hirtenbub der Berge, mit kurzem Lederhöschen und nackten Füßen, mit grau zertragenem Hemd, durch dessen Risse die Brust und die mageren Ärmchen lugen, hat dem milden Gärtner eine ausgerissene Pflanze gebracht, das Stämmlein einer Bergrose, die Blätter schon halb verwelkt, die schwachen Wurzeln schon fast verdorrt.

Der Heiland schlingt seinen Arm um den Knaben und nimmt aus seiner Hand die dürstende Pflanze.
Da tritt der Versucher zu ihm – eine herrliche, kraftvolle Mannsgestalt, die nackten Glieder gebräunt, schwarzes Lockengewirr um den stolzen Kopf, die Stirn umschlungen von einer Krone, deren Zacken goldene Fäuste sind.
»Du stiller Gärtner! Wirf die Liebe von dir! Sei stark wie ich, und alle Herrlichkeit der Welt ist dein!«
Die Augen des Versuchers brennen in düsterem Feuer, und ein mitleidig spottendes Lächeln irrt um den üppigen Mund, während sein Arm hinunterdeutet zum See. Dort steigen leuchtende Nebel aus der grünen Flut, sie verwandeln sich in weiße Glieder, in den Leib eines zauberschönen Weibes, das lachend die Arme öffnet und das Goldhaar löst zu flatternden Strähnen.
Wie die Wünsche der Sünde, wie die bildgewordenen Gedanken dieses begehrenden Weibes, so quillt es hervor aus dem fliegenden Gold der Haare: die taumelnde Lust mit gefülltem Becher, das Gewimmel eines Mänadenzuges, der lorbeergeschmückte Held im Blut des erschlagenen Feindes, der Reiche in gleißendem Prunk, der Mächtige, dem sich die Sklaven beugen, der Starke, der Felsen schleppt zum Bau einer Pyramide, ein stürmender Reitertrupp in blitzenden Panzern, ein Adler, der sich mit breiten Schwingen von einem zerrissenen Lamm erhebt, ein jagendes Gewimmel von Gestalten bis in weite Ferne, in der man Paläste und Türme sieht, eherne Tore und steinerne Mauern.
Mit stillen Augen blickt der milde Gärtner in das Glanzgewirr dieser Bilder. Sie locken ihn nicht. Schützend umschlingt sein Arm den erschrockenen Knaben, und man sieht: Er will sich bücken, um den schmachtenden Zweig in nährende Erde zu legen, wie er das dürstende Herz des Kindes erquickt aus dem Born seiner Güte. Dieses Werk der Liebe gilt ihm höher als alle Herrlichkeit der Welt. –
Das war die ›Versuchung‹, vor der sich in der Stadt die Menschen drängten, während im öden Atelier die einsame Frau vor der kahlen Mauer saß.
Ihre Tränen waren versiegt, ein glückliches Lächeln verschönte ihre welken Züge, und wie in Andacht betend hielt sie die Hände im Schoß, während ihre Augen mit bewunderndem Schauen an der leeren Mauer hingen.

Breit fiel die Maisonne durch das schräge Mansardenfenster, und manchmal huschte etwas wie ein dunkler Falter durch diese Helle – der Schatten einer heimgekehrten Schwalbe, die draußen in der Sonne das stille Dach umflog.

Ludwig Ganghofer

Der laufende Berg

Ludwig Ganghofer

Der laufende Berg

Hochlandroman

Droemer Knaur

Satz: Compusatz GmbH, München
Druck: Hanseatische Druckanstalt, Hamburg
Einband: Großbuchbinderei Sigloch, Künzelsau/Stuttgart
Printed in Germany
ISBN 3-426-09972-1
ISBN 3-426-09938-1 (Kassette)

I

Silberne Fäden, schimmernd in der Morgensonne, gaukelten durch die stille Luft; langsamen Fluges kamen sie aus dem Tal heraufgezogen, in dessen sonniger Tiefe das Dorf mit seiner Kirche und den hundert Häusern gleich einem weitschichtig ausgekramten Spielzeug zwischen den herbstlich gefärbten Berghängen lag. Der vergoldete Knauf des Kirchturmes strahlte in hellem Feuer, die alten Schindeldächer schillerten wie silbergrauer Samt, und auf den neuen Häusern leuchteten die frischen Ziegel wie Metall in der Rotglut. Die welkenden Obstbäume waren anzusehen, als trügen sie keine Blätter mehr, nur eine Menge kleiner, rotwangiger Früchte. Und Buche und Ahorn spielten zwischen brennendem Gelb und tiefem Purpur.

Das gegen Süden blickende Berggehänge war von der Morgensonne übergossen, das jenseitige noch von blauem Frühschatten umwoben, und über den Felswänden hoben sich die vom ersten Schnee überhauchten Zinnen mit feinen Silberlinien in das wolkenlose Blau des Himmels.

Wie im Märchen die Gestalt der guten Fee von einem Zauberschleier umflossen ist, so war dieses farbenschöne Bild der Landschaft übersponnen von Flimmern und Geglitzer; das ging von den fliegenden Fäden aus, die zu Tausenden die Luft durchgaukelten; bald waren es nur winzige Dinger, die einem schwebenden Funken glichen, bald wieder lange Fadenschlangen, welche stiegen und sanken, sich spielend rollten, Schlingen bildeten und sich langsam wieder streckten. Alle Hecken und Gesträuche waren überzogen von dem blitzenden Gespinst; auf den welken Wiesen lag es umher und schimmerte; an kahlen Bodenstellen, von denen der Rasen niedergebrochen war, glitzerten die weißen Fäden, als träte pures Silber in feinen Adern aus der verwundeten Erde hervor; und an ein Fichtengehölz, das einen seltsam müden Anblick gewährte, fast den Anblick eines in Dürre sterbenden Waldes, war das leuchtende Gespinst in solcher Menge angeflogen, daß die schräg durcheinanderstehenden Fichten einer Schar geplünderter Weihnachtsbäume glichen.

Auf den offenen Halden lag, obwohl der Oktober schon begonnen hatte, die Morgensonne mit linder Wärme. Doch im Schatten des Waldes hauchte eine empfindliche Kühle, und an dem welken Kraut des Bodens hing noch der graue Reif der vergangenen Nacht. Der Wald schien öde zu sein, und dennoch herrschte in ihm eine merkwürdige Unruhe. Erregte Stimmen klangen von den bewohnten Gehängen herüber. Dumpf widerhallten zwischen den Bäumen die schweren Schläge, mit denen irgendwo auf den Halden Pfähle in den Boden getrieben wurden, und überall im Walde ließ sich ein Rauschen und Gurgeln vernehmen, wie von reichlich strömendem Wasser.

Es hatte in der vergangenen Woche stark geregnet, und hoch droben in den Felswänden schmolz die Sonne den früh gefallenen Schnee; aber nirgends im Walde rann ein Tropfen, alle Wasserrinnen der Gießbäche lagen trocken.

Und dennoch dieses rastlose Gurgeln und Geriesel! Es klang wie versunken, tief aus der Erde herauf.

Steine rollten, und zu dem lauten Hall, mit dem sie gegen die Stämme schlugen, gesellte sich das Klirren eines eisenbeschlagenen Bergstockes.

Über den Waldhang kam auf steilem Pfad ein Jäger herabgestiegen – kein Berufsjäger, sondern einer, der die Jagd zu seinem Vergnügen trieb; nur der verwitterte Rucksack, der grüne Filzhut mit der Spielhahnfeder und die schweren Nagelschuhe erinnerten an die landesübliche Jägertracht; statt der Joppe trug er einen Flaus aus braunem Velvet, dazu eine grüne Weste mit silbergefaßten Hirschgranen und eine graue Tuchhose, die unter den Knien mit Ledergamaschen umschlossen war; eine neue Expreßbüchse, die den Erlös eines Ochsen gekostet hatte, vollendete die Ausrüstung dieses Bauern, der sich als Gutsbesitzer fühlte. Er mochte einige Jahre über dreißig zählen, und man sah es ihm an, daß er ein hübscher Bursch gewesen war; noch heute stand ihm der schwarze Schnurrbart gut zu Gesicht, und ein Zug behaglichen Wohlwollens spielte um den vollen Mund; die derben Wangen zeigten jene rötlichen Äderchen, die an fleißig vertilgten Rotwein denken ließen, und die unruhig

schwimmenden Augen verrieten, daß Toni Purtscheller auch den Jähzorn zu seinen Untugenden zählte.
Er hatte ein mühsames Niedersteigen; immer wieder fand er den Pfad von klaffenden Spalten unterbrochen; wohin er den Fuß setzte, lag der Boden locker und rutschte unter seinem Tritt; und rings um ihn her war aller Grund in einer steten, leisen Bewegung; mit dem sachten Knirschen, das aus der Erde quoll, mischte sich manchmal ein dumpfer Knall – dann war unter dem Boden eine starke Baumwurzel entzweigerissen.
Eine breite, frisch geöffnete Kluft versperrte den Pfad, und Purtscheller mußte einen Umweg machen. Als er den Steig wieder erreichte, blieb er stehen, legte das Kinn auf den vorgestemmten Bergstock und betrachtete den Wald. Einzelne Bäume waren schon gefallen, viele standen schief und hingen mit den Wipfeln über Kreuz, und an mancher noch aufrecht stehenden Fichte verriet ein rötlicher Behauch der Nadeln, daß ihre Wurzeln seit geraumer Zeit schon außer Nahrung waren.
»Da kann's noch a schöns Unglück absetzen! Der ganze Berg is im Laufen!«
Mit sorgenvollem Unmut folgte sein Blick den gähnenden Bodenspalten und glitt über die gestürzten und krankenden Bäume. Es war sein eigener Wald, den er sinken und sterben sah. »Da verlier ich wieder an ordentlichen Brocken Geld!« Eine Furche grub sich zwischen seine Brauen, er schob verächtlich die Lippen vor und richtete sich auf. »Ah was! Der Purtscheller halt's aus!« Nun lächelte er wieder, folgte dem Pfad und hörte zwei lustige Stimmchen. Verwundert gewahrte er zwischen den schiefen Bäumen ein kleines Bürschl und ein noch kleineres Mädel, die wie die Kinder armer Stadtleute gekleidet waren und unter Lachen ein seltsames Spiel betrieben; sie suchten locker hängende Kanten des Moosgrundes auf, kletterten auf die unterhöhlte Stelle, trampelten mit den Füßen und schaukelten so lange, bis der Klumpen Erde mit ihnen niederbrach. »Hopsala hüo!« schrien sie dann fidel, überkugelten sich, von Sand umwirbelt, und sprangen lachend auf, um das Spiel von neuem zu beginnen.
»Kinderln! Kinderln!« rief ihnen Purtscheller gutmütig zu. »Gebts obacht! Der ganze Boden is lebendig. Da kann a Malör passieren, eh man sich umschaut. Gscheit sein, Kinderln! Gscheit sein!«
Die beiden Knirpse standen verlegen, faßten sich bei den Händen

und machten scheue Augen. Kaum aber hatte Purtscheller den Rükken gewandt und etwa hundert Schritt sich entfernt, da hörte er hinter sich schon wieder den jauchzenden Kinderschrei: »Hopsala hüo!« Er schüttelte den Kopf und lächelte.
»Merkwürdig! Kein Unglück so groß, a Kind kann noch Freud dran finden!« philosophierte er vor sich hin. »Kunnt's nur einer 's ganze Leben lang so halten, wie's die Kinder machen! Lachen zu allem, was kommt! In jedem Schatten noch a Lichtl finden!« Er drehte den Schnurrbart, als hätte er seine Freude dran, daß ihm ein guter Gedanke gekommen war.
Noch deutlicher als im Walde zeigte sich auf dem offenen Berghang das Bild einer rastlos fortschreitenden Zerstörung: alle Wiesen verwüstet und überschüttet von kiesigem Erdreich, das aus höheren Lagen niedergeglitten war; Hunderte von Rissen und Klüften zogen sich nach allen Seiten; weite Strecken des ebenen Wiesengrundes waren senkrecht zu tiefen Gruben eingesunken, und in diesen Löchern standen schlammige Pfützen, aus denen quirlende Luftblasen aufstiegen.
Wirre Stimmen klangen. Über einen steilen, von Furchen durchrissenen Wiesenhang sah Purtscheller ein Dutzend Leute emporsteigen, darunter einige, welche schwarze Röcke trugen. »Natürlich! Die studierten Herrn müssen ihre Nasen einistecken! Bin neugierig, was die auskochen.« Aus dem Ton dieses Selbstgespräches klang ein zweifelhafter Respekt vor den Männern der Wissenschaft. Aber in Purtscheller war die Neugier wach geworden. Vielleicht gesellte sich dazu auch die Meinung: ›Wo um das Wohl und Wehe des Dorfes geredet wird, muß ich dabeisein! Ich bin der Purtscheller!‹ Er suchte die Leute einzuholen.
Es waren fünf Herren aus der Stadt, mit Brille oder goldenem Kneifer, bejahrte Männer mit ernsten Gesichtern; sie hatten Pläne bei sich, in die sie mit Farbstiften die Bewegungslinien des ins Laufen geratenen Berghanges einzeichneten; drei Geometergehilfen waren mit Theodolit, Meßlatte und Erdbohrer bei der Arbeit. Der Pfarrer des Dorfes, der Bürgermeister und zwei Gemeinderäte begleiteten die Kommission, um die knapp gestellten Fragen mit redseligem Eifer zu beantworten. Hinter ihnen, als dreizehnter, folgte in bescheidener Entfernung ein alter Bauer, um den sich niemand kümmerte. Er war nicht wie die anderen aus dem Dorfe heraufgekommen; drüben auf einem nahen Wiesenhang stand sein kleines

Heimwesen, das der unheimliche Bergrutsch zu verschlingen drohte. Als er die Herren gesehen hatte, war er von der Rettungsarbeit weggelaufen, um ein Wort des Trostes zu hören, einen Schimmer von Hoffnung für sein versinkendes Haus zu empfangen. Seine Kleidung bestand aus einem mürben Rupfenhemd und einer blauen, verwaschenen Leinwandhose, welche Häubchen an den Knien hatte und am Bund von den Hostenträgern zu Zacken ausgezogen war. Arbeit und Jahre hatten den müden Körper gebeugt. Die weißen Haare waren glatt in die Stirn gestrichen – ein von zahllosen Fältchen durchschnittenes Sorgengesicht mit rotgeränderten, kummervollen Augen. Er hatte die dürren, schwieligen Hände auf dem Rücken liegen, und seine Finger zitterten.
Da klang hinter ihm die Stimme Purtschellers: »Grüß Gott, Simmerauer! Was is denn da?«
Der Alte blickte auf. »Die gealogisch Kammissoni is da!« sagte er leis, als könnte jedes laute Wort den wichtigen Vorgang stören.
»So, so?« Im Vollgefühl seiner Persönlichkeit ging Purtscheller auf die Herren zu und lüftete den Hut. »Grüß Gott, ihr Herrn mitanander! Fleißig bei der Arbeit, ja?«
Der Pfarrer dankte für den Gruß, der Bürgermeister und die beiden Gemeinderäte zogen den Hut; von den fremden Herren schien es keiner zu beachten, daß sich die Gesellschaft um eine so bedeutungsvolle Persönlichkeit vermehrt hatte; sie waren mit einer Erdprobe beschäftigt, die der Bohrer aus dem Grunde gehoben hatte.
Purtschellers Gesicht färbte sich dunkelrot; diese Mißachtung seiner Person hatte ihn beleidigt. Einer der Gemeinderäte merkte das und wollte dem Purtscheller-Toni zu der ihm gebührenden Anerkennung verhelfen. Aber die gelehrten Herren waren über den breinassen Lehm, den der Bohrer gefördert hatte, in eine so lebhafte Debatte geraten, daß sie für nichts anderes Ohr und Augen hatten.
Eine Weile kaute Purtscheller am Schnurrbart; dann wandte er der Gesellschaft den Rücken; lachend, doch mit Ärger in der Stimme, rief er über die Schulter zurück: »Gelt, Bürgermeister? Wann's ans Zahlen geht, kannst mich auch auf der Seit stehn lassen! Mich geht ja die ganze Gschicht nix an. Mein Haus und Hof is net in Gfahr.«
Der Bürgermeister machte große Augen. »Aber geh, Toni, was hast denn?«
»Ja, ja! Is schon gut!« Purtscheller winkte dem alten Simmerauer. »Komm, Michel, uns zwei kann man da net brauchen!«

Man sah es dem Alten an, daß er gern geblieben wäre; aber zu der ehrenvollen Erlaubnis, den Herrn Purtscheller ein Stück Weges begleiten zu dürfen, konnte er den Kopf nicht schütteln. So hielt er sich an der Seite des mißmutigen Jägers, blickte aber immer wieder über die Schulter zurück und lauschte, ob er von den verhallenden Stimmen nicht ein tröstendes Wort erhaschen könnte.
Leuchtende Fäden flogen den beiden entgegen und legten sich über ihre Gesichter. Besonders auf den alten Simmerauer hatten sie es abgesehen. Immer wieder mußte er solch ein schimmerndes Ding von seinen Augen lösen. Diese Mühe machte ihn nicht unwillig. »So hat der Altweibersommer noch nie net gsponnen, seit ich leb! Sechzg Jahr lang! So was hab ich noch nie net gsehen.«
»Wann die Spinnfäden so fliegen, sagt man, dös bedeutet an harten Winter!«
Der Alte seufzte. »So a Glück! Ja! So a Glück wann käm!«
»Freilich! Wann's an richtigen Frost machen tät, da möcht der Berg 's Laufen bald aufhören.«
»Was sagen S', Herr Purtscheller, was er auf amal für Gschichten macht! So a narrischer Berg! Viel tausend Jahr hat er an Fried geben! Und über Nacht fangt er söllene Sachen an! Wie an alter Mensch, der allweil nüchtern war, und jetzt hat er den ersten Rausch!« Michel wandte das Gesicht zu den grauen Felswänden hinauf! »Alterl! Alterl! Dös hat dir auch net der liebe Herrgott eingeben! Da hast auf'n Teufel ghört!« Seine kummervollen Augen irrten über das verwüstete Gehänge. »Die besten Wiesen frißt er, den schönsten Wald streicht er wie Butter aufs Brot, und ein Häusl um's ander schluckt er. Vor acht Tag is dem Pichler 's seinige gfallen, gestern is 's Häusl vom Mitterhuber eingsunken bis ans Dach, daß die armen Leut durch'n Rauchfang haben aussischliefen müssen! Und 's meinige –« Die Stimme brach ihm. Er faßte Purtschellers Arm und deutete ins Tal hinunter. »Sehen S' den Kirchturmknopf? Wie er glanzt in der Sonn?«
»Ja, Michel! Warum?«
Der Alte stieß mühsam Wort um Wort vor sich hin: »Den Kirchturmknopf hab ich gestern am Abend von meiner Haustür aus noch glanzen sehen. Heut in der Fruh is er verschwunden gwesen!«
»Michel!«
»Der Wald da drunt is doch net gwachsen über Nacht? Und die Kirch hat sich auch net vom Fleck grührt? Also?«

»Jesus Maria! Michel! Um so viel is dein Häusl gsunken in der Nacht?«
»'s Häusl net. Aber der Boden, wo's draufsteht, mit'm Garten, mit die Äpfelbäum, mit allem.«
Purtscheller betrachtete den Alten in ehrlicher Sorge. »Michel! Wann's krumm geht, so schenier dich net und komm zu mir! Für an braven Menschen wie du hab ich allweil offene Händ!«
Michel schüttelte den weißen Kopf. »Vergelts Gott! Betteln tu ich net. Ich glaub net dran, daß mein Häusl abi muß. Ich hilf mir schon noch. Und einer, dös weiß ich, einer hilft mit!« Sein Blick suchte den blauen Himmel. Sie mußten eine breite Erdspalte überklettern, die den Wiesenhang quer durchrissen hatte. Als der Blick ins Tal wieder offen lag, sagte Michel:
»Wie die weißen Mauern vom Purtschellerhof schön auffileuchten! Sie haben's halt gut! Der Purtschellerhof braucht sich vor keiner Nacht net fürchten.«
»Ja! Mein Haus steht fest. Da wackelt nix. Dös hat gsunden Felsboden und dicke Mauern. Da kann der Berg laufen, wie er mag.« Purtscheller blickte mit stolzem Behagen auf seinen stattlichen Hof hinunter. Aus diesem zufriedenen Gefühl heraus erwachte in ihm der Gedanke, daß es grausam wäre, sich seines reichen, ungefährdeten Besitzes zu freuen, während dem Michel der Jammer aus den Augen redete. Da wäre ein tröstender Zuspruch eher am Platz. »Schau, mußt mich net beneiden um mein Glück! Weißt, jeder Mensch hat Sorgen, der Reiche grad so wie der Ärmste. Ich bin der Purtscheller. Aber mir steigen vor Sorgen oft d' Haar am Kopf auf wie Besenstiel. Was mir an einzigs Jahr Verdruß bringt, soviel is dir dein Leben lang net übern Hals kommen. So a weitschichtigs Anwesen tragt, aber es frißt auch. Manches Jahr heißt's draufzahlen, daß man schwarz werden kunnt. Unsereiner hat Verpflichtungen auf alle Seiten. Da heißt's allweil zahlen, zahlen und zahlen. D' Jagd is frei. Wer muß s' denn pachten? Der Herr Purtscheller! Schreiben s' in der Stadt a Trabrennen aus. Wer muß laufen lassen? Der Herr Purtscheller! Halten s' a Scheibenschießen ab. Wer muß den Ehrenpreis stiften? Der Herr Purtscheller! Ich sag dir's, Michel, ich brauch meine gschlagenen zwölf bis fufzehntausend Markln im Jahr. Soviel hat kein Minister in der Stadt. Dös is a Brocken Geld. Der muß hergschafft werden. Geh's, wie's will!«
»Mar' und Josef!« Im Schreck über die Sorgen, die der arme Purt-

scheller zu tragen hatte, vergaß der Simmerauer für einige Sekunden seinen eigenen Jammer.
»Und söllene Sachen packen ein' und lassen ein' nimmer aus! Schau, so notwendig hätt ich heut in der Fruh auf die Felder nachschauen sollen. Aber na! Da kommt der Jagdghilf und meldt: Der starke Hirsch wechselt über die Grenz aus, wann er net gschossen wird. Was will ich machen? Muß ich halt auffi!«
»So? So? Auf den starken Hirschen haben S' gjagt? Ja, der hat arg gschrien in die letzten Nächt!«
»Hast ihn ghört?«
»Freilich! Ich hab seit Wochen kein' Schlaf nimmer. Jede Nacht fahr ich zwanzgmal auf und greif an d' Wand hin, ob s' noch da is. Haben S' ihn kriegt, den Hirschen?«
»Na! Rein umsonst bin ich droben gwesen! Aber was ich sagen will: Im Hölzl hab ich deine Enkerln troffen. Solltest die Kinder in so einer Zeit net umanandlaufen lassen. Wie leicht kann ihnen was passieren!«
Michel schüttelte den Kopf. »Kinder haben an guten Schutzengel. Wir daheim müssen am Haus arbeiten den ganzen Tag, und ich hab's net gern, wann die armen Hascherln allweil unsern Jammer mit anschaun müssen. So was macht ihnen 's Gmüt krank. Kinder sollen lustig sein, die harte Zeit kommt eh noch früh gnug. Da laß ich s' lieber umanandlaufen. Und 's Hölzl drüben is noch am sichersten, da halten die Wurzeln fest. Mei' gute Alte in ihrer Sorg, freilich, die sagt allweil – « Er verstummte, blieb stehen und blickte zu einem nahen Bauernhaus hinüber, dessen verschobenes Dach auf schiefen und halb geborstenen Mauern saß. Undeutlich hörte man die erregten Stimmen der Leute, von denen die einen das Türgebälk und die Fensterstöcke aus der Mauer brachen, während andere das armselige Hausgerät auf einen Leiterwagen luden, vor dem ein klapperdürres Rößl mit einer schwerfälligen weißen Kuh zusammengekoppelt war. »Der erbarmt mich! Der arme Gaßner!« nickte Michel vor sich hin. »Jetzt muß er Auszug halten. Traut sich nimmer schlafen unterm Dach.«
»Der is gscheit, Michel! Der bringt beizeiten in Sicherheit, was zum Forttragen is, und baut sich drunten im Ort a neus Häusl auf festen Boden. Es wär am besten, du tätst es ihm nachmachen! Sag ja, Michel, und ich hilf dir dazu.«
Wortlos schüttelte der Alte den Kopf.

»Schau, Michel, nimm Vernunft an!« Purtscheller legte dem Simmerauer den Arm um die Schulter. »So a Berg, wann er amal 's Laufen anfangt, gibt kein' Fried nimmer, eh net alles drunten is. Sei gscheit, Michel, fang 's Ausräumen an, und drunten baust dir wieder. Von mir kriegst den Baugrund. Für a Vergeltsgott und an Schoppen Tiroler. Dem Purtscheller kommt's auf a lumpigs Tagwerk net an. Zum Bau gib ich dir tausend Mark auf ewige Hypothek. Geh her, Alter, schlag ein!«
»Dank schön, Herr Purtscheller! Sö meinen's gut. Aber der Michel muß bleiben. Der kann net furt.«
»Was der Gaßner fertigbringt, wird auch bei dir noch möglich sein.«
Der Simmerauer fuhr sich mit langsamer Hand über das weiße Haar. »Der Gaßner! Der kann leicht ausräumen. Der kann sich leicht an anders Heimatl suchen. Aus der Fremd is er herzogen und hat sein Häusl kauft vor vierzehn Jahr. Der hat sich noch gar net einglebt drein! Aber ich? Ich bin angwachsen. Mein Vater, mein Ahnl und Urahnl is schon gsessen an dem Tisch, wo ich heut noch sitz. Da bin ich Kind gwesen, da hab ich mein Katherl heimgführt, da hab ich Glück und Sorgen übertaucht, bis aus'm lustigen Micherl langsam der alte Michel worden is mit weiße Haar. Und ich soll furtkönnen? Na, lieber Herr! Jeder Stein am Häusl is a Stückl von mir, jeder Span an der Tür, an Tisch und Bank is lebendigs Holz und hat Wurzeln in meiner Seel. Mein Häusl bin ich! Und mein Häusl is alles, was ich hab. Sonst hab ich nix. Und wann sich der Mensch auf'n Schragen legt und macht d' Augen zu? A bißl was muß er überlassen für seine Kinder. Sonst is sein Leben für gar nix gwesen. Na, Herr Purtscheller! Ich kann net furt. Und wann's schon so sein müßt, daß der Berg mein Häusl schluckt? In Gotts Namen! Muß ich halt mit abi. Mein Häusl und ich, wir zwei halten zamm.«
Ein Knirschen quoll aus der Erde. Neben den beiden öffnete sich eine braune Spalte, während der Rasen unter ihren Füßen sich senkte und in langsames Gleiten geriet.
»Da! Er lauft schon wieder!« sagte der Simmerauer ruhig, ohne sich von der Stelle zu rühren.
Purtscheller war bleich geworden und hatte im ersten Schreck einen Sprung gemacht wie eine Katze, der man kaltes Wasser über den Pelz gegossen; während er nach einem sicheren Fleck suchte, kam die laufende Erde schon wieder in Stillstand. »Ich dank schön«, stammelte er, »da is an unguts Bleiben!«

»Sind S' erschrocken, gelt? Im Anfang is mir's auch so gangen. Jetzt bin ich gwöhnt dran.« Michel lauschte. Von einem nahen Gehäng, das hinter verwüsteten Haselnußstauden verborgen lag, klang der Hall schwerer Schläge. »Hören S' ihn, wie er drauflos schafft? Dös is mein Bub!«
»Is denn der Mathes daheim?«
»Ja! Den hat mir der liebe Herrgott gschickt. Gestern haben s' ihn auslassen von die Manöver, am Abend is er dagwesen. Sein blaues Röckl hat er abi bracht, ja, aber d' Uniformhosen nimmer. Gleich hat er's Arbeiten angfangt. Die ganze Nacht hat er gschafft. Und 's Madl hat ihm gholfen.« Ein Schimmer müder Freude huschte über das verhärmte Gesicht des Alten. »Mein Vronerl! An der is a richtigs Mannsbild verlorengangen. Die ander, freilich, die ander – Gott gib ihr die ewige Ruh, die hat mir viel Sorgen gmacht.« Er wischte mit dem Arm über die Stirn wie einer, der sich den Schweiß abtrocknet.
Drüben über den Tal hatte die steigende Sonne den Weg in die schattigen Felswände gefunden, und einzelne Schroffen tauchten gleich funkelnden Erzgebilden aus dem bläulichen Dunkel hervor. Immer lustiger flogen die silbernen Fäden, frischer zog der Wind aus der Tiefe herauf über die zerrissenen Wiesengehänge, man hörte das dumpfe Rauschen des Wassers, das in der Talsohle mit wildem Ungestüm aus dem Innern des unterhöhlten Berges hervorströmte; und immer lauter klang vom Haus des Simmerauer das Dröhnen der schweren Schläge, untermischt mit dem verworrenen Klang erregter Stimmen.
Da fuhr der Alte aus seinen Gedanken auf. »Na! Bin ich aber einer! Da steh ich und plausch. Und meine Leut daheim müssen schaffen, daß ihnen der Schwitz über d' Nasen kugelt.« Mit flinken Schritten ging er davon.
Purtscheller, der seit der kleinen Schlittenfahrt, die er mit dem gleitenden Rasen gemacht hatte, merkwürdig still geworden, folgte, als trieben ihn Mitleid und Neugier hinter dem Alten her. Aber Michel kam immer weiter voraus. Und als Purtscheller die Haselnußstauden erreicht und eine Lücke des Buschwerkes durchschritten hatte, blieb er betroffen stehen. Sonst hatte man das Haus des Simmerauer von dieser Stelle aus immer gesehen, schmuck und freundlich, mit dem hübschen Gärtl und dem sauber gehaltenen Schuppen. Jetzt war alles verschwunden. Nur ein niederes Gewirr

von Apfelbaumzweigen mit welken Blättern ragte über eine scharf gezogene Bodenkante empor, und zwischen dem grauen Astwerk schimmerte das Gesims eines weiß getünchten Kamins.
»O du lieber Herrgott«, stotterte Purtscheller, »dös Häusl muß ja schon um fünf, sechs Meter gsunken sein!« Er eilte vorwärts. Nun hielt er vor einem fast senkrecht abfallenden Erdrutsch, und ihm zu Füßen lag das kleine Heimwesen des Michel, das noch vor einem Monat mit der Wiese, auf welcher Purtscheller stand, in gleicher Höhe gelegen hatte.

2

Der ganze Grund, der das Haus des Simmerauer mit Garten und Scheune, mit einem abgeernteten Getreidefeld und einem schmalen Kartoffelacker trug, hatte sich im Umkreis von ein paar hundert Schritten vom höheren Berghang losgelöst und war der ›laufenden‹ Erde des tiefer liegenden, vom Wasser unterhöhlten Wiesengehänges nachgesunken. Das hatte sich nicht gewaltsam vollzogen, ganz allmählich, mit schleichender Bewegung. An der Abrißstelle, über die Purtscheller niederblickte, was oben die kahle Erde schon ausgetrocknet, während sie unten noch frisch und feucht war. Ein plump gefügter Verhau aus Baumstämmen und verflochtenem Astwerk stützte die Böschung und sollte ein Nachgleiten des höheren Bodens verhindern – ein Rettungsversuch, als wolle eine Kinderhand den tollen Lauf eines scheu gewordenen Pferdegespannes aufhalten.
Am Fuß der Böschung sickerte durch das Rutengeflecht ein schlammiges Wasser hervor, das den freundlich gepflegten Garten mit seinen Kohlbeeten und Blumenrabatten versumpfte, sich in breiten Pfützen um die Wurzeln der trauernden Obstbäume sammelte und den Hofraum, das Stoppelfeld und den Kartoffelacker, der die Früchte noch barg, in Morast verwandelte. Doch diese Verwüstung hatte ein lächelndes Gesicht. Der blaue Himmel spiegelte den nassen Schlamm. Wohl gefährdet, doch scheinbar noch unberührt von der schleichenden Zerstörung, erhob sich inmitten des leuchtenden Grundes das kleine, schmucke Haus. Die weißgetünchten Mauern schimmerten wie frische Leinwand, die Glasscheiben blitzten zwischen den grüngestrichenen Läden, rot blühten die Nelkenstöcke auf allen Fenstergesimsen, an der kleinen, schon altersgrauen Holzgalerie der Giebelstube glitzerten die angeflogenen Fäden, und auf der Höhe des Firstes glomm ihr Schein wie ein Elmsfeuer, das bei Tage brennt.

Diesem freundlichen Anblick widersprach das unruhige Leben, von dem das kleine Haus umgeben war. Die Hühner, die das Waten im Schlamme satt bekommen hatten, waren auf die Obstbäume geflogen, saßen gackernd im Gezweig oder putzten das durchnäßte Gefieder; zwei Ziegen, das zottige Fell mit Kot behangen, schleiften meckernd ihre langen Stricke durch die Pfützen, und eine braune Kuh, die neben der Scheune angebunden war, stand mit gespreizten Füßen, hielt den Schweif gestreckt und brüllte. Ahnte das Tier die Gefahr, die unter ihm in der sinkenden Erde drohte? Oder war es nur in scheue Unruhe geraten durch den Hall der wuchtigen Schläge, mit denen ein junger Bursch, der die blaue Soldatenhose trug, einen schweren, übermannshohen Pfahl in den Boden trieb?
Das war der Mathes, eine hager und sehnig aufgeschossene Gestalt, an der nichts weich und anschmiegsam war, alles herb und eckig; kurzgeschnittenes Blondhaar umschimmerte den Kopf, und stille, blaue Augen glänzten in dem ernsten Gesicht, das glatt rasiert war, jetzt gerötet von der anstrengenden Arbeit. Stirne, Wangen und Hals waren überronnen von glitzernden Schweißperlen. Wie wenig er seiner Schwester glich! Niemand hätte ihn für den Bruder des Mädels gehalten, das vor einem Holzblock stand und mit Beilhieben einen hohen Pfahl zuspitzte. Ein Menschenkind von strotzender Gesundheit und kräftiger Jugendfrische; alle Formen gerundet und schier ungebärdig unter dem Zwang der zu knapp gewordenen Kleidung, die Lippen von heißem Rot, die Wangen brennend, die dunklen Augen von hellem Feuer, die Stirn umringelt von den wirren Härchen, die aus dem Nest der braunen Flechten herausgesprungen waren. Unermüdlich schwang sie das Beil, warf den gespitzten Pfahl beiseite und griff nach einem anderen. Sie stand mit nackten Füßen im Schlamm, hatte den dunkelgrünen Rock geschürzt und das gestrickte Leibchen geöffnet, dessen schwarze Wolle in Sonne und Regen zu einem bräunlichen Filz verwittert war. Der eine der beiden straff gespannten Hemdsärmel war bei einem ungestümen Hieb entzweigegangen; zwischen den Leinwandfetzen schimmerte der Oberarm in reinem Weiß heraus, während die frei getragenen Unterarme dunkel gebräunt waren.
Wie Mathes dem Vater, so war Vroni der Mutter nachgeraten, die vor dreißig Jahren als das hübscheste Mädel des Dorfes gegolten hatte. Davon war nimmer viel an dem gealterten Weibl zu gewahren, das gebeugt vor dem Sägbock stand und frisch gefällte Stangen zu

langen Pfählen entzweisägte. Die grauen Zöpfe hingen um das welk gewordene Gesicht, in dem nur die guten, dunklen Augen noch einen Schimmer vom Glanz der entschwundenen Jugend bewahrt hatten. Immer wieder seufzte Mutter Katherl, während sie die Säge zog. Die Arbeit ging ihr mühselig von der Hand. Wenn der abgesägte Pfahl zu Boden rollte, richtete sie sich auf, um den schmerzenden Rücken ein bißchen rasten zu lassen. Immer glitten dabei ihre Augen mit Sorge über das kleine Haus. Nun zog sie wieder geduldig die in einer Gabel hängende Säge hin und her und war so vertieft in die Arbeit, daß sie ihren Mann nicht kommen hörte. Er schob sie sanft beiseite, während er ihr die Säge aus der Hand nahm. »Geh, Katherl, setz dich a bißl nieder! Laß mich wieder schaffen!«
Sie wollte zur Hausbank gehen; auf halbem Wege kehrte sie wieder um und fragte: »Hast was ghört von die Stadtherrn?«
Michel schüttelte den Kopf und sägte: »Allweil studieren s' noch und graben dem Berg in die Darm umanand und wissen net, was s' sagen sollen.«
Seufzend ging Mutter Katherl zur Hausbank. Aus einem irdenen Krug füllte sie ein Glas mit Milch. Das war seit Tagen das einzige Getränk in der Simmerau. Bier ist teuer. Und das Wasser, das eine Woche lang im Brunnen versiegt war, stand wohl seit zwei Tagen wieder hoch im Schacht, war aber verschlammt und ungenießbar. Über einen der Balken, die kreuz und quer den aufgeweichten Grund durchzogen, ging Mutter Katherl zu Vroni hinüber und reichte ihr das Glas. »Da, Madl, trink, es muß dich ja dürsten.«
»Ah na! Es is net so arg.«
»No freilich, brennt dir ja 's ganze Gsicht! Geh, sei gscheit und trink!«
Vroni trieb mit festem Schwung das Beil in den Hackstock, um die Hand frei zu bekommen, und leerte das Glas. »Vergelts Gott, Mutter!«
Da hörten sie vom Verhau herüber ein Geraschel der Äste und das Fallen kollernder Erdbrocken. Purtscheller, der über die steile Böschung niedersteigen wollte, war fehlgetreten und hatte sich nur durch einen raschen Griff vor einem Sturz in den Schlamm bewahrt. Nun kam er lachend aus dem Garten hervorgewatet, in der einen Hand die Büchse, in der anderen den Bergstock.
Vroni und ihre Mutter boten ihm verwundert ein Grüß Gott, und Michel, ohne die Säge rasten zu lassen, stotterte: »Jesses! Der Herr

Purtscheller! Auf den hab ich ganz vergessen!« Nur Mathes schwieg. Ein jähes Erblassen war ihm über die heißen, erschöpften Züge gegangen. Niemand hatte das gewahrt außer der Mutter, die ihm das Glas hatte reichen wollen. »Mathes?« Wortlos schob er mit dem Ellenbogen das Glas von sich und arbeitete weiter.

Purtscheller und Michel redeten vom laufenden Berg und von der Gefahr, die dem kleinen Hause drohte. Dann ging Purtscheller zur Hausbank und spähte ins Tal hinunter: »Wahrhaftiger Gott! Vom Kirchturm sieht man kein Blinkerl nimmer!« Er warf einen besorgten Blick über die weiße Mauer des Hauses, schüttelte ernst den Kopf und machte sich's auf der Bank gemütlich. Seine Augen blieben an Vroni haften. Je länger er sie betrachtete, desto wärmer wurde sein Wohlgefallen. »Sapperlot, Michel! Dein Madel! Alle Achtung!«

Vroni überhörte das Lob, und der Simmerauer nickte hinter dem Sägbock: »Ja! Gelt!«

»Und Ihr liebs Frauerl, Herr Purtscheller?« fragte Mutter Katherl, die den Milchkrug in den Hausflur gestellt hatte. »Wie geht's ihr denn?«

»Dank der Nachfrag! Den Sommer über hat man z'frieden sein können. Sie hat sich wieder rausgmacht. Aber so viel still geht s' allweil umanand. Da muß ich mich oft ärgern. Ich hab gern lustige Leut um mich. Freilich, sie is halt net völlig gsund. Der Doktor sagt wohl, es fehlt ihr nix. A bißl nervios halt, und a schattigs Gmüt, meint er. Zum Lachen! Schatten! Im Purtschellerhof! Der Doktor is an Esel und versteht nix. Ich fürcht, sie hat's a bißl auf der Brust.«

Mathes taumelte – beim Rammen eines Pfahles hatte er mit der schweren Holzkeule danebengeschlagen, und die Wucht des Schwunges riß ihn fast zu Boden.

»Aber! Herr Purtscheller!« Michel ließ für ein paar Augenblicke die Säge rasten. »Wie können S' denn an so was denken! Die Frau Karlin hat schon als jungs Madl zu dieselbigen ghört, dö 's Leben a bißl ernster fassen.«

»Für was denn?« murrte Purtscheller. »Ich möcht a lustige Frau haben. Sie hätt allen Grund zum Lustigsein!«

»No ja! Aber d' Menschen sind halt net alle gleich. Den ein' macht 's Glück lebendig, den andern stad. Und gar a groß Glück! Dös muß ich selber sagen: Es is an außergwöhnlichs Glück gwesen, dös die Karlin gmacht hat.«

Diese Anerkennung schien Purtschellers üble Laune zu besänftigen. »Ja, Michel, da hast recht! A blutarms Madl ohne Familli. Und über Nacht die Frau im Purtschellerhof! So was kommt net oft. Da hätt sich mancher andre bsonnen an meiner Stell. Aber sie hat mir halt gfallen. Und wann ich was will, so will ich. Und da gschieht's auch.«
Dieses große Wort machte den Simmerauer schweigsam, und Mutter Katherl betrachtete den willensstarken Purtscheller mit scheuen Augen. Während dieses Schweigens flog ein Holzsplitter surrend bis zur Hausbank; Mathes hatte den schweren Schlägel mit solcher Wucht auf den Pfahl geschmettert, daß das Ende der dicken Stange zu einem fransigen Besen auseinandergefahren war. Mutter Katherl löste den Splitter von Purtschellers Samtjacke und fragte: »Aber 's Büberl ist doch wohlauf?«
»Kunnt besser ausschauen. Dös Bürscherl is a bißl gar z'fein graten. Mein' Buben hab ich mir anders denkt. Aber freilich, d' Mutter is allweil a schwaches Krisperl gwesen.«
Da wandte Mathes das Gesicht über die Schulter und musterte den Purtscheller mit funkelndem Blick. Es schien, als läge ihm ein Wort auf der Zunge, und kein freundliches; aber Vroni trat vor ihn hin und sagte leis: »Tu lieber schaffen, Mathes!« Er nickte, hob den Schlägel wieder, und Vroni watete zum Hackstock zurück.
Purtscheller saß an die sonnige Mauer gelehnt, hielt die Beine gestreckt und betrachtete die Arbeit, die man geleistet hatte. Überall ragten die Stümpfe eingerammter Pfähle aus dem Schlamm hervor, und zur Hälfte waren sie schon durch quer aufgesetzte Balken zu einem festen Rost miteinander verbunden.
»A guter Einfall!« sagte Purtscheller mit der Miene eines Sachverständigen. »Wer hat dir's graten, Michel?«
»Wer sonst als die heilige Kümmernis?« erwiderte der Alte. »So a Fachwerk, dös den ganzen Platz ums Haus ummi einfaßt, hab ich mir denkt, kunnt doch den Boden a bißl zammhalten, daß er net ausanandschlupft wie auf die Wiesen droben.« Er salbte mit einer Speckschwarte die heiß gewordene Säge. »Vor acht Tag schon hab ich angfangt. Aber wär der Mathes net heimkommen, wer weiß, ob ich's fertigbracht hätt? Der Bub hat in einer Nacht mehr vom Fleck bracht, als ich in der ganzen Woch.«
»Ja, ja, dös glaub ich!« Prüfend sah Purtscheller dem Mathes eine Weile bei der Arbeit zu. »Der schafft für drei. So ein' kunnt ich brauchen im Purtschellerhof. Der möcht mir mei' Sach schön sauber

in Ordnung halten. Die Haderlumpen, meine Knecht, betrügen mich hint und vorn. Auf ein', wie der Mathes is, kunnt ich mich verlassen. So ein' möcht ich haben!« Weil beim Purtscheller, wie er selbst gesagt hatte, jeder Wille auch schon Tat war, fragte er gleich. »Was meinst, Mathes? Hättst net Lust?«

»Mich braucht der Vater!« antwortete der Bursch ruhig, ohne die Arbeit zu unterbrechen.

Michel, der bei Purtschellers Frage erschrocken war, atmete erleichtert auf.

»No ja, der Vater! Jetzt!« Purtscheller kam in Eifer. »Aber der unsinnige Berg wird doch wieder an Fried geben. Wann der Winter einfallt, is eh die ärgste Gfahr überstanden. Da bist wieder frei.«

»Für den Fall weiß ich mir an Platz, wie die letzten Jahr her, weit von daheim.«

»An Platz? Ja! Aber kein' wie im Purtschellerhof! Dreihundert Mark im Jahr, alles frei, zweimal im Jahr a neus Gwand, und a Weihnächten, wie's im ganzen Land kein Graf net gibt! Was meinst?« Da hallte ein Jauchzer über die Wiesen herunter, und undeutlich verstand man, daß dort oben einer den Namen Purtscheller schrie. Alle blickten hinauf. Über einem Wiesengrat gewahrten sie einen Menschen, dessen Figürchen sich schwarz vom leuchtenden Himmel abhob. Er fuchtelte mit beiden Armen und schrie wie ein Verrückter. »Was kann denn dös für einer sein?« fragte Purtscheller und holte das Fernrohr aus dem Rucksack.

Vroni hatte den dort oben schon erkannt. »Der Daxen-Schorschl!« Sie nahm die Arbeit wieder auf. Mit diesem Namen schien die Sache für sie erledigt zu sein. Doch eine Furche stand zwischen ihren Brauen, und finster blickten die braunen Augen. Diese halb grollende, halb verächtliche Miene war dem Mädel nicht zu verdenken. Selbst die Freunde des Daxen-Schorschl wußten nicht viel Rühmenswertes von ihm zu erzählen – höchstens, daß er eine gute Haut und ein anhänglicher Kerl wäre, dazu ein stramm gewachsener Bursch mit blitzenden Schwarzaugen im Gesicht, aus dem der gezwirbelte Schnurrbart hervorstach gleich einem Paar zu Schutz und Trutz gefällter Lanzenspitzen. Sonst aber schien es beim Daxen-Schorschl mit guten Eigenschaften schlimm bestellt. Sein Kardinalfehler, aus dem die anderen bösen Dinge hervorwuchsen wie die Schwämme aus einem moderigen Fleck Erde, war ein grenzenloser Leichtsinn, der dem Faß schon mehr als einmal den Boden

ausgeschlagen hatte. Wenn ihn der moralische Katzenjammer anfiel, was selten geschah, pflegte er mit einem Seufzer zu sagen: »Ich hab halt Vater und Mutter z'früh verloren, hätt noch a paar Jahr lang zu jeder Morgensupp a gsunde Tracht Prügel braucht. Vielleicht hätt's was gholfen!«
Er hatte aber die Prügeljahre schon längst hinter sich, als seine Eltern starben und ihm in bester Lage des Dorfes ein hübsches Haus und die einträgliche Schmiede vererbten. Da war er ein neunzehnjähriger Bursch gewesen, gerade reif für den blauen Rock. Während der Soldatenjahre hielt ihm ein alter Vetter das Geschäft in Ordnung, und als der Schorschl mit einem großen Schnurrbart aus der Stadt heimkehrte, hatte es ein paar Wochen lang den Anschein, als begänne in der Schmiede ein neues, lustiges Arbeitsleben. Nur eines gab den Leuten gleich zu reden: daß Schorschl die beiden Kühe verkaufte und den Stall leerstehen ließ. Seine lachende Verantwortung lautete: »Erstens muß ich meine Schulden in der Stadt drin zahlen. Und zweitens: Was brauch denn ich so a feine Milli z'trinken? Ich bin mit Bier und Tiroler z'frieden.«
Dieses ›Schlauderwörtl‹ verziehen ihm die Leute wieder, als sie ihn in seiner Schmiede so wuchtig drauflos hämmern hörten, daß es übers ganze Dorf hinausklang, hell wie Glockenschlag. Aber die erste Arbeitswut dauerte nicht lang. Bald machte Schorschl untertags ein ›Plauscherl‹ beim Nachbar, bald wieder ein ›Sprüngerl‹ ins Wirtshaus, dann wieder mußte er sich auf den Bergen ›auslaufen‹. Das geschah immer häufiger, immer seltener traf man den Schorschl in der Schmiede, und schließlich überließ er das Geschäft dem Gesellen und ging seinen wechselnden Launen nach. Er war kein Faulpelz, im Gegenteil, bei Tag und Nacht hatte er alle Hände voll zu tun. Er half beim Flößen und Holzziehen, ohne sich bezahlen zu lassen. Wenn einer zu ihm sagte: »Geh, Schorschl, sei so gut und tu mir dös gschwind!« – so tat er es. In kurzer Zeit bildete er sich zu einem Virtuosen auf der C-Trompete aus und spielte ›per Rekrazion‹ bei allen Hochzeiten und Tanzmusiken mit. Seine Hauptleidenschaft war das Fischen und Krebsen. Da war er ein unerreichter Meister. Den Fang verschenkte er an die Kinder, die in Scharen herbeiliefen, wenn sie den Daxen-Schorschl am Wasser sahen. Das ging zwei Jahre so fort. Dann war die Schmiede auf der Gant.
Die Verwandten sprangen ein und halfen; ein paar Monate gab sich Schorschl alle Mühe, seinen Leichtsinn unterzukriegen. Dann ging

das alte Schlenderleben wieder an. »Lüftig wie der Daxen-Schorschl!« Das war ein Sprichwort im Dorf geworden. Die paar geduldigen Leute, die ihm noch die Stange hielten, führten zu seinem Lobe an: Der Schorschl bekneipt sich zwar manchmal ganz gehörig, aber er ist doch kein Trinker, läßt die Hände von den Karten, und die Mädeln haben Ruh vor ihm! Sonst aber konnte man ihm alles nachsagen, was am Leichtsinn hängt. Zu den brotlosen Künsten, die er die Jahre her getrieben, hatte sich in der letzten Zeit noch eine neue gesellt. In seinen Adern rollte kein Jägerblut, er hatte kein Verlangen nach der Büchse, aber er liebte es, bei der Jagd zu ›gustieren‹. Einen besseren Treiber und Steiger gab es in den Bergen nicht. Sein höchstes Vergnügen war es: ›für d' Jager a guts Stückl ausmachen‹ – das heißt, den Standort eines selten starken Wildes zu erkunden. Während drunten im Dorf von Haus zu Haus erzählt wurde, daß die Daxenschmiede schon wieder ins Schwimmen käme und vor der zweiten Gant stünde, rannte Schorschl vergnügt bei Tag und Nacht auf den Bergen umher, um für den Purtscheller einen Kronenhirsch oder einen alten Gemsbock auszuspüren. Und als er nun dort oben das Hütl schwang und jodelte, kam Purtscheller gleich zu der Vermutung: ›Gwiß hat er mir was Guts ausgmacht. Augen hat er wie a Luchs, der Kerl! Is schon möglich, daß er mich gsehen hat über d' Wiesen hergehn, derweil er droben gstanden is im Gwänd.‹ Purtscheller höhlte die Hände um den Mund und rief gegen die Höhe: »Huup!« Dann lachte er: »Hat mich schon ghört!«
Die Gestalt des Daxen-Schorschl glitt über den steilen Wiesengrat herunter, so hurtig wie eine ins Rollen geratene Scholle. Er wuchs mit jeder Sekunde, und man konnte schon gewahren, wie er bei diesem sinnlosen Lauf mit weiten Griffen den Bergstock einsetzte. Sprünge machte er, daß Mutter Katherl ein ums andere Mal erschrocken stotterte: »Jesses, jetzt wirft's ihn!«
»Tu dich net sorgen, Mutter!« brummte Vroni. »Unkraut verdirbt net.« Dabei bearbeitete sie den Pfahl, den sie auf dem Hackblock hatte, so unmutig mit dem blitzenden Beil, als trüge das arme Holz die Schuld, daß in der Daxenschmiede solch ein menschliches Unkraut gewachsen war.
Schorschl kam schon so nahe, daß man den plumpsenden Aufsprung seiner Füße hören konnte. »Um Gottes willen!« stammelte Michel in seiner ruhelosen Sorge. »Der macht mir am End mit seiner Springerei den Berg noch roglig!«

Mutter Katherl schrie im gleichen Augenblick: »Mar' und Josef! Jetzt hat's ihn gworfen!«
Schorschl war in einer Staubwolke verschwunden. Ein Stück Wiese mußte unter seinen Füßen niedergebrochen sein.
»Hab ich's net gsagt!« jammerte der Simmerauer und sprang auf das Haus zu, als hätten ihn die Mauern zu Hilfe gerufen. Auch Mathes warf erschrocken den Schlägel beiseite, und auf dem Hackblock verstummten die Beilhiebe. Nur Purtscheller lachte.
Hatte der Schutt den Daxen-Schorschl begraben? Aber nein! Gleich einer wirbelnden Scheibe flog ein Hut aus dem sinkenden Staub heraus, man sah den Bergstock ein paar Räder schlagen, und hinter diesen beiden Vorboten kam Schorschl nachgerollt und kollerte über den steilen Hang herunter.
Da verging auch dem Purtscheller das Lachen. Die Sache mußte übel ausfallen. Doch während er und die andern sich noch besannen, war Vroni schon über den Grat der vom Erdrutsch gebildeten Böschung emporgerannt und breitete die Arme, gerade in dem Augenblick, in dem dieser rollende Klumpen Mensch in das Gezweig der Apfelbäume niederzustürzen drohte. Sie wankte unter der Wucht, mit welcher Schorschl gegen ihren Körper schlug, aber sie hielt sich auf den Füßen. Ein langer Silberfaden kam glitzernd durch die Luft geschwommen, haftete an der Schulter des Mädels und legte sich mit einer Schlinge um den Kopf des Burschen. Seine Arme hatten Vronis Hüften umklammert. Mit dem vom Sturz verwüsteten Gesicht zu ihr aufblickend, stammelte er: »Sakra, Madl! An dir kann man sich anhalten!«
Die Stirn von Zornesröte übergossen, riß Vroni sich von ihm los. Der silberne Faden dehnte sich, als wollte er die beiden nimmer aus seiner schimmernden Schlinge lassen; schließlich ging er aber doch entzwei.
Langsam hob sich Schorschl auf die Füße. »Sakra! Sakra!« Mit großen Augen blickte er dem Mädel nach. Er hatte sie in den vergangenen Jahren hundertmal gesehen; dennoch machte er Augen, als sähe er Vroni zum erstenmal. Aber da verging ihm das Schauen. Er mußte die Lider schließen. Vom Sande begannen seine Augen zu brennen. So stand er eine Weile und zupfte die Erdkrumen aus den Wimpern. Vroni schwang schon wieder das Beil vor dem Hackstock. Auch Mathes griff nach dem Schlägel, während der Simmerauer scheltend zu seiner Säge zurückkehrte. Mutter Katherl

dankte allen Heiligen des Himmels, die den Hals und die Glieder des Daxen-Schorschl so gnädig behütet hatten. Und Purtscheller lachte wieder. Bei diesem Gelächter unterbrach Schorschl sein Zupfen und Reiben. Er lachte mit, und weil ihm der Umweg um den Saum der Böschung zu weit war, sprang er über den Verhau herunter, daß vom durchweichten Grund der Schlamm über ihn emporspritzte. »Herrgott! Da gibt's aber Soß!« Sonst hatte er kein Wort, keinen Gedanken für die Zerstörung, die rings um das kleine Haus her ihre schleichenden Wege ging. Vor allem mußte er die Nachricht loswerden, die er brachte. »Herr Purtscheller! Den starken Hirsch hab ich ausgmacht.«

»Hab mir's aber gleich denkt! Bist a Mordskerl!« Purtscheller begleitete dieses Lob mit einem Faustschlag auf Schorschls Rücken. »Wo hast ihn denn gfunden?«

»Droben im Seekar liegt er in die Latschen. Wann S' mit auffisteigen, treib ich Ihnen den Hirsch hin am Stand, nix Schöners gibt's net!«

»Jetzt?« Purtscheller rückte ärgerlich den Hut. »Eigentlich sollt ich nachschauen, was meine Leut auf die Felder machen.«

»Und den Hirsch auslassen? Jetzt, wo er sicher is? Kommen S' mit, sag ich! Der Hirsch is gschossen bis auf'n Abend. Da verwett ich mein' Kopf drauf.«

Beim Hackstock verstummten die Beilhiebe. »Wann du schon so einer bist«, rief Vroni sehr unfreundlich über die Schulter, »so halt doch wenigstens die andern Leut net von der Arbeit ab!«

»Arbeit? No ja!« sagte Purtscheller beschwichtigend. »Den Hirsch kann ich doch auch net verschenken. So a Hirsch gilt seine hundert Mark, 's Gweih gar net grechnet. Na, na, da muß ich schon auffi.« Er griff nach Büchse und Bergstock. »Komm, Schorschl!«

»Steigen S' nur derweil voraus! Ich muß mich a bißl saubermachen. Sonst kunnt der Hirsch a Grausen kriegen, wann er mich sieht.«

Purtscheller lachte, rief dem Simmerauer und der Bäuerin einen Gruß zu, warf noch einen Blick des Wohlgefallens auf Vroni und stieg gemächlich über die Böschung hinauf. Zwei heiß brennende Augen folgten ihm. Und als Purtscheller in einer Senkung der Wiese verschwand, atmete Mathes auf und hob den Schlägel wieder.

Schorschl wollte zum Brunnen; dabei mußte er am Hackstock vorüber. Ein wenig verlegen blieb er stehen und sagte lachend: »Wärst du net gwesen, da kunnt ich jetzt a paar gsunde Löcher im Kopf

haben. An festen Sprung hast gmacht um meintwegen. Muß dir doch a Vergeltsgott sagen!«
Vroni übersah die Hand, die der Schorschl ihr bot. »Dös braucht's net.«
Der trockene Ton schien den Daxen-Schorschl zu belustigen. »So sag halt noch dazu: Is gern gschehen!«
»Gern? Na!«
»Ui jegerl! Am End reut's dich gar, daß d'mich den Hals net brechen hast lassen!«
Vroni schwieg. Über den Pfahl weg, auf den sie loshackte, streifte sie den Burschen mit finsterem Blick. Freilich, der Daxen-Schorschl bot in der Verfassung, in der er nach der Rutschpartie beim Haus des Simmerauer angelangt war, kein Bild, das einem Mädchenauge gefallen konnte: das Gewand beschmutzt, die nackten Knie, Gesicht und Hände grau von Staub, braune Erde im Haar und am zersausten Schnurrbart. Aber er lachte: »Sakra, Madl! A Paar Augen kannst machen! Net schlecht!« Und nach einer stummen Weile fügte er kleinlaut bei: »Viel Guts, mein' ich, mußt dir net denken von mir?«
»Da kannst recht haben.«
»Jetzt machst mich aber neugierig. Sag, was denkst dir denn von mir?«
»Dös is gschwind gsagt.« Vroni ließ das Beil sinken und richtete ihre blitzenden Augen auf den Burschen. »Schorschl, du bist a Lump!«
In der ersten Verblüffung machte der Daxen-Schorschl ein furchtbar dummes Gesicht. Dann fuhr ihm das Blut in die Stirn. Merkwürdig, daß so ein kurzes Wort den ›lüftigen‹ Schorschl so erregen konnte! Er hatte dieses Wörtl doch schon häufig genug zu hören bekommen, um sich an seinen Klang zu gewöhnen. Aber die anderen, drunten im Dorf, die hatten es immer lachend gesagt: »Ja, Schorschl, du bist a Lümperl!« Und immer hatte er mitgelacht. Jetzt zum erstenmal hatte er dieses Wort auf eine neue Art gehört, ernst, von einer zornigen Stimme gesprochen. Und von so roten Lippen! Er suchte nach einer Antwort. Da sagte Vroni: »Geh zum Brunnen und wasch dich! Steht dir ja 's Blut auf die Händ!« Ruhig wandte sie ihm den Rücken und schwang das Beil.
Schorschl stand noch eine Weile und betrachtete ratlos seine übel zugerichteten Hände; dann verzog er den Mund wie ein gescholtenes Kind, das nicht zu mucksen wagt, und ging auf den Brunnen zu.

Während er sich wusch, unter Prusten und Plätschern, kam einer der Gemeinderäte, welche die Kommission begleitet hatten, am Haus vorüber. Als der Simmerauer ihn erblickte, fuhr ihm die Erregung in die Hände, daß er die Säge verbog. »Leitner! He!« rief er mit erstickter Stimme den Bauern an, humpelte auf ihn zu und faßte ihn am Joppenzipfel. »Seid's schon fertig droben? Wo gehst denn hin?«
»In Ort muß ich abi, 's Mittagessen b'stellen für die Kammissoni.«
Mutter Katherl trippelte auf einem Balken durch den Schlamm, Vroni verließ den Hackstock, das Beil in der Hand, und Mathes kam, mit dem Schlägel auf der Schulter. So standen sie alle viere um den Bauern her, mit scheuen Augen.
»Und –« Michel brachte die Frage kaum heraus, »was sagen s' denn, dö studierten Herrn?«
Der Bauer machte ein ernstes Gesicht. »Was sollen s' denn sagen? Helfen können s' net! Daß wir wissen, wie 's Unglück kommen is, dös macht uns auch net gscheiter.« Er sah gegen die Felswände hinauf. »Wie im Sommer droben im Seekar der Almsee gahlings ausglaufen is, ohne daß man gsehen hat, wo 's Wasser hinkommt – dös wär der Anfang gwesen, sagen s', dö Herrn. 's Wasser hätt an unterirdischen Durchgang gfunden, und wie der Weg amal offen war in die Darm vom Berg eini, is dem Seewasser 's ganze Regen- und Schneewasser dö Zeit her nachgronnen. Und der Berghang tät auf schiefem Letten[1] liegen, sagen s'. Den wascht 's versunkene Wasser schön langsam aus, und natürlich, wann dös Luderwasser unt drin a Loch ausgschwemmt hat, muß der obere Boden nachsinken. Verstehst?«
»Ja, ja!« Mit zitternden Händen strich der Simmerauer das weiße Haar in die Schläfe. »Ja, ja! Natürlich! Der Boden muß nachsinken, wann unt drin a Loch is.«
»So sagen s', dö Herrn! Wer weiß, ob s' recht haben? Einischauen in Boden können s' auch net.«
»Und sonst sagen s' gar nix, dö Herrn?«
»Na! Nix!«
»Gar nix, wie z'helfen wär?«
»Na! Nix! Drunt im Tal sollt man dem Wasser den Auslauf net verwehren. Eh net der ganze Letten unten drin schön sauber ausgschwabt is und d' Löcher wieder ausgfüllt sind mit feste Steiner, eh

[1] Lehm

hört der Berg sein Laufen net auf und gibt kein' Fried. Oder es müßt s' untrische Wasser wieder in d' Höh steigen ans Licht. Verstehst!«
»Ja, ja!« Der Simmerauer wollte an seinem Hemd den Halskragen schließen und nestelte immer, ohne zu merken, daß der Knopf abgerissen war. »'s Wasser! Freilich! s' Wasser müßt wieder in d' Höh! Da tät er an Fried geben, der Berg!« Er blickte umher, als müßte er schon irgendwo das steigende Wasser sprudeln sehen. »Und sag? Was alles noch abi muß, eh s' Wasser wieder steigen kann? Da haben s' gar nix gsagt, dö Herrn?«
Langsam kam die Antwort. »Ja! Da haben s' schon a bißl ebbes gsagt. Der ganze Purtschellerwald, meinen s', müßt abi. Und 's Häusl vom Gaßner, der grad ausräumt. Und die ganzen Wiesen zwischendrin. Und –« Der Bauer stockte, und vier Menschen hielten in banger Sorge den Atem an. »Es wird mir hart, daß ich dir's sagen muß. Aber es is alleweil besser, man weiß, wie man dran is. Dös ganze Gratl da, wo dein Häusl steht, wird abi müssen, haben s' gsagt, dö Herrn.«
»Abi? So? Abi müssen?« wiederholte der Simmerauer mit erloschenem Ton.
»Trag mir's net nach, Michel, daß ich dir so a harte Botschaft hab bringen müssen!« Der Bauer legte dem Simmerauer die Hand auf die Schulter. »Laß dir an guten Rat geben, schau! Räum aus, Michel! Räum aus, solang's noch Zeit is! Nimm Vernunft an!«
Sie waren mit dem Leitner ihrer fünfe beisammen gestanden. Als der Bauer den Hofraum verlassen hatte, waren es wieder fünfe, denn der Daxen-Schorschl war wortlos vom Brunnen gekommen. Er hatte das ›Saubermachen‹ nicht zu Ende gebracht. Die nassen Haare klebten ihm an Stirn und Schläfen, trauernd hing ihm der durchweichte Schnurrbart über den Mund, und in dicken Tropfen rann ihm das schlammige Wasser über den Hals und von den Händen. Sein Gesicht war bleich, nur die Wunde rot, die er sich beim Sturz in die Wange gerissen hatte.
Eine Weile wurde kein Laut gesprochen. Mutter Katherl streifte mit hilflosem Blick den Mathes und die Vroni, dann sahen sie alle drei den Vater an. Gerne hätten sie ihm den Rat des Leitners wiederholt: »Räum aus, so lang's noch Zeit is!« Aber sie hatten nicht das Herz, ihm das zu sagen.
Mathes sprach das erste Wort. »Komm, Vater, schaffen wir wieder! Was dö Herrn sagen, glaub ich net!«

»Ja! Schaffen wir wieder!« fiel Vroni ein und ging zum Hackstock. Michel faßte seinen Buben am Hemdsärmel. »Mathes?«
»Was, Vater?«
»Dös viele Wasser schau an!« Der Simmerauer deutete auf die Pfützen in Hof und Garten. »Meinst net, es kommt von unt auffi?«
»Ja, Vater! Kunnt schon sein!« Die Stimme des Burschen klang ruhig; doch in Unruhe glitt sein Blick zum Verhau hinüber, aus dessen Flechtwerk lautlos die dünnen Wasserfäden rieselten.
»Wann's von unt auffi käm! So a Glück!« Der Simmerauer bückte sich und tauchte die Hand in eine der Pfützen, so ehrfürchtig, als stünde ein Weihwasserkessel vor seinen Füßen. »Also! Schaffen wir halt wieder!« Er trat zum Sägbock und suchte mit zitternden Händen das verkrüppelte Eisenband der Säge zu strecken. Dann plötzlich schlug er die Fäuste vors Gesicht.
Vroni war die erste bei ihm. »Aber Vater!« Sie legte ihm den Arm um die Schulter und stellte sich so, daß der Daxen-Schorschl, der noch immer wie angewurzelt stand und die Sprache verloren zu haben schien, den Alten nicht sehen konnte.
»Abi? So? Abi, sagen s'? Abi wird's müssen?« raunte Michel vor sich hin. »A rechtschaffener Mensch bin ich gwesen mein Leben lang. Und so sollt er mich auszahlen können? Der sell da droben?« Langsam hob er die Augen zum Himmel. »Na, Kinder! So ebbes glaub ich net von ihm. Schenieren müßt er sich! Wann ich auffikomm zu ihm und tät ihn fragen: ›Wo is denn mein Häusl, du?‹ Und er kunnt net sagen: ›Drunten steht's, wo's allweil gstanden is!‹ schenieren müßt er sich! Vor'm alten Michel müßt er sich schenieren!« Mit den Fäusten wischte er über die Backen und schüttelte den weißen Kopf. »Na, Kinder! Na! So ebbes tut er net. Der halt fest! Der sell da droben! Aber mithelfen müssen wir. Mithelfen! Komm her, Alte! Mathes, komm her! Und du, mein Madl! Gebts mir d' Händ drauf, daß wir unser Häusl halten bis zum letzten Schnaufer! Nur net auslassen, sag ich! Schaffen, allweil schaffen!«
Da klangen über die Wiese her in drolliger Disharmonie die Stimmchen der beiden Kinder, die sich zum Heimweg ein Liedl sangen, das sie von Vroni gelernt hatten:

»Vogerl im grünen Wald
Zwitschert so hell!
Zwitschert Wald aus und ein,

Wo wird mein Schatzerl sein?
Vogerl im grünen Wald
Zwitschert so hell!«

Dem Simmerauer glitt ein Lächeln über die welken Züge. »Wie s' lustig sind! Und dö zwei Hascherln? 's einzige, was mir blieben is von meiner armen Zenz? Dö sollen 's Dach verlieren müssen, unter dem s' ihr Ruhstatt haben? Du, Mathes, bist a gwachsener Mensch und weißt dir an Weg in der Welt. Du, Madl, findst schon ein', der dir gut is und a Heimatl hat für dich! Aber wohin denn mit die armen Wurzerln? Wann unser Häusl abi müßt? Ah na! So ebbes gibt's net. Nur net auslassen! Kommts! Fangen wir wieder an! Und laßts um Gottes willen dö armen Hascherln nix merken von unserer Sorg!«
Der Simmerauer wollte zur Säge greifen. Da legte sich eine Hand auf seine Schulter, und eine würgende Stimme fragte: »Michel? Kannst mich net brauchen? Geh, laß mich mithelfen!«
Der Alte schien seinen Augen nicht zu trauen. »Schorschl! Du?«
»Schau, ich hab Zeit! Und verlang nix. In der Fruh komm ich, auf'n Abend geh ich wieder, und 's Essen bring ich mir mit. Schlag ein, Michel! Und ich fang gleich an.«
In der ersten Freude, einen Helfer gefunden zu haben, wollte der Simmerauer schon die Hand strecken. Vroni zog ihn zurück. »Na, Vater! Wann wir allein unser Häusl net halten können, der da hilft's uns gwiß net halten. Dem lauft ja 's eigene Haus davon! Was er anrührt, schwimmt. Der hat keine guten Händ. Bleiben wir lieber allein, Vater!«
»Wann d' meinst!« sagte der Simmerauer kleinlaut und warf einen scheuen Blick auf Schorschl. Und Mutter Katherl schien einen bösen Auftritt zu befürchten. Sie stotterte: »Aber Madl! Wie kannst denn so ebbes reden!« Ihre Sorge war überflüssig; der Daxen-Schorschl stand ruhig auf seinem Fleck; erst nach einer Weile, als die dunkle Röte, die ihm in die Stirn geschossen, schon wieder abzublassen begann, sagte er: »Vroni! Jetzt hast mir aber eini griffen! Daß ich für mich selber nix taug, hab ich schon lang glauben müssen. Aber daß ich auch für andere nix mehr wert bin, hätt ich mir doch net denkt. No ja, jetzt weiß ich's! Pfüe Gott!« Er schleuderte die letzten Wassertropfen von den Händen und verließ den Hofraum. Als er die Böschung überstiegen hatte und seinen Hut und Bergstock auflas, begegneten ihm die beiden Kinder, die ihr Lied zu Ende sangen:

»Vogerl am kühlen Bach
Zwitschert so süß!
Zwitschert Bach auf und ab,
Bis ich mein Schatzerl hab.
Vogerl am kühlen Bach
Zwitschert so süß!«

Als die Kinder das kleine Haus erreichten, zog der Simmerauer schon wieder die Säge, und Mathes drosch mit dem Schlägel auf einen Pfahl. Nur Vroni stand untätig. Ihr Blick irrte über den Berghang empor.

Die Stimme des Vaters weckte sie aus ihrem Sinnen. »Vronerl? Was hast denn?«

»Nix!«

Sie griff nach einer Stange und schwang das Beil, daß die Splitter flogen.

3

Die kühlen Schatten des Abends waren über das Tal gefallen. Droben auf den steilen Felswänden lag noch ein letzter Schein des versinkenden Tages. In der Tiefe spann sich schon ein bläuliches Zwielicht um das welke Laub der Bäume und um die Dächer, aus deren Kaminen der Rauch sich langsam hervorkräuselte. Von den Wiesen, die der breite Bach durchrann, kamen dünne Nebel gezogen; ihre Schleier mischten sich mit dem Rauch der Dächer und umwoben den Giebel des Purtschellerhofes, der, auf einer Anhöhe gelegen, alle Häuser des Dorfes stolz überragte.
Ein stattliches Gebäude! Von der Straße führte eine aus roten Steinen gemauerte Treppe durch einen Vorgarten zum Wohnhaus, dessen lange Front den Wirtschaftshof mit seinen Ställen und Scheunen verdeckte. Früher war der Purtschellerhof das richtige Bauernhaus gewesen, mit niederer Tür und kleinen Fenstern. Als der Toni nach seines Vaters Tod die Herrschaft übernommen und die Karlin heimgeführt hatte, waren ihm die alten Stuben nicht schön genug gewesen, um sein junges Glück zu beherbergen. Einen Sommer lang hatte man gebaut, hatte das Dach gehoben, alle Zimmer des oberen Stokkes geräumiger gemacht, ihnen neue Türen mit geschnitzten Aufsätzen und große Fenster mit gewölbten Spiegelscheiben gegeben. In den Flur wurde eine neue Treppe eingebaut, und während Toni mit seiner Frau die neuen ›Herrenzimmer‹ bezog, wurden im unveränderten Erdgeschoß die kleinen Stuben, in denen Tonis Eltern sich wohl gefühlt hatten, dem Gesinde als Wohnräume überlassen.
Im Erdgeschoß waren kleine Fenster und im oberen Stock die großen. Das hatte so übel ausgesehen, als hätte man die Hälften zweier Häuser, eines neuen und eines alten, übereinandergeschachtelt. Um diesen Schönheitsfehler des Purtschellerhofes auszugleichen, hatte man auch im Erdgeschoß die kleinen Fenster in große verwandelt,

nicht in wirkliche, nur in gemalte. Am Fuß der Mauer hatte man Spalierobst, Jerichorosen und wilde Reben angepflanzt, und die üppig aufgeschossenen Ranken, an denen jetzt die welken Blätter alle Farben spielten, waren der täuschenden Malerei zu Hilfe gekommen, so daß es wirklich den Anschein hatte, als wäre am Purtschellerhof kein Fehl und Schaden.

Neben der Haustür war eine steinerne Bank, überdacht von einem Laubengitter, von dessen Latten die Ranken des wilden Weins mit roten Blättern herunterhingen. Hier saß Frau Karlin, das junge Weib des Purtscheller-Toni, und vor ihr, auf dem Backsteinpflaster, trippelte ihr Knabe umher, ein vierjähriges Kind, bleich und schwächlich. Während das Büblein still ein hölzernes Pferd hinter sich herschleifte und sein Spielzeug, so oft es auch umkippte, geduldig wieder auf die mit Rollen versehenen Füße stellte, hatte die Mutter die Hände mit der Häkelarbeit im Schoß liegen und hielt den Kopf an die Mauer gelehnt. Sie war städtisch gekleidet, weil es ihr Mann so haben wollte. Die schmächtige, zart gegliederte Gestalt hätte die Herkunft aus dem Bauernhaus wohl verleugnen können. Sogar weiße Hände hatte sie bekommen. Der Purtscheller-Toni fand es unter der Würde seiner Frau, daß sie grobe Arbeit tat und in der Wirtschaft mithalf. Sie hatte, wie ihr Mann den Leuten zu erzählen liebte, ein Leben, um das eine Gräfin sie beneiden könnte. Dennoch fühlte sie an jedem Abend eine Müdigkeit in allen Gliedern, als hätte sie den ganzen Tag schwer gearbeitet.

Im vergangenen Winter war sie dreiundzwanzig geworden. Man nahm sie für älter, für eine Dreißigjährige. Wohl hatte ihr schmales Gesicht noch jene sanfte Schönheit, die den Stolz des Purtschellers so klein gemacht hatte, daß er sich die Karlin aus der Gesindestube des Pfarrers holte. Und wie eine Krone lagen ihr noch immer die vollen braunen Flechten um die Stirn. Aber ein Zug des Leidens war um ihren stillen Mund gegraben, und eine zehrende Schwermut redete aus ihren Augen.

Auf der Straße ging eine Bäuerin vorüber und rief einen Gruß. Die junge Frau erwachte aus ihrem Sinnen. Langsam strich sie mit der Hand ein Büschel Haare von der Schläfe hinters Ohr; das war eine Gewohnheit von ihr. Dann nahm sie die Häkelarbeit auf, nestelte ein paar Maschen, und wieder lehnte sie den Kopf an die Mauer, tief atmend, als empfände sie erquickend die Kühle des Abends.

Wie still und schön dieser Abend war, mit seinem träumerisch

ziehenden Nebel, mit dem verglimmenden Licht auf den Bergen! Aus der ebenerdigen Stube klangen die Stimmen der Dienstboten, die beim Abendessen saßen. Das Dorf war schon in halber Ruhe, nur manchmal ein lauter Ruf in den Gärten; irgendwo das Knarren eines Scheunentores, das geschlossen wurde, zuweilen auch der kurze Anschlag eines Hundes; dazu die Töne der Dorfmusik, die im Wirtshaus eine Probe hielt; die Sache hatte keinen rechten Klang, es fehlte die führende Stimme der C-Trompete, die der Daxen-Schorschl sonst zu blasen pflegte. Wenn der Abendwind ein wenig stärker zog, verschwammen die Geigen- und Klarinettentöne mit dem dumpfen Rauschen des Wassers, das im tieferen Tal aus dem unterhöhlten Berg hervorströmte.
Karlin lauschte dem fernen Rauschen und blickte über das Gehäng des laufenden Berges empor. »Die armen Leut!« Zu ihrem Mitgefühl gesellte sich eine schmerzliche Erinnerung. Dort oben stand auch das Haus, in dem sie ein fröhliches Kind gewesen war, als ihre Eltern noch gelebt hatten. Es war das Haus, das der Gaßner vor vierzehn Jahren gekauft hatte und das er jetzt räumen mußte.
Da hörte die junge Frau ein Klirren vor ihren Füßen. Das Bübchen hatte sein Pferdl umgeworfen und bückte sich, um es wieder aufzurichten. »Tonerl?« fragte die Mutter. »Magst net schlafen gehn? Schau, es wird schon finster! Bald wird der Sandmann klopfen. Da müssen brave Kinder im Bett sein. Geh, komm schlafen!«
Das Kind schüttelte das Köpfl. »Vaterl warten!«
Karlin spähte über die dämmerige Straße hinaus. In der Gesindestube wurden Bänke und Stühle gerückt, und die Dienstboten begannen mit monotonem Gehaspel den Abendsegen zu beten: »Der Engel des Herrn brachte Maria die Botschaft.« Dann kamen die Knechte heraus mit den Pfeifen. Sie zogen den Hut, als sie an Frau Karlin vorübergingen. Hinter ihnen kam ein dralles, hübsches Mädel, das sich für den Abendplausch in den Nachbarhäusern schmuck aufgeputzt hatte. »Guten Abend!« Dabei zuckte ein merkwürdiges Lächeln um den vollen Mund.
»Guten Abend, Zäzil!« erwiderte die junge Frau; ihre Stimme klang ruhig, doch eine matte Röte stieg ihr in die Wangen.
Zäzil ging durch den Garten, pflückte eine der spätblühenden Nelken und steckte sie ans Mieder. Kaum hatte sie die Straße betreten, als ihre Stimme klang: »Jeh! Du? Seit wann bist denn wieder daheim? Recht schön'n guten Abend!« Sie hatte den Schritt verhalten, als sollte

nun ein lustiges Geplauder beginnen. Doch der Bursch, dem ihr Gruß gegolten, sagte kurzen Dank und ließ sie stehen. Der Klang dieser Männerstimme machte Frau Karlin aufblicken. Auf der Straße sah sie einen vorübergehen, der mit Joppe und blauer Soldatenhose bekleidet war und zwei Äxte mit neuen weißen Holzstielen auf der Schulter trug; Frau Karlin erkannte ihn erst, als er schon hinter der Hecke verschwinden wollte. »Der Mathes!« Sie sprang auf, warf ihre Häkelarbeit auf die Bank und eilte die Treppe hinunter. »Mathes!«

Er schien sie nicht zu hören, beschleunigte seinen Schritt und bog hastig in den zum Gehäng des laufenden Berges führenden Weg ein. Frau Karlin legte die Arme über den steinernen Treppenpfeiler und blickte ihm nach. Fünf Jahre hatte sie ihn nicht gesehen, seit sie die Frau des Purtscheller-Toni geworden. Wenige Tage vor ihrer Hochzeit hatte er das Dorf verlassen, weil ihm draußen im Unterland eine gute Stelle angeboten wurde. So hatte Vroni ihr damals gesagt. Und jetzt war er wieder daheim. Gewiß hatte ihn die Sorge, die seine Eltern um ihr Haus trugen, zurückgerufen. Da war es nicht schön von ihm, daß er so vorüberging wie ein Fremder. Er hätte doch zusprechen können, um dem Nachbarskinde von einst und der Schulkameradin ein Grüßgott zu bieten! Um ihr zu sagen, wie es da droben stünde in der Simmerau! Von den Leuten im Dorfe hörte sie wenig. Vor Wochen, als der Berg über Nacht das Laufen angefangen hatte, war freilich im Dorf ein großer Lärm gewesen. Doch schon nach wenigen Tagen, als die Dorfbauern merkten, daß die Bewegung des laufenden Bodens das tiefere Tal nicht bedrohte, hatte ihre Sorge sich beschwichtigt. Ihre eigenen kostbaren Häuser waren sicher, nur die billigen Hütten da droben standen in Gefahr.

Die junge Frau blickte auf die von Dämmerung umwobenen Büsche, hinter denen Mathes verschwunden war. »Gott sei Dank für den alten Michel, weil der Mathes daheim ist! Der hat zwei feste Arm!« Sie strich die Härchen von der Schläfe hinters Ohr und atmete auf, als wäre ihr, seit sie den Mathes gesehen hatte, der Gedanke an den armen Simmerauer leichter geworden.

Während sie durch den Garten zurückkehrte, vernahm sie einen Schrei ihres Kindes. In Sorge begann sie zu laufen, und als sie die Steinbank erreichte, sah sie ein schattenhaftes Tier, wie eine kleine Fledermaus, mit Sumsen um den Kopf ihres Kindes flattern. Erschrocken schlug sie mit der Hand und traf. Das Tier fiel zu

Boden, ein großer Nachtfalter. Karlin hob das weinende Bürschl auf ihre Arme und streichelte ihm Haar und Wange. »Geh, Tonerl, bist erschrocken! Schau, es is bloß a Schmetterling gwesen! Der tut dir nix.«
Schmetterling! Dieses Wort schien das Kind zu trösten; es blickte mit nassen Augen umher und streckte die Hände. »Den Meckerling haben möcht ich!«
»Ja, Herzerl! Wart, den such ich dir gleich! Schau, da is er schon!«
Mit zitternden Schwingen kroch der Falter über die Pflastersteine. Karlin bückte sich. Von einer abergläubischen Regung erfaßt, zog sie die Hand zurück. Deutlich hatte sie auf dem dicken Leib des Falters die unheimliche Zeichnung erkannt. Er war ein Totenkopf. Sie wollte das Tier zertreten. Da hob sich der Falter mit einem zirpenden Ton von der Erde; schwirrend stieß er gegen eine Fensterscheibe und verschwand unter den roten Blättern der wilden Reben. Mit beiden Armen preßte Karlin ihr Kind an die Brust. »Komm, Schatzerl, laß dich schlafen bringen!«
Das Bürschl begann wieder zu weinen. »Meckerling haben möcht ich! Nitti schlafen! Vaterl warten!«
»Geh, sei z'frieden, Tonerl. Der Vater kommt schon. Droben im Betterl darfst warten auf ihn.«
»Tust mir Liedi singen?«
»Ja, liebs Herzerl!« Karlin faßte eine Weinranke und rüttelte an ihr. Surrend schoß der Falter aus dem Laub hervor und schwirrte davon.
»Gott sei Dank!«
Als Karlin das Haus betrat, kam eine alte Magd aus der Küche und fragte: »Wie soll ich's denn mit dem Essen halten, Frau? Von Mittag is alles noch übrig, der Herr is net heimkommen, und Sie haben nix gessen. Soll ich die Sachen aufwärmen?«
»Für mich, ja! Für'n Herrn mußt frisch was machen, 's Aufgewärmte mag er net.«
»Was soll ich denn richten?«
»Fladlsuppen. Die ißt er gern. Und an ausgsuchts Stückl Wildbret bratst ihm ab. Wann alles fertig is, mußt es am Feuer halten, damit er sein Essen gleich haben kann, wann er heimkommt. Sonst muß er sich wieder ärgern.«
Frau Karlin stieg über die Treppe hinauf, mit dem Bürschl, das vom versiegenden Schluchzen noch ein bißchen gestoßen wurde. Im Flur des oberen Stockes herrschte schon tiefe Dämmerung. Die Blätter

des Efeus, der die Wände übersponnen hatte, hingen wie kleine Schatten an der weißen Mauer und an den Stangen der Hirschgeweihe. Frau Karlin durchschritt das große Wohnzimmer. Ohne in der Schlafstube Licht zu machen, entkleidete sie unter zärtlichem Geplauder das Kind und wusch ihm das von Tränen nasse Gesicht. Das Bübl lag noch kaum in den Kissen, da mahnte es die Mutter schon an ihr Versprechen: »Liedi singen, Mammi!«

»Vogerl im grünen Wald
zwitschert so hell!
Zwitschert Wald aus und ein,
Wo mag mein Schatzerl sein?
Vogerl im grünen Wald
Zwitschert so hell!«

Da mußte sie lächeln. Wie merkwürdig, daß ihr gerade dieses Lied, an das sie viele Jahre nicht mehr gedacht hatte, auf die Lippen kam? Das war wohl nur geschehen, weil sie den Mathes wieder gesehen hatte. Denn dieses Lied hatten sie miteinander gesungen unter den blühenden Hecken und im dunklen Purtschellerwald da droben, damals, als sie noch Kinder waren, sie, der Mathes und die Vroni.
Es war in der Stube dunkel. Doch Karlin sah einen sonnigen Berghang, über ihm die leuchtenden Felswände und über allem den blauen Himmel. Im Rauschen der silbernen Gießbäche, die damals noch nicht in den Berg versunken waren, hörte sie ihre eigene Stimme, hell und lustig wie das Gezwitscher eines Vogels. Neben ihr saß der Mathes, der zwei Jahre älter war als sie, und schnitzte aus einem Weidenzweig eine Pfeife, um ihr die Weise des Liedes vorzublasen. Auf der anderen Seite saß das Vronerl und flocht aus Butterblumen einen schönen Kranz, den das Linerl aufsetzen mußte. Und da hatte der Mathes sie angestaunt und hatte ganz ernst gesagt: »Linerl! Du bist so schön wie d' Mutter Gottes in der Kirchen drunt!«
Langsam strich Frau Karlin die Härchen hinters Ohr und seufzte: »O du liebe Zeit!«
Nur der Winter war immer hart gewesen. Durch den hohen Schnee ging der weite Weg in die Schule! Da wäre sie oft stecken geblieben, wenn ihr der Mathes nicht geholfen und das schwere Ränzl getragen hätte. »So a guter Kerl!« Aber wenn der Föhn den Berghang vom

Schnee gesäubert hatte und unter den Hecken das erste Veilchen blühte, war alle Not des Winters vergessen. Dann kam der Sommer und die Ferienzeit! Da waren sie unzertrennlich den ganzen Tag und lachten und tollten, bis am sinkenden Abend der Vater über die Wiesen herüberschrie: »Linerl! Komm!« Oder bis vom Haus des Simmerauer die Zenz gelaufen kam, um ihre zwei kleinen Geschwister heimzuholen. »Die arme Zenz!« Wie elend die zugrunde gegangen war! Hatte ihr Herz an einen leichtsinnigen Menschen gehängt und war gegen den Willen der Eltern mit ihm in die Stadt gezogen. Dort hatte der Lump sie sitzengelassen mit ihren zwei Kindern. Gealtert in jungen Jahren, eine Sterbende, war sie ins Dorf zurückgekehrt. Aber das hatte sich später zugetragen. Damals, in jener schönen Kinderzeit, war die Zenz ein sechzehnjähriges, hübsches, lustiges Mädel gewesen.
Tonerl streckte sich in den Kissen und lallte im Halbschlaf: »Bitt schön, Mammi, Liedi singen!«
Karlin atmete tief und sang mit leiser Stimme:

»Vogerl am kühlen Bach
Zwitschert so süß!
Zwitschert Bach auf und ab,
Bis ich mein Schatzerl hab.
Vogerl am kühlen Bach
Zwitschert so süß!«

Sie fühlte, daß der Druck der kleinen Finger, die ihre Hand umschlossen hielten, sich löste. Eine Weile blieb Karlin noch sitzen, dann verließ sie auf den Fußspitzen die Schlafstube. Im Wohnzimmer zündete sie über dem Tisch die Hängelampe an. Eine richtige Herrenstube! Die Wände bis zu halber Höhe getäfelt, hübsche Möbel aus aus rötlichem Zirbenholz, ein altdeutsches Sofa und große, mit Leder gepolsterte Lehnstühle; überall Geweihe, ausgestopfte Vögel und hinter dem Ofen der mit Jagdgerät und Waffen behangene Gewehrrechen.
Karlin deckte den Tisch. Dann ging sie hinunter, stellte sich unter die Haustür und spähte über die dämmerige Straße hinaus, ob ihr Mann nicht käme.
Ein weicher Glockenton schwoll durch die dunstige Luft; man läutete den Abendsegen.

So weich und zerflossen, wie jetzt im Nebel, hatte sie die Glocke immer gehört, wenn sie am Abend dort oben unter der Haustür saß als Kind, die Ärmchen unter die Schürze eingehuschelt. Und genauso hatte es geklungen, als man ihrem Vater den Weg in den Himmel eingeläutet hatte. Im Steinbruch, beim Sprengen der Felsen, war ihm ein Brocken an die Stirn geflogen. Vier Jahre früher hatte sie schon die Mutter verloren. Damals war sie noch so klein gewesen, daß sie nicht begriff, was sterben heißt. Doch als sie den Vater liegen sah, stumm und starr, mit der blutenden Stirnwunde, verstand sie den Tod. Vom Abend bis zum Morgen blieben der Simmerauer und Mutter Katherl bei ihr und beteten, während sie weinend in einem Winkel kauerte, mit ihr der Mathes, der den Arm um ihren Nacken geschlungen hielt.

Dann wurde das Haus an den Gaßner verkauft. Schulden waren zu bezahlen – seit die Mutter gestorben, war dem Vater das Wirtschaften übel geraten –, und für das neunjährige Kind blieben als Erbe kaum hundert Mark zurück. Der alte Pfarrer erbarmte sich der Waise und gönnte ihr im Stübchen seiner Haushälterin einen Platz. In dem großen schwermütigen Pfarrhof, der dicke Mauern hatte, wurde aus dem fröhlichen Linerl die stille, ernste Karlin. Oft stand sie da an einem vergitterten Fenster, blickte über den sonnigen Berghang empor, meinte manchmal, sie hätte auf einem beleuchteten Wiesengrat den Mathes erkannt, wie er grüßend gegen den Pfarrhof sein Hütl schwenkte.

Schritte hallten auf der Straße, und Frau Karlin hörte die Stimme ihres Mannes. »Gott sei Dank! Endlich kommt er!« Sie rief in den Flur: »Nannei! 's Essen für'n Herrn!« Dann ging sie durch den Garten hinunter.

Purtschellers Stimme ließ vermuten, daß der ›Herr‹ nicht in guter Laune nach Hause kam. Er hielt dem Jagdgehilfen, der ihn begleitete, eine mit Scheltworten gespickte Predigt über einen ›Kerl‹, der ihn geärgert haben mußte. Wäre Karlin nicht mitten auf der Treppe gestanden, er hätte sie in seinem Groll übersehen. »Grüß Gott!« sagte er so verdrießlich, als wäre sie mitschuldig an seinem Ärger.

»Guten Abend, Toni? Lang bist ausblieben. Schau, ich bin schon in Sorg gwesen.« Das sagte sie ruhig und herzlich ohne jeden Vorwurf.

Scheltend fuhr er auf: »Natürlich! Beim ersten Schritt ins Haus geht d' Nörglerei schon wieder an! Ich hab dir's hundertmal schon gsagt, daß man bei der Jagd 's Heimkommen net am Schnürl hat wie der

Slowak sein' Affen. Und jedsmal machst mir wieder so a Metten her! Da kunnt der gmütlichste Mensch aus der Haut fahren.«
»Aber Toni!« mahnte sie leis. »Wir sind net allein.«
»Ah, was! Ich sag nix Unrechts. Was ich sag, kann jeder hören.« Er stieß mit dem Ellbogen die Büchse zurück und stieg durch den Garten hinauf, während ihm Karlin schweigend folgte. Vor der Haustür wandte er sich und sagte mit beschwichtigender Milde: »Aber schau, Linerl! In aller Fruh bin ich schon am Heimweg gwesen. Und da kommt mir der Daxen-Schorschl nachgrennt, der Tagdieb, der verruckte! – Wo is er denn blieben?« Diese Frage war an den Jagdgehilfen gerichtet.
»Droben in der Simmerau is er weg von mir«, erwiderte der Jäger, »und hat uns nimmer eingholt.«
Purtscheller wandte sich wieder zu seiner Frau. »Kommt mir nachgrennt und sagt, er hätt den starken Hirsch am Schnürl. Was will ich machen? Hab ich halt die drei Stund wieder auffisteigen müssen. Beim besten Wind haben wir den Trieb eingstellt, und richtig is er drin gwesen, der Hirsch! Aber was der Schorschl heut ghabt hat, weiß ich net. Ganz verdraht is er gwesen. Der Hirsch is abgfahren, und ich, der gute Herr Purtscheller, natürlich ich hab mich ärgern können, daß mir's den Magen schier umkehrt hat!« Er seufzte schwer und rief dem Jäger zu. »Gut Nacht, Sepp! Schau halt, daß d' den Hirschen kriegst!«
»Ja, Herr Purtscheller! Gut Nacht!«
Toni trat ins Haus. »Was macht denn mein Prinz?«
»Er schlaft schon. Und gut!«
»Schon wieder amal? So?« Purtscheller lachte. »In der Fruh, wann ich fortgeh, schlaft er. Am Abend, wann ich heimkomm, schlaft er. A Vater hat viel von seim Buben, dös muß ich sagen!«
Er wollte über die Treppe hinauf, doch Karlin hielt ihn am Ärmel zurück.
»Toni? Hast du's Gwehr ausgladen?«
»Aber natürlich!«
»Geh, ich bitt dich, schau nach!«
»No also, meintwegen, bloß daß ich an Fried hab!« Er nahm die Büchse herunter, klappte die Läufe auf und brummte: »Jetzt hab ich's heut richtig vergessen ghabt! Natürlich, im Ärger halt!« Während er über die Treppe hinaufstieg, zog er die beiden Patronen aus dem Gewehr und schob sie in die Hosentasche. Als er die helle,

schöne Stube betrat, tat er einen tiefen Atemzug. »Aaah! Daherinn is halt gmütlich. Und daheim is gut sein.«
Mit stiller Geschäftigkeit nahm ihm Karlin die Büchse und den Rucksack ab, zog ihm den Samtflaus herunter, knöpfte ihm die Gamaschen auf und stellte ihm die Pantoffeln vor die Füße. Purtscheller schien sich wohl zu fühlen. Die letzte Spur seines Ärgers verflog, als er auf dem gedeckten Tisch die Suppe dampfen und in der Glasflasche den roten Tiroler blinken sah. Zärtlich legte er den Arm um Karlins Schulter. »Bist a guter Kerl! Schaust halt doch auf mich! Und gern hast mich! Gelt? – Geh, lach a bißl!«
Sie lächelte, und warme Röte stieg ihr in die Wangen. So gingen sie zum Tisch. Karlin setzte ihrem Mann die Suppe vor. Er schnalzte mit der Zunge, als er gekostet hatte. »A nobles Süpperl!« Neugierig beugte er sich über den Teller seiner Frau. »Was hast denn du da?«
»A bißl was Kalts vom Mittag noch.«
Da wurde er bös. »Aber Linerl! Wie oft hab ich dir's gsagt: Dös is Sparsamkeit am falschen Fleck! Wie sollst denn gut ausschauen, wenn d' dich net nähren tust? Und d' Frau soll's net schlechter haben wie der Mann. Ich bin einer von die Aufklärten, ich geh mit der Zeit.« Er schob den Teller mit dem kalten Fleisch in die Fensternische. »Weg da mit dem Schmarren!« Behäbigen Schrittes holte er einen Teller und ein Weinglas von der Kredenz, füllte den Teller mit Suppe, das Glas mit Rotwein! »So, Schnaberl! Jetzt iß und trink!«
Karlins Wangen brannten. »Vergelts Gott, lieber Toni!« Und wie sie sich freute, daß sie ihm nun auch eine freundliche Nachricht sagen konnte. »Du, Toni, rat, wen ich heut gsehen hab?«
»Wen denn?«
»Den Mathes! Der is wieder daheim.«
»Ich weiß schon. Hab ihm schon grüß Gott gsagt droben in der Simmerau.«
»Geh? In der Simmerau bist gwesen? Wie schaut's denn aus droben?«
»Mein, schlecht! 's Häusl sinkt halt schön langsam ein.«
»Jesus Maria!« Karlin legte den Löffel fort. »Und laßt sich da gar nimmer helfen?«
»Na! Da hat 's Helfen an End. Der Berg lauft halt, bis er drunt is.« Toni seufzte. »Und mein Wald lauft mit!«
Karlins Erbarmen für die Leute in der Simmerau verstummte vor der Sorge um ihren Mann. Sie rückte an seine Seite und legte schüchtern

den Arm um seinen Hals. »Geh! Dein schöner Wald!« Kaum vermochte sie zu sprechen.
»Da verlier ich viel Geld, ja!« Purtscheller füllte seinen Teller wieder und zuckte in stolzer Resignation die Schultern. »Bei so was muß man zeigen, daß man anders is wie die andern. Da muß man dastehn wie der Baum und muß sagen in aller Ruh: ›Wie Gott will, jetzt nimmt er, an andersmal gibt er wieder.‹ Aber geh, laß mich essen!« Er richtete sich halb auf, so daß Karlins Arm, der ihm hinderlich war, von ihm niederglitt. »Der arme Michel droben erbarmt mich. Dem gönn ich's, daß der Mathes wieder daheim is. Wie der Bursch da droben schafft, so was muß man sehen!«
Karlin nickte. »Der Mathes, ja! So is er allweil gwesen, als kleins Bübl schon.«
»Und wie ich ihm so zugschaut hab, is mir a guter Einfall kommen. Und gleich hab ich zugriffen. A bißl Reden wird's halt noch kosten, und der Mathes kommt als Knecht zu mir. An bessern kann ich mir gar nimmer wünschen.«
»Ja, Toni, da hast an guten Einfall ghabt!« Karlin glühte vor Eifer. Sie strich ihrem Mann das Haar aus der Stirn und sah so froh zu ihm auf, als wüßte sie ihn jetzt geborgen vor einer großen Gefahr. »Schau, Toni, oft schon hätt ich gern a Wörtl drüber gredt, wie's zugeht bei uns in der Wirtschaft. A Schaffer wie der Mathes wär schon lang not gwesen im Purtschellerhof.« Sie stockte, wie in Sorge, daß dieses Wort ihn verletzt haben könnte.
Er löffelte ruhig seine Suppe. »Ja, ja! Natürlich, wann einer so anbunden is auf alle Seiten wie ich!«
»Gott sei Dank, jetzt kann ich aufschnaufen, Toni! Auf den Mathes kannst dich verlassen. Der bringt alles wieder auf guten Weg! Alles!« Karlin erschrak vor einem Gedanken, der sich wie eine schwarze Mauer vor ihre helle Freude stellte. »Aber? Toni? Wie können denn wir vom Michel den Mathes verlangen?«
»Ah so? Wegen droben meinst?«
»Der Mathes kann doch jetzt net fort von daheim.«
»Jetzt net! Na! Aber lang dauert die Gschicht da droben nimmer!« Purtscheller schluckte den letzten Löffel Suppe. »Ich hab dem Mathes an Anbot gmacht, verruckt müßt er sein, wann er net zugreifen tät! Aber was ich noch fragen will: Is mit der Post denn nix kommen?«
»Jesses ja!« Karlin erhob sich. »An eingschriebener Brief.«

»Aber Linerl! Den hättst mir doch auf der Stell geben sollen. Es kunnt ja ebbes Wichtigs sein, was kein' Aufschub leidt.«
»Tu mir net zürnen! In der Freud, daß du so gut mit mir gwesen bist, hab ich ganz drauf vergessen.« Sie riß einen Wandschrank auf und brachte den Brief. »Wann nur für dich kei' Sorg net drinsteht!«
Verwundert betrachtete Purtscheller die dem Kuvert aufgedruckte Geschäftsadresse. »Vom Schloßbräu in der Stadt? Was will denn der? Am End will er gar mein' Bräunl kaufen, mit dem ich beim letzten Trabrennen sein' Amerikanerschimmel gschlagen hab?« Lachend öffnete er das Kuvert. »Aber na, Brüderl! Fünftausend Mark kannst mir hinlegen, und der Schnabel bleibt dir noch allweil sauber!«
Karlin wollte die leere Suppenschüssel vom Tisch tragen. Da sah sie, daß jähe Blässe über das Gesicht ihres Mannes rann. »Toni!« stammelte sie und setzte die Schüssel nieder.
»So a hinterlistiger Heiduck, so a gottverdammter!« schrie Purtscheller und schmetterte seine Faust auf die Tischplatte.
»Jesus Maria! Toni?«
»In Ruh laß mich!« Er stürzte ein Glas Wein hinunter, stieß den zerknüllten Brief in die Hosentasche und wanderte durch die Stube. Vor einem Fenster blieb er stehen, starrte hinaus in die sinkende Nacht und nagte an seinem Schnurrbart.
Es währte eine Weile, bis Karlin zu sprechen wagte. »Toni? Sag mir doch, über was d' dich kümmern mußt! Schau nur, wie ich mich sorgen tu!«
»Sorgen?« schrie er über die Schulter. »Misch dich net in alles, was dich nix angeht!«
Ein müdes Lächeln zuckte um ihren Mund. Sie wollte schweigen und suchte eine Beschäftigung am Tisch. Dann wieder blickte sie zu ihrem Mann hinüber und trat auf ihn zu. »Schau, Toni, ich red ja eh die ganze Zeit her kein Wörtl nimmer, wann's mir gleich oft 's Herz abdruckt, daß ich alles bei uns so laufen sehen soll, wie's lauft.«
»Was lauft denn bei uns? Da droben lauft der Berg. Bei uns lauft gar nix.«
»Sag so was net! Bei uns lauft viel ins Wasser abi.«
»Ah! Du gfallst mir!«
»Ich kann dir net sagen, wie hart ich's trag, daß ich als Frau im Haus net mit gsunde Arm zugreifen soll und diemal bei dir a Wörtl zum Guten reden.«

»So? Meinst vielleicht, daß ich an Schulmeister brauch? Dank schön für die Predigt!« Er schob sie mit dem Ellbogen von sich. »So was möcht ich mir verbitten!«
»Ich will dir ja im Gschäft nix dreinreden«, stammelte sie und suchte seine Hand zu haschen, »aber dös eine sollst mir doch net verwehren, daß ich dir als Frau deine Sorgen tragen hilf!«
»Der Purtscheller? Und Sorgen? Zum Lachen!«
»Aber Toni!« Sie umklammerte seine Hand. »Ich hab dir's ja doch vom Gsicht abglesen – «
»In Ruh laß mich!« Er befreite seine Hand mit jähem Ruck. »Und wann ich mir was aufgladen hab, so trag ich's selber. Da brauch ich dich net dazu.«
»Schau, Toni, 's Härteste tragt sich leichter, wann eins mittragen hilft. Und daß d' mir's verheimlichen willst, macht mir doppelt Angst. Ich bitt dich, sag mir, was in dem Brief steht.«
»Jetzt laß mir mein' Fried, oder – « Vom Hall seiner Stimme zitterten die Fensterscheiben.
»Um Gotts willen, Toni«, Karlins Worte erstickten fast, »so laß doch in Ruh mit dir reden und tu net so laut! In der Kammer schlaft unser Kind, und drunt hören dich alle Dienstboten. Die tragen's wieder um im ganzen Dorf.«
»Sollen mich umtragen, wie s' mögen!« schrie er. »Ich bin's ja gwöhnt! Fünf Jahr lang schon! Was schaust mich denn an? Meinst, ich schenier mich, daß ich dir's amal ins Gsicht sag? Selbigsmal, wie mir der verrückte Einfall kommen is, daß ich am Pfarr seiner Dienstbotenstub ans Fenster klopft hab – selbigsmal hat man dem guten Herrn Purtscheller sein' Namen 's erstemal umtragen in alle Körbln.«
Karlin griff an ihre Brust, als wäre ihr dieses Wort wie ein Stich ins Herz gegangen. »Toni! Tu mir net so weh!«
Diese Worte wirkten auf Purtscheller, als hätte ihm seine Frau den größten Schimpf ins Gesicht geschrien. Er ballte die Fäuste. »Ich tu dir was? Ich? So? Und was man mir tut? Dös is alles Wurst. Gelt? Alles Wurst!«
»Aber Toni!«
»Ruh will ich haben! Und wann ich mir im Guten mein' Fried net schaff, so weiß ich mir z'helfen.« Mit zornigem Griff umklammerte er Karlins Arm und zerrte sie zur Tür.«
»Heiliger Jesus! Toni!«

»So!« Er hatte die Tür aufgerissen und schob seine Frau in den dunklen Flur hinaus. »Jetzt will ich sehen, ob ich mein' Fried net hab!« Er warf die Tür zu, daß hinter der Täfelung der Mörtel rieselte. Aufatmend, als hätte sein Jähzorn Erleichterung gefunden, fuhr er sich mit allen Fingern durch die Haare.

In der Schlafstube war das Kind erwacht und weinte.

Purtscheller hörte das klagende Stimmchen nicht. Er schleuderte die Pantoffeln in einen Winkel, fuhr mit den Füßen in die Schuhe und riß den Samtflaus vom Gewehrrechen. »So an Hausfrieden hab ich! Ins Wirtshaus muß ich laufen, wann ich a paar Minuten Ruh haben will. Kreuz Teufel noch amal! Is dös a Leben!« Wütend stülpte er den Hut übers Haaar und stapfte zur Tür hinaus.

Von der finsteren Bodenstiege klang ihm ersticktes Schluchzen entgegen. Er tastete mit der Hand nach dem Treppengeländer, als überkäme ihn ein Schwindel. Dann fuhr er zornig auf: »So was! Und da soll man noch gut bleiben können! Hockt s' daher auf die Bodenstieg! Hörst du! Geh eini in d' Stuben!« Ohne abzuwarten, ob sein Befehl vollzogen würde, stieg er die Treppe hinunter. Im Hausflur begegnete ihm die alte Magd mit einer Schüssel in den Händen.

»Aber Herr? Wohin denn? Ich bring ja 's Wildbret.«

»Dös kann der Hund fressen! So hat er an guten Tag. Und hat's besser als ich.« Purtscheller verließ das Haus, stürmte durch den Garten und hätte auf der Straße fast die Zäzil niedergerannt, die von ihrem Abendplausch nach Hause kam – freilich, sie hatte es nicht allzu eilig, ihrem Herrn den Weg frei zu geben. Mit dem Ellbogen schob er sie auf die Seite. »Geh weg da!«

Zäzil schien an solche Behandlung nicht gewöhnt, machte große Augen, sah ihm nach und lachte leis vor sich hin: »Ui jegerl! Heut hat er sich an der Frau wieder an Zahn ausbissen!«

Mit vorgebeugtem Kopf, die Hände in den Taschen, folgte Purtscheller der vom Nebel umflorten Straße. Einmal blieb er stehen und machte zwei Fäuste, fiel wieder in raschen Schritt und schob den Hut zurück, als wäre ihm schwül. ›Dös hat er mir bloß aus Bosheit tan, weil mein Bräunl sein' Schimmel gschlagen hat!‹ An diesen Gedanken schloß sich ein anderer, der das Quälendste seiner Sorge beschwichtigte: ›Ah was! Ich hab a Vierteljahr lang Zeit! Und wann der Schloßbräu 's Geld nimmer geben will, gibt's an andrer! Freilich, da wird's halt wieder heißen, a paar Tausender drauflegen!‹ Er seufzte, aber sein Schritt wurde ruhig.

Nun hatte er ein Ohr für den Gruß der Leute, die ihm ab und zu auf der stillen Straße begegneten. Und wenn er an Häusern vorüberkam, guckte er in die erleuchteten Fenster, deren Schein im Nebel zerfloß.
Der Weg zum Wirtshaus führte an der Daxenschmiede vorüber; alle Fenster waren schwarz, doch an Haus und Schmiede standen Tür und Tor geöffnet, und in der Tiefe der dunklen Werkstätte gloste das erlöschende Essenfeuer, von dessen Widerschein der polierte Amboß mit roten Lichtlinien umsäumt war. Purtscheller trat unter das Tor und rief in das stille Haus: »He, Schorschl!« Keine Antwort kam. »Er muß noch net daheim sein!« Purtscheller kehrte auf die Straße zurück. Aber der Gedanke an das unbewachte Haus ließ ihn wieder umkehren. »Na, so a Mensch wie der Schorschl! Strawanzt auf die Berg umanand! Und sein Gauner von Gsell, natürlich, der sitzt im Wirtshaus und sauft. Und da lassen sie 's Haus mit offenen Türen stehen, daß jeder davontragen kunnt, grad was er möcht!«
Unter diesem Selbstgespräche drückte Purtscheller die Haustür zu, schloß die beiden Flügel des Werkstattores, und im Bewußtsein, für den ›lüftigen‹ Schorschl ein gutes Werk getan zu haben, ging er seiner Wege.

4

Heller Vollmondschein lag über den zerrissenen Gehängen des laufenden Berges und über den schiefen Wipfeln des Purtschellerwaldes. In der Tiefe der Erde gurgelte das versunkene Wasser, und zwischen den Bäumen ließ von Zeit zu Zeit ein Käuzl seinen klagenden Schrei vernehmen.
In dem schwarzen Schatten, den der Waldsaum warf, saß Schorschl an einen Baum gelehnt, die Arme um die aufgezogenen Knie geschlungen. Er blickte bald hinunter ins Tal, in dem der vom Mondschein beleuchtete Nebel sich ansah wie ein langgestreckter See; bald spähte er hinüber gegen die nahe Simmerau, von welcher noch immer der Hall der rastlosen Schläge herübertönte; dann wieder starrte er brütend vor sich nieder, nickte bedächtig mit dem Kopf und sagte sich laut und langsam die fünf Worte vor: »Schorschl! Du bist a Lump!« Diese Wahrheit hatte ihm das Geleit gegeben von der Simmerau bis hinauf zu den Felswänden und bis ins Latschendikkicht, in dem der ›ausgemachte‹ Hirsch seinen ahnungslosen Mittagsschlummer hielt. Was der Daxenschmied auf diesen Wegen auch immer dachte und in Gedanken sich vorredete, alles lief auf diese kurze Weisheit hinaus: »Schorschl! Du bist a Lump!« Der Tritt seiner Schuhe, das Klirren des Bergstockes, das Rollen der Kiesel, die sein stolpernder Fuß in Bewegung brachte, alles hatte den Klang dieser fünf verflixten Worte. Und als er in seiner ›blinden Narretei‹ den sicheren Hirsch ›verpatzt‹ hatte und das aufgescheuchte Wild, statt den von Purtscheller besetzten Wildsteig anzunehmen, in rasender Flucht durch das Latschenfeld hinunterstürmte, klang es bei jedem Sprung deutlich im Takt: »Schorschl – du bist – a Lump – a Lump!«
Nun saß er hier seit langen Stunden, immer auf dem gleichen Fleck, immer mit diesem Wort. Es hatte sich in seinen Gedanken festge-

klammert, und dennoch wollte er diesen fünf verwünschten Silben nicht glauben. Er zählte sich an den Fingern seine guten Eigenschaften vor; suchte jeden tollen Streich zu entschuldigen, den er auf dem Gewissen hatte; machte alle äußerlichen Dinge, die den Leichtsinn in ihm genährt hatten, für seine ›Lüftigkeit‹ verantwortlich und redete sich ein, daß er doch eigentlich bis heut nicht die geringste Verpflichtung gehabt hätte, ein ordentlicher Mensch zu sein. Aber bei dieser schweißtreibenden Gedankenmühe kam er immer wieder zu dem gleichen Schluß: »Schorschl! Du bist a Lump!«

Ein Lump? Ja! »Aber gar so arg, wie sie's gmeint hat, kann's ja doch net sein!« Eine Weile noch brütete er vor sich hin; dann sprang er auf und bürstete mit dem Ärmel seinen Hut. »Es laßt mir kei' Ruh nimmer. Ich muß dös Madl heut noch fragen.«

Drunten im Tal schlug die Kirchenuhr die neunte Stunde, während Schorschl über die Wiesen rannte und mit hohen Sätzen alle Klüfte übersprang. Als er die Böschung beim Haus des Simmerauer erreichte, hielt er ratlos inne und zog sich scheu zurück, um nicht gesehen zu werden. Im Hofraum, über dem sich das Mondlicht mit dem zuckenden Schein zweier Kienfackeln mischte, standen Michel, Mathes und Vroni noch bei der Arbeit. Doch eben jetzt – die Fackeln waren schon zu kurzen Stümpfen niedergebrannt – ließ der Simmerauer die Säge ruhen. »Kommt's, Kinder«, sagte er, »endlich müssen wir doch Feierabend machen! D' Nacht hat der liebe Gott für'n Schlaf erschaffen. Den brauchen wir.«

Sie trugen ihre Werkzeuge zur Hausbank und gingen zum Brunnen, um den Schlamm von ihren Füßen zu waschen. Michel faßte den Schwengel, und schon nach wenigen Zügen plätscherte ein dicker Wasserstrahl in den Trog. »Schau nur, Mathes! Soviel Wasser! Kaum, daß ich zum Ziehen anfang! Es muß doch 's Wasser schon wieder gstiegen sein? Meinst net?«

»Ja, Vater! Und 's Brunnenwasser kommt von unt auf.«

»Ja! Von unt auf wann's käm, dös wär a Glück!« Der Simmerauer pumpte, bis der Trog überlief. Er konnte sich an dem vielen Wasser gar nicht satt sehen.

Eins nach dem anderen stellte die Füße auf den Trogrand und schöpfte Wasser mit der Hand. Mathes löschte die niedergebrannten Fackeln aus; vor der Haustür blieb er stehen und blickte über das mondbeglänzte Gehäng hinunter ins Tal; dort unten hatte sich der Nebel geteilt und war in die Seitentäler auseinandergeflossen, so daß

man die höher liegenden Häuser des Dorfes matt unterscheiden konnte. »Die da drunt haben's gut«, sagte Mathes zu seiner Schwester, als sie vom Brunnen kam, »überall schlafen s' schon, und alle Häuser sind finster.« Nach einer stummen Weile fügte er mit versunkener Stimme bei: »Bloß im Purtschellerhof brennt noch a Lichtl.« Er blickte zu Vroni auf und fragte zögernd: »Meinst, ihr Kindl is krank?«
»Gott soll's verhüten!« Die Schwester legte ihm den Arm um die Schulter. »Aber denk an uns, Mathes! Denk net an andre!«
»Ja, hast recht!« Er strich mit der Hand über die Stirn und trat in den Flut. »Aber dir, Vronerl, kunnt ich heut auch ebbes sagen!«
»Was denn?«
»Seit der Schorschl dagwesen is, studierst mir z'viel!«
Sie sagte ruhig: »Da hast dich verschaut. An so ein' denken wie der Schorschl? Gott bewahr mich! Da laß ich mir's Elend von unserer armen Zenz zur Warnung sein.« Sie bekreuzte sich, als sie den Namen der verstorbenen Schwester nannte. »Aber schad is 's eigentlich um den Schorschl! So a lebfrischer Mensch, recht wie zur Arbeit gwachsen!«
Ein dumpfes Rollen, wie der schwache Widerhall eines fernen Donners, klang von der Höhe des Berges herunter. Die beiden sprangen vor die Tür hinaus und lauschten. Auch der Simmerauer, der noch beim Brunnen stand, richtete sich auf und spähte in die Höhe. Kein Laut mehr, alles war still dort oben. »Es wird halt wieder wo a Brocken niederbrochen sein!« sagte Michel; er kam zur Tür und schob seine Kinder ins Haus. »Gehn wir eini unter 's Dach! Der liebe Herrgott soll uns bhüten und soll uns dös bißl müden Schlaf vergunnen!«
Die Stube, die sie betraten, war so nieder, daß sie mit den Köpfen fast an die Decke stießen. Mutter Katherl trug schon die geblümte Nachtjacke und hatte das Schlaftuch um den Kopf gewickelt; sie stand am Tisch und zog mit einer Haarnadel den verkohlten Docht aus dem Schnabel der Öllampe, deren kleine Flamme ein mattes Zwielicht über das bescheidene Gerät der Stube warf.
Gegessen hatte sie bereits, vor ein paar Stunden schon, ohne die Arbeit zu unterbrechen. Nur beten mußten sie noch. Michel und Mathes zur Rechten vom Hergottswinkel, Mutter und Vroni zur Linken – genauso so, wie Männer und Frauen in der Kirche ihre getrennten Plätze haben –, so knieten sie zu beiden Seiten des

Tisches nieder. Mit lauter Stimme sprachen sie den Mariensegen und die Litanei zu allen Heiligen. Nach dem letzten Vaterunser, als die andern schon das Kreuz machen wollten, sagte Michel: »Bleibts noch a bißl, Kinder! In bsonderer Zeit muß der Christ ebbes Bsonderes haben für sein' guten Herrn. Geh, Katherl, hol mir dein Betbüchl.«

»Ja, Michel!« Mutter Katherl brachte ein abgegriffenes Buch.

»Steht net eins drin? Recht a guts und starks? So a Sprüchl, weißt, in Drangsal und Betrübnis?«

»Ja freilich, Michel!« Sie wußte auswendig, wo es stand. »Seite dreihundertvierazwanzg.«

»Geh? So weit hinten steht's? Sollt doch ganz am Anfang hindruckt sein, so a notwendigs Sprüchl!« Der Simmerauer rückte auf den Knien näher an die Lampe und blätterte in dem Buch. »Hab's schon!« Mit zitternder Stimme begann er zu buchstabieren: »Heiliger, gerechter, furchtbarer Gott – « Da stockte er schon und murmelte: »No, no, gar so furchtbar is er ja doch net!« Er trocknete mit der Faust die Lippen und buchstabierte wieder: »Der du erst alsdann die – « da kamen zwei schwere Worte, »züchti–gen–de Str–afrutte ergreiffest, wenn du gelindere Mittel, uns aus unserer Unbußferr–tigkeit zu erwecken, frrruchtlos findest: Tiefgebeugt erkennen und bekennen wir, daß unsere Gefühllos-sigkeit gegen deine Güte – Ja freilich is er gut! Arg gut is er, sag ich! – unser Undank gegen deine Wohltaten, unsere Lausigkeit – na, Lll-lauigkeit heißt's – Lauigkeit in deinem Dienste, unsere Sinnlichkeit und Weltliebe – « Michel verstummte und schüttelte den weißen Kopf; dann seufzte er und buchstabierte weiter: »Daß unsere Missetaten es sind, die deinen gerechten Zorn gegen uns herausgefordert haben. Oh, wir ungeratenen Kinder, welche sich mutwillig von ihrem gütigen Vater abgewendet und all seine Gnaden mißbraucht haben – « Schwer atmend blickte der Simmerauer zu seiner Frau hinüber, schüttelte wieder den Kopf und schloß das Buch. »Na, Katherl! Dös Sprüchl gfallt mir net. Da mach ich mir schon lieber selber eins.«

Er legte die Ellbogen auf den Tisch, faltete die Hände und hob die Augen zu dem roh geschnitzten Kruzifix, das zwischen dürren Palmzweigen und kleinen Heiligenbildern im Herrgottswinkel hing. »Du lieber, gnädiger Vater droben, der sein' einzigen Sohn für uns hat bluten lassen, schau, ich tu dich bitten, denk a bißl an uns arme Leut und nimm unser Häusl in dein' festen Schutz! Bist ja so a guter Mann! 's unsinnige Vieh und alle Pflanzerln haltst in deiner sichern Hut. Schau, da kannst doch auch dein' alten Michl net ganz verlassen! Und weil ich schon den festen Glauben hab, daß a guter Christenmensch bei dir droben kein' Fehlspruch macht, so sag ich dir halt im voraus vergelt's Gott für alles, ja! Im Namen Gott des Vaters und des Sohnes und des Heiligen Geistes!«

»Amen!« sagten die andern.

Der alte Simmerauer erhob sich und streckte den gekrümmten Rükken. »So, Kinder, jetzt kann man sich schlafen legen in aller Ruh. Er hat mich schon verstanden, mein ich.«

Mathes ging zum Ofen, breitete eine Kotze über die Holzbank und ballte einen Wettermantel zum Kissen. Wie er war, legte er sich nieder.

Vroni hatte an der Öllampe einen Kienspan entzündet. »Gut Nacht!« sagte sie und verließ die Stube.

Mutter Katherl nahm ihr Gebetbuch vom Tisch, und da merkte der Simmerauer, daß sie über die üble Behandlung, die das Buch erfahren hatte, ein wenig verdrossen war. »Aber schau«, sagte er, »wie kann man denn söllene Sachen in a Betbüchl einidrucken! A Christenmensch, der mit seim Herrgott reden will, braucht sich doch net anstellen wie a Rauber und Mörder, der nix als Missetaten auf'm Gwissen hat.«

»Sündigen tut jeder und muß sich der Straf fürchten.«

»Dös wohl! Aber der liebe Gott laßt doch wieder Gnad für Recht gelten und sagt sich, daß der beste Mensch a schwachs Rütl is. So eins biegt sich halt im Wind, da braucht's net grad an schlechten Willen haben.«

Katherl schien nicht völlig überzeugt, aber sie wollte aus der Sache keinen Streit machen und schwieg. Seufzend ging sie mit der Lampe zur Kammertür. Als sie hinter sich den Schritt ihres Mannes nicht hörte, blickte sie über die Schulter. »Michel? Warum kommst denn net?«

»Grad is mir gwesen, als hätt einer durchs Fenster eini gschaut.«

»Aber geh! Wer soll denn draußen sein?«

»Ja, du hast recht! Muß mich wohl der Mondschein täuscht haben.«

Sie traten in die Kammer.

Nicht das Mondlicht hatte den Simmerauer getäuscht; seine Augen hatten richtig gesehen. Draußen stand der Daxen-Schorschl an die Wand gedrückt. Als er sah, daß die Stube finster wurde, glitt er

lautlos zum nächsten Fenster, das sich matt erhellte. Vorsichtig spähte er durch die Scheiben. Das war nicht das Stübl, das er suchte; es war die Kammer der beiden Alten, ein kleiner ärmlicher Raum, in dem zwei Betten nebeneinander standen; da mußten der Simmerauer und sein Weib ein unbequemes Liegen haben, denn zwischen ihren Plätzen war aus blauen Kissen ein Nest für die beiden Enkelkinder gerichtet, die eng aneinander gehuschelt in ruhigem Schlummer lagen, mit roten Wangen und zerzausten Haaren.
Mutter Katherl streifte die Pantoffeln von den Füßen und blies die Lampe aus. Ein mattes Ächzen der Bettstelle; dann war's still in der Kammer.
Schorschl trat zurück und sah, daß hinter dem Haus ein rötlicher Schimmer über das halb entlaubte Gezweig der Apfelbäume fiel. Hurtig sprang er um die Ecke und gewahrte ein kleines, erhelltes Fenster, über dessen roten Vorhang sich der Schattenriß eines Mädchenkopfes mit gelösten Zöpfen bewegte. »Jetzt stimmt's aber!« meinte Schorschl. Im gleichen Augenblick erlosch das Licht, und schwarz lag das Fenster inmitten der vom Mond beschienenen Mauer. Lautlos huschte Schorschl gegen das Haus hin, bekreuzte sich, als hätte er den Kampf wider ein gefährliches Gespenst aufzunehmen, und pochte mit dem Fingerknöchel leis an die Scheibe. Ein paarmal mußte er dieses Pochen wiederholen, ehe sich im Stübl was vernehmen ließ. »Wer klopft denn da draußen?« fragte eine unwillige Stimme.
Schorschl drückte den Fensterrahmen ein bißchen aus den Fugen und flüsterte in den Spalt: »Geh, sei so gut, mach a bißl auf!«
»Was willst denn?«
»A bißl ebbes Wichtigs z'reden hätt ich mit dir!«
»Jetzt in der Nacht? Wer bist denn?«
»Wer soll ich denn sein? Ich bin's halt! Ich!«
Vroni mußte ihn an der Stimme erkannt haben. »Duuu?« Das klang wie ein ellenlanges Wort.
»Ja! Ich! Geh, mach auf!«
Eine Weile war's still in der Kammer, als ginge Vroni mit sich zu Rat, ob sie öffnen solle oder nicht. Dann hörte Schorschl den raschen Tritt eines nackten Fußes. Das kleine Fenster wurde aufgetan, kaum zur Hälfte und mit merkbarer Vorsicht. »Was willst?« Die Frage klang so wenig freundlich, daß dem Daxen-Schorschl im ersten Augenblick die Sprache versagte. Er guckte sich fast die

Augen aus dem Kopf; doch zwischen den mondbeglänzten, innen vom roten Vorhang verhüllten Scheiben sah er durch die schmale Spalte nur ein finsteres Stück der Kammer; er versuchte, das Fenster ein wenig weiter aufzudrücken; drinnen stemmte sich eine kräftige Hand gegen den Rahmen, und Vroni schalt: »Sei net so keck, du! Sag, was d' willst! Aber flink!«

Schorschl seufzte: »Ich muß dich ebbes fragen.«

»Was?«

Nun kam die Frage, scheu und zögernd: »Is 's wahr, Vroni? Auf Ehr und Gwissen? Bin ich a Lump?«

»Ja! Und was für einer! Gut Nacht!« Das Fenster wurde zugeschlagen.

Schorschl rückte den Hut in die Stirn, richtete sich auf und hob die geballte Faust. »Wart, du! Dir will ich's zeigen, ob ich einer bin! Du sollst dich täuscht haben im Schorschl!«

Da klang hinter der Mauerecke, aus der Schlafstube der beiden Alten, die erregte Stimme des Simmerauer: »Um Herrgotts willen, was is denn da draußen?«

Schorschl hätte in seiner Wut mit dem Teufel gerauft. Aber Vronis Vater war für ihn eine stärkere Nummer. Erschrocken schwang er sich über die Böschung hinauf und rannte querein in die Wiesen. Erst in der Nähe des Gaßner-Häuschens, das mit seinen verschobenen Balken und Mauern traurig und verlassen dastand, hielt er inne, um sich zu verschnaufen.

»Jetzt muß ich's glauben! Ja!«

Er stülpte den Joppenkragen auf und trollte über den Berghang hinunter. Auf halbem Wege merkte er, daß er irgendwo seinen Bergstock gelassen hatte. Einen Augenblick besann er sich, ob er umkehren sollte. »Ah was! Soll der auch noch hin sein!« Seufzend ging er weiter. »Aber der Stecken soll's letzte gwesen sein, was mir aus der Hand rinnt! Von jetzt an wird zughalten! Fest!« Er blickte über die Schulter. »Wart, du!« Und trollte weiter.

Als er das Dorf erreichte, schlug es elf Uhr. Der Heimweg führte ihn am Wirtshaus vorüber, an dem die beiden Fenster des Extrastübchens noch beleuchtet waren. Nach alter Gewohnheit wollte er eintreten. Vor der Tür blieb er stehen. »Nix da! Heut noch wird angfangt mit der Sollididätt!« Aber ihn hungerte, und die Kehle war ihm trocken; seit früh um drei Uhr, seit er sich aufgemacht hatte, um für den Purtscheller den starken Hirsch aufzuspüren, hatte er keinen

Trunk und Bissen genossen. »Kein Lump nimmer! Ja! Aber verhungern und verdursten braucht man deswegen doch net.« Zögernd griff er in alle Taschen, als wüßte er nicht, daß er keinen blanken Knopf bei sich trug. »Gott sei Dank! Jetzt muß ich heim. Pumpen tun s' mir eh nimmer gern da drin.« Lachend, als hätte er seine Freude daran, daß die leeren Taschen seinen guten Vorsätzen so kameradschaftlich zu Hilfe kamen, wanderte er die Straße entlang. Da hörte er von einer heiser grölenden Stimme ein Schnaderhüpfl singen und erkannte den Bierbaß seines Gesellen. »Natürlich! Der hat schon wieder ein'!« Im Hof der Schmiede holte er den Betrunkenen ein, der ein Fenster für die Tür zu nehmen schien. »Da hat der Zimmermann 's Loch gmacht!« sagte Schorschl, stieß die Tür auf und versetzte dem Gesellen einen Puff, daß er in den Hausflur stolperte. »Du bist mir a schöner Tagdieb!«

»Ich mach's halt dir nach«, lallte der Betrunkene, »wie der Meister, so der Gsell.«

Schorschl hob die Hand, ließ sie wieder sinken und sagte ernst: »Vergelt's Gott, Steffel! Dös will ich mir merken.« Als er sah, daß der Gesell im Dunkel mit den Händen auf den Dielen umhertappte, fragte er: »Was suchst denn?«

»Mein' Hut.«

»Leg dich nieder und schlaf dein' Rausch aus! Morgen geht's an d' Arbeit! Den Hut such ich dir schon!« Schorschl suchte im Flur und suchte im Hof; der Hut wollte sich nicht finden lassen. Im Mondschein nach allen Seiten spähend, ging er die Straße zurück bis zum Wirtshaus. ›Wahrscheinlich hat er ihn drin liegen lassen?‹ dachte er, schüttelte aber gleich den Kopf. ›Na! Da geh ich net eini. Ich kenn mich. Da komm ich nimmer furt. Lieber schenk ich ihm von mir an Hut.‹ Mit diesem Entschluß wollte er den Heimweg antreten, aber da erwachte in ihm die Neugier. »Wissen möcht ich doch, wer so spät noch da drin hockt?« Er gab sich einen Schwung, bekam mit den Händen das eiserne Fenstergitter zu fassen und zog sich an der Mauer in die Höhe.

In der von der Hängelampe erleuchteten und von dickem Zigarrenrauch erfüllten Wirtsstube saß Purtscheller beim Kartenspiel mit einem Holzhändler und einem Commis voyageur; hinter dem Toni stand der Wirt und sah ihm über die Schulter in das Spiel, während die Kellnerin in der Ofenecke ihr Schläfchen machte. Die Gesichter der drei Gäste waren von der Wirkung des Tirolers und der Erre-

gung des Hasardspiels, das sie trieben, heiß gerötet. Der Kommis, der die Bank hielt, und der Holzhändler waren mit schweigendem Ernst bei der Sache; Purtscheller räsonierte über den Gang des Spiels; dabei schien er zerstreut und mit seinen Gedanken woanders. Eben hatte er neue Blätter aufgenommen, aber erst die Bemerkung des Wirtes: »A nobls Blattl« machte ihn aufmerksam, daß die Karten diesmal gut für ihn gefallen waren.
Der Bankhalter fragte: »Wieviel?«
»Die Bank gilt's! Zwei König und an As in drei Farben hab ich.« Purtscheller warf die Karten offen auf den Tisch. »Da halt ich die Bank, und wann's um a Gschloß geht!«
Die Karte wurde umgeschlagen; Purtscheller hatte verloren.
»Jesus Maria!« stammelte der Wirt erschrocken.
Purtscheller erhob sich ruhig; kaum merklich vertiefte sich die Röte seines Gesichtes. »Jetzt mag ich nimmer. Heut hab ich kein Glück. Ich hätt eh schon lang heim sollen. Sei so gut, Wirt, und zahl aus, ich hab net so viel bei mir!« Sein Verlust überstieg dreihundert Mark; aber wer Purtscheller heißt, hat im Wirtshaus ein leichtes Borgen, und der Wirt sagt ihm noch ein Vergelt's Gott für die Ehre.
Die beiden Spieler saßen schweigend hinter dem Tisch und lächelten, während Purtscheller seinen Hut vom Nagel nahm. »Gut Nacht, meine Herrn!« Draußen auf der Haustreppe fragte er den Wirt, der ihn begleitet hatte: »Is der Rufel[1] heut net da?«
»Der Jud?«
»Ja.«
»Heut net. Aber morgen oder übermorgen kommt er.«
»So sag ihm, er soll an Sprung zu mir ummi machen.«
»Haben S' was Alts für ihn?«
»Der Purtscheller? Und 's alte Gwand verkaufen? Na! So was verschenk ich! Bloß an Auskunft möcht ich.«
»So, so?« Der Wirt blickte zum mondhellen Himmel und streckte die Hand, wie um die Luft zu fühlen. »Frisch macht's. Mir scheint, es zieht a bißl an. Wär a Glück für dö da droben, wann der Frost bald einfallen möcht.«
»Ja! Wär a Glück! Gut Nacht, Wirt!«
»Gut Nacht, Herr Purtscheller! An andersmal die Ehr!«
Es schlug Mitternacht. Dann lag wieder Stille über dem schlum-

---

[1]Raphael

mernden Dorf, nur das Bergwasser rauschte im tieferen Tal, und in einem der höher gelegenen Gehöfte brachte ein Hund dem Vollmond ein jammervolles Ständchen.

Je näher Purtscheller seinem Anwesen kam, desto rascher wurde sein Schritt. Manchmal seufzte er schwer und spähte dem Lichtschein entgegen, der im Oberstock seines Hauses aus einem Fenster fiel. Als er den Garten erreichte, blieb er stehen und sprach vor sich hin wie ein Held, der sich selbst überwunden: »Und wann ich zehnmal der Purtscheller bin! Dös muß ich ihr abbitten, ja! Dös is grob gwesen.« Lautlos öffnete er die Haustür, streifte im Flur die Schuhe von den Füßen und schlich auf den Socken über die Treppe hinauf, um sein Kind nicht aus dem Schlaf zu stören.

Im Wohnzimmer brannte noch die Hängelampe; Karlin saß hinter dem Tisch und hielt das Gesicht in den Armen vergraben. Als die Tür aufging, fuhr sie erschrocken auf.

»Grüß dich Gott, Linerl!« sagte Purtscheller und legte den Hut ab. Hastig schob sich die junge Frau aus der Bank hervor; damit er nicht sehen möchte, wie verweint ihre Augen waren, stellte sie sich mit dem Rücken gegen die Lampe.

Zögernd bot er ihr die Hand; dabei wurden ihm vor Rührung die Augen naß. »Linerl! Kannst mir verzeihen?«

Sie nickte und gab ihm die Hand. Da nahm er sie in seine Arme, zog sie zur Bank und auf seinen Schoß, streichelte ihr die Wangen und war so herzlich zu ihr, daß sie an den Ernst seiner Reue glauben mußte. Zitternd preßte sie sich an seine Brust und sagte mit erstickter Stimme: »Gelt, Toni, so was tust mir nimmer an? Dös kunnt mir's Herz versteinern!«

»Aber geh, du Narrerl, du liebs! Es is ja bloß im Jähzorn gschehen. Gern hab ich dich ja doch! Weißt, d' Sorg hat mich halt so rebellisch gmacht. Der unglückselige Brief halt! Aber eigentlich is ja gar nix dran. Da, schau«, er zog das zerknüllte Blatt aus der Tasche, »so lies halt!«

Sie wehrte erschrocken den Brief von sich ab.

»Aber geh, so lies doch! Mann und Frau sollen nix gheim haben voranand.«

Während er unter unsicherem Lächeln ihr Haar streichelte, fing sie zu lesen an. Immer heftiger zitterten ihre Hände; nun ließ sie das Blatt sinken, mit entsetzten Augen. »Toni! Um Gottes willen!« Sie konnte nicht weitersprechen.

»So geh, du Dschapperl! Über so ebbes brauchst dir doch kein' Schrecken z'machen!«
»Aber Toni! Es is ja 's erste Wörtl, dös ich hör davon! Hypotheken auf'm Purtschellerhof? Jesus Maria! Toni!«
Er wurde verlegen und schob sie von seinem Schoß auf die Bank. »No ja, 's Geld liegt halt noch am Hof von Vaters Zeiten her!«
»Da hättst mir doch schon lang was gsagt davon!«
Purtscheller zögerte mit der Antwort. »No mein, ich hätt dir halt gern dö Sorg erspart. Drum hab ich dir's verschwiegen.«
Scheu blickte Karlin zu ihm auf; eine angstvolle Frage schien auf ihren Lippen zu liegen; aber sie fürchtete seinen Jähzorn und hatte nicht den Mut, ihm das ins Gesicht zu sagen.
Er vermied ihren Blick. »Weißt, ich hab mir halt denkt, ich kunnt dö Gschicht schön langsam abzahlen. Aber die letzten Jahr her hab ich schlechte Zeiten ghabt. Von jetzt an pack ich's a bißl strammer an. Da bin ich in zwei, drei Jahr mit dem Bettel fertig.«
»Bettel? Toni? An die fufzigtausend Mark!«
»Und zweimalhunderttausend is er wert, mein Hof! Da wird's doch so weit net fehlen!« Purtscheller begann ungeduldig zu werden. Er stand auf und sagte: »Mein Wald droben muß gschlagen werden, bald der Winter einfallt. Sonst verschluckt ihn im Fruhjahr der Berg. Da schlag ich meine vier-, fünftausend Klafter aussi wie nix. An Neujahr zahl ich dem Schloßbräu den Schmarren hin auf'n Tisch. Blank! Und bhalt noch was übrig für mich.« Er lachte im Vorgefühl der stolzen Genugtuung, die ihm dieses glatte, klingende Geschäft bereiten würde. »Der soll Augen machen! Er hat mir dö Hypothek eh nur aus Bosheit kündigt, weil er mir neidisch is um mein' Bräunl! Jetzt hat er sich zwei neue Traber einghandelt. Aber dö fürcht ich net. Dö fahr ich ihm nieder wie nix. Gleich morgen fang ich mit'm Bräunl 's Tränieren an. Der Schloßbräu soll Augen machen!« Er rieb sich die Hände, als wäre jede Sorge von ihm abgestreift.
Karlins Gesicht war so weiß wie die Wand.
Lachend trat Purtscheller auf sie zu und faßte ihr Kinn. »Geh, du Sorgenhaferl!« Er setzte sich an ihre Seite und umschlang sie. »Schau, lassen wir jetzt dö dumme Gschicht in Ruh und denken wir lieber dran, daß wir zwei wieder gut sind mitanand. Weil ich in der Hitz heut so grob gwesen bin und weil mir so schön verziehen hast, dös muß ich dir doch vergelten. Geh, Linerl, sag mir, mit was ich dir a Freud machen kunnt? Hast kein' Wunsch?«

Sie schüttelte stumm den Kopf.
»Aber so red doch! Machst mir selber a Freud damit!«
Da sah sie ernst zu ihm auf.
»No also? Was soll ich dir geben?«
»D' Erlaubnis, daß ich in der Wirtschaft d' Arbeit überschau und zugreif, wo's nötig is.«
»No ja, meintwegen – wann ich net daheim bin.«
»Und wann's was z'reden gibt, so hör mich an in Geduld und Ruh! Ich rat dir doch gwiß in nix zum Schlechten.«
»Ja, ja, ja, dös weiß ich schon! Aber jetzt mußt mir noch was anders sagen! Was dir Freud macht. Magst a seidens Kleid? Oder an Armband mit Hirschgranln? Meine schönsten gib ich her dazu. Oder magst an altdeutsches Kupfergschirr in dein Kucherl?« Weil Karlin zu allem den Kopf schüttelte, wurde er unwillig. »Linerl! Wann mir jetzt net auf der Stell ebbes sagst, mit was ich dir a Freud machen kann, meiner Seel, so bin ich dir bös!«
Da nahm sie seine Hand. »Toni?« Matte Röte glitt über ihre Wangen. »Darf ich mir alles wünschen?«
»Alles!«
»Und nimmst mir an offens Wörtl net übel?«
»Auf Ehr und Seligkeit, alles kannst sagen!«
»So tu mir den Gfallen, net mir, dir selber tu den Gfallen und schick die Zäzil fort!«
»Wie kommst mir denn jetzt mit so was!« Geärgert sprang er auf. »Traust mir vielleicht net?«
»Ja, Toni, ich trau dir blind!« sagte Karlin ruhig und erhob sich. »Schau, du machst halt so deine Spaßetteln mit die Dienstboten, und ich weiß, du denkst dir nix dabei. Aber d' Leut haben Ohren. Sie reden schon drüber. Dir ins Gsicht sagt's freilich keiner. Aber mir tragt man's zu, in aller Freundschaft. Und dös ungschickte Madl, statt daß sie sich wehren tät dagegen, hat ihr Freud an dem Gred und lacht, sooft s' an mir vorbeigeht.«
In Unbehagen bewegte Purtscheller die Schultern unter dem Samtflaus und brummte verdrossen: »No also, meinetwegen, damit ich an Fried hab! Morgen sag ich der Zäzil auf. Und du geh schlafen! Gut Nacht! Schon wieder halb eins vorbei. In keiner Nacht kommt man zu seiner Ruh.« Er ging auf das Ledersofa zu und warf sich nieder, daß das Möbel in allen Fugen krachte.
Karlin stand am Tisch, als müßte sie noch ein freundliches Wort von

ihrem Mann zu hören bekommen. Sie wartete vergebens. »Gut Nacht, Toni!« sagte sie leis und ging zur Tür. Auf der Schwelle wandte sie das Gesicht. »Gelt, bleib nimmer z'lang! Den ganzen Tag am Berg droben, dös muß dich ja müd gmacht haben!«
»In Ruh laß mich!« murrte er und drehte das Gesicht gegen die Wand. »Ich geh schlafen, wann's mir paßt.«
Karlin verließ die Stube.
Eine Weile lag Purtscheller, ohne sich zu regen. Dann stieß er mit dem Ellbogen den Polster zurück. »So verdirbt s' mir jedesmal den besten Hamur! Um den Finger hätt s' mich wickeln können, wie ich heimkommen bin. Und jetzt!« Er streckte sich bequemer und blickte verdrossen zur Stubendecke auf. Die unmutigen Gedanken, die ihn erfüllten, schienen nicht lange anzuhalten. Er begann zu lächeln. Im Geiste malte er sich das Bild des nächsten Trabrennens aus: ein milder, schöner Tag im Vorfrühling; die Rennbahn trocken und gut; ringsum Tausende von Menschen, Kopf an Kopf gedrängt; sie schreien ›Hoch‹ und ›Bravo‹, und ihre Blicke folgen dem Ersten, der keck und flott auf dem leicht dahinfliegenden Gig schaukelt und den mit Schaum bedeckten Braunen sicher durch das Ziel führt, während der Schloßbräu mit seinem amerikanischen Halbblut weit hinter ihm zurückbleibt.
Bei diesem wohligen Gedanken überkam den Purtscheller, ohne daß er es merkte, ein gesunder Schlaf. Er schnarchte mit offenem Mund. Gleichmäßig zählte die Wanduhr mit ihrem Ticktackschlag die fliehenden Sekunden, und in der Hängelampe begann der Docht zu rußen.

5

Der Morgen graute, als der Daxen-Schorschl aus einem unruhigen, von ganz absonderlichen Träumen gequälten Schlaf erwachte. Melancholisch setzte er sich auf. Das erste, was er sah, war nicht die unfreundliche Stube mit dem verschlampten Gerät und den grauen Dielen, die schon lange kein Wasser und keine Bürste mehr gespürt hatten – nein, das erste, was der Schorschl sah, war ein rundes, vor Erregung und Arbeit gerötetes Mädchengesicht, dessen blitzende Augen ihn verächtlich musterten und dessen rote Lippen in Ruhe zu ihm sagten: »Schorschl! Du bist a Lump!«

Wütend schrie er vor sich hin: »Kreuzhimmelsternsakra! Laßt's mich denn gar nimmer aus?« Mit gleichen Füßen sprang er aus dem Bett, kleidete sich an, nahm sein Handtuch über den Arm und ging in den Hof, um sich am Brunnen zu waschen.

Es war schon lebendig im Dorf; überall das Geräusch der Arbeit, nur die Daxen-Schmiede lag still und friedlich, da brüllte kein Rind im Stall, da tummelte sich keine singende Magd, die Esse rauchte nicht, und an der Werkstätte war das Tor noch geschlossen. Das Bild dieses Friedens schien dem Schorschl nicht zu gefallen: »Pfui Teufel! Wie schaut's bei mir aus! Und der ander schlaft natürlich noch. Recht hat er! Wie der Meister, so der Gsell!« Er rannte ins Haus und zur Gesellenstube. Die Faust auf die Klinke schlagend, stieß er mit einem Fußtritt die Tür auf. »Raus, du! D' Arbeit wartet!«

Schlaftrunken richtete Steffel sich auf und machte zwei Augen, als hätte sich das unerhörteste Wunder ereignet. Den Kopf schüttelnd, kroch er aus den Federn. Er schien Haarweh zu haben; man sah es an der Art, wie er die Brauen zusammenzog.

Als der Gesell nach einer Weile das Tor der Werkstätte auftat und gähnend in der Esse das Feuer anschürte, stand Schorschl am Brunnen und wusch und rieb, als hätte er den Schmutz eines ganzen

Jahres von sich abzufegen. Und während er mit dem Handtuch Gesicht und Hände trocknete, spähte er fuchsteufelswild über das Gehäng des laufenden Berges hinauf. »Wart nur, du!« Um flink an die Arbeit zu kommen, nahm er sich nicht mehr die Zeit, das Handtuch ins Haus zurückzutragen, sondern warf es über die Brunnenröhre. Als er zur Werkstätte ging, mahnte ihn sein knurrender Magen, daß er zuerst für sich und Steffel die Morgensuppe kochen mußte.

In der Küche ging ihm alles hurtig von der Hand, und sobald die Suppe brodelte, lief er in die Stube, um die Teller aufzulegen. Erschrocken sah er in dem verwahrlosten Raum umher. Jahr und Tag hatte er hier gelebt, das heißt, alltäglich ein paar Minuten zwischen diesen Wänden zugebracht, und niemals hatte ihm die graue Verwilderung eine Mahlzeit verdorben. Jetzt dachte er: ›Kreuz Teufel! Da packt ein' ja 's Grausen an! Wann da a Madl einischaut? Ich dank! Da müßt ich ja Schand und Spott erleben!‹

Mit so heißem Eifer, als stünde bereits die gefürchtete Reinlichkeitskommission vor der Tür, rannte er davon, kam mit einem Schaff voll Wasser zurück und goß es über die Dielen aus. Dann begann er mit Besen und Putzlumpen, mit Seife und Bürste drauflos zu arbeiten, als hätte er zeit seines Lebens nichts anders getrieben, als Dielen gescheuert und Bänke weißgefegt. Mitten in allem Ernst der Arbeit überfiel ihn plötzlich eine komische Vorstellung seiner selbst: der ›lüftige‹ Daxen-Schorschl mit Besen und Bürste! »Wann mich jetzt einer sieht, der lacht sich bucklet an mir! Und dö da droben? Was dö sich alles einbilden möcht.« Wütend schleuderte er die Bürste in einen Winkel. Aber auf den Dielen stand das Wasser, auf der Tischplatte der graue Seifenschaum. Ob Schorschl wollte oder nicht, er mußte die begonnene Arbeit zu Ende bringen. Fluchend holte er die Bürste hinter dem Ofen hervor und fing wieder zu fegen an. Dabei kamen ihm ernste Gedanken: ›Keine Schulden sollt ich net haben! Da ging's leicht!‹

Er begann einen Überschlag zu machen. Was er beim Wirt im Buch stehen hatte, konnte er nur beiläufig schätzen: »Hundert Markln? Da wird net viel fehlen.« Und beim Krämer waren es vierundsechzig; das wußte er genau, denn die Krämerin hatte ihm vor ein paar Tagen den Kredit gekündigt. Dazu noch Schuster und Schneider! Und was er sich da und dort zuweilen ausgeborgt hatte, wenn er mit leerer Tasche vor einer Tanzmusik gestanden. Vierhundertfünfzig

Mark, alles in allem! Er sann und sann. Immer kam noch ein Brokken dazu. Endlich fiel ihm nichts mehr ein. Rund fünfhundert.
Er atmete auf. »Gar so arg is 's ja doch net!« Im gleichen Augenblick fuhr ihm ein kalter Schreck in die Haare. Draußen auf der Straße sah er einen alten jüdischen Händler vorübergehen, ein gebeugtes, eingeschrumpftes Männchen in langem, abgeschabtem Rock, einen Kleidersack auf dem Rücken, ein paar Lammfelle über dem Arm. »Mar' und Josef! Der Rufel! Auf den hab ich ganz vergessen!« Bei dem hatte er seit Fasching einen Schuldschein über vierhundert Mark stehen, die an Neujahr zu bezahlen waren. Also im ganzen neunhundert! Da stiegen dem Daxen-Schorschl doch die ›Grausbirnen‹ auf.
Aber war er nicht vor zwei Jahren, als der Daxen-Schmiede die Gant gedroht hatte, noch übler dran gewesen? Dennoch hatten ihn seine Verwandten aus dem Wasser gezogen. Und jetzt war doch der ehrliche Wille in ihm, ein ordentlicher Mensch zu werden. Vielleicht halfen sie ihm ein zweites Mal? Während er fegte und bürstete, dachte er sich die Worte aus, mit denen er seinen Verwandten, dem Berghofbauer, dem Zillerlenz und der dicken ›Bäckenmahm‹ sein Anliegen vorbringen wollte. Dabei erwachte in ihm ein Funke von Hoffnung.
Endlich war die Stube sauber. Als er den Gesellen zum Frühstück rief, brummte Steffel: »So? Hab schon gmeint, daß ich heut verhungern muß!« Beim Eintritt in die frisch gescheuerte Stube machte der Gesell ein verblüfftes Gesicht; dann brach er in ein Gelächter aus, daß Schorschl ihm vor Wut und Verlegenheit am liebsten eine gesunde Tachtel hinter die Ohren gepflanzt hätte. »Lach net! Und iß!« Der zornige Blick, mit dem der Daxen-Schmied diese Aufforderung begleitete, machte den Gesellen stumm.
Schweigend schmausten sie die Brennsuppe. Als Schorschl den Löffel niederlegte, fragte er bedächtig wie ein alter Meister: »Was is denn für Arbeit da?«
Die Augen des Gesellen wurden immer größer. »An Leiterwagen muß ich bschlagen.«
»Der muß fertig sein bis auf'n Abend.«
»Was? Ich kann doch net hexen.«
»Nacher lern ich dir's, wann ich heimkomm. Jetzt hab ich a paar Weg z'machen. Marsch, an d' Arbeit!«
Als Steffel bei der Tür war, fragte Schorschl etwas unsicher, wäh-

rend er den Tisch abräumte: »Is die letzten Tag her kein Geld net eingangen?«
Der Gesell wurde verlegen. »Ja, a bißl was. Aber dös hab ich selber braucht, auf Essen und Trinken.«
»Sooo? Von heut an sollst dein Essen und Trinken in der Ordnung kriegen. Aber 's Geld wird abgeliefert. Verstehst!«
Kopfschüttelnd zog Steffel hinter sich die Tür zu und murmelte sorgenvoll: »Der is übergschnappt von gestern auf heut!« Dabei schien auch die Befürchtung in ihm aufzutauchen, als wären seine guten alten Zeiten vorüber. »Gfallt's mir nimmer, so geh ich halt!«
In der Stube stand Schorschl vor dem offenen Kasten und holte seine neue Lederhose und die Sonntagsjoppe hervor. »Aber – aufgeputzt wie zu einer Hochzeit – und Geld borgen? Dös schaut sich net gut an!« In Hemdsärmeln, das lederne Schurzfell umgebunden, verließ er das Haus. Wie schmuck er aussah! Der richtige Schmied! Kraftvoll und hoch gewachsen! Nur der Ruß an den Händen fehlte.
Auch den Leuten, die dem Daxen-Schorschl begegneten, schien es so vorzukommen, als wäre an seiner Erscheinung irgendwas nicht in Richtigkeit. Sie blieben stehen und sahen ihm lachend nach, als wäre ›Fasnacht‹ und als hätte sich der Daxen-Schorschl ›vermaschkeriert‹. Er merkte das Aufsehen, das er machte, und brummte einen Fluch. Am liebsten wäre er wieder umgekehrt. Aber er hatte nun einmal den Schuß in den Beinen. Und da stand er auch schon vor dem Haus des Zillerlenz. Zu dem hatte er seinen ersten Weg genommen, weil vor zwei Jahren der Zillerlenz den größten Brocken für den Schorschl gezahlt hatte, ganze sechshundert Mark. Da würden ihm doch jetzt die dreihundertfünfzig auch nicht zuviel sein? So hatte sich der Schorschl das eingeteilt: dreihundertfünfzig der Zillerlenz, ebensoviel der Berghofbauer, ebensoviel dic dicke Bäckenmahm. Da konnte er seine Schulden zahlen und behielt auf der Hand noch ein Sümmchen für eine geregelte Wirtschaft während der nächsten Zeit.
»Schorschl? Wie schaust denn aus?« rief ihn der Vetter lachend an. »Als ob d' von der Arbeit kämst?«
»Von der Arbeit? Na! Aber zur Arbeit will ich schauen! Und dös ghörig!« Mit dieser Beteuerung leitete Schorschl sein Anliegen ein, wobei der Vetter immer wieder unter Lachen seine kleinen Späße machte. Je ernster Schorschl redete, desto lustiger wurde der Zillerlenz, und schließlich klopfte er dem langen Burschen lachend auf die

Schulter: »Schau, Schorschl, eher beiß ich mir d' Nasen ab, eh ich auf dich noch an lucketen Heller verwend. Alles, was d' willst! Bloß kein Geld nimmer!« Schorschl verlegte sich aufs Bitten, wurde aber vom Vetter mit so lustigen Späßen abgefertigt, daß er schließlich selbst mitlachen mußte, obwohl ihm Ärger und Beschämung die Kehle zuschnürten. Als er draußen auf der Straße stand, blies er die heißen Backen auf. Der Hoffnungsfunke, der noch in ihm glomm, schrumpfte zusammen wie eine Zwetschge im Dörrofen. Jetzt trafen fünfhundert auf den Berghofbauer und ebensoviel auf die dicke Bäckenmahm. Die beiden, daß wußte er vom letztenmal, hatten ein zähes Leder, besonders die Mahm. Obwohl doch die Weiberleut eigentlich das zartere Häutl haben sollten. Also zuerst zum Berghofbauer! Den traf er nicht zu Hause, sondern mußte ihn auf dem Feld aufsuchen, weit drunten im Tal.

Bei der Kirche überholte ihn der Purtscheller-Toni, der auf flottem Gig eine Trainingsfahrt mit seinem Traber machte. »Was, Schorschl? Der greift aus!« Mehr zu sagen hatte Purtscheller nicht Zeit; so flink trabte der siegreiche Bräunl an dem Fußgänger vorüber.

»Der tät den Tausender auch net spüren!« seufzte Schorschl, während er dem Purtscheller nachblickte.

Er hatte sich den ›Dischkurs‹ mit dem Berghofbauer durchaus nicht in rosigen Farben ausgemalt. Aber die Sache kam weit schlimmer. Der Bauer schrie, als hätte Schorschl einen Raubüberfall auf ihn versucht. Eine Weile ließ sich Schorschl das gefallen. Dann rührte sich der Zorn in ihm. Mit einem groben Wort drehte er seinem Vetter den Rücken und stapfte quer durch eine sumpfige Wiese der Straße zu. Schwer atmend wischte er sich den Schweiß von der Stirn und machte zwei Fäuste. »Jetzt möcht ich brav sein, jetzt lassen s' mich net!«

Die Straße war überschwemmt. Bis an die Knöchel mußte Schorschl in dem schlammigen Wasser waten, das mit dumpfem Rauschen aus den unterirdischen Klüften des laufenden Berges hervorströmte. Er sah den Rasenbrocken nach, die auf dem schießenden Wasser schwammen, und blickte über das Gehäng empor. »Arms Madl! Arme Leut!« Da fiel ihm die eigene Sorge wieder ein. »Ich bin einer! Kann mir selber net helfen und denk an andere! In mir muß der Teufel alles verwechselt haben! Wo ich den Verstand haben sollt, hat er mir 's Herz eini gschustert!« Den Kopf auf der Seite, die

Hände hinter dem Rücken, stapfte er aus dem schlammigen Wasser hervor.
Ein paar Monate konnte er sich noch weiter fretten. Dann würden es seine Gläubiger genau so machen wie vor zwei Jahren, würden ihre Forderungen an den Rufel verkaufen, und der würde die Daxenschmiede wieder auf die Gant bringen. Wer sollte ihm noch helfen? Die Bäckenmahm? Bekümmert schüttelte Schorschl den Kopf. Ein paar hundert Mark? Das wäre vielleicht noch gegangen. Aber aus der dicken Mahm einen ganzen Tausender herausfischen? »Na! Da trau ich mir lieber aus dem Bachl da an Walfisch ziehen!« Zerstreut guckte er in die gleitenden Wellen nieder, während er dem Ufer des schmalen Baches folgte. Zahlreiche Forellen, die aus den verschlammten Gründen heraufgezogen waren, standen in dem klaren Wasser umher. »Herrgott! Da kunnt einer heut an guten Fang machen.« Das hatte er noch kaum gedacht, da erwachte schon der alte Schorschl in ihm, und der Fang begann. Er krempelte die Hemdsärmel auf. Mit sicher gezielten Steinwürfen scheuchte er eine Forelle, bis sie sich in seichtem Wasser unter dem Ufer verbarg. Hurtig ließ er sich auf die Knie nieder, ein gewandter Griff ins Wasser, und lachend hob Schorschl den zappelnden Fisch an die Luft. »Soll mir's einer nachmachen!« Eine halbe Stunde trieb er das so weiter. Dann war sein blaues Schnupftuch bis an die Zipfel mit Forellen angefüllt. Es fiel ihm ein, daß Forellen ein Lieblingsgericht der Bäckenmahm waren. Wenn er ihr die Fische brächte? Ob sie in der Freude über die leckere Mahlzeit nicht mit sich reden ließe? »Probieren wir's halt. Mehr als na sagen kann s' net.« Raschen Ganges erreichte er das Dorf und eilte am Purtschellerhof vorüber, mit geducktem Kopf, weil er auf der Steinbank neben der Haustür den alten Rufel sitzen sah.
Gleich das nächste Anwesen war das Haus der Bäckenmahm, ein zweistöckiger Bau, der zwischen Apfelbäumen stand, an denen noch die rotbackenen Früchte hingen. Garten und Haus boten ein etwas verwildertes Ansehen. Als der Meister Bäck noch gelebt hatte, war das Haus in schmuckem Stand gewesen. Seine Wittib konnte schon seit Jahren das Zimmer, das sie im oberen Stock bewohnte, nicht mehr verlassen und hatte das Bäckergeschäft an einen Gesellen verpachtet, der keine Veranlassung fühlte, sich um das Ansehen des Hauses zu kümmern. Der Grund, weshalb die Bäckenmahm das Zimmer hüten mußte, war ein merkwürdiger. Nicht Krankheit war

die Ursache. Im Gegenteil, sie war zu gesund. Schon bei Lebzeiten ihres Mannes hatte sie nah an drei Zentner gewogen und hatte sich, wenn sie zur Tür aus und ein ging, hart zwischen den Pfosten hindurchzwängen müssen. Einige Zeit nach ihres Mannes Tod passierte ihr das Unglück, daß sie sich in der Stube den Fuß übertrat und eine Sehne verzerrte. Zwei Monate mußte sie liegen. Statt in dieser Leidenszeit ein wenig abzumagern, legte sie Woche um Woche ihrem Gewicht ein paar schwere Pfunde zu. Als der Fuß endlich geheilt war, hatte die Bäckenmahm an Breite so erschrecklich zugenommen, daß sie nicht mehr zur Tür hinaus konnte. Zwischen Stube und Schlafzimmer wurde ein geräumiger Durchgang ausgebrochen; die in den Flur führende Tür blieb, wie sie war; sie zu erweitern, hätte keinen Zweck gehabt; auf die Hoffnung, jemals wieder den schmalen Flurgang und die noch schmälere Treppe passieren zu können, mußte die Bäckenmahm für alle Zeit ihres Lebens verzichten. In seufzender Geduld und mit Beihilfe eines umfangreichen Nachtstuhls ertrug sie dieses Kerkerlos, lebte sich schön langsam zwischen ihren vier Wänden ein, ließ sich Essen und Trinken schmecken und wurde bei dem behaglich schleichenden Wohlleben, das sie führte, zeitweise nur von der einen Sorge gequält, wie man sie nach ihrem seligen Ende aus dem Haus bringen würde.
Der Weg zwischen dem ungetümen Bett in der Schlafkammer und dem weitarmigen Lehnstuhl in der Wohnstube, dazu manchmal ein Gang an das Fenster, das war die einzige Bewegung, die sie machte. Eben jetzt, als Schorschl mit seinem nassen Bündel die Straße einherkam, lag die Bäckenmahm im offenen Fenster, mit einem Gesicht, so rund und groß wie drei Gesichter mit sechs Hälsen. Langsam den mühsamen Atem vor sich hinblasend, blickte sie einem Mehlsack nach, den die Bäckergesellen an einem unter dem Dachgiebel angebrachten Kran in die Höhe zogen, um ihn auf dem Speicher einzulagern.
»Grüß dich Gott, Schorschl!« rief die Mahm mit ihrer fetten, asthmatischen Stimme. »Kommst net a bisserl auffi zu mir?«
»Ja, Mahm!« Der freundliche Gruß hatte den Daxen-Schorschl wie eine gute Vorbedeutung angeheimelt. »Und ich bring dir ebbes! Ganz ebbes Feins!« Er sprang in das Haus, in dem es appetitlich nach frischen Brezeln duftete. Mit drei Sätzen nahm Schorschl die Treppe, und als er unter Herzklopfen vor der Stubenschwelle zögerte, fühlte er die Dielen schwanken: Drin in der Stube ging die

Bäckenmahm vom Fenster zum Lehnstuhl; da spürte immer das ganze Haus ihr Gewicht.
Das Hütl ziehend, trat Schorschl ein, eben als die Mahm sich in den Sessel niederließ ähnlich einem Elefanten bei der Dressurvorstellung im Zirkus. Nur, daß die Bäckenmahm hinten kein Schwänzl hatte. Von der Anstrengung des vier Schritte langen Weges war sie so erschöpft, daß sie kein Wort sprechen konnte, während Schorschl in erzwungener Lustigkeit auf dem Tisch sein Bündel aufknüpfte. Endlich fand sie die Sprache wieder. »Ah, ah, ah!« staunte sie beim Anblick der Fische, fuhr mit der Zunge über die Lippen und faltete wie in andächtigem Gebet die Hände mit den gespreizten Fingern, die so kugeldick waren, daß sie sich nicht mehr aneinanderlegten. »Und so viel große dabei! Ah, ah, ah! Vergelts Gott, Schorscherl! Tausendmal vergelts Gott!« Dankbar blickten die versunkenen Äuglein aus der Fettsuppe der großen Hängebacken zu ihm auf.
»Jetzt kriegst aber gleich a Schalerl Kaffee!«
»Aber Mahm! An Kaffee! Jetzt, um zehne vormittags! Geh weiter!«
»Kaffee is ebbes Guts! Kaffee kann der Mensch allweil trinken. Und Kaffee magert ab, ja!«
Trotz seines Sträubens mußte Schorschl die Magd rufen, welche die Forellen davontrug, um nach einiger Zeit mit der dampfenden Kaffeekanne und einem großen Gugelhupf wieder zu erscheinen. Schorschl begann allerlei Anekdoten und lustige Geschichten zu erzählen, um die Mahm in noch bessere Laune zu bringen. Das Lachen machte ihr freilich schwere Atemnot; dennoch lachte sie gern und war in ihrer Einsamkeit für heitere Gesellschaft dankbar. Das ging ein Viertelstündchen so fort; dann fiel dem Daxen-Schorschl keine Anekdote mehr ein; er strich sich mit schwerer Hand das Haar in die Stirn und seufzte tief.
»Schorscherl? Was hast denn?«
»Sorgen, liebe Mahm! Arge Sorgen!«
»Geh, du armer Kerl! Was is denn passiert?«
»Nix und alles. D' Augen sind mir aufgangen über mich und mein lüftigs Leben! Amal muß der Mensch doch gscheit werden. Jetzt weiß ich's, daß ich die ganzen Jahr her a richtiger Lump gwesen bin. Jetzt laßt's mir kein' Fried nimmer. Völlig treiben tut's mich zur Arbeit. Und schaffen will ich Tag und Nacht, daß d' Fetzen umanand fliegen. Auf Ehr und Seligkeit, liebe Mahm, seit gestern hat sich alles gwendt in mir, und 's Gute is z'öberst kommen. Jetzt bin ich an

andrer.« Das hatte Schorschl so ehrlich herausgesagt, daß auch ein eingefleischter Zweifler ihm hätte glauben müssen.
»Schorscherl!« Die gute, dicke Mahm war tief gerührt. »Mein liebs Schorscherl! Daß ich so viel Freud erleben soll! Du? Und a braver Mensch!«
»Glaubst es, Mahm?« fragte Schorschl zwischen Hoffen und Bangen.
»Ja, Schorscherl, ich glaub dir's! Und wann ich amal auffikomm in Himmel, sag ich's gleich meiner guten Schwester selig: Annamierl, sag ich, freu dich, Annamierl, dein Schorschl is a braver Mensch worden!« Kichernd wischte sich die Mahm das Wasser aus den Augen. »Komm, Schorschl, jetzt kriegst noch a Schalerl Kaffee!«
Schorschl schluckte den ganzen Inhalt der Tasse auf einmal.
»Aber gar net begreifen tu ich dich! So an guten Vorsatz hast gfaßt! Wie kannst denn da traurig sein? Da mußt doch lachen vor lauter Freud!«
»Lachen? Ja! Freilich kunnt ich lachen! Wann ich keine Schulden net hätt!«
»Schulden? Ah ja! Schulden! Freilich, so was behindert ein' im besten Lauf!« versicherte die Mahm bedächtig. »Schulden? Ja, ja!«
»Die müßten halt zahlt werden, daß ich an sauberen Weg hab.«
»Freilich! Eh können d' Leut kein richtigs Zutrauen net fassen zu dir. D' Schulden müssen zahlt werden. A guts Anzeichen, daß d' es einsiehst! Aber sag, Schorscherl? Wie willst denn dös machen?«
Schorschl platzte los: »Wann ich's wüßt, wär ich net zu dir kommen!«
»So, so, so, so? Und wieviel tätst denn brauchen?«
Einen Tausender? Das wagte Schorschl nicht herauszusagen. Schnell überschlug er in Gedanken: Vielleicht wär es billiger zu machen, vor allem mußten die Schulden im Dorf bezahlt werden, wenn er die verlorenen Kunden, die in den benachbarten Dörfern arbeiten ließen, wieder in seine Schmiede ziehen wollte; der Schuldschein beim alten Rufel hatte noch Zeit bis Neujahr, dritthalb Monate, inzwischen konnte er arbeiten und verdienen; für sich selbst brauchte er eigentlich auch nichts auf die Hand zu bekommen, er konnte sich von einem Tag auf den andern weiterfretten; wenn nur der Gesell das Seinige bekam; er selbst konnte hungern, wenn's nicht anders ging. Nur das Nötigste mußte er haben. »Es ist eigentlich gar net viel. Fünfhundert Markln halt.«

»Fünf-hun – « Die Mahm brachte das Wort nicht zu Ende und schlug vor Schreck die Hände zusammen, daß ihr ganzes Gewicht in zitternde Bewegung kam. »Um Gotts willen, Schorscherl! Wie willst denn so viel Geld auftreiben?«

»Da hätt ich halt gmeint, du sollst mir's geben?«

»Aber, Schorscherl!« Bei der Mahm war aller Schreck verflogen, alle Rührung erloschen. Ganz ruhig sagte sie: »Na, mein Schorscherl, mein liebs! Da wird nix draus!«

»Mahm! Schau, mir is Ernst!« Er war bleich, und die Lippen zuckten ihm.

»Mir is auch net lustig z'mut.« Seufzend hob sie sich im Lehnstuhl ein bißchen in die Höhe, um bequemer zu sitzen. »Vor zwei Jahr hab ich dir gholfen und hab dir gsagt: Es is 's erste und 's letzte Mal! Was ich gsagt hab, is gsagt.«

Er nahm ihre Hand. »Geh, Mahm, sei gut zu mir! Mach mir 's Bravwerden net gar so hart! Hilf mir a bißl! Oder glaubst mir net, daß ich's ehrlich mein'?«

»Ja, Schorscherl, glauben tu ich dir alles! Aber Geld gib ich dir keins. Lassen wir dö Sach in Ruh! Sorgen vertrag ich net. Dö machen mich fett. Aber 's Lachen zehrt. Sei lustig, Schorscherl! Verzähl mir noch ebbes! Und magst noch a Schalerl Kaffee? Dich hab ich gern, dir vergunn ich's!« Mühsam erhob sie sich, beugte sich wackelnd über den Tisch, füllte die Tasse und legte ein großes Stück Gugelhupf daneben.

Schorschl erhob sich. Wortlos, mit zitternden Händen, legte er das nasse Taschentuch, in dem er die Forellen gebracht hatte, fein säuberlich zusammen, griff nach seinem Hut und ging zur Tür.

»Schorscherl, was hast denn?«

»Geh, Mahm, tu mich net spotten! Du bist mir die letzte Hilf gwesen. Dö andern zwei haben mir eh schon an Tritt geben. No also, muß ich halt schauen, daß ich mich selber durchbeiß. Daß d' mich so in der Bredull sitzen laßt, hätt ich mir doch net denkt von dir. Ich trag dir's net nach. Aber daß ich zu dir noch an Schritt in d' Stuben setz? Na, Mahm! Wir zwei haben ausgschorschelt mitanand. Pfüet dich Gott!« Er stolperte über die Treppe hinunter. Auf der Straße stand er ratlos. Der Kopf brummte ihm, daß er kaum einen Gedanken fassen konnte. Woher jetzt Geld nehmen? Vor allem mußte der Krämer bezahlt werden; bei dem mußte er wieder Kredit haben, wenn er für den Gesellen die Mahlzeiten kochen wollte.

Halt, der Grundhofer! Der ließ in der Schmiede auf Jahresrechnung arbeiten, seit Neujahr machte das immerhin schon an die fünfzig oder sechzig Mark aus! Wenn er dem ein freundliches Wort gäbe? »Der zahlt schon!« Schorschl bekam bei diesem Gedanken einen heiligen Respekt vor einem Menschen, der prompt bezahlt.
Er rannte, daß er in Schweiß geriet. Beim Grundhofer erwartete ihn eine Überraschung, die ihn vor Zorn und Verlegenheit sprachlos machte. »Du bist mir a Feiner!« schalt der Bauer. »Vor acht Tagen hast dein' Gsellen um 's Geld gschickt. Den hab ich zahlt. Und jetzt kommst selber und forderst mich a zweitsmal an! Ah! Dös wär mir die richtige Mod!« Schorschl stotterte eine Ausrede, die dümmste, die ihm einfiel; ohne den Gesellen gehört zu haben, wollte er ihn nicht der Unterschlagung beschuldigen. Daheim aber, in der Werkstätte, brauchte er nur zu sagen: »Steffel, ich komm vom Grundhofer!« Und da wußte er genau, wie sich die Sache verhielt. Das Gesicht des Gesellen redete deutlich. »Um Gotts willen, Steffel, was hast denn mit dem vielen Geld angfangt?« jammerte Schorschl, als wäre das Geld bei ihm zeitlebens eine ernste Sache gewesen.
Steffel versuchte der bösen Geschichte eine heitere Wendung zu geben und lachte. »Schön langsam braucht hab ich's halt. Du hast es gut. Mir pumpen s' nix.«
Dem Daxen-Schorschl verging die Geduld. Er wurde dunkelrot im Gesicht und schrie: »Jetzt packst dich aber! An Lumpen hab ich dulden müssen neben meiner, denn ich bin selber einer gwesen. Für an Spitzbuben is mir mein Haus a bißl z'gut!«
»Oho!« Steffel faßte den Schmiedhammer; aber da kam er übel an. »Glaubst, ich fürcht dich, du Laubfrosch, du!« Mit der Faust schlug Schorschl dem Gesellen das Eisen aus der Hand, packte ihn an der Brust und schüttelte ihn, daß ihm die Zähne klapperten. »So! Und jetzt fahr ab! Und bist in einer Stund mit deim Ranzen net draußen zum Haus, so mach ich dir Füß!«
Als Schorschl allein war und sein Zorn verrauchte, überkam ihn eine Niedergeschlagenheit, daß er am liebsten geheult hätte. Ein Schritt weckte ihn. Es war der Bauer, dessen Leiterwagen in der Werkstätte auf das Beschläg wartete.
»Wann krieg ich denn mein' Wagen?«
Schorschl erhob sich, um nachzusehen, wie weit der Gesell die Arbeit schon gebracht hätte. »Komm halt am Abend wieder! Ich mein', daß ich ihn fertig bring.«

»No, da bin ich neugierig! Da mußt deim Gsellen fleißig helfen!«
»So? Meinst?«
»Ja!« Der Bauer ging.
Man läutete die Elfuhrglocke, als Schorschl die Arbeit begann. In seinem Eifer übersah er den Gesellen, der mit seinem Ranzen über den Hof spazierte.
Steffel verließ seinen Dienst, ohne dem Meister einen letzten Gruß zu sagen. Drüben im Wirtshaus trank er sein ›Abschiedsmaßerl‹ und erzählte, daß ihm die ›Lumpenwirtschaft‹ in der Daxenschmiede endlich zu dick geworden und daß er dem Schorschl aufgesagt hätte, um bei einem ›repadierlichen‹ Meister Arbeit zu suchen.
»Ui jegerl«, meinte der Wirt mit halbem Erbarmen, »jetzt hat er kein' Gsellen nimmer, der d' Arbeit für ihn macht! Da schwimmt er bald, der Schorschl!«
Das hörte der alte Rufel, der hinter dem Ofen saß und den Gebetriemen um die Hand legte. Er seufzte und wiegte den grauen Kopf zwischen den Schultern.
Dazu tönte es immer von der nahen Schmiede herüber: kling, kling, kling, kling! Und wenn die Hammerschläge für kurze Weile aussetzten, wirbelte dicker Rauch aus dem Schornstein der Esse.
Zur Mittagszeit schwieg der Lärm im Dorf, und auf der Straße rasselte kein Wagen mehr; nur in der Schmiede wollten die Hammerschläge nicht ruhen: kling, kling, kling, kling!
Als gegen sechs Uhr abends der Bauer um seinen Wagen kam, war die Arbeit schon seit einer Stunde fertig, und Schorschl schmiedete ein paar Hufeisen auf Vorrat.
»Was bin ich schuldig?« fragte der Bauer.
Schorschl stieß die Zange in die Glut und zog den Blasbalg. »Z'erst schau dir d' Arbeit an, ob d' z'frieden bist.«
Bedächtig schritt der Bauer rings um den Wagen, untersuchte die Eisenreifen der Räder und prüfte das Beschläg der Deichsel. »Sauber is alles gmacht. Respekt! Wann er mag, dein Gsell, versteht er sei' Sach.«
»Den Gsellen hab ich davongjagt in der Fruh.«
»Was?« Der Bauer riß Mund und Augen auf. »Schorschl! Is der Heilig Geist niedergflogen über dich? No also, was bin ich schuldig?« Er zog den ledernen Beutel hervor.
»Die ganze Zeit hast im andern Dorf arbeiten lassen. Oder net?«
»Dös hat seine guten Gründ ghabt.«

»Freilich! Wann 's dir net pressiert hätt mit deim Wagen, wärst eh net zu mir kommen, gelt?«
»Na!«
»Was hast denn drüben zahlt?«
»Vierundzwanzg Mark für an Wagen.«
»So zahl mir zwanzg. Wann ich d' Leut wieder einizügeln will zu mir, muß ich besser arbeiten wie die andern und billiger.«
Schmunzelnd suchte der Bauer aus seinem Beutel zwei Zehnmarkstücke hervor und legte sie auf den rußigen Werktisch. »Ich hätt schon noch a bißl Arbeit für dich.«
»Sei so gut und bring mir's!«
»Ja, morgen! Hilfst mir den Wagen aussischieben?«
Der Bauer faßte die Deichsel und Schorschl ein Rad. Mit Rasseln und Holpern rollte der Wagen über die Torschwelle in den Hof hinaus. Draußen hatte der Bauer ein leichtes Ziehen, die Straße ging bergab.
Als Schorschl in die Werkstätte zurückkam, wog er die beiden Goldstücke ehrfürchtig auf der Hand. »Die müssen fort! Und gleich! Sonst reißt's mich am Abend ins Wirtshaus ummi. Ich kenn mich.« Die Faust mit dem Geld in die Hosentasche grabend, lief er zum Krämer hinüber. Es war ein verschämter Stolz in seinem Blick, als er die zwei Goldstücke mit festem Daumendruck auf die Ladenbudel legte und zur Krämerin sagte: »Da! Mehr hab ich net. Mit dem andern mußt halt noch a bißl zuschauen.«
Die Frau wurde vor Überraschung rot im Gesicht. »No, no, gar so pressieren tut's doch net. Bist mir ja gut! Sonst nix gfällig?«
Schorschl zögerte. »Mehl und Schmalz zum Kochen tät ich brauchen. Schreibst mir denn noch was auf?«
»Wer zahlt, hat Kredit. Sonst brauchst nix? Kein' Tabak?«
»Na!« Das Wort hatte den Daxen-Schorschl Überwindung gekostet. An einem Pfeifl hing ihm das Herz. Deshalb fügte er kleinlaut bei: »Meinetwegen! Kannst mir a Packerl geben. Aber bloß an einzigs.«
»Vom guten?«
»Na, vom Stinkadores. Der tut's schon für mich.«
Als Schorschl mit der großen Papiertüte, in die ihm die Krämerin alles eingepackt hatte, über die Straße schritt, bekam er einen Anfall von Reue. »Wann ich ihr bloß d' Hälfte zahlt hätt, wär's fürs erstemal auch gnug gwesen. Und ich hätt a bißl ebbes auf der Hand

bhalten.« Dann lachte er und schüttelte den Kopf. »Ah was! Gott sei Dank! Zahlt is zahlt!« In seiner Werkstätte legte er den Pack in eine Fensternische. Es begann schon zu dämmern; aber eine halbe Stunde konnte er immer noch arbeiten; er hatte in den Fäusten ein so merkwürdiges Zucken, das ihm keine Ruhe ließ. ›D' Arbeit muß a Krankheit sein‹, meinte er, ›wann die amal ein' packt, so laßt s' nimmer aus.‹

Während er den Blasbalg trat, um die eingesunkene Glut wieder zu beleben, verfinsterte sich das Tor, und eine Mädchenstimme klang: »Guten Abend!«

Schorschl fuhr auf, als hätte er sich den Ellbogen angestoßen und das Mäuschen geweckt.

Auch Vroni, die auf der Schwelle stand, einen Spaten über der linken Schulter und das Beil in der rechten Hand, schien ihren Augen nicht zu trauen und glühte über das ganze Gesicht. Oder war's nur der Widerschein der Essenglut? Denn sie sagte ruhig: »Ah, da schau! Du? Hab gmeint, dein Gsell is bei der Arbeit. An dich hätt ich net denkt.«

»Sonst wärst am End gar net eini? Was?« Schorschls Fuß, der den Blasbalg trat, kam in rascheres Tempo.

Vroni nahm den Spaten ab. »Unser Grabscheit is verbogen und hat die richtig Härten nimmer. Und am Beil hab ich mir die halbe Schneid ausgsplittert. Kannst mir's heut noch machen?«

»Ja!« Er verließ die Esse.

»Ich hab noch an Weg«, sagte sie, »zum Kramer, ja, und komm wieder vorbei.«

»Magst net lieber warten?« fragte Schorschl hastig.

»Na!«

Er lachte merkwürdig. »Fürchst dich vor mir?«

Da sah sie ihn groß an. »Ich? Warum denn?« Mit dem Fuß stülpte sie einen Wasserzuber um und setzte sich. »Wann d' meinst, kann ich auch warten.«

»Ja, es is besser! Ich kunnt davonlaufen und zusperren!« Seine Stimme bekam einen Ton, als hätte er was Bitteres geschluckt. »So a Lump, wie ich einer bin, halt's net lang bei der Arbeit aus.«

»Ich glaub's.«

»Gelt?« Er trat mit dem Beil zum Fenster und besah den Schaden. »Da mußt aber grob zughaut haben?«

»Es braucht's halt.«

»Freilich!« Seine Stimme klang wieder freundlich. »Wie steht's denn droben?«
»Allweil im gleichen. Es hat sich nix g'ändert über Nacht.«
Da guckte er langsam über die Schulter. »No, wer weiß, vielleicht doch a bißl ebbes.« Er löste vom Beil den Stiel ab, nahm das Eisen zwischen die Backen einer großen Zange, wühlte sie unter die Glut hinein und versetzte dem Blasbalg einen so ausgiebigen Tritt, daß eine Sprühgarbe von Funken in den Kamin hinaufloderte.
Vroni runzelte ernst die Brauen; sie mußte aus Schorschls letzten Worten etwas Ungemütliches herausgehört haben, und es spielte um ihren Mund, als müßte sich dieser Ärger entladen. Ihre Augen schossen einen spöttischen Blick zur Esse hinüber. Unter leisem Lachen fragte sie: »Bist gut heimkommen?«
Schorschl schob eine kleinere Zange mit einem fingerlangen Stahlstäbchen in die Glut. »Heimkommen? Wann denn?«
»Heut nacht.«
»Ah so? Ja, ja, ganz gut! Siehst es ja, an Haxen hab ich mir net brochen.«
»Da kannst von Glück sagen. So a Weg in der Nacht is hail.«
»Fest hintreten muß man, nacher rutscht man net.« Mit raschem Schwung hob Schorschl die beiden Zangen aus der Esse und faßte den schweren Hammer, um die neue Stahlschneide an das ausgesplitterte Beil zu schweißen. Wie ein zerdrücktes rotes Herz lag das glühende Eisenstück zwischen dem Griff der Zange. Der Amboß tönte wie eine Glocke, und sternhell flogen bei jedem Hammerschlag die Funken in den großen dämmerigen Raum; sie leuchteten nur und brannten nicht; sie flogen dem Schmied ins Gesicht, in die Haare, an die nackten Arme, an die offene Brust und sprühten hinüber bis in den Schoß des Mädels. Vroni rückte immer weiter zurück; die Funken flogen ihr nach. Das gewahrte Schorschl, und immer emsiger drosch er mit dem Hammer, so daß an seinem kräftigen Arm alle Muskeln spielten.
Die Glut des geschweißten Eisens drohte zu erlöschen, und Schorschl zwang die Zange wieder in die Esse hinüber. Während er den Blasbalg trat, umsäumte der Feuerschein seine ganze Gestalt, sein Haar und sein Gesicht mit roten Linien. Draußen vor dem Bogen des Tores dunkelte es immer mehr, und am fahlen Himmel zitterte schon mit blassem Schein der Abendstern.
Ob Schorschl die brennende Röte auf Vronis Wangen und den

Glanz ihrer staunenden Augen richtig deutete? Oder ob es ihm die eigene Arbeitsfreude auf die Lippen legte? »Gelt«, sagte er, »in der Schmieden is schön?«
»Ja, da gfallt's mir.«
»Möchtest net hausen herin?« Das fragte Schorschl lachend, in jener Art, in der man vom Wetter zu reden pflegt.
Im gleichen Ton antwortete Vroni: »Warum denn net? Der Schmied müßt halt an andrer sein.«
»No, wer weiß, vielleicht wird noch amal an andrer aus mir.«
»Wer's glaubt!«
»Du vielleicht net?«
»Na! Und so hab ich's net gmeint.«
»Ah so? An ganz andern meinst?« Schorschl hob die Zange auf den Amboß. »Freilich, ich weiß, viel halten tust net von mir!« sagte er, immer ein paar Worte nach jedem Hammerschlag einschiebend. »Kannst auch recht haben, daß die beste Schneid an mir schon Fransen kriegt hat. Grad so wie dein Beil! Aber der richtige Schmied, mein' ich, kunnt den Schaden vielleicht doch wieder ausgleichen.« Mit der Zange hielt er dem Mädel das rotglühende Eisen hin. »Schau! Da hat's wieder die schönste Schneid, dein Beil! Bloß härten muß ich's noch.« Er schob die Zange wieder in die Glut und zog den Blasbalg. »Ja, Vroni! Über mich müßt die richtige Schmiedin kommen.«
»Such dir s' halt!«
Er lachte. »Da fang ich mit'm Suchen gleich an. Tätst es net riskieren mit mir?«
»Na! Ich dank schön!«
»Geh, probier's!«
»Aufs Probieren laß ich mich net gern ein. Ich geh lieber sicher.«
»So heirat mich halt! Dös wär 's Allersicherste. Von dir ließ ich mir ebbes sagen.«
»Da weiß ich mir was Bessers.«
»Du bist aber heikel!«
»Für gewöhnlich net. Beim Heiraten schon.«
»Ja, hast recht! An neuen Hut, wann er ein' druckt, kann man fürs halbe Geld der Nachbarin aufhängen. Aber a Mann bleibt eim. Dös muß von Anfang gleich der Richtige sein.«
»Hätt gar net glaubt, daß d' so gscheit bist!«
»Freilich, mancher schaut dümmer aus, als er is.«

Da lachten sie alle beide, als wäre ihnen der harmlose Spaß nach Wunsch geraten. Dann schwiegen sie; und während Vroni, die von der strahlenden Wärme des Essenfeuers belästigt schien, mit der Hand über Stirn und Wangen fuhr, haschte Schorschl den Schnurrbart zwischen die Zähne und trat mit ungestümem Fuß die Stange des Blasbalges. Plötzlich riß er die Zange aus der Glut. »Herrgott, jetzt hätt ich den Stahl bald überhitzt!«
Vroni hatte die Ellbogen auf die Knie gelegt und blickte finster zum verlöschenden Glanz des Himmels und zu dem zitternden Gefunkel des immer heller brennenden Sternes auf. Schorschl stand vor dem Amboß; weil es in der Werkstatt schon dunkel war, mußte er Vroni den Rücken kehren, um die Helle des Essenfeuers für die Arbeit zu nützen. Grau zeichnete sich seine hohe, breitschulterige Mannsgestalt in den roten Schein. Unter achtsamen Schlägen gab er der Schneide des Beils mit einem kleinen Hammer die glatte Form. Dann tauchte er den glühenden Stahl in den mit schwarzem Wasser gefüllten Löschbottich, rasch und kurz, so daß es kaum zischte und nur ein kleines, rot beleuchtetes Dampfwölkchen aufstieg. Und als der nun äußerlich abgekühlte Stahl von innen heraus wieder matt zu glühen begann, versenkte Schorschl die Schneide langsam in das Ölbad. Er schien das Bedürfnis zu fühlen, dem Mädel diese Hantierung zu erklären. »Wann einer z'grob mit'm kalten Wasser kommt, dös kann den besten Stahl verderben.« Seine Stimme klang anders als früher. »Aber je feiner einer 's Öl braucht, so besser wird d' Schneid!« Vroni blickte auf und sah wieder zum Tor hinaus.
Der Spaten machte geringe Arbeit, eine kurze Glut und ein paar Streiche mit dem Hammer. Schorschl erledigte das, ohne ein Wort zu sagen. Diese Stille schien Vroni unbehaglich zu berühren; plötzlich fragte sie: »Daß du heut arbeitst? Wo is denn dein Gsell?«
»Den hab ich davongjagt in der Fruh.«
»Was? Warum denn?«
»Weil er a Lump is.«
Vroni wollte lachen. Bei dem funkelnden Blick, der sie aus Schorschls Augen traf, blieb ihr die Heiterkeit in der Kehle stecken. Nach einer Weile fragte sie gereizt: »Daß einer a Lump is, seit wann gfallt dir denn so ebbes nimmer?«
»Gar lang is's noch net her. Gestern, mein' ich, wär's noch anders gwesen.« Ruhig lehnte er den Spaten an den Türpfosten. »Soll ich dir 's Beil schleifen?«

Jähe Röte war über Vronis Wangen geflogen; nun schüttelte sie den Kopf und griff in die Tasche; sie mußte sich räuspern, ehe sie fragen konnte: »Was bin ich schuldig?«

»Nix. Is gern gschehen.«

Da fuhr sie auf, so grob, als hätte er ein böses Wort gesagt. »Du! Schenken laß ich mir nix!«

»Und ich verlang nix. Arbeit nach Feierabend mach ich bloß zur Rekrazion. Dös is kein Geschäft nimmer.«

»Und ich will nix gschenkt haben. Wann d' mir net sagst, was d' verdient hast, muß ich halt selber schätzen. Vier Mark kriegt einer, der ordentlich arbeit den ganzen Tag. Macht vierzg Pfennig d' Stund. Und dös halbe Stündl da? Bin ich dir halt zwanzg Pfennig schuldig.« Daß sie so genau rechnete, ärgerte ihn. »Billig machst es! Da kunnt a Schmied auskommen bei deiner Rechnerei! Der Stahl, meinst, kostet gleich gar nix?«

»Mehr als zwei Fünferl wird dös Bröckl net wert sein! Da hast deine dreißg Pfennig!« Vroni legte das Geld auf den Amboß, packte das Beil und den Spaten und schritt ohne Gruß zum Tor hinaus.

»So? So?« schrie Schorschl mit einer Stimme, die ihm kaum aus der Kehle wollte. »Da kauf ich mir jetzt grad an Schnaps dafür. Grad mit Fleiß!« Zornig nahm er das Geld und schob es in die Tasche. »Dürsten tut mich eh, daß mir einwendig alles wie Fuier is!« Wütend faßte er den Wasserzuber, füllte ihn aus dem Bottich und löschte mit einem Guß die Glut der Esse. Dann wusch er Gesicht und Hände. Darüber schien er seinen durstigen Vorsatz vergessen zu haben; aus einem Wandschrank nahm er seine C-Trompete und ging hinters Haus in den Garten. Hier saß er und spähte erwartungsvoll nach dem Weg, der zum Gehäng des laufenden Berges führte. Plötzlich hob er die Trompete an den Mund; aber sei es, daß ihm von der Kühle des Abends die Finger steif geworden, oder sei es, daß er die richtige ›Amboschur‹ nicht hatte – er mußte ein paarmal ansetzen, bevor er einen klaren, schönen Ton zuwege brachte. Und da blies er nun mit schmachtenden Klängen:

»Du, du liegst mir im Herzen,
Du, du liegst mir im Sinn,
Du, du machst mir viel Schmerzen,
Weißt nicht, wie gut ich dir bin.
Jaaa, jaaa ...«

Ohne das Lied bis ans Ende zu blasen, setzte Schorschl die Trompete ab und ließ sie zwischen den Knien baumeln. »Mir scheint gar, ich bin in dös Madl verliebt!« Er hatte in seinem ganzen Leben noch kein so dummes Gesicht gemacht wie jetzt, da diese Erkenntnis in ihm auftauchte. »Sakra! Da bin ich schön angrumpelt!« Langsam erhob er sich, kraute sich hinter den Ohren und seufzte tief. »Da schaut nix Guts net aussi!« Es befiel ihn die Versuchung, über sich selbst zu lachen. »Schorscherl, Schorscherl«, sagte er mit der Stimme der Bäckenmahm, »du bist a narrisches Luder!«
Langsam trat er ins Haus, kochte das Nachtmahl, und, auf dem Herd sitzend, löffelte er den Schmarren aus der Pfanne. Nachdem er im Hof an der Brunnenröhre getrunken hatte, schloß er Werkstatt und Haustür, zündete sein Pfeifl an und setzte sich in der dunklen Stube auf die Ofenbank. Bei jedem Paffer, den er vor sich hinblies, krabbelte ihm eine Sorge über den Rücken. Doch einem, der sich am Tage müd gearbeitet, erscheinen alle Sorgen um so leichter, je schwerer ihm die Glieder werden. Als die Glut in der Pfeife erloschen war, erhob sich der müde Daxenschmied, um sein Lager zu suchen. Kaum hatte er sich ausgestreckt, da fiel ihm der Schlaf über die Augen.

6

Weißer Reif schimmerte auf allen Wiesen des Berghanges, als Michel früh am Tag aus der Haustür trat, mit übernächtigen, müden Zügen. Beim Anblick der kleinen blinkenden Eisscheiben, die wie gläserne Augen aus dem erstarrten Schlamm hervorlugten, atmete er erleichtert auf. »Mathes!« rief er und klopfte an das Stubenfenster.

Hastig kam Mathes aus dem Flur gerannt. »Is ebbes passiert?«

»Na! Gfroren hat's in der Nacht! Da schau!«

Mathes bückte sich, drückte mit dem Finger eine der Eisscheiben ein und prüfte die Härte des Bodens. »Arg tief geht's net. Bloß oben hat's a bißl anzogen.« Er sah, wie es über das Gesicht des Vaters zuckte, und fügte mit raschen Worten bei: »Aber fester is der Boden doch wie gestern. Ja, ja, Vater, es wird kälter mit jeder Nacht. Ich mein', daß der richtige Frost bald einfallen sollt.«

»Kannst schon recht haben, Bub!« Nickend hob Michel die Augen zum Himmel. »Er hat mein Sprüchl halt doch verstanden!« Bei aller Hoffnung befiel ihn wieder eine neue Sorge. »Wann aber mit Gottes Willen der Boden gfriert und 's untrische Wasser möcht in d' Höh, so kann's ja nimmer durch, wann der Boden steinhart is? Und hast es doch ghört, daß die Kammissoni gsagt hat: 's untrische Wasser müßt wieder steigen, wann alles gut sein sollt?«

»Da tu dich net sorgen, Vater! Gfriert der Boden, so gfriert 's Wasser mit, und von die Wänd abi lauft kein neus Wasser nimmer zu.«

»Der liebe Gott soll's geben!« Schwer atmend strich der Simmerauer mit den Händen übers Haar. Im Flur wurden die beiden Kinder laut, und Vroni kam aus der Tür, mit dem Beil in der Hand. Ihr Gesicht hatte nicht die frischen Farben wie sonst, ein Schatten lag um ihre Augen. Aber sie nickte dem Vater lächelnd zu und deutete auf die gefrorenen Pfützen. »Gut, Vater, gut schaut's aus!« Sie ging zum Hackstock, um die Arbeit zu beginnen.

Der Simmerauer sah seine Tochter prüfend an; etwas an ihr schien ihm nicht zu gefallen. Doch ihn drückte noch was anderes, und das schien ihm wichtiger. »Komm«, sagte er zu Mathes, »speggalieren wir a bißl umanand, ob sich nix grührt hat in der Nacht.« Er ging seinem Buben voran in den Garten. An der Hausecke strich er zärtlich mit der Hand über die weiße Mauer und seufzte. Aufmerksam spähte er an den Wänden hinauf, dann über den Boden hin. Alles war unverändert. Nirgends in der Erde ein Riß oder eine Senkung. Der Balkenrost, den sie in angestrengter Arbeit am vergangenen Abend vollendet hatten, schien seine Schuldigkeit zu tun und den ganzen Grund um das Haus her fest zusammenzuhalten. Jetzt mußte nur der Verhau an der Böschung noch verstärkt und dichter verflochten werden. Am verwichenen Abend, während Vroni das Beil und den Spaten in die Schmiede getragen hatte, waren Michel und Mathes in den Wald gegangen, um die für das Flechtwerk nötigen Äste von den Bäumen zu schlagen; der ganze Haufen, den sie heimgebracht, lag im Hof, und Vroni putzte mit dem Beil die kleinen Zweige von den Ruten.
Als Mathes und der Alte im Garten waren, sah Michel über die Schulter, wie in Sorge, daß Mutter Katherl oder Vroni ihnen nachgegangen wäre. Dann sagte er leis: »Mathes? Hast nix ghört in der Nacht?«
»Heut net. Ich bin steinmüd gwesen und hab gschlafen. Warum?«
»Heut nacht hat's mir gar net gfallen. Kein Stündl hab ich gschlafen vor Angst. Wann halt doch ebbes passieren tät? Ich glaub's net. Na! Aber es müßt halt doch einer da sein, der d' Mutter weckt und die Kinderln packt. Und die ganze Nacht hat's allweil bröckelt in der Mauer drin. Im Fundament muß's gwesen sein. A bißl hat's allweil ausgsetzt, aber gleich hat's wieder angfangt. Erst wie's Tag worden is, hat's aufghört.«
»Aber geh, Vater«, sagte Mathes ruhig, »da hast dich anführen lassen in der Angst. D' Mauer is fest. Ich denk mir halt, daß d' Mäus unter die Bretter grabelt haben.«
»D' Mäus?« Im Gesicht des Alten kämpfte Sorge mit dem Wunsch, zu glauben. »D' Mäus? Ja, ja! Dös hätt ich mir selber schon gern eingredt, aber–«
»Schau, es hat ja doch aufghört, wie's Tag worden is. Geh, sorg dich net! Es is schon so. D' Mäus sind's gwesen.«
»Ja, ja! Möglich kunnt's schon sein. D' Mäus? Dös wär kein

schlechts Anzeichen net. Man sagt allweil: Eh a Haus fallt, ziehen d' Mäus aus. Ja, Mathes! Dös wär a Glück, wann d' Mäus noch allweil ihr Sicherheit haben. Da kann's doch so schlecht net stehn um unser Häusl?«

»Gott bewahr! Gut steht's, Vater! Komm, fangen wir 's Arbeiten wieder an!«

Während sie in den Hof zurückkehrten, spähte Mathes, der hinter dem Vater ging, mit Sorge über das Fundament der Mauer.

Vroni hatte schon einen Stoß geputzter Ruten neben sich aufgeschichtet.

»Brav, Vronerl!« sagte Michel. Er sah dem Mädel ins Gesicht. »Was is denn mit dir? So viel blasselen tust mir heut. Hast net schlafen können in der Nacht?«

»Aber ja!« Leichte Röte huschte über Vronis Wangen. »Fest hab ich gschlafen.«

»Oder wird dir d' Arbeit a bißl z'viel?«

»Mir? Na, Vater! So bald noch net.« Rascher schwang sie das Beil, wie um dem Vater zu beweisen, daß ihre Arme keine Spur von Müdigkeit empfänden.

Mathes, der dieses Gespräch gehört hatte, wandte sich ab und lächelte.

Mutter Katherl erschien unter der Haustür, und an ihr vorüber stürmten die beiden Kinder ins Freie. Trotz der ärmlichen Kleidung, die sie trugen, sahen sie proper aus. Dem Buben waren die feuchten Haare mit der Bürste glatt an den Kopf gestrichen, und dem Mädel stand ein kurzes fingerdickes Zöpfl steif vom Nacken weg. In den Händen hielten sie große Butterbrote, die zur Hälfte schon in den kleinen Schnäbeln verschwunden waren. Während der Bub sich auf die Erde kauerte, um eine der weißen Eisscheiben loszubrechen und als ›Zuckerl‹ auf das Butterbrot zu legen, hängte sich das Mädel an die blaue Leinwandhose des Großvaters. »Ahnlvater! Heut nacht hat mir ebbes träumt!« Das Kind grub die kleinen weißen Zähne in das Brot.

Michel beugte sich nieder. »Was denn, Jetterl? Verzähl mir's!«

»Feiertag is gwesen, und a schöne Musi haben wir ghört.«

»Wo is denn dö Musi gwesen? Drunt im Wirtshaus, gelt?«

Jetterl schüttelte das blonde Köpfl. »Na!« sagte sie und schluckte. »Gsehen hab ich s' net, dö Musi. Allweil hab ich in d' Höh auffischauen müssen, weil s' in die Lüft droben gwesen is, dö Musi.«

»Aber so was!« staunte Michel. »Du, Jetterl, da hast die lieben Engerln singen hören!«
Das Mädel machte ein ernstes Gesicht und besann sich. »Na! Gsungen haben s' net. Trumpeten haben s' blasen. Können denn die lieben Engerln Trumpeten blasen, sag?«
Beim Hackstock verstummten die Beilschläge, und Vroni blickte über die Schulter nach dem Kind.
»Aber gwiß!« beteuerte der Simmerauer. »Alle Instrumenter können s' blasen. Und Harpfen zupfen und Zithern schlagen. Aber verzähl, wie is denn nacher weiter gwesen?«
»So viel schön is gwesen, Ahnlvater! Soooo viel schön! Und zur Kirchen hat man gläut, und der Xandi hat sein neus Hösl anziehen dürfen und ich mein Röckerl, mein rots. Und auf Mittag hat's Dampfnudeln geben, hat mir träumt. Gelt, Ahnlvater, so a schöner Traum muß eintreffen?«
»Ja, mein Herzerl! Sei nur schön brav! Da kunnt's schon möglich sein, daß am Sonntag a bißl was eintrifft«, lächelnd kniff der Simmerauer das Mädel ins runde Kinn, »mit die Dampfnudeln, ja! Und du, Xanderl, komm her! Jetzt spazierts mitanand schön ummi in Purtschellerwald!«
»In Wald ummi? Na!« fiel das Bürschl dem Großvater in die Rede und strich die fetten Fingerchen, aus denen das Butterbrot verschwunden war, ein paarmal über das Höschen hin und her. »In Wald ummi mag ich nimmer.«
»Warum denn net?«
»Weil er so grantig is.«
»Was? Grantig? Der Wald?« fragte Michel, den bei diesem Kinderwort eine dunkle Sorge zu beschleichen schien.
»Ja! Gestern hat er gschrien. Ganz laut hat er gschrien. Du! Da bin ich derschrocken.«
»Aber geh, du Dapperl!« Dem Alten versagte fast die Stimme. »Der Wald kann doch net schreien.«
»Aber ja! Ganz a groß Maul hat er aufgrissen im Boden drin. Und gschrien hat er. Den Wald, den mag ich nimmer, na!«
Michel wußte kein Wort zu sagen. Dieses Schweigen schien Jetterl als einen Zweifel zu deuten, denn sie bestätigte: »Ja, Ahnlvater! So hat er's gemacht!« Sie sperrte das rosige Mäulchen auf, so weit sie konnte. Dann lachte sie. »Aber ich hab mich gar net gforchten. Bloß der Xandi! Weißt, der tut sich noch fürchten, weil er so a kleins

Büberl is.« Freilich, der Xandi war um ganze zehn Monate jünger als sie! »Ich hab mir halt denkt, daß er Hunger hat, der Wald, weil er sein' Schnabel so weit aufreißt.«
Der Simmerauer hatte die Arme um die beiden Blondköpfe gelegt und tauschte einen Blick mit Mutter Katherl, die leis zu ihm sagte: »Gelt! Allweil hab ich's schon gmeint: Der Wald is nimmer sicher. Laß mir die Kinder nimmer in Wald ummi!«
»Na! Kein Schrittl nimmer in Wald!«
»Ahnlvater?« fragte das Bürschl. »Dürfen wir net lieber die Zickizotterln hüten auf der Wiesen droben? So viel schön tut d' Sonn da droben scheinen.«
»Ja, mein Schatzerl, ja! Geh, Katherl, laß ihnen die Zickizotterln aus'm Stall! Ich muß zur Arbeit schauen.«
Mit lautem Jubel rannten die Kinder der Großmutter voran und verschwanden in der Stalltür. Kreischend kamen sie wieder zum Vorschein, jedes mit einer Ziege am Strickl, und das ging über den Hof und hulterdiwulter über die Wiese hinauf – bald zerrten die Kinder die beiden bockenden Ziegen hinter sich her, bald wieder schleiften die trippelnden Tiere ihre Hüter durch die Bodenfurchen, daß die zwei Knirpse unter Lachen einen Purzelbaum um den andern schlugen.
Der linde Sonnenschein kam über den Berghang heruntergeschlichen, schmolz den Reif von den welken Gräsern und ließ im auftauenden Schlamm die dünnen Eisscheiben langsam zerfließen.
Mutter Katherl schleppte die Ruten, die Vroni geputzt hatte, durch den Garten zum Verhau. Hier waren Michel und Mathes bei der Arbeit; der Alte hielt die hohen Pfosten fest, auf die der Bursche, der oben auf der Böschung stand, mit der Holzkeule losdrosch. Als die Balken eingeschlagen waren, kam Mathes herunter, und nun begannen sie, die Ruten durcheinanderzuflechten und die Hohlräume dahinter mit Steinen auszufüllen. Um den Vater abzulenken, begann Mathes über allerlei Dinge zu sprechen. Einmal, als er eine Weile geschwiegen hatte, fragte er unvermittelt: »Du? Vater? Neulich am Abend, wie ich beim Wagner unsere Axten stielen hab lassen, sind a paar Leut in der Werkstatt gwesen. Da haben s' so gredt mitanander. Vom Purtscheller.«
»Was denn?«
»Daß er schlecht wirtschaften tät und daß der Purtschellerhof nimmer stünd wie sonst. Is da ebbes dran, Vater?«

»Ah na! Weißt ja doch, wie d' Leut sind! Allweil reden s' mehr, wie s' verantwortigen können. So a gscheiter Mensch wie der Herr Purtscheller wird doch sein' Verstand beinand haben. Die unguten Leut sind ihm halt neidisch um sein Glück.« Michel bog eine Rute übers Knie, um sie geschmeidiger zu machen. »Aber ich vergunn's ihm. Schon der Linerl z'lieb!« Er begann die Rute einzuflechten. »Freilich, brauchen tut er viel. Aber ich kann mir doch net denken, daß a verstandsamer Mensch tiefer aus'm Hafen schöpft, als der Boden is. Oder es müßt einer so a narrischer Lüftikus sein wie der Daxen-Schorschl. So ebbes glaub ich net vom Herrn Purtscheller.« Michel griff nach einer neuen Rute. »Dem sein Haus und Hof steht fest. Unter dem lauft der Boden net davon. Eins, freilich, will mir net gfallen – «

»Was?«

»Daß er so gachzornig is, wie seine Dienstleut verzählen, und den ärgsten Unmut allweil an der Linerl auslaßt. Dös gfallt mir gar net. Hast ihn ja neulich reden hören. Krank, meint er, wär 's Linerl. Ja, mein! Kümmern tut sie sich halt! Dö hat so a Blümerlgmüt, so a feins, und vertragt halt söllene Schimpfereien net. Und allweil schlechter schaut s' aus. Tätst es schier gar nimmer kennen, ja!«

Mathes gab keine Antwort. Während er eine störrische Rute hinter den Pfosten preßte, fielen ihm ein paar rote Tropfen von der Hand. Das gewahrte der Simmerauer. »Hast dich grissen?«

»A bißl. An der Ruten.« Mathes schleuderte das Blut von der Hand und arbeitete weiter.

Immer höher stieg die Sonne.

Um zehn Uhr ging Mutter Katherl ins Haus und holte den Milchkrug. Das erste Glas, das sie einschenkte, reichte sie der Tochter. »Warum bist denn so stad heut? Was hast denn?«

»Ich? Was soll ich denn haben?« Vroni leerte das Glas. »Vergelts Gott!« Lächelnd nickte sie der Mutter zu und nahm die Arbeit wieder auf.

Als Katherl in den Garten zu den Männern ging, fuhr mitten in dieser sonnigen Luftstille ein sausender Windstoß über die Simmerau. »Was is denn?« fragte Michel. »Wo kommt denn der Wind so gahlings her?« Alle blickten zum blauen Himmel auf. Nun hörten sie über die Wiesen her, aus der Gegend des Purtschellerwaldes, ein klapperndes Rauschen, als wäre irgendwo ein riesiger Haufen Schindeln auseinandergefallen. Im gleichen Augenblick tönten von der

sonnigen Höhe herunter die schreienden Stimmen der Kinder: »Da schau! Der Wald! O jegerl! Der Wald lauft davon!« Mathes kletterte über den Verhau hinauf, Michel machte humpelnd einen Umweg, um die Böschung zu ersteigen, und Vroni kam aus dem Hof gerannt, während Mutter Katherl, die Milch verschüttend, ihrem Manne nachlief und im ersten Schreck das Gesicht bekreuzte.
Sie spähten nach dem Gehölz hinüber, und während ein zweiter Windstoß ihnen das Haar und die Kleider zauste, sahen sie, daß ein großes Stück des Waldes in gleitender Bewegung war. Die grünen Wipfel schwankten durcheinander, als wären die hundert Bäume betrunken. Und plötzlich war die grüne, laufende Waldscholle verschwunden; an ihrer Stelle dehnte sich ein brauner Fleck, als hätte eine unsichtbare Riesenfaust dieses Stück Wald wie ein Spielzeug in eine braune Holzschachtel eingestrichen und den Deckel zugeklappt.
Wieder tönte jenes prasselnde Rauschen und endete mit einem dumpfen, nachdröhnenden Schlag, wie er beim Sturz einer schweren Lawine zu hören ist. Dann war Stille.
Die vier Menschen standen mit erblaßten Gesichtern. Ihre ersten Blicke galten dem Haus und zugleich den Kindern. Das kleine Haus lag ruhig in der Sonne, und die beiden Kinder standen sorglos auf der Wiese und schwatzten.
Michel sprach das erste Wort. »Den Wald hat er schreien lassen, die unschuldigen Kinder hat er gwarnt. Da soll mir noch einer sagen, daß er auf seine Leut net Obacht gibt, der da droben!« Er faßte die Hand seines zitternden Weibes. »Tu dich net sorgen, Mutter! Der da droben hilft. Komm, gehn wir wieder an d' Arbeit!« Hand in Hand stiegen die beiden Alten über die Böschung hinunter.
Mathes stand noch immer auf dem gleichen Fleck. »Vroni!« sagte er und deutete mit dem Rutenmesser, das er in der Hand hielt. »Da is a schöner Brocken Purtschellergut ins Wasser abigrutscht. Dös druckt ihr wieder an Kummer auf d' Seel.«
Vroni nickte. Und wortlos kehrten die Geschwister in den Hof zurück.
Seit Wochen war es immer so gewesen: Wenn irgendwo auf dem Hang des laufenden Berges ein großer Brocken in Bewegung geraten war, hatten sie es auch in der Simmerau zu spüren bekommen. Daran dachten sie, und deshalb verloren sie den Kopf nicht, als es kam. Im Innern der Erde ein matter plumpsender Hall. Dann rann

ein Zittern durch den Grund, auf dem sie standen. »Mutter!« stammelte der Simmerauer, umklammerte den Arm seines Weibes und schrie: »Die Kuh is unter Dach!«
Vroni und Mathes warfen die Werkzeuge weg und rannten zur Stalltür: »Bleib draußen!« keuchte Mathes, stieß die Schwester mit der Faust von der Tür zurück und sprang in den matt erhellten Raum. Brüllend zerrte die Kuh an der Kette; Mathes konnte die Ringe nicht lösen. Von der niederen Decke fiel ihm Mörtel auf den Kopf, während er mit Anspannung aller Kraft den eisernen Bolzen, an dem die Kette hing, aus dem Futterbarren riß. Schnaubend, mit gestrecktem Schweif, die klirrende Kette schleifend, galoppierte das befreite Tier zum Stall hinaus und tollte in bockenden Sprüngen über die Wiese.
Mathes taumelte, als er über die Schwelle ins Freie sprang; wieder schwankte der Boden. Krachend zersplitterte ein Riegel des den Grund durchziehenden Balkenrostes, und während sich die beiden Stümpfe aus dem Boden hoben, kam die ganze Erde rings um das Haus und um die Scheune her in träge Bewegung. Ein paar schwere Steine rollten vom Schindeldach herunter, und gackernd flogen überall die Hühner auf.
»Zu mir her!« kreischte Michel mit bleichen Lippen. Als Mathes und Vroni bei ihm standen, wurde er ruhiger. In diesem Augenblick des Schweigens konnte man hören, daß die beiden Kleinen auf der Wiese droben lustig sangen.
Mutter Katherl klagte: »Jesus Maria! Jesus Maria!«
»Macht nix!« stammelte der Simmerauer. »Es is net 's erstemal. Nur net verzagen! Und auffischreien, daß er uns hören muß!« Er faltete die Hände, hob sie über den Kopf empor und schrie: »Allgütiger du im Himmel! Tu net auslassen!«
Ein zweiter Balken des Rostes sprang und bäumte sich knirschend. Aus dem Garten scholl ein schwerer dumpfer Klatsch; Schlamm und Wasser spritzten in dicken Strahlen von der Böschung über den Hofraum. Dann war alles wieder ruhig. Nur ein paar losgewordene Schindeln glitten mit leisem Rascheln über das Dach herunter.
»Allweil steht's noch, unser Häusl! Er hat schon wieder gholfen. Auf den is Verlaß!« sagte Michel und wischte sich den Schlamm ab, der ihm ins Gesicht gespritzt war. »Wenn unt drin a Loch is, freilich, da muß ebbes abifallen. Dös kann er selber net anders machen. Aber oben halt er fest. Da laßt er net aus.« Während Vroni die Mutter, der

vor Schreck völlig übel war, zu einem Holzblock führte, wollte Mathes in den Garten, um bei der Böschung nachzusehen. Michel hielt ihn am Ärmel fest. »Z'erst a Vergelts Gott sagen, Mathes! Er hat's verdient um uns.« Mit lauten Stimmen sprachen sie ein Vaterunser und den Glauben an Gott. »So! Und jetzt speggalieren wir, wie's ausschaut! Viel is net passiert. Und du, Vronerl, sei so gut, lauf auffi und schau, was die kleinen Hascherln machen!«

»Dö singen ja, Vater!« sagte Vroni. Man merkte es an ihrer Stimme, daß ihr das Herz bis an den Hals herauf schlug. »Hörst es net?«

Der Simmerauer lauschte. Obwohl sein Gesicht so weiß wie Kalk war, glitt ihm doch ein Lächeln über den farblosen Mund. »Dö singen! Gott sei Dank! Dö haben wieder gar nix gmerkt.«

Während Michel mit Vroni und Mathes im Hof umherging, um den Schaden zu besehen, den der Erdrutsch angerichtet hatte, las Mutter Katherl die Scherben des Milchkruges auf, den sie im Schreck hatte fallen lassen. »Jetzt is der auch hin! Der schöne Krug!«

Das erregte Gackern der Hühner begann zu verstummen, und über dem Rand der Böschung erschien die Kuh mit der baumelnden Kette. Sie brummte ihren tiefsten Ton, sah mit großen Glotzaugen über Haus und Garten nieder und ließ in wiedergefundener Seelenruhe die zottige Schweifquaste pendeln.

Im Hofe fand der Simmerauer den halben Balkenrost aus den Fugen getrieben und verschoben; neben den zwei zersplitterten Balken waren ein paar andere krumm gebogen und fast geknickt. »Macht nix! Den Schaden haben wir in zwei, drei Tag wieder gutgmacht. Gelt, Kinder, helfen wir halt wieder ordentlich zamm!«

»Ja, Vater!« sagte Vroni, während Mathes schweigend nickte. Nun gingen sie hinter das Haus und zur Böschung. Da sah es noch schlimmer aus. Ein Wust von Erde und Felsbrocken war über den Garten niedergebrochen und hatte den schweren Verhau zu Boden gedrückt wie ein Kartenblatt. »Müssen wir halt an andern machen! Zeit haben wir ja. Acht Tag, mein ich, gibt er jetzt wieder an Fried, der Berg.« Als Michel die Bruchstelle näher untersuchte, gewahrte er neben dem Haufen des niedergebrochenen Schuttes einen schmalen, frischen Erdstreif, der sich wie ein Band am Fuß der unversehrt gebliebenen Böschung entlangzog. Diese Entdeckung brachte den Alten aus seiner vertrauenden Ruhe. Mit den gespreizten Fingern maß er die Breite des Bandes und sagte: »An halben Schuh sitzen wir wieder tiefer drunt!« Schwer atmend richtete er sich auf und fuhr mit

den Fingern ins Gesicht, als hätte er Haare vor den Augen. »Mathes! Da müssen wir uns tummeln, daß wir den Verhack wieder in d' Höh bringen. Sonst rutscht uns bald a fester Brocken über'n Garten eini. Fangen wir gleich an! Geh, Madl, hol mir d' Axt!«
Vroni lief gegen den Hof; mit ersticktem Schrei blieb sie stehen und starrte auf die Rückwand des Hauses.
Michel und Mathes blickten auf. »Was is denn?«
»Vater! Da schau! Unser Haus!«
Die beiden kamen gelaufen und sahen, daß neben Vronis Kammerfenster ein im Zickzack verlaufender Riß die Mauer von der Erde bis über die Fensterhöhe durchzog. Mathes nickte wortlos vor sich hin. Während der Simmerauer die zitternden Hände nach der weißen Mauer streckte und an den Rändern des entzweigerissenen Mörtels umhertastete, sagte er: »Mathes! Da hast jetzt deine Mäus!«
»Aber geh! Wegen dem bißl Riß! Deswegen brauchst dich net sorgen! So was passiert in alte Häuser oft.«
»Net so laut«, fiel Vroni flüsternd ein, »damit's d' Mutter net hört!«
»Erfahren muß sie's alleweil!« sagte der Simmerauer; aber auch er dämpfte die Stimme. »Kannst ja heut in der Nacht nimmer schlafen in deiner Kammer. Mußt dich wohl in d' Stuben ummi legen. Dös kann net gschehen, ohne daß d' Mutter ebbes merkt davon.« Wieder starrte er die Mauer an, atmete schwer und fragte: »Was meinst, Mathes?«
»Daß der Riß kein neuer is! Der kann schon lang in der Mauer gsteckt sein und hat dem Häusl gar nix gschadt. Jetzt, freilich, bei dem bißl Rumpler hat halt auswendig der Mörtl auch nachgeben.« Mathes begann den Schaden genau zu untersuchen. »Es is schon so! An alter Riß! Vater, da kannst dich verlassen drauf! Als Maurer muß ich so ebbes verstehn!«
»Ja, ja! Da muß ich's glauben.« Michel wandte sich zu Vroni. »So a Glück, daß der Mathes d' Maurerei glernt hat! Jetzt kann er uns helfen. Meiner Seel, ich wüßt mir jetzt kein' Rat net. Und gschehen muß doch ebbes. So kann man doch dö arme Mauer net stehn lassen. Was meinst denn, Bub?«
Mathes hatte seine Meinung schon fertig: Der schlechte Mörtel wird abgeschlagen, mit eisernen Schlaudern wird der ›alte‹ Riß zusammengezogen, und über alles wird ein neuer Verputz gelegt.
»Dös mach ich so fein, Vater, als ob in der Mauer nie a Schaden net gwesen wär.«

»Vergelts Gott, Bub!« nickte Michel. »Aber der Fleck, freilich, der bleibt! So schön und sauber schaut sich d' Mauer nimmer an wie sonst.«
»Aber na, Vater! Da tu ich die ganze Wandseiten überweißen, und morgen, bis der Kalch auftrücknet, merkst kein Fleckl nimmer. Wie der Schnee muß sich d' Mauer anschauen!« Mathes zog den Maßstab hervor, den er in der Tasche trug, und nahm an der Mauer die Maße ab. »Vier eiserne Schlauderbänder brauchen wir, anderthalb Meter, und vier gsunde Schrauben dazu, jede an halben Meter lang, mit feste Muttern.«
»Mit feste Muttern, ja!« wiederholte der Simmerauer. »Was Mutter heißt, is allweil ebbes Guts. Fangen wir nur gleich an! 's Häusl is d' Hauptsach. Da muß der Hof und der Garten zruckstehn. Ich rühr derweil an Kalch ein. Du, Mathes, packst d' Mauer an. Und 's Madl lauft zum Schmied abi und laßt die Schlaudern machen. Hast dir's Maß ordentlich gmerkt. Vronerl?«
»Gnau, Vater!«
»So lauf, Madl, lauf, was d' laufen kannst!«
Vroni rannte; schon nach wenigen Sprüngen hielt sie wieder inne. Das Gesicht von heißer Röte übergossen, sah sie ratlos den Vater an. Der Simmerauer meinte diesen Blick zu verstehen. »Grad hab ich mir's selber denkt. A starks Madl bist freilich. Aber so viel Eisen kannst net auffischleppen über den ganzen Berg.«
Vroni senkte die Augen. Da sagte Mathes: »Ja, Vater, laß mich abi!« Als er an Vroni vorüberging, legte er die Hand auf ihre Schulter und flüsterte: »Hast recht! Denk an unser Schwester!« Vroni schien ein trotziges Wort auf der Zunge zu haben; doch als ihre Augen dem ernsten Blick des Bruders begegneten, nickte sie und schwieg.
Ohne Hut und Joppe, barfuß, eilte Mathes davon, während ihm der Vater nachrief: »Vergiß net: recht feste Muttern! Wann d' Mutter net gut is, taugt die ganze Schrauben nix!« Nach dieser Mahnung fiel dem Alten eine neue Sorge aufs Herz. »Mar' und Josef! Zu so was ghört a richtiger Schmied. Auf so an Lüftikus wie der Daxen-Schorschl is kein Verlaß.«
»Sorg dich net, Vater!« sagte Vroni erregt. »Soviel hab ich gestern gmerkt: Sei' Sach versteht er, der Schorschl, wann er mag.« Dann richtete sie sich auf. »Weis mir d' Arbeit zu! Wo fangen wir denn an?«
»Komm, hilf mir die Kalkgrub aufdecken!«

Als sie durch den Hof gingen, blickte Michel über das Gehäng hinunter. »Schau nur! Den halben Berg is er schon drunt!« Der väterliche Stolz hauchte dem Alten ein bißchen Farbe über das erschöpfte Gesicht. »Ja, mein Mathes! Der is gut schicken, wann's pressiert. Auf den is Verlaß.«

Wer gemächlich ging, hatte von der Simmerau bis ins Dorf hinunter eine halbe Stunde zu marschieren. Der Mathes brauchte keine zehn Minuten. Freilich, als er aus dem letzten Wäldchen auf die Talwiesen heraustrat, war er so atemlos, daß er ein paar Augenblicke rasten mußte. Gerade gegenüber, auf dem anderen Ufer des Baches, lag der stolze Purtschellerhof, an dem die Dorfstraße vorüberführte. Mathes hing, solang er rastete, mit spähenden Augen an dem stattlichen Haus. Dann trocknete er mit dem Handrücken die nasse Stirn und wandte sich ab. Er folgte der Straße nicht, obwohl sie der nächste Weg zur Schmiede gewesen wäre, sondern schwang sich über die Gartenzäune und eilte hinter den Häusern an den Hecken entlang. Schließlich fand er einen Fußpfad, der in der Nähe der Schmiede auf den Marktplatz mündete. Schon wollte er auf die Straße treten. Erschrocken fuhr er zurück und verbarg sich hinter den halbentlaubten Büschen.

Draußen auf der Straße ging die Purtschellerin vorüber, mit ihrem Bübchen plaudernd, das sie auf den Armen trug.

Mathes regte sich nicht. Seine Hände waren zu Fäusten geballt. Als läge ein drückender Stein auf seiner Brust, so beklommen atmete er. Nun war sie vorüber.

Hastig trat Mathes auf die Straße hinaus. »Karlin!« rief er mit heiserer Stimme, und erblaßte, als sie das Gesicht wandte.

Sie war schon an die fünfzig Schritte von ihm entfernt.

Dennoch erkannte sie ihn gleich! »Mathes! Du! Grüß dich Gott!« Sie wollte zurückkommen.

Da rief er: »Ich hab net Zeit! Bloß sagen will ich dir, daß der Purtscheller im Wald droben nachschauen soll. Der Berg hat a bißl ebbes umgworfen. Dös hab ich dir sagen müssen! Pfüet dich Gott wieder! Pfüet dich Gott, Linerl!«

»Aber Mathes! Mathes!«

Er hörte nicht.

Karlin schüttelte verwundert den Kopf, und während sie ihm nachblickte, schien sie gar nicht zu fühlen, daß ihr das Kind mit zausenden Händen die Zöpfe fast von der Stirne riß.

7

In der Schmiede klangen die Hammerschläge. Schorschl stand vor dem Amboß und hämmerte wütend auf ein glühendes Hufeisen los. Dann tauchte er das noch rote Eisen in den Kühlbottich, daß zischend der Dampf aufging, und ließ es aus der Zange zu Boden fallen, wo schon ein paar Dutzend auf einem Häufl beisammen lagen. Nun besann er sich, als wüßte er nicht, was er weiter beginnen sollte. Noch ein Hufeisen schmieden? Er mußte die Eisenstangen sparen; gar viele hatte er nimmer in der Ecke stehen, und der Vorrat an Hufeisen, der da am Boden lag, reichte für einen Monat und drüber. Früh am Tage hatte er begonnen, hatte Hufeisen um Hufeisen geschmiedet, nur um die Zeit hinzubringen, bis andere Arbeit käme. Die ließ auf sich warten. Nur der Schneider war gekommen, um seine vierunddreißig Mark zu fordern, und Schorschl hatte seine ganze Überredungskunst aufwenden müssen, um den Ungeduldigen zu vertrösten. »Herrgott! 's Bravsein macht ein' schwitzen!« brummte er, als der Meister Schneider glücklich wieder zum Tor draußen war.

Ein paar Leute waren unter das Tor getreten und hatten dem Daxenschmied eine Weile ungläubig bei der Arbeit zugesehen, um lachend wieder davonzustapfen. Niemand hatte Arbeit gebracht. Auch der Bauer, dessen Leiterwagen Schorschl tags zuvor beschlagen hatte, war ausgeblieben. »Der Tropf! Und so fest hat er mir Arbeit zugsagt!«

Auf dem Amboßblock lag noch ein Stück Eisenstange, das knapp für ein Hufeisen reichen konnte. Das nahm er in die Zange. »Machen wir halt noch eins!« Er bohrte das Eisen in die Essenglut. Ingrimmig begann er den Blasbalg zu treten. Da lachte er und griff in die Hosentasche. Achtsam rollte er ein geschwärztes Stück Zeitungspapier auseinander, in das die dreißig Pfennige eingewickelt waren, die ihm Vroni auf den Amboß gelegt hatte. Immer wieder schob er mit dem rußigen Finger die paar Nickel durcheinander und blinzelte sie mit vergnügten Augen an. »Die heb ich mir auf. Wart nur, du!« Sorgfältig rollte er das Papier wieder zusammen. Da trat Mathes in die Werkstätte, schwer atmend und wortlos. Schorschl fragte verwundert: »Du, Mathes? Was willst denn?«

»Pressante Arbeit hätt ich.«

»Arbeit bringst mir?« Schorschl lachte, daß in seinem rußfleckigen Gesicht die Zähne blinkten. »Gestern d' Vroni und heut wieder du! Ah, da schau! Jetzt sind gar die Simmerauer Leut mei' beste Kundschaft.« Flink nahm er die Zange aus der Esse und ging auf Mathes zu. »Was brauchst?«

»Schlaudern. Die Schrauben mit feste Muttern!« Mathes nannte die Maße.

»Schlaudern?« Schorschl erschrak. »Is am Häusl ebbes passiert?«

»Ah na!«

»Aber red doch a bißl! Wie steht's droben?«

»Net schlechter, als wie's sein kann. Dem Vater z'lieb denk ich, daß wir uns durchschlagen über'n Winter.«

»Aber im Fruhjahr?«

»Da wird er harte Zeit haben, der Vater. Aber fang lieber d' Arbeit an! Es pressiert.«

Schorschl holte von seinem kleinen Eisenvorrat nach langem Wählen aus der Ecke hervor, was er nötig hatte. Mathes prüfte die Stangen. »Vergelts Gott! Ich merk: 's beste Eisen hast ausgsucht.« Rührig begann Schorschl die Arbeit, und Mathes, der nicht müßig stehen konnte, half mit. Während sie, um die Gewinde in die Eisenstangen zu schneiden, am Schraubstock standen und zu zweit an den langen Hebeln der Schneidkluppe zogen, versuchte Schorschl die Rede auf Vroni zu bringen. Aber da wußte Mathes, der sonst mit Worten so sparsam war, immer von anderen Dingen zu schwatzen. Schließlich stellte Schorschl verdrossen das Fragen ein und ließ den heißen Unmut, der in ihm rumorte, an der Arbeit verdampfen.

Als die Mittagsglocke geläutet wurde, fragte Mathes: »Mußt Mahlzeit halten?«

Schorschl schüttelte den Kopf. »Mich hungert net.«

Zwei Stunden später war die Arbeit fertig. Die Schrauben hatten Muttern wie Fäuste so groß.

»Bist z'frieden, Mathes?«

»Besser hätt's keiner gmacht. Wieviel bin ich schuldig?«
Schorschl wollte keinen Preis sagen. »Was meinst denn, daß ich verdient hab?«
»No, mit'm Eisen schätz ich acht Mark.«
»Sagen wir fünfe! Is eh schon viel.«
»Geh, da zahlst ja drauf.«
»Gott bewahr, da verdien ich.«
»No also, vergelts Gott halt! Aber zahlen muß ich an andersmal. Ich bin gahlings droben fortgrennt und hab nix bei mir.«
»Bist mir ja gut. Pfüet dich Gott! Und grüß mir – « Schorschl stockte. »Grüß mir deine Leut!«
»Ja.« Mathes lud die schweren Stangen auf seine Schultern und verließ die Werkstätte.
Langsam trat Schorschl unter das Tor und sah ihm nach. »Gleich gar net reden hat er mögen von der Vroni. Schorscherl, Schorscherl! Da schaut's schlecht aus.« Mit diesem Stoßseufzer ging er ins Haus, um das versäumte Mittagsmahl nachzuholen. Bei seinen sorgenvollen Gedanken hatte er wenig acht auf die Kocherei und ließ den Schmarren anbrennen. Weil er ein zweites Mal nicht kochen wollte, mußte er sich mit einem Rinken Brot begnügen. »Wann net bald Arbeit kommt, muß ich mich eh ans Brotbeißen gewöhnen.« Er kehrte in die Werkstatt zurück. »Herrgott! Herrgott! Wo nimm ich denn 's Geld her?«
Da schien ihm der Zufall – oder war's der liebe Gott, den er angerufen hatte? – einen Fingerzeig zu geben. Er hörte Hufschlag, und als er unter das Tor sprang, gewahrte er den Purtscheller, der seinen Traber am Zügel in den Hof der Schmiede führte. »Der Purtscheller! Meiner Seel! Den hau ich drum an. Ich glaub, der gibt mir's.« In diese freudige Hoffnung mischte sich gerechtes Staunen über den Anblick, den Purtscheller mit seinem Traberzeugl bot. Um zehn Uhr vormittags war der flotte Herr gar stolz und hoheitsvoll auf seinem rot lackierten Gig zum Dorf hinausgeradelt. Und wie kam er zurück! Auf Schustersrappen, den Bräunl am Zügel führend. Mann, Pferd und Wagen über und über mit grauem Kot bespritzt! Galliger Ärger redete aus Purtschellers gerötetem Gesicht, während er den Bräunl gegen die Schmiede zerrte. Es war ein schönes, edles Tier. Jetzt ließ es trauernd den Kopf hängen, hinkte mit einem Vorderfuß, und immer wieder schauerte ihm das Fell, dessen brauner Metallglanz unter Kot und eingetrockneten Schaumflocken erlo-

schen war. Bei dem Mitleid, das Schorschl mit dem übel zugerichteten Tier empfand, vergaß er den Gedanken, der bei Purtschellers Anblick in ihm aufgestiegen war. »Um Gotts willen? Was hat denn der Bräunl?«
»Hol's der Teufel, ich weiß selber net!« murrte Purtscheller. »A halbs Stündl vorm Ort draußen hat er auf amal auslassen. Alteriert hab ich mich, daß mir völlig schlecht is. Bei mir schlagt sich alles gleich auf'n Magen.« Er trat einen Schritt zurück und betrachtete das Pferd. »Wann mir dö Lumpen den Gaul ruiniert haben, weiß ich nimmer, was ich anfang. Der Gaul is mir lieber wie alles, was ich hab.«
»Aber! Geh! So was sollten S' doch net sagen!«
Wieder musterte Purtscheller das Pferd. »Ich kann mir nix anders denken, als daß der Gaul in der Stadt vernagelt worden is, wie ich ihn bschlagen hab lassen.«
»In der Stadt waren S'? Mit 'm Bräunl? Seit zehne vormittags?«
Trotz Ärger und Sorge erwachte in Purtscheller der Stolz. »Ja! Und hab mich noch anderhalb Stunden drin aufghalten.«
»Sechzg Kilometer bergauf und ab! In dritthalb Stund!«
Der Vorwurf, der aus Schorschls Worten klang, trieb dem Purtscheller-Toni das Blut noch dunkler ins Gesicht. »Du Narr!« schrie er. »Was versteht denn so einer wie du von der Sportssach! Hast denn du an Idee, was a richtiger Traber hergeben kann, wann er in guter Kondition is? Statt daß so dalket daherredst, schau lieber nach, wo der falsche Nagel steckt!«
»Ich weiß eh schon, wo's fehlt!« brummte Schorschl, streichelte das Pferd an den Nüstern und hob ihm den Huf des lahmen Fußes auf.
Draußen auf der Straße ging der Buchbinder vorüber, der neben seinem Geschäft im Dorf auch die Agentur der Lebens- und Feuerversicherung führte. Als er den Purtscheller sah, kam er näher und zog höflich den Hut. »A Wörtl, Herr Purtscheller!«
»Was is denn schon wieder?« fuhr Purtscheller auf. »Hab dir's doch neulich schon gsagt: Ich laß mein Leben net versichern. So bald denk ich noch net ans Sterben.«
»Gott behüt's! Aber nix für ungut, ich hab Ihnen bloß erinnern wollen: Am ersten Oktober haben S' auf d' Feuerbolizzen vergessen.«
»Was? Ich? Der Purtscheller? Vergessen? Der Purtscheller vergißt nix. Aber z'dumm wird's mir endlich. Die ganze Ausrauberei! So

viel Jahr zahl ich den schauderhaften Brocken hin, und nie hat man was davon.« Nun schien er doch zu merken, daß er im Zorn ein paar unverständige Worte gesagt hatte. »Meinetwegen also, bloß daß ich an Fried hab, ich schick dir morgen den Bettel ummi.« Ohne sich weiter um den Mann zu kümmern, wandte sich Purtscheller zu Schorschl. »No also, wo fehlt's?«

»Der Gaul is in Ordnung bschlagen«, erwiderte Schorschl, während er dem Pferde den Nacken tätschelte, »aber z'viel verlangt haben S' vom Bräunl.«

An Purtschellers Schläfen schwollen die Adern. »Du bist wohl verruckt?«

»Na!« sagte Schorschl ruhig. »Schauen S', daß der arme Gaul heim in Stall kommt und in warme Decken. Der is knapp am Lungenschlag vorbeigrutscht. Oder er kriegt noch an Treff.«

»Was? Verstehn tust nix! Und verrufen willst mir mein' Gaul auch noch?« schrie Purtscheller. Ein Unwetter von Schimpfworten hagelte über den Kopf des Daxen-Schorschl nieder.

Der suchte den Jähzornigen zu beschwichtigen. Als Purtscheller die Sache gar zu grob machte, rührte sich in Schorschl das Blut. »Sie, Herr Purtscheller!« Seine Stimme klang noch immer ruhig, aber es blitzte drohend in seinen Augen. »Jetzt hab ich's gnug. Söllene Sachen laß ich mir net sagen. Haltens S' a bißl zruck, oder – «

»Oder was?«

»Oder ich kunnt mein Hausrecht brauchen.«

Purtscheller bekam bleiche Lippen. »So traust dich du mit mir z' reden? Paß auf! Eh ich dir wieder an Arbeit gib, kannst dir d' Finger abschlecken!«

»Dö sind mir net süß gnug.«

Purtscheller packte den Zaum seines Pferdes. »Komm, Bräunl, oder die Gall bringt mich um!«

Breitspurig, mit den Fäusten auf dem Rücken, stand Schorschl inmitten seines Hofes und blickte dem Abziehenden nach. Sein Groll über Purtschellers böse Worte war schon wieder verraucht, vergessen über dem Erbarmen, das er für das mühsam schleichende Tier empfand. »Arms Rösserl!« Dann dachte er wieder an sich selbst. »O du heiliger Schnupftabak! Dös Gsicht hätt ich sehen mögen, wann ich den jetzt anpumpt hätt!«

Purtscheller war schon um die Ecke herum, aber noch immer schalt er vor sich hin, während er den Bräunl, dessen hinkender Gang

immer langsamer wurde, am Zügel hinter sich herzog. »Es is wahr, a bißl viel hab ich verlangt von ihm.« Bei diesem Zugeständnis erwachte in Purtscheller die Sorge. Seufzend betrachtete er das Pferd. »Es is net so arg. Ich glaub's net. So a kerngsunds Roß! Ah na, so was gibt's net.« Da fiel ihm der Schloßbräu in der Stadt ein, der ihm aus Sportneid die Hypothek gekündigt hatte. »Wie der lachen möcht, wann der Bräunl beim nächsten Rennen net starten kunnt!« Schmeichelnd legte Purtscheller die Wange an des Kopf des Pferdes. »Gelt, na, Bräunerl? So ebbes tust deim Herrerl net an! Komm, schauen wir, daß wir ins Stallerl heimfinden! Da sollst es schön warm kriegen! Und a guts Schnapserl aufs Naserl!«
Als er das Pferd endlich in den Hof brachte, mußten die Knechte alle Arbeit liegen lassen, um sich dem Bräunl zu widmen.
»Wo bleibt denn der Altknecht?«
Den hätte die Purtschellerin fortgeschickt, hieß es.
»Natürlich! Wieder amal! So geht's allweil! Wann ich meine Leut brauch, müssen s' Gott weiß wo umanand rennen und Weiberbotschaften austragen.« Als Purtscheller das sagte, ging Zäzil über den Hof. »He! Zäzil! Komm her und hilf mit, den Bräunl frottieren!«
Getrennt von den anderen Pferden, hatte der Bräunl einen eigenen, sportmäßig eingerichteten Stall, über dessen Raufe auf einem Messingschild der Name prangte: ›Herzbinkerl‹.
Während Zäzil und die Knechte das Frottieren begannen, eilte Purtscheller zum Haus, um für Bräunl das ›Schnapserl‹ zu holen. Unter der Tür trat ihm Karlin entgegen, erregt, mit blassem Gesicht. »Grüß dich Gott, Toni!«
Er wollte an ihr vorüber.
Sie haschte seine Hand. »Sei net bös, Toni, daß ich dir was Unguts sagen muß! In unserem Wald droben –«
»Jesses! Laß mich in Ruh! Mir brummt eh der Schädel! Mein Bräunl hat an kalten Schnaufer erwischt. Wo is denn die Kognakflaschen? Mach weiter, hol mir s' abi!« Er eilte in den Stall zurück. Schmeichelnd kraute er dem zitternden Pferd die Ohren. »Ja, mein Herzbinkerl, gleich sollst dein Schnapserl kriegen!« Als Karlin nach einer Minute nicht da war, wurde er ärgerlich. »Wo bleibt denn dös Weiberleut?« Er rannte wieder aus dem Stall. Da kam ihm Karlin mit der Flasche entgegen, ganz atemlos. Nun fiel ihm doch ihr verstörtes Gesicht auf. »Meinetwegen, so red halt! Was is denn mit'm Wald?«
»Vom Mathes hab ich's ghört«, stammelte sie, »der Berg soll sich

wieder grührt haben, und da hab ich gleich den Altknecht auffigschickt zum nachschauen.«
»No also! Da is ja eh alles in Ordnung.«
»Aber Toni! Drei Stund, und der Knecht is noch allweil net daheim!«
»Weil er an alter Trenzer is! Was soll den passiert sein? A paar Bäum wird's halt wieder gworfen haben.«
Purtscheller wollte im Stall verschwinden, als ihm Karlin zögernd nachrief: »Toni! Der alte Rufel is da. Er wartet schon seit Mittag und sagt, du hättest ihn bestellt.«
»Was? Mit dem soll ich heut auch noch reden? Himmelkreuzteufel, heut kommt mir aber schon alles über'n Hals! Warten soll er! Der hat Zeit. Wann ihm 's Hosenschnorren lieber is, als daß er mit mir a Gschäft macht, meintwegen, so soll er wieder abfahren!«
Purtscheller trat in den Stall, und weil ihm Zäzil im Wege stand, schob er sie beiseite und kniff sie so derb in den runden, nackten Arm, daß sie kichernd aufkreischte: »Aber Herr! Glauben S', mein Arm is a Brotwecken? Lassen S' mich in Ruh! Zwicken S' Ihr Frau!«
Das hörte Karlin, und Zornröte flammte über ihre abgehärmten Züge. Sie machte einen Schritt, als wollte sie in den Stall treten. Dann schüttelte sie den Kopf, strich die losen Härchen hinters Ohr und ging ins Haus. Als sie droben die Wohnstube betrat, hatte sie ihre Ruhe wiedergefunden. Der Tisch war gedeckt, die offene Weinflasche stand bereit. Auf einem Sessel, mitten im Zimmer, saß der alte Rufel, mit dem Hakenstock zwischen den Knien; aus der einen Tasche seines Rockes, der bis zum Boden reichte, hing ein Zipfel seines roten Sacktuches heraus, aus der anderen die abgegriffene Schlappmütze; seinen Zwerchsack hatte er drunten im Flur unter die Treppe geschoben. Als die junge Frau eintrat, strich er mit der runzeligen Hand über sein glattrasiertes Faltengesicht, aus welchem gutmütige Offenheit und mißtrauische Vorsicht, ruhiger Ernst und wachsame Schlauheit in seltsamer Mischung redeten.
»Jetzt is er heimkommen!« sagte Karlin leise, weil im Nebenzimmer der kleine Tonerl sein Mittagsschläfchen hielt. »Gedulden S' Ihnen noch a bißl, er wird gleich da sein.«
»Es eilt nix, meine liebe Frau Purtschellerin.«
Auch in Rufels Art zu reden lag ein Widerspruch; er gab sich Mühe, den Dialekt der Bauern zu sprechen, doch der jüdische Jargon schlug immer durch.

Karlin nahm ihre Häkelarbeit aus der Fensternische und setzte sich an den Tisch. Nach einer Weile fragte sie: »Haben S' allweil gute Gschäften gmacht in der letzten Zeit?«
»Es geht. Aber ich weiß Zeiten, die besser waren. Und nix für ungut, Sie sind e Bäuerin, liebe Frau, aber mit die Bauern is hart Geschäft machen!« Rufel lachte. »Püh! Die sennen schlauer wie der Jud!«
Das hatte er so drollig gesagt, daß auch Karlin lächeln mußte. »Aber Rufel! Wann dös die Bauern hören möchten!«
»Hab ich's ihnen doch schon oft genug ins Gesicht gesagt! Hat der Bauer en Handel gemacht, und der Vorteil is auf seiner Seit, so laßt er mich reden, was ich mag, und lacht mich aus. Hab ich aber e bißl was verdient, und der Bauer merkt's? Nu, so schimpft er: Jud, Jud!« Rufel wiegte den Kopf und hob die Schultern. »Ich geh meinen Weg und laß mir nix verdrießen. Sollen se schimpfen, wenn ich hab verdient!«
»Geh, Rufel! Sie haben Ihr richtiges Grüß Gott noch allweil von jedem kriegt. Mit Ihnen handelt jeder gern im Ort.«
Der Alte machte forschende Augen, als wäre ihm die Wärme auffällig, mit der die junge Frau zu ihm redete.
»Und schauen S', Rufel, wann diemal einer im Zorn so 'rausschreit: Jud, Jud! – da meint er ja Ihnen gar net!«
»Soll er's dem andern sagen, den er meint!«
»Es is halt so in der Welt, daß der Unschuldig für den Schuldigen leiden muß. So, wie Sie sind, so sind net alle Juden, die zu uns ins Dorf kommen. Denken S' nur an denselbigen, der unsere Nachbarsleut um Haus und Hof bracht hat! So a Krawattlschnürer! Da kann man's den Leuten net verdenken, wann s' in ihrem Zorn und Elend dös Wörtl haben: Jud, Jud! Sagen S' selber: Kann man's ihnen verdenken?«
Rufel schwieg.
»Gelt? Da reden S' nix!«
Der Alte seufzte: »Meine liebe, gute Frau Purtschellerin! Was wollen Se, daß ich sagen soll? Nu? Soll ich auf en Juden schimpfen? Das können Se doch nix von mir verlangen. Ich bin doch e Jud. Oder soll ich widersprechen und soll ihn loben? Ich kenn den Jüden doch! Nu also? Schweig ich doch lieber! Aber weil wir schon reden, meine liebe Frau Purtschellerin, wollen wir machen e glattes Geschäft und sagen: Die Menschen sind, wie der Herr sie gemacht hat. Die Hälft hat er geschaffen im Zorn, die ander Hälft in der Lieb. Ich denk mir,

das kommt aufs gleiche hinaus, ob ich sag: Jüden, Christen oder Terken! Überall gibt's gute Menschen. Hab ich recht? Und überall schlechte. Gott verzeih's ihnen.«
»Ja, Rufel, so denk ich selber!«
Rufel zog das rote Tuch hervor und wischte sich die Stirn ab. Dann stieß er seinen Hakenstock auf die Dielen. »Nu ja! Ich für mein Teil komm gut aus mit die Leut. Hab ich aber wirklich emal en Verdruß im Dorf, woher kommt's? Von dem gottvermaledeiten Geldgeschäft. Drum will ich nix wissen von die Geldgeschäfter. En richtigen Handel mach ich gern. E schöner Handel is was Schöns. Mit die Geldgeschäfter sollen se mich in Ruh lassen! Hab ich e Geld? Ich hab doch nix! Aber da wirtschaften se schlecht, und dann brauchen se Geld und Geld und Geld. Und da heißt es: Rufele, leih mir! Rufele, borg mir! Rufele, gib mir e Geld! Rufele hint und Rufele vorn! Und richtig, der Rufele läßt sich beschwatzen und lauft sich die alten Füß krumm und treibt das Geld auf. Als en ehrlicher Mann muß ich doch sorgen dafür, daß die Leut, die mir geschenkt haben ihr Vertrauen, zur richtigen Zeit mit Zinsen ihr Geld wiederkriegen. Aber komm ich mahnen, so machen se mir Grobheiten. Und wollen se nix zahlen, und ich muß Gott behüt zu Gericht gehen, so schreien se: Jud, Jud! Und nehmen mir's übel, daß e paar dumme Jüden vor achtzehnhundert Jahr mitgeholfen haben, den christlichen Heiland kreuzigen. Ich bin doch nix dabeigewesen. Und warum schimpfen se nix auf die Italiener? Der Ponzipilatus und seine Kriegsknecht sennen doch Italiener gewesen. Und ich sag Ihnen, Frau Purtschellerin: Hätten de Juden von damals sich denken können, was für e Geserres draus entsteht, sie wären gescheit gewesen und hätten's gehn gelassen. Nu ja! Das wär doch den Christen auch wieder nix recht gewesen. Nix e so und nix e so. Is e harts Leben, Frau Purtschellerin!« Wieder fuhr sich Rufel mit dem roten Tuch über das erregte Gesicht. Dann sagte er ruhiger: »Grobheiten! Ja! Schauen Se mich an, meine liebe, gute Frau Purtschellerin: Wie ich da weg geh, weiß ich im voraus, daß ich wieder en Sack voll Grobheiten einzustecken bekomm. Und warum? Weil ich nach Recht und Pflicht e bißl mahnen muß!«
»O mein Gott! Bei wem denn?«
»Beim Herrn Dax in der Schmieden! Wieder emal!«
»Ach, Jesus! Mit dem armen Schorschl is a Kreuz!«
»Wem sagen Se das? E wahrer Jammer is mit dem Menschen! E Kerl,

gewachsen wie e Baum! Könnt sitzen in Glück und Wohlstand, wie der Kern im süßen Pfersich! Aber nein! Da verjuckt er das schöne Geld, laßt sich die Sonn auf'n Buckel scheinen und macht für die Bauern den meschuggenen Fisch. Es wird e schlechts End mit ihm nehmen, fürcht ich.«

»Aber schauen S', Rufel! Jetzt is ihm der Gsell davon, wie d' Leut sagen, jetzt tut er sich doppelt hart. Seit zwei Tag hör ich ihn allweil fleißig hammern.« Karlin öffnete das Fenster, damit Rufel die Hammerschläge, die von der Schmiede herüberklangen, besser hören sollte.

»Nu ja! Wenn ich en ernsten Willen bei ihm sehen möcht, so möcht ich mit mir reden lassen. Möcht ihm noch helfen! Es is mir weiß Gott doch selber lieber, ich krieg mein Geld mit gesetzlichen Zinsen zurück, als daß ich den Menschen zugrund gehen seh, und daß wieder einer hinter mir herschreit: Jud, Jud! Aber ich hab nix mehr en Glauben auf ihn. Oder es müßt e Wunder geschehen. Aber Wunder sennen e seltene Sach. Und glauben Se mir, Frau Purtschellerin: Wenn der Leichtsinn bei de Menschen emal durchgefressen hat durch de Haut, so kann der beste Schneider von der Welt so e Loch nix mehr flicken. Da werden se blind, da graben se Loch in Loch, schieben die Schuld auf alle Sachen, nur nix auf sich selber, machen e groß Maul und schimpfen auf alle Leut, malträtieren de Menschen, die's ehrlich mit ihnen meinen –«. Rufel verstummte und sah erschrocken auf. »Was haben Se, Frau Purtschellerin?«

Karlin hatte sich erhoben; Tränen standen ihr in den Augen.

»Meine liebe Frau Purtschellerin! Sie haben e gut Herz! Und in Gottes Namen: Wenn Se schon so viel Mitleid haben mit dem Herrn Dax – Ihnen zulieb tu ich's –, so will ich heut nix mehr mahnen gehen zu ihm und will noch e Weilchen zuschauen. Aber nu lachen Se mer wieder!« Rufel wurde unruhig, als er sah, daß sich die Erregung der jungen Frau nicht beschwichtigen wollte. »Was haben Se, Frau Purtschellerin?«

Karlin ließ die Häkelarbeit fallen und klammerte die Hand an die Tischkante. »Ich glaub, ich hab drunt den Toni reden hören.« Unsicher blickte sie in Rufels Gesicht, trat dann scheu auf ihn zu und legte ihm die Hand auf die Schulter. »Rufel! Ich hätt was auf'm Herzen!«

»Heraus! Mit dem Rufel können Se reden.«

»Ja, gelt? Schauen S', wir kennen uns doch seit fufzehn Jahr schon!

Wie ich noch a kleins Maderl gwesen bin, sind S' allweil auffikommen zu uns und haben dem Vater die Lampelfell abgehandelt.«
»Hab immer e guts Geschäft mit ihm gemacht. Is e braver Mann gewesen.«
»Und wissen S' noch? Wann der Handel fertig war, haben S' Ihnen allweil auf's Hausbankl gsetzt und haben plauscht mit mir. Schauen S', Rufel, schon selbigsmal hab ich Zutrauen zu Ihnen ghabt. Jetzt hab ich's wieder. Ich weiß, Sie sind an ehrlicher, gradsinniger Mensch.«
»Nu ja!« Rufel schnitt eine schmerzliche Grimasse, als hätte ihm Karlin kein sonderliches Kompliment gesagt. »Drum hab ich doch nix und bin e Schnorrer. Aber nu regen Se sich nix auf und sagen Se heraus, was los is!«
Sie vermochte kaum zu sprechen. »Rufel! Ich glaub, mein Toni hat Sorgen.« Die Tränen kollerten ihr über die Wangen.
Rufel fühlte einen heißen Tropfen auf seiner Hand und zuckte zusammen. Karlin halb von sich schiebend, erhob er sich und sagte mit abgewandtem Gesicht: »Machen Se mir nix solche Sachen vor, Frau Purtschellerin! Ich kann so e junge Frau nix weinen sehen. Und will Ihnen sagen, warum! Ich hab e Tochter gehabt, e brav Kind. Is dem Rufel seine Freud gewesen! Und wie se gehabt hat e paar Jährche über de zwanzig, hat se sterben müssen. Hat nix e Freud gehabt in der Welt, nix e Genuß vom Leben. Und jung hat se sterben müssen. Mit Geduld hat se getragen die lange, kranke Zeit. Und emal, wie ich vom Dorfgang heimkommen bin auf'n Abend, da bin ich wieder zu ihr gegangen ans Bett, hab se bei der Hand genommen und hab gefragt: Veigele, mein Leben, geht's dir besser e bißl? Nix e Wörtl hat se gesagt, hat mir die Hand gedrückt, e so wie Sie jetzt – lassen Se aus, Frau Purtschellerin! – und die Tröpfelche sennen ihr übers Gesicht gelaufen, e so wie Ihnen!« Er befreite die Hand. Mit Ärger seine Bewegung verbergend, greinte er: »Machen Se mir nix solche Sachen vor!«
Stille war im Zimmer; nur die Wanduhr tickte, und vom Hof herauf hörte man undeutlich die scheltende Stimme Purtschellers. Langsam fuhr sich Rufel mit dem roten Sacktuch rings um den Hals. Bitter den welken Mund verziehend, blickte er von der Seite zu Karlin auf. »Er braucht e Geld?«
Sie brachte kein Wort über die Lippen und schüttelte den Kopf.
Rufel hob die Schultern und seufzte. »Ich will Ihnen was sagen, liebe

Frau! Wie der große Herr Purtscheller mir angetan hat die Ehr, mich zu bestellen in sein schönes Haus, da hat der Rufel schon mehr gewußt, als der Herr Purtscheller ihm jetzt wird sagen wollen. Ich denk doch: Er braucht e Geld!«
»Na! Na!« stammelte Karlin, während ihr das Blut in die Stirne schoß. »Aber Sorgen hat er. Es muß ihm die letzten Jahr net ganz so nausgangen sein, wie er grechnet hat. Und da denk ich mir, er möcht an Rat von Ihnen haben.«
»En Rat?« Rufel wiegte lächelnd den Kopf. »Nu, den will ich ihm geben als en ehrlicher Mann.«
Karlin drückte ihm die Hand. »Vergelts Gott, lieber Rufel! Und ich bitt schön, lassen Sie's Ihnen net gleich verdrießen, wann er a bißl hitzig redt. Er is einwendig a guter Mensch. Aber so viel gache Hitzen hat er im Blut. Bös meint er's net, bloß schreien tut er halt allweil gleich a bißl.«
Rufel streichelte die Hand der jungen Frau. »Machen Se sich nix e Sorg, Frau Purtschellerin! Soll er schreien! 's Anschreien ist der Rufel gewöhnt. Und nu machen Se e schöns Gesicht für ihn! Da kommt er, ich hör ihn auf der Trepp. Lassen Se ihn nix merken, daß Se was geredt haben mit'm Rufel! Ich schweig wie e Grab.« Er schob das rote Tuch in die Tasche, setzte sich und nahm den Hakenstock zwischen die Knie.

8

Purtscheller trat in die Stube, lächelnd und in bester Laune.
Devot erhob sich Rufel und machte eine tiefe Verbeugung. »Seien Se so gefällig, anzunehmen den Ausdruck meiner Verehrung, Herr Purtscheller!«
Der Hausherr sah den Alten belustigt an. »Ihr Juden seid doch merkwürdige Kerle! Wann sich einer bei der Nasen kratzen will, greift er hint um den Kopf ummi, statt wie andre Leut grad ins Gsicht. An andersmal sagen S' kurzweg grüß Gott! Ich kann söllene Sprüch net leiden.«
Wieder verbeugte sich Rufel. »Um es Ihnen recht zu machen, erlauben Se gefälligst, daß ich in aller Kürz Ihnen sag: Grüß Gott!«
»Lassen Sie's gut sein! Sie lernen's net!« Lachend ging Purtscheller hinter den Ofen, um den Samtflaus gegen eine leichte Hausjacke zu vertauschen.
Dabei half ihm Karlin und fragte leis: »Was is denn mit'm Bräunl?«
»Ah was! Nix von Bedeutung! A bißl in Dampf is er halt kommen. 's Frottieren und der Kognak hat ihn schon wieder zammgricht. Ganz musper schaut er schon wieder drein. Da is mir a Stein vom Herzen.« In dieser erleichterten Stimmung reichte Purtscheller dem Juden gnädig die Hand. Freilich wischte er sie gleich wieder an der Hüfte ab. Die Magd brachte die dampfende Suppenschüssel und stellte sie auf den Tisch. »Was sagen S', Rufel? Wie bei mir alles am Schnürl geht? Kaum setzt der Herr an Fuß in d' Stuben, so heißt's schon: Tischerl, deck dich! Da kunnt sich manche Wirtschaft a Beispiel dran nehmen.« Purtscheller klopfte seiner Frau auf die Wange. »Ja, Rufel, so a Frauerl hat net jeder.«
»Da haben Se recht, Herr Purtscheller!« Rufel zog die beiden Daumen ein. »Gott soll Ihnen die Frau erhalten bis zu hundert Jahr!«
Karlin errötete. Wie hübsch sie aussah in dieser Freude!

Da gewahrte Purtscheller die beiden Gedecke auf dem Tisch. »Aber Linerl! Hast schon wieder net Mittag gmacht? Und jetzt is halber viere. Wie oft muß ich dir sagen: Du sollst net warten auf mich! Es tut dir net gut.«

»Mir schmeckt's halt net, wann du net dabei bist.«

»No ja! Sein' Mann gern haben is ja recht. Aber unvernünftig muß man deswegen doch net sein. Und schau, jetzt kannst dich auch net hersetzen zu mir. Ich hab mit'm Rufel wichtige Sachen z'reden, und bei Gschäften hab ich d' Weiberleut net gern dabei.«

»Es eilt nix, Herr Purtscheller«, fiel Rufel ein, »ich kann warten, bis die liebe, gute Frau gegessen hat.«

»Na, na, um Gotts willen«, sagte Karlin, »laß dich net stören, Toni! Ich kann ja später essen, oder drunt in der Kuchl.« Sie ging zur Kammertür.

»Wohin denn? Da drin kannst doch net bleiben?«

»Ich will 's Tonerl nunter tragen. 's Büberl schlaft und kunnt aufwachen, wann a bißl laut gredt wird, und da müßt ich eh wieder eini in d' Stuben.« Karlin trat in die Kammer und brachte auf ihren Armen den kleinen Bursch getragen, der sich nur halb aus dem Schlaf ermuntert hatte.

»Geh, gib ihn a bißl her!« sagte Purtscheller.

Karlin zögerte. »Er hat net ausgschlafen, und da greint er leicht.«

»Soll ich denn gar nix von meim Buben haben? Seit in der Fruh hab ich ihn nimmer gsehen. Her damit!« Purtscheller nahm den Kleinen, kitzelte ihn neckend am Hals, warf ihn in die Luft und fing ihn lachend wieder auf – ein Spiel, für das sich Tonerl mit Zetergeschrei bedankte. »Richtig! Da heult er schon wieder, kaum daß ich ihn angreif! Karlin, mein Bub is dös net. Dös is der deinig. Da hast ihn, den Schreihals! Trag ihn davon!«

Schweigend nahm Karlin das Kind auf ihre Arme, schmiegte das vor Schluchzen zuckende Köpfl an ihre Brust und verließ die Stube.

»So!« sagte Purtscheller und schob sich hinter den Tisch. »Fangen wir gleich an. In Geschäftssachen hab ich 's lange Rumreden net gern. Wer sein Sach versteht, macht kurze Wörtln.« Er steckte die Serviette vor die Brust und füllte seinen Teller mit Suppe. »Mögen S' mitessen, Rufel?«

»Ich dank schön, Herr Purtscheller, ich eß nix.«

»Ah, richtig, Sö dürfen nur aus Ihre koschern Haferln schlecken!« Purtscheller lachte. »Hören S', Rufel, so was sollt im neunzehnten

Jahrhundert doch an überwundener Standpunkt sein. Aber a Glaserl Wein?«
»Ich dank schön, Herr Purtscheller, ich trink nix.«
»So lassen Sie's bleiben!« Purtscheller leerte das Glas und begann zu essen. »Also! Daß wir zum Gschäft kommen! Ich will Ihnen was verdienen lassen.«
Rufel verbeugte sich, daß sein Kinn die auf dem Hakenstock ruhenden Hände berührte. »Soll mir e Vergnügen sein, wenn e Geschäft sich machen läßt.«
»Was der Berg da droben für Sachen aufführt, dös werden S' ja ghört haben?«
»Hab ich gehört und gesehen! Daß Gott erbarm! Die armen Leut da droben!«
»Ja! A Jammer! Und mein schöner Wald schaut aus, daß mir 's Herz bluten möcht. A paar hundert Stämm hat's mir schon gworfen. Und wann ich net im Fruhjahr noch mehr verlieren will, muß man den ganzen Wald im Winter abtreiben. Drum hab ich Ihnen kommen lassen. Wissen S' mir kein' Holzhändler, der dö ganze Gschicht bei Butz und Stingel übernimmt und 's Geld auf'n Tisch zahlt? Sechzgtausend Mark kann einer leicht geben für so an Prachtwald. Die schlagt er aussi ohne Müh und hat noch sein' fetten Profit dabei. Also? Wissen S' mir net so an Kerl? Fünf Perzent kriegen S' Provision.«
Rufel schwieg.
»No also? Reden S'!«
»Zwei Perzent bin ich gewöhnt bei en ehrlichen Vermittlungsgeschäft. Nu wollen Se mir geben fünfe. Hätt ich dreitausend Mark von der Sach! Wär e schöns Geld für den alten Rufel. Nur schad! Die Sach wird sich nix machen lassen.«
Purtscheller schien nach diesem Einwand das höfliche ›Sie‹ für überflüssig zu halten.
»Du alter Narr du! Warum denn net?«
»Alt bin ich«, sagte Rufel in Ruhe, »aber nix e Narr, sondern e vernünftiger Mensch, der Augen im Kopf hat und weiß, was e Geschäft is.«
»No also, warum soll sich denn so a Gschäft net machen lassen?«
»Weil sich nix e Holzhändler wird finden, der für e so en Wald sechzigtausend Mark gibt.«
»Ah, was d' net sagst!« Lachend leerte Purtscheller das Glas und

füllte es wieder. »Da bin ich neugierig! Also? Wieviel meinst, daß einer geben möcht?«
»Für e funfzehntausend trau ich mir das Geschäft zu machen.«
Purtscheller wollte aufbrausen. Da kam die Magd mit der Bratenschüssel. Und bei der Musterung des duftenden Gerichtes verrauchte Purtschellers Ärger.
Als die Magd wieder gegangen war, sagte er lachend. »Weißt, mein Lieber, da red ich gleich gar nimmer weiter. Wann du dös Gschäft net machst, so macht's an andrer.«
»Gott soll Ihnen so en andern finden helfen!«
»Und net an Knopf laß ich nach. Meine sechzgtausend Mark muß ich haben. Ich brauch s'!«
»Sechzigtausend brauchen Se?« fragte Rufel halb lächelnd und halb erschrocken. »Hab ich doch geglaubt, Se brauchen nur achtundvierzig?«
Purtscheller wurde rot über das ganze Gesicht; doch er spielte den Verwunderten. »Wieso?«
»Nu! Weil Se doch müssen löschen an Neujahr die Hypothek vom Schloßbräu.«
»Ja, Herrgottsakra!« Purtscheller warf Gabel und Messer vor sich hin, daß von seinem Teller die Bratensoße über das Tischtuch spritzte. »Hat er sein' Bubenstreich schon austrommelt in der ganzen Gegend? In Verruf möcht er mich vielleicht auch noch bringen? Nach der Bosheit, die er mir antan hat aus lauter Wut, weil mein Bräunl sein' Schimmel gschlagen hat.«
»Regen Se sich nix auf, Herr Purtscheller! Und reden Se, bitt ich, nix so laut! Ihre gute Frau da drunt und die Dienstleut brauchen nix zu hören, was für e Dischkurs wir haben. Und betrachten Se gefälligst, bitt ich, die Sach mit en ruhigen Aug. Der Schloßbräu hat Ihnen die Hypothek nix gekündigt aus Bosheit. Er hat se gekündigt aus Angst, weil er sein Geld zu verlieren fürcht.«
»Angst? Ah, da schau! Dös wär ja noch schöner!« Purtscheller schien sich wirklich nicht mehr aufzuregen. Er setzte Gabel, Messer und Zähne wieder in Bewegung und sagte mit Gemütsruhe: »Geh, zieh dein Schmierkappl aus'm Sack und fahr ab! Wir zwei haben ausgredt.«
Rufel lächelte und blieb sitzen. Nach einer stummen Weile sagte er mit seiner sanftesten Stimme: »Die Hypothek müssen Se löschen an Neujahr. Also müssen Se das Geld auftreiben. Und wenn Se von mir

gefälligst anhören wollen e gut gemeints Wörtl, so versprech ich Ihnen, daß ich das Geld beschaffen will.«

»Aaah! Pfeifst jetzt aus an andern Klarinettl? Weil d' merkst, daß deine Schreckschüß net verfangen bei mir? Also! Red!«

»Sie brauchen zum Löschen, die Kosten eingerechnet, funfzigtausend Mark. Warum also wollen Se sechzig? Noch zehne auf den Hof laden?«

»Weil ich Verbesserungen einführen will in der Wirtschaft.« Purtscheller schwang die Gabel mit großer Armbewegung durch die Luft. »Mein Hof kunnt um d' Hälfte mehr tragen als die letzten Jahr!«

»Da haben Se recht.«

»Der alte Schlendrian muß aufhören.«

»Da haben Sie wieder recht. Freut mich, daß Se das einsehen.«

»Wann der Bauer net den Fortschritt mitmacht, is er gliefert. Er muß sich halt auch a bißl nach der neuen Zeit richten.«

Rufel sah den Großsprecher mit enttäuschten Augen an. »Ach so? Hab gedacht, daß Se das schöne Wörtl vom Schlendrian anders meinen.« Er schnitt eine schmerzliche Grimasse. »Und lassen Se mich, bitt ich, mit der neuen Zeit in Ruh! Wirtschaften Se lieber, wie Ihr Vater, Gott soll ihn selig haben, gewirtschaftet hat, und alles wird gut sein!«

»Mein Vater? So? Wer hat denn die Hypothek auffidruckt auf'n Hof?« Kaum hatte Purtscheller das gesagt, als er zu merken schien, daß er mit diesem Wort an die falsche Adresse geraten war. Er brummte was vor sich hin und nahm ein Stück Braten aus der Schüssel. Dann hob er verlegen die Augen. Was der stumme Blick des alten Mannes redete, trieb ihm das Blut ins Gesicht. »No ja!« Er stieß den Teller von sich, als wäre ihm der Appetit vergangen. »Reden wir lieber vom Gschäft.«

»Gut! Reden wir vom Gschäft. Und lassen Se mich jetzt in Ruh e bißl sagen, wie ich es mein'!«

»No also, reden S' halt!« Purtscheller erhob sich, grub die Hände in die Hosentaschen, trat zu einem der Fenster und starrte verdrießlich durch die von rotem Weinlaub umzitterten Scheiben hinaus.

»Das Geld brauchen Se! Aber denken Se dabei nix an den armen Wald da droben! Für den kriegen Se, wie heut die Sachen stehn, keine zwanzigtausend mehr.«

»Daß ich net lach!«

»Wer den Wald heut kaufen soll, schaut sich nur zur Hälft den Wald, zur anderen Hälft den meschuggenen Berg an. Was heut noch steht, wer sagt ihm, daß es morgen noch stehen wird? Vor dem Winter, eh nix der Boden gefroren is, kann er nix anfangen zu schlagen. Bis zum Frühjahr kann er das ganze Holz nix herunterbringen ins Tal. Und da liegt nu das geschlagene Holz auf dem laufenden Boden. Wo steht's geschrieben und protokolliert, daß im Frühjahr, wenn Gott behüt, de großen Wasser kommen, der laufende Boden nix einschluckt die schönen Stämm und die fertigen Klaftern?«
Purtscheller drehte sich vom Fenster und warf die Jacke von der Brust zurück, als wäre ihm heiß geworden. »Jetzt hab ich's aber gnug! Möchtest mir den Wald gern abdrucken um an Pappenstiel? Da brennen S' Ihnen, mein verehrter Herr Jud! Ich brauch kein' Holzhandler nimmer. Jetzt treib ich den Wald selber ab. Bloß, daß ich beweisen kann, wieviel einer aus dem Wald noch aussibringt.«
Stolpernde Schritte kamen über die Treppe herauf. In die Stube trat ein alter Knecht, atemlos, das Gesicht mit Schweiß bedeckt. »Herr Purtscheller!«
»Um Gotts willen, was is denn?«
»Im Wald bin ich droben gwesen. D' Frau hat mich gschickt, a bißl nachschauen. Und schlecht schaut's aus. Schlecht, Herr! A paar Tagwerk Holz sind ins Laufen kommen. Ich schätz auf tausend Klafter, was der Boden im Nachrutschen zudeckt hat.«
Fahle Blässe rann über Purtschellers Gesicht. So stand er ein paar Sekunden ratlos. Dann schoß ihm das Blut in die Stirn, und mit aufbrausendem Zorn, als wäre der Bote an dem Unglück schuld, fuhr er auf den Knecht los und schrie ihn an: »Du Täpp, du gottverlorener! Wie kannst mir denn jetzt grad ins Haus fallen? Mit so einer Nachricht!«
»Aber Herr?«
»Naus, sag ich! Mein' Fried will ich haben!« Und als der Knecht erschrocken über die Schwelle zurückwich, packte Purtscheller die Tür und warf sie ins Schloß. »Alles kommt über mich! Alles! Alles!«
Da war ihm nun plötzlich das Weinen näher als das Schelten. Zitternd an allen Gliedern ging er zu einem Lehnstuhl und ließ sich in die Polster fallen.
Rufel hatte sich erhoben. Zögernd schlich er gegen den Lehnstuhl und räusperte sich.

Purtscheller blickte auf. »Du? So? Du bist noch allweil da?«
»E harter Schlag, mein lieber Herr Purtscheller, der Sie da getroffen hat! Aber er soll nix ändern an dem, was ich Ihnen hab sagen wollen. Und nu erlauben Se gefälligst, daß ich Ihnen meinen Rat – «
»Ich brauch kein' Rat! Von gar keim Menschen net.« Purtscheller sprang auf. »Und wann alles über mich kommt, der Berg, der Schloßbräu und die ganze knoflige Judenschaft! Der Purtscheller macht an Ruck. Und grad steht er da, daß ihm keiner net ankann!«
Rufel verlor die Ruhe nicht. »Ja, Herr Purtscheller, machen Se den Ruck! Und lassen Se den Knofel in Fried! Knofel is en unschuldig Gewächs. Hören Se lieber an, was ich Ihnen sagen will.« Geduldig ging er Tritt um Tritt hinter Purtscheller her, der in kochendem Zorn durch die Stube wanderte. »Ich verschaff Ihnen die funfzigtausend zu ehrlichen Zinsen, damit Se löschen können die Hypothek. Und was Se sonst noch schuldig sind, soll bezahlt werden. Aber den armen Wald da droben wollen wir lassen in Ruh. Was an Holz schon liegt, machen wir im Winter zu Geld und tragen e schöns Bröckl ab von der Hypothek. Was aber droben stehenbleibt, wollen wir lassen stehen. So schneiden Se nix ins Fleisch Ihr Kind und Ihre Kindeskinder. Die brauchen auch noch e bißl e Holz. Und nu passen Se emal auf! Aber, ich bitt, schreien Se nix gleich wieder e so! De Leut, von denen ich will beschaffen das Geld, verlangen e Sicherheit, daß der Hof, solang se drauf liegen haben ihr Hypothek, nix wird entwertet, und daß de Zinsen werden in der Ordnung gezahlt, nix e so, wie die letzten Jahr her, wo der Herr Schloßbräu gehabt hat en Verdruß um den andern – verzeihen Se gefälligst!«
»No ja! A bißl Stockung kann überall eintreten!«
»E Stockung kann eintreten. Da haben Se recht. Aber so e Stockung kann auch werden vermieden. Und nu weiß ich, Se sennen e feiner und vornehmer Mann, Herr Purtscheller!« Rufel lächelte zufrieden, als er die Wirkung dieses Komplimentes gewahrte. »Und so e feiner Mann kann sich nix abgeben mit der groben Bauernarbeit und soll lassen schwitzen de andern.«
»'s erste gscheite Wörtl, dös ich hör!« sagte Purtscheller besänftigt.
»Nu also! Und da können Se doch nix einwenden, wenn ich sag: Ich will en tüchtigen, verläßlichen Menschen besorgen, dem Se die Wirtschaft vertrauensvoll übergeben können.«
»Was! Soll ich mich gleich gar unter Kuratel stellen lassen?«
»Hab ich e Wörtl gesagt von Kuratel? Wir machen bei en Notar en

stillen Vertrag unter uns, und ich hab das Vertrauen zu Ihnen, daß Se den halten. Se sennen e feiner, vornehmer Mann!«

»Ja, Rufel! Mein Wort is Eisen. Da gibt's nix! Und ganz offen: An so was hab ich selber schon denkt. Den Simmerauer-Mathes hätt ich gern gehabt.«

»Den Mathes?« Rufel kam in sprudelnden Eifer. »Herr Purtscheller! Da haben Se gehabt de feinste Idee, was man kann haben! Der Mathes is e Mensch wie Gold. Den halten Se fest! Lassen Se den Mathes nimmer aus! Der Mathes, sag ich Ihnen, wenn er gebracht hat de Wirtschaft e bißelche in Ordnung, bringt heraus aus dem schönen Hof unsere funfzehntausend Mark e Jahr!«

»Mehr, sag ich!«

»Sagen wir funfzehn! Is eh schon genug. Und nu denken Se emal de schöne Rechnung: Mit siebentausend Mark bezahlen wir die Zinsen und amortisieren alle Jahr e Bröckelche vom Kapital. Da sennen Se fertig in zehn, zwölf Jahr! Und wenn Se emal hinaufkommen in Ihren christlichen Himmel, können Se sagen zu Ihrem guten Vater: ›Vaterleben‹, können Se sagen, ›ich hab hinterlassen meinem Sohn en schuldenfreien Hof, wie ich ihn hab übernommen von dir!‹ Das können Se sagen! Und dabei haben Se gehabt das schönste Leben. Achttausend Mark e Jahr!«

Die Rührung, von welcher Purtscheller angeflogen schien, war beim Klang dieser Ziffer verschwunden. »Mensch! Was fallt dir denn ein? Wie soll ich denn mit achttausend Mark auskommen?«

»Mit achttausend Mark werden Se haben e Leben wie e Fürst! Und wollen Se nu gar leben wie e Kenich, so geben Se das Geld in die Hand Ihrer guten Frau! Die wird noch ersparen dabei.«

»So a Siemandl soll ich abgeben? Ah na, mein Lieber!«

»Herr Purtscheller! Se sennen nicht nur e feiner und e vornehmer Mann, Se sennen auch e gescheiter Mann!« Rufel haschte Purtschellers Hand und streichelte sie. »Und nu beweisen Se das emal, daß die Leut vor Staunen sollen Augen machen wie Wagenräder e so groß! Zeigen Se emal: E so e Mann bin ich! Machen Se den Ruck, den Se mer haben versprochen als e Mann von Wort! Mit achttausend Mark können Se leben wie e Kenich, hab ich gesagt. Und wie e Kaiser können Se leben, wenn Se wollen e bißl abstoßen von sich de unnötigen Geldfresser. Wozu brauchen Se zum Exempel e Jagd? Was rennen Se da umenander auf die steilen Berg, wo man sich kann brechen Hals und Füß? Bleiben Se lieber daheim bei Ihrer

guten Frau, die Se lieb hat und Ihnen machen wird e schöns Leben. Und wozu wollen Se erschießen die unschuldigen Tier? Lassen Se de armen Viecher ihr bißl Leben! Schießen Se lieber auf die geduldige Scheib! Scheibenschießen is e Vergnügen, was sich paßt für so en feinen und en vornehmen Mann!«
Purtscheller lachte.
»Nu ja, lachen Se! Lachen im Haus is e schöne, gesunde Sach. Draußen auf der Jagd ruinieren Se sich die kostbare Gesundheit. Und so e Jagd hat e Maul wie e Walfisch und frißt alle Tag en Haufen Geld, wie e Pferd den Hafer.«
»Ja, Rufel, da haben S' recht! Es is mir selber schon oft z'viel worden. Kein Tag vergeht ohne Ärger, und 's Ärgern tut mir net gut. Ja, Rufel, da haben S' mein' Handschlag! D' Jagd gib ich auf.«
»Herr Purtscheller, Se sennen e Prachtkerl!« In Freude umklammerte Rufel mit seinen dürren Fingern die Hand Purtschellers. »Da haben Se gemacht en festen Ruck! En großen Ruck! Und wenn Se machen wollen noch e größern – schauen Se an, Herr Purtscheller, wozu brauchen Se zu halten e Rennpferd?«
Purtscheller, der lachend nach dem Wein gegriffen hatte, stellte das Glas wieder fort und wandte das Gesicht über die Schulter.
»Is e Sach, was Ihnen kostet e Heidengeld. Statt daß Se müssen bezahlen, können Se verdienen. Und wenn Se gleich haben wollen e schön Stück Geld auf die Hand, so verkaufen Se den Bräunl! Ich kann Ihnen machen e feins Gebot. Vor acht Tag hat mir gesagt der Schloßbräu, daß er für den Bräunl geben möcht viertausend Mark. Greifen Se zu, Herr Purtscheller! Und Se können wie e feiner Mann bezahlen de rückständigen Hypothekzinsen und de Feuerversicherung und de unschönen Spielschulden beim Wirt, was sich nix passen für so en vornehmen und feinen – « Erschrocken verstummte Rufel.
In aufflammendem Jähzorn hatte Purtscheller die Weinflasche gepackt und schlug sie gegen die Tischkante, daß die Scherben umherflogen und der Wein über Tisch und Diele rann. »Du Gauner, du gottverdammter! Jetzt kenn ich mich aus!« Er lachte in seinem Zorn. »So also is dö ganze Komödi gmeint? Du und der Schloßbräu mitanand?«
»Erlauben Se gefälligst«, stammelte Rufel, »wie können Se glauben –«
»In d' Hand möchts mich kriegen«, schrie Purtscheller, »und binden

möchts mich am ganzen Leib, daß ich mir den Bräunl müßt abdrukken lassen um so a Schandgeld!«
»Gott der Gerechte!« Rufel wehrte mit beiden Händen. »Ich hab's ehrlich gemeint, aber ich will nix gesagt haben! In Gottes Namen, behalten Se das Roß!«
»Net um zehntausend Mark gib ich den Bräunl her!«
»Ja, ja, ja! Behalten Se das Roß! Fahren Se mit dem Roß spazieren bis zu hundert Jahr! Ich bin zufrieden, wenn Se de Jagd – «
»'s Maul halt, sag ich! Gelt, jetzt fahrt dir d' Angst in d' Nasen, weil ich so gscheit bin, daß ich hinter dein' ganzen Schwindel schau! Naus mit dir!«
»Aber Herr Purtscheller! So hören Se doch e vernünftig Wörtl. So e feiner und vornehmer –«
»Ja! A bißl gar z'fein für so ein', wie du einer bist!«
»Um Ihrer selbst willen und Ihrer guten Frau zulieb beschwör ich Ihnen – «
»Naus, sag ich, oder ich vergreif mich an dir, du Saujud, du miserabliger!«
Dunke Röte schoß über das hagere Gesicht des Alten, und seine Stimme zitterte. »Beleidigen Se, bitt ich, den alten Rufel nix! Ich bin nix e Saujud. Ich bin e Jud. Ohne was dabei. Is heutigentags eh schon Unglück genug.«
»Naus! Naus zur Tür!«
»Ich bleib, Herr Purtscheller! Und will Ihnen wiederholen in aller Güt – «
»Daß ich mir vom Schloßbräu und dir 's Krawattl soll zuschnüren lassen, gelt? Gehst jetzt oder net? Kerl, ich bin imstand und schieß dich nieder auf der Stell!« Keuchend riß Purtscheller seine Büchse vom Gewehrrechen.
Das zu sehen, ging über Rufels guten Willen. Mit einem Sprung, daß seine Rockschöße flatterten, war er bei der Tür, mit dem nächsten draußen im Flur. Während er die Treppe hinunterstolperte, hörte er hinter sich einen Fluch und spürte einen Schlag auf dem Rücken. Purtscheller hatte ihm den Hakenstock nachgeschleudert. Taumelnd hob Rufel den Stecken auf. Als er seinen Zwerchsack unter der Treppe hervorgerissen hatte und zur Haustür kam, trat ihm Karlin entgegen, bleich und zitternd. »Rufel?«
»Verzeihen Se, meine liebe gute Frau!« Rufel vermochte kaum zu sprechen. »Verzeihen Se, aber mit Ihrem Mann is nix zu reden! E

Mensch, der die Leut erschießen will, die's ihm gut meinen? Dem is nix zu helfen. Der Rufel bedankt sich schön. Mit e Schießgewehr is nix e Spaß zu machen.« Scheu blickte er über die Treppe hinauf. »Aber nehmen Se noch en Rat vom Rufel! Sehen Se zu mit aller Gewalt, daß Se bekommen das Regiment in Ihre Hand! Oder Ihr schönes Haus fangt zu laufen an, wie da droben der meschuggene Berg, und lauft bis hinunter ins Wasser. Ihnen zulieb, meine gute Frau, Ihnen zulieb will ich – « Da hörte er droben im Flur die Schritte Purtschellers und sprang erschrocken zur Haustür hinaus.
»Rufel!« stammelte Karlin und wollte ihn zurückhalten.
Ohne das Gesicht zu wenden, eilte Rufel durch den Garten. Als er von der Steintreppe auf die Straße sprang, warf er in seiner blinden Hast ein kleines Mädel zu Boden, das einen irdenen Topf zwischen den Händen trug. »Nix für ungut, Kinderl!« stotterte Rufel und rannte davon.
Vor der Haustür stand Karlin und sah ihm mit nassen Augen nach. Tonerl hatte sich an ihre Schürze gehängt. Zitternd preßte sie das Kind in ihren Schoß. Da kam der Altknecht von den Ställen gelaufen. »Frau Purtschellerin!«
Sie hörte kaum. »Was?«
»Ich trau mir's schier gar net sagen.«
Langsam blickte sie auf und strich die Zaushärchen hinters Ohr. »Was bringst?«
»Mit dem Bräunl is ebbes passiert.»
»Jesus Maria!«
Im gleichen Augenblick trat Purtscheller aus der Haustür, für die Jagd gekleidet, mit der Büchse auf dem Rücken. Er sah die beiden beisammen stehen, verzagt und wortlos. »Was gibt's denn da?« Er bekam keine Antwort. Und Karlin schob den Knaben hinter sich, als hätte sie Angst für ihn. »No? Was is denn? Krieg ich bald Antwort oder net? Ich leid keine Tuschlereien im Haus. Von meiner Frau net und noch viel weniger von eim Dienstboten!«
Da sagte es ihm der Knecht kurz und grob. »Den Bräunl hat der Schlag troffen. Im Stall liegt er.«
Purtscheller erbleichte und tastete mit der Hand nach einer Stütze.
»Toni! Toni!«
Er schob den Arm seiner Frau zurück. »Ah na! So was gibt's net!« lallte er und rannte zum Wirtschaftshof. Keuchend stellte er die Büchse an die Mauer und trat in den Stall. Da lag das schöne Tier auf

dem Stroh, regungslos, mit eingekrampften Beinen. In einem Winkel stand Zäzil wispernd mit zwei Knechten beisammen. Purtschellers Gesicht verzerrte sich. »Den hat mir der Jud verwunschen!« Dann schoß ihm das Wasser in die Augen. »Bräunl! Mein Herzbinkerl!« Er warf sich auf die Knie und versuchte, den Kopf des Pferdes emporzuheben. Der Hals des Tieres war starr, und ein grauer Schleier lag über den Augen, die am Morgen noch feurig geblickt hatten.

In seinem hilflosen Kummer fing Purtscheller zu weinen an wie ein Kind.

Die Tür verfinsterte sich. Karlin war auf die Schwelle getreten, mit ihrem Knaben an der Hand.

Purtscheller richtete sich auf. Das Gesicht mit den Händen bedekkend, lehnte er sich schluchzend an den Barren.

»Mammi?« fragte Tonerl. »Tut 's Rösserl schlafen?«

»Ja, mein Herzl!« flüsterte Karlin mit versagender Stimme. Dann ging sie zu ihrem Mann, legte ihm den Arm um die Schultern und bat: »Geh, komm mit eini ins Haus! Dös kann ich gar net anschauen, daß dich unsere Leut so sehen müssen. Toni! Geh, komm, laß dich einiführen ins Haus!«

Er schob sie von sich. Während ihm die Tränen über die Wangen kollerten, deutete er auf das verendete Pferd. »So meint's der Himmel mit mir! Alles kommt über mich. Und 's Liebste muß ich hergeben. 's Allerliebste, was ich hab!«

Sie sah ihn erschrocken an. »Toni! Tu dich net versündigen!« In verstörter Hast hob sie den Knaben vom Boden auf und hielt ihn dem Vater hin. »Toni!« Tränen erstickten ihre Stimme. »Geh, nimm dein Kindl! 's Allerliebste, was d' haben kannst! Schau, Toni, wie's dich anlacht und d' Armerln streckt! Geh, Toni, nimm dein Kind!«

»Ja, is schon recht!« Purtscheller fuhr mit der Faust über die Augen. »Mach mir vor die Leut kei' so Komödi her!«

»Toni!«

Reizte ihn der schmerzliche Vorwurf, der aus diesem Worte klang? Oder wurde der erst halb ausgekochte Jähzorn wieder lebendig in ihm? »In Ruh laß mich!« schrie er. »Heut vertrag ich nix. Oder ich kunnt dir ebbes sagen, dir, was mich reut!«

Karlin wollte schweigend den Stall verlassen; aber Tonerl streckte zappelnd die Händchen: »Vaterl! Bitti, laß mi Rösseli reiten!«

»Ja! Schnecken! Da is ausgritten. Gut schaut's aus im Purtschellerhof! Alles krepiert. Alles geht z'grund umanand. Aber recht gschieht mir!« Purtscheller schlug sich mit der Faust an die Stirn. »So an Esel, der den Bettel einiheirat ins Haus, kann sich net beschweren, wann sich der Jammer einifrißt in alle Wänd wie der Rost ins beste Eisen. Ja, mein Büberl, bedank dich bei deiner Mutter!«

Karlin mußte den Knaben zu Boden stellen, ihre Arme waren so schwach geworden, daß sie das Kind nicht mehr zu tragen vermochte. Mit fahlem Gesicht stand sie an die Mauer gelehnt, als wäre eine Lebensfaser ihres Herzens entzweigerissen.

Die beiden Knechte und Zäzil drückten sich wortlos zur Stalltür hinaus, und Purtscheller gewahrte noch das Lächeln der Magd. »Ja, hast recht, daß d' mich auslachst!« Es fiel ihm ein, daß er versprochen hatte, der Magd zu kündigen. »Ah na! Gscheiter, wer anderer ging! Da möcht der Sonnschein bald wieder einkehren im Purtschellerhof.« Tief atmend, als wäre ihm jetzt leichter geworden, trat er ins Freie und packte die Büchse. »Heut nacht komm ich net heim, ich bleib in der Jagdhütten«, rief er über die Schulter zurück, »endlich muß ich mich doch wieder amal in Ruh ausschlafen können und a friedsame Stund haben.« Er nahm die Büchse auf den Rücken und wanderte müd davon. Im Garten blickte er unschlüssig gegen das Haus zurück. Nach dem blinden Zorn befiel ihn eine Regung von Vernunft und Reue. Doch unwillig rückte er den Hut. »Ah was! Sie muß doch wissen, daß ich's net so mein'!« Da hörte er von der Straße das bitterliche Weinen eines Kindes. »O jegerl! Was is denn?« Er stieg über die Treppe hinunter und sah neben dem Straßengraben ein kleines Mädel stehen, in hilflosem Kummer. Vor dem Kind lagen die Scherben eines irdenen Kruges. »Maderl? Was is denn? Hast dein Haferl fallen lassen?«

»Der Jud«, schluchzte das Kind, »der Jud hat mich umgrennt und hat mir 's Haferl derstößen.«

»Natürlich! Wieder der Jud! Aber geh, Butzerl, da mußt net weinen!« Purtscheller zog sein Taschentuch hervor, trocknete dem Kind die Tränen von den Augen und schenkte ihm einen Taler. »So, Schatzerl, da hast ebbes! Da kaufst dir a neus Haferl, und was übrigbleibt, dös legst in dein Sparbüchserl, gelt?« Lachend gab er dem getrösteten Kind einen Klaps und ging seiner Wege.

Als er beim Krämer vorüberkam, wollte Rufel gerade aus der Haustür treten; erschrocken fuhr der Alte bei Purtschellers Anblick

zurück und verbarg sich hinter der Tür, bis das gefürchtete ›Schießgewehr‹ um die Ecke verschwunden war. Dann trat er auf die Straße und schüttelte kummervoll den Kopf. »E so e Mensch! Und de arme Frau!« Während er der Straße folgte, klangen ihm aus der Daxenschmiede die Hammerschläge entgegen. Sie tönten nicht hell und gleichmäßig; es war etwas Gereiztes in der unruhigen Hast, mit der sie aufeinander folgten; nun endeten sie mit einem dröhnenden Schlag, als hätte Schorschl seinen Ingrimm über irgendeine böse Sache den schuldlosen Amboß entgelten lassen.
Als Rufel zur Schmiede kam, sah er, daß ein Bauer einen wackligen Schubkarren, der noch mit mancherlei anderem der Reparatur bedürftigem Eisengerät beladen war, vor dem Tor der Werkstätte niedersetzte. Es war der Bauer, dem der Leiterwagen gehört hatte. Er guckte in die leere Werkstätte. »He! Schmied!« Nichts rührte sich, keine Antwort ließ sich hören. Der Bauer ging zur Haustür, stieß sie auf und rief: »He! Schorschl! Wo bist denn?« Alles blieb still. »Natürlich! Ich hab mir's eh gleich denkt. Jetzt kann ich wieder abfahren.« Brummend schob der Bauer seinen Karren davon.
Mit den Armen über den Zaun gelehnt, hatte Rufel diesen Vorgang beobachtet. »Nu? Wo is er jetzt, der Herr Dax? Könnt Arbeit haben. Und wo steckt er nu wieder?«
Da klangen aus dem Garten der Schmiede schmachtend gezogene Trompetentöne:

»Du, du liegst mir im Herzen,
Du, du liegst mir im Sinn.«

Wie rein und schön das klang! Es paßte so recht zu diesem klaren, von der scheidenden Sonne goldig angehauchten Herbstabend. Doch Rufel schien für poetische Naturstimmungen und musikalische Genüsse nicht das richtige Verständnis zu besitzen. Er schnitt eine säuerliche Grimasse. »Trumpeten blost 'r! Und blost m'r wieder e Loch in mein' Sack! Nu will ich ihm aber doch e Wörtche sagen!« Er trat in den Hof, kehrte aber wieder um. »Ich hab's versprochen. Ich will heut nix mehr zu ihm mahnen gehen.«
Mit inbrünstigem Crescendo klang es aus dem Garten der Schmiede:

»Du, du machst mir viel Schmerzen,
Weißt nicht, wie gut ich dir bin!

Jaaa, jaaa, aah,
We-we-we-weweißt nicht, wie gut ich dir bin!
Tütüüüh!«

Die Sehnsuchtsklage des Einsamen schloß mit einem so schmetternden hohen C, daß von den Bergen das Echo viermal zurücktönte: tütüüüh – zuletzt noch einmal ganz leise, wie aus meilenweiter Ferne: didiiih! Und dieser letzte Klang kam über die Simmerau herunter.

Schorschl, der hinter dem Haus zu Füßen eines Apfelbaumes saß, hatte die Trompete in den Schoß gelegt und blickte melancholisch vor sich hin.

Bei seinem Brüten und Sinnen griff er nach einem der überreifen Äpfel, die vom Baum gefallen waren. Während er Stück um Stück von dem Apfel abbiß, suchte er grübelnd nach einem Ausweg aus seiner ›Schlemastik‹.

Er hatte Angst. Bei den Sorgen, die ihn drückten, bei dem vergeblichen Warten auf Arbeit drohte der alte ungeduldige Schorschl in ihm die Oberhand zu gewinnen. Die ›Lüftigkeit‹ zuckte ihm in allen Gliedern, zog ihn vom Amboß fort hinüber ins Wirtshaus, hinunter zum Bach, hinauf in die bucklige Gegend der Simmerau. Er sah es deutlich ein, daß er diesem prickelnden Zug auf die Dauer nicht widerstehen könnte. Ja, er wollte ein ordentlicher Kerl werden, ganz ehrlich wollte er das. Aber er merkte, daß er das ›Bravsein‹ aus sich allein nicht fertigbrächte. Er brauchte die Hilfe der andern. Die wollten nicht kommen, wollten ihm die Hand nicht reichen. »Hol s' der Teufel álle mitanand, dö mißtrauischen Geizkrägen!«

Wenn nur wenigstens eine ihm die stützende Hand reichen möchte! Wenn die an ihn glauben könnte! Wenn die zu ihm sagen möchte: »Ich bin net wie die andern, ich hab Vertrauen, ich möcht's riskieren! Aber dös siehst doch ein, ich kann kein' Lumpen heiraten, der bis über d' Ohrwascheln in Schulden steckt! Ich bin doch an ordentlichs Madl!«

»Ja, Vroni, da fehlt sich nix!« würde er dann sagen. »A brävers Madl wie du gibt's in der ganzen Welt nimmer!«

»No also, schau«, müßt dann die Vroni wieder sagen, »da mußt dich halt danach aufführen! Fest antauchen mußt! Mit dem richtigen Willen laßt sich alles machen in der Welt. Hast ja gsunde Fäust, und 's gscheite Köpfl fehlt dir doch auch net. Und hab ich mich überzeugt, daß d' an andrer worden bist, so frag halt an bei mir! Und unter der Zeit därfst dich schon diemal an meim Fensterl anschauen lassen, daß ich dir a bißl Mut zusprich. So, und jetzt geh, Schorschl, pack's an!«

Ja! Wenn die da droben so zu ihm sprechen möchte, wäre ihm gleich geholfen. Dann wüßte er doch, wofür er sich schinden und gedulden sollte! Und dann hätte er auch das Recht, für die harte Zeit sich eine Wegstärkung mitzunehmen, und würde seinem Schätzl ›eins auffidrucken aufs Göscherl, a ghörigs Bussel‹, eines, das ausgab für ein halbes Jahr! »Herrgott sakra, ich spring auffi und probier's!«

Lachend setzte er die Trompete an den Mund und blies mit schmetternden Klängen:

»Maderl, Maderl, laß dich fragen,
Tut für mich dein Herzerl schlagen?
Geh, mußt net so heimlich sein,
Maderl, Maderl, gsteh mir's ein!«

Wieder schloß er mit einem hohen C, spähte gegen die Simmerau hinauf und lauschte dem Echo. Von neugestärkter Hoffnung erfüllt, kehrte er in die Werkstätte zurück und schmiedete mit lustigem Eifer noch ein paar überflüssige Hufeisen, bis der Abend sank. Mit einer Sorgfalt, wie er sie seit Jahren nicht geübt hatte, räumte er die Werkstätte auf, schloß das Tor und versperrte die Haustür. Die Trompete unter der Joppe, wanderte er durch die Dämmerung bergan und pfiff in hoffnungsreichem Seelenvergnügen eine heitere Weise vor sich hin.

Der Wind hatte umgeschlagen. Wohl funkelten in der Höhe des Himmels freundliche Sterne aus dem tiefen Blau, und die Bergspitzen waren angehaucht vom Silberglanz des steigenden Mondes; doch eine schwarze Wolkenschicht hob sich hinter den Felswänden empor und verschlang einen leuchtenden Stern um den andern.

9

In der Simmerau waren die Eisenschlaudern an die zersprungene Mauer gesetzt, die Wandnarben waren mit Zement überstrichen, und noch in der Dämmerung hatte Mathes die ganze Rückseite des Hauses frisch geweißt, damit der Vater am Morgen wieder eine tadellose Mauer sehen möchte.

Vor dem Schlafengehen blieben sie noch eine Weile unter der Haustür stehen und lauschten dem Trost, den ihnen der kalte Wind in die Ohren pfiff. »Vater!« sagte Mathes, »schau nur, wie hinterm Nebel die schweren Wolken nachrucken! Dö tragen Schnee. Paß auf! Dö bringen über zwei, drei Tag den richtigen Winter. Und d' Ruh für uns.«

»D' Ruh für uns!« Michel, die dürren Hände faltend, sah zum Himmel hinauf. Als fiele ihm ein besseres Gebet nicht ein, wiederholte er ein paarmal: »D' Ruh für uns! D' Ruh für uns!« Er bekreuzte Gesicht und Brust. »Heut schlaf ich a bißl besser!«

Sie traten in den Flur. Hier, in dem dunklen Raum, in dem sich der Ausdruck eines Gesichtes nicht mehr unterscheiden ließ, fragte Mathes unvermittelt: »Du? Vater? Hast amal ebbes reden hören, als ob der Purtscheller a Gschäft mit'm Juden hätt?«

»Warum fragst?«

»Weil ich den Rufel vor'm Purtschellerhof auf der Hausbank hab sitzen sehen.«

»Den Rufel? Ah na! Da hat's kei' Gfahr net. Der Rufel laßt sich auf schieche Sachen net ein. An Holzhandel, mein' ich, gilt's halt. Drüben im Wald is viel Holz gfallen. Dös möcht halt der Herr Purtscheller gern verkaufen, denk ich mir. Aber anbringen wird er's hart.«

Mathes trat in die Stube, ohne ein Wort zu erwidern. Dann war's in dem kleinen Hause still.

Nur Vroni war noch auf und geisterte beim flackernden Schein eines Talglichts in ihrer Kammer. Zuweilen fuhr ein kalter Windstoß durch das offene Fenster und machte die kleine Flamme zucken. Mauerbrocken waren auf den Dielen zerstreut, neben einer Mörtelkufe lagen Spitzhammer und Kelle, und an der Wand sah man noch die offenen Löcher, in welche die Schraubenmuttern der eisernen Schlaudern versenkt waren. Der Tag hatte nicht mehr ausgereicht, um auch auf der Innenseite der Mauer den Schaden völlig auszubessern und die kleine Kammer wieder in wohnliche Ordnung zu bringen. Deshalb sollte Vroni drüben in der Stube schlafen. Um Auszug zu halten, wickelte sie eine Lodendecke mit dem Unterbett und einem Kissen zu einem Pack zusammen und nahm ein Leintuch aus dem blau gestrichenen Schrank, dessen Türen mit zwei flammenden Herzen bemalt waren. Lang betrachtete sie die beiden roten Dinger, als gäbe ihr dieses brennende Herzenpaar zu denken. Eine harte Furche war zwischen Vronis Brauen gesenkt. Schließlich hob sie gar die Hand und strich über die Bretter, als wollte sie versuchen, ob die ärgerliche Malerei sich nicht fortwischen ließe. Das war gute, dauerhafte Farbe. In den fünfunddreißig Jahren, seit dieser Kasten neu und frisch lackiert auf Mutter Katherls Hochzeitswagen seinen Einzug in der Simmerau gehalten hatte, waren die zwei roten Herzen kaum merklich abgeblaßt. »So was Dumms! Söllene Sachen auf an Kasten malen!« Ein leises Klatschen machte sie aufblicken. Vom Garten herein war eine weiße Katze auf das Fensterbrett gesprungen. »So, Miezerl? Kommst heim?«
Leis miauend sprang die Katze auf die Dielen nieder, trippelte näher und ließ sich in Behaglichkeit den Rücken krauen; dann sprang sie auf das Bett, machte sich's bequem und begann die Pfoten zu lecken. Wenn sich die Katze putzt, kommt Besuch. An dieses Sprichwort dachte Vroni, schien aber von seiner Weisheit nicht sonderlich erbaut zu sein. »Ich dank schön! Dös ging mir grad noch ab!« murrte sie. »Ja, Miez, tu mein Stüberl hüten!« Sie drückte am Fenster die Scheiben zu, nahm seufzend das Bettzeug auf den Rücken und verließ mit dem Licht die Kammer. In der Wohnstube machte sie auf den Dielen ihr Lager zurecht, blies das Licht aus und legte sich in den Kleidern zur Ruhe; nur das Mieder nestelte sie auf. »Gut Nacht, Mathes!«
»Gut Nacht!« klang von der Ofenbank die Stimme des Bruders. Eine Weile war Stille; dann sagte Mathes leise: »Du!«

»Was?«
»Heut hat er mir gfallen.«
»Wer?«
»Der Schorschl.«
»So?« Vroni bearbeitete mit der Faust das widerspenstige Kissen. »Laß mich lieber schlafen! Um so ein', wie der is, spar ich mir den Schlaf net ab. Warum sagst es denn mir grad?«
»No, weil d' neulich gmeint hast, um den is schad!«
Vroni schwieg und wickelte sich fester in die Decke.
»Ja! Gfallen hat er mir!« wiederholte Mathes nach kurzem Schweigen. »Gschanzt hat er wie a Roß. Wann er ernstlich mögen tät, der Schorschl, kunnt er sich bald wieder in d' Höh rappeln. D' Schmiederei versteht er wie net leicht einer. Gut macht er sei' Sach. Und billig. Fünf Mark hat er verlangt für d' Schlaudern. Jeder andre hätt acht oder zehn Mark begehrt.«
»Natürlich!« fiel Vroni mit gereizter Stimme ein. »Wann der net 's Geld aussischmeißen kann, is ihm net wohl.«
»Aber geh! Wirst es ihm doch net fürwerfen, daß er's für uns so billig macht.«
»Wir brauchen nix gschenkt. Von dem! Hast ihn doch gleich zahlt?«
»Na. Ich hab kein Geld net bei mir ghabt.«
»Was?« Vroni richtete sich auf. »Schuldig bist blieben? Bei dem? No wart! Gleich morgen zahl ich die fünf Mark, gleich morgen, wann ich abi komm, 's Brot holen. Gleich morgen!«
»So geh! Dem Schorschl pressiert's doch net.«
»Aber mir!«
Da wurde die Kammertür geöffnet, und Mutter Katherls flüsternde Stimme ließ sich hören: »Kinder, seids doch a bißl stad! Der Vater hat so an guten Schlaf gfunden. Tuts ihn net aufwecken!« Lautlos schloß sie die Tür wieder.
In der Stube war's eine Weile still; dann schalt Vroni mit kaum vernehmbarem Gelispel: »Da hast es jetzt! Daß d' den Vater noch um sein' guten Schlaf bringst! Mit dem da drunt!« Es pumperte auf dem Stubenboden. So unwillig hatte Vroni sich auf die Seite geworfen.
Ein paar schweigsame Minuten vergingen; dann zischelte Mathes: »Vroni!« Keine Antwort kam. Aber Mathes mußte ihr das noch sagen: »Heut hab ich 's Linerl gsehen.«
»Dös hätt dir dein Schutzengel sparen können.«

Nun lagen sie stumm, jedes mit seiner nagenden Qual im Herzen. Aber die schwere Arbeit des Tages hatte sie zu müde gemacht, als daß sich der Schlummer von ihren Augen hätte verscheuchen lassen. Draußen fuhr der kalte Nachtwind mit eintönigem Rascheln durch das welke Laub der Apfelbäume und über die Mauern. Tiefe Finsternis war um das kleine Haus. In so dichter Menge deckten die Wolken schon den Himmel, daß der Mond mit keinem Zwielichtschein die schwere Fülle des Gewölks durchdringen konnte.
In der schwermütigen, nur vom Wehen des Windes unterbrochenen Nachtstille ließ sich ein Geräusch vernehmen, das Kollern eines Steines. Dann bei der Böschung ein Rutschen, ein Knacken von Ästen und Geklapper, als wäre Blech auf Holz gefallen.
»Sakra! Die Trompeten!« Ein schwarzer Klumpen, der tastende Arme zu haben schien, bewegte sich auf der Erde hin und her. »Ah, da liegt s' ja!« Jetzt wieder Stille. Nach einer Weile konnte man schleichende Tritte hören. Ein dicker, schwarzer Strich, der drei graue Flecke – ein Gesicht und zwei Hände – an sich hatte, bewegte sich von einem Baumstamm zum andern, scharf in der Richtung gegen ein kleines Kammerfenster. Es war eine Arbeit, in solchem Dunkel das Fenster lautlos zu erreichen. Schorschl atmete erleichtert auf, als er bei der Mauer stand. Er schien die Absicht zu haben, hier längere Zeit zu rasten, richtete sich häuslich ein, trug eine Holzkufe, an die er mit den Knien angerumpelt war, dicht neben das Fenster, stülpte sie um, ließ sich bequem darauf nieder und legte die Trompete hinter sich. Mit dem Rücken an die Wand gelehnt, im Schoß die Daumen drehend, wartete er, um der Ruhe im Hause völlig sicher zu sein.
Endlich nahm er sich das Herz und klopfte ans Fenster, ganz leise. In der Kammer rührte sich nichts. Er klopfte wieder, ein drittes und viertes Mal. »Herrgott! Hat dö an Schlaf!«
Wieder, wie damals bei jenem ersten Besuch, wollte Schorschl das Fenster ein wenig aus dem Rahmen drücken, um durch die Fuge hineinzuflüstern. »Vronerl? Hörst mich net?« Nein, sie hörte nicht. Er drückte fester. Da gab der Fensterflügel nach und legte sich klirrend einwärts gegen die Mauer. Im ersten Augenblick erschrak Schorschl. Dann kicherte seine vergnügte Seele: »Jetzt muß sie's aber doch ghört haben!« Er lauschte. Richtig! Aus der Tiefe der Kammer hörte er ein mattes, unbestimmbares Geräusch. Sehen konnte er nichts. Das Innere des Stübchens lag wie eine

schwarze Grube vor ihm. Aber er wußte: Dort hinten in der Ecke stand das Bett. Genau aus dieser Richtung ließ das Geräusch sich vernehmen. Ein bißchen wunderlich war es anzuhören, fast komisch, als hätte das Mädel einen Leintuchzipfel in der Hand und klopfte damit gleichmäßig und sacht auf das Kissen.
»Vronerl!« flüsterte Schorschl mit seiner zärtlichsten Stimme. »Geh, komm a bißl her ans Fenster! Ich muß dir ebbes sagen. Mein Herz, mein Glück und mein Leben hängt dran. Schau, ich will nix Unrechts net haben! Bloß a guts Wörtl sollst mir sagen, dös mir zum Bravsein den richtigen Mut macht. Geh, Vronerl, komm her!«
Vronerl kam nicht. Wohl schwieg jetzt das merkwürdige Klopfen. Dafür schien die stumme Widerspenstige auf einen anderen Zeitvertreib geraten zu sein, sie zupfte mit den Nägeln am Leintuch.
»Vronerl! Schau, sei gscheit! Komm her a bißl!«
Vroni mußte das Gesicht in die Polster gedrückt haben, um ihr Kichern zu ersticken. So vermutete Schorschl. Anders konnte er sich dieses neue, sonderbare Geräusch nicht deuten, es hatte eine entfernte Ähnlichkeit mit jenem Kudern, das ein Hündchen oder ein anderes Tier verursacht, wenn es sein Fell schüttelt.
»Aber Vroni! Geh! Auslachen mußt mich net! Schau, mir is blutig ernst!« Seine Stimme zitterte. »Gwiß wahr, Vronerl, dein Wörtl von selbigsmal: ›Du bist a Lump!‹, dös hat mich packt, wie der Teufel die arme Seel!«
Er war im Zug und redete weiter mit sprudelndem Geflüster. Alle Gedanken der letzten Tage schilderte er mit offenherziger Wahrheit; beichtete seine Schulden, aber auch seine guten und ehrlichen Vorsätze; in zärtlichem Gestammel bekannte er der schweigsam Lauschenden, wie es in ihm aufgedämmert wäre, daß er sie liebhätte. »Schau, Vronerl, ich weiß, daß ich dich heut noch net wert bin! Und ehrlich, 's Bravsein wird mir hart. Aber du kunntst mein Schutzengel sein. Wann du mir a bißl Hoffnung geben tätst, dös kunnt an andern aus mir machen! An ganz andern! Und kein' Schlechten net! Schau, tu mich a bißl aufrichten! Geh, Vronerl, gib mir d' Hand!«
Schorschl lauschte. Aus der finsteren Kammer ließ sich kein Laut vernehmen. Glühend stieg ihm das Blut zu Kopf. »Vroni! Wann d' jetzt kein Wörtl net findst, nacher rührt sich nix in dir für'n Schorschl!« Da hörte er jenes merkwürdige Klopfen wieder. »Du! Mach dich net lustig über mich!« Er dämpfte die lautgewordene Stimme. »Geh, Vronerl, komm her!« Seine Stimme hob sich wieder.

»Wann d' net herkommst auf der Stell, meiner Seel, so spring ich eini!« Er machte auch gleich den Versuch, diese Drohung auszuführen, stieß aber mit der Stirne recht unsanft an eine Eisenstange des Gitters. Zur Mehrung seines Ingrimmes mußte er sich auch noch erinnern, daß er selbst vor einigen Jahren dieses verwünschte Fenstergitter geschmiedet hatte. »Natürlich! Dös hat man von der guten Arbeit!« Er faßte die Stange und rüttelte. »Vroni! Spiel dich net z'lang mit mir! Oder ich geh! Und mit'm Schorschl is aus und gar! Und du hast ihn auf'm Gwissen!«

Keine Antwort.

»Recht so! Is schon gut!« Schorschl tappte nach seiner Trompete. »Mich siehst nimmer im Leben! Pfüet dich Gott!« Da hielt es ihn wieder fest. Er meinte, in der Kammer einen leisen Klapp gehört zu haben, als wäre jemand mit nackten Füßen auf die Dielen gesprungen. »Sie kommt!« Und weil er im gleichen Augenblick hinter dem zweiten, noch geschlossenen Fensterflügel etwas Weißgraues über dem Fensterbrett erscheinen sah, sprang er flink zur Mauer zurück. »Vronerl!« jauchzte er in erstickter Freude. Hurtig griff seine Hand in das Fenster, um zu haschen, was er für den weißen Ellbogen des Mädels hielt.

»Himmel sakra!«

Mit diesem erschrockenen Ausruf, der ihm zugleich als Schmerzensschrei diente, zog er die übel zugerichte Hand wieder zurück. Eine Weile stand er sprachlos, bis es in Zorn aus ihm herausbrach: »Nobel! Dös muß ich sagen! Da schau her!« Er streckte die zerkratzte Hand gegen das Fenster. »'s Blut lauft mir über d' Finger. Wie du, so kratzt net einmal die wildeste Holzkatz.«

»Miaaau!« klang es aus der Tiefe der finsteren Kammer.

Dieser Spott war mehr, als Schorschl ertragen konnte. »Pfüet dich Gott, du! Morgen kannst mich suchen lassen im tiefsten Graben!« Jetzt brauchte er kein Geräusch mehr zu scheuen. Mit plumpsenden Schritten stolperte er über den Hof gegen die Böschung. Als er droben auf der Wiese stand, blickte er zurück nach dem stillen Haus und lachte wütend vor sich hin. »Ins Wasser springen? Wegen so einer! Ah na! Jetzt bleib ich erst recht am Leben! Grad mit Fleiß! Und so was von lumpen, wie ich jetzt anfang, so was hat's noch nie net geben! Und anschauen soll sie's müssen! Und soll sich sagen müssen alle Tag: ›Den hab ich auf'm Gwissen!‹« Damit sie auch gleich wüßte, welch einen edlen Vorsatz er in seinem Rachedurst gefaßt hätte, setzte er die Trompete an den Mund und blies in die schwarze Nacht hinaus:

»O du lieber Augustin,
's Geld is hin,
Alls is hin!
Hätt ich nur 's Mensch beim Kragen,
Wollt ich noch gar nichts sagen – «

Mit einem grellen Mißton brach die Weise ab.
»Was? So an Wunsch sollt ich noch haben? Ah na! Da muß ich ihr schon was anders blasen!«
Wieder setzte er die Trompete an. Schmetternd klang es durch die Finsternis:

»Der Graf von Luxemburg
Hat all sein Geld verjuckt juckt juckt,
Der Graf von Luxemburg
Hat all sein Geld verjuckt!

Hat hunderttausend Ta-aler
In einer Nacht verjuckt juckt juckt,
Der Graf von Luxemburg
hat all sein Geld verjuckt!
Tütüüüh!«

Das war das schönste hohe C, welches Schorschl noch je geblasen hatte. »So! Und jetzt kann meintwegen alles hin sein!« Mit grimmigem Schwung schleuderte er die Trompete in die Nacht hinaus. Sie flog so weit, daß er sie gar nicht fallen hörte. Aber etwas anderes vernahm er, das Klirren eines Fensters und Mutter Katherls erregte Stimme: »So was is aber doch a bißl gar z'arg! Müde Leut aus der Ruh aufschrecken! Du Tagdieb, du gottsträflicher!«
»Tagdieb? Was, Tagdieb?« schrie Schorschl mit zornigem Lachen zurück. »Es is ja net Tag, es is ja Nacht! Und dein Katzerl kann dir von eim andern gstohlen werden! Vor mir hat's Ruh!« Die Fäuste in die Hosentaschen bohrend, stürmte er über die Wiesen hinauf, ohne sich weiter um die zweifelhaften Schmeicheleien zu kümmern, welche Mutter Katherl und der aus seinem Schlummer aufgestörte Simmerauer hinter ihm herriefen.

Wohin er wollte, wußte er selber nicht; er stolperte immer bergauf, bis er kopfüber in eine Erdschrunde des laufenden Berges purzelte. Das brachte ihn zu klarer Besinnung, und nach dem verrauchten Zorn befiel ihn eine namenlose Traurigkeit. Dazu schmerzten ihn alle Glieder von dem harten Fall. Mühsam schleppte er sich weiter bis zum Purtschellerwald. Hier wußte er eine Holzerhütte. Bei solcher Finsternis war sie schwer zu finden. Es setzte Püffe und Beulen an Ellbogen und Knien ab, bis er endlich unter dem niederen Rindendach geborgen war. Seufzend streckte er sich auf die harte Holzpritsche nieder und verschlang die Hände unter dem Nacken. Alle paar Minuten hörte er ein dumpfes Krachen im Wald. Dabei hatte er den christlichen Gedanken: ›Wenn nur der Berg heut nacht den ganzen Wald einschlucken möcht! Und mich als Pfefferkörndl auf'm Butterbrot!‹

Ein paar Stunden lag er so. Dann schlief er ein, hungrig und fröstelnd. Als er erwachte, war es heller Tag. Draußen vor der Hütte hörte Schorschl im Erwachen ein dumpfes Dröhnen, als wäre eine Fichte gefallen. Von der Kälte wie gelähmt, lag er auf der harten Pritsche. Mühsam rappelte er sich auf und brauchte lange, bis er seiner starren Glieder Herr wurde. Ziellos stieg er bergan. Was er wollte, war ihm unklar. Nur den Tag totschlagen, alles, nur nicht arbeiten! Aber da machte er eine sonderbare Erfahrung. Gestern hatte ihn die ›Lüftigkeit‹ gekitzelt, jetzt quälte ihn eine ihm völlig neue Sehnsucht nach der Arbeit. Aber um keinen Preis der Welt hätte er dieser Sehnsucht nachgegeben. Wie ›die da drunten‹ lachen würde, wenn sie aus der Schmiede herauf die Hammerschläge vernähme! Nein! Ein Lump sein, ein ärgerer noch als jemals im Leben! Um Frühstück zu halten, setzte er sich in die Heidelbeerbüsche und speiste so reichlich von den überreifen Beeren, daß er Bauchweh und ein schwarzes Maul bekam. Dabei studierte er, welche Streiche er ausführen wolle, um das Dorf in Alarm zu bringen. Es fielen ihm Narreteien ein, so ausgesucht verrückt, daß er selber lachen mußte. Das klang aber nicht sehr fröhlich. Als er weiter bergan stieg, begann er mit kreischender Stimme zu singen, konnte sich aber doch nicht in die richtige Lumpenlaune hineinjodeln. Die Schuld trug nur der abscheuliche Tag. Echter Galgenhumor pflegte sich nur einzustellen, wenn die Sonne scheint. Die spielte heut Versteckten mit dem Daxen-Schorschl. Alles war kalt und grau. Um sich heiß zu machen, kletterte Schorschl über eine Felswand hinauf und suchte den

gefährlichsten Niederstieg. Endlich fiel ihm ein, daß Samstag wäre. Da gab's auf den Abend lustige Gesellschaft im Wirtshaus drunten! »Sakra! Da will ich aufhauen, daß der Tisch kracht!« Mit langen Sprüngen ging's über Stock und Stein, bis hinunter zur Simmerau. Oberhalb der Böschung duckte er sich hinter das Heckengestrüpp. Er wollte freilich mit ›der da drunten‹ sein Leben lang nichts mehr zu schaffen haben. Aber wenn er mit ihren Eltern Mitleid hatte, das war was anderes! Erleichtert atmete er auf, als er die Mauern in bester Ordnung fand. Dabei hörte er das Schwatzen der zwei Alten, die unter der Böschung standen und die neu eingerammten Balken mit Ruten durchflochten. Ein merkwürdiger Zufall: Die beiden sprachen just vom Schorschl, und sie redeten nicht viel Gutes über den Daxenschmied. Eben erklärte Mutter Katherl: »Hast recht! So ein' gibt's nimmer in der ganzen Gegend! So an narrischen Lüftikus, wie der einer is!«
»Ja, ja!« nickte Michel. »Aber seine verruckten Streich soll er machen, wo er will, nur net bei mir. Dem will ich a Wörtl sagen. Dem!«
»So?« rief Schorschl über die Böschung hinunter. »Sag mir's halt! Da hast mich gleich!«
Mutter Katherl stieß ihren Mann, um ihn zu besonnener Ruhe zu mahnen, mit dem Ellbogen in die Seite. Michel schien eines Appells zum Frieden nicht zu bedürfen; ›der da droben‹ war Luft für ihn.
Der Daxenschmied spähte über Hof und Garten. Von Vroni war nichts zu sehen, nichts zu hören. Und da konnte Schorschl die spöttische Frage nicht verschlucken: »No? Wo is denn enker liebs Katzerl?«
Die weiße Katze lag schnurrend auf der Hausbank und schien der Meinung zu sein, daß diese Frage nicht an ihre Adresse gerichtet war. Die gleiche Ansicht teilte der alte Michel. »Sei froh, daß d' Vroni net daheim is! Da kunntst ebbes hören! Du!«
Als der Daxen-Schorschl vernahm, daß Vroni nicht daheim war, schien er sich seiner Absicht, möglichst flink im Wirtshaus einzutreffen, wieder zu erinnern. Wortlos trollte er am Rand der Böschung hin und kam in immer rascheren Lauf. Solch ein abschüssiger Weg zieht in den Füßen.
Den nächtlichen Ruhestörer ganz ohne Verweis zu entlassen, das schien sich mit Michels Groll nicht zu vertragen. »Gelt, du! Wann d' wieder amal die müden Leut aufschrecken willst aus'm Schlaf, so

blas a paar feinere Liedln! Schelmenstückln is man net gwöhnt bei uns da heroben.«
»Ja, is recht!« rief Schorschl über die Schulter. »'s nächste Mal blas ich: Üb immer Treu und Redlichkeit, bis an dein kühles Grab!« Er hopste über die von Erdrissen durchklüfteten Bühel hinunter. Dazu sang er mit hoher Stimme:

»Und 's Lumpen is lustig,
Und 's Lumpen is schön,
Und a Lump, der laßt d' Welt
Schön kugelrund gehn!

Und d' Weltkugel draht sich
Im Tag amal um,
So a schläfriger Schneckentrab
Wär mir schon z'dumm!

A richtiger Loder,
Kreuzteufel juheh,
Der draht im Tag 's Unterste
Zwanzgmal in d' Höh!«

So sang er ein Schnaderhüpfl ums andere, bis er das Dorf erreicht hatte. In der Nähe des Marktplatzes begegnete er einem Trupp Burschen, die Feierabend gemacht hatten und in breiter, fast die ganze Straße füllender Marschlinie ihre qualmenden Pfeifen spazieren trugen. ›Wart, da laßt sich gleich a bißl ebbes machen!‹ dachte Schorschl, stellte sich in rauflustige Positur und ließ die Burschen herankommen. »Weg frei!«
»Ja, ja, ja!« sagte einer der Burschen gutmütig, während die andern lachten. Und die Linie teilte sich.
»Weiter ausanand!« schrie Schorschl. »Dös Gaßl is mir z'klein. Ich brauch a größers.«
»Aber Schorschl? Was hast denn?« fragte einer der Burschen. Ein anderer sagte: »No schau, hast doch Platz, bist ja kein Leiterwagen!« Und ein dritter rief: »Der Schorschl is narrisch worden und bildt sich ein, er is die Bäckenmahm!«
»Bäckenmahm? Was? Bäckenmahm?« Das Gesicht des Daxenschmiedes strahlte vor Vergnügen. Jetzt hatte er einen, den er pakken konnte. »Wart, dir will ich's austreiben, daß d' mir die Bäcken-

mahm beleidigst!« Er stülpte die Ärmel auf. »Komm her, du –« Schorschl verstummte, hatte plötzlich alles um sich her vergessen und starrte auf die Tür des Krämerhauses.
Lachend gingen die Burschen davon. Nur der Angerempelte blieb noch stehen, um nicht als Ausreißer zu erscheinen. Einer seiner Kameraden zog ihn am Arm mit sich fort: »Geh, laß gut sein! Dem Schorschl muß ebbes übers Leberl glaufen sein.«
Der Daxenschmied schien nicht zu merken, daß er allein blieb. Seine funkelnden Augen hingen an Vroni, die aus dem Krämerhaus getreten war. Sie trug auf den Armen drei große Brotlaibe, die ihr bis ans Kinn reichten und in die blaue Schürze gewickelt waren. Als sie den Daxen-Schorschl gewahrte, bog sie auf den Fußweg ein, der von der Straße durch einen mit rinnendem Wasser angefüllten Graben und eine Pappelreihe getrennt war.
Schorschl lachte. Er sprang über den Graben, blieb auf dem Fußweg stehen, legte die Hände hinter den Rücken und wartete.
Vroni tat, als hätte sie dieses Manöver nicht bemerkt. Erst als sie dicht vor Schorschl stand und nicht mehr weiter konnte, blickte sie auf. »Grüß Gott!« sagte sie kalt. Das klang von oben herab, obwohl sie um einen halben Kopf kleiner war als der Daxenschmied. »Gut, daß d' mir grad in Weg laufst!«
Schorschl schwieg und schaukelte sich auf den Fersen.
»Ich hätt dich heut schon in deiner Schmieden aufsuchen sollen«, sagte Vroni, »aber ich hab mir gleich denkt, daß man dich net daheim bei der Arbeit trifft.«
Schorschl machte eine tiefe Verbeugung.
»Drum hab ich dir die fünf Mark, die mein Bruder hat schuldig bleiben müssen, zur Kramerin einiglegt.« Es zuckte spöttisch um ihren Mund. »Ich hab mich schon bsonnen, ob ich dir net zehn Pfennig dazulegen soll. Hast ja heut nacht bei uns droben Musi gmacht und hast aufs Absammeln vergessen.«
Dieses Wort trieb dem Daxen-Schorschl das Blut ins Gesicht; aber er schwieg noch immer.
Vroni wurde ungeduldig. »Jetzt geh aus'm Weg! Dir liegt net viel an der Zeit. Aber mir!«
Schorschl rührte sich nicht vom Fleck; nur die Sprache fand er. »Vergelts, Gott, Katzerl!« Er hob die zerkratzte Hand bis dicht vor Vronis Augen. »Feine Nagerln hast! Du kunntst an Toten wieder aus'm Grab aussikratzen!«

Vroni furchte die Brauen. »So an unsinnigs Gred!«
»Was? Leugnen willst auch noch?« Diese Erkenntnis brachte den Daxen-Schorschl ins Kochen. »Wann eine kratzt, no ja, in Gotts Namen! Aber lügen braucht s' deswegen net!«
»Du! Ich hab im Leben noch nie net glogen. Deintwegen tät ich's am allerwenigsten. Gib mein' Weg frei, sag ich zum letztenmal.«
Ihre Stirne brannte, und Blitze sprühten aus ihren Augen. Bei allem Zorn, der im Schorschl rumorte, war er doch nicht blind. So gut wie jetzt hatte sie ihm noch nie gefallen. Und da erwachte in ihm die Erinnerung an die Träume des vergangenen Abends. Statt mit dem Herzen, hatte sie ihm die Antwort mit den Fingernägeln ausgeteilt. Sollte er ganz leer ausgehen? Hatte er nicht so eine Art von Recht, sich für den Streich bezahlt zu machen, den ihm das ›liebe Katzerl‹ in der Nacht gespielt hatte? Lachend streckte er die Hände.
»Mein Fried' laß mir!« stammelte Vroni und wich zurück.
»Ich kratz ja net! Im Gegenteil.« Er schlang den Arm um ihren Hals und meinte, leichtes Spiel zu haben, weil sie die drei Brotlaibe trug und wehrlos war. Aber da hatte er wieder einmal falsch gerechnet, wie schon so oft in seinem Leben. Vroni ließ kurz entschlossen die drei Brotlaibe fallen, die plumpsend nach verschiedenen Seiten auseinanderkollerten, und stieß dem Burschen die Fäuste mit so derber Kraft vor die Brust, daß er rücklings gegen die Hecke taumelte.
»Öha! Langsam!« brummte Schorschl, während er mit den Armen fuchtelte, um das Gleichgewicht wiederzufinden. »Aus kommst mir nimmer! Du!« Mit einem Feuermut, der dem Daxenschmied auf dem Schlachtfeld die goldene Tapferkeitsmedaille eingetragen hätte, ging er wieder zum Angriff über.
Vroni hatte das Schürzentuch, in das die Brotlaibe gewickelt waren, vom Boden aufgerafft. Als Schorschl in hiebsichere Nähe kam, schwang sie mit der gesteigerten Kraft ihres Mädchenzornes diese echt weibliche Waffe. Dem Daxenschmied wurde es für ein paar Sekunden schwarz vor den Augen, obwohl die Schürze nur ein verwaschenes Blau hatte. Bei dem klatschenden Schlag stäubte eine weiße Wolke um Schorschls Kopf. Sein Gesicht, die Brauen, der Schnurrbart und die Nasenspitze waren grau gepudert von dem Mehl, das die Unterseite der Brotlaibe an das Schürzentuch abgegeben hatte.
»Ja, sakra!« fing er zu räsonieren an. »Kratzen in der Nacht und dreinschlagn am Tag? Und so was soll ich mir gfallen lassen?« Da sah

er das entstellte Gesicht des Mädels. Seine Arme sanken, erschrokken stand er vor Vroni und gewahrte auf dem rinnenden Wasser des Grabens einen tanzenden Brotlaib, der schon zu sinken drohte. »Jesus Maria!« Hurtig machte er sich auf die Jagd nach dem schwimmenden Laib.
Vroni band die Schürze um die Hüften und bückte sich nach den beiden Brotlaiben, von denen der eine im Gestrüpp der Hecke, der andere mitten auf dem Fußweg lag. Während sie langsam mit ihrer verminderten Last davonging, kam Schorschl ihr nachgelaufen. »Da, Vronerl!« Er putzte mit dem Joppenzipfel das Wasser von dem gefischten Brotlaib. »Da hast dein' dritten Wecken! Es hat ihm nix gmacht! Gar nix! A bißl lind wird er sich halt beißen.«
Sie sagte kein Wort. Als ihr Schorschl den Brotlaib auf die beiden andern laden wollte, machte sie, um das zu verhindern, eine ungestüme Bewegung. »Aber Vronerl, sei doch gscheit! Wirst doch um meintwegen deine braven Leut daheim net um dös gute Brot verkürzen?« Nun litt sie es schweigend, daß er den feucht glänzenden Laib auf die beiden anderen legte. Doch als er an ihrer Seite bleiben wollte, sah sie mit einem Blick zu ihm auf, der dem Daxen-Schorschl die Füße lähmte. Wie ein begossener Pudel blieb er an der Hecke stehen, bis sie verschwunden war. »So! Jetzt hab ich d' Suppen erst recht versalzen!« philosophierte er. In der Wut über sich selbst packte er sich bei den Joppenflügeln. »Da hätt doch jede andere dreimal kratzt und dreingschlagen, statt bloß an einzigs Mal, wie 's Vronerl!« Er sah über die leere Straße hin und seufzte. »Jetzt is's aus!« Bei dieser Einsicht überfiel ihn die Verzweiflung. »Sakra! Jetzt därf ich mir ein' anbicheln, an ghörigen! Sonst weiß ich nimmer, was mit mir gschieht in der heutigen Nacht.«
Mit brennendem Kopf und langen Schritten stürmte er dem Wirtshaus entgegen.
Inzwischen hatte Vroni den Fuß des laufenden Berges erreicht. Als sie bei sinkender Dämmerung in die Nähe des elterlichen Hauses kam, blieb sie stehen und legte die schweren Laibe zu Boden, um ein Weilchen zu rasten und die Augen zu trocknen. Da sah sie im Gestrüpp einer Haselnußstaude etwas hängen, das wie Gold glänzte. Es war die C-Trompete des Daxen-Schorschl, die in den Zweigen verfangen hing wie ein Christkindl-Geschenk am Weihnachtsbaum. »So an Unfürm! Wie er umgeht mit so einer kostspieligen Sach.« Scheu guckte sie nach allen Seiten, fischte flink die

Trompete aus dem Gebüsch und wickelte sie sorgfältig in die Schürze.
Wenn der frostige Abendwind schärfer emporzog über die Halden, klang vom Wirtshaus mit verschwommenen Tönen ein Johlen und Singen herauf.
So lustig war es da drunten in der Wirtsstube schon lange nicht mehr zugegangen. Der Daxen-Schorschl hatte wieder einmal ›aufgemischt‹!
»Grüß Gott, Wirt! Pumpst mir noch?« Mit dieser Frage war er, als die Kellnerin eben die Lampen anzündete, in die Stube getreten.
»Ja!« hatte der Wirt lachend gesagt. »Aber nimmer viel!«
»Für an gsunden Rausch wird's reichen! Wer weiß, ob's net der letzte is?« Wahrhaftig, der Daxen-Schorschl hatte Selbstmordgedanken.
Noch ehe die Stube richtig voll mit Gästen war, unter denen sich auch der Geschäftsführer der Bäckenmahm mit seinem Gesellen befand, hatte sich Schorschl schon in eine Stimmung ›hineingebichelt‹, deren gereizte Lustigkeit die ganze Stube amüsierte. Als man ihm die Zither hinstellte, sang er die ganze Litanei seiner ›schnakkerlfidelen‹ Lieder herunter, natürlich auch die ›Lumpengstanzeln‹!

»A richtiger Loder,
Kreuzteufel juheh!
Der draht im Tag 's Unterste
Zwanzgmal in d' Höh!«

Noch war das Gelächter, das dieser Strophe folgte, nicht verstummt, als draußen auf der Straße ein gellender Ruf ertönte: »Feuerjo! Feuerjo!« Und da hörte man auch schon die Schläge der Feuerglocke. In der Wirtsstube fuhren sie alle von den Bänken und Stühlen auf. Bevor noch die ersten zur Tür kamen, stürzte einer von der Straße herein: »Leut! Es brennt!«
»Wo? Wo?«
»Bei der dicken Bäckin!«
»Jesus Maria!« stotterte Schorschl. Der Daxenschmied war plötzlich nüchtern. »Wie soll denn dös arme Weiberleut aus'm Haus? Mit ihre zwei Zentner Speckschwarten?« Er sauste zur Türe. Keuchend rannte er die Straße hinunter. Vor seiner Schmiede sprang er über

den Staketenzaun. Weil sich das Tor der Werkstätte auf den ersten Griff nicht öffnen wollte, warf Schorschl sich mit der Schulter gegen die Bretter, daß sie krachend auseinanderflogen. Einen schweren Schmiedhammer auf die Schulter werfend, eilte er der Brandstätte zu.

Schon glomm die Feuerhelle über die Dächer der benachbarten Häuser, und blutrot färbten sich die niedrig hängenden Wolken.

10

Rings um das brennende Haus zuckte alles von grellroter Helle und schwarzen Schatten. Schreiende Menschen füllten den Garten; sie wollten helfen, doch Rauch und Flammen verwehrten ihnen den Eingang. Das Feuer mußte in der Backstube ausgebrochen sein, hatte schon alle ebenerdigen Räume ergriffen und war über die Treppe in den Dachstuhl hinaufgeklettert. Der Rauch hatte die alte Magd, die neben den Zimmern der Bäckin in einer Kammer schlief, aus dem Schlummer geweckt, und weil sie die Treppe schon vom Feuer ergriffen sah, war sie im ersten Schreck, ohne sich weiter um ihre Herrin zu kümmern, aus dem Fenster in den Garten gesprungen. Jetzt heulte sie um die arme Frau, die hilflos verbrennen mußte, und machte mit ihrem Geschrei die Leute noch konfuser, als sie schon waren. Während man ratlos durcheinander kreischte, kam die freiwillige Dorffeuerwehr mit Spritze und Schubleiter angerasselt, und Purtscheller, der als Kommandant eine funkelnde Uniform und einen blitzblanken Messinghelm trug, begann seine Befehle auszuteilen, von denen einer dem andern widersprach. Eine heillose Verwirrung entstand, und so hätte es der dicken Bäckin in ihrem Stubenkerker übel ergehen können, wenn nicht der Daxen-Schorschl mit seinem Schmiedhammer und einem fertigen Rettungsplan auf dem Brandplatz erschienen wäre.
Mit derbem Ellbogen stieß er den scheltenden Herrn Kommandanten beiseite, wälzte die Schubleiter vor die Firstmauer, und als er die Leiter bis zu einem Fenster aufgewunden hatte, kletterte er hurtig über die Sprossen hinauf. Mit einem einzigen Streich seines Hammers schlug er den ganzen Kreuzstock in die Stube hinein und begann auf die Mauer loszuarbeiten mit so wilder Kraft, daß jeder Hammerstreich die Öffnung in der Wand um eine ausgiebige Scharte erweiterte. Dicker Rauch quoll ihm entgegen, der ihm fast

den Atem benahm, die Mauerbrocken fielen ihm auf Kopf und Schultern, doch er schlug und schlug, bis das Loch in der Wand schon breiter als eine Tür geworden war. Nun merkten die Leute, was er wollte, und gehorchten jedem Wort, das er aus Rauch und Staub zu ihnen hinunterrief.

Durch die weite Öffnung war der Qualm aus der Stube entwichen, und bei dem Flackerschein sah Schorschl die Bäckenmahm in weißer Nachtjacke und Schlafmütze bewußtlos auf den Dielen liegen. »Wasser! Wasser!« schrie er. Als der Spritzenmann mit dem Schlauch über die Leiter heraufgeklettert war, ließ Schorschl, um die Bewußtlose zu ermuntern und das Holzwerk gegen das eindringende Feuer zu sichern, den zischenden Wasserstrahl über den Fettberg der Bäckenmahm und durch die ganze Stube spielen. Dann sprang er in das klaffende Mauerloch. »D' Leiter in d' Höh bis unters Dach! Und den Flaschenzug abi!« befahl er. »Vierthalb Zentner Frauenzimmer tragt kein Goliath über d' Leiter. Wir müssen die Bäckin mit 'm Flaschenzug abilassen wie an Mehlsack! Aber flink! Mir scheint, es pressiert!«

Er wandte sich in die Stube, und weil ihm von dem geschluckten Rauch schon wirblig zu werden begann, griff er mit beiden Händen in das auf den Dielen stehende Wasser und wusch sich das Gesicht. Dabei merkte er nicht, daß seine Hände bluteten. Jetzt hatte er auf andere Dinge zu achten, weil jetzt das Schwerste kam, den ohnmächtigen Koloß der Bäckenmahm auf den Lehnstuhl zu heben! Vierthalb Zentner frei vom Boden emporzustemmen, das ist eine Arbeit. Sie gelang. Freilich war dem Schorschl einen Augenblick, als wollten ihm alle Sehnen reißen. Entkräftet taumelte er gegen den Tisch, umwirbelt von dem rotleuchtenden Dampf, der von der brennenden Tür durch die Stube wallte. Da kletterte schon der Spritzenmann mit Stricken und dem Flaschenzug durch das Mauerloch. Die Bewußtlose wurde auf dem Lehnstuhl festgeschnürt und dann der Flaschenzug in die Stricke eingehakt. »Auf!« schrie Schorschl durch das Mauerloch hinunter.

Drunten begannen die Leute am Seil zu ziehen. Der Lehnstuhl mit der Bäckenmahm geriet ins Schweben. Jetzt schwankte er durch das Mauerloch heraus und baumelte frei in der Luft. Der Spritzenmann vermochte das Schaukeln und Drehen des Sessels nicht zu verhindern, und so fing der Lehnstuhl mit der weiß gekleideten Bäckin ein immer flinkeres Kreisen und Wiegen an, während er

sich langsam zu Boden senkte. Das war bei aller Gefahr des Augenblicks ein Bild von so drastischer Komik, daß die Leute trotz des Erbarmens, das sie mit der armen Frau empfanden, den Ernst nicht völlig bewahren konnten. Allen Lärm übertönte eine kreischende Weiberstimme: »Wie der Heilige Geist schwebt s' abi!« Ein dumpfer Krach erstickte das Gelächter, das diesen Worten folgte. Es war höchste Zeit gewesen, daß der Lehnstuhl mit der Bäckenmahm den Boden erreichte. Der First des brennenden Hauses war entzweigeborsten, brennende Balken stürzten nieder, droben in der Stube war die Decke eingebrochen, und während ein Gewirbel von Rauch und Funken aus dem Mauerloch hervorquoll, sausten in dicken Garben die brennenden Flocken der auf dem Bodenraum explodierten Mehlsäcke in die Nacht hinaus und rieselten gleich einem feurigen Sprühregen über den ganzen Umkreis des Hauses. Erschrocken stoben die Leute auseinander, und nur wenigen fiel es auf, daß der Daxen-Schorschl nicht beim Lehnstuhl der Bäckenmahm zu sehen war.
»Mar' und Josef! Wo is denn der Schorschl?«
Halb besinnungslos saß er droben auf der Brüstung des Mauerloches und hielt den Kopf an die geschwärzten Steine gelehnt. Die Funken fielen auf ihn nieder, brannten ihm Löcher in das Gewand und versengten ihm die Haare. Als er seinen Namen schreien hörte, schaute er auf. Im gleichen Augenblick streifte ein fallender Glutstrunk seine Schulter. »No, no, no, a bißl langsam, ich geh ja gleich!« brummte er, während ihm alle Sinne taumelten. »So arg pressiert's net, daß der Teufel den Schorschl holt!« Gemächlich rutschte er von der Brüstung und ließ sich die sechs Meter in den Garten hinunterplumpsen. Ein paar Männer fingen ihn auf, aber der Sturz war doch so hart, daß Schorschl sich kaum wieder aufzurichten vermochte. »Unkraut verdirbt net!« sagte er und schüttelte die Funken von der Joppe. »Wo is denn die Mahm? Es is ihr doch hoffentlich nix passiert?«
Als er zum Lehnstuhl kam, von dem man gerade die Stricke löste, mußte er sich an den Knäufen der Lehne festhalten, um nicht umzusinken. Die kalte Nachtluft schien ihn langsam wieder zu ermuntern.
Die Bäckenmahm war aus der Ohnmacht erwacht; doch ihre versunkenen Äuglein blickten verständnislos, während sie mit zitternden Händen an ihrem Nachtgewand herumtastete.

»Macht nix, Mahmerl!« tröstete Schorschl. »Dei' Schlafhauben trücknet schon wieder! 's Wasser is weniger gfahrlich als wie 's Fuier!« Aufatmend wandte er sich an die Umstehenden. »Ich bitt schön, Leut, packts a bißl mit an! Wir müssen die Mahm zu mir heimbringen. Ich muß ihr halt in meiner Werkstatt aufbetten, wir bringen s' ja zu keiner Tür net eini!«
Ihrer sechse faßten den Lehnstuhl. Wie eine ›heilige Martrerin beim Umzug‹ wurde die Bäckenmahm in die Daxen-Schmiede getragen.
Auf dem Brandplatze war jetzt Purtscheller als Feuerwehrkommandant wieder Herr der Situation. Er dirigierte den puffenden Wasserstrahl bald durch die Fenster in die brennenden Räume, bald wieder in die rauschende Lohe des Daches. Als der Brunnen kein Wasser mehr geben wollte, organisierte Purtscheller zwischen der Feuerspritze und dem Bach eine dicht geschlossene Reihe, durch deren Hände die ledernen Wasserkübel auf und nieder wanderten. Die Leute, als sie sahen, daß an dem brennenden Hause nichts mehr zu retten war, erlahmten bald in ihrem Eifer. Nur eine kleine Schar hielt noch noch tapfer beim Wassertragen aus. Unter diesen rastlos Arbeitenden befanden sich Mathes und Vroni mit ihrem Vater. Die drei waren atemlos auf dem Brandplatz eingetroffen, als man die Bäckenmahm auf ihrem ledergepolsterten Speckthron davongetragen hatte. Der Anblick des Daxen-Schorschl, der in seinem von Brandlöchern und Mauerschutt verwüsteten Gewand und mit dem rauchgeschwärzten, blutfleckigen Gesichte kaum zu erkennen war, hatte Vroni stumm und bleich gemacht; während sie die schweren Wasserkübel schleppte, horchte sie unruhig auf jedes Wort, das in ihrer Nähe gesprochen wurde.
Eine erregt durcheinanderschwatzende Gruppe hatte sich um den Geschäftsführer der Bäckin gebildet, der die Schuld am Ausbruch des Feuers auf eine Fahrlässigkeit des Gesellen schob und seinen Verlust bejammerte; er war brotlos und hatte den Koffer mit seinen Habseligkeiten und seinem ersparten Geld verloren. »Wer macht mir denn mein' Schaden gut? Die Bäckin? Dö hat selber nix mehr. Dö hat 's ganze Vermögen in Pfandbrief droben im Kasten ghabt. Und ihr Gschäft is hin. Und ihr Haus brennt nieder bis auf'n Boden. Und kriegen tut s' nix dafür, weil s' allweil z'geizig gwesen is, als daß sie sich hätt versichern lassen.«
Diese Nachricht weckte in Purtscheller eine Erinnerung. Verstört blickte er zu dem Flug der durch die grell erleuchtete Nacht

dahintreibenden Funken auf, rief stotternd dem Spritzenwart zu, das Kommando ›für ein paar Minuten‹ zu übernehmen, und rannte auf die Straße hinaus. In der Eile verlor er den blitzblanken Messinghelm und nahm sich nicht die Mühe, ihn wieder aufzuheben. Als er seinen Garten erreichte, kam ihm Karlin von der durch den Feuerschein erhellten Haustür entgegen. Sie trug ihr Bübchen auf den Armen, das sie zum Schutz gegen die Nachtkälte in eine Decke gehüllt hatte. »Gott sei Dank, Toni, daß d' heimkommst!« stammelte sie. »Ich weiß mir ja nimmer z'helfen! 's Tonerl bleibt net allein in der Stuben droben, und es muß doch wer herunten sein und aufpassen, ob nix passiert! Unsere Leut sind davongelaufen, und schau nur, wie d' Funken ummifliegen über unser Haus! Um Gotts willen, Toni! Ich bin so in Sorg!«

»Karlin«, keuchte Purtscheller, »hast net a bißl Geld bei der Hand?«

»Aber Toni! Wie soll denn ich Geld haben? Vertraust mir ja nie was an!«

»Du mußt was haben! Ich brauch's!«

Sein verstörtes Wesen mehrte die Sorge. »Toni, so sag mir doch, was hast denn?«

»Unglück überall! Grad heuer muß mir's passieren, daß ich net an d' Versicherung denk!«

»Jesus Maria!« Karlin umklammerte seinen Arm. »Wieviel brauchst denn? Dem Tonerl sein Sparbüchsel hab ich droben –«

»Her damit!«

Sie stürzten ins Haus und über die Treppe hinauf. In der Stube brannte die Hängelampe, die Schlafkammer war ohne Licht, nur matt erhellt durch den roten Feuerschein der Brandstätte; gleich tanzenden Sternen flogen vor den Fenstern die Funken vorüber.

»Sei stad, Herzerl!« tröstete Karlin das weinende Kind, während sie aus ihrem Wäschekasten die kleine Blechbüchse hervorsuchte. »'s Schlüsserl hab ich nimmer«, stammelte sie, »dös hab ich in der Kirch der heiligen Mutter Gottes in d' Hand glegt!«

Purtscheller packte die Blechbüchse, rannte in die Stube hinaus und riß das Vorhängeschloß von dem kleinen Schatzgut seines Kindes. Ein Dutzend Goldstücke kollerten über den Tisch. Purtscheller raffte sie zusammen und sprang davon. Zuerst suchte er den Buchbinder auf dem Brandplatz; hier fand er ihn nicht; der Mann war heimgelaufen, hatte seine Kinder und Gesellen zusammenge-

rufen, um das von den fliegenden Funken bedrohte Schindeldach seiner Scheune mit Wasser zu überschütten, und stieg gerade, als Purtscheller kam, mit einer Gießkanne über die Leiter hinauf.
»Du! Sei so gut, an Augenblick!« rief ihm Purtscheller zu.
Der Buchbinder schleppte ruhig die Gießkanne vollends über die Leiter hinauf und reichte sie einem seiner Buben. Dann erst kam er.
»Was schaffen S', Herr Purtscheller?«
»Da! Nimm! Da bring ich dir 's Geld für die Polizzen! Sei gscheit und nimm's!« Purtscheller versuchte, ihm die Goldstücke in die Hand zu zwängen. Der Buchbinder hielt die Faust geschlossen und schüttelte den Kopf. »So nimm doch! Ob ich gestern zahlt hätt oder ob ich heut zahl, dös wird ja doch Wurst sein!« Er wollte dem Mann das Geld in die Joppentasche stecken.
Der Buchbinder wehrte sich und trat zurück. »Na, Herr Purtscheller! Dös kunnt ich als Agent net verantwortigen vor der Gsellschaft. Ich hab Ihnen gmahnt, Sö haben net ghört drauf. Jetzt kann ich nix mehr machen. Morgen, wann alles wieder in Ruh is, meintwegen! Aber heut in der Nacht, wo 's Fuier umanandfliegt? Na! Dös geht net!«
In Purtscheller loderte der Jähzorn auf. »So einer bist du? Ganz recht, daß ich dich endlich amal kennenlern! Man muß sich ja net grad bei dir versichern lassen.«
»Vater!« klang vom grell beleuchteten Dach eine kreischende Knabenstimme. »Da geht schon wieder a Fuier in d' Höh!« Der Buchbinder sah hinter dem Dach des Purtschellerhofes eine Flamme emporsteigen, als wäre Stroh in Brand geraten. »Herr Purtscheller! Schauen S', daß S' heimkommen! Ich fürcht, Sö kriegen Arbeit daheim.«
Purtschellers Gesicht war entstellt; wortlos stürzte er davon, ohne zu merken, daß ihm die Goldstücke durch die schlaff gewordenen Finger glitten. Als er in die Nähe der Dorfstraße kam, sah er einen Haufen schreiender Leute. Er rannte, bis ihm der Atem versagte. Bei der Gartentreppe stieß er mit Karlin zusammen, die ihn nicht erkannte; in verzweifelter Angst hielt sie ihr Kind umklammert und lief über die Straße hinüber, um es im Haus des Nachbarn in Sicherheit zu bringen.
Auf dem Kirchturm begann eine zweite Glocke anzuschlagen, und rasselnd kam die Feuerwehr, die das verlorene Haus der Bäckin verlassen hatte, zum Purtschellerhof gefahren. Mathes ritt auf

einem der beiden Pferde, die vor die Spritze gespannt waren, und mit dem Leitseil peitschte er auf die vom Geschrei der Leute, vom Glockenschlag und vom Feuer scheu gemachten Tiere los, welche die hügelige Auffahrt in Purtschellers Hof nicht nehmen wollten. So wild sich die Pferde auch gebärdeten, Mathes zwang sie. Als er vor der brennenden Scheune, durch deren offenes Tor die Flugfunken einen Weg zu den Strohgarben gefunden hatten, vom Pferd gesprungen war und den Schlauch der Spritze auseinanderrollen half, klammerten sich zwei zitternde Hände um seinen Arm.
»Mathes!«
Er sah in Karlins abgehärmte, vom Feuerschein überflackerte Züge und brachte zuerst kein Wort heraus. Dann strich er mit der Hand über Karlins Wange, als wäre er noch der Bub von dreizehn und sie noch das Kind von neun Jahren. »Sorg dich net, Linerl! Hast doch dein Büberl in gute Händ geben?«
»Ja, Mathes! Bei der Nachbarin drüben!«
»No also! Und für 's Haus is kei' Gfahr. Den Stadel wird der Toni verschmerzen müssen. Na, Linerl! Tu dich net sorgen!«
Sie atmete auf.
»Und komm, Linerl, hilf mir!« Er riß einen Ledereimer vom Spritzenwagen. »Da hast an Kübel!«
Mit heller Stimme, daß es über den wirren Lärm hinausklang, schrie sie: »Leut! Da her! Da is Wasser!« Den anderen voraus eilte sie zum Garten, zwischen dessen Bäumen der Entenweiher lag. Vroni und der Simmerauer waren die ersten bei ihr. »Michel! Vronerl! Vergelts Gott!« Karlin warf sich am Rand des Weihers auf die Knie und hob den ersten vollen Eimer aus dem Wasser.
Mathes brauchte nur wenige Minuten, um zwischen Spritze und Teich eine Doppelreihe für die laufenden Eimer zu bilden. Während man schon zu pumpen begann, um das Wasser in den Schlauch zu treiben, rannte der Spritzenwart überall umher und schrie nach Purtscheller. Neben der Hintertür des Hauses fand er ihn an die Mauer gelehnt, ratlos vor Schreck und mit schlaffen Armen. Zäzil war bei ihm und redete tröstend auf ihn ein.
»He! Purtscheller!« Der Spritzenwart rüttelte ihn am Arm. »So rühren S' Ihnen! Es brennt ja doch net bei mir!«
»Lassen S' ihn doch in Ruh!« murrte Zäzil. »Sehen S' denn net, wie's ihm z'mut is, dem armen Herrn?«
Über das Rauschen der Flammen und über allen Lärm hinaus, der

den Hof erfüllte, tönte die hallende Stimme, mit welcher Mathes der Spritze ein Kommando gab. Purtscheller blickte auf. »Der Mathes!« stammelte er. »Der Mathes soll reden für mich! Der versteht sich auf d' Arbeit!« Er machte eine Bewegung, als wären ihm die Knie schwach geworden.
»Was haben S' denn, Herr?« fragte Zäzil.
»Völlig übel is mir von der Aufregung. Geh, Madl, sei so gut und mach mir an schwarzen Kaffee!«
»Trinken S' lieber a Glasl Wein!«
»Ja, hast recht! Bist a guts Madl.« Purtscheller ließ sich von Zäzil, die ihn barmherzig unter den Arm genommen hatte, ins Haus und hinauf in die Wohnstube führen. Und während das Mädel für den ›armen Herrn‹ eine Flasche Tiroler holte, arbeiteten die anderen, um des Feuers Herr zu werden.
Die in Brand geratene Scheune mußte man verloren geben; es kostete schon Arbeit genug, um die umliegenden Wirtschaftsgebäude und die Ställe gegen die Flammen zu schützen. Als dieses Rettungswerk in Gang war, machte Mathes sich daran, das Vieh, das sich unter Gebrüll in den Ketten würgte, aus seiner Angst zu erlösen. Jedes einzelne Stück mußte gewaltsam aus dem Stall geführt und in einem entlegenen Teil des Gartens angepflöckt werden. Dann kehrte Mathes in den Hof zurück und stellte sich an die Pumpe. Die anderen, die den Spritzenschwengel zogen, ließen sich von Zeit zu Zeit ablösen, nur Mathes nicht.
Gegen die fünfte Morgenstunde, als der Tag zu grauen begann, war alle Gefahr überwunden und die Scheune in glimmende Kohlen zerfallen. Nun konnte die Spritze hinüberfahren zum Bäckenhaus, um auch dort die versinkenden Flammen vollends zu löschen.
Mit durchnäßten Kleidern, zitternd vor Erschöpfung und Kälte, stand Karlin unter dem Hoftor; jedem, der hinausging, reichte sie die Hand. »Vergelts Gott, Nachbar! Vergelts Gott, Bub! Vergelts Gott, Madl! Hast dich auch noch plagen müssen!« Jedes, dem sie ihr Vergelts Gott sagte, hatte ein freundliches Wort für sie. So deutlich, wie in dieser Stunde, hatte es Karlin noch nie gemerkt, wie gut ihr alle Leute waren. Diese Erkenntnis tat ihr wohl und hauchte ein bißchen Wärme auf ihre bleichen, erschöpften Wangen.
Der Hofraum leerte sich. Nur Purtschellers Dienstleute waren noch bei der Arbeit, um die Pferde und das Vieh in die Ställe

zurückzuführen, und der alte Simmerauer mit seinen Kindern half ihnen dabei. Dann konnten auch diese letzten gehen.
Karlin reichte dem Alten die Hand. »Vergelts Gott, Michel! Hast selber die härteste Sorg daheim und bist trotzwegen kommen!«
»Wär net übel, Frau Purtschellerin, wann der Mensch kei' Zeit net übrig hätt für an bedrängten Nachber!« Der Alte streichelte Karlins Hand. »In der Not muß man zammhelfen. Der gute Herr Purtscheller hat mir auch sei' Hilf anboten! Wo is er denn, daß ich ihm d' Hand drucken kann?«
»Ich weiß net.« Es zuckte um Karlins Lippen. »Bei der Arbeit wird er sein.« Sie konnte nicht weitersprechen und wandte sich zu Vroni.
Schweigend legte das Mädel den Arm um Karlins Hals und schmiegte die Wange an das Gesicht der jungen Frau.
»Da kommt der Mathes auch!« sagte Karlin mit schwankender Stimme. Sie machte sich von den Armen des Mädels los, und während Vroni den Vater zum Hoftor hinauszog, ging Karlin auf Mathes zu und reichte ihm die Hand. »Vergelts Gott!«
Mathes erschrak, als er sie ansah. »Aber Linerl! Hast ja kein' trockenen Faden mehr am Leib! Mußt dir ja ebbes holen bei so einer Kälten! Ich bitt dich um Christi willen, geh auffi und tu dich gwanden!«
»Ja, Mathes! Bloß auf dich hab ich noch gwart, daß ich dir mein Vergelts Gott sagen kann, 's erste Wörtl nach soviel Jahr!« Sie sah ihm in die Augen.
»Aber geh, Linerl! A Vergelts Gott? Mir? Dös braucht's doch net! Schau nur an, wie der Wind herblast! Ich bitt dich, geh auffi! Schau, es pressiert mir selber, daß ich heimkomm! Pfüet dich, Linerl!«
Lächelnd und mit nassen Augen nickte sie zu ihm auf, strich die losen Härchen hinters Ohr und ging der Haustür zu. Auf halbem Wege wandte sie sich um und rief: »Mathes! Die heutige Nacht vergiß ich dir nimmer!«
Er stand schon unter dem Tor. »Aber geh!« Verlegen schob er die Hände in die Joppentaschen. Dann lächelte er und trat auf die Straße hinaus.
»Komm, Bub!« sagte der Simmerauer, der auf ihn gewartet hatte. »Schauen wir, daß wir heimkommen! Wie wird's wohl da droben ausschauen?«

»Gut, Vater!« Mathes stampfte mit dem Fuß, daß die harte Erde klang. »Der Boden is gfroren. Den taut sobald kei' Sonn auf! Heut noch, mein' ich, fallt der Schnee! Und da haben wir gute Zeit.«
»Ja, kannst recht haben!«
»Wo is denn d' Vroni?«
»Sie kommt gleich. A Sprüngerl hat s' in Ort einigmacht, nachschauen, wie's der armen Bäckin geht.«
»Der Bäckin? So so?« Mathes spähte zur Daxen-Schmiede hinüber. Während sie dem Gehäng des laufenden Berges zustrebten, jammerte der Simmerauer: »Dös arme Weiberleut! Alles verlieren müssen! So a schöns Haus! Und was soll s' denn machen auf ihre alten Tag? Sie hat kein' Menschen net als den Lüftikus, den Daxen-Schorschl, der sich selber net erhalten kann.«
Im oberen Stock des Purtschellerhofes, in der Wohnstube, hatten die Fenster noch roten Lichtschein. Jetzt verschwand er. Karlin hatte die Hängelampe ausgelöscht, die sie brennend vorgefunden. Erschöpft und zitternd stand die junge Frau am Tisch, starrte im Morgengrau die drei geleerten Weinflaschen an und sah in dem von Zigarrenqualm erfüllten Raum umher mit so verlorenem Blick, als wäre sie in einer fremden Stube und wüßte nicht, durch welchen Irrtum sie hierhergekommen. Ein Schauer befiel sie. Mit langsamen Händen strich sie an den nassen Kleidern hinunter, die ihr halb gefroren am Körper klebten, nickte vor sich hin und murmelte: »Ja, der Mathes hat recht, ich muß mich gwanden.« Sie trat in die Schlafkammer und sah ihren Mann in der Feuerwehruniform und mit den Stiefeln auf dem Bett liegen. Als die Tür ging, erwachte er halb aus seinem Dusel und drehte sich auf die Seite. Karlin faßte seine Hand. »Geh, laß mich schlafen!» brummte er. »Wie Blei liegt's mir in alle Glieder!« Dann richtete er halb den Kopf in die Höhe, sah sie mit steifen Augen an, und während er sprach, spürte Karlin den Geruch des Weines. »Wie schaut's denn aus drunten?«
»'s Feuer is glöscht.«
»Hast dich bedankt bei die Leut?«
»Ja.«
»Hast Wein oder Bier aufstellen lassen und Zigarren hergeben?«
Sie schüttelte den Kopf.
»Du denkst aber auch an gar nix! Alles liegt auf mir! Alles!« Seufzend drückte er den schweren Kopf in die Kissen. »Mit dir is einer aufgricht, dös muß ich sagen!«

Wortlos wandte sich Karlin ab, ging zum Kasten und nahm heraus, was sie an Wäsche und Kleidern brauchte. Als sie zur Tür wollte, fragte Purtscheller unwillig: »Wohin denn schon wieder?«

»Zu meim Kind.«

Karlins Stimme klang verändert. Dieser fremde Klang schien auch ihrem Mann aufzufallen trotz seines Dusels; er stierte sie an, als stünde nicht seine Frau, sondern eine andere vor ihm, die er noch nie gesehen hatte. »Ich bitt dich, mach mir jetzt keine so narrischen Gschichten!« murrte er. »Was hast denn?«

Ohne zu antworten, verließ Karlin die Kammer. In der Stube kleidete sie sich um. Dann stieg sie die Treppe hinunter und verließ das Haus. Im Garten blieb sie stehen und atmete auf. Nun ging sie raschen Schrittes über die Straße und trat ins Nachbarhaus.

In einer niederen, warmen Stube, durch deren kleine Fenster schüchtern das erste Licht des Tages schimmerte, fand Karlin die alte Bäuerin in einem Lehnstuhl neben dem Ledersofa, auf dem für den kleinen Tonerl mit geblumten Kissen ein Bett gerichtet war. Das Kind hatte rote Wangen. »Schauen S' nur, wie gut er schlaft!« flüsterte die Bäuerin. »Und guter Schlaf is Kinderglück! Da übertaucht so a Hascherl alles und kann noch lachen dazu!« Sie erhob sich, um ihren Platz der Mutter einzuräumen.

»Vergelts Gott, Nachbarin!« sagte Karlin, während sie sich über die Kissen beugte. Die Bäuerin wollte von dem Unglück der Nacht zu reden beginnen, aber Karlin blickte flehend zu ihr auf: »'s Kindl kunnt aufwachen.« Sie ließ sich müde in den Lehnstuhl sinken. »Dös tut mir wohl! Gelt, ich kann a bißl bleiben?«

»Aber ja, Purtschellerin! Und was meinen S', wann ich an recht an guten Kaffee machen tät? Ja?«

»Ich bitt schön, Nachbarin! Aber sein muß 's net!«

Geschäftig humpelte die alte Frau zur Tür hinaus.

Karlin saß regungslos, den Kopf zurückgesunken in den Lehnenwinkel des Sessels. Vom nahen Ofen strömte die Wärme an ihren Körper. Das Frösteln ihrer Glieder löste sich, und nach aller Angst und Erschöpfung dieser Nacht fiel ihr der Schlummer über die Augen. Einmal lächelte sie im Traum.

Der kleine Vogel der Wanduhr rief die siebente Morgenstunde.

»Kuckuck!«

In der winterlichen Stube ein Frühlingsruf!

Weder das Kind noch seine müde Mutter erwachten.

11

Auf der Straße begann das Leben des Morgens. Die Ochsengespanne zogen mit schwerem Schritt, die Leiterwagen rasselten, und die Leute gingen ihrer Arbeit nach. Der erst halb zerflossene Rauch der beiden Brandstätten lag wie ein Schleier über dem ganzen Tal, und der widerliche Geruch des verbrannten Mehls erfüllte die Luft. Das war kein Morgen, um die Menschen fröhlich zu stimmen. Dennoch gingen die Leute auf der Straße mit vergnügten Gesichtern aneinander vorüber. Jeder freute sich, daß das Unglück dieser Nacht an seinem Haus vorbeigeschritten war.

Von Purtscheller wurde wenig geredet, nur von Karlin und von der armen Bäckin. Der Toni würde den Stadel im Frühjahr wieder aufbauen und könnte den Schaden verschmerzen. Aber die Bäckin, die zur Bettlerin geworden? Dazu wäre sie so elend, daß man für ihre ›dicke‹ Gesundheit, vielleicht sogar ihr Leben fürchten müßte. Wenigstens hätte der Doktor, den Schorschl noch in der Nacht gerufen, ein bedenkliches Gesicht gemacht.

Der Hof der Daxen-Schmiede wurde nicht leer von Leuten, die aus Neugier oder Mitgefühl nach dem Befinden der Bäckin fragen wollten. Mit leisem Schwatzen standen sie um das Tor gedrängt, das Schorschl in der Nacht eingedrückt hatte, und lugten durch die Spalten der Bretter, um einen Blick in das Innere der Werkstätte zu erhaschen.

Vor dem Fenster, das gegen den Obstgarten der Schmiede ging, hatte sich Vroni einen Platz erobert; hier stand sie, spähte bald durch die halb erblindete Scheibe, bald wieder fuhr sie erschrocken zurück, als hätte sich in der Werkstätte ein schreckhaftes Ungeheuer dem Fenster genähert.

Der Morgen wurde heller und heller. »Jesses, na! Ich muß heim!« murmelte Vroni. Aber das ›Mitleid mit der Bäckin‹ war so stark in

ihr, daß sie das Fenster nicht verlassen konnte. Die anderen Neugierigen verzogen sich, nur Vroni zögerte noch immer.
Hinter ihr im Garten klangen die Beilschläge der beiden Zimmerleute, die im Morgengrau begonnen hatten, die neuen Türen zu zimmern, die man in die Stubenwände der Daxen-Schmiede einsetzen mußte, um die Bäckenmahm aus der Werkstätte in einen wohnlicheren Aufenthalt bringen zu können. Vorne im Haus waren auch schon die Maurer bei der Arbeit, um die alten Türstöcke auszubrechen und die Lichtung in der Mauer zu erweitern. Vroni hörte die Zimmerleute im Garten von dem ›Gfrett‹ reden, das der Daxen-Schorschl haben würde, um in dem der Gant zulaufenden Hause sich selbst, die Bäckin, und dazu noch die Magd zu erhalten, die ihm zur Pflege der kranken Frau unentbehrlich war. »Man müßte ihm eigentlich a bißl beispringen«, meinte der Zimmermeister, »und schauen, daß ihm d' Leut wieder Arbeit zutragen.« Vroni atmete so erleichtert auf, als hätte man ihr selbst eine Wohltat versprochen. Freilich, mit dem ›Wildling‹ hatte sie ausgeredet, ein für allemal! Aber wenn die Leute dem Daxen-Schorschl auf die Beine halfen, das kam doch auch der armen Bäckin zugute. »Jetzt muß ich aber heim!» Seufzend über das ›harte Los der Bäckin‹, warf sie noch einen letzten Blick durch die trübe Scheibe und fuhr mit purpurrotem Gesicht zurück.
Schorschl war aus der Werkstätte getreten und ging zum Brunnen. In den Händen hielt er eine irdene Schüssel mit einer Wasserflasche und zwei Gläsern; ein paar nasse Handtücher hingen ihm über die Schulter. Er trug noch die von Brandlöchern durchsiebte Joppe; das Gesicht hatte er gewaschen; dabei hatte er freilich nur den Ruß und Mörtelstaub weggebracht, die roten Schrunden, die ihm die scharfkantigen Mauerbrocken in Stirne, Nase und Wangen gerissen hatten, waren geblieben; und auf der einen Seite des Kopfes hatten ihm die Feuerfunken das Haar bis auf die Haut versengt; das war anzusehen, als hätte der Daxen-Schorschl Türke werden wollen, sich aber mit halb rasiertem Kopf noch eines Besseren besonnen.
Beim Brunnen pumpte er so energisch, daß das Wasser mit dickem Strahl aus der Röhre schoß. Freilich, aufs ›Pumpen‹ verstand sich Schorschl wie kein anderer. Dann begann er, die Handtücher auszuwaschen und die Gläser zu spülen. Er stellte sich durchaus nicht ungeschickt. Aber Vroni, die hinter der Hausecke hervorguckte, meinte doch, daß ihm diese Frauenzimmerarbeit nicht

recht von der Hand ginge. Wär's ein anderer gewesen als der Daxen-Schorschl, sie wäre flink zum Brunnen gesprungen. Aber ›dem da‹ helfen? Nicht um die Welt!

Während Schorschl wusch und plätscherte, sah er einen Buben mit dem Schulränzl kommen und rief ihm zu: »Du, lauf zum Wirt ummi und sag, er soll mir an Zuber voll Eis ummischicken.«

»Ich kann net, ich muß in d' Schul.«

Schon wollte Schorschl dem Buben ein paar gesunde Grobheiten mit auf den Weg geben, als er hinter sich eine scheue Mädchenstimme fragen hörte: »Schorschl? Soll ich ummispringen zum Wirt?«

Der Daxen-Schorschl fuhr auf, als hätte der Blitz vor ihm eingeschlagen. Während er die Finger spreizte, von denen das Wasser niedertropfte, betrachtete er zuerst das Mädel von Kopf bis zu den Füßen, dann die Kratzwunden auf seiner Hand. »Was willst denn?«

Die Antwort klang nicht freundlich. »Ob ich net a bißl helfen muß, hab ich gmeint?«

»So, so?« Schorschl streifte mit schiefem Blick die blaue Schürze, die sich im kalten Morgenwind bewegte. »Helfen? Wie gestern vielleicht? Und mir willst helfen?«

»Na! Dir net! Der armen Bäckin aber gern!«

»Ich dank schön. Der Bäckin hilf ich selber. Pfüe Gott!« Mit diesem Gruß ließ Schorschl das Mädel stehen und sprang zum Wirtshaus hinüber, um das Eis zu holen.

Verblüfft und geärgert sah ihm Vroni nach. »Was kann denn dö arme Bäckin dafür, daß ihr so einer helfen muß?« Sie ging zum Brunnen, spülte das Geschirr, wusch die Handtücher, daß kein Fleck mehr an ihnen war, und trug die Sachen in die Schmiede. »O du mein lieber Herrgott!« stammelte sie, als sie bei dem Zwielicht, das die Morgenhelle und ein in der Esse flackerndes Holzfeuer in dem großen, rußgeschwärzten Raum verbreiteten, die schwer geprüfte Frau in den von Schorschl aus dem ganzen Haus zusammengeschleppten Decken und Kissen auf der Erde liegen sah; weil man ein für ihren Umfang passendes Gewand zum Austausch für die durchnäßten Kleider nicht hatte auftreiben können, hatte man die Bäckin in zwei zusammengeheftete Leintücher und in den weiten Wintermantel gehüllt, der noch von Schorschls Vater und Großvater stammte. Ein nasser Umschlag bedeckte das halbe

Gesicht; kraftlos lagen die rund gepolsterten Hände auf der Decke und glühten von heißem Fieber.
»Schorscherl?« lispelte die Kranke, als sie den Schritt auf der Schwelle hörte.
»Ich bin's, die Simmerauer-Vroni!«
»So? Wo is denn mein Schorscherl?«
»Ins Wirtshaus is er um a bißl Eis.«
»Kommt er bald wieder?«
»Ja, Bäckin!« Vroni hatte sich auf die Knie niedergelassen und streichelte die heißen Hände der Kranken. »Gleich wird er wieder da sein.«
Da atmete die Bäckenmahm auf. »Mein Schorscherl! Gott sei Dank, daß ich den noch hab! Und so viel ungut bin ich gwesen, wie er mich braucht hätt!« Sie hörte einen Schritt. »Kommt er schon?«
Es war die Magd, die eine Schale mit Fleischsuppe brachte.
Hätte die Bäckin eine lange Stunde das Lob des Daxen-Schorschl gesungen, es hätte bei Vroni nicht so tief gewirkt wie dieses erleichternde Aufatmen der Kranken und der dankbar zärtliche Klang dieses Namens: »Mein Schorscherl!«
Fürsorglich war Vroni der Magd behilflich, um der Kranken die Suppe einzuflößen. Dann erhob sie sich und versprach, bald wieder nachzuschauen, wie es der ›lieben Bäckin‹ ginge. Als sie in den Hof hinaustrat, kam Schorschl mit dem Eis. Sie nickte: »Pfüet dich Gott, Schorschl! D' Handtücher hab ich ausgwaschen.«
Er machte große Augen. Und während er kopfschüttelnd in die Schmiede trat, brummte er: »Pfüet dich Gott, Katzerl!«
Unwillig blieb Vroni stehen. »Katzerl! Allweil Katzerl! Ich möcht nur wissen, was er meint mit dem unsinnigen Gred!« Sie machte Miene, wieder umzukehren. Da sah sie, daß es durch die Lüfte weiß und gaukelnd herunterfiel. Erst waren es nur vereinzelte Flocken; doch in der Höhe verwandelten sich alle Wolken schon in wirbelnde Schleier. Mit warmer Freude dachte Vroni an die Ihrigen. »Gott sei Lob und Dank! Der Winter is da!« Sie begann zu laufen. Als sie an dem noch rauchenden Brandschutt des Bäckenhauses vorüberkam, fielen die Flocken schon in dichter Menge.
Straß auf und ab tönte das lustige Geschrei der Schulkinder, die ihre Ränzlein zu Boden warfen, um den ersten Schnee von den Bretterplanken zu streifen und die nassen Ballen mit sicher gezieltem Wurf hinter ein ahnungsloses Ohr zu pflanzen. Das krei-

schende Spiel setzte sich von der Straße in alle Gärten fort, sogar auf die Brandstätte, deren qualmende Ruine den Humor der Kinder nicht zu beeinträchtigen vermochte. Auch gab es hier ein wundersames Ereignis. Ein Junge, der im Garten der Bäckin den Schnee zu einem Ballen zusammenraffte, hatte einen Apfel gefunden. Das wäre für die Kinder nichts Neues und Erstaunliches gewesen. Aber der Apfel war gebraten! Freilich kalt, aber wunderschön gebraten, recht wie ein gebratener Apfel sein soll, auf der einen Seite weich, auf der anderen noch etwas fester, damit man Abwechslung im Genuß hat.

Zuerst betrachtete der Junge seinen merkwürdigen Fund mit verblüfften Augen; dann dachte er: ›Probieren geht über studieren‹, und grub die Zähne in den Apfel. Das schmeckte so gut, daß der Junge schmatzte vor Vergnügen. Er rief seine Schwester und ließ sie am Apfel beißen. Die anderen Kinder sammelten sich neidisch um das Paar, und plötzlich machte jenes Bürschl, das für den Daxen-Schorschl nicht zum Wirt hatte gehen wollen, weil es ›in die Schule mußte‹, die aufregende Entdeckung, daß die vom Feuer versengten Bäume im Garten der Bäckin noch voll von gebratenen Äpfeln hingen. Da gab es, während die Flocken tanzten, bis in die höchsten Äste hinauf ein Klettern um die Wette. Der Lehrer in der Schule konnte lang auf seine Schüler warten. Wie ein lärmender Spatzenschwarm hockte die Kinderschar im Gezweig, speiste die gebratenen Äpfel vom Baum und ergötzte sich an der Schlaraffiade, in die sich das Unglück der Bäckin verwandelt hatte.

Man konnte das vergnügte Kreischen der Kinder bis hinüber zur Daxenschmiede hören. Weil die Flocken in die Werkstätte wirbelten, mußte Schorschl das Tor schließen und die Lücken der eingedrückten Bretter vernageln. Das wärmende Feuer in der Esse hatte er löschen müssen, weil der flackernde Schein in der Fieberphantasie der Kranken schreckende Bilder erzeugte. Jetzt war sie wieder bei Bewußtsein. Als Schorschl den Eisumschlag auf ihrer Stirn wechselte, tastete sie nach seiner Hand: »So viel Plag muß ich dir aufhalsen!«

»Macht nix, Mahmerl! Tu dich net aufregen! Schön langsam wird alles gehn. Und geht's net auf zwei Füß, so mach ich noch zwei dazu. Da geht's gschwinder.«

Die Bäckenmahm mußte lachen, und das brachte den Daxen-Schorschl noch lustiger ins Plaudern.

»Was d' heut in der Nacht verloren hast, Mahmerl, dös kann ich dir aus der Aschen nimmer aussikratzen! Viel is net dran an der irdischen Nichtigkeit. So predigt der Pfarr an jedem Sonntag. Und hin is hin, sagt der Teufel, wann die arme Seel in Himmel fahrt. Schlecht sollst es net haben bei mir! Die feinsten Bröckerln sollst kriegen! Und wann ich Zeit hab, fang ich dir die schönsten Forellen. Oft hab ich freilich net Zeit. Jetzt muß ich arbeiten. Wie drei Rösser! Aber Arbeit is gsund, sagen die faulen Leut zum Taglöhner. Und paß auf, Mahmerl: Jetzt will ich's bei der Arbeit grad so halten, wie's im Lumpenliedl heißt –« Mit den Fingern schnalzend, begann er lustig zu singen:

»Und a richtiger Loder,
Kreuzteufel juheh!
Der draht im Tag 's Unterste
Zwanzgmal in d' Höh!«

»Hör auf, Schorscherl!« stöhnte die Bäckenmahm. »'s Lachen tut mir so viel weh!«
»Was? 's Lachen tut dir weh? Da wird's dir aber schlechtgehn bei mir! Da wirst lachen müssen den ganzen Tag! Paß auf, wie schnackerlfidel dös zum Anschauen is, wann ich dem Lüftigkeitsteufel in mir schön langsam die Stockzähn ausreiß, ein' nach'm andern! Und geben mir d' Leut im Dorf net Arbeit? Meintwegen! Sollen s' mich buckelkraxen tragen! In der Stadt drin weiß ich an Fabriksherrn. Der gibt mir Arbeit gnug, wann ich's gut und billig mach. Heut noch fahr ich in d' Stadt eini und bring auf'n Abend an Wagen voll Arbeit mit! Und für dich a Bettstattl, wo schön drin Platz hast, a zwieschläfrigs, weißt! Da bett ich dir auf, aber nobel! So is kein Christkindl noch net glegen!« Schorschl erhob sich vom Lager der unter Schmerzen lachenden Bäckenmahm, betrachtete sinnend das sauber gewaschene Handtuch und tat einen brunnentiefen Seufzer.
»Schorscherl?« lispelte die Kranke. »Was hast denn?«
»Nix hab ich als an Kratzer auf der Hand. Der beißt mich.«
Zwei Stunden später, als der Schnee schon einen Schuh tief auf der Straße lag, fuhr der Daxen-Schorschl mit dem Wagen, den er sich vom Wirt gepumpt hatte, in die Stadt. Am Abend kehrte er zurück, mit hundert Mark Vorschuß in der Tasche und mit reichli-

cher Arbeit für ein Vierteljahr. Quer über den Eisenstangen, die auf dem Wagen rasselten, schwankte die ›Zwieschläfrige‹, die er für die Bäckenmahm mitgebracht hatte.
Es war an der Zeit, daß die Kranke in ruhigen Aufenthalt kam. Die Befürchtung des Doktors, daß die Bäckenmahm den Schreck der Brandnacht mit einem Nervenfieber bezahlen müßte, hatte sich bewahrheitet. Ein Glück, daß auch der Maurer und die Zimmerleute tagsüber ihre Schuldigkeit getan hatten! Die neuen Türen waren fertig und hatten eine so geräumige Breite, daß Schorschl bei ihrem Anblick meinte: »Sakra! Da kann ich amal mit meiner ganzen Familli am Arm durchmarschieren!« Dieses Wort machte ihn nachdenklich. »Mit der Familli hapert's a bißl! Schier glaub ich, daß ich mit der Bäckenmahm z'frieden sein muß.«
Die Türen bekamen noch Doppelwände aus dickem Strohgeflecht, damit der Hammerlärm die Kranke nicht belästigen möchte. Und so konnte Schorschl mit dem Morgengrau des folgenden Tages die Arbeit beginnen. Vom ersten Licht bis zur sinkenden Dämmerung stand er am Amboß. Er hatte es nicht nötig, dem ›Lüftigkeitsteufel‹ einen Stockzahn auszureißen; dieser ›Teufel‹ erwies sich als so gutmütig wie ein dressierter Pudel; die zwingende Not und die Fülle der Arbeit legten ihn an eine dauerhafte Leine. Auch die Dorfleute brachten Arbeit in die Daxenschmiede. Schorschl hatte ›wie ein Roß‹ zu schaffen und mußte daran denken, sich nach einem Gesellen umzusehen. Trotz alledem waren seine Finanzsorgen nicht leichter geworden. Seine Kunden im Dorf sagten: »Schreib's auf d' Rechnung!« Und die hundert Mark Vorschuß waren für die Pflege der Kranken aufgegangen. Schorschl dachte ratlos an die kommenden Tage, und bei jedem Hammerschlag, der lustig durch das Dorf hinaustönte, redete eine drückende Sorge mit.
Eines Abends, als Schorschl verdrießlich seinen Kummer in das glühende Eisen hineinhämmerte, kam die Magd und sagte: »Bsuch is drüben bei der Mahm.«
Schorschl hämmerte weiter. »Wer denn?«
»D' Simmerauer-Vroni.«
Da schwiegen die Hammerschläge, und heiß fuhr es über das rußfleckige Gesicht des Schmiedes. »Hat dich 's Madl gschickt, daß d' mir's sagen sollst?«
»Ah na! Sie is bloß zur Bäckin kommen.«

»So, so?« Wütend drosch er auf das Eisen los. »Ich laß gute Unterhaltung wünschen!« Er hämmerte, daß die glühenden Funken bis in die äußersten Winkel der Werkstätte flogen. Nach einer Weile zog es ihn aber doch hinüber. Als er in die Krankenstube trat, sah er nur die Magd am Bett sitzen. »Wo is denn die ander?« fragte er enttäuscht.

»Ich weiß net, was 's Madl ghabt hat! Jetzt grad, wie drüben die Hammerschläg ausgsetzt haben, springt s' auf und rennt davon wie narrisch!«

Schorschl machte auf der Schwelle kehrt und stapfte wieder in die Werkstätte zurück.

Der folgende Tag war ein Sonntag. Vor Beginn des Hochamtes stand Schorschl, mit seinem besten Feiertagsstaat angetan, im verschneiten Kirchhof und musterte die Leute, die zur Messe kamen. Die Purtschellerin, die allein den Kirchhof betrat, redete ein paar freundliche Worte mit dem Schorschl. Dafür schien der Purtscheller-Toni, der eine Weile später in lustigem Geplauder mit Zäzil kam, den Schorsch für Luft anzusehen. Der Daxenschmied zuckte die Achseln und lachte. Dann wurde er unruhig. Der alte Simmerauer mit seinen Kindern und Enkeln hatte den Kirchhof betreten. »Grüß Gott!« sagte Schorschl, wobei seine Stimme so heiser klang, daß er sich räuspern mußte. »Jetzt heißt's Schnee stapfen! Gelt?«

»Ja!« Der Alte lächelte. »Jetzt haben wir a bißl Ruh, da droben.«

Michel und Mathes reichten dem Daxen-Schorschl die Hand und fragten, wie es der Bäckin ginge. Vroni, welche die beiden Kinder führte, drehte das Gesicht auf die Seite und wanderte stumm vorüber.

»No also! Jetzt hab ich die Quittung drauf!« Dem Daxenschmied war die Lust vergangen, seiner Christenpflicht zu genügen. Er surrte nach Hause, und weil er die Sonntagsruhe durch Hammerschlag nicht stören durfte, stellte er sich mit der Feile an den Schraubstock.

Während der nächsten Tage war Schorschl in schrecklicher Laune. Die Bäckenmahm lag bewußtlos im Fieber, und dem Schmied wuchsen die Sorgen über den Kopf. Um alles herzuschaffen, was die Kranke brauchte, mußte er die Kreide reichlich in Anspruch nehmen. Sein ganzer Barbestand waren Vronis dreißig Pfennige, die er sorgsam eingewickelt in seinem Kleiderkasten versteckt hielt.

Und da trat noch eines Morgens der alte Rufel mit dem Zwerchsack in die Schmiede. »Mar' und Josef!« stotterte Schorschl. »Jetzt kommt der auch noch!«
Rufel legte neben der Tür seinen Binkel nieder, zog die Schlappmütze und machte eine devote Verbeugung. »Erlauben Se gefälligst, Herr Dax, daß ich Ihnen untertänigst wünsch en recht guten Morgen!«
Schorschl trat den Blasbalg und schielte über die Schulter. »Was wollen S' denn?«
»Weil ich grad vorübergeh, hab ich bei Gelegenheit nachfragen wollen, ob der Herr Dax nix brauchen? Sagen wir, e bißl Eisen, oder en feinen Stahl, oder e Werkzeug? Oder sagen wir meintwegen auch e Geld?«
Schorschl riß Maul und Augen auf.
Schmunzelnd nahm Rufel die langen Flügel seines Rockes auseinander und setzte sich auf den Amboßblock. »Nu? So reden Se doch, Herr Dax! Wollen Se haben e Geld?«
Schorschl ließ den Blasbalg ruhen und kraute sich hinter den Ohren. »Geben S' mir denn eins?«
»Hätt ich sonst gefragt? Sagen Se mir, wieviel Se brauchen, und der Rufel wird Ihnen schaffen das Geld bis morgen. Ich weiß doch, Se brauchen Geld ins Geschäft und brauchen Geld für die kranke Frau, was Se haben im Haus. Gott soll Ihnen lohnen, was Se haben getan an der armen Bäckin! Aber nu reden Se doch emal! Wieviel brauchen Se? Durch vierzehn Tag hab ich gesehen, wie Se stehen bei der Arbeit von Früh bis Nacht. Ich kann Ihnen sagen, Herr Dax: alle Achtung! Ich hab wieder Vertrauen zu Ihnen, Se können haben vom alten Rufel, was Se wollen!«
»Rufel!« stammelte Schorschl. Mit beiden Fäusten packte er die dürre Hand. »Geh her, alter Jud! Dich hat mir unser Herrgott geschickt!«
Rufel krümmte sich vor Schmerz bei diesem Händedruck. »Waih geschrien! Lassen Se aus, Herr Dax!« Vorsichtig rieb er die gequetschte Hand. »Und machen Se mir nix solche Sprüch mit dem Herrgott! Mich hat nix geschickt der Ihrig, mich hat nix geschickt der meinig. Ich bin selber gekommen, weil ich weiß, beim Herrn Dax is e Geschäft zu machen! Aber nu sagen Se doch emal, wieviel Se brauchen!«
»Viel, Rufel!«

»Viel? Was heißt viel? Für en Menschen, der nix bezahlt, is e Mark viel Geld. Für en Mann, wie der Herr Dax, wo ich weiß, ich krieg mein Geld mit Zinsen wieder, sennen tausend Mark e Kleinigkeit! Wollen Se haben tausend? Ich geb's!«
»Meiner Seel, so viel wird's bald ausmachen!«
»Glauben Se, der Rufel kann nix rechnen?«
»Vierhundert brauch ich auf meine Schulden. An die hundert hab ich Gott sei Dank schon abzahlt.«
»Dreiezwanzig haben Se abgezahlt bei der Kramerin«, unterbrach ihn Rufel, »sechsedreißig beim Schneider, macht neunefunfzig. Sennen noch lang keine hundert. Nix übertreiben, Herr Dax! Ich bin schon zufrieden, daß Se haben abgezahlt neunefunfzig.«
Schorschl lachte zu dieser genauen Rechnung. »No ja, und zweihundert brauch ich auf d' Hand, daß ich d' Mahm ohne Sorgen über'n Winter bring und einkaufen kann, was ich in d' Werkstatt brauch! Dazu die vierhundert, die an Neujahr bei Ihnen fällig sind.«
»Die können Se lassen stehen. Und die anderen sechshundert sollen Se haben bis morgen. Se zahlen mir sieben Perzent. Fünfe muß ich selber geben, und verdienen möcht der Rufel auch e bißl was. Zeit will ich Ihnen lassen zwei volle Jahr. Geben Se mir die Hand, Herr Dax, und das Geschäft is gemacht.«
»Vergelts Gott, Rufel!« sagte Schorschl und drückte dem Alten die Hand, diesmal gelinder. »Da haben S' mir mit christlicher Nächstenlieb aus'm Wasser g'holfen.«
»Nächstenlieb!« Rufel schnitt eine Grimasse. »Lassen Se mich in Ruh mit so en großen Wort. Nächstenlieb is e schöne Sach, aber haben muß man was davon. Ich geb Ihnen das Geld, weil ich bei Ihnen verdien mit Sicherheit. Und daß wir das auch noch bereden: Ich will nix herumgehen im Dorf, Ihre Schulden bezahlen, sondern geb Ihnen das Geld auf die Hand. Ich weiß, Se werden machen glatte Ordnung. Und de Leut sollen nix herumtratschen, daß der Herr Dax is aufgekauft worden vom Juden.«
»Fragen werden d' Leut aber doch, wo 's Geld her is?«
»Sagen Se, daß Se gemacht haben en Treffer. Da kriegen de Leut Respekt. Und nu machen Se so fort, wie Se haben angefangen. In zwei Jahr können Se sagen, der Rufel hat's gesagt: ›Ihr Haus wird sein wie e schöner grüner Berg, was steigt in die Höh und nix lauft herunter, so, wie herunterlauft en anderes großes, schönes Haus im

Dorf.‹ Aber ich will nix gesagt haben!« Rufel hob seinen Zwerchsack auf die Schulter.
»Den Purtscheller meinen S'?«
»Ich will nix gesagt haben. Aber stecken möcht ich nix in der Haut, in was steckt der vornehme, feine Herr Purtscheller! Unter uns gesagt: Helfen hab ich ihm wollen! Seiner guten Frau zulieb. Aber was sag ich Ihnen! Mit dem Schießgewehr is er auf mich losgegangen. Als wär der alte Rufel e Gamsbock. Nu? Jetzt hat er sich eingelassen mit einem, vor dem soll Gott ihn bewahren bis zu hundert Jahr! Und da legen se jetzt e Hypothek von achtzigtausend Mark auf den Hof! Achtzigtausend Mark! E schwer Geld, Herr Dax! Hat e Gewicht, daß es wird eindrücken an dem schönen Haus das Dach und alle Mauern!«
»Um Gotts willen«, stammelte Schorschl, »hat denn der Purtscheller sein' Verstand verloren?«
»Mein lieber Herr Dax! Man kann nix verlieren, was man sein Leben lang nix gehabt hat. Noch e Jahr, und dem feinen Herrn Purtscheller wird nix mehr viel übrig bleiben! Mich erbarmt nur de arme Frau!« Rufel rückte den Zwerchsack höher auf die Schulter. »Und nu bitt ich, erlauben Se gefälligst, Herr Dax, daß ich auf Ihrem Herd mir koch mein bißl Essen! Ich werd Ihren Herd schön sauber wieder fegen, damit Se nix haben e Grausen!«
»Aber Rufel!«
»Nu!« Ein schmerzliches Lächeln zuckte um den welken Mund des Alten. »Bin ich doch gewöhnt, zu rechen mit solche christliche Sachen. Bleiben Se, bitt ich, Herr Dax! Ich will Se nix abhalten von der Arbeit. Das Holz trag ich mir selber, e Topf und e Fleisch und e Brot, alles hab ich bei mir. Nix brauch ich als wie e Schwefelhölzl; das hab ich selber im Sack. Bleiben Se, arbeiten Se fleißig und erlauben Se gefälligst, daß ich Ihnen wünsch en recht en schönen Tag!« Mit tiefem Bückling drückte sich Rufel zur Tür hinaus, die in den Hausflur führte.
Schorschl, aufatmend, streckte die nackten sehnigen Arme. Lachend faßte er den schweren Hammer, der das große Loch in die Mauer des brennenden Bäckerhauses gebrochen hatte, und versetzte mit übermütig spielender Kraft dem Amboß einen Streich, daß es hell wie ein Glockenton durch alle Mauern des Hauses klang und weit hinaus ins Dorf.
Am folgenden Morgen brachte Rufel das Geld. Nun konnte

Schorschl die Runde bei seinen Gläubigern machen. Da gab es ein heiliges Staunen und ein wortreiches Glückwünschen. Rufel hatte am vergangenen Abend noch dafür gesorgt, daß die Nachricht vom Glück des Daxen-Schorschl, der ›gemacht hat e so en schönen Treffer‹, von Haus zu Haus wanderte. Das Gerücht fand seinen Weg auch in die Simmerau. Während Mutter Katherl dieses unverhoffte Glück auf Rechnung des ›lieben Herrgott‹ setzte, der den Daxen-Schorschl für die ›Guttat an der Bäckin‹ belohnen wollte, stammelte Vroni: »Mar' und Josef! Wann er dös viele Geld nur net verjucken tut!«

»Na, na! Wie magst denn so ungut denken? Es kann sich doch einer auch zum Bessern ändern!«

»Der net!«

Der Ton dieser Antwort schien dem Simmerauer nicht zu gefallen! »He! Du?« Bevor er weiterreden konnte, legte ihm Mathes die Hand auf den Arm: »Geh Vater, laß 's Madl in Ruh!«

Vroni hatte die Stube verlassen und war vor die Haustür getreten. Hof und Garten waren hoch verschneit. Der Schnee funkelte in der Sonne, und lautlose Winterstille lag über dem weißen Berggehäng. In diesem frostigen Schweigen tönte durch die klare Luft ein leiser, kaum noch vernehmbarer Hall aus dem Tal herauf: kling, kling, kling, kling. Das setzte immer aus und tönte nach einer Weile wieder: kling, kling, kling, kling. Mit finsterem Gesicht wandte Vroni sich in den Flur zurück und brummte: »So an Spitakel machen, daß man's bis da auffi hören muß!« Verdrossen ging sie an ihre Arbeit.

Still und einförmig verliefen in der Simmerau die Tage. Neuer Schnee fiel auf den alten und machte den Weg ins Dorf zu einer schweren Mühsal. Aber in dem kleinen Haus begrüßte man den Winter wie einen Erlöser. Der strenge Frost hatte den rinnenden Boden in starre Fesseln gelegt, das nagende Wasser in unbewegliches Eis verwandelt. Wohl war die Ruhe, die der Simmerauer mit den Seinen gefunden hatte, nur eine äußerliche; die Furcht vor dem Frühjahr legte sich am Abend mit ihnen schlafen und war mit ihnen am Morgen wieder auf den Beinen. Vorerst aber war doch Zeit gewonnen, und man konnte die mürb gewordenen Glieder rasten lassen. An dieser Ruhe hatte Vroni keinen Anteil. Sie erledigte mit einer mürrischen Beschäftigungswut alle Arbeit im Haus, so daß für Mathes nichts mehr zu schaffen blieb. Immer schwermütiger blickten seine stillen Augen. Eines Abends sagte er: »Schau, Vater, d' Arbeit bei uns hat an End. Ich kann dir doch net den ganzen Winter faul auf der Schüssel liegen.«

»Aber Mathes!« Michel legte seinem Buben die Hand aufs Knie. »Wo fünfe essen, ißt der sechste auch noch mit. Freilich därf ich dir's net wehren, daß d' dir was verdienst den Winter über. Schau, der Purtscheller hat 's Fallholz in seim Wald drüben verkauft. Da fangt man bald 's Arbeiten an. Wann d' an Holzknecht machen tätst? Da kriegst a nobles Geld. D' Liegerstatt und 's Essen hast bei mir. Da kannst ebbes sparen und bist daheim.«

»Ja, ja!« sagte Mathes zögernd.

»Oder hättst was anders in Aussicht?«

»Denkst nimmer an 's selbig Anbot, dös mir der Purtscheller gmacht hat? Und weißt doch selber, was d' Leut allweil reden. Ich mein', der Purtscheller kunnt mich brauchen.«

»So?« Dem Alten wollte die Stimme nicht recht gehorchen. »Ja freilich! Wie der Hungrige 's Brot, so kunnt er dich brauchen. Aber –«

»Was, Vater?«

»Wann er ein' hat, wie du einer bist, den wird er im Frühjahr nimmer auslassen.«

»Dös mach ich zur Bedingnis, daß er mich freigeben muß, wann mich der Vater braucht.«

Michels Sorge schien beschwichtigt. Eine Weile redeten sie noch weiter, dann erhob sich Mathes und verließ die Stube. Aufatmend trat er ins Freie. Über ihm funkelten die Sterne der klaren Winternacht, und in der Tiefe blitzten kleine Lichter, als läge ein See dort unten, in dessen Wasser sich die Sterne des Himmels spiegelten. Mit den Händen auf dem Rücken, stand Mathes im Schnee, so versunken in Gedanken, daß er den Schritt der Schwester nicht hörte.

»Mathes?« Ihre Stimme war rauh vor Aufregung. »Is dös wahr, was mir der Vater gsagt hat?«

Er nickte.

»Mathes! Hast dir's gut überlegt?«

»Ja. Ich denk mir, es kunnt ihr d' Sorg a bißl leichter machen, wann s' ein' hat, der bei der Arbeit einholt, was der Toni versäumt.«

»Mathes!«

»Red mir net ab! Ich muß.«

Das schien sie zu verstehen. Nach einer Weile fragte sie leis: »Tust dich der Gfahr net fürchten?«
»Gfahr?« Er schüttelte den Kopf. »'s Linerl hat den Toni gern. Was liegt an mir? Ich bin z'frieden, wann ich ihr a bißl helfen kann.«
Mit jäher Bewegung legte sie den Arm um seinen Hals, als möchte sie den Bruder vor den Schmerzen beschützen, denen er entgegenging. Er zog die Schwester an sich. Und weil er im Schweigen des Abends den verschwommenen Hall der Hammerschläge vernahm, die drunten im Dorf noch immer rastlos klangen, sagte er lächelnd: »Hörst ihn? Wie fleißig als er hammert bis in d' Nacht eini!«
»Geh! « murrte Vroni. »Tu mich du auch noch plagen!« Dann drückte sie das Gesicht an den Hals des Bruders.
Er streichelte ihr Haar. »Wann er bei der Arbeit festhalt, laßt er auch bei der Lieb net aus. Sei nur du gscheit! Und tu dir nix vergeben, eh d' dir net sagen kannst: Er is dich wert!« Mit beiden Händen nahm er ihren Kopf und sah ihr beim Sternschein in die Augen.
Wortlos stapften sie durch den Schnee, und als sie den Flur betreten hatten, stieß Mathes an der Haustür den Riegel vor.

12

Ein Morgen von schneidender Kälte. Die Raben waren aus den Wäldern bis in die Dorfgärten geflogen, und mit aufgeblähtem Gefieder saßen die Meisen und Sperlinge in den verschneiten Hekken. Laut krachte der Schnee bei jedem Tritt, als Mathes gegen neun Uhr morgens in den Vorgarten des Purtschellerhofes trat. Er trug die Soldatenhose, die blaue Mütze und seine Sonntagsjoppe. Sorgfältig klopfte er den Schnee von den Beinkleidern und kratzte ihn mit einem Reis von den Schuhen; in der warmen Stube wäre der Schnee geschmolzen; so was ist immer ein Kummer für eine junge Frau, die auf Sauberkeit in ihrem Hause hält.
Mathes sah jünger aus als sonst; der Niederstieg über den verschneiten Berghang hatte sein Gesicht gerötet. Als er die Haustür öffnete, zitterte seine Hand. In der Küche sah er die Magd beim Herd. »Is der Herr Purtscheller daheim?«
»Ja. Geh nur auffi!«
Während er die weißgescheuerte Treppe hinaufstieg, vernahm er aus der Wohnstube das Kichern einer Mädchenstimme. Die Tür wurde aufgerissen, und mit zerzaustem Haar kam Zäzil über die Schwelle gestolpert. Eine Münze fiel ihr aus der Hand und rollte über den Treppenflur bis zu Mathes' Füßen – ein Goldstück. Er wollte es aufheben. Zäzil raffte hurtig die Münze vom Boden. Das zerzauste Haar glättend, huschte sie über die Treppe hinunter. Mathes sah ihr nach; alle Farbe schwand aus seinem Gesicht. Dann ging er zögernd zur Tür und pochte.
»Herein!«
Purtscheller saß in Hemdsärmeln hinter dem Tisch, mit der qualmenden Zigarre. In der Fensternische hatte er eine Flasche Tiroler stehen. Der Tisch war mit Banknoten und Goldstücken bedeckt, die zu kleinen Stößen geordnet waren. »Mathes? Du? Ah, schau!«

Purtscheller lehnte sich behaglich zurück. »Hast dir mein' Antrag überlegt?«
»Ja, Herr Purtscheller. Wann S' mich brauchen können?«
»Was brauchen?« Purtscheller blies eine Rauchwolke vor sich hin. »Einer wie ich, der alle haben kann, steht auf an einzigen net an. Aber ich weiß, was ich krieg an dir. Die Sach is abgmacht. Ich hab an harten Winter vor mir und muß viel außer Haus sein. Da is mir's lieb, daß ich ein' daheim weiß, auf den Verlaß is.«
»Wollen S' d' Arbeit im Holzschlag droben selber überwachen?«
Purtscheller lachte. »Ah na! Den Schmarren hab ich verkauft bei Butz und Stingel. Aber a Winter wie der heurige treibt 's Hochwild auf d' Felder. Da muß fleißig abgschossen werden, wann uns der Wildschaden net übern Kopf wachsen soll. Die halbe Woch geht mit die Jagden drauf. Und gestern in der Stadt hab ich an neuen Traber kauft. Morgen kommt er. Den tauf ich auf den Namen Lüftikus. Gleich beim ersten Versuchsfahren wär er durchgangen, wann net der Herr Purtscheller am Bockschlitten sitzt. A narrischer Kerl! Aber ich gewöhn ihm seine Mucken ab. Bei mir lernt er was. Mein Herzbinkerl selig is gwiß an erstklassiger Traber gwesen, aber aus'm Lüftikus bring ich noch was Bessers aussi. Freilich, den Winter wird's kosten. Aber spitzen sollen s', die gwissen Herrn, beim Frühjahrsmeeting! Geh, setz dich a bißl! Sonst tragst mir am End den Fried aus'm Haus, wie 's Sprichwort sagt.«
»Auf mich paßt's net!« erwiderte Mathes ernst. »Was an mir liegt, will ich beitragen, daß der Fried daheim is in Ihrem Haus.«
In einiger Entfernung vom Tische setzte er sich auf die Wandbank.
»No also, wann kannst einstehn?«
»Heut noch. Aber an Fürhalt muß ich machen. Im Fruhjahr, wann der Berg 's Laufen wieder anfangt, da müssen S' mich freigeben.«
»Für ganz?« fragte Purtscheller enttäuscht.
»Solang mich der Vater braucht.«
»No ja, meintwegen. Lang dauert's net im Fruhjahr, wann 's Wasser amal stark wird. Da wird bald alles drunt liegen im Bach.« Purtscheller steckte eine frische Zigarre in Brand. »Red dem alten Trotzkopf zu, daß er abizieht, eh der Winter ausgeht. Sonst passiert an Unglück.«
Mathes schwieg.
»Also, und so wären wir in Ordnung! Magst an Vorschuß haben? Geld liegt da wie Heu!«

»Z'erst will ich arbeiten. Mit'm Lohn hat's Zeit!« Mathes erhob sich. »Jetzt weisen S' mich halt in d' Arbeit ein!«
»Dös pressiert net. Z'erst muß ich dös Geld da überzählen.« Purtscheller begann, die Banknoten abzublättern und die Geldstücke zu sortieren. »Was meinst, wieviel liegt da am Tisch?«
»Aufs Geldschätzen versteh ich mich net.«
»Ganze zehntausend Mark! Ja, mein Lieber, so was kannst öfters bei mir sehen! Erst gestern hab ich in der Stadt drin dem Schloßbräu fufzgtausend blank auf'n Tisch hin gstrichn. Der hat Augen gmacht. Beim nächsten Rennen soll er noch ganz anders dreinschauen! Der!« Purtscheller zählte: »Dreihundert, vierhundert, fünfe sechse, siebne, achte, neune, viertausend.«
Vom Treppenflur ließ sich ein leichter Schritt vernehmen. Fester schloß Mathes seine Hände um die Mütze. Karlin trat ein. Auf der Schwelle nahm sie ihrem Bübchen die Pelzmütze ab und löste das wollene Tuch, das dem Kind um den Hals geschlungen war. »So! Sag dem Vater schön grüß Gott!« Als sie sich aufrichtete, sah sie das Geld auf dem Tisch. Ihre Lippen zitterten. Mathes erhob sich. Jetzt erst gewahrte ihn Karlin. »Mathes!« Die Freude leuchtete aus ihren Augen.
»Ja, der Mathes steht bei uns ein!« sagte Purtscheller. »Sechse, siebne, achte, neune, fünftausend.«
Wortlos ging Karlin auf Mathes zu und streckte ihm die Hand hin. Er nahm sie. »Grüß Gott, Frau Purtschellerin!«
Sie lächelte. »Purtschellerin? Was fallt dir denn ein! Sag Linerl! Ich bin's doch seit der Kinderzeit net anders gwöhnt von dir.«
»Dös sind andere Zeiten gwesen, Frau Purtschellerin.«
Sie sah ihn verwundert an. »Geh, was hast denn?«
»Recht hat er!« fiel Purtscheller ein. »Der Knecht muß Respekt haben vor der Frau im Hause. Siebne, achte, neune, sechstausend.«
Tonerl schien seine Verpflichtung, den Vater zu grüßen, beim Anblick der blauen Soldatenhose vergessen zu haben. Flink wakkelte der kleine Kerl auf Mathes zu und griff nach dem roten Hosenstreif. Da bückte sich Mathes, hob den Knaben auf seinen Arm und sagte leis: »Ganz die Ihrigen Augen hat er, Frau Purtschellerin!«
»Aber geh«, schmollte Karlin, »jetzt tust gar noch Sie sagen zu mir! Gelt, Toni, dös muß net sein?«
»Achte, neune, siebentausend!« brummte Purtscheller. »Dös kann

er halten, wie er mag. Lieber is mir's, er sagt Sie. Wegen die andern Dienstboten.«
Tonerl streckte die Hände nach der Soldatenmütze.
»So? 's Kapperl willst haben?« Mathes setzte dem Knaben die blaue Mütze auf, die ihm bis über die Ohren fiel. »Jetzt bist a kleins Soldätl! Da hätt der Herr General sei' Freud dran.«
Das Bürschl lachte der Mutter zu: »Tonele Soldati, Mammi!« Die Freude des Kindes verscheuchte die drückende Stimmung, von welcher Karlin befallen schien. Sie setzte sich neben Mathes auf die Bank. »Sonst is er allweil so viel scheu gegen fremde Leut. Und mit dir is er, als ob er dich lang schon kennen tät!«
»Neuntausendneunhundertachtzg!« Mit dieser Ziffer schloß Purtscheller seine Zählarbeit und schloß das Geld in einen Wandschrank. »So, Mathes, komm!« Er zog den Samtflaus an und setzte den Hut auf.
Mathes hob den Knaben auf den Schoß der Mutter. »Gelt«, sagte Karlin, »wann d' dich eingwöhnt hast bei uns, mußt mir amal erzählen, wie's dir in der Fremd allweil gangen hat die langen fünf Jahr her.«
»Wann ich Zeit hab amal!« Mathes vermied den Blick der jungen Frau. »Pfüe Gott!«
Sie sah ihn mit großen Augen an.
Purtscheller kam hinter dem Ofen hervor und knöpfte den Samtflaus zu. »Du, Linerl, richt mir mein Jagdzeug her, ich möcht a bißl auffischauen auf an Gamsbock.« Er wollte sie gnädig in die Wange kneifen. Sie bog den Kopf zurück. »No, no, no? Was hast denn schon wieder?« fuhr er geärgert auf. »Du mußt dich rein verkühlt haben, selbigsmal beim Fuier. Froschblut hast eh schon allweil ghabt. Jetzt hast dich ganz in an Eiszapfen verwandelt. So was vertrag ich net.«
Brennende Röte schlug über Karlins Wangen, und mit erschrockenem Blick suchte sie die Tür. Mathes hatte die Stube schon verlassen. Aufatmend erhob sie sich und trug ihren Buben in die Kammer. Verblüfft sah ihr Purtscheller nach. »Da hört sich doch alles auf!« Im Zorn verließ er die Stube und warf die Tür zu, daß es durch das ganze Haus dröhnte. »Da, Mathes, nimm dir a Beispiel dran! Und schlag dir 's Heiraten aus'm Kopf! Nix wie Ärger hat man mit die Weibsbilder. Die meinig is die reine Sulz. Wo man s' anrührt, zittert s'!«

»Herr Purtscheller!« sagte Mathes heiser. »'s Eheglück is ebbes Heiligs. Da sollt man in andrer Weis drüber reden.«
Purtscheller schien nicht zu wissen, wie er diese Worte nehmen sollte. »Geh, du Narr du!« brummte er und stieg die Treppe hinunter. Im Freien fand er seine behagliche Laune wieder. Die Zigarre im Mund, die eine Hand in Flaustasche, deutete er mit der mit der andern auf die verschneite Brandruine. »Den Stadel bauen wir im Fruhjahr wieder auf. Aber nimmer aus Holz. Feste Mauern will ich haben!« Dann ließ er die Knechte und Mägde zusammenrufen. »Schaut's her! Dös is der Simmerauer-Mathes. Der steht als Meier bei mir in der Wirtschaft ein. Wann ich net daheim bin, gilt sein Wort wie 's meinig. Wer net pariert, kann abfahren. Jetzt muß amal an andrer Zug in d' Arbeit kommen!«
Die Leute guckten den Mathes prüfend an. Zäzil lachte. Weil Mathes den üblen Eindruck, den Purtschellers Worte gemacht hatten, verwischen wollte, redete er freundlich zu den Leuten und reichte jedem die Hand; nur Zäzil übersah er. Dann sagte er: »Wir kommen schon gut miteinander aus. Ich verlang nur, was recht is, und s' Gröbste mach ich selber. So helfen wir zamm, daß der Purtschellerhof dasteht, wie er's verdient! Gelt ja, Leut?«
»Ja!« sagte der Altknecht, und die anderen nickten. »Auf mich kannst dich verlassen.«
Purtscheller schmunzelte; die Art, wie Mathes die Leute für sich gewonnen hatte, gefiel ihm. »Ich merk schon, du packst die Sach beim richtigen Zipfel an.« Er zeigte ihm den noch leerstehenden ›Sportstall‹, in dem das Messingschildchen mit dem Namen ›Herzbinkerl‹ schon vertauscht war gegen ein neues, das in schöner Gravierung den Namen ›Lüftikus‹ trug. Dann war Purtscheller der schweren Arbeit müd. »Jetzt muß ich schauen, daß ich zu meine Gamsböck auffikomm!«
Mathes blieb allein unter der Stalltür stehen und sah dem Purtscheller-Toni bekümmert nach. Dann rief er den Altknecht und ließ sich durch alle Ställe und Scheunen führen. Mit wachsender Sorge erkannte er die erschreckende Verwahrlosung der Wirtschaft. Er sah es gleich: Hier kostete es entweder einen groben Brocken Geld oder ein Jahr gedoppelter Arbeit, um den verfahrenen Karren wieder ins Geleis zu bringen und an der stockenden Maschine dieser weitläufigen Wirtschaft alle Schrauben wieder einzusetzen. Auch das wußte er, daß er trotz der zehntausend Mark, die er

droben auf dem Tisch hatte liegen sehen, einen schweren Stand haben würde, wenn er zu Purtscheller käme, um Geld für die Wirtschaft zu verlangen. Also blieb ihm zur Hilfe nur eines, seine Arbeit!
Der Altknecht, der sich vor Mathes der verlotterten Wirtschaft zu schämen begann, wollte alle Schuld auf den ›Herrn‹ schieben. Das wies Mathes ruhig zurück. »Wann der Herr viel abghalten is, müssen sich d' Ehhalten doppelt fest zur Deichsel stellen.«
Vom ersten Stock war die in Jähzorn schreiende Stimme Purtschellers zu hören. »Da! Jetzt schimpft er wieder mit der Frau!« brummte der Altknecht. »Die hat an unguts Leben. Und wär doch eine, wie man s' sobald net wieder findt. Wann die was z'reden hätt, möcht's anders ausschauen.«
Schweigend blickte Mathes zu den Fenstern hinauf. Dann sagte er: »Jetzt hol ich mein' Kufer. Essen tu ich daheim. Bis Futterzeit im Stall is, bin ich schon wieder da.« Durch das Hoftor trat er auf die Straße. Dabei sah er die Stelle an, wo Karlin am Morgen nach der Brandnacht zu ihm gesagt hatte: »Vergelts Gott, Mathes!«
Um zwei Uhr brachte er seinen Koffer, war schon im Arbeitsgewand und ging gleich in den Stall.
Als Karlin im Lauf des Nachmittags über den Hof ging, vernahm sie seine Stimme. Sie trat unter die Stalltür und hörte, wie er die Leute mahnte, beim Auslegen des Futters nicht soviel zu verstreuen. Die Kühe, meinte er, müßten am Barren näher aneinander gerückt werden, damit sie durch Wühlen und Schleudern nicht soviel Futter verderben könnten. Diese Umstellung begann er gleich ins Werk zu setzen. Karlin sah sein flinkes Schaffen eine Weile mit an, und als seine Augen einmal den ihren begegneten, nickte sie ihm lächelnd zu. Dann kehrte sie ins Haus zurück, atmete auf und strich die losen Härchen hinters Ohr. Droben in der Stube setzte sie sich ans Fenster, um Wäsche durchzusehen und auszubessern. Sie arbeitete bis zum Abend und bei der Lampe noch bis spät in die Nacht. So gut wie heute war ihr die Arbeit noch selten von der Hand gegangen.
Alle anderen im Hause lagen um zehn Uhr abends schon in den Federn. Nur Mathes saß noch wach in seiner dunklen Kammer, rauchte sein Pfeifl, überlegte die Arbeit des kommenden Tages und blickte auf den Schnee hinaus, über den aus einem Fenster des oberen Stockes die rötliche Helle der Lampe fiel.

Am folgenden Mittag kam Purtscheller von der Jagd zurück, in guter Laune. Er hatte eine Dublette auf Gemsböcke gemacht; auch stand ihm für heut noch eine weitere Freude bevor, sein neuer Traber sollte im Purtschellerhof Einzug halten. Persönlich überwachte Toni die Säuberung des Raumes, der an Stelle des verewigten ›Herzbinkerl‹ den edlen ›Lüftikus‹ beherbergen durfte. Als Purtscheller auch den großen Stall der Milchkühe betrat, bemerkte er die praktische Änderung. »Schau, dös hab ich selber schon allweil machen wollen! Dazukommen bin ich halt net.«

Bei Einbruch der Dämmerung wurde ›Lüftikus‹ von einem Stallknecht des Händlers aus der Stadt gebracht. Der Bursch hatte eine blutige Hand, und vor Ermüdung vermochte er sich kaum aufrecht zu halten, so übel hatte das Pferd ihm während der Wanderung mitgespielt. Dazu lachte Purtscheller. »Für an richtigen Gaul ghört halt 's richtige Mannsbild.« Stolz, mit strahlendem Gesicht, musterte er das Tier. Es war ein Rappe von edlem Blut und strammer Schönheit; aber ein scheues Feuer glomm in den schillernden Augen des Pferdes; wenn ihm jemand nahe kam, begann es zu tänzeln oder zitterte an allen Gliedern. Seinen Einstand in ›Herzbinkerls‹ Stall feierte ›Lüftikus‹ mit einem wilden Aushieb, der die Holzrampe zertrümmerte. Mathes mußte kommen, um das Tier zu bändigen. Als er ihm den Halfter angelegt und die Decke umgeschnallt hatte, sagte er: »Herr Purtscheller! Ich möcht Ihnen raten, daß S' den Gaul wieder weggeben. Und wann's mit Schaden wär.«

Purtscheller lachte. »Ah na! Daß ich so an Wildling zwing, dös prickelt mich grad!«

Die erste Bändigungsprobe, die Purtscheller am nächsten Morgen unternahm, fiel glücklich aus. Er hatte nun doppelte Freude an seinem ›Lüftikus‹ und widmete dem Training des Pferdes jeden Tag, den ihm nicht die Jagd oder ein Zimmerstutzen-Schießen wegnahm. Wenn er, selten, einen Blick in die Wirtschaft warf, mußte er mit Staunen das Neue und Gute gewahren, das Mathes mit rastlosem Fleiß geschaffen hatte. Von Woche zu Woche wuchsen die Beträge, die Purtscheller für Milch und Butter verrechnet erhielt. Mathes verlangte selten Geld, und so kam Purtscheller mit seinem neuen Meier leidlich aus. Bei Tonis reizbarem Naturell und bei seiner Gewohnheit, zur Unzeit den Herrn herauszukehren, ging es ganz ohne Reibereien nicht ab. Es wäre manchmal zu bösen

Szenen gekommen, hätte Mathes nicht die Überwindung gefunden, Purtschellers aufbrausende Grobheit schweigend hinzunehmen. Höchstens sagte er: »Sie wissen net, was S' reden, Herr Purtscheller!«

In diesen Wochen fand Karlin nur selten Gelegenheit, mit Mathes ein paar Worte zu wechseln. Er war vor dem Morgen auf und hatte bis spät in die Nacht zu schaffen. Fast immer fehlte er beim Mittagstisch und ließ sich, wenn er grade Zeit hatte, in der Küche einen Bissen reichen. Da glaubte Karlin zu bemerken, daß er geflissentlich jede Begegnung mit ihr zu vermeiden suchte. Weshalb? Das verstand sie nicht. Eines Tages sprach sie ihn deshalb an.

»Warum tust du so fremd? Ich hab doch nie a Wörtl gsagt, dös dich verdrießen hätt können?«

»Gwiß net!«

»No also! Und wie stellst dich denn zu mir?«

»Wie der Knecht zur Bäurin!« sagte er ruhig.

Sein Wort machte sie fast böse. »Der Toni und ich, wir wissen doch, was wir haben an dir. Du bist doch mehr wie der Knecht im Haus.«

Er schüttelte den Kopf. »Mehr will ich net sein. Und jetzt muß ich zur Arbeit.«

Karlin sah ihm nach. »Möcht nur wissen, was er hat?«

Seit diesem Tag war Mathes noch seltener im Hause sichtbar. Die paar freien Stunden, die er sich an Feiertagen gönnte, brachte er bei den Eltern zu. Auch am Heiligen Abend stieg er durch den Schnee in die Simmerau hinauf. Karlin, die ihn vergebens suchte, mußte ihm sein ›Weihnächten‹ in die Kammer legen. Purtscheller schimpfte über die ›Flegelei‹. Weil Karlin den Wunsch eines Sohnes, das Weihnachtsfest bei den Eltern zu verbringen, berechtigt fand, machte Purtscheller eine Szene, die damit endete, daß er wütend vom brennenden Baum davonging und sich im Wirtshaus schwer bekneipte.

Der Januar brachte linde Zeit. Häufig war es in den Sonnenstunden so warm, daß Mathes, wenn es eine Besorgung im Dorfe gab, diese Gänge ohne Hut und in Hemdsärmeln machte. Früher hatte er immer einen Knecht zum Wagner oder zu den Handwerksleuten geschickt. Jetzt machte er selbst jeden Weg, der außer Haus zu erledigen war, und mit Vorliebe griff er nach jedem Geschäft, das ihn zur Daxenschmiede führte. Daß Schorschl die Arbeit aus dem

großen Hof bekam, das hatte Mathes bei Purtscheller mit den zwei schlagenden Gründen durchgesetzt: Der Weg zur Schmiede des Nachbardorfes kostet zu viel Zeit, und der Daxen-Schorschl arbeitet besser und billiger als jeder andere Schmied.
Die viele Arbeit, die Schorschl für den Purtschellerhof zu liefern hatte, war Ursache, daß er zu dem Gesellen, den er schon anfangs Dezember angeworben hatte, nach Neujahr noch einen zweiten nehmen mußte. Wenn die drei Schmiede bei der Arbeit standen, hörte man den Taktschlag ihrer Hämmer durch das ganze Dorf: klingeling kling, klingeling kling. Den festen Nachschlag in diesem Takt gab immer der Hammer des jungen Meisters. Diese lustige Musik lockte ein schönes Geld in die Schmiede. Schorschl brauchte keinen Pfennig mehr schuldig zu bleiben, und pünktlich am Ersten eines jeden Monats konnte er die fällige Rate an Rufel bezahlen. Bei der rastlosen Arbeit ging ihm der Brustkorb auseinander wie eine Tonne, aber sein Gesicht verlor immer mehr jene heitere Frische, die dem ›lüftigen Schorschl‹ einst aus den Augen gelacht hatte. Als Mathes wieder einmal Purtschellers Pferde zum Hufbeschlag in die Schmiede brachte, fragte er: »Schorschl! Bist krank?«
»Es muß schon so was sein!« brummte Schorschl.
Mathes lächelte. »Was fehlt dir denn?«
»So a Fieber hab ich, so a gspassigs! Net krank bin ich und net gsund!« Schnaufend betrachtete er den Rücken seiner rechten Hand. Das war ihm zur Gewohnheit geworden, nachdenklich die Narben jener Kratzwunden zu studieren. Die Schrunden, die in der Brandnacht die Mauerbrocken in sein Gesicht gerissen hatten, waren spurlos verheilt; nur diese drei feinen weißen Linien auf seiner Hand wollten nicht verschwinden.
Als die Pferde beschlagen waren und Mathes sie aus der Werkstatt führte, sagte er: »An die Sonntagnachmittag bin ich allweil droben bei meine Leut. Magst net amal auffikommen auf an Plausch?«
»Na! Ich dank schön. Da droben geht mir der Wind z'kalt!« Schorschl winkte gegen die Esse. »Ich bin's warme Fuier gwöhnt. Die schneidigen Lüftln vertrag ich net.«
Draußen im Hof blieb Mathes wieder stehen. »Du? Schorschl? Is wahr, was d' Leut reden?«
»Was reden s' denn?«
»Daß dir der Zillerlenz sei' Tochter hat antragen lassen?«
»Da weiß ich nix davon.« Geärgert kehrte Schorschl in die Werk-

statt zurück und nahm die Arbeit wieder auf. Daß er gelogen hatte, schien sein Gewissen nicht sonderlich zu drücken. Es verhielt sich wirklich so: Der Zillerlenz, dem das aufblühende Geschäft in die Augen stach, hatte den alten Rufel als ›Hochzeitsschmuser‹ in die Schmiede geschickt. Schorschls Antwort war kurz und bündig gewesen. »Von die Weibsbilder mag ich nix wissen. Da hab ich meine Erfahrungen gmacht.« Er hatte seine Hand betrachtet und mit der Zunge über die weißen Narben gestrichen. »Die einzig, mit der ich auskomm, is die Bäckenmahm. Mit der bin ich z'frieden.« Zu dieser Zufriedenheit hatte er Ursache. Kurz vor den Weihnachtstagen hatte sich die Bäckin vom Krankenbett erhoben, hatte ihre Gesundheit wiedergewonnen und fast einen Zentner an Fett verloren. Als Schorschl, um dieses magere Wunder zu konstatieren, die Mahm in der Werkstatt auf die große Eisenwaage setzte, wog sie nur zweihundertsechzig Pfund. In der Freude über diese körperliche Erleichterung verschmerzte sie gern den schweren Verlust, den die Brandnacht ihr gebracht hatte. »Wie a Federl komm ich mir für«, sagte sie mit Lachen, »wie a Federl so leicht!« Es wurde für sie eine Art von Sport, die engsten Türen aufzusuchen und sich schief durchzuschmiegen, ohne mit der Jacke an den Pfosten anzustreifen. Bei dieser ›Federleichtigkeit‹ konnte sie ihrem Neffen danken, was er für sie getan hatte. Emsig wackelte sie zwischen Stube, Werkstatt und Küche hin und her, überwachte die Zubereitung aller Mahlzeiten und begann ihr ›Schorscherl‹ auf eine Weise zu verhätscheln, daß die Gesellen darüber ihre Späße machten. Aber nicht nur für das ›Schnaberl‹ des Daxenschmiedes sorgte die Bäckenmahm. Sie kassierte für ihn die Gelder ein, führte Buch über Einnahmen und Ausgaben, brachte alle Räume des Hauses in freundlichen Stand, hielt Schorschls Kleider in Ordnung und füllte durch fleißige Näharbeit alle Lücken des gähnenden Wäschekastens. Am Morgen des Lichtmeßtages konnte sie Schorschl vor den Schrank führen, in dem die weißen Leinwandstöße mit blauen Mascherln gebunden und so eng aneinandergerückt waren, daß kein Stück mehr Platz gefunden hätte. »Schau dir's an, dein Kasterl! Fix und fertig liegt alles da. Gleich morgen kannst heiraten!«

»Geh, laß mich aus!« brummte Schorschl in der ersten Verblüffung. »Für was denn söllene Sacherln? Ich bin doch kein Madl net. Zwei Hemeder, eins zum Anziehen und eins zum Waschen, dös

wär gnug für mich gwesen. Und vom Heiraten red mir gleich gar net!« Ärgerlich ging er zur Tür, kehrte wieder um und drückte seiner mager gewordenen Bäckin die Hand. »No ja, ich dank dir halt schön! Aber mit'm Heiraten laß mich aus!«
Das versprach sie. Aber schon nach wenigen Tagen begann sie, ihm die Mitgift zu rühmen, welche die Tochter des Berghofbauern zu erwarten hätte.
»Hörst net auf!« schimpfte Schorschl. »So a Putzgredl, so a schieche! Zahnlucken hat s' wie Ofenlöcher!«
In der Woche darauf konnte die Mahm ihrem Schorscherl nicht genug erzählen, wie gut ihr das Bürgermeistermädel gefiele.
»Was? Dös Krisperl, dös dürre! An der ihre Knöcherln soll sich an andrer die Zähn ausbeißen! Jetzt hab ich dich allweil angschaut, jetzt bin ich ans Runde gwöhnt.«
Trotz dieser Mißerfolge schmiedete die Bäckenmahm neue Pläne. Sie war so ehrlich für das Wohl ihres ›Schorscherl‹ bedacht, daß sie ihr eigenes Schicksal in zweite Reihe setzte. Auch hatte sie für diesen Fall schon ihr Plänchen fertig. Wohl war sie durch den Brand um ihre schönen, vierprozentigen Pfandbriefe gekommen. Aber es war ihr doch der Bauplatz geblieben, der große Garten und die Lizenz für das Bäckergeschäft, die als Recht auf dem Grundstück lag. Dafür hatte man ihr dreitausendfünfhundert Mark geboten; sie wollte viertausend haben und hatte Zeit, zu warten, bis der richtige Käufer kam. Dann konnte sie sich im Garten der Daxenschmiede, um ihrem ›Schorscherl‹ recht nah zu sein, ein Häuschen mit zwei Stuben und einer Küche bauen. Durch Verbriefung dieser Erbschaft wollte sie sich in Schorschls Hausstand für freie Verpflegung einkaufen bis an ihr Lebensende. Gott verhüt's noch lang!
Als im März der Talschnee zu schmelzen begann und linde Tage kamen, ließ sich die Bäckenmahm in warmen Stunden den Lehnstuhl unter das offene Tor der Werkstätte stellen, und wenn sie nicht für ihr ›Schorscherl‹ zu flicken hatte, nähte sie an den Leinwandvorhängen für die Fenster ihres Häuschens, zu dessen Bau die Ziegel noch gar nicht gebrannt waren. Und da sah sie eines Tages die Simmerauer-Vroni mit dem Henkelkorb vom Krämer kommen. »He! Du!« rief die Bäckenmahm. »Geh, kehr a bißl ein auf a Plauscherl!«
Vroni schien wie mit Taubheit geschlagen, machte flinke Schritte und verschwand um die Straßenecke.

Prüfend hatte die Bäckenmahm ihr nachgesehen. »Sapperlot! Is dös Madl aber sauber! Dahermarschiert s', als hätt s' Federn unter die Schuh! A Gsicht wie der Apfel an Michäli! Die Zöpf liegen ihr droben wie a Krönl! Feingwachsen wie a Zwiefelröhrl und doch schön rund, wie er's gwöhnt is jetzt!« Sie beugte sich vor und lugte in die Schmiede, aus welcher der Taktschlag der drei Hämmer tönte: klingeling kling, klingeling kling! »Vielleicht tät ihm die gefallen?« Lächelnd rief sie: »Schorscherl!« Sie mußte ein paarmal rufen, bis er den Hammer niederlegte und kam. »Du? Was tätst denn zur Simmerauer-Vroni sagen?«

»Himmel sakra!« fuhr Schorschl auf, als hätte ihm die Bäckenmahm ihre Nähnadel ins Herz gebohrt. »Wirst mir net bald mei' Ruh lassen?«

Die Mahm schmunzelte: »No? Was tätst denn sagen zu der?«

»Zu der sag ich gleich gar nix!« Vor Ärger über die Schwelle stolpernd, kehrte er in die Werkstatt zurück.

Studierend zog die Bäckenmahm den Nähfaden über die Lippen. »So so so soooo?« Schmunzelnd guckte sie in die Schmiede. »Wart, Schorscherl! Da kriegst mir jeden Tag a Pülverl! Schön langsam! Aber sicher!« Hätte die Mahm auf die Musik der Schmiede gelauscht, so hätte sie merken müssen, daß schon das erste ›Pülverl‹ im Herzen des Daxen-Schorschl zu rumoren begann. Im taktmäßigen ›Klingeling kling‹ des Hammertrios tönte der Nachschlag des jungen Meisters so ungestüm, daß neben diesem Schmetterklang die Hammerschläge der Gesellen sanft erschienen wie Grillengesang.

13

Mit den letzten Tagen des März war der Schnee im Tal so weit geschwunden, daß man die Arbeit auf den Feldern beginnen konnte. Die Lenden mit der weißen Samenschürze umgürtet, schritt Mathes einen Tag um den anderen vom Morgen bis zum Abend durch die frischgebrochenen Ackerfurchen und streute den Samen in Purtschellers Erde.

Das Säen ist eine Kunst. Manch ein Bauer wird alt, ohne sie zu lernen. Es gehört eine ruhige und achtsame Hand dazu, um für jeden Wurf das richtige Quantum Körner aus der Schürze zu fassen, nicht zu groß und nicht zu klein. Und gleichmäßig muß der gestreute Same über die lockere Krume fallen, nicht zu spärlich, da sonst die Ernte mager wird, und nicht zu dicht, da sonst die Halme sich drücken und taube Ähren treiben.

Mathes verstand sich auf diese Kunst. Häufig hielten die Bauern auf den Nachbarfeldern in der Arbeit inne, um dem jungen Sämann nachzuschauen, wie ruhig er einen Schritt vor den anderen setzte und wie schön zerteilt von seiner streuenden Hand der Same rieselte.

Als er wieder einmal das Ende des langen Feldes erreichte, nickte ihm ein alter Bauer freundlich zu: »Heuer wird er lachen können, der Herr Purtscheller, wann er im Sommer seine Felder anschaut!«

Mathes füllte aus dem großen Sack, der am Rain des Ackers stand, die leergewordene Schürze. Zog das Gewicht des Samens an seinen Schultern? Mathes ging gebeugt. Sein Körper richtete sich auch nicht auf, als die Schürze wieder leicht und leer wurde.

Doppelte Sorge bedrückte ihn.

Wohl lagen die Halden der Simmerau noch halb im Schnee, aber der gefrorene Boden begann schon aufzutauen, das rieselnde Schneewasser verschwand in allen Schrunden des zerklüfteten

Berghanges, und deutlich konnte Mathes das Rauschen der aus dem Innern des Berges hervorströmenden Bäche hören, deren Wassermenge mit jeder Sonne wuchs. Vor drei Tagen, als Mathes zu den Seinen in die Simmerau hinaufgestiegen war, hatte der Vater gesagt: »Heut in der Nacht hab ich gspürt, wie 's ganze Häusl zittert hat. Jetzt fangt er wieder an, der Berg.«

»Tu dich net sorgen, Vater! In drei Tagen bin ich mit'm Haberbau fertig und komm, daß ich helfen kann.«

»Ja, Bub! Vergelts Gott! Soviel Angst hab ich vor'm Fruhjahr! 's Wasser sollt halt in d' Höh steigen aus die untrischen Gäng! Eh kriegen wir kein' Fried. Gelt, tu dich bei der Saat a bißl tummeln.«

»Richtige Saat braucht Zeit!«

»Ja, ja! Is wahr! Aber meinst net, daß d' länger brauchst als drei Tag?«

»Na, Vater!«

»Gott sei Lob und Dank!«

Nun waren die drei Tage vergangen, und Mathes streute den Samen über das letzte Feld. Als die Elfuhrglocke läutete, gingen die Bauern, die auf den anderen Äckern bei der Arbeit waren, zur Mahlzeit heim. Mathes blieb. Wenn er diese Stunde verlor, konnte er bis zum Abend mit der Saat nicht fertig werden. Sinnend sah er, während er durch die Furche schritt, dem lautlosen Fall der Körner zu. ›Für wen würde aus dieser Saat die Ähre wachsen? Für wen die Ernte reifen?‹

Daß er auf diese Frage keine Antwort fand, das war die andere Sorge, die ihn drückte.

Er hatte sich krumm gearbeitet in diesem Winter. Was half es? Wohl nahm die Wirtschaft ihren geregelten Gang, und die Einkünfte wuchsen mit jedem Monat. Aber was Mathes mühsam aufbaute, warf Purtschellers Leichtsinn wieder über den Haufen. Man wußte schon im ganzen Dorf von dem Geschäft, das Purtscheller im November abgeschlossen hatte: Die alte Hypothek war getilgt worden, zehntausend hatte er bar auf die Hand bekommen, und jetzt lag eine Hypothek von achtzigtausend auf dem Purtschellerhof. Und jene zehntausend, von denen Zäzil die ersten zwanzig Mark davongetragen hatte? Fast die Hälfte war für den Ankauf des neuen Trabers aufgegangen, der Rest war lustig durch Purtschellers Finger gerollt. Seit dem Fasching war er schon wieder in der Klemme, ließ sich Vorschüsse von den Händlern geben und suchte Geld aufzutreiben. Daß es bei diesen Bohrversuchen nicht immer sprudelte, das steigerte seine jähzornige Reizbarkeit in solchem Grad, daß Karlin und die Leute im Haus kaum mehr ein Auskommen mit ihm fanden. Wer die junge Frau betrachtete, dem mußte der Anblick ihres abgehärmten Gesichtes ins Herz schneiden. Ihre schlimmste Zeit war jene Woche gewesen, in welcher Purtscheller mit verbundenem Kopf das Zimmer hatte hüten müssen. Bei einer Trainingsfahrt hatte ›Lüftikus‹ den Gig mitsamt dem Trainer über die Straßenböschung in den Bach hinuntergeworfen. Purtscheller war, wenn es um seinen heiligen Leib ging, sehr wehleidiger Natur. Das ganze Haus atmete auf, als er den ersten Ausgang machte. Nun hatte auch Karlin wieder ruhigere Tage; vom Morgen bis zum Abend war Purtscheller unsichtbar; freilich, wenn er in später Nacht bekneipt nach Hause kam, weckte seine jähzornige Stimme alle Schläfer im Haus. Nur bei einem war das Wecken überflüssig. Der schlief nicht. Und als die junge Frau nach solch einer Nacht am Morgen in den Hof kam, sah Mathes ein bläuliches Mal an ihrer Schläfe.

Er wurde bleich. »Karlin?« Zum erstenmal hatte er die gewohnte Anrede vergessen. Dann fragte er: »Is Ihnen was passiert, Frau Purtschellerin?«

Heiße Röte huschte über ihre vergrämten Züge. »A bißl angstößen hab ich mich, am Kasten, in der Finsternis.« Noch während sie sprach, hatte sie sich abgewandt und war ins Haus getreten.

Nach ein paar Tagen war das häßliche Zeichen vergangen. Aber wenn Mathes bei der Arbeit an Karlin dachte, konnte er sich ihr Gesicht nicht mehr anders vorstellen als immer mit diesem Mal. So sah er sie auch jetzt, während er durch die Furche schritt und sich bei jedem Samenwurf fragte: Was soll aus ihr werden? Aus ihr und ihrem Kind? Wenn kommt, was kommen muß: Purtschellers Ruin und die Gant seines Hofes?

Von Süden her wehte ein linder Hauch über die kahlen Samenfelder, warm und befruchtend. Mathes fühlte ihn und blickte auf, als hätte er Sorge, daß der Föhn käme. Doch der Himmel war sonnig und blau. Am Saum des nahen Wäldchens schlug eine Drossel, und in das eintönige Rauschen der Bäche, die aus den Höhlen des laufenden Berges rannen, klang vom Dorf herüber das Hammertrio der Daxenschmiede.

Die Sonne begann zu sinken. Ein Abend, lau und windstill,

leuchtend in allen Farben. Gegen fünf Uhr wurde Mathes fertig mit der Saat. Am Rain des Ackers stehend nahm er den Hut ab und drückte ihn an die Brust: »Lieber Herrgott, leg dein' Segen drauf!« Dann hob er den Sack mit dem Rest des Samens auf die Schulter und trat den Heimweg an. Als er bei einer Hecke vorbeikam, spürte er den Duft der ersten Veilchen. Er pflückte die kleinen Blüten und steckte sie hinter das Hutband.
Auf der Straße vor dem Purtschellerhof begegnete ihm Karlin, die den Tonerl an der Hand führte, damit das Kind den schönen Frühlingsabend und die linde Luft genießen möchte.
»Guten Abend, Frau Purtschellerin!« sagte Mathes, ohne den Schritt zu verhalten.
Da fiel ihr seine gebeugte Haltung auf. Als er schon vorüber war, fragte sie beklommen: »Mathes? Tragst denn so schwer?«
Er blieb stehen und schüttelte den Kopf. »Bloß an halben Metzen. Den hab ich sparen können bei der Saat.«
In Sorge betrachtete sie sein Gesicht. »Tust net a bißl gar z'viel schaffen? So viel müd schaust aus!«
»Ah na! Dös hab ich so im Fruhjahr. Die ganzen Jahr her hab ich's allweil so ghabt. Dös vergeht schon wieder.« Er hatte den Sack zu Boden gestellt und die Veilchen vom Hut genommen. Sich niederbeugend, gab er dem Kind die Blumen, roch an ihnen und stellte sich, als müßte er von der Stärke ihres Duftes niesen. »Hazzi!«
Das gefiel dem Bürschl; eifrig grub es sein Näschen in die Blumen und machte: »Hazzi!«
Lächelnd nahm Mathes den Sack wieder auf. »Pfüe Gott, Frau Purtschellerin!« Er ging davon.
Karlin strich die losen Härchen hinter das Ohr und sah ihm nach.
Als Mathes in den Hof trat, stand Purtscheller, für die Jagd gekleidet und die Schrotflinte auf dem Rücken, vor einer Stalltür und schwatzte mit Zäzil. Die Magd schien ihren Herrn auf die Heimkehr des Knechtes aufmerksam zu machen; er blickte über die Schulter; dann sagte er dem Mädel ein leises Wort und ging auf das Tor zu.
Mathes vertrat ihm den Weg. »Grüß Gott!«
»Bist fertig mit der Saat? Lang gnug hast braucht.«
»Gute Saat will Weil haben.«
»Solche Sprüche haben die Langsamen flink bei der Hand. Pfüe Gott!«

»Ich hätt was z'reden, Herr Purtscheller.«
»An anders Mal!«
»Es muß heut sein.«
»Oho! Soll ich mir leicht Fürschriften von dir machen lassen? Heut is der erste schöne Abend. Da muß ich schauen, ob net der Schnepf schon am Strich is. Wann ich Glück hab, schieß ich heut den ersten.« Er stelzte zum Tor hinaus und brummte: »Hoffentlich begegnet mir kein alts Weib net.« Als er auf der Straße seine Frau gewahrte, machte er ärgerlich einen Umweg.
Er hatte nicht weit zu gehen. Gleich bei den aus dem laufenden Berg hervorströmenden Bächen, in den mit Buschwerk durchsetzten Moorwiesen, war seit Jahren der beste Schnepfenstrich. Als Purtscheller seinen Stand gewählt hatte und die Flinte schußbereit machen wollte, merkte er, daß er die Patronen vergessen hatte. Mit einem Fluch begann er zu schimpfen: »Natürlich! Weil mir dös Weibsbild allweil die Patronen aus'm Gwehr und aus der Joppen nimmt! Als ob was passieren kunnt, wann 's Gwehr am Rechen hängt!« Aber da half nun kein Schelten; er mußte nach Hause marschieren.
Es begann schon zu dämmern, als er seinen Hof erreichte. Droben in der Stube schob er zwei Patronen in die Flinte und steckte ein paar andere in die Tasche, während Karlin im Schlafzimmer dem Tonerl ein Schlummerlied sang:

»Vogerl am kühlen Bach
Zwitschert so süß!
Zwitschert Bach auf und ab,
Bis ich mein Schatzerl hab!
Vogerl am kühlen Bach
Zwitschert so süß!«

Als Purtscheller die Treppe hinunterstolperte, hörte er aus einer Gesindekammer Zäzils kreischende Stimme: »Und wann ich's gsagt hab? Geht's dich was an? Bist du für d' Frau im Haus als Hüter aufgstellt?«
»Pack ein!« fiel ihr Mathes ins Wort.
»Is schon gut! Einpacken tu ich. Aber auf der Straß laß ich den Kufer stehn und wart, bis der Herr heimkommt. Nacher paß auf, du! Ob dös gar so leicht is, die Zäzil aus'm Haus jagen!«

Purtscheller stellte die Flinte an die Mauer und trat in die Kammer. »Was is denn da? Muß denn allweil der Spektakel im Haus sein?«
Zäzil schwieg verlegen, während Mathes sagte: »Dös Madl hab ich aus'm Dienst schaffen müssen. Und hab ihr boten, sie soll ihren Kufer packen auf der Stell.«
»Oho!« fuhr Purtscheller auf. »Du nimmst dir a bißl viel raus.«
»Ich kunnt Ihnen an den Tag erinnern, wo S' gsagt haben, daß mein Wort im Haus gelten soll wie 's Ihrig!« erwiderte Mathes mit mühsam bewahrter Ruhe. »Aber dös braucht's wohl net. Dös Madl muß fort aus'm Haus. Vor alle Dienstboten hat s' unghörig gredt von der Frau.«
Purtscheller wurde rot. »Was hat 's denn gsagt?«
»So was redt man net nach. Es muß Ihnen gnug sein, wann ich sag: In Ihrem Haus is kein Platz mehr für an Dienstboten, der so von der Frau redt.«
Zäzil hatte sich auf den halb gepackten Koffer gesetzt, nahm die Schürze vors Gesicht und fing zu heulen an.
»No, no no! Es wird net so arg gwesen sein!« meinte Purtscheller begütigend. »Geh weiter, Mathes! Laß mich mit dem narrischen Frauenzimmer reden! Ich will ihr den Dickschädel ordentlich waschen.«
Mathes ging wortlos aus der Kammer.
Purtscheller schloß das offenstehende Fenster und puffte die Magd mit der Faust an die Schulter: »Du Gans, du grupfte, was hast denn gsagt?«
»Was wahr is!« Zäzils Tränen waren plötzlich versiegt. »Daß für an Herrn, wie Sie einer sind, jede andere Frau besser passen möcht als so a verschmaachts Millihaferl.«
In Wirklichkeit hatte die freche Rede anders geklungen; aber Purtscheller verspürte nicht die geringste Lust, den Untersuchungsrichter zu spielen. »So was sagt man net!« brummte er. »An anders Mal halt dein' Schnabel vor die Leut!«
»Es is mir halt in der Wut aussigfahren. D' Frau soll mich in Ruh lassen, so tu ich ihr auch nix. Aber dös laß ich mir nimmer gfallen, allweil so über ein' wegschauen, als ob man Luft wär!«
»Jetzt pack den Kufer wieder aus!« fiel ihr Purtscheller ins Wort. »Mit'm Mathes red ich schon. Fang mit dem keine Reibereien an! Der schafft wie a Roß. Den brauch ich. Und jetzt gib an Fried! Den Schnepfenstrich hab ich eh versäumt mit deiner Dalkerei!« In

gereizter Laune ging er aus der Kammer, nahm die geladene Flinte, die an der Mauer stand, trug sie in die Stube hinauf und hängte sie an den Gewehrrechen. Wütend schleuderte er den Hut in den Ofenwinkel und ging zum Tisch, um die Hängelampe anzuzünden. Als er sich nach einer Wanderung durch die Stube auf das Sofa werfen wollte, trat Mathes ein.

»Herr Purtscheller? Grad kommt dös Madl in Hof aussi, lacht vor alle Leut und sagt, sie bleibt. Is dös wahr, Herr Purtscheller?«

»No ja! 's Madl hat mich derbarmt. Man kann doch a Weibsbild net so bei Nacht und Nebel auf d' Straß aussijagen. Ich mach dir kein' Fürwurf. Du hast es gut gmeint. Aber jetzt sei halt gscheit! Du tust mir an Gfallen damit. Also! Willst noch was?«

»Ja!« sagte Mathes mit veränderter Stimme. »Der Vater braucht mich, weil der Berg wieder anfangt. Ich muß heut noch heim.«

»Was? Jetzt im Fruhjahr?« fuhr Purtscheller auf. »Wie soll ich denn auf an grünen Zweig kommen, wann mir d'Leut davonlaufen, sobald d' Arbeit richtig anfangt? Für was zahl ich mir denn an Knecht?« Er schien zu vergessen, daß er seinem Meier an Lichtmeß den Lohn schuldig geblieben war. »Nix da! Du bleibst!«

»Tut mir leid, Herr Purtscheller, ich muß heim!« erwiderte Mathes ruhig. »Den Fürhalt hab ich gmacht, wie ich eingstanden bin.«

Ärgerlich überlegte Purtscheller. »Steht's denn gar so schlecht da droben?«

»Wann noch was z'helfen is, s muß gholfen werden, eh 's Wasser wachst.«

»Also, meintwegen! Wann meinst denn, daß d' wieder kommen kannst?»

»In der ersten Stund, wo mich der Vater graten kann.« Mathes zerknüllte mit zitternden Händen den Hut. »Aber eins muß ich bitten!«

Purtscheller schien die Geduld zu verlieren. »Was denn schon wieder?«

»Daß der Zäzil aufkündt wird, bis ich wiederkomm.«

»Ja Himmel, Kreuz, Teufel!«

»Dös muß ich verlangen. Soll ich d' Leut fest in der Hand halten, so müssen s' Respekt vor mir haben. Mein Wort muß gelten.«

»So? Und ich? Ich soll vielleicht der ›gar Niemand‹ sein im Haus?« Purtscheller schlug mit der Faust auf den Tisch.

Da erschien Karlin mit blassem Gesicht auf der Schwelle der

Schlafkammer und zog hinter sich die Tür zu. »Toni! 's Kindl schlaft. Gib doch a bißl acht.«
»So? Achtgeben? Auf alle Leut im Haus soll ich achtgeben! Aber auf mich gibt gar keiner acht. Und aller Verdruß fallt allweil auf mich.« In wachsendem Jähzorn wandte sich Purtscheller an Mathes. »Mach dich net gar so wichtig! Du!«
»Tun S' Ihnen beruhigen, Herr Purtscheller!« stammelte Mathes. »Wir können die Sach an anders Mal ausreden.«
»Hättst die ganze Dummheit net aufgrührt. An anders Mal misch dich net in Sachen, die dich an Pfifferling angehn!«
»Aber Toni!« fiel Karlin ein. »So tu doch net so mit'm Mathes reden! Dös hat er doch net verdient um uns.«
»Natürlich! Den soll ich noch extra in Baumwoll wickeln, weil er mir den ganzen Ärger da hergmacht hat? Und wer is im Grund wieder schuld dran? Du! Schau mich net so an, sag ich dir! Dös kalte Gschau vertrag ich net.«
»Herr Purtscheller!« bettelte Mathes, dem die Stimme kaum gehorchte. »Tun S' mir doch den einzigen Gfallen und ziehn S' net d' Frau noch in den Handel eini! Es kann ja sein, daß ich unrecht hab. Lassen wir's gut sein! Pfüet Ihnen Gott, Herr Purtscheller!« Er wollte zur Tür.
»Nix da!« schrie Purtscheller in Zorn. »Meinst vielleicht, ich trau mich vor meiner Frau net Farb bekennen? So steh ich gottlob noch lang net da!« Mit zuckenden Fäusten riß er an seiner Weste und trat auf Karlin zu. »Net gnug, daß ich den Unfried hab im Haus! Jetzt mußt mir noch die ganzen Dienstboten durchanandbringen! Weil d' net weißt, wie man d' Leut behandeln muß.«
»Herr Purtscheller, um Gotts willen!« wehrte Mathes. »Kommen S'! Reden wir drunt mitanand!«
Purtscheller hörte nicht und schrie seiner Frau ins Gesicht: »Dö armen Leut arbeiten den ganzen Tag und haben a Recht drauf, daß ihnen d' Frau a freundliche Red gibt.«
»Aber Toni«, erwiderte Karlin ruhig, »a guts Wörtl hab ich jedem von unsere Leut noch allweil von Herzen geben.«
»So? Und wie machst es denn mit der Zäzil? Gelt, jetzt schlagt dir 's Blut übers Gsicht! Warum is denn dös Madl allweil Luft für dich? Meinst vielleicht, du bist was Bessers?«
Mathes zuckte, als wäre ihm ein Rutenschlag ins Gesicht gefahren.
»So geht man net um mit die Leut! Verstehst mich?« schrie Purt-

scheller auf Karlin ein. »Und wann dem Madl im Zorn amal a Dummheit aussirutscht, kann man's ihr net verargen. Schließlich hat 's Madl nix anders gsagt als die traurige Wahrheit, daß jede andere besser für mich taugen möcht wie du! Aber dös is mei' Malör. Was braucht denn der da mit seine groben Pratzen einigreifen und 's Madl gleich aussischmeißen aus'm Haus? So was könnt mir taugen! Dös Madl is eh noch die einzig, von der ich a lustigs Wörtl –« Purtscheller verstummte und sah seine Frau in maßloser Verblüffung an.
Karlin war auf Mathes zugegangen und hatte ihm die Hand gereicht. »Vergelts Gott, Mathes! Ich hab mir nimmer denkt, daß noch wer auf der Welt is, der sich um mich a bißl annimmt.«
»Frau Purtschellerin! Mar' und Josef! Ich bitt Ihnen –« stammelte Mathes und gab ihre Hand frei.
Sie nickte zu ihm auf und wollte die Stube verlassen. Purtscheller vertrat ihr den Weg. »Du! Söllene Gschichten verbitt ich mir! Wann d' nimmer weißt, an wen dich z'halten hast, so muß ich dir wieder amal an Deut geben, den acht Tag lang umanand tragst im Gsicht!« Der ernste Blick, mit dem Karlin zu ihm aufsah, reizte noch seinen Zorn. »Schau mich net so an! Oder es kann dir gleich passieren –« Er stürzte auf Karlin zu und hob die Faust.
Eine eiserne Hand klammerte sich um seinen Arm. »Bub, du! Den Knochen brich ich dir ausanand!«
Purtscheller stöhnte vor Schmerz.
Ein paar Sekunden war Schweigen in der Stube. Dann sagte Karlin: »Laß ihn, Mathes! Er weiß net, was er tut.«
Mathes gab den Arm frei, den seine Faust gefangenhielt.
»So? So?« lallte Purtscheller, halb aus seinem Jähzorn ernüchtert. »So was traust dich du gegen dein' Herrn? Paß auf! Mit dir will ich Rechnung halten, wann's an der Zeit is!« Er packte seinen Hut und rief der Frau über die Schulter zu: »Und du kannst warten auf mich! Lang!« Den schmerzenden Arm reibend, verließ er die Stube und warf die Türe zu.
Wortlos standen Mathes und Karlin voreinander. Keines regte sich. Mathes brauchte nicht zu sprechen; der Schmerz, der um seinen Mund gegraben lag, und der heiße Glanz seiner Augen sagten ihr auch ohne Worte, was er gelitten hatte und was er fühlte für sie. »Mathes? Um Christi willen?« hauchte sie tonlos und sah ihn erschrocken an.
Er nickte. »Ja, Linerl! Ich hab dich gern ghabt, seit ich denk.«

»Jesus!« Sie bedeckte das Gesicht mit den Händen.
So standen sie schweigend.
Dann sagte er: »Gelt, Linerl, dös siehst ein, daß ich nimmer bleiben kann?«
»Ja, Mathes!« Sie ließ die Arme sinken. »Jetzt mußt fort!«
»Für ganz.«
»Ja, Mathes! Für ganz!«
Zögernd bot er ihr die Hand.
Ihre Finger waren kalt und zitterten. »Grüß mir deine guten Leut daheim!«
»Ich dank schön, ja!« Er hob den Hut auf, der ihm entfallen war, und verließ die Stube.
Karlin, als die Tür sich geschlossen hatte, griff mit beiden Händen an ihre Brust. Sie fühlte den Irrtum ihres Lebens und erkannte das Glück, an dem sie blind vorübergegangen war. Diese Erkenntnis wurde in ihr zu jäher Sehnsucht. Mit Freude empfand sie das und dennoch mit einem Schreck, der sie halb von Sinnen brachte. Die Hände ineinanderklammernd, fiel sie auf die Knie und stammelte in Angst: »Herrgott! Herrgott! Tu mich wahren vor der Sünd!« Auf der Erde liegend, grub sie das Gesicht in die Arme.
Als sie müd und gebrochen sich aufrichtete, hörte sie aus der Kammer das Weinen ihres Kindes. Sie wankte in den dunklen Raum und umschlang das Kind wie ein Sinkender die Rettung. Zuerst erschrak der Kleine, ließ sich aber von der Mutter bald beruhigen. »Bitt schön, Mammi«, bat er mit schläfrigem Stimmchen. »Tu mir Liedi singen!«
»Ja, mein Herzl!« lispelte Karlin und sang mit erloschenem Ton:

»Vogerl im grünen Wald
Zwitschert so lieb!
Zwitschert Wald aus und ein,
Wo mag mein Schatzerl sein?
Vogerl im grünen Wald
Zwitschert so lieb!
Vogerl am kühlen Bach
Zwitschert so süß!
Zwitschert Bach auf und ab,
Bis ich mein –«

Sie konnte nicht zu Ende singen. Zitternd preßte sie das Gesicht in die Kissen.
Aus dem Raum unter der Schlafstube klang der gedämpfte Hall von Schritten herauf, die langsam hin und her gingen. Dort unten lag die Kammer, in welcher Mathes gewohnt hatte. Beim flackernden Schein einer Kerze ging er zwischen Kasten und Koffer hin und her und packte ein, was er vor fünf Monaten in den Purtschellerhof mitgebracht hatte. Als er fertig war, räumte er die Kammer auf und löschte das Licht. Weil er sich aus Purtschellers Wirtschaft einen Karren nicht borgen wollte, nahm er den Koffer auf die Schulter. Niemand sah ihn das Haus verlassen. Draußen auf der Straße blieb er stehen und blickte zu den dunklen Fenstern hinauf.
Die Nacht war lau. Nur wenn der Wind ein wenig schärfer über die Berggehänge herunterzog, spürte man den kühlen Hauch des Winters, der noch in den Felsenkaren verbissen hing. Die wachsenden Bäche rauschten, und zahllos funkelten am Himmel die Sterne.
Als der Weg steiler wurde, mußte Mathes alle paar hundert Schritte rasten. In der Nähe der Simmerau führte der Pfad über Stellen, auf denen der Schnee noch in großen Flecken lag; rings um seine Ränder war ein leises Rieseln. Von der Höhe des Gehänges leuchtete ein rötlicher Schein. »Sie schaffen beim Licht!« murmelte Mathes. Als er rascheren Ganges weiterstieg, kam er zu einer breiten Kluft, die den Pfad durchriß. Am vergangenen Sonntag hatte er diese Schrunde noch nicht gesehen. »Jetzt macht er flinke Arbeit, der Berg!« Während Mathes die Kluft umging, sah er in Sorge zum Himmel auf, dessen sternhelle Klarheit einen sonnigen Tag versprach. »Morgen wird's Wasser geben. Und harte Zeit für'n Vater!«
In der Nähe des elterlichen Hauses, dessen Dach sich schwarz von der roten, den Garten erfüllenden Fackelhelle abhob, klang ihm eine Stimme entgegen: »Bub? Bist du's?«
»Ja, Vater!«
»Gott sei Lob und Dank!«
Der Alte kam in Hemdsärmeln über den Bühel heruntergehumpelt und fragte verwundert: »Warum bringst denn dein' Kufer mit?«
»Man kann net wissen, wie lang ich bleib.«
»Je länger, so lieber! Geh, laß dir helfen!«
Selbander trugen sie den Koffer in den Hof.
»Wo is denn d' Mutter und d' Schwester?«
»Hint draußen am Verhau flechten s' die Ruten ein.«

»Da kann sich d' Mutter schlafen legen. Ich fang gleich an. Wie steht's denn sonst?«
»Arg treibt er's, der Berg! Komm her, ich zeig dir gleich was!« Michel faßte den Sohn am Arm und zog ihn in den Flur. »Da stell dich her an d' Wand!« sagte er mit schwankender Stimme. »Und schau am Türpfosten vorbei, gegen den Stadel aussi!«
Mathes legte die Wange an die Mauer und visierte über den Türbalken gegen die schwarze Scheune.
»Merkst was?« fragte Michel beklommen.
»Um a Ruckerl schauen die Kanten ausanand.«
»Gelt? Schon gestern hab ich's gmerkt, daß d' Haustür hin geht und der Stadel her! Eins muß schief stehen. 's Häusl, meinst?«
»Gott bewahr! Der Stadel halt. So a grings Holzwerk verschiebt sich leicht. Da tu dich net sorgen, Vater! So a Stadel laßt sich leicht wieder aufpölzen. Komm, schaun wir aussi zur Mutter! Die Kinder schlafen schon?«
»Ja, Gott sei Dank!« Sie gingen in den Garten, in dem drei flakkernde Kienfackeln an die Bäume gebunden waren. Vroni stand am Fuß der Böschung und flocht zwischen das neue Pfahlwerk die Ruten ein, welche die Mutter ihr reichte. »Katherl, da schau her!« rief Michel. »Unser Bub is da!«
Mutter Katherl humpelte den beiden entgegen. Als sie beim Fackelschein das Gesicht ihres Buben sah, erschrak sie. »Was hast denn so rennen müssen über'n Berg auffi?« Mit der Schürze trocknete sie ihm den Schweiß vom Gesicht. »So viel müd schaust aus!«
»Na, na, Mutter! Es is net so arg.« Mathes wandte sich zur Schwester. »Grüß dich Gott, Madl!«
Vroni reichte ihm wortlos die Hand. Sie sah es ihm an den Augen an, daß etwas geschehen war; vor den Eltern wagte sie nicht zu fragen. Nun tat es Mathes nicht anders: Die Mutter mußte sich niederlegen. »Dös hol ich schon ein!« sagte er und begann die Arbeit.
Er und die Schwester flochten am Verhau die Weiden ein, während sie dem Vater die leichtere Arbeit ließen, die Ruten zu holen und mit dem Messer abzuästen. Als Michel sich entfernte, um ein Bündel herbeizutragen, flüsterte Vroni: »Is was passiert?«
Er nickte. »Schlagen hat er s' wollen. Dös hab ich wehren müssen. Da hat sie's gmerkt.«
Vroni schwieg erschrocken. Und Mathes ging dem Vater entgegen, um ihm das schwere Rutenbündel von der Schulter zu nehmen.

14

Der Morgen brachte einen Tag, so sonnig und lüfteblau, als käme der Mai schon über die Berge gezogen. Mit jeder Stunde wich der Schnee auf den Almen um weite Strecken gegen die Felsen zurück. Über alle Wände und Halden stürzten mit Rauschen die silbernen Bäche zu Tal. Nur auf den Gehängen des laufenden Berges blitzte kein Schneebach, rauschte kein Wasser. Dafür wälzten sich in der Talsohle die wachsenden Wassermengen mit dumpfem Tosen aus den unterirdischen Gängen des Berges hervor, überschwemmten die Straße und vermurten weite Wiesenstrecken mit dem Kies und Schlamm, den die fressenden Wellen aus dem Innern des Berges hervorwuschen.

Die Leute, deren Äcker bedroht waren, hatten schon früh am Morgen die Arbeit begonnen und warfen Gräben aus, um dem angestauten Wasser einen Abfluß zu schaffen. Nur auf den frischbestellten Saatfeldern, die zum Purtschellerhof gehörten, war niemand bei der Arbeit. Um acht Uhr, als der Altknecht seinem Herrn die Nachricht von der den Feldern drohenden Gefahr brachte, lag Purtscheller noch im Bett. Er konnte sich kaum ermuntern. »Holts den Mathes! Der wird schon Rat schaffen.« Sprach's und drehte sich auf die Seite, um die fünf Flaschen Tiroler, die er in der Nacht beim Hasardspiel ausgestochen hatte, völlig aus seinem sumsenden Kopf hinauszuschlummern. Gegen halb elf erwachte er und machte Spektakel um sein Frühstück. Als er aus der Schlafkammer trat, war der Tisch gedeckt, und eben wollte die alte Magd die Stube verlassen. »Natürlich! Gleich in aller Fruh wieder an alts Weib! Wo is denn d' Frau?«

»Mit die Leut zur Arbeit auf d' Felder aussi.«

»Wär gscheiter, sie tät schauen, daß ich mein Sach in der Ordnung krieg!«

»Schaun S' doch den Tisch an! Sie haben ja alles!«
»No ja!« brummte Purtscheller. »Wo is denn der Kleine?«
»Den hat d' Frau Nachbarin ummi.«
»Dös is die neueste Mod! Als ob's Kindl daheim net am besten aufghoben wär!«
Während Purtscheller seinen Kaffee schlürfte, den Schinken kaute und die Eier auslöffelte, tauchte verschwommen die Szene des vergangenen Abends vor seinen Gedanken auf. »Sie weiß doch, daß ich's net so mein' und daß ich hintnach wieder der beste Kerl bin.« Jedenfalls ging das keinen andern was an. Am allerwenigsten einen Knecht! »Dös will ich ihm austreiben für an anders Mal!« Freilich, wenn man die Sache richtig betrachtete, konnte man dem Mathes die Einmischung nicht verübeln. »Am End hätt ich's selber net anders gmacht, wann ich mitanschaun hätt müssen, wie so a rabiats Mannsbild a Frauenzimmer schlagen will!« Und schließlich brauchte er den Mathes, um den Hof wieder in die Höhe zu bringen. »In Gotts Namen, muß ich die Sach halt gut sein lassen.« Als Purtscheller sich diese Überwindung abgerungen hatte, kam er sich sehr bewundernungswürdig vor.
»Jetzt an d' Arbeit!« Das bedeutete: Geld schaffen. Beim Wirt hatte er eine Spielschuld von siebenhundert Mark stehen. Die mußte beglichen werden, wenn seine Reputation als ›Sportsmann‹ nicht leiden sollte. Für den Ostermontag war das erste Trabrennen angesetzt; da wollte er mit dem ›Lüftikus‹ seine zwanzigtausend an Preisen und Wetten holen! Mit dem Gewinn des Rennens war sein Lebensbedarf für ein Jahr gedeckt, und so konnte der Betrag, den Mathes aus dem Hof herausbrachte, rein dazu verwendet werden, um einen Teil der Hypothek zu löschen. Glänzendere Aussichten als der Purtscheller-Toni hatte kein Mensch auf der Welt. »Aber selber muß ich dazuschaun!«
Jener Geldgeber, der für die Hypothek die achtzigtausend und für das Fallholz des halb zerstörten Waldes sechzehntausend bar gegeben hatte, wollte die Hand nicht mehr öffnen. Drum mußte Purtscheller in die Stadt und ›dazuschaun‹! Dabei traf er zwei Fliegen mit einem Schlag: Er betrieb ein notwendiges Geschäft und konnte eine Trainingsfahrt mit seinem ›Lüftikus‹ machen. In flottem Tempo fuhr er zum Dorf hinaus, geschaukelt von den geschmeidigen Federn des neuen Gigs, dessen rotlackierte Speichen in der Sonne blitzten, als wären die Räder rollende Feuersteine.

Gegen fünf Uhr abends kam er aus der Stadt zurück, in seelenvergnügter Laune. Seine Fahrt hatte doppelten Erfolg gehabt: Binnen drei Tagen sollte er fünftausend Mark auf zweite Hypothek erhalten, und mit dem ›Lüftikus‹ hatte er einen Rekord erzielt, der ihm den Sieg beim nächsten Rennen in sichere Aussicht stellte. Ohne das Pferd auszupumpen, hatte er den Kilometer in zwei Minuten gefahren. Und in welch famoser Kondition kehrte das Pferd nach solcher Leistung in den Stall zurück: frisch und feurig, kaum mit einer Schweißflocke am glänzenden Fell! Da mußte Purtscheller das Pech, daß er mit seinem ›Herzbinkerl‹ gehabt hatte, als Glück betrachten. Er lachte bei der Erinnerung an den Rat, den ihm Mathes gegeben hatte. Den ›Lüftikus‹ mit Schaden verkaufen? »Net um a Gschloß!« Jetzt war der Rappe fertig für die Rennbahn und sollte Geld bringen! Weil die Dienstboten mit Karlin noch immer auf den Feldern waren, versorgte Purtscheller selbst das Pferd und schnallte ihm die warmen Decken um. Ein wenig müde von dieser Arbeit, doch in der Laune eines Menschen, dem das Glück nichts zu wünschen übrig läßt, setzte er sich an den gedeckten Tisch. Zu allem Erfolg dieses Tages gesellte sich noch die Aussicht auf das Jagdvergnügen, das ihm der schöne Abend versprach: Heut würde ihm sicher die erste Schnepfe vor das Rohr streichen. Als die Magd auftrug, schwatzte er fidel. »Und schau, was ich der Frau mitbracht hab!« Schmunzelnd zog er ein Lederetui hervor, ließ den Deckel aufspringen und zeigte der Magd einen schweren Goldreif mit funkelndem Rubin. »Söllene Sachen schenk ich meiner Frau! Dös kann jede Gräfin tragen. Dreihundert Mark hab ich zahlt dafür.« In dieser Behauptung lag ein kleiner Verstoß gegen die Wahrheit; dreihundert Mark, das stimmte; aber er war sie schuldig geblieben. »An Sonntag muß d' Frau dös Armband anlegen für'n Kirchgang. Sie soll amal zeigen vor die Leut, was dös sagen will: Purtschellerin heißen!« Er band sich die Serviette vor und rührte mit dem Schöpflöffel in der Suppenschüssel. »Leberspatzerln? Heut hast es troffen, Alte! Und wo is denn mein Prinz? Noch allweil bei der Nachbarin?«

»Ja! Ich muß ihn drüben lassen, bis d' Frau selber heimkommt und holt ihn.«

»Nix da! Soll ich denn nie was haben von meim Büberl? Gleich holst ihn ummi!«

Die Magd zögerte. »Ich trau mich net recht. Sie geben ihm wieder was z'essen und verderben ihm 's Magerl.«

Purtscheller lachte. »Na, na! Ich hab noch Zeit bis zum Schnepfenstrich. Da möcht ich mit dem lieben Schneck a bißl umtanzen. 's Kind wird ja sonst völlig fremd zu mir.«
Die Magd wollte noch eine Einwendung erheben; ein grobes Wort machte ihr flinke Füße.
Mit rotem Schimmer lag die Abendsonne auf der Straße, als die Magd aus dem Haus des Nachbarn trat und das schwatzende Bürschl zu seinem Vater heimtrug. Während sie über die Stufen der Haustür hinaufstieg, flog's mit sachtem Gesurr über die blätterlosen Reben des Weinspaliers. »Meckerling!« Der Kleine streckte die Hand. »Meckerling haben möcht ich!«
»Aber geh, Tonerl, jetzt fliegt doch kein Schmetterling umanand. Da mußt schon noch a paar Wochen warten!«
Droben im ersten Stock klirrte eine Scheibe, und Purtscheller streckte das vergnügte Gesicht zum Fenster heraus. »Bürscherl! Da schau her, wer da is!«
»Meckerling haben möcht ich!« bettelte der Kleine, während ihn die Magd ins Haus trug.
Purtschellers Gesicht verschwand; man hörte durch das offene Fenster den zärtlichen Gruß, mit dem er seinen ›Prinzen‹ empfing, hörte den lustigen Unsinn, den er trieb, und das Jauchzen des Kindes, das am Spiel mit dem Vater eine seltene Freude zu finden schien.
Es wurde lebendig auf der Straße; die Bauern kehrten von den Feldern heim, und nach einer Weile kam auch Karlin mit ihren Leuten. Die Arbeit, die man seit dem Morgen geleistet hatte, war von Erfolg gewesen. Freilich hätten die in Eile gebauten Dämme die Saatfelder auf die Dauer nicht vor der Vermurung geschützt, wenn nicht im Laufe des Vormittags das aus dem Innern des laufenden Berges hervorströmende Wasser unerwartet gesunken wäre, so daß es gegen Abend fast ganz versiegte. Die Leute meinten, beim Niedergang der Sonne wäre droben auf den Almen der Schnee aus dem Schmelzen gekommen, und so hätte der Zufluß an Wasser sich vermindert. Andere sagten, entweder hätten die Bäche in den Höhlen des Berges einen neuen Weg genommen oder ein schwerer Erdbruch hätte dem Wasser einen Riegel vorgeschoben.
Schweigend hatte Karlin diese Reden angehört, und manchmal war ihr Sorgenblick über die Gehänge emporgeglitten gegen die Simmerau. Welch einen harten Kampf mußten die dort oben führen gegen die dunkle Gefahr!

Als man für die Felder nicht mehr zu fürchten hatte und den Heimweg antreten konnte, war Karlin von der neunstündigen Arbeit und von allem, was an ihrem Herzen nagte, so zerbrochen, daß sie sich kaum mehr aufrecht zu halten vermochte. Ihre Kleider waren durchnäßt, und in Klumpen hing der Schlamm an den Säumen ihres Rockes. Vor dem Tor des Purtschellerhofes blieb sie stehen und nickte den Dienstboten zu. »Vergelts Gott, meine guten Leut! Wann ich heimkomm, richt ich 's Essen gleich und stelle euch 's Bier auf. Bloß mein Kindl möchte ich noch holen.« Sie ging zum Nachbarn hinüber. Als sie hörte, daß die Magd den Tonerl schon vor einer halben Stunde heimgeholt hätte, lief sie in Unruh nach Hause; sie kannte die Spiele, die Purtscheller mit seinem Kinde zu treiben pflegte – noch immer war der Kleine übel dabei weggekommen, im besten Fall mit Tränen. Während Karlin über die Stufen des Gartens hinaufstieg, hörte sie aus dem offenen Fenster das Stimmchen ihres Kindes: »Vaterl, bitti, bitti, noch a bisserl Rossi machen!«
»Na, mein Bürscherl«, klang die Stimme Purtschellers, »für heut is gnug! Jetzt muß ich fort auf d' Jagd.«
»Bitti, Vaterl!«
»Morgen, mein Schnaberl! Da tun wir Haserl und Jager spielen, gelt! Jetzt muß ich fort.«
»Vaterl, bitti, bitti, Haserl spielen!«
»No also, in Gotts Namen, a bisserl noch! Aber gschwind, mein Haserl! Gschwind tu dich verstecken im Krautacker! Der Jager kommt schon mit der Büx.«
»Haserl guguk!«
Von Sorge befallen, stürzte Karlin ins Haus und über die Treppe hinauf. Bevor sie die Stubentür erreichen konnte, dröhnte der Hall eines Schusses durch das Haus. Gelähmt vor Schreck, hörte sie einen Schrei ihres Mannes und das Fallen von Mörtelbrocken. Als sie in verzweifelter Angst die Tür aufriß, sah sie ihren Mann, mit aschfarbenem Gesicht an die Mauer gelehnt, das Gewehr in der Hand. Vom ziehenden Pulverdampf umschleiert, stand Tonerl neben dem Ofen und blickte scheu an seinem Kleidchen hinunter, aus dessen Falten die roten Tropfen sickerten. »Mammi, schau, Vaterl Hasi schossen!« Das Kind wollte die Arme strecken. Da fiel es vornüber und regte sich nimmer.
Mit röchelndem Schrei, wie eine Wahnsinnige, stürzte Karlin auf ihren Mann zu und klammerte ihm die Hände um den Hals, als

könnte sie mit Gewalt das schon geschehene Unglück noch verhüten. Er wehrte sich nicht, lallte nur und ließ die Flinte aus den schlaffen Händen gleiten. Das Gepolter weckte Karlin aus dem Irrsinn, der sie befallen hatte. »Mein Kind! Mein Kind!» Sie warf sich auf die Dielen nieder, hob das blutende Körperchen an ihre Brust, raffte sich auf, schrie mit gellender Stimme um Hilfe und wollte das Kind aus der Stube tragen. Ehe sie die Schwelle der Schlafkammer erreichte, fiel sie ohnmächtig zu Boden.
Die Dienstboten stürzten in das Zimmer. Die einen hoben Karlin und das Kind von den Dielen auf, die anderen drängten sich mit entsetzten Fragen um Purtscheller. Er stierte die Leute mit glasigen Augen an und lallte in Tränen: »Ich weiß net, 's Gwehr is gladen gwesen, ich bin net schuld dran!«
Der Altknecht rannte davon, um den Doktor zu holen. Der kam auch gleich; er konnte nimmer helfen; Tonerl hatte die Augen geschlossen.
Während der Doktor die Mutter aus ihrer Ohnmacht weckte, kamen die Nachbarn gelaufen. Wohnstube und Schlafkammer füllten sich mit Menschen, und tröstend versuchten die Frauen, auf Karlin einzureden. Sie hörte nicht. Tränenlos, wie versteinert, saß sie neben dem Bett ihres Kindes und wollte die kleine, kalte Hand nicht lassen. Der Doktor wandte sich ab und ging in die Wohnstube hinaus. Die Leute schwiegen, als er kam, und zitternd sah ihm Purtscheller entgegen, erschöpft vom Weinen, mit aufgedunsenem Gesicht.
»Herr Purtscheller! Ich muß den Unfall, dessen Opfer Ihr Kind geworden ist, zur Anzeige bringen.«
Toni sah, daß alle Augen auf ihn gerichtet waren. Er zwang seine Stimme zu festem Klang: »Ich bitt, Herr Dokter, machen S' Ihnen kein Arbeit net! Wer a Mannsbild is, muß einstehn können für alles, was er tut. Wann ich auch schuldlos bin, ich fahr selber in d' Stadt eini und geh zum Gricht. Noch allweil bin ich der Purtscheller!« Mit Tränen auf den Wangen sagte er zum Altknecht: »Spann den Lüftikus ein!«
»Aber ich bitt Ihnen um Gotts willen, Herr –«
»Tu, was ich sag! Mein Traber bringt mich am schnellsten auf den Weg, der mir jetzt noch übrigbleibt.« Purtscheller wollte aus der Stube gehen; es zog ihn zur Kammer; als er die blutigen Kissen sah und das wachsbleiche Gesicht des Kindes, faßte ihn ein Schauder,

und schluchzend bedeckte er die Augen. »Ich kann ihn nimmer anschaun, ich bring's net fertig!« Taumelnd ging er zur Flurtür und tauchte, was er seit Jahren nicht mehr getan hatte, die Finger in den Weihbrunnkessel. Wortlos tastete er sich über die Treppe hinunter und weinte noch immer, als ihm der Wagen vorgeführt wurde.
»Ich bitt, Herr, lassen S' lieber mich fahren!« sagte der Knecht. Purtscheller schüttelte den Kopf und kletterte auf das Gig. Hätte ihm Zäzil nicht den Hut gebracht, er wäre barhäuptig davongefahren.
Während er bei sinkender Dämmerung durch das Dorf hinauskutschierte, starrte er vor sich hin, ohne des Pferdes zu achten, das bald, von der ersten Fahrt noch müde, das Traben aufgab und in gemächlichem Schritt der Straße folgte. Immer grauer senkten sich die Schatten des Abends über Tal und Berge, obwohl im Westen ein roter Glanz war, vor dem sich die Konturen ferner Höhenzüge schwarz emporhoben. Als bei Purtscheller die Erschütterung des ersten Jammers sich löste, tauchte das Bild seiner selbst und seines Lebens vor ihm auf, wie es war; mit einer ihn entsetzenden Klarheit sah er die Schuld, die er an sich selbst und an den anderen verbrochen hatte. Aber dieses Hellsehen seiner Gedanken währte nicht lange; es ging vorüber wie ein Wetterleuchten, hinter dem die Sterne scheinen. Und gleich war das Mitleid da, das er mit sich selbst empfand. Ja, er hatte durch Leichtsinn viel gesündigt; aber nicht er, alles andere trug die Schuld. Weshalb waren seine Eltern so früh von ihm gegangen und hatten ihn unreif im Leben zurückgelassen? Weshalb mußte er zu seinem Unstern in diese Heirat hineintappen? Wäre er an eine andere Frau geraten, die ihn zu lenken verstanden hätte, dann wäre alles anders gekommen! Auch dieses letzte Unglück, das auf seine schuldlosen Hände das Blut des eigenen Kindes schüttete, wäre nicht geschehen! »Die ganzen Jahr her hat s' mir allweil die Patronen aus'm Gwehr gnommen! Heut zum erstenmal vergißt sie's! Hätt d' Frau net ihr Pflicht versäumt, so hätt dös Unglück net gschehen können!« Den Zorn, der ihn quälte, mußte er entladen. Weil er den gemächlichen Paß des Rappen gewahrte, griff er wütend zur Peitsche. »Wart, dir will ich 's Laufen lernen!« Mit klatschendem Schlag sauste die Peitschenschnur auf die Weiche des Pferdes nieder. Schnaubend bäumte sich das mißhandelte Tier. Scheuend vor einem Meilenstein, der sich weiß aus dem Dunkel des Abends hob, fiel es in so rasenden Galopp, daß Purtscheller die wilde Jagd des

Pferdes nicht mehr zu hemmen vermochte. Wie ein tanzendes Spielzeug flog der leichte Wagen hin und her, schlug an einen Felsen, rasselte gegen eine Balkenbrüstung und verschwand in den Wolken des aufgewirbelten Staubes.
Zu dem in dunkler Ferne verhallenden Hufschlag des Pferdes gesellten sich die Töne einer kleinen Kirchenglocke.
Klagend schollen die dünnen Klänge durch das abendstille Tal.
Leute, die noch nicht wußten, was im Purtschellerhof geschehen war, traten aus ihren Häusern. »Wem wird denn 's kleine Glöckl zogen? Wo war denn a Kindl krank?«
Auch über das Gehäng des laufenden Berges drang ein verschwommener Glockenruf. Sie hörten ihn droben in der Simmerau, wo die vier Menschen im Fackelschein bei der Arbeit standen, erschöpft, die Gesichter von Schweiß überronnen. »Hörst es, Mutter!« sagte Michel. »Sie läuten 's Zügenglöckl.«
»'s kleine Glöckl! A Kindl muß gstorben sein. Der liebe Gott soll's aufnehmen in sein' ewigen Himmelsfrieden! Beten wir a Vaterunser dafür!«
Ohne die Arbeit auszusetzen, sprachen sie das Gebet. Als Mathes sich bekreuzt hatte, griff er nach einem Baum, wie von einem Schwindel befallen. »Is dir net gut, Mathes?« fragte die Schwester in Sorge.
»Ich weiß net, was ich hab. So viel bang is mir um's Linerl!«
Und drüben, wo die beiden Alten standen, sagte Michel: »Müd bin ich, Mutter, arg müd! Aber aufschnaufen tu ich, weil ich weiß, daß unsere Kinder a sichers Platzl haben! Die Gvatterin drunten is doch gut mit ihnen, gelt?«
»Ja, Michel, da kannst dich verlassen!«
»Gott sei Dank! Um kein' Preis mehr hätt ich die Kinder heut in der Nacht noch im Häusl schlafen lassen.« Er blickte an den vom Fackelschein erhellten Mauern hinauf, von denen der Mörtel in großen Brocken heruntergefallen war.
Dann schwiegen sie wieder, und man hörte beim Knistern der Fackelflammen nur noch den Hall der Beilschläge, das Knirschen der Säge, das Krachen der Ruten, die beim Flechten entzweibrachen, und den schweren Atem der Schaffenden. Dem müden Erschlaffen, mit dem die viere bei der Arbeit standen, war es anzusehen, daß harte Stunden hinter ihnen lagen.
Es hatte der laufende Berg im Herbst während vieler Wochen nicht

so viel Unruh gezeigt wie heut an diesem einzigen Tag. In der Nacht schon war es angegangen, dieses Zittern des Grundes, dieses Rinnen der Erde. Viermal seit dem Morgen hatte es dumpf gedröhnt im Innern des Berges. Rings um die Simmerau waren alle Halden zu wulstigen Buckeln ausgeschoben, von Klüften durchrissen. Drüben, wo sonst die grünen Matten des Purtschellerwaldes den Berghang bedeckt hatten, waren nur wenige Wipfel noch zu sehen. War da drüben der Boden gesunken, der die von der Axt des Händlers verschonten Bestände getragen hatte? Oder war das Gelände zwischen der Simmerau und dem Wald so emporgeschoben, daß es den Ausblick auf die noch stehenden Bäume verwehrte?

In der Simmerau fanden sie nicht Zeit, um Antwort auf diese Fragen zu suchen. Sie hatten sich um die eigene Gefahr zu sorgen. Nur Mathes schickte manchmal einen bekümmerten Blick hinüber zu den verschwindenden Wipfeln des Purtschellerwaldes.

Wie rings um die Simmerau, so hatte sich die gesteigerte Bewegung des Bodens auch in der Nähe des Hauses geäußert. Ein Teil der Böschung war niedergebrochen, hatte den neuen Verhau zerdrückt, den halben Garten begraben und das Geröll bis an die Mauer des Hauses geworfen. Im Hofraum war der ganze, mühsam gezimmerte Balkenrost aus den Fugen geraten, und lange Risse hatten den Grund zerspalten. Der Brunnen war verschüttet und die Röhre so gewaltsam eingeklemmt, daß sich der Pumpkolben kaum noch bewegen ließ.

Gegen Mittag waren von den weißen Mauern die ersten Mörtelbrokken niedergefallen. Als Michel den Schaden betrachtete, kamen über einen nahen Wiesgrat Leute heruntergestiegen, welche schwere Päcke schleppten und einen mit Hausgerät beladenen Karren zogen. Das war der Brunntaler mit Weib und Kindern, auf dem Gehäng des laufenden Berges der einzige Bauer noch, der gleich dem Simmerauer bis zur äußersten Gefahr bei seiner Mauer ausgehalten hatte. Jetzt suchte auch dieser Letzte die Sicherheit im Tal und rettete von seinem Hab und Gut, was noch zu retten blieb.

Michel, mit erloschener Stimme, sagte zu seinem Weib: »Mutter, was meinst? Sollen wir net die Kinderln abischicken ins Dorf? Über Nacht bloß, weißt?« Daß die Hoffnung ihn zu verlassen begann, das brachte er nicht in Worte. Er sagte nur: »Wir alle müssen schaffen in der Nacht. Da liegen die Kinder ohne Aufsicht da.«

Während sie berieten, wem sie die Kinder im Dorfe anvertrauen

sollten, sagte Mathes zur Schwester: »'s beste wär, du tätst die Kinderln zur Bäckin führen! Die nimm s' gern ins Haus. Und der Schorschl noch lieber, mein' ich.«
Vroni schüttelte den Kopf. »Unser Gvatterin müßt sich kränken.«
Mit der ›Gvatterin‹ waren auch Michel und Mutter Katherl einverstanden. Man rief die Kinder, die mit Lachen und Singen auf einer Halde spielten, packte ihnen ein bißchen Wäsche und Kleider in ein Bündel, und dann führte Vroni das kleine, über die ›Reise‹ vergnügte Paar ins Dorf hinunter.
»Gelt, Madl, sei so gut, und bring mir vom Schmied a ghörigs Packl lange Eisenstiften mit!«
»Ja, Vater!«
Zwei Stunden später war Vroni wieder zurück, mit Grüßen von der Gevatterin und mit den Eisenstiften, um die sie nicht zum Schmied, sondern zum Schlosser gegangen war. Fünfzig Pfennige hatten sie gekostet.
»Aber«, sagte der Vater. »Warum bist denn net zum Schmied gangen? Der Schorschl hätt d' Stiften billiger lassen. Der ander is der reine Apotheker.«
Ohne ein Wort zu erwidern, war Vroni zum Hackstock gegangen und hatte nach dem Beil gegriffen.
Stunde um Stunde hatten sie gearbeitet, von jeder Minute erzwingend, was sie geben konnte. Mit Brettern und Latten flickten sie die zersplitterten Balken des Rostes zusammen, und als die vorrätigen Bretter nicht reichen wollten, zerstückelte Michel das Tor der Scheune. »Wann ich nur 's Häusl halten kann! 's Häusl allein! So bin ich z'frieden und dank dem lieben Herrgott!« Die geflickten Balken des Rostes wurden, statt sie mit Fugen zu verschränken, mit den langen Eisenstiften übereinander genagelt. Michel wußte wohl, daß jede leichte Bewegung des Bodens dieses notdürftige Fachwerk wieder zerstören mußte. »A bißl kunnt's allweil noch helfen!« meinte er. »Wann der Mensch 's Vertrauen verliert, kunnt auch den lieben Herrgott 's Festhalten verdrießen! Hat er uns sei' Güt net merken lassen? Schauts umanand, Kinder! Alle Häusln sind verlassen oder liegen versunken im Boden drin. Und 's unser steht noch allweil!«
Mit Einbruch der Dämmerung hatten sie im Hof die Arbeit am Rost vollendet und konnten im Garten den neuen Verhau beginnen. Es war der vierte, den sie bauten. Als Michel von den Fackeln, damit sie

heller brennen möchten, die glühenden Kohlenstümpfe abgestreift hatte, sagte er zu Mathes: »So schön windstill is d' Nacht! Man müßt doch alles hörn aus'm Tal auffi? Und gar nix hör ich nimmer!«
Mathes verstand, was der Vater meinte. Es war ihm selbst schon aufgefallen, daß seit dem Nachmittag das Rauschen des Wassers, das im Tal aus dem Berg hervorströmte, schwächer geklungen hatte. Als er jetzt hinauslauschte in die stille Nacht, hörte er keinen Laut dieses Rauschens mehr.
»Mathes? Was denkst denn dazu? Haltst es für an unguts Anzeichen?«
»Na, Vater! Gwiß net!« erwiderte Mathes. Es war die Sorge in ihm erwacht, daß die im Innern des Berges sich stauenden Gewässer einen schweren Erdbruch vorbereiten könnten. Und da wußte er nicht gleich, welchen Trost er dem Vater sagen sollte. »D' Nacht is kühl. Da schmilzt halt droben kein Schnee nimmer, und 's Wasser wird gring. Dös is gut für uns, Vater!«
»Der liebe Gott soll's geben, daß d' recht hast!« Seufzend nahm der Alte die Arbeit wieder auf und schaffte, daß ihm der Schweiß über die furchigen Backen rann.
Als drunten im Tal die Turmuhr die elfte Stunde schlug, sagte Mutter Katherl: »Michel, jetzt müssen wir d' Nachtruh suchen. Kannst ja nimmer weitermachen vor lauter Müdigkeit!«
»A bißl noch, Mutter, bis d' Fackeln ausbrennt haben!«
Eine Viertelstunde brannten die Fackeln noch, dann drohten sie zu erlöschen. »In Gotts Namen«, sagte Michel, »lassen wir's gut sein für heut!«
Sie verwahrten die Werkzeuge im Hausflur.
Da quoll ein Knirschen aus dem Grund, als hätte die Erde geseufzt – so, wie ein Müder seufzt, bevor er die Augen zur Ruhe schließen will. Langsam bewegten sich an der Böschung die neu geschlagenen Pfähle und legten sich auf die Seite. Im Hof verschob sich der Balkenrost. Mit trägem Krachen knickten die geflickten Hölzer entzwei, und während an den Mauern der Mörtel niederbröckelte, klang von der Scheune ein dumpfes Ächzen, das Klirren der vom Dache fallenden Schindeln und das Gepolter losgebrochener Bretter. »Jesus!« stammelte Mutter Katherl. Und Michel sagte mit erstickter Stimme: »Da! Jetzt lauft er schon wieder!«
Wortlos hatte Mathes die letzte noch brennende Fackel vom Baum gerissen und eilte den anderen voraus über den Hof.

Die ganze Arbeit des Tages war zerstört. Alle Balkenwände der Scheune standen schief, das Dach war verschoben und hatte Lücken bekommen, von der Hälfte der Rückwand waren die Bretter niedergebrochen, und durch die klaffende Öffnung quoll in dicken Wulsten das eingelagerte Heu.

Als sie das gesehen hatten, mußte Mathes die Fackel löschen. Er drückte den qualmenden Stumpf in den Schlamm und zertrat die glühenden Kohlenstücke, damit nicht ein Funke in das dürre Heu geraten könnte. Nun standen sie wortlos in der dunklen Nacht, durch deren reine Luft die Sterne niederleuchteten, groß und mit farbigem Gefunkel. »No ja«, brach Michel mit müder Stimme das bange Schweigen, »jetzt in der Nacht können wir allweil nix mehr machen. Fangen wir halt in der Fruh wieder an! Komm, Mutter! Kommts, Kinder! In Gotts Namen, suchen wir unsern müden Schlaf!« Mit schweren Schritten ging er auf das Haus zu. Als er zur Schwelle kam, legte er den Arm um den Hals seines Weibes. »Katherl? Möchtest net lieber mit der Vroni drunt bei der Gvatterin schlafen? Es is gnug, wann der Mathes und ich daheim bleiben!«

»Na, Michel, net um d' Welt!« stammelte Mutter Katherl erschrokken. »Ich bleib bei dir!«

Und Vroni nahm seine Hand. »Geh, Vater, wirst mich doch net fortschicken!«

Er drückte die beiden an sich. »Vergelts Gott! D' Sorg hat mich trieben, daß ich's gsagt hab. Aber a Stückl von der Seel hätt's mir grissen, wann ich allein hätt bleiben müssen. Jetzt is mir wieder a bißl leichter. Aber grausen tut mir vor dem morgigen Tag! Wann der einzig net hilft, der jetzt noch was ausrichten kann, so kunnt's morgen schlecht ausschaun um unser Häusl. Unsere müden Händ richten nix mehr aus.«

»Ja«, sagte Mutter Katherl kleinlaut, »aber beten können wir noch.«

»Hast recht, Mutter! Reden wir a bißl mit ihm! Oder beten wir lieber d' Litanei zur guten Gottesmutter! Die hat an Einfluß im Himmel. Von der laßt er sich was sagen, wann wir s' in der richtigen Frömmigkeit ansprechen um ihr mächtige Fürbitt.«

Während Vroni und Mutter Katherl in den Hausflur traten, ging Mathes mit dem Vater zum Stall; sie lösten die beiden Ziegen von den Stricken, nahmen der Kuh die Kette ab, öffneten das Gitter des Hühnerkäfigs und banden die Stalltür offen an die Mauer, damit die Tiere in drohender Gefahr einen Weg zur Rettung hätten.

In der Stube, in der die Hängelampe brannte, fanden sie den Tisch bestellt. »Geh, Michel«, sagte Mutter Katherl, »tu noch a Bröserl essen! Seit Mittag hast kein' Bissen nimmer ghabt. Und 's lange Beten strengt ein' auch noch a bißl an.«
Sie bekreuzten sich und nahmen am Tisch Platz. Schweigend tranken sie die Milch, kauten das schwarze Brot und schnitten kleine Stücke von dem Rauchfleisch, das Mutter Katherl aus dem Kamin geholt hatte. Während Michel aß, sah er in der Stube umher, prüfte sorgenvollen Blickes die Decke und strich mit der Hand ein paarmal über die weiße Mauer.
Die Mahlzeit währte nicht lang.
»So!« Michel erhob sich. »Fangen wir an!« Seufzend drückte er die steifen Knie zu Boden und faltete über dem Tisch die Hände. Sein Weib kniete neben ihm; hinter ihnen, mitten in der Stube, knieten ihre Kinder. Michel machte mit schwerer Hand das Zeichen des Kreuzes und betete vor: »Herr, erbarme dich unser!«
»Erbarme dich unser!« fielen die andern ein; inbrünstige Andacht sprach aus dem bebenden Klang ihrer Stimmen.
»Christus, erbarme dich unser!«
»Erbarme dich unser!«
»Gott Vater im Himmel, Gott Sohn, Erlöser der Welt, Gott Heiliger Geist!«
»Erhöre uns!«
»Du heilige Maria!«
»Bitt für uns!«
»Heilige Gottesgebärerin!«
»Bitt für uns!«
»O Mutter Christi – du gute, du!«
»Bitt für uns!«
So beteten sie weiter, Ruf um Ruf, in heißer Andacht, in zitterndem Hoffen. Als Michel zu der Stelle kam: »Du Pforte des Himmels, du Morgenstern!« – da versagte ihm die Stimme; ein dumpfes Dröhnen tönte durch die Nacht und rollte über das Haus. Es klang, als hätte man auf der Höhe des Berges den Schuß einer riesigen Kanone gelöst.
Mathes erhob sich, während Mutter Katherl sich erbleichend an den Arm ihres Mannes klammerte.
»Sorg dich net! Na! Tu dich nur gar net sorgen!« stammelte Michel. »Dös macht uns nix. Dös muß ganz droben gwesen sein in der Höh.

Der Boden hat sich net grührt bei uns. Kein bißl net hat 's Häusl zittert. Dös hätt ich spüren müssen. Da hab ich a Gfühl dafür, a feins. Tu dich net sorgen, Mutter! Beten wir weiter! Nur fest einfallen, Kinder! Recht fest! Du Pforte des Himmels, du Morgenstern!«
»O bitt für uns!« fielen die anderen ein, und ihre Stimmen klangen wie ein vereinter Schrei um Hilfe.
»Du Heil der Kranken!«
»Bitt für uns!«
»Du Trösterin der Betrübten!«
»Bitt für uns!«
»Geh, sei doch so gut und tu für uns a bißl, grad a bißl ebbes, du Hilfe der Christen, du!«
»O bitt für uns!« riefen die Mutter und Mathes, während Vroni sich zitternd erhob. »Vater!« stammelte sie. »Hörst dös gspassige Sausen net, droben in der Höh? Kann's denn a Wetter sein, dös aufzieht?«
»Tu beten, Madl! Tu net ums Wetter fragen! A Wetter tut uns nix.« Michel erhob die verschlungenen Hände gegen die Decke. »Du Königin der Engel!«
»Bitt für uns!«
»Königin der Propheten!«
»O bitt für uns!«
Wie ein Frühlingssturm, der mit Toben und Brausen über die Berge fährt, so klang es durch die Nacht, von der Höhe der fernen Almen herunter, immer deutlicher, immer näher dem bedrohten Haus.
»O Königin der Apostel!« betete Michel mit versagender Stimme, zitternd an allen müden Gliedern. »Königin der Märtyrer!«
»O bitt für uns!«
»Du Königin der Jungfrauen! Königin aller Heiligen!«
»Bitt für uns!« fielen Vroni und die Mutter ein, während Mathes aufsprang, vor Erregung bleich. »Vater! Hörst es net?« Mit beiden Händen umklammerte er den Arm des Alten. »Dös kann kein Wetter net sein! So tut kein Sturm! Dös tut ja, als ob's a Wasser wär!«
»Wasser?« stotterte Michel. Dann war lautloses Schweigen in der Stube. Mit verhaltenem Atem lauschten sie alle. Da hörten sie es deutlich, dieses dumpfe Strömen und Rauschen, das über die Gehänge des laufenden Berges herunterkam. Jetzt klang es schon in der Nähe, jetzt war's, als hätt es den Garten erreicht, jetzt ging's mit dem Tosen eines mächtigen Wasserfalles zur Linken und Rechten

des kleinen Hauses vorüber und jagte dem Tal entgegen. Und mitten in diesem dumpfen Brausen hörte man, wie freundliches Kinderplaudern, das helle Glucksen und Geplätscher der kleinen Wellen, die gegen den Sockel der Mauer schlugen.
»Heilige Mutter!« schrie Michel wie von Sinnen. »'s Wasser is da! 's Wasser! 's heilige Wasser!« Nach Atem ringend, fuchtelte er mit den Armen. »'s Wasser is gstiegen aus der Tief! 's Wasser is wieder am Licht! 's Wasser hat uns gholfen und die heilige Mutter!« Seinen Buben beiseite stoßend, rannte er zur Tür und sprang hinaus in die von rauschendem Lärm erfüllte Nacht.
Als ihm Mathes folgte und Vroni und die Mutter ihm nachliefen, hörten sie ihn bald im Hof und bald im Garten schreien: »Schauts doch dös Wasser an! Dös schöne Wasser! Dös viele Wasser! Meiner Lebtag hab ich so viel Wasser noch net gsehen!«
Rauschende Bäche, deren tanzender Schaum auch in der dunklen Nacht noch weißlich schimmerte, sprudelten von allen Seiten über die steile Böschung nieder und überschwemmten fußhoch den ganzen Hofraum, während die größeren Massen des aus dem Innern des Berges hervorgebrochenen Wassers brausend ihren Weg durch die das Gehöft begrenzenden Mulden und Gräben nahmen.
»Michel! Michel! Wo bist denn?« rief Mutter Katherl. Und Mathes und Vroni schrien: »Vater! So komm doch!«
Bis zu den Hüften von Wasser triefend, lachend, kam der Alte aus einem der Sturzbäche hervorgestiegen und ließ sich zur Haustür führen. Da machte er seine Hände wieder frei. »Mutter! Kinder! Jetzt können wir aufschnaufen! Dös hat die Kammissoni gsagt: Wann 's Wasser wieder steigt, so muß er sein Laufen einstellen, der narrische Berg! Hat gmeint, er kann treiben, was er mag! Jetzt hat er eine gfunden, die noch a bißl stärker is als er! Katherl, Kinder, kommts her!« Die Freudentränen erstickten seine Stimme fast. »Jetzt sagen wir der Großmutter unser Vergelts Gott! Recht a fests!«
Sie wollten ihn in die Stube ziehen, aber er tat es nicht anders: Inmitten des den Hofraum überschwemmenden Wassers warf er sich auf die Knie und lallte das Salve Regina, in dessen Worte er das Gestammel seines eigenen Dankes mischte: »Gegrüßt seist du, Königin, Mutter der Barmherzigkeit, des Lebens Süßigkeit und unsere Hoffnung, sei gegrüßt! Schau, tausendmal sag ich dir vergelts Gott, hunderttausendmal, daß d' dich a bißl angnommen hast um dein' alten Michel und sein Häusl! Zu dir schreien wir Kinder

Evas, zu dir seufzen wir Trauernde und Weinende in diesem Tal der Zähren! Und schau, ich will dir's danken mein Leben lang! Und so oft ich's auf meine alten Täg noch anschau, mein Häusl, mein liebs, will ich sagen: Dös hat uns d' Himmelsmutter gschenkt! Du unsere mächtige Fürsprecherin, wende deine barmherzigen Augen auf uns! No freilich hast deine gütigen Augen gwendt auf uns! Und schau, vergelten will ich dir's nach meiner schwachen Kraft! An die hundert Markln hab ich mir gspart. Da behalt ich kein' Pfennig davon. Dein heiligs Bildl will ich gwanden lassen! Und wächserne Kerzln zünd ich dir an, Tag für Tag eins, bis sie sich jahren tut, die heutige Freudennacht! O du gütige, o milde, o süße Jungfrau Maria!« Taumelnd erhob er sich, umhalste sein Weib und seine Kinder, riß sich los von ihnen und watete wieder in einen der schäumenden Bäche hinein. »Dös Wasser schauts an, dös schöne Wasser!« Lachend wie ein Berauschter griff er mit beiden Armen in das Gesprudel, als hätte er kein köstlicheres Gut an sein Herz zu drücken als diese tanzenden Wellen.

In Sorge jammerte Mutter Katherl über diese ›Narretei‹, und Mathes mußte den Vater mit Gewalt aus dem kalten Sturzbad herausziehen; fast hätten die schießenden Wellen den von Mühsal und Freude Entkräfteten zu Boden geworfen. Sie führten ihn in die Stube, und Vroni lief, um trockenes Gewand für ihn zu holen. Als er umgekleidet war, merkte er schon die Erkältung, die er sich in dem eisigen Schneewasser geholt hatte. Mutter Katherl schlug vor Schreck die Hände zusammen. »No also, schau, jetzt hast dich verkühlt!«

»Macht nix, Mutter!« wollte er sagen. Aber da mußte er niesen, gleich ein paarmal. Und als es vorüber war, lachte er: »Helf Gott, daß 's wahr is!«

15

Das dumpfe Rauschen der Bäche, die sich über das Gehänge des laufenden Berges ins Tal hinunterstürzten, weckte im Dorf die Bauern aus dem Schlaf und ließ sie mit Sorge an ihre Felder denken. Ehe der Tag noch anbrach, sprangen sie schon mit Spaten und Pickeln aus allen Häusern.

Als der Daxen-Schorschl in der ersten Dämmerung des klaren Frühlingsmorgens das Tor seiner Werkstatt öffnete, sah er auf der Straße die Leute rennen. »He! Was is denn?«

»Auf dem narrischen Berg droben is 's Wasser ausbrochen«, rief man ihm zu, »die ganzen Felder überschwemmt's, und droben raffelts die halbe Simmerau davon.«

»Mar' und Josef! 's Wasser wird doch dös Madl net mitreißen!« Schorschl rannte um die Hausecke und spähte im Zwielicht des Morgens gegen die Simmerau hinauf. Was er gewahrte, weckte ein Gefühl in ihm, als hätte sich eine eiserne Klammer um sein Herz gelegt. Am vergangenen Abend hatte er das kleine braune Dach da droben im welken Grün der Halden und zwischen den braunen Schrunden des laufenden Berges liegen sehen. Jetzt war alles weiß. Als wäre seit dem Abend neuer Schnee über die Simmerau gefallen. Aber dieser weiße Schnee schien Leben und Füße zu haben: Er bewegte sich, er rieselte und schob sich durcheinander, machte Buckeln wie eine flüchtige Natter und schlug einen Purzelbaum um den andern wie ein ausgelassener Junge. Dumpfes Rauschen klang im windstillen Morgen von der Höhe, als wäre dort oben ein Mühlrad mit hunderttausend Schaufeln in Bewegung. »Jesus Maria!« stammelte Schorschl mit erblaßtem Gesicht. In dieser Sorge nahm sich der Daxen-Schorschl nicht mehr die Zeit, um die Kratznarben seiner Hand zu betrachten. Er machte Sprünge wie ein Hirsch, der den Schritt des Jägers hörte. In der Werkstätte riß er einen schweren

Eisenpickel aus der Ecke. Durch alle Räume des morgenstillen Hauses tönte seine gellende Stimme: »Gsellenleut! He! Gsellenleut! Pressieren tut's!« Er wartete nur, bis die beiden Gesellen kamen, nicht, bis sie fertig waren. »Gschwind, um Christi willen! Nehmts Pickeln und Schaufeln und laufts mir nach! Gschwind, sag ich! Gschwind! Jesus Maria! Dös arme Madl!« Er schwang den Pickel auf die Schulter und keuchte davon.

»He? Meister? Wohin denn?« riefen die Gesellen.

»Dalkete Dippeln überanand!« schrie Schorschl im Zorn über die Schulter. »In d' Simmerau! Wie kann denn da a Mensch noch fragen!« Er rannte die Straße hinunter, daß er schon außer Atem war, als er den Fuß des Berges erreichte. Schnaufend hetzte er über den Fußsteig empor, bis der Pfad unter den sprudelnden Bächen verschwand. Droben in der Höh schimmerten sie weiß, hier unten waren sie gelb von der Erde, die sie aus den Schrunden des Berges hervorgewaschen hatten und mit sich hinunterführten ins Tal, dessen Wiesen und Saatfelder in einen grauen See verwandelt waren. Schorschl verirrte sich in dem Netzwerk dieser Wassergassen, mußte hier einen Bach überspringen, dort eine breite Rinne durchwaten. Als er die Heubüschel und Balkenstümpfe sah, die im Schaum der Wellen von der Simmerau herunterschwammen, brach er in den Stoßseufzer aus: »Dös arme Madl! Alles reißt's ihr davon!« Erschöpft, von Wasser triefend, erreichte er die Nähe der Simmerau und gewahrte den Schaden, den der letzte Erdrutsch und die fressenden Wellen an der Scheune angerichtet hatten. »Mar' und Josef! Jetzt hat dös Madl kein' Stadel nimmer!«

Noch sah er keine Leute; doch im Lärm der Wellen hörte er die Stimme des alten Simmerauer und seines Sohnes. Aufatmend hielt er inne und lauschte. »Daß ich 's Madl net hör?« Nun vernahm er auch die Stimme Vronis und sprang so flink über den steilen Hang empor, daß ihm das Wasser der Pfützen, in die er trat, bis über den Kopf emporspritzte. Auf einem der Bäche, die an der Scheune vorübersprudelten, sah er ein langes Brett daherschwimmen. »Wart a bißl, du! Dös Madl braucht ihre Bretter!« Er jagte hurtig hinter dem schwimmenden Brett her, riß es aus den Wellen und trug es an eine sichere Stelle. Als er in Erregung und dennoch scheu den Hofraum betrat, war Michel der erste, der ihn kommen sah. »Jeh, schau! Da kommt der Daxen-Schorschl! Und den Pickel bringt er auch gleich mit!« rief der Alte in Freude. »Grüß dich Gott, Schorschl!«

Bei diesem Ruf ließ Vroni, die neben dem Brunnen einen Graben ausschaufelte, den Spaten rasten. Sie sprach kein Wort, hatte nicht einmal einen stummen Gruß für den jungen Schmied, der zum Brunnen hinüberblinzelte. Aber die Röte, die auf ihren Wangen brannte, vertiefte sich noch, als Mathes ihr zuflüsterte: »Gelt, ich hab recht ghabt, daß er kommt!« Sie nickte und begann die Arbeit wieder.

Schorschl schien wie auf Kohlen zu stehen; es zog ihn zum Brunnen, aber Michel hatte ihn beim Hemdsärmel gefaßt und wollte nicht loslassen. Erst mußte der Alte ein paarmal niesen, bevor er lachend sagen konnte: »Schorschl! Dös schöne Wasser! Und alles reißt's davon, den halben Stadel, die Bretter und Balken, den ganzen Boden im Garten, alles reißt's mit abi! Schau nur, wie alles schwimmt!«

Das sagte der Simmerauer mit so strahlendem Vergnügen, daß Schorschl in Verblüffung stotterte: »Michel! Bist übergschnappt? Oder hast an Schwammer?«

»An Schwammer bloß? An ganzen Rausch hab ich! Vom Wasser! Schau nur, wie's rebellt, dös Wasser! Aber dem Häusl kann's net an. Mein Häusl hat gsunde Mauern. Dem hat der Berg mit seiner ganzen Lauferei nix machen können. Hatschiiih!« Wäre die Sonne, welche die östlichen Grate vergoldete, schon in der Höhe gewesen, es hätte um Michels Nase her den schönsten Regenbogen gegeben. »Gelt, Schorschl, hilfst mir a bißl, daß wir 's Wasser in die Gräben ummidrucken?«

»Deswegen bin ich da. Wo kannst mich denn brauchen?«

»Komm nur her da!«

Schorschl wollte den Pickel fassen und guckte ratlos zum Brunnen hinüber. Es war ihm jener Herbstmorgen eingefallen, an dem er dem Simmerauer seine Hilfe angeboten hatte, und Vronis Zornwort: »Der hilft uns net! Dem lauft ja 's eigene Haus davon.« Schorschl kraute sich hinter den Ohren und tat ein paar Schritte gegen den Brunnen. Noch immer kehrte ihm Vroni den Rücken zu; sie arbeitete mit einer Hast, als wäre für die Rettung des Hofes kein Augenblick zu verlieren. »He! Madl!« klang es würgend aus Schorschls Kehle. Vroni blickte auf. Als Schorschl diese glänzenden Augen sah, fragte er kleinlaut: »Verlaubst mir's, daß ich a bißl mithilf?«

Der Simmerauer wandte sich verblüfft zu seinem Buben: »Was treibt er denn? Hab's ihm ja ich schon verlaubt! Warum muß er denn 's Madl fragen?«

»No mein«, flüsterte Mathes ihm zu, »haben tun s' halt ebbes mitanand, dö zwei!«
»Ah! Da schau!« Michel mußte niesen. »Wär gar net amal so übel: mein Madl und der Schmied! Jetzt hat er alles nobel beinand!« Vergnügt musterte er das Paar und war gespannt, was geschehen würde. Vroni hatte den Spaten in die Erde gestoßen. Die Hände an der Schürze säubernd, ging sie auf den Daxen-Schorschl zu. Wie hübsch sie war, mit dem leuchtenden Blick in den nußbraunen Augen, mit der heißen Röte auf dem von der Arbeit erschöpften Gesicht. »Grüß dich Gott, Schorschl!« sagte sie beklommen und bot ihm die Hand, die er mit seiner schwieligen Rußpranke haschte, wie der Geier den Hasen greift. »Ich tät dich selber drum anreden, daß d' dem Vater a bißl hilfst. Auf deine Händ liegt der Segen. Söllene Händ sind allweil gut zur Hilf.«
Schorschl lachte wie ein unbehilfliches Kind und brachte kein Wort heraus.
»Der is ja wie 's Starl, eh's reden kann!« meinte der Simmerauer mit Schmunzeln. »Dem muß ich wohl 's Züngerl lupfen?«
Mathes zog ihn am Ärmel zurück. »Laß dö zwei ihr Sach allein mitanand ausmachen!«
»Ja, hast recht!« Michel griff nach der Schaufel und nahm die Arbeit wieder auf. Da hörte er hinter sich einen Jauchzer und platschende Sprünge im nassen Schlamm. Der Daxen-Schorschl mit dem Pickel stand neben ihm, lachend über das ganze Gesicht, mit blitzenden Augen. »So, Vater, jetzt packen wir's an!« Er tat mit dem Pickel den ersten Streich. »Dös Luderwasser müssen wir unterkriegen!« Schorschl begann zu arbeiten, daß der Simmerauer ein paarmal mahnen mußte: »Geh, tu net so narrisch!« Aber in Schorschls Fäusten schien der ›Loder‹ lebendig geworden, von dem es in den Lumpen-Gstanzeln seligen Angedenkens hieß, daß er zwanzigmal im Tag das Unterste zuoberst kehrt. Er drosch mit dem Eisen drauflos, daß sich der Wassergraben bei jedem Pickelhieb um einen guten Bauernschuh erweiterte. Wenn er für einen Augenblick die Arbeit unterbrach, blinzelte er vergnügt zum Brunnen hinüber, von wo ihm Vroni lächelnd zunickte. Solch einen Augengruß beobachtete der Simmerauer. Da puffte ihm der Daxen-Schorschl den Ellbogen in die Seite. »Michel? Spannst ebbes?«
»A bißl ebbes, ja! Aber solang ich mein Häusl net in Ordnung hab, gib ich 's Madl net her.«

»So lang wart ich schon.«
Die Sonne kam, ein warmes Leuchten goß sich über den blauen Frühlingshimmel aus, breite Fluten des Morgenlichtes schwammen um die Gehänge des zur Ruhe gekommenen Berges und spielten schmeichelnd über die von den Wellen umrauschten Mauern des kleinen Hauses. Die Sturzbäche schienen in blitzendes Silber verwandelt, jeder Tümpel spiegelte das Himmelsblau, und während von der Sonnenwärme die feuchten Flecken am Sockel des Hauses zu trocknen begannen, kräuselten sich die Wasserdünste an den Mauern empor.
Schorschl stand schon eine Stunde bei der Arbeit, als seine Gesellen kamen. Sie brachten aus dem Dorf noch ein paar Helfer mit. Da gab es bei rastlosem Schaffen ein Reden hin und her über allen Schaden, den der laufende Berg seit dem Herbste angerichtet, und über die Gefahr, die das ausgebrochene Wasser im Tal den Saatfeldern brachte. Nun bekamen sie in der Simmerau auch das erste Wort von dem Unglück zu hören, das im Purtschellerhof geschehen war. »Und der Toni geht ab seit gestern am Abend. Mit'm Rennwagl is er einigfahren in d' Stadt. Mitten in der Nacht is sein Rößl daherkommen, mit der abbrochenen Wagengabel, so schauderhaft zugricht, daß man dem Gaul den Gnadenschuß hat geben müssen. Und d' Frau mit ihre Leut is gegen d' Stadt eini, den Purtscheller suchen.«
»Um Gotts willen!« stammelte der Simmerauer. Dem Alten erlosch vor Schreck die Sprache, als er seinen Buben ansah. Auf den Stiel der Schaufel gestützt, bot Mathes den Anblick eines Menschen, dem das Leben aus dem Herzen rinnt. Michel sprang auf ihn zu. »Bub? Was is dir denn?«
Mathes sah ins Leere. Tonlos kam es über seine weißen Lippen: »Ich weiß net, Vater! Ich muß a bißl in d' Stuben und muß mich niedersetzen.«
Michel wollte den Wankenden stützen, aber Vroni hatte schon den Arm des Bruders genommen. »Komm, Mathes, ich führ dich ins Haus!« Er stützte sich schwer auf ihren Arm. Mit entstelltem Gesicht sah er in die Augen der Schwester. Vroni schwieg; sie wußte keinen Trost.
Im Hausflur kniete Mutter Katherl mit durchnäßten Röcken auf den Dielen und suchte mit einer Holzkelle das Wasser aufzuschöpfen, das vom Hof über die Schwelle geronnen war und die Küche über-

schwemmte. Als die beiden kamen, erhob sich die alte Frau erschrocken. »Mathes?«
»Nix, Mutter!« sagte Vroni. »A bißl ungut is ihm halt!« Sie führte ihn in die Stube und zur Holzbank. Da saß er mit schlaffen Armen, den Kopf an die Wand gelehnt, leerte das Gläschen Enzian, das ihm die Mutter brachte, und aß den Bissen Brot, den sie ihm zwischen die Lippen schob. »Jetzt kann ich dem Vater schon wieder helfen. Der braucht mich.« Schwer atmend erhob er sich. »Es geht schon wieder.« Als er vor die Haustür trat, irrte sein Blick hinunter ins Tal. Brennende Flecken erschienen auf seinen bleichen Wangen. Schweigend stellte er sich neben Schorschl an die Stelle, wo es die schwerste Arbeit zu leisten gab.
In hartem Schaffen vergingen die Stunden des Vormittags. Dem rastlosen Kampf der fleißigen Arme gelang es, die den Garten überschwemmenden Sturzbäche in die Bergfurchen abzuleiten. Im Hof begann die Sonne schon den aus dem Wasser auftauchenden Grund zu trocknen. Doch über die Freude, mit welcher Michel und die Seinen nach harter Prüfung die Rettung ihres Heimwesens hätten begrüßen können, war der Schatten gefallen, der vom Purtschellerhof seinen Weg in die Simmerau gefunden hatte.
Auch Schorschl robottete in gedrückter Stimmung und hatte unter der Sorge zu leiden, die er in Vronis Augen sah. Immer wieder konnte er den bekümmerten Blick gewahren, mit dem die Schwester den Bruder suchte. Mathes hatte, seit er die Arbeit wieder aufgenommen, kaum ein Wort gesprochen. Er arbeitete wie einer, der nicht weiß, was rings um ihn her geschieht. Manchmal ließ er den Pickel ruhen, wischte mit dem Ärmel über die Stirn und spähte verstört ins Tal hinunter.
Als drunten die Elfuhrglocke gezogen wurde, traten die paar Leute, die mit den Schmiedegesellen gekommen waren, den Heimweg an. Einige Stunden später war man des Wassers soweit Herr geworden, daß Schorschl auch die Gesellen heimschicken konnte. Die Bäche, die von der Höhe des Berges niederströmten, begannen spärlicher zu fließen und sprudelten auf dem Wege, den ihnen die Arbeit der Menschenhände angewiesen hatte, mit gleichmäßigem Rauschen zu Tal. Nur einige Gräben waren noch zu ziehen, um das nachquellende Sickerwasser vom Sockel der Mauern abzuleiten.
Als auch dieses letzte getan war, legte Michel erschöpft den Spaten aus der Hand. »Jetzt haben wir's! Jetzt geht's mir wie dem Mathes.

Ich muß in d' Stub eini und muß mich niedersetzen.« Mit gekrümmtem Rücken ging er zur Haustür. Vor der Schwelle erwärmte ein zufriedenes Lächeln seine müden Züge. »Die gscheite Kammissoni! Abi, hat s' gmeint, abi wird's müssen, mein Häusl? So, so?« Zärtlich strich er mit der schlaffen Hand über die feuchte, des Mörtels halb entkleidete Mauer. »Gelt, mein Häusl! Jetzt haben wir dich mit Gottes Hilf sauber durchbracht! Ja!« Er wandte das Gesicht. »Vergelts Gott, Kinder! Fest habts mitgholfen! Dös muß ich sagen.« Nickend wischte sich Michel den Schweiß von Stirn und Wangen und trat ins Haus.

Mathes arbeitete noch eine Weile, dann stellte auch er die Schaufel an die Mauer und wusch sich am rauschenden Bach die Hände und das Gesicht. Stumm wanderte er über den verwüsteten Grashang hinauf. Bei der kahlen Haselnußhecke, aus deren Zweigen er einst als Knabe die Maipfeifen für das Linerl geschnitten hatte, setzte er sich in die Sonne und spähte hinunter ins Tal.

Schorschl und Vroni machten sich bald hier, bald dort noch ein bißchen Arbeit. Dabei gingen sie verlegen aneinander vorüber. »No ja«, sagte Schorschl endlich, während er mit einem Span den Schlamm von seinem Pickel kratzte, »d' Arbeit is gar. Jetzt kann ich heimmarschieren.« Er hob den Pickel auf die Schulter. »Oder net? Was meinst?«

Da kam sie mit heißem Gesicht auf ihn zugegangen und legte die Hand auf seinen Arm. »So viel plagt hast dich! Da därf dich d' Mutter net ungspeist heimgehn lassen. Magst net zum Essen bleiben?«

Er sah sie mit glücklichem Lachen an. »Dös kannst dir doch denken, wie gern ich bleib!«

»No also!« Sie atmete erleichtert auf. »Bleibst halt!« Die nassen Hände an der Schürze trocknend, ging sie zur Hausbank. Als sie saß, rückte sie gleich auf die Seite, damit er Platz neben ihr hätte.

»Mit Verlaub!« sagte er, lehnte den Pickel an die Mauer und setzte sich auf die Kante der Bank.

Vroni sah ihn verwundert an. »Ruck a bißl zu! Heut hast dir 's kommode Sitzen verdient.«

Er rutschte so dicht heran, daß sein Ellbogen den ihren drückte. »Ja, ja, so geht's halt!« Was Klügeres fiel ihm nicht ein. Verlegen sprang sie auf. »Was is denn?« stotterte Schorschl erschrocken. »Wirst doch net davonlaufen?«

»Ich muß doch sagen drin, daß d' Mutter mit'm Essen auf dich antragt.«
»Aber kommst gleich wieder?«
Vroni huschte ins Haus und fand die Mutter beim Herdfeuer. »Du«, sagte sie und kühlte mit den Händen das Gesicht, »der Schorschl bleibt da zum Essen.«
In Mutter Katherl schien eine Ahnung aufzudämmern. »Gleich dableiben tut er? Ah, da schau!« Sie schmunzelte.
»Geh, du! Der da draußen plagt mich, und jetzt plagst mich du auch noch!« Seufzend verließ Vroni die Küche; im Flur fragte sie über die Schulter: »Mutter? Hast doch a bißl ebbes Guts?«
»Ja, Tiroler Knödl mach ich.«
»Gott sei Lob und Dank! Die müssen ihm schmecken!« Sichtlich erleichtert kehrte Vroni zur Hausbank zurück. Schorschl haschte ihre Hand. Aber sie machte sich wieder los, ging zum Fenster und spähte in die Stube. »Da schau her!« sagte sie lächelnd. »Der Vater is schon in der Ruh. Auf der Ofenbank liegt er und schlaft.«
»Geh? Is wahr?« Lautlos kam Schorschl zum Fenster geschlichen, legte den Arm um Vronis Schultern, schmiegte seine Wange an die ihre, und so guckte das Paar in die Stube.
»So fest und gut hat er schon lang nimmer gschlafen.«
»Da müssen wir ihm dös bißl Schlaf vergunnen und müssen uns schön stad halten!« zischelte Schorschl, während er den Arm noch enger um das Mädel schlang. »Komm, setzen wir uns wieder auf d' Hausbank! Sonst rumpelst am End noch ans Fenster hin und weckst den Vater.«
»Ja, hast recht!« Mit glänzenden Augen sah sie ihn an und ließ sich führen.
Nun saßen sie in der Sonne des Nachmittags mit fest verschlungenen Händen. Verträumt und alles um sich her vergessend, lauschten sie dem Rauschen der Bäche und genossen wortlos die erste Freude ihres jungen Glückes, mit dem sie schneller fertig waren als Mutter Katherl mit ihren Tiroler Knödeln.
Schorschl suchte mit lachenden Augen drunten im Tal das Dach seines Hauses. ›Die Bäckenmahm! Dö wird dreinschauen!‹ dachte er. Als er diesen Gedanken aussprechen wollte, sah er, daß Vroni, deren Kopf an seiner Schulter ruhte, die Augen geschlossen hatte. Scheu streifte er mit den Lippen ihr zerzaustes Haar.
Tief atmend öffnete sie die Augen, blickte in Verwirrung zu ihm auf

und stammelte: »Ich hab a bißl viel schaffen müssen die letzten Täg und Nächt. Und so viel gut is mir 's Rasten gwesen. Meiner Seel, jetzt wär ich schier gar a bißl eingschlafen! Bist mir harb drum?«
»Gott bewahr!« Er preßte sie zärtlich an sich. »Ich tu mich recht schön stad halten. Schenier dich net und mach deine Guckerln wieder zu!«
»Na, na!«
»Warum denn net?« Er wollte ihren Kopf an seiner Schulter betten und diese Gelegenheit benützen, um ihr den ersten Kuß zu geben. Das wehrte sie ihm erschrocken und blickte über den Wiesenhang hinauf. »Jetzt net! Der Mathes schaut her. Dös möcht ich net, daß er so ebbes sehen muß.«
Er begriff diese Sorge nicht. »Geh, was hast denn? Der Mathes weiß doch eh schon lang, wie's steht mit uns. Und schenieren mußt dich net wegen meiner! Ich bin nimmer der Schorschl, der ich gwesen bin. D' Lieb hat mich kuriert von der Lumperei. Jetzt bin ich an andrer.«
»Ja, Schorschl! A ganz an andrer!« Sie sah mit stolzer Freude zu ihm auf. »Dös hab ich fei lang schon gmerkt.«
»Gelt, ja? Und dös bleibt. Grad so wie dö drei weißen Stricherln da!« Er zeigte ihr die Hand mit den Kratznarben. »Man sieht's noch allweil.« Als sie schwieg und ihn so merkwürdig ansah, lachte er. »Ich an deiner Stell hätt grad so kratzt! Ich weiß schon, a bißl grob hab ich zugriffen.«
Vroni machte immer größere Augen. »Aber Schorschl! Wer soll dich kratzt haben? Ich?«
»Geh!« Er blinzelte lustig. »Verstell dich net so!«
»Aber Schorschl!« Sie sah seine Hand an, sah ihm wieder in die Augen und schüttelte den Kopf. »Jetzt fallt's mir auch wieder ein, wie d' allweil gredt hast im Herbst: Katzerl, Katzerl! Allweil: Katzerl!«
»Da hört sich doch alles auf!« Er lachte. »Vronerl! Weißt es denn nimmer?«
»Was?«
»Selbigsmal in der Nacht –« Er hob die Hand und machte mit gekrümmten Fingern eine leicht verständliche Bewegung.
Dennoch verstand sie nicht. »Wann in der Nacht?«
»Wie ich 's zweitmal bei dir am Fenster war!«
»Du? A zweits Mal? Da weiß ich nix davon.«

»Aber hörst!« Jetzt schüttelte auch er den Kopf. Um ihre schlummernde Erinnerung zu wecken, wurde er deutlicher und erzählte von jener stockfinsteren Nacht, in der er vor einem ›gwissen Fensterl‹ seine guten Vorsätze gebeichtet und um freundlichen Beistand gebettelt hatte. Um Vronis Mundwinkel begann es verdächtig zu zucken. Und ehe Schorschl noch völlig zum Ende jener nächtlichen Fenstergeschichte kam, brach sie in lautes Lachen aus. Das war ein Lachen, so hell und lustig, wie man es seit Jahresfrist in der Simmerau nicht mehr gehört hatte.
Mutter Katherl erschien mit dem Kochlöffel in der Haustür und zog, um von dem jungen Paar nicht bemerkt zu werden, hurtig den grauen Kopf wieder zurück. In der Stube erwachte Michel aus seinem Schläfchen, kam verwundert zum Fenster, drückte die Nase an die Scheibe und lächelte zufrieden. Und droben auf dem verwüsteten Grashang, bei den kahlen Haselnußstauden, erhob sich Mathes und blickte auf das kleine Haus hinunter, als hätte ihn dieses herzliche Lachen aus schweren Träumen geweckt.
Nur Vroni selbst erschrak vor diesem Lachen. »Jesus Maria! Lachen kann ich! Und da droben der Mathes! Und da drunt im Dorf –« Sie sprach nicht zu Ende. Ob sie wollte oder nicht, sie mußte lachen. Und dabei kamen ihr die Tränen.
Schorschl war so verblüfft, daß er eine Weile brauchte, bis er fragen konnte: »Madl? Bist denn narrisch worden?«
»Aber Schorschl! Ich hab doch selbigsmal gar net in meiner Kammer gschlafen.«
»Was?« Schorschl riß die Augen auf. »Bei wem hab ich denn nacher gfensterlt?«
»Bei meiner weißen Katz!«
Schorschl verstand nicht gleich. Dann kam die Erleuchtung, und er platzte los. Vroni suchte ihn zu beschwichtigen: »Net so laut, Schorschl, ich bitt dich, net so laut!«
Die Lachtränen von den Backen wischend, schlang er den Arm um Vroni. »Schatzl? Wann du in der Kammer gwesen wärst? Hättst du mich auch kratzt?«
Sie studierte ein bißchen. »Ich glaub doch net.«
Da stand Mathes vor ihnen, und erschrocken schob Vroni den Schorschl von sich. Scheu blickte sie zu dem Bruder auf. »Tu mir net harb sein, Mathes! Ich hab lachen müssen.«
Stieg ihm das warme Blut in die bleichen Wangen? Oder war's nur

die Abendsonne, die seine vergrämten Züge so warm überhauchte? Er lächelte, und dem jungen Paar die Hände auf die Schultern legend, sagte er: »Schau, Schwester, so von Herzen wie ich vergunnt dir keiner die junge Freud! Seids gut mitanand! Tuts fest zammhalten! Sonst hat 's Leben kein' Wert!« Er wollte ins Haus treten; auf der Schwelle wandte er sich. »Tust mir an Gfallen, Vroni?«
»Ja, Mathes! Alles, was d' willst.«
»So mach nach'm Essen a Sprüngl abi zu ihr. Damit s' doch ein' Menschen hat!«
»Ja, Mathes!« Zögernd fragte sie: »Magst net mit?«
Er preßte die Lippen aufeinander, daß sie weiß wurden, und schüttelte den Kopf.
Mutter Katherl rief aus dem Hausflur: »Kommts, Kinder, ich hab auftragen!«
Das gab eine stille Mahlzeit. Dem Alten fielen während des Essens vor Müdigkeit schon halb die Augen wieder zu, und Mutter Katherl stach in schweigsamer Fürsorge einen Knödel um den andern aus der Schüssel heraus und legte ihn auf Schorschls Teller. Mathes sprach kein Wort. Und das verliebte Paar hatte sich genug mit den Augen zu sagen.
Als die Mahlzeit vorüber und das Gebet gesprochen war, sagte Vroni: »Vater? Verlaubst mir's, daß ich a bißl abi schau zur Linerl?«
»Ja, Madl, gern! Und tu mir s' grüßen, dö gute Frau! Gleich morgen geh ich selber abi, heut kann ich nimmer. Wie abgschlagen sind mir d' Füß! Und gelt, bring die Kinder mit heim! Jetzt haben s' wieder ihr sichers Bleiben bei uns. Gott sei Dank! Und tu mich aufwecken, wann die Kinder heimbringst! Heut schlaf ich gleich.« Er humpelte zur Kammer. In seiner Müdigkeit vergaß er, dem Daxen-Schorschl gute Nacht zu wünschen.

16

Die Almen und Felsenzinnen leuchteten im Gold des Abends, während Vroni und Schorschl am Ufer des neu entstandenen Bergbaches über die Gehänge hinunterstiegen.

Mathes stand bei der halb zerstörten Scheune und blickte den beiden nach.

Solang ihn Vroni sehen konnte, winkte sie immer wieder mit der Hand zu ihm hinauf. Als die Hügel ihn verdeckten, fragte Schorschl: »Was hat denn der Mathes?«

»Du därfst es ja wissen jetzt!« Sie wisperte: »'s Linerl hat er gern.«

Der stammelnde Laut, den Schorschl zur Antwort gab, ging unter im Rauschen des Baches. Doch hinter seinem Schreck kam gleich die Freude wieder. Daß Vroni sich eins mit ihm fürs Leben fühlte, das hatte ihm kein Händedruck, kein leuchtender Blick so deutlich gesagt wie dieses leise Wort, mit dem sie ihm das Geheimnis des Bruders anvertraute. Schweigend umschlang er sie.

Da blickte sie zu ihm auf. »So viel gut bin ich dir!«

»Auf mich kannst dich verlassen!«

Weiter sprachen sie kein Wort. Eng aneinandergeschmiegt stiegen sie talwärts im leuchtenden Frühlingsabend.

Am Himmel glomm der Schein des ersten Sternes auf, als man drunten im Dorf den Abendsegen läutete.

Der schwebende Hall war schon eine Weile verstummt, da wurde noch eine andere Glocke gezogen.

Die beiden hörten nicht. So ganz versunken waren sie in ihr lebendes Glück.

Es wurde dunkler Abend, bis sie das Dorf erreichten. Sie hatten den Weg an der Daxenschmiede vorüber genommen. So sehr es Vroni zu Karlin zog, sie mußte sich einen ›Schnaufer‹ in der Luft des Hauses vergönnen, in dem sie wohnen sollte als junge Frau. In der Stube fand sie den Tisch gedeckt und daneben im Lehnstuhl die Mahm, die seit der Heimkehr der Gesellen mit Ungeduld auf ihr ›Schorscherl‹ gewartet hatte. Da gab es nun eine Szene, bei der die ›magere‹ Mahm vor Freude viel dicke Tränen vergoß; und das ›liebe Bildl‹ des jungen Paares, beteuerte sie, täte ihrem Herzen doppelt wohl nach dem Jammer, den sie hatte mit ansehen müssen: Vor einer Stunde, als sie im Lehnstuhl vor der Haustür gesessen, hatte man den Purtscheller als stillen Mann auf der Straße vorübergetragen, und neben der Reisigbahre war die arme Frau gegangen.

»Jesus!« stammelte Vroni, aus der stillen Freude ihres Glückes aufgerüttelt. Und da war sie nicht mehr zu halten. »Ich bitt dich, Schorschl, hol mir die Kinder von der Gvatterin, ich lauf zum Linerl ummi.« Sie stürzte davon und hörte nicht mehr, was Schorschl ihr nachrief.

Eine halbe Stunde später stand der junge Schmied mit den beiden Kindern vor dem Purtschellerhof und wartete. Die Straßenlampe, die am Stamm einer Pappel hing, warf ihren matten Lichtschein über den dunklen Weg. Der Vorgarten des Purtschellerhauses war mit Leuten angefüllt; sie redeten halblaut zueinander, schlichen durch die Haustür aus und ein oder drängten sich um die Fenster, die vom Schein der Wachskerzen wie festlich beleuchtet erschienen. Hastigen Schrittes ging der Pfarrer, der das weiße Chorhemd trug, an Schorschl und den Kindern vorüber, und ihm folgte der Mesner mit dem Weihbrunnkessel.

»Du?« fragte das Jetterl den Daxen-Schorschl. »Tun s' Hochzet halten da drin?«

»Ja, mein Mäderl!« sagte Schorschl, von diesem Kinderwort erschüttert. »Freilich tut einer Hochzet halten! Hochzet für alle Ewigkeit! Und 's Bräutl heißt Schnaufnimmer, und der Hochzeiter heißt Stehnimmerauf!«

»Stehnimmerauf?« plapperte das Kind und lachte. »Is dös aber a gspassiger Nam!«

Neugierig lugten die Kinder nach den erleuchteten Fenstern und wollten wissen, wann die ›Musi‹ käme.

Schorschl vergaß zu antworten, denn er sah, daß Vroni sich durch die im Garten stehenden Leute drängte. »Schatzl!« rief er. »Da bin ich schon!«

Sie zitterte vor Erregung an allen Gliedern. »Schorschl, Schorschl«, stammelte sie, während die Kinder sich an ihre Schürze hängten,

»wie mich dös Frauerl da drin derbarmt, dös kann ich gar net sagen! Gern wär ich d' Nacht über blieben bei ihr. Aber mit der eiskalten Hand hat s' mir so viel lind übers Gsicht gstrichen und hat 's Köpfl gschüttelt. Gsagt hat s' kein Wörtl net.« Sie brach in Schluchzen aus. Das fanden die Kinder merkwürdig, daß bei einer Hochzeit geweint wurde. Xandi grübelte sich für dieses Rätsel eine Lösung aus. »Gelt, Vronerl, tust weinen, weil d' heim mußt? Geh, bleiben wir noch a bißl da, bis d' Musi anfangt!«
Erschrocken sah sie den Knaben an; als ihr Schorschl die Erklärung der Kinderworte zuflüsterte, sagte sie: »Ja, Schorschl, lassen wir s' drauf! Besser, sie glauben an d' Freud im Leben als wie ans andre!«
Die Tränen von den Wangen trocknend, küßte sie die Kinder, knöpfte ihnen die Kittelchen zu und wand ihnen die wollenen Schlipse um die Hälse, damit sie die Kühle des Abends nicht spüren möchten.
Sie nahm den Knaben an die Hand, Schorschl das Jetterl, und so stiegen sie durch die sinkende Nacht in die Simmerau hinauf. Der Mond kam über die Berge gestiegen und übergoß ihren Weg mit seiner silbernen Helle.
Der Kinder wegen sprachen sie mit keiner Silbe von dem doppelten Tod, dem dort unten die Kerzen leuchteten. Doch unermüdlich mußten sie Antwort geben auf die Fragen der beiden Kleinen, für welche die Wanderung durch die vom Rauschen der Bäche erfüllte Mondnacht zu einem märchenhaften Ereignis wurde, das ihre kindlichen Herzen mit wohligem Gruseln erfüllte. In jedem Felsblock, den der Mond umwebte, und im schwarzen Schatten jeder Bodenschrunde erblickten sie etwas Geheimnisvolles. Der Ruf einer Eule machte sie zittern, und das Schwatzen der Bäche weckte ihre Neugier auf ›die Gschichtln, dö 's Wasser verzählt‹.
Das schwarze, verschobene Dach der Scheune tauchte hinter dem letzten Hügel hervor, den sie noch zu übersteigen hatten. Da legte Vroni die Hand auf Schorschls Arm. »Droben steht er schon und wartet!«
Das hatte sie kaum gesagt, als ein erstickter Schrei über den Hügel herunterklang: »Vroni?«
Die Kinder erkannten die Stimme und jubelten durch die Nacht hinauf: »Mathes! Mathes! Wir kommen schon!«
Vroni nahm das Jetterl bei der Hand. »Gelt, Schorschl, bist mir net harb? Jetzt mußt mich allein lassen mit ihm!«

Er nickte. »Gut Nacht für heut!« Und wollte sie küssen.

Sie entzog sich ihm. »Wart noch a bißl! Nacher kommst a Sprüngl zu mir ans Fenster. Magst?«

»Ob ich mag? Acht Tag lang hock ich mich da her und wart, wann's sein muß.«

Er ließ sich auf einen Felsblock nieder. Als er Vroni mit den Kindern auf der Höhe des Hügels verschwinden sah, machte ihn der Gedanke an Mathes ganz beklommen. Aber verliebte Herzen schlagen Purzelbäume über alle Tiefen weg. So war auch der Daxen-Schorschl bald wieder mitten drin in seinem träumenden Glück. Das erste, was er sich ausdachte, war das Brautgeschenk, mit dem er Vroni am Hochzeitsmorgen überraschen wollte. Eine silberne Halskette, eine ganz dünne, die nicht teuer ist, denn jetzt mußte er sparen. Und an dem Ketterl sollten, schön in Silber gefaßt, die dreißig Pfennige hängen, die er sich damals an jenem ersten Arbeitstag von Vroni verdient hatte. Die paar Nickel, die er in seinen Sorgen krampfhaft festgehalten, hatten ihm das Glück ins Haus gebracht. Und die Bäckenmahm sollte es gut haben bei ihm! Der hatte er viel zu danken. Ihr Unglück hatte ihn zur Arbeit gezwungen. ›Wann die net so warm kriegt hätt in derselbigen Nacht, ich mein' schier, es wär a bißl kalt blieben bei mir in der Schmieden!‹ Und gerade zur richtigen Zeit war die Hilfe gekommen, als er in seiner ›Wildheit‹ den Karren seines Glücks übel verfahren hatte! Bei diesem Gedanken durchlebte er wieder jene Begegnung am Rande des Straßengrabens; er hörte das Plumpsen der Brotlaibe, sah Vronis zornblitzende Augen und hörte den sausenden Schwung der blauen Schürze.

Lachend duckte er den Kopf und wischte mit den Händen darüber, als hinge ihm noch der Mehlstaub an den Ohren. ›Sakra! Sakra! Dös Madl hat die richtige Schneid. Bei der muß ich mich gut aufführen! Oder es kracht.‹ So spann er in seinem warmen Glück einen fröhlichen Gedanken an den anderen und guckte lachend in den Mond.

Als er endlich emporschlich über den Hügel, sah er, daß alle Fenster an dem kleinen Haus schon dunkel waren. »Mar' und Josef! Sie wird doch net schon warten auf mich!« Da machte er lange Sprünge und fand richtig das kleine Fenster schon offen.

Ein ›Bussel‹, das kaum enden wollte, leitete die zärtliche Zwiesprache ein, die mit Flüstern durch das eiserne Fenstergitter gehalten wurde. Und schließlich gab es für den Daxenschmied noch eine Überraschung.

»Schorschl! Jetzt geh schön heim und schlaf dich ghörig aus!« so hatte Vroni gemahnt. »Morgen mußt wieder an d' Arbeit! Gut Nacht, mein Liebster du!«

»Gut Nacht, Schatzl, mein liebs!«

»Tausendmal gut Nacht!« Erst noch ein Kuß, und dann kam der Nachsatz: »Aber wart a bißl, jetzt kriegst noch was!«

»Was denn?«

»Paß nur auf!«

Vroni verschwand vom Fenster. Als sie wiederkam, sah Schorschl im Mondschein etwas blinken wie Gold.

Seine C-Trompete!

»Dö hab ich gfunden und hab s' aufghoben, daß nix passiert dran.«

»Jessas na!«

In der ersten Freude des Wiedersehens wollte Schorschl die Trompete gleich an den Mund setzen. Erschrocken griff Vroni mit beiden Armen zum Gitter heraus und stotterte: »Schorschl! Was fallt dir denn ein?«

Da ging nun das Geflüster von neuem an, bis Vroni, um den Schlaf ihres Daxenschmiedes besorgt, einen Gewaltstreich übte und das Fenster schloß.

Schorschl plauderte noch eine Weile seine Zärtlichkeiten an die im Mondlicht blinkende Scheibe hin; aber die wollte sich nicht wieder öffnen. »No also, in Gotts Namen!« Seufzend nahm er die Trompete unter den Arm und trat den Heimweg an.

Als er in die Nähe des Dorfes kam, konnte er der Versuchung, die ihn auf dem ganzen Weg gequält hatte, nicht länger widerstehen. Er mußte seine Trompete hören, mußte das Glücksgefühl, das in ihm sprudelte, hinausschmettern in die Nacht. Lachend setzte er die Trompete an den Mund, und um der Freude, die sein Herz erfüllte, den passendsten Ausdruck zu geben, blies er mit schmachtenden Klängen, aber mit aller Kraft seiner gesunden Lungen in den stillen Mondschein:

»Ich weiß nicht, was soll es bedeuten,
Daß ich so trau-au-rig bin . . .«

Klingend warfen die Berge das Echo zurück, als stünde am Fuß jeder Felswand ein Trompeter, der ›so traurig‹ war.

Der Frühling wandelte sich in Sommer. Auch auf den höchsten Zinnen war längst der letzte Schnee geschwunden. Der Almrausch blühte in leuchtendem Rot, und gleich einem gestickten Fürstenmantel schmiegte sich das Grün der Halden und Wälder um die Flanken aller Berge.

Es war an einem Tag in der zweiten Juliwoche. In der vergangenen Nacht hatte sich ein schweres Unwetter über den Bergen entladen. Die Bäche waren noch gelb vom Regen und rauschten mit doppelter Macht; doch der Himmel leuchtete in reinem Blau; nur ein paar kleine, kuglige Wolken, die letzten Nachzügler des erloschenen Gewitters, schwammen sacht, in silberweißem Glanze, über die Berge hin. Alle Farben an Wald und Wiesen hatten gesteigerte Leuchtkraft, und die Luft war so frisch, daß sich auch in der Mittagsstunde noch jeder Atemzug wie eine Erquickung genoß.

Alle Gehänge des zur Ruhe gekommenen Berges waren belebt; bald hörte man lachende Stimmen, bald einen Jodelruf oder die muntere Weise eines Liedes. Auf den tiefer liegenden Halden, die durch Erdbewegung und Überschwemmung weniger gelitten hatten, war schon die Heuernte im Gang. In der Höhe, auf den zerrissenen Wiesen, arbeiteten die Leute mit Pickel und Spaten, füllten die Bodenschrunden aus und bestreuten den geebneten Grund mit Grassamen. Von einzelnen Gehöften, die seit dem Herbst verlassen gestanden, hörte man Hammerschlag und das Geräusch der Säge; da waren die Maurer und Zimmerleute bei der Arbeit, um die übel zugerichteten Gebäude wieder in wohnlichen Stand zu bringen.

Aus dem Gärtl der Simmerau hallten die schweren Schläge einer Axt, und zu diesem eintönigen Pochen gesellte sich mit drolliger Disharmonie die Weise des Liedes, das die beiden Kinder mit kreischenden Stimmen sangen:

»Vogerl im grünen Wald
Zwitschert so hell!
Zwitschert Wald aus und ein,
Wo mag mein Schatzerl sein?
Vogerl im grünen Wald
Zwitschert so hell!«

Die Kinder saßen, vom Sonnenglanz umzittert, im hohen Gras einer Wiese und banden einen Blumenstrauß für den ›Daxen-Vetter‹ und

die ›Daxen-Mahm‹, für Schorschl und Vroni, die vor drei Tagen Hochzeit gehalten hatten.
Schorschl hätte sich die junge Frau am liebsten schon im Mai in seine Schmiede geholt; aber der Simmerauer hatte sein Mädel bei der Arbeit gebraucht und wollte nichts von der Hochzeit wissen, bevor nicht sein Haus wieder so schmuck und freundlich dastand wie im vergangenen Sommer, ehe der Berg sein ›narrisches Laufen‹ begonnen hatte.
Nun blinkten die frisch getünchten Mauern weiß wie Schnee; Haustür und Fensterläden waren mit grüner Ölfarbe neu gestrichen, die Scheiben spiegelten, und auf allen Gesimsen blühten die roten Nelken. Auf dem Dache waren die neuen Ziegel so verteilt, daß sie zwischen den älteren schon gebräunten Platten die Anfangsbuchstaben von Michels Namen zeigten, die Jahreszahl und die verschlungenen Initialen I.H.S. – ›Jesus, Heiland, Seligmacher‹.
Der Brunnen war wieder in Ordnung, der Hofraum mit Kies überstreut, der Zaun ohne Lücken. Auch die Scheune war gründlich repariert. Michel kränkte sich nur darüber, daß sein ›schöner Stadel‹ durch das Gemisch der alten und neuen Bretter einen so ›schecketen‹ Anblick bot.
Im Garten sah es noch übel aus. Der brauchte Jahre, um sich ganz zu erholen. Wohl hatte man allen Schutt entfernt, den die Erdbrüche und das Wasser bis an die Mauern geworfen; auch die Beete waren neu gerichtet und schon mit Gemüse und Blumen angepflanzt. Aber an die zwanzig Obstbäume waren zerstört, und die jungen Wildlinge, auf welche Michel schon im Mai die Edelreiser gepfropft hatte, wollten in dem steinigen Boden nur langsam vorwärtskommen und hatten noch kaum die ersten Blätter getrieben. Jene Bäume, die nur zu kränkeln schienen, hatte der Alte gepflegt wie leidende Kinder, hatte gute Erde um ihre Wurzeln gelegt und die Stämme, von denen die Rinde abgeschunden war, mit wachsgetränkten Lappen umwickelt. Ein paar dieser Patienten hatte er glücklich durchgebracht; die anderen waren abgestorben, als die Sommerhitze begonnen hatte. Und nun mußten sie umgeschlagen werden, damit das Holz sich noch verwerten ließe.
Seit dem Morgen waren Michel und Mathes mit den Äxten bei der Arbeit. Sooft von den dürren Bäumen einer mit Krachen niederstürzte, sagte der Alte: »Der hat die besten Äpfel tragen! Söllene gibt's nimmer in der ganzen Gegend!« Bei diesem Kummer war es

ihm doch ein Trost, wenn er von einem der jungen Stämmchen zum anderen ging und die kleinen blaßgrünen Blätter der Pfropfreiser musterte. »Mathes, die strecken sich mit jedem Stündl! Jetzt spüren s' die warme Sonn! Allweil mein' ich, daß ich von denen noch an guten Apfel erleb!«
»Ja, Vater! Der soll dir schmecken!« sagte Mathes, während er die Axt aus den Händen legte und nach der Säge griff, um einen gefällten Stamm in Stücke zu schneiden.
Sein Aussehen hatte sich gebessert seit dem Frühjahr. Wohl war bei der schweren Arbeit seine Gestalt so hager geblieben, wie sie immer gewesen; doch seine Bewegungen waren nicht mehr so eckig wie sonst, viel geschmeidiger. In seinem Gesicht hatten sich die harten Züge gemildert, und unter der sonnverbrannten Stirne leuchteten die Augen wie klare Sterne. Rastlos stand er bei der Arbeit; doch sein ganzes Wesen war, so sehr er sich dem Vater gegenüber zur Ruhe zwang, von einer ungeduldigen Erregung befallen, die sich mit jeder Minute zu steigern schien. Als die Turmuhr im Tal die dritte Nachmittagsstunde schlug, legte Mathes die Säge nieder.
»Vater, es leidt mich nimmer. Jetzt muß ich a bißl abischauen!«
Michel nickte ihm zu. »Ja, Mathes! Es plagt mich selber, daß ich erfahr, wie der Hof weggangen is und wer ihn eingsteigert hat. Und ob ihr a bißl ebbes blieben is.«
Mathes ging ins Haus, um die Arbeitskleider gegen sein Sonntagsgewand zu vertauschen. Als er wieder ins Freie trat, sah er die Mutter bei der Scheune stehen. Sie hatte die Hände auf dem Rücken liegen und blickte ins Tal hinunter, aus dem, wenn der Wind ein bißchen schärfer bergwärts zog, mit halb verwehtem Klang das Hammertrio der Daxenschmiede heraufiönte. Als Mutter Katherl den Schritt des Sohnes hörte, blickte sie auf. »Hörst ihn, wie er dreinschlagt da drunt?« sagte sie lächelnd. »Er, natürlich, er hammert den ganzen Tag!« Sie seufzte leis. »Aber was wird mein Madl treiben?«
»Arbeiten halt!«
»Ja freilich, in so eim Hauswesen mit sechs gwachsene Leut heißt's ordentlich schaffen! Meinst, sie hat's gut bei ihm?«
»Besser hätt sie's net treffen können.«
»Gott sei Dank fürs Madl!« Wieder seufzte Mutter Katherl. »Aber mich kommt's hart an. An dös leere Stübl kann ich mich gar net gwöhnen.«
Dunkle Röte huschte über die gebräunten Wangen ihres Sohnes,

und es schien, als wollte er sprechen; doch er schwieg und rückte nur den Hut.
»Wo gehst denn hin?«
»A bißl abischauen halt!« Der forschende Blick der Mutter machte ihn verwirrt. Er ging. Nach wenigen Schritten kehrte er wieder um, faßte die Hand der alten Frau und sagte: »Mutter! Wann's gutgeht, bring ich dir wen. Ins leere Stübl eini.«
»Mathes! Jesus Maria!«
Da hatte er sich schon von der Hand der Mutter losgemacht und ging davon.
Droben in der Wiese sangen die beiden Kinder:

»Vogerl am kühlen Bach
Zwitschert so süß,
Zwitschert Bach auf und ab,
Bis ich mein Schatzerl hab!
Vogerl am kühlen Bach
Zwitschert so süß!«

Mathes konnte die Stimmen des kleinen Paares noch hören, und während er talwärts wanderte, murmelte er die Worte des Liedes mit. Er selbst hatte, als er noch Knabe war, dieses Lied gesungen – da drüben unter den Haselnußstauden, nicht weit vom Gaßner-Haus. Als ihm diese Erinnerung kam, war ihm plötzlich, als klänge dicht an seiner Seite eine leise Mädchenstimme:

»Zwitschert Bach auf und ab,
Bis ich mein Schatzerl hab!«

Seine Schritte wurden langsamer. Er spähte über alle Pfade, die vom Dorf über den Berghang emporführten. Niemand kam aus dem Tal heraufgestiegen. Er sah nur die Leute, die auf den Halden bei der Arbeit waren.
Als er das letzte Wäldchen erreichte, ließ er sich im Schatten einer alten Wetterfichte nieder. Von hier aus konnte er die Straße vor dem Purtschellerhaus und einen Teil des Wirtschaftshofes überblicken. Die Versteigerung, welche Purtschellers Gläubiger erwirkt hatten, mußte schon vorüber sein; Mathes sah dort unten ein fortwährendes Kommen und Gehen von Leuten; Möbelstücke wurden aus dem

Haus geschleppt und auf Fuhrwerke geladen; die Scheunen wurden geleert und die Pferde und Rinder davongeführt. Das sehen zu müssen, schnitt ihm in die Seele. Es war Karlins Habe, die von den hundert fremden Menschen vertragen wurde in alle Winde. Und es hing auch an dem Gut, das hier verschleudert wurde, seine eigene Arbeit und sein Schweiß, ein Teil seines Lebens und ein Stück seines Herzens.

Die Fäuste auf den Knien, saß er an den Stamm der Fichte gelehnt. Stunde um Stunde verging; vor dem Purtschellerhof fuhren die hochbeladenen Wagen davon, und die Leute begannen, sich zu verlaufen.

In wachsender Unruhe wartete Mathes; plötzlich sprang er auf, mit erblaßtem Gesicht, zitternd an allen Gliedern.

Dort unten war eine schwarz gekleidete Frau aus der Haustür getreten, mit einem weißen Bündel in der Hand. Im Garten blieb sie stehen und blickte lang auf das Haus zurück. Mathes konnte sehen, wie sie sich bückte, um eine Blume zu brechen. Dann trat sie auf die Straße. Hier stand sie wieder still, als wüßte sie nicht, welchen Weg sie nehmen sollte.

Mathes streckte die Arme, als möchte er der Verlassenen dort unten seine Hände reichen, um sie zu führen.

Da schlug sie den Pfad ein, der von der Straße gegen den Berghang lenkte. Das gewahrte Mathes. Aus seiner Kehle rang sich ein stammelnder Laut, wie erstickter Jubel, der sich nicht zu äußern wagt.

Eine Viertelstunde verging.

Dann kam sie über den steilen Weg emporgestiegen. Sie trug ein schwarzes Wollkleid und hatte um den Kopf ein schwarzes Tuch geknüpft, aus welchem schmal und bleich das verhärmte Gesicht hervorlugte. An der Brust hatte sie eine rote Nelke stecken. Ein paar Schritte ging ihr Mathes entgegen. »Grüß dich Gott, Linerl!«

»Mathes! Du?« Dünne Röte stieg ihr in die bleichen Wangen, und ihre Augen wurden feucht. Ohne ihm die Hand zu reichen, sagte sie leis: »Grüß dich Gott auch!«

Seit jenem Abend, an welchem Mathes mit zornigem Griff den zum Schlag erhobenen Arm Purtschellers gefesselt hatte, waren das die ersten Worte, die sie miteinander sprachen.

Scheu blickte sie zu ihm auf. »Mathes?«

»Was, Linerl?«

»Wie kommst du denn jetzt da her?«

»Gwartet hab ich auf dich. Weil ich mir denkt hab: Es kunnt doch sein, daß du kommen tätst.«
Sie nickte. Eine Weile schwieg sie. »D' Vroni hat mir zugredt. So will ich halt auffi zu deine Leut und will s' drum anreden, daß s' mir an Unterstand geben, bis ich was anders find.«
»Ja, Linerl, da hast recht! Der Vroni ihr Stübl wartet schon auf dich. Aber so viel müd schaust aus!« Die Stimme versagte ihm. »Magst dich net a bißl niedersetzen?« Mit beiden Händen kratzte er im Schatten der Fichte die dürren Reiser aus dem Moos. »Schau, da hast a guts Rasten!«
»Vergelts Gott!« Karlin legte das Bündel ab und ließ sich nieder. Nun saßen sie wortlos nebeneinander und blickten ins Tal hinunter. Leuchtend drangen einzelne Sonnenstrahlen durch die dichten, schwarzgrünen Zweige, die sich im Winde sacht bewegten. Das gab auf den Händen und Gesichtern der beiden ein zitterndes Spiel von Licht und Schatten.
Nach einer Weile fragte Mathes. »Is drunten schon alles aus?«
»Ja, Mathes! Alles!«
»Wie is er denn weggangen, der Hof?«
»Grad um d' Hypothekenschulden.«
»Jesus Maria! Wie kann denn so was gschehen! Wann auch droben der Wald halb ausgschlagen und halb versunken is! Der Hof allein is doch seine hunderttausend und drüber wert.«
»Ja! Dös hat mir gestern der Rufel gsagt. Er hat mir 's Geld anboten, daß ich mitsteigern kunnt.« Karlin lächelte müd. »Was tät denn ich allein mit so eim Hof?«
»Aber schau, ich hätt dir ja gholfen!«
»Und hättst dir d' Finger blutig gschunden. Für ander Leut!« Ruhig schüttelte sie den Kopf. »Na, Mathes! Lieber net! Schau, für mich is eh kein Platzl nimmer gwesen in dem Haus da drunten!«
»Und gar nix is dir blieben?« stammelte Mathes.
»Nix.«
»Aber 's Inventari? Und d' Roß und 's Vieh? Dös muß doch ebbes bracht haben!«
»Siebentausend Mark. Da haben dem Toni seine Verwandten d' Hand draufglegt. Sie haben gsagt: Ich hätt kein Recht net, weil kein Kind nimmer da is, und sie täten Prozeß machen. Hätt ich streiten sollen, Mathes? Na! Ich hab ihnen alles zugstanden und hab gsagt: Ich will nix. Hab ich net recht ghabt, Mathes?«

Er drückte ihre Hände, und seine Stimme klang, als wäre ihm leichter und mutiger ums Herz geworden. »Ja, Linerl, da hast recht ghabt!«

»Dös is noch 's einzig, was mir lieb is an allem Unglück, daß ich nausgeh aus dem Haus, grad so, wie ich einizogen bin. Und schau, nix anders trag ich mit mir fort als wie den Kummer um mein Kind!« Zitternd bedeckte sie die Augen.

Da rückte Mathes an ihre Seite und zog ihr mit scheuer Zärtlichkeit die Hände nieder. »Linerl? Was willst denn machen jetzt?«

»Was bleibt mir denn über? An Dienst muß ich halt suchen. Ich tu's gern. D' Arbeit fürcht ich net.«

Er schüttelte den Kopf und atmete schwer. »Linerl?«

»Ja, Mathes?«

Es wollte hart aus ihm heraus: »Schau, Linerl, ich tät dir ebbes wissen!«

»Was denn?«

»Der Gaßner baut jetzt drunten im Ort. Sein Häusl am Berg droben kunnt man billig haben. Gut schaut's freilich net aus. Aber es tät sich doch wieder herrichten lassen. Was meinst?«

Heiße Röte färbte ihre bleichen Züge. Das Gaßner-Haus! Das Haus der Eltern! Das Dach, unter dem die Mutter sie geboren hatte! Die Mauern, zwischen denen ihr die Kindheit verflossen war in stillem Glück!

»Geh, Linerl, sag mir: Tät's dich net freuen, dös Häusl da droben?«

Karlin zitterte. Obwohl sie verstand, wie er es meinte, sagte sie doch: »Verschenken tut's der Gaßner net. Und haben tu ich nix.«

»Aber ich hab a bißl ebbes. Ich hab mir a schöns Geldl zammgraspelt die ganzen Jahr her. Siebenhundert Markln hab ich. Dös tät grad langen, mein' ich. Vierhundert kunnten wir dem Gaßner anzahlen. Und mit dem andern täten wir unser Häusl einrichten. D'Maurerarbeit mach ich selber, und aufs Zimmern versteh ich mich auch net schlecht. Wann ich mich den Sommer über a bißl rühr, kunnt 's Häusl im Herbst wieder ausschauen, daß d' dei' Freud dran haben tätst!« Seine Stimme klang heiser. »Was meinst, Linerl?«

Da nahm sie seine Hände und sah ihm in die Augen. »So gut wie du bist, Mathes, so gut is keiner nimmer!« Sie löste die Nelke von ihrer Brust und reichte ihm die Blume hin: »Schau, dös Nagerl hab ich mir noch brochen drunt, weil mein Kind dö roten Blümeln so viel gern gsehen hat. Magst es haben, Mathes?«

Heiß leuchtete ihm die Freude aus den Augen, und verlegen sagte er: »Ja, Linerl! Da sag ich dir vergelts Gott dafür!« Er nahm den Hut ab und steckte die Blume achtsam hinter die Schnur. »Dös heb ich mir auf. Gut! Und sag, Linerl?« Vorsichtig drückte er den Hut aufs Haar. »Wann wir jetzt gleich auffigehn täten, 's Häusl a bißl anschaun? Was meinst?«

»Ja, Mathes! Wie d' willst!«

Mit festem Druck umspannte er ihre Hand. »So komm!«

Ein paar Schritte ließ Karlin sich von ihm führen; ehe der Pfad um die Ecke des Waldes lenkte, blieb sie stehen.

»Komm, Linerl!«

»Laß mich noch a bißl schauen!«

Mathes legte den Arm um ihre Schultern. So standen sie schweigend und blickten zum Kirchhof hinunter, auf dessen Gräbern sich die eisernen Kreuze wie dünne schwarze Striche zwischen Grün und Blumen unterschieden.

Tief atmend trocknete Karlin ihre Tränen. Dann stiegen sie Hand in Hand über den steilen Hang empor, vom warmen Gold der Sonne umleuchtet. Die Drosseln schlugen in den Haselnußbüschen, und die Luft war erfüllt von dem Wohlgeruch, der dem frischen Heu entströmte.

Es wollte schon Abend werden, als sie das einsame, verlassene Gehöft erreichten. Das kleine Haus, in dem ihr Glück sich heimisch machen sollte, lag vor ihnen wie eine öde Ruine; die Mauern brüchig, das Dach verschoben, die Fenster ohne Kreuzstöcke, der Eingang ohne Tür und Balken. Wie ein Schuttfeld waren Hof und Garten anzusehen, übergossen von Geröll und schweren Steinen.

Dennoch hingen ihre Augen mit leuchtendem Blick an dem kahlen Gemäuer. Ihre Herzen sahen, was hier werden sollte. In Karlins Seele erwachte bei jedem Schritt ein Gedanke an die Kinderzeit, und diese Erinnerung belebte alles, was verwüstet vor ihren Füßen lag.

Als sie die öden Räume durchwandert hatten und wieder ins Freie traten, nahm Mathes den Zollstab aus der Tasche und maß die Lichtung der Fensterhöhlen. »Gleich morgen fang ich mit die Kreuzstöck an und laß vom Glaser d' Scheiben einschneiden. Weißt, damit's nimmer einiregnet in d' Stuben. Sonst fangt der Fußboden 's Faulen an.«

»Ja! Und ich mach mich gleich über'n Garten her!« sagte Karlin. »Da müssen d' Steiner ausklaubt werden, eh man noch mit der

Schaufel anfangt.« Sie legte ihr Bündel nieder, hob einen schweren Stein vom Boden auf und trug ihn zu der aus Felsbrocken aufgeschichteten Mauer, die sich um den Garten zog. Als sie den zweiten holen wollte, der so gewichtig war, daß sie ihn kaum von der Erde emporbrachte, rief Mathes: »Geh, Linerl, der is dir z'schwer! Den laß für mich!« Er kam gesprungen, nahm ihr den Stein aus den Händen und trug ihn zur Mauer.
Nun sammelte Karlin das minder grobe Geröll, während Mathes sich mit den großen Brocken schleppte.
So begannen sie den Bau ihres Glückes. Bei dem Eifer, mit dem sie schafften, gewahrten sie nicht, daß die Sonne zur Ruhe ging.
Drunten im Tal wurde der Abendsegen geläutet, und im dämmerigen Blau der Höhe blitzten die ersten Sterne wie feine, glühende Nadelspitzen.